龚心文 著

上册

青岛出版集团 | 青岛出版社

图书在版编目（CIP）数据

逢狼/龚心文著.—青岛：青岛出版社，2022.6
ISBN 978-7-5736-0181-0

Ⅰ.①逢… Ⅱ.①龚… Ⅲ.①言情小说—中国—当代 Ⅳ.①I247.5

中国版本图书馆CIP数据核字（2022）第056588号

FENG LANG
书　　名　逢　狼
作　　者　龚心文
出版发行　青岛出版社
社　　址　青岛市崂山区海尔路182号
本社网址　http://www.qdpub.com
邮购电话　18613853563
责任编辑　郭红霞
特约编辑　孙昭月
校　　对　李晓晓
装帧设计　蒋　晴
照　　排　梁　霞
印　　刷　三河市良远印务有限公司
出版日期　2022年6月第1版　2024年4月第3次印刷
开　　本　16开（710mm×980mm）
印　　张　46
字　　数　775千
书　　号　ISBN 978-7-5736-0181-0
定　　价　85.00元（全3册）
编校印装质量、盗版监督服务电话　4006532017　0532-68068050

目录

上册

目录

中册

目录

下册

第一章　天　狼

袁家村的南面有一道清溪。

盛夏时节这里蝉噪鸟鸣，芙蕖飘香，是村里孩子们的避暑胜地。

乡野的孩子不比城镇里的少爷小姐，对他们来说能借着打猪草的空当在沁凉的溪水里玩闹一通，便是夏日里最幸福的娱乐。

袁香儿掂了掂后背的箩筐，抖尽箩筐中的水分。

箩筐几乎和袁香儿的个子一样高，里面装满了她刚刚从溪里捞上来的猪草。她调整呼吸，努力跟上姐姐们的脚步。在这个时代，七岁的她很早就失去了整日玩耍的资格，被充作家里的劳动力。

七年前，因为一场意外，袁香儿突然从繁华的科技社会来到眼下这个贫瘠落后的中古时期的社会。虽然初来之时十分不适应，但七年的岁月使她逐渐融入了这种信息闭塞、以手工劳作为主的田园生活。

早晨刚刚下过一场雷阵雨，雨后坑坑洼洼的土路上积了不少水。

孩子们赤着脚，嬉闹着从积水的泥道上走过，没有人注意到脚边一个小水坑中，有一个拇指大的人形生物正在水中拼命挣扎。

他长得实在太小，细胳膊细腿，配上柔嫩白皙的肌肤，外表和人类一般无二，只是后背多了一对薄膜状的翅膀，眼下他那薄薄的翅膀已经被泥水彻底打湿，变得越发沉重。小人此时正面临着灭顶之灾，只能将细细的胳膊拼命伸出水面，神色惊恐地在小水坑中不停地扑腾。

然而路过的孩子们似乎完全看不见脚边的小水坑中有这样一个濒死的生灵，依旧笑闹着踏着水从那水坑边上走过。

跟在队伍最后的袁香儿突然停下了脚步。

趁着无人留意自己，她不动声色地蹲下身子，伸出一根手指将小水坑里的小人捞出来。

溺水的小人在惊恐中被解救出来，四肢并用地死死抓住袁香儿的那根手指，以至于袁香儿费了不少力气才将他从手指上弄下来，然后挂在路边一朵向日葵的花盘上。

那小人瘫软在青褐色的花盘上，五官皱在一起，合起两只小手举到头顶冲袁香儿拜了拜，然后张口吐出了几个泡泡，莫名有点儿可爱。

袁香儿的脸上露出一丝笑容。

不知道是不是因为经历过一次死亡，自打来到这里之后，她就发现自己多出了一种与众不同的能力，就是可以清楚地看见生存在这个世间的各种奇特生灵。

但出于谨慎，她没将此事告诉身边的任何一个人。

这是一个民智还未完全开化的时代，人们既崇拜又畏惧自己无法理解的事物，在这里如果一个人拥有罕见的能力未必是一件好事，一着不慎反而会使自己成为异类，被人排斥。

这个世界上还有没有其他人像她这样拥有与众不同的能力，袁香儿不得而知。出生之后，她还没有机会踏出这个村子去看看外面的世界。但在这个人口不算太多的袁家村里，她没有发现任何一个和自己拥有一样能力的人。

无论是身边的父母、姐弟，还是村子里所谓的神婆，似乎都看不到那些明明就混杂在大家身边的小小精怪。

走在前方的长姐袁春花停下脚步，回头看了一眼远远落后了的小妹妹。不到七岁的妹妹袁香儿正对着路边的一朵向日葵傻笑。

袁春花无奈地叹了口气。

家里的三个姐妹，二妹生性喜欢偷奸耍滑，小妹倒是勤快又沉稳，只是不知为什么经常对着空无一人的地方自言自语或是呵呵傻笑。

在这几个弟弟妹妹面前，十二岁的袁春花俨然是半个母亲一般的存在。她掂了掂背在后背上的弟弟，走了回去，从小妹的箩筐里提出两把湿答答的猪草塞进自己手中的提篮里，减轻了妹妹的负担。

“别玩了，早些回家去，日头高了，路上晒得慌。”

袁家两口子一辈子面朝黄土背朝天，守着几亩旱地过活，上有一位缠绵病榻的老母亲，下有一群嗷嗷待哺的孩子，因此日子过得十分紧巴。

大闺女出生在冬季，为了得个先开花后结果的好兆头，夫妻俩硬生生地给她取名袁春花。可惜天不遂人愿，果实没有结，花却接二连三地开。

得知第二个从儿媳妇肚子里蹦出来的还是个丫头，袁奶奶脸色已经抑制不住地难看起来，于是袁家二丫也就被直白地叫作袁招弟。

袁香儿作为家里诞生的第三个“赔钱货”，注定是一个让所有人失望的存在。

刚来到这个世界勉强睁开眼睛时，袁香儿首先看清的就是母亲那张发自内心地嫌弃自己的脸，听见的是蹲在门外的父亲那接连叹息的声音。

她因此知道了自己虽然重获新生，却依旧是一个没有父母缘的人。

因为她的诞生，袁父终于察觉到自己没有能力为三丫头取一个给老袁家延续香火的名字，只得费了几根玉米棒子请村东的吴道婆给占了个名字，最终把三丫头的大名定为袁香儿。这里有个说道：香儿是能够使袁家自此香火鼎盛的意思。

给老三起了袁香儿这个名字之后，袁家果然接连添了两个男丁，自此香儿的母亲才觉得面上有光，终于能在婆家挺直了腰杆做人，于是长年累月不忘向邻里夸吴道婆的神通了得。

打小听多了这个故事，袁香儿多少次用她那小胳膊、小短腿，艰难地翻上吴道婆家的矮墙看其顶仙办事。

每每这个时候，那个院子里外都会挤满村民。只见敞开的前厅中，吴道婆立在堂口，拜七星，再将香碗一放，唱唱跳跳启灵符，热闹倒是热闹得很。

可惜不管吴道婆跳得多卖力，表演得多出神入化，在那个花花绿绿的堂口里，袁香儿都看不见半分除吴道婆本人以外的影子。可以肯定的是，无论是黄大仙还是胡娘子，一位都没有在吴道婆的召唤下出现过。

眼见着吴道婆独自在那儿掐着嗓子，开口宣称自己是仙灵附体，能通神机鬼藏，糊弄得前来寻求帮助的村民个个瑟瑟发抖、顶礼膜拜，袁香儿就知道，自己大约只能把这种忽悠人的顶神仪式当热闹来看，并不能从中窥到一星半点儿想要了解的东西。

袁香儿惯常扒的墙头是一个视野极佳的好位置，边上时常爬上来一个长着狐狸尾巴的少年，再边上可能是一只还不会化形的黄鼠狼，或是一个垂着一双兔子耳朵的小姑娘。

大家心照不宣，互不打扰地“看热闹”。

去的次数多了，那位有着狐狸尾巴的少年便发现袁香儿这个人类的幼崽竟然能够看得见自己。他对此感到十分新奇，伸手给袁香儿递几颗从山里带来的榛果、栗子等坚果，大家一起边嗑坚果边看院子里的吴道婆“表演节目”。

来到这个世界之前，袁香儿家庭经济条件优越，从小就享受着优等的教育资源，人生的大道宽敞而明亮，是一位人人艳羡的大家小姐。

但她并不知道自己的父亲是谁，而唯一生活在一起的母亲是一位事业型的女强人，独立而强悍。打从袁香儿有记忆起，母亲就妆容艳丽，打扮精致，永远踩着高跟鞋来去匆匆，哪怕偶尔停下脚步，抽时间见上女儿一面，也是一副严厉的模样。陪伴着袁香儿在那栋奢华的别墅中度过童年的只有家里不断更换的家政阿姨，还有身边越养越多的小猫、小狗。即便生活这样寂寞，但出车祸的那一瞬间，她依旧十分强烈地体会到了自己想要活下去的意念。

牵着袁香儿走在田埂上的长姐察觉到了妹妹情绪的变化，便顺手摘了一朵路边的野花别在袁香儿的发辫上。

“阿姐怎么这般偏心三妹？我也要戴花！”二姐袁招弟立刻不满地噘起了嘴。

趴在大姐后背上、刚满周岁的袁小宝也伸着小手，口齿不清地嚷嚷着：“花花，要花花。”

于是袁春花摘了一大把野花，给两个妹妹戴了满头，又给弟弟编了个花环，顶在他只有两三根黄毛的小脑袋上，然后跟弟弟和妹妹们一路笑闹着向家里走去。

充满泥土气息的田埂上，有一群飞奔的儿童。

生活明明艰苦而忙碌，但就是这样短暂的热闹，使日子多了几分烟火味儿，也给袁香儿那曾经有所缺憾的童年补上了一丝绚烂的色彩。

土路的那一头有一位白发苍苍的老者。他须发皆白，穿着一身华美的绸缎衣物，不紧不慢地走来。

袁香儿一眼扫到他那笑眯眯的模样，愣了一下，瞬间起了半身的鸡皮疙瘩。

这位老先生和常人一般无二，身上并没有任何怪异之处，但越是如此越让袁香儿心惊胆战。

在这个贫瘠的小村子里，劳碌了一辈子的老人们多半是满脸沟壑、脊背佝偻的模样。

在田埂的泥道上猛然间出现一位这样衣着光鲜、容貌清癯的老者，这本应十分引人注目，但袁香儿身边的姐姐们对这样突兀出现的人物毫无反应。

她们看不见这位老人！

袁香儿心里明白，这是只有自己能看见的特殊存在。

村子里那些混杂在人群里的小狐狸、小树灵等除了偶尔会做点儿恶作剧，并不能真正伤害到人类，但此刻走过来的这位老者不仅能顶着正午的阳光在人类居住的村庄附近悠闲地散步，还能在外貌上毫无破绽地化为人形，显然是一个袁香儿不能随便招惹的存在。

袁香儿拉着二姐袁招弟的手，装出一副若无其事的样子，仿佛和姐姐们一样并没有看见迎面走来的老者。

随着双方的距离越来越近，袁香儿渐渐紧张起来，努力把视线投向远处，不分一丝注意力给近在咫尺的老者，但她的手心已然开始微微出汗。

姐弟四人与老人错身而过的时候，对方突然弯下身子，把笑眯眯的脸摆在袁香儿面前："小姑娘，你看得见老夫吧？"

袁香儿瞬间脸色苍白，一下子绷紧了身体。

"香儿，你干吗？抓得我都疼了。"二姐不满地嚷嚷。

袁香儿说不出话来，不知道这个时候自己该做出什么样的反应才好。对方刚刚有可能只是想要诈她一下，但她在那一瞬间的反应已经让自己露馅儿了。

她虽然具有看见这些特殊存在的能力，却对这些东西没有任何防御能力，如果这位"老人"要对他们姐弟做些什么，自己完全束手无策。

她也只能紧紧地闭着嘴，僵硬地随着姐姐们向前走，继续维持着面无表情的模样，紧张地从老者身边走过。

"肚子好饿。阿姐，我们午餐吃什么？用我们捞的蚬子煮点儿汤来喝吧？"二姐袁招弟还在没心没肺地想着中午的伙食。

"你就知道自己吃，那些得等晚间阿爹阿娘下田回来了再吃。"大姐袁春花回道。

极度紧张的袁香儿眼睁睁地看着两个对身边的危险一无所觉的姐姐神色轻松地相互说着话，贴着老人的衣角走了过去。

幸好，那恐怖的老人似乎没有为难姐弟几人的打算，笑眯眯地避让到一旁，放他们离开了。

三伏天里，艳阳高照，袁香儿出了一身的冷汗。

戳在原地的老者看着袁香儿慢慢走远的背影，捻着胡须点点头："果然是个资质不错的孩子，小小年纪，不仅天赋异禀，还这样处变不惊，难怪自然先生能为了她而来。”

“哼，什么处变不惊？我看她惊得腿都抖了，胆子比兔子精还小，个头还不够我塞牙缝的。”一道语调奇特的声音从地底下的某处传了出来。

“她不过六七岁的年纪，在人类中也只算是个幼崽，如何能与你这样活了六七百载的老怪物相提并论？”老者笑呵呵地说。

日落时分，漫天的鱼鳞状的云被斜阳的余晖镶上金边。

袁家罕见地来了客人，父母在前厅待客，姐姐们忙着烧水做饭，独留袁香儿在院子里劈柴。

袁香儿拎着一柄锐利的斧头，黑着脸站在柴墩子前，对着旁人看来空无一物的木桩子低声说道：“让开。”

在她的视线中，此刻那矮矮的柴墩上瘫着一只鸡，准确地说是一只穿着衣服的长脖子鸡。

那只长脖子鸡身上穿着一件小小的齐整的灰色袍子，双手规规矩矩地笼在袖子里，袍子的交领上伸出来的是一条又细又长的鸡脖子。这鸡悍不畏死地把脖子搁在断头台一样的木桩子上，摆出一副随时准备慷慨就义的模样。

如果袁香儿一斧子砍下去，那颗小小的鸡脑袋便会骨碌骨碌地滚到地上，而断了头的长脖子鸡就会高高兴兴地爬起身追出去，捡起自己的脑袋装回脖子上，然后再一次义无反顾地躺下来。

这鸡也不知道是在哪儿染上的古怪爱好，喜欢躺在人类劈柴的墩子上，一遍又一遍地玩这种被砍头的游戏。

很显然，此刻的袁香儿不想陪这货玩这种游戏。

“快走开，我要劈柴。”袁香儿说。

小小的鸡脑袋上，一只眼珠向上看，一只眼珠朝下看，向上看的那只眼珠子转来转去，拼命避免和袁香儿有视线接触。它就死乞白赖地躺在“断头台”上不肯挪动。

“再不走的话，真把你当柴一起烧了。”袁香儿又好气又好笑。

“香儿，你又在自己和自己说话了。”身后传来大姐袁春花的声音，袁香儿被吓了一跳，收敛神色转过身，不好意思地挠挠头。

大姐接过袁香儿手中的斧子，牵住她的手，看着她半晌不说话，眼眶却红得厉害。

“阿爹说……叫你过去一趟。”最后大姐勉强说道。

“阿爹这时候叫我，是有什么事吗？”袁香儿问。

大姐摇摇头侧过脸去，嘴上不说话，避开了袁香儿的视线，悄悄抹了一下脸上的泪。

袁香儿毕竟不是真正的七岁女童。

父亲在前厅和一位陌生的客人聊了许久，现在却叫姐姐把自己带过去，她的心中突然涌起一阵不好的预感。

袁家所谓的“前厅”不过是一间四面漏风的茅屋，里面破旧的神龛中供着几路神佛。长年的烟火熏黑了墙壁，当中摆着一张脱了漆的饭桌，平日里袁家吃饭、待客、酬神都在这间屋子里进行。

此刻木桌上摆着两只待客用的粗茶碗，茶碗边放着三个小小的银锭子，那银白的色泽和这样破败的屋舍格格不入。

袁父挨着桌子，盘腿坐在一张条凳上，常年过度的体力劳动使得这个正当壮年的男人提前露出了疲惫苍老的神态。他不停地搓着自己粗大发黄的手指，看见自己的小女儿走进来的时候，有些局促地低下了头。

袁父对面坐着一位陌生的年轻男子，此人一身素色裋褐，脚上蹬着草鞋，所坐的凳子腿边放着一顶竹编的斗笠，一副乡野人的打扮。

这名男子即便只穿着平凡无奇的衣物随意地坐在这样简陋的屋子里，也令人怎么都无法忽视他的存在。他仿佛并不是坐在一张油汪汪的桌子边，用一只缺了口的海碗喝着粗茶，而是身在青松映雪的雅居、有芝兰之气的殿堂，正品着一杯雪水煎的香茗，逍遥自在。

看见袁香儿进来，他抬起头，含笑向小女孩颔首示意。

袁香儿的视线在屋内扫了一圈，落在桌面那三个银锭子上。在这样的穷乡僻壤，村民之间交易用的大多是铜板，金银这样的货币轻易不会出现。

陌生的客人、大额的交易、家徒四壁的境况……袁香儿的目光最终落在当了自己七年父亲的那个男人身上。父亲回避了她的目光。

于是，袁香儿知道父母不堪五个孩子的重负，要把自己送走了。晚风从墙洞中灌进来，吹得袁香儿的心有些寒凉。如果袁父一定要送走家里的一个女儿，相比即将成年的长姐和莽撞无知的二姐，袁香儿确实是最合适的。

道理袁香儿都懂，但不知道为什么，她的心莫名酸涩起来。

上一世的袁香儿没有父亲，也极少得到母亲的温柔对待，心里一直觉得委屈。而在这个新的世界，袁香儿也已度过了七载寒暑。她曾以为家境虽然贫寒，但好歹一家人团团圆圆地生活在一起。这样热闹亲近的家庭氛围多少弥补了袁香儿前世童年的那份遗憾。

如今，袁香儿才猛然发现，自己对这个家和这个世界来说，依旧是一个格格不入的过客。

既然只是客，也就没有什么好难过的，袁香儿这样对自己说。

“先生，这就是三丫头。”袁父称呼年轻的客人为先生。在这个年代，读书识字的、驱魔除妖的、账房算账的……都可以称为先生，只是不知眼前这个男人属于其中哪一种。

那位先生看着袁香儿，缓缓地自报家门：“我姓余，名摇，字自然，别号鲲鹏，为玄门中人。机缘巧合，见你资质独特，动了传承技艺的心思，欲收你为徒，不知你是否愿意？”

袁香儿想说自己不愿意。她凭什么要跟一个陌生人离开家，离开这个她住了七年、好不容易适应、即便生活艰难也决心要好好生存下去的家？这个神神道道、突然出现的陌生男人，大概是一个和吴道婆一般的骗子，谁知道他买回自己的真正用意是什么！

她看向父亲。父亲却没有看她，目光紧紧地盯在桌面上那刺眼的银锭上。这个人出的价格已经让父亲喜出望外，袁香儿知道自己大概是留不下来了。

“可以。”最终，袁香儿淡淡地说了两个字。

袁父听到这两个字，方才抬起头来，看向自己七岁的小女儿。这个瘦瘦小小的孩子，一双眼睛分外清澈黝黑，直直地朝自己看过来，仿佛能够看透他的心，看明白世间的一切。虽然她出生时他嫌弃过这个孩子，但这些年他好歹也抱过她、逗过她，看着她一点儿一点儿地长大。到了这个时候，他总算记起这是自己的血亲，一个从小就安分懂事的闺女，那颗因得了意外之财而欣喜的心终于生出了一丝真正的愧疚之情。但也仅此而已。

今年的收成实在不好，袁家如今已经穷得揭不开锅了，总不能等到冬季断了粮，买不起冬衣，全家一起饿死冻死。

继承香火的儿子肯定是不能送走的，能放弃的只能是三个女儿中的一个。

三锭十两的银子，放在农村可是一大笔钱，不仅能使全家顺利熬过这个年景不好的冬天，还可以省下一部分留着将来给儿子们娶媳妇用。

想到这里，袁香儿的父亲叹了一口气：“去里屋见见你娘和你奶奶吧。”

袁香儿怔怔地看了他半晌，扭头进了里屋。

里屋内，母亲正和长姐坐在床沿相对着落泪，见袁香儿进来，母亲一把将她拉到身边，伸手摸着她的脑袋，上下打量，眼里滚下热泪来。母亲的手心很热，带着长年累月劳作磨出来的粗糙感。她眷恋地反复摩挲着袁香儿的肌肤，给袁香儿传递来一种独属于母亲的温柔的感觉。

袁香儿等了很久，只看见母亲噼里啪啦的眼泪，却没等到一句挽留的话语。她心头生出的那一点儿期待终究慢慢退去，于是抽回了自己的手。

“母亲，我这就走了。”她说。

大姐袁春花正在将一张刚刚烙好的饼子和三两件衣服包进一个土布包袱里，听得袁香儿这话，忍不住哇的一声哭了出来：“娘亲别赶妹妹走，要赶就赶我吧！”她哭着拉母亲的胳膊。

“别胡说。”母亲哽咽着轻声斥责她。

大姐的哭声引来了在屋外玩耍的弟弟妹妹们，他们一眼看见大姐手中那张喷香的烤饼，顿时都嚷嚷着要吃饼。

袁母为难地看了看哭闹的三个孩子，又看了看即将离开的三女儿，最后还是伸出手从那块圆圆的饼子上撕下一小块放到大儿子手中，又撕下一小块放到蹒跚学步的小儿子手里，然后推开赖到地上吵闹不休的二女儿，将剩下的饼子塞进包袱里，打好包袱将其挂在袁香儿的胳膊上。

袁香儿寒了心，不再说话，扭头走出屋去，去了奶奶的屋里。

袁家奶奶卧病在床多年，她这间昏暗的屋子里弥漫着一股物品发霉后散发出的腐臭味。当年袁香儿刚出生的时候，身体还硬朗的奶奶叉着腰，站在家门口骂了一天的街，把母亲骂得羞愧难当。

如今也许是年纪大了，听说孙女要离开的消息，行将就木的奶奶撇了撇没牙的嘴，哆哆嗦嗦地从床头的陶罐里摸出一包用红纸封着的饴糖，硬塞到袁香儿的手中。这包糖也不知道放了多少年，连包糖的红纸都褪了色。袁香儿捏了捏那个被奶奶藏了好多年的红封，把它和缺了口的烙饼放到了一起。

一家人将袁香儿和那位“自然先生”送到了家门口。

来到这个世间七年，她的身份从女儿、姐妹、孙女变成了徒弟，但她已经不打算再在徒弟这个身份上付出任何感情了。

袁香儿在心里默默盘算，怎样才能离开这个想要当自己师父的男人独自生活。

余摇向袁香儿伸出手——那是一只属于成年男性的手，宽大而有力，不滚烫也不冰凉，带着人间恰到好处的温度，握紧了她瘦小的手掌。

袁香儿被这样的手牵着，最后回头看了一眼简陋的茅屋、破旧的围墙以及大门外簇拥着的一家七口。围墙上探出一只鸡脑袋，随后探出的是两只尖尖的狐狸耳朵，接着是几个探头探脑的小东西。

余晖把天边的晚霞染得浓郁而绚烂。

前路福祸难料，袁香儿挥别生活了七年的家，不再回头，牵着陌生人的手，向着晚霞深处走去。

看着妹妹渐渐远去的背影，袁招弟终于明白过来发生了什么事。

“哇——！我不吃饼子了，不吃饼子了，阿娘别把妹妹赶走！”袁招弟中气十足的哭闹声被夏日的凉风送出很远，使袁香儿那颗苦涩的心稍稍好过了一些。

袁香儿走在荒野的小道上，天色一点儿一点儿地暗了下来，身后村庄的灯火已经完全看不见了，前路一片黑暗。

身边的男人似乎没有停下来歇脚的打算，寂静的丛林中，袁香儿可以清晰地听见两人踩到荒草枯枝时所发出的吱嘎声响。

夜色浓重，狐火虫鸣，林间的枝条影影绰绰，阴影中仿佛躲藏着无数恐怖的存在，正在悄悄地窥视着夜行荒野的两人。

袁香儿心里有些害怕。因为真切地知道这个世界上确实有那些奇特的生灵存在，她比任何人都更加害怕身处这样的荒郊野外。

她一路紧绷着神经，担心下一刻就会从哪个黑暗的角落里跳出一只张着血盆大口的怪物。

七岁的她手无缚鸡之力，身边连一个熟悉的人都没有，只有一个刚刚认识不到几个时辰的便宜师父。准确地说，她甚至不知道这个所谓的师父是不是人类。

袁香儿悄悄抬头望了一眼牵着自己手的男人。男人眉目疏朗，肌肤莹白，丰神如玉，在月色星辉的映衬下显得很不真实。

他会不会也不是人类？这样的想法让袁香儿顿时起了一身鸡皮疙瘩。

余摇停下脚步，看向一路乖巧地跟在自己身边的小徒弟。小徒弟只有七岁的年纪，应该是累了，或许还有点儿害怕，毕竟才是个身高只及自己腰部的小姑娘。

"香儿是不是害怕？"余摇在袁香儿身前蹲了下来，"没事的，有我在这里，它们一般是不敢出来的。"

它们指的是什么？袁香儿看着他，没好意思告诉他自己的恐惧之情大半源于他本人。

余摇从怀中取出一张黄色的护身符，将它轻轻别进袁香儿的腰带里。也不知是不是心理作用，腰间隐隐传来一股温热感，驱散了内心的恐惧情绪，袁香儿心头一松，整个人也镇定下来。

"你……"余摇蹲在她面前，莫名为接下来的话感到有些不好意思。他没收过徒弟，还不太知道怎么和岁数这么小的徒弟相处。

"你愿意叫我一声师父吗？"

"师父。"袁香儿回答得十分迅速，"师父"二字出口也毫无压力，当然也并没有多少诚意。

她脑海里没有这个时代根深蒂固的师徒观念，对她来说眼下唯一需要考虑的事是怎么让自己年幼的身躯在这个世间安稳地存活下来。

但余摇似乎已经对她的回答很满意了，伸手摸了摸袁香儿的脑袋："师父的家离这里并不算太远，为了不让你师娘等急了，香儿辛苦一些，陪为师连夜赶路行吗？"

"可以的，我都听师父的。"袁香儿答得又甜又乖巧，内心却在想：只要你不突然变身成大妖怪把我一口吞下去，我什么都可以听你的。

余摇觉得很感动。他时常听一些道友抱怨说带徒弟是多么辛苦而麻烦的一件事，但他的小徒弟怎么就这样乖巧可爱呢？

"来，为师背你走。"他转过身，把自己的脊背留给听话又懂事的小徒弟。

袁香儿趴在余摇的背上，任由他背着自己走了很远的路。夜色已经黑得深沉，苍穹之上满是星斗。

余摇的步履十分稳健，带着一种独特的韵律，使得袁香儿很快就开始昏昏欲睡。她现在觉得自己的这位师父应该不是妖魔，那些奇特的生灵都是神出鬼没的，自己还没见过哪个以人类的姿态这样老老实实地走如此远的路。

有了这样的想法，袁香儿的心情放松了一些，年幼的身躯就再也抵挡不住困意，在余摇富有韵律的步伐中犯迷糊了。

这个人的脊背很宽，身上似乎带着点儿海水的味道，这让前世一直居住在沿海城市的袁香儿觉得十分熟悉且安心。

在这样摇摇晃晃的节奏里，袁香儿依稀做起了梦。

在梦境中，袁香儿回到了童年时期，回到了自己已经几乎忘却了的那段时光。在那里，有一个成熟而稳重的男人，袁香儿记不清他的面容了，但母亲罕见地对她露出了温柔的笑。那个叔叔带着袁香儿和母亲一起去了城市中最大的游乐场。袁香儿度过了幸福又快乐的一天，直到天黑了下来，城市里亮起了星星一样的灯光，那个男人将玩累了的袁香儿背在背上，慢慢地走在那些漂亮的星光里。

那时候的袁香儿心里想，这可能就是父亲的感觉，她真的希望母亲的笑容和父亲的脊背永远不要消失。可是当她第二天在卧室中醒来，一切都恢复了原状。父亲的脊背不见了，自己依旧睡在豪华而清冷的屋子里，母亲变得比从前更加冷漠和忙碌。

长夜不知何时已经过去，天光已经大亮，袁香儿睁开眼睛，发现自己还是那个七岁的孩童，依旧在那个摇摇晃晃的脊背上——师父背着她走了一整夜的路。

盛夏的早晨，日头已经十分晒人，而袁香儿的头顶上歪歪斜斜地戴着一顶青色的竹斗笠。袁香儿趴在那人的背上睁着眼，看着那些从斗笠缝隙中漏下的阳光在眼前晃动，突然觉得自己既然已经在这个世界做过了女儿、妹妹、孙女，那么再做一个徒弟其实也没什么不可以的。

她从余摇的背上下来，看见那个自己趴了一夜的后背上有一大片衣服被汗水浸湿了，师父一面擦着额头上的汗，一面取出水壶来让她先喝。

余摇那有些超凡脱俗的面庞，在汗流浃背中开始渐渐转变，变得真实而富有人味。

袁香儿轻轻地唤了一声："师父。"

这一声袁香儿唤得很轻，却终于带上了一点儿真情实意。可惜的是，余摇听不出其中的区别，只觉得新收的小徒弟既乖巧又听话，实在是好带得很。

他们眼前出现了一道溪流。溪水潺潺向东流去，溪上架着一座宽阔的石桥，桥的对面是一座热闹非凡的小镇——阙丘镇。

阙丘是一座历史悠久的古镇，镇子的南面是地势险峻的天狼山，一道宽阔的溪流自崇山峻岭中流出，绕过小镇，一路东去。

"师父的家就在这里。"余摇这样和袁香儿介绍。他牵着袁香儿的手缓步踏上石桥，步入那喧闹的凡尘。

"先生回来啦？这是谁家的女娃娃，长得这样标致？"

“哎呀，先生收了徒弟，那可要恭贺先生。”

“这是刚刚从溪里捕的活鱼，正想送去给先生尝个鲜，又怕吵到娘子休息。赶巧在这里相见，正好让先生带回家去。”

“先生何时得空？我家新添了长孙，烦请先生赐个名字。”

“家里的婆娘见天睡不好，都说是魇着了，请先生想想办法。”

…………

一路上的行人，无论身份如何，都十分热情地与余摇攀谈，语气中充满了对他的尊重之意，而余摇对此似乎已经习以为常，应对自如。

石桥是这个镇子唯一的出入口，桥上贩夫走卒往来穿行，桥头有不少小贩，兜售针头线脑、果品饮食，更有表演杂耍的江湖人士，场面十分热闹。

这一切对袁香儿来说很是新奇，来到这个世界后，她一直居住在人口稀少的小村落，还是第一次接触到这样多姿多彩的古代集市。

正看得高兴，她突然停下脚步，拉了拉余摇的袖子。

“怎么了？”余摇顺着她的目光向前看去。

在人群密集的桥头，突兀地站着一个高出普通人大半截的身影，那个身影肩宽头小，面目漆黑，一双眼睛竖着长在脸上。此刻，他正站在桥柱边，弯着腰伸着脑袋看一个米糕摊位上售卖的热腾腾的米糕。

卖米糕的老者笑盈盈地招呼来往行人，完全没有看见那个几乎压在他头顶上的身影。

余摇笑了起来，这小徒弟果然和卦象上显示的一样，天赋不凡，小小年纪就能看到常人无法看到的事物，是个继承自己衣钵的好苗子。

“他叫袜，黑首从目，模样古怪，性情平和，虽喜欢在人群中行走，但大部分时候并不会惊扰人。香儿不必介怀。”

“师父，你和我一样看得见吗？”袁香儿意识到师父和自己一样，能够看得见那些东西。

看来师父至少比装神弄鬼的吴道婆要好得多。

这么多年了，这些生灵明明存在，村里却只有袁香儿一人能够看见，这些话她只能一直憋在心底，无处诉说。

这次终于遇到一个可以不做伪装、随意交流的人了，袁香儿十分欢喜。

“是了，我在袁家村也见过，这些东西虽然皮了点儿，但是大多对人类没有什么恶意。”她和余摇说起自己的经历。

"这些东西和人族不同，性情不定，行事不受拘束。两族划界而居，大多时候互不搅扰，但也偶有为祸人间之辈，令人类防不胜防。"

余摇将目光投到阙丘镇南面的万千大山中，那里曾经是上古妖族天狼族的巢穴。如今天狼族虽然早已不在这个世间，但大山深处依旧盘踞着一些十分恐怖的体形较大的妖魔。

"香儿你要记住，虽然我们住在山脚下，但是不可随意进入天狼山深处，那里有一些师父都难以对付的存在。"

袁香儿此刻的心情很好，什么话都好说。她看了一眼远处连绵不绝的青山，保证道："嗯，我才不会去招惹它们呢。"

师徒二人沿着镇子的青石板路一直前行，穿过最为繁华的地段，两侧的房屋和行人渐渐开始变得稀少。

夏日的天气说变就变，刚刚还艳阳高照的天空转眼就布满了黑漆漆的雷云，轰隆一声下起雨来。

街上的行人纷纷寻找避雨之所，余摇将斗笠罩在袁香儿的头顶，一把抱起她就向前跑。

"香儿不急，已经到家了，就是前面那座院子。"他伸手指给袁香儿看。

道路的尽头，青山斜阳。山脚之下隐隐露出一栋水磨砖墙的清凉小院。院墙内苍松叠翠，修竹斜倚，虽不显奢华，却有清凉自在之意。

两人还未奔到小院近前，院门却突然开了，从门内伸出一只举着竹伞的纤纤玉手来。

"云娘，你怎么出来了？"余摇踩着泥水加紧跑了几步，接过了那把竹伞。

持伞之人从门后露出半张芙蓉面，青衫罗裙，如云美鬓，是一位令人见之忘俗的古典美人，只可惜身材单薄，有一种弱柳扶风的病态之感。

袁香儿知道这位就是师父一路念叨了几次的师娘了，于是乖巧伶俐地在余摇的怀里朝着女人喊了一声师娘。

云娘点了点头："我想着你没带雨具，就想到门口来迎一迎。这就是你新收的徒儿？"她的声音清婉，语气平淡，脸上没有什么表情，让人看不出喜恶。

师娘的身体显然不太好。大暑的节气，她却面色苍白，显然是气血不足所致，全身上下捂得严严实实的，甚至还在肩上搭了件外披。

袁香儿怀疑，别说淋上这么一场雨，就是一阵大风都有可能将这位师娘给吹跑了。

余摇一手抱着袁香儿，一手撑着伞，伞面严严实实地遮在娘子和小徒弟的头顶上，自己反而大半边身子都淋湿了。

三人一道顺着院子的石子路向里走。

庭院四周参差不齐地生长着各色花木植被，并没有被刻意修剪雕琢，凌乱中显出几分野趣。院中最为显眼的是一棵梧桐树，枝干擎天，郁郁葱葱，亭亭如盖。

三人经过树下的时候，那繁密的枝叶间传出一道细声细气的声音："我当是收了个什么了不得的徒弟，不过是一个黄毛丫头。这也值得你这样大老远地跑一趟？"

袁香儿探出脑袋，从雨伞的边缘往上看，发现梧桐粗壮的枝干上趴着一个人形的生物。它有着雌雄莫辨的人面，眼睑四周描着浓重的胭脂红，头戴一顶红色的冠帽，两条长长的殷红帽巾顺着白皙的脸颊垂落下来，在翠绿的枝叶中随风轻摆。它搁在胸前的双臂上遍布纯白的羽毛，身后更有长长的纯白翎羽披散。

"这是窃脂，是为师的使徒。"余摇给袁香儿介绍。

三人穿过庭院，一圈吊脚檐廊环抱着数楹屋舍，纸窗木榻，简洁雅致。余摇将云娘和袁香儿送到檐廊中，自己站在廊边抖落伞上的雨水。

云娘没有多余的言语，施施然穿行过长廊，进入南面的一间屋内，身影隐入昏暗的门洞，不再露面。她明明有着青春曼妙的背影，不知为何却带给人一种垂垂老矣的朽败感——迟缓、沉默、毫无生机。

袁香儿脚边的地面上突然浮现出半个人面牛角的脑袋，把她给吓了一跳。紧接着，一道低沉的声音从吊脚檐廊木质地板下响起："这样的女娃娃也能修习先生之秘术？我看还不够我一口吃的。"

"这是犀渠。"余摇笑着介绍，"他脾气有些不好，但他和窃脂都很厉害。有他们守在家里，你可以不用害怕，放心随意地玩耍。"

就是因为他们在，我才会害怕的吧！袁香儿看着犀渠那副凶神恶煞的样子，开始腹诽。

"使徒是什么意思？"她不懂就问。

"我等修行之士以法术折服妖魔，若不愿弑之，可施秘术与之结契，以为驱使，故名使徒。"

"原来还可以这样。师父，这个可以教我吗？我也想要使徒。"袁香儿兴奋了，这是不是和自己曾经饲养在别墅中的宠物是一个意思？想想将来有一群使徒可以保护自己，为自己跑腿做事，顿时觉得十分有趣，于是她拉着余摇的袖子，恨不得立刻就学了法术得到结契的使徒。

“当然可以教你，”余摇蹲下身，摸了摸她的脑袋，“只是此事并非那么容易，想要得到第一只使徒，至少也要等你出师之后。”

自此，袁香儿就在这个小院中住了下来，开始了自己的修行之路。

余摇所学甚杂，涉猎极广，讲学之时他能用自己的理解，将本应晦涩难懂的理论说得诙谐生动、浅显易懂。

但袁香儿发现了自己最大的问题——不识字，或者说不识这个时代的字。一个个字看起来似懂非懂，读起来完全不是那么回事，她根本无法流畅地读通那些晦涩的经学要义。

师父余摇在术数上十分博学，但奇怪的是，他对简单的幼童启蒙学一窍不通。

余摇在庭院的石桌上对着一本《千字文》看了半天，结结巴巴地念道：“天地玄黄，宇宙洪荒……”

“这个天地玄黄的意思就是……是什么呢？”他挠了挠自己的脑袋。

“天是黑色，地是黄色，宇宙宽广无边。”袁香儿表示自己小学的时候还是学过这两句名句的。

“对对对，就是这个意思。”余摇高兴地点点头，随后指着后几句话问袁香儿，“那‘闰余成岁，律吕调阳’是什么意思？”

袁香儿摇摇头，这两句对理工科的学生来说超纲了。

于是师徒二人大眼瞪小眼。修行的大道艰难险阻，他们被拦在了第一步的识字上。

“人类的汉字确实是太难了点儿。”余摇嘀咕了一句。

窃脂的脑袋从树干上伸出来，殷红的冠带垂落在书页前：“人类的法术很厉害，但他们似乎故意要把这种东西弄得看不懂，大概是为了让自己的同族不能轻易学了去，真是一个特别自私的种族。”

犀渠低沉的声音从地底响起：“我看他们是防着我们，害怕我们修习他们的秘术，否则以他们那娇弱的肉体，只能充当我们的口粮。”

“反正这些东西我是怎么也听不懂，也只有……能搞得明白。”

犀渠最后嘀嘀咕咕地说的那一句，袁香儿没听清，因为这个时候，师娘的身影罕见地出现在了檐廊下的阴影里。

“识字这一块，还是让我来教吧。”云娘拢着袖子，淡淡地说道。

来了这些时日，袁香儿知道自己师娘的身体实在孱弱。她整日足不出户，只在卧房静养。师父对她极其敬爱——一日三餐端到她床前，生活琐事皆亲力亲为，不用她操心。

大概是因为精神不济，师娘性情冷淡，平日里寡言少语，大部分时候也是坐在昏暗的床榻上，对任何事都没什么兴趣。

除了刚到的那一天，袁香儿几乎没和她说上话，如今想不到她会主动提出教自己识字。

从此，袁香儿每日便先和云娘学半个时辰的字，随后再跟着余摇学采气炼体、天机要诀等秘术。

云娘讲学十分严谨，从《千字文》《三字经》到四书五经，按部就班，循序渐进。

余摇却十分随性，完全没有章法，天马行空，肆意妄为。

有时他随手折一把蓍草，就在草丛中教起天地大衍之数；有时又正儿八经地沐浴熏香，给袁香儿演示施术的过程。从精奥正统的紫微斗数，到人人忌讳的厌胜之术，余摇想到什么说什么，毫无忌讳，也不怎么在乎袁香儿听不听得懂。

每日用过早餐，袁香儿便进入云娘的屋子请安。云娘会从床榻上起身，披上衣物，松松地绾起发髻，坐在窗边手把手地教袁香儿识文断字。

师娘的手很冰，说话的声音清婉而语调迟缓，但她教得很用心。她时常握着袁香儿的手教袁香儿用毛笔写出一个个娟秀的字。

手背上传来冰凉的触感，袁香儿不禁为自己这位师娘的身体状况担忧。师父的祝由术十分了得，甚至时常有人大老远地特意赶来求师父一道灵符治病，都说能够符到病除。

然而袁香儿不知道师娘得的是什么病，即便是师父也束手无策。

袁香儿觉得有些愧疚，师娘病了，每日还要为了自己耗费半个时辰的精力讲学。在劝解无果之后，她只得越发上进，埋头苦读，加上本身就有的底子，在识字背书上可以算得上是一日千里，进步神速。

对待学习，袁香儿拿出当年高考前夕锻炼出来的拼劲，毕竟如今要学的内容晦涩难懂，师父余摇还不太靠谱，只能在听课的时候认真记笔记，课后自行归纳总结，查阅文献，对照理解。

感受到袁香儿的学习劲头，云娘很是欣慰，淡漠的面孔上终于开始露出一两丝微笑，偶尔也会不吝啬地夸袁香儿一句进益了。

余摇却显得忧心忡忡，觉得年幼的弟子正应该是玩耍的年纪，不应这样没日没夜地辛苦学习。他说得最多的话就是："香儿，你怎么还不出去玩耍？"

担心徒弟初来乍到没有玩伴，他甚至给四邻八舍有孩子的家庭都打了招呼，以致那些本来就因为新来了小伙伴而跃跃欲试的皮猴儿再也没有了顾忌。吴婶家的大花、二花，陈伯家的铁牛、狗蛋，一窝蜂地拥进小院来，每天拉着袁香儿上山下水地玩。

每当这个时候，余摇总是十分欣慰地站在门口冲袁香儿挥手："好好玩耍，晚餐记得回来吃，师父今日在锅子里煲了你喜欢的竹荪山鸡汤。"

袁香儿对师父的这种关怀很是无奈。她真的只想好好学习，并不想和这些六七岁的小孩混在一起，无奈师父盛情难却、小伙伴热情似火，她也只好适时地降低自己的智商，开开心心地加入玩泥巴、掏鸟蛋的大军中去。

陈家的老大铁牛爬到一棵高高的拐枣树上。树下的小伙伴一个个都仰起脖子，用期待的眼神看着他，这让他有些得意。

铁牛摘下一根根缀满拐枣的枝条，往小伙伴们的手中丢去。别看这枣子歪七扭八的有些丑，吃到嘴里可甜了，是孩子们最喜欢的零食之一。他藏着私心——将挂着最多、最饱满果实的枝条往袁香儿手里丢。

余先生家这位妹妹刚来的时候一副面黄肌瘦的模样，在先生家养了没两年，小脸也圆了，皮肤也白了，水灵灵的模样特别招人喜欢，这一片的孩子没有不爱找她玩的。

她和这里的孩子好像都不太一样，从来不会把自己弄得脏兮兮的，也不哭鼻子，总穿着一身干干净净的衣服，笑起来特别甜。

九岁的袁香儿站在树底下，抬头看着在树上摘果实的小伙伴。呼啦啦，一挂果子被丢进了她的怀里，她摘下一颗小拐枣放入口中，好甜，天然质朴的果浆浸透了味蕾。

袁香儿真正的童年是在各种学费昂贵的兴趣班中度过的，因此几乎不记得自己曾有过什么像样的娱乐时光。

想不到如今的袁香儿反而重新天真烂漫起来，享受着可以无忧无虑地嬉戏玩耍的童年。

此刻，她的身边站着一个比这些孩子高出数倍的黑色身影，那是袁香儿第一天来到镇上时在桥上看见的袜。

祩有着高高大大的个子、宽阔的肩膀和一颗黑色的小脑袋，面上竖着一双眼睛，混在一群看不见他的孩子中，抬头期待地看着树上的孩子嬉闹着丢果子。

袁香儿目不斜视地看着树顶，不动声色地将一挂拐枣递到身边的祩手中。那个大个子愣愣地伸出手，将拐枣接住了。

来到镇上这么久，袁香儿发现祩虽然体形庞大，但确实如师父所说，只是喜欢混在人群中玩耍，并没有做过什么出格的事。慢慢地，袁香儿也就不再害怕他。这个时候，袁香儿觉得他看了这么久，说不定也只是想要一挂果实而已。

果然，祩捧着一小挂果实左看右看，然后蹲到一旁，歪着脑袋研究手里的东西去了。

铁牛从树上跳下来，拍了拍裤子："行了，就这些，再高的摘不到了。"

"摘不到了吗？我才拿到这么点儿。"

"好可惜，上面还有那么多，下次我们带一根竹竿来吧。"

小伙伴们惋惜地讨论着树顶那些摘不到的果实，突然听得树顶传来一阵哗啦啦的响动，紧接着，拐枣、树叶、枯枝以及毛毛虫就劈头盖脸地落了下来，砸了孩子们满头满脸。

"哎呀呀，哪儿来的这么大的风？"

"好多果子啊，快捡起来！"

…………

孩子们说笑着一边躲避树枝，一边满地捡果实。

刚才在他们看不见的世界里，树边一个庞大的黑色身影正鼓起胸膛，长长地吹出一口气，那口气竟然成了一阵飓风，呼啦啦地吹下了树上的果实。

大丰收的孩子们在溪水边洗净了拐枣，兜在衣襟里，吃得满嘴甜滋滋的。吃饱之后他们还有任务——进山里捡一些柴火带回家。

这些孩子中，只有袁香儿不用干这些活。

平日里袁香儿既不用捡柴火，也不用打猪草，甚至不用挑水做饭，每天不是学功课就是玩耍。因此她的衣服总是很干净，小手白嫩嫩的，回家还时常有香喷喷的鸡腿吃。因为这一点，袁香儿成了所有小伙伴艳羡的对象。

"香儿，我们一会儿就回来，你在这儿等着我们呀！"伙伴们和她挥手告别。

袁香儿独自坐在溪边。如今这个世界没有了电子产品，却并不像她想象的那么无聊，反倒每一天都让她觉得新奇有趣。

比如此刻，在离她不远处的溪岸边，一个具有人类四肢、长着青蛙脑袋、穿着青色衣物的小人，正顺着一块滑溜溜的大石头往上爬，似乎想要摘取垂在岸边的那几颗红彤彤的树莓。石头上布满苔藓，滑不溜秋的，以至于他每爬上几步就脚下一滑，小身体缩成一团一路滚回原地。

袁香儿躲在一旁偷看，突然起了坏心思，明明看见那青蛙人快要够着果实了，却悄悄地拿起一根树枝，在青蛙人脚下一拨，害得他扑通一下，又缩成一团滚到草地中去。

青蛙人视力似乎不太好，根本看不见静坐在一旁的袁香儿，从草地上爬起身后，呆头呆脑地摸了摸脑袋，不明白自己为什么会掉下来，只好重新往上爬。

躲在一旁使坏的袁香儿拼命地憋着笑。

如此欺负了几回青蛙人，袁香儿方才站起身来，拎着青蛙人的衣领把他提到岩石上放下，随手捋下几颗树莓托在树叶上，摆到傻傻的青蛙人面前："不逗你了，拿去吃吧。"

她隐约听见丛林深处传来一阵细弱的哭声。

袁香儿侧耳听了一阵，顺着哭声寻了过去，分开灌木的枝叶，看见了一个猎人设置的陷阱。那尖利的铁钳夹住了一只山猫的幼崽，幼猫腿上鲜血淋漓，无力挣脱，趴在草地上发出细弱的哭声。

看到袁香儿出现，它浑身奓毛，口吐人言喊了起来："呀，是可怕的人类！父亲大人救我！父亲大人救命呀！"

袁香儿被它奶萌的声音撩到了。她打从上辈子起就喜欢这样毛茸茸的生物。在小山猫的大喊大叫声中，袁香儿伸出手用力地掰开夹住它的铁夹子，捏住小山猫的后脖颈，小心地把它从陷阱里提出来。

"呀！是人类，好可怕！不要靠过来，不要抓我！"小山猫被袁香儿提在手上，嫩嫩的小毛爪子在空中乱抓，企图反抗。

"别闹，"袁香儿捏猫脖子的手法十分熟练，不让这个小东西得逞，"我看看你腿上的伤口。"

小山猫细细的腿上满是血，袁香儿轻轻触碰一下，就引得小山猫奓毛、尖叫，也不知道是疼的还是被吓的。

袁香儿正思考着该怎么处理这只受伤的小山猫，丛林中突然传来一声低沉而愤怒的吼声。霎时腥风扑面，飞沙走石，一只巨大无比的山猫从林中跃出，咆哮着向袁香儿扑来。

大山猫那咧开的血盆大口飞溅着唾沫，袁香儿可以清晰地看见里面那两排闪着寒光的利齿。她毫不怀疑山猫这一口咬下来，自己就要身首异处，血溅当场，神仙也救不回性命。

这是袁香儿第一次真真切切地体会到妖魔的恐怖之处。那一瞬间，她意识到这不是玩耍，也不是练习，稍有不慎就会丢掉小命。

对死亡的恐惧之情钻进毛孔，束缚住了她的心脏，生死一线之间，两年来师父教授过的所有法术禁咒在她的脑海中走马灯似的过了一遍。

袁香儿慌了，她发觉自己在两年的时间里看似学了不少东西，临到实战之时，却还是拿不出任何防御手段。

大猫妖凌厉的爪风已经刮到她的皮肤上，腥臭的气息吹得她遍体生寒，就在这时，她腰间突然传出一阵灼热感。那是当年在离开袁家村的路上，师父亲手别进她腰带中的护身符，她一直随身携带。此刻放在荷包中的符箓突然爆发出一片金光，在袁香儿面前形成一圈纹路繁复的金色圆形符文。那细密威严的符文像一面金光闪闪的圆盾，于千钧一发之际挡住了大猫妖的猛烈一击。

“别冲动，这只是个误会，小猫并不是我伤的。我只是恰巧路过。”袁香儿举起手里的小山猫，逮着机会试图解释情况。

那只红了眼的大猫妖根本听不进袁香儿的话，继续愤怒地疯狂攻击，但无论如何变换攻击的方位和角度，那道金色的圆盾总能及时准确地出现，滴水不漏地挡住全部攻击。

大猫妖的威压和凶猛攻势卷起漫天尘土，引得地动山摇、黑烟滚滚。一片天昏地暗中，只有那看似薄弱的金色圆盾不断地亮起金光，坚定地挡在袁香儿面前。

袁香儿强迫自己镇定下来。她是出来玩的，什么也没带，只能咬破手指收敛心神，凌空描绘出能够召唤天雷的五雷符。

余摇所传的符法和世间所传仪式繁杂的符法不同，讲究的是道法自然，一点灵光即是符，看起来似乎简单了不少，但其实难度反而增加了，那所谓的灵犀一点极难捕捉，袁香儿修习多时，依旧不太能摸到法门，通常情况下，画出的一二十张符箓中，能有效用的不足其一。

师父不太管她，每日只会说：香儿好棒，已经可以了，玩去吧，玩去吧。

此时命悬一线，袁香儿不敢大意，在极度紧张的情况下凝神聚气一笔成符。红色的符文在空中淡淡地现出了形状。

她成功了！

袁香儿还来不及高兴，只见天空中不紧不慢地飘来几朵雷云，劈下一道细细的闪电，那细细的闪电打在小山一样的大猫妖身上，一点儿效果都没有，反而炸得它更加狂怒。

袁香儿气得跺脚，只能骈剑指，再一次起符。

就在这样的危急时刻，袁香儿的眼前突然浮现出一条游动着的青色小鱼。

那条小鱼摇着尾巴在空中迅速游动了一圈，袁香儿揉了揉眼睛，小鱼就一分为二，变成了一红一黑两条小鱼。

两条小鱼首尾相逐，再转一圈，逐渐变大，成为一个巨大的双鱼八卦。

袁香儿身边突然安静下来，仿佛被罩上了一个巨大的透明圆形护罩，在那圆形护罩的范围内，风沙也不吹了，大地也不晃了，空中凌乱的草叶慢悠悠地飘落。

一道熟悉的身影出现在袁香儿面前，他抬指轻挥，护罩外强悍而凶猛的大猫妖就骨碌碌地滚出去老远，沿途压倒了很多粗壮的树木。

来者正是袁香儿的师父余摇。余摇回首冲袁香儿点点头，袁香儿一颗紧绷的心瞬间就放松了。

地底深处传来一声如同婴儿啼哭般的鸣叫，犀渠的身影从地底一跃而出。他后蹄刨地，黑色的身躯瞬间变得巨大，顶着一对尖锐的长角，把刚刚爬起身来的大猫妖扑倒在地。

余摇凭空凝结四条透明的水柱，禁锢住大猫妖，然后接过袁香儿手中那只被吓得瑟瑟发抖的小奶猫远远地抛了过去："还给你，别再出现在此地，否则将你封禁百年。"

凶狠无比的大猫妖叼住了自己的孩子，弓着背发出呜呜的低吼声，心有不甘地跟余摇对峙片刻之后，最终放弃了继续攻击的打算，叼着自己的孩子，几个起跃之后，消失在群山之间。

袁香儿脱力，一屁股坐到了地上。

余摇伸手揉了揉她的脑袋："哎呀，香儿已经可以指空书符，看样子很快就能够出师了。"

袁香儿心有余悸地傻傻地笑了。刚刚那只险些取了她的小命、对她来说如高山般难以撼动的强大妖魔，却被师父在弹指之间轻松解决，她比起师父还差得远呢，怎么可能出师呢？

此时的她觉得师父只是在开玩笑罢了。

有师父在，袁香儿无忧无虑的童年似乎可以无限地延续下去，每日轻松随意地学学法术，和小伙伴或是小妖精们玩闹戏耍一番，时光就如同那涓涓细流，无声无息地东流而去。

院子里的梧桐叶再一次变黄的时候，师娘的病似乎越发严重了。她不得不停止给袁香儿授课，躺在床榻上几乎起不了身。

袁香儿进屋去看她，只见她面色青白，眼中无神，如果不是偶尔还能微微呼出一口热气，几乎就是一个早已经死去的人。

在这段日子里，师父余摇不再出门，大部分时间坐在床边握着云娘那只苍白无力的手，沉默地看着床榻上的娘子。

云娘偶尔清醒，勉强说出几句话来，似乎在和余摇争执着什么。

一起生活了这么久，彼此已经十分熟稔，袁香儿知道余摇是一个随性洒脱的人，他的身上甚至带着几分成年人少有的天真单纯，袁香儿还是第一次看见他忧愁的模样。而师娘素来恬静平淡，无欲无求，袁香儿真不知道有什么重要的事能让她拖着这样的病体同师父争执不休。

这到底是怎么了？袁香儿隐隐感到不安。

在一个天气特别好的日子里，袁香儿站在梧桐树下，忍不住开口询问趴在树枝上的窃脂。

“窃脂，你知道师娘得的是什么病吗？”

树冠中传来一声嗤笑，窃脂飘逸的洁白翎羽轻轻地从枝头垂落：“她那哪里是病？不过是寿数到了，无以为继罢了。”

袁香儿讷讷地道：“你在说什么？师娘她还这般年轻。”

窃脂从枝叶间探出俊美的面孔：“小香儿，你知不知道，在我们眼中，你们人类和朝生暮死的蜉蝣也没什么差别。我们愿意和人类结下契约真的是因为无力反抗吗？不过是漫长的岁月过于无聊，借此在人间游戏一番罢了。”

他伸出白色的翅膀，在袁香儿的鼻尖上轻轻刮了一下：“我觉得我不过是打了几个盹，你怎么就变高了？是不是冬天我睡上一觉，你就要变成白发苍苍的老太婆，腐朽之后烂到泥地里去了？”

“窃脂，她还是孩子，你别吓唬她。”余摇的声音从檐廊下传出。

“哼，早晚不都得知道吗？”窃脂有些没趣地收回翅膀。

余摇从檐廊的阴影中缓步走出，正午的阳光很明媚，将斑驳的树荫打在他温和的面孔上。他伸出手摸了摸袁香儿的脑袋，像往日一般笑盈盈地说：“确实是长高了不少。”

袁香儿看见了师父，略微收敛心神：“师父，窃脂他刚刚说……”

“香儿，本门讲究的是道法自然。”余摇在她的面前蹲下，认真地凝望着她的眼睛，“所谓道生一,一生二,二生三,三生万物，而这世间万物都脱不了‘自然’二字。人间生死聚散理应顺其自然，不该过度执着。”

余摇对袁香儿的教导从来都十分随便，“可以了”“去玩吧”“不懂没关系”是他最常挂在嘴边的话。

他一应教授解惑之语都十分直观明了，很少说这样玄之又玄的教义，一时间，袁香儿听得云里雾里。

“师父，我听不明白。”

“现在不懂也没事，总有一天你会明白的。”

余摇就蹲在她的面前，她第一次这么近距离地看师父的眼睛，突然发现师父的眼眸和寻常人有些不同，仿佛里面有深渊、有大海，承载着万千世界。

也许是看着这样的眼眸久了，午睡的时候，袁香儿梦到了大海，仿佛做了一个很长的梦，听了许久的海浪涛声。

“你是人类，师父本来不愿你接触那些山中的妖魔，但现在想想，为师自己都不能克制之事，又如何能勉强于你？只希望你长大之后，能有和师父不一样的人生见解。”师父的声音在袁香儿的梦里轻轻回响。

午后的阳光透过窗纸晒进来，庭院里寂静一片。

袁香儿醒了过来，揉揉眼睛，走到院子里，总觉得似乎有什么东西和平时不同了。

好像不太对劲，院子里太过安静了。

除了窃脂和犀渠，师父还有很多大大小小的使徒，往日里即便师父出门在外，这座院子里的屋檐上、地板下、墙头树荫中以及花木之间，总能听见那些小小的精灵发出的叽叽喳喳的声响。

但此刻，一切仿佛突然就消失了，静得连一声虫鸣都听不见。

“窃脂？犀渠？”院中的树叶一动不动地挂在树梢上，地板下也没有响起那种低沉的嗓音。

“师父？大家都到哪儿去了？”袁香儿双手拢在口边，冲着庭院大喊。

梧桐树下的石桌边上坐着一个窈窕的身影，那人穿着一身轻薄的罗裙，鬓发高盘在脑后，正抬头看着天边的云霞。听见喊声，那人转过脸来，气色红润，正是袁香儿那久病不起的师娘。

“师娘，您怎么起来了？”袁香儿又惊又喜地拉住了师娘的手，“师娘，您这是好了吗？”

云娘点点头，伸手摸了摸袁香儿的脸颊。她的手掌既柔软又温热，不像往日那般冰凉。

虽然师娘突然病愈十分奇怪，但袁香儿心底还是由衷地为师娘高兴。

“那可真是太好了，师父知道了吗？对了师娘，我师父呢？怎么到处都看不见他？”

云娘没有回答袁香儿这个问题，呆坐了片刻，挽着袁香儿的手站起身。

“你师父有事出一趟门，要过些日子才回来。”

因为师娘说这句话的时候带着浅笑，袁香儿就没想到所谓的“过些日子”有可能是三两天，当然也可能是经年累月。

集市上的乡民们看见云娘子出得门来，都十分新奇。

“哎呀，娘子这是大好了呀？”

“那先生可得高兴坏了。”

“娘子要买哪些果子？娘子别累着，让我家的小子给您提回去便是。”

云娘笑着一一回应，如寻常人家的妇人一般，系着一条头巾，挎着一个竹篮，带着袁香儿弯着腰在市集上挑挑拣拣地买菜。

“师娘这是做什么？”袁香儿跟在云娘身边，不解地问道。

“买些蔬果，准备今日的晚餐。”

“师父不在家，师娘身子不好，这些琐事自然是交给徒儿来做，怎么好让师娘亲自动手？”

余摇在的时候，家里打水煮饭的杂事都不用袁香儿操心，袁香儿像是一个真正的孩子一般无忧无虑地生活了这些年，很享受这种被宠爱着的感觉。

但如今师父出门了，她觉得该由自己负责这些事，不能让刚刚病愈的师娘劳累，毕竟自己实际上并不是一个九岁的孩子。

“瞎说，你才几岁？师父不在，自然有师娘煮饭给你吃。”云娘用葱白如玉的手指在袁香儿的鼻子上轻轻地点了一下，“你师父当初怎么宠你，如今师娘一样宠你。快说晚上想吃点儿什么。冰糖肘子吃不吃？”

袁香儿咽了咽口水。她正是长身体的时候，特别馋肉，于是瞬间放弃了自己刚刚建立起来的责任感："吃……吃吧，冰糖肘子谁不吃？"

二人手挽手往家里走去，此时红霞满天，空中遍布着细密的鱼鳞云，霞光灿灿，有如谪仙过境。

这样漂亮的霞光袁香儿只见过一次，那是师父到袁家村接自己的那一天，她在村里看见的。

七年之后。

大门外响起砰砰的敲门声。

"来了，来了。"袁香儿一路小跑着从院子里的梧桐树下经过，打开院门伸出脑袋。

只见门外是一队浩浩荡荡的人马。宝马香车，从者众多，车队的主人穿一身圆领织锦长衫，戴一顶轻纱帽，显然是富庶人家的子弟，却放下身段，让一应仆从等在身后，亲自前来敲门。

"请问自然先生在家吗？"客人拱着手行了个礼，恭恭敬敬地说。他看上去十分年轻，相貌也周正，只是左边眼眶上有一大片瘀青，好像被谁狠狠地捶了一拳头，显得有几分滑稽。

这又是一位大老远跑来求师父帮忙的客人。

袁香儿道："我家先生出远门了，已经有好些年不曾回来了。"

"先生不在家里？哎呀，那可怎生是好？"客人来回搓着手，又问道，"可知先生何时归来？"

袁香儿摇了摇头。

那一年师父突然消失，距今已经过去七年，袁香儿从一个豆丁一样的小娃娃长成了十六七岁的少女，却不曾再见到师父一面。尽管时间已经过去了那么久，但依旧时不时会有不知情况的人从很远的地方特意赶过来寻求师父的帮助。可惜的是，他们注定只能失望而归。

袁香儿正打算闭门送客，远远地看见师娘和斜对门陈家的婶婶并肩从集市上归来，连忙推开门扉迎接师娘进屋。

"今日在集市上看见有小鸡崽儿卖，十分可爱，便又买了两只。"云娘掀起盖在菜篮上的花布一角，露出两团微微耸动的黄色毛球，"把它们养在院子里，好不好？"

师父刚刚离开的时候，庭院里住的那些使徒同时消失了，骤然的寂静让人很不习惯。或许正是因为如此，师娘便在院子里养了不少阿猫阿狗、小鸡小鸭，终于让空落落的庭院重新叽叽喳喳地热闹起来。

那位准备离去的客人看见云娘，疑惑地打量她片刻，几个箭步跨了回来："这位可是云娘子？小人是周德运哪，娘子可还记得小人？十五年前，先生和娘子一道路过洞庭湖，救过小人一命。"

云娘看着他，思索了半晌方才恍然想起："原来是你啊！当年你不过是一个不到十岁的孩童，想不到如今都这样大了。"

周德运连连打恭："娘子却和从前一般无二，不承想娘子还记得小人。当时幸得先生道法超然，救下小人性命，这些年来，先生的恩德小人不敢或忘，百般周折打探到恩人仙址，特前来拜会。"

云娘便将人让进院子里，在梧桐树下的石桌前落座。

那位周生在云娘面前十分拘谨，以晚辈自居，不敢平坐，只是站着回话。

袁香儿在一旁听二人聊起往事，知道这个叫周德运的男子年幼时得过一场大病，父母遍求名医，药石无效，几乎就要为他准备丧事了。幸亏自然先生携娘子云游时途经此地，出手相助，周德运方才幸免于难。

如今过了一十五年，当时的十岁孩童早已成家立业，有了妻室。

周家祖上曾经为官，留有余荫，家境殷实，本来日子过得十分顺遂，谁知数月之前，娘子丁氏不知怎的突然得了癔症，言行粗鄙，口吐狂言，声称自己并非女子，乃驻守边关的大将军，非但不让周德运亲近，反而一拳将他从卧房中打了出来。

几个月来，周家求神问道，折腾得家里鸡飞狗跳，非但不见效果，反倒使得那位"大将军"更加暴躁。如今无可奈何，周德运只能将娘子用铁索捆在房中，等闲不敢近身，日子过得实在凄苦。

"这可真是……一件奇闻，可惜我对这些一窍不通，也帮不上你的忙。"云娘宽慰他道，"这世间之大，能人众多，远胜外子之人比比皆是，你再多方寻访，必有解决之道。"

袁香儿从旁插了一句话："若是实在解决不了，你问他姓甚名谁，家住何处，如若无误，放他自行离去也就是了，何必把人捆在家里？"

周德运唉声叹气："倒也问了，她却不肯明言，说是以女子之身愧见亲戚故旧。何况拙荆乃是在下三媒六聘娶进门的娘子，正经夫妻，如何能轻易让她流落市井？"

他悄悄打量袁香儿，见这位姑娘青衫玉肌，神采非常，心知她必非凡俗之人，只可惜是女子之身，不免暗暗遗憾。听说这位姑娘是自然先生唯一的弟子，若是成年男子，他怎么也要将袁香儿请上一请，但凡袁香儿能得先生一二真传，他好歹也有个盼头，可惜，可惜……

周生失望地离去，留下了一个看上去普普通通的红漆木匣子作为谢仪。

袁香儿推开匣子，只见里面打了几个小格，整整齐齐地摆着金条银锭珠玉首饰若干，明晃晃的，满满当当的一盒。

云娘看了一眼，不以为意，只随口嘱咐袁香儿收入库房，自己只顾着开开心心地去给带回来的小鸡搭新的鸡窝，似乎一盒子的金银珠宝还不如手中两只毛茸茸的黄色小鸡重要。

院子西北角有一间不大不小的库房，里面堆满了大大小小的箱子，都是曾经得到师父帮助的人送来的谢仪。余摇把它们随意地堆放在一起，从不归类整理，导致里面乱得连个下脚的地方都没有。

袁香儿勉强将那个小匣子塞进去，看着库房门上那道不怎么顶用的铜锁有些犯愁。

师父在的时候，这个家看起来平平无奇，明里暗里却驻守着各种使徒，让人十分有安全感。

如今师父不在家，家里却有这样一屋子的金山银山，随便来个小贼都能打得开这样的锁，丢了钱财倒是小事，如果让师娘受了什么惊吓损伤，袁香儿心里可过不去。

袁香儿摸了摸下巴，寻思自己修习道术多年，是不是也该尝试着像师父当年那样与几位使徒结契，结下契约的不一定是窃脂、犀渠那样强大的使徒，只是山间有些许法力的小狐狸、小兔子，能够在袁香儿外出的时候看家护院就行。

余摇离开之后，云娘没有像袁香儿想的那样愁肠百结，郁郁寡欢，反而过上了十分接地气的生活，每日赶集买菜，烧水煮饭，更是和从前一样，每天给袁香儿上半个时辰自己能力范围内的课，课程内容从最初的识文断字逐渐涉及丹青、音律、花艺、茶道等方面。

云娘一扫当初死气沉沉的模样，似乎对生活中的每一件小事都乐在其中。

早些年，袁香儿还经常拉着云娘的手询问师父去哪儿了、什么时候回来。

云娘总会蹲下身，摸摸她的脑袋："我不知道他去了哪里，也不知道他什么时候回来，但我相信他总有回来的一天。我们能做的只是将自己的日子过好，每一天都活得开开心心的，这样你师父回来的时候，看着才会觉得高兴。”

多次询问无果之后，袁香儿也只能默默地修习师父教给她的法术，同时帮师娘做些家中琐事，一起等着师父回来。

师父离开得有些蹊跷，袁香儿心中暗暗有一种想法，但假如师父是遇到了什么难事，自己胡乱猜测也没用，只有学有所成才能真正帮得上忙。

师娘只是一个普通人，既看不见那些隐匿了身形的精怪，也修习不了奇门异术。但相依相伴了这么多年，在袁香儿心里，师娘是和师父一样令自己尊敬又仰慕的存在。

同生活在这个小镇上的那些妇人不大相同，师娘虽身为女子，却不仅熟经史、擅诗赋，更精通各种礼仪艺术，那些在行止之间不经意地流露出的诗书气质使得袁香儿时常在心中怀疑师娘是哪个名门望族的大家闺秀。说不定师娘也是因为和师父有着一段游园惊梦、红拂夜奔的往事，所以才隐姓埋名地生活在这个小镇子上。

这厢，袁香儿刚刚锁上库房的门，就听见外面院门处又隐隐传来了问询声："自然先生在家吗？"

在外头的云娘应声前去开门。

师父离开家已经多年，附近十里八乡的人早已不再上门，只偶尔会有天南地北的不知情形之人慕名找来。怎么今天一下来这么多人？

袁香儿心里觉得奇怪，拍拍衣襟上沾上的灰尘，不紧不慢地走了出去，伸头向院门的方向看了一眼。

一看之下，她心中骤然一紧，背上汗毛耸立。

敞开的门外站着一位女子，施朱粉，扫蛾眉，鬓插金花钿，腰系玉环绶，是一位打扮精致、考究的美人。这样的美人就大大方方地站在大门外，云娘却好像没有看见一般，探出脑袋四处张望。

“奇怪，明明听见有人敲门。”云娘疑惑地说道。

门外的女人眯起一双丹凤眼，歪着脑袋打量着对她一无所觉的云娘。

袁香儿飞奔着穿过院子，一把拉住云娘的胳膊，将她推到身后，砰的一声关上了门。

“怎么了，香儿？”云娘奇怪地问，“我刚刚好像听见了敲门声，奇怪的是这会儿门外又没有人。”

袁香儿盯着紧闭的大门，手指悄悄夹紧一张黄符。

云娘听不见，但袁香儿听得一清二楚，门外的女子还在问询："自然先生在家吗？请问自然先生在家吗？"

过了片刻，见不再有人开门，那声音才终于慢慢地消失了。

袁香儿捂住怦怦直跳的心，松了一口气，还好，那女子还不敢进来。

师父虽然离开了多年，但这座院子中始终留有师父的气息，平时大部分的魑魅魍魉从不会靠近这座院子。

也不知道是不是师父离开得久了，余留的气息淡了，如今妖魔们竟然都敢直接到门口敲门了。

刚才太危险了，幸好师娘没事，真的该给自己找一个帮忙看守院子的使徒了，袁香儿在心里想。

既然决定了要收一个使徒，袁香儿便开始做细致的准备工作。

她翻阅了不少家中收藏的典籍，知道与使徒结契是一件带着风险的事。例如手中的这本《洞玄秘要》中就提到，结契之时妖魔很有可能激烈反抗，需要施术者以法力威压折服。如果施术者法力不够，不能令使徒心甘情愿地屈服，那么其有可能在紧要关头反噬施术者，使施术者轻则受伤，重则殒命。所以大部分的高功法师在与使徒结契的时候，往往是先将妖魔重伤，再用法阵禁锢，强迫他们屈服，以求万无一失。

要先打个半死才行吗？袁香儿合上书卷，叹了口气。

她想起师父在家的时候，和窃脂、犀渠等大小使徒都相处得十分融洽，一点儿也不像是用法术强制驱使的。

也许师父有什么和别人不一样的办法。

袁香儿对自己的师父还是十分了解的，余摇虽然道法高超，但在文学素养上和七八岁的自己也差不多。因此，师父的书房中虽然收集了世间各大玄学门派的经学要义、法术秘诀，却没有留下他本人的只言片语。那些晦涩的经文余摇能读通就算不错了，想让他著书留字确实太过勉强。

不管怎么说，袁香儿都准备先实践一次。这些年她确实修习了不少法术，但真正驱魔镇妖的斗法经验还非常欠缺。

不知是不是因为师父曾经在此地坐镇多年，这些年，阙丘镇上几乎没有出现过大型的邪魅鬼祟。至于偶尔出现的三两只小妖怪完全不是袁香儿的对手，不是成为她玩耍的伙伴，就是变成了她欺负的对象。看来，想要得到使徒，她还得进入天狼山深处。

袁香儿把零零碎碎的小东西一件件地收进出门用的褡裢和背篓里。

帝钟、阵图、符箓、短刀、应急药品、水壶、糕点、零食……啊，好像混进来了不少没必要的东西。

打七岁起，袁香儿就住进了天狼山脚下的阙丘镇，但不要说他们这些孩子，即便是镇子里以打猎为生的猎户，也只会在周边方圆数里内的山林中活动，从不敢深入天狼山。

整条天狼山山脉足有十万大山，浩瀚无边，不知占地几何，传闻那里是妖魔们的领地，已经不再属于人间。

这一次要独自进入大山深处，袁香儿不免有些紧张。

一定不能走得太深，在周边找一些山猫野犬所化的小精怪带回来看家护院就是了，袁香儿心想。

原始森林中处处是参天古木，藤蔓萦绕，苔衣遍地，这里人迹罕至，连骄阳的光辉都透不进来，是一个混沌而迷离的世界。

袁香儿穿着一身便于行动的裋褐，手持竹杖，踩着厚厚的枯叶，拨开长草枯藤，一路探索着前行。

平日里在镇子上十分少见的精魄魅影在这个地方渐渐变得寻常起来。枝叶之间、石苔阴处，时不时就冒出一排排的小脑袋，好奇地打量着袁香儿这个闯入森林的异类。

袁香儿正蹲着身子，用一块糕饼诱惑不远处躲在大树后的一只小兔子精。

那只小小的兔子精只有一尺来高，长着人类的面孔，脑袋后却垂着一双软绵绵的兔子耳朵。小兔子精从雪白的衣袖里面伸出两只小手，想要接袁香儿手里的糕饼，又有些害怕。

“别怕，给你吃。”袁香儿耐心地举着糕饼，看着那双小手终于伸了过来，“嘿，你愿不愿意做我的使徒？”

那只小兔子精听见袁香儿开口说话，吓了一跳，咻的一声跳回草丛中，消失了。

“连小兔子精都不愿意。”袁香儿在密林中一根粗大的树根上一屁股坐下，挫败地叹了口气，看了看手中香喷喷的糕饼，张嘴吃了起来。

难道她应该带胡萝卜来？她翻找了一下随身携带的物品。其实家中库房里的法器很多，什么三清铃、玉皇印、天蓬尺、八卦镜应有尽有，蒙着灰尘摆了一架子。但除一个驱散用的帝铃和一柄护身的七星短剑，袁香儿主要携带的还是自己历年所制的符箓。

师父余摇施展法术之时多用符咒和指诀，不喜依赖身外之物，袁香儿师承于他，同样偏好钻研符咒之道。

如今的她已经不再是七年前那个在山猫面前毫无还手之力的小姑娘，对现在的袁香儿来说，指空书符、布法阵诀，早已不在话下。

刚刚袁香儿若是狠心祭出一道五雷符，那只娇娇弱弱的小兔子精，只怕瞬间就会被烤得外焦里嫩。

想起小兔子精胆小怯弱的模样，袁香儿觉得舍不得，心里又觉得自己好笑，这样的使徒即便得到了放在院子里，除了看着可爱，估计也没什么作用。

袁香儿正在想着，一只黄毛猴子突然从她眼前一掠而过，一把抢走了袁香儿身边的背篓。那猴子蹿到了高高的树杈之上，一边得意地挥舞着背篓，一边冲着袁香儿手舞足蹈地说："嘿嘿嘿，多少年没在这里看见过人类了，让我瞧瞧你都带了什么东西来孝敬你爷爷。"

袁香儿反应过来，单手掐了一个"扭"诀，呵斥一声："下来！"

那只黄毛猴子不防她有这一手，只觉身体被冥冥中某种强大的力道一把揪住，再站不得树梢，哎呀一声从树杈上翻落下来。

袁香儿左手接住从空中掉落的背篓，右手掐"井"诀罩住落地的黄毛猴子，反手祭出一张黄灿灿的雷符。黄色的符纸凌风作响，其上朱红色的符文灵光流转，刹那间，空中传来阵阵雷鸣声。

"饶命！大仙饶命！劈不得，劈不得！"那黄毛猴子十分机警，一看情势不对，连忙举手作揖，以头抢地，出声讨饶。

袁香儿蹲在黄毛猴子面前，觉得这一次可以尝试一下，于是问道："你……愿不愿意做我的使徒？如果你愿意，我可饶你一命。"

"愿意，愿意，能跟随大仙左右，有什么好不愿意的？我肯定愿意。"

那黄毛猴子说话的神态和人类一般无二，莫名地带着种油滑和讨好的语气，显得十分滑稽。

袁香儿半信半疑地收起空中的五雷符，想不到那只黄毛猴子瞅准空隙，一翻身就挣脱了"井"诀的束缚，几个起跃之后，向丛林深处逃窜而去，边窜边回头龇牙咧嘴地冲袁香儿露出一脸凶相。

袁香儿大怒，拔腿就追："就是你了，先打个半死，再契为使徒。看来前辈们的话一点儿都没有错。"

森林毕竟是猴子的天下，何况还是一只成了精的猴子。袁香儿很快就看不到黄毛猴子的踪影了，气喘吁吁地停下脚步。

兔子太胆小，猴子又太狡猾，她到底要抓一只什么样的小妖精才合适？

袁香儿心里知道自己失败的原因：她终究还是缺少实战经验，也不忍心出手就用杀招。

下一只看中的妖魔，无论是什么种族，先打成重伤，抓回家去再说，她气鼓鼓地想。

昏暗的密林深处，隐隐传来些许细碎的声响，袁香儿察觉到动静，分开灌木的枝条悄悄地靠过去。

透过枝叶的缝隙，她看见一棵独木成林的巨大的榕树，那粗壮的树根边上，团着一团银灰色的东西。

草丛里飞起几点萤火，照亮了树下的区域，但伏在长草中的那一团毛团依旧一动不动。

袁香儿用一根树枝轻轻拨了拨毛团，将它翻过来，发现那是一只还没有成年的幼狼。

这只幼狼伤得很重，后腿被咬断了，腹部开了个口子，身上布满了各种伤痕，血污几乎覆盖了毛发原本的颜色，显然遭遇了一场惨烈的战斗。

可怜它拼命地逃到这里，但伤成了这样，只怕活不成了吧？

袁香儿用树枝拨了拨幼狼那细白的前肢，那前肢无力地耷拉着，毛茸茸的顶端长着鼓鼓的小肉垫。那沾了血迹的小毛爪子在树枝的拨动下微微抖动了一下。

原来它还活着啊。袁香儿伸手轻轻摸了一下那只幼狼的脑袋。

幼狼那有着细细绒毛的小耳朵在袁香儿的手心里微微抖了抖，紧接着袁香儿就听到幼狼发出一阵细微的呜咽声。

那只幼狼将眼睛睁开了一道缝。几乎在睁开眼的同时，它就挣开袁香儿的手，拼命向后退去，拖着断了的后腿，神色戒备，鲜血淋漓的小小身躯不停地打着战，十分可怜。

袁香儿收回自己的手，后退了半步，表示自己没有任何恶意。

四周阴森的林木后，伴随着无数野兽的低鸣声，亮起了一双一双眼睛。

黑暗的丛林里似乎有各种小妖魔会聚过来，它们法力不强，觊觎着这只受伤幼狼的血肉，却因为忌惮着什么，还在犹豫着不敢出来。

那只幼狼伤得太重，弓着脊背，发出低低的喉音，前足颤抖着，拼尽全力支撑着身体，最终还是无力为继，片刻之后就瘫倒在地上。

暗处的妖魔们似乎立刻兴奋了起来。

此地不宜久留。袁香儿相信只要自己起身离开，这只幼狼就会立刻被周围潜伏着的小妖魔撕成碎片，吞噬殆尽。

她看着地上那只始终强睁着眼睛、努力想要站起来的幼狼。幼狼虽然是妖魔，但还是这样小的一只幼崽，难道她要把它丢在这里等死吗？袁香儿犹豫再三，咬咬牙，干脆就它了，把它带回去治一治，契为使徒，养在院子里算了。

她下定决心，伸出手小心地把那只受伤的幼狼抱起来，放进自己的背篓中。

周围阴暗处的妖魔躁动起来，发出一声接一声的低吼。

“人类，这不是你该管的事。”

“你可知道你带走的是什么？”

袁香儿不搭理它们，背起背篓大步地往外跑去。

一只豪猪模样的妖魔按捺不住，从藏身之处一跃而出，它那两根尖锐的长牙闪着寒光，直扑袁香儿。

袁香儿骈指回身，抬手祭出一张黄符，朱砂绘制的符文在空中从符纸上脱离，化为一只明晃晃的火凤，发出一声清亮的鸣叫，张口喷出一大团炙热的火焰，迎头罩向身形巨大的豪猪。豪猪嚎叫一声，从空中掉落，在地上来回滚动了好几圈，顶着还着着火的尾巴慌慌张张地逃窜回密林深处。

四周的小妖魔们见状，顿时一哄而散。而袁香儿早已趁乱一路跑出了天狼山，回到了阙丘镇。

回到家，袁香儿快步穿过庭院，背上的竹篓底部已经被幼狼的血液浸透，一路滴滴答答地滴下血水，令人触目惊心。她小心地将竹篓解下，放在檐廊的地板上，那只小狼妖蜷缩在竹篓内，鲜血淋漓，毛发乱成一团。

袁香儿取出朱砂，在檐廊的木质地面上就地绘制了一个圆形的聚灵阵，又从库房里翻了几块荧光流转的玉石压在阵眼上。

妖魔的愈合能力本来就十分强大，但如今人世间灵气稀薄，难以提供足够幼狼恢复的灵力。袁香儿绘制的这个聚灵阵能够汇聚一些天地间的灵气，应该会对这只受伤的幼狼有所帮助。

压在阵眼上的那几块玉石看起来玲珑生辉、质地清透，随便拿一块到市面上都是千金难求的好东西，但放在袁香儿这样的修士眼中，这些石头只是勉强带上了一丝微弱的灵气而已，拿它们凑合着压压阵眼，不过能略微增加一些法阵的功效罢了。

袁香儿在聚灵阵的中心垫上一块软垫，小心地把那只血淋淋的幼狼抱出来，安置在法阵中心的软垫上。

院子里本来放养着许多家禽，声音嘈杂，但自打袁香儿把幼狼抱出来之后，叽叽喳喳的小动物们突然集体噤了声。鸡鸭鹅们慌乱地缩回各自的窝棚，簇拥在一起瑟瑟发抖，连院门处那只见人就要撒欢的大黑狗都迅速夹着尾巴窜回了狗窝。

袁香儿没有注意到院子里的这些变化，正头痛该怎么处理幼狼那一身严重的伤。

抓伤和各种法术造成的伤痕遍布幼狼小小的身躯，其中后腿和腹部的伤口尤其严重：右腿的腿骨被彻底咬碎，勉强连皮带骨地拖在身后；腹部被开了一个血口，虽然袁香儿在路上给幼狼做过紧急包扎，但依然有血水在不断渗出。

看着这样血淋淋的场面，袁香儿打了个冷战。她难以想象这样小小的一只幼狼到底是怎么从一群敌人的尖牙利爪下挣扎着逃出性命，还拖着这样的身体一路逃到森林的边缘，直到被自己发现的。

袁香儿为它清理那些可怖的血污和创口，敷上伤药，接上断骨，夹上夹板。

绘制在地面上的聚灵阵开始流转起微弱的灵光，天地间的灵气缓缓流动，汇聚到趴在灵阵中心的那个小小的幼狼的身体上。

幼狼突然睁开眼睛，一双琥珀色的眸子初时沾染着迷茫之色，在看到袁香儿的一瞬间骤然变得锐利、凶狠、杀气腾腾。幼狼翻过身伸出爪子，想要将袁香儿放在它身上的手抓开。可惜它那毛茸茸的小爪子此时绵软无力，抓在袁香儿的手背上，不过像是挠痒痒一般。

“别乱动，刚刚给你接好腿。”袁香儿握着它的右后腿，把它的身体翻过来，生怕它挣断了好不容易接好的腿骨。

这个动作似乎让那只幼狼更加愤怒了，它恼怒地挣扎，丝毫不顾忌自己的伤势，拼命蹬腿，企图挣脱袁香儿握住他腿部的手。

“叫你别乱动，怎么不听话？”

袁香儿一把按住拼命挣扎的幼狼，单手掐诀，喝了一声：“束！”

地面上产生了四道无形的锁链，把那只幼狼四肢大开地固定在地板上。

看见自己辛苦了许久好不容易接上的断骨处又开始渗出血来，袁香儿火冒三丈：“我脾气不是很好，你最好乖乖听话，这是帮你治伤，又不是宰狼，你乱动什么？”

那只动弹不得的幼狼眼中透着深深的仇恨和憎恶之色，它恶狠狠地盯着袁香儿，喉咙里发出不甘的低吼声。

袁香儿接触过不少年幼的小妖，大部分十分单纯，对人类的世界充满好奇，只有少数受到过人类的伤害或欺骗的，才会变得这般对人类充满仇恨。

但袁香儿也不太害怕，总而言之，大部分情况下只有她欺负这些小妖怪的份儿，轮不到小妖怪欺负自己。

幼狼的下腹部有一道极为严重的贯穿伤，这会儿既然已经将它的四肢固定住，袁香儿便取出一柄剃刀，开始为幼狼剃去伤口附近被血液凝固住的毛发。

剃刀碰到幼狼腹部肌肤的时候，那只一直恶狠狠地盯着她的幼狼将脑袋扭向一边，喉咙中发出抵触的低吼声，但那微微颤抖的耳朵尖泄露了它凶狠的外表下害怕的心。

袁香儿的心又有些软了，她意识到自己脾气不太好，过于急躁，可能吓到了这只已经饱受折磨的小东西。于是她伸出手摸了摸那颗毛发乱糟糟的脑袋，用温和的态度安慰它："行啦，别害怕，我保证不伤害你。真的只是给你上点儿药，如果弄疼了你，你就告诉我。"

那只幼狼并不领情，喉咙里始终滚动着挑衅的喉音，冲着袁香儿露出锋利的牙齿，一双耳朵愤怒地紧紧贴在脑后。可惜它这副模样反而勾起了袁香儿想要使坏的心，偏偏在包扎的时候把它翻来覆去、里里外外地揉搓了一遍。

"卑鄙的人类。"这突然响起的低沉嗓音把袁香儿吓了一跳。

那声音带着一点儿属于妖魔的独特磁性，但绝不是袁香儿想象中的那种稚嫩童音，它混合着少年的青涩和成年的冷傲，清冽而低沉，阴郁又张狂。

袁香儿收回自己的手，这才意识到这只幼狼并不像外形展现出来的那样幼小。这副幼狼的模样，说不定只是重伤之后为了减少灵力的消耗对自己采取的保护措施。

许多大妖在来到灵气稀薄的人间后，为了减少灵气的消耗，不会再保持巨大的兽形，而是选择将自己的体形大幅度缩小，甚至会下意识地化为人形或者半妖形态，只因人体内自有小周天，灵气得以在其中运转，周而复始，生生不息，最为省力，更有利于在这个灵气匮乏的世间活动。

意识到这一点后，袁香儿有些不好意思继续欺负这只"成年"狼了。

"原来你会说话，你叫什么名字？"

"无耻又卑鄙的人族，我绝对不会告诉你我的名字。"

“你是没有名字吧？那不要紧，我可以给你取一个名字。”袁香儿想了一下，“就叫小白好了，喏，和家里的小黑正好凑成一对。我以后就叫你小白行吗？”

“不喜欢？那换成毛毛行吗？……或者旺财？就这么说好了，以后就叫你旺财。”

在袁香儿起了七八个自己觉得不错，实际上十分不靠谱的名字后，一道低低的声音不甘心地响起：“南河。”

“你说什么？啊，你是说你的名字叫南河？”袁香儿笑了，“还挺好听的，那以后就叫你小南了。”

袁香儿装作看不见南河那几乎能吃人的眼神，拿起剃刀，小心地把南河腹部伤口附近软绵的短毛剃干净，轻轻地敷上特制的伤药，再盖上透气的纱布，最后一圈一圈地把伤口包扎起来。

处理完伤口，袁香儿又打来温水，一点儿一点儿地梳开洗净南河那因为血水泥污凝固而虬结在一起的毛发，用温热的毛巾仔细擦拭了南河的耳后、脖颈、尾巴根处……不放过任何一个角落。

在做这些事的时候，袁香儿突然有些恍惚，这个场景似曾相识，让她想起了自己幼年时期曾养过的一只小狗。

那本来是一只路边的流浪狗，浑身脏兮兮的，袁香儿从路边将它拎回家，亲手在洗手间将它一点儿一点儿地洗干净。

刚到家里的时候，小狗十分暴躁，不好接近，对袁香儿的亲近充满抗拒，但后来小狗成了袁香儿童年时期最为亲密的伙伴，陪伴着袁香儿度过了孤独而寂寞的岁月。袁香儿叹息一声，不知道自己在离开那个世界后，还有没有人照顾她养在家中的那些小动物。

袁香儿费了好几盆水才使南河的毛发露出了本来的颜色，那竟然是一种十分漂亮的银白色。

原来南河是一只十分罕见的银狼，可惜的是此时那些银色毛发因为被打湿了，一簇簇地聚在一起，露出肌肤和那瘦骨嶙峋的身躯。

南河已经不再挣扎，一动不动地躺在那里，耳朵低低地垂着，喉咙里也不再发出声音，眼眸死死地盯着墙角，眼睛里似乎蒙上了一层水雾。

袁香儿松开束缚，那只湿漉漉的幼狼就一声不吭地慢慢蜷缩起身体，把脑袋埋进了尾巴里，似乎委屈得不行。袁香儿把幼狼抱起来，换了一块干净的垫子，摸摸幼狼的脑袋，盘腿坐在幼狼的身边，开始念诵能够促进外伤愈合的金镞召神咒。

“羌除余晦，太玄真光，妙音普照，度我苦厄……”每念一句咒语，袁香儿就轻轻晃一下握在手里的帝钟，帝钟发出丁零零的清脆声响。

那些带着奇特韵律的咒语伴随着沁人心脾的钟声，反复萦绕在法阵四周。

身负重伤却一直死死支撑着的南河终于在这样的唱音中渐渐合上了眼睛。

第二章　魍　魎

冬季的天黑得很早，袁香儿家里亮起了灯火。受伤的银狼蜷在聚灵阵里睡得很香，毛发干了，变成了一个蓬松的银色毛球，十分漂亮可爱，惹得袁香儿无数次地想要伸手将毛球拽过来，狠狠地揉搓一通。

“哎呀，好漂亮的小狗子，是银白色的呢，真是罕见。”从厨房出来的云娘惊讶地停下了脚步，“怎么伤得这么厉害？是被谁欺负了吗？”

“师娘，这是小狼，不是小狗，我从山里捡来的。你小心些，别太靠近这个法阵，小心被它咬到。”

“原来是狼啊！”云娘有些吃惊，“没事的，还只是个小家伙。你看着些，别让它把家里的小鸡给吃了就行。”

看着云娘离去的背影，袁香儿想了想，在聚灵阵的外圈套上了一个带着电网、防止银狼逃脱的四柱天罗阵。银狼再小，也是一只具有攻击性的妖魔，她需要防止银狼在自己不在的时候醒来逃脱，或是伤到云娘乃至镇上的普通人。

四方形的四柱天罗阵布成，细密交织的电网在空中一闪后又隐去形体。睡在法阵中心的银狼不安地抖了抖耳朵。

冬季的夜里很冷，袁香儿轻轻地给银狼盖上一条小小的毯子，又摇着帝钟念诵了几遍金镞召神咒，才回屋休息。

南河在睡梦中一直听见一种奇特的铃声。

那清冽的铃声叮一下，伴随着低沉而细密的吟诵声，在南河的梦里远远地传开。

女子吟诵的声音空灵，时而很远，时而又很近，好像童年的时候南河睡在母亲的尾巴里，听着清风送来的阵阵松涛。

不知从哪儿来的灵气，沿着南河的四肢百骸爬上来，钻进那些让他疼痛不已的伤口中。源源不断的温热细流冲淡了南河身体上的痛苦，长年累月饱受折磨的身躯终于在这样的温暖中放松下来，难得地陷入柔软的梦境中。

梦醒终有时，南河在夜色中睁开双目。

南河发现自己还是那个被人类捕获的屈辱囚徒。

天已经全黑，夜晚的庭院影影绰绰，寂静一片。

南河警惕地打量四周，那个可恨的人类不知道去了哪里，把自己单独留在了法阵内。

身体上的伤口被用人族的药物处理过了，腹部和双腿都缠绕着干燥的纱布，南河看到那些白色的纱布，回想起昏睡之前那个人类对自己所做的事，羞愧和恼怒的情绪在一瞬间爬满了全身。

那个人类的雌性简直……不知羞耻。

耳朵和尾巴是天狼族最为敏感的部位，那里神经密集，勾连心脏，是天狼绝对不会让外人轻易触摸的地方，除了……自己最亲密的伴侣。

天狼一生只有一位伴侣，永世相互忠诚。虽然他是这个世间的最后一只天狼，可能永远也找不到属于自己的另一半，但他的耳朵和尾巴也绝对不能让人随意触碰。

而如今，他那除母亲之外、从小到大都不曾被异性触碰过的尾巴，竟然被那个女人毫无顾忌地揉搓了个遍，她甚至将自己的耳朵翻起来，肆意地玩弄了一通。

南河想到这里，忍不住抖了抖耳朵，那里似乎到现在还残留着那个女人手指的触感。

等自己恢复了灵力，必定要将那个不知死活的人类撕成碎片，一雪今日之耻，南河狠狠地咬住盖在身体上的毯子。

毯子?

南河愣了一下，这才发现自己在一团暖和的毯子中，身体下还垫着一块柔软的垫子。南河动了动身体，这个垫子比南河睡过的任何草丛都暖和，垫子下的木质地板上画了一圆一方两个叠套在一起的法阵，圆阵在内，方阵在外。

法阵是只有人族才会的技巧，南河曾经狠狠地吃过法阵的苦头。

此时南河却能够清晰地察觉到天地中的灵气被那个圆形的法阵吸引，正丝丝缕缕地通过法阵的符文汇聚到自己那灵力几乎枯竭的身体中。原来睡梦中那股舒适温暖的感觉，就是来自这个法阵。

为什么画这样的法阵，难道那个人类不怕我的伤好了吗?

南河拖着断了的后腿，向前爬行了几步，方形法阵的四角霎时出现四根法柱的虚影，交织的电网在四柱之间亮了起来，像是一张天罗地网，笼罩在南河的四周。

四柱天罗阵!

南河绷紧身体，死死地盯着那张交织闪耀的电网。痛苦的记忆翻江倒海地涌上心头，南河曾落入过人类的这个法阵，被囚禁在内，屈辱地遭受着非人的折磨，度过了狼生最为黑暗的时期，甚至因此没能跟上父母族人的脚步，而被单独留在了这个灵气稀薄的人间界。

南河冲向那游移着电流、警示着南河不可妄动的法阵。

直到仅有的力量消耗殆尽，那残酷的电网依旧岿然不动，恐怖的电流在四柱之间流转，惩罚着企图逃离的南河。

南河不甘又狼狈，被电流灼伤的肌肤传来阵阵痛感，最终只能颓然地倒在地上，睁着眼看那屋檐外寒凉的夜空。

苍穹之上，银河流光，星汉灿烂，南面的天空中有一颗最明亮、最显眼的星星。那星星闪着光辉，似乎在无声地召唤着被囚禁在此地的孤独的天狼。

百年之前的南河还是一只真正的幼狼，母亲站在高高的山岗之上，无数次地指着那颗星星告诉南河，那是天狼星，是天狼一族真正的故土。

等到两月相承之日，天门打开，全族便会结伴离开这里，穿过浩瀚星辰，飞升上界，前往那灵气充沛的故土——天狼星。

但两月相承之日又是哪一日，没有人能说得上来，于是年幼的小天狼也渐渐不再关注这件事。

那时候，南河的父亲是这片土地上最强的存在，在父辈的荫庇下，天狼族的孩子们无忧无虑，可以在这十万大山里肆意驰骋。

某一天，兄弟姐妹们无意间奔跑到山林的边缘。

“那是什么？”南河指着远处亮着星星点点火光的地方好奇地问。

哥哥姐姐们争相为家里最小的弟弟解答疑惑。

“是人类，那是人类居住的地方。”

“阿南还小，还没有见过人这种东西呢。”

“我讨厌人类，他们身上有一股味道，臭得很。”

“我不一样，我喜欢他们，他们的城镇里有许多好吃的东西，我经常混进去玩耍。”

“听说人类的生命很短，连一千年都活不到。”

“一千年吗？我怎么记得还不到一百年？哎呀，总之都差不多，他们大概还活不到小南这么大就会死去了。”

哥哥姐姐们七嘴八舌地描绘出了一个陌生而有趣的世界，勾起了南河的好奇心。

南河忍不住变幻成人类的模样，悄悄潜入了人类的城市。

人类居住的地方真是热闹啊！

在天狼山上，有时候南河一连跑过数座山头也见不到一个族人，但是在这里，人类群居，街道上全是人族。

街边是鳞次栉比的房屋，屋檐下吊着一个个红色的灯笼，那些灯笼的亮光连在一起，照出了一片热闹繁华的盛景。

空气里还弥漫着各种各样诱人的香味。

“卖糖画咯！飞禽走兽，龙凤呈祥，想吃什么画什么！”

“冰糖葫芦，好吃的冰糖葫芦咧！”

“炊饼，香喷喷的炊饼！”

往来商贩在叫卖着，那些从未见过的食物勾得小南河眼睛直亮，直咽口水。

他摸了摸自己的脸，自己应该变得挺像人类了吧？除了多了一对耳朵和一条尾巴，其他地方应该都和人类一般无二了。

保险起见，他还懂事地把尾巴塞进裤子里，又在头上包了条头巾，然后就高高兴兴地一头扎进了乱花渐欲迷人眼的人间界。

直到现在回想起来，南河还记得初入人世间的惊叹和幸福的感觉。

但他很快就被人类的术士发现了。那些人类突然对他发起了攻击，将他困在法阵中，捕捉回肮脏的巢穴。

两个面目可憎的男人围在铁笼边上，看着缩在角落里戴着镣铐的小南河。

“哈哈哈，这可是血统纯正的天狼，无论是炼成丹药还是卖了，都能发好大一笔横财。”

哈哈大笑的是一个形容猥琐的游方道人，道号无妄。他捻着稀松的山羊胡子，看着牢笼中的猎物，眼里透着贪婪的光：“或者把它契为使徒，从此老子就能驱使天狼为仆，行走江湖之时，也能多几分颜面，只是有些浪费。”

“这么小的天狼都费了我们这样大的力气，若是再大一点儿的，只怕我们就抓不住了。”说这话的是一个满身横肉的壮汉，他的脸上被南河抓出了三道深可见骨的伤，他的心中充满怒气。

“道友说得极是，还是小心些，别让它恢复了逃跑的力气。让老子折了它的腿，看它还怎么跑。”

雪亮尖锐的剔骨刀从牢笼的缝隙间伸进来，笼外之人带着戏耍的姿态，肆意地伤害着避无可避的小天狼。

果然，人类都是一样的，既恶毒又自私。南河回想起往事，发誓绝对不再一次成为人类的囚徒。

南河双足蓄力，全力撞向那张电网，粗大的电流被冲击引动，打在南河的身上，把南河弹回法阵中。银狼不肯屈服地挣扎着起身，再一次拖着伤腿冲上前……

清晨，披着衣服出来的袁香儿看见了法阵中奄奄一息的南河。

“怎么回事？”

经过了一夜时间，南河不仅没有恢复，反而因为遭受了反复的电击而变得奄奄一息。

布置在外围的四柱天罗阵出现了被多次撼动的痕迹。

“这么大的四柱天罗阵你看不见吗？这是闭着眼睛往上撞，还连撞好几次？”

袁香儿把南河从地上提起来，发觉南河的体形变得比昨天刚遇到的时候更小了。昨天，南河还能塞满整个背篓，如今却比袁香儿的手掌大不了多少。

“放开我……卑鄙的人类。”南河将眼睛睁开一线，虚弱而疲惫地说。

袁香儿意识到，南河是想要趁自己睡觉的时候逃跑，为了逃离这里，南河竟然带着伤，不顾性命地要破开自己的法阵。

冬季的早晨很冷，白雾弥漫，寒风刺骨，被袁香儿托在手中的银狼的身体已经失去了正常的温度。

袁香儿把银狼抱进屋子，在火炕上重新画了一个聚灵阵，将那团软绵绵的毛团安置在暖和的火炕上。

看着在炕上蜷缩成一团的银狼，袁香儿不禁开始犹豫。

本来她是想将这只银狼契为使徒，但如今看来，这显然是一个高傲的灵魂。袁香儿不过是将它囚禁在法阵中，它都要不顾性命地挣扎。如果袁香儿趁着银狼身体虚弱，强迫它签订契约，把它当作仆役使唤，不知道它会做出怎样的反抗。

南河可能宁愿去死，袁香儿意识到了这一点。

吃早餐的时候，云娘端给袁香儿一碗热乎乎的牛奶：“趁热喝，难得早上在集市上看见。”

袁香儿很高兴。她喜欢喝牛奶，但这个时代没有专门提供奶源的奶牛，想喝到牛奶并非一件容易的事。

吃完早餐，她匀了半碗牛奶端回自己房间，轻轻推开门，想看一下小银狼有没有醒过来。

屋子中的情形吓了她一跳，导致她条件反射般地砰的一声又关上了门。

袁香儿贴着门板眨了眨眼，片刻之后才反应过来自己刚刚一瞥之下见到了什么。

屋里的炕上躺着一个男人，男人蜷缩着身体，背对着门，肌肤白皙，双腿修长，一头微微鬈曲的银色长发散落在肩头，两只毛茸茸的耳朵从银发中冒出来，没精打采地耷拉着，伤痕累累的脊背弯曲成一道弧线，末端有一条蓬松的大尾巴。

这……这是南河？

袁香儿反应过来，平复了一下情绪，再一次推开房门，刚刚所见的一切仿佛只是个幻影，炕上的那个身影已经消失了。袁香儿揉揉眼睛，只看见毛毯里，一只小小的银狼抬起脑袋，正警惕地盯着自己。

因为灵力枯竭，昏迷中的南河下意识地将自己化为在人世间活动最节省灵力的人类形态，开门声响起时，他猛然惊醒，晃了晃脑袋，立刻将自己变回狼形。

这么小的一只狼，变成人形后竟然是那么成熟的吗？

刚刚一晃而过的那个身影十分年轻，有着一种模糊了少年和成年之间界限的青涩感。但无论怎么看，袁香儿都难以把他和一只这么小的幼崽联系到一起。

袁香儿把牛奶放在一个托盘上，摆到南河的面前。

“你应该饿了，吃点儿东西吧。”

南河将脑袋别向一边，没有看眼前热气腾腾的食物一眼。

袁香儿也不以为意，随手拿了一本书，坐到屋外走廊的栏杆上去看了。屋门是开着的，她坐的这个位置离屋里的火炕有一段距离，又可以保证南河出现在她的视线中。袁香儿的目光看似始终落在书页上，实际上她所有的注意力都在屋里那个银白色的小团子上。

袁香儿心里其实一直期待能和师父一样，拥有一个像窃脂那般和人类体貌接近的使徒，美艳又强大，还能和自己像朋友一样相处聊天。

眼前的这只银狼显然十分符合袁香儿的要求，既有攻击能力，又有着毛茸茸的可爱外表，虽然袁香儿还没看见他的脸，但刚刚那昙花一现的半妖模样，已经精准地戳中了袁香儿的心。

可惜的是他好像不太愿意，袁香儿不免有些遗憾。

南河绷着身体，警惕地注视着袁香儿的一举一动。那个人没有待在屋子中，始终在屋外读她的书，不再关注自己，这样的距离使得南河终于稍稍松了口气。一松懈下来，那摆在眼前的牛乳的香味就从南河的鼻孔中钻进来。

南河经历了艰苦的战斗和逃亡，流失了过多的血液，一直不曾补充养分，正是饿得心慌、渴得难受之时。天狼的嗅觉又极为敏锐，热乎乎的牛奶散发出香浓的味道，不动声色地入侵南河饥肠辘辘的身躯，让南河几乎按捺不住地想要品尝上一口那香甜的液体。

就喝一口，南河如是想。

南河一再地偷瞄袁香儿，确定袁香儿完全没有注意到自己，终于忍不住伸出舌头，舔了舔碗中白色的牛乳。热腾腾的牛乳一路滚过南河的食道，落进空荡荡的胃里，让南河全身的毛孔都舒畅地张开了。南河终于忍不住把头埋进盆子里，大口大口地吞咽起来。

袁香儿悄悄地看了看屋内，发现那只别扭的银狼终于把头埋进盆子里，用粉色的小舌头一卷一卷地大口喝起牛乳，沾了一下巴白色的液体。

虽然它是一只狼，但是和狗狗也差不多嘛！

袁香儿对付孤傲又怕生的狗子很有经验，深知一开始不能让狗狗觉得你把注意力过度集中在它的身上，要给狗狗留出安全空间，但又必须在它的视线范围内活动，好让它熟悉自己。等狗狗习惯了她的存在之后，她再不经意地慢慢接近。

现在看来，南河也是这样。

南河呼噜噜地把一小碗牛乳舔得干干净净之后，袁香儿才合上书，走回屋子。因为看小毛团子喝得太急，下巴上沾上了牛乳，湿答答的，袁香儿忍不住伸手替它擦了一下。

银狼被吓了一跳，张口就咬住了袁香儿的手指，喉咙中发出呜呜的警告声。只是因为虚弱无力，银狼叼着袁香儿手指来回啃咬的动作更像是在向她撒娇，弄得她手上都是口水。

袁香儿把自己的手指抽出来，提起南河的后脖颈，将南河放在屋内的圆桌上，正视着南河说："我对你并没有恶意，如果你能做到好好听话，不随便咬人伤人，我就不把你关在法阵里，行不行？"

听见这话的南河一下竖起了耳朵，乌溜溜的眼睛睁圆了。也许是体形幼小的缘故，南河这个动作显得分外可爱，袁香儿忍了忍，才没把手伸出去撸一把南河那颤巍巍的耳朵尖。

"你骗我，人类都是狡猾的骗子。"带着磁性的低沉声音响起，银狼打着战撑起上半身，维持着和袁香儿平视的尊严。

"如果我想对你做什么，早就做了。骗你又能得到什么好处？"袁香儿顺了顺南河后背的毛发，"总之，你慢慢考虑看看。"

这日，隔壁的花婶约云娘去二十里外的两河镇赶集。

云娘中午不在家吃饭，袁香儿抓了院子里的一只鸡宰了，加入党参、当归、黄芪，煲在瓦罐中，另外在灶台的大锅内蒸上小半桶白米饭。

她在厨房里忙这些事之前，把行动不便的南河放在一个铺了棉垫的篮子里，提着到厨房，摆在自己可以随时看见的角落里，没有再将南河限制在法阵内。

不多时，鸡汤和药材的香味从瓦罐中溢出。两天一共只喝了半碗牛乳的银狼闻到了肉香，肚子无法掩饰地咕噜噜叫唤了起来。如今的南河，接近天狼族成长最为关键的离骸期，正是需要大量食物补充能量的时候。

幼狼成年是天狼一生中最为严峻的关卡，谓之离骸。为了应对这个难关，幼狼需要提前在体内储备充足的能量，以便一举突破境界的桎梏。离骸之后，天狼能通天地之灵，引星辰之力，掌神通之变，如此方可谓之成年。

为了这个至关重要的离骸期，南河开始冒着风险在天狼山捕食魔兽，强壮自己的体魄，却不慎泄露了自己的行踪，引来一众大妖的追杀。

生活在这片山脉中的大妖，曾经都是天狼一族的臣属，被笼罩在天狼的绝对统治之下多年。一百年前，狼王举族飞升上界，它们方得自由，又怎么可能眼睁睁地看着仅余世间的一只幼小天狼再度成长为强大的妖王，重新凌驾于它们之上？

袁香儿准备着午饭，偶尔回头看一眼摆放在不远处的竹篮。竹篮的边缘冒出一颗小小的白色脑袋，银狼那乌溜溜的眼珠子一动不动地盯着那只冒出浓香的瓦罐。看见袁香儿回过头看它，它方才慌慌张张地埋下头去，把尾巴盖到自己的脑袋上。

袁香儿看着南河那副样子，心里好笑却不戳破。她揭开盖子，用长筷取出炖得酥烂的整鸡，给自己留了一小半，剩下的全都细细地掰成肉丝，取了南河刚刚使用过的碗，盛两勺米饭，泡上鸡丝肉汤，仔细拌匀了。南河身上的伤很重，又饿了不短的时间，虽然它是肉食性动物，袁香儿还是给它准备了比较容易吞咽消化的食物。

她把毛发柔顺的银狼抱出来，安置在饭桌上，将刚刚出锅的鸡汤泡饭摆在它的面前，自己另盛一小碗白米饭、一份鸡汤，拿了筷子若无其事地在它对面坐下。

喝着鸡汤就着米饭，袁香儿埋头吃自己的饭，一眼都没有去看近在咫尺的弓着背、竖着毛发的小狼，仿佛对它毫不关注。

过了许久，银狼终于忍受不了肉汤的诱惑，一边警惕地看着袁香儿，一边小心翼翼地把脑袋探进碗里。吃了没几口，银狼就将整个脑袋埋进了碗里，就连那绷紧垂在身后的尾巴也忍不住微微翘了起来。

别看这只毛团子小小的一只，但食量一点儿都不小，碗里食物的分量随着他脑袋的晃动迅速地减少。袁香儿用捞勺从瓦罐里打了一大勺香喷喷的鸡肉汤，加进它的碗里。

长柄捞勺第一次递过去的时候，银狼被吓了一跳，戒备着向后连连爬行了几步。加汤的次数多了，它也就慢慢习惯了，埋在碗里的头都不抬，只从喉咙中发出轻微的呜呜声，聊胜于无地表达一下自己还保持着警惕之心。

袁香儿看着银狼那对露在碗外面一动一动的小耳朵，轻轻伸手过去摸了摸。

银狼呜的一声弹开，愤怒地看她一眼，僵持了片刻，见她不曾有其他动作，这才叼着碗转了一个方向，将屁股对着袁香儿，继续埋头猛吃。

还是不让摸耳朵啊，袁香儿有些遗憾，心想，也不知道哪一天才能乖乖地让我撸一撸耳朵。

阙丘镇市井繁华，人烟辏集，街道两侧有各路商贩在做买卖，南北行货摆放得齐齐整整。桥头巷尾更是充斥着打把式卖艺的、算卦测字的、说评书的、唱大鼓的……热闹非凡。

袁香儿提着小小的篮子走在拥挤的街道上，篮子上盖着一块碎花布面，一颗白色的小脑袋从棉布的边缘拱了出来，转着眼珠悄悄地四处看。

“前面那家周记的栗子糕是镇上做得最好的，绵腻香糯，入口即化。他们家的桂花糖也好吃，有一股浓浓的桂花香。”袁香儿边走边给南河介绍镇上的风物特产，说着说着把自己给说馋了，跑进周记买了一大包桂花糖和一大包栗子糕。

桂花糖做得很精致，琥珀色的块状糖果内凝固着星星点点的桂花花瓣，袁香儿含一颗在嘴里，又香又甜。

袁香儿捻着一颗桂花糖递到南河嘴边。南河扭过头去，它是不可能从人类的手上吃东西的。

可能是因为狼不爱吃甜食吧，袁香儿这样想着，掀开花布，把那颗糖放在银狼身边的垫子上。

过了一会儿，袁香儿再去看时，那颗小小的糖果已经不见了踪影，银白色的幼狼竖着耳朵正襟危坐，目不斜视，只有身后悄悄来回扫动的大尾巴泄露了它被甜到的心情。

“香儿？这么巧遇到你。”一个熟悉的声音响起，估衣行门外，袁香儿遇到了住在同一条巷子内的吴婶一家。

吴婶的大闺女大花被说给了两河镇上的一户大户人家，开春就要办喜事，因此吴家正在紧锣密鼓地置办嫁妆。

“香儿快来，帮我阿姐一道挑一挑。”二花亲热地挽上了袁香儿的胳膊，拉着袁香儿进了铺子。他们家的几个孩子都是袁香儿从小玩在一起的伙伴，彼此十分熟稔。

“哎呀，香儿，你这篮子里装的是什么，怎么还会动？”

大花发现了躲在篮子中的南河，一下喊了出来。

吴家的几个孩子迅速围了上来，稀罕地看着篮子中毛茸茸的一团小毛球。

“哇，好可爱，是小狗子呢。”

“银色的，真是少见，香儿从哪儿得来的？”

“它的毛好漂亮，又软又柔顺的样子，让我摸一下。”

篮子中的小狼压低了身体，在一圈人类的围观中慢慢地往篮子里面退。

这一群虎视眈眈的人类以及他们七嘴八舌的议论声使南河感到压抑和紧张，南河绷紧了身体，盯着空中那些混杂着各种气味的人类手掌。

谁敢碰我一下，我就是死也要咬断他的手，最好把他们的脖子一个个咬断，银狼紧张地盯着黑压压的手掌，在心里恶狠狠地想。

袁香儿侧过身，避开了那些想要伸手来揉银狼的人，举起胳膊挡住了大花、二花、四花、五花伸过来的手。

“不能摸，它很凶的，只让我一个人摸。”

仿佛为了证明一样，袁香儿伸手自然而然地在银狼的脑袋上摸了摸。因为绷着身体戒备着眼前这一群突然围上来的人类雌性，南河一时顾不上袁香儿的动作，还没来得及做出反应，袁香儿已经得逞地收回手去。

“这可不是狗，是狼吧？”估衣行的掌柜从柜台后伸过脑袋来，看了看袁香儿的篮子，捻着下颌上的一撮胡子，摇头晃脑地说，“这身皮毛确实少见，就是太小了点儿，若是养大一些再剥下皮来，倒是可以卖个好价格。”

那只通体银白、浑身没有一丝杂毛的银狼在篮子里瞪着眼睛，冲他龇牙咧嘴，露出锋利的牙齿。

“哎哟，这莫非还成了精了，能听懂人话？”掌柜哈哈一笑，“小姑娘，我们这儿也收购皮子，你要不要把这只幼狼卖给我？我可以给你十两银子。”

十两银子可不是小数目，吴婶听得惊讶地倒吸了一口凉气，连忙推袁香儿的胳膊：“香儿，快，快卖了，那可是十两银子，难得的好价格，你收着将来做嫁妆。”

袁香儿啼笑皆非，拒绝了掌柜的提议，带着奓了毛的南河告辞。

“你想要作价几何？咱们还可以商量着看看。”掌柜还在她身后追加了一句。

经过这一出，南河想起了幼年时期险些在人类手中被剥皮的经历，情绪更加低落，不再像之前那样伸出两只爪子扒拉着篮子边缘张望，而是默默地蜷在篮子里。

“别这个样子，每个人类都不相同，有喜欢你们的，当然也有想要伤害你们的。妖魔不也是一样吗？有和你玩耍的朋友，也有和你打架的敌人。”袁香儿哄着南河，“开心点儿，前面有家烤肉铺，我请你吃烤羊肉吧！”

肥瘦相间的羊肉经过炭火的炙烤，散发出一股诱人的香气。这股奇香很快让南河暂时忘记了一切，悄悄地从篮子里重新钻出来。

袁香儿将一串刚刚烤好的羊肉串举在南河的眼前。

南河的眼睛亮了，直盯着那支刺啦刺啦地冒着油花的羊肉串。

这也太香了。

狼最喜欢的食物便是羊肉，何况被人类做得这么好吃，让南河几乎无法抵御。

作为一只高贵的天狼，无论如何也不应该就着人类的手吃东西，这不是等于被投喂了吗？南河在心底唾弃了一遍自己，勉强自己扭过头去，不看那焦香的肉串。

“快吃啊，这肉烤得地道，又香又嫩的，你再不吃我可全吃了。”袁香儿一边劝南河一边自己吃，被烫得直咧嘴，声音含混不清。

那只银狼忍了又忍，最后还是抵不住肥美羊肉的诱惑，飞快地就着袁香儿的手，从竹签上叼下一块羊肉，蹿到篮子的角落里大快朵颐。

一人一狼很快解决了二三十串羊肉串，俱是满嘴油光，心满意足。

卖烤串的师傅边烤着肉串边心疼：“姑娘你怎么这般浪费？把这么好的肥羊分给一只畜生吃，也太可惜了。”

“不可惜，不可惜。大叔你不知道，这不是畜生，是我朋友。”袁香儿笑眯眯地看着那只还在埋头同羊肉奋战的银狼，伸手轻轻地顺着它脊背上柔顺的毛发撸了几把。

有了一起撸串的交情，袁香儿觉得那只别扭的银狼对自己的戒备心略微放松了一点儿，就连袁香儿趁着它吃得开心顺它脊背上的毛，它都没有像之前那样一下跳开，只不过呜呜了几声表达不满。

这么快就让摸了，还是挺乖的嘛，毕竟狼是犬科的，袁香儿在心里美滋滋地想着。这只银狼比自己曾经养过的狸花猫好多了，那只猫祖宗来家里以后，她小心翼翼地哄了个把月，那只狸花猫才终于肯在心情好的时候偶尔纡尊降贵地躺平了让她摸几下。

脊背可以摸，袁香儿又想得寸进尺地偷袭耳朵，看到银狼忍无可忍地龇着牙，嗷一下张嘴咬过来，她才讪讪地缩回手。

南河恼怒地瞪着眼前的人类，不知道她怎么就如此可恨，动不动就伸手来摸自己的耳朵，即便自己威胁她，她也依旧举着肉串笑得没心没肺。

想到自己没出息到为了一点儿羊肉就向这个人类妥协了，南河举起小爪子用力地拍了一下自己的脸，转过身体背对着袁香儿，不肯再吃了。

天狼族的自愈能力十分惊人，不过三两日，袁香儿就发现南河断了的后腿已经愈合了大半，勉勉强强可以站起身，一瘸一拐地在厨房的地上走一两步了。

丁零零——一串清脆的铃声响起，一个装着铜铃的镂空藤球滚到了银狼的脚边，银狼警惕地低下头左右看了半天，确定那只是一个普通的藤球而非法器。

“看我发现了什么？我们来玩球吧！来，来，丢回来给我。”袁香儿站在灶台边上冲南河招手。

她不知道从哪个角落里翻出了一个球，就想着和南河玩推球游戏。

愚蠢的人类，整天不知道在想些什么，南河不屑地别过头，不搭理她。

实际上，南河的注意力全在灶上炖着的那一大锅牛骨头汤上。那锅汤里放了牛大骨，已经咕噜咕噜地炖了一个早上了，香味一丝一缕地从盖子的缝隙里跑出来，钻进南河的鼻孔里。

到底什么时候才能吃？这是给我吃的吧？南河悄悄地想着。被“囚禁”了两三日，南河发现人类做的食物确实很好吃，就是太麻烦了。

当然，即使再想吃，南河也不可能问出口，面上还努力维持着不屑一顾的冷淡表情，只有那条不耐烦地来回扫动的尾巴泄露了渴望的心情。

袁香儿掀开锅盖，一股白色的蒸汽带着牛肉的香味升起，在小小的厨房里弥漫开来。南河忍不住坐直了身体。

“汤差不多了，这个骨头也没啥用了吧。”袁香儿看着那锅牛骨头汤，把里面的牛骨用筷子夹出来，放进了一个盆子里。

随后，在南河渴望的目光中，袁香儿端着盆子，提上一大桶剁好的菜叶混着剩饭的鸡鸭饲料，向厨房外走去。

南河心里有些疑惑，这几天，每次有好吃的东西，袁香儿总是第一时间和它分享，连吃饭都把它摆在同一张条凳上，它已经习惯了。这一次她是要把食物端到哪里去？

银狼一瘸一拐地慢慢跟了出去，看见那个人类提着木桶，分别给那些鸡窝、鸭舍、鹅棚里的动物分了食物，然后把那盆冒着热气的牛骨头摆在梧桐树下的狗窝前。

院子里那只不要脸面的黑狗欢天喜地地猛冲过来，一边谄媚地拼命摇尾巴，一边把脑袋埋进盆子里去。而那个女人肆无忌惮地伸手摸着那只黑狗的脑袋和耳朵，还顺着黑狗肥硕的身体揉搓了好一会儿。

南河心里涌起一股怒气，几乎想要一口咬断那只黑狗的脖子，倒要看看那个女人还能把本该属于自己的食物分给谁？

啃骨头啃得正欢的黑狗突然感到一股无形的杀气，抬起头就看见那只小小的银狼正在不远处用冷冰冰的眼神盯着自己。

那只是一只小小的幼狼，但主人带幼狼回来的那一天，大黑狗就凭借动物的直觉察觉到了这是一只庞大而恐怖的存在，是自己不能随便招惹的生物。

大黑狗认㞞地夹起尾巴，委屈地呜呜叫了两声，把那个自己天天吃饭用的盆子向银狼的方向推了推，表示礼让。

谁要用那个脏兮兮的盆子？谁要吃你碰过的东西？南河更愤怒了。

袁香儿这才发现了跟出来的南河。

“小南怎么出来了？你的腿还没好，别乱跑。”她把南河提到梧桐树下的石桌上放好，看见银狼不愉快地蜷着身体别过脸，这才注意到了它和小黑之间的别扭。

“原来你想吃这个牛骨头呀？”袁香儿啼笑皆非，“这个是用来炖汤的，炖得太久已经没味道了，一会儿师娘会用牛骨汤做牛肉面，还有大块的酱牛肉，到时候我们一起吃那个。”

毛茸茸的银狼从鼻子里哼了一声，表示自己一点儿都不想吃牛骨头，可惜那对耷拉下去的毛耳朵在听到袁香儿这句话的时候飞快地竖了起来，还愉悦地抖了抖，一点儿不给面子地泄露了它愉快的心情。

袁香儿喂完了鸡鸭，拍了拍围裙，洗净双手，在石桌边坐下，拿出一沓黄色的符纸和一盒朱红的朱砂，开始练习绘制符箓，这是她每日必做的功课。

南河好奇地趴在桌面上看着她的一举一动，这个人类用白皙的手指握着一支褐色的笔管，指尖泛着淡淡的粉色。

那笔沾染了赤红的朱砂，在黄纸上一挥而就，天地间的灵气似乎伴随着那艳红色线条的走动而一道游动了起来。

清风徐来，今日是个难得的冬日暖阳天。

时间缓缓流逝，院子里的小鸡在咕咕地叫唤，厨房里传来师娘搅动骨汤的声音。

袁香儿画得很专注，微风轻轻吹起她细碎的鬓发。

周围不知在什么时候寂静了起来。

“请问自然先生在家吗？”一个女子的声音突兀地在袁香儿身边响起。

袁香儿笔尖一顿，惊起一身鸡皮疙瘩。

那个曾经在大门外不敢入内的女妖，不知何时进入了院子中。

女妖锦衣华服，妆容美艳，就那样静悄悄地站在袁香儿身边，低头看她绘制符箓。

“我师父不在。”袁香儿回答得很简洁，因为这个突然出现的女人令她十分忌惮。

师父虽然离开了多年，但这个家因为留有师父的气息，还从来没有一只妖魔敢主动靠近，更不用说这样悄无声息地闯进来。

“不在吗？那么请问他什么时候回来？我可以在这里等他。”女妖说话的时候微微颔首，看上去谦逊有礼。

袁香儿暗自打量着她，发现女妖朱颜秀丽，美鬓如云，神色肃穆，打扮考究，举止之间透出高标准的礼仪规范，像是一位富贵人家的娘子。

但正是因为她的外表过于类人，又缺失了一点儿活人应有的气息，反而给人带来一种不协调的恐惧感。

“我不知道他什么时候回来，你还是先回去吧。”袁香儿一边说着，一边悄悄退后，暗自用背在身后的手指扣好一枚符箓，又用另外一只手摸到桌上弓背奓毛的银狼，把它提起来往后丢，打着手势叫它赶快退到屋内去。

南河被袁香儿一丢之下滚落在她身后的草地上，翻身起来，死死地盯着那个突然出现的女人，非但没有离开，反而眼中露出了一种跃跃欲试的兴奋之色以及一种面对强敌时渴望挑战的野性。

“我已经等了很久。”女妖举头看院子中的梧桐树，似乎在回忆些什么，“先生答应过我，封禁五十年，就会亲手放我出来。他为什么始终没有来？”

袁香儿眨眨眼，根本不明白女妖说的是什么——师父离开得非常突然，并没有交代她任何事情。

艳阳高照的庭院里突然就起了大雾，白烟腾起，灰雾弥漫，须臾间花木不见，顷刻间人迹难寻。

角落里的树木枝条失去了往日的形态，扭曲着漆黑的躯干，变得张牙舞爪。它们黑色的身影上伸出了爪牙，蜿蜒着向中间区域会聚。

迷雾之中，只有那个女妖苍白的面孔和华美的衣裙依旧清晰可见。女妖站在浓雾中，伸出白皙的手臂，抚摸着出现在身侧的那些影影绰绰的黑色树枝：“我一直信守诺言，在树底下等着，等着先生来解开我的封禁。他为什么没有来？难道他和人类一样，学会了欺诈和蒙骗？”

四周无数尖锐的黑色树杈化为魔爪，铺天盖地地向袁香儿的方向扑来。

袁香儿骈起剑指，祭出一道金光神咒符，口中念诵有声：“天地玄宗，万气本源，金光速现，降魔除妖！”

黄符凌空，散发出灿灿华光，空中现出一尊金甲神灵的虚像。那位神灵三目四臂，手持灵光宝镜，横眉怒目，威风凛凛。

那位神灵举臂托起宝镜，镜面中射出一道金光，金光劈开浓雾，鬼魅般的黑色树影无处遁形，在金光扫过之时化为黑烟消散。

金光打在庭院中那女妖身上，她神色冰冷地看着袁香儿，苍白的肌肤在金光照耀下晃动着，而她涂了口脂的樱桃小嘴开始缓缓地向着脸颊的四个方向咧开，诡异地扭曲开合，吐出一条猩红的蛇芯子。她秋水般妩媚的眼睛上下竟然同时多出两对眼睛，在窈窕的腰肢的扭动之下，双腿竟然化为了肉白色的诡异蛇尾。

蛇尾盘绕，人首高举，六只眼睛齐开，六束白光透过浓雾扫射过来。金甲神灵的虚像在那人首蛇身之物六只眼睛乱扫的白光中开始变得浅淡，最终支撑不住，消于无形。

袁香儿转身就跑。

虽然这些年她也有略微修习炼体养气的功夫，但近身搏斗非她所长，她肯定不是蛇妖的对手，还是先逃跑拉开距离来得实际些。

能够瞬发的指诀和符箓显然对付不了这个形态狰狞的蛇妖，而大型的法阵和符咒需要准备的时间，袁香儿感到十分头痛，尤其是对方的原形还是她最讨厌的爬行类冷血动物，那条粗大的肉白色尾巴她光看到就心生恐惧，起了一身鸡皮疙瘩。

她刚刚跑出两步，突然发现南河竟然还在自己身后不远处，正龇着牙伏低身体，一副随时准备冲上去同那巨大的蛇妖搏斗的模样，而蛇妖那覆盖着鳞甲的粗大蛇尾已经卷水摇天地扫过来了。

不是早就叫你先跑了吗？袁香儿在心里暗骂了一声，不得不脚下拐个弯，伸手一捞，把那只银狼捞进自己怀里，同时反手给自己加持了一道天帐护身符。

只因顿了这么一瞬，那粗大的蛇尾已经扫到袁香儿身上。护身符嗡的一声撑开一道金色的屏障，袁香儿只觉得一股巨力袭来，天旋地转间，骨碌碌地滚到了一边。

她晕头转向地爬起身来，临时加在身上的护身符的灵光已经被撞碎消失。袁香儿急忙低头看向被自己抱在怀里的小毛球，总算南河没有大碍，倒是她的手臂火辣辣地疼，翻过来一看，被蹭破了一大块皮，看上去血淋淋的。

来不及骂那只不听话的银狼，袁香儿起身抬手祭出一道神凤符。火凤赤红的身影从符箓中脱离显现，张口喷出一大片灼热的明火，逼退气势汹汹的蛇妖。

此刻的南河挂在袁香儿的手臂上，低头看着那只把自己护在怀里的手。

那只手本来白皙又漂亮，喜欢动不动就伸过来揉自己一把，南河曾经无数次想要将这只手咬断撕碎，吞进肚子里去。

但这一刻，这只手不复洁白，上边沾染了刺眼的鲜血，细细的手指因为疼痛而伸不直了，正揽着自己微微发抖。人类的法术很强大，但肉体脆弱得很，是随便被挠一把都可能没命的生物。

她真是愚蠢，自己这样脆弱却毫无自知之明，竟然无知到想用这么弱小的肉体来保护它？

南河盯着那些红色的血珠，心底莫名涌上一股戾气：这个人类是我看中的食物，要吃也只有我能吃，别的妖怪凭什么弄伤她？

袁香儿知道自己召唤出来的火凤体积太小，能够实施有效攻击的时间很短。

而这已经是她不需要准备就能够瞬发的法术中最强的攻击型法术了。她本应该趁着火凤尚未消失的当口继续跑，可是师娘还在后院，周边又都是邻里，就算她能够逃脱，万一这只蛇妖闹腾起来，不知道要死多少人呢。

就在这样危急的时刻，那只不听话的银狼趁她没留意，从她手臂间溜了下去。

小小毛团一落地，身形似乎就变大了一圈。

袁香儿揉了揉眼睛，发现眼前的银狼就像是充了气的气球一般，越变越大，从巴掌大的一团眨眼间变成猎犬大，随后长到小牛犊似的块头，最终宛如一头矫健的雄狮。

银狼用厚实的脊背挡在袁香儿身前，然后抖了抖威风凛凛的银白色毛发，发出一声惊天动地的狼嚎。

来势汹汹的蛇妖停下了肆无忌惮的攻击，尾部防守性地盘成一团，立起六只眼睛的人首，有些忌惮地看着突然出现的银白色天狼。

“天狼族？天狼族不是早就举族飞升外域了？这个世上竟然还有天狼。”蛇妖冷漠的声音在迷雾间回转，“曾经自视甚高的天狼竟也有甘为人族走犬的一天，真是令人唏嘘啊！”

“放屁，这个人类是我的食物，我先吃了你这条蛇，再吃她也来得及。”天狼的声音低沉而有磁性，但说出来的话还带着点儿年少的稚气。

“想吃了我？那你怎么不过来？看你的腿行动不便，别是受伤了吧？”

蛇妖的六只眼睛眯成缝，细细的蛇芯子吞吐着，突然间，一股绿色的雾气以蛇妖为中心向四周弥漫。

南河似乎不惧那毒气，凌空扑向蛇妖，一口咬住，蛇妖粗壮的尾巴瞬间缠绕上来，紧紧地缠住南河的身躯。一狼一蛇翻滚缠斗，扬起漫天沙尘。

袁香儿从震惊中回过神来，将狼蛇之间的缠斗看得清清楚楚，南河的后腿依旧无力，所以它用利爪和尖牙死死地咬住蛇妖，不让蛇妖脱离自己身边。那只蛇妖很显然也明白这一点，拼命地勒紧南河的身躯，想要迫使南河松手，以便拉开有利于自己的战斗距离。

必须赶快做点儿什么，袁香儿着急地想。

此时的袁香儿虽然得以腾出手来施展法术，但南河同蛇妖过度紧密地缠斗在一起，无论她施展什么攻击，都会同时伤到两个妖。

蛇妖用布满肉色鳞片的身躯一圈一圈地紧紧勒住南河的身躯，把南河那身休养了这么些天好不容易养出点儿光泽的银色毛发勒得凌乱不堪。

南河腹部的伤有多重袁香儿很清楚，更知道它断了的腿还没完全好。

那只巨大的天狼却丝毫没有在意自己是伤员，一直死死地咬住蛇妖的后脖颈。一狼一蛇彼此掐住对方的要害，完全是一种拼谁先死的打法。

袁香儿的心都揪紧了，满手是汗，但她知道此刻自己不可以慌。

师父不知仙踪何处，南河身负重伤，师娘非道门中人，如今的她身边没有一个可以依赖之人，她必须自己站起来，成为家人和伙伴的依靠。

袁香儿咽了咽口水，摸索到掉落在地面上的符笔朱砂，努力使自己镇静。

她屏气凝神，在地面上绘制出一个图案极其繁复的法阵。

此法阵的全称为太上净明束魔阵，威力极其强大，绘制的难度也极大，过度繁复的阵图导致其容错率极小，是一个对布阵者的法力和经验都要求极高的法阵。袁香儿并没有把握一次绘制成功。

此阵却是眼下最适宜的、她最有把握制伏蛇妖的法阵。

她不允许自己出错，也没有时间失败。

袁香儿深吸了两口气，沉下心神，笔染朱砂，赤红的线条在地面上流转成形。初时她下笔生涩艰难，后却渐渐流畅，随着符笔运转，法阵初成。渐渐地，周围变得平静起来，周身灵力流转，袁香儿笔尖一点，朱砂连成一线，沟通天地灵气，渐成神鬼之阵。

就在她身边不远之处，妖蛇斗凶狼，飞沙走石，妖气冲天，而她仿佛进入了一种物我两忘的玄妙境界。

收笔成阵之时，她以手掐诀点在阵眼，红色的血液沿着负伤的手臂流入阵中，绘制在十二地支方位的符文顷刻间仿佛被赋予了生命一般，灵力游转。

法阵内外是三套阴阳倒错的同心圆，正反转动，华光一闪而过，束魔阵的图文隐没痕迹，在土地上消失无踪。

袁香儿从那种玄妙的状态中脱离，周身的灵力仿佛被抽空了一般。她全身脱力，一屁股跌坐在地上，握着符笔的手微微颤抖，几乎连那支轻飘飘的笔都拿不住了。

这也未免太没用了点儿吧，一个法阵就累成这样？袁香儿心想。

袁香儿想起当年目睹师父施展此阵的情景，师父下笔如行云流水，写意自在，一气呵成，哪里像自己这样，画完一个阵图就差点儿送掉半条命。

她却不晓得，今日之事，若是有任何一位玄门中人在场旁观，都会吃惊得合不拢嘴。

区区十六岁的年纪，一不摆香案，二不斋戒祷告，甚至没有借助任何法宝灵器，在一刻钟不到的时间内独立完成以高难度著称的太上净明束魔阵，即便是玄学第一大派的洞玄教，也不敢妄言自己教内有这样天赋异禀的弟子。

自出生之后，袁香儿唯一接触过的真正的玄门之人只有自己的师父余摇，因而一切行为皆以余摇为标杆。至于这个世间的诸多玄门流派，诸如号称玄妙正宗的洞玄教、清一教等，她不过是有所耳闻，根本不知道寻常修仙通道者的法术如何。

不管怎么说，眼下天赋异禀的袁香儿正处于十分狼狈的状态。她现在几乎一点儿力气都使不出，只想坐在地上好好歇一歇，但她的战斗还没有结束，只能勉强站起身。

“小南，到我这里来。”袁香儿冲着南河喊。

虽然战况激烈，但南河还是留意到袁香儿绘制了法阵。这个人类绘制的符阵的威力南河曾经领教过，短暂地犹豫后，南河便使出全力拖着蛇妖，尽量向袁香儿的方向滚去。

两只大妖掀起腾腾浓雾，翻滚而来。而袁香儿面前的土地看上去平平无奇，空无一物。

近了，更近了，袁香儿屏住呼吸，心中紧张。

银鬃飞舞，蛇鳞闪光，彼此纠缠着的两只大妖的身躯终于压上了法阵隐藏的位置。

刹那间飞沙走石，黄沙扑了袁香儿一脸，沙尘之中亮起了冲天红芒。

片刻之后，烟尘中地动山摇的战斗终于停歇，漫天沙尘缓缓落下。

刚刚还空无一物的地面上，赫然现出一圈繁复威严的法阵，细细的红色符文宛如灵活的铁索来回穿行，将两只强横的大妖一道紧紧地捆束在法阵中。

“卑鄙，你算计我？果然，你们人类都是一样卑劣、恶毒、无耻至极！”

被红色符文捆束在法阵中的蛇妖失去了彬彬有礼的模样，吐着蛇芯子破口大骂，六只眼睛现出竖瞳。蛇妖两只手撑在地上，拼命想要撑起身体，然而法阵中细细的红色符文光华流转，勒紧蛇妖的身躯，一点儿一点儿地将蛇妖压在地上。

袁香儿不觉得自己有什么地方卑鄙无耻，对想将自己吞下去的蛇妖，别说设阵抓住，就算把蛇妖剁成几段炖汤喝了，都不算过分的事。

眼见成功制伏了蛇妖，袁香儿心中终于松了一大口气。

巨大的法阵束住了敌人，但也捆住了南河。

南河一身银白的毛发早已在先前的战斗中被血染得鲜红，即便南河安静地被束缚在法阵中，没有流露出什么痛苦的神情，袁香儿依旧十分担心。

她施展的太上净明束魔阵，是在阵图内以十二地支方位形成的十二道威力强大的束魔链捆束住陷入法阵的一切妖魔。这也是袁香儿目前唯一学会的，能够通过控制局部法阵，释放出南河而依旧捕获敌人的法阵。

她小心地控制法阵，紧紧地收缩束缚蛇妖的咒文，迫使蛇妖松开缠绕在南河身上的身躯。然后，她解开捆束住南河的符文，一点儿一点儿地把南河放出来。

就在南河身上的最后一道符文松开，南河抖了抖毛发准备起身的时候，被困在法阵中的蛇妖突然抬起头，张大了嘴，喷出一大股浓郁的绿色气体。

这种气体饱含高浓度的蛇毒，即便是南河这样肉体天生强大的妖魔，在浓雾中战斗得久了，都觉得体内翻江倒海，难受得很，何况是袁香儿这样脆弱的人类之躯？

南河直起身体，脸上刚刚现出怒色，袁香儿转头看去，面上的笑容还未曾退下，致命的毒气已经逼到他们眼前。

在这样的生死瞬间，时间突然变得缓慢。

周围的一切动静，在袁香儿的眼中，仿佛都成了放慢了数十倍的电影镜头：一片枯叶正在缓缓落下，绿色的毒气如同云朵一般慢慢地变化着形状，南河漂亮的毛发在空中缓缓起伏。

袁香儿的左眼前方出现了一条青色小鱼。

小鱼灵活地在空中游动，转了一个圈后便一分为二，成为一红一黑两条鱼。两条小鱼首尾相连，再转一圈，化为一阴一阳的双鱼阵。圆阵生成一个透明的护罩，把袁香儿整个人笼罩其中，挡住了无孔不入的绿色毒雾，使它消散在空气中。

“双鱼阵，这是自然先生独有的双鱼阵，你……你怎么会这个？”被彻底捆束得动弹不得的蛇妖惊讶不已，红色的符文交错，勒住她的面孔，把她按在地上，都不能阻止她表达出心中的诧异。

袁香儿心里的惊讶之情一点儿都不比蛇妖少。师父当年不告而别，没给她留下只言片语，也没有给她留下任何法器信物——至少，袁香儿曾经是这样认为的。

想不到师父竟然在袁香儿的眼睛里留下了这样守护着她的法阵。

袁香儿抬起手，轻触了一下自己的左眼。

她突然想起师父消失前的那天摸着她的头说的那些话。在那个正午时分，窃脂趴在梧桐树上，犀渠潜在脚边，师父蹲在她的面前，凝望着她的眼睛，使她陷入梦境。在那个梦里，她听着海浪涛声，看见了一条畅游在海天之间的大鱼。

当时年幼的她不曾留意过的种种细节此刻一一浮现在她的眼前。

原来师父不曾不告而别，而是给自己留了这样重要的东西。袁香儿低下头，看着自己刚刚摸过眼睛的手，眼眶中涌起一层雾。

当年，师父到底是为何离开这里，这么多年都不曾回来呢？

“我的天哪，这是怎么啦？”云娘匆匆忙忙地从厨房里跑出来，看着凌乱不堪、烟尘弥漫的庭院，吃惊地捂住了嘴。

战斗之初，进入庭院的蛇妖释放出的浓雾形成了独特的结界，哪怕他们在浓雾笼罩的范围内战斗得惊天动地，迷雾之外的人既听不见动静，也看不清里面的情形，最多只看得见一片灰蒙蒙的雾气。

直到蛇妖被束魔阵制伏之后，浓雾散去，厨房中的云娘才听见院子中的响动，慌忙赶出来察看情况。

“呃，”袁香儿无从说起，“刚刚出现了一条大蛇。”

云娘看不见被捆在法阵中动弹不得的巨蛇，只看见了坐在地上灰头土脸的袁香儿和刚刚变回银狼模样的南河。

“蛇？你们可有被蛇咬着？”看到南河身上的血迹，云娘伸出手想要把摇摇晃晃的南河抱起来。

南河甩了甩脑袋，避开她的手，慢慢地走到了坐在地上的袁香儿身边。

袁香儿因为脱力，一时爬不起身。她稀罕地看着养了这么多天都对她不假颜色的银狼慢吞吞地走过来，蹬了几下，然后爬上她的腿，在她的膝弯里找了个位置，蜷起身体窝了下去。

南河在战斗中吸入了太多的毒气，此刻毒火攻上来，导致它昏昏沉沉的，下意识地想找到一个相对让它放心的角落睡上一觉。迷迷糊糊中，南河找到一个带着温度又似乎有些熟悉的地方，很快就陷入了沉睡之中。

“对了，家里有蛇药，你们等着，我马上拿过来。”云娘拍了一下手，转身飞快地往屋里走。

南河趴在袁香儿腿上，毛茸茸的一大团。袁香儿轻轻摇晃陷入沉睡的南河，怎么摇晃南河都不醒。

“小南，你怎么了？”

“天狼中了我的毒，人间的蛇药是无效的，只有我这里有特效药。”被捆束在法阵中的巨蛇仰起脖子看着袁香儿，“如果你放开我，我就把解药给你。”

“你先把解药给我，我再考虑要不要放了你。”和蛇妖谈判之前，袁香儿做好了需要拉锯一番才能拿到解药的心理准备。

但下一刻，一只小小的瓷瓶就从法阵中骨碌碌地滚了出来，停在袁香儿面前。袁香儿小心地打开瓷瓶，发现里面装着半瓶气味清香的黑褐色小药丸。

“此药能解天下百毒，你给它吃一颗，它很快就能醒来。不过它是天狼族，血脉强大，就算不吃药，多睡几天自己也能好。”

蛇妖不仅爽快地给出了解药，还把家底都给交代了，露出一副“药给你了，快把我放了”的表情。

袁香儿不知道该说蛇妖单纯还是傻。难怪这些不谙世事的生灵在人间走动之后，总是把“无耻的人类”这种话挂在嘴边。

依蛇妖这美丽的容貌、强大的能力以及单纯不设防的心，确实不适合在人类世界行走。

在睡梦中，南河依稀听见了雨声和女性细碎的说话声。

它发觉自己睡在一个既温暖又柔软的地方，有一只手掌正在顺着它的脊背，一下一下地梳理着它后背的毛发。

那人用手指深入南河浓密的毛发，分开它结在一起的毛发，抚摸着它的肌肤。那人时而用柔软的指腹轻梳，时而用有力的指节按压，每一下都能恰到好处地挠到它的痒处。

这样舒适的感觉让南河在恍惚中回忆起了自己的童年，年幼的自己和兄弟姐妹们一道挤在温暖的巢穴里相互梳理毛发。

这种感觉太令南河眷恋，导致南河隐约感到不安。

它是被遗落在世间的天狼，孤独又寂寞地在昏暗的森林中穿行了上百年。像这样的雨夜，它应该独自蜷缩在冰冷潮湿的石洞中，戒备着敌人的追杀才对。

为什么它能得到这样奢侈的舒适和温暖的体验？

即便在梦境中察觉到了不对劲，南河也不愿意醒来。在梦中，南河下意识地抬起脖颈，那人体贴的手指立刻就顺着南河的心意挠到了它的脖子底下，好像带着魔力一样，舒服得南河几乎想要呻吟几声。

南河一下子睁开了眼睛！

屋外哗啦啦地下着冬雨，自己不在森林里，也没躲在雪山中，而是身在一个人类的屋子内，躺在一个人类的腿上。

女人一边煮着茶，一边用手指轻轻地挠着它的脖子，而它刚刚在梦里竟然生出了一个可怕的念头：想要将自己最脆弱的肚子翻出来，任凭她抚摸。

袁香儿将一杯煮好的茶摆在端坐在地上的女子面前。

那女子坐着的地面上绘制了一个完整的四柱天罗阵，限制了她的行动。而那女子已经由巨蛇变回了人形，端端正正地安坐在那个囚禁自己的法阵中心。

她伸手接过袁香儿递来的茶盏，右手二指捏盏沿，一指轻托盏底，左手举袖遮面，侧过身子，在广袖的遮挡下将香茗一饮而尽。放下茶盏之后，她伸出葱白般的两根手指在茶盏边的地面上点了点，以示感谢。

蛇妖这一套标准的品茗动作做下来，比袁香儿这个人类更像人类。

"刚才不好意思，我名虺螣，你可以叫我阿螣。"虺螣不再是狰狞疯狂的样子，而是变成了袁香儿初见她时的那副美艳的模样，还在礼貌地自我介绍。

"所以，你到底和我师父有什么仇怨？"袁香儿好奇地问。她对师父余摇的了解实在太少，难得来了一位师父的旧识，虽然可能是敌人，但她还是希望能借此了解到一点儿有关师父的信息。

"五十年前，我犯了点儿小错，自然先生教训了我一通，把我封禁在一个罐子里，压在荒山中的一座凉亭下。"虺螣回忆起封印自己的余摇，不仅没有流露出不满的情绪，甚至带着点儿尊敬之色。

"他答应过我，只要五十年，就解除我的封禁，让我一圆自己的心愿。我遵守着和他的约定，一直在那亭子下等呀等，终于等了五十年，但自然先生一直没有来。"说到这里，虺螣的面孔上露出了愤愤不平的神色。

四柱天罗阵的虚影在空中闪过几道电流，提醒着她不能妄动。

袁香儿发现了这个故事的奇怪之处，想了想问道："你刚刚说多少年前？"

"整整五十年。亭边的老梅树花开花谢了五十回，我闲极无聊，一年一年地数过。"

"师父答应你五十年后放你出来，现在正好五十年，你不是已经出来了吗？"

"可是，我为了守约，一直在那里等着他亲自来解封。"

"师父说的是五十年后放你出来，只要你出来了，不管他人去没去，都不算是他违约的。"袁香儿给这位死脑筋的虺螣理顺逻辑，"或许他老人家法力高深，当初贴的符箓就只有五十年的效用呢？”

魊朣歪了歪脑袋，似乎在思考袁香儿所说信息的正确性。

袁香儿正说着话，睡在她膝盖上任凭她撸毛的南河突然醒了过来，也不知道是受了什么惊吓，猛地一下从袁香儿膝上一跃而起，神色慌乱地看了袁香儿片刻，然后小跑到靠窗的角落里蹲着，将双耳折下来，背对着袁香儿一声不吭。

袁香儿专业撸毛多年，自认练就了一手出神入化的撸毛技术，无论是怎样孤傲的毛茸茸的动物，只要被她撸上个几分钟，没有一只不服服帖帖地哼哼的。今日想不到老司机也有失手的时候。

看着墙角里只肯用尾巴对着自己的孤傲的小银狼，袁香儿心里充满挫败感。

她真想一把把南河抓过来，按在地上，肆意妄为地揉搓一遍。

南河到底什么时候才能乖乖地自己躺平了，让她尽情撸一把银白色的毛呢？

她恨得牙痒痒。

“啊，这个栗子酥真是好吃，好怀念人类的食物。”魊朣吃罢茶水点心，侃侃聊起往事，似乎完全忘记了自己此刻还是人家的阶下囚。

“你应该知道的吧？”她说，“在人间灵气日渐稀薄之后，昔日的伙伴或是举族飞升，或是另辟灵界，渐渐地就不再在此世间出现了。

“但在这诸多灵界之中，譬如狐族所居之青丘、我族所在之中山、鬼物会聚之酆都等，因和人界毗邻，其中有不少居民依旧喜欢时常溜到人间玩耍……”

魊朣乍看上去十分清冷矜贵，事实上却很爱说话，很快就说到了五十年前发生在她身上的故事。

那时候，她初从故土溜到人间，一时被人间的繁华热闹迷花了眼，流连忘返。

用她自己的话来说，为了在人间节省灵力，且方便行走，她将自己化为一位容貌普通的少女。

袁香儿看着坐在眼前的这位有着闭月羞花之貌的女子，心里知道要把她说的话打一个折来听。

在某个清风朗月的夜晚，这位“容貌普通”的少女来到一座破旧的宅院外，透过院墙的孔洞，看见了一位在月色下苦读的书生。

那位李姓书生容貌清秀，举止温文，和魊朣一路所见的农夫大不相同，令小蛇精一时动了凡心，于是引出一段才子佳人、月下逢蛇的桥段来。

“不能吧？”袁香儿没想到自己能听见一段这么古典的故事，几乎能猜到虺螣所要面临的结局。

“所以你不仅以身相许，还倒贴金山银山，全力帮助那个穷小子发家致富、功成名就去了？”袁香儿揣测了一下故事的结局。

“富裕还是贫穷什么的有关系吗？”虺螣奇怪地看着袁香儿，“人类的钱财对我们没有任何意义，我管他穷还是不穷呢？”

袁香儿拎起茶壶给她添茶，对这段富有戏剧性的人妖之恋有些好奇：“那你图他什么？”

对面的女子云鬓高绾，脖颈白皙，举止端庄优雅，实际上口中说的话全然不是人话。

“当然是图他的容貌，馋他的身子呀！”她理所当然地说道。

袁香儿差点儿失手打翻手中的茶盏，如果不是来自科技社会，她还真会被这个想法独特的蛇精给吓着。

“后来呢？”

“后来我就天天缠着他。他也很喜欢我，夜夜都和我在一起。我们真的过了一段很开心的时光。”虺螣回忆起往事，面孔上微微带了点儿笑意，“可惜的是，虽然我每天都很快乐，但他似乎总有许多不开心的事，我很想让他像从前一样开心起来，终究还是没能做到。”

在故事的最初，那位李生心中烦恼的不过是食物不足、衣物寒碜、住宅破旧。

这些对虺螣来说都是抬手就能解决的小事，她当然也乐于让自己的心上人高兴。

“郎君郎君，你看我找到了什么？”虺螣带着李生在人迹全无的草冢下挖出了满满一坛子的铜币。

李生高兴地把她举起来，在空中转着圈：“阿螣，你真好，你总给我带来好运。能与卿卿相知相守，乃是我李某这辈子的福气，我们永远都在一起，白首不分离。”

看见自己心爱的人高兴，虺螣心里也觉得高兴。

草长莺飞，周围的一切都在虺螣眼前不停地旋转着。白首不分离是什么意思？虺螣心里想着，反正我的头发也不会白，是不是说我和郎君永远不分离？

两人幕天席地，双双滚进荒草丛中，虺螣拿出浑身解数取悦李生。他们将野草压低了一片又一片。

快乐的时光总显得短暂，随着时日渐长，李生的苦恼变得越来越多。好在对虺螣来说，那些也还不算难事。蛇族本就有旺宅之力，哪怕她不刻意而为，只是在李生的家里住着，李家也一日比一日兴旺。

李生的衣物越来越精美、考究，往来的朋友非富即贵，宅子也从最初的茅屋变成雕梁画栋，但渐渐地，李生对虺螣越来越不满意，开始抱怨虺螣不够端庄，不通世故，帮不上他的忙。

于是虺螣开始学习人类的礼仪，模仿人类的举动，也尽量让自己少说点儿话，并回避家中的下人，以免让自己的心上人不高兴。

“郎君请了女夫子来家里教我，我学了很多人类的东西，像是插花呀，茶道呀，这些事情其实还挺有趣的，我也一直学得很开心，只是不知那些女夫子为什么总是气鼓鼓地走了。李郎说是我太过顽劣所致，可是我真的并没有怎么捣乱呀，我甚至都没有盘到她们身上过。”

虺螣颦起眉思索了一会儿，展了展衣袖，行了个标准的叉手礼：“你看看我，是不是学得很像？”

“你这只是壳子像，里子一点儿都不像，你本不是人类，又何必勉强自己做人？”袁香儿打击她，“就你这个说话方式，那些读圣贤书的夫子听到了只怕要疯。我猜那位李生最后也只敢把你藏在院子里吧？”

虺螣哼了一声：“那又怎么样？你的那只银狼比我差多了，它估计是连尾巴都收不回去，所以才不得已用本体在人间活动的吧？”

蹲在窗边的南河一下子转过身来，龇牙冲虺螣吼了一声。

南河当然知道以人形在人间活动最为节省灵力，伤势恢复得也会更快，但人类的身体远不如兽形灵活，而袁香儿又总喜欢对它的耳朵和尾巴动手动脚。想到自己化为人形一时逃跑不及，被这个女人按在地上揉耳朵摸尾巴的画面，南河忍不住哆嗦了一下，抖了抖自己的小耳朵。

袁香儿伸手把别扭的银狼捞过来，不顾它的拼命挣扎，一把将它按在自己身边的垫子上，在它面前摆了个小碟，从茶点中捻出一块栗子糕放在它眼前。银狼愣了愣，不搭理她，转过头去。

袁香儿又在碟子上添了块玫瑰火饼，银狼悄悄地瞥了她两眼，最终还是没有动静，于是袁香儿又添了一颗桂花糖。闹情绪的银狼别扭了半天，总算伸出粉粉的小舌头，飞快地把那颗桂花糖一下卷进口中，吃完糖，舔了舔嘴，顺便把那栗子糕和玫瑰火饼一起吃了。

袁香儿又洗了一个茶盏，用滚水来回冲烫了两遍，倒上一杯清茶放在茶托里，推到南河面前。

南河闻了闻那散发着淡淡香气的清茗，感到确实有些渴，又忍不住舔着喝光了。

既然吃了别人的点心又喝了别人的茶水，南河自然就不好意思再跑回去，只好耐着性子，乖乖地坐在袁香儿身边的垫子上听虺螣讲故事。

故事很快到了尾声，有那么一天，李生突然恢复了从前的温柔态度，抱着虺螣，轻吻她的脖颈，对她百般殷勤。

事后，李生握着她的手，神色痛苦地对她说："阿螣，如今我什么都有了，只缺一个孩子。为了你我之情，我蹉跎至今，无奈传宗接代终究是人伦大事，家慈那里逼得紧，纵然我心中千万般不愿，也只得迎娶高家小姐为妻。"

李生摆出万般无奈的模样："要委屈你做妾，我心中也是难受得厉害，但你放心，不过是个名分而已，你我之间还是和从前一样，我定不负你。"

南河听到这里十分吃惊，插嘴问道："他既然已经和你在一起，又怎么能够再娶娘子？"

虺螣嗤笑了一声："小天狼，人类和你们天狼族可不一样，不一定都专情。"

严格遵守一夫一妻制度的天狼感到不可思议，忍不住抬头看了身边的袁香儿好几眼。

难怪她敢随便摸我的耳朵，原来她可以同时有好几位伴侣，并不需要慎重的。

莫名背了黑锅的袁香儿完全没想到这一茬，看见身边的银狼频频抬头望向自己，就伸出手摸了摸它的脑袋，顺便揉了揉它的耳朵根部，把它摸得奓了毛。

"那位李生就真的娶了新的娘子，让你做妾吗？"袁香儿没留意奓毛的银狼，她的注意力被故事吸引了。

"李郎的要求，我从没有不同意过，所以当他说想娶新的娘子时，我自然也同意了。"虺螣有些迷茫地往下说，"但不知道为什么，我一直很不开心。于是我悄悄地守在迎亲的道路上，看见大红花轿来了，看见李郎笑盈盈地穿着喜服去迎他们。他是那样志得意满，根本就不像他说的那样无奈、痛苦。那时候，我突然就不想同意了，于是化作一条大蛇，从草丛中冲出去，想把那些人全吓回去。”

“那后来呢？”袁香儿和南河齐齐开口问道。

“想不到李郎对我早有防备，他早早就请了好几位道法高明的术士混在迎亲的队伍中，便是为了克制我。我当时十分生气，化出原形，闹腾了一通。”

袁香儿想起刚刚她在自己院子里“闹腾”的模样，知道她这个“闹腾一通”未必像她说的这样简单。

妖魔率性、单纯，但没有人类的是非观和价值观，并且拥有恐怖的力量，时常在人间掀起腥风血雨，因而才有那么多斩妖除魔的故事流传下来。实际上细究根源，也未必都能分得清谁对谁错。只能说脆弱的人类不适合同如此强大的存在处在同一个世界中。或许冥冥之中自有天意，才使得人间灵力日渐稀薄，人妖两隔，各自相安。

“因为我闹得有些厉害，最后惊动了路过的自然先生。先生施展神通将我封印进了一个罐子中。当时我心中不服，极力同先生争辩，先生劝我说，只要我愿意安心地在这个罐子里待上五十年，他就放我出来，到时候我若是还想和李郎在一起，他也不再管束。”胭膙摸了摸自己如云的鬓发、年轻的脸蛋，“我想着五十年也不过是转眼间的事，于是就安心地数了五十次花开花落。”

“这么说，你是打算回去找那位李郎？”袁香儿问道。

“当然，我十分想念他。”胭膙似乎忘记了当年和那位李郎之间“小小”的不愉快，心里只挂念着曾经的那份美好。

袁香儿看了她一眼，欲言又止。

五十年的时间，对胭膙来说可能只是短短的一瞬间，但对人类来说，几乎是从黄童到白叟的一生。

或许是妖魔寿命过于漫长，妖魔的记性时常是浅淡而具有选择性的，对时间的观念也十分淡薄。当初袁香儿来到这个院子两年，窃脂还时常以为她是前一天才到的小娃娃。

“那么，你还记得你们当年居住的地方吗？”袁香儿提醒道。

胭膙果然被问住了：“糟了，我不记得了。我习惯了凭借气味找人。”她惊慌地思索了片刻，“我只记得那个镇子上有两条交汇的河流，河边有一座河神庙，庙的屋顶上有一个金灿灿的宝葫芦。”

袁香儿想了想：“这个地方我知道，应该是两河镇，离此地不远。如果是那里的话，我倒是可以陪你去一趟。”

第二天一早，袁香儿收拾了东西，准备跟虺螣前往毗邻阙丘镇的两河镇。

一只银白色的毛团子一瘸一拐地跟她到门口。

“小南也想要一起去吗？”袁香儿弯腰蹲了下来。

男性低沉的嗓音突然响起：“你自己不是这条蛇的对手。”

南河的声音其实很好听，但南河极少开口说话，导致袁香儿都没法把这个冷淡的嗓音同那只毛茸茸的小家伙联系在一起。

南河的话很简洁冷淡，但袁香儿很快就捕捉到了那话语中的一股别扭的关心之情。于是她心情愉悦地把平时出门用的提篮垫得软软的，将银狼抱起来放了进去。

虺螣化为一条手指粗的小蛇，盘在一只小小的竹笼里，为了防止她暴起伤人，袁香儿在笼口贴上了封禁的符箓，提着它们准备出门。

袁香儿去和云娘告别的时候，云娘看见了虺螣，吃惊地说：“哎呀，哪里来的小蛇？怎么你去两河镇还带着它？”

出得门外，袁香儿提起装虺螣的笼子，用口型小声地问：“你没有隐藏身形吗？”

“什么？还要隐去身形？”虺螣在笼子里立起小小的蛇头，同时睁着六只眼睛，“你看我变得这么像，基本上和人间的蛇一模一样，没必要再隐形了吧？”

“不准同时现出六只眼睛，不，不，只留一只也是不可以的，必须是左右两只。对，就这样。你要是再现出六只眼睛，我就把笼子盖起来，不让你看外面。”

去往两河镇的车马很多，袁香儿交了五个大钱，搭上了一辆运柴草的牛车。

昨夜刚刚下过一场大雨，气温骤降，地面上的积水结成了薄冰，车轱辘碾上去发出咯吱咯吱的声响。道路两侧的树木掉光了叶子，只剩下光秃秃的树干。

坐在摇晃的牛车上，看着那些飞驰倒退的树干，袁香儿突然回想起当年趴在师父的背上，一路顺着绿荫林道来到阙丘镇时的情形。

“阿螣，你说你五十年前就遇到我师父了？”袁香儿感到疑惑，“那时候我师父长什么样？”

“先生乃是神仙一般的人物，容貌当然也是一等一的好，堪称丰神俊朗，品貌非凡，令人见之忘俗……”说到余摇，虺螣一脸敬仰之色。

原来五十年前师父就和自己当年见到时是一个模样了，袁香儿心中既诧异又钦佩，或许师父已经修炼到了生道合一的大能境界。

只可惜师娘是一个不能修道的普通人，袁香儿坐在车上细细回想，突然觉得这么多年来，师娘的容貌似乎也没有发生明显的变化。

前些日子寻到镇上的那位周姓士绅也曾说过师娘的外貌和二十年前一般无二。

好生奇怪啊，师娘明明只是一个普通人。

牛车摇晃了一路，来到两河镇。

或许是五十年来城镇的变化太大，虺螣怎么也找不到自己曾经住过的那座豪华宅院。

“当时我独居后院，甚少同外人接触，只记得所住之处雕梁画栋、轩昂壮丽，占据了大半条街的位置。”虺螣看着那些对她来说几乎一模一样的街道傻眼了。

走累了的袁香儿走进一家茶楼歇脚。她在二楼的雅座上点了一壶龙井和几碟点心，把南河和虺螣的笼子一起摆在了桌面上，让它们也透透气。

茶楼里的一角搭着一个台子，一位年过花甲的说书先生穿着长衫，怀抱一把三弦，正在台上绘声绘色地说着段子。

巧的是，这位说书先生说的正是五十年前虺螣和李生之间的故事。原来当年此事在本地闹得沸沸扬扬，便有文人墨客依据传说添笔润色，写出了《李生遇蛇》的说书段子，至今还被本地居民津津乐道。

只见那位先生摇动琴弦，弦音百转千回，如泣如诉，一下就吸引了全场人的注意力。

“却说那李生，自娶了蛇妻之后，家业那是一日比一日地兴旺起来。当年谁人不知，就门外这条紫石街，从街头打着马走上一刻钟，都出不了李宅的范围。那李宅之内有无数奇花异石、娇奴美婢，金砖铺就了地面，白银锻造为山石，绫罗裹上枝头，红蜡充作柴火。主人十分大方，夜夜笙歌，大宴宾客，真的是泼天的富贵、享不尽的荣华。”说书先生唱念俱佳，说起故事十分吸引人。

“若能有这般的荣华富贵受着，别说娶一位蛇妻，便是那狐妻、鬼妻，我也一并娶了！”台下一名大汉听到兴奋处，一拍桌子出声应和。

“听说那位蛇妻有着天仙一般的模样，只要一眼就能勾走男人的魂魄，是也不是啊？”另有人起哄。

对普通人来说，艳情故事最吸引他们的还是故事中的这个“艳”字。

“诸位少安毋躁，且听我慢慢道来。”说书先生道，“那位螣娘子被李生哄着，养在后院，轻易不许旁人得见，是以这偌大的两河镇上，见过她真容之人寥寥无几。老生不才，年幼之时倒是有幸一窥仙颜。”

头发斑白的说书先生说起了自己童年的往事，微微透着点儿得意之色：“当年老生不过十岁顽童，嬉闹之时将一个藤球踢进了李宅的后院，心里舍不得，便翻过墙头去寻。将将从墙上下来，便听见有女子的笑声远远传来，于是我就循着笑声悄悄摸去，只见院中架着一个秋千架，一位青衣娘子坐在那秋千上，正高高地荡上天空，发出一连串铃儿般的笑声。老生当年只瞥见那位娘子一眼，就再也忘不了啦。”

“你这个老穷酸，娘子到底长啥样，你倒是快说呀你。”场下的人急了。

说书先生叹了口气，拉动三弦，曲调悠扬、凄婉。说书先生伴随着曲调唱了起来：“杨柳腰身芙蓉面，新月蛾眉点绛唇。盈盈秋水目有情，缈缈绫罗体生香。人间哪寻冰雪样，敢是仙子降凡尘。”

现场之人听着这首说书先生发自肺腑吟出来的打油诗，都不免在脑海中勾画出五十年前那位佳人的模样，发出啧啧惊叹之声。

连袁香儿和南河都不免被这位老者抑扬顿挫的说书方式吸引了，扶着雅间外的栏杆往下看。

虺螣在笼中盘着尾巴挺起头，连连点头：“没错，说得很对。我就是这么漂亮。”

“可叹人心不足蛇吞象，欲壑难平，那位李生得了这般如花美眷、泼天富贵，却还不知满足，心中还想博个功名前程，却已经受不了那寒窗苦读的辛劳。于是李生打起了前高侍郎家大小姐的主意，捧着金山银山上门前去求娶，还要哄着那位螣娘子做妾。”

台下又是一阵唏嘘议论之声。

有人道：“螣娘子乃是山野精魅，又没有三媒六聘，不过是夜奔私会，无媒苟合，做妾也是应该。”

也有穷酸的书生将自己代入故事之中，故作痴情：“若是有这样一位佳人能为我红袖添香，匡助资斧，供小生进学苦读，那小生必不负她如此情意。”

台上琴音转急，嘈嘈切切，有如珠玉落盘、银瓶乍破，故事转入高潮阶段。

“想那李生高头大马，志得意满，迎娶新娘之际，突然路边刮来一阵妖风，只见飞沙走石，狂风乱卷，昏暗中一对灯笼飘在空中，及至近前，却是一条盘山大蛇的双目。那大蛇张开血盆大口，刮起一股腥风，掀翻了花轿人马，只见那新娘滚落了轿，新郎掉下了马，一时间好好的一支迎亲队伍人仰马翻，哭爹喊娘。

“看官们却道这是为何？”说书先生卖了个关子，“原是那蛇妻打翻了醋坛，心有不甘，现出原形前来搅和！”

听到这里，本来还嚷嚷着要娶蛇妻的几个男子都不免后背生寒，缩了缩脖子。

“那李生和蛇妻相处多时，十分清楚娘子的底细，早已花重金寻得数位高功法师，乔装打扮潜在迎亲的队伍中，防备着这个时刻。一时间金光符咒亮起，宝器法具凌空，都要擒这螣娘子。谁知那螣娘子道行高深，凶性大发，法师们拿她不下，只杀得紫石街上血流成河、屋毁房塌。如今在街尾，还留有一道三丈深的石坑，便是那时螣娘子一尾巴甩出来的，故而被称为落蛇坑。幸得当年一位得道高人行脚经过，施展大神通，降伏了那蛇妖，否则两河镇如今是否还存在于这世间，都未可知，未可知矣……”

说书先生收住琴音咿呀呀唱了一段悲歌，复又叹息：“当时螣娘子被法师制住，化为一条莹莹小蛇盘在地上，犹自抬着头不住地望着那李生。可叹那李生无情无义，只忙着搀扶侍郎家的新娘子，哪里还顾得着旧人？由得那位法师将螣娘子携了远去。自此之后世间再无蛇妻之说。”

“那位娘子最后如何？”

“螣娘子如何已无人知晓，不过那故事中的李生却是咱们镇上之人，他的结局诸位想必都知晓，就无须老生多言了。老生只有一句话送与诸君：善恶到头终有报，黄粱一梦皆须了。咱们人活一世，还是少做那忘恩负义之事为妙。”

说书先生叹息着说到结局，放下三弦，拿了个托盘出来，下场子寻打赏：“今日这《李生遇蛇记》就为看官们讲到这里，若是诸位觉得有些听头，还请慷慨赏赐一二。”

说书先生经过袁香儿楼下之时，袁香儿伸手从栏杆上丢下几枚大钱，笑盈盈地问道：“先生，我是从外地来的，听着这个故事十分有趣，想和您打听一下，那位故事中的李生是何许人物，如今可还活着？”

周围众人哄笑起来：“活着呢，活得好得很，过着神仙般的日子。”

说书先生收起那几枚大钱，笑道：“小娘子别听这几个泼皮浑说。那李生自赶走了蛇妻，娶了高小姐之后，自以为很快就能仗着岳父青云直上了，谁知人算不若天算，那位高侍郎早在京都犯了事，急需大量的金钱填那官司的无底洞，把家里的小姐许给他这位土财主，不过是图李生家的钱财罢了。

“可怜李生倾尽家财，终究也没能保住岳父的官职。这夫妻两个，一个是文弱书生，一位是金贵小姐，双双不通庶务，又顾着面子放不下排场，剩下的那点儿钱财须臾间好似春雪般消融，不知不觉就不见了。这般蹉跎了几年，日子每况愈下，夫妻俩整日相互打骂，到底也没留下个孩子。李生年老之后无人奉养，沦为街边乞丐，倒也可悲可叹。所以我们这里民间固有说法，蛇乃是保家仙，寻常在庭院中见到，都不可伤之吓之，若是恭敬供奉，能保家宅兴旺；伤之性命，破家散财。这位李生却是不信邪，终有此报，怨不得谁。”

身边有那好事之人抻着脖子喊道：“小娘子若是想见那李生的模样，现在推开窗户，街对面睡在泥潭里的那位就是。”

袁香儿依言推开窗。

冬日午时，阳光有些晃眼。

一个老乞丐坐在街对面的墙角晒太阳，鸡皮鹤发，满身污秽，颤巍巍地用干瘦的手抓挠身上的虱子，整个人就像是这冬季里即将腐朽的枯木，终会随着冰雪的消融一道烂进泥地里，被世人遗忘。

此刻，就在他的不远处，隔着街道上川流不息的人群，静静地站着一个女子，莲脸嫩，体红香，蛾眉弯弯，春华正好。

“这是谁啊？”

“这是哪家的娘子，好像不曾见过？”

“我们镇上有这般漂亮的人吗？”

“轻声些，仔细唐突了佳人。”

路过的人低声议论，后生们都忍不住频频打量她，悄悄羞红了脸。

袁香儿急忙转头看桌上的竹笼，不知什么时候，笼上的符箓已经脱落，笼门大开，里面的小蛇不知所终。

阿臆听不见身边的那些议论声，旁若无人地静立在街头，举目凝望。她这一眼，穿过纷扰的人群，穿过数十年的光阴，有了一种“未觉池塘春草梦，阶前梧叶已秋声”的恍惚感。

不知人间岁月为何物的虺臆，终于尝到了那一点“人生苦短，譬如朝露”的酸涩之意。

“你……你是阿臆？”坐在泥地里的老乞丐抖着手，眯着眼睛看了半天，突然兴奋起来。他拄着拐杖勉强爬起身，颤颤巍巍地拨开人群，蹒跚着向虺臆扑过来。

“阿螣，我的阿螣，你终于回来了，我在等你，这些年我一直等着你。当年仙师就曾说过，我定能活着等到再见你的那一日，先生果然没有骗我，没有骗我……”

阿螣后退了两步，带着点儿奇怪的神色看着那颤抖着向自己蹒跚走来的人，那人的头顶只剩三两根稀疏的白发，皮肤干枯松弛，满面色斑沉积，带着一身的腐臭味，用掉得没了牙的嘴呼喊着自己的名字。

一个被挤到的路人不耐烦地推了乞丐一把：“臭乞丐，阿什么螣！几十年了还整天阿螣阿螣的，做你的春秋大梦！”

乞丐扑在地上，颤颤巍巍地爬起来，抬头一看，空荡荡的街口只有一束灼眼的阳光，光束里有细小的尘埃轻轻舞动，仿佛嘲笑着不知所措的他，哪里还见得着什么美貌佳人、梦中蛇妻？

乘车回去的时候，化为人形的阿螣静静地坐在车上，曲臂搭着车沿，回首一直凝望着两河镇的方向。

袁香儿看着她那一截白皙的脖颈和没有什么表情的面孔，不知道要怎么开口安慰这位和自己不同种族的朋友：“阿螣，你还是很舍不得那位李……郎吗？”

阿螣轻轻摇头：“若我恋慕的是郎君本人，无论他化为何等老朽的模样，我都应对他见之欣喜。如今看来，我当年不过是爱慕他的皮囊。幸得先生洞察世事，点化于我，我方知心中所求不过色相尔。”

车行渐疾，寒风刮在他们脸上，刮得肌肤生疼。

袁香儿把毛茸茸的银狼捞到自己膝盖上，解下自己的斗篷翻过来穿，将银狼和自己一起笼在大毛绒斗篷里。

“这样暖和点儿。”她说。

南河的小脑袋挣扎着从斗篷中钻出来：“你……你的生命也这么短吗？”那个好听的男低音再度响起。

“对啊，人类的生命就这么短。”袁香儿望着天边连绵的山脉上渐渐往下掉的夕阳，“在你们看来，就好像蜉蝣一般，早上出生，晚上就死了。但好在我们人类一般不会这么觉得，我们还觉得人生挺漫长的，烦恼很多，快乐的事也很多。”

南河的声音就不再响起了。

袁香儿借着斗篷的遮蔽，悄悄地在银狼的背上撸了好几把，银狼一反常态地没有躲避。

蓬松的，真是太好摸了呀，要是银狼每天都能这么乖就好了，袁香儿在心里美滋滋地想着。什么譬如朝露，反正她现在还“朝”着呢，不用去想“暮”的事情。

热闹的集市上，袁香儿穿行在人群中，采买生活用品。

“南河，你说阿騰是回她的家乡去了，还是依旧留在人间呢？她那种性格实在太容易吃亏了，真让我有点儿担心。”

从两河镇回来已有多日，袁香儿带着南河在一个猪肉摊子上挑拣。

“老板，切一刀条肉，要拣好的给我。”她指着自己挑好的肉。

“好嘞，小娘子放心。”屠户将手中的杀猪刀在磨刀石上霍霍磨了两下，动作麻利地切下了一条猪肉。

肉摊紧挨着卖家禽的摊子，几笼待宰的鸡鸭挤在一起，聒噪极了。再过去是羊肉摊，摊上挂着新鲜带血的羊头，另有卖狗肉的、卖冻鱼的，不一而足。

屠户们霍霍的磨刀声和家畜的各种鸣叫声混杂出了人类集市的繁荣与血腥。

“那条蛇很强。”南河突然开口，“强者自有天地，弱者无从选择，本是世间法则。”

“你是说阿騰很强大，所以才有单纯的资格？”袁香儿伸手摸了摸银狼脑袋上蓬松的毛发，“想想还真是这样，如果她只是一个普通女孩，以这样的性子和这样的容貌，只怕早就被人欺负得连渣都不剩了。”

袁香儿每摸一下，银狼那尖尖的耳朵就紧张地颤一颤，很快就从白绒毛里透出了一片可疑的嫩粉色。

等屠户切肉的工夫，袁香儿一会儿摸摸银狼的脑袋，一会儿揉揉银狼的脖子，还把银狼那充满弹性的小肉垫翻开来摩挲着。

南河紧紧地绷着身体，忍耐着把利爪缩起来，竟然没有咬人，也没有逃跑。

不知是什么缘故，自打从两河镇回来，南河突然温顺了许多，虽然还是不太跟袁香儿亲近，但至少不再像从前那样龇牙咧嘴，充满戒备。袁香儿伸手撸毛，南河最多也只是逃跑，很少再伸爪子挠人，也不会突然回头给她一口。

袁香儿因此心情大好，觉得自己肆意妄为地揉搓银狼的目标简直就要实现了。

回去之时，袁香儿拐进一家杂货铺子，取回一把自己早先定做的圆柄小毛刷。

“这是用猪鬃做的，我特意挑选了最好的软毛，用来梳毛很舒服的，小南你试试。”

她先在自己的手背上试了试刷毛，确定软硬程度正好，才在南河的脊背上顺着毛发好好地梳了几下。

这是专门用来梳动物毛发的小梳子，以袁香儿多年撸毛的经验，只要梳子合适、手法得当，没有一只有毛的动物会不享受梳毛的时刻。那种略微有些粗硬又不失柔软的毛梳细细密密地刮过皮肤的感觉，哪怕是最高傲的小猫也会缴械投降。

可惜南河没有像袁香儿想象中那样露出享受的表情。

“做这种东西干什么？”他的声音闷闷的。

“怎么了？”袁香儿奇怪地问，“或许一开始会有些不习惯，等以后我多给你梳几次，你肯定会很喜欢的。”

袁香儿回到家的时候下起了小雨，云娘正坐在屋檐下清理松茸。

“哪儿来的这么新鲜的松茸？”袁香儿一路跑进院子，把南河放在檐廊的地板上。

“是你的朋友送来的，说是之前得到过夫君和你的帮助，因此特意送了一些谢礼来，我留她她也不进屋。对了，她才离开没多久。”云娘揭开青绿色的提篮上盖着的树叶，露出篮子里满满当当的粗粗的松茸，上面还沾着新鲜的泥巴。

“是阿滕？”袁香儿又惊又喜地追出院门，举目向远处张望。青山雨雾，野径深处，天狼山脚下有一个持着竹伞的窈窕背影，渐渐消失在山腰的薄雾里。

“她真是太客气了，这么新鲜，像是刚从山里摘下来的一样呢。”云娘高兴地说着。

南河凑过脑袋来看了看。

“这东西好吃，炖肉汤可香了。”袁香儿捡起一根肥肥胖胖的松茸，在南河的鼻子上点了点，“南河，阿滕她还记得回来看我们。”

南河动了动鼻头，想象不出这样的“蘑菇”能有什么好吃的地方。

袁香儿舒舒服服地洗了个热水澡，一边擦着头发一边从屋里出来。

屋外的雨下得很大，雨珠哗啦哗啦地从屋檐上往下掉，形成一道亮晶晶的雨帘。

冬天的雨很冷，院子里积着来不及排泄的雨水。一群黄色的小鸡崽儿想跟着妈妈跳到吊脚檐廊上避雨，却因为短腿够不着，一个个扑腾着小翅膀干着急。

南河站在雨中，正飞速地一口一个地把毛茸茸的小鸡叼着甩上去。上了檐廊的小鸡在地面上滚一滚，很快挤到鸡妈妈身边，没上去的则叽叽喳喳地往南河身边凑。这些出生没多久的小鸡崽儿如果泡一场冬雨，只怕活不过今天晚上。

袁香儿跑过去，从檐廊上伸手帮着把小鸡们往上扒拉，最后把湿漉漉的南河抓上来。

她将自己脖子上的毛巾摘下来，罩在南河的头顶上，迅速地把银狼擦成一个乱糟糟的毛团子。

“小南身上的伤口确定都好了吗？”袁香儿把毛被打湿了的银狼带回屋里，“泡到水没事吧？给我看一下？”

南河自从恢复了行动能力，就不再同意袁香儿把它翻过来处理它肚皮上的伤口，袁香儿觉得十分遗憾。

果然，那团银白色的小球一听见这句话就迅速地压低身体，戒备起来。

“已经好了。”南河嘴巴中只蹦出这四个字，又冷又硬。

袁香儿却无端地从中听出了一丝窘迫和无措的情绪。

“那我给你洗个热水澡吧？你看你都淋湿了。”袁香儿说。

银狼弓起身体就要向外跑，被袁香儿眼明手快地捏住了后颈肉：“别跑，别跑，开玩笑的。我就给你擦擦，保证不乱动。”

她打来一盆热乎乎的水，先用湿毛巾给银狼洗洗脸，擦擦耳朵，再把银狼沾了泥水的小爪子抬起来，放进热水中。

趁着银狼慢慢放松警惕的时候，袁香儿提起它哗啦一声就把整只银狼放进了那个小木盆里。

“行啦，行啦，这样才洗得干净。天气这么冷，你又一身的泥，好好泡一下热水澡多好。”袁香儿笑嘻嘻的。

被哄骗了的银狼十分委屈地蹲在热水盆里，紧张地并拢四肢，不高兴地僵着尾巴。

袁香儿拿一只木勺舀起热水，一点儿一点儿地从银狼的脖颈上往下浇，搓着银狼湿透了的毛发，规规矩矩地把浑身僵硬的银狼给洗干净了，这一次倒是没有刻意捣乱。

然后，袁香儿又拿布巾给银狼擦干了毛发，银色的毛发纤细柔软，泛着一种月华般漂亮的光泽。

屋外哗啦啦地下着冬雨，暖烘烘的屋子里，袁香儿用新买的毛梳一下一下地给南河梳着毛发。

时光都仿佛被这样的温度烫得柔和而缓慢起来。

“我的伤已经全好了。”南河突然这样说。

袁香儿沉迷在银色的绒毛中不可自拔，没有意识到南河的言外之意，随后回了句：“嗯，我知道啊，所以才敢给你洗澡嘛！原来小南洗干净了这么漂亮啊！”

南河就低下头去不再说话。

雨下了大半夜。袁香儿裹在棉被里睡得很香。

床边有一个四方的小柜，上面垫着个软垫，那是南河的窝。最初南河伤得很重，袁香儿不放心，就把南河的窝摆在自己的床边，后来彼此习惯了，就一直没有移动。

南河蜷在那个软垫上，听着屋外的雨声，身体内有一股躁动的感觉，一下一下地抽动着南河的血脉，提醒着南河离骸期即将到来。

作为一只天狼，血脉的力量告诉南河，在离骸期到来之前，它必须回到天狼山，在战斗中用大量的灵气一次一次地淬炼自己的身体，用猎取的灵丹做辅助，这样才能够平安地度过艰险又痛苦的离骸期。

南河不能再放任自己躺在这样软和舒服的地方消磨时光。

离骸期是天狼族特有的幼狼蜕变为强大成年狼的必经过程，随着身体和灵脉等一系列的蜕变，天狼会进入这个极为不稳定且痛苦的阶段。这个时期的幼小天狼本来应该待在族群中，由家人守护。

可如今世间只剩下南河一只天狼，它已经没有同伴和家人，所以南河必须为自己捕获更充足的能量，准备好隐秘而安全的巢穴，独自度过这个天狼族最为关键又最为凶险的时期。

该走了，南河要离开这里，离开这个人类，不用和她告别，就在这个下雨的夜里悄悄地走吧。

窗外的冬雨凄寒，微弱的天光透过窗户照在人类女孩的脸上，她肌肤光洁，嘴角微翘，似乎连睡梦中都有什么令她开心的事。

这张面孔让南河突然想起了在天狼山上见过的一种花，那种花总是朝着太阳，开得热烈而欢快，把整片山坡都披上一层金灿灿的色彩。

每当那种花开的时候，它即便只是从昏暗的丛林中望到那片耀眼的金黄一眼，自己的心情都能愉悦起来。

南河突然觉得心里有些酸。已经有一百年，或许是两百年，南河总是独行在幽暗的丛林间，荒山野径中，永远只有自己孤单的身影。

如今虽然有了一个对南河很好的生灵，但南河觉得自己可能永远也无法讨她欢心。

他既不能让袁香儿随意地搓自己的耳朵和尾巴，也无法像那条不知羞耻的黑犬一般，不顾脸面地翻出肚皮给她揉搓，当然更不可能像她期待的那样，做她的使徒，甚至还要在接受了她这么多的照顾之后，在今夜不告而别。

想必她会十分失望生气，但总比她醒来之后，因为不同意自己离开而和自己打上一架来得好一些。

南河心里知道，自己已经不再愿意面对和袁香儿直接决裂的局面。

等自己离开之后，她可能会去找一只她时常挂在嘴边的兔子精或是其他毛发更为漂亮的动物，契为使徒，南河沮丧地想，她会耐心地对待那种乖巧柔顺的兔子，摸兔子的耳朵和脖颈，给兔子煮香喷喷的食物，用那个做给自己的毛刷给兔子刷毛，然后心里想着还是兔子比狼听话，最后很快把自己给忘了。

南河一再告诉自己该走了，但脚就像被粘住了一般，怎么也动不了。

窗外的雨渐渐停了，月华透了进来，洒在屋子的地面上。斗转星移，玉兔西沉，金乌东升，朝阳透过纸窗，照在袁香儿的脸颊上。

袁香儿醒了过来，揉了揉眼睛，看见屋子的地面上站着一只十分漂亮的大型银狼。

虽然银狼可能还没有完全成年，但身体线条流畅漂亮，四肢结实有力，银色的毛发中有暗华流转。此刻，银狼正用那双琥珀色的眼睛一眨不眨地盯着袁香儿。

“南……南河，小南？”

“我要走了。”那只银狼发出了和小南河一模一样的声音。

“走？去哪里？”袁香儿还处于刚睡醒的迷糊状态。

天狼闭上嘴，把眼眸垂了下去。

“不是，小南你……”袁香儿从炕上下来，蹲在南河面前，犹豫了一下，说出了一直放在心里的话，“我一直想和你说，你能不能留在我身边，做我的使徒？”

天狼默默地退后了两步，轻轻别过头。

他步伐敏捷，肌肉在行动中运作起来，有一种野性的美，显然是一只在丛林中纵横驰骋的强大妖精。

袁香儿心里极为不舍，但其实也知道不应该因为自己的喜好而束缚他人的自由，何况对方还是一个和自己一样有着智慧和情感的强大生灵，是她心中早已认可的朋友。

袁香儿抬起手，摸了摸南河变高了的头，好在那里的毛发还是一样柔软。

“行吧，那我送你一程。”

袁香儿的家在阙丘镇的最南面，再往南便是连绵不绝的天狼山。

顺着泥泞的羊肠小道，袁香儿慢慢地往山里走去，她的身侧默默地跟着一只罕见的银狼。

走到森林的路口，袁香儿停下了脚步。

再往里去是更为幽深的原始森林，已经不属于人类的地界了。

袁香儿嘛起了嘴，伸手摸了摸身边银狼的那对软乎乎的毛耳朵，心里酸溜溜地想着：这是最后一次了，以后这一身的好皮毛也不知道会便宜了谁。

她依依不舍地松开手：“回去吧，你自由了。”

直到听见了这句话，南河才确定袁香儿是真的愿意让自己离开。

当初南河遍体鳞伤，袁香儿就是从这个路口把南河背出灵界，背进了人类世界。

那时候，南河灵力枯竭，后腿折断，被装在竹篓里，几乎绝望，觉得这个人类一定会趁着自己最为虚弱的时候，强迫自己签奴隶契约，从此将自己当作奴仆肆意驱使。

但那种屈辱和痛苦的遭遇一直没有到来，南河被照顾着恢复了身体，又被送回了这里。

这时候，南河甚至觉得，如果袁香儿此时施展法术强迫自己结契，自己也许会不忍心反抗。

但什么也没有发生，那个人只是轻轻松松地对他说：“回去吧，你自由了。”

银色的天狼钻进丛林，最后回头看了一眼。

那人站在山路上拼命地向天狼挥手："小心些，别再受伤了，如果有事再回来找我！"

她的身后是五彩斑斓的人类世界。

那是一个由温柔和卑劣、善良和残忍交织出来的世界。

那里喧哗而热闹，有一个温暖的垫子。

南河转回头，银色的身影消失在森林中。

第三章　乌　圆

院子里，袁香儿站在檐廊边劈柴。她双脚站定，抡起利斧，干净利落地将一块木柴劈成两半。

平日里蹲在檐廊的地板上看她劈柴的那只小小的银狼不见了，使得整个院子空落了许多。

她叹了口气，认命地继续劈柴，让自己多干点儿活才不容易多想。

"怎么一口气劈这么多柴？看你这满头的汗。"路过的云娘喊住了她，掏出怀中的丝帕给她擦汗。

"今天没下雨，多劈一些，晒干了好收进柴房里。"

袁香儿把小脸伸过去，让师娘帮着自己把满脸的汗都擦了。

师娘的帕子是天青色的，边角上绣着一幅鱼戏莲叶图，一条深蓝色的小鱼游戏花间，十分灵动。

"香儿，小南去哪里了？我做了酱大骨，正想叫它来尝尝，但到处找不见它。"云娘问。

袁香儿顿了顿，捡起一块木柴摆在柴墩上："它跑了，回山里去了。"说话间，她用手中的斧子啪嗒一声将柴劈成两半，又捡起一块柴火，摆上柴墩。

"哎呀，这就跑了吗？我还以为它会一直留在我们家呢。"云娘站在边上看了一会儿，想起袁香儿进进出出都带着那只小狼，知道她心里舍不得。

“香儿，你要是喜欢白色的狗子，师娘去集市上给你买一只好了，正好和家里的小黑凑成一对。”

小黑听见有人叫它的名字，撒开腿跑过来，欢快地拼命摇尾巴。小黑这几天很开心，自从那只狼崽子不见了，院子里就又成了它的天下。

“不用的，谢谢师娘。”袁香儿勉强冲着师娘笑了笑，却是一脸委屈的神色，就差没嘟起小嘴了。

浑身银白，没有一丝杂色，毛发又浓又密，触感柔顺冰凉，这样貌美好摸的狗子要去哪里买？

当初放手放得有多爽快，如今她心里就有多憋屈。

“要是舍不得呢，你就多去山里找一找，没准儿还能找回来。”云娘在她身边找了个木桩坐下，“师娘小的时候也养过一条小鱼。小鱼搁浅在了海滩上，被我发现了，带回家里养在院子中的水缸里。

“我很喜欢小鱼，每天进学之前都要趴在水缸边和小鱼说一会儿话。那小鱼好像特别有灵气，每次我去看它，它就会顶开水面上的浮萍，露出圆溜溜的小脑袋。有时候，趁它不注意，我就偷偷地在它的脑袋上亲一下，把它吓得溜回水底去，甩我一脸的水。”

云娘用白皙的手支着下颌，回忆起自己的童年往事。岁月似乎特别眷顾她，她脸上完全看不出苍老的痕迹。

袁香儿放下斧子，揉着手臂听呆了。

“可是有一天小鱼突然不见了，院子就那么小，我找了许多地方，问了家里的所有下人，都没人知道小鱼的去向。”云娘把视线投向天际，那里有缥缈的云霞。

“那后来呢？就找不到了吗？”袁香儿忍不住问道。

“当然没有，我怎么可能让它就这样跑了？”云娘笑了，“师娘那时候还年轻，脾气很大，在家里找不到它，就去海边找。我跑到它当初搁浅的地方，天天冲着大海数落它忘恩负义，不告而别，毫无礼数，无情无义。终于有一天，海面上又出现了那个圆圆的小脑袋，它灰溜溜地看着我。

“于是我哈哈大笑地把它装在盆子里，抱回家去了。”云娘站起身，捻着帕子搓了搓袁香儿的脑袋，转身进屋去了。

“还能这样吗？”袁香儿听了故事，心情好了一些。云娘养的那条小鱼显然不是普通的鱼，或许是因为喜欢云娘，它最后又回到了她的身边。

云娘还只是一个普通人呢。

那么，她应该也有机会遇到心甘情愿地留在自己身边的使徒吧？不用喊打喊杀地把它们强制软禁在身旁的那种使徒。

袁香儿拾起劈好的散落一地的柴火，整齐地交错垒在空地上。

她正弯着腰捡柴火，突然看见一双小小的鞋子停在身前。袁香儿抬起头，看见劈柴的墩子上趴着一只穿着衣服的长脖子鸡。长脖子鸡那小小的身体上穿着一件小小的长袍，脚下是一双小巧的登云靴，从衣领上方伸出一条长长的鸡脖子，正死乞白赖地贴在木桩上等着被砍头。

这不是她小时候经常出现在她家里的那只长脖子鸡吗？

“怎么会是你？”袁香儿又惊又喜，把那只长脖子鸡从柴墩上抱起来，惹得长脖子鸡发出一连串咕咕咕的叫声。

袁香儿装了一碟炒香了的松子，摆在那只远道而来的长脖子鸡面前，又给长脖子鸡端了一杯茶水。

长脖子鸡便端端正正地坐在树墩前，从袖子里伸出人类模样的小手，端起茶杯喝水，啄碟子里的松子吃。

“谢……咕咕咕。”

这还是袁香儿第一次听见长脖子鸡说话。

“你怎么到这里来了？”袁香儿笑眯眯地问长脖子鸡。

“他……他们都说你……在这里。”长脖子鸡还不擅长顺畅地用人类的语言表达自己的意思，却走了这么远的路来找袁香儿玩耍。

袁香儿到阙丘镇这么久，连她的家人都不曾来看望过她，这还是她第一次见到来自老家的生灵呢。

“那你就住在我这里，做我的使徒好不好？”袁香儿期待地问道。

那只正用双手捧着热乎乎的茶杯喝茶的长脖子鸡呆住了，眼珠子朝不同方向来回转了转，整个身体突然咻的一声消失。茶杯从空中掉落下来，在草地上滚了一滚。

袁香儿看着那只掉落在地上的茶杯，不甘心地捡了起来，重新倒了一杯茶水。直到茶水溢出，那只长脖子鸡也没有回来。袁香儿就着茶杯看自己的倒影，是因为自己长得没有师娘那样美，所以不但银狼不愿意留在自己身边，就连小鸡都不愿意吗？

袁香儿用余光看到那只长脖子鸡又悄悄地摸回了树墩边，伸出两只小手将碟子里的松子扒拉进自己怀里，然后捂着衣服偷偷摸摸地溜走了。

冬季的田野是黑褐色的，看不见丁点儿绿色。

袁香儿蹲在田埂边上，用一根胡萝卜吸引荒草丛中的一只野兔子。

“喂喂，你愿意做我的使徒吗？”她摇晃着那根橙红色的胡萝卜。

那只野兔不出意外地惊慌而逃。

那只是一只普普通通的野兔而已。

“连普通的兔子都诱惑不了，估计是这根胡萝卜不好。”

袁香儿拍拍屁股站起来，自己啃了一口胡萝卜，咯吱咯吱，这胡萝卜明明挺脆挺甜的嘛！

“我以为只有兔子吃胡萝卜，你们人类也吃吗？”一道声音在袁香儿头顶的树上响起，语气显得跟袁香儿十分熟稔。

树枝上轻轻巧巧地坐着一位少年，那少年锦绣罗衫拥轻裘，脚蹬金缕靴，一头黑褐色的长发用红绳细细编起，束在头顶，垂落下细细长长的发辫，像是一位富贵人家中被照顾得十分周全的少爷，但他的头上顶着一对棕褐色的猫耳朵。

“你是……？”袁香儿想不起来自己认识这样的少年。

那位少年按了一下树枝，灵巧地从数米高的枝丫上翻身下来，轻轻地落在地上的时候化为了一只小小的山猫。

“刚刚才见过面，你居然这么快就把我忘了？人类的记性都是这么差的吗？”那只小山猫开口指责。

袁香儿终于想起来了，七年前，自己“刚刚”见过这只小山猫，还差点儿死在他父亲的利爪下，幸好师父及时赶到，施展双鱼阵救下了自己。

“原来是你啊，这么多年一点儿都没长大呢，还是这么小小的一只。”

“胡说！我今年三百岁，比你大多了，什么叫小小的一只？”

“你这样就三百岁了？”袁香儿稀罕地在小山猫面前蹲下身。

明明小山猫乳毛都还没有褪干净，这样小小的一只居然就三百岁了，还真是神奇。

小山猫冲她喵喵叫了两声，表示抗议，奶声奶气，怪可爱的。

“你叫什么名字呀？怎么又到这里来玩了？小心别再被陷阱抓住了。”袁香儿问小山猫。

“乌圆，我的名字。上次那只是个意外。”乌圆不服气地开口说。

袁香儿在心里笑了一声，乌圆，这么圆滚滚的名字。

“我听见了，你在找使徒。如果你愿意……喀喀……我可以勉强当你的使徒。”小山猫挺了挺胸膛，表示自己已经很成熟，堪当大任。

天上掉下馅饼直接砸到脑袋上，袁香儿有些不敢相信，一直求而不得的东西竟突然自己送上门来。

虽然对方只是一只连猎人的陷阱都无法挣脱的小山猫，但依旧令袁香儿既惊喜又感动。

“你……你是说，你愿意做我的使徒？”她向那只小山猫伸出手掌。

乌圆迟疑了一下，伸出小爪子踩上她的掌心。

袁香儿把小山猫捧在眼前。

“乌圆，你确定知道使徒是什么意思吗？”

“我知道啊，父亲说过，就是当我们无聊的时候，陪人类玩几十年的小游戏。”

做使徒只是玩几十年的小游戏吗?

袁香儿托着小山猫走在回家的路上。

“父亲说人类既凶恶又狡猾，十分恐怖，一直不让我到人间来玩耍。其实我觉得也还好，人类看多了，倒是没有那么可怕。”这只从家里溜出来的小山猫三句话不离父亲。

“你父亲知道你又溜出来了吗？他同意你来人间了？”

“父亲当然不知道，他在睡觉，否则我也溜不出来。”

袁香儿开始担心自己契了这位使徒，家里可能随时会扑进来一个愤怒的山猫父亲。她还深刻地记得七年前那只一言不发就扑出来，想将她吞进肚子里的大山猫。

“没事的，父亲大人平时不睡觉，一睡就要睡上一甲子。等他醒来的时候，我早就玩够回去了，根本不会被他发现。”乌圆打消了袁香儿的顾虑。

乌圆溜到人间玩耍，又有点儿害怕，想到一个熟悉的人类身边落脚。

“哈哈，这样啊，那你跟我回家看看吧。”

一人一猫说着话回到了家。

云娘恰巧回来，正站在院门外低头看着门前的地面。

“香儿，香儿，你快来看看这是什么？”

地面上铺着一片树叶，树叶上放着一只黑乎乎的毛爪子以及一小堆稀奇古怪的蘑菇。

“这个是……是熊掌呀！”云娘吃惊地掩着嘴，“倒是金贵的东西，只是到底是谁这样送来，也不说一声。”

熊掌十分新鲜，蘑菇却不是每一种都能吃。袁香儿在附近转了一圈，没有发现什么痕迹。

“有狼的味道。”乌圆跳上她的肩头，在她耳边悄悄说。

袁香儿拨开一处草丛，发现了一个沾着血的爪印。她抬起头向着爪印的朝向望去，那里只有巍巍青山和羊肠小道。山腰间云雾缭绕，袁香儿没有看见心中那道熟悉的银色身影。

“哪儿来的小猫呀？香儿你又找了只小猫回来。”云娘和袁香儿并肩走进院子，边走边逗她肩上趴着的乌圆：“小猫，要喝牛乳吗？一会儿给你新鲜的牛乳。”

乌圆喵喵喵了几声，表示喜欢。

“他的名字叫乌圆。”袁香儿给云娘介绍。

“真是个可爱的小东西。中午煮小鱼干焖豆腐，庆祝乌圆来我们家。”云娘伸手摸摸小山猫的脊背。小山猫十分乖巧，并不怕生。

午饭过后，肚皮吃得圆滚滚的小山猫摸着肚子瘫在袁香儿房间的炕桌上。

“人类的食物真是太好吃了，人类也很亲切，并不像父亲说的那样凶狠残酷。”

袁香儿用一根狗尾巴草逗猫，看乌圆伸出小毛爪子四处扑腾，觉得十分好玩。

“你见过几个人类了，就觉得人类很亲切？”

“见过你呀，你把我从夹子里放出来，是个好人。刚刚那位娘子会煮好吃的小鱼干，肯定也是好人。之前路上有一个小胖子拿石头砸我，被我挠花了脸，哭着跑了。所以人类不是好人就是哭包，没什么好怕的。”

乌圆忙着扑草，一不小心说了实话。

袁香儿哈哈大笑，原来这只小山猫刚从山里出来，一共就接触过三个人类——袁香儿、云娘还有那个小胖子。

“这是什么？”乌圆从炕上蹿到炕头边的案桌上，发现那里摆着一个软软的垫子，“看起来好像很软，我能睡在这里吗？”

“抱歉，这是别人的，不能给你睡。”袁香儿把那个垫子拿在手里，轻轻摸了一下，“我另外给你做一个新的家。”

“好吧。”乌圆有些嫌弃地看了一眼那个别的妖精睡过的垫子，“要比这个还软，要用最好的材料。”

“行啊，再给你盖个猫别墅，有剑麻柱、猫爬架、秋千吊子，再加上四五个猫洞，茅厕单独设置，床保证柔软舒适。”袁香儿一口承诺，“只要你愿意做我的使徒，有什么要求尽管提。”

搭猫窝她很拿手，反正这里地价便宜，住的地方还带庭院，她手头又宽裕，满足一下小山猫的需求没有任何问题，毕竟人家小山猫很给面子地愿意和她签订长达几十年的劳动合同呢。

“乌圆，如果你愿意做我的使徒，我还会给你做各种玩具，保证三餐吃好的，经常带你出门溜达。你看怎么样？”她又加了一串的福利。

小山猫从案桌上跳下来，圆溜溜的眼睛里都有光了。

晌午过后，天空中乌云密布，朔风渐起，纷纷扬扬地下起了雪。

袁香儿跑进院子，把小鸡崽儿和母鸡都赶进鸡窝，又匆忙从柴房里抱出新晒的稻草，将院子里的鸡窝、鹅棚都厚厚实实地垫暖和。

梧桐树下有一个新搭的高脚小木屋，明明看上去空无一物，里面却传来微弱的咕咕声。

袁香儿冒着雪跑过去，把一条厚厚的小毯子摆在了小屋门口。

过了片刻，只见门内伸出一双小小的手，把那条毛毯捧进去了，青色的衣袖一闪而过。

“来了来了，抱歉，让你久等了。”袁香儿跑回檐廊，拍掉肩头上的雪，对蹲在屋檐下看雪的小山猫道歉。

开阔的地板上，已经绘制好了一个小小的圆阵，法阵内点了八盏明灯，乾、震、坎、艮四个方位下压着袁香儿绘制的符箓疏文；坤、巽、离、兑四个方位下封着红袋，里面装着一点点乌圆身上的毛发。

“你真的想好了，愿意做我的使徒吗？”袁香儿搓搓手，呵出一口白气。第一次签订使徒契约，她心里有点儿紧张。

成功结契之后，她和使徒能够心意相通，不管双方相隔多远，只要她召唤，使徒都可以感应得到。结契的双方之间，无论谁发生危险，另一方都能及时知晓，甚至能在远距离的情况下用意识交流，配合起来异常方便。

袁香儿一直期待拥有一个自己的使徒，对法阵早已反复演练得纯熟，但一来没有实际操作过，二来也没有旁观过他人结契的过程，因此对这个了解仅限于书本上描绘的神奇法术能否成功十分没底。

乌圆后肢端坐，前肢并拢，坐得直直的，抬高下巴，努力想表现出一副稳重的模样，只是因为体形太过娇小，反而显得乖巧可爱。

“在我施咒的过程中，即使有一点儿不舒服，你也要忍着，不能乱动或者生出反抗的心思。若是你抗拒，一着不慎，就会使你受重伤，而且会反噬我，所以你一定要注意。”袁香儿再三交代，“如果你后悔了，结契以后再和我说，咱们还可以解开契约。总之，什么都好说，只要你不冲动就好。”

乌圆连连点头：“你放心，我都记着了。父亲说我是个特别听话的孩子。”

特别听话你能一再溜到人间来玩吗？听见乌圆后面那句话，袁香儿更不放心了。

之前，袁香儿特意交代了师娘暂时别靠近，此时，她再次确认院门已经锁好，并在檐廊四周设下了结界，然后再次检查了一遍法阵，确保万事俱备。

袁香儿深深地吸了一口气，双手各结一指诀，屏气凝神，低眉垂目，开始念诵法咒。

庭院里白雪飘飘，檐廊上法阵灵光流转，金光灼目。

随着袁香儿朗朗的念诵之声盘旋而上，银装素裹的乾坤世界内隐隐现出一个因灵力运转而形成的旋涡。

天狼山深处，有一棵存活了不知几千年的参天古树，那粗大的树干内部有一个隐蔽的树洞。

洞口处，一只毛发银白的天狼叼着一只死去多时的棕熊，将棕熊那庞大的身躯拖进洞口。

天狼刚刚经历了一场异常激烈的战斗，受了不轻的伤，几乎耗尽了所有的力气。但这场战斗的收获也是令人惊喜的，新得到的妖丹能让天狼在离骸期到来的时候得到巨量的灵力补充，帮助天狼渡过凶险的难关。

南河心底隐隐有些急切，总想要快一点儿度过这个漫长的离骸期。

南河把那只棕熊的尸体从洞口丢入洞内，当作自己的储备粮，再小心地清理掉一路的痕迹和气味。做完这一切，南河趴在洞穴内，累得一步也不想动了。

洞外下起了雪。

这里真冷啊，还很安静，不再有热乎乎的食物，也不再有那些吵人的小鸡小鸭。南河抬起头，看着天上不断往下飘落的雪花，舔了舔自己的伤口，伤口很疼，不过已经不会再有人在乎了。

那些雪花掉落在树叶上，发出细细的声响，好像那个夜晚，南河在温暖的垫子上听见屋外的那种雨声。

她在干些什么？她是不是已经找到了喜欢的使徒？是不是已经把床头那个柔软的垫子让给了别人？

飘扬着皑皑冬雪、透着凛凛寒气的古道之上，一队旅人行色匆匆，打马疾行。队列中一位身着水合服、腰束丝绦的年轻术士停下脚步，转过脸向着不远处的阙丘镇方向看去。

“清源真人，怎么了？”身边的随从赶上来问道。

“有人在使契约之术。”清源真人开口，“真是难得，如今在人世间还能看见这样的结契法阵。看来人间依旧卧虎藏龙，非我辈所尽知啊！”

京都繁华盛景之地，国教洞玄教所在之神乐宫气势恢宏，镶金饰彩。

漫天飘洒的瑞气将此地装点成银世界、玉乾坤，其间隐有仙乐传来，令过往信众禁不住生出顶礼膜拜之心。

宫宇深处，一男子身披山水帔，头戴法冠，静坐观想。男子面上束着一条印有密宗符文的青缎，遮蔽了眉目。

室内一派寂静，他身侧的弟子焚香捧茶，无不轻手轻脚，生怕弄出一点儿不该有的杂音，搅扰了师尊的修行。

男子突然抬起头，将面孔朝向白雪纷飞的窗外，开口说道：“咦，西南方有人在使结契之术。”

在旁服侍的弟子奇道：“结契之术，教中也有师兄长辈能行，如何惊动了师尊？”

“你却是不知。”男子从袖中伸出手，微微抬手示意，便有两位弟子匆匆捧来一个硕大的白玉圆盘，托举在男子面前。只见那玉石制成的圆盘内自生烟雾，盘中云山雾罩，似另有乾坤。

男子出手在那白玉盘上一拂，盘内烟雾轻轻散开，现出满天星斗。星斗之下，隐约有着细小的山川河流、村野人家，某处群山脚下，细细的雪花形成一个小小的旋涡，正在缓缓转动。

几位弟子伸头围在师尊的法器周围看了半天，不明所以。

“弟子愚钝，怎么看这都是普通的结契之术，法力似乎也未见如何精纯。”徒弟们小心翼翼地说道。

“结契之术，乃是御妖魔为使徒。妖魔本性凶残，多疑善变，桀骜难驯，想将它们契为仆从，必先施大神通将其狠狠折服，因而结契的过程多半血气弥漫、怨气冲天。”

男子面向玉盘，仿佛隔着厚实的青缎也能看见盘中的景象一般。

“如此中正平和的结契法阵，为师也是多年不曾见过了，倒有几分自然先生当年的风采。”

雪后初晴。

袁香儿坐在庭院里搭猫爬架。

冬季的时光很清闲，白日无聊，她可以仔细地给乌圆搭一个暖和的猫别墅。

袁香儿在每一根柱子上都紧紧地缠上麻绳，将每一块木板都包上柔软的皮毛，这样可以让这个刚刚离开家乡的小山猫住得暖和一点儿。

她穿了一身皂色衣服，头发随便地在头顶抓了个锥髻，把袖子卷到胳膊肘处，踩着一根木棍一圈一圈地往上捆麻绳。

“乌圆，来，试一试。”

小山猫咻的一声蹿过来，四肢并用地在捆好麻绳的柱子上来回抓挠。

剑麻绳软硬适中，还耐磨耐用，手感独特，小山猫抓得高兴了，抱着整根柱子滚倒在地上撒欢儿。

袁香儿把那根捆好麻绳的棍子提起来，将挂在上面舍不得下来的小山猫扒拉到地上。

“还没安装好呢，你先玩这个。”她从口袋里掏出一个带着铃铛的藤球丢了出去。铃声丁零零响了一路，乌圆一路追出去，勾着前爪去拨动那个碰一碰就会响的玩具。

袁香儿看着那只围着藤球左右扑腾的小家伙，突然想起自己也曾想逗着南河玩这个球，当时那只孤傲的银狼抬起银白的前爪，轻轻地踩住自己丢过去的藤球，不屑地别过脸，露出嫌弃的表情。

袁香儿一边搭着猫窝，一边想着那只孤傲又不太亲人的银狼。

明天她要把南河的垫子拿出来，加点儿羽绒再晒一晒，万一南河哪天回来了呢？顺便也给南河做一个新的球，做成彩色的，挂两根羽毛在里面，南河可能就会喜欢。

明明已经有猫了，袁香儿却还是对那只银狼念念不忘，难道真的是越冷淡越勾人吗？

无情无义的家伙，也不知道回来看一眼，袁香儿愤愤不平地想。

藤球叮叮当当地滚到梧桐树边，一双小手从树后伸出来，想要捡那个球。

乌圆一下冲了过去，叼起属于自己的球，弓着背，冲着那只躲在树干后面、穿着衣服的长脖子鸡发出示威的低吼声。

"别这样，乌圆。玩具要有伙伴一起玩才有意思。"袁香儿搬出一块光滑的木板来到树下，用铲子在泥土地上挖了一个坑，埋进去一个支架，然后将木板的中心固定在支架上。

"来，这个跷跷板需要两个人玩，你们试一试。"

乌圆一下就蹲在了木板的一端，占据了低处的位置。

过了片刻，穿着青色衣服的长脖子鸡才小心翼翼地从树后探出身子来。它将双手笼在袖子里，慢慢挪动步子到木板另一端，两只眼睛转了转，突然挥动袖子，吧嗒一下跳上了木板。它比乌圆要重上许多，这样突然跳上来，直接把跷跷板另一头的乌圆弹上了天。

乌圆被吓了一跳，喵的一声，在半空中转了个身，变成一位发辫飞扬的猫耳朵少年。猫耳朵少年从空中落下，狠狠地蹲上木板的一端，将对面的长脖子鸡同样弹上天。

看着那只长脖子鸡咕咕咕地在空中扑腾着手臂，猫耳朵少年发出解气的嘲笑声。

"哈哈哈，看你那㞞样，还敢来害小爷。"

院门外响起了敲门声。

"哎呀，是你呀，快请进。香儿今天在呢。"云娘的声音在院门外响起。

袁香儿听见这话，伸出脑袋看了一眼，又惊又喜地跳了起来："阿臘，你怎么来了？"

院门外，虺臘正礼数周全地将手中提着的礼物递给云娘。

"打扰您了，这是自己家里种的。"

"你真是太客气了，怎么好每次都拿你的东西？"云娘伸手接过了礼物，发现那是一篮子尖尖的冬笋。

袁香儿将阿螣让进自己屋里，沏茶端点心招待她。

“阿螣，你现在住在哪里？怎么有空来找我玩？”

“本来我一个人安安静静地住在山上，不想再到人间这个伤心地。”阿螣捧着茶杯喝茶，优雅而不失速度地吃着点心，一点儿都看不出伤心的模样。

“几日前，我在山里闲逛，偶然捡到了一个人类的幼崽。他看起来惨兮兮的，十分可怜，我就把他拎回巢穴里去了。他好像病得有些厉害，所以我来找你求一道祛病符。”

“人类的幼崽？不会是走丢了的孩子吧？你应该把他送回去才对。”

“可是他说他父母都死了，族里的亲戚为了抢占家产将他折磨得不成人形，然后把他丢进了深山里。”阿螣一派天真地伸出一根手指点着下巴，“我觉得他十分乖巧又惹人怜爱，既然是没人要的幼崽，我就把他养在身边当宠物好了。”

袁香儿捂住了额头：“你怎么能养人类当宠物？”

“为什么不可以？”阿螣不太明白，“你都可以养天狼的幼崽。”

“那怎么能一样？”袁香儿瞠目结舌，半天也说不出二者哪里不一样。她想了想，换了个角度道，“你看啊，人类的寿命那么短，你把他养在身边，过不了多久，那个可爱的孩子就会变成俊美的郎君，你还没来得及高兴，那个俊美的郎君又满脸皱纹，腐烂到泥土里去了。你花费心血养了半天，得了这么个结局，心里不难受吗？”

虺螣眨了眨眼：“说得也是，那等他好了，我还是把他放回去吧。对了，你那只小天狼呢？你怎么不养它，反而要了这只乳毛都没褪干净的小山猫做使徒？”

虺螣有些嫌弃地看着那位耳朵和尾巴都收不回去，却凶巴巴地坐在桌子边和她抢糕点的猫耳朵少年。

乌圆听得这话，一拍桌子，猫起身子，双目变成金色的竖瞳，冲着虺螣露出尖利的牙齿。

袁香儿还没来得及阻拦，前一刻还端庄娴静的虺螣就摇身一变，化为人面蛇身的形态，六只眼睛齐睁，张着血盆大口，作势向着乌圆一口咬去。

乌圆喵呜一声，被吓得瞬间变回原形，躲在袁香儿身后瑟瑟发抖。

“行了，行了，别欺负他，他还是个孩子。”袁香儿一手拦住虺螣，一手护住自己的小山猫，然后把那只被吓到了的小山猫抱到屋外去玩。

“真是的，你看吧，小山猫一点儿用都没有。”虺螣变回了人形，得意地伸手摸摸发鬓，整了整自己的衣物，“你说说看，是不是你被这新来的小山猫的美色迷惑，见异思迁，所以才把小南气走了？”

袁香儿啼笑皆非：“你胡说什么？小南是不愿意做我的使徒，这才自己走的。”

“喂，你是不是傻？”飑膸拍了一下手，伸出葱白的玉指遥点袁香儿的脑袋，“你怎么连这点儿常识都没有？天狼乃上古神兽，血脉高贵，一个两个都矜持得要死，怎么可能主动留下？那只小天狼一直在你身边，你没困住它，它却磨磨叽叽不肯走，不就是想做你的使徒又不好意思说出口吗？”

“这……是这样的吗？”袁香儿表示不太相信。

“你听我的，”飑膸卷起袖子出馊主意，“下次见到它，直接施展束魔阵把它捆在地上，它肯定就半推半就地从了。”

袁香儿捧着肚子哈哈大笑。

从集市上归来，袁香儿挽着云娘的手臂，亲亲热热地走在回家的路上。

陈家大婶正好推开门扉出来，拉住云娘就站在路口说话：“韩家的事听说了吗？”

“东街口永济堂的那位大夫吗？”

“可不是嘛！”陈家婶子一拍大腿，“韩大夫那么好的人，也不知道犯了什么忌讳，年头的时候夫妻俩撒手走了，留下一个八九岁的小公子。偏偏他家还有两个黑心的堂兄弟，明着收养，暗地里却变着法儿地折磨自己的亲侄儿，没准儿就是一心想要断送了那韩小公子的性命，好占了他家的铺面田产去。”

如今做了捕快的陈家大郎恰巧从衙门回来，在边上插了一句：“娘亲，此事还不曾定案，倒不好这般说。”

“你懂个屁！”陈家婶子一把推开大郎，挤在云娘身边：“云娘子，那个韩小公子，大家都是打小见着的吧？你说小时候他白白嫩嫩的，多水灵啊，这不，在两个叔叔家轮流住了半年，那瘦得呀，手臂比秸秆还细，身上时常青一块紫一块的，要说他叔叔婶婶没虐待他，谁信呢？”

“这么说来，那孩子当真可怜。”云娘叹息了一句，“韩大夫在世之时行善积德，不应如此才是。”

讲八卦是人类的天性，古往今来都一样，几个围上来的邻居也插上了嘴。

“谁说不是呢？前几日大雪天，他们让韩小公子进山砍柴，我在这院门口都瞧见了。结果那孩子打那天起就没回来，如今两家人还假惺惺地四处说孩子丢了要找孩子。”

“这几日县衙里还差人好一通辛苦寻找。按我说根本不用找，肯定就是叫那两个黑心肝的叔叔给害死了。”

“没爹没娘的孩子，真是可怜。”

…………

袁香儿跟着云娘向着家里走去，心里想起飑臓之前说在山里捡到了人类的幼崽。

那孩子会不会就是这位韩家的小公子呢？这么说来，这个孩子留在飑臓那里，说不定真的比生活在人类世界幸福一点儿。

“香儿快来看看，这又是谁送来的？”云娘站在门口喊袁香儿。

在她们的院子门外，摆放着一整只新鲜的黄羊。那只黄羊肥美异常，已经被剥洗干净，整整齐齐地摆在几片大阔叶上，边上依旧堆了一堆奇形怪状的小蘑菇。

袁香儿急忙在周边搜寻了一圈，依旧没有发现任何痕迹。

“天气这么冷，正好吃羊肉火锅。”云娘看着袁香儿直笑，“从前你师父在家的时候，经常有人这样送礼物来，这七八年不见的事情，如今倒是又见到了。”

云娘是一个普通人，看不见隐匿了身形的妖魔，也不懂任何法术，但有时候，袁香儿觉得也许师娘什么都知道，只因为那不是属于她的世界，所以她不愿多说。

松涛阵阵的松林间，一棵高高的云松顶部，站着一个孤单的身影。

那人一头银光流转的长发被高处凛冽的寒风吹动着。他用手扶着树干，身形随着脚下的树枝微微起伏，正用琉璃般的眼眸一动不动地注视着前方那亮起了温暖灯光的小院。

“来喽！香喷喷的羊肉汤。”院子里传来一个女孩清脆好听的声音。

站在树顶的男人直起了身，眼眸亮了亮。他视力极好，哪怕隔着这么远的距离也可以清楚地看见那个四方天井中的一切。

在那个院子中，袁香儿挽着袖子，提着一桶热乎乎的羊肉汤出来了。她先到黑狗的屋子前，给那条摇头摆尾的大黑狗添了满满一盆子的肉汤，又到了梧桐树下那个新建的高脚小木屋前，把一个冒着热气的漂亮搪瓷盆子递到门口。

门里伸出一双小小的手，接过搪瓷盆子。

“小心点儿，这个可烫了。”袁香儿贴心地交代。

她一直都是这么贴心的一个人，只是如今她这份心已经不再用在他身上。

“你来了这么久，还没说你叫什么名字呢。”袁香儿蹲在屋子前面说。

小木屋里只传出咕咕咕的声音。

“你如果不说，我就给你取一个名字啦。”

她当初也是这样哄着我说出名字的，树顶上的南河这样想着。

“你的羽毛很漂亮，不如就叫锦羽吧？叫你锦羽怎么样？”袁香儿取出一支笔，蘸着朱砂，在木屋的门廊上方端端正正地写下了“锦羽”两个字。

门洞里钻出一只长脖子鸡，转头看了看那两个字，用喙在那里轻轻啄了啄，发出一连串愉悦的咕咕声，表示满意。

这算什么漂亮的羽毛？她大概没见过好看的羽毛。天狼山中有鸟族，独爪三首，口吐烈焰，那一身金红交织的翎羽才叫漂亮。以后他要抓一只，把那羽毛送过去，也让她看看什么叫漂亮的翎羽。

“阿香，我的呢？”梧桐树上倒挂着一个身披轻裘的少年郎，三分娇憨，七分灵动，混着红绳的发辫直垂到袁香儿耳边。

“下来，回窝里去等，好吃的都给你留着呢。”

那少年翻身从树上下来，在半空中变成一只巴掌大的山猫，灵巧地停在袁香儿的肩头：“我要最嫩最好的肉。”

他的额头上有一个若隐若现的独特符文，那是使徒的标志。

南河看见了那个殷红的标记。

那只山猫的“窝”内有包着兽皮的踏板、裹着麻绳的柱子、摇摆可爱的吊桥，不知道她费了多少心思。

这样的幼猫，除了脸好看一点儿还能有什么用？她竟然费这样多的心思契幼猫为使徒。

即使他不刻意去看，院子里欢快的笑闹声还是全部传到这里。

或许是站的地方太高，夜风吹来的时候，南河突然觉得有些冷。

小山猫正对着热乎乎的羊肉汤大快朵颐，而那个人蹲在小山猫面前，伸手一下一下地摸着那只小山猫的耳朵。

一双毛茸茸的耳朵从南河的头发里冒了出来，在夜风里抖了抖，那温暖的触感似乎也清晰地出现在他的耳朵上。那个人总是用她温热的指腹肆无忌惮地揉搓他最敏感的耳朵，撩拨那里的绒毛。

这样亲密的动作她不只对他一个人做过。天狼那银色的耳朵低低地垂了下去。

天色渐晚，山林中松涛阵阵。

袁香儿突然心中一动，抬起头眺望不远处的山坡。那里有一棵独秀于林的云松，在她抬头的一瞬间，那云松剧烈地晃动起来，依稀有一道银白的身影从树顶上一晃而过。

等她揉揉眼睛再次看去，云松上已经空无一物。山中寂静，除几只突然惊起的飞鸟，什么也没有。

袁香儿坐在梧桐树下的石桌边练习绘制符箓，乌圆滚在桌上玩耍。

“昨天的黄羊是谁放在屋外的，你有察觉到吗？”袁香儿问起昨日之事。

“不知道，我那时候大概在睡觉。是谁送的？羊肉很好吃，让他多送点儿。”乌圆正专注地追着自己的尾巴玩。

“我……我有看见。”高脚木屋里发出结结巴巴的声音。

“锦羽看见了？是谁？他长什么样？”

“那是一个恐怖的家伙，有一头银色的长发。我被吓得……咯咯咯……一动也不敢动。”

“啊，果然是小南。你怎么看见他的？”

锦羽双手抄在袖子里，突然出现在石桌附近，仰着脖子咕咕咕叫了几声，身影逐渐变淡，在原地消失，随后，青色的衣袖又出现在了小木屋内。

这是锦羽的天赋能力，能够隐藏身形和气息，还能够实现短距离传送。锦羽在屋外感觉到了南河的出现，迅速隐形并躲回了屋里。

“锦羽，下一次如果你察觉到他来了而我在家的话，能不能悄悄提醒我一下？”

木屋里传来一阵咕咕咕的声音，这就是答应了。

乌圆一不小心踩到了朱砂碟子，在袁香儿画了一半的符纸上留下了好几个红色的梅花爪印。

袁香儿捏着乌圆的后颈皮将乌圆提起来，看了看那张印着猫爪印的废符，顺手祭到空中。本该无效的符纸迎风自燃，砰的一声在空中化为一小团火球。

“什么情况？”袁香儿有些诧异。

“咦，原来还可以这样玩？”乌圆坐在桌上，看着自己被染成红色的小肉垫，“妖族都有一些与生俱来的能力，我的能力是火焰和真实之眼。”

袁香儿抬起乌圆的前爪让他在符纸上试了几次，发现在她绘制好符头敕令天柱的半成品符箓上印上猫爪之后，会起到和灵火符类似的效果。

“还挺好玩的，这样省了好多力气。”袁香儿玩闹着印了一沓猫爪符，而后拿湿布擦干净乌圆的爪子，“你自己能施展火系法术吗？”

“当然！”乌圆端坐在桌边，抬头挺胸，鼓足力气张开口，喵呜一声，喷出了一个比苹果大不了多少的火球。

乌圆得意地翘起尾巴：“啊，这次居然成功了。怎么样，我挺厉害的吧？”

袁香儿为乌圆鼓掌。

“我的灵力还不够，如果我再长大一些，到了我父亲那个年纪，喷出的火焰可以把整座院子都烧了。”乌圆很以自己的父亲为傲，三句话不离父亲，“第一次遇到你的时候，那个男人的天赋能力是水，刚好克制我族，所以父亲才不和他计较。”

袁香儿反应过来乌圆说的是自己的师父：“我师父那是法术，并不是天赋能力。”

师父喜欢用水系法术，当年施展双鱼阵护住她，并用四根水柱捆住乌圆的父亲，都是用的水系法术。不过师父是人类，只有妖魔才有与生俱来的天赋能力，人类的法术都是后天修炼出来的。

“不是呀，他属于水族。他会人类的法术，同时拥有自己的天赋能力，所以才那么强大。”乌圆用舌头清理着自己湿漉漉的前爪，“我族最强的能力是瞳术，天生就能看透世间万物的本源。我是不会看错的，他就是一条大鱼，一条非常大的鱼。”

袁香儿呆住了。这么多年，她心中对余摇充满崇敬和孺慕之情，所以尽管师父确实有很多独特之处，但她从来不曾想过师父和自己不是同一物种。

师父是那样接近人类。他穿着最平凡的衣物，用双脚走路，用双手做饭，流着汗水将她背在背上。他时常笑盈盈地蹲下身，用那双温暖的手掌抚摸她的脑袋。

在袁香儿还小的时候，这个家里的一切琐事都是师父亲力亲为。往往她趴在这张桌上练字，师父就在她身边拉着绳子晾晒衣服；她背诵着咒文，师父围着围裙伸过脑袋来问她晚上想吃什么。

他活得比一个真正的人类更像人类。

但袁香儿仔细想想，抛开这些，师父确实有许多不同寻常之处。

往日的点点滴滴走马灯似的在袁香儿眼前闪过。当初这个院子里的众多使徒对余摇的态度和在他面前的言行是那样自然，仿佛余摇才是他们的同类，而袁香儿只是混迹在他们之中的人类小孩。那些使徒提到师父时，似乎从来就没有把师父当作人类来谈论。

袁香儿心惊不已，隐隐觉得乌圆的话更接近真相，只是她从前先入为主，从没有认真地往这个方向思考。

她开始想念那位像父亲一般对她十分疼爱、把她引进修行界的师父。袁香儿心中有很多疑问想要师父为自己解答，也很想让师父看一看自己这些年并没有落下的功课。

如今她已经长大了，有了一点儿能力，也有了一两个可爱的小使徒。

“乌圆，你知道天狼族的天赋能力是什么吗？”

“天狼？这个世界上已经没有天狼了。”乌圆瞪着圆溜溜的眼睛说，“父亲告诉我，整个天狼山脉都曾经是天狼族的领地，但是一百多年前，在我还不太记事的时候，天狼族在两月相承之日举族飞升了，所以我也不知道天狼族的天赋能力到底是什么。”

这世间只剩下小南一只天狼了吗？她想。

天狼山的深处，枯松倒挂，巨石峥嵘，冰雪覆盖的山巅一片银白。

在一面陡峭的石壁上，一个小小的身影正一动不动地伏在一块微微凸出的岩石上，一身银白的毛发和周边的雪几乎融为一体，令人难以辨别。

冰雪甚至在它的身上和头顶堆积了厚厚的一层，而它纹丝不动，收敛灵气，放缓呼吸，宛如本来就是长在这峭壁上的一块石头一般，只有那一双琥珀色的眼睛偶尔微微转动一下，盯着峭壁上的一个洞穴。

那是一只浩然鸟的巢穴。浩然鸟有一身金红色的漂亮翎羽，单足三首，三个脑袋可以同时喷出大量灼热的火焰。那烈焰的温度极高，几乎可以熔化这里的山石，因此浩然鸟一直是危险而强大的物种。

对手越是强大，越是让南河热血沸腾，天狼一族天生就流动着好战的血液。

南河跃跃欲试，如果杀死这只灵力强大的浩然鸟，猎取浩然鸟的灵丹，在冲击离骸期的关键时刻，就可以用灵力充沛的灵丹保住自己的性命。

为此，南河在风雪的掩盖下悄悄爬上这个悬崖，极度耐心地潜伏了整整两日，终于等到浩然鸟归巢的时刻。南河又饿又冷，饥肠辘辘，但它需要更为耐心地忍耐，只为了等一个时机，一个最佳的进攻时机。

那只浩然鸟从洞穴里伸出三个脑袋，朝四周看了看。浩然鸟刚刚捕捉到了一只野牛精，美美地饱餐了一顿，此刻感到有些困倦，想在这个属于自己的巢穴里美美地睡一觉。

浩然鸟放眼望去，四下只有光洁陡峭的悬崖，这令它感到安心而放松。在呼啸的寒风中，它威风凛凛的三个脑袋终于一个挨着一个地闭上了眼睛。

就在这时，一个小小的银白色身影从旁边一跃而起，幼小的身体迎风变化，变成一只体形巨大的银色天狼。巨狼狠狠地扑向洞穴中毫无防备的金红色的浩然鸟，用锋利的前爪按住浩然鸟的肩膀，一口咬断了浩然鸟的一只脖颈。

浩然鸟被剧痛惊醒，挣扎起来，余下的头颅中，一颗发出尖锐的啸声，另一颗开口冲着南河喷出灼热的火焰。

熊熊烈焰冲出洞穴，映得整座雪山一片通红。

天幕上的繁星仿佛被谁拨动了一下，陡然间漫天星光从天而降，神奇的星雨丝丝缕缕地落入雪山，在巍峨的山顶上交织出一片璀璨的星图。

那些能够烧毁万物的灼灼烈焰仿佛被星雨浇灭，陡然消失。

寂静的雪山上，骤然响起凄厉的鸟鸣声和低沉的狼嚎声。

十万大山之内的某处，一个女子悠悠的声音在深渊之中响起："是天狼族的天赋能力——星辰之力。那只天狼快要成年了，已经可以使出天狼族特有的天赋能力。我们必须尽快找到它。"

另一个沙哑的声音回应着她："怕什么？那还是一只弱小的幼崽。看我抓住它，撕裂它的身躯，尝一尝纯正的天狼血肉。"

黑暗中响起婴儿一般的诡异哭泣声："嘤嘤嘤，不要大意。才过了一两百年，你们就忘记了被天狼族统治的恐惧了吗？我可不想再匍匐在谁的脚下称臣。我必须现在就找到它，立刻咬断它的脖子。"

南河拖着伤痕累累的身躯爬上自己藏身的古树，从树上那个隐蔽的洞口一头栽了进去，砰的一声掉到树洞的底部。四五根金红色的羽毛在它的身边散落，一颗带着火焰光芒的妖兽内丹骨碌碌地在那几根羽毛间滚了半圈。

天狼在昏暗的洞穴底部趴了片刻，勉强睁开眼。

阳光从高高的洞口斜照进来，正好打在那几根散落的金色羽毛上，给漂亮的羽毛罩上了一圈朦胧的光。

如果把这些羽毛送给她，不知道她会不会喜欢。南河心想。

南河不太了解人类，人类似乎喜欢颜色鲜艳的东西。她喜欢艳丽的花朵、有光泽的锦缎和亮闪闪的金属；有时候她又会喜欢奇奇怪怪的东西，比如奇形怪状的蘑菇、沾着泥巴的植物根茎……让南河难以理解。

好在她有一点和自己一样，那就是她也喜欢带着甜味的食物和鲜嫩多汁的羊肉，而且她能很巧妙地把那些肉变得更加鲜香可口。

想到这里，南河感到空荡荡的肚子更加难受起来。为了伏击猎物，南河已经很久没有吃东西了，但此刻的南河并没有力气起身去外面捕杀哪怕一只普通的野兽。

后背和腿部传来一阵火辣辣的疼痛感，南河回首看了一眼，发现后背被烧伤了一大片，原本漂亮的银色毛发如今七零八落，露出鲜血淋漓的肌肤。南河想用舌头舔一舔伤处，可惜够不着。

这样丑陋的模样，幸好没有暴露在那个人面前，她喜欢漂亮的毛发，如果看到这样脱落成一块一块的丑陋皮毛，肯定更不喜欢自己了。

更何况，如今她的身边已经有了容貌俊美的小山猫、千依百顺的黑狗，还有稀奇古怪的鸡。

为什么总是想着那个人类？南河唾弃了自己一下。

是了，我受了她的恩惠，问心有愧，不过是想要偿还她的恩情罢了，肯定只是这样而已，南河心想。

南河耷拉着耳朵，合上了那双琥珀色的眼睛。

一股前所未有的悸动从血脉深处传来，南河伸出舌头，将眼前的那枚灵丹卷入口中。

大量的灵力开始冲撞南河的四肢百骸，南河的每一条经脉都被汹涌而入的灵力冲击着，一下一下地膨胀搏动起来。那股力量过于强大，几乎就要撕裂南河的经脉，破坏南河的身躯。

南河死死地咬牙忍耐着，感到颈椎和周身的骨骼仿佛在一点儿一点儿地错位，溃散了又重组，重组后又一次溃散。南河第一次真正体会到了进入离骸期的痛苦。

这个痛苦的过程是每一只幼年期的天狼都必须经历的，在这个时期，天狼需要用一波又一波的灵力来洗涤骨骼身躯，慢慢摆脱原有躯骸的桎梏，成为一种更高层次的质体。没有彻底经历过离骸期的幼年期天狼，无论身躯多么庞大，都不能算是真正成熟的天狼。这是一个危险的过程，如果没有足够的灵力和意志力，幼年天狼随时有可能因熬不过离骸期而死亡。

南河紧闭双眼，忍受着拆骨削肉一样的折磨，感官在这种过度的疼痛感中变得迟钝而模糊，无边无际的黑暗和疼痛死死地缠绕着南河的身躯和精神。

洞穴外是呼啸的北风，敌人随时有可能发现这里，冲进来将毫无反抗之力的南河撕成碎片。

天狼星离南河是那么遥远，在这样的白昼里，连一丝一毫的光辉都看不见。南河只是一只被遗留在这个世界的孤狼，即便艰难地成功离骸，也只能形单影只地在这片大陆上度过千万年。

迷迷糊糊中，南河仿佛回到了幼年时的那个夜晚。那时月浪衡天，凉蟾凌空，一只小小的天狼在月色下用尽全力地向前飞奔。它好不容易从人类的牢笼中逃脱，带着一身的伤痛和委屈，拼命地向着遥远的天狼山的方向奔跑着。

浩瀚的苍穹仿佛抖动了一下，漆黑的天幕上神奇地凭空多出了一轮圆月。

两轮明月在夜空中相承相应。

父亲和母亲口中说了成百上千年的、似乎永远不会出现的两月相承之日，就这样毫无征兆地降临了。这个景象只会出现很短的时间，在这个时刻，天狼族就会举族迁徙，去往真正的故乡。

天空中玉兔成双，银毫遍洒人间。

小天狼在夜幕下停住脚步，绝望地看着头顶上的两轮巨大的明月。

遥远的天狼山上升起一道细碎的银光，那些银辉盘旋高升，缓缓地向夜空飞去。

天狼们排着齐整的队列，从银盘般的圆月前穿梭而过。尽管因为过于遥远而显得十分渺小，南河依旧清楚地知道，那每一点银辉都是他的族人。

他迈着小小的四肢在地面上狂奔，竭尽全力地嘶吼。但那遥远的天空上，终究没人能听见广袤大地上一只小天狼的呼唤声。

族人的身影穿过明亮的圆月，渐渐变淡、变小，最终消失在无尽的星河之中。

像突然出现时一样，天幕上的镜月骤然消失。

无边的夜空之中，依旧只有一轮孤独的圆月。除了天狼山上的天狼族群消失了之外，世间仿佛并无任何不同，只有那一只小小的银色天狼，颤抖着几乎虚脱的身体，慢慢地向着再也没有家人存在的天狼山脉走去。

树洞里，南河睁开眼睛，浑身的汗水浸湿了凌乱的毛发，视野中，一根金色羽毛在微弱的阳光中被轻风撩动，微微翻转。

身体好疼，南河觉得自己几乎要撑不住了。

它还没有将这些羽毛放到那座院子门外。它还想再悄悄地看一眼那个人。

那个少女依稀坐在眼前的阳光中，从光束中伸出手来，摸了摸南河的脑袋。

“疼不疼？别乱动。”

南河轻轻地嗯了一声，感觉洞穴的四面八方都响起了那个熟悉的声音。

“忍一忍，一会儿就给你好喝的羊肉汤啦。”

“桂花糖，很甜的，吃吗？”

“别怕，我给你念金镞召神咒，小南很快就不疼了。”

南河昏昏沉沉地闭上了眼睛。

袁香儿甘泉般的诵咒声响起：“羌除余晦，太玄真光，妙音普照，度我苦厄。”

“度我苦厄，度我苦厄……”

袅袅余音在昏暗的树洞中不断回荡，安抚着南河那具痛苦难当的身躯。

袁香儿在庭院中的梧桐树下折腾着新发现的“印刷”制符术。

她对着锦羽招招手：“来，锦羽也来试一次。”

锦羽跳上桌去，咕咕咕地脱下小靴子，光着爪子上前，在朱砂盒里踩了一脚，啪嗒啪嗒地在符纸上来回印了好几个朱红色的鸡爪印。

袁香儿骈剑指，起黄符于半空，口中斥道：“急急如律令，敕！”

那张符歪歪斜斜地落在乌圆身上，刺的一声，冒出一缕细细的烟雾，发挥了锦羽的天赋能力，把乌圆的尾巴隐匿了。乌圆十分开心，一下跳起身来，转着圈追着自己看不见的尾巴玩耍。

袁香儿哈哈大笑：“来来来，锦羽，咱们再来一次。看能不能把乌圆的半个身子都变不见。”

锦羽抬起脚，正要在黄符上印下爪印，突然缩起细细的爪子，转了转眼睛，随后伸过脖子悄悄地对袁香儿说了一句：“来……来了，又来了。”

袁香儿一下转过脸，看向悄无声息的院门。

院墙外，身披银毫大氅的男子赤着双足，独立雪中。

男子随意地拢在脑后的长发被微风拂起，露出如画的容颜，当真皎皎如朗月临空，飘飘若谪仙下凡。

他抬着头，愣愣地望着紧闭的院门。

庭院内传出阵阵欢快的笑声。

南河在门外的雪地里默默地听了许久。他不知道自己是什么时候走到这里的，等他回过神来的时候，发现自己已经站在了这个熟悉的院门外。

此刻的他刚刚度过离骸期的第一次冲击，很疲惫，饿得厉害，真想一把推开眼前的木门。那里面有一个人，肯定会拉着他的手，把他牵进暖和的屋子里去，给他做一碗热气腾腾的羊肉汤面。

但最终，他只是弯下腰，在门口的雪地上铺上一片树叶，整齐地摆上五根金红相交的翎羽，然后转身准备离去。

院门吱呀一声开了，袁香儿的脑袋露了出来。她看了一眼地上的羽毛，又眯起眼睛看着眼前陌生的男子："小南？"

那容貌漂亮得不像话的男人同袁香儿面面相觑了片刻，突然转身就跑。

"跑什么跑？你给我站住！"袁香儿怒了，冲着那个瞬间就跑远的背影单手掐了一个"扭"诀，喝了一声，"束！"

那裹着一身银色大氅、背影修长清俊的男子扑通一声倒在了雪地上。

袁香儿追上前，喘着气正想要数落他，到了嗓子眼的话突然噎住了。

那扑在雪地上的不是自己曾经抱在怀中的小毛团，虽然带着一种熟悉的气息，但那确确实实是一个年轻的男子。他修长的双腿从空荡荡的衣摆下露出来，腿侧露出了成片的被烧伤的肌肤。

"你……"袁香儿向他伸出手。

那人埋在雪地上一动不动的脑袋上突然冒出了一双软乎乎的耳朵，衣服的下摆中钻出了一条毛茸茸的尾巴。

那耳朵抖了抖，一下子连耳朵尖都红透了。随后，身高腿长的男人就地化为一只体形巨大的银狼，强行挣脱了袁香儿的咒术，从雪地上爬起，飞速逃走了。

袁香儿差点儿想骂一句脏话。

她深吸一口气，取出一张黄符，在符纸上沾染一点儿南河留下的血迹，双手掐诀，口中默念请神咒。

一个寸许高的小人戴着银色的尖嘴面具，出现在袁香儿面前的空中。

袁香儿抱拳行礼，微微躬身："有劳了。"

那小人默不作声，叉手躬身回了一礼，转身向着南河消失的方向疾速追踪而去。

袁香儿手持小人留下的银线末端，在双腿上拍了两张疾行符，紧跟上前。乌圆化为小小的山猫，趴在袁香儿的肩头。

"阿香，我们进入天狼山的灵界了，这里是妖精的地盘，你当心点儿。"

"没事，已经找到了。"袁香儿在一棵参天古树前停下了脚步。

那棵树也不知道生长了多少年，树干粗壮到十几个人都无法将其合抱，且枝叶茂密，直上云霄。

袁香儿站在树底下抬起头，几乎看不见树顶。

一根细细的银丝延伸到树干中部一个不起眼的树洞口，消失在了那里。

袁香儿顺着银丝的指引，攀上了树，来到了那个洞口前。从外面看过去，这个洞穴很浅，里面似乎什么都没有。

乌圆从她的肩膀上跳下来，双眸亮起一片晶莹的光泽，在洞口前转了两圈。

"这里设了法阵，带着星辰之力，很难破解，阿香你别随便进去。"

他的话音还未落下，袁香儿已经探身进了洞穴。

初时，袁香儿觉得身体难以行动，仿佛身处一片无边的星海之中，但那些星辰凝滞片刻后，便纷纷避开她，让她轻轻松松地钻进了洞穴中。

一钻进来，袁香儿才发觉树洞根本不像外表看起来那样窄小。此洞高达十余米，宽阔昏暗，底部堆着几张猛禽的皮毛和吃剩的肉，角落里蜷缩着一只伤痕累累的银色天狼。

袁香儿从洞口爬下去，来到了避无可避的南河身边。

南河别过脑袋，闭上了眼睛。

所有雄性的天狼，都以能有一身漂亮的银白色毛发为豪，越是浓密柔顺有光泽的毛发，越代表他们强壮而有力。如今这副被火焰烧伤、皮毛脱落得左一块右一块的模样，南河是死都不想让眼前之人见到的。

偏偏南河只能无奈地将这副丑陋狼狈的样子毫无遮挡地展示在她面前。

她不会再想要伸手摸自己的脑袋了吧。

带着体温的柔软掌心摸上南河的脑袋，和从前一样小心地揉了揉南河的耳朵。

"为什么见到我就跑呀？这么久没见，我一直很想念你。谢谢你送来的礼物。”

袁香儿温和的声音穿过天狼的肌肤，像是无数根细如牛毛的针，在南河的心尖上扎了一下，使南河的一颗心莫名地变得又酸又涩。

袁香儿看到那只大型天狼终于睁开了眼睛，用那琥珀色的眼眸看了自己一眼，然后慢慢地把头移过来，靠近了自己，依偎在自己的腿边。

认识了这么久，这只别扭的小狼还是第一次主动靠近她，袁香儿的心差点儿化了。

“疼不疼？”她小心地查看南河的伤势。也不知道这段时间南河独自经历了什么，仿佛才从火场中钻出来，严重的烧伤使得南河的皮肤大面积脱落，鲜血淋漓的，袁香儿看了都觉得疼。

“我给你画一个金镞召神阵吧？”

从前她每次和南河说话，南河不是惯性拒绝就是毫无回应。但这一次，洞穴里响起一道低低的声音，南河轻轻地嗯了一声。

袁香儿取出随身带着的符笔，蘸好朱砂，在地面上画出一个镇痛止血的金镞召神阵，然后盘腿坐在南河的身边低声念诵咒语。

那只银白的天狼默默地趴在法阵中，靠在袁香儿的腿边，不时地将琥珀色的眼眸转过来看看她。

“我回去拿一点儿药，再给你带点儿吃的？”袁香儿念诵完毕站起身。

南河垂下眼睛：“这里很危险，我的敌人很多，随时都有可能出现。你……别再过来了。”

明明是拒绝的话，袁香儿却从中听出一种转了几个弯的委屈难过的情绪。银狼那毛茸茸的耳朵都耷拉下去了，明显是不舍得让袁香儿离开。

乌圆被法阵拦在树洞外，急得在树枝上直打转。

“乌圆你先回去，帮我带一点儿药品和食物过来行吗？”袁香儿冲着洞口喊道。

“乌圆你先回去”这句话莫名取悦了南河，耷拉着的耳朵突然就精神地竖了起来，灵巧地抖了抖。

南河知道这里并不安全，应该让袁香儿立刻离开，但那话到了嘴边，滚过来滚过去，咽下去吐出来，来回折腾了几百遍，就是说不出口。

话还没说出口，南河的肚子已经率先发出了抗议的声音。

“你是不是饿了？”袁香儿问道，“乌圆没那么快回来，你等我一会儿，我去给你找点儿吃的。”

这句话彻底让南河咽下了想说的话，南河想起了和袁香儿一起在街边吃的冒着油花的羊肉串，想起了一起大口大口地喝下去的香浓的羊肉汤。现在南河的前胸几乎要贴到后背。

只是吃一点儿东西而已，吃完马上就让她离开，抵挡不住诱惑的南河这样说服自己。

袁香儿翻出树洞，很快就猎杀了一只山麂，在避风处烤得喷香熟透，然后带着一身的肉香溜了回来。

她把油汪汪的山麂肉一点儿一点儿地撕下来，喂进趴在地上的南河口中。

“先吃一点儿，一会儿再想办法给你弄点儿好消化的东西。”

香浓的肉汁顺着食管流进空空如也的胃里，抚慰着南河饿了数日的身躯。

南河伤得很重，咀嚼和吞咽都成了辛苦的事。之前，南河只能翻找出冻在洞穴中的冰冷坚硬的生肉，勉强自己吞食；但此刻有一个人坐在南河身边，一点儿一点儿地喂南河吃香酥软腻的烤肉，哄南河喝那甘甜的山泉水。

南河为自己的软弱感到羞耻，却又无法拒绝这样的关怀。

大地传来一阵轻微的晃动，洞穴的内壁簌簌抖动起来。

南河一下子支撑起身躯，侧耳聆听了片刻。

这一瞬间，天狼从一只软绵绵的大毛团，化身为一柄出鞘的利刃。

南河的眼神狠厉而坚毅，身躯巍峨如山。

“还来得及，你立刻走。”天狼琥珀色的双眸冰寒一片。

“什么东西来了？我不走。我可以和你一起战斗。”

“不行。敌人很强大……”

南河的话还没说完，袁香儿已经掐了一个“井”诀，把南河困在地上。

然后，她不容置疑地用最快的速度，从洞口开始一路布下数个防御法阵。

“我也不是弱者呢。”她拍拍手，站在南河身边看着洞外。

敌人来得很快，地动山摇中，洞穴之外响起沙沙的脚步声。

这时候再让袁香儿离开已经来不及了，从法阵中挣脱出的天狼无奈地将自己的身躯变大了两圈，一甩毛茸茸的大尾巴，轻轻地将袁香儿卷到自己的身后。

袁香儿被一片毛发淹没，勉强从银白的世界里挣扎着伸出脑袋，紧张地盯着晃动的洞口处。

她嘴巴上说得很坚定，其实没有经历过几场真正的战斗，心里免不了有些紧张。

一颗巨大的人类头颅从洞穴外摇摇晃晃地经过，像是年迈老人的头颅。它那巨大的眼睛对着洞口，混浊的眼珠转动着朝着洞穴内看来。

袁香儿屏住了呼吸，突然，一条毛茸茸的尾巴轻轻地盖上来，把她藏了进去。

幸运的是，那只体形巨大的妖魔似乎没有乌圆那样的天赋能力，在洞口看了片刻，最终慢悠悠地离开了。

“乌圆，别靠近这个地方。”袁香儿通过使徒契约给远处的乌圆示警。

“阿香，你还在树洞里吗？那附近有好恐怖的气息。”袁香儿的耳边响起乌圆的声音。

“我知道，我知道。你别过来，乖乖地退远一点儿。”袁香儿一边嘱咐自己的使徒，一边紧盯着洞穴外的天空。

不多时，树洞外传来一阵沙沙的响声，一条水桶粗的花斑大蟒哗啦啦地从洞口处过来。那花斑大蟒有九条细长的脖子，每一条脖子上都有一颗人脑袋，九张嘴同时发出婴儿啼哭般的古怪声音。

袁香儿忍不住起了一身鸡皮疙瘩，下意识地往银白色的大尾巴里缩了缩。

一张苍白的人面贴近洞穴，洞穴中的袁香儿可以清晰地看见那面孔上的五官和细微表情，但近在眼前的人面似乎看不见洞穴内明晃晃的巨大天狼，那细细的眼眯了起来，带着点儿疑惑之色滞留在洞外。

“到处都找不到呢，奇怪，我似乎闻到了一点儿天狼的血的味道。”苍老的声音从不远处响起。

九头蛇在洞口回应那个声音：“老耆，那只小狼很狡猾，在不少地方都留下了血液和气味，就是为了迷惑我们。哼，天狼山脉这样大，也不知道这只小狼最后会便宜了谁？”

“我！得到它的一定是我！我要捉到它，把它的皮剥下来挂在我的洞穴里。我喜欢那种银色的皮毛。”

“别说大话了，还是去厌女那里问一问，看她有没有发现吧。”

对话的声音渐渐消失。袁香儿悄悄地从皮毛中钻出来，往洞口上爬，想看一下外面的情况。

南河咬住了她的衣角，轻轻地摇了摇头。

果然，安静了片刻之后，洞穴外再一次出现了那颗混浊的巨大眼睛。

“都说了不在这里，你偏不信。”九头蛇那九张嘴同时抱怨道。

“奇怪，总觉得隐约有一股奇怪的味道。”老耆说。

“那是人类的气味，和天狼没有关系，可能有一个不知死活的人类闯进来过。”

“人类？我不喜欢那种生物，他们太臭了，而且十分矫情。”

一蛇一怪窸窸窣窣的脚步声慢慢远去。袁香儿小心地爬上洞口，在洞内悄悄张望，发现丛林之上，一只十余米高的怪物正兜着袖子分开树冠缓缓离去，一条有九颗脑袋的巨蛇蜿蜒着身躯与它并肩前行。

袁香儿长长地舒了一口气。从这两个妖魔的对话来看，天狼山内似乎有很多强大的妖魔想抓到南河，总而言之，这里确实十分危险。

一直绷紧身体戒备着的天狼甩了甩脑袋，一放松下来，撑在地上的前肢就开始微微打战，身躯忽大忽小地变化着，这是灵力快要枯竭、已经支撑不住巨大形体的征兆。

袁香儿还没来得及说话，后衣领突然被南河叼住了，随后一股力道传来，眼前一阵天旋地转，整个人被南河从树洞中丢了出去，平稳地落在地面上。

等她抬起头，头顶上的洞口已经迅速被法阵封闭，里面传出了一道闷闷的声音：“快离开。”

被丢出来的袁香儿无奈地叹了口气。唉，谁叫这是她养的狼呢，再别扭也只能宠着不是？她把双手拢在嘴边，扯着嗓子突然发出一声刺耳的尖叫声：“哎呀！救命！”然后她憋住气，一动不动地站在原地。

树洞里很快就伸出了一颗小小的银白色狼头，惊慌失措地四处张望。

直到对上袁香儿的视线，南河才知道自己被骗了。

但树下的那个女孩仰着头，笑盈盈地向南河张开双臂：“跳下来，我接着你，跟我一起回去。

“听话，我又不关着你。等你伤好了，你可以再回来。

“你下不下来？你若不下来，我就站在这里不走了。

“这个地方好像很危险，万一突然来一只妖怪把我叼走了怎么办？毕竟我是这么弱小的人类。”

袁香儿要起无赖来，南河绝对不是她的对手。

果然，那只毛茸茸的银狼站在高高的树枝上斟酌了许久，终于一纵身从树杈上扑下来，被袁香儿用双手稳稳地接住了。

天色向晚，橘红色的阳光铺在白雪皑皑的地面上，袁香儿抱着小小的天狼一路飞奔。

南河被放在温暖的怀抱中，明明累得浑身像散架了一般，但不知道为什么，心里却涌上一股桂花糖一般的甜蜜滋味。

道路两侧的树木飞快地后退，南河清晰地听见一声声急促而有力的心跳声。

那个人一路奔跑着，推开那扇大门，穿过熟悉的院子，进到自己的卧室中，把那个软软的垫子拿出来放到炕上，将南河放在了温暖的垫子上。

天狼把鼻子埋进那个软软的垫子里，只闻到了干爽的阳光味，并没有别的什么乱七八糟的味道，于是松了口气，终于在温暖的环境里安心地昏睡了过去。

袁香儿蹲在炕边，小心地摸了摸她的狼。离开自己个把月，银狼漂亮的毛发已经没了，身上左一块右一块地秃着，这会儿正缩在垫子里，冷得微微颤抖。

幸好自己把他带回来了。

袁香儿去厨房找云娘要了一碗热乎乎的鸡汤。

等袁香儿吱呀一声再度推开房门的时候，炕上的那只小狼已经在睡梦中变回了人形。

他背对着袁香儿，蜷缩着身体，睡得正香。

白日里一阵忙乱，袁香儿几乎没有看清南河变作人类时的样子，这样想想，她似乎一次都还没有见过南河化为人形的时候长什么模样。

袁香儿咬了咬嘴唇，伸出手指，轻轻撩起南河那一头散落的长发，露出了他覆盖在银发之下的洁白脸庞。

这长得也太犯规了吧？

她在心里轻轻赞叹了一声。

无论是虺螣还是乌圆，都有着完美精致的容颜，她看到之后也暗暗赞叹。

但是躺在眼前的这个男人，哪怕面色苍白，闭着双眸，袁香儿都不得不承认，在他露出容颜的那一瞬间，她的心跳快了好几拍。

从前一些话本中描绘贤明的君王为美人倾心，夜夜笙歌，荒废了国事；或是知书达理的书生被狐精迷惑，沉迷于声色，抛弃了圣贤礼教。袁香儿读后都不过付之一笑，觉得那只是文学作品的夸张意淫而已。

此刻，她突然有些理解书中的那些角色了：如果有南河这样姿容的美人摆在眼前，即便是她，也真的有可能做出“从此君王不早朝”的昏庸之举来。

如果南河是一个人类，那完全就是袁香儿的理想型了，可惜南河偏偏是一只银狼。

袁香儿惋惜地扯过床上的被褥，小心地避开他身上的烫伤，遮住了他的身体。

南河有些警觉，微微睁开眼，看见是袁香儿，又放心地闭上了眼睛。

“原来这个垫子是他的啊，难怪你一直不让我碰。”跟进来的乌圆跳到炕边的柜子上，不高兴地哼了一声。

床上之人明显听到了这句话，脑袋上突然就冒出一双软乎乎的毛耳朵来，在袁香儿的视线里轻轻地颤了颤。

“为什么他都变成人形了，耳朵和尾巴还经常会冒出来？”袁香儿有些不明白天狼族的特性。

“狼族和我族一样，耳朵和尾巴都特别敏感，一旦情绪激动，就很容易控制不住地跑出来。他大概是正在高兴吧。”乌圆很不客气地揭南河的短。

“原来是这样呀！”袁香儿把南河扶起来，端给他一碗热腾腾的鸡汤：“你喝一点儿这个暖和一下。东街永济堂有一种治疗烫伤的蛇油软膏特别有效，我一会儿出去给你买。”

南河琥珀色的眼眸中带着一点儿刚睡醒的水雾，伸手来接袁香儿手中的碗。

他骨节分明的手指微微有些凉，不小心触碰到了袁香儿的手，在那里留下了明显的凉意。

他变成这个样子，好像有些不太方便呀，袁香儿后知后觉地想着。

她的视线避开了南河那肌肉紧实的身躯，看到了被褥下露出来的一双光洁的脚踝，突然想起自己曾经握住南河的脚踝，把人家翻过来，还大大咧咧地剃掉人家伤口附近的毛发，给人家包扎上药。

难怪那个时候，小南挣扎成那副样子。

袁香儿有些不好意思地捂住自己的额头。

袁香儿来到东街的永济堂买烧伤药，这家药铺秘制的蛇油软膏医治烫伤的效果特别好，远近驰名。

永济堂曾经是阙丘镇上口碑最好的一家药铺，出售的药剂疗效显著、价格公道。永济堂原东家韩睿大夫医者仁心，时常救死扶伤、施医赠药，帮助过不少人，很是受街坊四邻的爱戴。

幼年时袁香儿常被师父派来这里购买药材，店主夫妻留给她的印象很是不错。

令人痛惜的是，年初，韩大夫携娘子外出，搭商船过江之时遭遇江匪，不幸在江上双双遇难，家里只留下一位八九岁的小公子。

于是，这间生意红火的药铺便只得由韩大夫的两位堂兄弟帮忙照管。那兄弟二人本不过被韩大夫收留在药铺中打杂，如今打着照顾侄儿的名义，顺理成章地成了药铺的掌柜。那位年幼的韩小公子也就轮流寄居在两位叔叔家，过上了寄人篱下的日子。

日暮时分，天地昏黄，万物朦胧，模糊了世间的种种界限。

街道两侧的商铺陆续挑起了灯笼，永济堂的门口依旧有许多买药的客人进进出出，热闹不减。

韩大掌柜的娘子姜氏正坐在铺门外，捻着一条帕子同相熟的街坊诉苦。

姜氏早些年跟着夫君过着异常贫困的日子，折腾出一脸的苦相，为人十分吝啬，即便如今生活大有起色，她也开始裹上绫罗穿金戴银，却依旧摆脱不了那刻在骨子里的尖酸刻薄劲。

“我那可怜的侄儿，不知道命里犯了什么煞，年头刚刚克死了他爹娘，如今又把自己的小命给丢了。只苦了他婶婶我，半年来好吃好喝地精心养着他，费了几多钱米，谁知这小没良心的撒手就这么走了，可叫我怎么活呀？”

虽然挤不出眼泪，但她捻着帕子嘤嘤干号，配合那干瘪愁苦的面容，也很是像模像样。

自打数日前侄儿韩佑之在天狼山走失之后，姜氏就在这门前接连哭诉了几天，如今人人都知道她的侄儿已死于非命，这间日进斗金的铺子当然也不得不由他们“勉强”继承了。

韩二掌柜的娘子朱氏却是个性格泼辣的女人。此刻，她正靠在柜台边嗑着瓜子搭话：“嫂嫂是个心善之人，谁不知道你对侄儿比对自己亲儿子还好，是他没有这个享福的命，小小年纪就夭折了。就是我这个做弟妹的心里，也难受得几天都吃不下饭呢。”

她一边说话一边翻着嘴唇吐着瓜子皮，一点儿都看不出吃不下饭的样子。

“我琢磨着既然侄儿已经没了，咱们还是请几位法师来办一办法事，打发他安稳上路才是。”

姜氏放下帕子瞪她："那得花多少钱？"

此刻在积雪的街道上，袁香儿望着街对面的药铺迟疑了一下。亮如白昼、人流往来不息的药铺门头的瓦当上，赫然趴着一只巨大的肉虫状态的生物，而过往行人竟对此异物一无所觉。

"噫，好恶心！那是什么？我在山中从未见过。"停在袁香儿肩头上的乌圆露出一脸嫌弃的表情。

"那是蠹，一种食怨而生的魔物，只在人间有。"袁香儿给乌圆解释，"它是靠吞噬人类的嫉妒、怨恨、憎恶等负面情绪生存的魔物，多在一些阴郁善妒的小人会聚之处滋生。随着它慢慢长大，这个家哪怕从前满盛福禄之气，也会渐渐晦气滋长，运势凋零，生活在其间的人很快就会霉运连连，家势衰败。"

那魔物人面虫身，慢慢地爬到屋檐边，把皱皱巴巴的人脸从屋顶上垂下，几乎贴在姜氏的脑袋旁，睁开层层叠叠的眼皮看着姜氏。

姜氏恍然未觉，依旧装模作样地和妯娌哭诉。

看见那三尺来长的魔物在瓦片上缓缓蠕动，袁香儿实在不想从魔物的身子底下穿过。

人生无常，逝者尚且不知魂归何处，生者却还盯着一些死物蝇营狗苟，却不知算计到最终，招到身边的都是些什么样的鬼怪。

"喵，我看见了，这个房子里面真是太臭了，我不想进去。"

"那你就在这里等我。"袁香儿摸了摸肩膀上爱干净的小猫，找了个石礅，扫掉上面的雪，铺上自己的帕子，将她娇气的使徒放在上面。

而她自己则捏着鼻子忍耐着从魔物的身躯下穿过，走进药铺，买了蛇油软膏。

袁香儿从药铺中出来迈过门槛的时候，那只食怨兽从屋檐上探出脑袋，用暗红色的眼睛看了她一眼。袁香儿没有搭理它，跨过污水横流的街道，伸手接回自己干净的小猫，趁着昏昏沉沉的天色往家的方向走去，将那间看似灯火辉煌的铺面留在身后。

乌圆蹲坐在袁香儿的肩头，一双看透一切的真实之眼在昏暗中闪闪发光，遥望身后的闹剧："那个女人既然不悲哀，干吗要又哭又号呢？"

"人类和你们不同，有时候心里明明窃喜着，表面上却要装出悲恸欲绝的模样；有时候心中明明悲伤，却又不得不在人前摆出笑脸来。"

“这又是为什么？”乌圆不解地眨了眨眼睛，“已经只有这么短的生命了，难道不应该专心地活得快乐一点儿吗？”

在有着漫长生命的乌圆眼中，人类的一生如同晨露般易逝。乌圆一直以为这个朝生暮死的种族定然会十分珍惜自己那一闪而逝的生命，至少应该像阿香一样，每天开开心心地玩耍度日才对。谁知住进人间之后，乌圆发现许多人类总是将那大把宝贵的时间花费在无意义的事情上，真是一种特别难以理解的生物。

袁香儿回到家中，洗净双手，给南河涂抹用蛇油炼制的烫伤药。

人类是一种身体脆弱的种族，因而他们需要比其他物种花费更多的精力，一代一代地研发治疗创伤的药剂的方法。

那淡黄色的伤药呈半透明状，带着一股奇特的香味，涂在南河的肌肤上，伤口处立刻传来一阵沁凉之感。涂药之人动作很温柔，用指腹小心翼翼地擦过南河的肌肤，一路留下丝丝刺痛和酥酥麻麻的感觉。

“后背可以了，你转过来一下。”

变为幼狼模样的南河别扭了片刻，慢慢转过身体，四条腿蜷缩着，露出毛发稀松柔软的肚皮，十分局促，根本不知道要将视线放在哪里。

“你别紧张，不过是涂个药。你这样我多不好意思。”袁香儿笑着说。她口中说着不好意思，手上却没有半点儿不好意思，干净利落地把南河的伤口处理好了。

南河飞快地翻回来，一瘸一拐地就想爬下炕。

袁香儿将小狼捞起来，连着毛巾一起抱到炕上的垫子上，看着那银白色的小耳朵。小山包一样的耳朵上长着细细白白的软毛，还会不时地动来动去，实在太可爱了。

她忍不住伸出手，轻轻地顺着那软软的毛发摸了摸。满身药味的小银狼趴在那里，耳朵抖动着，没有发出任何声音。

没声音就是同意了，袁香儿高兴地把好多天没摸到的狼耳朵好好地揉搓了一通。

天幕低垂，凉蟾凌空，晚饭之后，袁香儿坐在门槛上切米糖。

这种小吃制作起来有些复杂，要先将蒸熟之后的糯米制成冻米，再用油炸成米花，最后加入糖浆、花生和桂花等物，翻炒搅拌，待凝固后切片，最终制成一块块香脆可口的甜食。虽然制作工序复杂，米糖却是本地年节前后家家户户都要准备的零食。

袁香儿在砧板上切的就是云娘花了好多心思制作好的大块米糖，要切得薄厚均匀、大小一致，包好收进罐子里。

乌圆和锦羽蹲在一边等着。如果有不小心切碎的米糖，袁香儿就会抛过来，这会儿乌圆已经嗷呜一口叼住一块，飞快地蹿到梧桐树上蹲着吃了，锦羽还伸着双手巴巴地看着呢。袁香儿只好再拣一两块，放进锦羽的手心里。

受伤的南河蜷在袁香儿身边的垫子上，看着那只长脖子鸡甩着小袖子，捧着米糖咕咕咕地跑了，于是不屑地瞥了两只小妖精一眼。

袁香儿拿起一块米糖递到南河面前："小南也想尝一尝吗？"

南河转过脑袋摇了摇头。

袁香儿眼看着乌圆和锦羽跑远了，悄悄地从荷包里掏出两颗梅花形状的桂花糖，托在手心里，低头靠到南河身边，悄悄地说："那我们吃这个，余记的桂花糖，上次去两河镇我特意买的，就咱们俩偷偷吃。"

那只孤傲的小银狼果然伸过脑袋来，把一颗糖果舔走了，粉粉的小舌头不小心在袁香儿的掌心舔了一下，刺刺痒痒的，惹人发笑。

就在这时，屋外响起了一阵轻轻的敲门声。

"谁啊？"袁香儿起身应门。天色这么晚了，怎么还有客人来？

院门外站着一对年轻夫妇。

"不好意思，冒昧打扰。"那位娘子面容和善，语声恳切，"我们走了很远的路，一直没找到客栈，好不容易看见这里有灯光。小娘子能否让我们借住一晚？明天一早我们就离开。"

她的鞋袜衣摆全湿了，在这种大冷天还在不断地往下滴着水，形容狼狈。她哀求地看着袁香儿，她的夫君默默地站在她身边，整袖躬身给袁香儿施了个大礼。

袁香儿沉默地看了两人许久，拉开门让他们进来。

那对夫妻跟在袁香儿身后走进庭院。

冬夜寂静，庭院四周繁密的树木沉默地耸立着，影影绰绰，令刚进院的女子心中有些害怕。

好在前方的数楹屋舍中透出温暖明亮的灯光，让她稍微安心了一些。

院子的中庭有一棵粗壮茂密的梧桐树，在他们经过的时候，树下强壮的大黑狗突然发出激烈的吠声，把那位女子吓了一跳。她转眼看去，恰巧看见树边一座小小的高脚木屋里伸出一双白生生的小手，把那个鸡窝一般大小的屋门关上了。

女子紧张地摇了摇夫君的衣袖，示意他看一下，但她的夫君只是伸手安抚地拍了拍她的手背。

“丽娘，这是个好地方，你不必害怕。”她的夫君说。

树下的石桌上转过来一只猫，那只猫隐在暗处，看不清毛色，一双眼睛在黑暗中绿莹莹地发着光。那只猫弓着背，喵呜了一声，似乎要扑过来。

丽娘忍不住哎呀了一声。

前方领路的袁香儿停下脚步，开口阻止道：“乌圆，这两位是客人。”

那只猫眯起眼睛，蹿到树冠中消失，黑暗中依稀传来男子的轻哼声。

袁香儿将两人领进客房：“两位想必饿了吧？在这里稍坐一下，我去为你们准备饭食。”

丽娘本想客气两句，但不知为什么，听见袁香儿说了这句话后，腹中突然传来一阵强烈的饥饿感。

上一次吃东西是什么时候？我有多久没吃饭了？她在心中疑惑地想。

“那就劳烦你了，我们一直在赶路，肚中实在饥饿。”她有些不好意思地和袁香儿道谢。

这位怀中抱着一只“白狗”的小娘子虽然同意了他们借宿的请求，但一直十分冷淡地跟他们保持着距离，让她有些局促不安。

可她确实走了太久的路，又饿又累，难得到了这样温暖明亮的地方，只好顾不得那许多，厚着脸皮且先借宿一晚。

袁香儿转身出去，不多时端来一个托盘，托盘上摆着两碗堆得高高的米饭和六碟菜肴果品。她将那两碗插着筷子的米饭摆在丽娘夫妻面前，再摆上菜肴，又在屋角的香案上点燃三炷香，插进香炉中。

“两位请自便吧。”袁香儿向那对夫妇点了点头，带上门出去了。

“好香啊，夫君快来。”丽娘高兴地拉着夫君在桌子边坐下，“夫君，你饿不饿？我着实有些饿得慌，咱们快吃吧！”

她的夫君在她身边坐下，用一种温柔的目光看着她，拾起筷子不断地将桌上好吃的食物往她的碗里夹。

丽娘自嫁入夫家之后，夫妇恩爱，琴瑟和谐，最近这段时间，夫君对她更是分外怜惜，不仅一直陪在她身边，还时常握着她的手，用一种眷恋不舍的眼神看着她。

丽娘心中甜蜜，却又莫名有些酸楚。

她拿起筷子，也给自己的夫君布菜：“这饭菜真是好吃。主家的那位姑娘虽然看起来冷冰冰的，不爱说话，却是个好人，为我们准备这样丰盛的饭菜，明日我们可得好好谢谢她。”

“嗯，我们好好谢谢她。”她的夫君说道。

他们很快吃饱了饭食，携手躺在床榻上。

“啊，真是舒服。辛苦了这么久，终于可以好好休息一下了。”丽娘躲在暖和的被褥中，和夫君手握着手，额头抵着额头，悄悄说着话，“夫君，你觉不觉得这里有些奇怪？那位姑娘似乎也有些奇怪。你看见没有，她一直抱着那只白色的狗子，那只狗好像受了伤，皮毛脱落得一块一块的。但那只狗看人的眼神真的冷，就像……就像山里的狼一样。明明是那么小的狗，被它看一眼我浑身就冷得直打哆嗦。”

“没事的，丽娘，你什么也不用怕，放心吧，一切有我呢。”她的夫君伸手把她搂在怀里。

是的，有夫君在，我没什么好担心的。丽娘躺在温暖的床上，靠着夫君的胸膛，感到前所未有地安心。

“我们这么久没有回去，不知道佑儿有没有想我们，明天一定要早一点儿赶回家里去。”丽娘的声音渐渐低沉。

不知道从哪儿传来一道清脆的钟声。那钟声伴随着一个女子低低念诵经文的声音，自夜空中传来，时远时近，空灵缥缈，仿佛能够化解人间的一切苦厄，净化世间的所有污浊。

“夫君，你听见没有？有人在诵经呢。”丽娘闭着眼睛呢喃，“这个地方好舒服，我要好好地睡一觉。”

她好像忘记了许多事，但这时候她已经不愿再去细想。

“你辛苦了，丽娘。安心睡吧，佑儿有我看着，你安心休息就好。”

熟悉的声音在耳边响起，丽娘觉得自己就像泡在最暖和的温泉中，温暖又舒适，身体轻飘飘的，舒舒服服地向上飞起。

袁香儿盘膝坐在一个蒲团上，轻摇手中小小的帝钟，轻声念诵往生咒。

清脆的钟声和诵咒之声响了一整夜。

寅末时分，天色将明未明。

蜷在袁香儿腿边的天狼突然睁开了琥珀色的眼睛，看向屋门的位置。本应在客房中的那位男子此刻已经出现在了屋门前，面有悲色，双手交握，深深地向着袁香儿行了一礼。

袁香儿停止诵念，抬起头看他："韩大夫，你已经不记得我了吗？"

当年她还年幼，和铁牛、大花他们在东街口的永济堂前玩耍，不慎踩进泥坑摔了一跤。

一位年轻的大夫蹲在她面前道："你就是自然先生新收的小徒弟吧？摔倒了却没有哭，很厉害呢。"

他笑着给袁香儿摔破了皮的膝盖上涂了点儿草药，又给每个孩子分了一颗清清凉凉的秋梨糖。

"韩大夫真好，我长大要嫁到他家做娘子。"流着鼻涕、穿着开裆裤的二花说道。

"瞎说什么？不害臊。"大花拧了妹妹的胳膊一下，"韩大夫已经说亲了，要娶青石巷的阿丽姐姐做娘子，哪里轮得到你这个小鼻涕虫？"

当时的韩大夫眉眼中带着温和的笑容，并不像如今这样面有凄色，形体虚幻，已成非人。

"小先生之恩，无以为报，如何还能以年岁论资辈？小先生当受我一礼。"韩睿远远地站在阴暗处，"拙荆心中挂念幼儿，一直浑浑噩噩，不得解脱，今日幸得小先生出手相助……"

院中响起雄鸡的鸣叫声，天色微曦，那位躬身行礼的男子的身影渐渐变淡，然后消失无踪。

袁香儿低垂着眉目在蒲团上静坐许久，终于轻轻地叹了口气，回到卧房休息。

奔波了一天又熬了大半个夜的她很快睡熟了。

天色渐明，清晨的阳光透过窗子洒在她身上的被子上。

炕沿的垫子上，一颗银白色的小脑袋悄悄地抬了起来。

在这样寂静无人的时刻，南河终于得以安心地看一看睡在不远处的这个人。她看起来很疲惫，眼下带着黑青色，秀气的眉头在睡梦中微微皱在一起。她总是这样温柔，就连两个没什么交情的人都要耗费一整夜的时间费心超度。

此刻她用手枕在脸侧，莹润白嫩的手指就那样安静地摆在南河的眼前，南河凑近一些，动了动小鼻子，依稀闻到了一股和自己身上一样的药味。

银狼的眼神变得柔和起来，昨日就是这双手沾着药膏，一点儿一点儿地驱散了它肌肤上火辣辣的疼痛感，也是这双手总爱摸自己的耳朵，左摸右摸，不肯撒手。

她站在树下张开双手："小南，来，跳下来。我接着你。"

于是它闭上眼睛，向着她跳了下去，被她一把接在温暖的怀里，离开了那个孤独冰冷的树洞，来到这个热闹温暖的巢穴。

南河突然想伸出小舌头，舔一舔她那微微泛红的指尖。

被自己的想法吓了一跳，南河急忙移开了视线，将目光落到她那一截莹白的脖颈上，那薄薄的肌肤下埋着血管，经不起天狼轻轻一咬。脖颈再向上，是她如云的长发，一只白生生的耳朵从乌黑的长发中露出来，耳垂饱满，薄薄的耳郭透着肉色。这样的耳朵摸起来是什么感觉？南河在心里想，可能特别软，还会微微有点儿凉。

难怪这个人那么喜欢摸别人的耳朵。

南河悄悄靠近，还没来得及碰到那只耳朵便匆忙缩了回去，一下子把头埋回垫子里。

袁香儿在睡梦中翻了个身，迷迷糊糊中看见了蜷成一团用尾巴对着自己的小毛球，便伸手轻轻摸了摸。

第四章　阿　厌

袁香儿睡到日上三竿才勉强爬起来吃早餐。

云娘给她端上热好的清粥小菜，她还恹恹地趴在饭桌上没精神。

“你把小南找回来了呀？小南怎么受伤了？看起来好像挺严重。”南河趴在袁香儿身边的桌面上，云娘在南河面前摆了一碗热牛乳：“来，给你牛乳喝。”

南河伸出小爪子搭上碗沿，把碗拨到袁香儿面前。

袁香儿将下巴搁在桌上，把碗推回去：“你喝吧，我也有呢。”

“香儿，你昨天夜里是不是一整夜没睡？快天亮的时候我好像还听见了帝钟的声音。”云娘看着她那副没精打采的模样，给她也端了一碗牛乳，“你还小呢，可不好那么晚睡。”

“对不起，师娘，是不是吵到你休息了？”袁香儿道歉。

“那倒是没有。”云娘擦了擦手，笑着在桌边坐下，“说起来，阿摇当年也时常这样，独自在房间内念诵一整夜的咒文。我听着那种声音，反而觉得很亲切，仿佛回到了你师父还在家时的日子。”

余摇是一个特别热心的人，无论是驱祟辟邪还是揲蓍问卦，只要有人求到他面前，他基本没有不应的。因此他每天都忙忙碌碌，镇上的人对他也都十分尊敬。

袁香儿如今想来，师父有可能不是人类，却生活得如此有烟火气，仿佛比自己更像人类。

原来的袁香儿一般很少管闲事。

如果换作是师父，昨夜遇到韩睿夫妇这样的事，应该不会像她这样撒手不管后面的事吧？

想起昨夜见到的韩大夫的一缕神魂，袁香儿总觉得有些心神不宁。

她可以清晰地看见韩睿身上笼罩着一层淡淡的功德金光。这可能是那位先生生前悬壶济世、行善积德的缘故。正因为有这层金光护着，他和浑浑噩噩的娘子不同，有着生前完整的记忆，思维清晰，行动自如，并不像他的娘子丽娘那样可以通过往生咒轻易消除心中的执念。

从他离开时的神情来看，只怕他如今还徘徊在人间。

心地再仁厚的人，回到家中看见如今的永济堂，再听说自己孩子的遭遇，恐怕也会心生悲戚。

韩睿昨夜满面凄色的模样在袁香儿脑海中反复出现，导致她一整个下午做什么事都不利索，担水担洒了，劈柴劈歪了。

忍耐到天色昏暗之后，她再一次来到永济堂附近。

此刻永济堂屋顶上那只魔物，正仰着皱巴巴的头颅，口中打横叼着一个人类的魂魄。

那人类的魂魄伸出苍白的手臂，竭力挣扎反抗，一层淡淡的金色光芒时不时在他身上亮起，但很快就被那只魔物发出的黑气驱散。那人类的魂魄束在头顶的长发散落开来，露出了痛苦而绝望的表情，那人类的魂魄正是韩睿。

屋檐之下，街灯璀璨，往来人群谈笑自如，无一人看得到近在咫尺的惨剧。

袁香儿大吃一惊，顾不得其他，闪身到街边的小巷中，凌空祭出一道金光神咒符，口诵法诀：“天地玄宗，万炁本根，金光速现……覆护真人，急急如律令！”

灼目的金光从符箓中放出，金光所照之处，蠹那皱皱巴巴的皮肤就像是被烧灼一般刺啦作响，冒起阵阵青烟。蠹扭动身躯，发出尖锐刺耳的叫声，丢下口中的人类魂魄，转身迅速消失在宅院深处。

“咦，刚刚是不是有光闪了一下？”

“是闪电吗？大晴天的，还看得见星星呢，真是怪事。”

路人错愕地纷纷抬头，议论着刚刚一闪而过的金光。

韩睿从屋檐上滚落下去，掉在巷子里。他面目苍白，形体似散非散，几次想从地上起身，都无力支撑。

“韩大夫。”袁香儿赶到他身边，念诵了数遍安魂咒，倒伏于地的身影才渐渐稳固清晰起来，被袁香儿带回家中。

回到家中，袁香儿着手绘制一方聚灵法阵，将韩睿虚弱的魂魄置于阵中。韩睿在法阵中挣扎着坐起身，拢袖遮面行了一礼，沉默无言。

“韩大夫，”袁香儿蹲在他面前，“你一生行善，福报深厚，若是舍弃执念，步入轮回，必定有一个好的归宿，何必流连在人间？那么大只的食怨兽，你想必看得见，为什么还要冒险靠近？”

韩睿垂下眼眸，面色惨淡：“小先生所言，本是金玉良言。只是犬子不知所终，生死未明。我为人父母，又如何能放心得下？”

袁香儿思索了片刻：“你儿子的下落，我可能知道。你在永济堂找不到他，不如明天随我一道去天狼山打听打听。”

上一次虺螣说在天狼山捡到了人类的小孩，时间正好和韩大夫的儿子走失的时间接近，袁香儿觉得他们可以去虺螣那里看一看情况。

“他去不了天狼山，”锦羽从吊脚小屋内伸出脑袋，“他……已经快散了。太阳一照，咕咕咕，他就该没了。”

乌圆趴在树枝上哼了一声：“你这只长脖子鸡懂什么？即便只是魂魄，也不是太阳晒一晒就会消失的。”

“可是人类不一样，人类的魂魄很脆弱。”锦羽扶着门探出半边身体，“我在人类的村里见过许多像他这样的，咕咕咕，太阳一出来他就该化成气泡不见了，除非……”

“除非什么？”袁香儿问。

“除非给他找一个容器。”

“容器？”

“就是能把他装在里面的东西。”锦羽比画了一下，“有眼睛、鼻子，和人类长得像的东西。”

袁香儿从屋子里找来了一对之前从集市上买回来的福娃。陶瓷制成的娃娃，白白的脸蛋、笑盈盈的眉眼，双手抄在袖子里，憨态可掬。

她把那男的陶瓷娃娃摆在韩睿面前：“韩大夫，你试试看？”

韩睿的身形消失了，那个瓷人的眉眼突然变得鲜活起来，虽然还是那副抄着手、眯着眼睛的模样，但仿佛真的会呼吸、会微笑，栩栩如生，宛若有神。

“是的，在这里面我感到好多了。”瓷人里传来韩睿的声音，“多谢你，锦羽。”

“咕咕咕。”锦羽发出一连串的咕咕声。得到了人类的感谢，锦羽似乎十分开心。

“喵，真是有趣，原来人类也可以变身哪，变成这么小的样子了。”乌圆绕着比自己小了许多的陶瓷小人来回转了好几圈，好奇地想要伸出爪子去扒拉。

袁香儿急忙拦住好奇的小猫，伸手把两寸大的瓷人托了起来，摆在案桌上另一个陶瓷小人的身边。

临睡前，她和案桌上的韩睿道晚安：“韩大夫，好好休息一夜。我的一位朋友那里可能会有小公子的下落，明日我带你去寻寻看。”

昏暗中传来韩睿的轻声回应。

袁香儿转身离去之时，回头看了一眼。韩大夫栖身的小小的瓷人静静地站在那里，另一个穿着衣裙的瓷人眉眼弯弯地陪在它身边，两个瓷人肩并着肩，仿佛昨夜韩家夫妇进入庭院时的模样。

这位父亲安抚娘子放下执念转世轮回，自己却无法割舍对孩子的牵挂，形单影只地滞留在已经不属于自己的世界，不顾危险地闯入被蠹占据的药铺，想要寻找孩子的下落。

第二日一早，袁香儿收拾好必备的用品，向云娘辞行。

“师娘，我去阿臘家里玩，她住得有些远，今夜我不一定回来了。”

云娘向来不干涉她的行动，只为她打包了糕点：“每次她来都带着礼物，你也带一些我们家的点心去给她。代我向她问声好。”

南河的身体还十分虚弱，袁香儿把南河连同垫子一起放在一个竹篮子里，交给云娘。

“小南不吃别人碰过的东西，也不用别人用过的碗。这是小南吃饭用的碗，这个是喝水用的盆子。”她拿出南河日常的用具，细细地交代了许多。

最终，她还是有些不放心，蹲下身，在南河的垫子上放了一张折叠好的符箓，悄悄地对南河说：“这是传音符，可难制作了，向里面注入灵力之后，你说的话能传递到我那儿，但只能用三次。要是有什么事，你就用它联系我。”

南河伸出爪子把那张三角形的符箓扒拉到自己的身体下压着，扭过脑袋不看那只停在袁香儿肩膀上的趾高气扬的小山猫。

袁香儿带着韩睿寄身的瓷人，肩上停着乌圆，挥手和云娘告别。

“好了，就剩下我们俩了。小南中午想吃点儿什么？”云娘把装南河的篮子捧起来，“香儿说你爱吃羊肉，我给你炖羊肉汤吧？”

她看见篮子里那只耷拉着耳朵没精打采的小狼轻轻地点了一下脑袋。

“我们小南真是聪明，难怪香儿那么喜欢你。”云娘提着篮子向厨房走去，“你不知道呀，你不在的这段时间，香儿可难过了，天天念叨着你。她把你之前用的东西都好好地收着，不让乌圆它们碰，还经常拿出来晒一晒，就惦记着你回来时能用。”

篮子里的那只“白狗”飞快地竖起了耳朵，用琥珀色的眼珠一动不动地看着她，一字不落地认真听着。

进山的路程太远，袁香儿仅依照飕膢留给她的信息有些找不着方向。

此刻是正午，骄阳当空，即便行走在枝叶繁密的丛林中，她依旧可以感到灼灼的阳气。

袁香儿有些担心藏身在背篓中的韩睿：“韩大夫，你感觉怎么样？太阳这么大，你需不需要避一避？”

“多劳惦记，我并无大碍，自从进入这个山林，在下的灵体好像越来越稳固了。”韩睿的声音从她身后传来。

乌圆蹲在背篓顶上，伸出爪子想把里面的韩睿扒拉出来玩：“这里已经是天狼山灵界了，灵力之充沛，非人间可比，最适合他这种灵魄滋长。”

一个镂空的金球从灌木丛中滚出来，丁零零地正巧停在袁香儿的脚边。

袁香儿弯腰将它捡起，发现这是一个蝶戏牡丹的镂空黄金球，做工十分精巧，内里装着一个小小的金铃，滚动起来声音清脆，金黄的外表被摩挲得泛着光泽，显然是有人经常拿在手中把玩。

玲珑球在阙丘镇是一种非常流行的玩具，大部分用藤条编织成球体，里面装上一个铃铛，滚动之时叮当作响，十分有趣。袁香儿家里就有好几个玲珑球，有些还是她小的时候余摇亲手给她编的。

但玲珑球毕竟只是儿童玩具，像这样用黄金精工细作的很少见，想必是哪户豪富人家的孩子手中的玩具。

“还给我，那是我的东西。”一个声音从树丛后响起。

袁香儿抬起头，看见一棵掉光了树叶的老槐树下站着一个六七岁的小女孩。小女孩有着白白的小脸和漆黑的瞳孔，这样冷的冬季，她却只披着一件薄而柔滑的斗篷，赤裸着双脚站在雪地里。

虽然小女孩的外表像是人类，但在这样的深山、这样的季节，她这样怪异的衣着，几乎不太可能是人类的小孩。

袁香儿把那个金色的玲珑球递上前，女孩伸出白生生的双手接住了。

“人类到这里来做什么？”她说话的声音冷淡，和那玉雪可爱的外貌一点儿都不相称。

“我来找一个朋友。”袁香儿说，“她的名字叫虺螣，请问你知道她住在哪里吗？”

“虺螣？”那个女孩注视了袁香儿片刻，最终伸出一只小手指指前方，“从那个位置转过去很快就能看到了。”

袁香儿真诚地向她道了谢，转身准备离去的时候，没忍住回头看了她一眼。

小小的女童站在覆盖了霜雪的枯枝下，披着一件蝶翼般轻薄的斗篷，一双小脚就那样光着踩在寒冷的雪地上，立在原地看着她离开。

在袁香儿已经熟识的朋友中，锦羽熟知人类的生活习性，乌圆从小受到家人的精心照顾，都很擅长在变化为人形的时候，为自己变化出一套精致漂亮的人类衣物。相反，像南河那样远离人间，离群索居的，就弄不清人类里三层外三层的衣物鞋袜的穿戴方式，即便变化成人形，也可能随便用一件斗篷遮体了事。眼前这个女孩显然也是一样。

“你这个样子，冷不冷？”袁香儿摘下自己头上的羊绒风帽，戴到了小女孩头上。

这种帽子的边缘有一圈绒毛，侧边有一对护住脸颊的帽耳，底下还挂着两个白色毛球，十分暖和。

她挥手和女孩告别，踏上了女孩指点的那条路。

女孩站在雪地上，伸手摸了摸脑袋上戴着的帽子。帽子对她来说有些大，留着刚刚那个人类的体温，热乎乎的，并没有她想象中的那股讨厌的臭味。

“阿厌，你不是说要吃了那个人类吗？”地底下传来低沉喑哑的声音，白雪慢慢升起，地面上现出一颗巨大的、由岩石和雪块堆积成的头颅。

小小的女孩高高地坐在石人的肩头，荡着光溜溜的双脚，兴致勃勃地拨弄帽子上垂下来的绒球玩耍。

“算了，看在帽子的分上。”

并不知道自己躲过一场劫难的袁香儿转过一条山路，乌圆这才小心翼翼地从箩筐里冒出小脑袋，左右看了看，悄悄说：“阿香啊，刚刚那位好恐怖，你都不害怕吗？”

“刚刚那个女孩很厉害吗？看不出来啊，她才那么一点儿大。”

“不不不，她一点儿都不小，好大好大的一只，都把我吓着了。”乌圆的天赋能力是眼睛，能看透一切虚幻，直指真实。

袁香儿安抚地摸了摸乌圆爹了毛的小脑袋：“没事，她还是挺亲切的，你看她并没有骗我们。”

乌圆抬头望去。在那密密匝匝的雪松深处，隐隐透出一道黄泥筑就的矮墙，墙头的茅草上压着皑皑白雪，里面有数间木屋，屋顶的烟囱里升起袅袅炊烟。

只有人类居住的地方，才会有炊烟。

袁香儿走进那间屋子，敲响竹门。

“来了，来了，是谁呀？”熟悉的声音带着笑意应门，院子里转出虺螣如花的容颜。

“阿香，怎么会是你？快进来。”虺螣又惊又喜，把袁香儿让进屋中。

虺螣的屋子虽然小，但床榻、屏风、桌椅、铜镜等一应生活器具摆放得简朴雅致，打扫得一尘不染。案台上一个松竹纹玉壶春瓶内还插着一枝绽放的红梅，衬得雅居暗香浮动，野趣盎然。

“你这里还真是像模像样、别有趣味啊！看不出来，你还挺会过日子的。”袁香儿在屋内的木桌前坐下。

“你知道的，我们蛇族在冬天都特别懒怠，一丝一毫也不想多动，哪能折腾这些？”虺螣有些不好意思地道，“我这不是养了个人类的幼崽吗？本来只是想着好歹倒腾一些人类的家具过来，倒腾来以后本也不过是随便堆着。谁知道那个小东西很勤快，这些都是他给收拾利索的。”

正说着，一个不到十岁的少年端着茶盘掀开屋帘进了屋。这孩子面容消瘦，身上带伤，额角上贴着一块纱布，手腕和脖颈上也露出明显的爪痕。少年穿着一身素白的长袍，显然正在热孝之中。

打从少年出现之后，袁香儿的背篓就微微晃动了起来。袁香儿将安置在背篓中的韩睿寄身的陶瓷小人捧出来，放在桌面上，让韩睿看见那个少年的容貌。

少年默默地在袁香儿和虺螣面前各摆上一杯热气腾腾的茶水，再在桌上放上两个各种干果拼成的攒碟。就连乌圆的面前，少年都体贴地摆上了一盘小鱼干，显然很习惯招呼这些非人类的客人。做完这些之后，小小年纪的他懂事地行礼退下了。

桌上的陶瓷小人依旧是那副面容光洁、眉目弯弯的模样。但几乎不用乌圆解说，袁香儿就能从那陶瓷小人的面容中看出一股浓烈的情绪，仿佛陶瓷小人那小小的身躯就要从桌角跌落，追着退出屋子的少年而去。

“你带来的这是什么？”虺螣坐在袁香儿对面，打量着桌上的韩睿，“好像是人间才比较常见的灵体。”

袁香儿避开这个话题，打算先弄清楚情况：“阿螣，那位人类的少年是怎么来到这里的？”

“你说小佑啊。”虺螣看了一眼屋外，“听说他人类的父母都死了，住的地方也被占去了，只能轮流寄居在亲戚家。那些亲戚对他不太好，每天不是打就是骂，饭都不给他吃，大雪天打发他到山里来砍柴。他遇到野兽，从山上滚了下来，刚好被我捡到了，就住在了我这里。”

听到这些话，桌上的陶瓷小人本来正在微微晃动的身体突然静止了，就那样安静地伫立在桌面上，依旧是弯弯的眉眼、瓷白的小脸，反而让袁香儿忍不住有些心酸。

“但这个孩子毕竟是普通的人类，不适合一辈子生活在这里。”袁香儿说道，“而且，你真的准备好收养一个人类的孩子了吗？”

从一个父亲的角度考虑，韩睿肯定是不希望儿子一生都没有同类，没有伴侣，作为一个柔弱的异类永远生活在妖魔的世界里的。

同时，对虺螣来说，作为一个生命接近无限长久的生灵，耗费精力和情感，养大一个人类的小孩，眼睁睁地看着他在短时间内长大、变老及至死亡，也未必是一件愉快的事情。

“是的，我本来听了你的建议，觉得确实不好长期收留他在这里，想将他送回人类的世界。”虺螣回避了袁香儿的眼神，“我保证，我试了好多次，可惜都失败了。”

她十分沮丧地述说：“你知道吗？他真的很懂事、很可爱，小小的人，毛发又柔又顺，还特别乖巧，会打扫屋子，还会做好吃的。我就想着再养他几天，再养几天，结果一直拖到了今日……好吧，你说的是对的，明天你就帮我带他回去吧。”

屋子外传来哐当一声响动，一串小小的脚步声渐渐远去了。

坐在桌边的虺螣的双腿迅速变成了蛇尾，一下子蹿到了门边，掀起门帘就出去了。

袁香儿带着韩睿走到门外，就看见院子的另一头，虺螣正在打着转哄那位韩小公子。那位一身白衣的小小少年，低垂着眉眼，一手持着锅铲，一手抹着泪。

袁香儿估计，虺螣那句“明天你就帮我带他回去”的话，已经作不得数了。

路途遥远，天空又下起了雪，袁香儿便在虺螣家中留宿一夜。

等两个女人聊得尽兴想起准备晚餐的时候，那个不到十岁的小小少年已经烧好了炭火铜锅，准备好了各式食材，还烫了一壶小酒，邀请她们上桌围炉。

屋外北风卷地，暮雪纷纷。

这种时候能围坐在桌前，同好友吃着热腾腾的火锅，品上两口小酒，可以算是人生一大乐事。

虽然阿螣对烹饪不拿手，但袁香儿可以看出，在准备食材上，她还是尽到了养育孩子的责任，桌上不仅有肥美的牛羊肉，还有她从山中收集的各类菌菇、冬笋、枣类及干果。

袁香儿看见桌上摆着的各种洗净切好的蘑菇，就想起一件趣事。

“自从你上次给我们家送松茸被南河看见了，他就学着你，经常往我家门口堆放各种蘑菇，有毒的没毒的、能吃的不能吃的都混在一起，哈哈哈，得亏没把我给毒死了。”

“小南不像我在人间住了那么多年，哪里知道你们人类那么娇气，只要吃错一个蘑菇就有可能丢了小命。”虺螣一边说着，一边动作敏捷地把涮好的食物往身边的韩佑之碗里堆。

“哈哈，是的，这方面还是阿螣比较能干。”

“这么说来，小南又回到你身边了？你是怎么让小南回来的？”虺螣举杯就唇，笑意盈盈，两杯清酒喝下去，她本来就艳丽的容颜更添了三分娇妍。

袁香儿哈哈一笑：“按你说的呀，用法术捆住，一把拖回家。”

正在吃饭的韩佑之似乎被吓了一跳，怯生生地躲在虺螣身后，轻轻拉了拉她的衣袖。

“没事，没事，香儿只是开玩笑，”虺螣连忙安慰他，“实际上香儿姐姐可温柔了。”

“她好可怕。我不要和她回去。阿螣姐，让我留在这里，我天天给你煮好吃的。”清瘦的少年柔弱胆怯，无枝可依，楚楚可怜。

“好的，好的。小佑就留在这里好了。”阿朧已经喝多了，满口答应。

一身白衣的少年从胐朧身后露出脸来看袁香儿，胐朧看不见他的表情，但袁香儿看得一清二楚。这个少年并不像他在胐朧面前表现的那样弱小无助，看向袁香儿的眼神充满戒备和警惕之色。

虽然韩佑之年纪还小，但袁香儿感觉胐朧有可能已经不是这个九岁少年的对手了。

胐朧酒量不好，还十分贪杯，没多久就露出了蛇尾巴，软绵绵地趴到桌上动不了了。

袁香儿和韩佑之一起将胐朧扶上床榻。再出来的时候，那个少年已经开始收拾碗筷，并且谢绝了袁香儿的帮忙。

“不必了。你只是客人，不劳你操心。”韩佑之的态度冷淡而疏离。

袁香儿便在桌边坐下。她眼前的少年只有九岁，四肢清瘦，手指上带着冻伤和老茧，收拾碗筷的动作麻利而娴熟。

“你小小年纪，倒是挺能干的嘛，晚上的火锅很好吃，辛苦你了。”

韩佑之瞥了她一眼。

坐在对面的女郎肌肤白皙，手指莹润细嫩，披着保暖的皮裘，脖子上还套着个璎珞项圈，显然是在长辈的爱护中长大的人，而他曾经也有那样的岁月。

他收回了目光：“这些事，做得多了，自然就会了。”

“你真的想留在这里，不回去了吗？这里毕竟不是人类的世界。”袁香儿说。

“那又怎么样？胐朧比起那些恨不得吸了我的血的亲戚更像我的同伴。我宁可和妖魔在一起生活。”韩佑之冷冷地看了袁香儿一眼，“你呢？你也是人类，你为什么到这里来？”

这个小小的少年眯起眼睛，带着浓厚的猜忌和怀疑的神色：“你是一个术士，我知道你想抓住胐朧姐，好像使唤奴仆一样使唤她，就像对待这只猫妖一样。但可惜的是，阿朧姐的身边有我在，我不会让你得逞的。”

乌圆猛地把脑袋从盛小鱼干的盆子里抬起来：“喵？无知的人类，本猫大爷是来人间玩耍的。你才是奴仆，你们全族都是奴仆！”

韩睿一直站在桌面上，轻声呼唤：“佑儿，佑儿。”

他的孩子脸庞消瘦，近在咫尺，自顾自地收拾着桌上的残羹，对他的呼唤毫无反应。

少年那双从前娇生惯养的小手上如今遍布着伤痕和老茧。

此刻，少年正麻利地干着家务活，额头上贴着纱布，脖颈上有着伤痕，小脸比韩睿记忆中的瘦了整整一大圈，似乎在父母离世后的短短时间里，他就从一个无忧无虑的少年，蜕变得坚毅稳重、面面俱到。

“你娘亲自小对你百般宠溺，不舍得你碰半点儿粗重活计。从前我总担心你太过娇气，难以自立，想不到我们不过离开一年，你却什么都会了。

“都是爹不好，爹没有保护好你娘，也无法再护着你长大。”

韩睿的心中充满愧疚和疼惜之情，他恨不能伸出手将自己许久不见的儿子紧紧抱在怀中。

只可惜如今人鬼殊途，他寄居在这个冰冷僵硬的躯壳中，不仅无法触摸到孩子柔嫩的脸蛋，给孩子一个温暖的拥抱，就连自己的呼唤声，近在眼前的儿子都无法知晓。

幸好世间还有袁香儿能够听见他的声音。

“小佑，我是一个术士，但我也是你父母的朋友。你父亲他托我……来看一看你。”袁香儿看了一眼韩睿，按他的意思说话。

少年拿着碗碟的手一下子顿住了。

他愣了愣，脸唰的一下白了：“你骗我。”

韩睿看着眼前的孩子：“佑儿，她没有骗你。爹爹很想你，那一日爹爹答应给你买回一盏元宵花灯，最终却食言了。爹爹心中实在有愧。”

袁香儿看着眼前的男孩：“我没有骗你，你父亲很想你，那一日他答应给你买一盏元宵节的花灯，却没有办到，他的心里一直很内疚。”

老成持重的少年的眼眶骤然红了。

过了许久，他才艰难而生涩地道：“真……真的吗？你见到了我父亲……父亲还有什么留给我的话吗？”

男孩低下头，瘦弱的双肩微微颤抖，像一个真正的九岁的孩子一样难过起来：“父亲是不是觉得我很没用？我没有守住永济堂，甚至躲进这里不想再见到那些恶人。父亲一定对我很失望。”

他的目光恰巧落在了被袁香儿带来的瓷人身上。

明明是一动不动的陶瓷人偶，僵硬的脸蛋、凝固的眉眼，但不知为什么，韩佑之总觉得那人偶始终在凝望着自己，让他打从心底生出一股亲切之感。

身边明明是那个女人在说话，但他恍惚间真的听见了父亲的声音。

“爹和娘从不曾怪过佑儿。佑儿能够这么坚强地生活，已经让爹娘极为骄傲。

只要是你自己的选择，只要你能够过得幸福，爹爹就从心里感到欣慰。”

在袁香儿的视线里，韩睿的魂魄从瓷人中出现，带着一层淡淡的金光，伸出双臂圈住了自己低头哭泣的孩子。

这天夜里，韩睿出现在袁香儿面前，整了整衣袖，郑重地行了一个礼。

“您这就要走了？您……能够放心了吗？”尽管知道迟早有这个时候，但袁香儿的心里还是说不出地难过。

“为人父母，永远也没有对孩子放心的时候。如今可喜的是，看到佑儿如此独立坚强，那位……那位朧娘子，也确如您所言，善良宽厚。”他轻轻叹息，“而我也再做不了什么事，该当早些去我该去的地方，丽娘还在那边等我。”

“韩大夫，”袁香儿忍不住开口问道，“您一生救过无数人的命，最后却遇到豺狼一般的恶徒，心里有没有觉得不值得？”

韩睿低眉浅笑：“君子之道，仰不愧于天，俯不怍于人，固有缺憾，也足矣。若非如此，我只怕也得不到先生您的帮助。”

“还有什么是我能够为您做的吗？”

“如果可以的话，倒是有一件小事……”韩睿轻声说出了自己最后的请求。

“这不过是举手之劳，您就放心地交给我来办吧。”

大雪不知道什么时候停了，袁香儿推开窗户，深山寒夜，浩瀚苍穹，银河流光。

屋内已经没有了韩睿的身影。乌圆也不知道溜到哪里玩去了。

屋外千山寒雾，万里凝霜，寒气伴随着星光从窗外冲进来，袁香儿独坐窗前，突然有些想念那只毛茸茸的银狼。

她想起在那个树洞之中，自己全身埋在一整条大毛尾巴中时的温暖舒适的感觉。

“小南这会儿在干什么呢？”

蹲在火炕边缘的南河同样正看着窗外的星空。

天狼族的天赋能力是汲取星辰之力，今夜雪后初晴，星空分外璀璨，最适合观想入定，沟通天地，感应星辰。但不知为什么，南河心中总有些烦躁之感，始终静不下心来。

他再一次把压在身体下的那个三角形符箓扒拉出来，盯着上面红色的符文看了半晌，想往里面注入一点儿灵力启动符箓，但好像又没有什么必须说的事情。

浪费只能使用三次的珍贵符箓做这种无聊的事，会被嘲笑的吧？南河伸出白色的小爪子，翻来覆去地拨弄着那个三角形符箓。

符箓上红色的符文突然亮了起来，把南河吓得向后跳开一步。

“南河？睡了没？”熟悉的声音从符箓中传来。

袁香儿趴在床上，一手的食指中指并拢，夹着符箓放在眼前，注入灵气，对着亮起来的符文说话。

过了半晌，符文里才传来低低沉沉的声音：“嗯，尚未。”

小南好冷淡呀。袁香儿在床上滚了半圈。我是不是吵到小南休息了？

“南河，我找到阿朧了，韩大夫的儿子果然在她这里。

“晚上阿朧请我吃火锅，我还和她喝了点儿小酒，这里的羊肉真好吃，等回去我们也一起吃羊肉火锅吧。

“山里好冷呀，我冻得都睡不着。不过这里的星星特别美，我感觉自己离天空特别近。

“小南，韩大夫离开了，我心里有些不好受。

“来的路上我们遇到了不少小妖精，我把帽子送给了一个光着脚的小女孩……”

袁香儿絮絮叨叨地说了许多话，每当她担心南河嫌自己过于啰唆而准备停下来的时候，符箓上的纹路总会及时亮起，传来南河简短的回应声。

南河的回应往往只有一个“嗯”或是“可以”，但那微微带着点儿磁性的声音听起来似乎也没有那么不耐烦，于是袁香儿就继续说下去。

空山雪岭，浪漫星河，在这样寂静的寒夜，袁香儿缩在无人的小屋里，肆意地浪费着自己的灵力，和远处的一位异族精灵聊天，真是一种别致而有趣的体验。

直到快要把自己的灵力耗尽了，袁香儿才勉强结束聊天。

第二日早晨，宿醉未消的阿朧软绵绵地挂在袁香儿的胳膊上，看袁香儿拯救差点儿被她烧煳了的小米粥。

“站好了，你这样我没法做事。”袁香儿往煮熟的小米粥里放了一把桂圆干，再搅进去一个鸡蛋，香味就出来了。

“我们蛇族本来就是软的，这都软了好儿百年，改不了，何况还是冬天呢。”胐朧开始耍赖。

袁香儿扑哧一声笑了："你现在和我刚认识你的时候可真不一样，那时候你多一本正经，举止都透着股讲究劲，害我以为你是哪里来的女先生。"

虺螣从袁香儿身上溜下来，坐到了窗台上，抬起白皙的脖颈，漂亮的眸子看向远处："那个时候，我一心想要做一个人类，拼命地模仿着你们，总想着方方面面都像一个真正的人类。如今却不同了，我只要自己过得开心就行，再没有需要在意的人了。"

院子外的大门被打开，韩佑之提着水桶进来了。

"小佑，快来吃早餐，我和香儿一起煮了好吃的小米粥。"虺螣探出脑袋向他招手，"你又这么早起来做什么？你这个年纪最需要睡觉，我像你这么大的时候，一整个冬天都是睡过去的。"

袁香儿白了虺螣一眼，没揭穿她所谓的一起煮了小米粥，她不过是帮忙敲了两个鸡蛋而已。

她看得出来虺螣是真心喜欢这个孩子，而这个骤然失去一切的男孩也确实将这里当成了自己的家。

吃早餐的时候，袁香儿聊起路上的所见所闻。

"拿着金球的小女孩？"虺螣吃惊地抬起头来。

"嗯，六七岁的年纪，穿着短短的棕色斗篷，光着脚，和人类一模一样，一点儿破绽都看不出来。"

"那可是厌女，积怨而生之物。"虺螣提醒她，"她的脾气不太好，你千万别招惹她。她已经活了很长时间，十分强大。"

"我都说了她很可怕，阿香你还不信。"乌圆附和。

虺螣突然想起一事，拉住了袁香儿的衣袖："小南进入离骸期了吧？你提醒小南小心些，最近整座天狼山脉的大妖都在找小南，想趁小南最虚弱的时候一口吞了这世间唯一的天狼血脉。"

"离骸期？"

袁香儿第一次听说这个词，原来小南正在经历那么危险而艰难的事，所以才总是把自己搞得满身是伤，所以才要独自回天狼山。

"那是天狼族特有的时期，听说要反复经历离骸重塑的过程，想想都觉得疼死了。"一旁的乌圆抖了一下身体，"我们山猫族没有这个时期，最多经历一场雷劫。"

"一场雷劫就好？雷劫难道不恐怖吗？"袁香儿问。

“到了那个时候，父亲肯定会帮我的，没什么好怕的。”乌圆骄傲地说。

袁香儿明白了，这是一位有父亲疼爱的“妖二代”。

她想起了浑身血淋淋，独自躲在树洞里度过离骸期的银狼。

在最难熬的离骸期，南河不仅没有伙伴的护持，还要不断地躲避各种敌人的伤害。

不让小南回去了，在小南度过离骸期之前，她都要把小南留在院子里，袁香儿想。

吃过早餐，袁香儿告辞离开。

虺螣和韩佑之一起将她送出门。穿着白色棉袍的少年默默地向袁香儿弯腰行了一礼，瘦弱的身躯上依稀能看到他父亲的影子。

袁香儿匆匆走在积雪的山路上。

一个女性的声音突然在路旁响起：“要回去了吗？”

被称为厌女的小女孩从一棵老槐树后露出她那小小的身躯，乌黑扭曲的树干衬得她的肌肤比雪还要苍白。

“是的，我这就回去了。”袁香儿悄悄后退了一步。

“陪我玩一会儿吧？”厌女从身后伸出了手，小小的手上握着那颗金球。

四周明明没有风，她帽檐下的两颗绒球却飘动起来，脚下的白雪在无形的威压下向外飞溅，冰凉的雪雾扑了袁香儿一身。

袁香儿虽然不高兴，但也不愿和她起冲突，思索片刻，伸手接过了她手中的金球。

“行，那就陪你玩一会儿。”

玲珑球她从小玩到大，十分熟练，一抬手，那金球便顺着她的手臂一路滚过肩头，从另一只手臂上滚落，落地之前又被她用脚尖挑起。金色的小球在空中飞快地转动着，熠熠生辉，发出悦耳的叮当响声。

“乌圆，来！接着！”

“好嘞，看我的！”

乌圆从袁香儿的肩上一跃而下，在空中团身变化成一个发辫飞扬的小小金靴少年，轻裘翻飞蹴金鞠，雪猫戏扑霜花影。

那小小的金球飞向厌女，厌女那面具一般的脸蛋上终于露出了一点儿笑容，张开小小的双臂，用额头轻巧地接住了旋转不停的金色小球。

小女孩顶着金色的玲珑球，薄薄的棕色斗篷展开，宛如一只在冰雪世界中扑腾的飞蛾，金色的小球伴随着她的动作来回滚动，仿佛和她融为一体，自如地四处旋转，清脆的铃声在冰冷的世界中远远地传开。

三个人玩得兴起，一时也忘记了先前那颇为紧张的氛围，彼此炫技，竭尽所能。厌女是三个人中玩得最好的，从小接触玲珑球的袁香儿和身手灵活的乌圆都远不如她。

“行了，行了，这没办法比，只能认输了。”袁香儿出了一身的汗，喘着气停了下来。

乌圆变回猫形，不甘心地喵了好几声。

厌女伸出一根小小的手指收住球，镂空的小球在她白皙的指尖上滴溜溜地旋转着。

“好久没有这么开心了，平时都是我一个人玩。

“本来，我也有一个一起玩球的朋友。”她看着指尖上那个被摩挲得锃亮的金球，“她是一个人类的孩子，在森林里迷了路，被我发现了。我本想把她吃掉，可是她好像一点儿都不怕我，还拿出这个金色的小球说要和我一起玩。

“我们就一起在森林中玩了很久。她饿了我给她找东西吃，困了我陪她一起睡在山洞里。后来，她的家人找到了这里，她把金球留给了我，还说会再回来找我，我就让她走了。”

她说这些话的时候，小脸上带着一点儿天真的笑容，像是一个回忆着童年趣事的小女孩，但说到最后那句话的时候，她的声调突然变得冰冷，瞬间变回活了百年千年的女妖。

袁香儿看着她手中那个已经起了包浆的金球，知道这又是一个不知道多少年前发生的故事。

“如果你只是想要玩这个，等我有空了，可以时常到这里来陪你玩。”袁香儿很诚恳地说。

厌女停住了球，把它收在手中，抬起头来看向袁香儿：“那时候，阿椿也是这样说。我一直等在这里，不知等了多久，可是她再也没有来过。”

她身上那件短小的棕色斗篷缓缓地延伸变化，迎风抖开，遮蔽了天日，化为一双巨大的飞蛾翅膀。

那飞蛾的面部是厌女的容貌，却多了随风飘摇的触须和诡异的口器。

“人类，我不会再相信你们的谎言。你就留在这里，哪儿也不许去。”嗡嗡的腹语声响起，巨大的蛾翅在空中扇动，厌女锯齿状的虫足向着地面抓来。

乌圆弓着背，竖起尾巴，全身的毛都奓了，发出自以为凶狠的威慑声。

乌圆勉强挡在袁香儿面前，小小的腿肚子吓得直打哆嗦，比起数米高的巨大飞蛾，小山猫那巴掌大的身躯几乎可以忽略不计。

袁香儿捏住乌圆的后脖子把乌圆拎起来，丢进后背上的背篓中："你躲好，别出来。"

她反手祭出四张金光神咒符，符箓凌空，四尊金甲神像出现在四柱方位，高举手中宝镜，神态威严，打出四道金光，照向居中的厌女。

厌女乃是怨灵滋生的妖魔，被神光一照便发出刺耳难听的尖叫声，扇动翅膀，升向高空，露出愤怒的神情。

巨大的飞蛾用蛾翅扇起飓风，卷起千堆雪、漫天沙。

大地晃动，地面上的雪块和石头凝成一个巨大的身影，摇摇晃晃地站了起来，变成了一个石人。

那石人扬起胳膊，携着狂沙乱石向着袁香儿扫来。

袁香儿的左眼亮起一层微光，双鱼阵显现。在石人的一扫之下，那圆球形的透明护罩护着其中的袁香儿一路顺着山坡滚落。

"鲲鹏的双鱼阵为什么会出现在你身上？哼，除非他本人前来，否则你跑不了。"厌女的声音冷冰冰地在空中响起。

袁香儿随着双鱼阵一路滚下山坡。天空中，无数小小的飞蛾从巨大的飞蛾的翅膀中幻化成形，自天而降，密密麻麻地围在双鱼阵外围，不断地扑棱着翅膀。

双鱼阵终于停了下来，山坡上的石头巨人迈着长腿从山顶上追来，一下又一下地砸在护罩之上。

"阿……阿香，不然我们就留下来再陪她玩一会儿吧，不就是玩球吗？犯不着拼命。"乌圆哆哆嗦嗦地从背篓里伸出脑袋。

袁香儿被滚动的双鱼阵摔得晕头转向，透过护罩外面的那些扑棱着的飞蛾翅膀的间隙，突然看见一道银色的身影从远处奔来。

她揉了揉眼，发现自己没有看错。

那身影越来越近，从她的头顶一跃而过，在空中化为巨大的天狼，流星一般扑向高悬在空中的飞蛾，将那巨大的飞蛾从空中扑落。

巨大的飞蛾被扑落的瞬间，本来围在双鱼阵上的那些棕色蛾子再也顾不上袁香儿，纷纷飞到空中，组成一支长长的队伍，向着天狼所在之处飞去。

显然，突然出现的南河才是让厌女觉得应该全力以赴地应对的敌人。两个巨大的身影在雪岭间滚动，一路卷起的乱雪铺天盖地地涌出树林，急雨骤降般冲击在双鱼阵的护罩之上。

天星降世，引浩瀚星辰之力；怨魔重生，积幽冥鬼魅之威。一时间，天狼战魔虫。

银狼长啸，引发着地动山摇；飞蛾乱舞，搅动得天昏地暗。

“太……太恐怖了，吓死我啦，阿香。”乌圆趴在袁香儿背上瑟瑟发抖，举着小爪子挡住眼睛，“原来南河这么厉害啊！”

“小南怎么过来了？小南的伤不是还没好吗？”袁香儿忧心忡忡地望着越离越远的南河，心中担忧着南河的伤势。

南河身上的伤口无疑还没有愈合，可是它似乎完全不以为意，眼眸中升腾的是冲天杀意，喉咙间响动的是嗜血的咆哮。银狼凌厉如刀，暴烈如火，在杀戮中兴奋，在生死间舔血，鲜血淋漓的伤口是它英勇的勋章，你死我活的战斗是它奠定王座的基石。

在袁香儿的印象里，她的小狼别扭而孤傲，喜欢吃甜食，是一个小小的毛团子。

此时此刻，她才终于意识到在自己面前那般绵软好欺负的南河，其实是高傲而凶猛、世间独一无二的天狼。

山坡上那只石头与积雪堆积而成的山精掉转笨重的身躯，向天狼与巨蛾的战场走去。

袁香儿祭出灵火符，小小的凤凰身影在空中出现。凤凰清鸣一声，冲着巨大的山精喷出灼热的火焰。

“你的敌人是我，我不会让你过去。”

火克山精，石头巨人后退了数步，举起手臂挡住持续喷向自己的火焰，那手臂上的积雪在烈焰中融化，山石开始一块块掉落，但同时，地面上的石头还在持续不断地凝聚，不但修复好了山精的手臂，甚至使山精变得更为强壮。

“就这么一点儿火焰，拦得住我？”山精的声音缓缓响起。它恼怒地转过庞大的身躯，向着袁香儿走来，每一脚都在地面上深深地留下一个坑洞，震得大地晃动。

“一张不够，那就多来点儿。”袁香儿从怀中掏出了一沓“猫爪符”。

前段时间为了娱乐，袁香儿和乌圆合力“印制”了无数张“猫爪符”。这种符箓能借用山猫族纯正的火系天赋能力，和灵火符的效果类似，只是威力极不稳定，有大有小。这一回到危险的深山里来，袁香儿就将这些“猫爪符”全放在背篓里带来了。

此刻她也不管三七二十一，抓出一沓“猫爪符”就冲着山精撒去。天空中像是放起了烟火，大大小小的火球此起彼伏地在空中亮起，向着那小山一样的石人砸下去，就连雪地上都燃起了一片熊熊的火海。

“哇，这招厉害了。这可是我的功劳，原来我这么厉害！”乌圆看见热闹，忘记了害怕，开始大呼小叫。

石人在密集的火球中熔化崩塌。

袁香儿还怕不够，同时用三张灵火符请出神鸟。三只火凤引颈清鸣，围绕着山精轮流喷出烈焰。

“别……烧……了，饶……命！”山精身躯上的石块纷纷坠落，五官在火焰中变形，终于彻底溃散成一个炙热的石块。

一个巴掌大的黑色身影慌慌张张地从冒着烟的乱石中爬出来，一溜烟儿就想向外跑。

袁香儿掐了一个“井”诀，将山精困在里面。黑色的小人在坑里挣扎，四处钻洞，均无功而返。

“饶命，饶命！别烧了，再烧我就真的没了！”山精露出可怜兮兮的神情，双手举在头顶，不断做出请求的姿势。

袁香儿想不到刚才气势汹汹的巨大山精，本质上居然是个小不点儿。

“你想要我放了你？”

“求你了。”山精两只眼睛水汪汪的，脸却是煤炭一样的黑色，噘起嘴来撒娇，“我保证我和我们山精一族从今以后都不再攻击你们。”

“能相信吗？”袁香儿悄悄地问背上的乌圆。

“当然，山精又不是人类，特别单纯，从不说谎的。”乌圆奇怪地看着袁香儿，仿佛吃惊她连这点儿常识都不懂。

犹豫片刻，袁香儿最终还是松开了禁制。

叫她活活烧死眼前这个小生灵，她似乎真的办不到。

那小小的黑色人影一下钻进地底，消失了。

袁香儿从被烧得焦黑的冻土上走过，脚下不小心踢到一个漆黑的圆球。她弯腰拾起来，擦去圆球表面的烟灰一看，原来是厌女遗落下来的金球。之前黄灿灿的金色小球被烟火熏得一片漆黑，烧得变了形，本来漂亮的蝶戏牡丹的累丝图案凝成了丑陋的疙瘩，里面的铃铛也不响了。

袁香儿想了想，将它收在怀里，向山顶走去。

南河和厌女之间的战斗已经进行到了白热化阶段，天空中的云层散开，露出一个圆形的缺口，明明还是艳阳高照的白昼，那个圆圈内却看得见漆黑的苍穹和点点繁星。

仿佛有星辰从高空不断坠落，被星辰点中的飞蛾大片大片地在无声无息中消失。但剩下的飞蛾依旧悍不畏死地不断覆盖上来，围绕着银狼转圈。在天狼那巨大的银色身躯四周，一个灰色的丝茧正缓缓成形。只要丝茧彻底成形，飞蛾就可以困住南河，让南河引不动星辰之力。

“坤位，真正的厌女在坤位。”乌圆越过袁香儿的肩头，大声喊了一句。

对南河和袁香儿来说这些密密麻麻的飞蛾都是一模一样的，在乌圆的眼中却有一只极为特殊，那是厌女的真身。但战场离这里还很远，乌圆在这里喊，南河根本听不见。

“哎呀，没有打中，又移动到乾位了。”乌圆急得吱哇乱叫。

“你看得见吗？那真是太好了！”袁香儿掏出了使用过一次的传音符，“你告诉我，我传音给南河。”

厌女很快发现，自己开始渐渐在战斗中落于下风。

对面的敌人不仅能够引动星辰之力，甚至能在她的万千化身中准确地找到她的本体。

厌女化为人形，愤恨不平地瞪了南河一眼。

这只可恶的天狼竟然趁着她和人类玩耍的时候突然对她发动偷袭，一直被自己奴役的山精也趁乱跑了，而她还弄丢了自己的金球。

“过分，你们太过分了！”厌女满面怒容地跺着脚，转身展翅逃离。

南河追了两步，回首向着袁香儿所在的位置跑来，叼住袁香儿的衣领，一下将她甩到自己的背上，四足发力，在雪山云海间飞奔起来。

“天狼山虽然大，但刚刚的动静已足以引来别的敌人，我们必须马上离开。”南河说道。

袁香儿趴在银狼柔软的毛发中，耳边是呼呼的风声，银狼丝丝缕缕的银色毛发沾染了血迹，拂在她的脸上。南河旧伤未愈，又添新伤。

“你怎么来了？不是叫你好好在家里待着吗？”袁香儿把脸埋在南河厚厚的

毛发中，闭上眼睛。

“……”

南河不知道该怎么解释。

他想说昨夜听见袁香儿说在山里遇到赤着双脚的女孩后，就一夜心神不宁。他想说自己一早就忍着伤痛，特意寻觅着她的气味一路找来。他想说远远听见铃声响起的时候，自己心中竟然涌起一阵愤怒和慌乱的感觉。

但南河什么都不必说了，如今他已经接到了想找之人，那个人正安安稳稳地坐在他的背上，全须全尾，正被他好好地背回家去。

南河身体疼得厉害，心中却倍感愉悦。

到了山脚下，南河将袁香儿放下来。

“你们先走。我处理一下留在路上的气味，去去就回。”

袁香儿回到家中，从金乌高悬直等到夕阳西下，直到夜幕低垂，繁星漫天，也没看见说好去去就回的银狼。

夜半时分，袁香儿歪在床头打瞌睡，依稀听见院子里传来一点儿动静。

她披着衣物来到庭院，却没有找到那个银白色的身影。

“有看到南河回来吗？”袁香儿站在锦羽的屋子前，轻轻敲了敲屋顶，小声问。

高脚小木屋内伸出一只小手，悄悄地往柴房的方向指了指。

袁香儿来到柴房门外，透过门板的缝隙，果然看见一个银白色的身影趴在柴房的地上。

“南河？怎么躲在这里面，是不是受伤了？跟我回屋里去吧？”袁香儿张望片刻，伸手准备推开房门。

“别……别进来。”柴房内传来南河低沉嘶哑的声音。南河似乎急促地喘了几口气，急切地说道，“你别进来，让我自己待一会儿，很快就好。”

化为人形的南河蜷缩在柴草堆中，弓着背，死死地咬住自己的手指，不让自己的喉咙泄露出一丝声音。

离骸期的悸动再一次来临，南河强忍着痛苦摸回院子，想要回到这个人身边，但又不想被她看见自己痛苦呻吟的狼狈模样。于是他只能躲进柴房，把手臂咬出了血，忍耐着一阵阵袭来的痛苦。他不能发出哀号，不能痛苦地翻滚，不想让自己软弱、狼狈、丑陋的样子被那个人看见哪怕一点儿。

袁香儿就要碰到门板的手指顿住了。柴房的门板缝隙很大，她其实全都看见了。

原来这就是离骸期，被疼痛折磨的小南紧绷着身体，浑身都是冷汗，但他宁愿咬住自己的手臂，也不肯发出一点儿脆弱的声音。

袁香儿是了解南河的，知道这只天狼孤独而骄傲，不愿让任何人看见自己软弱的一面。

她最终收回了自己的手，背对着柴房的门板坐下。

“我不进去，在这里陪着你。”她隔着木板轻声说。

无边的痛苦让南河觉得自己的意识几乎就要溃散。

他依稀觉得自己的灵魂飘浮到了空中，看见了蜷缩在地面上的那个苍白的自己。天空中强大的星力缓缓划过苍穹坠落下来，拖着长长的尾巴，掉进南河那苍白颤抖的身体中。

强大又霸道的星辰之力正在一点儿一点儿地改变着南河的身体，他的肉体开始逐渐溃散，被璀璨的星光取代。这样的痛感过于强烈，古往今来，他不知有多少同族殒身在这个难以度过的时期。

屋子之外，一门之隔，背对着他坐着一个人。

那人背靠着门板，仰着脸，和他一样眺望着夜空中的星辰。

南河一下子从飘忽的状态中清醒过来，巨大的痛苦如潮水一般再度将他淹没。

屋外的那个人似乎轻轻地叹息了一声，轻声念诵起了奇怪的咒语。

空中传来低低的歌声，那声音仿佛可以疗愈一切，慰藉流浪多年的游子的灵魂，给茕茕孑立的孤狼一个温暖的归宿。那声音就像一股冰泉，流过南河即将被焚烧殆尽的身躯，滋养他满是伤疤的心田。

天亮了，晨曦透过门板的缝隙射进冰冷的屋内。

南河睁着眼睛，汗水从额头滚落，模糊了他的视线。

他依稀从柔和的曦光中，看见了门外坐着的那个身影。这一切都是真实的，不是他在漆黑的树洞中寂寞的幻想，那个人真实地存在于他的身边，近在咫尺。

她守了他一夜。

旭日东升之时，柴房的门终于被拉开，一只银光璀璨的天狼从门内走了出来，那身银色的毛发随着天狼的步伐浮动，宛若有星光在一路散落。

袁香儿揉了揉眼睛，看着那只银白色的天狼一路变幻，最终变成她最喜欢的小毛团子的模样，小跑着一下跳上她的膝头，蜷进了她的怀中。

看着那毛茸茸的小团子主动蜷进自己怀里，袁香儿有了一种历经千辛万苦终于把狼养熟了的感觉。

她抱着怀中那软乎乎的小团子站起身来，几乎想快乐地原地转几个圈。

经过一夜的时间，南河身上那些大大小小的伤口竟然痊愈了大半，就连之前因为烫伤而秃得左一块右一块的难看皮毛都恢复如初了。这或许就是离骸期锻体重塑的效果，同时南河的体内排出了大量的污秽物，身体有些黏糊糊的，散发着一种不太好闻的气味。

是先给小南吃点儿热乎的东西，还是先带他去洗个澡呢？袁香儿有点儿纠结。

袁香儿一边摸着毛团子，一边向屋内走去，却发现怀里的南河软软地瘫在她的臂弯里，已经陷入了昏睡。

袁香儿既心疼又有些愧疚。南河是因为担心自己而赶去的天狼山，又不顾伤势和那只强大的魔物战斗，回来后又陷入了离骸期锻体的过程，忍受了一整夜的折磨。

在冰天雪地中坐了一夜的袁香儿躺到了暖和的炕上，把南河的小垫子拉到自己身边，伸手轻轻地理顺南河后背上的毛发，安抚着睡得不太安稳的毛团子。然后，她就感觉到那小小的毛团子在睡梦中无意识地挪了挪，慢慢地依偎到自己身边。

受伤的时候怕自己看见，狼狈的时候怕自己看见，直到恢复了漂亮的毛发，小南才软乎乎地爬到自己的膝盖上来。

袁香儿的手指穿过南河柔软的毛发，一下一下地抚摸着南河那还有些消瘦的后背。她想对南河再好一点儿，让南河知道这个世界上不只有冰冷和孤独，让南河也体会到这个世界上的温暖。

南河觉得自己睡得很不安稳，却怎么也醒不过来。

睡梦中的南河始终处于一个温暖而舒服的地方，有柔软的手指在恰到好处地抚摸着他的皮毛，让他有一种想要彻底放下警惕的感觉。

这种感觉让南河非常不安，他觉得自己应该躲在冰冷的岩穴中或是漆黑的树洞内，竖着耳朵戒备着随时有可能出现的敌人才对，为什么都已经有人摸到自己的身躯了，自己还能够安心地睡着而不醒过来呢？

屋外传来鸡鸣犬吠之声，一只山猫从屋顶的瓦片上跑过去，发出一串细碎的脚步声。

“香儿，师娘去一趟集市，你好好看家呀！”云娘在院子里喊话，随后院门吱呀一声被打开了，又吱呀一声被关上了。

南河睁开了双眼。

这是一个热闹的世界，温暖而舒适，南河本不属于这里，却身不由己地被这份温暖和热闹捕获。

那张南河十分熟悉的面庞近在咫尺，她的睫毛在细腻的肌肤上投射下清晰的影子，轻浅的气息依稀拂过南河的心头。

一种原始而陌生的感觉第一次从银狼血脉的最深处生起，他想要再靠近她一些。

南河吸了吸鼻子，闻到空气中弥漫着一股奇怪的气味，低头一看，发现自己的身躯因为接受了星力的重塑，从毛孔中排出了大量的污秽物，向来柔顺漂亮的毛发此刻肮脏又恶臭，连睡觉的垫子都被弄脏了一大块。

南河一下子涨红了脸，慌忙从袁香儿的胳膊下钻出来，跳下炕，一溜烟儿地跑出门去，顺着檐廊，以最快的速度一路飞奔进浴室。

这间宅院的浴室修建得分外舒适，分为前后二室，近墙凿井，安装辘轳，方便引水；后设沟渠，排水顺畅；中以半人高的竹栏隔之，外间垒砌锅灶，燃薪柴，可随时提供热水，里间置木桶，澡具布巾，咸在其中，十分便利。

南河一口气冲入里间，寒冬腊月，也顾不得烧水泡澡等耗时之事，化为人身，提起一桶冰凉的井水，哗啦一声倒在自己头上，把自己浇了个透心凉。南河抖了抖湿漉漉的长发，污水顺着他的双腿流了一地。

睡到日上三竿的袁香儿发觉家里一个人都没有，师娘似乎不在，连乌圆和南河都不知道跑到哪儿去了。

她顺着走廊来到浴室，半掩着的木门内依稀传来流水声。

“师娘，是你在里面吗？怎么没关门？”袁香儿推开门探头进去，又飞快地退了出来，砰的一声将门关上了。

她当然什么也没看见，浴室内还有一扇对开的竹门，那竹门上下留有空间，既可以通风透气，又可以稍微遮挡视线。

或许最糟糕的地方就在于这半遮半露的竹门，让她在那一瞥之间，看见了淡黄色的竹门下露出的那双修长白皙的腿，看见了那一头银色的发丝湿漉漉地贴在那人线条完美的肩膀上。

她退出去的瞬间，那长发的主人正吃惊地转过脸来，几缕湿发贴在他的脸颊上，他纤长的睫毛抖动了一下，一颗水珠从上面滚落下来。

袁香儿张了张口，感到喉咙发干，胸膛中的那颗心脏莫名地加快了跳动的速度。

这是怎么了？袁香儿捂住了脸，都怪小南，小南人形的模样简直好看得犯规了。

片刻之后，一只湿漉漉的银狼顶开门，探出脑袋，湿透的毛发一缕一缕的，往下滴着水。

袁香儿阻止自己胡思乱想，把银狼彻底地擦干，又取出了好久没用的梳子，仔仔细细地给银狼从头到尾地梳顺毛发。

“离骸期一直都会这么痛苦吗？”

“第一次接收星力比较痛苦，后面就没什么大碍了。”

后面当然也没有那么轻松，但有了能陪伴自己的人，有了可以安心待着的地方，离骸期似乎也就不再像从前那样令南河望而生畏。

“这是什么东西？我为什么没有？”乌圆不知道从哪里玩完回来，看见了南河的梳子，顿时不高兴了，“看起来好舒服，不行，我也要梳毛！”

一道冰凉的视线从桌上扫下来，在乌圆的身上转了一圈，视线的主人正是南河。

乌圆莫名地打了个寒战，桌面上的银狼明明是和小山猫差不多大的体形，却仿佛拖着一个山岳般高大的剪影，那狭长的眼睛居高临下地瞥了乌圆一眼，几乎让乌圆喘不过气来。

乌圆飞快地窜到了袁香儿身后：“阿香，阿香，你看南河瞪我，喵呜呜呜……”

“这是南河的梳子。”袁香儿安慰乌圆，“我已经给你在店里专门定做了一个，过两日就可以去拿了。乌圆也不喜欢用别人的东西是不是？”

乌圆勉勉强强地被安慰了：“那好吧，要比这个漂亮，毛要比这个软。”

“行，还让他们在柄上刻上乌圆的名字。”

乌圆这才满意地叼起落在地上的藤球，高高兴兴地溜出屋子找锦羽玩去了，顺便向锦羽炫耀自己即将到手的新梳子。

看来还得给锦羽做一把，虽然它用不着梳毛，袁香儿在心里想，干脆多做几把，给小黑也做一把算了。

想到这里，她打开柜子，从里面翻出了一个精致漂亮的五彩藤球，高高兴兴地拿给南河看："很早就做好了，就想着等你回来和你一起玩呢。我们在炕上玩吧？就我们俩玩。"

五彩的藤球从炕沿上丁零零地滚过去，被南河伸脚踩住了。

"听说，人类可以有好几个伴侣。"南河突然低声说了句风马牛不相及的话。

"好像在这个时代是这样，很多人家有三妻四妾什么的。"袁香儿不知道南河为什么突然问这个，茫然地回答。

没答对题的她，发现刚刚才对她友好一些的孤傲的银狼，突然又扭过身去，不搭理她了。

袁香儿这一天的心情就和过山车一样，忽上忽下的。

早上的时候，小团子还主动对她投怀送抱，可这会儿那只孤傲的小银狼又只肯用屁股对着她了，她怎么哄都哄不回来。

银狼那刚刚洗过的毛发是蓬松的，一小截银白色的尾巴擦着炕沿扫来扫去，越是孤傲越是撩人，让她忍不住伸手去摸了那么一下。

"不许碰尾巴！"南河突然扭头吼了一句，声音又低又沉，恶狠狠的。

南河已经很久没用这样的口气对她了，袁香儿觉得十分委屈。

她真的很喜欢南河，一心期待着南河能够更亲近自己一些。

最开始的时候，身为"毛绒控"的她或许只是迷恋银狼的颜值，那样一身漂亮的银色皮毛，柔软而顺滑的独特手感，试问哪一个"毛绒控"会不想把它拐到家里来养几天呢？

相处得久了，看它在最危险之时挡在自己身前，看它悄悄送来的一件件礼物，看它带着一身伤到山里来接自己，袁香儿心中早已将南河视为最亲近的朋友。

她神色沮丧地拨动着身边那颗孤零零的五彩藤球。

南河纤细柔软的银白色毛发软软地扫过她的手背，无可奈何地搭上她的膝盖，停在了她的指尖前。

袁香儿惊讶地转过脸，发现那只银色的天狼已经蹲在了她的身边，垂着脑袋，耳朵折成飞机耳，却将那条深浅渐变的银白色大尾巴摆上了她的膝头。

袁香儿一下子就高兴了，这样大的尾巴可是最好摸的，她伸手试着在那条尾巴上撸了一把，毛发细腻的尾巴尖下意识地扬起了一点儿，又忍耐地低下去，任凭她摆弄。

“南河你真的是太好了！我就知道你一直对我特别好！”

心花怒放的袁香儿把南河那条毛发柔顺的尾巴从根部到尾巴尖来回撸了个十来遍，通体舒畅。

幼年形态的南河，毛发柔软蓬松，娇软可爱；接近成年形态的南河，毛发充满光泽，由后背开始层层渐变，身形匀称，肌肉结实。

南河的喉咙中发出一点儿低低的声音。对一只真正的雄性天狼来说，有一身漂亮的毛发是引以为傲的事，那是天狼成年后吸引雌性、争夺配偶的利器，没有一只雄性天狼不喜欢别人夸赞它的毛发好看。

袁香儿不遗余力地夸南河：“小南的毛发真是太漂亮了。我再没有见过比你更漂亮的狼。”

南河的耳朵终于竖了起来，尾巴尖也忍不住悄悄地摆动起来。

还是很好哄的嘛，原来小南喜欢听好听的，看来以后要多说些“甜言蜜语”哄小南开心，袁香儿想。

年关将至，家家户户都在忙着准备年货。

云娘坐在院子里，用一柄小刀剔去红枣枣核，在枣中夹上核桃仁，再裹上一层薄薄的糖浆，粘上炒香的芝麻，做成一道香甜可口的点心。

乌圆蹲在桌边等待着，云娘时不时把一颗刚做好的枣夹核桃丢给它，乌圆一纵身，准确无误地叼住，美滋滋地蹿到树上去吃。

在云娘的脚边，锦羽伸着双手，还在眼巴巴地等待着。云娘看不见锦羽，因此它只能站在那里，可怜兮兮地一直伸着一双小手。

“师娘在做我最爱的枣夹核桃呀，我来帮忙。”袁香儿把毛茸茸的南河放在桌上，不动声色地拿了三四个枣夹核桃放在锦羽的手上，然后自己吃了一个，又给桌上的南河喂了一个。

“哇，太好吃了！”

“你看看你，还没帮忙，自己倒先吃了好些。”云娘笑着拿帕子擦掉袁香儿嘴上沾着的糖，“你师父从前有一位朋友，特别馋这个，年年都要来家里吃。这些年倒是没有见着她。”

帕子的边角上绣着一条黑色的小鱼和几朵浪花。在湛蓝色的帕子上，鱼游大海，逍遥自在。

师娘这些年所有的手帕、画作，主题似乎都和鱼有关。

袁香儿心念一动，想起了乌圆的话。

难道师父真的并非人类，只是海中的一条大鱼？师娘或许知道些什么？袁香儿盯着帕子上的图案发呆。

云娘看着袁香儿的样子，脸上的笑容慢慢收敛了，收回手帕，垂下眼睫，伸手轻轻抚摸手帕上面的那条小鱼。

片刻之后，她缓缓开口："师娘出身于渤海边上的登州，家中勉强算得上是勋贵之家。

"要知道，像我们这样在世家望族里长大的女孩，婚姻是由不得自己的，无论童年时期多么受宠，长大以后也不过是用来交换家族利益的筹码罢了。"

云娘看着湛蓝色的帕子，想起童年时候故乡的大海。住在海边的她是家族中的嫡系小姐，备受疼爱地长大，成年之后却被族中家长许配给一位年纪比自己父亲还大的男子做续弦。

据说那人有皇族血脉，身份显赫。族里人人欢天喜地，恭贺她从此一步登天，飞上枝头，就连她的父母也喜笑颜开，容光焕发，日日面有得色。没有一个人在意她这个当事人愿不愿意、是否觉得幸福。

出嫁前，云娘独自抱着自己养了多年的小鱼来到海边，赤着脚踩进海水里。

她在波涛起伏的大海中站了许久，最终将紧紧抱在怀中的木盆中的小鱼倾倒进海中。

"走吧，给你自由了。"云娘踩在水里，哭得满脸都是泪，"我要远嫁去京都了，带不走你，再也养不了你了。"

蓝黑色的小鱼在她的脚边游来游去，用光洁的脑袋蹭着她的双腿，依依不舍，似乎不忍离去。

"不然这一次换你带我走，带我一起到海里去，我们到大海的底下去，好不好？"

不愿意葬送自己人生的少女蹲在大海中哭泣，涨潮的海水一点儿一点儿地没过她的膝盖、她的腰肢，却最终没过她的胸膛和脖颈。

在她的脚下，那条小鱼游动得越来越快，想用小小的身躯将她顶回岸边。

虽然知道云娘肯定没事，但听到此处的袁香儿还是忍不住屏住了呼吸，就连南河都竖起了耳朵。

乌圆从梧桐树的枝条上垂下红绳缠绕的发辫。锦羽叉开小腿坐在自己的屋顶上，一边吃着大枣，一边转动着眼睛看向云娘。

“你们别这样看我。”云娘不好意思地笑了，“虽然当时年少轻狂，但我终究还是爱惜自己的小命的，也知道一死了之不值得。”

从海中回来的少女终究还是无可奈何地穿上了嫁衣，坐上了前往京都的花轿。

在途中，他们遇到了一个奇怪的男子，那人姿容俊美，举止温文，衣着却十分古朴奇特，一路跟随着送嫁的队伍。随行的家人告诉云娘，那是一位游方术士，因是避世修行之人，所以举止不凡、衣着奇特。

原来修行之人长得这般好看。云娘坐在花轿中长日无聊，悄悄掀起轿帘的一角偷看尾随在队伍后的人。

那个人穿得那样随意古怪，人人都回头看他，但他仿佛一点儿不自在的感觉都没有。只要看见云娘，他就会冲着云娘笑，那双眼睛乌黑，莫名带着一种云娘十分熟悉的感觉。明明是没见过的人，云娘却觉得他就像是一位相识已久的朋友。

那天的天气一直晴朗，送嫁的队伍走得很快。

为什么天气这样好，路程这样顺利？真希望天天下着大雨，永远都到不了京都才好。云娘放下轿帘，这样想着。

仿佛有谁听见了她的祈求，天空突然下起了大雨，那雨越下越大，宛若倾盆，送嫁的队伍在湿滑的山路上匆忙寻找避雨之处。轿夫脚下打滑，竟然将新娘子从轿子里摔了出去。

摔出花轿的云娘顺着山坡一直滚了很远，却奇迹般地一点儿都没有受伤，甚至连衣角都没有沾湿半分。

最先找到云娘的是那个男人。

那个怪人在瓢泼大雨中有如在自家后院一般闲庭信步，一身衣物分毫不湿。他分开雨帘向云娘伸出手，神色窘迫又愧疚：“抱歉，都是我不好，我送你回去。”

“我不回去了。”云娘直视着他的眼睛，“你带我走吧。”

听到这里，袁香儿张大了嘴巴：“所以这个人就是师父？原来从那时候起，师父和师娘就在一起了。”

“虽然他和鱼完全不同，但不知道为什么，我心里很清楚他就是那条鱼。”云娘笑了笑，摩挲着绣在手绢上的图案，“和我在一起之后，他一直很努力地想像一个人类一样生活。他让我教他识字，教他读书，教他关于人类的一切。我陪着他云游四海，寻访名师，学习人类的法术，帮助那些需要帮助的人。”

“这样看起来，好像很浪漫。”袁香儿道。

“听起来似乎很美好，但终究违背了世间规律，是为禁忌，不合时宜。”云娘叹了口气，把视线落在袁香儿身上，“随着岁月的流逝，我渐渐衰老，而岁月对夫君来说，只过去了微不足道的一瞬间。”

自己日渐老去，而心爱的人依旧年轻，这是一件多么残忍的事，只有亲历之人才能明白。眼睁睁地看着自己一日一日地白了头发，脚步蹒跚，垂垂老矣，而本该并肩齐行之人，却依旧停留在原地，韶华正好，青春年少。

“你觉得是先老的人比较可怜吗？”云娘摇了摇头，“其实先一步离开的人反倒得到了解脱，年寿绵长的那一位才是被孤单地留下的。”

袁香儿愣住了。

“有一日你师父占了一卦，说有一位小姑娘和他有几年的师徒之缘。他十分高兴，特意走了很远的路，去将那个小姑娘接到家里来。”云娘看着袁香儿，眼中带着慈爱之色，“那时候你才那么一点儿大，每天蹦蹦跳跳地进屋来喊我师娘。但我那时已是风烛残年、腐朽之躯，连路都快走不动了，我对一切心灰意冷，对你也十分冷淡。”

“可是师娘你当时……你当时看起来还是那么年轻，和师父站在一起，就是一双璧人，堪称神仙眷侣。”

“你师父本是十分随性之人，只在这一件事上他无论如何也放不下。我不知道他用什么办法留住了我的容貌，但其实当时我内在的一切都已经衰老腐朽了，我活得异常痛苦。他不肯放手让我离去，我却早已心灰意冷，只想着劝他放弃，可是他十分固执地坚持尝试各种方法。为此，我们彼此争执，我甚至冷落了他很长一段时间，只希望他能够自己想通。”

袁香儿一下站起身来，只是如今师娘恢复了，师父却不见了？

“即便是我这样的普通人，也知道让一个凡人长生久视是有违天道的。”云娘把目光投向天边，“我不知道他为此付出了什么，但既然他已经坚持这般做了，我就要好好地珍惜这来之不易的一切，把他给我的每一天都过得好好的。我要开开心心地等着他，我想，总能等到他回来的那一日。”

云娘伸出手，把袁香儿鬓边的一缕碎发别到耳后：“香儿，如今师娘告诉你这些，是希望你能早早知道这一切自有定数。希望你将来能像你师父期待的那样，更好地走属于你自己的道路。”

袁香儿伸手握住了云娘的手，没有把自己心里的话说出口。

师父当年没有告诉袁香儿任何事就离开，大概是希望她能够在这个小小的镇子上无忧无虑地长大，毫无压力地去过自己的生活。当年那个像父亲一样的男人带着温和的笑容找到了她，握着她的手把她一路牵来这里，给了她一个温暖的家。

如今袁香儿已经长大了，有了自己的能力和想法。她希望弄清楚当年到底发生了什么，希望找到师父，替师娘将师父带回这里。

虽然世间广阔，诸事无常，但就像师娘说的，只要还活着，有些事就可以慢慢去做，机会总是还有，希望也还存在。

接近年底，集市上十分热闹，各种南北行货、新鲜吃食，摆得街道两侧满满当当。

小镇上的居民簇拥在街头，购买年货。

袁香儿将一包酥酥脆脆的米花糖递上前，袜伸出黑漆漆的双手，弯腰接住那个香喷喷的布袋，歪着脑袋看袋子里的东西。

直到袁香儿走了很远，袜突然又赶了上来。袜依旧是宽肩小头从目，一副奇特的模样，但此刻它将黑色的手臂举在袁香儿面前，摊开手掌。

它的手心里静静地躺着一朵沾着水珠的山茶花。

这个时节想找到开着的山茶花可不容易，袁香儿笑着接过那朵山茶花，将它别在鬓边，微微躬身向自己的朋友道了谢。黑色的大个子学着她的模样，笨拙地弯了一下腰。

九年的时间一晃而过，当初袁香儿进入阙丘镇时，在桥头遇到的袜变成了她的朋友，这个热闹的小镇也从一个陌生的地方变成了她的家。这里宁静而平和，百姓安居乐业，仿佛是一个不需要她担心任何事的世外桃源。

挥手和袜告别之后，袁香儿来到一家首饰行，拿出了厌女的金球。

铺子里的老板拿着那个被烧化了大半的金球左看右看，然后摇摇头：“此乃累丝工艺，难做得很，咱们这样的小地方可没这种手艺，大概只有送到州府或京都那样的繁华之地才修得了。”

听见老板这话，袁香儿只得把那个金球收了回来。她原本打算修好这个金球，在下一次遇到厌女的时候还给她，或许能避免一场不必要的冲突。

袁香儿正要离去，一位锦衣华服的富家子弟陪着女眷从门外进来。这个富家子弟在镇上是出了名的风流，身边的女子螓首蛾眉，身姿款款，媚眼含春，乃是难得的人间尤物。

错身而过之时，女子那双秋水般的眼眸向着袁香儿的方向转了过来，看着袁香儿肩头蹲着的乌圆，眼角微弯，似笑非笑地勾了一下。

"那个男人活不了几天了。"乌圆小声说道。

袁香儿回首看去，只见刚刚进屋的年轻男子虽然神色得意，实则面色发青，眼下乌黑，浑身笼罩着一股灰气，已有短命之相。

"是因为那个女子不太对劲吗？"

"是狐狸呢。狐狸一族最喜欢溜到人间来玩耍，往往装得特别像，混迹在人群中很不容易分辨。"

袁香儿跨过门槛，听见门外卖绢花的婆子正和一位主顾嘀咕："看见了没？楚家的那位新近讨的第十二房小妾。"

"作孽啊，那畜生不知道祸害了多少好人家的闺女。"

"听说这次是一位乡下佃户家的女儿，老子娘去年生了场病，向主家借了几个大钱，年底还不上，主家就非要人家用闺女抵债。"

"可惜了，农家的闺女长得竟这般水灵，可怜掉进了楚家这个魔窟。"

袁香儿听了一耳朵闲话，也就懒得多管这人的闲事。出了首饰行，她心里想到南河不善变幻衣物，于是拐到估衣行买了几件男子穿的成衣，又进了果子行糕饼铺各买了不少时新糕点，大包小包地提着往回走。

路过东街口永济堂门外，袁香儿发现那里正请了道家法师前来做法事。

围观的人里三层外三层，议论纷纷。

"这永济堂的铁公鸡如今倒也舍得坏钞做这般大的道场。"

"你不知道他们家最近出了多少倒霉事，破财害病惹官非，事情一件接一件地来，不得不花了大价钱特意请高功法师来镇一镇。"

"作孽多了自有报应，自从韩大夫仙游之后，铺子落到这两个兄弟手中，铺子里卖的药没了从前的效果，价格还抬上去了……永济堂的老招牌啊，算是砸在他们手中了。"

前头法事的排场布得不小，法堂香案、鲜花果品、金纸银钱，一应俱全。做法事的法师仙风道骨，头戴宝冠，身穿赤色法衣，手持桃木剑，正在法堂前念念有词。只见他呵斥一声，抬手祭出一张符纸，那黄符飘在空中，无风自燃，引得围观的众人发出一阵惊呼声。

“哎呀，好厉害！我连一点儿火的灵气都没有感受到，他是怎么让符纸烧起来的？”乌圆蹲在袁香儿肩上看得兴致勃勃。

袁香儿笑了：“不过是骗人的小戏法罢了，不需要灵气。”

就在法堂正上方的屋檐上，体形已经变得十分臃肿的蠹也正伸出脑袋来看热闹，它的口水不断滴滴答答地落在法师的帽子上，那位庄严肃穆的法师却一无所觉。

只见法师手持桃木剑，大喝一声“哪里走？”随后法师气势汹汹地将桃木剑劈在案桌上，桌面上事先铺就的黄布条上赫然出现一道血迹一般的红痕。

围观的众人无不吓了一跳，个别胆小之人甚至已经闭上了眼睛：“哎呀！砍死了，砍死了！你看都是血！”

屋顶上的蠹被那喝声吓得一哆嗦，缩回脑袋左右看了看自己的身体，茫然地发现自己毫发无伤。

“哈哈哈，这到底是怎么办到的？你们人类也太好玩了！”乌圆笑得直打滚。

袁香儿捏住乌圆的脖子，提起山猫转身离去。

永济堂的道场还热闹着，对街阴冷的角落里却歪坐着一个瘦骨嶙峋的小乞丐。大冷天的，小乞丐只穿着一件单衣，脸色灰败，哆哆嗦嗦地和一只流浪狗挤在一起。那只脏兮兮的小狗冲着他们身边无人的角落拼命吼叫。

来来往往的路人，没有一人看见，在那个小乞丐身前，静静地站着一只怪物，束冠着袍，脸上长着尖锐的弓形鸟喙，正用一双死灰色的眼睛默默地盯着蜷缩在地面上的小男孩。

瘦骨嶙峋的狗子夹着尾巴，后腿抖个不停，却始终挡在小主人身前。

“好臭，好臭，那又是什么东西？这味道简直是恶臭，太难闻了。”乌圆捂着鼻子喊。

“其名鬼鸠，噬魂为生。它知道这个小孩要死了，在这里等这个小孩离魂的时候将小孩的魂魄一举吞噬。”

路过那乞丐身边之时，袁香儿停下脚步，出手在小男孩的眉心处轻轻点了一下。灵光微闪，小男孩喘了口气，悠悠转醒。

鬼鸠转过长长的脖颈，用灰色的眼珠盯着袁香儿，发出极为不满的尖啸声。

“他还活着，只不过是太饿了，没你什么事，速速退去，饶你不死。”袁香儿低声威慑，双手成诀，掐了个大光明镇魔诀。

鬼鸠迟疑片刻，展开腐臭熏天的翅膀，不甘地尖叫一声，飞上天空，声音划破苍穹。

袁香儿弯下腰，在小男孩身前留下一包新出炉的桂花糕和两颗碎银。

“阿全，快看这是什么？是吃的！啊，还有银子！太好了，我们俩这个冬天都不会饿死了！”

袁香儿抱着采购来的大包小包，心情愉悦地走在回家的路上，身后传来小乞丐欢天喜地的声音，夹杂着欢喜的犬吠声。

世事漫随流水，对错难辨，袁香儿在这阙丘小镇，一笑南山晚，随性过光阴。

只是小镇之外，世间如何繁华盛景、光怪陆离，她却不得而知。

袁香儿到了家门口，发现院门外停着许多人，香车宝马，从者众多，看起来有些眼熟。

原来是曾经来过家中求助的周德运来了。

此时在院子中，周德运正不顾脸面地跪在云娘面前哀求：“您就替我想想办法吧，我这请遍了各路大仙法师，都不顶用啊！您看看我都被我家娘子给打成什么样了！”他抬起脸，只见他本来还算得上英俊的面孔上好像开了染坊，青的紫的什么颜色都有，鼻梁正中包着一块白色纱布，十分具有喜剧效果。

云娘为难地道：“外子虽略有些神通，但我对这类事一窍不通，你让我如何帮你？”

袁香儿几步跨入院中：“周德运，你缠着我师娘干什么？”

袁香儿把手里的东西放下来，看着那个男人的样子，莫名地觉得有些好笑：“你娘子为什么把你打成这样？她既然内里换了个瓤，说自己是个男人，你总不能还对人家有什么非分之想吧？”

周德运涨红了脸，支支吾吾地说：“非是我想，只是我日前请了一位有道高人，他说我家娘子发此癔症乃是阴气太重，邪魔上身，只要……只要有了身孕，自然就好了。”

“啊？你们还想要人家怀孕生子？这是不是太不道德了？”

周德运苦着脸道：“我家里只有这一位娘子，夫妻之间琴瑟调和，情深义重，我并不想停妻再娶，自然一心盼着她能恢复如初。何况那……那本就是我娘子，我……我如何不道德了？”

说到气处他又咬牙切齿：“谁知那邪魔法力高深，一应符咒法器通通不惧，只是抵死不从，还把我揍成了这个样子。”

袁香儿想到那个场面，只觉不可思议。

周德运愁眉苦脸：“我这是实在没奈何，只得求到云娘子这里。先生不在家里，还请娘子找一找，赐下一张半张先生留下的驱魔符咒，或许能有些效果，唤醒我家娘子，使我周家也不致于绝了后，呜呜……”

袁香儿在云娘身边坐下：“这样吧，你若是不嫌弃，我去替你看一看，或许凑巧能琢磨出个可行之道。”

周德运喜出望外：“姑娘乃自然先生的高徒，是请都请不到的贵人，小生如何敢言嫌弃？小生心中早有此想，只恐劳累姑娘，耻于开口。”

他童年时期见过余摇的道法，深为敬服，如今遍请法师术士，折腾了一年之久，不得解决之道，这才又求到这里来。余摇不在，他觉得能请到余摇的弟子自然也是好的，这会儿见袁香儿主动提起，自然是惊喜万分。

云娘有些忧虑：“从我们这儿到洞庭湖畔的鼎州，少说也有 二百里的路程。”

不管袁香儿修习了多少高深厉害的法术，在云娘的眼中，她始终是一个从未出过远门的小姑娘。

周德运站起身来，承诺道：“我们到辰州便改道沅水，走水路不过一日夜就能到。沿途都是现成的车马舟船，我一定不让小先生受半点儿委屈。无论是否能成，我必定妥妥帖帖地将小先生送回来，还请娘子可怜在下。”

袁香儿也握住云娘的手：“师娘，我想去师父曾经走过的地方走走，顺便看一看外面的世界。”

云娘只得叹了口气，点头同意。

袁香儿把自己买的衣服一件一件地拿给南河看：“这是中衣，穿里面；这是长袍，穿外面；这个叫捍腰，最近很流行；这个是……”

袁香儿捻起一小片不知道什么时候混进来的柔软布料，看了半天才反应过来这是什么，有些尴尬地咳了一声：“这个算了，不穿应该也没关系。

“这些衣物是给你变成人形的时候穿的。我不在的这段时间呢，你要是回来，就到我屋子里睡，这里最暖和；饿了的话，就去找师娘，她会给你东西吃。”

南河还不习惯穿人类的衣物，袁香儿坐在炕沿将那些内外衣物整齐地叠好，口里絮絮叨叨地交代着。

乌圆是她的使徒，锦羽长住在家中，但南河只能算是客居的朋友，还需要应对离骸期，袁香儿当然不好意思邀请南河陪自己出远门。她抬头悄悄地看了南河好几次，指望南河亲口说一声想要一起出门，这样她也好顺水推舟地拉着南河一道走。

可惜南河只是蹲坐在她面前，始终低着头看她叠衣服。这只银狼本来就十分沉默，今日更是成了锯嘴葫芦一言不发。

袁香儿只好叹了口气，把各种事项又交代了一遍。她不知道自己为什么会变得这么啰唆，从前她也时常离家"出差"，但从来没有这样依依不舍过。

那时候家里冷清，唯一能让她想念的不过三只猫两只狗，不像现在，心中满满当当地塞着幸福的牵挂。

"锦羽，我不在家的时候，你帮忙守着院子，照顾好师娘行吗？"袁香儿来到梧桐树下，敲了敲木屋的屋顶。锦羽不喜欢远行，更愿意留在家中。

木屋的门被打开了，从里面伸出一双小手，捧着几片软乎乎的羽毛。

"这个是……？"

"结……结契。"锦羽结结巴巴的声音从木屋内传来。

"你是说，你愿意做我的使徒了？"

袁香儿既惊喜又幸福。她伸出双手，珍重地接住了那双小手托付给她的羽毛。

袁香儿开始绘制结契法阵，把羽毛安置在法阵之上。

这真是让她感到欣喜又温暖，多了一个在家中的使徒，自此以后她即便远在天边，都可以接到锦羽传递来的信息，可以随时知道家人的动态，再不用过度地牵肠挂肚。

此刻，远在京都的神乐宫内。

蒙着双眼的法师抬起头来："这么快又结契了，法阵依旧这般自然，到底是谁啊？还真是有趣。"

"皓翰。"法师低声唤了一个名字。

一个头上长着角的男人凭空出现，单膝跪在法师的身前。那人一头乌黑浓密的长发拖在光洁的地砖上，精赤的上半身上绘制着无数诡异的红色符文，声音低沉而富有磁性："主人，何事召唤？"

端坐着的法师将面孔转向自己的使徒："皓翰，我记得当初为了得到你，我可是费了好大的力气。"

"是的，当初在北虚，我和主人大战了三日三夜，终究不敌主人神通。"

"那时候，你明明法力耗尽，浑身是伤，却依旧不肯屈服，最终我不得不动用山河图将你压于法阵之上，才勉强成功结契。"法师伸出白皙柔弱的手指，托起强壮妖魔的下颌，"我问你，如今若是没有了禁制，你会不会心甘情愿地做我的使徒？"

妖魔的双眸竖立，内有暗光流转："主人，我不想欺骗你。"

"哼，没情没义的东西。"法师失望地松开手，懒散地靠回座椅中，"也不知道那是谁家的孩子，能够这样一次又一次地结契。真希望她能早一些走到我的眼前来。"

第五章　将　军

却说袁香儿告别家中众“人”，在周德运的精心安排下，先搭乘马车，再改道水路，乘船沿沅水东行，一共耗费两个日夜的时间，最终到达了烟波浩渺的洞庭湖畔。

周德运家住在洞庭湖畔的鼎州城，这里地处水运要道，也是交通枢纽，城镇热闹，市井繁华。

袁香儿一路行来，只见道路上人烟辏集，车马并行，两侧房屋鳞次栉比，凤阁叠翠，更有花街柳巷、茶坊酒肆，端的是歌舞升平的繁华盛景。

“哎呀呀，那家卖的是什么？那里是不是在要把式？”乌圆扒拉着轿子的窗口，探出脑袋，轿外的风景令它目不暇接，“哈哈哈，幸好我来了，回去说给它们听，锦羽和南河还不知道得怎么嫉妒呢！

“阿香，你看见了没？我们走的时候，南河气得话都说不出来了。”

“胡说。”袁香儿把快掉出去的小山猫扯回来，“南河要是想来，自然会开口。他都没说要来，我怎么好勉强？毕竟南河还有自己的事要忙。”

“哼，”乌圆舔着自己的小爪子，嘀咕，“父亲说得一点儿都没错，会撒娇的孩子才有糖吃，像南河那样的闷葫芦，只有吃亏的份儿。”

袁香儿乘坐轿子走了大半个时辰，终于抵达了周府。

周家不愧是多年积蕴之家，宅院的外观轩昂大气，入内别有雅趣，楼台亭阁，奇花异草，其间仆妇往来行走，井然有序。

周德运对袁香儿十分周到客气，一路恭恭敬敬地引着她来到正堂大厅。

此刻，周府厅内有不少人，和尚道士，林林总总，穿着各自的法袍道服，均坐在厅上吃茶。因门派有别，彼此不太服气，这些人免不了针锋相对地冷嘲热讽几句。

这些都是周德运这段日子里重金聘请来的法师，折腾了许多时日，却无一人能够解决周家娘子奇特的癔症。

他们有些人在周家住了一段时日，看主家大方，舍得好酒好肉地招待，于是厚着脸皮留下来看热闹；也有些人心有不甘，别着劲想要将此事解决，好在一众同行中扬名立万。

此时看着周德运恭恭敬敬地领着一人入内，这些人免不了抻长脖子，想要看一看来的又是哪一派的得道高人。

谁知那人进得厅来，却是一位二八年华的少女，锦衣红装，纤纤素手，绣面朱颜，肩上还停着一只奶声奶气的小猫，像是哪户人家偷溜出来玩耍的大家闺秀。

坐在厅中的一位胖和尚，撑了一下手中叮当作响的禅杖，皱着眉头道："周施主，你莫不是急糊涂了？贫僧道你离开这些时日，是去那宝刹深山中寻觅得道高人，谁知却带回了一个小姑娘。这样娇滴滴的小姑娘能帮上什么忙？"

他大大咧咧地说着话，正巧那位少女肩头的小猫转过脸来，小猫的眉心有一道红痕一闪即逝，它用乌溜溜的眼睛不满地瞥了他一眼。

胖和尚立刻闭上了嘴，不再吭声。

其余众人正准备跟着起哄，谁知胖和尚一反常态地闭口不再言语。胖和尚身边的一位高瘦的道人拍着他的肩膀道："胖和尚，往日里就你嘴最贫，今日怎么哑巴了？"

那胖和尚只是瞪了他一眼，却不肯再多出一言。

直到周德运将袁香儿引去后院，他方才恼怒地回了一句："哼，别总想撺掇着我得罪人，那位看起来年纪小小，来头可不一定小。她肩膀上停着的那只猫，你们瞧见没？那可是结过契的使徒。"

"是使徒？"

"使徒？那猫是使徒？"

"她小小年纪，就有使徒了？"

“使徒”两个字，如同石投水面，在人群中引起一阵骚动。

“想必大家都知道，能成功结契的使徒是极为难得的。”那胖和尚看着袁香儿远去的背影，语调中带着几分嫉妒之意，“即便不是她自己结的契，那她也必定是哪家名门大派出身，族中长辈为她精心准备了以供驱使的使徒。”

“小小年纪的，还真叫人嫉妒啊！”瘦高道人抻着脖子远望，“谁不想给自己搞一个使徒呢？我这辈子不知道试了多少次，都没有成功。你看吴瘸子，不就因为有了那么一只等阶低下的苍驹做使徒，走到哪儿都比你我多几分牌面？”

瘦高道人不远处坐着一个断了一条腿的男人，闻言不屑地哼了一声，紧了紧手中细细的链条，刻满红色符文的链条的另一端穿过一个使徒的脖颈。这个使徒看起来像是一匹没有毛发的小马，背上缩着一对肉翅，浑身的肌肤上交错着新旧疤痕，此刻正没精打采地趴在吴瘸子脚边的地面上。

周德运领着袁香儿来到一间厢房前。厢房门窗紧闭，所有的窗户上都交叉钉着粗大的木条，大门外站着几个丫鬟婆子，端着清粥小菜，正挨着门缝轮番劝慰：“夫人还是吃一点儿吧，奴婢做了您从前最爱的拌三鲜和糟豆腐，您就吃上一口吧。”

“夫人，您都几日没吃东西了，这样身子可怎么吃得消？”

“夫人便是和大爷置气，也不该拿自己的身体使性子，这样下去如何了得？”

屋内传来极其低哑虚弱的声音，那声音充满愤怒之意，显然是不同意。

周德运走上前，低声问道：“夫人还是不肯吃东西？”

丫鬟婆子们相互看了看，露出了为难的神色：“自您离开，整整三日了，夫人水米未进，只要有人进去，就大发脾气。”

周德运连连叹气，对袁香儿道：“小先生你不知道，娘子自和我闹了一回，就犯起倔来，绝食相抗。你看，娘子如今已经三日没吃东西了，无论是劝解还是强灌都无济于事，这要是坏了我娘子的身体，那可怎生是好？”

他取出一把钥匙打开门口的大锁，吱呀一声推开屋门。

此刻的屋外阳光明媚，这一门之隔的室内却昏暗凌乱到了极点。

袁香儿适应了一下光线，从门口向内望去，只见阴暗的屋子里满是翻倒的桌椅和破碎的器皿。屋内靠墙摆着一张垂花拔步床，床前的地面上坐着一位女子。那女子垂着头，面容憔悴，眼窝深陷，嘴唇干得起了泡，嘴巴被帕巾死死地堵住了，一头长发胡乱地披散在身前，双手被反剪在身后，身上锁着粗壮的铁链。

“她一心寻死，我这也是没法子才锁着她。”周德运低声和袁香儿解释。

袁香儿向前走了两步，那女子立刻抬起头来，警惕地盯着她。

“咦，好奇怪，明明是女人的身体，里面却是男人的魂魄。”乌圆立在袁香儿肩头，用使徒契约和袁香儿沟通。

“你看得清那人长什么模样吗？”

“看得清。他穿着铠甲，里边是白色的衣袍，后背中了一箭，满身都是血。”

看来这个人真像他说的一样，是在沙场上战死的将军，魂魄还保留着自己死前最后的模样。这件事本来不难处理，要么拘灵，要么索性让他以周娘子的身份活着，但现下难就难在周德运还想将自己的娘子找回来继续过日子。

“小先生，您看我家娘子还有救吗？”周德运揣摩着袁香儿的面部表情，紧张地搓着手。

袁香儿示意他少安毋躁，然后在被五花大绑的周家娘子身前蹲下，上下打量了片刻，伸手将这位周娘子口中的布条扯了出来。

“我们聊一聊，能不能告诉我你叫什么名字？”

那位周娘子或者说是将军，露出厌恶的神情，转过脸去，靠着床合上眼。将军已经绝食了三日，虚弱至极，不想再搭理这些手段百出地折磨他的恶人。

袁香儿看着将军那灰白的面色、虚弱的气息，心里知道如今的首要任务是让这个人吃点儿东西，若是由着将军将这具身躯饿死了，那她可就真的无计可施了。

袁香儿想了想，开口劝道：“你既是戍卫边陲的将官，想必也有不少同袍旧故、亲朋至交，何不说出姓名来，让我替你寻访他们，或可解眼下之僵局。”

那人靠着床栏睁开眼，漆黑的长发遮蔽了大半面容，有些难辨雌雄的感觉。

“我堂堂七尺男儿，化为妇人之体，又是这般形态，简直耻辱之至，有何颜面再见故人？”将军冷笑一声，“如今我只求一死，也好过这般不人不鬼，苟延残喘。”

“你就算不说，我也能知道你是谁。”袁香儿撑着一只胳膊看他，“紫金红缨冠，龙鳞傲霜甲，团花素锦袍，使一柄梨花点钢枪。这般打扮，你想必也不是无名之辈，我只需打探一下一年前是否有一位这般打扮的将军出了事故，点出你的身份也不是什么难事。”

床边之人猛然转过脸来，难以置信地看着准确无误地说出自己曾经的装束打扮的袁香儿。

“你……”将军讷讷地抖动着嘴唇，终于露出了惊慌的神色。

这个时代以男子为尊，大部分人的脑海中存在着根深蒂固的男尊女卑的思想。作为一位曾经叱咤风云、征战沙场的将军，他很是以如今的模样为耻，十分惧怕被人知道自己原来的身份。

只要人心里有畏惧之事，就有谈判的空间，总好过一无所求，一心求死。

“所以只要你好好配合，我可以先不去查你的身世。”袁香儿道。

那人委顿在地，苍白的脸上满是悲怆之色：“你……要我配合什么？”

他突然想到了某事，面色凄楚，眼眶一瞬间红了：“我绝不可能委身于男子。”

“不不不，我绝对没有这个意思。”袁香儿急忙否认，“我只是需要你吃一点儿东西，好好休息，然后我们可以商量一下怎么把你送走，再把周家娘子接回来。毕竟你也不愿意待在这里，而周员外也只想和他真正的娘子团聚。”

那人抬起头，用赤红的眼睛死死地盯着袁香儿，片刻方挤出几个字：“你，所言非虚？”

“你看，其实你没有可以反抗的余地，我也根本没有骗你的必要。”袁香儿摊了一下手，“除非是你自己想赖在这里不走。”

那人神思百转，垂下眼，终究点了一下头。

周德运喜出望外，急忙挥手让丫鬟端米粥进来。

那人却抿住嘴，别过头：“此身虽柔弱，但我武艺不曾荒废，先前他们往饭食里加了料，才擒住了我。”

周德运面红耳赤，急忙解释：“我那是听人说可救回我家娘子，一时急了才出此下策。

“但我发誓，我什么也没对他做。”周德运指着自己脸上的伤，“就是下了药，我也不是他的对手，还被他一路揍出了卧房。”

“那行，为表清白，你先尝一口。”袁香儿懒得听周德运解释。

周德运二话不说，分出小半碗粥，主动喝了下去。

将军这才点头接纳。他饿了数日，虚弱至极，只勉强喝上几口清粥，锁着锁链被丫鬟扶上床榻，不多时就睡了过去。

周德运跟在袁香儿身后出来，高兴得来回搓着手：“自然先生的高徒果然不同凡响，您这一来就解了我的燃眉之急。您看看我这接下来还要准备些什么？”

“他太虚弱了，先让他好好休息，等调整过来再说。”袁香儿停住脚步，“你要是再出这种下药捆人的手段，这事我就不管了。”

周德运愁眉苦脸：“绝对没有下次了。其实我挺怕他的，要不是为了娘子，我根本不想靠近那人半步。说实在的，他说自己是从战场上下来的，我是信的。这上过战场的将军就是不同，虽说还是我娘子的模样，但他一个眼神过来，我就觉得后背发凉、腿肚子直打哆嗦，就算想办啥事也办不成。”

乌圆等了半天，早已按捺不住，蹲在袁香儿耳边直嚷嚷：“既然没啥事了，我们出去玩吧，刚刚来的路上我看见了变戏法的、耍大雀的，我想去看，现在就去。”

袁香儿同意了，带着乌圆往外走。但刚走出周宅没多久，她就发现过往行人纷纷向着她身后张望。

不少年轻的娘子羞红了脸，捻着帕子频频顾盼。

“哎呀！快看，那个人。”

“哪儿来的郎君，这般俊俏？”

“从前看书上说的只是不信，今日方知何谓‘君子如玉，如琢如磨’。”

大媳妇小娘子们半遮着面，窃窃私语。

在这个世界，普通人家的女子虽然没有不能抛头露面之说，但是这般大胆直白地夸赞男性，只差没有掷果盈车的盛况，袁香儿还是第一次见着。

她随着众人的视线转过身去，发现紫石道边，白雪覆盖的屋檐下，立着一人。

那人身着云纹长衫，足蹬乌金皂靴，漆沙拢巾收着鬓发，清白革带勒出流畅的腰线，眉飞入鬓，眼带桃花。

此刻，他正似嗔非嗔，紧抿着唇看向自己。

“南河，你怎么来啦？”袁香儿欢呼一声，跑上前去。

看见南河的那一瞬间，袁香儿的心情几乎可以用心花怒放来形容，她一下子跑到南河身边：“南河，你什么时候来的？你怎么找到这里的？哎呀，你穿这身衣服真好看。”

南河没说话，看着她的眼神似乎有些幽怨。

这一定是错觉。袁香儿兴奋地继续说道：“离骸期怎么办？如果突然到来不要紧吗？”

南河解下腰上系着的荷包，揭开一角，露出了一小枚流光溢彩的橙黄色圆珠。

“万一遇上，服用这个补充灵气应该也够了。”

“是灵丹，你从哪儿得来的？”

这句话刚说出口，袁香儿就反应过来。她一路走来，香车宝马，软轿轻舟，安逸舒适，优哉游哉地花了两个日夜的时间；而南河趁着这个时间，赶到天狼山夺取灵丹，再一路飞奔疾驰寻觅到鼎州，这才和自己差不多时间抵达。

滴水成冰的季节里，袁香儿的整颗心都像是被泡进了温泉里，舒服得她忍不住扬起笑容。

南河一手托着灵气四溢的灵丹给她看，另外一只胳膊却始终背在身后。

袁香儿伸手将他那只藏在背后的胳膊扯出来，挽起袖子，果然看见他手臂上赫然有几道血淋淋的抓痕，犹自沿着手臂向下滴着血珠。

“这只是小伤，舔一舔就好了。”南河往回收手。

袁香儿却捏住了他的手掌，不让他动，来回念了三遍金镞召神咒，看着血止住了，方才取出自己的手帕，仔细地将伤口包扎起来。南河的手掌很大，手指修长，骨节分明，和那种软乎乎有肉垫的小爪子区别真大。

这人总是这样别扭又倔强，想来又不肯说，受伤也不肯说，即便肚子饿了，只怕也不会开口说出来吧。

一阵咕噜噜的声响不知从谁的肚子里传出来。

袁香儿抬起头，看见眼前的人飞快地抿住了嘴别开视线，耳朵尖染上一点儿不好意思的薄红。

“小南饿了吧？你这两天是不是都来不及好好吃饭？走吧，我们一起去吃点儿好吃的。”

“我也是，我也饿了。”乌圆从袁香儿的肩头落到地上，趁他人不备，变幻成一位锦衣轻裘的少年郎。

“这里的灵气也太稀薄了，我也变成人形。”他伸手搭着南河的肩膀，“南哥，让阿香带我们去吃这里最好吃的菜。”

周德运将袁香儿请到鼎州，自然是准备一尽地主之谊，好好款待这位自然先生的高徒的。

他本在前方好好地领着路，一回头突然发现自己心目中神仙一般的小先生当街就同一位年轻俊朗的男子说上了话，两人拉着手亲亲热热的，显然早已十分熟稔。

周德运心里咯噔一下。他在云娘子面前可是打过包票的，要看护好小先生。

此刻小先生和年轻的郎君过度亲密，他是不是有责任拦一拦？正在踌躇间，他就发现眼前一花，小先生身边又出现了一位锦衣华服的异族少年，同样容颜艳丽，跟小先生举止亲近。

这两位郎君，一位似皓月凌空，冷峻清贵；一位似人间仙葩，活泼美艳。

周德运这才惊觉这两位有可能都不是人类，不由得毛骨悚然。

“爷……我……我是不是看花了眼？”他身边的小厮嘀咕，“我刚刚好像在那位少年头上看见猫耳朵了。”

“闭上你的嘴，没见过世面的东西。”周德运抬手给了他一下，“那是仙家的事，无论你看到什么都只当没瞧见，只管好生伺候着便是。”

周德运带着袁香儿等人走进鼎州最豪华的一座酒楼。

雅间临湖，袁香儿放眼望去，洞庭湖烟波浩荡，一碧万顷，令人心旷神怡。

周德运显然是这里的常客，小二招待得十分殷勤：“周员外好些日子不曾来了，今日想尝些什么菜色？”

乌圆率先开口：“听说你们人类有什么西湖醋鱼，我就要吃那个。”

“这位小爷，咱们这里是洞庭湖，不是西湖，没有那个西湖醋鱼。”小二赔笑道。

周德运一拍桌面：“你说的这是什么话？没有西湖醋鱼，你们不会做一道洞庭湖醋鱼上来？一点儿眼力见儿都没有，这几位可是我的贵客。”

小二连连赔不是：“是小的不会说话。周员外的贵客，即便是没有的菜也必定能有，一会儿让咱们家大厨特地给几位做一道洞庭湖醋鱼，包这位小爷满意。”

“将你家拿手的红煨洞庭金龟、翠竹粉蒸鳜鱼、鸡汁君山银针鱼片、八宝珍珠鱼一应做好了端上来。再凑四碟干果、四碟凉菜、四碟山珍素菜，并一盅老参鸡汤，烫上一壶蓬莱春酒。”周德运一口气点了一二十道菜肴，转过脸来还客气地道，“小先生和两位看看，还想吃点儿什么？”

乌圆一听他点的菜基本是鱼类，心花怒放：“你这个人类不错，你娘子的事就放心地交给小爷好了。”

周德运用余光瞥见乌圆身后露出来一条毛茸茸的猫尾巴，吓得两腿直哆嗦，口中却只能连声称谢。

袁香儿悄悄地从桌上伸过手去，捏了捏南河的手：“南河喜欢吃的是肉，对不对？”她抬头问店小二：“有什么好的肉食吗？”

“回这位小娘子的话，咱们家的君山板鸭、烤乳猪、手抓羊肉、酱牛肉都是当地一绝。”

“那就都来一份吧。”

“都……都来？”小二还不曾见过一口气点这样多菜的客人，忍不住抬头看向周德运。

“看我做什么？照小先生说的做，只要伺候好了，通通有赏钱。”

周德运口里说着话，心里却越来越慌。站在门口的小二看不见，他却看得一清二楚，身边这位看上去冷冷的男人在听见袁香儿点的菜之后，身后猛地冒出了一条银白色的大尾巴，那蓬松的银色尾巴此刻正顺着椅子腿高兴地摆来摆去。

很快，一桌子的菜肴就摆了上来，半桌海鲜半桌肉，吃饭的只有四人，但那小山一般的菜肴正在以异常迅速的速度消失。

周德运左边坐着乌圆，右边坐着南河，只觉被夹在两个山岳一般的阴影中用饭，吃得那叫一个战战兢兢，几乎不敢动筷。

坐在他对面的袁香儿却气定神闲地品尝着美味佳肴，还不忘交代：“小南饿坏了吧？多吃些，烤乳猪都是你的，不够再给你点。乌圆你还是变回去吧，你的耳朵又出来了，一会儿该吓到小二了。哎呀你吃慢些，别像上次一样被刺卡住了……”

小先生也不容易啊，养这些妖魔耗费颇大，看来他必须多多地筹备谢仪才是，周德运哆哆嗦嗦地想着。

袁香儿吃饱喝足，逛了一天的鼎州，回到周宅，那位将军已经睡醒了。

虽然“周夫人”面色依旧苍白，但精神头好歹好了些，能够自己从床上起身，还让丫鬟喂了半碗白粥。

袁香儿解开他的锁链，将一套崭新的男装摆在床头：“刚刚在街上买的，不知是否合身。我想你或许比较喜欢穿这个。如果精神尚可，你换好衣服就出来，我们好好商讨一下解决之道。”

那人眉眼低垂，看着那一身普普通通的黑色长袍，片刻之后，抱拳为礼。

大堂之内，客居在周宅的各路法师被邀请到了一块。

袁香儿笑盈盈地走了进来，身后跟着两位俊美无双的男子。

“我怎么感觉这俩都不太对劲，都是使徒吗？”胖和尚以手遮口，同身边的瘦高道人嘀咕。

“两个使徒？这也太让人嫉妒了。”瘦高道人酸溜溜地道，“所以说修行一途‘财侣法地’缺一不可，‘财’之一字摆于首位。有钱人就是财大气粗啊！”

他们还来不及诧异少女竟然能拥有两位使徒，注意力就被跟随其后进来的一位女子吸引了。

对于这个人，在场之人全都熟悉，他们在此盘桓多日便是为了此人。此人占据了周家娘子的身躯，是他们用尽全力也无法驱除的邪魔。

先前无论他们怎么施法术相逼，这位邪魔丝毫不惧，披头散发，满面怒容，被锁在铁链里怒吼。

这还是大家第一次看见这位邪魔身上没有锁着镣铐、衣冠齐整、神情平静地行于人前。

只见那位“周娘子”穿着一身朴素的皂色男式长袍，领口露出一截白色的里衣，把一头青丝像男子一样在头上梳了个锥髻，柳眉深锁，凤目凄凄，一撩下摆在桌边坐下，习惯性地将脊背挺得笔直，明明是弱柳扶风之躯，却有庄严肃穆之态。

“是这样的，”袁香儿对那人说道，“我希望你能将来到这里的过程细说一遍。此间不乏前辈高人，大家商讨一下，或能想出两全之法。”

袁香儿知道自己无论是理论知识还是实战经验都远远不足，而周德运请了这么多的法师术士，大家集思广益，或许能够找出解决问题的办法。

那位将军沉默片刻，缓缓开口说起自己的经历：“当初在战场之上，我中了贼人一箭，周身剧痛，支撑不住，从马上滚落下来。”

他身负重伤滚落在黄尘中，起身之后只觉身边白茫茫一片，不见天日。他在这一片迷雾中浑浑噩噩地走了许久，寻不得出路。某一日，他突然在白雾间遇见一女子。女子蹲于路边嘤嘤哭泣，他询之，此女言其与夫君成婚多年，上侍公婆，下育小姑，因夫君只好雅谈高卧，不喜繁杂庶务，是以家中内外庶务，均由她一力承担，妥帖打理。谁知她因多年未能生育，被公婆责骂，夫君厌弃，他人嘲笑，只觉女子存于天地之间，何其难也，是以在此哭泣。

周德运听到这里，急忙说道：“我并无嫌弃娘子之意，只是周家一脉单传，未免急切了些，偶尔就……”

他越说越小声，觉得自己过往对娘子的种种行为态度，确实不能算得上没有嫌弃之意。

众法师中有人道："一个女子，不能为夫家延续香火，本为大过，能管家理事又有什么用？周员外不曾休了她，已经算得上是有情有义，也不知她有何颜面哭泣怨怼。"

那位将军苦笑一声："我往日也是这般想法，真正'身为女子'之后，却略微明白了她的苦处。"

当时，他浑浑噩噩地走了不知道多久，好不容易见着一人，又见她哭得几近昏厥，不免伸手去扶。谁知就在触碰到女子手臂的那一瞬间，他只觉得天旋地转，仿佛一脚踩空坠落深渊。醒来之后，他就在这具身躯之内了。

"不对啊，"胖和尚撑了一下禅杖，"你这有可能是生魂。死灵走的是漆黑一片的酆都鬼道，只有生灵才在白昼里徘徊。"

"生魂的意思是他有可能还活着，只是魂魄意外离开了躯体。"袁香儿侧身为南河和乌圆解释人类的名词，"只是现在不知道真正的周娘子的魂魄到底去了何处。"

南河蘸取受伤手臂上的血液，伸指在桌面上画了一个小圈，红色的圆圈内渐渐起了一层白雾，雾气中隐约可见一位女子的身影在其中移动。

"小星盘？这么容易就做了一个小星盘？"

"这到底是谁？是哪里来的高人？"

"要说世间的小星遥观之术，最佳者当数深藏于神乐宫内的白玉盘。据说白玉盘可以看见世间任何一处你想看的角落，不像这样模糊不清。"

"那是洞玄教的镇派之宝，几人能够瞧见？倒是这般引动星力结小星盘之术，闻所未闻。"

众人观察着那个在小小星盘内活动的朦胧影子，那身影或坐或站，轻松写意，显然不受拘束，生活自在。

"这样看起来，周家娘子确实还活着，你们说她会不会是换到了这个男人的身体里去了？"

"不可能，她的魂魄若是不受拘束，我先前用苍驹招魂数次，为何均未成功？"断了一条腿的那位术士面色不善地反驳道。他抬起完好的那条腿，狠狠地踹了趴在身边的使徒数脚："是不是你又敷衍我，不曾尽力？等这次回去，我要叫你好看。"

那浑身无毛的苍驹发出压抑而愤怒的声音，但因为受着契约的约束，最终还是不得不憋屈地伏在地上，任凭主人踢打。

“小先生，”周德运拉着袁香儿的衣袖急切地问，“我的娘子若是还活着，为何不回来寻我？”

袁香儿无奈地看了他一眼。

这个时代，女子生活之艰难、社会地位之低下她算是深有体会。若换成是她，在这样的环境中，或许更愿意以一个男人的身份生存。

困扰了周家一年多的事情在袁香儿到来之后的短短数日终于出现了转机。

周德运大喜过望，眉开眼笑。

大厅内的众人神色各异，有的讪讪不已，有的暗自嫉妒，当然更多的是纷纷围上来同袁香儿攀谈。

瘸了腿的术士冷哼一声，站起身来扯着他的使徒自顾自地离开了。

周家虽然是富庶之家，但能够请到的多是在民间闯荡出一些名气的散修。真正高门大派里那些地位崇高的修士，诸如在京都的国教洞玄教、昆仑山的清一教中的弟子，周家还是没有资格请的。

如今人间灵气稀薄、资源匮乏，散修的修行之道尤为艰难，也就免不了一边羡慕嫉妒那些能够享受门派资源的名门弟子，一边忍不住想要同他们接近，以便探讨一些功法秘诀，多少占那么点儿便宜。

袁香儿虽然看起来年轻，可上辈子早已在社会上摸爬滚打了多年，对这种场合并不陌生，反倒应对自如，游刃有余。很快，她就通过同这些人的攀谈略微了解了一些如今修真界的情况。

待到众人散去，厅内只余下袁香儿三人以及周德运和那位被附身的周家娘子。

周德运恨不能即刻启程北上寻找自己的娘子，但那位将军神色犹豫，双眉紧锁，似乎极为不安。

袁香儿安抚他：“跟我们出发的人不会太多。到了那里，我保证不经过你同意不主动接触你的亲朋故旧。找到你的身躯之后，若真是周家娘子暂居其内，我们再视情况商讨下一步的行动。不管怎么样，我绝对不会轻易暴露你寄居在周家娘子体内这件事，你看行吗？”

那位将军绷住下颌，咬肌来回挪动几次，终于下定决心，艰难地说出几个字：“大同府，丰州。”

丰州啊，那个地方可远得很。

袁香儿在脑海中过了一遍地图，感觉丰州放在自己原来生活的时代，就是边陲荒凉之地。那里万里黄沙，狼烟四起，他们想要去一趟可不算容易。

周德运兴奋不已："原来如此，难怪娘子回不来。娘子从小生活在江南水乡，那蛮荒之地她如何受得了？想必是受了不少委屈。我这就去接她，这就去接她回家。"

但想到从鼎州去北境足有万里之遥，打点行装、安排舟车都不是一两日能成之事，他又不由得急得直跺脚。

"这样吧，如今已近年关，你准备行装，安排路线，等翻过年去，我们再出发。这位……"袁香儿看了那位将军一眼，还不知道他的姓名。

"在下……仇岳明。"那位将军闭上了眼，终于开口说出自己之前不惜以死维护的姓名。

"仇……仇……仇将军？"周德运一下子蹦起来，说话都结巴了。即便生活在安逸祥和的内陆地区，他也听过这位年少成名、在边关立下赫赫战功的将军的威名。

想起自己先前干的糊涂事，周德运差点儿没当场给自己两耳刮子。

袁香儿接过话："仇将军的身体过于虚弱，一定要趁着这段时日好好调养，否则长途跋涉，移魂换位，将军未必吃得消。若是出了差错，反倒不妙。"

因为过完年才远行漠北，袁香儿便打算采购一些鼎州特产，带回阙丘镇孝敬师娘，馈赠四邻好友。

她和南河走在熙熙攘攘的集市上，左买一包糖果，右买几斤干货，买得两个人手上的包裹都堆成了山。

"对了南河，你那个小星盘是怎么办到的？"袁香儿想起南河那个一出手就镇住了全场的法术。

"那是我的天赋能力，用我的血为媒介，可以引动星辰之力，只要所寻生灵在星空笼罩之下，就无所遁形。可惜我能力不足，目前只能看见一个极不清晰的影子。"

"那已经很厉害了，你没看见所有人都十分吃惊呢。"

"如果你想要，我可以将我的血液融合进圆形的器皿中，炼制成你们人类使用的法器，就能达到相同的效果。"

曾经就有人类利用他的血肉，炼制了无数价值不菲的法器。

袁香儿把头摇成了拨浪鼓：“用你的血？不要不要，我宁可不要。”

南河笑了：“也并不一定要是血液，身体发肤都可以。”

“真的吗？”袁香儿高兴地伸手摸了一把南河的胳膊，遗憾地发现他如今是人形，没有了往日毛茸茸的手感。

“那你分我一撮毛发，改天我也试试看能不能炼出一个金玉盘、银玉盘什么的。”

南河却莫名地呆滞了片刻，瞬间耳尖泛红，回避袁香儿的目光，片刻之后才勉强应了一声“好”。

她并不知道……并不知道那个风俗。

袁香儿不知道，天狼族在求偶成功之后，有一个很重要的仪式，就是彼此交换一撮自己的毛发，并将对方的毛发编织混杂进自己的毛发中，此为“结发”。

但对南河来说，袁香儿这个随口提出的要求，实在过于令他浮想联翩了。

反正这个世界上也没有其他天狼了，她说想要我的毛发也只是用来炼器而已，给她也没什么关系吧？南河想。

没有注意到多愁善感的南河的情绪变化，袁香儿忙着走进一家干货行：“这里的君山板鸭很好吃，又放得住，我们打包几只回去下酒好不好？银鱼干好像也不错，要不要也带上一些，乌圆？奇怪，乌圆跑到哪儿去了？”

袁香儿回过头，发现乌圆不知何时在人群中走散了。

一条人迹稀少的小巷子里，站着一个瘸了腿的男人，那人弯下腰，晃动着手中的一袋子油炸脆鱼干，诱惑着离他不远的一只小山猫。

“吃吗小猫？香喷喷的鱼干，都给你吃。”男人尽力摆出亲切的笑容，堆出一脸的皱纹。

乌圆警惕地盯着那个男人，动了动鼻子，神色嫌弃：“哼，才不要。香儿只给我刚出锅的、肉质最鲜嫩的洞庭小银鱼，谁要你这个？”

“别走，别走，再看看这个，你肯定没见过。”那人肉疼地从怀中掏出一块泛着莹绿色光泽的玉石，“这是灵玉，蕴含充沛的灵气。只要你过来，我就把它给你。”

“灵玉谁没见过？我老爸垫了一堆在身体下睡觉，小爷才不稀罕。”乌圆嗤之以鼻，“何况你画了这么一个明晃晃的法阵在地上，我又不傻，干吗要过去？”

那瘸腿的男人沉下脸来：“苍驹，抓住它！”

乌圆转身就跑，却被一个身影挡住了去路。那人肌肤如雪，神色冰冷，一双眉毛淡得几乎看不见，是使徒苍驹的人形。他披着一件破旧的黑袍，裸露在外的四肢伤痕累累。

苍驹一言不发，伸出苍白的五指就向乌圆抓去。

乌圆张开嘴，喵呜了一声，喷出一大团红色的火焰。

苍驹显然时常在这种地形中战斗，脚踩墙壁避开了火球，在墙头扭转身体，张大嘴，也喷出一个火球，这个火球的大小显然是乌圆喷出的那个的数倍。

乌圆从小到大就没怎么和人打过架，眼见巨大的火球扑面而来，一下子慌了手脚，幸亏它是火系魔物，并不怎么畏惧火，慌里慌张地从火球中穿出来，拔腿向外飞奔。

“苍驹，你要是敢让它跑了，我就在这里剥了你的皮！”瘸腿男人恶狠狠地站在巷子里的阴影内说道。

乌圆四肢并用，全力奔跑。一股强烈的风从身后袭来，苍驹一下就将乌圆掀翻在地。

苍驹的身影出现在乌圆眼前，长直的黑发在乌圆的视线中缓缓落下：“抱歉，我不能违背主人的命令。”

苍驹伸出苍白的五指向着乌圆抓去，就要抓到乌圆的面门之时，突然有人一把将乌圆捞了起来，护进了一个温暖而熟悉的怀抱中。

袁香儿抱着乌圆站在巷子口，冷冷地看着瘸腿的男人和他的使徒苍驹。

“瘸子，你这是什么意思？”

她怀里的小山猫把整个脑袋埋进她的臂弯，发出呜呜呜的奶音，露出一小截奓了毛的尾巴尖，瑟瑟发抖。

袁香儿觉得自己也要奓毛了。

那瘸子面上的肌肉堆了起来，阴森森地哼了一声：“你把这只山猫卖给我，我给你五块灵玉。”

“你就是给我五十块灵玉，我今天都不会让你好好地离开这里！”

彼此说话的声音还未落地，那瘸子就开始念诵咒文。那个男人提前绘制好的法阵逸出浓浓的黑气，张牙舞爪地向袁香儿扑来。

袁香儿一手抱着乌圆，只出一手，用莹白的手指在空中变幻交织出图案，如昙花骤现、幽兰盛开。

“天缺诀，陷！”

“地落诀，束！”

“泰山诀，罚！”

三道咒术伴随袁香儿飞快变幻的指诀释放而出。

瘸子脚下的地面突然裂开，瞬间将他围困在内；大地中的黄土层层涌起，不给他丝毫喘息的余地，紧紧地束住了他的身躯；天空中降下无形的压力，压得他惨叫连连。

袁香儿这一串密集的法术攻击，打得他根本反应不过来。

陷在地下的男人心中发凉，从来不曾想过这世间竟然有人可以如此不合常理地迅速使出法术。

在时常行走于江湖中的这一批散修中，他的修为算是不错的，还有令人艳羡的使徒相伴左右，因而尽管他性格阴暗、脾气恶劣，同行还是对他多有恭维，礼让三分。这让他觉得，即便比起那些大门派的弟子，他也差不了多少。

这一刻，他才发觉自己和眼前这位年纪轻轻的少女之间的差距有多大。

他目瞪口呆地看着那位少女骈起剑指凌空书写，口中呵一声：“神火符！疾！”

空中便出现了一只火凤的身影，那火凤清鸣一声，开口喷出神火，将他之前绘制的法阵中的污木烧得一干二净。

若是换作他，要绘制这样一张神火符，至少需要提前沐浴熏香，设坛开案，精心筹备数日，方有可能成功一张。

苍驹从空中落下，身手快如闪电，攻向袁香儿。

一只巨大的天狼从袁香儿身后出现，叫声低沉，一张口就咬住了苍驹的身躯，把他整个叼在半空中。

苍驹在南河的口中拼命挣扎，伸出满是伤痕的手臂推打南河，却无济于事，只能发出痛苦的声音。

“别，别杀他。他刚刚留了一手，想放我走的。”乌圆把脑袋从袁香儿的臂弯里抬起来，飞快地说了一句，又将头埋了回去。

“原来人与人之间的差距竟然如此之大。”瘸子所在的位置靠近法阵，被烟熏得一脸乌黑，眉毛头发被烧了大半。看着在半空中被擒拿住的使徒，他心灰意冷地开口求饶：“是在下有眼不识泰山，还请姑娘饶恕在下一次。”

“你先告诉我，为什么要抓乌圆？”

“山猫族的天赋乃是真实之眼，这样的眼珠挖出来，可以炼制照妖镜。”他心中突然涌起希望，“如果你愿意把这只山猫卖给我，我不仅可以出够灵玉，还可赠你苍驹的毛发和血肉，那可是炼制摄魂令最好的材料。”

袁香儿登时怒了，连使二十次泰山诀，把他压得骨骼碎裂，口吐鲜血。

“那山猫是你的使徒，不过就是牛马一般的存在，姑娘不卖便罢，又何必如此恼怒？”瘸子吐掉口中的血，“难不成你身为人类，竟然还同情这些使徒不成？”

被困于深坑里的瘸子面容扭曲：“妖魔强大而没有感情，轻而易举就能毁灭了你的村子、你的父母、你的家人。哈哈，可笑，想不到这个世间竟然还有向着妖魔的人类。”

“人类有善恶之分，妖魔也一样，有凶恶的，自然也有友善的。”

瘸子冷哼一声：“我不管那么多。我只知道妖魔拿走了我的腿，拿走了我的一切。我这一辈子都不会原谅这些畜生。”

袁香儿沉默了，不甚理解地看着这对妖魔深恶痛绝的人类以及被长期虐待以致遍体鳞伤的苍驹。

“这样吧，你解开使徒契约，我就饶你一条命。”

“不可能……噢！”瘸子还来不及怒骂，周身的黄土骤然收得更紧，一点儿一点儿地将他向地底拉去。

而那位施展法术的女子冷漠地站在他面前，等待着他做出抉择：“我是让你选择，选择生或者死，不是在和你商量。”

“我……我放……我解开契约。姑娘饶命，饶我一命。”即将被黄土淹没头顶的他不得不屈服，解开了一直以来奴役苍驹的契约。瘸子被从地底放出，满口是血，一脸怒色地瞪着被从南河口中放下来的苍驹。

“畜生，竟然让你跑了，竟然让你这个畜生给跑了……”他吐出一口血，昏迷过去。

苍驹低头看着倒在地上已经昏迷过去的前主人，不知在想些什么。苍驹四肢上的新旧伤痕层层累覆，显然常年遭受非人的折磨。有风拂起他的长发，发丝飞舞，似乎给他那张苍白的面孔染上了一丝悲伤的神色。

“你很恨人类吗？”袁香儿忍不住问他。

肌肤苍白的苍驹点了一下头。

“你想让他死吗？”袁香儿指向地上昏迷过去的瘸子。

苍驹想了一下，慢慢地摇了摇头：“不，我不希望他死。”

苍驹看着那个满脸戾气的中年男人，说起自己的往事：“很多年前，我还是一匹小马，到人类的村庄玩耍，认识了一个小男孩。那是一个贫瘠但很安逸的小村子，每一次我去，那个男孩都很高兴。他笑得那么开心，还给我准备他自己都舍不得吃的糖块。”

他抬头看向袁香儿，神色中似乎有一丝迷茫：“可是有一天，我睡了一个很长的觉，醒来之后就去找他，可他已经不再记得我。他断了一条腿，外貌也变了许多，只是急切地要我做他的使徒。

“我同意做他的使徒，但他锁住我的脖颈，剃去我的毛发，没日没夜地打我，再也没对我露出过曾经的笑容，再也没有请我吃过糖果。”他低下了头，现出本体，变成了一匹没有毛发的丑陋马驹，“我不再喜欢人类了。我打算回灵界去，再也不到你们这里来。”

在苍驹张开翅膀即将飞走的时候，袁香儿突然喊住了苍驹。

“哎，你等一下。”

袁香儿把一袋自己刚刚买的桂花糖递到苍驹面前：“不喜欢人类没有关系，不来人间也没有关系。你喜欢糖果，这包糖送给你。你带回去慢慢吃，再好好地睡一觉，把人间的一切都忘了吧。”

苍驹用蹄子在地上刨了刨，伸头叼住了那一袋桂花糖，转头看了南河和乌圆一眼，展开后背的肉翅飞上天空。

“真羡慕你们。”空中传来苍驹沉闷的声音。

袁香儿抬头看着天空，直到那个小小的黑影彻底在阳光中消失。

她想了想，从怀中掏出一个坏了的金球：“鼎州这么大，想必有不少首饰行。我想一会儿找一家大的，把这个修一修。”

南河转头看她：“厌女的金球？”

厌女是天狼山鼎鼎有名的大妖，最大的特征就是无时无刻不在把玩一颗金球，南河一眼就认了出来。

“嗯，我陪她玩了一次球，总觉得她看起来好像很孤单。我想着如果下次见到她，至少可以把她的玩具还给她。”

瘸子醒了过来。

自从腿断了以后，世界对他总是充满恶意，从不曾有过半点儿温柔。世人对他鄙夷轻视，个个在心底嘲笑他是一个残废。

但他有着战斗力强大的使徒，能够制作、售卖别人没有的法器，那些人不得不假意欢喜地巴结着他。

可是如今，他连唯一的使徒都没有了。他真恨这个世界。

瘸子咬着牙在雪地里爬起身。他修行多年，这伤虽然很重，却还不至于要了他的命。

身边空落落的，天气似乎比往常更加冷了，他这才真正意识到那个一直跟在他身边，令人厌恶的、脏兮兮的妖魔，他从此再也召唤不来了。

一双乌金色的皂靴停在了他的眼前，瘸子抬起头，看到靴子之上是精致的云纹长袍，勒着清白革带，再往上是一副玉树临风、俊逸无双的容颜。

那人有一双琥珀色的妖异眼眸，含冰带雪，此刻正居高临下地望着自己。

瘸子如坠冰窟，忍不住开始瑟瑟发抖。他认出了这个容貌俊美的男人，是那个少女身边的使徒。男子的本体是一只巨大的天狼，强大而恐怖，一招就能拿下他的使徒。

来自童年的恐惧一下子笼罩了瘸子全身，当年他的家乡就是毁在一只毛发浓密的魔兽脚下。

可悲的是，在那个恐怖的敌人眼中，甚至根本没有他们这些生灵的存在。那只魔兽利爪凌空，吼声震地，随意地用那擎天柱一般的四肢从村子中踩踏而过，毫不经意地就毁掉了自己最为珍惜的一切。

他会杀了我，就像当年那只妖魔杀掉村中的人一样，瘸子麻木地闭上了眼睛。

“你还记得一匹青黑色的小马吗？因为它喜欢吃甜食，你每次都带着一块饴糖在村子的后山上等它。”空中传来南河的声音。

“什……什么？”瘸子愣住了。

那些浓黑而恶臭的记忆被一层一层地剥开，露出了他深藏其中的唯一一点儿欢乐的时光。

在他还很小的时候，依稀有过这么一匹小马。

那时候村子还在，他也只是一个无忧无虑的孩童，在村子的后山上遇到了一匹毛色异常漂亮、不怎么害怕人类的小马。

他把自己唯一的一块糖果给了那匹小马，从此他们就成了朋友。

每一次他来到后山，小马就会欢快地向他飞奔而来，舔着他的手心，还让他骑在后背上。那时地上洒满阳光，青草地上全是无忧无虑的欢乐。可是不知从哪一天开始，那匹小马不再来了，小男孩握着攒了好久的糖果，到山坡上等了一日又一日，直到糖化了，不能再吃了，那位朋友的身影也没有出现。

之后的岁月变得艰难而悲惨，痛苦将他童年那一点儿微不足道的欢乐深深掩埋。如果不是今日被提起，瘸子甚至不记得自己的生命中还有过那样快乐单纯的时日。

“你的大部分同伴没有使徒，你却成功地得到了苍驹那样强大的使徒，你知道是为什么吗？”

“为……为什么？”瘸子转动着混浊的眼珠，“自然是因为我当时强大的法阵……”

他耳边似乎有惊雷响起，脑子里乱哄哄的，当时成功契下使徒，得意和狂喜之情冲淡了他心中的一切疑虑。如今细想，他也不得不承认，自己当时的法阵似乎并没有多高明，法力实际上也根本比不上苍驹的能力。

但为什么他还是得到了苍驹呢？

苍为青黑，驹为小马——青黑色的小马！原来苍驹就是后山的草坡上，舔着他的手吃糖的青黑色马驹！

瘸子的瞳孔放大，牙齿发出咯咯的声响。

“苍驹成年之后，从沉睡中醒来，一路飞奔向你，心甘情愿地成为你的使徒。那一刻他的心情，不知你如今是否能体会到一星半点儿？”

南河看着泥污中那个呆滞地陷入回忆中的人类，南河从雪地里拔起脚，转身离开。

他从天狼山出来，一路飞奔寻到此地，得到的是袁香儿欣喜的拥抱；可那匹马没有他这样的运气。

自己身后的那个男人，年过半百，身体残缺，孤独阴鸷。不知此后，他那颗残忍而暴戾的心是否也能偶尔想起曾经的那片山坡和那匹飞奔向他的马驹。

袁香儿抱着乌圆坐在鼎州城最大的首饰行——百年老字号福翠轩中。

她问了几家商号，都说福翠轩制作这种金球的技艺最为出众，因此特意前来问一问。

福翠轩的掌柜年逾四十，看起来稳重而憨厚，拿着袁香儿递过来的金球细细端详半晌，有些犹疑，抬起头来道：“此物看起来有些年头了，依稀就是小店出售的玲珑球，只是因为损毁过度，图案纹理都难以辨认。还请客人随我入后堂稍坐，容我携此物去请教家中长辈，看看是否还存有当年制作的图纸。”

袁香儿随着他转入门店之后的一间雅厅。比起门店的华丽气派，后院的这间厅堂倒布置得古朴而有雅韵，显示出了百年大家的底蕴。

紫檀雕花案桌上供奉着金铜古鼎、青花瓷器，上悬一幅工笔水墨大画并一副乌木雕刻的对联。

掌柜告辞离去，袁香儿便独自坐在椅上等待，一面赏画一面摸着怀中的乌圆：“南河跑回去干什么？这么半天还没过来。”

“南哥肯定是替我报仇去了，估计南哥已经把那个瘸子一口吞下肚子了。”乌圆气鼓鼓地钻出脑袋来，“不不不，那个人类太臭了，我南哥可下不去嘴，别倒了自己的胃口。”

袁香儿啼笑皆非：“以后人多的时候不许再乱跑，被别人抓走了可就没有小鱼干吃了。”

“喵，我今天被吓到了，要吃一整桶的小鱼干才可以。”

袁香儿点着小猫的鼻子：“行，一会儿到洞庭湖边，我们就吃湖里刚刚打捞上来的小银鱼，让店家裹上面粉撒点儿盐，两面煎得嫩嫩的，安慰一下我们受惊的小乌圆。”

乌圆这下高兴了，浑然忘记了刚刚受到的惊吓，从袁香儿怀里跳到了地上，在房间内四处溜达。

“咦，这画里的山好像天狼山，让我想起上次我们和厌女一起玩金球的地方。”乌圆抬头看着厅中悬挂的字画。

袁香儿循声望去，只见画中重峦叠嶂、青松映雪，松树下，一对天真烂漫的垂髫女童正开心地踢着一个玲珑金球。两个女孩，一人着褐衣，一人着锦袍，被画师描绘得活灵活现，仿佛时光被凝固在了画卷之上。

画的左右书有对联：乾坤百精物，天地一玲珑；匠心独刻骨，鬓皤莫忘恩。

袁香儿看着画上女孩灿烂的笑容，微微皱起眉，国画中的人物面孔不容易识别，但她总觉得这个着褐色衣物的女孩莫名有种熟悉之感。

此时，一位神色亲和的侍女掀起帘子，端着茶盘进来，笑盈盈地给袁香儿奉茶。

“劳烦姐姐，敢问此幅画作是出自哪位大家之手？”袁香儿笑着向她询问。

那侍女举袖掩唇："这画不是别人画的，是我们家太夫人年轻时所作。"

商户人家的侍女并不像世家望族中的丫鬟那般被从小教训得三缄其口。这位小姑娘性格活泼，十分健谈。袁香儿和她年貌相当，几句攀谈下来，两人很快熟稔起来。从她的口中，袁香儿得知了发生在这间百年老店的往事。

数十年前，这间工艺精湛的老店曾因为家中缺少继承人，遭小人惦记，险些断了传承。后来，多亏当时家中唯一的女公子，也就是这侍女口中的太夫人，以女子之身排除万难，一肩挑起了家族重责。

那时还年轻的太夫人顶住流言蜚语，咬牙不肯外嫁，二十好几才招了一位赘婿，终于带领着家族渡过了难关，不仅守住了家业，还将家传手艺发扬光大，做到了如今声名远播的程度。

"这件事在我们鼎州无人不知，无人不晓呢，大家都夸我家太夫人是女中豪杰。"侍女提起自家的传奇女英雄，双目放光，神色崇拜。

"大家都说太夫人有神仙庇佑，才能有如此慧业，不逊于男子。听说太夫人年幼的时候在天狼山脉走失过。大雪封山的季节，太夫人不过十岁的年纪，却足足在雪山深处迷失了一月有余。

"你猜最后怎么着？"她向画卷拜了拜，"太夫人竟然毫发无损地出来了，你说这是不是被神仙护着的？"

袁香儿和乌圆看着那幅画，你看我，我看你，半天说不出话来。他们终于想起了厌女说过的故事：有一位在深山中迷路的人类女孩，和她吃住在一起，一道玩耍金球，最后那女孩将球送给了厌女，就再也没有出现在天狼山。

"你家太夫人如今高寿？"

"太夫人过了年去就六十有六啦，身体还硬朗得很，每顿都要吃两碗米饭，日日早晨起来都要玲珑球呢！"

这里正说着话，屋外突然响起一串密集的脚步声。

当先的是一位白发苍苍的老夫人，她拄着檀木拐杖，步履急促，面色激动："都别拦着我。是谁？到底是谁带来的这个玲珑球？快领我见见。"

面色慌张的儿媳孙女、丫鬟仆妇，个个拎着衣摆，跑得气喘吁吁，紧随其后，生怕老夫人有什么闪失。

"太夫人等上一等，仔细脚下！"

"阿娘慢些，小心摔着了，容媳妇先给您打个帘子。"

"太奶奶慢些走，等孙儿一等！"

那老夫人却是谁也不搭理，自己抬手一掀帘子，当先跨了进来，直直地看着袁香儿。

尽管她是鼎州城内人人传颂的传奇女子，但岁月并没有宽待她，仍是毫不留情地带走了她的豆蔻年华。

如今的她站在那幅挂画之下，画中女儿蹴金鞠，时光永固；画下雪鬓霜鬟，垂暮黄昏，老人用枯瘦的手紧紧地抓着那个变了形的金球。

那位老夫人死死地盯着袁香儿看了半晌，拄着拐杖的手不住地颤抖。许久，她才露出了失望的神色："不是，你不是阿厌。这个金球你是从哪里得来的？"

她显然日常里积威甚重，身后大大小小的人鱼贯而入，站在老夫人身后，个个神色好奇，却无人敢出声，只悄悄地打量着袁香儿。

袁香儿站起身来，面对一群人灼灼的目光，一时也不知从何说起。

那位太夫人率先镇定下来，屏退了众人，只留长子和长媳在身边陪客。

她扶着椅子的扶手慢慢坐下，喘了两口气，努力使自己那张看起来有些严厉的面容显得温和一些，小心翼翼地同眼前这位女孩说话："小娘子，你能不能告诉我这个金球是从哪里来的？你不要担心，婆婆不抢你的东西，只要你愿意说出来，就是拿十个金球和你换都行。"

福翠轩的大掌柜——太夫人的长子娄衔恩此刻心里有些发酸。他是母亲一手调教出来的，从小跟在母亲身边出入商场，见惯了母亲刚毅果决、机敏能干的一面，已经很久没见过母亲这样患得患失、小心翼翼的模样了。谈判还没开始，母亲自己倒是先露了怯。

罢了罢了，母亲一生只有这一件心事，别说用十个金球换，便是百个，他也要将那个金球换回来，无论如何都要令母亲大人开心。

娄衔恩在心里拿好了主意，又听见母亲率先自报家门："老身姓娄，单名一个椿字。此球是我幼年之时赠予一位友人之物，我很想知道她如今人在哪里，过得好不好。"

"原来你就是厌女口中的那位'阿椿'呀！"袁香儿想起厌女提过的名字。

听见袁香儿这句话，娄太夫人一下子坐直了身体，死死地抓住椅子的把手，口里轻轻地啊了一声。

她的儿媳妇在一旁扶住了她，轻轻地抚着她的后背："娘亲，莫要激动。如今既已有了那位的消息，且听小娘子如何说。"

袁香儿便将当初遇到厌女的经过选择部分，大致说了一遍。

“原来，她还在原处等我。”娄太夫人颓然地瘫坐在椅子上，低着头摩挲那颗历经了半百岁月的玲珑球，缓缓地说起往事。

“第一次见到阿厌的时候，我才是一个十岁的小娃娃……”

当年，年仅十岁的娄椿跟着母亲回娘家小住。

外婆家在天狼山脚下，家中年纪相近的表哥表姐整日带着她这位新来的表妹进山玩耍。

那一日，娄椿在丛林间发现了一只纯白的雪兔，惊喜万分，一路追去。明明并没有跑出去多远，等回头的时候，娄椿却发现身后的道路突然就不见了。刚刚还可以听见的兄弟姐妹们的欢声笑语，不知何时已经消失无踪，四周一片寂静，陌生的林子里似乎有无数的眼睛在窥视着小小的她。

娄椿哆哆嗦嗦地在森林中走了很远的路，越发看不见人类活动留下的痕迹。天色变得昏暗，远处的深山中依稀传来一些诡异的声响，最要命的是，天空还在这时候下起了雪。

那些大人用来吓唬孩子的关于妖精、鬼怪、猛兽、强人的各种恐怖故事，更加鲜明地在小女孩的脑海中来回浮现。

我是不是会死在这里？也许马上就会跑出一只老虎、黑熊，或是什么狐狸精、无头鬼，它们会抓住可怜的我，把我的手指一根一根地吞进肚子里去，呜呜……十岁的娄椿抱着自己小小的肩膀，一边哭一边走，人生第一次对死亡这件事有了真切的恐惧。

“别再哭了，你也太吵了。”一个看起来比她还年幼的小姑娘突然从一棵槐树后出现。

那个小姑娘穿着一身不太长的褐色衣袍，赤着双脚，雪白的胳膊扶在树干上，不耐烦地看着娄椿。

终于遇到同类的娄椿找到了感情的宣泄口，冲上前一把抱住了那个小女孩，哇的一下哭得更大声了，死活不肯松手，险些没把鼻涕眼泪全抹到那个女孩的衣服上。

“其实没过多久我就知道了，阿厌并不是和我一样的人类。”回忆到这里的娄太夫人露出了怀念的笑容，“但我并不怕她。阿厌看起来很凶，动不动就说要把我吃到肚子里去，实际上她的心比谁都软。

“她特别厉害，什么都难不住她。但只要我拉着她的袖子，用可怜兮兮的模样说我饿了，她就会跳着脚，一边骂骂咧咧，一边给我找来好吃的食物。她带我去避风的山洞休息，还用柔软的皮毛给我垫了御寒的床榻。

“那时候我还悄悄地为自己拥有这么点儿小聪明而扬扬得意。”娄太夫人抛起玲珑球，让它在自己的一根手指上滴溜溜地旋转，“那些日子一直在下雪，厚厚的大雪覆盖了一切，我几乎一步都走不出去。但阿厌每天都会扒开洞口的积雪钻出去，给我找来新鲜的食物。剩下的时间，我们两个就窝在暖和的山洞里一起玩这个玲珑球。

“一开始是我教她，但她很快就胜过了我。我们挤在细细软软的皮毛堆里，钩着手指约定永远都要在一起玩耍。”

历经岁月的玲珑球无声地转个不停，娄太夫人凝望着残破的玲珑球，眼角的皱纹在阳光中渐渐变得深刻。

“虽然和阿厌住在一起很快乐，但我很快就开始想家了。我开始哀求阿厌带我回去。她最初不答应，后来耐不住我死缠烂打，终究还是同意了。”

厌女带着娄椿来到她们当初相遇的那棵大树下。

“顺着这里向前走，不要回头，很快就能回到你们人类的世界。”厌女伸出白白嫩嫩的小手指，指着前方的道路。

“谢谢你，阿厌，这个送给你。”娄椿将自己从小随身带着的玲珑金球放在自己朋友的手中，依依不舍地和朋友告别，转身向着山外走去。

“阿椿，”身后的朋友喊住了她，“你还会回来吗？”

“嗯，一定，我一定会回来看你。到时候我们再一起好好玩玲珑球啊！”年幼的娄椿泪眼婆娑，拼命挥手。

“好，那我就在这里等你。”阿厌站在树下淡淡地说。

娄椿走出很远，回头看时，那个小小的身影还站在那里，用白白的小手撑着树干，就好像她们初见时的模样。

“那你后来为什么没有再去找她？”袁香儿问道。

虽然厌女确实很凶狠，也很强大，但想到那个小小的身影，几十年来一直孤单地守在那附近玩着玲珑球，却没有等来自己的朋友，袁香儿不免觉得她有些可怜。

娄太夫人的目光黯淡下来：“一开始是家里出了变故，我实在脱不开身。后来……说起来终究是我的错，我想着她不是人类，寿命绵长，便是让她等一等想来也不打紧。就这样时间过去了一年又一年，待到一切稳定下来，我也相对自由之后，我才高高兴兴地去天狼山找她，可是无论我怎么走，无论我去多少次，都再也找不到当初的那条路了。”

停在袁香儿肩头的乌圆用只有袁香儿听得见的声音说道：“普通人类是进不了灵界的，偶尔灵界出现裂缝和人间相接，才会有人类误闯进去，但这种裂缝不太稳定，过不了多久就会变换方位。厌女那个傻子大概是想不到这一点的吧，毕竟出入两界对她来说就和呼吸一样容易。”

“原来是这样。阴错阳差，你们彼此错过了五十余年。”袁香儿有些唏嘘。

娄太夫人站起身，把拐杖交给身边的儿媳，端端正正地向着袁香儿行了一个礼。

即便袁香儿是从科技社会来的，也知道不好受年纪这么大的长辈的礼，起身避开了。

“太夫人这是何意？”

“既然小娘子找得到那个地方，那么老身有个不情之请，还望小娘子现在就能带着老身走一趟。”

娄太夫人这句话一出，她的儿子和儿媳同时大吃一惊。她的儿子当即站起身来，急急地说道：“母亲不可！如今天寒地冻，大雪封山，母亲这般年纪，如何进得了天狼山深处？”

“娘亲莫要心急，便是要去，也要等来年开春，雪化了，天气和暖，让媳妇安排好舟车软轿，缓缓抬着您上山去。”

娄太夫人举起手，阻住了他们的话语：“都说人到七十古来稀。我本以为这辈子也兑现不了当初的承诺了，想不到机缘巧合，到了这样半截身体入土的年纪，竟让这位小娘子将玲珑金球送到了我的面前。这是上天垂怜，给我的机会，我绝对不能再错过。”

“母亲大人，若是母亲执意想念，不如由儿子替您去一趟，好好拜谢恩人也就是了。”娄衔恩还要再劝。

“孩儿，你还记不记得母亲当初给你取这个名字的用意？”娄老太太握住了执掌家业多年的长子的手，“为娘这一生，从未亏欠过什么人，唯独负了自己最要好的朋友。若是此事不能解决，为娘一生为憾，便是多活几年也没什么滋味。”

娄衔恩为难了半晌，终于收拢衣袖，站在母亲身后，和妻子一起向着袁香儿行了一礼。

“是让我带你们去天狼山吗？”袁香儿心中迟疑。

“不不不，我们不去。”乌圆趴在袁香儿肩头，“厌女太恐怖了，我可不想去见她。要是她还在生气，变出一堆蛾子把我们埋了可怎么办？”

这位老太太信守承诺，将童年时的约定牢记在心头五十余年，令人敬佩，但袁香儿不知道是否应该带她去见那只喜怒不定、实力恐怖的大蛾子。

“带她去吧。”南河的声音突然响起。他正巧在福翠轩伙计的带领下进入屋中，来到了袁香儿身侧。

他的话很简洁，但立刻就打消了袁香儿的疑虑：“不用担心厌女，还有我在。”

袁香儿从阙丘镇到这里的时候，是由周德运陪同的，回去的时候，同行的却多了浩浩荡荡的娄家一应人等。

周德运和仇岳明将他们一路送到周宅大门之外。

周家娘子本是一位弱质纤纤、风流婉转的女子，只因内里换了个魂魄，明明是一般的身躯单薄、纤腰楚楚，但就那样站在门廊处，挺直瘦弱的脊背，紧拧着双眉，无端就给人一种杀伐果断、气势不凡之感。

告别的时候，仇岳明拧眉望着袁香儿，欲言又止。

袁香儿在这个世界生活了十余年，作为安居在国家腹地的普通百姓，对那些驻守边陲、征战沙场的军人是极为敬佩的。这位年少成名的仇将军之赫赫威名，即便在阙丘这样的小镇上也时常能够听闻。由这位将军的事迹改编的《仇将军大破天王阵》《白袍小将辕门射戟》等桥段甚至被梨园传唱，妇孺皆知。

想到他这样一个人，险些被囚禁在周家后院折磨至死，袁香儿也免不了心中戚戚。

“您不必多虑，只需专心静养，恢复体力便可。”袁香儿小心翼翼地避免提到他的姓氏，“等过完年，咱们再一道北上，我必为您的事竭尽全力。”

仇岳明低首垂目，行了个行伍之人常用的抱拳礼。

袁香儿一行人离开鼎州，扬帆起航，从沅水逆流而上。两岸青山，江影空阔，碧波云淡，令她心情舒畅。

袁香儿坐在楼船高层的厢房中，陪着娄太夫人饮茶。

她轻轻地转着手中的青玉茶盏，凭窗远眺，有些心不在焉。娄太夫人顺着她的视线望去，只见船头的甲板上，一男子迎风而立，衣襟飘飘，若流风之回雪，容颜皎皎，似朗月之凌空，疑是鬼神下红尘，浑不似人间俗物。

“那一位是和阿厌一般的人物吧？”娄太夫人开口问道。

“您是怎么看出来的？”袁香儿有些吃惊。她都未必能凭借肉眼看破南河的真身，娄太夫人却一语道破。

“我也不知道怎么说，他身上有那种气质，看上去高傲冷漠，实际上单纯又柔软。他过于寂寞，却什么都不愿说出口。”娄太夫人依稀回忆起往事，露出了一丝笑容，“他们这样的，和我们总有些不一样的地方，害得你时常要琢磨他们在想些什么。”

乌圆正蹲在窗台上舔自己的爪子，听了这话哼了一声：“心里想要又不肯说，这不是傻子吗？本大爷从来就不这样。”

“是是是，我们家乌圆是爽快又可爱的小甜饼。”袁香儿利用使徒契约，在脑海中回答。

乌圆从窗台上跳下来，满意地喵了一声。

“哎呀，好可爱的小猫。”娄太夫人伸出手指，挠小山猫的下巴。一直秉持着能享受绝不回避策略的猫大爷立刻眯着眼抬起脖颈，舒服得开始哼哼。

“当年我和阿厌在一起的时候，最拿手的事就是哄她开心。”娄太夫人精神振奋，谈兴很高，“无论她怎么暴跳如雷，我只要挽着她的胳膊，多说一些好话哄她，她立刻就能把刚刚发生的不愉快的事给忘记了。真希望这一次去，我还能有机会再哄她开心。”

哄她开心……袁香儿下意识地把视线投到甲板上的那个身影上。

南河独立船头，闭着双目萃取星力。如果娄太夫人拥有袁香儿这样天生对灵力敏感的眼睛，此刻就可以看见天空中的星星落下丝丝缕缕的星光，汇聚在他的身上。星光满溢，又一丝一缕地掉落在甲板上，如流水般散开，渐渐地给整艘高大的楼船镀上了一层淡淡的银辉。

船老大正疑惑地和船员说：“老子走了半辈子的船，还是第一次遇着这种情形。明明是大风的天，逆流而上，船身却一丝颤动都没有，平稳得像是在地面上一样，真是怪哉。”

年轻的船员嬉笑着道：“能平顺安稳不是好事吗？老大你怎的多心？”

船行的细微变化引不起年轻的船员的注意，他的注意力已经落到了远处的甲板上，一位年轻的小娘子正走向船头，去到她的心上人身边。

袁香儿来到南河身边，默默地看着他在碧波万顷间采集星力，锻炼肉身。

南河睁开狭长的眼，将琥珀色的眼眸转过来，那里面依稀有星河流转，似乎藏着万千心思。

“小南，”袁香儿背靠着栏杆，河风吹乱了她的鬓发，“我不会像他们那样。”

“不会像他们什么？”

“不会在你成年之后就认不出你来；不会明明承诺回去找你却又没做到，让你白白等待那么多年。”她不知道自己为什么要说这些，但此刻的她觉得就是应该说出来，“我绝对不会这样，我不舍得。”

南河看了她半晌，神色平静地别过脸，似乎对她的话毫无反应。

同时一双毛茸茸的耳朵突然从南河的乌帽边缘挤了出来，透着难以掩盖的粉色，还在风中抖了抖。

“别收回去呀，先让我摸摸。”袁香儿搓着手。

楼船平稳行进，排波劈浪。

阳光正好，照得水面波光粼粼。

眼前的人背对着河面，笑靥如花，卷翘的睫毛轻颤，像是一双扇动着的蝴蝶翅膀。

南河觉得心中也有一只蝴蝶飞过，轻轻地停在枝头，唤醒了一树春花。

那人黑白分明的眼睛中带着几分窃喜和几分跃跃欲试，向着他的耳朵伸出手来。

直觉告诉南河必须躲开，但他的身体被死死地钉在原地，动弹不得，只能像以往的每一次那样，眼睁睁地看着她那柔软的手越来越近，一把握住他敏感的耳朵。

她还在笑，眉眼弯弯，全都染着欢喜的色彩，皓齿轻轻咬住了红唇。

南河发现自己发生了某种奇妙的变化，突然明白了所谓的成年，不仅是自己的身躯得到重塑，力量变得强大，更代表着他会从内心深处自然而然地产生某种新的感情需求，某种神秘的、难以描述的欲求。

那些拍打在船头的喧闹的水浪声，似乎都被他胸膛中宛如擂鼓的心跳声盖过了，他觉得自己不像是站在船头的甲板上，而是立足于万丈深渊的边缘。他明明看见苍驹、厌女一个个摔得遍体鳞伤，偏偏还是闭着眼睛跳了下去。

这就像是一场战役，还没有开始，他却已经要输了。

那人还在阳光里笑，用轻轻柔柔的声音喊着他：“小南，小南。”

“我不舍得呀！”

“让我摸摸。”

她那细细软软的声调，比敌人最为锋利的牙齿还要厉害；她那温温柔柔的手掌，比敌人最为坚硬的利爪还要恐怖。

南河丢盔弃甲。

作为一只天狼，他知道自己一生只能选择一位伴侣，知道自己这颗心一旦交出去，就再也拿不回了。然而眼前的只是一个人类，人类的生命只有短短的几十年，将来那漫长的岁月，他将会比从前过得更加凄惨孤独。

他该怎么办？他无可奈何。

她口中说着甜言蜜语，残忍地得寸进尺，最终撕开了他的胸膛，将手伸进他的血肉之躯，握住了他那颗滚烫的心。她掌控了他最柔弱的要害，不肯松手，使他缴械投降，使他无从反抗。她丝毫不顾他的苦苦哀求，一把将他的心摘下，就那样抱走了。

南河闭上了眼。耳朵被她摸过了，尾巴也被她摸过了，他还能怎么样呢？只能把自己的心给她了。

船行到了丰州，众人弃船登车，改走陆路，直接上天狼山。

到了天狼山脚下，娄太夫人就不肯再让子女仆妇跟随了。

“我这是去看一位老朋友，不用你们这么多人跟着，免得吓到了她。”听她这样说，袁香儿就知道娄太夫人虽然看起来冲动又欢喜，其实心中还是有数的。

她知道厌女喜怒无常，性情难以捉摸，此行其实十分危险。她执意守约，却不愿家人陪自己前去冒险。

她甚至对袁香儿说：“香儿你带我上山，给我指一指路，我自己进去就好。”

袁香儿当然不会让她自己摸进天狼山灵界。

在娄衔恩百般不放心的目光中，袁香儿领着娄太夫人上了山。

下过雪的山路不太好走，袁香儿带着一位年迈的老者，这路走起来就更加困难。但娄太夫人是令人敬佩的，拄着拐杖，一步步地走在陡峭的山坡上，既没有喊累，也没有说苦，而是努力跟上袁香儿和南河的脚步。

袁香儿一行人一路往深山里走去，再往里去，就连小道都没了。袁香儿伸手挽住娄太夫人的胳膊，生怕她一个不小心从山坡上滚落。

“没事，你顾着自己就好，我能走。我今天太高兴了，想到能见到阿厌，再远我都能走。”老太太气喘吁吁，精神却显得异常亢奋，但她确实已经不是适合登高的年纪了。

“我背你。”南河在娄太夫人的面前蹲下身。

“不用，不用。”娄太夫人连忙摆手。

南河蹲着不动，回眸看着娄太夫人，那双琥珀色的眼眸看起来有些冰冷，有一点儿不同于人类的妖异，但他的动作很和善。

娄太夫人愣了愣，恍惚想起从前的时光。

“你怎么那么没用，路都走不好？上来吧，我背你。”厌女在她的身前蹲下身，回过头看她。

娄太夫人最终接受了南河的帮助，伏在了他的背上。

“真是谢谢你啊，小伙子。其实我这腿脚还真的快不行了，终究还是老了啊。”

南河不说话，只是站起身，迈开修长的双腿，几下就登上了险峻的山岭，回首等着袁香儿。

袁香儿在山脚下仰头看向他。

这个男人或许就适合站在这样的青松雪岭之间。他有着漂亮而精致的面容，冰肌玉骨，莹莹生辉，琉璃般的眼眸在冬日的阳光下轻轻转动，那双唇轻轻抿着，带着一种淡淡的粉色——那里的味道可能特别甜美。

袁香儿被自己的想法吓了一大跳。她怀疑南河这些天一直保持着人形陪伴在她身边，让她产生了一些莫名的情绪。都怪南河长得太漂亮了，这事可不能只看脸哪，人家和自己有着种族之间的天堑，他和自己是完全不同类别的生物呢。

可是……师父不也是妖族吗？

袁香儿正在胡思乱想，脚下一滑，险些摔跤。

“吓了我一跳。”乌圆急忙扒住她的肩头，“阿香，你光顾着看南河，路都走不好啦。”

“别瞎说。”袁香儿一把捂住了乌圆的小嘴，有些心虚地抬头看向等在崖顶上的南河。

南河也在看她，因为乌圆的话，他的脸上露出了一丝笑容，于是袁香儿也跟着笑了起来。

“是那里。这个地方，我永远都不会忘记。”娄老夫人指着前方不远处的一棵枝干扭曲的槐树道。

她从南河的背上下来，整理衣物，扶了扶鬓发。

“怎么样？我看起来还可以吧？”她的情绪抑制不住地激动起来，面上带着一点儿兴奋的潮红。

“可以的，您看起来很精神。”

袁香儿看着那棵黑漆漆的、不知道生长了多少年的老槐树，心中迟疑，不知是否应该立刻过去。

“你们竟然还敢到这里来。”一个面色苍白的小女孩出现在黑色的槐树之后，“我的金球呢？是不是被你偷走了？”

巨大的飞蛾影子出现在袁香儿身后，无数灰褐色的飞蛾从森林间飞起，密密麻麻地盘旋在半空中。

“金球在这里，它有些坏了。”白发苍苍的老太太从袁香儿身前向着厌女的方向走了两步，小心翼翼地递上手中的金球，“我在来的路上刚刚才把它修好。”

那个被修复的玲珑金球在冬日的阳光下闪着金辉。

厌女看着那个球，这才注意到这个不知何时出现的人类。她面具一般的面孔上似乎出现了裂痕，漆黑无光的眼眸猛然睁大。

白发苍苍的老妪手握金灿灿的金球向她走来。

厌女一动不动，连空中嗡嗡飞舞的蛾子都停下了动作，安静地悬停在半空之中。

“阿……椿？是你？你已经这么老了？”

“虽然我有些老了，但还玩得动玲珑球。”娄太夫人拄着拐杖，带着温柔的笑，把金色的玲珑球放在指间转动。

她一步步地向前，终于走过了五十余年的岁月，来到了朋友的身前。

“阿厌，我回来了，来陪你一起玩。”

金球轻轻地响了一声，清越的铃声弥漫在雪岭树梢，填平了厌女五十余年的痴痴等待。

娄椿的这一生其实过得很艰难，这个世界对女子过于苛刻，她几乎是用一种拼命的态度才冲过了一道又一道的坎。她耗尽心血，方才保住了自己、家族以及她所爱的孩子们。

她得到了想要的结果，却换来了一副凝而不散的刻板样貌。平日里，就连家里的孩子们见了她都是战战兢兢、小心翼翼，大气都不敢喘一下。

然而到了这里，在阳光下的雪地里，面对着身前的小女孩，她披了一辈子的硬甲终于可以脱下来了。她眉心舒展，整张脸的线条柔和起来，就连眼角的皱纹都显得很温暖，好像回到了没有一丝忧虑的童年。

槐树之后巨大的阴影和天空中漫天的飞蛾都被她忽略了，此刻的她是彻底放松而舒展的。她毫无戒备，眼中只有那个苍白而诡异的女孩，她用遍布皱纹的手拿着跨越了时光的金球，和当年一样，耐心地哄着她的至交好友。

“来玩吧，阿厌，我学会了许多新招式呢。这一次我不会再输给你了。”

厌女一会儿看向絮絮叨叨的娄太夫人，一会儿盯着那个金球，没有表情，令人很难看明白那张面容下隐藏的是欣喜还是狂风骤雨。

袁香儿和南河小心地靠近，时刻戒备着，紧张地注视着厌女的反应。

厌女是这样强大而危险的存在，袁香儿不能确定这个冷冰冰的妖魔体内是否还藏着当年的那份柔软的感情。袁香儿随时准备着发动双鱼阵，生怕厌女一个不高兴，一巴掌就把娄太夫人给拍死了。

最终，她看见厌女毫无表情的脸上，小嘴微微张开：“既然你特意来了，我就勉强陪你玩一次。”这话显得生硬又别扭，像是极不擅长社交之人说的话，幼稚得令人发笑。

袁香儿是真的笑了，打心里高兴。

娄椿和厌女，一个没有忘记多年前的承诺，而另一个的心还一如当初。

这真是最好的结局。

袁香儿突然庆幸自己在一念之间，拾起了那个金球。

这一刻她理解了娄椿对厌女的那份信任，那是由彼此真正熟悉和了解后产生的情感，并不会因时间和外人的看法而改变。就好比她对小南和乌圆他们，即便过去五十年、一百年，她也一样能够毫无芥蒂地走上前去。

白发苍苍的老妪像孩子一样，有些笨拙地在雪地上踢着金色的玲珑球，褐色短袍的女童如同舞动的飞蛾，绕着她来回飞舞。

“香儿，南河，来陪老身一起玩吧？”

“行，我们也凑个热闹，乌圆也来。”袁香儿卷起袖子走上前，“小南你愣着干什么？快点儿来啊。”

“南哥，你是不是不会啊？这个很简单，快来，我来教你！”乌圆兴致勃勃地上场，一下就忘记了自己说过“厌女很可怕，决不再和她一起玩”的话。

厌女看见了南河，想起自己上一次输给这个“未成年”的家伙，眉毛皱在了一起：“小狼崽，上一次没分出胜负，这一次我要用玲珑球让你知道输的滋味。”

南河终于挽起了袖子：“本来不想欺负你们。”

千树雪，万仞山，寂静了多年的空山雪岭一朝就被欢乐铺满了。

直到日头偏西，一行人才停下游戏休息，娄椿气喘吁吁地坐在了树根上。

“老喽，还是比不上你们年轻人了。”

厌女站在她身边，瞥了她一眼。

“阿厌，”娄椿拉住了厌女小小的手，“让你等了很久吧？对不起啊。”

厌女看着那棵槐树：“我以为你不会来了。”

“我们该回去了，估计娄掌柜在山脚下都等急了。”袁香儿不得不打断她们。

欢乐的气氛在一瞬间凝滞了，就连袁香儿也能从厌女那张没有什么表情的面孔上读出低落的情绪。

厌女在那棵槐树下愣愣地站了一会儿，眨了眨眼，低下头慢慢地把那颗金色的小球收进怀中。

“我送你。”

娄衔恩背着手在天狼山脚下来回打转。

“这日头眼见着都要落山了，母亲怎么还没出来？不行，即便被母亲责骂，我也得上山看看。”

领着他们前来的向导连连摇头：“东家，去不得，依照咱们这里的风俗，这天一黑啊，便再不能往里走了。”

娄衔恩急道：“那怎么行？我母亲还在山里！这样吧，我给你双倍的钱，你必须领着我们进去找找。”

向导蹲在路边抽着旱烟，不肯挪动半步：“东家，不是我不想挣你的钱。可这钱再多也得有命花不是？咱们本地人都知道，这大山深处是鬼神的地盘，到了逢魔时刻，人神之间界限模糊，咱们凡人轻易走动不得。”

正在两人争执不休之时，远处的山道上缓缓地走下来几个人。余晖披在这几人身上，其中一人鬓发如雪，拄着拐杖，牵着一个小女孩，一步一步地往下走。

娄衔恩见自己的母亲平安归来，大喜过望，上前迎接。母亲在雪山里走了一天不仅平安无事，反而精神头十足，让他高悬了一整天的心终于落了下来。只是母亲身边牵着的这个小姑娘让他心里有些发毛。

小姑娘不到十岁的年纪，有着白白的小脸和一双乌溜溜的眼睛，赤着双脚踩在雪地上，拉着母亲的手，面无表情地看着他。

作为极少数知道母亲秘密的人之一，娄衔恩明白这位大概就是母亲挂念了一辈子的恩人。五六十年过去了，这个恩人还是母亲口中的那副孩童模样。虽然知道这是恩人，但他依旧免不了敬畏这样非人类的存在。

家中挂在大厅中的那幅天狼山戏球图，上面画的便是这位。那副母亲亲手书写的对联“乾坤百精物，天地一玲珑；匠心独刻骨，鬓皤莫忘恩”以及自己的名字“衔恩”，都在提醒着他莫要忘记了这位“孩童”曾经救助母亲的恩情。

娄衔恩想起母亲从小的耳提面命，强忍住心中的恐惧感，哆哆嗦嗦地对这个孩童行了个礼。

“母……母亲，这位就是恩人了吗？”他结结巴巴地拜谢，“见过恩……恩人。”

娄椿为厌女介绍：“阿厌，这是我的长子。”

她又指着后面跟上来的儿媳：“那是大儿媳妇，还有家中的几个孩子。”

厌女用乌黑的眼睛看着眼前的人。那些在给她行礼的都是阿椿的家人，热热闹闹的。这样的人间烟火，和她隔着遥远的距离。

“娘，不早了，咱们是不是该回去了？”娄太夫人这个儿媳妇的胆子倒比娄衔恩还大些，小心翼翼地从娄衔恩身后探出脑袋，试探着说。

厌女握紧了娄椿的手，垂下眼眸。

“你们先回去吧，我打算就住在阿厌这里。”娄椿突然宣布。

厌女一下子把脸转过来，抬头看着身边的娄椿，眨了眨眼，小脸上顿时有了光。

“从前我说过要好好陪你玩耍，却没能做到。”娄椿低头看着容貌比自己孙女还要小一些的女孩子，“如今孩子已经能独当一面，家中的事也了了，我左右也剩不了多少年，就都用来陪着你吧。”

“母亲，这如何使得？万万不可！这荒山雪岭条件艰苦，母亲如何住得？”娄衔恩慌忙跪在母亲的身前，“若是母亲留在此地，儿子还怎么承欢膝下，还怎么时时向母亲讨教？”

“起来，像个什么样子？”娄椿在儿子面前十分有威严，“我这一辈子都是为了娄家辛苦，该吃的苦也都吃尽了，剩下的这么点儿时光，就让我活成自己想活的样子吧。

“这个地方，我十岁的时候就住过，如今住下自然不用你们操心。左右我只住在山脚附近，你若挂念，偶尔前来探视便罢。”

玲珑金球一事以袁香儿意想不到的结局落下了帷幕。

袁香儿回到了阙丘镇的家中，吃了一顿师娘煮的香喷喷的辣子面，舒舒服服地洗了个热水澡，然后在久别的师娘怀中腻歪。

她枕着云娘的膝盖，一边伸手拿小几上新做好的枣泥酥，一边和云娘说起一路上的种种见闻。

“你走这么一趟，倒还遇上不少有趣的事，看来确实是该让你多出去走走。”云娘坐在罗汉床上，拿一条大布巾擦着袁香儿湿漉漉的头发，“那位娄太夫人真是一个令人敬佩的人。”

“是啊，这和我想的可不一样。谁能想到她不要金玉满堂的家，却愿意在天狼山上住下来呢？”

娄衔恩夫妇最后也没有拗过母亲。在袁香儿他们告辞的时候，娄衔恩夫妇还在匆匆忙忙地就近采购家具被褥，说要往山上送。

“老去光阴速可惊，鬓华虽改心无改。身为女子，能做到像她这样透彻而勇敢，还真是难得，倒也不枉费那位和她相交一场。”袁香儿吃着枣泥酥，嘴里含混地呢喃了一句，“可是我总觉得还是有些可惜。”

她从这里的窗户看出去，正好可以看见院子中的那棵梧桐树。

乌圆口中叼着一个小袋子，里面装着从鼎州带回来的小鱼干。啪嗒一声，乌圆将这个小袋子丢在了锦羽的吊脚小木屋前。

屋门打开，锦羽伸出一双小手，将那袋小礼物收了进去。

过了一会儿，锦羽的小手重新伸出门来，捧出几块云娘做的枣泥酥。虽然看不见锦羽，但云娘听袁香儿说了它的存在后，每次做了新鲜的吃食，都会在小木屋前放上一份。

乌圆嗤笑了一声“谁稀罕这个啊？”，却还是叼起来，蹿到树杈上吃去了。

“并不算可惜。”云娘擦干袁香儿的头发，拿出一柄牛角梳慢慢地帮她梳通长发，“人世间的快乐，多从这‘可惜’二字而来。正因为有了想要珍惜的事物，时光的流转才有了意义。”

袁香儿看着窗外大树下的石桌，一只小小的银狼蹲坐其上，抬头望月。

细细碎碎的月华和星光从空中洒下，在银狼的身躯上流转。

原来师父每天在树下修习，师娘便是在这个位置看他。

即便双方是不同种族也不要紧，对吧？

袁香儿曾觉得这个时代的人迂腐而守旧，不如自己开明豁达。如今想想，她才猛然发现，原来他们比自己还要随性浪漫得多。

袁香儿躲在天狼山的一处高地上，收回心神，悄悄伸头观察。

山谷的谷底有一头五彩斑斓的牛，正伫立在那里闭目养神。

没两天就要过年了，南河却越发频繁地进入山中狩猎，每次都带着一身的伤回家。袁香儿知道，小南这样是为了年后跟着自己去漠北而拼命地攒储灵丹，为路途中随时有可能到来的离骸期做准备。

她忍不住悄悄地跟来看一看情况。

“看，那是我南哥！”立在袁香儿肩头的乌圆喊了一句。

“嘘，小声点儿，别被小南发现了。”

他们所在之处地势很高，从这里望下去，壁立千仞，岩峦巍峨，霜雪簇簇，大地是斑驳的黑白两色。

一只银白色的天狼出现在岩壁上。

天狼的目光精悍而凌厉，紧实的身躯内蕴含着强大的力量，带着一种令人叹服的美感。

那身躯在岩石上飞奔，俯冲向自己的猎物，银白色的毛发轻扬，在身后洒下一路星光。

袁香儿跟着屏住了呼吸，心跳加快。

南河从山坡上俯冲而下，纵身一跃，身躯化为一抹银辉扑倒猎物。

牛妖猛然睁开眼睛，仰头鸣叫，双目中射出两束光芒，长长的光束冲破云霄。

山谷中骤然暗了下来，黑压压的雷云在山谷上空汇聚翻滚，银色的闪电在其中游动，令人心惊胆战的粗大霹雳从云间劈下，接二连三地落在南河身上。

周身电流交织，南河却丝毫没有畏缩之意，龇着锋利的牙齿，眼露凶光，在鲜血和雷电中死死地咬住牛妖的脖颈不肯松口。

天空中的雷云在南河低沉的吼声中破开一个圆形的缺口，遥现漆黑的苍穹和灿烂的星辰，星光如暴雨般从天而降落入山谷，和那些霸道的雷电缠斗在一起。

山谷内涌起滚滚浓烟，浓烟中电光闪闪、星光灼灼，五彩的健壮牛妖和银白色的凶悍天狼在闪电和星雨间翻滚缠斗。

一时间牛宿斗奎宿，牛妖战天狼，搅弄得地动山摇，惊得林间飞禽走兽四处奔逃。

乌圆缩低了身体，露出一点儿脑袋："打雷。阿香，这是雷兽。"

袁香儿看着那在滚滚浓烟中偶尔现出一角的银白色身影，南河全身交织着电光，却丝毫不惧。

袁香儿的眼角涌上一阵湿意，心中热血沸腾。

她也和妖魔战斗过，但当时她被护在安全的双鱼阵中，布阵画符，念咒掐诀，仿佛掌控着神秘力量游戏红尘间。

可眼前的战斗是拼命，是真正的血战，或许稍有不慎，丢的就是性命。

南河夺取灵丹并不容易，很多时候鏖战多时，最终还是被强大的猎物挣扎逃脱。自打从鼎州回来，南河频繁进山，几乎每一次都在夜幕中伤痕累累地回家，袁香儿问起，南河也只说是小伤，没事，舔舔就好。

袁香儿心中有所触动，一直以来蒙在道心上的那层薄薄的纸突然破了。此刻，这个世界上的一切在她眼中似乎变得更加清晰而真实，让她收起了自己一直以来在法术修习上轻忽散漫的心。

她起身，咬破指尖，庄而重之地凌空书符，在那一瞬间她似是进入了一种玄妙的状态。

这种物我两忘的状态她曾在阿螣第一次进入家中时有过一次。那时巨大的蛇妖出现在庭院中，生死关头，她摒弃杂念绘制出繁杂的太上净明束魔阵。

天地间的灵力源源不断地汇入袁香儿体内，又沿着周身经脉从指间注入符文，最终归于天地，生生不息，循环不止。

袁香儿一举书成四张符咒。四张用灵气书就的符文熠熠生辉，悬在空中，凝而不散。

袁香儿骈指遥点，灵光闪烁的符文旋转着降入谷底，占据四柱方位，骤然放大，交织流转的灵力凝成圆形的避雷阵盘，恰恰挡住了从天而降的雷电。

这样的避雷法阵只挡住了短短一点儿时间的雷击，但就这样一小会儿的时机，给了漫天星光骤然璀璨的机会，低沉的狼啸声从谷底响起。

滚滚的浓烟还在弥漫，山谷中惊天动地的响动声却逐渐停歇，终于归于平静。

那道银白色的身影破开烟尘出现，几个起落之后，来到袁香儿身边，用脑袋蹭了蹭她的手心。

“你们怎么来了？”刚刚结束战斗的南河声音有些沙哑。

“当然是关心你啦，南哥。”乌圆将脑袋从躲避处钻出来，“瞧你这话问的，其实看见我和阿香，你开心坏了吧？”

“怎么样？伤得重不重？”袁香儿心疼地看着南河的脑袋，那里有一道被雷电烧伤后产生的瘢痕。

“一点儿小伤，舔舔就好了。”

夜半时分，袁香儿从睡梦中醒来。

窗外凉蟾高卧，室内月华如洗。

她揉了揉眼睛，发现一直睡在床头矮柜上的小天狼不见了，只留下一个空空的软垫。

袁香儿披上衣物，走到屋外，站在冰凉的檐廊上，向着庭院望去。

天空之中，细细碎碎的月华和星辉像是漫天飘游的萤火，汇聚成涓涓细流在空中游动，丝丝缕缕地流进院内的柴房中。

小南怕吵到我，所以又躲到这里来了。袁香儿蹑手蹑脚地靠近。

房门虚掩，化为人形的南河盘膝坐在柴草堆上。

莹白的长发披散而下，拖在地面上，那人紧锁着眉头，额头微微出汗。比起上一次趴在地上动弹不得只能咬着手臂忍耐，这次南河的情况显然好了许多。袁香儿心中略微松了口气，摸回屋子找了个软垫，穿上厚实的衣物，悄悄地坐在柴房的门外等待。

直到斗转星移，天边微微泛白，天空中的异象才渐渐消失。

“我……本来是怕吵到你休息。”喘息着的南河从屋内出来。

“已经好了吗？”袁香儿转过身，“不要紧的，下一次你可以叫醒我。我为你画一个聚灵阵，守在你身边，这样会更安全一些。”

南河的脸上还挂着汗珠，几缕细细的发贴在他白皙的脖颈上，肌肤因为刚刚接受过星力而熠熠生辉。他双唇微抿，眼眸中盛着一点儿柔和的笑意。

袁香儿觉得喉咙有点儿发干，听见了自己咽口水的声音。

一时间空气似乎变得像油脂一般黏黏糊糊的，连呼吸都开始变得有些困难，袁香儿有些迟疑。

南河修长的手臂就撑在袁香儿身侧，这样两人之间的距离就有些过于近了。

他侧过头，低垂眉眼，轻轻地转动漂亮的眼眸，鼻尖沿着袁香儿的脖颈轻嗅，温热的气息一路落在袁香儿的肌肤上，像有什么东西从上面爬了过去，痒痒的感觉直往心里钻，在袁香儿心头狠狠地撩了一把。

你用这张脸，靠得这么近，还做这种动作，这是犯规的！袁香儿在心里喊，你现在可不是银狼，又长成这副倾城倾国的模样，再这样下去我可能要犯错误了。

南河那薄薄的双唇微分，轻轻说道："我……也做你的使徒好不好？"

"什么？"袁香儿正晕头转向，根本没听明白，"南河你刚刚说什么？"

南河已经抿住嘴退了回去，把二人之间的距离拉开了。

"不是，小南。"袁香儿抓住了他的手，心头发热，"你……你是说……我没有听错？"

南河侧过脸，垂下眼，过了许久才轻轻地说道："如果你还想要我的话。"

袁香儿觉得自己的心脏跳动得过快，心底莫名多了个潘多拉盒子，正有一双手准备悄悄地将盒子打开，看看里面藏了些什么了不得的想法。

她努力地将自己的注意力集中起来，此刻她应该向南河表达自己的欣喜之情，向他许诺结契之后会对他像之前一样尊重和喜爱。

袁香儿听见自己开始滔滔不绝地说话，可脑海中总有一个角落不听使唤。

其实那种事也不是不可以，虽然我们年纪对不上。

首先还是种族的差异吧，不不，首先是南河的心意，他只是想和我结个使徒契约，没准儿会被我这样奇怪的心思吓到。

我到底在想什么？快把这可怕的想法赶走吧。

她心不在焉的模样，落到南河眼中却变了味。

果然她已经不太想要我了，南河难过地低下头，觉得这辈子都没这么沮丧过。

在天狼山的某个角落，有一座由各种矿石砌成的古怪小屋，外表古怪而结实，不似人类的建筑，里面却摆满了各式各样属于人族的家具用品。

厌女盘着白生生的小腿坐在一张小木桌前，不耐烦地敲着桌面："吃完东西就赶紧滚，以后没事少来我这里，你们会吓到她。"

桌子的一边坐着老耆，另一边坐着九头蛇。

老耆头颅巨大，身材瘦小；九头蛇拥有人类的身躯，衣领处却伸出九条细细的脖颈，其上各顶着一个脑袋。

二妖不搭理厌女，就着桌上的各式点心大吃特吃，仰着脖子灌茶水。

娄椿端进来一盘新蒸好的肉包子，摆在桌上，笑眯眯地道："不打紧，我这几天见多了，也渐渐习惯了。客人慢慢吃吧，孩子们送了很多上来，左右也吃不完。"

九头蛇的三个脑袋转回头，目送着娄椿离开，四个脑袋忙着吃包子，另外两个脑袋抬起来，疑惑地看着厌女。

老耆咽下口中的食物："阿厌，你最近怎么养起了人类？这个人类很好吃吗？"

"那是我朋友，你敢碰她半下，我就把你封在茧里抽干，让你比现在还老上十倍。"

老耆连连摆手："我对人类没兴趣，他们味道不好，还一点儿灵力都没有。我们是来和你商量怎么对付那只天狼的。"

九头蛇说道："最近那只天狼太猖狂了，接连夺了虎蛟和雷兽的内丹，这样下去可不行。这里很快就没有人是它的对手了，我们应该趁早联起手来，把它找出来干掉。"

厌女撇了撇嘴："我对那只天狼已经失去兴趣了，这种事你们别来找我。"

"为什么？"九头蛇一拍桌子，九个脑袋一起抬起来转向她，"当初是你说天狼的内丹滋味最好，引诱得我牵肠挂肚这么久，现在你居然想反悔？"

"是我说的又怎么样？"厌女将一只小脚踩上桌子，"不过一颗内丹罢了，我感觉杀了你可能会直接有九颗内丹，有些想试试。"

九头蛇一下子萎靡了，缩回脖子："不不不，都是误会，我只是脑袋多，其实也只有一颗内丹的。"

离开了那间狭窄的屋子，九头蛇和老耆恢复了巨大的妖身。

"厌女就和她的名字一样，是个讨人厌的家伙。"九头蛇长长的尾巴蜿蜒在雪地上，"不过那个人类做的食物真是好吃，我也想养一个人类了。听说虺螣的家里也有人类，每天都给她煮好吃的。”

“别傻了，人类可不好养，娇气得要命。”老耆将双手藏在袖子里，摇摇晃晃地向前走，“冷一点儿会死，热一点儿也会死，你大声点儿冲他们说话都能把他们吓死。如果你一两年忘记喂食，回家就只会看见一具干尸。即便小心翼翼地养着，一点儿都不出错，他们也连一百年都活不到。”

“哦，这样啊，那还是算了吧。”九头蛇遗憾地撇撇嘴。

第六章　三　郎

袁香儿收起手中的朱砂和笔，看着新绘制好的法阵和坐在法阵中的男人，心中莫名觉得有些紧张。

她一手捏起南河的一缕银色长发，一手拿着一柄小剪刀。

那些发丝被捏在手中，像是最柔美的绸缎，滑顺异常，让她有些心猿意马。她心底叫嚷着将它们剪下来，放在法阵中，这个男人从此就属于自己了，无法再逃跑，无法再反抗，从此以后只能对自己言听计从，任凭摆布。

“真的可以拿走吗？”袁香儿问。

南河眼中莹莹有光，看着她不说话。这让袁香儿觉得自己剪去这么一缕发丝是犯了什么大罪过。

从前，她觉得结下契约和养宠物差不多。于是她养了一只小猫，又养了一只小鸡，这会儿还准备养一个……男人。袁香儿被自己的想法吓了一跳。

去了一趟鼎州，接触到了江湖中的那些修真人士，她认识到使徒契约并非自己想象中的那般美好，可以说是一个极为不平等的主仆契约，一旦签订，修士作为主人，几乎可以肆意地欺辱和摆布他们的使徒。

即便如此，乌圆、锦羽和一直以来高傲冷淡的南河都心甘情愿地答应了她这般无理的要求。

袁香儿心中感动。她一直以为自己是一位好主人，一直全心全意地照顾和疼爱着她的使徒们。可是如今，手里捻着南河的长发，她才知道在自己的小恩小惠背后，这些单纯的朋友回报给她的是他们的自由和尊严。

“怎么了？”南河发现了袁香儿的迟疑，慢慢地站起身来，“如果你已经不想……”

他的脑袋上冒出两个小小的包，一双毛耳朵跑了出来，软软地耷拉着，他转身想往外走。

“哎，小南你别走。”袁香儿回过神来，敏捷地拉住他的手臂，看着委屈巴巴的南河，有些哭笑不得，“你听我说啊，小南，不是你想的那样。”

如果说乌圆是一个在关爱中长大的孩子，开朗、活泼、率性且真诚，那么南河就是一个敏感且内敛的男人，他不擅长表达自己的情感，还很容易自我否定。他甚至会把所有的尖刺全包裹起来，只向内朝着自己，哪怕心已经被扎穿了，也不愿被别人看出一丝端倪。

如果不是那对控制不住的耳朵时常出卖他，袁香儿可能都没那么容易从他那张冷漠淡然的面孔上分辨出他内心丰富敏感的情绪。

以小南的性格，他能主动说出结契的话，不知道经历了多少挣扎，她不能在这个时候让他伤心。

“我是想修改一下这个法阵，南河。”袁香儿解释道，“我想去掉里面关于束缚和惩戒的内容，只留下彼此心灵沟通、相互感知对方安危的作用。我想让它成为我们之间平等交往的法阵。”

“为……为何要这般？”

“从前我是不太了解，如今知道了，怎么好让你们因为我而结那么不合理的契约？”袁香儿四下看看，确定左右无人后，开始厚着脸皮哄南河，“我最喜欢小南了，怎么可能不愿意和你结契？等我把法阵改良好了，我们就马上结契好不好？”

对于一心对自己好的人，袁香儿只想加倍地对他们好。

南河没有说话，那俊美的侧脸上眉眼低垂，双唇微微张开了几次，嘴角终于出现了一点儿向上的弧度。他明明笑得那么浅，袁香儿却满心欢喜。

云娘提着一筐衣服出来的时候，看见袁香儿正独自坐在院子的石桌前，咬着笔头对着一堆稿纸写写画画。

“香儿你要不要去看看小南？小南好像有些不太对劲。”云娘把衣服都抖开，往绳子上挂，“刚刚我出来时，看见小南蹲在走廊上，整个耳朵都红透了，我想摸摸，看它是不是发烧了，它却跑得飞快。”

“哦，小南啊……小南没事。”袁香儿嘿嘿嘿地笑了。

原来小南这样高兴啊！对，自己早就该这么做了嘛，袁香儿想。

等把法阵改好了，她就把乌圆和锦羽的契约也改了。

只是修改法阵好像有点儿难，要是师父还在家就好了，自己还能向他请教一下。

爆竹声声旧岁除，家家户户岁筵开。

除夕之夜下起了细细的小雪，云娘和袁香儿一起准备了一桌年夜饭，就摆在檐廊下。她们架起火盆，烫了小酒，一边守岁一边赏着院中的雪景。

在云娘面前，袁香儿按照当地的礼节恭恭敬敬地行了一个伏礼，感谢师娘一年来的照顾。

“来来来，这是给香儿的压岁钱。”云娘递给袁香儿一个荷包。

“谢谢师娘。”袁香儿开心地接了过来。每年都能领到压岁钱，总让她觉得自己还是个孩子。

“这是南河的。”云娘又取出一个荷包，放在南河的小爪子前，“小南是第一个来我们家的，自从小南来了以后，家里就越来越热闹了。”

南河犹豫了一下，伸出爪子，将那个荷包按住了。

乌圆一下子蹿上檐廊，跑到云娘面前打转：“喵喵，喵喵喵？”

“当然少不了我们乌圆的。”云娘笑盈盈地递出一个红色的小荷包，让乌圆叼走了。

然后她站起身，提着棉袍的下摆，走到了锦羽的小木屋前，将最后一个红色的荷包放在了木屋的门前。

事实上，从云娘走下檐廊的台阶起，锦羽就一路小跑着跟在了她的脚边。

“新年快乐啊，锦羽。”云娘对着木屋上的名字说道。

锦羽跳上屋顶，冲着云娘发出一串咕咕咕咕的声音。

虽然彼此不能交流，但这并不妨碍他们相互喜欢。

云娘分完荷包，提前进屋休息。

“你差不多就行了，不能喝得太多。”临走之前她交代袁香儿，“要是你师父在，想必还不让你在这个年纪就喝酒。”

“只要师娘您同意了，师父不会不答应的。”袁香儿笑嘻嘻地回答。

院子内，乌圆已经迫不及待地跟锦羽分享自己的荷包了，乌圆用爪子打开荷包，发现里面是一副象牙做成的羊拐，每一面都雕刻有别致可爱的图案。

“你的是什么？”乌圆探头看锦羽的荷包，发现里面是一模一样的象牙羊拐。

“太好了，我们来玩吧？你会不会这个？”乌圆一下化为少年模样，伸手抓起四个羊拐抛到空中，反手一把接住了。

锦羽同样伸出小手，抓住了自己的玩具，口中发出了咕咕咕的声音。论起玩人间的游戏，锦羽可一点儿都不亚于乌圆。

袁香儿看着庭院中玩闹起来的两只小妖，打开自己的荷包，发现里面和往年一般，是一枚圆形的黄金钱币，钱币上十分接地气地刻着“招财进宝”四个字。

“你的是什么？”她扭头看南河的荷包，“哎呀，咱们俩的是一样的。”

南河的荷包里同样是一枚小金钱，不过换了“添丁进福”四个字。

这八个字在人间过年的时候十分常见，家家户户的红灯笼和对联上都有，通常是成双成对地出现。这个时候，两枚金钱摆在一起，就特别像是一对。

南河看看袁香儿手中的钱币，又看看自己爪下的，似乎十分喜爱，用爪子将那枚钱币拨过来拨过去，最终叼了起来，跑回卧房收藏妥当方才放心。

镇子上的爆竹声此起彼伏，小小的烟火不时升上天空，炸出一片热闹欢腾。

乌圆和锦羽在雪地里玩得正欢。

袁香儿喝得微醺，将身边银白色的小狼抱到腿上搓过来揉过去。

天空中隐隐约约传来低沉的鸣啸声，远处的天幕上悬浮着一只巨大而诡异的生物，细头细尾，中间却有个圆鼓鼓的肚子，像一个胖乎乎的热气球，飘飘荡荡地向着天狼山的方向飞去。

“那是什么东西，怎么长得那么奇怪？”袁香儿迷迷糊糊地问。

“那是龙，会在除夕夜归巢。”

“龙？龙长那个样子吗？龙的肚子怎么那么大？我以前过年的时候为什么没看见？”

“龙六十年回来一次，食饱方归，归来一梦六十载，周而复始。”南河看了袁香儿一眼，上一次你还不曾诞生在这个世间，但下一次，下一次我们还可以一起看，南河想。

“哈哈哈，原来是贪吃吃得那么胖，我说呢。”袁香儿醉醺醺的，哈哈直笑，“阿南，你也变得那么大，让我趴在上面，带我飞一圈行不行？

"你的毛那么软，躺在里面肯定和躺在云上一样舒服。"她晕乎乎地站起身，把南河整个抱起来，用脑袋蹭那银白色的毛发，"还是我们家小南最好，既漂亮又能干，这么体贴，毛还特别好摸。我一定要和你结契，我们马上就结……结契。"

"你喝醉了。"一个低沉的声音无奈地响起。

"胡说，我哪里喝醉了？我现在画十个天罗阵都没问题，不信我马上画给你看。"袁香儿摇摇晃晃地往楼梯下走，脚下一滑，身体就往下倒，但一只有力的胳膊揽住了她。

迷迷糊糊间，袁香儿听见了一声叹息。

大年初一，袁香儿在宿醉中醒来。

她已经不记得昨夜她是怎么回到床上来的。

反正此刻的她卸了钗环，脱了鞋袜，小脸洗得干干净净的，舒舒服服地窝在被子里。

袁香儿坐起身揉了揉眼睛，首先看见的是蜷在床头柜上的那个毛茸茸的小团子。

"新年好呀，小南。"

那只银白色的天狼神色不明地看了她一眼，抖了抖小耳朵，从柜子上跳下来，一溜烟儿地跑了。

我昨夜做了什么吗？袁香儿使劲回想，发现脑海中一片空白。

大年初一是客人上门拜年的时候。

第一个敲门的是袂，袁香儿打开门，从袂的手中收到了一大篮新鲜的山茶花。她把山茶花拿给云娘看。

"这么多山茶花也戴不完，白放着可惜了，不如做成茶花饼吧？"云娘高高兴兴地从袁香儿手中接过花篮。

随后是时常走动的邻居上门回礼，对门的陈家婶子提着两尾鱼和一只鸡，站在门外和云娘唠了许久。

吴婶家的大花送来了喜饼，拉着袁香儿责怪："你跑到哪儿去了？我就要出门了，想找你多聚聚都见不着人。"

开春后她就要嫁到两河镇上去，将来回娘家不易，对儿时的伙伴恋恋不舍。

袁香儿伸手理了理这位从小和她一起长大的伙伴的鬓发，将一支金钗别在她的鬓间。

"这是我从鼎州带回来的，算是提前给你添妆了。"

“哎呀，这么贵重，让你费心了。你且等着，等你嫁人那一日，我一定给你送一支更漂亮的。”大花开心地摸着头上漂亮的金钗。

人来人往热闹了一整日，日落时分，院墙外响起了一串清越的铃声。

南河发出威慑的喉音，瞪着院墙外一棵高大的云杉。

那树梢之上坐着一个小女孩，手中滴溜溜地转着一颗金色玲珑球，正是多日不见的厌女。

“哼，警惕性还挺高的嘛！”厌女不高兴地坐在树梢上说。

袁香儿打开院子的大门，向她招手：“进来吧。”

厌女从树梢上跳了下来。此刻的她穿着一身百蝶穿花缎面夹袄，脚上蹬着一双金红色的虎头鞋，头顶上依旧戴着袁香儿当初送她的羊绒风帽，衬着白嫩嫩的肌肤，显得粉妆玉砌、冰雪可爱。

“你穿这身衣服真好看。”袁香儿夸她。

“好看吧？阿椿做给我的。”厌女张开双手在地上转了个圈，当真像蝴蝶一样轻盈可爱。

“好看，没有哪个小姑娘能比你更好看了。娄太夫人怎么样？住得还习惯吗？”

“她很好，就是偶尔有些咳嗽，虺螣说可以找你要一些符箓戴在身上。”

“行啊，我过完今日就沐浴熏香，认认真真地为娄太夫人画两张祛除风寒的祛病符，去漠北之前，一定给你送到山上去，顺便给娄太夫人拜个年。”袁香儿真心诚意地希望娄太夫人长命百岁，身体康健，所以决定用心为她绘制几张祛病符。

厌女轻轻地哼了一声，什么话也没说，只是低头把玩手中的金球。

袁香儿包了一袋糕点，和南河一起将她送出门。

这个院子是镇上最靠近天狼山的位置的，转出门来便是上山的道路。山脚下，厌女停下脚步，突然伸手将手中那颗小小的金球递上前。

“阿椿给了我一个最新款式的，这个旧的没用了，就送给你吧。”

“送给我？”袁香儿愣住了。

“这是法器，她炼制过了，里面藏着她的力量，你收下吧。”南河突然开口。

厌女转过身来看着山下热闹繁华的城镇，苍白的小脸上双瞳如漆黑的深渊：“数百年前，此地发生天灾，颗粒无收，饿殍遍野，许多养不起孩子的人家就将家里的女孩丢到了天狼山深处，任凭妖魔野兽吞食。

“那时候死的女孩太多了，我因积怨而生。因此，我的天赋能力便是沟通天地间的灵气，这玲珑球跟在我身边多年，我将它炼制成了法器，有摄魂镇灵的功效，或许对你能有所帮助。”

那个小小的身影说完这句话，幻化为无数飞蛾，四散在空中，成群结队地一路向着天狼山深处飞去。

大年初五，袁香儿带着花灯和礼物进入天狼山，到虺螣家拜年。

“阿香，你来啦？我正在和阿佑学做香丸，想着做好了给你送去呢。”虺螣变出一条蛇尾巴，从庭院里飞快地跑出来迎接他们。

袁香儿手中提着一盏蛇形的花灯，蛇身灵巧地盘在一起，被青色的绢布加上薄薄的牛角片巧妙地拼接出了灵动的效果，灯光细细地从鳞片的间隙中透出，蛇头还能一开一合地吐出红色的蛇芯子。

袁香儿买到这盏花灯的时候，不禁惊叹这个年代的手工艺品之巧夺天工。

跟在虺螣身后出来的韩佑之看见那盏灯的时候，一瞬间就愣住了。

“这是你父亲临走的时候托我办的事。”袁香儿看着眼前的小小少年，郑重地把手中的灯笼递上前，“他让我替他向你道个歉，以后的路他不能再陪着你走，希望你自己能够好好地走下去。他们会在灯光处看着你的。”

那盏透着黄色烛光的灯笼，暖暖地照亮了韩佑之脚下的路。他伸出微微颤抖的手，接过了细细的灯柄。

去年，就是在这个日子里，父母出门办事，要把他独自留在家中。他心中不愿意，撒娇吵闹，想要跟着一起去。

“佑儿听话，乖乖地待在家中。两河镇的花灯制作精细，远近驰名，父亲去给佑儿买一个最漂亮的带回来，行吗？”父亲当时摸着他的脑袋哄他，“佑儿想要一个什么灯？”

“我属蛇，要一个蛇灯，会吐芯子的那种。”韩佑之高高兴兴地说。

他欣喜地等了一整天，没有等到会吐芯子的蛇形花灯，也没有等到这个世界上最爱他的两个人。

一颗泪珠落在他的衣领上，韩佑之迅速地用衣袖抹去了。

平日里爱哭的他，在这个时候反倒不愿他人看见自己的眼泪。

虺螣将袁香儿一行人让进屋子，不放心地频频伸头张望。

那小小的少年坐在回廊上，抱着双膝，低头看着身前发着光的灯笼。温暖的灯光打在他的面孔上，他看起来有些悲伤，又似乎露出了点儿笑容。

“他是不是很伤心啊？”飑朧坐立不安，“阿佑平时很爱哭的，今天没有哭，反而更让我担心了。”

“你别紧张，人类的成长总是会伴随着种种磨砺。”袁香儿和她一起看着窗外的少年，“这个孩子看起来柔弱，实际上十分坚强。得到父母的祝福，对他来说是幸福的事，你就放心吧。”

飑朧叹了口气：“你上次说，又要出一段时间远门？”

“是的，这一次去漠北。我不在家的时候，还要劳烦阿朧时常替我去看看我师娘。”

“行啊，你就放心吧。你不在家，我常去看她便是。”飑朧答应得很干脆，“如果有什么事，你也可以叫锦羽过来找我。”

从飑朧家中告辞，袁香儿带着两张祛病符和一些准备好的礼物走到山脚，给娄太夫人和厌女拜年。

娄太夫人住的屋子是用山里现成的石头临时搭建的，这些石头五花八门，有花岗岩、石英岩，还有一些晶莹剔透的矿物原石。

也不知道厌女用了什么方法，用这些石头整整齐齐地砌成了三四间小屋，外围用一种圆溜溜的彩色鹅卵石堆砌出一圈围墙，圈出了一座不小的庭院。整座建筑在阳光下流转着深浅不一的光泽，既有些粗犷，又带着神秘的美感。

院子被打扫得很干净，里边有水井、石磨、鸡鸭窝棚，还搭了个秋千架，正中心堆着两个歪歪斜斜的雪人，手拉着手，笑嘻嘻的，插着用胡萝卜做的鼻子。

屋子里的家居用品倒是一应俱全，床榻桌椅均精细考究，将屋子塞得满满当当的。

“银色的这张请您佩戴在身上。还有这个，我师娘做的金橘冰糖，润肺宽气，对喉咙好。”袁香儿将自己带来的礼物一一摆在桌上，问候娄太夫人，“您在这里住得还习惯吗？有没有什么我可以帮得上忙的地方？”

“你们能过来看看我，我就已经很开心了。”娄椿笑眯眯地回答，“我什么也不缺，孩子们来了很多趟，都快把这里塞满了。阿厌有些瞎紧张，我不过咳嗽了两声，她就慌慌张张地跑去找你。其实我觉得住在这里，空气也好，吃得也舒服，我的身体比往年冬天还硬朗了许多。”

院子里，厌女正在和乌圆一起玩袁香儿送来的花灯，狮子形状的花灯制作精美，灯身用绫绢蒙着，周围绕着一圈绒毛。伴随着花灯的摇晃，狮子的首尾和四肢灵活地摆动起来，一双点着金漆的大眼睛忽闪忽闪的，十分生动有趣。

厌女瞪着乌溜溜的眼睛，蹲在地上看摇头摆尾的小狮子，每当乌圆想伸出爪子碰一碰花灯，她就飞快地出手，狠狠地将乌圆的小爪子拍掉。

于是，满院子都是乌圆不甘心的喵喵的叫声。

“阿厌她虽然说自己是怨灵，但毕竟是由孩子们的魂魄凝聚而成，所以对什么都好奇得很。我觉得她不像积怨而生，不过是那些女孩的寂寞遗留在世间，孕育出了她这样的生命。”娄椿眼角的皱纹挤在一起，“她实际上是一个好孩子。我现在只希望自己能多活几年，能够多陪陪她。”

“山里灵气充足，不似人间混浊，食材也比较新鲜，您一定能长命百岁。”南河难得地开口说话。

“承你吉言。你们这就要动身去漠北了吧？”

“后日就启程。”袁香儿道，“这一次的路程有些远，我们可能要去很长一段时间，沿途看一看各地的风光，再体验一下大漠的风情，回来说给您听。”

娄椿看着坐在自己面前的两个人。女孩自信而温和，像那冬日的暖阳，男孩冷傲而俊美，犹如这雪峰之上最圣洁的雪，两人坐在一起，令人赏心悦目。

“我年轻的时候，时常听旁人谬赞于我，但我在你这个年纪，其实还远不如你这般大气洒脱，可以独自出门远行，不以繁难艰险为惧。那时候我的家里乱成一片，我表面上凶得很，谁都不怕，其实每天晚上都躲在被子里偷偷哭鼻子。”娄椿伸手给他们添了茶水，“我第一次看见你的时候就在想，这是谁家的女娃娃，能被教得这般爽朗大气？”

“大概是因为师父和师娘都太宠我了，我有恃无恐，所以过得恣意了一些。”袁香儿也觉得自己比上辈子活得舒坦，越活越明白，越过越幸福。

在关爱中长大的自己，自然学会了包容和爱身边的一切。

正月初七，宜出行，宜嫁娶，宜纳畜，忌出火。

袁香儿告别云娘，踏上北上的旅途。

周德运和仇岳明一并在阙丘镇所属的辰州等她。

会合之后，他们在码头登上一艘豪华而舒适的商船，沿着沅水北上，入洞庭湖。

仇岳明的精神状态好了许多，他穿着一身简洁的男装，脊背挺直，虽然依旧身姿单薄、容貌娟丽，却莫名带上了一股雌雄莫辨的美来。

“您的身体好些了吗？”袁香儿问。

“有劳记挂，已不碍事。”仇岳明还是有些不太自然地看了周德运一眼，勉强地道，“多得周兄照料。”

周德运十分怕他，连连摆手：“没有没有，应该的，应该的。”

仇岳明拿出一张手绘的舆图，摊在楼船厢房内的桌上，给袁香儿讲述行程：“我们沿沅水北上，一路走水路到鄂州。再从鄂州改陆路，到了东京之后，走河东路自太原府过雁门关，最后抵达大同府，然后越过长城，去丰州。”他一边指着地图讲解路线，一边征求袁香儿的意见，“这是在下感觉相对安全的路线，您看是否可行？”

袁香儿看向周德运，周德运连连点头：“我对此事一窍不通，全仗仇……仇兄安排。”

袁香儿便道：“我也没有出过远门，此事听您的便是。”

仇岳明收回手，神色略微柔和：“在下小字秦关，小先生可以此称呼在下。”

“那秦关兄唤我阿香就可以。”袁香儿给他们介绍坐在窗边的南河和被自己抱在怀中的乌圆，“这位是南河，这是乌圆，都是我的朋友。”

南河淡淡地回头瞥了二人一眼，乌圆喵了一声，仇岳明尚且镇定，周德运却吓得缩起脖子，两股战战，几欲先走。

入夜时分，袁香儿在客栈柔软的床榻上睡得香甜。

窗户外响起了一声极其细微的响动，一双绿莹莹的眼睛出现在被推开的窗缝外，悄悄地向内打量。

下一刻，袁香儿床榻前的软垫边，一双毛茸茸的耳朵竖了起来。

周德运单独给南河开了一间卧房，但南河还是蜷到了袁香儿床边的脚踏上睡觉，那厢房中的大床便便宜了乌圆。

南河低低的喉音响起，窗户啪嗒一声合上了，窗外的那双眼睛迅速消失。

夜色深沉，除了一些挂着红色花灯的建筑，街道上几乎没有人类活动。

阴暗的巷子里，偶尔有一些野猫和野犬踩踏着泥泞的路面跑过。

一只有着绿色双眼的生物在潮湿阴暗的巷子里飞奔，速度极快，它几乎可以贴着垂直的墙面奔跑。

但有一个身影比它更快！

一个银白色的身影越过巷子上方狭窄的天空，落到了那只妖魔的身前，堵住了它的去路。

天狼的四肢结实有力，琥珀色的双眸阴森可怖，它冷冷地盯着眼前的猎物，发出了威慑的喉音。

小小的妖魔在天狼巨大的威压下冷汗直流，毫不怀疑只要自己再做一个多余的动作，就会被眼前强大的存在撕成碎片。它已经混迹在人类的城镇里生活很久了，学会了熟练地化成各种人形，哄骗单身的人类亲近自己。

生活在这里，它唯一要提防的是那些道法厉害的人类术士，像天狼这样强大的同类，它已经很多年没有见到了。

“大哥，饶……饶命。我什么也没做啊！”有着绿色眼睛的妖魔讨饶。

“你躲在窗外看什么？”银色的天狼眯起双眼，“你想对她不利？”

“不……不不！我绝对没有这个意思！”妖魔瘦小的身躯跪拜在地上，它将锋利的前肢握在一起，“我只是听说这里来了一位带着使徒的术士，担心是洞玄教的那些法师派了人来鄂州清剿我们，就想悄悄看上一眼。”

“洞玄教？”

“是啊，你知道的吧？这些术士最近很猖狂，杀了不少我们的同伴。”那只妖魔揣摩着南河的神色，发现天狼并不是人类的使徒，于是小心翼翼地说，“大哥，我们是同类，如今妖族在人间生存不易，你不应该找我的麻烦，毕竟人类才是我们的敌人。”

南河皱了皱鼻子：“你身上有血腥味，是人类的血。”

那妖魔舔了舔还沾着血的尖尖手指，露出兴奋之色：“是啊，刚刚才得手。这年头想吃个人类不容易，我潜伏在那个人身边多时，好不容易才取得了他的信任，神不知鬼不觉地弄死了他，挖了他的心脏来吃。”

“哎呀，您这是干什么？”绿色眼睛的妖魔一下被南河踩在脚下，它吓得尖声惊叫起来。

“你刚刚想溜进去，偷吃她的心脏？”

“是……是又怎么样？外来的旅客，只要处理得好，死了也不容易被发现。那些人类肮脏无耻，本来就该成为我们的食物。你是妖魔，又不是使徒，干吗帮着人类？他们仗着自己会法术，捕杀、活捉我们的同伴难道还少吗？”

“人类并不全都肮脏无耻。”

“你在说什么？！你……难道喜欢人类？你喜欢刚刚屋子里那个人类雌性？”妖魔发出尖锐的嘲笑声，“别傻了，大哥。人类都是狡猾而无情的生物，喜欢上人类的妖魔都没有好下场。

“人类只认可自己的同类，永远不可能真正喜欢上妖族，哪怕对你和颜悦色，那也不过是想利用你而已。只要她从你身上得到了想要的，就会转身嫁给人类的男人，不可能把你放在心上。”趁着南河愣神，那妖魔从南河的爪下挣扎出来，一边后退，一边游说，“你相信我，我在这个城镇里住了太久，看过太多犯傻的妖魔。你现在就应该转身回去，咬断那个人类的脖颈，将她的心脏挖出来吃了。”

它的话还没有说完，一股飓风已经扑面扫来。

在人类的城镇里混迹了数百年的小妖想不明白自己为什么死于非命。

南河跃上屋顶挑出的飞檐，在那里舔了舔爪子，向来时的方向跑去。

天狼并不相信那只小妖说的话，但有一点那只小妖说得没有错，人类似乎并不只有一位伴侣。

南河停住了脚步。它脚下不远处的一座院子外挂着明晃晃的灯笼，即便是深夜，依旧有不少人进进出出，有一个男人搂着几位女性的，也有一个女子陪着几个男人的。

那些人都在笑，他们似乎过得很快乐，一些奇奇怪怪的声音夹在夜风中，传入了南河听力敏锐的耳朵里。

从小远离族群独自生活的南河并不明白那些声音代表着什么，它迟疑了一下，轻巧地跃上屋脊，悄悄地从那些瓦片上踩过。

南河听见了雄性的喘息声和一种属于雌性的娇媚声响，那些声音混在一起，钻进了南河尚且不通人事的身躯，让南河突然觉得心中慌乱而局促。

变小了的天狼满面通红地逃离了那声音恐怖的地界，一路在雪夜里飞奔，扑通一声将自己整个埋进一堆蓬松的白雪中冻了许久。直到浑身彻底冷却了，再也看不出什么异样，南河才抖落冰雪，哆哆嗦嗦地爬回屋子，顺着窗户的缝隙钻了进去，回到了那个人的床边。

南河看着床榻上的袁香儿，那人睡得正香，完全不知道发生了什么事。

想到将来有一日，她有可能一边抱着自己，一边搂着其他异性甜言蜜语，南河的胸口就像被一柄尖刀抵着一般难受。而南河自己手握着那柄刀，硬生生地将刀尖扎进自己的心里。

我为什么要喜欢上花心的人类呢？南河悲哀地想着，他用冰冷的鼻头轻嗅那人露出被褥垂在床沿的手掌。

那人下意识地翻过手来，开始抚摸南河的耳朵，又顺着脸颊挠南河的下巴，南河把脑袋靠过去，顺从地翻过身体，享受着她那灵巧的手指触摸在肌肤上的感觉。

或许我可以咬死所有出现在她身边的雄性，那样她的眼里、心里会不会只有我一个？

睡梦中，袁香儿感到一个湿漉漉的东西在蹭她的掌心，条件反射地把那个毛茸茸的小团子肆意揉搓了一通。

那个毛茸茸的小团子又冰又冷，还在微微颤抖。

袁香儿一下子睁开眼睛，发现地板上有一道水迹，南河浑身湿答答的，缩在床下的脚踏上打冷战。

“大半夜的，你跑去玩雪了吗？”袁香儿强忍着睡意把南河拎上床，胡乱找了条毛毯将南河的身体擦干，将南河裹在毯子里，塞进自己温暖的被窝。

迷迷糊糊地再度进入梦乡后，她好像听见枕边响起一道声音极低的话语：“只要我一个不行吗？留下乌圆和锦羽，别再要其他人了可以吗？”那声音似乎委屈得不行。

迷迷糊糊的袁香儿只想着哄南河高兴：“行啊，只要小南就好了。”

离开鄂州之后，一行人改乘周德运租借的马车。临时租借的马车性能不太好，跑起来又闷又颠簸。

仇岳明弃车就马，很快就凭借记忆恢复了熟练的马术，在大道上策马驰骋了起来。

袁香儿看得十分羡慕，也下车学习骑马，很快就将周德运等人甩开了一大截。

看仇岳明骑马时，袁香儿觉得他英姿飒爽、飞扬洒脱，轮到自己骑在马背上，她才发现完全不是那么回事。马跑起来颠得她浑身快要散架，腰疼屁股疼，大腿内侧被磨得生疼。

“不行了，不行了。我得下来走走。”袁香儿勒住缰绳，从马背上下来。

“骑马太不舒服了。还是骑小南比较舒服。”袁香儿对陪伴在身边的南河抱怨道。

小南今天好像很高兴，是发生了什么让小南开心的事吗？

路边的灌木丛里有一阵响动，一只金黄色毛发的小狐狸从里面蹿了出来。小狐狸中了一支箭，它拖着一路的血迹全力狂奔，经过袁香儿身边的时候，小狐狸突然刹住了脚步：“阿香，怎么是你？”

密林内远远地传来一阵急促的马蹄声。

那只小狐狸焦急地回头看了一眼，一下子蹿到了袁香儿怀中："有坏人在追我，阿香你快把我藏起来！"

袁香儿辨认了一下，发现这是童年时家乡的小狐狸。

那时候的袁香儿是袁家没人稀罕的三丫头，她时常在地里疯跑，也经常在田埂地头遇到一些混迹在人间的小妖精。

林间的马蹄声越来越近，袁香儿急忙打开后背上自制的背包，把那只受了伤的小狐狸藏进去。

袁香儿刚刚将小狐狸藏好，只见远远地从林子深处飞奔出一队人马，那些人一个个锦帽貂裘，持弓佩剑，飞鱼袋内插着簇羽，马鞍后头拴着猎物。

一群人簇拥着一名年轻男子，那男子身穿重莲团花小袖锦袍，腰系双搭尾蛇鳞宝带，用黑纱发冠勒着鬓角，绥带飘飘，左牵细犬，右擎苍鹰，眉飞入鬓，玉面寒霜，气势不凡。

这些人勒住马匹，开口询问："小娘子可曾看见一只受了伤的狐狸从此地经过？"

袁香儿茫然地摇头，神色真挚，演技到位。

那身穿重莲锦袍的男子不为所动，颦眉打量袁香儿片刻，淡淡地开口："把你背上的包袱打开来看看。"

袁香儿护住背包，神色戒备："你们莫非是劫道的山匪？"

那群人中传出几声嗤笑。

一位开道的伴当上前劝说："小娘子莫要浑说，他们是洞玄教的法师，都来自京都神乐宫。你不可无礼，速速将包袱打开便是，我等查验过后自会归还于你。"

袁香儿不同意："不行，荒郊野道的，你们一群人突然跑出来，凭什么说翻我的包袱就翻？"

"无须和她啰唆，我察觉到附近便有妖魔的灵气波动，把那个包袱拿过来。"男子的语气严厉。

他话音刚落，众目睽睽之下，袁香儿后背的背包里突然钻出了一颗小奶猫的脑袋。那只小奶猫颇为不高兴地冲着众人喵呜了一声，蹲到了袁香儿的肩头上，它的眉心隐约闪过一道红痕。

"使徒？那是使徒吧？灵力波动是从它身上传来的？"

“这小姑娘竟然是同道中人，差点儿看走眼了。”

“她是哪个门派的弟子，看得出来吗？怎的这样的年纪就在江湖上行走了？”

那些人中穿着锦袍的几位术士开始小声议论，虽不像周德运家中那批散修对拥有使徒的法师大惊小怪，但也感叹袁香儿这样的年纪就能带着使徒行走江湖。

“原来是位道友。”居中的男子迟疑了片刻，终究伸手行了个礼，“在下乃洞玄教掌教妙道真人座下弟子云玄，敢问道友仙乡何处、师出何人？”

洞玄教被拜为国教，受天子尊崇，门中弟子身份尊贵、修为不凡，走到哪里都是人们追捧的对象，自然个个都有些高傲的脾气。

这个叫云玄的人，年纪轻轻便被掌教妙道真君收为亲传弟子，更是从骨子里就带着一股冷傲。只是如今他奉师命带着诸位师弟出行，不得不收敛脾气，不好无端与其他门派的人起冲突。

于是他自报家门，具礼问询，心里想着，这位姑娘无论出自哪个门派，都不至于不给他们洞玄教这么一点儿小小的面子，为了一只小狐狸精同他们过不去。

袁香儿摇摇头：“抱歉，我不认识你们。如果没什么事，我就先走了。”

这些人的马背上挂了不少断了气的“猎物”，显然都是一些死后变回本体的小妖精，它们有的被砍去了肢体，有的被取了内丹，看起来血淋淋的，十分可怖。

那只小狐狸是袁香儿幼年时期的玩伴，和她一起爬过墙头、分过果子，袁香儿不可能甘愿把它交到“猎人”的手中，由着他们将它剥皮分尸。

“道友不愿打开包袱，莫不是心虚？”云玄举起手臂拦住她的去路，“近年来，京西到鄂州一带多有妖魔为祸人间，我等奉师命沿途清剿，正在捉拿一只狐妖，其逃窜至此突然没了踪迹，若非道友藏匿，又做何解释？”

他这一句话说完，他肩头那只苍鹰的双目中已经亮起黄光。伴随着一声尖厉的鸣啸，苍鹰展翅于空中，尖锐的双爪向着袁香儿背上的背包抓去。

南河的双眸中亮起寒光，他一手背于身后，只举一臂，凌空一抓。

那只飞在空中的苍鹰尖叫一声，摔在地上，扑腾着掉了一地羽毛，就地一滚，化为一位披着褐色羽衣的女子，一瘸一拐地退到云玄身后。

“使徒？它也是使徒！”

“什么种类？看不出来。”

“管它什么种类，擒下来再说！”

洞玄教的术士人人一脸怒容。

“你先退后。”南河对着袁香儿道。

云玄冷着面孔，微微抬起手。

南河的四周，立刻按照八卦方位站上了八位术士，他们围住南河，手中结印诀，两两祭出一张符箓。四张金光闪闪的符箓缓缓升上天空，隐隐形成一个法阵。

这个法阵南河恰巧很熟悉，正是四柱天罗阵。

南河还没有出手，就听见了袁香儿不高兴的声音：“八个人欺负我家小南一个，臭不要脸！”

天空中突然降下无数大小不一的火球，噼里啪啦一股脑儿地打在那些布阵的法师身上，顿时烧得他们手忙脚乱，慌脚鸡似的忙着扑灭身上的火焰。这四柱天罗阵由八人共同完成，他们吟唱缓慢，破绽众多，法阵还未结成，就被袁香儿一把“猫爪符”打得消散于无形。

“不识好歹，你这是哪里来的法门？”云玄皱起眉头。这个人虽然用的也是道术，但也太不讲究道门斗法的规则了，这样一不摆阵，二不诵咒，不要钱似的漫天撒符箓，几乎就是暴发户的打法。

机缘巧合之下，袁香儿学会了利用使徒的天赋能力制符。这里面实有一处诀窍，便是协助制作这样符箓的使徒必须是发自真心，毫无芥蒂地将天赋能力借给主人使用。是以这种方法虽然简单，但至今能够使用之人几乎没有。

云玄慎重地取出一张银色的符箓，默默念诵法诀，展符祭到空中。银色的符箓上符文流转，空中隐隐现出一只红色的神鸟凤凰。

袁香儿的师父余摇并没有怎么系统地传授她斗法用的法术，但他的书房内有着世间各家各派的秘籍，其中最多的便是这号称“天下第一大派”的洞玄派的道术。

因此袁香儿学会的许多实用的法术出自洞玄派，比如眼前的这个神鸟符，就是她的拿手法术。

眼见着对方的神鸟都现形了，袁香儿抬手祭出一张黄色符箓，后发先至，一只一模一样的火凤瞬间出现在空中。两只神鸟齐齐清鸣一声，各自喷出一团巨大的火球，在空中彼此抵消了，腾腾热浪掀开，扑了在场所有人一脸。

云玄举袖挡住热浪，挥开袖子甩开云雾，惊讶万分地看见对面的那个小姑娘依旧笑嘻嘻地看着他。

他年少成名，斗法之时少有败绩，是道门年轻一辈中的翘楚。但他心里清楚，刚刚那一番斗法，看似两人平手，实则是自己输了。

是他先起的手，念诵法咒，祭出了中阶银符，而对方不念诵法咒，随手就祭出了普通符箓，甚至没有用本门秘术，而是嘲笑似的刻意用出了和他相同的洞玄派法术，竟然轻松抵消了他的神鸟符。

这女子到底是何方神圣，如此天分，为何寂寂无名？

云玄又惊又疑，对身边的人道："请法器，召渡朔来。"

得了吩咐的弟子点头退去。

密林中涌出一股苍白的寒雾，将方才满地的火焰之气消弭殆尽，伴随着一阵铁索碰撞的声音，雾气中走出一位身材高挑的男子。

那人长发漆黑，肌肤苍白，细眉长眼，薄薄的双唇是深深的墨色，整个人既恐怖又美艳，犹如鬼物现世，又似神祇降临。

令人心惊的是，他的身躯上缠绕着碗口粗的铁链，那些铁索不仅铐住了他的双臂双足，更是从他的锁骨下方穿过身躯。沉重的铁链上密密地刻着暗红色的符文，那铁链在男子行走之时锒铛作响，但那男子行动自如，似乎丝毫不被这样穿过身躯的铁链限制，甚至没有露出半分痛苦之色，只是冷冷地冲着云玄开口道："什么事？"

"渡朔，拿下眼前这些人。"云玄指着南河发号施令。

渡朔抬起眼眸看了一眼南河，挑了挑眉："哦？天狼族，倒是少见了。"

他漫不经心地抬起手，用那有着短短的黑色指甲的手指，冲着南河一指。

在他出手的那一瞬间，南河感觉到了巨大的危险，刚刚收手握拳，交错护住头部，身躯却已被一股巨大的力量冲出十来米，南河踉跄了好几步才勉强稳住身形。

"原来只是一只幼狼啊！"渡朔轻笑了一声，"可怜见的，就让我陪你玩玩吧。"

他动了动戴着镣铐的手腕，用那毫无血色的苍白手指掐了一个奇特的指诀。

南河脚下的大地突然开始下陷，空气中仿佛出现了一个无形的力场，连坚实的土地都被压出一个不浅的圆形坑洞。

无处不在的空间力场在南河身边不断出现，南河高高跃起，用最快的速度在茂林中来回穿行闪躲。

成片成片的高大树木在那些看不见的巨力的作用下轰然倒地，南河的头巾在战斗中丢失，一头银色的长发在迅速奔跑中化为流动的星辰拖在身后，一路留下星星点点的幻影。

云玄感觉挽回了一点儿颜面，悄悄松了口气——他带着这么多师弟，还在地方官员派出的随行武士面前，若是输给这样一个小姑娘，实在太没面子了。

“渡朔的力量是空间之力，除了师父身边的皓翰，我还没见过谁是他的对手。”

但他的笑容很快就凝固在脸上了，白昼里，天空不知何时缺了一个圆形的口子，白日现星辰，漫天的星力犹如流星坠落，轰隆隆全砸在了渡朔身上，扬起漫天烟尘。

烟尘散去之后，现出了渡朔狼狈的身影，他顺直的长发凌乱，披在身上的长袍也敞开了领口，露出那些钻入他身躯的狰狞铁链，他甚至被砸得陷入了土地一截。

渡朔收回护在头顶的戴着镣铐的手臂，把陷入土地的双脚拔出，他眯起狭长的双眼，脸上隐隐带着怒色。

“还没完全度过离骸期的幼狼，居然就可以引动星辰之力了，倒是让我起了认真较量的心思。”

他的五指骤然收紧。

南河立足之处，四面八方的空气齐齐压缩，土地瞬间塌陷了一个范围极广的巨大坑洞，就连远远停在外围的不少马匹都受到了惊吓，马儿扬起前蹄嘶鸣，不受控制地开始向远处逃窜，场面登时乱成一团。

但那个坑洞的中心，有一块圆形的土地完好无损地保留着，银发飞扬的男子平静地站在那里，双眸中战意升腾。

渡朔颦起了细长的眉。

他看见那个天狼族的男子身边站着一个十六七岁的人类少女。

那少女将手按在身前的男人肩上，面色不虞地瞪着渡朔。

在银狼和少女的周围，有一个透明的圆球形屏障，一黑一红两条小鱼正围绕着屏障悠悠游动。

“双鱼阵？鲲鹏的双鱼阵居然出现在这里。”渡朔突然笑了一声，又笑了一声，仿佛想起了什么好笑的事情，用手捂着脸仰头哈哈笑了几声，“鲲鹏啊，他竟然还把这个法阵留在人间。”

然后他放下了手，晃了晃手上叮叮当当的镣铐，在土地上坐了下来：“没办法了，这两个人我对付不了。”

云玄靠近他，压低声音道：“渡朔，你答应过师尊一路听我号令，绝不敷衍。”

渡朔无所谓地抬了抬头："我没敷衍你，那个法阵我破不了，你就是叫你师父来，我也只能这样说。"

云玄身边的师弟们悄悄劝道："算了吧，师兄，不过是一只微不足道的小狐狸，就算跑了也无碍的。"

"我们闹的动静是不是大了些？还是算了吧。"

刚刚他们那一战推平了小半个山头，搞出的动静未免太大了。这里是官道，远处有不少往来的百姓停下了车马，惊惧地看着此地议论纷纷。

云玄犹豫不决地看着不远处的袁香儿和南河，最终深呼吸了几下，压下了争强好胜之心。这一次出门，师父命他领队，又将身边强大的使徒借他驱使。他本来意气风发，想着一路上降妖除魔，高歌猛进，好在江湖上扬一扬名，没料到这才走出京都没多远，便遇到了这么一挫，不免稍稍收敛过度膨胀的心态。

"这位道友，你我既是同道中人，应知斩妖除魔乃我辈之大任，想必你也不会包庇一只小小的狐妖。"云玄提气朗声开口，"今日你我切磋，点到为止，我们这便告辞。"

这句话说完，他也不管袁香儿如何反应，打马回身，带着一群人浩浩荡荡地离开了。

大战之后一地狼藉。

周德运和仇岳明一行这才小心翼翼地驾着马车从远处靠近。周德运看着山谷中倒伏的树木、崩裂的土地以及道路上成片成片的坑洞，不禁咋舌："我的小姑奶奶，这是闹的哪一出？"

"那些人似乎是京都来的。"仇岳明打着马绕道过来，望着那些人远去的背影说道。

"你认得他们？"袁香儿问。

仇岳明奇怪地看了袁香儿一眼，有些不理解她这位"修行"之人为何还没有自己了解这些世人皆知的"常识"，但还是耐心地为袁香儿解释起来。

"当今世道修习法术者众，其间分为显世和避世两大主张。以道修两大门派洞玄教和清一教为例，洞玄教讲究入世修行，教中弟子以斩妖除魔、保境安民为己任，为天子所尊崇，被拜为国教；而清一教深居昆仑山，避世潜修，教中的修行之士神龙见首不见尾，只在民间偶然留有事迹传说。

"只有洞玄教掌教妙道真人座下弟子，才有资格穿这种重莲纹锦绣法袍。那位云玄真人在京都赫赫有名，我虽远在塞外，也时有耳闻，因此我知道他们是从京都来的。”仇岳明说道。

袁香儿点点头。她现在不关心这些喜欢显摆或是喜欢清静的教派，只关心背包中的小狐狸的伤势。

她爬上周德运专门为她准备的马车，打开背包。包中那只小狐狸一瘸一拐地爬了出来，砰的一声变成了十年前的那个小男孩。他的模样几乎和十年前一样，没有任何变化，只是本来白白胖胖的小脸瘦了许多，上边挂着污渍和血痕，脑袋上耷拉着一对耳朵，身后拖着一条毛茸茸的金黄色尾巴，后背上还留着半支折断了的箭。

此刻，他正眼泪汪汪地撇着嘴看着袁香儿。

袁香儿解开他的衣物，察看他的伤势，只见那支利箭嵌进了他小小的肩膀中，伤口看起来十分狰狞。她对着那半支血淋淋的箭矢，感到有些无从下手。

“我来吧。”南河从袁香儿手中接过箭，一手按住小狐狸的后脖颈，另一手顺着箭头用刀准确地切开小狐狸的肌肤，毫不犹豫地拔出利箭，然后用涂满伤药的纱布紧紧地按住小狐狸的伤口，整个过程不过花了一两秒钟。

小狐狸一声不吭，只是趴在袁香儿的膝盖上，眼睛里含着眼泪，噘着嘴，身后的狐狸尾巴来回地扫了扫。反倒是乌圆被吓了一大跳，它用两只爪子捂住了眼睛，躲到袁香儿身后不敢看。

这看起来确实很疼。

“你怎么到了这里？那些人为什么追你？”袁香儿摸着可怜兮兮的小狐狸的脑袋，“对了，从前我一直都没有问过，你叫什么名字？”

“我姓胡，叫三郎。香儿叫我三郎便是。”

狐狸变成的小男孩的肩上缠着绷带，小男孩披着一件外衣，坐在马车上吸溜吸溜地喝着袁香儿端给他的热汤，说起了自己这些年的遭遇。

“自从阿香你走了之后，没过几年，村里突然来了几位法师，闹哄哄地说村里有许多妖精，要斩妖除魔。一开始我们还觉得很有趣，悄悄地跑去围观，结果发现那些法师和吴道婆不一样。”

他鼻头红红的，手上、脸上都是擦伤和泥土，头顶上的耳朵微微低垂，金黄色的大尾巴毛发乱糟糟的，看起来十分可怜。

“当时那个血红色的法阵亮起，捉住了很多小伙伴，伙伴们一个个被迫现了原形，被那些人按在院子里剥掉皮毛，再也活不了了。我吓得慌不择路，四处奔逃，惶惶不可终日。后来族中的一个姐姐教我隐匿妖气和变幻之术，我这才变为人形躲躲藏藏地生活了几年。我本来已经变得很好了，几乎没有被人发现过，只是前日在酒肆闻着酒香，一时嘴馋偷喝了少许，露出了尾巴，方才被那位洞玄教的法师一路追赶到这里。”

“原来那些小伙伴死了许多。”袁香儿想起童年的伙伴，心中伤感，伸手摸了摸他的小脑袋，宽慰道，“三郎变厉害了，都学会变幻之术了呀！”

“嗯，我变给阿香看呀！”胡三郎顿时又高兴起来，一句话说完，砰的一声腾起一团烟雾。烟雾消散后，小男孩变成了一位俊逸的青年男子。

他变成男人就算了，偏偏不好好变衣服，身上还披着那件短短的袍子，肩头束着白色的绷带，眼角带着一抹红痕。他倾身靠向袁香儿："香儿你看我变得好不好看？”

袁香儿突然清晰地理解了人类总挂在嘴边的“狐狸精”的意思。

小狐狸变幻而成的这个男人，并不见半分娇柔女气，眉目英俊，身高腿长，带着几分温润清俊的气质，可以说是巍峨若玉山之将崩，笑如朗月入怀。这样的人物无须刻意粉饰，骨子里天然就带着一种魅惑人心的气质。

袁香儿伸手抵住他的额头："不要，你给我变回来。”

胡三郎颦眉，露出了一点儿为难的神情。他果然是在人间混迹得久了，微表情做得十分到位，没有半分不自然，就像是一位真正的俊秀郎君。

“阿香不喜欢呀，那这样呢？”

又一阵烟雾散去，少年郎君变为一位青春正好的少女，伸出藕臂挽住了袁香儿的胳膊，那张面孔清纯而无辜，身材却凹凸有致，带着说不尽的风韵，道不完的动人。

袁香儿伸出手指在胡三郎的额头上弹了一下："你这些年到底在哪里生活的？快给我变回原样！”

少女捂住被弹痛了的额头，噘起了嘴巴，先是脑袋上冒出了一对毛茸茸的耳朵，又从身后冒出了一条金黄色的尾巴，随后身躯渐渐变小，恢复成了五六岁的小男孩模样。小男孩委屈地说："青狐姐姐都说我变得很好，时常让我去替她唱曲子给那些来教坊的客人听。阿香你为什么不喜欢？”

原来他混迹在教坊，学会了风尘中的调调。

袁香儿好笑地揉了揉他的耳朵："不要捣乱，你保持原样就好。”

南河在车内看着他们两个久别重逢，有说有笑，默默地起身下了马车，独自骑上一匹马随车前行。

乌圆跟上南河，爬上了他的肩头："南哥，南哥，你看那只小狐狸也太过分了，一来就黏着阿香。"乌圆气鼓鼓地在南河耳边说话，"哼，果然是一只狐狸精。"

车子的窗帘是拉开的，车内欢声笑语，那只小狐狸乖巧地趴在袁香儿身边的椅垫上，主动把那条金黄色的大尾巴交到袁香儿手中，那尾巴尖上的一簇白毛在空中摆来摆去，招摇得很，刺得南河眼睛发疼。

昨夜袁香儿说的那些话，果然不能作数。

南河沉默地看了片刻，转过头来，抿住嘴不说话。

乌圆吹胡子瞪眼："我们应该联合起来把他赶走，让香儿依旧只宠爱我……不，我是说只宠我们两个。"

无论乌圆怎么煽动，南河始终没有说话，甚至没看乌圆一眼。

"南哥，你不能总这样，我爹说了，想要什么东西就必须争取，你不争取，那好东西肯定都被别人给抢走了。"

"争……争取？"南河终于有了回应。

天色很快暗了下来。

因为袁香儿在半路上和云玄打了一架，耽搁了不少时间，一行人错过了宿头，不得不露宿荒野。

在寒冷的冬季，露宿在野外可不是什么美好的事，比起白日，夜晚的气温骤降下十来摄氏度，寒风呼啸，滴水成冰。

一行人寻了一个避风之处，燃起几堆篝火，依靠着取暖。

袁香儿蹲在南河的身边搓着手哈气："好冷啊，小南你冷不冷？"

一条由深至浅渐变的银白色尾巴落在了她的手上。

袁香儿愣住了，下意识地先摸了两把，又温暖，又柔顺，还很蓬松。

啊，好幸福。

果然还是小南的尾巴摸起来最舒服。

"我比他好。"南河背对着袁香儿蹲在她面前，憋出了一句话，似乎整个人都委屈得不行，一对别在脑后的耳朵都红透了。

"小南啊，"袁香儿的心都软了，她忍不住在南河的名字后加了个尾音，"三郎还是小朋友，又受伤了，我们一起照顾他一下嘛。"

她好笑地看着那银白色的尾巴尖随着她手里的动作摆动着，她捏一下，那尾巴尖就跳一下，有意思得很。

仇岳明顶着寒风、披着斗篷向他们所在的篝火边走了过来。他虽然意志坚定，但这具身躯毕竟十分柔弱，此刻已经被冻得脸色发白，声音发抖。他努力稳住自己，对袁香儿道："阿香，你去车上睡。"

他们只有两辆马车，又小又窄，不是他们舍不得买好的，只是路途遥远，山路崎岖，宽大的马车会被卡在半道上行动不得。

仇岳明就是冻死也不愿意和周德运挤一辆车，当然他觉得自己也不能和袁香儿同车而眠。因此，为了照顾年幼的袁香儿，他打算自己顶着寒风撑一个晚上。

"不用的，我和南河挤一挤就行，您赶快上车去吧。"袁香儿怀里抱着一个毛茸茸的小暖炉，温暖的火光投射在她笑盈盈的面孔上，"周夫人的体质可不好，您要是病倒在路上，我们还得耽搁不知道多少时日。"

仇岳明还想坚持，觉得无论如何都不应该让袁香儿这样一位小姑娘睡在野外。突然，他看见袁香儿身边那位一直十分神秘的男子化成了一只毛色银白的狼，那只体形极为庞大的狼伸展着自己的尾巴，将袁香儿整个裹了进去，然后用那双琥珀色的狼眸不太高兴地看了仇岳明一眼。

荒山野岭，狐火虫鸣，被这样一只体形巨大的妖魔瞪了一眼，便是身经百战的仇岳明也忍不住打了个寒战，他只得退了回去。正从车上下来的周德运看到火堆后突然出现的巨大身影，吓得连滚带爬地回到了自己的车厢，吧嗒一声关上了车门，再也不敢露面了。

天狼的毛发特别柔软顺滑，一点儿都不扎人，还带着南河温热的体温。袁香儿整个身体陷在这样的温热柔软中，幸福到忘乎所以，她把整张脸埋在那里使劲揉搓，不住口地夸赞："哎呀，还是小南好，我家小南真的最好了。"

夜色渐浓，北风过境，温暖摇曳的篝火边，一只巨大的银白色天狼安静地蜷伏着。

一位少女依偎在它浓密的毛发中睡得正香。

南河看着少女恬静的睡颜，感到一阵心满意足，将自己毛茸茸的尾巴卷上来，轻轻盖住那人的身躯，不让一丝寒风侵袭到她。

小狐狸和乌圆蜷在火堆的另一边，睡在被堆成窝棚的被褥内。小狐狸悄悄地问附近的乌圆："阿香很喜欢那只天狼吗？"

乌圆不满意地看了这只一来就企图撼动自己地位的狐狸精一眼："哼，阿香最喜欢的是我，最好吃的和最好玩的东西她都是先尽着我的。我还有一间阿香亲手做的屋子，如果你乖乖听话，回家以后我就勉强让你进去玩一玩。"

天亮之后，一夜未眠又因化形消耗了灵力的南河化为一只小小的天狼，蜷在袁香儿的怀里补眠。

随行的那些周家小厮和伴当远远地看着前方坐在马背上的那位少女，哆哆嗦嗦地不敢靠近。

虽然主家大爷一直十分推崇这位小娘子，以“先生”称之，但袁香儿毕竟只是一位十六七岁的少女，一路走来又十分随和好说话，大家对她也就起不了什么敬畏之心。

直到昨天夜里，他们眼睁睁地看着巨大的妖魔凭空出现，护在她的身边给她遮蔽风霜，吓得一夜连大气都不敢喘一口。

今早他们起来一瞧，那只巨大的妖魔不见了，小姑娘怀里却多了一只毛色独特的小狼。

这下他们几人不仅不敢对袁香儿有丝毫轻慢，便是对那些在她身边待着的小猫、小狐狸都毕恭毕敬了起来。

“猫……猫大爷，狐大仙，这是两位的午餐。”一位仆从小心翼翼地将两盆刚刚煮好的食物捧到乌圆和胡三郎面前，丝毫也不敢怠慢，谁知道这么小的一只奶猫不高兴起来，会不会像昨天夜里的银狼一样突然变成小山一般的怪物，一口将自己吞下去呢?

乌圆纡尊降贵地舔了一口猫食，发现里面放了不少干贝和虾米，于是满意地拍出一条小鱼干甩在了仆从面前。

那位仆从也不敢嫌弃，恭恭敬敬地双手捧着赏赐退回伙伴中间，泪流满面地让同伴看自己手中的小鱼干：“大伙儿看，猫大仙赏我的。”

袁香儿一行从鄂州一路颠簸，过了信阳之后，官道终于平坦了起来，这也意味着他们距离繁华的京都越来越近。

虽然只是路过，但想到能见识到热闹繁华的首都，大家都振奋起精神来。

“等出了京都，渡过黄河，接下来的路会越来越难走，再也没有先前这般安逸了。”仇岳明给他们泼冷水。

周德运整张脸顿时垮了下来：“先前这样都还不算难走吗?以后还要更辛苦？”

一路的风餐露宿让这位大少爷也少不了灰头土脸、腰酸腿疼，再也维持不了那处处精细考究、养尊处优的排场。听到接下来的路程还要更加艰难，他心中不由得连连叫苦，可是看着马背上年幼的小先生神色泰然，身体单薄的“自家娘子”更是一路骑行探路，安排食宿，他这个坐在马车中的“七尺男儿”不得不揉了揉颠簸得酸疼的屁股，将一肚子的苦水咽了下去。

“阿香，到了京都我想去看望一下青狐姐姐，之前多亏她照顾我。”袁香儿身边的车帘被掀开，胡三郎双手合十做了个“拜托了”的姿势，既娇憨又可爱。

“你口中的青狐姐姐，就是你之前说的生活在教坊中的那位狐狸姐姐吗？”袁香儿骑在马背上，与马车并行。她对胡三郎之前提过的那位一直混居在人群中的狐狸精有些好奇，“她一直生活在京都，就没有被人发现过吗？天子脚下，繁华盛地，能人异士众多，能安稳生活这么多年，你那位姐姐倒也挺厉害的。”

“嗯，青狐姐姐在人间生活了许久，对人类的一切都很熟悉呢。一开始的时候，如果不是她收留我，我可能早就死了。”

巍巍古都遥遥在望，城门气势恢宏。

入得城来，但见千门万户，碧树银台，玉楼金阙，花街柳巷，歌姬妖娆，王孙买笑，不愧是京都盛景。

为了节约时间，袁香儿一行没有进入内城，只在外城寻了一个便于出入的客栈落脚。

周德运立刻要了香汤洗面、热水烫脚，又在小厮的服侍下更换衣服，按腰捶腿，终于觉得自己又活了过来。

他在饭桌上想起一事，颇为遗憾地说道：“京都有位音律大家，人谓胡娘子，此次行程匆忙，无缘得见，也算是一大憾事。”

一路走来，因为有周德运这个纨绔子弟同行，他们的吃住都被安排得十分妥当。每每经过繁华重镇，在酒肆中用餐歇脚的时候，周德运总要请些当地的歌姬琴师来献艺解乏。这些人无论技艺如何，但凡提到“京都胡娘子”都甘拜下风，自愧不如，让袁香儿和仇岳明这样对音律之道不算十分上心的人也免不了对这位胡娘子有些好奇。

袁香儿便道：“既然到了京都，不如我遣店中伙计去请上一请，无论花多少银钱，定要见识一下是什么样的仙音妙曲才是。”

她虽说在生活中不似周德运那般讲究，其实家中库房里堆满了金山银山，可任意花费，因而对金钱也并不在意。

“小先生有所不知，这位胡娘子虽说是风尘中人，但想要听得她一曲妙手仙音，却非金银之力可得。无论出多少钱，只要没有提前邀约，她一律不搭理。据说邀约的请柬已经排到后年去了。”周德运接连叹息，似乎真心引此为憾事。

几人正说着，周德运的一个小厮手持一封天青色的拜帖匆匆忙忙地跑了进来。

“大爷，雨师坊的胡娘子来访，车轿已在客栈门外。”

周德运一下站起身来：“什么？你说何人来访？当真是胡娘子？我……我怎生有这般颜面？”

他慌慌张张地向外跑，又急急忙忙地退了回来：“快，快给爷整理一下衣冠。蠢货，手脚利索点儿，休要让胡大家等我，这可失了礼数。”

收拾齐整后，周德运便提着衣摆、扶着帽子往外跑去。

袁香儿和仇岳明也好奇地推开客栈的窗户，果然看见客栈门外停了一辆青帷马车，从马车上下来一位娘子，那人丹凤眼，柳叶眉，淡妆素服，头上戴着昭君帽，手里抱着一把琵琶。

相比教坊中妖娆多姿的女子，她的容貌倒显得平常，妆容也十分清淡。她的身后跟着下来一位杏眼桃腮的姑娘，却是变幻为女子的胡三郎。胡三郎扶着那位娘子的胳膊，抬起头来冲袁香儿挤了挤眼睛。

原来这位胡娘子便是胡三郎口中的青狐姐姐。

“乌圆，你看得出来吗？要不是三郎告诉了我，我还真是一点儿端倪都看不出。”袁香儿悄悄地问趴在窗口的乌圆。

“奇怪。”乌圆道，“我竟然也看不出，在我眼中她就是一个普通的人类。我爹说过，这世上只有一类种族的变化是我们一族的真实之眼看不透的，那就是狐族中的九尾狐。九尾狐世所罕见，想不到今日在这里遇到一只。”

那位胡娘子在周德运的热情迎接下进得屋来。

她倒也不叙前事，只款款地行了一个礼，转轴拨弦，先献一曲，只见玉指调云汉，素手乱山昏，曲中自有仙音出，相与登飞梁。

在鄂州听秋娘的琵琶之时，袁香儿已经觉得是一种极为难得的视听享受——人妖娆，曲玲珑，音律甚美。

但眼前的胡娘子素手拨冷弦，清亮的乐声在室内一荡开，袁香儿才终于知道什么叫真正的人间仙乐。

那珠玉般的乐声掉落在地面上，流淌开来的时候，让人根本无暇再顾及演奏者的容貌几何。

琵琶声响起之时，整间喧闹的酒肆顿时为之一静。

喝得面红耳赤的酒徒放下酒杯，突然想起了家中在油灯下哄着孩儿入睡的娘子。

眯着眼睛打算盘的掌柜抬起头，悠悠回到童年时没心没肺的放牛时光。

腰悬雁翎刀的游侠放下紧握刀柄的手，掌心温热，忆起当年醉倒花街时的一位红颜知己。

周德运回想起曾经潇洒惬意的生活，没想到这些日子体会到的种种苦楚，忍不住举袖掩面。

仇岳明沉默地攥住拳头，皱紧双眉，颊边咬肌浮动。

就连袁香儿都随着这流淌过心田的乐声，想起了很久以前，那些连自己都快忘记了的记忆。

袁香儿遭遇车祸的前一天，正巧是她的生日。

一向十分忙碌的母亲罕见地出现在客厅，看见袁香儿下楼的时候，她起身看了看自己精致的腕表，淡淡地说了一句："我今天有个会议，晚点儿一起吃个饭。"那时候母亲的嘴角明明是带着一点儿笑的，但袁香儿因为对她成见已深，根本没有察觉，连母亲难得的邀约都随便找了个理由搪塞了。

现在想想，独自养大自己的母亲，或许只是一个不善于表达感情的人，未必真的会对她的突然离世无动于衷。

一只温热干燥的手握住了袁香儿的手，轻轻地捏了捏她的手心。

袁香儿转过头，在南河那琥珀色的眼眸中看见了茫然无措的自己。

她的眼底有了湿意。

这里已然是不同的时空。

在这个世界，我过得很好，得到了师父和师娘的关爱，也有了不少的朋友，您在那边也不必为我伤心难过了。

琵琶声不知道什么时候停了，余韵悠悠，众人久久难以从满腹愁绪中抽离。

周德运一边抹泪一边鼓掌："良质美手，遇今世兮；纷纶翕响，冠众艺兮；闻君一曲，终无憾兮。"

胡娘子收起琵琶，起身谢礼。

随后，胡娘子抬眸看向袁香儿："我和这位小娘子一见如故，不知道能否劳烦相送一程？"

袁香儿知道她大概想说说胡三郎的事，点点头留下了周德运和仇岳明，送她出去。

两人也不乘坐车轿，就沿着人来人往的大街向前走。

"我单名一个'青'字，你可以叫我阿青。"胡娘子率先开口，"听三郎说，他打算从今往后和一个人类居住在一起，我十分不放心，执意要来瞧一瞧，倒是让你见笑了。”

袁香儿觉得她说得很有道理，毕竟这些小妖精都傻乎乎的，换了自己大概也不会同意胡三郎和一个不知底细的人类离开。

“就这么看一眼，你就放心了？”

“和三郎他们不同，我在人间住得太久，对你们人类十分了解，自有一套识人之术。你身边的这位是天狼吧？天狼族最是心性高傲，连天狼都愿意与你同行，我也没什么好担心的了。

“何况我还看到了你的这位使徒——很少有人会养这样小的山猫做使徒，还养得这么油光水滑的。”阿青看了一眼袁香儿肩上的乌圆，轻轻地笑了，“人类的法师可能只会夺取山猫的真实之眼炼为法器。大多数时候，对人类来说，我们只是可以利用的工具和可以随意杀死的敌人。”

乌圆不高兴地喵了一声：“无知的九尾狐，本大爷的厉害之处你根本一无所知。”

胡三郎从一旁探过脑袋来，冲着乌圆做了个鬼脸。

袁香儿安抚地挠了挠乌圆的下巴：“是的，是的，阿青她不熟悉乌圆，所以不知道我们乌圆的好。”

阿青也转头对胡三郎交代道：“阙丘靠近天狼山，灵气充沛，安逸舒适，确实比待在我身边要好许多。但你既然要生活在人类世界，就要多多收敛我族习性，别给阿香添太多麻烦才是。”

她一路聊了不少关于胡三郎的过往，两人逐渐变得熟稔起来。

“阿青你好像不太喜欢人类，那为什么还一直居住在人类的城市里呢？”袁香儿问。

那位青狐娘子垂下眼帘，沉默地走了很长一段路，就在袁香儿以为她不会想要回答这个问题的时候，她停下脚步，抬起头看着远处的青山开口解释。

“曾经，我居住的地方有一片很美的山林，那里生机盎然，溪水潺潺，山里居住着一位力量强大的大人。那位大人特别温柔，长久地守护着一方生灵，便是生活在那附近的人类都将他奉为神灵，为他修筑庙宇，供奉香火。”

她回忆起往事，眉眼变得温柔，带上了一丝幸福的笑意。她抬起袖子掩住了口：“我那时还是一只不懂事的小狐狸，时常溜出家门，几次三番都是那位大人救了我的性命。

“可是有一天，山里来了一位十分厉害的法师，他拆毁庙宇，驱赶我们离开，连那位大人都不是他的对手，反而被他……被他锁拿在法阵中，强行契为了使徒。”阿青露出了悲伤的神色，“我也没有能力帮助那位大人，所以只能想办法混居在人类的城镇里，离那位大人近一些，希望他能偶尔听到我的琴音，好排解一点儿身心上的痛苦。”

她抱着琵琶，站在雪地里，眉眼间满是落寞之色。

这一刻，袁香儿突然明白了她的琴音为什么能勾起人们对往日的回忆。

原来是演奏者心中深切的怀念和思慕，从乐曲中流淌出来，引起了听者的共鸣。

“是什么样的人？”袁香儿忍不住询问。

“瞧我，还说三郎呢。”阿青急忙收敛了情绪，勉强笑道，“我今天是怎么了？这不是你一个小姑娘能够过问的事。京都卧虎藏龙，复杂得很，你们停留一个晚上，明日就早早离开吧。”

袁香儿一行在客栈住了一夜，第二天起了个大早，收拾行装准备继续北上。

走出客栈大门，门外宝马香车，两排鲜衣华服的侍从恭恭敬敬地等在那里。

队伍为首之人正是袁香儿之前在半路上遇到并打过一架的云玄。

此刻的云玄白袍素冠，玉带貂裘，站在队伍最前方。

“快看，是云玄真人！”

“云玄真人？哪里？在哪里？”

“今日出门竟能遇见云玄真人，何其幸哉！今天一定是个好日子。”

行人纷纷向云玄的方向看去，酒肆客栈里的客人也推开窗子，探出头来，无论男女，一个个兴奋不已。

云玄看见袁香儿出来，面上微微有些不自然，但还是很快稳住了自己，斯文有礼地上前行了个平辈之间的礼。

“道友，吾奉家师之命，特来相请，邀道友入神乐宫一叙。”

袁香儿先前不过是装傻，并非真正不谙世事，洞玄教掌教妙道真人的名讳，她还是听过的。

虽然不明白这位国师大人为什么邀请自己去神乐宫，但既然人家是客客气气地邀请，她当然也得礼貌客气地谢绝。

她回了一礼道：“国师大人邀请，真是让我十分荣幸。只可惜我们还有急事需要赶路，还请道友转达，等下回来京都，我必定上门拜会尊师。”

云玄的面色一变，师尊在他的心目中是天人一般的存在，天子都恭恭敬敬地以师礼待之。他不敢相信，在京都竟然有人敢不应师尊的召唤。

但他好歹还记得师父的交代，压了压火气，靠近袁香儿小声地说了一句："师尊说了，他是余摇的故人，所以想见你一面。"

袁香儿瞬间抬起了头。

神乐宫。

国师所居的宫殿地势很高，从那里可以看见整个京都。

此刻，国师妙道蒙着双眼，身披法袍，站在窗边，正用那双被蒙住的眼睛远眺人间盛景。

"你也觉得是鲲鹏的双鱼阵吗？"他开口问询。

在他身后，站着两位身形高大的使徒，一位肤色苍白，长发及地，身上贯穿着沉重的锁链，正是不久之前和南河交过手的渡朔；另外一位额心长有一角，古铜色的肌肤上布满红色的怪异纹路，名为皓翰。

渡朔轻轻地哼了一声，没有说话，但也没有否认。

"我听云玄提起的时候，还以为他年轻看错了。"妙道真人坐回座位，举袖拂了一下摆在面前的白玉盘。白玉盘上的烟雾散开，现出了一片浩瀚而平静的海面。

"想不到他把这个保命的技能留给了一个人类的孩子。"妙道低头凝望那海面，似乎在自言自语，"或许，他是真的喜欢人类。"

"现在觉得内疚了吗？"渡朔嘲讽道，"即便是你这样的人，也会有觉得对不起别人的时候吗？"

"渡朔，"皓翰转着淡金色的瞳孔看过来，不赞同地摇摇头，"别这样和主人说话，自讨苦吃。"

妙道却像是没有听见渡朔的话一般，只是静静地面对着眼前的白玉盘。

白玉盘上显现的海水始终蔚蓝一片，蓝宝石一般的海面下隐藏着无人知晓的世界。

妙道看了许久，神色有些寂寞："生而为人，又怎么会没有愧疚的时候呢？可惜大道无情，为了追寻我之大道，我不得不割舍一些东西。"

他一拂袖："去吧，那个孩子来了，去帮我带她进来。"

袁香儿坐着马车来到神乐宫，只见此处庙宇层叠，雕梁画栋，金玉交辉；香花灯烛，幢幡宝盖，仙乐飘飘，果然有国教的气派。

袁香儿入了神乐宫的大门，顺着苍松老桧一路走上台阶，来到了一座紫石铺就的广场。广场四周竖立着孟章神君、监兵神君、陵光神君、执明神君四象神君的半人形石像。

广场之后松柏林立，其间有着一座气势恢宏的宝殿。

朱红色大门外的台阶上，站着面色青白、薄唇墨黑、戴着一身锁链的渡朔。

“走吧，跟我进去，他要见你。”渡朔淡淡地看了袁香儿一眼，转身率先入内。

南河拉住袁香儿，不赞同地摇摇头：“别去了，我感到里面有一个十分强大的存在，我们不是他的对手。”

袁香儿握紧他的手：“这是我第一次得到师父的消息，我很想去。何况，我觉得他要对我们不利，也没必要特意把我们引到这里来。整个京都都是洞玄教的地盘，难道他不能出来吗？”

南河迟疑了一瞬间，松开手跟着袁香儿一起往里走。当他们穿过那扇大门的时候，空气似乎凝滞了一下，发出一声细响，袁香儿穿了进去，而南河和乌圆被挡在了门外。

袁香儿回头看时，大门处迷蒙一片，已经看不见门外的景象。

她的脑海中响起了乌圆焦急的声音：“阿香，阿香，你怎么样？我们进不去，被挡在外面了，这些人太狡猾了。”

“没有国师的允许，你的使徒是进不来的。”渡朔停下脚步等她，目光冰冷，“不必担心，若是他真的要对付你，还犯不着使这些手段。”

袁香儿想了想，回复乌圆：“我没事，你和南河等在外面就行。”

她跟着渡朔走在一条长长的走廊上，走廊两侧是高大的朱柱，柱身下的柱基上非人间常见的吉祥图案，而是雕刻着一只只栩栩如生的妖魔。

袁香儿一路走来，发现那些柱上的妖魔或是张牙舞爪地追着人类吞噬，或是被压在红柱之下不得翻身。阳光从红柱的间隙中打进来，在地面上投下一格一格明暗交接的光斑。

渡朔赤着苍白的双脚，缓缓地走在袁香儿前面，他脚踝上沉重的镣铐一路发出冰冷的声响。

袁香儿看着那穿透了他身躯的铁链，忍不住问道：“你这样，疼不疼？”

渡朔将精致的眉目转了过来：“人类给牛穿上鼻环驱使它犁地的时候，会考虑它疼不疼吗？给马套上笼头让它拉车的时候，会考虑它疼不疼吗？身为阶下之囚，为奴为仆，还管什么痛不痛苦？”

袁香儿看着他那的眉目，突然觉得他和一个人十分相像。

她想起了乌圆说过的一句话："我们第一次化形的时候，经常会依照自己最亲近、最喜欢的人的模样去变化呢，从此以后这个相貌就固定为本形了。"

"请等一下，"袁香儿问，"你认不认识一位叫胡青的姑娘？"

渡朔银铛作响的脚步声突然停住了。

但那个长发及地的背影没有回头，渡朔停顿了片刻，又走了起来。

袁香儿知道自己猜对了。

"阿青很担心你，这么多年来，她一直居住在这座城市里。"袁香儿加快了脚步，跟在他的身边轻声说道，"她常常弹琴，希望能让你听见她的琴声，也不知道你这些年有没有听见。"

袁香儿知道自己眼下可能做不了什么，但既然遇见了，至少要转达一下阿青的心意，省得她几十年如一日地在这京都之中演奏着琵琶，而这位被关在深宫中的使徒有可能一无所知。

渡朔一句话也没有说，冰冷的面容上看不见丝毫表情变化。

他把袁香儿带到一间偏殿之外，伸手推开门之前突然低声说了一句："里面这位不是什么好人，以后别再到这里来。"

袁香儿跨入殿中。

殿内的光线不是特别明亮，靠窗的位置上有一张矮榻，矮榻的蒲团上，闲坐着一位身披山水袖帔、头戴法冠的法师。法师面向着架在身边的一个巨大的白玉盘，眼睛上却蒙着一条印有密宗符文的青缎。直到袁香儿进得殿来，法师方才抬起头来。

法师的身后侍立着一位魁梧而精悍的使徒，那位使徒的额心上长着尖角，虬结的肌肉上流动着暗红色的符纹。

袁香儿知道这位法师就是传说中的妙道真人了，站定之后叉手行晚辈礼。

"坐吧，我和你的师父余摇是朋友。你无须拘束，我叫你来，不过是想见见故人之后。"妙道真人微微抬了抬手臂。他肌肤苍白，身形消瘦，有几分文质彬彬的模样，并没有威震天下的第一大派掌教的气势。

他的话音刚落，便有道童端来蒲团、案桌，奉上一盏香茗。

袁香儿在那张蒲团上坐下："请问您怎么知道我是余摇的徒弟？"

妙道真人笑道："我的徒弟云玄说，你小小年纪，就能够灵犀一点指空书符了。你施法之随性自然和自然先生一脉相承，不是他的徒弟还能是谁？据我所知，他可没有女儿，何况他还把自己护身保命的双鱼阵留给了你。”

“那么您……知道我师父去了哪里吗？”

这是袁香儿最想知道的事情，也是她甘愿冒险来这里的原因。

妙道脸上的笑容凝滞了，过了片刻方才轻轻说道：“他既然不愿意告诉你和他娘子，我又怎么好违背他这么一点儿心愿，做这样的恶人呢？”

他止住了袁香儿的追问：“我和余摇相交一场，也算是你的长辈，既然他离开了，将来你在修行的时候，若是有何不明之事，或是短缺些什么物件，或可来寻我。”

随后他抬了抬手，又一道童入内，将手中的一个楠木托盘摆在了袁香儿面前。托盘上整整齐齐地放着数块美玉，块块通透灵秀、青碧温润，充沛的灵气萦绕其间。

“这算是一点儿见面礼。收着玩吧。”

袁香儿起身谢过：“若是说到修行上的疑惑，晚辈确有一迷茫之处。”

妙道真人点头示意她继续说。

袁香儿从怀中取出几张薄纸，上面零零碎碎地画满了一种法阵。

“我想改一下契约使徒的法阵，却一直不得其法，难以成功。”

她从洞玄教教徒们对待妖魔的态度中看出，这位国师对待妖魔的态度可能十分不友好，但她依旧想试探一下他的反应。

“哦？你这么小的年纪，就想着改动法阵？要知道，改动法阵可不是一件容易的事。许多人专攻法阵之道一辈子，也无法改动一个已经成熟的法阵。”妙道真人带着点儿好奇问，“说说看，你想怎么改那个法阵？是想提高结契成功的概率，还是想加强结契之后对妖魔的控制？”

“我想消除控制和惩处使徒的作用，只留沟通和彼此感知的效果，让这个法阵成为一个平等的契约。”袁香儿清晰地说出自己的诉求。

这下不仅是妙道真人愣住了，就连站在他身后的皓翰和站在门口的渡朔都忍不住惊诧。

“可是，没有了约束和控制作用，这个契约还能有什么用处？”妙道不解地问。

“没有了控制和折磨，还有沟通和相守。我们和妖魔的关系不一定只有彼此压制奴役，有时候也可以像朋友一样相处。”袁香儿看了一眼门外的渡朔，“无端囚禁和折磨那些拥有智慧和情感的生命，难道不是野蛮和残忍的吗？”

妙道露出忍俊不禁的神情，几乎是转头掩了一下脸才忍住没有当场笑出声来。

“你这个孩子，也太幼稚了。”

袁香儿并不因为他夸张的嘲笑而露怯，只是平静地看着他。她虽对妙道行晚辈礼，但其实并不觉得自己是他的晚辈，正相反，经过短短的两次接触，她心里十分不满洞玄教肆意虐杀妖魔的行为。

“行，你把法阵画出来给我看，我帮你改。改成以后，你马上就会知道没有束缚，你根本驱使不动你的使徒。”

妙道就像一位在迁就固执的孩子的长辈，口气虽不认同，但还是会予以帮助。

袁香儿用手指蘸了一下杯中的茶水，在案桌上画起了她构想了很久的法阵。

一丝丝灵气顺着她的指尖流转，即便是目不能视物的国师，也能通过感知知道法阵的模样。

“咦，这个法阵？”他慢慢端正了一直斜歪在榻上的身躯。

之前他看到的那两次结契的人果然就是她。他曾经以为余摇是妖族，所以才能同自己的使徒相处得那样融洽，想不到这个小姑娘竟然也能做到，真不愧是余摇的徒弟，竟然连性情和习惯都和她师父一模一样。

袁香儿画完法阵，指着一个关窍之处，抬起头看他：“无论我怎么修改，总差这么一点儿，还请前辈指点一二。”

妙道慢慢地从矮榻上站起身来，走到袁香儿面前：“袁香儿，你可能从小在你师父身边长大，没有见识过妖魔的残忍。”

他领着袁香儿来到大殿的一侧，这里的墙壁上绘制着一幅长长的古老壁画，绘者的笔力深厚，卷中一切生灵无不栩栩如生。

昏暗的光线打在画上，使得那幅画犹如存在于另一个时空中的景象。

在那里，有狰狞恐怖的巨大魔物，它们肆意地喷出火焰和洪水，引得山崩地裂，人类的家园因此被毁坏。蝼蚁般的人类在妖魔的爪牙下苦苦挣扎，而画卷的一角，无数修习了法术的能人异士手持宝器，正同妖魔殊死搏斗，相互抗衡。

妙道在壁画前缓缓踱步，手指轻轻抚过壁画：“在你还没有出生的那个年代，人妖混居，世道艰难。我们人类于妖魔而言，就是蝼蚁一般可以肆意虐杀的东西。如今天佑我人族，两界分隔，人间不再是妖魔的天下，我辈才得以安居乐业，坐享盛世太平。

“你竟然想要和那些妖魔平等相处？”妙道伸手扯住身后皓翰的长发，一把将他的脑袋拉低，掰过他的脸，让他露出尖角、竖瞳、牙齿锋利的模样。

“这样的怪物是我们人类的天敌，你竟然觉得他们能成为我们的朋友？”

“我师父也是妖魔，你为什么称他为你的朋友？难道那都是你骗我的吗？”袁香儿打断他的话，“所以您认为，现在该换我们折磨、欺负妖魔了？不分善恶，一概清剿？明明他们大部分性格平和，很好相处。难道我们就非要彼此杀戮，让两族结下血海深仇，永世不解吗？”

妙道将脸转向袁香儿。他的面孔上蒙着青色的缎布，袁香儿只能看见那缎布上的符文，却看不清他的神色。

她知道这位高高在上的国师可能听不得这样反驳的话语，但她并不想退让，这已经是她最礼貌的一种说法了。

过了片刻，妙道缓缓抬起手指，遥遥地向着袁香儿所绘的法阵轻轻一点。一丝灵光落进了桌面的法阵上，袁香儿画了无数遍却难以改造成功的结契法阵在那一瞬间运转自如。

“也罢，看在余摇的分上，我指点你这么一次。希望将来你不要因此而后悔。”

远处传来轰一声的巨大响动，整间偏殿的屋顶和墙壁都跟着簌簌向下掉落尘埃。

“有人企图破阵，四象神君的法阵居然没能拦住。”皓翰抬头看了天空一眼，身影骤然消失。

袁香儿突然感到怀中的一道符箓变得滚烫起来，伸手摸出来一看，是自己曾经留给南河的仅剩下一次使用机会的通信符。

袁香儿拿起符箓，那符箓上的灵力正在高速流转，热得几乎要燃烧起来，其间传来南河断断续续的呼喊声。

“香……阿香……你在哪里？”

大殿外的天空被破开了两个圆形的缺口，里面落下的不再是细细的星辉，而是一颗颗拖着长长尾巴、熊熊燃烧的陨石。巨大的陨石隆隆作响，冲着护宫法阵砸下来。

“这是国师的起居之处，有隔绝一切内外沟通的法阵，你的使徒和那只小狼联系不上你，疯成这样了。”站在殿门外的渡朔看着天空中不断落下的火球，开口提醒。

“什么？这里收不到通信？”袁香儿这才想起自己已经很长一段时间没和乌圆联系，也没收到乌圆的消息了。

她甚至顾不上和妙道真人打声招呼，提着裙摆撒腿就向外跑去。

跑到接近门口的地方，袁香儿才勉强联系上了乌圆：“乌圆，乌圆，我没事。我这就出来了，你们别急。”

袁香儿的脑海中立刻传来乌圆哭唧唧的声音：“阿香，呜呜，你怎么才回话啊？我和南哥都快急死了！”

袁香儿气喘吁吁地冲出那道大门，发现门外那座平整的广场上早已是一片狼藉，矗立在四角的四座石雕被毁坏了一座。皓翰蹲在另外一座石像顶上，背后露出一条金灿灿的老虎尾巴，身上暗红色的纹路都流转起来，正带着一点儿嗜血的兴奋神色盯着眼前的南河。

而南河——

袁香儿从未见过这样的南河。

她眼前的南河暴戾而狠绝，眸中杀气冲天，不顾一切。

他面色狰狞地一把抹掉嘴角的血，就要向皓翰冲过去。

“小南！”袁香儿及时叫住了他。

“我没事，南河，我一点儿事都没有。”顺着大门外的台阶，袁香儿一路向着南河跑去，“我出来了。”

随后她就落进了一个滚烫的怀抱，一双有力的手臂箍住了她。

“没事就好，别怕，别怕，我就要进去接你了。”南河在她的耳边说。

那圈住她的手臂在微微颤抖，明明是他自己在害怕，他却让她别怕。

“我们结契，阿香，马上就结，这样我随时都可以知道你在哪里，知道你有没有事。”他炙热的气息喷在袁香儿肩头。

袁香儿伸手轻轻地抚摸他的脊背：“好的，马上就结契。我终于改好了法阵，可以给你一个平等的契约了。”

看着袁香儿等人走远的背影，皓翰蹲在监兵神君的雕像上，眼眸里还燃着未退的金光。

“挺厉害的嘛，陵光神君的像都被他毁了。”他眯了眯眼睛，“可惜没打成……唉，如今想找一只天狼干一架可不容易。”

“离骸期都还没度完的幼狼，你便是赢了也没什么光彩。”站在一旁的渡朔淡淡地回了一句。

皓翰扭过头来看他，上上下下地把他来回打量了半天。

“我怎么觉得你对这个小姑娘有些不一样？”皓翰收回尾巴和利爪，变回人形，“之前只要和人类有关的事，你从来都是不闻不问，绝不会多说半句。刚刚我可听见了，你在提醒她，提醒她在主人发怒之前出来拦住自己的使徒，对不对？”

渡朔没有搭理他，迎着风站在高高的台阶上，他的视线貌似不经意地落在山脚下那一片片鳞次栉比的房屋上。

“你是不是觉得那个人族的小姑娘有些特别？竟然会有不想占我们便宜的人类。她还敢为此顶撞国师，连我也被她的言语吓了一跳。唉，这个年纪的人类还单纯着呢，等她再长几年就会变了，很快就会变得和洞玄教的这些人差不多。”

皓翰不需要渡朔回应，似乎已经习惯了自说自话。

“我好像又听见琵琶声了。真好听，这么远都能传得上来。”

“找机会劝一劝吧。”皓翰那金色的瞳孔顺着渡朔的视线看向山脚下，“那只小狐狸总是离得这么近，太危险了。万一被主人发现了，她可就完了。”

空气里传来一声铁链碰撞的轻响，渡朔闭上双眼，没有说话。

袁香儿和南河并排骑着马，走在回去的路上。

想起刚刚那一幕，袁香儿还心有余悸。

“你们也太冲动了点儿，那个地方可是洞玄教的总坛，随便出来一位法师都很厉害。乌圆你感受不到我的处境还算安全吗？”

使徒和主人之间，彼此可以感应到对方的境况是否危险。

“我……我劝过南哥不要冲动的，他不听我的。”乌圆附在袁香儿耳边小声说，一边说一边心虚地瞄了南河好几眼，希望南河不要拆穿自己。

乌圆是不可能承认的——发现自己联系不上袁香儿，乌圆顿时慌了，比谁都激动，一个劲地上蹿下跳地大喊：“南哥加油！砸它，我们冲进去救阿香出来！”

“幸好小南只是损坏了一座石像，人家没说啥。万一你们把屋顶砸穿了，估计他们还得揪着我们赔不少钱，哈哈。”袁香儿打趣道，淡化了砸毁神乐宫有可能发生的恐怖结果。

南河骑行在她身侧，一言不发，在袁香儿看过来的时候用双腿一夹马腹，策马跑了，把她和乌圆远远地甩在身后。

袁香儿知道他大概不太高兴，还在后怕。

远远地跑在前面的那个人，腰身紧实，双腿修长，骑马奔驰的动作显得特别有味道。

袁香儿不由得想起刚刚被那个人搂进怀中的感觉，胸口有一股暖暖的东西涌了上来，溢了出去，就像熬在锅里的桂花糖，浓稠的糖浆洒了一地，空气里布满甜香的味道。

这种被人爱着、关心着的感觉真好，她整个人都泡在这样的温暖和幸福中，就连上辈子被磨得尖锐的心都在不知不觉间变得柔软了。

袁香儿感谢上天能给自己重活一次的机会，让自己遇到这么多可爱的灵魂，并且被他们所爱。

她也深深地喜欢着他们，喜欢着这个世界。

神乐宫内，国师独自背着双手，面对着眼前的壁画。

寝殿里空荡荡的，弟子们没有被宣召不敢入内，隐藏在暗处的使徒惧怕他、怨恨他，绝对不会主动出现。

案几上那个袁香儿用茶水画成的法阵已经随着水分的蒸发及灵气的消散，不再出现在他的脑海中。

现在，他的眼中——准确地说是他所感知到的世界里，只留有眼前的这幅壁画。

由丝丝缕缕的灵气构成的人物和妖魔浮现在壁画上，清晰地刻印在他的脑海中，脱离了墙壁的束缚，那些线条跳动变化着，仿佛一个活生生的世界。

在画卷的一角，一只体形巨大的九尾妖狐仰天长啸，九条长长的尾巴悬浮在空中，将入侵领地挑战自己权威的法师们一个个在山崖上拍成肉泥。

一个年轻的小道士跌坐在角落里，被水墨线条勾勒出惊慌失措的面部表情。他满脸鼻涕眼泪，眼睁睁地看着那只妖魔把自己最为崇敬的师父和最为爱戴的师兄一个接一个地吞进肚子里。

九尾妖狐那腥臭的大嘴中流淌下来的红色血液令小道士肝胆俱裂，也在他的心中刻下了难以磨灭的仇恨。

那个由水墨线条绘成的小人跌跌撞撞地滚落山崖，从九尾妖狐的爪下侥幸逃脱。

他形容狼狈，满腔悲愤，跪在山林间发誓此生要杀尽世间妖魔。

失去了师父和师兄，孤独的小道士一个人行走在画卷中，不知道摔了多少次跤、受了多少次伤，直到一身疲惫地倒在一棵梨树下。

“咦，你怎么了？”梨树上坐着另外一个由灵墨绘制的小人，那小人手中正抛接着一个黄澄澄的秋梨，“你是不是饿了？这个梨子给你吧。

“别愁眉苦脸的，现在是秋天，是丰收的季节，食物都很好吃，你应该高兴点儿。

“你还站得起来吗？我带你去我家吧，我娘子做饭很好吃。”

在那个丰收的季节，小道士收获了此后余生唯一的朋友。

两个小人成了最好的朋友。

每隔一段时日，画卷中的小道士就会来到梨树附近的小屋，他的朋友会等在那里，烫上两壶小酒，陪他把酒言欢，彻夜长谈。

只有这个时候，杀气腾腾的小道士才能短暂地放下心中的大石，忘掉杀戮带来的满身疲惫。

灵气构成的画面越变越快。因为触怒了一只强大的妖王，小道士一路在山间奔逃，在大川中流亡，终于避无可避，倒在妖魔的利爪之下。

就在这时，他的朋友出现在他的身前。那些构成他朋友身体的线条扭曲旋转，最终化为一条大鱼，那条大鱼赶走了妖魔，救下了他的性命。

“你竟然是妖魔。”小道士撑着身体爬起来，将剑尖遥遥指向自己唯一的朋友，他的手颤抖得几乎不能握住剑柄。

他不敢相信自己的眼睛，不敢相信自己最好的朋友竟然是自己最为痛恨的妖魔。

“嗯，我是妖魔，但也是你的朋友。难道人和妖就不能成为朋友吗？”

那人背对着蓝天和晚霞，冲着他微笑，向他伸出了手。

而他丢下剑柄，落荒而逃。

壁画前的妙道伸手按住了自己眼前的青缎，素来稳健的他，手指止不住地颤抖。

“不，没有原谅，也没有朋友，我的世界只有杀戮。杀戮，才是我唯一的道。”

太阳不知何时落下了山，没有他的传唤，甚至没人敢进来掌灯，屋内的世界变得一片昏暗。

却说袁香儿一行出了京都，渡过黄河，取道向北。

因为担心再生事端，从神乐宫出来以后，他们一路上走得很急，因此错过了宿头，只好在沿途的一座庄院投宿。

周德运的伴当敲开了院门，应门的婆子连连摇头：“不成，不成，这许多人如何住得下？白白连累我被主家责骂。”

婆子正要关门，一条手臂挡在了门口，紧接着凑上来一位俊秀的郎君。

郎君眉眼弯弯地冲着婆子笑："大娘行个方便，只怪我们贪行了半日，错过了宿头，这里前后都是乱山，我们实在无处歇脚。"

那位刚刚和相公吵过架、正在生闷气的婆子莫名就觉得自己的心情变好了。

她换了一副表情，笑眯眯地说："也是，出门在外都不容易，你们且等着，我去和主家说一声便是。"

胡三郎斯斯文文地叉手行礼："多劳大娘费心。"

"没事，没事。我家主人素来好客，一准儿能同意。等会儿我带你们去客房，再给你们烧点儿热水，让你们好好解解乏。"那婆子一边说着一边高高兴兴地进屋去了。

乌圆蹲在袁香儿的肩上："看吧，这就是狐族的天赋能力——魅惑之力，对人类尤其管用。看来胡三郎也不是一点儿用处都没有的嘛！"

他们很快被安排进了舒适的客房，袁香儿开始尝试着绘制新的结契法阵。

她持符笔蘸朱砂，在地面上试着画了一个，法阵灵光流转，浑然天成。

"原来只差这么一点儿，整个法阵就通了啊！"袁香儿看着地面上的法阵摸摸下巴，"我揣摩了那么久都没能想通，人家却一眼就能看出诀窍，不愧是前辈啊！"

"可是阿香，你真的要和我们结这样的契约吗？"乌圆蹲在一旁看着袁香儿画法阵。

"怎么了？这样不好吗？"

"对我们来说当然很好。"乌圆歪着脑袋说道，"可是这样你以后就不能控制使徒了呀，万一遇到不听你命令的使徒怎么办？"

袁香儿刮了一下乌圆的小鼻子："我又不像那位国师和那些法师、道人一样，要靠斩除妖魔、比斗法术吃饭。遇到不愿意的，我也根本不想把他们捆在身边。就我们几个互相喜欢的朋友高高兴兴地住在一起，不就很好吗？"

"你真的这样想吗，阿香？可是我爹说人类是不可能真正喜欢我们的。"乌圆难得地有些怀疑父亲说过的话，"我爹说我们和人类永远不可能共存在一个世界上，人类只会把我们当作……当作……"

"当作可以随便利用的工具和可以肆意杀死的敌人。"胡三郎出现在门边，接下了乌圆说不出口的话。他斜倚着门框，漂亮的眼睛中有些落寞的神色，"其实我很喜欢人类，可惜人类那么讨厌我们。"

他的身形很快开始变小，变成了顶着狐狸耳朵、拖着狐狸尾巴的小男孩。小男孩仿佛想明白了什么，伸出一根手指："但阿香和其他人类不一样，阿香从小就和我们玩在一起。我觉得她会喜欢我们的。等南河结完契约，我也要做阿香的使徒。"

袁香儿摆好法阵，先抓了一只从庄院里买来的母鸡，放在法阵中，运转了法阵。

不多时，袁香儿的脑海中传来了一种奇特却可以理解的想法。

"我晚上要下一个蛋，明天还要再下一个。"母鸡对袁香儿说。

袁香儿把母鸡抱了出来，摸摸它后背上的羽毛，又将一只家养的花猫放进法阵中。

"隔壁屋里的母猫好漂亮，一会儿我要去找它求欢，快点儿让我离开。"

袁香儿哈哈大笑，解除了两只普通小动物的契约，放它们离开。

"成了，应该没有问题。"

她转头看向南河，脸上是藏也藏不住的欢喜之色："南河，来。"

第一次见到南河时，她就满心喜欢，那小小的银白色毛团子柔软又漂亮，当时她就渴望将南河契为使徒，把他留在身边。兜兜转转那么久，如今他们彼此之间更为了解和喜爱，能够没有丝毫芥蒂地缔结契约，袁香儿的心中真是兴奋又欢喜。

南河伸手解下束发的冠帽，任一头长发垂落，翻手拔出一柄随身的短刃，割断自己的一缕银光闪闪的长发。

随后，他执起袁香儿的手，将那缕发丝郑重地放在她的手心，抬起琥珀色的眼眸看她。

袁香儿握着那缕银发，手心中仿佛有一种细微的触感，直直地钻进肌肤，勾动了她的神经末端，触得她心尖发麻。

她急忙收敛心神，用南河的头发布置好法阵，看着坐在法阵中的那个人，最后小心地问了一遍："你确定同意吗？"

那人轻轻地点了一下头。

袁香儿凝神运转法阵，沟通天地之力。

天地间的灵力开始顺着符文汇聚流转。

"我早就同意了。"

这句话响起的时候，袁香儿甚至分辨不出这是自己用耳朵听到的，还是用意念感知到的。

直到那声音接二连三地在她的脑海中响起：

“很早的时候，我就想对你说，我同意了。”

“无论你能活多久，无论你要收多少个使徒，我都是你的了。”

袁香儿愣愣地看着坐在法阵中的那个男人，从他星辉流转的银色长发看到他那双清透如水的眼眸，再到完美的鼻梁和双唇。

真想亲他一下，袁香儿的脑海中鬼使神差地闪出这个念头。

糟糕，我刚刚没把这句话传递过去吧？她难为情地涨红了脸。

中册

青岛出版集团 | 青岛出版社

第七章　渡　朔

袁香儿手忙脚乱地掐断了和南河之间的联系，自我安慰了八百遍，终于勉强让自己相信刚刚她并没有忙中出错，没有将那些乱七八糟的念头传递到南河的脑海中。

她没好意思抬头看南河，开始埋头收拾东西，把压在阵眼处的那些银色长发小心地收拢起来，放进了随身的荷包里。在她的视线里，只有一条银白色的大尾巴，尾巴尖微微抬起，绒毛在空中来回扫动，扫得她心里酥酥痒痒的。

夜深人静之时，袁香儿独自躺在客房的床榻上，兴奋得有些睡不着。如今她可以感知到南河所在的位置了，南河就蹲在她头顶上方的屋顶上。

小南今天怎么还不下来？他到底在磨叽什么？袁香儿在床上滚了两圈，把那缕银色的长发翻出来，举在眼前看了一会儿。

它们好漂亮，一丝一缕都流转着星辉月华，捏在指腹中，凉丝丝、滑腻腻的。袁香儿将它们理顺，编成一条细细的麻花辫。编好后，她细细一看，大概是因为在床上滚了半天，那银丝中好像混入了几根自己的黑色头发。

算了，就这样吧，袁香儿捻着那一条编好的发辫，在手指间反复把玩，忍不住放在唇边轻轻吻了吻。

庄院的夜晚漆黑而寂静，今夜是晴天，苍穹倒扣着大地，天幕上繁星璀璨。

南河蹲在屋顶的瓦片上，抬头看夜空中的天狼星，寒冷的晚风吹乱了南河柔软的毛发。

南河第一次听说“结契”这个词语的时候，被关在一个冰冷而污浊的铁笼内。

一个面孔狰狞的男人蹲在铁笼前面，露出发黄的牙齿说：“不要反抗，乖乖地和我结契，否则我就把你这身皮子剥下来，卖给洞玄教的道长做法器。”

那人拿着一支生锈的铁箭，从铁笼的缝隙里伸进来，带着玩弄的意味，缓慢地将铁箭刺向天狼的身体。南河在铁笼中拼命闪躲，只因空间过于窄小，终究还是只能眼睁睁地看着那寒冷的利器刺穿了自己的后腿。那人毫不犹豫，没有一丝怜悯地用冰冷的利器伤害着南河，将带着血肉的铁箭从南河的腿里拔出来，然后又一次向南河逼近。直到南河浑身是血，伤痕累累，那个铁笼才被打开，男人粗鲁地伸出大手，捏着南河的脖子把南河提出去，放在了一个法阵的中心。

“和我结契，做我的使徒，我就饶你一命。”那个人类的恶心的声音在南河头顶响起。

虚弱的南河趴在法阵中心，看着自己鲜红的血液沿着法阵流淌开来。

那时候，南河咬着牙在心里说：我决不做人类的使徒，就是死也不要和人类这种东西结契。

想不到一百年之后，自己竟然心甘情愿地成了一个人类的使徒，而那个人为了自己，甚至特意修改了契约的模式。

南河跳下屋檐，悄悄地推开窗子，倾听了片刻，直到听见屋内传来绵长均匀的呼吸声，才一闪身钻进了屋子。

南河四足着地，没有发出一丝声响，抖了抖一身的寒气，化为一头银白色长发的男子，站起身来。

他站在床边，借着微弱的光，低头看着床上的袁香儿。

阿香今日似乎很开心，即便在睡梦中都洋溢着笑容。

结契的时候，他不管不顾地说了许多一直埋藏在心底的话，那个时候，阿香似乎回应了一句什么。

南河听见了自己剧烈的心跳声，阿香怎么可能突然……那样说？但只是想到那句话，他的目光就变得十分温柔。

他悄悄地拈起袁香儿披散在枕边的一缕乌黑长发，放在指腹间摩挲片刻，四处张望，确定无人，这才弯下腰，带着虔诚的态度，将那冰凉的发丝凑在唇边吻了吻。

发丝冰凉，他的双唇却滚烫，烫得他心尖发麻。

他小心翼翼地动用灵力，掐断了一缕黑发，收在自己怀中，然后化为银白色的小狼，蜷起身体，依偎着那人的手臂合上眼睛。

过了黄河之后，地貌就以连绵不绝的山地丘陵为主，在下雪的冬季，这里的道路变得十分难走。

但袁香儿不以为意，她的心情似乎特别好，一路骑在马背上，口里悠然地哼着歌。

“南河。”她在脑海里悄悄地和南河建立联系。

然后她很快就听见南河轻轻地回应了一声：“嗯？”

这样可真是太方便了，袁香儿想。

它甚至不像语音交流那样，说话儿经斟酌容易掩饰情绪，心念流转之间，彼此心中的情绪几乎无处遁形。比如此刻，谁能想到小南这么简简单单的一个“嗯”字中，竟然满载着羞涩和幸福的情绪呢？

如果是平时，就听他这么简单的一个字，没准儿袁香儿还觉得他不太耐烦呢。

“南河？”

“嗯。”

“南河？”

南河转过脸看着袁香儿，琥珀色的双眸中透着一股无奈的神色。

“嘿嘿，我就是想试一下。”袁香儿冲着他做了个鬼脸，“小南，这样太方便了，以后我们可以说悄悄话啦，他们都听不见，哈哈！”

朔风渐起，天空中纷纷扬扬地下起雪来。

山脚下有一个村落，袅袅炊烟从各家各户的烟囱中升起。这片区域土地贫瘠，丘壑丛生，不利于农业生产，所以当地居民的生活并不富裕。袁香儿几人远远望去，发现村道两侧的房屋多为破旧的茅房土墙，他们在山道上遇到的几位樵夫和猎户也都少有齐整的御寒冬衣。

“阿青姐姐好像就出生在这一带呢。”胡三郎掀起车帘，顶着一双尖尖的耳朵趴在窗口看外面的景色。

前方半山腰的位置，露出了一座破破烂烂的山神庙的屋顶。

“哦？是吗？阿青以前就住在这里吗？”袁香儿想起了阿青提到过当地人曾经给渡朔建过山神庙，于是问道，“三郎，你认识渡朔吗？”

“不认识，但我听说过这位大人的名字，听说他是一位强大又温柔的大人，就连人类都给他建了庙宇，时常供奉呢。”

“真的吗？他是不是做过什么特别过分的事？为什么国师要用铁链锁着他？”

袁香儿知道有些事从不同人的角度听起来完全不一样，胡青口中的好人，也有可能是为祸人间的恶魔。

“打听一下就知道了嘛！”胡三郎尖尖的耳朵从窗口消失。

下一刻，他就化为一位春华正茂的少女，从马车上跳了下来。

少女拦住了一位砍柴下山的年轻樵夫，施礼道：“敢问这位大哥，这山上的庙宇供奉的是哪位神灵？我家大官人最是虔诚，向来是逢庙必拜的，我们打算前去祭拜一番。”

那土生土长的樵夫哪里和这样斯文秀气的姑娘说过话？他顿时涨红了脸，知无不言地说了起来：“那不是什么山神庙，几十年前是被一个妖精占据着的。我听村里的老人说，那妖精坏得很，不仅天天吃童男童女，祸害乡里，更是伪装成神灵欺骗大家。幸亏一位得道的仙师在这里同妖精斗了三天三夜，将妖精打回原形，牵着在村里走了一圈，大家这才认出他的真面目。自那以后，这座庙宇也就荒废了。姑娘你们就莫要浪费时间上去了。”

少女十分有礼貌地跟樵夫告别。

马车转过山道，众人已经可以清晰地看见那座小小的庙宇。庙宇的屋顶崩塌了一角，牌匾也不见了，墙壁上爬满了藤蔓，台阶上盖着雪，一片破败荒凉的景象。

然而庙宇内似乎有一位白发苍苍的老者，正跪在地上焚香祷告。

袁香儿止住马车，顺着山道走了上去。这是一座很小的庙宇，统共只有一间殿堂，神龛上供奉的神像的头部崩坏了一半，屋顶也破了一个大洞，一束天光从洞口打下来，正照在那位礼神老者佝偻的后背上。

供桌上摆了一碟花生、一碟米糕、一碟橘子，另焚了三炷香。老人合掌祷告：“山神大人，好久没来看您了，希望您一切都好，顺顺利利的。”

老者祷告完毕，颤颤巍巍地站起身收拾碗碟，这才看见庙宇的门口站着几位年轻人，其中一位十六七岁的少女正仰头看着崩坏了面目的神像。

“请教老丈，我听闻这只是一个为祸乡里的妖魔，为何您还来祭拜他呢？”袁香儿交叉双手行晚辈礼，低眉询问。

“妖魔又如何？这位大人不知道帮过我们多少次。从前无论是干旱、虫灾，还是兽潮，只要我们来山神庙祭拜，一切都很快就会好转。那些没心没肺的家伙一听说大人是妖怪，就忘了他曾经对我们的帮助，竟然还拿石头砸他。”老者恨恨地说着，慢慢地将桌上的碗碟收入带来的提篮中，“如今的年轻人更是连大人的模样都没见过，以讹传讹，说什么大人祸害乡里，吃童男童女，都是些混账话。”

“您又怎么知道这些不是真的呢？”

老者不满地看了袁香儿一眼，哼了一声，说起往事：“数十年前，村里有一个男孩的母亲去世了。他的家人忙着办丧事，无暇顾及悲伤又惊惧的孩子……”

那个男孩跑进了深山，躲在山神庙里，想起慈爱的母亲，一时哭得肝肠寸断，昏厥过去。等男孩醒来的时候，天已经不知在什么时候黑透了，外面下起了瓢泼大雨，山林深处隐隐传来各种野兽的声音，男孩这才感到害怕。

就在男孩抱着身体缩在供桌下瑟瑟发抖的时候，一位年轻的男子掀开了供桌的桌幔。这个男人打扮得十分奇怪，一头及地的长直发也不梳起，就那样披散着。

男人赤着双脚，眉眼微微带着笑，向男孩伸出手：“小孩，出来，我送你回去。”

不知道为什么，那个男孩忘记了害怕，乖乖地在他的笑容中牵住了他的手，被他抱了起来。

那天的雨下得异常大，山道湿滑，但那个男人似乎毫不介意，轻松自如地走在雨中。奇怪的是，他们的身上一点儿都没有被淋湿。惊惧了一天的小男孩靠在那个温暖宽厚的胸膛前，不知不觉地睡着了。男孩醒来的时候，发现自己已经安安稳稳地躺在了自己家的床榻上，而慌忙找了男孩一天的家人，无一人知道男孩是怎么突然回到家中的。

“没错，那个男孩就是老夫。”老者用手中的拐棍戳了戳地面，“若是山神大人吃童男童女，我又怎么可能活到如今这个年纪？”

他说完这个故事，愤愤不平地冒着雪走下山去。

袁香儿站在破败的山神庙前，看着细细的雪花顺着屋顶的破洞飘落进来。通过那石像残留的半张面孔，袁香儿依旧可以看到细长的眉毛和狭长的眼睛，依稀是渡朔的模样。神像的脸上有一条深深的纵向裂纹，使渡朔那本来微笑着的表情看上去像是在哭泣。

因为下着雪，他们干脆在这座小小的破庙里歇个脚。

南河在山林里转了一圈，带回了足够所有人饱餐一顿的野味。

周家的仆人们宰杀猎物，埋锅做饭。

“仔细点儿，记得烤得嫩嫩的，没准儿一会儿猫大爷高兴了，还会有赏。”

相处了这些日子，仆人们也渐渐适应了这种生活。这几位大仙看起来恐怖，实际上不难伺候，只要伙食做得好吃，还时常有赏赐。

唯一可惜的是，这赏赐的内容不太稳定，有时候猫大爷随手抛出来的是一颗令人欣喜的金珠子，有时候却只是一条小鱼干。

但他们也逐渐摸到了规律：大部分时候，如果他们将伙食准备得太好，猫大爷过于开心，打赏反而变成了猫大爷自己喜欢的小鱼干。所以，要怎么把握好中间这个恰到好处的度，一直让几位立志在旅途中发家致富的仆役十分为难。

仇岳明坐在篝火边，看向神庙的角落。在那里，袁香儿歪着身体，舒舒服服地靠在巨大的银狼身上，手有一搭没一搭地摸着一只金黄色的小狐狸，口中却在同蹲在她面前的小山猫说话。

“原来妖魔也并不像我们想象中那么凶恶恐怖，也是可以这般好好相处的。”仇岳明说道。

“啊，您……您是在和我说话吗？”坐在他附近的周德运受宠若惊。他一直很怕这位将军，而这一路上这位顶着他娘子面貌的将军也没有给过他多少好脸色看。

“我在军中，一直接受的思想是妖魔罪大恶极，见之必诛。如今看来，并非如此。我从前的信念有些动摇，不知道一味地斩妖除魔是否还是正义。”

周德运缩着脖子往篝火里添柴：“正义不正义我是说不好。不过我觉得，妖魔本来就先于我们人类存在于这个世间，存在又不是妖魔的原罪，我们人类剿灭妖魔就剿灭妖魔，倒不必给自己扣什么正义的帽子。”

仇岳明抬起眼睛看他：“想不到周兄还有这般见地，倒是小觑了你。”

周德运笑着连连摆手：“不敢，不敢。我不过是因为打小生活安逸，妖魔之类的对我来说就像是书中的故事，没有什么切肤之痛，身在局外，才能这般说话。”

众人走出这片山地丘陵之后，地势开始变得平坦，在冬季，道路两侧时常出现大片大片荒芜的田野，沿途的城镇也逐渐变得城坚池高、威严肃穆起来。

这里是国家北面的屏障，生活在草原上的游牧民族时常策马南下，在边境上烧杀抢掠，引发各种规模的战争。

那些用以抵御外族而修筑的城墙，因为沾染过真正的硝烟和鲜血而显得厚重威严。

这里，身着锦绣宽袍的名流文士不见了踪迹，人群中却时常出现披坚执锐的边关士兵和面貌独特的异族商贾。

对北地的居民来说，豺狼虎豹一般的胡人比偶尔在传说中才出现的妖魔来得更加真实而可怕。

雁门关是北方的重镇之一，只要出了这里，草原乃至沙漠的地貌就会逐渐出现在人们的视野中。而这里离他们的目的地——大同府所辖的丰州，已经不远了。

春节过去不算太久，街道上的年味还很足，袁香儿看见路边那些挂着糖霜的冰糖葫芦有些嘴馋。

这里的冰糖葫芦口感独特，去核的山楂内填充了软绵细腻的红豆沙或是香浓可口的芝麻糊，外面裹上糖稀，再裹上一层厚厚的干果，吃起来酸甜适中、齿颊留香。

袁香儿从卖冰糖葫芦的小贩手中接过一串红彤彤的冰糖葫芦，自己吃了一颗山楂，把余下的递给南河。

她鼓着腮帮子，眉眼弯弯："我们分着吃一串。"

她知道南河嗜甜不喜酸味，只给他尝个味道。

南河果然只就着她的手吃了一颗山楂。

"我什么口味都吃，我要最大的那串。"化为人形的乌圆伸出手来，接过一串冰糖葫芦，嗷呜一口咬掉两颗山楂，含混地说："南哥，要不要我也分你一颗？"

南河转过头去，假装没听见。

袁香儿站在插冰糖葫芦的草靶子边上，一串接一串地往外递冰糖葫芦。

乌圆一串，胡三郎一串，仇岳明一串，周德运一串，随行的仆役伴当各一串，人人有份。

卖冰糖葫芦的小贩心里很高兴，袁香儿对他来说就是难得的大客户了。

容颜秀丽的小娘子正从他的手上一串一串地接过糖葫芦，递给身后的人。

小娘子用欺霜赛雪的纤纤玉手接过最后一串糖葫芦的竹扦子，递到了空无一人的地方，那串红彤彤的果实突然凭空消失。

小贩揉了揉眼睛，怀疑自己看错了。

那位小娘子已经笑盈盈地转过身，和他结算钱币。

一定是看错了吧，东西怎么可能凭空消失了呢？小贩心里想着。

他并不知道在自己的身后，一直站着一个穿着长袍却顶着鲇鱼脑袋的妖魔。

那鲇鱼伸出手接住了袁香儿递给自己的糖葫芦，仔细看了半天，仰头张开大嘴，将整根糖葫芦连竹扦子一起丢进了嘴里，咔吱咔吱地吞了下去。

“有大风哦。”在袁香儿一行继续往前走的时候，身后突然传来一道声音。

“大风天，不宜出行。”那个鲇鱼头的妖魔说。

袁香儿转过头来，冲鲇鱼精笑着挥挥手：“知道啦，谢谢你。”

因为听了这鲇鱼精的劝告，大家没有继续赶路，在城镇内寻了一家客栈住下。

午后果然平地卷黄沙，刮起了大风，沙尘眯人眼，行路艰难。

镇上的人正在举行祭祀活动，将庙宇里的神像披上大红织锦抬出来，沿街游行。被人们抬出来的是举世崇敬的三君圣像。游行的路上锣鼓喧天，热闹非凡，沿途信众焚香祷告，跪拜祈福。

袁香儿在客栈二楼推开一点儿窗户，透过缝隙看着街道上的情形。

“人类那么怕妖精。”乌圆蹲在她的肩头舔着爪子，清理毛发中的沙粒，“神灵说白了其实也是妖精，为什么人类就不怕他们呢？”

“神灵也是妖精吗？”袁香儿还是第一次听见这种论调。

“不管怎么说，那都是一种强大的灵体，总不能算作人类吧？”

“或许是那些神灵的力量达到了人类难以企及的高度，所以人们对神便只剩下崇拜和敬畏之情了。”

神舆上金光闪闪的高大神像低眉慈目，俯视人间，红绸金锦在黄沙中迎风飞舞，沿途信众伏在道路两侧，风沙也阻挡不了他们顿首叩拜，祈求神灵庇佑。

袁香儿突然想起在山林间看见的那座破败的山神庙，想起了那位肌肤苍白、失去自由的使徒。在这漫天风沙中，袁香儿似乎看见了他被人用铁链锁着从神庙中拖出来，在人类的村落中游行的那一幕。

那些他曾经帮助过、爱护过的人类，在他现出原形、失去反抗的力量之后，对他露出了憎恶的表情，唾骂着朝他身上丢石头。

渡朔应该已经对人类这种生物彻底失望了吧。

风刮得越来越大，漫天黄沙遮天蔽日，风声呼啸，摇动得客栈的门窗咯吱作响。

酒肆内会聚着被风沙留住脚步的客商，来自天南地北的商人们推杯换盏，高谈阔论，交换着旅途中的消息见闻，更有胡姬舞娘穿行其间，轻歌曼舞。

三弦琴音色悠扬，直叫碌碌红尘中的旅人偷得浮生半日逍遥。

袁香儿等人坐在阁楼上的雅间内，因为晚上要住下，他们便开了几坛子酒，并要了两桌当地的特色菜肴。

“谁知道早上天气还好好的，竟然凭空起了这样大的风沙。多亏有小先生神机妙算，若是在这样的沙暴天气走在前不着村后不着店的荒原上，那我们可有苦头吃了。”周德运举杯在手，“来来来，我敬小先生一杯。”

他身边的仆役们连连点头。现在这些人都对袁香儿这位小先生服气得不行。

袁香儿举杯饮酒，这里的酒是米酒，甜丝丝的，入口绵柔，后劲却不小，喝得她身体暖烘烘的。

“阿香，我也敬你一杯。”仇岳明起身端着酒杯，郑重地说道，“别的也就不多说了，此行无论结果如何，先生的恩情在下铭记于心。”

袁香儿和他喝了一杯，笑盈盈地说：“朋友之间就不用这样客气了。”

几人正喝得高兴，楼下大堂内酒徒们寒暄的声音突然传了上来。

“此番多亏了仇将军，否则老夫只怕没有性命同老兄弟相遇了。”一位操着北地口音的男子扯着嗓门说，“若不是仇岳明将军恰巧在大同府内养伤，胡人这一次必将破关而入，大同府只怕早已是人间地狱、一座死城了。”

他的同伴回道：“仇将军真不愧是将星临世，庇佑我关内万千生灵啊！”

“仇将军”这三个字一出来，楼上一屋子的人登时竖起耳朵，向着中庭望下去。

其中以仇岳明最为紧张。

一路走来他看似沉稳，实则心中忐忑不安，既担心周娘子的魂魄确实在自己的身体中，一女子之羸弱魂魄突然于狼虎之躯环绕的军帐中苏醒，闹出什么不可收拾之事；又担心周娘子的魂魄根本没有和自己互换，而自己的身躯早已化为白骨，埋在黄土之下，世间再无他魂归之处。

这时候突然听见有人提起自己的名讳，仇岳明的心猛然一抽，他扶着阁楼的栏杆，伸头就冲楼下看去。

喝酒的是两位商贾打扮的老者，其中一位须发皆白，面色沧桑。他喝了几口小酒，说到兴头上，不由得讲起过年之前自己在大同府经历的那场惊心动魄的战事。

那时胡人的骑兵连破丰州、云内、东胜等地，引得驻守大同府的节度使领军前去救援。谁知胡人的军马一击即溃，节节败退，大同节度使立功心切，调集兵马追击而去，却不知中了胡人的调虎离山之计。一支胡人精锐部队就潜伏在云州附近，瞅准大同府守军离开的时机，直扑兵力空虚的大同府。

“那些胡人如同恶鬼一般，将大同府里三层外三层地围得水泄不通，扬言要屠城，三日血洗大同府。”老者提起惊心动魄的回忆，嘴角的法令纹深深地显现出来，“胡人你知道的吧？那些家伙奸淫掳掠，比鬼魅还恐怖，一旦让胡人入了城，全城的人也就都完了。”

他的伙伴唏嘘不已，举杯和他碰了一下，显然这些北地的居民都深受异族入侵之苦。

“那时举城哀号，人人惊惧无依。偌大的大同府只留有两千守备军士，而城外的敌军有数万之众。城内留守的知州大人还是一个文官，一时吓得抱着小妾躲在府衙里直哆嗦，嚷嚷着要上吊抹脖子。”老者叹了又叹，仰头喝光了杯中酒，一拍桌面站了起来，“多亏我神威将军仇岳明，恰巧因伤从丰州退回大同府疗养。这个时候仇将军不顾自己的伤势，披坚执锐，振臂一呼，动员全城百姓，无论青壮男丁还是老弱妇孺，全部穿上铠甲，拿着旗帜站上城墙。”

他这里说得兴奋，周围喧闹之声渐小，在场的人都听得呆住了。

老者满面红光：“那些塞外来的恶狼以为大同府只是一座空城，突然见着城头旌旗招展、人影憧憧，鲜衣亮甲的将士站满了城墙，登时心下嘀咕，怀疑反中了我方的圈套，又见军神仇岳明将军威风凛凛地登上城头，哪有不被吓得腿软的道理？只听我方城头擂起喧天战鼓，一时间城门大开，仇将军戴紫金红缨冠、穿团花素锦袍、着龙鳞傲霜甲，手持梨花点钢枪，领着两千兵马雄赳赳气昂昂地出得城来。那些胡虏胆战心惊，吓得抱头鼠窜，慌慌张张地不战而败去也！哈哈哈！”

现场的百姓齐齐拍手叫好，固然老者的故事里有着不少夸张的成分，但此地的百姓都深恨入侵的胡人，听这种故事，自然是敌方越无能，我方越神勇越好，怎么能更扬我方赫赫声威怎么来。

老者看着这么多人捧场，说得更是口沫横飞：“老朽这般年纪，本来是披不动铠甲、拿不住铁枪的。只是当时于绝望之中，见得仇将军登高呼吁，一心为保我等家园，言辞恳切，四处奔忙，心里少不得热血沸腾，也跟着发了少年狂气。当时别说是我这样的老人，便是城里那些娇滴滴的小娘子，一个个也都站了出来，披上铠甲走上城墙充人数，就连总角小儿也出得家门帮忙搬运军资、递送粮食。也亏得全城百姓这般齐心协力，才将敌军吓得不战而退。”

人群中有人问道：“老汉，你说你当时在城内，也上过城墙，是否亲眼见到将军威仪？将军到底什么模样、性格如何？”

老者挺了挺胸膛，清了清喉咙，朝着四面抱拳："老朽不才，倒也有些运道，在城墙之上，恰巧就被安排在将军不远处，有幸得见将军容颜，当真是威风凛凛，器宇不凡。更难得的是将军这般征战沙场之人，平日为人倒是谦逊有礼，和士兵们同吃同住，对我等老弱更是十分体恤照顾，真真是个神仙一般的人物。"

楼下掌声连连，为这位智勇双全的英雄鼓掌，楼上众人却面面相觑。

仇岳明一手紧握栏杆，素来持重的他有些慌了阵脚，心里是一阵喜一阵惊：喜的是从这些人的话语来看，他的身躯果然还好好地存活于这个世界之上；惊的是他这具身体里面居住的这位临危不乱、铁骨铮铮之人却不知是何许人也。

要说对此行的结果最为挂心之人，还要数仇岳明。他担心的是到了地头，发现情况并不似他所想，那等于是刚刚给他希望之后，又将他推入深渊。如果他不能回到自己的身躯之内，除非周德运愿意，否则从律法的角度来看，他甚至摆脱不了"周夫人"这个身份。

到时候对他来说，一死了之反而是最好的结局。每每想到自己可能再也回不到军营，一心报国的热血无处倾注，却有可能留在后院，为某个男人传宗接代，他都不免汗毛耸立。

"别哭丧着脸，都还没走到地头呢，说不准的事。"胡三郎转身化为一个妙龄少女，"不如我唱首曲子给你们听？"

她下楼找胡姬借了一把三弦琴，起调抚琴，清了清嗓子，唱起一首时下流行的歌谣。

"古戍苍苍烽火寒，大荒沉沉飞雪白。先拂商弦后角羽，四郊秋叶惊戚戚。世间谁人通神明，深山窃听来妖精……"

少女低眉浅笑，信手拨弦，琴技倒也未必如何圆熟，却自有一种天真烂漫、随性洒脱之意。

少女纤细的脚踝上系着一串银铃，她边弹边唱，载歌载舞，歌声悠悠，铃声清越，那模糊了性别界限的容颜如山中精魅，那清越悠长的琴音在这边塞风沙中遥遥弥漫。

胡姬闻得起胡旋之舞，游子听得落思乡之泪。

曲终一划，少女的罗裙已旋到袁香儿脚边。美丽的少女伏在袁香儿膝头，一双瞳仁剪秋水，脉脉地望着袁香儿："阿香，我跳得好不好？"

"好！曲艺双绝，世所罕见！"袁香儿不吝赞美之词。

"那阿香我们也喝一杯。"少女伸出玉手，倒满两杯清酒，正笑吟吟地要递上前去，突然觉得一阵头皮发麻，一股寒意从脊椎爬上来，自己仿佛在一瞬间被丢进了万年冰窟。她甚至不用回头，就能知道背后有一道森冷的目光落在了她的身上，带着大妖特有的恐怖威压。

“抱……抱歉。我只是习惯了。”胡三郎哆嗦了一下，瞬间变回人畜无害的小男孩模样，唰的一下收回酒杯，“我突然想起，我还没有成年，不太能喝酒。”

他抱着三弦琴，夹着尾巴，迅速溜下楼还琴去了。

“哈哈哈！叫你妄想勾搭阿香，分走我的宠爱。”乌圆哈哈大笑，“不过酒有什么好喝的？我爹说了，成年之前不让我喝那个。”

袁香儿想起自己好像还没和南河喝过酒，于是她倒上两杯酒，转头看向南河。

“小南，你能喝吗？咱俩喝一杯？”

小南既然已经到了离骸期，就是介于成年和未成年之间的狼了，小酌几杯应该可以的吧？

身边的人伸过手来，接过她的酒杯，和她轻轻地碰了一下杯。

“能。”一个声音在袁香儿的脑海中响起，很奇怪的是，这个声音莫名带着一股刺鼻的酸味。

声音为什么会带上味道呢？袁香儿不太理解。

寒冬腊月，屋外北风呼啸，天昏地暗。

这个时候能待在安稳的屋子内，和几个朋友围着红泥小火炉喝酒聊天，显得分外温暖舒适。

袁香儿和周德运等人说着话，刚刚转过头来，就看见身边的南河慢慢地放下手中的酒杯，眨了眨眼，突然砰的一声化为一只银白色的天狼趴在了桌子上，身子正软绵绵地往下滑。

“啊？这才几杯，小南就醉了？”

袁香儿急忙一把捞住了南河，不好意思地冲其他人笑笑：“你们自便，我先带他回屋休息。”

周德运一行眼看着南河“大变活狼”，都被吓了一跳，好在这一路结伴走来，他们也算见过几次，适应了不少，还能稳得住自己，不再像最初那样惊惧万分。

南河醉酒之后变化而成的狼形是南河的本体，已经接近成年狼的大小，抱起来有些重。

袁香儿把南河的脑袋搁在自己的肩头，抱着好大的一只毛茸茸的狼穿过密集的人群，往客栈后院的客房走去。

沿途来来往往的住宿的客人好奇地看着她，甚至有拦下她询问几句的。

南河不知道自己这是怎么了。

人类的这种饮料喝起来甜丝丝的，没什么特别的感觉，自己也不过喝了几杯，不知道为什么突然就觉得头上的屋顶开始旋转，脚下的大地也在旋转，整个脑袋迷糊一团，无法思考。

南河感觉到一双熟悉的手将自己抱了起来，那双手的主人正抱着自己摇摇晃晃地向前走。那人伸手轻轻地顺着南河的脊背，柔声安抚南河："没事啊，你只是醉了，这就抱你回去休息。"

这条路上吵闹得很，不停地响起一些奇怪的对话声。

"哎呀，妹妹，你这只狗子的毛色可真漂亮，让姐姐摸一下行吗？"

"不可以。"抱着天狼的人伸手挡住了伸向南河的爪子。

"咦？小娘子你这只狗子的毛色真是罕见，是番邦来的品种吧？在下十分心仪，不知可否转卖？价钱好说。"

"抱歉，不卖的。"抱着南河的人说。

各种杂音充斥在南河耳边，人类的歌舞声、喝酒声、脚步声……南河却觉得前所未有的安心，它晕乎乎地靠在那个暖和的怀抱中，几乎希望那轻轻摇晃的脚步可以就这样一直不要停。

袁香儿进到屋内，把喝醉的南河放在床上。那只银狼迅速地蜷成一团，面上一片潮红，口里不停地吐着热气，显然很不舒服，但也只是把耳朵紧紧地别在脑后，将眉头拧在一起，安安静静地趴着，没有任何捣乱的行为。

袁香儿打来热水，给南河擦了擦滚烫的脸和四肢，歪在南河的身边安抚地摸天狼的脑袋和脊背。

"你难不难受，要不要喝点儿水？不会喝酒干吗还逞强说自己会喝？"

南河就把脑袋拱了过来，用下巴去蹭那只温暖的手。袁香儿顺手摸南河的脸颊，挠南河的下巴。

然后她就看见手底下那只个头已经不小的天狼，翻了个身，把自己毛茸茸的肚皮翻了出来，耷拉着四肢，一副求抚摸的样子。

成年的天狼后背是渐变的银色毛发，顺滑飘逸，但肚子那一片依旧是细细软软的白色绒毛。

袁香儿搓了搓手，小心地顺着天狼毛发细腻的脖颈往下摸，那一片毛发软得不行，带着腹部肌肤温热的手感，加上那百依百顺的耷拉着的四肢，让她这个“毛绒控”打从心底涌起一股满足感。

真的好幸福啊，小南现在连肚皮都肯让我摸了，喝点儿小酒就软成这样，看来可以经常喂小南喝那么一点儿，袁香儿暗暗地想着。

手底下绵软的手感不知道什么时候变了，变成了滑腻而富有弹性的肌肤，袁香儿呆了一呆，仔细看去，发现那里已经是如玉石一般富有光泽的皮肤以及线条流畅的肌肉。

她条件反射地收手，但一只有力的手伸过来抓住了她的手腕，不让她后退。

袁香儿的呼吸顿住了，她觉得自己至少应该伸手将那人搭在腰间唯一的一块银色皮裘提上来一点儿，但那个男人已经撑着光洁的胳膊抬起了他漂亮的身躯。

男人的面容染着霞色，妩媚风流；桃花眼里含着秋水，眉目生春；薄薄的双唇沾了胭脂，红润有光。

那人撑起上半身，将胳膊撑在她头侧，垂下头看着袁香儿，微卷的银发带着星辉轻轻地垂落在她的肩头。他琥珀色的双眸中似乎蒙上了一层水雾，纤细的睫毛低垂，藏着无数欲说还休的情思。

袁香儿咽了咽口水，错开目光，可是那视线要落在哪里呢？

袁香儿往下看去，他清冷的面容下是滚动着的喉结，接着是光洁而肌肉紧实的肩头、带出精致线条的诱人锁骨，再往下的部分她已经不敢再看。

“我……”一个声音在袁香儿的脑海中响起，“我既不会唱歌，也不会跳舞，更做不到像乌圆那样讨喜。”那声音听起来心酸又难过。

袁香儿伸手摸了摸南河发烫的面庞：“小南，你喝醉了。别胡说，我要你唱歌跳舞干吗？”

“我什么都没有，只有我孤零零的一个，能给你的也只有我自己……”那声音渐渐低沉，说话的人终于醉倒在她的枕边。

袁香儿愣愣地拈起一缕银色的长发，听见了自己心里冰雪消融的声音。那一下比一下跳得更快的心脏，让她突然明白了自己对南河或许不仅限于宠爱和喜欢，更有一些抑制不住的情绪在暗地里滋长。

这可让我拿你怎么办？你这副模样，谁能忍得住？

出了雁门关之后，土地变得贫瘠，人烟也逐渐稀少。

有时候他们在连绵不绝的草原中走上很久，才会遇到一队结伴行走的商人。

“你们这么几个人是不行的，前面不仅可能会有凶神恶煞的胡人抢掠，有时候还会出现妖魔。”有些好心的商人劝道。

这里已经是国家的边缘地带，时常有骑着马呼啸而来呼啸而去的胡人冲进村子肆意抢掠。他们和那些祸乱人间的妖魔一样，在这个地方都不会受到管束。

沿途，他们偶尔能看到路边倒着已经风化多时的骸骨。

当他们途经一个僻静的小村落时，更是发现整个村子里的人都已经被强盗屠杀殆尽，剩下的只是被抢掠焚烧过后灰黑破败的屋子和遍地瘦骨嶙峋的尸首。一具小小的尸首远远地被挂在村口的树梢上，周围围绕着发着嗡嗡声的蝇虫，吓得周德运浑身打着哆嗦，用袖子挡住了眼睛，埋在马车里不敢看外面一眼。

“为什么连幼崽都不放过？”南河看着这个一路死寂的灰色村庄，“即便是我们妖族之间的战斗，夺取的也不过是生存所需，绝对不会肆意屠尽对方全族，连巢穴里的幼崽都不放过。”

“大概我们人类是一种很奇怪的生物吧。”常年战斗在沙场上的仇岳明回复他，“我们有时候看上去很惧怕死亡，却无时无刻不在进行着毫无意义的杀戮，屠杀自己的同族，即便我是军人，有时候也不明白这是为了什么。”

“没有理由吗？比如我们天狼族捕杀猎物，是为了饱腹或者成长所必需的灵气。即便是敌人，也很少会在不必要的情况下浪费对方的生命。生命对我们来说，是很值得敬畏的一种东西。”

“都是一些十分可笑的理由，为了那些莫名其妙的东西，人类甚至可以屠杀自己的同胞，连老弱妇孺都不放过。”远远地看着那些尸体，袁香儿觉得十分痛心。

在她的视线中，几只巨大的黑色鳐鱼从那破败的村落间飞起，在空中摇动着巨大的尾巴，遥遥地向着西北方向游去。

那是死灵汇聚而生的魔物，这种魔物多了，便很容易滋生邪魔恶灵，昭示着这片区域正不断地发生着杀戮和生灵的大面积死亡。

袁香儿一行从这里向前走了没多久，就看到路边坐着一位抱着孩子乞讨的妇人。妇人垂着头，脸上蒙着面纱，身前放着一只缺了口的陶碗，但凡有人经过，她就在碗边敲一下，让碗发出叮当的乞讨声。

走在队伍前方探路的仇岳明看她怀里的婴儿可怜，便摸出一锭银子，从马背上抛入她的碗中。

那妇人抬起脸，浓密的额发下竟有一双妩媚动人的眼睛。妇人用那双眼睛看向仇岳明，伸出手来接住那锭银子，口中温柔地说：“多谢夫人赏赐，还请夫人可怜可怜奴家，再多赏一些。”

被妇人那妩媚动人的眼眸看了一眼，仇岳明只觉得脑海中嗡了一声，迷迷糊糊地就跳下马来，向着那个妇人走去。

正在他神情恍惚之际，一只手从他身后伸过来，猛地将他向后一拉。

仇岳明连着踉跄了几步，立刻清醒过来，吓出了一身冷汗。

乌圆已经化身金靴少年出现在他身边，在他被彻底迷惑之前及时拉开了他。

“收起你的把戏吧，我看得一清二楚。”乌圆对那个妇人说道。

那妇人将怀中的婴儿往地上一放，红色的纱巾飞扬而起，脑后的发辫化为一只蝎子的尾勾。

“哼，自己甘愿做人类的使徒就罢了，凭什么打搅我进食？”女妖现出原形，竟然是一只红色蝎子。蝎子瞪着一双黄铜色的眼睛，巨大的蝎尾遥举在空中。

乌圆瞬间尿了，喵了一声化为原形，飞快地向走在后头的袁香儿的方向逃窜。

“呜呜呜，好大的蝎子。阿香救命，南哥救命！”

就在巨大的蝎尾即将向乌圆刺过来的时候，银色的天狼从天而降，把小小的山猫护在身下，挡住了女妖凌厉的攻击。蝎子尖锐的尾刺扎进天狼的身躯，天狼毫不退缩地踩住蝎子的脊背，死死地咬住蝎子的脖颈。

张牙舞爪的蝎子和凶狠强横的天狼瞬间撕咬在一起，向远处滚去。

“南哥受伤了！三郎，我们快去帮忙！”乌圆哇哇乱叫。

袁香儿提着乌圆的脖颈将乌圆和胡三郎丢在一起，自己一路向着战场追去。

“你们在这里等着。”

这里是一个向下的土坡，落差数米，南河和女妖正在坡底混战。

女妖丢下的婴儿包袱在地上化为数十只小蝎子，密密麻麻地沿着山坡冲下去，企图增援自己的母亲。

袁香儿赶到土坡边缘，先出手结了一个陷阵，山坡下的土地上裂开一道一字深坑，一哄而上的小蝎子纷纷掉落其中。

不等一群小蝎子攀爬上来，南河已经结束了短暂的战斗。

南河从一片血污中站起身来，毫不留情地剖开那只蝎子的身躯，取出蝎子的内丹。

“小南你没事吧？”袁香儿站在山坡上喊，结了冻的土地十分湿滑，她又担心着南河，脚下打滑，不慎从土坡上溜了下去。

她以为自己会摔得很惨，结果掉进了一个温暖的怀抱中。

南河化为人形，双手圈住了她的身躯，在地上滚了半圈，发出轻轻的闷哼。

袁香儿从空中落下，就陷进了那个温暖的怀抱。

“受伤了吗？”袁香儿从南河的怀里爬起来，看到了他右边肩胛骨上的伤口，那里被蝎尾扎穿了一个洞，黑色的血液流淌出来，看起来十分可怖。

“一点儿小伤，舔舔就好了。”南河不以为意地站起身，和袁香儿一起爬上山坡，同赶上来的乌圆等人会合。

无数的小蝎子从之前的坑洞中爬了出来，慌慌张张地向着四面逃窜。

“这些小……小的妖怪不用处理掉吗？”仇岳明看着那些迅速远离的小妖问。想到女妖刚刚笑靥如花地抓向他的手臂的那一幕，他还有些后怕。

周德运则是看着地面上血肉模糊的女妖，心有戚戚，举袖遮住了视线。

“它们的母亲在向我们挑战的时候，就做好了自己有可能败亡的准备。胜者得到食物和灵丹，败者赴死，这是我们妖族的准则。”南河坐在地上，把长发撩到胸前，任由袁香儿为他包扎伤口，“但祸不及幼崽。我们妖族没有清剿巢穴、屠杀幼崽的习惯。”

仇岳明和周德运相互看了一眼，想起刚刚被胡人屠杀殆尽的小村庄，这一刻，他们突然觉得，从某些角度来看，人类还不如妖魔。

经过这一番惊吓，一行人紧紧地聚在一起，小心地走完了剩下的路程，终于进入了大同府的地界。

在大同府这个北方第一重镇内，随处可见肌肤黝黑、身形魁梧的边防军士来回走动的身影。

路边酒肆茶馆中说书唱曲的，不再讲那些月下逢狐的桥段，多说些英雄儿女快意恩仇的故事。

袁香儿在茶馆中要了两壶茶水，向茶博士打听仇岳明的情况。听说他们寻的是仇岳明将军的居所后，茶博士十分热情地给他们指明了方向。

“从左边的大街拐进去，第三个胡同口，门外有两座石狮子，那便是将军府。将军自打一年前在丰州受了重伤，便一直在那座府邸中养伤。若非将军正巧住在我们大同府，胡人围城之时，真不知还有谁能像仇将军那样救我们于水火之中。”

“我等也是在旅途中听多了将军的威名，十分敬仰，想上门拜见一番，又恐仇将军不待见，只不知将军性格如何？”

“这您不必多心，我家婆子时常给仇将军府上送菜，都说仇将军虽在战场上威风凛凛，杀得胡人屁滚尿流，平日里却是个温和可亲的性子，无论对谁都十分宽厚。”茶博士甩下肩上的毛巾，指着刚刚跨进茶馆的几位军士道，“不信您问那几位军爷，他们都是仇将军麾下的。”

仇岳明抬头看向从茶馆外大踏步走进来的几个男子，脑海中嗡的一声，心中像是打翻了五味瓶，酸的辣的什么滋味都有。

这几位猿臂蜂腰、身形彪悍的军士不是别人，正是他手下最为亲近的几个兄弟。一年多之前，他身负重伤，从马背上掉下来的时候，最后看见的便是这几个男儿目眦欲裂、红着眼眶一路喊着他的名讳冲过来的情景。

进门的数位军士中，当先一人身材高瘦，眉毛较短，老成持重。他身后跟着一个红脸大汉，燕颔虎须，威风凛凛。

听见有人在打听仇将军的情况，他们却不像普通百姓那样立刻十分热情地介绍起自己的将军，而是露出点儿怀疑的神色。

高瘦男子不动声色地打量袁香儿等人一眼，见他们是中原人士，更有年轻女眷随行，这才稍微放缓了神色，一撩下摆直接在周德运对面坐下。

“尔等打听我家将军近况，所为何事？”

周德运一直生活在中原腹地，过的是赋诗投壶、游春听曲的日子，往来的无不是儒雅俊秀的斯文人士，如今一群虎背熊腰的军汉，带着战场上未散的杀气，铠甲铿锵，寒刃如霜，哗啦一声围坐在他面前，让他不由得脊背生寒。

他自然不敢说出他们的将军是自己的娘子的话来，结结巴巴，一时不知怎么应答。

那红脸大汉却是个性急的，见着周德运支支吾吾答不上来，扬起蒲扇大的手掌一拍桌子：“你这人在这里打听我家将军的消息，问你话又答不上来，莫不是胡人派来的细作？”

周德运被他吓了一跳，心里顿时涌上一阵委屈之感。

从前他出门在外，出手阔绰，仆妇成群，人人都追捧着他、恭维着他，不曾受过半分委屈；可是这段时日里，他东奔西走风餐露宿不说，一会儿被巨大的妖魔吓到，一会儿从白骨累累的村落中穿过，还要被这些兵痞大呼小叫地吆喝，实在是憋屈得很。

你们这些兵痞有什么好得意的？回头见着仇将军，若他真是我家娘子，看我怎么让娘子收拾你们，他在心中恨恨地想着。

“我们是仇将军的同乡，因为听得将军在此地，故而想要拜见一番。”仇岳明替周德运接过话头。

他看着眼前的这群兄弟，心中激动不已，面上却不能露出端倪，只是微微红了眼眶。

瘦高个儿的男子名叫萧临，红脸的叫朱欣怿。萧临聪慧沉稳，朱欣怿勇猛刚毅，正是他最为亲近的两个兄弟。

他们彼此都为对方挡过枪，数次从死人堆里互相拉扯着逃出来，是生死与共、有着过命交情的兄弟。他曾经以为自己和这些兄弟天人永隔，再无相见之日，想不到今日还有机会这样面对面地看着他们。

萧临也正在打量眼前的这个女人。他还不曾娶妻，但也知道在边塞之地，女人的地位十分低下，一般男人之间说话的时候，女人是没有资格插嘴的。

在他的印象中，无论去哪位前辈家里做客，后宅的女子无不是含胸垂首，不敢直视他们这些男子的，不要说这样当众插话，便是连饭桌也没资格上的。

然而眼前说话之人却与寻常女子不同，她端坐在那里，脊背挺得笔直，双手自然地搭在膝盖上，目光清澈，那女子此时正直视着他，毫无羞涩之意。

萧临莫名地从这个女子的身上看出某种熟悉之感，好像她并不是一位陌生的后宅妇人，而是自己应该十分熟稔的帐中兄弟。

“诸位是我家将军的同乡？”萧临撇开脑海中奇怪的念头询问。

仇岳明将几乎脱口而出的熟悉的名字咽了回去，勉强稳住心神，开口：“这位……将军既然是仇将军的亲近之人，想必有听将军提起过，他的家乡后山有一片酸枣林，那里的枣子又酸又甜，十分可口，山脚有一条小河，里面的河蚌大而鲜美。仇将军有一位从小一起上山下河的伙伴名叫大胖，可惜在他十三岁那年，大胖被劫掠村子的胡人挑在了枪尖上，此后他便从了军……”

那是在一个寒冷的冬季，他们被敌军围困了数日，断粮断水，躲在战壕后啃着地上的冰雪充饥。仇岳明便对身边的两个兄弟说起家乡的美食，说起那酸甜可口的酸枣，说起那肥美的河蚌，说起童年时和自己一起寻觅美食的伙伴。

“没错没错，这事将军只和我俩说过。看来你们确是将军的老乡啊！”朱欣怿听得此话，不再怀疑，一拍手掌，上前握住了周德运的手，使劲摇了摇，“惭愧，惭愧。老朱我是个粗人，老兄你别见怪，咱家这就带几位去见我家将军。”

几人放下了戒备之心，拿出了塞北汉子的豪爽热情，领着周德运一行向将军府走去。

一路上，在袁香儿等人有意无意的问询下，他们聊起了那位仇将军的近况。

“说起丰州当时那一战，还真是惊险呀！贼子的那一支冷箭正中将军心口。将军掉下马的那一瞬间，我感觉天都塌了，当场就哭了鼻子。”五大三粗的朱欣怿说起一年前仇将军受伤的那一场战役，依旧心有余悸，“幸好老天听到了我的祈祷，将军当时的情况看上去那般凶险，一连昏迷了数日，最终还是救了回来。”

走在前头的萧临听着他的话，忍不住笑了一声。

“临子你笑什么？你当时也哭了，别以为我没看见哪！”

萧临被揭了短，面色微红，对周德运等人解释道：“当时将军的情况确实十分危急，以至于刚刚醒来的那段时日，将军的神志有些恍惚，这才特意打了申请，从前线撤下来到这大同府来疗养。谁知道便是在这里，将军还是免不了和敌人干上一场。”

袁香儿和仇岳明对视了一眼，都从这两位将士的话语中听出了自己想要获得的信息。看起来仇岳明的身躯确实是在他陷入昏迷之后被另一个未知的魂魄占据了，并且这个人一开始很不适应仇岳明的身份，不得不借着养伤的机会从前线退下来，安居在这大同府内。只是因为恰巧敌军围城，他才挺身而出，挑起了守护城池的责任。

几人说话间已经来到将军府前，正好迎面撞上一队回府的人马。人群中当先一人，着素花袍，骑乌骓驹，眉飞入鬓，器宇不凡，正是那年少成名的神威将军仇岳明。

坐在马背上的“仇岳明”和周娘子身躯中的仇岳明看见彼此，双双愣在当场。那人诧异地张了张嘴，正要说话，随后视线便和周德运的视线碰到了一起。

周德运心情激动，向前走了两步，哆嗦着喊周娘子的名讳“丁妍”：“阿妍，阿妍！”

丁妍的眼睛瞬间睁大，她僵立片刻，冷冰冰地下令：“把这些人赶走，不许他们靠近将军府半步。”

说完这话，她一甩袖率先进入府中。朱欣怿和萧临面面相觑，却也只能无奈地冲周德运等人摇摇头，跟着进了将军府。

朱漆的大门在将军的一声令下轰然关闭，让袁香儿等人狠狠地吃了一个闭门羹。

周德运顿时慌了，拉着袁香儿直问：“怎么回事，小先生？莫非那不是我家娘子？”

袁香儿看了乌圆一眼，乌圆点头道：“那具身躯里确实是一个女子的魂魄，容貌和周家娘子一模一样。”

周德运急道：“既是我家娘子，缘何不同我相认？我家娘子最是知书达理，对我一向温柔体贴，怎么可能这般冰冷陌生？”

将军府内，“仇将军”大踏步地甩开众人，几乎有些踉跄地跨进了厢房，将自己单独关在了里面。

昏暗的厢房内，她不知道独自坐了多久。

天色彻底暗了下来，丁妍依旧坐在漆黑的屋子内，愣愣地看着放在架子上的龙鳞傲霜甲。那副铠甲在黑暗中隐隐流转着晶莹的光泽，就像是她披着的这具躯壳，鲜亮而坚固，能够给她驰骋于天地间的自由，却终究不属于她。

屋门吱呀一声开了，一点儿暖黄色的烛光照进来，她最为信赖的管家娘子掌着灯入内。

“何事让将军如此烦忧？不知能否说与奴婢听听？”管家娘子一路把屋内的灯点上，屋子逐渐明亮暖和起来。

“如果是因为白日里寻来的那些人，无论是打秋风的亲戚还是其他什么人，只要将军您说一声，奴婢去为您打发了便是，将军为何如此苦闷？”

周家娘子丁妍看着眼前已经过了韶华之年的管家娘子。管家娘子的脸上有一道狰狞的瘢痕，那是她自己划伤的。这是一个被丁妍无意间从欢场解救出来的女子，她的夫君是一个赌徒，赌得狠了将自己的老婆押上赌桌一并给输了。顶着仇将军身躯的丁妍偶然在欢场应酬，才将饱受折磨的她从那污秽之地赎买回来。

虽然承受了那样的屈辱，又毁了容貌，但眼前的人依旧温和平静，不急不缓、沉稳谨慎地帮顶着仇将军身躯的丁妍管理起了偌大的将军府。

是了，她也是女子，连这样艰难的日子都能挺得过去，没有什么事是过不去的，丁妍这样在心里想着。

“他们不是来打秋风，是我……”顶着仇将军身躯的丁妍叹息一声，终于将心中不愿提及的事情说出了口，“是我占据了人家的东西，却舍不得归还。”

管家娘子停下手中的动作，露出不解又诧异的神色。

“替我把老朱和临子叫进来吧。”丁妍说道。

萧临和朱欣怿站到了“仇将军”面前，垂首听训，即便是朱欣怿这样的大老粗，也意识到情况有些不对劲了。

“仇将军”坐在交椅上看着他们，沉默了许久，终究开了口：“自我受伤以后，神思懈怠，把许多东西忘了，倒是给二位兄弟添了不少麻烦。”

萧临和朱欣怿交换了一个眼神，抱拳施礼："将军今日是怎么了？是那些人有什么地方不对吗？还是属下犯了什么错？将军责罚便是。"

他们心目中最为崇敬的"仇将军"摆了摆手臂："和你们无关。我叫你们来，只想问你们一件事。我受伤之后和我从前相比，是否多有不如？"

萧临捉摸不透丁妍的意思，只得小心翼翼地回答："将军怎生如此说？虽说将军重伤之后遗忘了许多事，但将军这一年来加倍努力，修习武技兵法，把过去的本领一点儿一点儿地都拾了起来。此次敌军围城，将军更是指挥有度、谋略无双，全城军民的命都是将军给的，可以说将士们无一不对将军敬重有加。"

他看见自己的将军似乎长长地松了口气，终于露出一点儿笑容："那就好，看来我也没有什么不如他人的地方。"

"唉，老大您这是怎么了？"朱欣怿不解地道，"老大您不知道，其实大家都说，您这一场病，反倒把那暴躁的脾气给病好了。之前……嘿嘿，之前大家都很怕您，便是老朱我被您瞪一眼，都要在心里打一天的摆子，如今这样却是刚刚好。您过年前还给咱们每个兄弟发了一套棉服，把那些小崽子感动得眼泪汪汪的。"

他捅了捅萧临的胳膊："你说是吧，临子？"

萧临认同地道："确实如此。以前在将军面前，我们心里都绷着弦，如今感觉轻松许多，办事也放得开了。属下觉得，我军军心比从前更加稳固了。"

"仇将军"拍了拍手，站起身来："是了，这样我也就没什么遗憾了。即便被打回原形又能如何？我自然还是我。劳烦两位跑一趟，去将白日里来找我的那些人请回来吧。"

在大同府的一家客栈内，周德运红着眼眶和鼻子，正对着满桌的菜肴生闷气，饭菜是一口都没有吃。

"你们说说这是为何？难道娘子不愿意跟着我回到奢华安逸的家中，反而愿意生活在这黄沙遍地的苦寒之地？"他放下筷子，愤愤不平地说道。

仇岳明也是心神不宁，吃得有一口没一口的。

下午，他在城内走了一圈，发现大同府内的治安状况良好，巡逻的士兵训练有素，城防守卫安排得井井有条。他想到将军府门外的那匆匆一瞥，看见自己的身躯跨马扬鞭，英姿勃发，几乎不能相信里面是一位弱质纤纤的女子的魂魄。

"明日再去找她。如果她还是这种态度，我们就只能强行将她的魂魄拘出来交换。虽然我挺佩服她的，但她也没有强占着别人身体的道理。"袁香儿取出厌女赠给自己的玲珑球在空中转了一转，那铃声让在场所有的人心神为之一晃。

仇岳明道："这位娘子非常人也，我感激她这段时日的作为，希望还是能有机会和她好好聊一下。"

周德运抱着脑袋，依旧不敢相信事实——娘子看见他出现，竟然没有感动万分、喜极而泣，反而是逃一般地迅速离开了。

他寻思许久，自觉家境殷实，自己也算是一位好相公，夫妻二人向来和睦，他心里对这段婚姻满意得很，可为何娘子来了边塞这种地方没多久，竟然就改变心意，不再眷恋他了呢？

南河右侧肩胛骨的位置被蝎子蜇伤，黑青了一大片，袁香儿用了虺螣当初赠予她的解毒膏药给南河换药。

"你问问秦关兄就知道了。"袁香儿一边给南河上药一边说，"看他是愿意回到这里面对凶狠的敌人，还是愿意住在你家锦绣繁华的后院？"

"这……这怎么能一样？娘子是女子，怎么能同秦关兄相较？"

"有什么不一样的吗？只要你愿意真的站在对方的角度考虑问题，就会发现，只要是人，无关性别，想法和需求其实差不多。"

周德运无法接受，一时语塞，只得埋头吃饭。

"你受伤了就不要乱动，我喂你吃吧？"袁香儿端着饭菜哄南河。

"不……不必了，一点儿小伤。"南河伸出左手来接碗筷。

"你又要说一点儿小伤，舔舔就好。你倒是告诉我后背的位置你要怎么舔到？"袁香儿举起勺子凑近他，"啊，张嘴。"

"不行，阿香你偏心，我也要喂！"乌圆蹲在椅子上，张开了嘴。

"那我也……"胡三郎挤在乌圆身边，同样张开了嘴。

袁香儿一时被他们逗笑了。

这里正闹腾着，有仆役入内禀报将军有请。

"是吗？娘子派人来请我了，她终于觉得还是家里好，回心转意，想要和我回去了吧？"周德运跳了起来，整理衣冠，拔腿就要跟着前去。

袁香儿和仇岳明有些诧异地相互看了一眼：早前那位周娘子显然是很不愿意见到他们，难道这么快就想通了吗？

袁香儿一行跟随来人进入将军府，被请入正厅之内。

那位神威将军居于主座之上，看见他们入内，挥手屏退下人。

她抬眼看着坐于客座上的仇岳明，沉默了许久，这才苦笑了一下："我是万万没有想到，自己的身躯竟然还活着，你们还能带着她走到我的面前来。"

周家娘子丁妍开口说话的时候，袁香儿其实对她是带着一点儿戒备之心的。

比起其他人，袁香儿更能理解丁妍的想法。

若是让她在两个身份之间选其一，她也必定不愿在礼教的束缚下深居后宅，度过压抑而没有自由的一生。

作为一位在传统封建思想的荼毒中长大的女性，丁妍能在遇到这样离奇的事情之后迅速地适应新的身份和环境，无有纰漏，并将自己的生活维持得这么好，她必定是一个坚强而能干的人。这样的人，往往也有着一颗果敢的心，可偏偏，人心是最为复杂难测的。

袁香儿的脑海中开始演起各类古装大戏，比如身份显赫的将军拒不和糟糠之妻相认，一摔杯子，帐篷外顿时冲进来一群手持刀斧的将士，意图杀人灭口；又或是金榜题名的状元郎不愿被人揭穿身份，一面假意周旋，一面奉上毒酒一杯，断人肝肠。

她被自己脑补的画面吓了一跳，一时茶水也不敢喝了，点心也不敢乱吃了，心里忐忑地戒备着，生怕这位丁娘子翻脸不认人。

此刻的丁妍看着眼前的那张熟悉的面孔，心中五味杂陈，这明明是自己的面孔，却显得那样陌生，她真的不想回到曾经那样黑暗而压抑的生活中。

她用手指来回摩挲着交椅的扶手，听见自己的声音是那样晦涩："请问这位就是仇将军本人了吗？"

仇岳明抱拳一礼："我和你一样，也是感慨万千。万万想不到我还能够像这样面对面地看见自己的面孔。"

"我想我们应该见过一面，"丁妍说道，"就在我浑浑噩噩的时候，恍惚中，我觉得有一个男子拉了我一把，随后我就到了这里，那人想必就是将军您了。"

仇岳明想起最初的时刻："我一直不知道那是否是幻觉，如今看来竟然都是真的。"

丁妍叉手为礼："到了这里之后，我听了无数将军从前的事迹，心中对将军十分敬服。所幸我这段时日所为，倒也不是过分失措，没有给将军的威名抹黑。"

她说到这里，停顿片刻，终究开口道："你们这一次找到我，是有了什么应对之法吗？"

"娘子，你们可以换回来的。"周德运激动地站起来，想要靠近一些握住自家娘子的手，但看着眼前端坐在座椅上的将军，终究只敢搓着手指着袁香儿道，"这位袁先生是自然先生的高徒，道法高明，我千里迢迢地特意将她请过来。她有办法让你们回归正常。”

丁妍终于将视线落到了周德运身上，她的目光柔和了一些，不再像是早上那般陌生冷漠，她的眼神中带着点儿无奈，又隐隐透着些悲伤的神色。

周德运似乎受到了鼓励，急忙上前几步：“阿妍，你不在的这段时间，家里已经乱了套。我不知吃了多少苦头，好容易找到了你，你这就跟我回家去吧，啊？”

丁妍看了他半晌，没有答话，而是将目光转向袁香儿：“这位女先生确有移魂换位的把握吗？”

袁香儿还是第一次同这位周德运念叨了一路的娘子说上话，但也不打算瞒她：“我并没有实践过。临行的时候，朋友送了我一个能够拘束魂魄的法器，沿途我用死灵和动物试验过数次，都没出什么差错，但我也不能确保万无一失。”

丁妍冲她露出了一点儿笑容：“我知道了，多谢你坦诚相告。”

“你……真的愿意与仇将军各归其位吗？”袁香儿忍不住问道。

丁妍能够这么爽快地同意，让袁香儿对她多了几分好感和好奇。坦白地说，这事如果换作她自己，可能她也没那么容易愿意把这个用了一年多的自由身份还回去。

“我并不愿意。”丁妍垂下眼帘，紧攥着拳头，低声说，“说实话，早上看见你们的时候，我既慌张又害怕，心中乱成一团，甚至产生了一些恶毒的念头。我想过召集士兵将你们赶出大同府，或者干脆……干脆把你们抓起来，扣上细作的罪名，打入大牢一了百了。”

眼里闪过寒芒和挣扎之色，片刻后，她长叹一声，转而露出释然的神情：“幸好我最终想通了，没有变成那种可怕的人。其实能有这一年的经历已经很好，它使我看清了自己真正的所想所需。如今，即便没有了这层身份，我相信自己也能过上自己想要过的生活。

“我愿意和仇将军各归其位。”丁妍最终抬起眼看向所有人，目光清澈，“但我不会再做回周夫人，也不愿意再回鼎州去了。”

“阿妍，你……你……你说什么？你不和我回去又能去哪里？”周德运大吃一惊，话都说不利索了。

丁妍直视着他，目光平和：“夫君，你们周家是钟鼎世家，最讲究礼仪教化，平日里我见自家的掌柜账房都要隔着帘子，还要十来个婆子在一旁伺候，即便如此，家里还是时有风言风语。如今我在这军营里住了一年有余，早不适合再做周家的媳妇。你给我一纸休书，还我自由吧。”

周德运没有想到这一层，憋红了脸，半晌才跺着脚道：“我……我不嫌弃你便是。你跟我回去，咱俩还和从前一般，和和睦睦地过日子。”

丁妍失声笑了，低头轻轻地抚摸腰间的佩剑：“夫君啊夫君，我问你，你可知道我是怎么突然就和仇将军换了魂魄的？”

周德运结结巴巴地道：“我那日在妙音坊听曲，不慎喝多了，第二日家人过来寻我回去，你就……就已经是仇将军了。爹娘说你是失足落水，被吓着了，这才突发的癔症。”

“我那不是失足，是自己投的湖，就在家中后花园的临春湖。”丁妍突然打断了他。

“投……投湖？”周德运一连被打击了几次，几乎蒙了，“娘子，咱们家家境殷实，仆妇成群，高堂慈爱，你我感情也一直很好，娘子是何故……何故如此想不开啊？”

周德运完全想不到，他一直以为生活得很幸福的娘子，竟然会投湖自尽。

不只是他，便是袁香儿和仇岳明也感到不解：什么样的压力竟能让这样坚强的女子选择放弃生命？

“很多人觉得我命很好，嫁入了名门世家的周府。夫君是风流名士，人品也不错，不仅没有纳妾，更没动手打过我。”丁妍端坐在主位上，以男子的模样说起作为周夫人时的经历，听起来似乎令人多了几分难受之感，“不仅是夫君你，便是我父母，便是从前的我，也觉得我不该再有什么抱怨的地方。

“可是你们知道人人羡慕的周夫人是怎么度过每一天的吗？婆婆年纪大了，醒得很早，周家对礼仪的要求又分外严格，因而我每天卯时不到就必须起来，早早地候在婆婆的门外等着请安。然而婆婆一见到我，先要劈头盖脸地数落上半个时辰，说我多年无出，白占着媳妇的位置，耽搁了周家延续香火，简直罪大恶极。有时候说到气头上，婆婆还要动手打我，当着所有下人的面。”

周德运听到此处，心中难受，劝慰道：“母亲的脾气是有些不好，但我们做子女的，总不能说长辈的过错，也只能委屈你忍耐一些。”

“是的，作为媳妇，如何能忤逆公婆？自然只能忍耐一些，我从前也是这般想着。”丁妍平静地述说着往事，“听完婆婆的训斥，我还要站在桌边服侍婆婆和小姑用早餐，她们会一边吃一边对我诸多挑剔。等到她们吃完，我才能回到自己屋内，独自在丫鬟的伺候下匆匆用餐。随后，家里的各大管事婆子便会拿着对牌来回复家中的琐碎杂务，采买日常用品，置办小姑嫁妆，应酬人情往来，惩戒犯错仆妇，林林总总，繁多杂乱。午后稍歇一会儿，我便要去前厅，拉起屏风，接见外面那些商铺田庄来的掌柜庄头。用晚餐的时候，我要再去婆婆跟前立一遍规矩。而我的夫君或许会在夜半时分醉酒归来，我还不得不起身小心伺候。”

丁妍苦笑了一下：“你们可能觉得这都没什么，不过是后宅琐事，哪一家的媳妇不是这样过来的？”

“不……不不，这不容易。”袁香儿连连摇头，“换了我，根本做不来。”

“这些还不是最难的，”丁妍看了袁香儿一眼，“最难的是，我嫁入周府的时候，周府已经是一个空架子了，入不敷出便罢了，外头的排场却一点儿也不能少。公婆不通庶务，夫君只好风月，谁又知道我摔了多少跟头，这几年是如何如履薄冰、小心谋划，一间一间地整合铺子，一点儿一点儿地清算账目，才总算守住了家业，还将家中产业慢慢地发展到今日的程度，让家中上下得以恣意轻松地挥霍度日？”

周德运张了张嘴，说不出话来。他第一次意识到，自己恣意潇洒、肆意风流的背后，娘子付出了何等的艰辛和努力，而他竟然视这一切为理所当然。

“这一日一日的，我甚至只能在周家这个小小的院子里活动，出不了这个门，见不到外面的天空。然而无论我多努力，做得多好，从没有人会认同我的能力。他们不会夸一个女人持家辛苦、生财有道，仿佛这些都是应该的。长辈对我永远是指责打骂，夫君对我只有埋怨，下人们在背后时常窃窃私语，嘲笑我不能为周家传宗接代。只要没能为周家延续血脉，无论我做得多好，都是一个无能的女人。”丁妍低头握紧佩剑的剑柄，“我曾向自己的母亲哭诉，母亲告诉我，每一个女人都是这么过来的，便是有委屈，唯一的办法也只有忍耐。然而我不想忍下去。”

仇岳明同样皱紧了双眉。他被困在周家后院一年有余，深知那个严苛要求礼教的家庭是多么压抑而憋屈。他不禁在想，自己将来会不会也让自己的娘子过上那样的生活。

“曾经，为了摆脱这一切，我懦弱地放弃了自己的生命，感谢神灵给了我这次悔过的机会。如今我已经知道了自己想要的是什么、想过什么样的生活。”丁妍倾诉的声音回响在空阔的大厅中。

片刻后，她直视着周德运：“夫君，我不会再和你回去了。给我一纸休书，你我一别两宽，相忘于江湖吧。”

直到这一刻，看见丁妍坚定而决绝的眼神，周德运才意识到自己的娘子是真的想要离开自己，离开那个家。

从前，在他的心目中，娘子是依附于自己生存的，即便偶尔被母亲打骂，受委屈了，即便自己偶尔控制不住情绪冲她发泄几句，都不算什么大事，只因她已经嫁给了自己，别无出路，永远不可能离开自己。他对她好是他温和守礼，有些不好，大概也没什么关系。

但如今，看着娘子决绝的神情，听着娘子那些决绝的话，他突然意识到自己可能要永远失去她了，失去这个他从前从未重视，却总是温柔地守在他身边的人。他的心仿佛骤然空了一大块。

“不至于的，娘子。从前是我没注意，往后我都改，都改了行吗？”周德运的眼眶红了，“你想要怎么样，我都听你的。”

丁妍冲着他温和地笑了笑：“我想要的你给不了，这不是你的错，可能是我不好。我不该这么奇怪，我应该和这世间的其他女子一样学会忍耐。可是我还能怎么办呢？我已经见到了更宽广的世界，再也不可能回去了，还请你见谅，就此放手吧。”

从周德运第一次求到袁香儿门口，直到今日，已经过去了诸多时日，沿途多有波折，袁香儿想过到达这里后的各种可能，却没有想到在这个时代，还能有丁妍这样为了争取自由而敢于直接同命运抗争的女子。

袁香儿一边同情迷茫而失措的周德运，一边又对冷静勇敢的丁妍感到钦佩。

玲珑金球的声音响起，空灵而飘逸，有一种超脱世俗、遥遥飞升之感。两个透明的魂魄被铃声牵引着，闭合着双目，自身躯中游荡而出。袁香儿居中盘坐，低声念诵静心镇灵咒，小心地护送两道魂魄各归己身。

铃声渐歇，仇岳明首先睁开眼睛，先低头看了看自己的双手，又抬起头看了看袁香儿身边的丁妍，转而露出了狂喜的神色。

丁妍也在此时缓缓地睁开双目，但她只是平静地看了看自己的双手。

“成功了？”袁香儿问。

仇岳明翻身而起，单膝跪地，向着袁香儿纳头便拜。

袁香儿急忙双手扶住他：“这是怎么了，将军怎生行此大礼？”

“当日我身困周家后宅，不堪受辱，一心寻死，若不是香儿你救我于水火之中，我如何能有如今重见天日之时？”仇岳明看着袁香儿，执意拜了三拜方才起身，“大恩不言谢，只盼来日再报。”

看见他们成功地换回来了，袁香儿也松了一口气，虽然路途上她也做过各种试验，但涉及两个活生生的人的灵魂互换，她还是紧张得出了汗。对她来说，此行的主要目的是帮助仇岳明找回自己的身躯，至于丁妍本人愿不愿和周德运回去，袁香儿觉得这不是自己应该干涉的事。事实上，虽然接触的时间短暂，但她有些敬佩丁妍敢于割舍过去、追求自由的果断和勇敢。

二人魂归其位，仇岳明主动和丁妍商议一番，唤来萧临、朱欣怿及管家娘子翠娘三人。

三人看着端坐在厅堂上的将军和他身边那几位神秘的客人，有些摸不着头脑。

这一天可太奇怪了。早上将军发了脾气将这几人拒之门外，前所未有地把自己关在屋子里一天，掌灯时分却又急着将客人请了回来，这会儿一道坐在正厅，主客相宜，似乎已经十分融洽。

只有近身服侍的翠娘凭着女性敏锐的直觉感受到将军和往常有些不一样。

翠娘是最近一年才进入府中服侍的，心思细腻，将将军的一切喜好、动作都牢记心中，是以率先发现此刻的将军无论是坐姿还是言谈，似乎都流露出了微妙的不同之处。素来不近女色的将军大人，对坐在身边的那位十六七岁的姑娘表现出了异常温和亲近的态度。从前的将军性情温和，润物无声；此时的将军气质不凡，稳重如山。

不对劲，真的处处不对劲，翠娘心想。

却见将军缓缓开口：“从前，我将此事视为奇耻大辱，发誓即便是死，也绝对不能让自己相熟的朋友知晓；但如今，我不再以此为耻，也想将这个离奇的经历告诉我最信赖的朋友，还望你们稍微镇定一些，细细听我说完。”

仇岳明平心静气地将这一年多来的经历，一五一十地述之于口。

眼前三人听得此事，心中掀起惊涛骇浪，要不是将军亲口述说，他们是无论如何也不会相信世间竟有这般离奇的故事的。

这一年来，将军身上的种种不对劲之处，从前他们有些不能理解，如今回想起来，这才恍然大悟。

原来他们朝夕相处了一年多的将军，那个温和宽厚、御下有道的将军，那个勤修苦练、不避寒暑的将军，那个面对敌军围城毫无畏惧，镇守城池的将军，竟然只是一介弱女子。

三人看看仇岳明，又看看他身边的丁妍，面面相觑，一时说不出话来。

“不错，正是这位娘子，在我不在的期间，替我镇守了大同府，救一方百姓于水火之中。”仇岳明指着身边的丁妍道，“本来我应将丁娘子所为公之于世，让更多的人记得她的功绩，无奈鬼神之说过于离奇，不便宣扬。但我想至少应该让你们几位亲近之人知晓，知晓和你们朝夕相处了一年的人并不是我，而是她。”

闻言，翠娘率先伏地行了一礼，萧临、朱欣怿相互看了一眼，也双双行礼。

丁妍眼眶微红，将他们拉了起来。

翠娘抹着眼泪道：“不承想将军竟是女郎，无论如何，是您救了翠娘。无论您是何等面貌，翠娘这一生总要服侍在您左右。”

边塞风光和锦绣江南大是不同，别有一番苍茫壮丽之态。

距离仇岳明和丁妍魂归其位，转瞬过去了三五日。袁香儿也算完成了自己的任务，整日只带着南河、乌圆等领略大漠风光，吃遍塞外美食，筹备着这两日就启程回乡。

厚重的城墙之上，冬雪皑皑，远处羌笛悠悠。

若有人从空中俯视，便可以看见绵延万里的城墙，像一条巨蛇蜿蜒爬行在连绵起伏的大地之上。

南河闭着双目，坐在墙头上凝练星力。

袁香儿靠在不远处的墙垛上，口中叼着一根稻草，远眺落日长河、旷野荒原。

“阿香，你在这里啊？我寻了你半日。”仇岳明登上了城头。

“怎么样，仇将军？周德运还是没法说服丁妍跟他回去吗？”袁香儿从墙头上跳下来。

仇岳明苦笑着连连摇头：“丁娘子是个意志坚定的人。她打定主意不再回头，只怕周兄也拿她没有办法。她甚至请我帮她在大同府落了商户户籍，看来是打算从此就在此地定居，以经商为生了。”

“她准备以经商为生？孤身一人，在这个时代？她还真是有勇气。若是她缺少本钱，我倒还带着些积蓄，可以先行周借。”

“以她之能经商倒也不算什么难事，何况我驻守此地总能看顾她一二。”仇岳明陪着袁香儿沿着城墙边走边说，“只可怜周兄百般放心不下，昨夜还拉着我喝了一夜酒，他烂醉如泥，到现在还未醒来。”

“唉，我挺同情老周的，其实对他来说，走这一路也很不容易。”袁香儿也不免感慨，“但我也敬佩丁娘子的勇气，可惜像她这样的人不容易被如今的世俗接纳。

估计也只有我这样的怪物比较能理解她。”

“你并不是怪物，阿香，你比其他人都优秀。”仇岳明突然说道。

此时有风拂过，年轻的将军站在城墙上，雄姿英发，朗目剑眉，目光灼灼。

“或许有一些唐突，但你们这两日便要启程，我若是不说，只怕一生为憾。”入万千敌阵而无畏的将军此刻倒是窘迫而局促，“我知道你的世界异于我等，但不知道可否让在下……让在下有幸了解更多？”他背对着万里河山，双眸中盛满了炙热的情感。

他不必再说，袁香儿已经完全听懂了。

这样真挚的感情是令人感动的，但这一路走来，仇岳明以女子之身同袁香儿相处，袁香儿根本没有留意到他对自己有了不一样的情愫，自然也就无法给他任何回应。

“听将军这般言语，我万般荣幸。只是我们修道之人，难入世俗之情爱，或许……只能辜负将军的一片心意了。”袁香儿诚恳且坚定地拒绝了这份自己不愿接受的情感。

城池的远处，听力极其灵敏的乌圆竖着耳朵道：“卑鄙的人类，居然想要勾走阿香。南哥，干脆让我去弄死他！”

南河抿着嘴，一言不发。

“南哥，你可不能大意。”胡三郎在一旁添油加醋，“人类的雄性一旦看上某位雌性，求偶的手段那是层出不穷的。你不能再这样下去，必须主动一点儿，否则阿香可真的就会被人类拐跑了。要知道，他们人类最喜欢的配偶还是自己的同族。”

南河涨红了面孔，有些羞涩地道：“主动？如何主动？”

“主动的方法可多了。你听我的，我最了解人类。”胡三郎踮起脚，在南河耳边悄悄地说，“你可以向她撒娇，求抚摸，然后诱惑她，把自己洗干净了献给她……”

袁香儿站在墙头，看着仇岳明独自走下城墙的背影。他那素来挺直的脊背此刻微微弯了起来，垂着头，带着几分落寞之意。

希望他只是一时的冲动和热情，很快就能将这段情感淡忘，袁香儿有些愧疚地想着。

有一个毛茸茸的东西碰了碰她的后背，袁香儿转头一看，发现化为巨大狼形的南河静立在她的身后。

“上来吗？”一个声音在袁香儿的脑海中响起。

这句话如果是南河用声音说出来的，必定只是冷淡的三个字，听不出丝毫情感。但因为这句话是从意识中直接传递到脑海中的，于是袁香儿立刻就品出了他那股羞涩忐忑又有一点儿难过的复杂情绪。

这样细微而复杂的情绪从眼前这具威风凛凛的身躯中传递出来，莫名地就特别撩人，使得袁香儿忍不住跟着兴奋起来。

“啊，我可以骑吗？”这句话听起来似乎不太对劲。

“我的意思是，我可以坐上去吗？”这好像也不太对。

不管那么多了，坐着小南兜风难道不是一件超级快乐的事吗？

袁香儿欢呼一声，整个人扑到毛茸茸的自己的专属坐骑上去。

银白色的天狼在荒野上空飞翔，袁香儿将身体埋在飞扬的银色毛发中，驰骋空中，胸怀大畅。

她索性在半途把碍事的鞋子踢了，丢在崇山之间，赤脚磨蹭着天狼柔顺的毛发，有风拂过她的脸庞，扬起她的衣袖，而她脚下，蜿蜒的城墙和无边的大地向后退着。

落日熔金，暮云合璧，几乎令她不知身在何处。

“啊——这样飞在空中真是太快乐了！小南你真好，你怎么总是这么好？”袁香儿双手合拢在嘴边大喊。

飞得累了，袁香儿便整个人躺在银狼软绵绵的皮毛中，听着耳边呼啸的风声，手里有一下没一下地摸着南河浓密的毛发。

“南河，你能一直陪在我身边吗？”她闭着眼睛问道。

“嗯。”这是一个肯定的回答。

“人类的生命不会太长，你别离开，就陪我直到……直到度过一生，行吗？”

“嗯……”

等我死了以后，南河还有好长的生命，长到足以忘记一切，会再有新的伙伴，会把我忘记了。这么想想，袁香儿的心里有些酸酸的，那是难过的感觉。

尽兴地飞了许久，南河的速度慢下来，南河落在地上化为人形，锦衣轻裘，玉带宝靴，如切如磋，如琢如磨——这段时日在人间行走，南河已经可以在需要的时候很好地变化出恰当的人类衣物了。

他让袁香儿坐在树下，蹲下身，翻手拿出一双小靴子，亲手给袁香儿穿上。

那双靴子一上袁香儿的脚，立刻变得十分合脚，大小刚好。

“这个不是你的毛发变化的吗？可以借给我穿吗？”袁香儿有些不好意思。

“只要是我的东西，没有什么是你不能使用的。”南河帮袁香儿穿好鞋子，没有抬头，只用低沉的声音问，“阿香，你喜欢仇将军吗？”

“原来你偷听到了呀！”袁香儿轻轻摇头，“将军是个很好的男人，但我们不合适。”

她怕南河不理解这句话的意思，补充了一句：“彼此之间的观念不一样，生活方式也差得太远。最主要的是，我对他没有那种心动的感觉。”

她站起身，试着跳了几步，鞋子既合脚又轻便，十分舒适。

南河看着眼前的袁香儿。

那我呢？我合适吗？这句话在他的喉咙口来回滚动着，几乎就要脱口而出了，但咽喉像是生了锈，怎么也无法将这短短的一句话问出来。

就在这时，一个声音在不远处响起：“南方来的术士，是洞玄教的人吧？”

半空中悬停着一只形似狮子的魔物，狮身人脸，脸旁是威风凛凛的鬃毛，四爪和尾部化为黑色的浓烟飘在空中。

在它的背上，闲闲地坐着一位年轻男子。

那男子穿着一身寻常的水合服，腰束丝绦，头戴青斗笠，脚穿麻鞋，一腿盘起，一腿垂挂，坐姿悠闲，正用带着点儿探究意味的目光看着袁香儿。

他能够不动声色地出现在离他们这么近的地方，而南河和她都没能发现，可见十分厉害，袁香儿退了半步，暗自戒备地回答：“我不是洞玄教的人。”

“哦，不是最好，我讨厌那些装模作样的人。”年轻的男子坐在狮子背上，十分随意地打了个稽首，“在下清源，昆仑清一教。敢问道友如何称呼？”

“我姓袁。”袁香儿谨慎地说。

那位术士点点头：“你的这个使徒是天狼吧？我这个人没有别的爱好，最爱收集罕见独特的使徒，远远看见天狼见猎心喜，故而特意追上来，敢问道友能否割爱，将他转卖于我？”

“不卖的。多少钱都不卖。”袁香儿拒绝了他，准备离开。

“话不要说得那么早嘛，没准儿我有你想要的东西呢？”那术士也不生气，眉眼弯弯，“这世间没有不能交易的东西，还需看多少筹码能够打动人心。”

他从怀中掏出两个瓷瓶，倒出两枚金光闪闪的丹药。

“见过吗？此二枚丹药一乃驻颜丹，能保容颜不老，青春永驻；二乃延寿丸，能延常人十年阳寿，已是眼下能寻觅到的延寿丸中的极品。”他向前伸出手掌，仿佛笃定袁香儿不可能拒绝他的诱惑，“想要吗？”

“不，我不需要。”

清源道人微微挑眉，劝说道：“别小觑了这丹药，虽说只能延续十年寿命，但也实属难得，如今人间灵气衰竭，开炉不易，整个人间也寻不出几枚来。若不是天狼世所罕见，我还舍不得将此物拿出来和你交换。你和你的使徒感情再好，也比不上自己的性命重要吧？”

袁香儿摇摇头，拉上南河的手就走。哪怕生命再珍贵，这世间也有不能用于交换的东西。倒是南河一路频频回头，盯着那人手中的丹药看。

看着他们远去的背影，清源道人摸了摸座下使徒的鬃毛，不敢相信地摇摇头：“这可真是稀罕了，还有人能不要延寿丸。”

袁香儿几人在大同府住了几日，终究到了离开的时候。

仇岳明亲自将他们送出很远，直到大同府高大的城墙变得模糊不清，才停下了送行的脚步。

分别的时候，仇岳明站在袁香儿的面前，久久没有说话。

“别这样呀，秦关兄。”袁香儿轻声宽慰他道，“我这就先回去了。将来，咱们朋友之间总还能有相见的时日。”

仇岳明拧着双眉，眼中是克制过后的难过的神色。他是一个内敛持重的人，那日的一番话已经是他所能做到的极限，纵然心中百般不舍，他也不会再纠缠。

“我永远都会记得，当时我被锁在那间暗无天日的屋子内，是你推开了门，扶我起来。此恩此德，仇某绝不敢忘。”

袁香儿几人挥别了仇岳明，离开大同府，一路向南。

去的时候周德运满心期待，怎么也想不到回来的时候却连那个被人顶替的娘子都留在了大同府。

周德运一路上失魂落魄，满腹愁肠，容颜憔悴。

“我真的就那么糟糕吗？我都改了难道还不行吗？”他在饭桌上吃着吃着饭就红了眼眶。

“你长得也还行，家里也不是没吃的，回去再娶一个娘子不就是了？”乌圆从一盆小鱼干中抬起头来，“牛不吃草强按头也没意思不是？”

“反正你们人类可以三妻四妾，要是怕娶不到满意的，你多娶上几个，总能有一个喜欢的。”说这话的是胡三郎，他在教坊混迹了几年，对人类的花心习以为常。

“再娶谁，那也不是娘子了。从前娘子在我身边的时候，我没什么感觉，如今她说不要我了，我……”周德运涨红了脸，哽咽着吃不下饭去，“为什么她一个女子宁愿独自留在那苦寒之地，也不愿意跟我回家？我怎么也想不明白，我想不明白啊……呜呜……”

“就因为你想不明白，丁妍才不愿和你在一起。你根本理解不了她，或者说你们彼此根本不合适。”袁香儿叹了口气，拍拍他的肩膀，“算了吧，周兄。乌圆说得对，强扭的瓜不甜。回去调整一下，好好过你的日子。”

周德运捏着碗和筷子，低下头去，眼泪啪嗒啪嗒地往下掉，看上去十分可怜。

为了让他振作精神，周家的仆役沿途更加小心地伺候，休息时常常请来歌姬名伶演艺奏乐，助兴取乐。只是再也不同于来时，周德运始终兴致缺缺，怏怏不乐。

转眼回到京都附近，袁香儿一行还住在上一次居住的客栈。

胡三郎趁着休息的时候出去拜访胡青，空跑了一趟回来：“奇怪，姐姐从不外宿，教坊的人却说她已经两日没有回来了。”

“是吗？”袁香儿对阿青的琴技记忆犹新，十分想念这位只有短暂接触的朋友，“明天我陪你一起去看看。”

入夜时分，屋中寂静，袁香儿睡在床上，化为本体蜷在袁香儿床前的南河突然竖起了耳朵。

“阿香，有人来了。”南河唤醒了袁香儿。

袁香儿坐起身，指间夹着符箓，屏气凝神，盯着紧闭的屋门。

门外的走廊上传来几声轻微的脚步声，夹杂着一些轻微的金属碰撞声。

哗啦一声，屋门被人推开，一股冰冷的风夹着血腥味卷进屋中，一位肌肤苍白、长发披散的男子出现在屋外。

他身披一件破旧的大氅，手脚上戴着镣铐，琵琶骨被铁链穿过，正是许久不见的渡朔。

深夜来访的渡朔失去了从前冷淡从容的模样。他发丝凌乱，浑身血迹斑斑，死死地用颤抖的胳膊扶住门框，松开另一只手。

从他的怀中滚落出一只昏迷不醒的九尾狐。

“阿青？”

“阿青姐姐！”

刚刚从隔壁赶过来的胡三郎大吃一惊，扑上前去，将昏迷的阿青扶起来，发现她虽然受了伤，但气息还算平稳，总算稍稍松了口气。

“请……帮我一次，请把她藏起来。”渡朔死死地盯着袁香儿，眼下黑青一片，嘴角沁着血丝。

他伸出染血的手指解下身上那件破旧的大氅，披在了阿青身上：“你放心，有了这件袍子，白玉盘也找不到她。”

他脱下外袍，裸露出上半身，袁香儿这才发现他的半边身体早已被鲜血染红。更令人惊骇的是，那条贯穿他身体的铁链正在咯咯作响地缓慢地从他的伤口中进进出出，仿佛有一位主人在收紧锁链勒令他必须立刻回到自己身边。

渡朔却对此毫不在意，只是盯着袁香儿，一字一顿地道：“请……求……你，行不行？”

“可以，我会照顾好她。你放心。”袁香儿急忙回答他，“可是你……”

渡朔听到了这句话，似乎终于松了口气：“我无妨。”

额头上的冷汗混着血水流过他的脸颊，在他的脸上却看不出一丝痛苦之色。他只最后看了一眼昏迷在胡三郎怀中、披着长袍的阿青，掐了个印诀，下一刻，那个浑身是血的身影便消失在了门外。

渡朔突然到来又突然消失，徒留一地凌乱的脚印以及几点触目惊心的血迹。敞开的屋门空荡荡的，门外是一片浓黑的暗夜，北风夹着白雪，呼啸着在茫茫天地中卷过。

最快反应过来的反而是胡三郎。他迅速地将阿青抱进屋里去安置妥当，清创、上药、包扎，手脚麻利，一气呵成。最后他守在床边，拉住阿青的手，担忧地看着受伤的同族，小小的耳朵低垂着。

他还是当年那副小小少年的模样，和袁香儿十年前在墙头上见到的模样几乎没有一点儿变化。

袁香儿还记得那时年幼的自己趴在吴道婆家满是苔痕的墙头上，饶有兴致地看着院子里的吴道婆表演跳大神。窸窸窣窣的声音响起，压着墙头的石榴树枝被顶起，从中钻出一个粉妆玉砌的小娃娃，白嫩嫩的脸蛋，亮晶晶的眼睛，脑袋上顶着一对毛茸茸的狐狸耳朵。

“咦，人类的小孩？你看得见我吗？”

年幼的袁香儿眨了眨眼，知道这时候再装作看不见已经来不及了。

两个小娃娃大眼对小眼地瞪了一会儿，均被院子里“唱念俱佳的表演”转移了注意力，各自趴在墙头看“表演”去了。小狐狸边看还边从袖子里摸出几个烤熟了的板栗剥着吃，见袁香儿频频向自己张望，以为她嘴馋，便用软乎乎的小手攥着一个裂开了口的板栗递向她。

“喏，分你一个。”

从那以后，袁香儿看戏的墙头上便时常冒出有一对狐狸耳朵的小男孩，或是一只怯生生的小兔子，有时候还有一只带着难闻气味的黄鼠狼。

她也因此时常收到板栗、榛子、蘑菇、胡萝卜及老鼠干等“零食”。

那时候，这些混迹于人类村庄的小妖精天真又单纯，生活得无忧无虑，袁香儿十分喜欢他们。

如今这个外貌和从前一模一样的小小少年却精通了人类的法则和世故，学会了取悦他人和察言观色，学会了熟练又沉稳地照顾受伤的同伴。

袁香儿很早就听说胡三郎他们遭遇了围剿和屠杀，不得不从村子里逃出来，过上四处逃亡的生活，但直到这一刻，那些浮于表面的故事仿佛突然被揭掉了面纱，变得清晰而真实，瞬间鲜血淋漓起来。

那个一脸怯生生的表情，却总喜欢偷看她的兔子姑娘，那个动不动就放一个臭屁熏得她不得不捏起鼻子的小黄鼠狼，是不是都已经被人类的法师钉在法阵中，剥下皮毛，死在了毫无意义的杀戮中？

第二日一早，为了不被洞玄教的人发现，袁香儿一行早早启程，坐上马车离开京都。

胡青已经醒来，将那件破旧的长袍披在头上，沉默着坐在车窗边。

透窗而入的晨曦里，胡青螓首低垂，秋瞳含悲。

“阿青，发生了什么事？”袁香儿坐在她身边。

“都是我的错，是我害了大人。”胡青闭上了眼，一颗清透的泪珠滴落，“我藏身京都多年，自以为没人能够识破我的真身。两日前在太师的寿宴上，我明明听说妙道真君要来，但心中总怀着侥幸，想要躲在角落里悄悄地看上渡朔大人一眼。

“我自己被发现了也就罢了，左右不过身死魂灭，谁知大人他……他还是和从前一般心软，拼尽全力将我救了出来。”胡青用双手捂住面孔，大滴大滴的眼泪从她的指缝中流出，“大人强行抵抗契约的束缚，带着我东躲西藏，拒不理会主人的召唤。那铁链一直在他的身躯里拉动，不知让他受了多少罪。这番回去，还不知道那个人类要怎样折磨他。为什么不让我死了算了？我真是恨自己！”

袁香儿帮她把快要滑落的长袍披好，那件破旧的衣袍的触感极其轻柔细腻，隐隐有层层叠叠的美丽纹路，显然不是凡物。

“别这样，阿青。渡朔将他的衣袍留给你，是希望护你平安。他为了救你牺牲颇大，你更不能辜负了他的一番心血。”

胡青伸手紧紧地握住长袍的衣领，眼泪一滴一滴地往下掉。

“我第一次见到大人的时候，他就是穿着这件羽衣。他把我从猎人的陷阱中提出来，笑着对我说：‘快跑吧，小家伙，下一次我可不管你。’可是，下一次他还管我。”

胡青用脸颊轻轻地磨蹭着柔软的衣料，回想起了山林中那位温柔的山神大人：“那时候这件衣服是那么漂亮，洁白的纹路中有光华流转，大人穿着它，就像是从天而降的神灵。”

他就是神灵，永远是她的神灵。

小狐狸开始喜欢上从家中偷溜出来，到山神庙里玩。

庙里时常进出着许多人类，他们端着祭品香烛，跪在神像前祈祷。

人类的愿望总是无穷无尽的：想要生一个男孩，想要娶一个媳妇，想要金榜题名，想要明年不干旱……这些人全都来找山神大人。他们也不想想，山神大人怎么可能替他们生孩子、娶媳妇、上考场呢？

那些人类看不见山神大人，在这个时候，山神大人总是饶有兴致地支着下颌，坐在一旁，听他们说话。大部分时候，山神大人不会搭理他们，但偶尔也会替他们做一两件他力所能及的事，如降下雨露滋润干旱了的田野，控制妖兽不让他们去田地里破坏。

阿青常常忍不住偷吃一些人类送来的祭品，人类的食物真的很好吃。

渡朔大人也只是笑着捏住她的后脖子，把她提起来：“不能再吃了，再吃你就胖成球了。”

可下一次，阿青还是会吃。

她喜欢上了渡朔大人。山林里喜欢大人的妖精可太多了，大人的身边总是围绕着各种各样的小妖精。

渡朔大人最喜音律，为了争得他的喜爱，阿青混进了人类世界，学了一手好琵琶。

自此之后，青山竹林，花前月下，时有冷弦发清角，轻音越幽壑，援琼枝，妙曲独为君奏。

这时候那位渡朔大人就会坐到她的身旁，微微眯起眼睛，侧耳聆听。

“那是我最幸福的时候，”胡青对袁香儿说，“我一直以为自己可以长长久久地在大人身边弹奏下去，永远也不会有疲惫的一天。”

周德运听了她的故事，连连叹息摇头：“国师妙道真人威名远扬，被奉为玄门正宗第一人，却只知高居庙堂之上，从不管百姓真正的疾苦，还不分青红皂白地捕杀你们这些妖精。我看哪，他比起自然先生是远远不如的。”

袁香儿听他提起自己的师父，想到周德运少年时便和师父有一面之缘，因而问道：“周兄当年是怎么见到我师父的？”

“我还依稀记得，当年我生了重病，药石罔效，眼看着就要断送小命，爹娘都急坏了，带着我四处求医，谁知在半道上，遇见自然先生携云娘子云游经过。听见我哭得厉害，先生在路边倒了一碗水，念符画咒，劝说我爹娘喂我喝了下去。我当时就好了许多，第二日竟然就能起身喝下半碗粥了。

“先生济世救人，菩萨心肠，这才应该是玄门典范。”周德运总结了一句。

袁香儿听着他的话，不由得想起师父居住在阙丘镇的时候，只要谁家有难处求到他的门上，他总是毫不推托，热情相助。被他帮助、救治过的人类数不胜数。不只是人类，便是一些小妖魔求上门来，他也都一视同仁地帮忙，导致后来院子里住着的小妖魔越来越多。

其实，师父并不是人类。他身为妖魔，却愿意善待人类，对世间所有生命一视同仁。

袁香儿坐在马车上，看着车窗外呼啸远去的山景，脑海中回想起那间残破的山神庙，想起庙中虔诚祈祷的老人，想起那失去自由和尊严的神灵，想起那雪夜中硬扛着咒术的制约、敲门求助的男子，想起那些被洞玄教的术士剥了皮后挂在马上的妖魔尸体，想起师父笑盈盈地站在院子中，帮助着并非他同族的每一个人类。袁香儿有些坐立不安。

“你想要救出渡朔？”南河的声音突然在她的脑海中响起。

“不是的，我没有那个能力。”袁香儿脑海中乱成一团，“但我觉得我不能这样放着不管。他违抗了国师的命令，可能会被折磨至死。”

“你等在这里，我去京都一探。”

“小南你……”袁香儿看着南河，南河也在看着她。他们有着一样的心意，想要做一样的事。

“我们一起去，不冲动，视情况而定，尽力而为。”

神乐宫内。

国师高居其上，数名弟子恭恭敬敬地跪在他的身前。

“师尊，这是弟子们此行剿妖时抓获的妖魔。”

他们的身前摆放着几个朱漆大托盘，上面盛放着血淋淋的皮毛和内丹。另有几只被抓获的小妖被铁链锁在一起，哆哆嗦嗦地跪伏在地上。

妙道的双目不能视物，似乎也没有仔细挑选的兴趣，他对侍立在身边的大弟子云玄招了招手：“将一些有用的收起来，无用之物烧了便是。”

一个被铁链锁住的女性妖魔努力地抬起漂亮的脸蛋：“既然我们对你们毫无用处，为何又要平白猎杀？大家都是一条性命。”

妙道从椅子上下来，走到她的面前，伸手抬起她的下巴：“狐族？”

那女妖看着他那蒙着双目的面庞，想起关于这个人类的种种传说，微微颤抖了一下。

“害怕吗？”妙道捏着她的脸，“原来妖魔也会害怕。”他嫌弃地甩甩手，“自己乖乖地趴到法阵中，做我的使徒，供我驱使，我就饶你一命。”

那狐妖垂下头，悄悄转了转眼珠，再抬起头来的时候已经是一副顺从的模样。

“我愿意奉您为主人，只求您放我一条生路。”她将曼妙的身躯靠在妙道腿边，姿态柔顺，面容妩媚，目光羞怯，声音中带着一种勾魂夺魄的魅力，“我都听主人的，还请主人怜惜。”

在场的洞玄教弟子们听着这样的软语，心神都为之一动，心里莫名就生出一股怪异的感觉，觉得这般对一位娇娇弱弱的女子确实有些不太对。若不是师尊在场，这些人恨不得立刻就上前替她解了身上的枷锁。

“只要你听话，我自然不会伤害你。”国师似乎也受了狐族天赋能力的影响，变得温和而好说话，他弯腰靠近那美丽动人的狐妖，似乎想要替她解开枷锁。

就在他毫无戒备地弯下腰的那一刹那，狐妖突然挣脱枷锁，亮出闪着寒光的利爪，狠狠地扎向妙道的心窝。

“哈哈哈！所谓的玄门第一人也不过如此。你以为我是能被你这些无能的徒弟擒拿住的吗？”狐妖哈哈大笑，“我在路上早就可以逃脱，不过是学了你们人类的骗术，假意被擒到此地罢了！我要杀了你，给我整个巢穴的同伴报仇！”狐妖兴奋地舔着舌头，唇齿间露出尖牙，双目泛着绿光。

但她高兴的表情很快就僵硬了，因为她发现自己的利爪根本没有插进那人的胸膛，而是堪堪停在了那人的胸前，并且失去了知觉，她甚至感觉不到自己手掌的存在。此刻，那种失去对身体的控制权的麻木感从手臂蔓延上来，渐渐地，她的整个身躯都动弹不得了。

她眼前的男人的脸上束着一条极宽的缎带，缎带之后似乎隐藏着什么极其恐怖的东西，而那个东西正透过绘制着诡异符文的缎带凝视着她。狐妖感到自己的身体正在渐渐失去知觉，只能眼睁睁地看着对面的男子缓缓举起手臂。那手臂白皙而瘦弱，动作慢腾腾的，似乎没有一点儿力道，但那细细的手指掐在她的脖颈上，一点儿一点儿地收紧，令她痛苦得不能呼吸……

妙道回到自己的寝殿，站在了室内的那幅壁画前。

他伸出手指点了一下壁画，坚硬的墙面如水纹一般荡开，从水纹中跌出一个身影。那人体无完肤，匍匐在地面上动弹不得，一头漆黑的直发散落，露出穿透身躯的猩红铁链。

啪的一声，一只死去的狐狸尸体被丢在他的脸上。

“说吧，那只九尾狐在哪里？”妙道居高临下地看着地上的人，“不要太顽固，坚持不过是平白让你自己痛苦。你知道的，我不会放过任何一只九尾狐。”

第八章　妙　道

渡朔一言不发，无声便是他的反抗。

妙道看着趴在眼前的妖魔。

那妖魔也正用墨黑的眼眸冷淡地看着他，明明已经伤得连爬起身来都做不到，但妖魔的眼神中依旧没有软弱和屈服。

这种眼神令他感到很不舒服。他想起了年幼时期的自己，摔倒在泥地里，同样用这样的眼神看着眼前那只巨大的九尾狐妖。那时的他弱小而无力，面对着那样强大的存在，只能眼看着自己的同伴一个一个地死去，束手无策。

此后，在他的心中，弱小就是一种原罪。

他再也不会让自己沦落到那般境地。

如今大妖们另辟灵界，离开了这个世界，人类逐渐成为这个世界的主宰。曾经令人畏惧的强大妖魔因为数量稀少，正在逐一被人类清剿。

“现在，我才是强者，而你不过是一只无力反抗的可怜虫。”妙道居高临下地看着渡朔，“弱者就要有弱者的样子，不说的话，我会让你知道违抗我的下场。”

他伸出两根瘦弱的手指，细长的手指交叠在一起，扭成一个奇怪的指诀。猛然间，渡朔身上那些铁链上的符文亮起，带着猩红的颜色，诡异地缓缓扭动起来。

渡朔那张素来没有表情的面孔终于有了变化，他的喉咙里发出抑制不住的痛苦的声音。

“说。”妙道残忍地等着他想要的答案。

趴在地上的妖魔的额上青筋暴突，他用手指抠住地面上的砖缝撑起身体，染着血的猩红铁链在他的身体内反复进出，但他回答妙道的，却是一声低沉的怒吼。

国师的脸上看不出喜怒，他将手指伸进衣袖，缓缓地拿出一张紫色的符箓。那张紫符一出，还未曾祭到空中，屋子内已经交织着亮起耀眼的银色闪电。银色闪电抽在渡朔赤裸的后背上，把他整个人抽得趴回地砖之上，发出沉闷的声响。

一只强壮有力的手凭空出现，突然握住了国师持符的手腕。

皓翰高大的身影在国师身边显现，他握住了国师纤细瘦弱的手腕，皱着眉头道：“主人，手下留情。渡朔已经撑不住了。”

妙道将脸转向身边的使徒：“今天，连你也打算反抗我吗？”

“不，我没有反抗您的意思。我族崇尚力量，从您打败我的那一天起，您就是我崇拜的对象。”皓翰看着国师的面色，缓缓地松开他的手，在他的身前跪下，“主人，那只是一只弱小的狐狸，为了生存，长年混迹在人类的教坊中以卖艺为生，也没有什么伤人的恶行。您何须动怒至此？仔细伤了肉身。”

妙道扶着桌案坐下，声音里带着嘲讽之意：“若是我没了这具硬撑了这么多年的肉身，契约自然解除，不是正中你的下怀吗？”口中这样说着，他终究还是收起了指诀和符箓。

“你进来有什么事？”

“回主人的话，上一次来过的那个小姑娘从塞外回来了，路过京都，上门求见，此刻正等候在大门外。”

“哦？这么快就办完事回来了？看不出来，那个小姑娘还懂得前来拜会，也算知礼数，让她进来吧。”妙道一挥衣袖，地面上一动不动的渡朔的身形开始变小，最后被壁画牵引着，没入壁画中。此时，水墨画就的壁画某处，多了一个身缚铁链、匍匐于地的小人。

袁香儿和南河来到竖立着四座神像的广场。

到了这里，南河被结界阻挡，就进不去了。

“你别害怕。”

“你不要怕。”

两句几乎一模一样的话同时响起。

袁香儿哑然失笑，伸手握住了南河的手，比起自己的手，南河的手既宽大又温暖，带给她安心的感觉。

在袁香儿的印象中，南河还是一只幼狼的模样，应该由她抱着、保护，安慰他惶恐的心。但不知从什么时候起，幼狼已经成长为眼前这个男人，长腿、蜂腰，身体强壮、力量强大。

此刻，他站在袁香儿眼前，目光坚定，显得可靠而有力，一心想要保护袁香儿。

“你进去以后不要怕。”南河看着她，那双眸子里真的有细细的星光闪烁着，“若是遇到什么事，就通过契约喊我，我一定能够进去。”

“嗯，我喊你。”被人保护的感觉真好，有一个能够彼此信赖、相互守护的人，是她一生的幸运。

这一次来，迎袁香儿入内的果然不再是渡朔，而是一个容貌古怪的老者。老者身披一件有着褐色羽毛的大衣，四肢像是枯枝一般纤长干瘦，鼻子如同鸟喙一般凸出。他只说了一句“随我来”，便佝偻着脊背，拖着长长的大衣，一言不发地在前方带路。

袁香儿走在上次走过的长长走廊上，心中通过使徒契约不停地和南河聊天。

“上一次我是进入屋子内才和乌圆断了联系的，看来只有屋内才有屏蔽精神沟通的法阵。”

“嗯。”

“我进去以后，虽然不能和你说话，但若是我遇到危险，你还是能够感觉到的，所以也不用太过担心。”

“嗯。”

“正常情况下，我不会和国师起冲突的，我只是想探一下渡朔的情况，再见机行事。”

“好。”

如果不是在用意念沟通，袁香儿又怎么会知道南河这短短的几个字之下有着多少压抑不住的担忧之情？

“阿南，你知不知道为什么妖魔明明比人类强大，这个世界上，人类却逐渐成了主宰？”

“何故？”

“因为我们人类呀，并不只依靠武力来解决一切问题。在力量比不过的时候，我们还可以用各种方式，比如谈判，或者欺诈。总而言之，解决问题的方式并不只有一种。”她已经走到了那扇熟悉的大门前。

带路的老者伸手推开门，便垂手立在原地，一言不发。

上次她来的时候，站在这个位置的人是渡朔。

“妙道不是什么好人，回去之后别再来这里。”当时渡朔是这样说的。

“我进去了，南河。”袁香儿在脑海中说完最后一句，抬起脚穿过结界进屋去了。

妙道还是坐在当初的位置上。他抬一抬手，一位人面蛇身的女妖便过来为袁香儿看座上茶。

“塞外之行顺利吗？”主座之上的妙道温声开口。

袁香儿抬头看着这个男子。上次见面，他以师父的朋友自居，教导法阵，馈赠灵玉，虽然彼此在观念上分歧很大，但袁香儿还是把他当作道学上的前辈看待。如今，了解了他的滥杀和残暴行为，袁香儿心中对这个人只剩下憎恶之情。她打起精神，拿出当年商业谈判的素养，笑意盈盈，不让敌方看出丝毫端倪。

“有些意料之外，但终究还是成功了。”袁香儿甚至双手奉上自己在塞外采购的牛肉干作为礼物，同时说起了自己西北一行的故事。

“这是一点儿当地特产，带来给您尝个新鲜。”

礼物虽然不是什么名贵的东西，妙道却显得有些高兴，示意守在身后的皓翰上前接下。

“左右不过是一介凡人的小事，也值得你这样耗费时日，大老远地跑这么一趟。你这样的年纪，应该多做一些能够扬名立万的大事，好在江湖上留下威望、树立口碑。”

“我既然跟师父学了法术，就总要有能用上的地方。无论大事小事，自己觉得开心就是好事。”

“你这个小孩，说话倒有点儿意思，和你师父一个口气。”妙道的嘴角难得地带上了一点儿笑意。

“不然我怎么是我师父的徒弟？师父当年就特别乐于助人，不辞辛劳地为四邻八舍排忧解难，不知道帮过多少人。”

妙道的笑容凝滞了：“余摇他……一直都是如此。”

“是啊。”袁香儿说，“师父他虽然是妖魔，但很喜欢人类，否则他也不会收我做徒弟，还把他的双鱼阵留给我。”

妙道抿住了嘴，不再说话。

袁香儿悄悄地打量这位威震天下的国师。国师成名已久，但看起来依旧肌肤光洁，除了身体瘦弱一些，形体上几乎和年轻人无异，可见在道学之上已有小成，初窥天机，修习了长生久视之道。

“双鱼阵。”妙道念出这个词语，心中想起一事，沉吟片刻，对袁香儿说道，“我有一事，一直没有合适的人选去办。如今想想，你倒是最合适的人。”

“国师乃是前辈大能，能有什么事还非要晚辈去办的？”

“天狼山内，有一条青龙，它六十年归巢一趟，今年恰逢它的归期。此龙有一枚水灵珠，持之能入万丈深海，我欲取此珠一用。”

“以前辈之能，若要下水的话，掐一个避水诀就好，何须那般折腾，龙口夺珠？”

“你生活在内陆，并不知道，在大海的底部也有山川、深渊和峡谷，其深不知几万里也。便是我们修炼之人，若是毫无防备地下去，也会被瞬间压成肉糜。所以，只有找到水灵珠方可。”

“您去那么深的海底是要做什么？”

“这个你不必知道，你只需知道此珠对我十分要紧，若是你能帮我取得此珠，无论你想要什么报酬，我都可以给你。”

袁香儿心中一喜。这是一个机会，当对方也有求于自己的时候，谈判才容易进行。她压抑着心中的情绪，没有在面上表露出分毫，而是连连摇头：“给再多东西我也不去，那可是龙穴。国师大人只怕自己去了也会无功而返吧？我这条小命还不够人家塞牙缝的。”

“不，你不一样，你是余摇的徒弟。龙乃是水族之王，和鲲鹏最为要好，你便是冒犯一二，它也绝对不会取你性命。何况你还有双鱼阵护持，便是有事，逃命总是能做到的。我再多赠你法器灵宝，此事必能成功。”

袁香儿暗暗瞧不起妙道的为人。龙穴，上古大妖之巢穴，岂能像他说的那般容易去？这个男人为了自己想要的东西，根本就不会在意他人的死活。

她装作不知此事的模样，天真地歪着脑袋想了想，终于勉强地开口：“既然并不难，那我就跑一趟试试。只是去之前，我想向国师大人讨要一物。”

妙道面露喜色：“但说无妨，只要你为我拿回水灵珠，无论想要什么，我都给你。”

“是这样的，”袁香儿笑盈盈地道，“您看哪，您身边有这么多厉害的使徒，让人十分羡慕；但我身边只有两三只小猫小狗，若是去龙穴打架，我这边一个厉害的使徒都没有，实在有些危险。

“所以我想让你把渡朔借给我。”袁香儿笑嘻嘻地说。

妙道听见这话，脸上的笑容瞬间不见了，他把双手笼进袖子，慢悠悠地靠上椅背，等了片刻方才缓缓开口：“我的使徒那么多，你为何独要渡朔？”那声音轻轻柔柔的，让人听不出喜怒，但袁香儿后背莫名地爬上一层鸡皮疙瘩。

她吸了一口气，稳住自己的心绪，毫不怀疑只要自己一个没答好，眼前这位自称师父好友的国师便会翻脸不认人。

这是她在职场上多番谈判练就的心理素质，对方越是凶狠恶毒，她反而越能稳得住，因为她不觉得自己应该害怕这种人。

“唉，您身边使徒的身手，我也只见过渡朔的啊。当时和渡朔交手，我和我家那只还没成年的小狼联手都不是他的对手，所以我就觉得他特别厉害。”袁香儿说得坦白而真诚，毫无凝滞之处。

妙道眯着眼睛打量眼前的少女。少女的声音听起来一派天真，她浑身的灵力在妙道封闭了视觉的感知里浑然自如，缓缓流转，看不出一丝紧张害怕的模样。

他转了几转心思，想想渡朔不过见过袁香儿一两面，还是在自己和徒弟的眼皮子底下，无论如何，他们也不应该有什么交情。

而袁香儿确实去了塞外，应该也不可能知道他捉拿九尾狐的事，可能她张口要渡朔，真的只是巧合而已。

妙道刚刚提起来的警惕之心，稍稍地放下了一些。

“渡朔不行。除了渡朔和皓翰，我其他的使徒你可以随便挑一个。”

“前辈你不太厚道呀，刚才还说我随便要什么都行。叫我去龙穴那么危险的地方，连厉害一些的使徒都不肯借给我一位，随便拿一些小猫小狗敷衍我了事……”袁香儿站起身，不高兴地拍拍裙子，“那我还是不去了。”

妙道说：“我另择一两位实力高强的使徒助你便是。”

“我不，我就要渡朔。其他人厉不厉害的，我其实也区分不出来，左右他们都比我厉害。”袁香儿直接杠上,“我想好了，只要渡朔，不给我就不去，就这样。”

这个机会非常难得，她可以再强势一点儿。她刚来的时候，想不到能遇到这样的机会。如果她把这个机会把握好，或许能救渡朔一命，即便不能，至少有机会延缓他的死期。

和国师谈判的度十分微妙，她悄悄地一再尝试触碰妙道的底线，终于看出了妙道真的很在乎那个水灵珠。于是她借着“童言无忌”，坚持自己的立场。

妙道身居高位多年，早没有人敢这样和他说话，一时被袁香儿牵着鼻子走，他也只能皱起眉头：“休要使小性子。”

“我哪里是使小性子啊？前辈。我从前和师父要东西，师父总是很痛快地就同意了，从没说过我使小性子。”

“主人，不过是借用一下，有何要紧？水灵珠事关重大，至于那只微不足道的小狐狸，就交给我们去追查便是。”皓翰弯下腰在国师耳边低声劝道。

国师心中一阵烦躁，一挥衣袖，一个浑身是血的身影便从壁画中跌落出来。

“非我不愿借，而是渡朔受伤了，行动不便，你看他连站都站不起来，只怕无从助你。”

在他说这句话的时候，在壁画中听到一切的渡朔伸手撑着地面，一点儿一点儿地站起身来，等妙道话音落下，披散着长发的渡朔已经沉默着站稳了身形。

妙道捏捏眉心，只得从袖中取出三张符箓：“这是控制他身上那条镇灵锁的灵符，若他不服管束，你驱动此符，可令他犹如入无间地狱。”

“行，我一定好好用。”袁香儿从他手中接过符箓，然后将一只白生生的小手继续摊在妙道眼前，“国师大人还有什么灵符法器一并赐了吧，我这可是要去龙穴，国师大人好歹多给我点儿保命的道具。”

妙道：“……”

袁香儿牵着镇灵锁走在屋外的长廊上，身后传来断断续续的脚步声。袁香儿感觉手里的铁索黏腻腻的，回头一看，发现渡朔走得很慢，脚步却始终未停，他苍白的面庞上一直往下滴着冷汗，身后地面上还落着一排触目惊心的脚印。

“你走得了吗？你的本体是什么？变小一些，我带着你走吧？”袁香儿忍不住说道。

“别说话，先……出去。”渡朔轻轻地摇了一下头。

袁香儿从结界的大门中出来，一眼就看见了守在那里的南河，她一直紧绷的神经顿时就放松了许多。

“阿香。”南河伸出双手接她。

她一下子从台阶上跳了下来：“我没事，我还把渡朔带出来了。”袁香儿高兴地说。

那位被铁链锁住的山神正赤着脚一步一步地从台阶上走下，每一次脚步落下，都在那些生着苔藓的青石板上留下一个带着血的脚印。

最后一步，他因为脱力而踉跄了一下，但一只手臂很快从旁边伸过来，支撑住了他的身体。

那只手臂温热而有力，而他曾经在战场上与这只手臂的主人针锋相对。

但此刻，那手臂的主人在他的眼前化为一只体形巨大的天狼，四肢稳健，毛发生辉。

“上来吧。我背你，你不能再走了。”他曾经的敌人，那只巨大的天狼说。

镇灵锁碰撞的声音响起，袁香儿看见了渡朔的原形。

那本该是一只很漂亮的蓑羽鹤——瘦长有力的脖颈，垂落头侧的黑亮翎羽，带雪松枝般有力的双腿，末端挑着墨黑的洁白羽翅。

鹤鸣于九皋，清远而悠闲，是优雅又美丽的生灵，但此时，蓑羽鹤那些漂亮的大片翎羽几乎全脱落了，狼狈不堪的身躯上遍布着各种伤痕，被一道随之变化了大小的细细铁链紧紧地锁着。

渡朔把头颈埋在翅膀里，任由袁香儿小心地抱起他坐上了南河的后背。

神乐宫内，妙道坐在他的白玉盘前。在白玉盘中，广袤无垠的大地上，一个小小的白点在向着南方疾驰。他们带着渡朔，而渡朔的翎羽具有屏蔽窥视的作用，很快，那小小的白点逐渐和大地融为一体，最终消失。

但妙道依旧久久地凝望着白玉盘中广袤的天地。他的面前盘着一个人身蛇尾的女妖，女妖双手高举着一个空了的小小的檀木匣子。妙道伸出手指轻轻拨动匣子上的锁片，锁片发出了细微的金属声响。这个匣子内本来放了数张紫色的高阶符箓，此刻它们全都不见了。

紫符绘制不易，不仅需要昂贵、难得的材料，更是要耗费绘制者大量的心血精力，非一日之功能成，平日里便是神乐宫内的亲传弟子，也极难得到一张国师亲赐的紫符防身。

“皓翰，我是不是着了这个小姑娘的道儿？他们会不会就是想要来救出渡朔的？”

“不能的，您多想了。”阴暗处，有着金色眼眸的使徒回答道，“那位法师和渡朔只见过两面，还打得很凶，彼此有仇无恩，若非如此，上一次他们过来的时候，那只小天狼也不会紧张得差一点儿就把结界给冲破了。”

妙道轻轻地哼了一声：“左右你也是向着他的，你们都是妖族，是同类。”

他合上匣子，挥退女妖。

他的大弟子云玄跪在门外禀告：“师尊，陛下在宫中设宴，已等候多时，遣宫人来催请数次了。”

“知道了。”妙道漫不经心地回答了一句，懒洋洋地站起身来。有道童拿着国师的法袍进来，伺候着他更衣。

“您不太想去吗？”皓翰低沉的嗓音响起。

“那些人乏味又无趣得紧，一面畏惧着我，一面想从我这里得到好处。”妙道整了整衣袖，“相比这些所谓的同类，我宁愿和你们这些妖魔待在一起，至少你们是明明白白的敌人。”

“那您为什么非要待在这样喧闹的京都呢？”

为什么非要待在京都呢？

妙道垂下眼睫，这里是人间最热闹的地方，人烟辏集，繁花似锦，似乎只有置身在这样吵闹的地方，漫长枯燥的岁月才显得不那么无聊。

恢宏壮丽的皇宫内，丝竹并奏，莺歌燕舞，金杯交碰，玉盏频传。

国师驾临的消息传进来的时候，满场的热闹喧哗顿时一滞。

身披山水袖帔、头戴法冠、面上束着青缎的国师驾临，色若春花，形若芝兰，仙气飘飘，连皇帝都亲自从龙椅上下来迎他。

皇帝已过了古稀之年，带着一身行将就木的腐朽之气，颤颤巍巍地在侍从的搀扶下领着文武官员殷切地迎出来：“国师来了，朕心宽慰。”

垂垂老矣的帝王看向年轻国师的目光是热切且期待的，相比国泰民安，如今的皇帝陛下更迫切地希望从这位国师身上求得长生的秘诀。

他也顾不得帝王的尊严，亲亲热热地将妙道真人迎到自己身边特设的尊位上，频频举盏，低声询问，一口一句“国师所言极是”。

大殿极为空阔，远远地坐在角落里的少宰悄悄地和身边关系亲近的中书侍郎交耳言说：“国师好大的排场，看上去这般年轻，却连陛下都要亲自迎接。”

“嘘，小声些，别看他模样年轻，其实年纪可比你我都大。我听家父说过，几十年前，这位国师就是这副容貌了。”

“这样看来，国师倒已和妖魔鬼神无异，不再是我凡尘中人，难怪如此清高矜贵，从不将我等放在眼里。”

“别说我等，就算是那些强大的魔物妖族也不被他放在眼里。我曾率天武卫随军护持，眼见国师将那些看起来和人类一模一样的妖魔剥皮分尸，看得我受不住，当场就吐了。”

“别看我等位高权重，或许在他这样的人眼中，我等这般鸡皮鹤发、垂垂老矣的模样，是十分可笑而可怜的吧。”

妙道接过皇帝敬的酒，举杯就唇，这大殿之上再细小的声音也逃不过他的耳朵。

入喉的酒又冰又涩，一丝温度都没有，一如那些人对他的议论。

宫墙之内，琼楼玉宇，歌舞生辉，如此热闹非凡的地方，似乎却比不上当年那坠着黄果的梨树下，那温着酒的小小茅屋。

远离京都城的荒野上停着两辆小小的马车，车边，几个焦虑不安的生灵频频举头望向天空。

在银白色的天狼从天而降的时候，马车旁小小的乌圆、顶着狐狸耳朵的胡三郎、披着羽衣的阿青，甚至一路垂头丧气的周德运和他的仆人们都欢呼了一声，一拥而上。

看见袁香儿怀中抱着的鹤时，胡青的眼眶瞬间红了，她漂亮的眼睛中噙满了眼泪。袁香儿以为她就要哭了，她却死死地咬住了自己白皙的手指，没有让一滴眼泪落下来。

她提着裙子赶上前，颤抖着手臂从袁香儿手中将那只伤痕累累的鹤接了过来，小心翼翼地抱上了马车。

马车动起来。

当袁香儿在车厢中为治疗渡朔念诵完三遍金镞召神咒的时候，胡青已经利落地把渡朔一身狰狞的伤口处理好了。

恢复成人形的渡朔被安置在洁净的软榻上，他脑后枕着柔软的锦垫，满身的血污已经被小心地清理干净了。他面色苍白，昏迷不醒，身上盖着薄薄的被褥，额头、脖颈、肩头上都细密地缠绕着洁白的绷带。

“我以为你会哭呢。”袁香儿收拾好法器，看着还在忙碌个不停的胡青。

渡朔没有回来的时候，胡青已经忍不住哭得稀里哗啦了，想不到当渡朔鲜血淋漓地躺在她面前时，她反而能含着泪、咬住牙关行动起来。

“治疗大人比一切都重要，我现在没空哭泣。”胡青咬着纱布的一角，用力扯下一条长长的布条，托起渡朔铐着铁链的手腕，在那因过度挣扎而磨损严重的腕关节上涂上膏药，仔细地一圈一圈缠上干净的纱布。

随后，她小心地将那包扎好的手臂放回软榻上，轻轻地提起被褥，为躺着的人压好被角。

马车缓缓而行，床榻上的人紧闭着双目，安静地躺在那里。

胡青跽坐在一旁，看了渡朔半天，方才转过脸来，眼眶里含着满满的泪水，要掉不掉的。

“喂，别这样啊，想哭就哭嘛！”袁香儿说。

胡青嘴一撇，伸手抱住袁香儿，把脑袋埋在她的肩头，发出了细微的哭泣声。

袁香儿还记得第一次见到胡青时的情景。那时的胡青手抱琵琶，踏雪而来，矜贵优雅，一曲动天下。如今，她怎么忍心看胡青哭成雨打梨花、我见犹怜的模样？

她只好想办法开解道：“别哭啊，你喜欢渡朔，我不是替你把他捞出来了吗？我们现在应该先好好照顾他，让他把伤养好。”

“我……我以前不太喜欢你们人类，”胡青抬起头来，露出满脸的泪痕，“经常到你们人类的村子里偷东西吃，还总是喜欢欺负那些到教坊来的男人……呜呜呜，对不起，想不到你还肯帮我，我以后再也不那样了。”

她满脸都是鼻涕眼泪，已经没有技压群芳、名属教坊第一部的清贵模样，就连说起话来都失了“人类”应有的逻辑，反倒令袁香儿哑然失笑，对她多了几分女性朋友之间的亲切感。

车马一路向南而行，南方的天气已开始回暖，冬雪半消的枝头，偶尔抽出几个早发的嫩芽，无惧严寒，娇俏地立在寒风中，惹人欣喜。

胡青坐在营地的篝火边，怀抱琵琶，素手摇琴。

轻行浮弹之间，琴音悠悠，缥缥缈缈，若鸾凤和鸣、鹤唳云中。

“胡娘子的琴音和从前完全不同了啊。从前，她的琴音听着有股愁思郁结的悲凉之意；如今却分外畅快舒适，听得人心里暖洋洋的。”周德运举起袖子抹去眼角的泪水，“不知道为什么，我听了特别为她高兴。”

袁香儿躺在草地上，靠着南河宽厚的脊背，看夜空中的银河流光。

南河的白色绒毛温暖着她的脸颊。袁香儿伸出一根手指，指着天空某处道：“南河，那颗是不是就是天狼星？”

她听南河说起过童年时期的故事，知道南河的心结。

南河抬着头，和她一起仰头看着夜空中那颗醒目又明亮的星星。

悠扬缠绵的琴声总能令人回忆起温馨的童年往事。当年，两月相乘之日突如其来，千百年一遇又转瞬即逝，作为族长，父亲也是不得已才离开的吧？

“我查了星图。”袁香儿白皙的手指沿着天幕往北指，“你看，在天狼星附近，最亮的那颗星就叫南河。在我的故乡，南河星所在的星体集团有一个名字，叫小犬座。”

你的家人既然给你取这样的名字，想必也是对你充满了疼爱。他们虽然不得不离开，心中也一定对你有一份难以割舍的牵挂。

南河看着星空，眼眸深处也满满地盛着细碎的星光。

南河难得地说起深埋于心中的遗憾。

天狼族的天赋能力是调动星辰之力，天狼的身体发肤都能够炼制出类似白玉盘的法器，窥尽星空之下的一切事情，但南河的父亲始终没有找到南河。这一直是南河当年幼小的心灵中最大的委屈，如今细细想来，或许别有原因。

“当年，那些抓住我的术士应该是用法器屏蔽了我族的窥天之术，就像渡朔的翎羽可以屏蔽白玉盘的窥视一样。他们带着我四处转移逃避，有好几次，被封禁在笼中的我依稀感觉到父亲和兄长与我错身而过，那时我一度以为是自己感觉错了。如今想想，父亲应该是带人找过我的，或许大家只是并不了解那些人类术士有多么狡猾。”

“我想，你的家人在那颗星星上面，或许也因为担忧、牵挂着你，做出各种白玉盘、黄玉盘，天天在上面看着你的生活，看你过得好不好，有没有让他们担心。”袁香儿转过身，伸手摸南河的脑袋，“看来我要好好待你，把你养得白白胖胖的，也好让他们放心。”

不过将来，她还是要请渡朔分一点儿羽毛，让她做个法阵在院子里挡一挡这窥视一切的窥天之术，省得她干点儿坏事欺负一下小南都被他的家人看着了，那可不太好意思，袁香儿暗想。

马车停在一侧，微风斜揭绣帘，琴音飘入车内。

漆黑寂静的车厢里斜倚着一个身影。那人长发披散，袖手倚在软垫间，微微睁着双眸，目光如水，静听袅袅轻音。

荒野上的篝火跳动着，为他目光一度黯然的黑色眼眸重新点上了温暖的光。

时光仿佛回到了从前，温柔的山神坐在竹林间，听着狐狸化身的少女为他弹奏琵琶。

一行人在鄂州弃车就船，改换水路回洞庭湖。

江边春水生，巨舰一毛轻。（化用自宋代朱熹《活水亭观书有感二首·其二》）胡青坐在楼船的厢房中，埋头在桌前写写画画，蝇头小字细细地写满了厚厚一沓纸。

在回来的路上，她几乎利用了所有歇脚的时间，尝遍了途经之地的特色小吃。有时候到一个地方，她会叫上满桌菜肴，一边不停箸地细品每一道菜肴，一边拿着纸笔做记录，还不忘派遣胡三郎拿着金银外出求购口味俱佳的菜谱。

此刻她正在慢慢地摘抄誊写，蝇头小字写满了厚厚一沓纸。袁香儿拿起纸一看，全是他们这一路走来所经之处的各种特色小吃和经典菜肴，比如京都的羊肉炕馍、果木烤鸭，鄂州的热干面、四季汤包、糊汤粉，以及鼎州的红煨洞庭金龟、八宝珍珠鱼。无论是特色菜肴还是街边小吃，所用食材、出自哪家饭馆，林林总总，胡青都记得十分详细。

“阿青记这些做什么？”袁香儿问。

“龙族好口腹之欲。天狼山那条青龙出了名地嗜吃，每隔六十年出山一次，吃遍人间美食，食饱方归。既然我们要去龙穴，我就想着应该尽量收集各类菜肴美食，带着好吃的食物上山，或能有用。”胡青低头整理食谱记录，有些不好意思地抿嘴一笑，“我只是从自己的角度这样想，也不一定有用。”

“原来是帮我去取水灵珠做的准备呀，还让你这么费心，多谢了。”袁香儿自己还没考虑怎么进入龙穴，想不到阿青已经开始替她仔细筹备了。

别说，胡青这个法子没准儿还真能起点儿作用。袁香儿想起年三十的夜里看见的那条慢悠悠地飞回天狼山的龙，吃得都快成球了。

胡青停下笔，看着那一沓用娟秀的字迹写成的食谱：“阿香，有些恩情不是靠说谢谢就能偿还的，所以我不曾和你道过谢。你救了渡朔大人，我怎么样也要护着你，至少不能让你独涉险地。

“水灵珠，我一定会助你取得的。”她埋头奋笔疾书。

渡朔的身影出现在门外。

“渡朔大人，您怎么起来了？”胡青急忙起身想要扶他。

渡朔抬起一臂，谢绝了她的帮忙：“阿青，我已经好多了。”他的气色确实比起两日前好了许多，长长的直发、墨黑的双唇，披了一件普通的大氅。

他一撩衣摆，在袁香儿对面坐下：“需要我做什么？”

“需要你做什么？”袁香儿呆了一呆，渡朔的伤口是她亲手协助处理的，她当然知道那有多恐怖痛苦，绝不是两三日就能痊愈的伤势。

话说便是他在今天就能爬起身来，已经让袁香儿大为吃惊。

“我不需要你做任何事，你好好休整，慢慢把自己的伤养好就行。”

渡朔愣了一下，显然对这种说法十分吃惊：“可是……”

他毫不怀疑袁香儿对他的善意，但也认为，这个人类既然将自己借了出来，那么进龙穴取水灵珠的时候，她至少会让自己这个大妖打个头阵。

毕竟青龙乃上古神兽，实力强大，没有人会是一条巨大的真龙的对手，若是国师出征，必定会让众多使徒为他挡在前方拼命。

而他，也做好了为袁香儿拼命的准备。

可她只让自己慢慢休养，好好养伤，不需要自己为她做任何事，渡朔不由得想起自己曾经居住的那片山林。

最初的时候，是他在无意中帮了几个人，那些人对他感激涕零，献来鲜花果品，将他奉为神灵，还为他修筑了一座山神庙。

一开始他觉得十分有趣，对那些人有求必应，那些人也因此感恩戴德，对他赞不绝口。可是后来，渡朔渐渐发现，人类不似他的同类那般容易满足和高兴，他们的欲望复杂，欲壑难填，永远实现不完，永远没有止境。

后来，他不再能实现每一个人的愿望；再后来，他被这些人拖进深渊，唾骂踩踏。

他一度以为，自己已经看透了人类这个种族，但如今发现，就像人类的欲望多种多样一样，人类的性情同样多种多样。

“渡朔，”袁香儿看着那些还拴在他身上的沉重枷锁，“或许人类对你做了很过分的事，可我还是想告诉你，上一次我路过那座山神庙，看见那里还有一位老人，天天在祈祷着，愿你平安喜乐。也正因为他，我知道了你的故事，想要给你一点儿帮助。”

渡朔垂眼，嘴角带上一点儿笑：“是他啊，那个男孩。”

原来人类中不只有那些贪婪恶毒的，也有不求回报对自己充满善意的人，也有挂念着自己、对自己出手相助的人。

原来他曾经爱那些生灵，也不曾爱错。

过了洞庭湖，周德运在鼎州下船，和袁香儿分别，各自回家。

分别前，周德运设席饯别。

席间，周德运给袁香儿施了一礼：“小先生若是需要食材、菜谱，周某在这方面倒有些熟友，待我回到家中，细细收集整理，再令人送到阙丘。”

“有心了，多谢，那就劳烦了。”袁香儿拍了拍他的肩。

“哪儿的话？应该是我谢谢您。多谢小先生辛苦陪我走这么一趟。”周德运叹了口气，“虽然阿妍没有回来，但这一路跟着小先生走走看看，我自觉长了不少见识，往日我自诩潇洒、博文广识，岂知不过坐井观天而已。这一趟下来，我才知道这世间的许多事，并非我心中所想那般。”

“你能想开便最好，回去好好过日子吧。”袁香儿劝慰他。

“小先生，我……我心里还是放不下阿妍。”周德运面色微微一红，“我想着回家以后整顿家业，安置高堂，等有空了，还去塞北看阿妍。我多去几次，时日久了，阿妍见我改头换面，又这般诚心，兴许还能回心转意。”

周德运这一番话令袁香儿有些诧异，她没想到一向圆滑懦弱的周德运，在对娘子这件事上却如此执着。

但他们的未来如何，也只能看他们自己了。

席间，阿青弹奏一曲，无限柔情毫不掩饰地随着曲声流淌。她的眼中满溢着快乐，灼灼目光只停留在一人身上。

受她的琴音影响，袁香儿给身边的南河倒了半杯酒。

小南喝醉的样子是那般可爱，以至袁香儿忍不住想要他喝上一点儿，让他晚上软绵绵地趴在自己身边，任自己搓来揉去，他还会主动把肚皮翻出来。

袁香儿告别周德运，回到楼船上的厢房里，发现南河正站在窗边远眺着江面。垂着狐狸尾巴的胡三郎坐在窗台上，附在南河的耳边嘀嘀咕咕地说着什么。

看到袁香儿突然进来了，胡三郎好像做了什么坏事一样，唰的一下竖起耳朵，变为一只金黄色的小狐狸，从窗台上跳下去，一溜烟跑没影了。

“三郎又和你瞎说些什么？”袁香儿往窗外看了看，船行碧波，青山夹道，那一抹尖尖的金色尾巴闪了一下，不知钻进哪扇窗户了。

“他说渡朔大人身为山神，俊美而强大，你为了救他，连龙穴都不惜去闯一闯，肯定是对他十分稀罕。”身后一个带着点儿酒气的声音响起，“阿香，你真的很喜欢渡朔吗？”

“这怎么可能？”袁香儿啼笑皆非，“我要是喜欢渡朔，还不得被胡青给吃了？”

“那我呢？”南河突兀地打断了她的话。

“你什么？”袁香儿一时没听明白。

她转过身，看见立在窗边微醺的人因为一句话而羞红了俊俏的面孔。素月当空，银河共影，袁香儿突然就心领神会了。

那我呢？阿香你喜欢我吗？

袁香儿愣愣地看着眼前的人，知道自己对南河有着不一样的情愫，但一直按捺着这份情感，将它暗暗藏在心底。天狼族一生只有一位伴侣，而她寿命短暂，根本不是天狼合适的伴侣，是以她从不曾将那份心思表现出来。

只是她万万没想到，南河也对自己抱有同样的心思。

站在她面前的男子显然刚刚洗过澡，披散着长发，身上带着一股淡淡的香甜味。他靠着窗棂，背对着波光粼粼的江面，那波光粼粼的江面与他的一头银发辉映，整个人简直是美艳又精致，强大又彪悍。

他那琥珀色的双眸因紧张等待着答案而微微颤动，粉透了的毛耳朵正顶开头发冒出来，竖得尖尖的，等着听他想要的回复。

他是那么纯情可爱，毫不自知地在小小的空间内散发着诱惑人心的强大荷尔蒙。

“可是天狼一生只能拥有一位伴侣，你要是选了我……”

面对强大的诱惑，袁香儿勉强保持着一丝理智说着话，但很快停住了，因为看见南河露出了一脸委屈的神情。

此刻，南河只觉脸上一阵一阵地发烫，心里既局促又难过。他一直忍着没问出这话，今日不过是喝了一小杯酒，怎么就突然间脱口而出了呢？他们像从前一样不就已经很好了吗？万一阿香拒绝了他，他还怎么和她相处？他恨不能把刚刚吐出口的那句话咽回肚子里去。听阿香的口气，她显然是根本没想过和他的关系的，南河突然觉得心里很酸。

人类为什么是这样一个种族？阿香把他的什么地方都摸过了，还收藏着他的头发，想不到在她的意识中，竟然还没有将他当作伴侣看待。

南河的脑子里乱成一团，胡三郎刚刚在他耳边说的无数个主意，此刻就在他的脑海里像是飞蛾一般四处乱转——

“都和你说了一定要主动些。

“你见过教坊里的那些姐姐是怎样诱惑自己喜欢的人的吗？

“温言软语，向她撒娇，求她抚摸你的全身。”

最后，胡三郎在他耳边说：“将你整个人都献给她就好。”

“我们天狼族，一生只寻一位伴侣，身心都只能给那一人。”他强忍着羞愧感，用手解开衣领处的盘扣，“我的心早就给了你，我的身体自然也……”南河衣冠不整，暴露在空气中的肌肤，被刮进屋子里的寒风肆意凌虐着。

南河既羞又愧，整颗心又慌又乱，不知道自己做得对不对。一瞬间，他只觉像置身一块铁板上被炙烤着，无可奈何地在煎熬中等待着属于自己的判决。

但那裁决的声音迟迟没有到来，地上的衣物被晚风撩起，他暴露在月光下的肌肤被寒风抚摸过，激起一片又一片的鸡皮疙瘩。

良久，他才听见一声轻轻的笑声："这都是三郎瞎给你出的主意吧？"

南河顿时面红耳赤："你若是不要便罢了。"

下一刻，他的手臂却被一只炙热的手掌拉住了，那手掌带着滚烫的温度，坚定地握住他的手腕。炙热的温度从肌肤相触的地方传过来，像一股电流流过全身，引得南河心尖发麻。

"我要，谁说我不要？你现在就是后悔也来不及了。"

既然你都这样了，谁还忍得住？她也没必要再忍。

袁香儿又好笑又感动地把她的小狼拉回来，看来，想要南河自己搞清楚人类伴侣之间是怎么循序渐进地相处的，大概是不可能了，大概也只能她先主动一些，幸好主动也不是什么坏事。

月光透过窗子照进来，在那人的身躯上留下若隐若现、明暗分明的诱惑之色。他漂亮而光洁的肩头上披着月华，性感而迷人的喉结在月光的阴影中来回滑动。

他们彼此靠得那么近，近到袁香儿甚至可以听见南河清晰的心跳声。

"以后别听三郎的。"袁香儿把南河那不停抖动着耳朵的脑袋按下来，靠近他道，"我们可以慢慢来，我会自己告诉你，情侣之间相处的时候都要做些什么。"她的目光落在他那染了春色的唇上。

她觊觎这个部位已经很久了，一直很想知道那里尝起来是不是特别甜。

银河流光，烟波浩渺，袁香儿当着漫天星斗的面吻上了她的天狼。

那一刻，夜幕上的星辰似乎变得分外璀璨。

袁香儿终于尝到了那双唇的滋味。他们彼此分开时，清晰地听见对方如擂鼓的心跳声。有什么细微的东西爬过肌肤，触得袁香儿的头皮一阵发麻，她脑中纷乱地响着震撼的重低音，那是两人激烈的心跳声。

满天星辰纷纷坠落，滔滔江水把两人推到了悬崖边缘，惊险刺激得令两人忍不住战栗。

袁香儿不记得自己是怎么完成刚刚那个吻的。她盯着自己刚刚触碰过的双唇，那薄薄的唇瓣微分，他正和自己一般抑制不住地喘息着，呼出了灼热的气息。

他真的太甜了。这是袁香儿的脑袋里此刻唯一清晰的念头。

她还想要更多，想要花很多时间细细品尝这唇，想狠狠地掠夺，剥夺他的一切感知，直至他神魂颠倒。

近在眼前的那双眼眸像是氤氲着水雾的湖面，湖底全是柔软的水藻，他的目光带着温度，呼吸带着温度，他滚烫的气息落在了袁香儿的肌肤上。那只小狼学会了用有力的胳膊将她禁锢在墙壁上，凑过脑袋来吻她。他炙热而湿漉漉的唇瓣急切地在她的唇上舔过，舔过她的面颊、耳垂和脖颈。

虽然很破坏气氛，但袁香儿还是忍不住笑了。她伸手挡住了南河凑过来的脸："抱歉，我一时没忍住，但你不能这样舔我，至少在化为人形的时候不能这样舔。"她反手关上了窗户，把一脸迷茫的心上人按在椅子上，抬起他的下颌，低头看着他，"我教你人类的伴侣之间是怎么做的，你看看你喜不喜欢。"

于是她低头细细地亲吻那双唇，侵入他柔软的世界。

那里面好甜，就连空气中也弥漫着一股奇特的甜香味。

袁香儿从意乱情迷的状态中清醒过来，才发现这股越来越明显的气味并不是自己的幻觉，而是真实存在着，弥漫在这小小的厢房之内。

她低头看着满面飞霞、被自己吻得快要熟透了的南河，发现他正是这股气味的来源。此刻，有星星点点的星光从窗户的缝隙溜进屋来，使得南河的整个身体发生了某种变化，变得熠熠生辉，萦绕着诱人心魄的甜味。

南河清醒过来，转动双眸，低头看了看自己，突然满面通红地化出本体，挤开窗户一跃而出。

袁香儿探出头去的时候，那满身星辉的银色身影，已经在几个起跃间消失。

天亮之后，袁香儿坐在胡青的厢房内帮她整理食谱，从厢房敞开的窗子看出去，可以看见在甲板上来回跑动玩耍的乌圆和胡三郎。南河远远地避开人群，独立于船头。他今日穿得特别严实，云纹长袍束青白捍腰，头戴冠帽，任凭河风吹得衣角飞扬，犹自岿然不动。

袁香儿看得有些呆了，为什么昨晚她会放他跑了呢？

胡青顺着她的目光看去，吸了吸鼻子："那只小天狼已经进入离骸期了吧？你昨晚对他做了什么？"

袁香儿满脸疑惑，不明白胡青怎么会知道。

"你不知道吗？"胡青含笑瞟了她一眼，"他们天狼，伴随着离骸期到来的还有发情期，特别是当心上人在身边的时候，他们很容易无法控制身体。"

袁香儿被"发情期"三个字呛得直咳嗽，突然发觉所有的成年女妖精都擅长谈论两性话题。

原来昨天夜里的那股甜香味是这个意思。

“别不好意思。”胡青靠近袁香儿，“这个时期他是很难过的。哪怕你们还没在一起，你也可以多照顾他一些。昨天夜里，我看见一只可怜兮兮的天狼扑通一声跳进了冰冷的江里，游了好久才湿答答地爬回船上来。”

不愧是狐狸精，胡青一眼就把什么都看透了。

袁香儿的脸红了：“主要是小南太单纯了。”

“所以你就更使劲地欺负他吗？”胡青揶揄道。

“说……说得也是，因为他太过单纯可爱，反而让我忍不住更想对他做点儿过分的事。”袁香儿捂住了发烫的脸颊，“你不会觉得我不太好吧？”

“阿香你真的和我认识的人类不太一样，”胡青有些感慨，“我在教坊待了很长时间，一直觉得你们人类的女孩异常忸怩。她们在这种事情上似乎永远不敢表达自己的需求，甚至觉得在这种时候不应该追求自己的快乐。她们讲求的往往是奉献，为了迁就男性而牺牲自己应有的快乐。对我们妖精来说，这简直是一种可笑的行为，我们只希望彼此都能得到最好的享受。”

胡青牵着袁香儿的手：“你没有啥不对的，只要你们彼此喜欢。”

袁香儿突然有一种回到自己的大学时期，在熄灯后和闺密夜谈时的熟悉感，在这个世界上，大概只有这些女妖精才能毫无顾忌地跟她讨论这种话题了吧。

等到了家，她一定要把虺螣介绍给阿青认识，她们一定能成为好朋友，袁香儿这样想着。

“即使对象是你的渡朔大人，你也是这样想的吗？”袁香儿突然道。

这下换胡青脸红了：“啊，你怎么能这样说渡朔大人？大人高雅矜贵、仙姿玉貌、冰清玉洁……”

说着说着，她的眼睛就亮了：“如果让他失去理智，为了我发出按捺不住又可爱的声音……”胡青一下捂住了脸，“啊，不行了，光是想想我就要死了。”

就在这时，渡朔的身影出现在门外。他肩披长袍，病体虚弱，用白皙的手指轻轻敲了敲门框：“准备一下，要下船了。”

屋内的两个女人齐齐转过头来看他。

那仙姿鹤立的“高岭之花”皱了皱眉，不明白屋内的两个女子为什么对他露出了这样奇怪的表情。

船行至辰州，袁香儿一行登陆上岸，这里离她在阙丘镇的家已经不算太远了。

因为没有外人，众人也就不再乘车坐轿，在步行穿过城镇进入天狼山之后，打算动用法力，翻越山脊抄近路跑着回去。

南河今日穿得特别严实，束发的网巾压着鬓角，长眉入鬓，凤目流光，长发被紧紧地拢在冠帽里，露出了一截修长的脖颈，清白捍腰勒出他紧实的腰线，双扣蛇鳞腰带在他的纤腰上紧紧绕了两圈。他大步走在队伍的最前面，神色凛然，气度不凡。

从早上起，他就一直躲着袁香儿。

他们连一个眼神交会都没有。

袁香儿的视线不时地落在南河那清瘦挺拔的腰背上。

本来她明明想好了，只要他陪着自己，像朋友一样相伴一生也就行了，可是昨夜也不知道为什么，或许是因为气氛太好，或许是因为酒精助兴，她一不小心就把人家给亲了。

袁香儿看着那个背影，只觉得自己的耳根发烫，太令人不好意思了呀!

南河虽然没有回头，但似乎很快就察觉了她的视线，他绷紧脖颈，连走路的动作都变得僵硬，衣领外的后脖颈上逐渐染上可疑的粉红色，连耳郭都慢慢地跟着红了。

因为第一次接吻而羞涩不已的袁香儿，在看见对方比自己加倍害羞和窘迫的时候，突然就觉得放松了。

袁香儿咬住下唇，忍不住就想使坏，突然连起使徒契约，在脑海中喊了一声："南河！"

"啊？"果然，那边传来一声被吓了一跳、惊慌失措的声音。

走在最前方的那个人突然踉跄了两步，又匆忙稳住身形，局促地转过头来看着她。

袁香儿笑嘻嘻地对大家说："已经进山了，这里没啥人，不如我们跑着回去吧？"

"是啊，这里是天狼山，靠近灵界，灵力充沛得很，我感觉好舒服。"胡青闭上眼深深地吸了一口林中灵露的精华，在人间居住了许久的她感觉到了被灵力滋养的舒畅。

"好久没在森林中奔跑了，大人，这次换我带着你跑呀！"她转身看向渡朔，有些担心他的伤势。

渡朔长发飞扬，将身躯升至半空，广袖飘飘。

“来。”他在空中回过头，看着他的小狐狸。

胡青笑得像春花绽放一般。她身姿轻盈，轻舞飞扬，像蝴蝶一般快乐地追随在她的山神大人左右。

连绵不绝的青山下，芳草鲜美，绿叶繁茂，阳光透过云层的缝隙，洒落在广袤无垠的绿野中。

二人影成双，一掠过平川，翩翩远去，仙踪难觅。

看着狐狸和鹤一下子就自顾自地飞得那么远，乌圆变回小奶猫耍赖：“我不想跑，阿香你抱我。”

袁香儿弯腰让乌圆溜上自己的肩头，胡三郎也立刻变为小狐狸，举着两条细细的前腿：“我也要，我也要。”

袁香儿又弯腰把胡三郎抱了起来。

肩上停着猫、怀里抱着狐狸的袁香儿笑嘻嘻地看着南河。

回避了袁香儿一早上的南河慌乱地舔了舔嘴唇，最终还是化为一只银光闪闪的巨大天狼，别扭地靠近袁香儿，在她身前伏下身来。

袁香儿骑上她的天狼，摸了摸南河脊背上柔软的毛发，眼看着那对毛茸茸的耳朵随着她的动作抖动，她心里暗喜。

银色的身躯离地而起，飞驰在绿色的山野间，空气中传来一阵淡淡的甜香味。

乘坐马车需要走上一日的路程，他们很快就到了。

“这里已经是灵界边缘，那个方向就是我的家。”袁香儿站在山顶上，指着不远处的阙丘镇道。

“灵界中灵气充沛，适合调养伤势，你们在这里好好找个地方住下。”袁香儿向着渡朔和胡青说道。

“你……让我住在灵界里？”渡朔沉默片刻，缓缓开口，“你可知道妙道用镇灵锁锁住我，便是怕我恢复灵力，不易被控制摆布，你竟敢让我自行住在这样灵力充沛的地方，难道不怕我恢复了灵力，就此不听你的驱使？”说话间，那些残忍地穿过他的琵琶骨的铁链上时不时会有暗色的符文亮起，发出轻轻的碰撞声。

“我又不是妙道，没有什么事需要你去做，干吗非要控制着你不放？”

渡朔垂下眼睫，看了一眼身边的阿青：“你救了阿青一命，我心中感念至深。你若要闯一趟龙穴，可使我为先驱。”

“渡朔，”袁香儿叹了口气，“你打得过龙族吗？”

“龙族乃上古神兽，威力非比寻常，我自然不是其对手。但若我拼尽全力，多少可为你拖延片刻。”

“你既然不是龙族的对手，我干吗非要让你去送死呢？即便你拖延青龙片刻，我也不一定拿得回那枚水灵珠。我虽然答应过妙道，但此事并不急于一时，我自会慢慢谋划。你重伤在身，身负枷锁，这件事不用你考虑，你只管安心养伤便是。”袁香儿知道渡朔或许不再容易信任人类，但依旧说得很诚恳，“这个镇灵锁，目前我还没有能力解开，但我会尽量想法子，不让你再回到国师身边。时间久了，我总能慢慢解开这锁的，你且安心静养去吧。”

渡朔凝视她许久，终究不再说话。

站在他身边的阿青看看他，又看看袁香儿，噙着泪水别过头，举袖抹去眼泪。

告别他们向着山下走去的途中，袁香儿回首张望，看见那位身披长袍的男子伸出一只手牵着怀抱琵琶的阿青，隐没进山林。阿青低着螓首，透亮的泪水洒了一路。

不多时，山林间传来动人的琵琶声。

在这快乐的乐声中，袁香儿一行人向着温暖的家奔去。

巨大的银狼在青山绿水间奔驰，有着乌黑长发的山神默默地站在高处的树梢上，远眺着那个逐渐远去的身影。

“大人？”抱着琵琶的女子出现在他身边。

“阿青，陪我回去一趟，回那座山神庙。”

袁香儿一行人回到家的时候，云娘正在庭院里晒衣服。

看见他们出现在门口，云娘丢掉怀里的盆子，将湿漉漉的双手在围裙上擦了擦，欣喜万分地小跑着迎出来。

袁香儿飞快地跑进庭院：“师娘，我回来了呀！”

“我的香儿回来了，快让师娘看看你瘦了没？路上可还顺利，你有没有受什么委屈？”

云娘拉着她的胳膊，左看右看。

袁香儿挽住云娘的胳膊，腻在她身上撒娇：“我什么都好，就是想师娘了。”

咕咕咕的声音响起，锦羽张着小小的袖子跑过来，将一双白生生的小手高高举在袁香儿面前。

袁香儿一下将锦羽抱起来转了个圈："我也想锦羽了，锦羽看家辛苦啦。"

锦羽在空中发出一连串咕咕咕的声音。

笑闹一通之后，袁香儿将远远躲在后面的胡三郎提了出来："师娘，这是三郎，以后就住这里。"袁香儿介绍道。

胡三郎此刻现出人形，还是那个小小少年的模样，顶着耳朵，拖着尾巴，躲在袁香儿身后探出脑袋，用一双乌溜溜的眼睛警惕地看着云娘。

"啊，好可爱的三郎，以后三郎就是家里的一分子啦。"云娘弯下腰，用柔软的手轻轻摸了摸胡三郎的脑袋和耳朵。

见这个人类果然如袁香儿所说并不排斥自己的妖魔形态，胡三郎松了口气："嗯，我很乖的，会打扫院子，还会做饭……吃……吃得也不多。"

"好乖的孩子，你喜欢吃什么？晚上做你喜欢吃的菜。"

"三郎和我一样，吃小鱼干就好。"乌圆突然探出脑袋说道。

"这是乌圆。"袁香儿指着轻裘金靴、发辫飞扬的少年说道。

"哎呀，原来我们乌圆长得这么漂亮。"云娘举袖掩着嘴笑。

乌圆被这么一夸，很快就冒出了耳朵和尾巴，干脆变回小小的山猫，蹭到云娘脚边，仰着脖子喵了一声："喵，晚上想吃鱼片火锅，还要干炸小鱼干。"

"行啊，行啊，都依我们乌圆的。"

"锦羽站在这里，师娘你还看不见，但它也很喜欢师娘。"

地面上突然凭空出现了两个小小的脚印，那脚印绕着云娘转了一圈，让云娘知道了它的存在。

然后，袁香儿伸手牵过最后一个人："这就是南河了，师娘。"

"南河？"师娘看着眼前和袁香儿并肩而立、俊美异常的少年郎，"就是……那个南河吗？"

袁香儿感到南河的手心微微出了汗，稍稍用力捏了捏那宽厚的手掌。

"是的，他就是小南，我特意带他来给师娘看看。"袁香儿加重了最后几个字的语气，握着南河的手始终没有松开，感到那只手同样用力地回应了她。

晚餐他们吃的火锅，就设在庭院的檐栏下。乌圆一会儿忙着带胡三郎见识他的玩具和别墅，一会儿忙着给锦羽讲一路的见闻，忙得满院子乱窜。

衬着红红的炭火和咕嘟嘟滚着的高汤，香气和欢乐的气氛在庭院中弥漫。

"真好，多了这么多人，好像又和从前一般热闹了。"云娘似乎十分高兴。

"之前没来得及和师娘介绍他们。如今我想，既然大家都生活在一起，也没必要瞒着师娘。”

云娘隔着铜锅蒸腾的白雾，给袁香儿夹菜：“香儿你做得很好，其实我一直想见见他们的样子。你师父当年很少和我介绍他的妖精朋友，所以我也只是偶尔能看见他们的影子。”

“为什么师父不愿告诉师娘呢？”袁香儿有些不解地问。

“或许他当时觉得人妖之间的缘分过于短暂，不如不相识。”云娘伸手摸了摸袁香儿的脑袋，“你虽是你师父的徒弟，却不必样样学他，走你自己想走的路即可。”

回到家中，袁香儿的日子过得十分愉快。

胡三郎很快就有了属于自己的屋子和玩具，每日和乌圆、锦羽追着滚动的藤球在院子里欢快地跑来跑去。

袁香儿查阅了大量有关龙族的资料，详细地做着笔记。

这一日，她盘坐在炕桌边，在师父留下的一大堆古籍文献里翻找着自己需要的东西。

“龙族乃上古神兽，力量强大，我们不是其对手。若是我度过离骸期，再修炼个数百年，或许还有一争之力。”南河坐在桌案边看她抄抄写写，将一条银白色的大尾巴从身后探出来，在炕上扫来扫去。

“这世界上强大的东西多了，也不能一个个都靠打服。”袁香儿头也不抬地翻着书页，“我感觉阿青之前给的思路就不错，我再细细查一下龙族的喜好，认真琢磨琢磨。”

“小南，我很喜欢阿青和渡朔，总想帮他们一把。”袁香儿咬着笔头翻书，伸手把南河的尾巴捞到腿上，来回揉搓，“我想着妙道那般重视水灵珠，我们如果真的能得到水灵珠，或许能用它和妙道换取渡朔的自由。

“总而言之，我会小心行事，不会冲动的。你觉得呢，南河？”

她说了许多，没听见回复，鼻子里突然闻到一股独特的甜香味。她转头一看，半人形的小南早就软软地趴在炕桌上，而她的手掌正好握着人家的尾巴根，那条毛茸茸的尾巴在她手里抖个不行。

“啊。”袁香儿抱歉地松开手。

南河面红耳赤地撑起身体，心中既羞又愤，拔腿就想往外跑。

袁香儿一把拉住了他的手臂，既好气又好笑地说：“你要去哪里，小南？不能再泡冷水啦。”

南河不肯转过身来。

她慢慢地把南河拉到自己的身边坐下，将桌面上的纸笔推到一旁，凑到他身边窃窃私语。

“小南，你好香啊，”她轻轻闻他的脖颈，“阿青说这是你们某种特殊时期才会有的味道。”

袁香儿喜欢撸毛，特别是撸毛茸茸的大尾巴。但此刻，看着南河那伏在炕上微微发抖的肩胛骨、那散落肩头的凌乱银丝，袁香儿的心底突然生出一种从未有过的感觉，就像在烈日下想要甘泉，在饥饿时渴望面包，有一种难以描述的本能在她心底悄悄被唤醒，让她想看着这具身躯被染上颜色。

仿佛一万只蚂蚁从她的心尖上爬过去，酥酥麻麻的，她忍不住咬住了嘴唇。

她把那条又肥又厚的大尾巴光明正大地握在手里，再去看南河，只看到他一瞬间绷紧了脊背，双拳紧紧攥着床单，手臂上结实的肌肉展现出了漂亮的弧线。他把脑袋死死地埋起来，袁香儿从他的后背的角度看过去，只看到他的耳朵和脖颈一片通红。

袁香儿的指腹从尾椎开始一点点揉搓，提起那尾巴尖细细揉捏。那人漂亮的肩胛骨一下拱了起来，如愿以偿地让袁香儿听见了一声按捺不住的抽气声。

她捏着那尾巴抖了抖，再把整条尾巴放在手里，用指尖自尾巴根部开始往上梳理。她的指尖穿过南河的毛发，时轻时重地刮过他的皮肤。

屋内那股奇特的浓郁香气在这一刻达到了顶点。

那人的肌肤莹莹生辉，桃花眼里盛着秋水，芙蓉面上染着春色，明艳无双，勾得她心神激荡，看得都呆住了。

“阿香，”南河撑起身子轻轻唤她，神色迷离又无助，“你还记不记得第一次看见我的时候？”

“当时我伤得很重，浑身的血都快流光了，周围又冰又冷，我以为自己就要死了。”他的眼眸中蒙着一层水雾，似乎在迷蒙中回忆起了从前，“你突然从树丛中钻出来，周围有那么多虎视眈眈地等着将我瓜分撕碎的妖魔，你却毫不畏惧，一把将我捞在怀中，抱着就跑。”

“跑到家后，你把我抱在温暖的炕上，喂我吃甜甜的食物，还小心翼翼地替我包扎伤口。那时候我虽然对你很凶，但事实上我已经在心里喜欢上你了。”南河看着袁香儿，缓缓靠近，“阿香，我喜欢你，从一开始就喜欢上你了。”

袁香儿只觉得南河吻了她，初时动作生涩，继而变得狂热、激烈。他食髓知味，不断索取，滚烫的呼吸胡乱地落在她的肌肤上，以至她几乎不能区分彼此的心跳声。

云娘带着虺螣进来的时候，袁香儿还坐在院子中捂着脸回忆早些时候那个意乱情迷的吻。

袁香儿不在家的这段时日，虺螣时常来探望云娘，对这个院子已经十分熟悉。

虺螣绕到袁香儿身后，拍了一下她的肩膀，把她吓了一跳。

“想什么呢？阿香，我喊你半天了。”

“阿螣，你什么时候来的？”袁香儿拉着虺螣的手，见到她很开心。

“来半天了，就看见一个人在这里嘿嘿嘿地傻笑，也不知道在高兴些啥。”

“好香啊，你这是什么味？”虺螣凑近袁香儿，抽了抽鼻子，恍然大悟，“不会吧，这么快？南河长大了？”

袁香儿笑着掐了她一下，算是默认了。

虺螣凑近袁香儿的耳边，悄悄地道：“你这就盘他了？”

“胡说，我又不是你们蛇族。”袁香儿推了她一把，面色微红，“我啥也没做，就帮他摸了摸尾巴。”

虺螣掩着袖子嘿嘿嘿地笑了：“傻子，你大概不知道吧，天狼族的尾巴……嘿嘿嘿。”

两人久别重逢，先互掐了一番。

“对了阿螣，我这次认识了一位朋友，名叫胡青，是九尾狐呢。如今她也住在天狼山上，改天你们认识一下一起玩啊。”

“好呀，九尾狐可少见，便是在狐族隐居的青丘，都寻不出两只来。”

此刻，她们口中的胡青，正陪在渡朔身边，两人站在那间破旧的山神庙中。

这里腐朽而寂静——残缺的神像、倒塌大半的梁柱、积满厚厚尘土的神坛……地面荒草丛生，角落里结满了白色的蛛网，一只蜘蛛似乎被他们惊吓到，匆匆忙忙地从屋顶垂下蛛丝，逃走了。

胡青摇了摇身后的九条尾巴，感到十分不适。在她的记忆中，这间小小的庙宇，永远是这片山林中最热闹的地方，香火缭绕，各种年纪、捧着瓜果点心来祭拜的人类进进出出，其中还混杂着像她这样的小妖精。

她不安地看了看身边的山神大人，阳光从破了的屋顶投射下来，在他的面孔上打出清晰的光影。

渡朔看着自己的神像，那神像的面孔崩坏了一半，眼下有一道裂痕，看上去仿佛正哭泣着嘲笑自己一般。

他想起自己败给妙道的那一天——他被镇灵锁锁着走出了这里，跌跌撞撞地走在人类的村落中。那些曾经得到他无数帮助的人类，远远地躲着他，露出了嫌恶惊恐的神情。

“妖魔，滚出我们村子。”一个抱着孩子的妇人丢过来一团污浊的泥巴。她手中抱着的那个孩子去年险些病死，是他听见了她的祈求，亲自施展法术救治回来的。

“卑鄙的妖魔，快滚出这里。”丢石头的老者上个月还跪在他的神像前叩拜，感激他耗费法力降下一场甘露。

他狼狈而痛苦地被拉扯着在这座他不知道守护了多少年的村落里游行，石块和泥团接连打在他伤痕累累的身躯上，让他一时分不清疼痛的是受伤的身体，还是被割裂的心。

“山神大人，我又来看您啦，今天的天气还不错，不知道您过得怎么样啊？”一个苍老的声音打断了渡朔的回忆。

渡朔转过头去，看见一位白发苍苍的老者，佝偻着脊背，提着竹篮，动作迟缓地从门外跨进来。

那老者看不见隐藏了身形的渡朔和胡青，自顾自地来到供桌前，颤巍巍地从篮子里取出一碟橘子和一碟油糕，拄着拐杖慢慢地在露出棉絮的破旧蒲团上跪下。

“信男什么也不求，只盼山神大人您早日脱身，安稳顺遂。”他双手合十，虔诚地拜了几拜，半祈祷半念叨着，“如今我年纪也大了，腿脚越发不利索，也不知道还能来这里几回，真希望在死之前，还能再见大人您一面啊！”

老者说完，看见就在他身前刚刚磕头时还空无一物的地面上，静静地躺着一片小小的羽毛。

那小小的羽毛，奇异地有一种似金非金、似玉非玉的质感，表面上流转着瑰丽的光泽，绝不是凡俗中所能见着之物。

“这……这？”老者疑惑不解，小心翼翼地用干瘦的手指拈起那片小小的羽毛，对着阳光看了半天，眼睛突然亮了起来。

“这是山神大人的羽毛，是大人赐给我的？”他激动地站起身，四处张望，“大人，山神大人，是您回来了吗？是您回来了吗？”

回答他的是一片寂静。

一阵微风吹过，残缺的神像上掉落了一片尘埃。

“我知道您回来了。您肯定很伤心吧？”老者哽咽起来，用劳作了一辈子的粗糙手指抹着眼泪，“不过没关系，只要您平安回来了就好。只要知道您平安回来了，我这辈子的心愿也就了了，可以安安心心地走啦。”

他匍匐在地上，弯下脊背，磕了一个又一个头，欢喜的眼泪掉落在尘埃里。

过了许久，老者才慢慢地站起身，开始收拾桌上的祭品。

下一刻，老者收碟子的手顿了顿，他发现祭拜的橘子少了两个，不由得又转过头去擦了一把鼻涕眼泪。

“大人您可能不知道，当初大家确实很过分，不过后来还是有好些人心里暗暗愧疚。最初那几年，还有好几个人和我一样时常悄悄地到这里来祭拜您。可惜这么多年过去了，他们老的老、走的走，得亏我当时年纪小，才有幸撑到了您回来的这一天。”

他一边收拾着，一边唠叨，最终提着那个竹篮，小心地把那片小小的羽毛收在怀中，步履蹒跚地向着下山的路上走去。

老者走在山道上，身后的山神庙中依稀传来了一句话：“带着它，能够驱邪辟祟，保你此后安泰，子孙后代邪祟不侵。”

老者猛然转过身，努力睁开混浊的双眼，想在山林之中看见少年时代见过的那个身影。

山风阵阵，草木萧萧，破败的山神庙内寂静一片。

“晓得的，晓得的，山神大人赐的东西，我仔细收着，以后它就是我家的传家之宝了。”

胡青站在山神庙内，看着那个步履蹒跚的背影，将手中的两个橘子递给了渡朔一个。

“人类什么的，也不全是坏的，倒也有许多可爱的家伙。”

渡朔的目光柔和起来：“我们年岁悠长，受些许苦难也无妨，倒是他们能够如此，十分难得。”

他回过身，向着那具神像伸出五指，轻轻一弹，神像四散倒塌，底座下露出一个小小的洞穴。

洞穴内射出一小道橘红色的光芒。那道光芒一出，整座山神庙刹那间熠熠生辉、光华夺目。

渡朔抬手，将那抹橘光拢在手中。

“原来这底下还藏着东西，这是什么？”胡青好奇地问。

“这叫信仰之力，我在这里担任山神数百年来，也不过得了这么一点点。这东西虽然收集起来十分耗时，威力却不小，幸好当时不曾被妙道发现。”

“人类的信仰之力？有什么作用吗？”

“它的用处有许多，但此刻对我来说，它只有一个用途。”渡朔抬起手指，将手指上那一抹金色光芒涂到了镇灵锁上。粗大的铁索发出了刺耳的声响，开始一点点崩裂。

“信仰之力，破人间一切凶器。”

断裂了的镇灵锁突然光芒四射，猛地扭动起来，猩红的铁链在渡朔的身体中进进出出，企图重新连接，将这只妖魔锁住。

渡朔的额上青筋暴突，他跪倒在地上，一手死死抓住那不断挣扎的铁链，用力将它们一点点地从身体内拽出。

“大……大人。”胡青痛苦地捂住了嘴。

眼睁睁地看着那猩红色的铁链不断在渡朔的身体中穿行，胡青面露痛苦之色，就好像那些锁链也在她的身躯上穿行一样。红色的符文化为电流，狰狞地叫嚣着四处流窜，打在她最敬爱的人身上，但她一点儿忙也帮不上。

渡朔双目赤红，额头上冷汗直流，手却极稳，毫不迟疑地把那长长的镇灵锁一节一节地抽离自己的身躯。

直到锁链剩下最后一小节，他才终于因为脱力而倒了下去。

“帮……帮我一下，阿青。”他喘息着倒在地上，手指依旧死死抓着扭动着的链条。

胡青慌忙地抓住镇灵锁，哆哆嗦嗦地大喊了一声，闭着眼一用力，终于把那节猩红的链条抽了出来。

她哇的一声哭了起来，一边抽泣一边匆忙将渡朔扶起来，为他包扎肩膀上狰狞的血洞。

“不用哭，这不是好事吗？没了这枷锁，我就自由多了。”渡朔闭上了眼，“也终于有了战斗的能力。”

清晨，朝阳未露，云娘端着一筐鸡食来到院子里，看见一个有着狐狸耳朵和尾巴的小男孩哼着小调，拿着扫把在扫庭院中的落叶。

“三郎真是个好孩子，这么勤快啊！”云娘夸奖他。

在看见云娘的那一瞬间，胡三郎下意识地把耳朵和尾巴收了起来。他在人间生活了许久，知道人类害怕并排斥这些属于妖魔的特征。

“在家里的时候，三郎用最舒服的模样待着就可以了。”云娘弯下腰看着他，“厨房里有刚做好的葱油饼，三郎饿不饿，要不要先去吃一点儿？”

“我不饿，我等师娘和大家一起吃。”胡三郎乖巧地说着，冒出毛茸茸的耳朵来讨云娘开心。

小动物们很少有这般乖巧懂事的，往往单纯而闹腾，胡三郎的拘谨和顺从显然是在人间锻炼出来的。云娘有些心疼他，伸手摸了摸他的小耳朵。

“葱油饼，我要，我要。”一只小山猫从梧桐树上跳下来，绕着云娘打转，“师娘，我可以用它们卷小鱼干吃吗？”

“知道你爱吃，我给你准备了刚刚炸好的小鱼干呢。”

乌圆欢呼一声，撒腿就往厨房跑：“三郎、锦羽，快点儿，跟我来。”

在乌圆身边的地上，凭空出现了一串跟随左右的小脚印。

“三郎也去吧。”云娘对眼前明显心动却又犹豫不决的狐狸少年说。

下一刻，砰的一声，一团烟雾腾起，扫帚和落叶同时掉落在地上，一只小狐狸四肢并用，飞快地追着山猫去了。

院子的大门吱呀一声开了，那位有着一头银色长发的少年郎君在晨曦中，背着高高的柴火推开院门进来。他将后背上的柴火卸下来，轻松地将那一大捆摞得粗粗的柴火提在手上，似乎跟提着鸿毛一样轻便。

他看见云娘在院子里，规规矩矩地躬身行了晚辈礼。

俊俏又知礼的晚辈总是让人喜欢的。云娘打量带着一身露水归来的南河，发现他的衣物上落满尘土，从肩膀向脖颈延伸出一道紫红色的可怕的伤痕。

云娘知道自从回来以后，这只银狼夜夜都要去天狼山，然后在清晨带着一身伤痕回来。最初那几天，他重伤得让人担忧。令人心疼的是，他总是在清晨悄悄地溜进家门，先躲进院子中的柴房里整理伤口，更换衣服，勉强收拾得让人不太看得出端倪才进屋。

好在最近他的状况渐渐好了许多，还能腾出余力顺道拾一些柴火或是打一些猎物回家。

“小南，是有什么着急的事吗？为什么每天把自己弄得这样伤痕累累呢？”云娘问他。

南河将柴火放进柴房，转过身来温声回话：“师娘，我想要尽快变强一些。”

“变强一些？”

“是的，我们要去一趟灵界深处，那里和人间不太相同。”南河有些不好意思，“我需要变得更强一些，好……保护好阿香。”

这个孩子和乌圆他们不太一样，他有一些腼腆，对云娘更加恭谦有礼。

令云娘感到亲切的是，他虽然是妖魔，却从不将自己排斥在外，无论云娘和他聊些什么，他总是坦然相告。不只是他，在香儿的引导下，最近乌圆和时常来访的胐膢他们，都慢慢更为坦然地以妖魔的身份和云娘相处。

云娘渐渐发觉，曾经看起来神秘而遥远的那些生灵，其实也并没有她想象中的那样恐怖，他们和自己一般无二地生活在同一片星空之下。

院外响起了轻轻的敲门声，云娘从半开的门扉看出去，看见门外站着一位身着青衣、怀抱琵琶的年轻女子，女子身后隐约露出一位白袍男子的衣角。

“我来，我来。”袁香儿从云娘身边走过，一路向着门口跑去。

“师娘，这两位是我的朋友，来家里做客。”鬓发飞扬的少女一边奔跑一边回头向云娘说道。

门口很快响起了对话声。

“渡朔、阿青，你们怎么来啦？快请进。”

“打扰了。”

那位秀美温和的小娘子和她身边长发披散、儒雅俊逸的男人远远地向着云娘叉手行礼。

云娘的视线有些模糊，她感觉依稀回到了从前，她的夫君一路从她的身边经过，打开院门，迎接客人进屋。

门外有时会出现一位年轻的术士，有时是一位头发斑白的老者，他们的身后隐约跟着一些奇特的生物，他们客客气气地和她打招呼。

那时候院子里十分热闹，那些特别有灵气的小动物在院子里钻来钻去。枝叶繁密的梧桐树上时常栖息着一只有着长长翎羽的大鸟，漂亮的翎羽从树叶中垂落，趴在树枝上的大鸟懒洋洋地从枝叶间看过来；走廊的木地板下面，也时时会有奇怪的响动，偶尔她还能听见一两声低沉的嗓音。

在知道余摇不得不即将离开自己之后，云娘一度以为她的日子会过得十分寂寞孤独，想不到因为香儿这个小丫头的存在，这个家似乎又如往日一般热闹起来。

她还记得那也是在这样一个初春的时节，余摇站在那棵梧桐树下，转过头来看着她，手上拈着散落的算筹，一脸欣喜，双眸中带着点儿细碎的光："阿云，我占了一卦，卦象上说我似乎会有一个小徒弟。"

他是那样开心："真是奇怪，连我自己也看不透这个卦象的走势。这个孩子十分特别，有了她这样的变数存在，或许会带来无尽的可能。"

当时云娘不能理解夫君雀跃的心情，如今却感谢夫君将这个孩子留在她的生命里。无论如何，这个从小就善良又懂事的孩子在她的师父离开之后，比自己更为坚强而乐观地撑起了这个家，和自己相互依偎着度过了最初那段难熬的时光。

袁香儿邀请渡朔和胡青在梧桐树下的椅子上坐下，然后就吃惊地发现渡朔身上的铁链不见了。

渡朔将一条细化了的铁链摆上石桌，交给了袁香儿："我打算和你一起去灵界，戴着这个不太方便，将来……送我回去的时候，你再把它还给妙道，就说是我自己弄断的。"

细细的锁链堆在桌上，上边还凝固着令人触目惊心的暗红色血迹，袁香儿不用想也能知道渡朔为了取下它经历了什么。

袁香儿的瞳孔收缩了一下。

"越往灵界深处走，越是妖魔的世界，那里和人间大不相同，间或还有上古大妖出没。"渡朔看了南河一眼，微微点头示意，"虽然有南河在你身边，但我还是想和你们一起去。"

他不放心袁香儿和南河深入灵界一探龙穴，想要跟着去，为此不惜拔出限制自己行动的镇灵锁。

南河道："你弄断了这个，等回到妙道身边的时候，他只怕不会轻易放过你。"

"不放过又能怎么样？他左右也只有那些手段，我都见识过了。"渡朔淡淡地道。

胡青抱着琵琶的手指微不可察地抖动了一下，她迅速低下头，想要掩饰眼中的忧心忡忡。

"我也想和你们一起去，"很快她就抬起头来，"我一直就很喜欢人间美食，学了不少，这段日子又刻意准备了，听说青龙最喜欢吃好吃的东西，我跟着去或许也能帮上一点儿忙。"

袁香儿看着摆在桌上那带血的铁链，没说话。

过了许久，她才轻轻点了点头："那行吧，我为你们准备客房，你们在我家中住下，过几日我们就出发。"

长发白袍的男子在她面前化身为一只漂亮的蓑羽鹤，展开他宽大有力的翅膀，飞上了梧桐树的树梢。

"这棵树上留着一种很舒服的味道，我在这里休息即可，不必过多麻烦。"梧桐繁密的枝叶中传出渡朔的声音。

袁香儿在树下仰着头，透过层层叠叠的叶片，看见透过间隙的那一点儿黑白色羽毛。

朋友的好意她已经明白，此刻过多的感谢和言语都显得苍白，她真诚地接受就好。

她细细地围着梧桐树布下了能够治愈伤口的金镞召神咒，在阵脚压下灵气充沛的灵玉，希望这位朋友为她而承受的伤痛能尽快消失。

夜幕降临，袁香儿在屋子内听见梧桐树下传来动听的琵琶声。

"阿青还舍不得回屋休息。"袁香儿趴在窗口，朝着屋顶的位置唤道，"小南你在吗？"

南河的银发立刻从屋檐上垂落，露出他的脸来。他倒挂着身躯，轻轻松松地跃下来，足尖点在窗台上，单手撑着窗棂，低头看着袁香儿。

"真好听啊，我喜欢阿青现在的琴声，不想再听见从前那种悲伤的曲子了。"袁香儿靠在窗边，远眺夜空中的星辰。

"我也喜欢。"南河从窗台上下来，来到袁香儿身边，"阿香，你心情不好？"

袁香儿单手托腮，听着夜色中的悠悠琴声："之前我听说了渡朔的故事，心中有些不忍，因而帮了他一把，不过是顺势而为解了他的一时之危，其实并没有付出什么，可是他……"

她没有说下去，可是南河听得懂。

渡朔虽然说得轻松，但依国师那样偏执而狠毒的性格，想必国师不会轻易放过渡朔。除非能够解除他们的主仆契约，否则渡朔一旦回到神乐宫，等待他的日子可想而知。

因为袁香儿打算探龙穴，胡青忙忙碌碌地收集着食谱，南河夜以继日地提升实力，而渡朔无惧触怒国师，亲手扯断了制约自己行动的镇灵锁。

袁香儿身边的这些朋友，都是单纯而善良的。

袁香儿想起了很多事——她将乌圆从兽夹中放出，乌圆便记在心中许多年，并成了她的第一位使徒；她把受伤的南河从森林中带回来，南河就将自己都给了她；她对渡朔伸出援手，渡朔不惜代价，只为在灵界护她周全……

“我不会再让他回去了。”袁香儿轻轻地说了一句。

曾经顺势而为、模棱两可的想法，今日之后，已经成为她必须达成的目标。

“我不打算把他还给妙道。”袁香儿目光坚定地看着南河，“南河，你觉得我能做到吗？”

“我和你的想法一样。”南河伸手握住了她的手掌，“我们一起试试。”

袁香儿很喜欢这样的南河，他没说“我是为了你去做此事”，或是“让我替你去做此事”，而是说“我们一起试试”。

“我也这样想。”

“我们一起试试。”

“我们一起来面对这件事。”

这简直是世界上最动听的情话，它意味着你的伴侣对你的认可。他不将你视为弱者，而是对你平等相待，与你相互扶持，携手同行。

说起来很奇妙，明明南河和她属于不同的种族，但是很多时候，甚至用不着使徒契约，他们之间的心意也是相通的，能感受到对方细微的情绪变化，总是能够帮到对方。

而现在，他们更是有着共同想要去做的事。

“你怎么又受伤了？脖子那里都有瘀青了。”袁香儿踮起脚，看着南河露在衣领外的一截脖颈。

南河伸手扯了扯衣领：“一点儿小伤……”然而他的心上人已经凑了过来。

南河本来有些疼痛的脖颈被她那羽毛般的呼吸轻轻扫过，立刻变得酥酥麻麻的。

“我知道你又要说，一点儿小伤，舔舔就好，”她柔和的声音缠绕在南河耳边，“不过这个位置你舔不到吧，让我帮帮你？”

那人的语调带着股撩人的味道，然而南河已经分辨不出她说了些什么。他的衣领被人拉了拉，他亲爱的人吻上了他的双唇。

前往灵界之前，袁香儿的家里来了一位不受欢迎的客人。

那人身穿锦绣法袍，神色倨傲，正是妙道那位年轻的弟子云玄。

袁香儿在院子中和他说话的时候，胡三郎没注意，正巧从庭院里跑过，看见这位追杀过他的法师，胡三郎吓得四肢打战，想要找个地方躲起来。

“果然，这只小狐狸就是被你藏匿起来了。”云玄不悦地沉下脸。

“道友，三郎已经是我的使徒了，你这是特意到我家来找我斗法的吗？”袁香儿并不怕他。

云玄身后跟着一位穿着黑褐色胡服的妙龄女子，正是云玄的使徒。

随着主人的情绪变化，那位使徒眉毛以上的半张面孔瞬间被白黑相间的羽毛覆盖，双目化为凌厉的鹰眼，凶狠地盯着胡三郎。

狐狸天生就惧怕老鹰，胡三郎忍不住浑身打战。

一只手从后面伸了过来，在小狐狸的头顶摸了一把。

“怕什么？”南河出现在胡三郎身边，摸着胡三郎的脑袋，看了那只雌鹰一眼。

那只雌鹰想起当初被南河在一招之间掐住脖子拍在地上的情形，瞬间收起了凌厉的形态，往云玄身后躲了躲，悄悄地扯了扯云玄的衣袖。

云玄想起师尊交代的正事，不得不按捺下脾气，自认为低声下气地说：“一只小狐狸而已，我不是为了这么一点儿小事来的。

“师尊遣我来问，如今春日融融，天气和暖，正是出行的好时节，道友答应师尊之事，因何还不见动静？”

“这位真人，你去过龙穴吗？”袁香儿不紧不慢地在桌边坐下。

“那条青龙的巢穴，在灵界深处，那里……我们不太方便进去。”云玄的脸微微一红。他不仅没有去过龙穴，更是连灵界的边缘都没踏入过半步。

人、妖两族逐渐分居之后，洞玄教四处灭杀少量滞留在人间的妖魔，行动时从来是无论老幼一律斩草除根，毫不留情，是以在妖魔中的名声很不好。不少侥幸逃脱、进入灵界的妖魔对洞玄教更是恨之入骨。

故而，洞玄教之人从来不敢轻易进入妖魔的地盘，毕竟那灵力充沛的地界，是妖魔的领地，里面生活着众多实力强大的大妖，更有上古神兽游走其间，便是他的师父妙道仙君也极少涉足。

“你也知道那里很危险，我当然不想平白丢了小命，所以总要做一些准备工作的嘛！”

袁香儿先前消极怠工，如今则已经拿定主意要得到水灵珠。但她免不了要先抱怨一番，然后将自己整理的资料展示给云玄看，掰着手指道：“我既要打听龙族的喜好和龙穴的位置，又要准备足够的符箓和法器这些东西，有那么容易吗？你回去和国师说，请他耐心等着，我肯定为他跑一趟就是，至于成不成，那我就不能保证了。”

她这句话中含了一个巧妙的试探，但云玄没有听出来，他急切地回答道：“你一定要尽力，师尊说了，只要道友能为他取回水灵珠，他必定慷慨给予厚赠。洞玄教乃天下玄门正宗，教内有无数奇珍异宝，难道没有道友想要的东西？”

这样看来，妙道想要得到水灵珠的愿望可能比袁香儿想的还要强烈，只是不知道他拿这颗珠子到底要做些什么，又舍不舍得用渡朔来交换。

“可是我好像并没有什么特别想要的东西。”袁香儿一派少女天真单纯的模样，“而且我想着国师他老人家身边什么灵宝没有，又哪里会真的执着于这么一颗避水的珠子？说不定这就是消遣着我们晚辈玩的试炼呢。”

“不……不，你千万不能这样想，师尊这些年为了这颗水灵珠可谓费尽了心力，对此十分重视。”云玄说到此处，不免露出一些艳羡的神色，“说起来，此事对道友实乃天赐良机。师尊有通天彻地之能，这世间不知多少人想得到他的青睐呢。只要道友能替师尊达成心愿，无论道友是要天才地宝、长生秘药，还是绝世法器，我想师尊无有不应的。但凡得之一二，对道友在修为之上都可谓大有裨益。”

“那行吧，我尽力而为便是。”袁香儿似乎被说动了。

妙道那里有长生秘药，有绝世法器，有天才地宝，都可以拿来换这颗珠子，那么他应该也舍得一位使徒。

云玄眼看说得袁香儿重视这事，没有坏了师父的托付，心里松了口气，慎重地从怀中取出一封信笺：“这是师尊亲笔手书，记录了一些他对灵界的了解，道友可以看一看，或许能对你有所帮助。”

袁香儿接过信笺，和自己的笔记相互对照。奇怪的是，妙道的字迹在她看来竟然十分眼熟。

师父的书房中收集有众多手抄的各门派的典籍秘法，其中以洞玄教秘法最多，袁香儿从小看得熟悉，如今看着妙道的信，才发现那些秘法竟然大多是妙道的手笔。

看来这位国师和师父曾经真的是朋友，至少有一段时间极为亲密地往来过啊，袁香儿在心中想着。他那样痛恨妖魔，却又和师父成为朋友，也是一个十分矛盾的人呢。

天狼山灵界边缘，有一座由各种石头垒砌而成的宅院。

此刻的庭院内，九头蛇顶着掉了三个脑袋的脖颈，愤愤不平地倾诉着。

他余下的几颗头颅七嘴八舌地一个一句：“那只小狼太过分了，简直欺人太甚。”

“你看看，我没去找他的麻烦，他竟然一次次找上门来，要不是我脑袋多，估计早就死在他手中了。”

“长出三个脑袋得花好长时间呢。”

“我早就说了，要趁早下手，你们都不紧不慢的，现在他越来越厉害了。”

“如今该怎么办？真是太倒霉了，或许我们又得回到被天狼统治的时代了。”

“哈哈哈，”厌女赤着脚盘坐在石桌上，指着他哈哈大笑，“你这个样子太好玩了，他应该砍掉你的八个脑袋，只留下一个看看，这样你看起来说不定能好看一些。”

“没办法了老友，我们确实不是他的对手。刚开始我还能重伤他，现在只能被他追着跑。我对他算是服气了，已经不打算要他的皮毛了。”老耆顶着硕大的脑袋坐在桌边喝着热茶，双手接过娄椿端给他的杏仁酥：“谢谢啊，这个很好吃。”

对很多妖魔来说，实力是最容易让他们认同的事物，尊敬并且崇拜强者是大部分妖魔的共同点。一旦认知到双方实力的差距，他们会立刻改变自己曾经的态度。

“只能这样了吗？”九头蛇捧着茶杯萎靡了，“那好吧，我可怜的脑袋们，就这样白白牺牲了。”

“也没什么关系吧，他还没有杀了你们的能力，顶多砍你几个脑袋练练身手。你们小心着避一避，等他度过了离骸期，不再需要妖丹淬炼身体，也就不会这么凶残了。”厌女白嫩嫩的小脚垂挂在桌子边缘摇晃着，“何况，我听说他们要去灵界深处寻找那条青龙。”

“是吗？”九头蛇和老耆变得开心起来，互相庆祝着，“希望那只天狼早日被那条贪吃的青龙吞到肚子里去。”

一声鹤唳从空中传来，一只蓑羽鹤在空中盘桓一圈，停在了院子内的一棵苍松上，化为一位身披白袍的年轻男子，长长的黑发顺着男子的肩背散落下来。

男子立在树梢上，居高临下，冷冷地看了庭院中的几人一眼。

“好……好强大的气场。”九头蛇哆嗦了一下，“这是谁啊？”

老耆：“不知道呢，从前没见过，不是我们这片的妖魔。”

就在此时，一只威风凛凛的巨大天狼从天而降，背上还驮着一位人类少女。

“娄太夫人、阿厌，我路过这里，顺道来看看你们。”那位少女开心地挥手跟他们打招呼。

她身下的天狼将寒冰一般的眼眸转过来，瞥了九头蛇和老者一眼，他们刚刚的对话显然被天狼听见了。

九头蛇整个身体都缩小了一圈，被砍断的三处脖颈莫名地又疼痛起来。

第九章　时　复

“你们真的要去找那条青龙？回头别把自己填到青龙的肚子里去。”厌女坐在桌上，表情一如既往地冷淡。

“嗯，大概又要离开一段时间，所以特意过来看看你和娄太夫人。”袁香儿已经习惯了厌女的别扭，不以为意，领着南河、乌圆、渡朔和胡青在厌女的院子里坐了下来。

因为此行比较危险，她便没有带胡三郎和锦羽那两个小家伙。临走的时候，胡三郎有些怏怏不乐，袁香儿特意单独把他叫到一边。

胡三郎耷拉着耳朵，抬起湿漉漉的大眼睛看着她。

“三郎，你看啊，这个家里，师娘是凡人，锦羽还是个不能化形的孩子，叫我出门在外怎么能放心得下？我只好把这个重任托付给三郎你啦。”

胡三郎抬起头来：“我……我帮你看好他们。”

“真是辛苦三郎了。”袁香儿摸了摸他的脑袋，“我们三郎既聪明又能干，会变各种形态，还熟悉人间事物。幸好有三郎在，把家里交给你我才放心。”

小狐狸顿时挺起胸膛，眼睛亮晶晶的，高高兴兴地一手拉着锦羽，一手牵着云娘，一路把袁香儿等人送到大门外。

当然，本来袁香儿是想将乌圆也留在家里的，可偏偏乌圆在此事上特别聪明，口中答应得好好的，一转眼就跟了上来。

"哼，你休想忽悠我留下，我爹每次出门不想带我的时候，都是用这些借口的。"跟到半路被发现的乌圆气鼓鼓地说。

袁香儿只好把这只小山猫提上来，放在肩头上。

"阿厌，你熟悉那条青龙吗？"坐在桌边的袁香儿问厌女。

"不熟悉。"厌女摇头，"只知道它很能吃。"

九头蛇和老耆趁着他们没注意，正悄悄地往外走，渡朔举袖拦住了他们："跟两位请教一下，知道那条青龙的消息吗？"

他口中说得客气，强大的威压却如凛冽的寒风一般扑面而来，激起了老耆的好战之心。老耆抖了抖厚厚的嘴唇，就要放大本体挑战渡朔。

九头蛇立刻拉住了老耆的衣袖，将长长的脖颈凑到他耳边，劝说他："他们那么多个，打起来我们在数量上吃亏啊，就是那个人类都十分厉害。最初我还打得过那只小狼，正在欺负他，就是这个人类突然冒出来，抬手祭出三张灵火符，差点儿把我烤熟了。"

他这边拉住老耆，还在脖颈上的几个脑袋转过来，面具一般的脸上眼睛弯起来，一个脑袋一句话地说了起来："那条青龙，我知道一些。"

"好吃懒做，性格还特别不好。"

"每次去人间吃东西都要吃个六十年，回来之后除了睡觉基本啥事不干。"

"也不是什么事都不干，那条青龙除了喜欢美食，还喜欢漂亮的男妖精。"

"所以才说龙性最淫，这么多年不知祸害了多少生灵……"

所以说龙一睡六十年是这个意思吗?

"我以为青龙是男性，原来是一位女性吗？"袁香儿捂着脑袋问。

"龙族乃是鳞虫之长，能幽能明，能细能巨，能短能长，没有性别之分，完全依照自己不同时期的喜好来展示外形，无论雌雄都能够孵育龙蛋。"

袁香儿感觉自己打开了一扇新世界的大门。

袁香儿一行人告辞的时候，厌女说道："玲珑金球可震慑、拘拿一切鬼物灵体，若是经过酆都幽冥，那里鬼物众多，记得用它护身。"

袁香儿蹲下身向她道谢，伸手将她一直戴在头上的那顶帽子正了正，顺便掐了一把她那白嫩嫩的小脸。

离开厌女的屋子之后，袁香儿又顺路去见了虺螣。

虺螣送了她一个小药盒，里面装了蛇族的特效药。

"这是解百毒的，这是治烫伤的，这是让敌人四肢瘫软的，这是……"她靠近袁香儿耳边，悄悄咬耳朵，“这是那事的时候用的，嘿嘿。”

告别的时候，袁香儿骑着南河，在天空中越飞越高，看见地面上的飕臛和韩佑之在依依不舍地拼命向他们挥手。

带着朋友们的礼物和祝福，袁香儿一行人向着连绵不绝的十万大山深处飞去。

厌女的石屋由宝石堆砌而成，飕臛的木屋用硬木搭盖而成，虽然有些奇怪，但总归是人类建筑的模式，但是随着他们一路深入灵界，林中的景象开始脱离人间范畴，植物在灵气充沛的环境下疯长，变得巨大、茂密且多样化。

一棵棵参天大树高耸入云，树冠亭亭如盖，遮蔽了天空；手臂粗的古藤四处垂挂；蘑菇在潮湿的角落层层叠叠地生长着；青绿色的苔藓上点缀着细碎的小花；空气中飘着丝丝缕缕的绒花。

巨大的石像和一些破败无人的房屋被繁密的植被覆盖，昭示着此地曾经也有人类活动的痕迹。这些石像和房屋或许已经被遗忘在此间上百年，如今只能挣扎着露出一些斑驳的部位，透着悠久、古朴、苍凉之感，沉默地等待着自己被完全掩埋的命运。

一个小小的半透明灵体从露出地面的树根上用力地钻出来，它有着人形的细胳膊细腿，却没有五官，半透明的小小身躯歪歪扭扭地走了几步，就欢快地在草地上跑了起来。

被灵力滋养的森林间，无数这样新生而懵懂的生灵一个个地冒出来。

一只巨大的蜥蜴飞快地从树干上爬下来，分叉的长舌头一吐一伸，吸溜一下就将那只刚刚诞生的小小灵体卷进了口中。

蜥蜴冷漠地转过头看了袁香儿等人一眼，然后和出现时一样迅速离去。

“啊，这样就被吃了，好像有些可怜，那个灵体才刚刚出生。”袁香儿说。

南河道：“灵界内灵力充沛，能够滋生出大量灵体，但同时要被大批量地淘汰。靠着不断吞噬同伴的灵力成长，最终能够成为实力强大的大妖者万中无一。”

“原来妖魔的世界这么残酷啊？”

“虽说如此，但数万年来，随着时间的积累，妖魔的数量也变得越来越多。可是不知道从哪一天起，天地之间灵气的流通开始变少，灵界和人间正渐渐被剥离开来。”

“绝地天通，使人妖不扰，看起来像是哪位大能的手笔啊！”

“不管怎么说，如今几大灵界之间虽然能够彼此连通，却全都在渐渐远离人间，特别是最近几年，人间的灵气枯竭得异常迅速，即便是天狼山这样和人间接近的灵界，入口也在不断变化和减少。也许过不了一百年，妖魔所在的灵界就会真正从人类的视野中消失了。”

他们正说着话，不远处的丛林里突然穿过一队飘行在半空中的队伍。队伍内的旌旗无风自飘，一位容貌俊美的男子懒散地坐在一顶华美的肩舆上。肩舆无人挑抬，却能凌空飞行，几条穿着衣服、戴着帽子的鲤鱼跟随在轿子四周，在森林的绿荫下游动。

袁香儿十分稀罕地看了半天。

片刻后，又过来一位衣袂飘飘的少女。那少女面容干净，神色冷淡，从袁香儿几人身边飘然远去，紫色的衣袖随着她的飞行被风鼓起，飘飘如仙。她的身边却围绕着数个小鬼的头颅，那些小小的鬼物面色青白，头上长着尖角，没有身体和四肢，神色或狰狞或愁苦或是嘻嘻哈哈一路笑去。

时不时会有诡异的妖魔从他们身边路过。

“将来妖魔不会再留在人间了吗？”袁香儿有些沮丧，对她来说，和这些精灵生活在一起的岁月奇妙而有趣，但是在未来，这些生命将渐渐不再出现在人间。

“大家都愿意吗？就这样离开生活了几万年的世界？”

“妖魔寿命绵长，时间观念淡薄，我想许多妖魔甚全没明白发生了什么。他们慢慢悠悠地跟着灵气走，溜达在灵气充沛的灵界里，以为可以随时回到人间玩耍，或许等他们回过头时，就会发现，身后那个熟悉的人类世界早已经不见了踪迹。”

“这对人类来说是一件好事。”渡朔听着他们的聊天，突然说了一句，“人类的身躯太脆弱了，将来不再和妖魔生活在一起，他们就不用再惧怕力量强大的妖魔，不用再敬畏捉摸不定的鬼神，彼此清清净净互不搅扰，各自生活，想必他们能过得更好。”

“世事难料，倒也不一定就是好事。”袁香儿想起自己原来生活的那个没有妖魔的世界，“人类这种生物，一旦失去天敌，就会迅速繁衍出庞大的数量，然后不可避免地破坏环境，甚至自己折腾毁灭自己的武器。而且在灵气枯竭的世界里，再也不能修习法术，也无法追寻长生之道，我感觉人类或许会把自己的路走得更窄。”

几人聊着天，穿过了这片森林，眼前豁然开朗。在一片巨大的盆地中，他们看到了一个有众多妖魔会聚的集市。集市里有形态各异的亭台楼阁，依山拔地而起。

五彩琉璃的三层小楼悬空而立，仙乐般的歌声隐隐回荡，一道银白色的瀑布从栏杆间流淌出来，高高地倾泻下去。蜂巢一般的巨大建筑高高地挂在山壁上，有着透明双翅的俊美少年从小六边形的窗口中不断地钻进钻出。在蜂巢下的地面上，微景观一般的细小房屋连成一片，身材微小、衣冠齐整、头上长着触须的小人在走动……

街道之上张灯结彩，两侧是热闹开张的商铺和摆摊的小贩，居中穿行着高矮差别巨大、形态各异的妖魔。

“原来这里也有集市啊？”行走其间的袁香儿感到十分新奇。

“有的，这是妖魔的集市，还有鬼物的集市，另外也有少量人类的集市。”乌圆蹲在她的肩头上说话。

“这里也有人类吗？”

“当然有。他们是在最初的时候随着灵界一起迁移过来的，但上百年过去了，生活在这里的人类已经十分稀少。当然还有那些千百年前便得道成仙的修士，他们倒是不惧妖魔地生活在这里，不过已经失去肉身，修成灵体，大约也不能算是人类了。”

袁香儿挤在妖魔中行走，好奇地四处张望。道路上喧哗热闹，除了行人的长相和售卖的东西不同，几乎和人类世界没有太大区别。

“新鲜的冉遗鱼，食之不寐，可御凶，便宜卖了啊。”

“毕方的翎羽啊，稀罕货，只换不卖。”

“虎蛟内丹，质地纯正，走过路过看一看。”

至于这些妖魔吆喝着叫卖的东西，袁香儿大部分没有见过，甚至没有听过。

转过一条路，一个被众多妖魔围得水泄不通的摊位让袁香儿大吃一惊——

那里搭建了一座高台，台上布有一张贵妃榻，上面铺着软垫，后设华美的屏风。贵妃榻上坐着一个衣冠楚楚的人类男子。这个男子的身上既没有枷锁也没有任何制约的东西，他的脸上也没有流露出袁香儿想象中的抗拒神色，而是高高兴兴地坐在位子上，一点儿没有因为自己成为拍卖物而感到难堪和悲愤。

一位身材矮小的妖魔站在台上卖力地吆喝：“罕见的纯种人类，他会煮好吃的食物，会打扫巢穴，会唱歌弹琴，还会缝制漂亮的皮子衣物。按月提供金银和灵石者，便可以把这位人类豢养在家。”

展示台上的那个男人斜靠在贵妃榻上，不过看看书，喝喝茶，做些人类日常做的琐碎小事，围观的妖魔却很快兴奋起来。

“啊，好可爱，看到他喝水了没？还要用那么小的杯子，一点点地喝。”

“人类真是脆弱又娇气啊，可是怎么那么可爱……啊，好想养一只，可我又怕养不好。”

“听说数百年前，人类是到处都可以见到的生物，现在为什么这么罕见了？”说这话的是一只年纪幼小、不足百岁的妖魔。对他来说，人类聚集的时代已经是传说中的故事了。

渐渐地，有妖魔表达自己想要领养人类的意向。

长着青蛙脑袋的瘦小商贩跳到台柱边的木桩上，翻阅着手上的一沓卷宗。

“穷奇大人，您不行，您有吃人的历史。现在人类在这里已经接近灭绝，不能再充作食物了。”

红色毛发、身材魁梧、尖牙突出的强大妖魔不高兴地嗤了一声，转身离开了人群。

在穷奇离开之后，一位声如洪钟、肌肉虬结、额生双角的大妖，给青蛙商贩付了昂贵的费用，买下了展台上稀罕的人类。

长着青蛙脑袋的商贩拿着几页密密麻麻的饲养注意事项，逐条给这个大妖讲解——

“必须准备温暖的巢穴和舒适的衣物，人类的肌肤很娇嫩，稍微粗糙的皮毛都能割伤他们柔软的肌肤。

“食物的准备是重中之重，人类能吃的东西在里世很难找到，必须通过专门的渠道购买，千万不能胡乱喂食，营养搭配和禁忌事项都写在这上面了。

“每天都必须抽时间带他到外面遛弯，否则容易因为情绪低落引发精神类疾病。”

…………

“最后，每个月必须提供给他金银和灵石作为零花钱，半年要给他一次探亲假带他回家。这些都写在合同上了，不过比起饲养人类的开销，这都是些小事。”

那位看起来高大而强壮的妖魔兴奋地搓着手，红着脸，嘿嘿直笑：“知道的，知道的，这些我都晓得。我养过一个人类，成功地把他养到一百二十岁了呢。”

妖魔中发出一阵敬佩赞叹之声。

“她死的时候，我可伤心了，许久缓不过来。”高大的妖魔用虎爪一般的手指抹了抹眼角的泪花，化身为一只马身虎爪、头生双角的魔物，在买卖合约上印下了自己的爪印。

展台上的男子便款款地走了下来，主动站在魔物的身边，还伸手顺了顺魔物脖颈上的鬃毛。

“啊，我要死了。他好乖巧、好温顺。”

“这么快就主动帮忙撸毛了，听说人类撸毛的手法特别好，没有任何一族可以和他们媲美。”

“人类的生活很精致的，哪怕什么都不做，就是看他们吃吃喝喝都很有趣。有人的妖魔都很富有，真是令我羡慕。”

围观的妖魔七嘴八舌地议论着。

成功买下人类的妖魔小心地将那个人类驮在后背上，自豪地抬头挺胸踏云离去。

袁香儿听到长着青蛙脑袋的商贩长篇大论地说了半天，才惊觉在有些妖怪的眼中，人族竟然是这样娇气而金贵的宠物。

她忍不住问道：“那个人真的是自愿的吗？居然会有人类愿意当妖魔的宠物？”

从小生活在灵界的乌圆在她的肩头上说：“在这里，人类的数量极其稀少，妖魔都十分稀罕人类。选择被饲养的话，人类生活起来会轻松很多，应该很少会有不愿意被饲养的人类吧？我当初就是想看一看人类，又到处找不到，最后干脆一不做二不休，才跑了那么远的路，直接溜进浮世，遇到了香儿你。”

被刷新了三观的袁香儿不得不承认乌圆说得有些道理。

袁香儿几人一路慢慢地沿着街道前行，两侧是装饰浮夸的各种商铺，里面摆着无数袁香儿闻所未闻的商品。

到了华灯初上的时候，他们走进了一家热闹非凡、挂着“里舍”牌子的酒楼兼客栈。

妖魔对吃饭和住宿的要求似乎十分随便，因此偌大的集市中只有这么一家酒楼，为极少数对生活品质要求较高的妖魔提供服务。

酒楼装潢得热闹喜庆，在这里吃饭的客人大多衣着华美，有清纯可爱、背生双翼的少女，也有仗剑在手、衣白如雪的鬼面侠客；有身形巨大、面容狰狞的大妖，也有袖珍迷你、成群结队的精灵。

五盆热气腾腾的食物很快就被端上来，其他人都埋头大快朵颐，唯有袁香儿看着碗中诡异的食物，根本无法下筷。

难怪妖魔都觉得人类十分娇气，原来他们对待食物不仅是烹饪方式简单粗暴，食材更是随意到让人无法下咽。

“阿香，别这么挑食，里世就只有这些东西吃，人间那样精致的吃食，在这里是找不到的。”

乌圆吸溜着被袁香儿自动打上马赛克不想再看半眼的晚餐。

“你们吃吧，我啃啃干粮就好。这里的东西，我真的没法吃。”袁香儿谢绝了乌圆想将他碗里的虫状物分给自己一半的提议。

“是谁说我家的东西没法吃？”二楼的夹层内，一位女妖的脖子像是面条一样拉得老长。她眉眼精致、发鬓齐整的脑袋从二楼垂下来，直接出现在袁香儿面前。

袁香儿和她倒过来的头颅大眼瞪小眼，瞪了半天，被她那长长的诡异脖子吓了一跳，正要叫出声，那位长脖子女妖先大惊小怪地喊了一句：“哎呀，居然是人类，吓了我一跳。”

她很快把脖子收回去，又噔噔噔地从楼上跑下来，边走还边用手仔细地抹好鬓发。

这位女子的头发全部高高绾起，身上穿着一件袖袍宽大、精致华美的锦袍。这种衣服，在如今的人世已经不流行了，倒是在数百年前风靡过很长一段时间。

她上身穿着华美的锦袍，下身却没有穿任何罗裙曲裾，只有一条短得不能再短的热裤，露出一双笔直的长腿，腿上文满青色图文的文身。那气势逼人的图案配在细长白嫩的双腿上，显现出一种不羁的美。

“你是人类吧？我叫厉娘，是这里的老板。”那位女子在袁香儿对面的桌前坐下，上下打量袁香儿的双目中有了光，“是纯正的气息啊，是纯种的人类呢。想不到竟然还有这样的人类，你从哪里来到这里的？”

“我们从人间来。”

“人间？你是说浮世吗？原来你是从浮世过来的。两界分离已有好几百年了，这些年越来越少见浮世的人类误入这里，我几乎忘记那边的样子了。”

“浮世是什么？”

“哦，时间太久了，我已经忘记曾经不是这样称呼的了。我们这里称你们所在的世界为浮世，而称这里为里世。”厉娘掩嘴笑道，“呵呵呵，其实都一样啦，不过是个称呼而已。”

她看了看袁香儿面前一动没动的食物，有些不好意思地道：“你吃不惯这些吧？这里没有卖人类的食物的，要想买到很麻烦。如果你想吃，可以自己去山林中寻找一些适合人类的食材，寄放在厨房加工。我这里也提供住宿，你们愿意的话，我可以免费让你们住一个晚上。放心吧，里舍是这里最安全的地方，禁止斗殴。只要是走进里舍的客人，不管多么柔弱，都不会被人欺负。”

袁香儿便从善如流地向她道谢。

厉娘在前面领路，文满文身的双腿大踏步走在前方：“不用客气，难得遇到人类，还是纯种的，我还挺兴奋的，呵呵呵，回头可以吹嘘一下了。”

有了休息的地方之后，南河把袁香儿托付给渡朔，自己外出去附近的山林间寻找食物。

“阿香你等一等，我去给你找些吃的东西。”南河说。

南河离开后，这边刚刚安顿下来，就有妖魔前来敲门。

袁香儿应声开门，见到的是一位广袖轻袍、魏晋风流、形容俊逸的男子，或者说是男妖精。

“我听说来了一位人类客人，心中极喜，特地赶来一见。”他一边说着话，一边展开纸扇轻轻摇摆，形容潇洒俊逸，“在下山侍，敢问贵客姓名？”

他看起来一点儿不像妖魔，反倒像一位风流倜傥的文人雅士，只可惜那雪白的纸扇正反面上赫然写了八个极大极显眼的字——“绝世风流”“无双美艳”。

袁香儿非常辛苦地憋住没让自己笑出声来。

这大概是一位喜欢人类生活模式，想要模仿却仿得有些不伦不类的魔物。

“在下特意在雅座准备了一桌吃食，都是人类可以食用的东西。我们这就过去吃吧？”说话的时候，他也努力地如那些名士一般措辞，三句有两句文绉绉的，却又少不了有一句半句说不完整的。

“不用客气，我们都已经用过晚餐了。”袁香儿谢绝了这位突然到来却异常热情的陌生妖魔的邀请。

“啊，果然是纯正的血统。这样多疑谨慎，是纯种人类没错了。”那位山侍一点儿都不生气，反而高兴起来，十分有风度地笑道，“在下自小就稀罕人类所在的浮世，可惜生不逢时，无缘得见。如今那边十分危险，身为妖魔的我没机会过去。所以听说从那边来了几位朋友，在下就急着想要认识一下，听一听浮世的故事，还请不要见怪。”

“不过是一顿便饭，就设在楼下，我都已经让人摆好菜肴了，还望您万万赏个脸。”他又是鞠躬又是作揖，态度诚恳而真挚，“我只是想聊聊天而已，拜托了。”

袁香儿看他把话说到了这个份儿上，加上也想向居住在此地的妖魔了解一下这里的情况，便点头答应。

于是，袁香儿带上渡朔、胡青和乌圆一起赴宴。

宴席设置在一间布置得十分豪华的屋内，进出端菜的都是一些满身写满符文的木头傀儡。

那些木偶看起来神情呆滞，做事却十分有条理，从不出错，端上来的菜肴虽然制作简单，但好歹确实是人类可以食用的，不再是之前那些恐怖的妖魔躯体，或是诡异的虫蛇等令袁香儿根本无法下咽的东西。

尽管袁香儿到达这里不久，但她也知道了在里世，人类可以食用的食材很少，也没有人会专门储备，是以在市场上不易买到这些食材，看来这个山侍的招待算是尽心周到了。

“阿香不用和我见外，放心地吃吧，我家中养了好几只人类，因此这些吃食也是现有的储备，倒不怎么费事。”

渡朔暗暗检查了一下食物，发现并无可疑之处，才对袁香儿点头示意。

袁香儿从未来过灵界，渡朔和胡青也有数十年不曾回来，因而多向山侍请教询问。山侍十分健谈，知无不言，言无不尽。

于是他们很快熟稔起来。

山侍也向袁香儿细细地打听了人间的事情。

但凡袁香儿细述一二，他便高兴地拍起手来：“原来如此，浮世果然有趣。今日能听阿香一言，足让我回味良久。”

他从怀中取出一个透明的水晶球，拿折扇在球上轻轻点了一下，水晶球内便出现了一座悬停在空中的宅院。

袁香儿对这栋住宅有印象，便是他们进入集市时看见过的那栋悬在半空中、有流水从栏杆间不断流下的院子。

随后水晶球内的画面开始放大，袁香儿的视野仿佛跟着飞鸟进入了庭院，一路浏览这座庭院中的风光。

精巧的楼阁下是一排长长的木栈道，高高的木桩埋进水中。栈道的两侧俱是池塘，其中开满大朵大朵的莲花，一艘画舫闲荡其间，一位身着绫罗绸缎、满头珠翠的人类女子坐在船边，伸出戴着数个满绿翡翠镯子的手臂，拨动湖面上的莲花。

那女子的容貌十分平凡，在妖精云集的世界里，甚至可以说是丑陋了，但她的生活倒是过得极其恣意奢华。

画面再转，进入阁楼，楼台上站着一位满头华发、垂垂老矣的男子。男子拄着拐杖，坐在屋内用晚餐，身边数名人偶贴身伺候，端茶递水，垂肩捏腿，将他照顾得无微不至。

画面再转，庭院依山傍水，白云缭绕，里边居住着几位人类，男女老少都有，唯一的共同点就是这些人都生活得十分轻松富足，即便垂垂老矣，也不见被嫌弃的情况。

"阿香，这些都是被我请到家中长住的人类朋友，他们都说如入人间仙境，快活得不得了。"山侍从案几前走下来，靠近袁香儿，目光灼灼，语调温柔地道，"不知道我有没有这个荣幸，邀请阿香你同住？"

相比其他妖魔，这位山侍显然更为了解人类的心态，说话转了一个弯，不直说做宠物，只说做客，给人留了面子。

其实他并未到过真正的人间，甚至鼓不起勇气真正跋山涉水，跨过遥远的距离去人间一次，但不知为什么，就喜欢圈养人类。他的家境也还富裕，能够让他同时养着数名人类，还给人类提供优越的生活。之前他从厉娘那里听说，今日里舍来了一个他梦寐以求的纯种人类，心中欢喜雀跃，摆足了筹码前来，自以为十拿九稳，能够打动任何一位人类的心。

当然，最后他只得到了袁香儿坚定的拒绝。

"这是为何？"山侍整张漂亮的脸蛋都皱了起来，他看向渡朔和乌圆，思索了半天，"难道你已经有主人了吗？可是我看着这两位是人类的使徒，不可能是你的主人。"

"抱歉，我真的并无此意。谢谢你的热情款待，我想我们该走了。"袁香儿站起身来，准备告辞。

"不……不，你有什么要求都可以提。你们人类喜欢黄金，我可以用黄金给你建一间屋子。"山侍急切地说道，"你住在我那里的时候，我绝不干涉你的任何行动，你要是不喜欢，我就只是远远地看着你，难道这样还不行吗？"

袁香儿万万没想到，自己已经成为这位"手办收集达人"心目中必须得到的收藏品之一，只能哭笑不得地拒绝。

因为家境富裕，从小只要是山侍喜欢的人类，无不顺利地被收入自己的宅院中，从未有自己买不到心仪的人类的时候。这下他心里急了，伸手就抓住了袁香儿的手腕。

“我真的特别喜欢纯种人类，一直想要真正拥有一位，可惜里世里的人类，即便号称血统纯正，也多多少少有一些妖魔的血统。今日难得遇到你，我们又这么聊得来，我实在是很喜欢你，请你再考虑考虑。”

袁香儿还来不及反应，屋子的推拉木门便哗啦一声被拉开，寒气席卷而来，一只肥硕的山猪呼的一声从门外被丢进来，正好砸在山侍的脸上，将他砸了个大跟头。

南河出现在门口，怒不可遏，杀气腾腾。

山侍推开压在身上的肥猪，爬起身来，俊俏的面孔上被砸得露出一只硕大的鼻子和一双尖锐的獠牙。

他捂住脸，看见地面上鲜血淋漓的同类尸体，眼泪汪汪地道：“不愿意卖就算了，干吗打妖呀？”

夜色渐浓，一路风餐露宿的袁香儿终于得以在有屋顶和床榻的地方休息。

她躺在里舍的床上，这大概是她这辈子住过的最为奇妙的“酒店”了，人间十分珍贵的各色宝石的原石，在这里被当作了基础的建筑材料。

硕大的紫水晶、黄翡、石榴石和绿松石胡乱地挤在一起，堆砌成了凹凸不平的墙壁。

天花板上，一群身体发着光的透明小鱼在悠闲地来回游动，为屋子提供照明，柔和的光影游走在瑰丽的墙面上，细细的五彩光芒在小小的空间内变幻着，构成了一个奇妙而梦幻的世界。

若是休息不需要光亮的时候，只需将窗户推开，那些琉璃灯般的小鱼便会摇着尾巴排着队从窗户游出去，悬停在里舍上空，需要时再开窗招呼它们入内。

这样“豪华”到不可思议的房间内却空洞得几乎没有任何东西，只在角落里摆着一个巨大的巢穴。

那个用草木和羽毛构建的标准鸟巢，便是提供给住宿的客人休息用的床榻了。袁香儿躺在上面，被枯枝硌得难受，十分想念那个专属于她的软绵绵、热乎乎的皮毛抱枕。

“小南，你在干什么呢？”她忍不住用契约呼叫南河。

“修炼。”他简单地说着，却透出烦躁而低落的情绪，显然在屋顶上又冷又伤心。

“下来吧，屋子里比较暖和。”

“你先休息。”他依旧简单地回答，内心却在想——好的，我就来了。不，不，我还在生气。

“还在生气呢？生气了就不想看到我了吗？”契约真是神奇，袁香儿能够读懂南河简单话语背后的情绪和感觉。

就像此刻，南河没有回话，袁香儿也知道他在想什么——一见到你我就没办法生气了，可是我还想再生一会儿气。

从脑海里传递过来的南河的情绪十分别扭有趣，袁香儿几乎要被他表里不一的言行逗笑了。

南河说完话，竖着耳朵等了半天，却发现袁香儿那边的联系已经被掐断了，脑海中突然寂静下来。他努力听了很久，对面也没有再传来任何一句话。

他蹲在里舍朱红的屋顶上看着天空中的月亮，灵界的月亮特别大，地面上流光璀璨，一些夜游的妖精打着灯，带着七八个伴侣，飘飘荡荡地在街道上穿行。这里是妖魔的世界，容貌俊逸、毛发美艳的妖魔比比皆是。

阿香该不高兴了吧？

明明当初他觉得只要能陪伴在她身边就已经足够，下定决心要尊重人族的习俗，为什么现在却变得越来越贪婪？

看到那只猪妖抓住阿香的手说和她聊得来、喜欢她的时候，他几乎无法忍耐地愤怒起来。

一想到香儿有一天可能抱着另外一只毛发漂亮的妖魔，像对自己一样抚摸对方的身躯，捏着对方的下巴来亲吻，他的心里就像被钝刀慢慢磨一般又酸又疼。

他不想把那种炙热的拥抱同别人分享，希望那令人心醉神迷的吻只属于自己。

南河发觉心底焦灼地生出一种继承于血脉的欲望，那是一种渴望独占自己的伴侣的欲望。这种欲望是那样强烈，以至那些令人神魂颠倒的体验他不想同任何人分享，只希望独属于自己和伴侣。

这一刻，南河才发觉血脉力量的强大。为什么别的人类和妖魔都可以轻轻松松地拥有多位伴侣，也可以接受自己的伴侣同时还有他人，而他仅是想想这种情况，就已经无法忍受？

南河趴在寒冷的屋顶上，耷拉着耳朵，觉得自己是这样寂寞、难过。

“找到你了！”

熟悉的声音突然响起，吓了南河一跳。

一个脑袋从翘起的屋檐边上露出。

袁香儿提着裙摆，顺着借来的梯子爬上来，小心地踩上了光滑的琉璃瓦。

果然，只要他一看到她的面孔，什么气恼和嫉妒的情绪瞬间就烟消云散了。

在袁香儿露出脑袋、提着裙摆向他走过来的时候，南河的尾巴已经比内心先一步忠诚地竖了起来，欢喜地在那里来回摇摆。

他伸出手去拉袁香儿，袁香儿便挨着他坐下，亲亲热热地挽住了他的手臂。

“小南辛苦去为我找吃的，我却跑到这里来和别人先吃了好吃的东西，是我没考虑周全，我该向你道个歉。”

南河没有说话，转过身，伸手将袁香儿搂进怀里，紧紧地抱住了她，将自己洒满银辉的脑袋埋在她的肩头。

“乱发脾气的是我，不好的是我。”他瓮声瓮气地说，袁香儿心里不断传来的却是这句话——阿香，我好喜欢你，很喜欢很喜欢的那种喜欢。

他抱得太过用力，以至袁香儿很清晰地察觉到了他情绪中的酸楚之意。

“南河，你我之间是一样的，并没有高低之分。你要是有什么不高兴的事，就好好地说给我听，行吗？”

南河考虑了很久，在袁香儿觉得他已经把那句话在口中来回咀嚼了八百次之后，他终于舍得开口说出来：“我……我希望你只要我一个人。”

仿佛害怕听见令自己伤心的答案一样，说完这句话，他加重了手臂的力道，把袁香儿按在自己怀中，不肯看她的眼睛。

“小南，你在说什么啊？”被他抱在怀中的人伸出柔软的双手，轻轻抚摸他的后背，“我本来就只会有你一个啊！”

被意外的惊喜砸了个正着，南河的脑袋空白了一瞬间。

袁香儿听见自己的脑海中传过一阵乱七八糟的声音，那个人已经高兴得不知道要想些什么了。

过了一会儿，南河才松开手，握住袁香儿的肩膀，急切地道：“阿香，你说什么？”

“我说，我只喜欢你一个，这辈子都只有你一只狼，再也不想要别的人了。”

夜深了，里舍的窗子陆陆续续被打开，一尾一尾的银色小鱼在月夜下从窗子里游出来，在空中汇聚成河。暖黄色的河带环绕着层层叠叠的里舍，银河流光，星汉璀璨。

这里地势很高，袁香儿低头往下看，看到脚下是层层叠叠的飞檐，再往下是灯火迷离的街道。而天空中，有无数闪着荧光的小鱼在游动。

南河的眼里也游动着那细碎的光，此刻袁香儿的脑海中塞满了他欢欣雀跃的声音——真的吗？这是真的吗？这不可能是真的吧？你没有骗我吧？

他心花怒放，以至袁香儿差点儿被那样排山倒海的快乐覆盖。

她这才明白或许南河曾经误会了什么，他大概以为人类的女性都有着三夫四侍的习俗，甚至独自憋屈着忍受了这个可怕的误会那么长时间。

袁香儿伸手摸了摸南河的脸："南河，你怎么会这样想？我们人类也和你们天狼族一样，是一个以一夫一妻为主的社会啊！那些拥有三妻四妾的男人毕竟只是少数，何况，哈哈，男人和女人还是有些不同的。"

"可是……"因为自己的误会而苦恼了很久的大妖迷茫了。

原来他一直在担心这样的事，既然如此，他怎么还能做到这般义无反顾地将自己交付给她？袁香儿被自己男朋友的单纯可爱到了，决定哄他开心："不管别人如何，我喜欢上了南河，只要你愿意陪着我，我这辈子就只打算喜欢你一个。"

她抵着南河的额头，放低声音悄悄地说："以后我都只喜欢南河，只想要南河，只亲南河一个，只抱着南河睡觉……好不好呀？"

即便是袁香儿，把这样肉麻的甜言蜜语说出来也是有些不好意思的，她微微涨红了脸，觉得心跳有些加速。

幸好那位可爱又单纯的新手男朋友终于学会了自己主动凑过来吻她。

他呼吸灼热，闭着双目，吻得虔诚而认真。他用这具人类的身躯刚刚学到的技巧，小心翼翼地贴近她，寻觅着她的唇瓣，温柔而克制地探索着那令人沉迷的世界。

空气中没有那种特殊的诱人甜味，袁香儿只能闻到他银色的发丝上的纯粹清香。

他规规矩矩又小心翼翼地亲吻着她，眼神中没有沾染一丝情欲。就像捧着世界上最重要的珍宝，他吻得真挚而虔诚。

袁香儿伸手，摸到了一张湿漉漉的脸庞。

我怎么这么糊涂？看他开心成这样，我真应该早一点儿发现，早一些告诉他这些话的，袁香儿想。

“也……只摸我的尾巴。”低沉的嗓音在她耳边响起，南河局促地提了个要求。

在这样的氛围下，他这句话和这样含混的嗓音，成功地抓住了袁香儿的心。

她的脑海中涌进了一堆因为受到惊吓，没有控制好而传进来的声音——我这样亲她是对的吗？我有没有做错？

你做得很棒，好得不能再好了。袁香儿在心里回复他。

本来就坐在屋顶边缘的二人，因为男主角的一时慌乱而双双滚落了下去。

层层飞翘的屋檐和那些朱红的墙壁在坠落的二人身边穿过，闪着荧光的小鱼因为受到了惊吓而向四面游去。

袁香儿的身体在往下坠落，心却在向上飞扬，她看着近在眼前的南河，真想大声地对他喊一万遍——南河，我好爱你！

不过她不必喊出声来，契约真是个好东西，可以让她肆无忌惮地在南河的脑海中说着各种爱他的情话。

袁香儿看着他红了耳朵，看着他软成一摊“春水”。这种感受简直太美妙了。

在两个人快要掉落到地面上的时候，南河才化为一只银色的天狼。

袁香儿一下子掉进一个毛茸茸、软绵绵的怀抱中，被轻轻拥抱着飘浮在半空中。

昏暗的夜色里，银色的天狼仰面悬浮在无人的路面上，一个人类女子趴在他的怀中，伸手搂着他的脖子。

二人都不想说话，就这样拥抱着随性飘浮了许久，直到视线里逐渐出现暖黄色的光，耳边也热闹起来。

不知不觉中，他们已经靠近了集市。

在这个妖魔的世界里，生活似乎不太分昼夜，或者说夜晚的集市比白日更加热闹喧嚣。袁香儿骑着银白色的天狼，随着街道上的人流行走着。

她身边穿行着形态各异的妖魔，有身形巨大而恐怖的恶鬼，也有容貌美艳的娇娘，更有俊逸潇洒的郎君，少男少女模样的妖魔也不少见，袁香儿根本不能根据外形判断他们的年纪。

这些或是走动或是飞行的妖魔身躯四周多半悬浮着一些发光照明的灯笼。形态诡异的灯笼在漆黑的夜晚中伴随着主人前进，照亮着地面的道路。整条街道因为这些移动的灯笼而变得流光溢彩、绚丽多姿。

“你们没带灯笼吗？晚上没灯笼这路可不好走。”一个走在他们附近的小妖怪说道。

小妖怪把自己提在手中的灯笼歪过来一点儿，顺便照亮了袁香儿和南河眼前的路面，只见那些青色地砖的缝隙间，时不时地生长出一个个小小的黑色灵体。它们就像是地底的蘑菇一样，突然冒出来，化为没有五官的小小人形，欢快地奔走了。

若是没有灯笼照亮，路上的妖魔极易踩到这些不断生长出来的小小灵体，若是因此绊倒自己或是踩死它们，都不太好。

小妖怪看起来像是一个人类小男孩的模样，有着和人类一样的四肢，穿着一件破破烂烂的衣袍，脚踏草鞋，头上戴着半个骷髅头，只露出一个小小的下巴。那个被他戴在头上、不知是什么种类的妖魔头骨上垂着长长的毛发，将他的整个身躯覆盖住，使他看起来就像是一个乱糟糟的骷髅怪。

小妖怪手中的灯笼虽然不会自动漂移，但也不是凡物，乃是一个鬼头灯。那发光的鬼头灯有着八字眉、三角眼，嘴角向下，一副愁眉苦脸的模样，口中还能说话：“自己都管不好，还顾着照亮别人的路呢。”那个鬼头灯念叨着。

“抱歉，我们家只有这一个灯笼，虽然啰唆了点儿，但它照得很远呢。”长得极像人类小男孩的小妖怪男孩笑着说话，露出一对小小的虎牙，很是可爱，“你们要去哪里？我可以顺道照你们一段路。”

“谢谢你啊，我们住得并不远，自己走回去就可以了。”袁香儿指了指不远处雕梁画栋、流光溢彩的建筑。

那个小妖怪转了转面罩下的眼珠，压住了心里的兴奋。

袁香儿并不知道的是，妖魔们天生地养，很少在意居住环境，这么大的集市其实只有里舍一间供妖魔吃住的客栈。那间看起来伙食粗糙、床榻只是鸟窝的“酒店”，也只有一些身家富裕、对生活品质要求比较高的妖魔才会选择在其中居住。

大地明显地摇晃了一下，随后又是一阵摇晃。

远方传来整齐划一的呐喊声：“嘿哟嘿哟！”

“嘿哟嘿哟！”

随着这种喊声，大地在一下一下地摇晃着。

路边热闹的商铺迅速熄灭了灯光，关闭了店门，层层叠叠的高楼上的灯火一路熄灭，游动在里舍上空的闪着荧光的小鱼一窝蜂地游进了屋内。

路上行走的妖魔乱成一团，一哄而散。

袁香儿和南河还没反应过来发生了什么。

躲进巷子中的小妖怪焦急地向着他们挥手：“快，快，你们还愣在那里做什么？快躲进来，涂山大人回来了。”

袁香儿和南河赶忙躲到小妖怪身边，远处的云层里随后露出点点星火，那是一支打着灯笼的长长的队伍。

小小的星火以异常快的速度靠近，刚刚还喧闹不已的集市，此刻已经漆黑一片，所有的妖魔都慌乱地将自己藏在阴暗处，伏低身躯，不敢发出一点儿声音。

青石地面上卷起一股腥风，接着滚滚云层间降下一只巨大的利爪，那利爪一把抓住了一只躲避不及的鸟妖。鸟妖疯狂地挣扎，那股腥风毫不留情地将鸟妖卷到了空中。

凄厉的鸟鸣回响在寂静的夜空里，很快戛然而止，一股鲜血从天而降，泼洒在青石铺就的道路上，几滴刺目的血点甚至飞溅到袁香儿的手臂上。

街道的一端又亮起了黄色的灯光，那是从天而降的灯笼照亮了路面。

“恭迎涂山大人。”

“恭迎涂山大人归来。”

四处陆陆续续响起妖魔们胆战心惊的声音。

一队肌肉虬结、气势汹汹的妖魔，簇拥着一个小小的少女从天而降。

那少女的容貌清纯秀美，她用白嫩嫩的小手打着一把红伞，一脸淡然地向前飞行。如果不是她那被血彻底浸红的另一只手臂，和胸前血迹斑斑的衣物，还有那挂着血丝的嘴角，谁也无法从她那张单纯无辜的小脸上看出她刚刚一言不发地杀死了一只巨大的妖魔。

她的身侧紧紧跟随着那些身材高大、爪牙尖锐的手下，身后还有一队赤着上身抬着巨大笼子的妖魔。那些妖魔扛着沉重的笼子，发出整齐的呼喝声。那些盖着布幔的笼子边缘一路流淌下黏稠的血液，显然里面关押着她此次出征捕获的战利品。

这样一队诡异而强大的队伍，像是一阵刮过集市的飓风，肆无忌惮地席卷了一条生命之后，迅速穿过街道，逐渐消失在远处的黑暗里。

等到那队伍的灯光彻底消失，躲在角落里的妖魔们才松了口气，纷纷露出头脸来。

“这就是涂山吗？她看起来那么小，我简直没有反应过来。”袁香儿摸了摸胸口站起身。

“在灵界，实力强大的妖王都有属于自己的地盘，这里以及附近的很大一片区域都是这位涂山大人的势力范围。要走到青龙所在的区域，还有很远一段路程。”

“这么说来，这里的妖魔不是她的子民吗？她就这样……”袁香儿做了一个抹脖子的动作。亲眼看见妖魔大王血淋淋地随手杀戮，她还有些心惊肉跳。

“大王刚打了胜仗，肚子饿了，又兴奋，谁还管子民不子民的，只能怪那只鹌鹑倒霉啦。”他们身边的一只妖魔爬起身来，心有戚戚地摸了摸自己的脑袋，“幸好大王出门的次数不多，我们只要避着点儿就好。”

袁香儿这才发现刚刚拉他们躲进这里的小妖怪不见了身影，她想要从自己随身携带的荷包中摸出一张用来照明的符箓，谁知却摸了个空。

那位一路上都对他们十分热情的小妖怪，居然是一个小偷！

“怎么了？”南河发现袁香儿的表情不对。

“我居然也有这么看走眼的时候。”袁香儿又好气又好笑。人间热闹之处多有窃贼惯偷隐匿其间，可她怎生料到在妖魔的世界里竟然也有一样的行当？

“我就在你身边，竟然没发现他窃走了你的随身之物。”南河因为生气而妖魔化，脸的上半部分长出了银色毛发，“你回去等我，我必须把这个小偷找出来。”

“算了算了，这要去哪里找？”袁香儿拉住了他，“荷包里也就几张普通的符箓，改天我花点儿时间再画几张就好。”

回到里舍的时候，袁香儿远远地就闻到一阵浓郁的肉香。

胡青正在把南河打来的那只山猪烤熟。她在人间生活了数十年，又刻意学习过，十分精通烹饪之术。此行她又特意收集了各种佐料，在这里得了适合烹饪的材料，又有可以借用的厨房，正好可以一试身手。

胡青先将猪肉用各种香料腌制、揉搓入味，再刷上酱料和蜂蜜，在炭火上转着圈，刺啦刺啦烤得油花直冒。

里舍的横梁、地板和各处角落里蹲着无数个妖魔，随着炭烤猪肉的味越来越香，里舍里响起这些妖魔齐齐吞咽口水的声音。

老板娘厉娘出来赶人：“看什么看，看什么看？这是别人特制的，有灵石也没地儿买。都别看了，滚回去睡你们的大头觉。”

赶走了一众大小妖怪，她自己趴在栏杆边，将长长的脖子绕了好几圈，恨不得贴到那只还没烤好的烤猪边上先咬上一口。

“嘿嘿嘿，九尾狐妹子好厉害的手艺，有没有兴趣留在我这里帮忙呀？一切待遇都好说。”

胡青不说话，转动着山猪，在山猪表皮上撒一层薄薄的孜然。经过炙烤，那香料的气味混合着熟了的肉香飘散出来，勾得厉娘的口水都快掉下来了。

袁香儿挽起袖子上前帮忙，纤手舞银刃，银光连闪，一片片外焦里嫩、流淌着肉汁、撒着孜然和辣椒粉的烤肉，随着她手中银刀的翻滚，落进了托盘中。

“好……好妹妹，分姐姐尝一口吧？就一口……”

袁香儿将一块香酥的猪手叉到小碟中，托到厉娘面前：“这可是我的食物，得来也不容易，分给姐姐吃倒也不是不行，只是有些事我想向姐姐打听一二。”

“你说，你说，姐姐必定知无不言。”

袁香儿把那碟猪手递给她，又分装阿青烤好的肉食，喊乌圆、渡朔和南河上桌。

众人刚刚坐定，厉娘已经连皮带骨地将整个猪手嚼了大半，被烫得直咧嘴：“好吃，好吃，浮世来的人果然名不虚传。你们能多住几天就好了，只要你们愿意留下，住多久我都可以不收费。呜呜，好烫。”

胡青笑了，擦了擦手上的油脂坐下来：“厉娘觉得这道菜肴如何？若是烹于龙穴之前，不知是否能引青龙大人睁眼一见？”

“原来你们想找青龙大人啊？”厉娘含混不清地说着话，“那条龙的脾气可不太好。”

“虽然你们做的菜很不错，但那条龙可不比我等，它游历浮世，遍尝天下美食，也不知道口味到底刁钻到什么程度。”厉娘梗着长脖子把猪手整个咽下去，眼睛盯着桌上的盘子，“不过那青龙也不是没有别的爱好嘛！”

“哦？愿闻其详。”袁香儿给她夹了一大块猪排。

“这还用说吗？咱们都是女子，谁还能不懂呢？”她手上拿着油汪汪的肉，揶揄地用手肘捅了捅袁香儿，眼睛向着南河和渡朔挤了挤，“但凡你舍得把这两位随便献上一位，我想青龙大人都会愿意从龙穴中出来见上你一面的。嘿嘿嘿。”

第二日一早，袁香儿一行准备离开，厉娘依依不舍地将他们送出门。

她心里很是挂念昨晚没能吃够的烤肉，恨恨地咬着手里的帕子：“你们真的不能多住些时日，非要那么急着去吗？在我这里住个三五十年再走嘛！”

往来路过的大小妖魔惊讶不已，探头探脑地张望着。

“这几位都是些什么来头，让老板娘这样看重？”

“就是，穷奇大人来入住的时候，都没见到老板娘这样不舍地相送呢。”

在这间妖魔旅馆住宿，对袁香儿来说是一种十分新奇有趣的体验。她取出一小袋云娘制作的蜜汁竹蒲猪肉脯送给老板娘，感谢她免费招待了大家一晚。

厉娘叼着一小块肉干放到嘴里嚼了嚼，眼睛一下子瞪圆了：“嗯？这个也好吃。好好吃。”

昨天被南河吓跑了的山侍居然也跟过来送行，山侍收起了猪鼻子和獠牙，又恢复了那副风度翩翩的模样。

他捧着一个不起眼的小盒子，小心翼翼地蹭过来，讨好地递给袁香儿：“住在我家的翠花最喜欢这些小玩具，说只要是人类的姑娘就没有不爱的，送给你呀，你看看喜不喜欢？”

袁香儿打开匣子，险些被那满满的珠宝给晃花了眼——鸽子蛋大的夜明珠、晶莹剔透的各色红蓝宝石、水头莹润的翡翠白玉，胡乱装了整整一匣，随便拿出一枚到人间都是价值不菲的宝物。

但在山侍口中，这大概真的只是有些价值、可以用来哄人类开心的小玩具。

“真的很漂亮，”袁香儿仔细欣赏了一番，盖上盒子，把匣子推了回去，“不过我不能收。我接下来还要走很长的路，带着这些东西也不太方便，就谢谢你的好意了。”

山侍期待着的神情一下子萎靡下来：“连礼物也不肯收吗？那让我摸一下行吗？我就摸一下……”

他眼神发亮，搓着双手，一脸跃跃欲试的样子，想要在袁香儿的脑袋上或是哪里摸一下。

袁香儿无奈地看着他，突然想起了自己刚刚把南河带回家的那段日子，后悔得直想捂住自己的脸。那时候动不动就想要摸南河一把的自己，在南河眼中大概也是这副猥琐的模样吧？

对摸一把这个提议，袁香儿肯定是不能同意的。

好在来的时候云娘在她的行李中装了不少零食，袁香儿排除了猪肉制品，翻出了一包软糖南枣核桃糕，把它当作礼物送给了山侍，算是答谢他昨晚的宴请。

于是厉娘和山侍，一位啃着猪肉脯，一位舔着核桃糕，眼泪汪汪地站在里舍的门口目送他们离去。

“呜呜，你们路上一定要注意安全，回来还要住我这里呀！”厉娘挥着手绢，开始情真意切地担忧他们的安危。

“阿香，你慢慢考虑，我家里的屋子随时给你准备着，金屋，全金的屋子。呜呜……”山侍犹不死心地喊着，看见南河回头瞪他，才瑟缩着闭上了嘴。他知道自己不是那位天狼的对手，不过养宠物嘛，拼的本来就不是战斗能力，而是财力和温柔性情，山侍觉得自己还是有那么一丝希望的。

“你这是什么东西？闻起来好甜，分我吃一块！”厉娘用长长的脖子绕着山侍转了半圈，盯着他袋子里的食物直看。

“不行，这是可爱的人类小姐送给我的，我自己都舍不得吃。”山侍珍惜地捂紧袋子。

“不要小气嘛，我把我的猪肉脯也分你一小条。”

“不，你这个浑蛋，凭什么叫我吃猪肉？”

“吃一口有什么关系？又不是你身上的肉，真的很好吃。”

骑在南河背上走出了很远的袁香儿听见身后传来的巨大响动，回头看去，只见里舍门外滚起浓浓的烟尘，浓烟之中，一只獠牙锋利的巨大猪妖和一只肢体如同触手般柔软的魔物缠斗在一起。

“啊，他们俩怎么打起来了？”

乌圆停在她的肩膀上，回头向后张望：“没事的，他们俩是朋友，我爹说了，朋友之间多打打架感情才会更好。”

“哦，真的是这样吗？”

“其实……那个……好像也不一定。”乌圆挠了挠头，“有一次我看见邻居家的食胧姐姐就不小心把她最要好的朋友给打死了，为了不浪费，她把她的朋友整个吃下肚子里去了，吓得我做了一个月的噩梦。”

“食胧姐姐是谁？”

“她的本体好像是螳螂吧？我不知道，我爹说娶谁做老婆都不能娶她们一族。”乌圆回忆起少年时期的噩梦，哆嗦了一下。

袁香儿想想那样的场景，同样哆嗦了一下，觉得十分惊悚。果然，妖魔的世界虽然绚丽多彩，但还是浮世比较适合人类生活。

袁香儿一行出了这一段热闹又繁华的集市，发现周边的景色很快又恢复了萧索荒凉的样子。

妖魔大多不好群居，集市之外，他们各自的住所都隔得很远，即便是他们坐在南河的背上一路在山野间飞奔，也要走上许久的路，才会偶尔看见一两个为妖魔所筑的奇特而巨大的巢穴。

反倒是数百年前人类留下的痕迹，一路藏在那些茂密的野草和绿叶之下，时不时露出残垣断壁的一角，彰显着这个世界曾经到处是人类这种生物的足迹。

那些巨大而威严的石制神像，被苔痕和藤蔓爬满了身躯与面孔，寂寞而孤独地被遗忘在荒野茂林深处。

走在前方的渡朔突然停下脚步，打了一个手势，一行人立刻跟着停下，伏低身体藏进了高高的荒草丛中。

片刻之后，林间传来窸窸窣窣的声响，一只四肢瘦长的小妖慌忙冲出丛林。几乎与此同时，一只全身赤红的巨大魔物从一座神像后裹挟着狂风虎扑而出，用巨大的手掌按住了仓皇逃窜的小妖。那只小妖努力伸着细长的手臂，还来不及发出叫唤声，已经被红色的魔物一口咬住头颅，生生撕成两半。

红色的血液飞溅到那座神像脚下，身躯肥大的妖魔远远地背对着袁香儿等人，蹲在地上发出令人毛骨悚然的咀嚼声。

这血腥的一幕还没结束，袁香儿突然发现那石像的头颅上不知何时悄无声息地站着一位人类模样的小女孩。小女孩神色冷漠，赤裸着双腿，白嫩嫩的小手上握着一柄雪亮的长刀，正居高临下地看着脚下对周围的危险浑然不觉的魔物。

小女孩正是那位恐怖的涂山大人。

浑身赤红的魔物似乎察觉到了什么，慢慢停下了手中的动作，转动着铜铃一般的眼珠，缓缓地抬起头来。在看见头顶那个女孩的瞬间，魔物飞快地丢下手里的食物，肥硕的身体竟敏捷地从地上弹起来，拔腿就向外跑去。

女孩纤细而小巧的身躯从神像上跃起，冰冷的刀光在空中闪了一下，魔物的头便滚进了草间。女孩这才从空中落下，她雪白的小脚轻巧地踩在了那颗几乎比她还高的头颅上。

她甩掉刀上的血，转过头来准确无误地看向袁香儿等人藏身的方向。

“乖乖出来受死。”

她明明有一双清澈而美丽的大眼睛，但在这样冷冰冰的眼神的注视下，袁香儿不禁起了一身鸡皮疙瘩。

此刻，袁香儿有一种被一只上古的巨兽死死盯着的感觉，几乎要咬住牙关才能克制着不让自己心里生出本能的畏惧。

南河和渡朔都在这一瞬间化出巨大的妖形，双双挡在前方，将袁香儿、胡青和乌圆护在身后。

“哎呀，在这个地界，竟然还存在敢忤逆我涂山的家伙？”少女站在巨大的妖魔的头上，迎风举起手中的长刀。

就在战斗一触即发之际，少女突然看着渡朔身后愣了愣。

“咦？这么年轻的同族？”涂山那张戴着面具一般的小脸上突然有了表情，她的双眼弯了起来，她举袖掩口，“呵呵呵，好可爱啊，许久没有见到这么小的同伴了。那么看在你的分儿上，今日我便饶恕他们了。”

她留下这句莫名其妙的话，提起那颗硕大的红色的头颅，赤足一点，轻轻松松地飞上了天空。她的身影很快在云层中变得极小，逐渐看不见了。

众人这才慢慢放松下来。

经过刚刚那些妖魔的打斗，缠绕在石像上的藤蔓脱落了不少，露出石像悲悯垂目的面容。

“这些都曾是人类所崇拜的古神呢，我亲眼见过人类花了好大的力气修筑这些神像，每日虔诚地拜啊拜的，还以为他们会永远这样崇拜他们的神灵。”胡青一路跑着，一路看隐在丛林中的那些大大小小的神像。

“想不到不过数百年，浮世里的人类好像已经将他们全忘了。”她十分唏嘘。

“忘记也不是坏事，”渡朔放慢脚步，站在前方的萋萋草木间等她，“不再天天被人惦记，不再时时被人呼唤，他们才能静下心来，想想自己真正想要的是什么。”

“阿青，走了。”他向他的小狐狸伸出手。

“嗯，我来啦，渡朔大人。”

四肢灵活的小狐狸摇摆着九条毛茸茸的尾巴，飞快地在月光下越过草木纷飞的野地，化身为容颜妩媚的女子，笑靥如花地挽住了属于她一个人的山神。

“人类真的这么善忘吗？那么再过一两千年，浮世的人类是不是就会彻底忘记这个世界还有我们的存在啊？”乌圆不满地在袁香儿的耳边说，“枉费我这么喜欢你们啊！”

袁香儿揉了揉乌圆的小脑袋：“可惜的是，好像确实如此。”

一千年以后，人类会变成怎样的生存模式，别人说不上来，但袁香儿知道得一清二楚。那时的世界也和如今大不相同，人类彻彻底底地成了那个世界的主宰。

“阿香，这对人类来说是一件很好的事吧？”南河抬头看着刚刚在天边升起的天狼星，回想起因灵气稀薄而远迁的族人，“灵气不能在浮世流通，妖魔鬼神渐渐不往，人类得以安居乐业，互不搅扰，彼此相安，这对脆弱的人类来说确实是一件好事。”

“虽然看起来如此，可是……”袁香儿不知该如何回答南河这个问题。

可是，即便是有通天之能的神仙，就真的能够看透人类的命运吗？

数百年前，不知世间哪位大能施展神通，将浮、里两界分离，阻断了浮世灵气的来源。从那之后，人类渐渐摆脱恐怖的强大妖魔，过上了繁荣安定的日子。数百年前改变这个世界的是谁无人得知，但从结果来看，他或许是真心想要守护在妖魔面前脆弱的人类。

即便跨越了千年的时光，袁香儿也不能确定人类最终的宿命是否因此而变得更好。从眼下的情况看来，身体脆弱的人类避开了强大的妖魔和莫测的鬼神，从此成为世间的主宰，似乎是一件绝好的事情。

可是失去了对世界的敬畏之心，没有了天敌，人类或许会以更快的速度毁掉自己那个奇幻而美丽的世界。他们在小小的星球上无限地繁衍，毫无顾忌地破坏自己所居住的环境，每个小小的人族都在那个世界忙碌地打转，逐渐忘却了真正的自然和天空……

他们继续往前走，发现丛林间渐渐出现了一些漂亮的树木。这些树木有着紫红色的树干，上边垂挂着洁白柔顺的枝条。

那些晶莹剔透的纯白色枝条在风中连成一片，轻轻摇摆，空中隐隐传来细碎悦耳的晶体碰撞声，如梦似幻，动人心神。

“这是白篙树。阿香，树上的汁液味道甘甜，食者不饥，可以释劳，我去取一点儿给你尝尝。”南河前往树下，折断一根白色的枝条，从枝条的断口处流出一股蜜色的液体。南河将其接在杯子里，递给了袁香儿。

袁香儿尝了一口，果然如蜜糖水一般，又香又甜，异常可口。最神奇的是，她不过喝了几口，饥饿之感便散了好些，奔波了一天的疲惫感也瞬间消失无踪。

“真的很好喝，这么神奇，我多装一点儿带在路上喝吧？”

袁香儿拿出水壶，分开白色的枝条，正要折断枝条取树汁，却看见不远处的另外一棵白篙树下站着一个正在和她做着相同事情的小男孩。

那个小男孩也看见了袁香儿，瞬间愣住，然后迅速丢下手中的枝条，转身就跑。

南河的身影已经越过袁香儿，迅速向前追去。

“抓住他，他就是那个小偷。”袁香儿指着那个逃跑的身影喊道，拔足追上前去。

乌圆扒在她的肩头上，被颠得直喘气：“什么小偷？”

“上次和你说的，在集市上偷了我的荷包的小偷。”

“什么？他偷了阿香的东西？快！抓住那个不要脸的小贼！”乌圆吱哇乱叫。

一行五人齐齐向着那身材小巧的男孩追去，小男孩的身影在白色的树林间左一闪右一闪，异常灵活，显然他对此地极为熟悉。

“奇怪，他看起来不太对啊！”乌圆趴在袁香儿的肩膀上，开了真实之眼，“他看起来不太像妖魔，好像是……没错，他是一个人类。”

“人类？”袁香儿吃了一惊，“不可能，人类的孩子有跑这么快的吗？”

“我说不上来，反正他确实是一个人类。或许他用了什么特别的办法，才跑得这么快。他披着那个骷髅和毛发，大概是为了带点儿妖魔的气息好混迹在妖魔中，毕竟大部分妖魔区分人类，也只是靠闻气味，但我不一样，我一眼就能看穿他。”

虽然那个男孩逃跑的速度非常快，但他还是很快被南河追上。

就在南河的手即将抓到那个男孩的肩膀的一瞬间，一只手掌从旁边伸出，截住了南河的手。

来者是一个年轻的人类男子，那人和南河对了一拳，两人各自退开数步。那人猱身再上，两个人迅速冲撞到一起。

待袁香儿等人赶到的时候，南河同突然出现的男子已经互相拳脚相加，过了十来招了。

袁香儿停下脚步定睛一看，发现和南河交手的是一个人类。那个人衣着破旧，眼神锐利，凌乱的鬓发胡乱地被抓在脑后，左目上方留有一道醒目的伤疤。

对南河的战斗模式，袁香儿还是很熟悉的，有了使徒契约能找到南河的位置之后，她经常跟着南河去天狼山偷看他战斗，知道平日里对自己软绵绵的南河打起架来一贯凶狠得不管不顾。或许是从小在危险的环境中长大练了一身戾气，南河在战斗中往往是对敌人十分狠厉，对自己也不太顾惜。

很多时候，敌人会被南河不要命的打法吓得先胆怯三分，更有直接夹着尾巴逃跑的。

但眼前这个人类模样的男子，和南河仿佛是一个路数。

两个人撞在一起后，各自出的都是杀招，乒乒乓乓一顿拳脚之后，那人退了十余步。他伏低身体卸掉惯性，伸手抹去嘴角的血丝，脚下一顿，再次冲向南河。

“这也是人类吗？”乌圆迟疑了一下，“不，不，不，我看出来了，他不是纯正的人类，身上混着妖魔的血统。”

“偷东西还敢挑战我南哥，看我去挠花他的脸。”乌圆想跳下去凑热闹。

袁香儿眼明手快地提住了小猫的后脖子：“他看起来还不是南河的对手，我们且看着就好。”

“一个半妖，在近战上能和南河有一拼之力，挺厉害的呀！”胡青同样停下脚步，站在袁香儿身边观战。

袁香儿对妖魔间的战斗不够了解：“这样算是很厉害吗？”

“小南的近身战斗是十分强悍的。”渡朔笼着手在一旁观战，“法术上姑且不论，如果只论近战，便是我对上南河，也没什么取胜的把握。”

战斗看起来很激烈，但南河显然还没有用尽全力，所以大家只是站在一旁观战，还没打算出手相助。

但下一刻战况急转，就在南河击倒那人，准备出手锁拿那人的瞬间，那个倒在地上的男人抬起头来，眼眸中出现一片绿芒——

空气在那一瞬间变得湿润，仿佛万物都开始舒展，周围那些白篙的枝条轻轻摇摆，发出玻璃碰撞般的声音，无数植物的藤蔓在地面上疯狂蠕动，很快就紧紧缠绕住了南河的双腿和身躯，限制了他的行动。一层一层的植物覆盖上来，想要死死地困住南河。

“阿骏，跑。”

那人在困住南河的同时，却不再恋战，口里招呼一声，果断开始逃跑。

“想跑也没那么容易。”渡朔轻笑一声，伸出一根手指向前方凌空一指。

正在飞奔的男子仿佛被空气中某种无形的力道压了一下，从半空中掉落，在地上滚了一圈，却又迅速翻身而起，继续向丛林深处奔去。

但就是这样一瞬间的耽搁，已经让他失去了逃跑的时机。随着一声愤怒的狼嚎响起，漫天断裂飞散的藤蔓中，出现了一只巨大的银色天狼。凶狠的天狼一跃而出，张开大嘴一口咬住了企图逃跑的敌人。

“不，别伤我哥哥。”

偷了袁香儿的荷包的小男孩从白篙林间连滚带爬地跑了出来。

“我把东西还给你们，别伤我哥哥。”他的脑袋上戴着妖魔的骷髅，身后披着兽皮，像一只小小妖兽般一路飞蹿出丛林，双手高高举着袁香儿的荷包。

“浑蛋，阿骏你先跑，他们是妖魔，快跑！”被南河咬住的男子从南河的口中挣扎着伸出手臂，一面不顾受伤爆发出力道企图反抗南河，一面开口阻止自己的弟弟送死的行为。

名叫阿骏的小男孩已经不管不顾地跑到了南河面前。在天狼巨大的体形之下，他小小的身躯显得十分瘦小，但他还是扑通一下跪在南河脚边，把脑袋埋在土里，将双手哆哆嗦嗦地举在头顶，捧着那个荷包。

“东西还给你们，大人，饶恕我一次吧，求求你们了。”

南河眯起细长的眼睛看了他片刻，把他受了伤的哥哥吐在地上，化为人形，伸手接过他手里的荷包，递给了袁香儿。

袁香儿打开荷包一看，符箓整整齐齐地摆放着，一张也没有少，之前放在荷包里的几颗桂花糖却不见了。她看了一眼那个偷了她的东西的小男孩，没有说话。

这个男孩不过六七岁的年纪，混迹在市井之中，该讨喜的时候很讨喜，该求饶的时候毫不犹豫地跪地求饶，已经算得上十分圆滑世故。能在这个年纪便这样成熟的孩子想必生活得很不容易，她虽然不太喜欢，但几颗糖果也不打算再提了。

被阿骏扶起来的男子似乎从袁香儿的细微神情中看出了什么。

“你还欠人家什么没还？”他低声问努力搀扶着自己的弟弟时骏。

时骏低下小脑袋，伸手在口袋里摸了半天，摊开脏兮兮的手掌，掌心里放着一颗用糖纸仔细裹着的桂花糖。

“对……对不起。桂花糖被我吃了，只剩这一颗，本来是想留给哥哥你的。”他可怜兮兮地跟哥哥道歉。

他的兄长看了他半晌，转过身取出一块不太起眼的灵玉：“我们用这个抵。”

时骏毕竟年纪还小，一下子喊了出来：“可是哥哥，这是你拼命打赢比赛才得到的。”

他撇着嘴，眼眶里迅速涌起了眼泪。

父亲去世后，家里欠了不少钱，他们的日子不太好过。哥哥时复虽然很厉害，却不愿意像他一样在集市上混一些快钱还债，哥哥的每一块灵玉都挣得十分不易。以前每次他偷东西被哥哥发现，哥哥总要狠狠地教训他一顿。从前时骏不太理解，直到今日害哥哥差点儿丢了性命，付出了巨大的代价，时骏心里才有些后怕。

时复没有看他，只是看着袁香儿。

这里是灵界，灵气充沛，不怎么起眼的灵玉并不算很值钱的东西，但抵几颗糖果总是绰绰有余的。

“不必了，几颗糖果而已。你收回去吧。”袁香儿说。

时复拉住想要上前收回灵玉的弟弟的手，警惕地看着南河和渡朔，慢慢地后退，最终拉着弟弟转身隐没进白篙林深处。

兄弟俩远离之后，南河看着白茫茫的一片林子说道：“看来这附近或许有人类居住的村落。”

浮、里两世分离之后，有少量人类出于种种原因被遗留在里世。这里的白篙树对人类来说好吃又容易饱腹，所以留在里世的人类都喜欢群居在白篙林附近，据说成片的白篙林会诞生树神，树神会守护生活在周围的人类。

“是吗？我们会遇到人类吗？”袁香儿有些期待。

他们进入这个妖魔的世界已经有一段时间了，一直看见各种奇形怪状的生灵，让她产生了一种思乡的情绪。想到有可能见到一些自己的同伴，袁香儿十分开心。

果然，穿出了白篙林之后，他们眼前出现了一片由红色岩石构成的峡谷，狭窄的谷道两侧是光洁如镜的红色石墙。

袁香儿一行人从峡谷中穿行而过，可以清晰地看见他们在石壁上的影子。

袁香儿侧目看去，发现自己的模样和现实中一般无二，走在她身边的南河明明是人形，在石壁中显现出来的却是一只雄壮的天狼，南河的身后是一只形态优雅的蓑羽鹤，正迈着长腿，不紧不慢地走着。

狐狸模样的胡青跟在蓑羽鹤身边，身后拖着九条长长的尾巴。

蹲在袁香儿肩膀上的乌圆正奶声奶气地说话，仿佛比变化出的模样更可爱幼小一些。

“不可能，我才没有这么小。”乌圆不高兴地说，努力把自己的外形变得更为成熟威风，但石壁上的影像毫无变化。

“这叫赤血石。赤血石构成的石壁天然可以映出生灵本来的模样，任何法术变化在它面前都没有作用。”胡青给袁香儿解释，“可惜的是切割下来的石头就失去了这种奇特的效果，所以我们也只能在现场看看，并没有什么大用。”

胡青边说边悄悄看着石壁，然后用细长的前肢摸了摸自己尖尖的脸颊。

她的原形还算整齐漂亮吧？毛发也十分干净有光泽，应该没有在渡朔大人面前丢脸吧？

袁香儿正一脸新奇地看着石壁中的景象，伸手够着南河披散在身后的银发摸了摸。

“我们南河的发毛好漂亮啊，亮闪闪的，像星星一样，石壁里外都一样呢。我们乌圆也好可爱啊，比现实的样貌更可爱了。”

真希望渡朔大人也能像阿香那样，摸摸我的脑袋啊！九尾狐卷了卷九条毛茸茸的长尾巴，心里有些羡慕。

一行人很快走出峡谷，眼前豁然开朗，出乎袁香儿的意料，峡谷内是一个和外面的人类世界已经大不相同的小镇。

四面环山的小镇内有着整齐划一的道路，那些搭建在路边的房屋奇特而古怪，有用妖魔的骨骼做成的屋梁、屋脊，有用特殊彩色薄膜糊成的窗户，有用硕大的贝壳做成的屋顶。

穿行在街道上的人类一个个容貌俊美、身材匀称，身上穿着的衣服依稀是记录于书籍上数百年前的款式。

符纹咒语在这里似乎被广泛应用，街道上行走的车辆并没有马匹牵引，而是在车轮上描绘了精密的符咒，其中镶嵌着灵玉，车轮自行滚动前进。

挂在屋檐下的灯笼也没有点蜡烛，而是种植了可以汲取天地灵气的能够发光的植物。

街边的小店里摆放售卖着各种奇特的妖魔面具，之前他们遇到的小男孩时骏戴在头上的骷髅头，原来不过是这里常见的款式。

总而言之，数百年来生活在妖魔云集的里世中的人类，生活似乎和浮世已经大不相同了。

路上的行人见到袁香儿一行人出现，无不露出稀罕、好奇的神色。

他们远远地看着袁香儿和她映在石壁上的影子，交头接耳地讨论着，一时却没人愿意靠近路口那面巨大的红色石壁。

过了片刻，一位婀娜多姿、妖娆秀美的年轻娘子才分开人群，小心地靠过来招呼：“姑娘看起来不像本地人，不知仙乡何处呀？”这位年轻娘子满面笑容，热情而亲切，神色中带着一丝好奇。

袁香儿眨眨眼睛，忍不住向着石壁来回看了几次，发现面前出现的这位貌美如花、身材窈窕的小娘子，在石壁上的影子十分矮胖，脸上还长着一块块异色的斑纹，实在和她出现在袁香儿面前的形象差别太大，以至袁香儿被分了神，几乎接不上她的话头。

“啊，我是从浮世来的。”袁香儿勉强压制住吃惊的情绪，没显得过分失礼。

听到这句话，人群一下子热闹起来。

“浮世来的人类？有上百年没听说有浮世的人到这里来了吧？”

“是纯种的同族啊！好少见呀，一点儿都没有用法术改变容貌，真是和赤岩上的影子一模一样。”

“浮世的姑娘，天然就这么漂亮吗？”

“她还带着妖魔的使徒呢，好厉害啊！”

人们一个个围拢上来，七嘴八舌地议论着。这里的人对浮世来的同伴似乎比对南河这些妖魔更为稀罕，甚至热情地邀请袁香儿去家里做客。

“难得有浮世来的客人，小娘子去我家歇个脚，我家里酿着上好的鹿胎酒，正好招待客人。”

“还是去我家吧，我的屋子里备有取暖的法器，一室如春，小娘子可以好好休息。”

“都别和我抢，我家庭院大些，可以品茗赏雪，去我家最是得宜。”

袁香儿有些应接不暇。

眼前的每一个人，放在外面的世界来看都可以算得上容貌俊美、器宇不凡，但他们的外形和石壁上的影子差别甚大，显然这里十分流行用法术改变容貌和体态。

正在众人喧闹时，一队衣着鲜亮的仆从分开人群，只见那钿毂香车，华盖朱轮，无马自行，辘辘而来。

容貌俊美的仆从掀起车帘，扶下一位翩翩公子。

“郡守大人来了。”

“见过郡守大人。”

“小娘子，这位是我们这一方天地的郡守大人。”

围观的百姓纷纷行礼，为袁香儿介绍他们这小小一块土地的管理者。

这位年轻英俊、派头不小的郡守大人下得车来，在侍从的簇拥下越过人群，先是抬首望了望石壁上的影子，然后很高兴地点了点头，但十分小心地没有步入石壁照映的范围内。

“躲那么远也没用，你别看他长得人模人样，其实又矮又肥，满脸的疙瘩，”乌圆悄悄地把自己眼中的画面告诉袁香儿，吐了吐舌头，“是这里最难看的一个。”

“客人远道而来，本地已数百年没有接待过浮世之人，当以贵宾待之。还请贵客随我入郡守府休息。”那位俊美而年轻的郡守大人笑着相邀。

袁香儿想要婉拒，但那位郡守已经唤来软轿香车，一众侍从连同沿途百姓热情地簇拥着袁香儿等人来到郡守府。

峡谷内的土地也不过是浮世中一个普通村镇的大小，居民数量一眼望去也并不算多，但因为是被遗落的世界，所以这位地方官员给自己封了郡守这样的高官，并搭建了气势不凡的郡守府。

由大块赤红石搭盖的府邸壮丽辉煌，是整个镇子中最华美的建筑，居中一棵高高的白篙树长出了庭院，树下摆放着供桌、香炉，树上挂着祈祷的彩幡，十分显眼。

郡守亲自将袁香儿一路迎进府邸，在白篙树下设宴款待。

“鄙人姓吕，家主乃是周王室近臣。姑娘从浮世来，不知当今天下局势如何？我族于浮世的那一支血脉是否依旧安泰？”吕郡守介绍起自己的身世，并询问袁香儿浮世的情形。

“现在已经不是周朝了，周之后早已改朝换代数次，吕氏倒还是大族，雄踞东北一带。”

吕郡守听说浮世已经改朝换代多时，不免唏嘘。

绶带纶巾、眉目如画的浊世佳公子，低头为逝去的故国嗟叹，这画面其实挺美的，要不是乌圆不停地悄悄用使徒契约给袁香儿洗脑，袁香儿险些被他的外表蒙蔽了。

“我看出来了，他有一点儿蜥蜴的血统，你看他分叉了的舌头正吐出来。我不喜欢蜥蜴，更不喜欢一半人一半蜥蜴的怪物。”乌圆在袁香儿的脑海中说。

袁香儿的汗毛倒立。她比较害怕蜥蜴这种冷血动物，顿时起了一身鸡皮疙瘩，勉强不失态地对着吕郡守那张白皙漂亮的面孔。

“在座这几位都是你的使徒吗？姑娘真是厉害，能以妖魔为使徒，难怪能走到这里。”

“他们都是我的朋友。确实多亏他们的帮助，我才能平安地走到此地。”

吕郡守并不像浮世的人类那样惧怕妖魔，甚至向南河和渡朔各自敬了一杯酒。

但南河和渡朔对他十分冷淡，他只好敬畏地举杯为礼，不敢再招惹。他似乎十分明白妖魔的强大并了解妖魔的性格。

“我从古书上看到，浮世的人类都是纯种的，而且不愿意去妖魔家打工对吗？”吕郡守扶袖为袁香儿添酒。

“他的手上一半皮肤是鳞片，黏糊糊的。啊，我不要喝他倒的酒。”乌圆继续揭郡守的短。

“是的。浮世的大部分人害怕妖魔，或者很少接触妖魔。”袁香儿一边在脑子里听乌圆洗脑，一边摆出笑脸应酬吕郡守，感觉十分郁闷。

“是这样的吗？好可惜啊，在这里纯种人类去妖魔的巢穴工作，收入不低，福利也很好。我们镇上的百姓但凡找个好主家，都能得到大把的黄金、灵玉，每月还有固定的休沐日呢。”吕郡守貌似随意地介绍着里世的情形，轻轻抬起漂亮的眼眸看袁香儿。

“这样听起来，好像确实不错。”袁香儿并不觉得不错，对她来说待遇再好，她也不太愿意成为别人收养的宠物。

“古籍上面记录着浮世的生活，和这里的大不相同，令人十分好奇。听说你们的灯笼是用明火的，那样不会烧起来吗？”

“浮世好像没有白篙，动不动粮食就不够吃了，百姓会不会因为粮食短缺而饿死呢？”

吕郡守对浮世十分好奇，问了不少问题。庭院中美丽而巨大的白篙树的枝条随风飘摇，传来窸窸窣窣的声响，如梦似幻。

袁香儿抬头看着那些冰雪一般漂亮的白色枝条：“这种树木确实十分神奇，有了它的存在，人类生活就便利了许多，为什么浮世没有呢？”

“这棵白篙是我们赤石镇的守护神，赐予我们人类的不仅是食物呢。”

年轻的郡守坐在树下，虔诚地合拢双手，向着庭院中的擎天巨树参拜。

参拜之后，他回过头来：“如果你们在我们赤石镇居住得久了，会和我一样感谢白篙神的恩赐。”

漫天白色的枝条轻轻摇摆，发出清脆的声响，仿佛在回应他所说的话。

由于与浮世相隔数百年，即便曾经是相同的祖先，浮世的人类和这里的人类在生活上似乎已经有了很大的不同。

吕郡守和袁香儿交谈了许久，为彼此世界的不可思议而惊叹，他这里的食物美味、美酒香醇，还有梦幻般的景致，也令宾主尽欢。

“这样看来，浮世的生活并不如这里。”宴席最后，吕郡守举杯相敬，“阿香是否愿意在这里定居？我等必将扫榻相迎。”

袁香儿有些醉，挥挥衣袖谢绝：“人人都有故土情结，在我的心目中，里世固然美丽玄幻，但在浮世，人类还是更自由一些。等我办完了事，肯定还要回去的。”

那位年轻的郡守坐在白篙树的阴影下，久久没有再说话，树荫遮蔽了他俊美的容貌。

第二日一早，袁香儿坚决辞行，吕郡守也就没有执意挽留，而是亲自驱车将袁香儿送出峡谷。这让袁香儿松了口气。

出峡谷的时候，袁香儿在街边拥挤的人群中看见了时复、时骏两兄弟，然而时复只是淡淡地看了她所在的车驾一眼，转身隐进人群中。

袁香儿到了峡谷外，客客气气地和前来送行的人道别。吕郡守掀起车帘，下得车来，展袖行礼。

“我想我们还是有机会再见面的。”他笑盈盈地说着。

袁香儿等人离开人类居住的赤石镇，一路上所到之地越发荒芜，除了偶尔出没在林间的妖魔，再无他物。

夜里的山林十分寒冷，袁香儿如往常一般靠着南河温暖的身躯睡觉。

“小南，这里虽然也有人类，但我觉得他们和我好像已经有点儿不一样了。”她陷在南河柔软的毛发里，看着夜空中的星辰，“这样想想好像有点儿孤单。”

“还有我陪着你。”

“哈哈，是的，我还有小南呢。”袁香儿翻了个身，抱住南河毛茸茸的大尾巴，“小南，你喜欢浮世还是里世？”

“浮世。”

“为什么是浮世？”

“因为在那里，我遇见了你。”

袁香儿笑了。

寂静的寒夜中，在满天的星斗下，袁香儿陷在南河温暖的毛发间进入了梦乡。

“阿香，阿香。”昏昏沉沉间，她依稀听见有人在唤她。袁香儿睁开眼，看见不远处有一棵躯干紫红、枝条雪白柔软的大树。

树木之下粗大的树根冒出土地，南河俯卧在那些树根上，正抬头唤她。

“怎么了，南河？”袁香儿急忙向前走去，空气中似乎弥漫着一股奇特的甜香气味。

“阿香，你帮帮我。”那个男人的银色长发散了一身，在某个不适合停留目光的位置，一条毛茸茸的尾巴冒了出来，迎着袁香儿的视线轻轻摇摆。

“怎……怎么帮？”袁香儿觉得喉咙有些发干。

“你知道的，你总是喜欢这样欺负我。”南河撑起上身，呢喃，“我又能怎么办呢？谁叫我偏偏就喜欢你？”

“阿香，快过来。”

袁香儿猛然睁开双眼，面红耳赤地从梦中醒来，只觉得心怦怦直跳——这里根本没有什么白篙树，也没有树下旖旎的画面。南河蜷在她的身边，闭着双目，规规矩矩地睡得正香。他依稀感觉到了袁香儿的动静，梦里那条春光无限的大尾巴盖了上来，紧紧地裹住袁香儿，防止她着凉受风。

袁香儿躲在他温暖的毛发中捂住了红透了的面孔。她知道自己馋南河的身子，难道已经馋到莫名其妙地做起某种梦的程度了吗？

“啊，还有这么小的神龛啊！”袁香儿拨开草丛，在一棵粗大的梧桐树下发现了一座小小的屋子。

细细小小的瓦片上爬满了苔藓，袁香儿已经看不清昏暗的屋檐下供奉的是什么神灵。

“这供奉的多半是树神。”胡青在袁香儿的身边蹲下，“从前人类崇拜且敬畏一切力量强大的生灵。无论是灵物、妖魔、修士，只要能够亲近人类、庇佑人类，人类都会为他们修筑大大小小的神像，上到那些通天的大能，下至村子里聚灵而生的植物妖兽，都有人类供奉膜拜。”

不知道这棵巨大的梧桐树独自在这荒山中生长了多少年，它褐色的躯干粗壮到数十人也抱不住。

这里或许也曾是人类生活的村落，但如今周围的一切人类痕迹都已不见，唯独这棵树下这个小小的神龛还孤单地被保留着。

袁香儿伸出手，将神龛前的杂草拔了。一缕阳光照进了那小小的屋子，依稀可以看见神龛里小小的神像的头发上雕刻着一条古朴的缎带。原来是梧桐树的树灵啊，曾经这棵梧桐树应该也生长在人类的村庄里，受着人类的喜爱和尊敬吧。

她不由得想起院中那棵伴随着她长大的梧桐树。

窃脂在树上居住过，师父在树下的石桌上手把手地教她画符箓，乌圆和锦羽在树下玩着跷跷板……那层层叠叠的绿荫见证了她无数的欢乐时光。

袁香儿站起身抬头看着眼前的梧桐树，轻轻在粗糙的树干上摸了摸。

“谢谢。”一道徐徐的声音在袁香儿的耳边响起。

袁香儿眼前一花，在那一瞬间突然被带进了另一个生灵的感知世界。

她仿佛变成了一棵大树，眼前的画面似乎是她从很高的地方向下看到的——

无数的人围在她的脚下欢喜地载歌载舞，人们捧来祭品，修筑神龛，在树枝上挂上彩色的幡条，跪在树下祈祷。

“树神，阿山哥哥明日来我家提亲，请您保佑一切顺利。我好喜欢他，希望这辈子都能和他在一起。”一位少女抚摸着树木的躯干，红着面孔祈祷。袁香儿能感觉到她手心柔软温热的肌肤。

“树神大人，我很快就要生娃娃了，保佑我这一次生一个大胖小子吧。”一位即将临盆的孕妇护着圆鼓鼓的肚子，一脸幸福地在树下抬头看上来。

“家里的牛走丢了，树神大人帮我找一下吧，否则我会被阿爹揍死的。”年幼的放牛娃一把鼻涕一把眼泪，坐在树根上哇哇地哭泣。

人们的悲欢和喧闹似乎感染了袁香儿，或者说是感染了袁香儿所在的这棵树，让这棵树从此有了开心和愉悦的情绪。

但不知道从什么时候开始，这附近渐渐变得冷清起来，来到树下的人越来越少。

“树神大人，我们要搬走了。不知道为什么，最近这里的妖魔越来越多，听说东边的土地上适合人类生存，我们打算搬过去看看，将来有机会再回来看树神大人您啊。”当初红着脸在树下求姻缘的少女已经成了成熟的妇人。她挽着包裹，牵着大大小小的孩子，站在树下辞行。

很快，人类果断地迁移了，这里再也没有了那种吵闹的声音，彻底寂静下来，再也没有人类出现过。就连人类留下的那些房屋都在一点点地崩塌，最终消失在尘土中，再也看不出痕迹。

“人类真是无情的生物啊，我从小就在他们中间长大，可是他们欺负我没有可以移动的双腿，说走就走了，把我独自丢在这里几百年。”

一个头发上束着缎带的女孩出现在树枝上，就坐在袁香儿身边。女孩荡着纤细的半透明双腿，托着腮看着空荡荡的树下，嘟着小嘴抱怨着。

一种寂寞的情绪如同潮水一般漫过袁香儿的心头。

那女孩转过脸来看坐在身边的袁香儿，在温和的阳光下露出笑容："对不起啊，不小心就把你拉了进来。"她握住袁香儿的手，轻轻推了袁香儿一把，"很久没看见人类了，真是开心。我送你出去吧，谢谢你。"

袁香儿一个恍惚，发现自己依旧站在那棵古老的梧桐树前，手掌还扶在树干上，胡青在她的身边，正抬起头看她。

时间只过去了短短一瞬，而她刚刚被树中的灵魂影响着看见的那些漫长时光，原来只是眼前这棵树久远的记忆。

"你……"袁香儿抬头看着遮天蔽日的巨大树冠，"不久之后，我就会回到人类世界，如果你还愿意，就给我一根你的枝条，我可以把它种在人类生活的世界里。"

过了片刻，仿佛有风吹拂而过，繁密的枝叶间响起细细的响声，空中落下了一截小小的树枝，嫩嫩的枝条前端卷曲着，带着两片小芽，莹莹有光，富含灵气，可保它离开主干很长时间依旧保持生命力。

袁香儿将小小的枝条和一块灵玉包裹在一起，小心地放进随身的背包中。

他们继续向前走的时候，身后的树林传来阵阵涛声，似乎在和袁香儿背包中的小小枝条告别。

袁香儿回过头，发现已经看不见那伫立在山间古木下的神龛了，只有那参天的树冠上繁密的绿叶在风中轻轻向她招手。

"怎么了？阿香？你捡那根树枝干什么？"胡青问袁香儿。

"我刚刚好像看到了这里曾经的树神，她告诉我，她很想念人类的世界，我打算带她回去看看。"

"刚刚？你被树灵影响到了？"胡青伸过手来牵住了袁香儿的手，"这些树灵活了许多年，虽然不能移动，却有些特别的能力，尤其擅长诱惑人类，别说拉走你的魂魄，就是拉走你整个人都有可能，你还是离他们远一些的好。"

南河化为天狼本体，抖了抖一身漂亮的毛发："这里的路不好走，还是我背你吧。"

袁香儿一看见南河，就觉得特别心虚。

"啊，不……不必了，我自己走就好。"她的脸微微一红，谢绝了南河的邀请，给双腿上贴了两张神行符帮助自己迅速行走。

她又怎么好意思说出口，自己已经接连三日做了那种特别难以启齿的梦？

在梦里，南河只披着尾巴，躺在野地里招惹她，而她要不是被惊醒，数次都差点儿没能抵抗住诱惑，几乎要把南河按在树根上这样那样了。

南河沉默地看了她一眼，摇身变回人形，一言不发地走在前方开道。

金乌西落，玉兔东升，袁香儿一行人围着篝火，夜宿荒野。

乌圆吃饱了，已经滚在袁香儿垫的毛毯上睡着了。

渡朔起身巡视周边的环境，袁香儿和胡青挤在一起聊天。

“你这是怎么啦？你是故意回避南河吗？”胡青悄悄地说，抬起下巴点了点南河所在的方向，“干吗突然这样对小南？你不知道这样小南会很伤心的吗？”

“啊，有这么明显吗？”袁香儿摸了摸鼻子，不知道该怎么解释。

为了不让自己再做那种梦，她今日刻意和南河保持了一点儿距离，但是真的表现得连阿青都一眼就看出来了吗？

她偷偷看了一眼南河，银色的天狼远远地蜷在篝火的另一头，沉默地将脑袋埋在尾巴里，一双耳朵没精打采地耷拉着。这一路的每一个寒夜，袁香儿都是早早地挤在南河的身边入睡，只有今夜没有马上过去。

果然南河还是难过了啊，这个敏感的家伙。

袁香儿抱着毛毯讪讪地走过去，规规矩矩地裹着毯子躺在南河身边，将手放在毯子下防止自己乱摸，心里默默诵读了两遍静心咒，祈祷自己不要在梦里兽性大发，发出什么不可言说的声音，那可就丢人了。

“我做错什么了吗？”一个熟悉的声音突然在她的脑海中响起，十分低沉。

袁香儿听出了那低沉的声音中蕴含的酸楚和难过。

袁香儿愧疚了，丢开毛毯滚到南河身边，扳过大尾巴盖在自己身上，翻出自己带的小梳子帮南河顺背上的毛发。

“别乱想，你一点儿错都没有。”

如果说你有啥错，也错在你长得太美，让我总忍不住诱惑胡乱做梦。袁香儿不小心把心里的真实想法传了过去。

她惭愧地捂住了脸。她怎么就这样把持不住呢？好歹她也是在古代正经长大的女子，真是愧对师娘十余年的教导。

或许是越介意的东西就越容易出现在梦里，尽管在睡前念了无数遍静心咒，做了各种思想教育工作，但睡梦中的袁香儿依旧来到了那棵白篙树下。

这一次南河坐在低处的树枝上，没有看袁香儿，而是昂首望着夜空中的明月。银白色的月光映得他的肌肤白皙、光洁，一条柔软洁白的皮裘松松地搭在他的身上，他光洁修长的小腿从空荡荡的皮裘底部垂落，在夜风中微微摇晃，紧实的肌肤下隐隐透着青色的血管。

在袁香儿看过去的时候，他那白皙的脚趾明显蜷缩了一下。

有时候极致的诱惑不在于穿得少，而恰恰是这种若隐若现的时候才最令人窒息。袁香儿眼睁睁地看着他含羞带怯地伸出手指，放在了皮裘上。

袁香儿甚至知道自己又进入了梦中，但她在蒙胧的睡梦中进退不得。

她知道那诱人的礼物即将被拆开，期待着那最迷人的位置被剥落出来，将一切美好都呈现在寒风里，为她一人绽放。这样期待的时刻最撩人，让她几乎舍不得摆脱这个梦境。

"阿香，来我身边。"树上的人唤她，向前伸出光洁的手臂。

她不由得迈开脚步向着那棵白篙树走了过去。

白色的枝条在风中轻轻招摇，南河的手臂在月华下莹润有光。

前进中的袁香儿只觉得额头上的青筋突突直跳，潜意识里隐约察觉到情况有些不对劲，迟疑地放慢了脚步。

"阿香，"南河抬起湿润的眼睛看她，沮丧地垂下耳朵，仿佛在控诉她的不识时务，"我做错了什么？你为什么总是这样躲着我？"

"不……不，我没有的。"袁香儿慌忙解释，忍不住伸手握住了南河的手。

在她握住南河的手的那一瞬间，南河的手也立刻紧紧地握住了她的手。下一刻，南河的手掌化为强韧的白色枝条，紧紧攀上来缠住了袁香儿的手臂。

飘摇在空中的白色枝条兴奋地飞扬起来，漫天飞舞的枝条形成一个白色的旋涡。

袁香儿猛然睁开眼，发觉自己依旧躺在南河身边，然而周围的一切似乎被蒙上了一层看不清的白雾，而她的身躯正在迅速变淡，身躯所处的空间在交叠变幻，她正被一股强大的吸引力拖进另一个白色的空间。

袁香儿想要张口呼喊，但已经喊不出声音，也无法动弹。

南河就睡在她的身边，闭着双目，呼吸均匀。渡朔端坐在不远处，闭目打坐，火光映照着他平静的面容。而胡青和乌圆蜷着身体，睡得十分安稳。

没有一个人发现袁香儿身上发生的异事。

袁香儿身下的地面似乎崩塌了，她仿佛正掉进一个无底的空间裂缝。在裂缝即将合拢的那一刻，她终于看见身边的南河睁开了双眼，一脸惊愕地向她望来。

袁香儿的眼前出现了一片白色的东西，那白色的乱流将南河惊慌失措的眼神隔绝在外。

不知在混乱中穿行了多久，似乎过去了很长时间，又似乎只有短短一瞬，袁香儿才从一片白茫茫的世界中滚落出来。

她扶住因空间转换而眩晕的脑袋，勉强站起身，发觉自己来到了一个熟悉的地方——华美的庭院中有一棵巨大的白篙树，白篙树虬结的紫色躯干上是漫天招摇的白色枝条。

袁香儿站直身体，发现自己站在一个极其繁复的法阵中央，古怪的白篙树的树根几乎和这个法阵连为一体，阵脚上压着数块价值不菲的灵玉。想来就是这棵白篙树和这个法阵，让袁香儿看到了那些幻觉，并强行将她拉到了这里。

树下走出一个人，那人绶带纶巾，广袖轻袍，翩翩有礼，正是几日前袁香儿刚刚在赤石镇上辞别的那位吕郡守。

“阿香，我都说了，我们很快又会见面的。”吕郡守向袁香儿微笑。

“吕郡守，你这是何意？”袁香儿压抑着心中的愤怒。

“别这样敌视我，阿香。”那位年轻的郡守依旧温言浅笑，“我对你并无恶意，而是十分喜爱，想留你在此地定居而已。”

袁香儿留神戒备，在脑海中呼唤着南河和乌圆，但这个地方似乎有能够阻隔契约联系的力场，使得她得不到任何回应。

“没有用的，你联系不上你的使徒。他们也不可能知道你在这里。”吕郡守双手合十，向着身前的树木参拜，“你身边的那些妖魔十分强大，为了不惊动他们而单独把你带过来，我不知道耗费了多少财物，甚至不惜请动白篙神帮忙，动用了神力，好不容易才成功。”

“为什么非得是我？”袁香儿不相信只有一面之缘的男人对她能有什么特殊的情感，这里面想必有什么她不知道的缘由。

她将双手背在身后，悄悄掐动指诀，发现体内的灵力运转无碍，法力未失，这才稍稍放下心来。袁香儿环顾四周，发现除了眼前的吕郡守和这棵古怪的大树，院子内还布有大量披坚持锐的男子，每一个人都戒备地看着袁香儿。

显然，眼下还不是袁香儿逃跑的好时机。

白篙树晶莹剔透的白色枝条飘动起来，发出欢乐清脆的声响，柔软的枝条亲昵地拂过袁香儿的脸。

“你看，树神十分喜欢你。”吕郡守伸手抚摸安静地垂挂在他眼前的枝条，“白篙树是人类的守护神，数百年来我们也习惯了依赖着白篙树生活。曾经赤石镇的周围长满了取之不尽的白篙树，令我们饱食终日，生活得无忧无虑；但这些年，白篙树的数量在迅速减少，就连我院子里的树神，也渐渐开始不再回应我的祈祷。”

他转过头看向袁香儿，目光灼热，像是猎者看见了欣喜的猎物、野兽找到了饱腹的食材。

“大妖们只喜欢雇血脉纯正的人类，树神也只愿意守护真正的人族。而这数百年来，我们一族被隔绝在里世，与妖魔为伴，人族的血脉逐渐稀薄，连树神都觉得我们不再是他喜欢的人类。幸好上天并没有放弃我们，让阿香你来到了赤石镇。”

袁香儿退后一步，心里怒气上涌，毫不客气地说：“别说得这么好听，妖魔是饲养你们，而不是雇你们。白篙少了，你们应该自己种植粮食。我们人类从来就不是依附其他生灵而存活的种族。我看你们不只是失去了血脉传承，根本就是连我族勤勉不息、自力更生的特性都给遗失了。”

吕郡守并未生气，宽容地笑了笑：“你这不过是一时气话而已。只要你在这里生活上一段时间，一定会喜爱上赤石镇。”

他一步步走向袁香儿，随着他的脚步前进，那清俊的容貌也随之慢慢变化，逐渐变成了一张袁香儿十分熟悉的面孔——南河的面孔。

“树神告诉我，你喜欢这个妖魔。你在梦境中是被这只妖魔所惑，才心甘情愿地被法阵摄来。”他顶着和南河一模一样的五官向袁香儿靠近，像是一位真正的情人一般温声细语，“只要你愿意留在这里，我不介意你把我当成他。我会比他做得更好。我和你才是同族，我会了解你想要的任何事物。”

袁香儿接连退了几步，眼前之人明明有着和南河一样漂亮的容貌和一样好听的声音，却让她起了一身鸡皮疙瘩。

“如果我不同意呢？”她说。

那张南河的面容上带了点儿邪魅的笑：“你可能年纪还小，不知道有的事情是由不得自己的。”

南河的容貌过于俊美，袁香儿一直觉得自己喜欢南河，很多时候是沉迷于他的美色，直到这一刻，她才发觉，即便是一模一样的容貌，内里换了灵魂，换了神色和举止，带给她的观感就差了十万八千里。

比如眼前这位，虽然顶着南河的面孔，穿着比南河华丽，举止比南河讲究，却让她恶心得想吐了。

“你不喜欢这副模样吗？”“南河”露出为难的表情，“或许你喜欢别的模样？只要是你喜欢的容貌，我都可以为你变出来，这是我血脉中的天赋能力。和我在一起，你绝不会有腻烦的一天。”

“不，不是外貌的问题。”袁香儿忍住心中的恶心感，试图冷静下来，想着先稳住他再说，“你的这个计划根本行不通……我的意思是说，即便我同意了你这个荒唐的建议而留下来，我一个人一生之中也留不下几个后代，对你们整个镇子的血脉问题根本起不了什么作用。”

“南河”捂住嘴笑出了声：“原来你想错了，看来我们的观念真是有很大的差别。”

“我只得到你一个纯正的人类血脉，怎么可能舍得由你来生育？”“南河”在说这些话的时候，五官渐渐变得秀美，身形也变得玲珑有致，渐渐出现了女性的特征，“比如说我，我的家族即便孤雌也可以繁衍后代。”

袁香儿眼前的人红唇娇软，十指青葱，十分娇俏。那人靠近袁香儿，轻声说道：“到时候，只需要你配合一下，生育的事交给我就行。”

“什么？”这下袁香儿真的被这人的言论惊呆了。女版的南河模样妩媚又动人，让袁香儿诧异得几乎转不动脑袋。

“你们两个过来一下。”女版的南河冲着附近一高一矮持着枪侍立的两位男子招手。

两个人齐齐走了过来，看着袁香儿的目光同样十分热切。

“和我们浮世来的客人说说，你们家族是怎么繁育后代的？”

身材魁梧的侍卫拍了一下胸膛，然后比画了一个椭圆的形状：“我家有一点儿龙族的血脉，父母都可以繁育后代，父亲从口中吐出一个蛋，母亲孵化三年孵出了我。”

矮一些的那个侍卫不好意思地挠了挠头：“我们家是水马血脉，我完全是由父亲生育并抚养长大的。”

“怎么样啊，阿香？”女版的南河亲亲热热地对袁香儿说，“你住在这里啊，每天只要开开心心地从这些人中挑选你自己喜欢的如意郎君即可。你负责快乐，我们得到了血脉，必定一生锦衣玉食地供着你，绝不让你受半点儿罪。你看行不行呀？”

袁香儿貌似接受了吕郡守的诱惑，迟疑了一下，终于有些松口：“听起来，这样倒还算不错。”

吕郡守看见袁香儿如此好说话，不由得心花怒放，伸手挽住袁香儿的胳膊，开出更多的诱惑条件。

“最妙的是，你还是修道之人，能够沟通天地，炼精化气。里世灵气充沛，我们再为你寻觅得以长生的天材地宝和功法要诀，你必能长长久久地和我们住在一起，我们又何愁血脉遗失？我人族自当逍遥自在，永世不愁生计。”

袁香儿挣脱吕郡守的胳膊：“这事我可以考虑，但你好歹要给我点儿时间思量思量。你还是先变回来吧，这个样子我真的不习惯。”

“可以，可以，都听香儿的。”吕郡守变回了袁香儿第一次见到时的容貌。

吕郡守本来以为此事要费很多口舌，或许还得采取强硬措施，想不到袁香儿这么好沟通，他一时心里高兴，自然是袁香儿说什么都好。

看来浮世的风气也十分开明大方，并不如古籍里记载的那般保守迂腐嘛，吕郡守心里美滋滋地想着，得到了一位纯正人族血脉的修士，永远将她留在镇子上，真是神灵眷顾才有的好事啊！

“既然要我留在这里，你应当带我四处看看，让我亲眼看一下这里的生活环境是否如你说的那般好。”袁香儿提出自己的要求。

吕郡守看着袁香儿柔柔弱弱、毫无战斗能力的模样，心里掂量着，浮世来的小姑娘，既没有妖魔的血脉，又没有经过任何变化，也只有十七八岁的年纪，法力必定有限，这般娇弱，又失去了使徒，想必翻不起什么浪花。她想四处看看也是人之常情，他只要多派人手看好她便可，何必让她心不甘情不愿呢？

他沉吟片刻后开口：“那倒也不是不行，但你须得紧随在我身边，不得四处乱跑，尤其不能出峡谷。”

于是袁香儿知道了，白篙树能够屏蔽契约沟通的范围大概有限，若是她能够跑出这个峡谷，应该就能联系上南河他们了。

此时此刻，荒野外的篝火旁，南河一动不动地盯着眼前的巨坑。

阿香明明就睡在他身边，他却眼睁睁地看着她陷入地面，凭空消失。即便他立刻跳起身来，瞬间掘地三尺，也找不到半点儿袁香儿留下的痕迹。

“南河，你先冷静点儿。”渡朔伸手按住南河的肩膀。

南河猛地转过头看向他。

渡朔瞳孔骤缩，撤开手，上半张面孔上现出大量翎羽——南河的面目在篝火的映照下显得格外冷峻，扑面而来的杀气激得渡朔忍不住现出了防御形态。

“是谁？是谁带走了她？”

以南河的年纪，在渡朔的心目中他还是一只未成年的小狼。直到袁香儿失踪的这一刻，南河那压制着怒火的目光看过来，渡朔才终于有了南河是一只可与自己匹敌的大妖的震慑感。

第十章　吕　役

袁香儿在吕郡守的“陪同”下，走在赤石镇的街道上，身前身后簇拥着数十名身强体壮、拥有半妖血统的护卫。名义上他们是保护袁香儿，其实唯一的目的是看住袁香儿不让她有机会逃跑。

沿途的行人看见他们，无不侧目相望，向袁香儿投来热情洋溢的笑容。

袁香儿一派轻松自在的样子，好奇地四处张望着。

只见那青石铺就的宽阔街道上，不需要马匹牵引的玉辇香车自在纵横，无人驾驶的翠顶宝盖自动前行。

飞檐之下，五彩华灯交相辉映，金茎两侧，碧树银台举道争风。

往来行人无一不美，俊逸妖童乘香车游街，婀娜艳妇坐盘龙屈膝，好一处无忧无虑、如梦还真的避世桃源。

“吕大人，上次太过匆忙，也没有领略一番镇上的风物，这回既然得你盛情相邀，倒是正好到处瞧瞧。”袁香儿笑盈盈地说着，仿佛真的有那么点儿考察一番之后决定留下来定居的意思。

吕郡守十分高兴，待袁香儿格外殷勤周到：“在下单名一个役字，阿香唤我吕役便是。我们赤石镇多的是娱乐消遣之地，阿香若是喜欢，往后自然日日有人陪着你出来玩耍。”

吕役领着袁香儿进了一处戏园子。那园子内有三面看台，两层的客座上早已热热闹闹地坐满了观众。戏台之上笙歌缥缈，唱的是一曲《南柯记》。梨园子弟身姿袅娜、水袖轻摇，将那人间悲欢演绎得淋漓尽致。

一曲终了，众人齐声喝彩，便是袁香儿也觉得赏心悦目，跟着起身叫好。吕役见袁香儿说好，张口道："赏。"

不多时，两位戏台上的名角带着妆前来谢赏。小生容貌俊美，花旦眉目生春，双双用那秋水般的眼睛向袁香儿瞥来。临走的时候，扮演花旦的年轻男子咬着红唇，将手里香味浓郁的帕子丢进了袁香儿怀中。

"这两位是我们这里最有名的角儿了，人漂亮，身段好，符合条件。阿香若是喜欢，尽可点为郎君，他们无不欢喜异常的。"吕役体贴地在她耳边说道。

袁香儿捡起那绣着桃花的帕子，不知道该往哪里放。她活了两辈子，两辈子的桃花加起来，也没有今天遇到的多。

如果不是这些人目的不纯，只将她看作某种工具的话，她或许还真要欣喜一回。

袁香儿逛完了戏园子，又在茶楼吃了精美的点心，看了杂耍百戏，采买了特产珍物，将整个镇子大概逛了一下，边走边尽量默默地记牢各处地形。

最后，吕役领着袁香儿来到一处斗兽场。

圆环形的看台上同样坐满了兴奋的观众，居中的是一大片整平了的坚实土地。

一路走来，袁香儿总觉得这个镇子有不太对劲之处，到了此刻她终于想明白了——这里的居民生活得过于悠闲洒脱，青天白日的大好时光，无论是戏园子还是街道上，都填满了无所事事的居民，真正从事生产的人类，袁香儿似乎一个也没看见。

"怎生到处都这么多人？大家都不用读书或劳作吗？"袁香儿问道。

吕役正坐在她身边，指挥随从摆放果盘茶水，听到这句话，不由得面露自得之色。

"这里的百姓有白篙神守护，可以饱食终日无所烦忧，自然是不必劳作的。若是谁家在用度上有短缺，一家只需推举一人，外出同妖魔签订雇佣契约，金银灵玉便用之不竭了。至于读书嘛，不怕你见笑，咱们这里统共这么点儿地方，读书识字也无仕途晋升之道，是以大部分人便懒得费那精神。"

袁香儿点了点头。她已经发现了，这里的居民大多随性散漫，言谈之间也质朴直白，毫无顾忌，行事作风其实已经不太像人类，反倒和妖魔的性子更为接近。

果然就如他们自己所说，人类的血脉特征在他们身上已渐渐消失。

“我却是喜欢读书的。”吕役努力和袁香儿拉近距离，周到地把茶水和点心摆在袁香儿的手边，“看古籍上说，浮世的居民或是日日劳作为三餐所忧；或是寒窗苦读，博个功名利禄，生活得甚是辛苦。阿香以后留在这里，便再也不用受那些苦楚了。”

这里两个人聊着天，看台下响起了开场的锣鼓声，观众顿时兴奋起来。或许是日子过得太过闲适平淡，这里的人最喜欢的娱乐竟然是挑选勇猛的武士，看这些武士和那些从野外被抓来的凶兽殊死搏斗，以此取乐。

新进场的武士有一头浓密虬结的头发，身材雄壮，肌肤油亮，脸上涂着浓重的油彩。看见看台上的吕役和袁香儿，那个武士十分兴奋，一路跑过来向着袁香儿的方向双手捶打胸膛，发出震天的吼声，脖颈至胸膛的肌肤随着他的动作浮现一大片明艳而奇特的亮蓝色。

“他这是在对你表示喜欢。他们家的血脉很杂，并不符合条件，人也粗俗蠢钝，不是什么值得搭理的东西。”吕役先对袁香儿解释，随后看向场地上吼叫个不停的男人，挥手驱赶：“滚回去，你不行。你一族无法由雄性繁育后代，在阿香面前，没你什么事。”

那个男人一下耷拉下双臂，垂头丧气地从喉咙里发出不满的咕噜声，却也不敢反抗吕役，只能转身愤愤地向着斗兽场中心走去。

他的对手是一只威猛的雄狮。但雄狮根本不是这位混合了妖魔血脉的人类的对手，没多久，强壮的雄狮便被这个武士钳制住脖颈狠狠地按进泥土里，丛林中的霸主此刻只能徒劳地在泥土里挣扎。斗兽的武士正处于愤恨之中，一发狠大吼一声，竟然徒手将雄狮的脑袋活生生地扯了下来。他举着血淋淋的狮头沿途奔跑呐喊，看台上的观众不认为血腥，反而一个个兴奋地站起来为他鼓掌。

“这些个野蛮的家伙，没有吓着阿香吧？”吕役笑吟吟地看着袁香儿。他说得温柔，实际上却有给袁香儿一点儿下马威的意思。

这个浮世来的小姑娘，想必没见过多少鲜血，他给一点儿糖，再吓吓她，好让她生不出反抗的心思来。

“能在这些地方表演挣钱的家伙，多是一些卑贱贫困之人，阿香看着乐一乐便是，不必在意他们的生死。”吕役不以为意地说道，“这些家伙有些因为血脉过于庞杂，大妖们看不上，还有一些却守着某种可笑的自尊，不愿意被妖魔雇佣，家里又穷得没办法，才选择做这些辛苦的营生养家。喏，新进来的这个便是。”

袁香儿顺着他的目光望去，发现斗兽场一角的铁门被拉开，走进来一个男子。此人袁香儿倒是认识，名叫时复。他的弟弟曾经偷了袁香儿的荷包，三天前，他本人还在峡谷的入口处和南河交过手。

时复一进入场地，全场观众顿时热切地呼唤他的姓名，想来他是这里的常客，深得观众的喜爱。

当然，在这种血腥之地，赢得人们的喜爱也不一定是好事。

此刻时复的肩膀和手臂上还裹着带血的纱布，那是三天前和南河战斗时，他被南河所伤的，短短时日内根本无法痊愈。但不知道为何，他依旧参加了这场凶残的对决。

他年幼的弟弟走在看台的最下圈，一脸担忧地看着场地中的哥哥。

经过袁香儿所在之处，时复抬起头向着看台上看过来，他的左眼附近有一道瘢痕，鬓发凌乱地扎在脑后，从下而上看过来的眼神显得冰冷又凶恶。

吕役不满地哼了一声：“愚蠢的小东西，那么难看的瘢痕也不舍得花钱处理掉。一家子人都是怪胎。”

袁香儿对这个人露出感兴趣的神色。

吕役：“这两兄弟的父亲本来是一位血统纯正、容貌俊美的男子。某一日这名男子外出，不知道被哪位大妖看中了，直接被掳去巢穴，数月方归，归来时怀里便抱着两枚青色的蛋。人们问他是出于何族血脉，他却绝口不提。自那以后他竟然足不出谷，专心在家守护孵化后代。他痴痴守了数十年，两个儿子才陆续破壳而出。不等孩子完全长大，他就因贫困潦倒、百病缠身，一命呜呼了，没给孩子留下啥，倒是因吃药看病欠了不少债务，反倒要两个孩子替他偿还。”

“要孵几十年啊？”袁香儿脑补了一位温柔孵蛋孵了几十年的父亲，“看来这位父亲很喜欢那个妖魔和自己的孩子。”

吕役嗤笑一声：“妖魔都是无情无义的家伙。他们寿数悠长，对时间没什么概念，有时候打一个盹，或是一个疏忽，时间就流转了数十年甚至上百年。若是人类喜欢上一个妖魔，便要苦苦等待，等他们回头想起你，你可能早已作古了。”

袁香儿眨了眨眼。她有很多妖魔朋友，都在向她抱怨人类滥情而善变，这是难得听见人类对妖魔有期待和抱怨，还真是新鲜。

吕役看她不以为意，皱起眉劝她："我知道阿香喜欢你的那位使徒，他的容貌确实迷人，但外貌又有什么用呢？他根本不是我们的同族，习性什么的都与人类不同，根本不能体会人类的悲欢。阿香，你听我一句劝，忘了那只妖魔吧。"

"你若是喜欢他的容貌和身子，"吕役靠近袁香儿，化为南河的容貌，用南河的声音轻声说道，"我可以用他的样子陪着你。但凡你喜欢的事都随你，我绝不会比他差。"

袁香儿伸手挡住他靠过来的身体："打住，打住。我并不喜欢你这个样子，你快变回来。"

就在此时，看台上的观众发出一阵惊呼，斗兽场的角门被打开，一股腥臭的气味弥漫全场，昏暗的门洞内传来低低的兽吼，一双赤红的眼眸阴森森地出现在漆黑的门洞深处。

看台上的人吃惊地呼叫着，又渐渐屏住气息诡异地安静下来。

一只肌肤猩红、形态如虎、额尖上长着利角、浑身遍布着尖刃的妖兽缓缓地从阴影中现出身形。

那妖兽绕着斗兽场的边缘走动，用血红的双眼盯着场地上唯一的男人，发出刺耳难听的吼叫声。

这并非一只普通的野兽，而是有着穷奇的血脉，以凶残嗜血著称的妖兽。

"是凶兽啊，真正的妖兽！"

"这下终于有好戏看了。时复那小子能是妖兽的对手吗？"

"我这次要买时复输，这小子太狂了，每次都是他赢。说实话我很想看他输一次。"

"嘻嘻，我也喜欢，越是狂傲的战士，我就越想看他最终被妖兽按在爪下，被开膛破肚，以可怜兮兮的模样死去。"

"唉，时复好像还带着伤，看来这一次未必赢得了，只怕以后没有这个人的赛事可以看咯。"

众人对场上战士的生死不以为意，议论纷纷，开始下注买定输赢。

"不……不……不！为什么是妖兽？别人对抗的都是普通的野兽，为何偏偏我哥哥的对手是这样厉害的妖兽？"时骏高喊起来，飞快地跑到场地边，扒拉着防护网冲着里面大喊："哥哥，出来，快出来，我们不比了！家里欠的钱，我们再求大人宽限几日便是。"

但时复没有看他，而是慢慢地半蹲下身体，一脸警惕地盯着不远处的敌人。

这里是斗兽场，观众买的就是生死搏斗间的乐趣，又岂会同意选手中途退出？

时骏慌忙拉住在场地边收取赌资的场主："大人，我哥哥身上还带着伤，这就是让他去送死啊！哥哥为您挣了那么多钱，求您行行好，放过他一次吧。我们不比了，不比了。"

"滚一边去，莫要碍着老子挣钱。"忙着满场子收钱的场主一把推开男孩。

男孩踉跄着滚到一旁，待要站起身来，黄土地上凭空长出了绿色的藤蔓，捆住了他的身躯，不顾他的叫喊，温柔却坚定地将他拉到了看台之外。

场地上尖牙利爪的妖兽嘶吼一声，呼出一股腥风，向着身形远小于他的人类扑去。

时复眼看着气势汹汹地扑来的妖兽，并未闪躲，双手当胸一合，无数柔韧的藤蔓便破土而出，密密地缠绕住那只力量强大的妖兽。

与此同时，他拔足向那只妖兽冲去，凌空翻身，蹬上妖魔的脊背，一手抓住妖兽额头上的利角，一手直取妖兽脖颈间的要害。

"哦哦哦，控制植物可是时复那小子的绝活，一上场就用上啦。"

"这小子还是挺有两下子的，胜负还是难料啊，我是不是买亏了？"

看台上响起议论声。

妖兽张开巨口，喷出一片熊熊大火。在火焰的灼烧下，那些细嫩的藤蔓很快被凶狠的妖兽挣断，而妖兽那坚硬如铠甲的肌肤也不是时复一双肉掌轻易能够破开的。

妖兽在火海中甩动身躯，将背上的时复远远地甩了出去。时复后退数十米，止住身形，毫不停留地拔腿飞奔，一路险险躲过妖魔不断喷出口的炙热火焰。

"快，搞死他。老子的钱都买的他输。"

观众中没有人介意自己同类的生死，只因战事的转变而跟着兴奋尖叫。

"阿香觉得谁会赢呢？要不要也下注试试？"吕役托着下颌，轻松地看着场地中的生死之战。

你说你们赤石镇充满欢乐，多的是消遣娱乐之处，原来这就是你们闲极无聊之后寻求快乐的方式。

袁香儿看着他那张漂亮的面孔，看见了那张面具之下的丑陋样子，然而没有把心里的反感说出口。

“我觉得那个人类会赢。”袁香儿从荷包里取出一块灵玉，丢进了收取赌资的场主怀中。

那块灵玉便是三天前时复留在她面前，用来补偿时骏的偷窃行为的玉石。

场地之上，时复再度冲着妖兽高高跃起，他的法术对上火系妖兽不具有优势，而且他身上带着伤，更不容他打持久战，所以他决定冒险一搏。

在落地的瞬间，他放低了重心，整个人就地一滑，向着妖兽的腹部下滑去。在短短的对战中，他已经看出柔软的腹部是这只全身披甲的妖兽最为脆弱的地方。

地面上是熊熊烈火，灵敏的妖兽低下头颅，将头上那锋利的尖角对准了冲向自己的敌人。

时复知道自己有可能被那闪着寒光的尖角挑到空中，惨死当场。即便如此，他也只剩这唯一的机会。

他的藤蔓爆发出最大的力量在烈焰中破土而出，死死缠住妖兽的头颅，束缚着妖兽的额头上那尖利的角，不让妖兽动弹。

很好，只要能坚持住一瞬，他就能就势滑进妖兽的腹部之下，剖开妖兽的胸膛，夺取妖兽的性命。

意识到危险的妖兽同样爆发出了最为强大的力量。

妖兽挣断了藤蔓！

在宛如修罗地狱的火焰中，妖兽抬起了头颅，他那赤红如血的双目透过火光盯着冲向自己的小小人类。

时复甚至看见了妖兽利角上的一点儿寒光已经冲出断裂的藤蔓向他扑来。

他伸出自己血肉做成的手掌挡在身前。即便废一只手，他也要保住自己的命，取得这场战斗的胜利。

但就在那一刹那，妖兽抬头的动作突然僵住了，像是被某种无形的力道捆束住了，全身僵硬，无法再发出有效的攻击。

这个过程只是短短的一瞬，然而这一瞬，便是生死之差。

全场无数双眼睛看着烟尘滚滚的斗兽场，但只有贴着地面滑行的时复看见了烟尘满地的土地上一闪而过的法阵光芒。

有人帮了他，是谁?

他来不及多想，就势贴着妖兽那冰凉的利角，从妖兽的身躯下钻到了妖兽的腹部下。

巨大的妖兽的嚎叫声响彻全场。

等漫天烟尘散尽，小山一般的魔物才在尘土中轰隆隆倒下。

浑身浴血的武士从妖魔的身下爬出来，手上握着一颗血淋淋的心脏。

他站起身，自己的血和妖兽的血混杂在一起，染红了他的头脸。他就像是一个从地狱归来的修罗，他的视线在看台上扫过。看台上是一张张丑陋而扭曲的嘴脸，他们胡乱地呼喊着、叫嚣着，用别人的痛苦和鲜血来填补自己的空虚和无聊。

时复的视线在袁香儿所在的位置上停留了一瞬。

原来是她。

他回过身，不再搭理满场的呼喝呐喊声，拖着伤痕累累的身躯，沉默地离开了鲜血淋漓的斗兽场。

“哎呀，想不到还是阿香的眼光好啊！许多人输了，偏偏你看准了，真是了不得。”吕役诧异地夸赞道。

袁香儿悄悄收回背在身后的手，轻轻揉了揉刚刚掐过指诀的手指。

在遥远的荒野。

搜遍了方圆数里内的每一个角落，南河和渡朔等人也没找到袁香儿的半点儿痕迹，此刻他们的心情都沉重而焦虑。

乌圆已经乱了阵脚，用小小的爪子拼命地刨着地上的土，一边刨土一边掉眼泪。

“怎么就不见了呢？阿香，你出来，你快给我出来。呜呜呜，为什么我用契约喊她，她一点儿回应都不给我了？”

然而早已经被挖得又大又深的土坑内什么都没有，只有袁香儿一直随身背着的那个背包孤零零地被摆放在土坑的边缘。

“如果不是为了我，她本不必到这样危险的地方来。我竟然无法看好她。”渡朔站在那个被南河和乌圆挖出来的巨大土坑边，垂着头，身体大半被黑灰色的翎羽覆盖。

半本体化是妖魔极度愤慨时才会出现的形态。

胡青伸手握住了他的翅膀，一脸担忧。她同样不知所措。

“我想起了一件事，阿香似乎提过一句，她在梦中看见了我。”南河突然说了一句。

“你说阿香梦到了你？可是这有什么不对的地方吗？”渡朔转过头问他。

“不是这样的。阿香是无意中告诉我的，她说她近日好几次梦见了我……我诱惑她。”即便难以启齿，南河还是很快就把话说了出来。

他清晰地记得，昨夜便是在这里，他因为袁香儿几日来的刻意回避而异常难过。

就在那时，阿香靠到了他身边，为他梳理毛发，用契约和他说悄悄话，一不小心将心中的想法传递了过来——如果说你有啥错，也错在你长得太美，让我总忍不住诱惑胡乱做梦。

对，阿香当时便是这样说的。那时候他听见了这句话，心中既甜蜜又幸福，根本没有去想这件事有何不对劲的地方。

如今他再想想，从阿香刻意回避自己，再到她不慎透露这句话，无不透着古怪之处。

“她似乎受到了某种法术的干扰，而我当时完全没有察觉。”冷静地思索之后，南河说出了自己的想法。

胡青诧异地看着南河。此刻的南河以人形的模样站在巨坑边缘，身躯挺直，衣装齐整，银发飞扬，紧皱着双眉看着袁香儿消失的位置沉思。

相伴着走了这么长时间，胡青自认为对南河的性格也有些了解，在妖魔中，南河还太年轻。他年轻而骄傲，单纯又强大，对阿香的感情很深，并且对阿香有着一股强烈的依赖感。胡青本来以为袁香儿不见了，最先乱了阵脚的肯定是南河。

但她没想到，在大家都乱了阵脚的时刻，南河却能够压制住自己的焦虑，冷静地引导大家仔细思索。

“对，我也想起一件事，经过那棵梧桐树的时候，阿香说她被树灵影响，被拉进了那个树灵的精神世界。”胡青想起此事，急忙说了出来，“阿香和我们不一样，她是人类，人类的精神力比较脆弱，容易被树灵的法术所摄。你们说，会不会是我们沿途得罪了哪个强大的树灵？”

就在此时，地面上袁香儿的背包里传来轻轻的响动。

南河等人相互看了一眼，迅速翻开袁香儿的背包，从里面找出了那条被包裹得严严实实的枝条。他们拆开枝条外面的包装，发现那根和灵石包在一起的枝条依旧新鲜，顶端的小芽莹润可人，丝毫没有枯萎的痕迹。

四个脑袋凑在一起，盯着那小小的枝条。

那枝条在众人的视线中微微晃动，似乎极力想要表达什么。

“枝条是不是有什么话想说？”胡青疑惑地道。

“让我来试试。”渡朔举起翅膀，翅膀上的羽毛褪去，他将苍白的手臂伸过来，拈住枝条，闭目凝神，一道清晰可见的灵力顺着他的指端流出，缓缓注入树枝中，灵气的光芒渐渐将整根树枝包裹起来。

细细的枝条荧荧发光，蜷缩的小小叶芽伸展开来，从中冒出一个抱着双膝的小人。那小人迎风生长，很快长到手指般大，终于伸展了四肢站起身来。

“谢谢你。”她低头拍了拍碧绿色的衣裙，向着渡朔行了一个礼，“我本来不想这么早醒来，但是在沉睡中感觉到阿香好像出了一点儿事。当时我在背包里沉睡，却被一股奇特又熟悉的波动惊醒，那应该是我们树灵独有的能力。”

“是谁？”

“是谁干的？”

“她在哪里？”

“你知道吗？”

渡朔、乌圆、南河、胡青齐声开口。

小小的树灵用一根手指支着下巴：“嗯，我能察觉到他很强大，似乎和很多同胞聚集在一起，他的枝条是纯白色的……嗯，那股灵力能把阿香的肉身一起带走，应该是依托了人类的法阵。”

“白色……很多……人类的法阵……”南河转动眼眸，沉吟片刻后抬起头来。

赤石镇！是赤石镇的白篙树！

四个人交换了一下眼神，欣喜地从彼此的目光中得出了结论。

夜幕低垂，袁香儿被安置在一间华丽而雅致的厢房内休息。

只见这厢房里绫罗熠熠生辉，珠箔银屏迤逦展开，圆桌玉盘托着霜橙红橘，床头紫案上放着暖香。荧荧发光的奇特植物外罩着透明的琉璃灯罩，成为屋内独特的采光设备，一一挂在角落里一棵数米高的红珊瑚上。

袁香儿躺在貂绒铺就的紫金床上，跷着脚看着镶嵌在屋顶的明珠。

不得不说，他们用来诱惑袁香儿的条件是直击人性的弱点的，这里的生活奢侈而安逸，人类完全不需要劳作，可以终日无所事事，不用承担生育的痛苦和责任，每天都会有不同类型的美男子对人殷勤追捧，又有多少人能不为之心动？

这里的人类在这样不知疾苦、安逸享乐的环境下一代一代地生活下来，最终又会变成什么样子呢?

屋子的窗户正对着庭院，袁香儿可以看见那棵巨大的白篙树。白篙树在晚风中轻轻摇摆着柔软的枝条，发出细碎而动听的声响。

似乎跟吕役说的一样，这棵白篙树真的很高兴。

耳边充斥着那些风铃轻响般的声音，袁香儿渐渐合上眼睛，陷入了沉睡之中。

一闭上眼，她就发现自己又出现在梦中的那棵白篙树前，只是此刻树上没有南河。

树枝上坐着一位短发少年，他昂着头，正在看悬挂在天空中的巨大圆月。清冷的月光洒在他稚气的脸上和纤细的四肢上，让他整个人带上了一种半透明的不真实感，仿佛说话大声一点儿，就能让他在空气中消失无踪。

“你是什么人？为什么把我骗到这里来？”袁香儿问。

那个少年转过脸来，眨了眨颜色浅淡的眼睛，一副无辜和迷茫的样子。

袁香儿脚下的地面却开始碎裂，眼前巨大的白篙树也随之四散崩塌，这个世界又变得明亮起来。

没有巨大的白篙树，没有华丽壮观的郡守府，这里只是一个普通的黄土整平的院子。

院子围墙低矮，有鸡窝、有水井，内里有三两间茅屋，是一座再普通不过的农家小院。

一个肌肤黝黑的男人正举着锄头在庭院中挖土，把一棵小小的树苗种进院子。

他用搭在肩上的毛巾抹了一把额头上的汗，在树苗的根部精心浇了点儿定根水，看了看被端端正正地种在地里的那棵小苗，高兴地咧开嘴笑了。

“加油长出根来，小家伙，以后你就住在我们家啦。”男人跑进屋子里，很快从屋内抱出一个皱巴巴的新生儿。他小心地将婴儿抱到那棵半人高的小树苗边：“看，媳妇给我生了娃，我把你种在院子里，以后你们俩就一起好好长大，成不？”

襁褓里的婴儿撇了撇嘴，发出一阵充满生命力的嘹亮哭声，立在院子里的小树苗在风中摇了摇仅有的两片小叶子。

此刻，袁香儿就站在院子中，仿佛隔了时空一般，院中的人对她的存在毫无所觉。那位树灵所化的少年不知什么时候已经站在她的身边，牵着她的手，露出一脸幸福的神色，看着眼前的场景。

袁香儿眨眨眼的工夫，小小的婴儿就变成了蹒跚学步的小娃娃。小娃娃一摇一晃地从屋子里走出来，摸到了小树的枝干，呼呼直喘。

“根儿要多吃点儿饭，好好长个子，和小树比一比谁长得更快。”男人摸着孩子的脑袋说。

“根……根儿长得快。”牙牙学语的孩子结结巴巴地道。

“哼，他说错了，他从来没长过我。”树灵少年拉着袁香儿笑吟吟地说。

袁香儿知道自己是在梦中，但这个梦似乎过于细致真实，她仿佛身在另一个人的记忆中。

名叫根儿的小娃娃抽条一般地长大了，小树苗也越长越高，拥有了结实的身躯和伞盖一般的树冠。

每天从外面滚了一身泥回来的男孩会麻利地爬上树杈，赖在小树的身躯上。

“小白小白，今天我们打架打赢了，可把隔壁村的几个小崽子胖揍了一顿。”

他给和自己从小一起长大的小树伙伴起了个名字叫作小白。

“小白，隔壁村的柳儿长得可真水灵，今天我揪她的辫子把她给欺负哭了。”

“小白，你怎么长得这么快？我希望自己也能长得再快点儿……爹老了，前些日子咳得下不了地。”

慢慢地，全家人都开始叫这棵小树为小白。

小白呀，小白。

“小白长得可真快，我记得是根儿出生那年，你爹把它种在院子里的吧？”母亲在小树的身上挂上晒衣服的绳子。

“小白也是家里的一员呢，真好，我们都可以在它的树荫下乘凉了……今年的天气可真热啊！”父亲在树下摆了一把摇椅。

小男孩阿根不知什么时候变成了一个强壮而有力的男人，扛着锄头推开院门进来，先到井边喝了口水，又在树下的摇椅上躺下，用肩上的毛巾擦了一把汗。

“小白，爹说要给我娶一个媳妇……”他带着些烦恼看着头顶绿油油的树冠。

“可是这些年的年景似乎不太好，土地不知道为什么越来越干，粮食打不上来，还时常有妖魔出现，家里只怕拿不出娶媳妇的钱。”

一阵风吹过，翡翠一般的树叶在风中沙沙作响，似乎在回答自己的朋友的话。

“倒是小白你似乎没有受影响呢，长得越来越漂亮了。”躺在摇椅上的年轻男子笑了。

袁香儿握着树灵少年的手，能够感受到树灵所感知的一切，于是知道了土地越来越干涸的原因。

大量的灵气在地底流淌，像潮水一般涌过这片土地，普通的植物不能承受过于强大的灵力，在燥热中渐渐死去，但也有部分天资独厚的生灵学会了从土地中汲取灵力，生长得更加蓬勃旺盛。

灵界正在慢慢从人间脱离，而这里即将成为灵界的一部分。

干旱、饥荒，加上巨大而恐怖的妖魔频繁出没，使得这里脆弱的人类社会很快失去了往日的悠然自得。

袁香儿觉得手被攥紧了，牵着她的少年似乎想起了什么，变得慌张起来。

安静而温和的村子转瞬间就乱了起来，不断有令人心惊的哭泣声在某处响起，随后人们开始进进出出，匆匆将一具又一具尸体抬走。

树灵少年一脸惊慌，不知道这一切是怎么发生的，又为什么会发生，只知道平静而安宁的日子不复存在，自己一直十分喜欢的那些生灵在迅速减少。

“小白啊，我活不了多久啦。”曾经咧着嘴露出一口白牙、将它种在院子里的男人出现在它身边。这个家中的顶梁柱不知道什么时候开始老得这样厉害，他满面沟壑，脊背弯曲，用粗糙的手指抚摸着树干，抬起有些混浊的眼睛，“以后我不在了，你可要好好陪着根儿，替我照顾好他。”

那天夜里，屋子里爆发出了让树灵少年害怕的哭泣声。

许久之后，阿根慢慢地从屋子里走出来，低着头来到树下，伸手环住了树干，湿润的感觉透过树木的皮肤传了进来。

阿根在哭，抱着它在哭：“爹走了，娘也快不行了，地里一点儿吃的东西都种不出来，外面还闹妖魔……小白，我真是一点儿办法也没有了……小白，你能不能帮帮我，帮帮我？”

小白哗啦啦地摇晃着绿油油的叶子，不知道该怎么办。它想告诉它的朋友，他们脚下的土地中明明流淌着异常美味的东西，自己的树根每天都能从中汲取无穷无尽的美味和营养，可是它所爱的朋友们为什么得不到这样的美食，反而在一个个地离开？

它没有别的办法，只能拼命生长树根，凭借着本能，努力将那些流淌着的美味汲取出来，希望能够把它们传递给阿根。

可是无论它如何疯狂地努力，往日喧哗热闹的村子还是很快地安静了下来。

人类一个个不见了，小白越来越害怕，害怕它的同伴和家人就这样消失，害怕某一天阿根也像其他人一样，突然就变成一具冷冰冰的尸体。

阿根躺在树下的摇椅上，曾经健硕的男人如今瘦得只剩一副骨架。

他双目无神地看着头顶美丽得像是宝石一般的枝叶："小白，我也到最后了……幸好还有你在，我出生的时候是你陪着我；走的时候，也麻烦你送我一程吧。"

他的眼睛慢慢合上，迷迷糊糊中，他听见了往日熟悉的树叶声在耳边哗啦啦地响着。

这些声音实在太吵闹了，几乎让他无法安睡，他努力睁开眼睛。

眼前碧绿的树冠似乎变成了白茫茫的一片，一种奇怪的白色枝条垂到了他的嘴边。甜美的汁液一滴滴地落进他干涸的口中，流过他饥肠辘辘的肠胃。

濒死的阿根在最后一刻被突然灵体化的白篙树救活了！

白篙树分泌出了让人食之能够饱腹的美味汁液。村子里仅存下来的人类，都依靠着这棵神奇的白篙树撑过了严重的荒年。

人们开始重新聚集，在树下膜拜，感激白篙树的救命之恩。他们为这棵神奇的树木披上了美丽的幡条，恭敬地称呼他为树神。

村里慢慢恢复了往日的热闹，令人安心的日子似乎又回来了。

重新健康起来的阿根娶了隔壁村的柳儿为妻。像是父亲当年做的那样，他怀里抱着自己新生的孩子来到树下："小白，你看，这是我的儿子呢。"

画面再度在袁香儿眼前变化，围墙、茅屋、村落通通不见了。

树上挂着的幡条精美秀丽，破旧的庭院成了奢华壮阔的府邸，坑洼不平的泥土路和村里慢悠悠的黄牛不见了，取而代之的是飞檐斗拱寻欢楼、火树银花不夜天。

白篙树灵站在存活了数百年的大树上，用冰凉的手紧紧拉着袁香儿。

这里是他的精神世界。

袁香儿透过他的视野看下去，华美异常的楼阁集市在树灵的眼中灰黑一片，寂静无声。他看不见那些混杂着浓郁的妖魔血统的人类，也很少能听见他们的声音。

"没人了，大家都去哪儿了呢？"他不解地转过头看着袁香儿。

“你……看不见他们吗？”袁香儿问。

“没人了，大家都不见了。”少年只是茫然地摇了摇头。

他的视野和人类不同，似乎只能看见自己想见到的东西。

“所以你才把我拉了过来吗？”袁香儿叹了口气，拉着这个和自己完全不同的生灵在树枝上坐下。

少年低头想了想，说道：“有一个声音告诉我，我喜欢的朋友回来了，我很高兴。”

几百年过去了，失去了原身、完全变为灵体的树灵已经忘记了许多事，唯独埋在心中的一股执念久久不能散去。

“我不能留在这里。”袁香儿尽量温和地说，“这里已经没有人类了。你知道，有很多人类生活在没有灵气的浮世，如果你还想要和人类生活在一起的话，我可以带着你回去。”

“没有灵气的浮世？”少年摇了摇头，“我走不了，没有了灵气，我很快就会枯萎。”

“你留下来陪我。”他漂亮的眼睛空洞地看着天空中巨大的明月，并没有和袁香儿讲道理的打算。

那一瞬间，袁香儿退出梦境，醒了过来。

她从床上爬起身，推开窗户，窗外月华如水，巨大而美丽的白篙树静静地沐浴着月光，发出愉悦而细碎的枝条碰撞声。

他是强大而无法沟通的生灵。

看来袁香儿只能想办法悄悄地离开了。

吕役在屋子里问府邸中的侍从：“那位在忙些什么？”

“一直很安静呢，”侍从高高兴兴地回答，“小娘子早起后进食了一碗桂圆粥、半笼蒸饺、半笼金银酥，直夸咱们这儿的伙食好。用饭之后她要了针线，拈着两块布头，埋头不知道在缝些什么。”

吕役站起身，在书架上翻找了半天，找出一本珍藏了数百年的古籍，看见图册上有一位女子坐在窗前娴熟地穿针引线，点了点头道：“不妨事的，听说浮世的女子就喜欢这些针线活。只要她不往外跑，她想要些什么尽量服侍周全。”

袁香儿在屋中剪了两块锦缎，向其中塞进棉花，胡乱地缝成了一个女子模样的小人。

瞧着左右无人，她拔了一根自己的头发塞进娃娃中，敛气静心，指空书符，在小人的后背上仔细绘制了一个替身符咒，轻轻地吹了一口气。

那个小人便变成了一个和她的容貌、衣着一模一样的女子。

袁香儿对正经法术修习得并不勤快，却对这些杂七杂八的旁门左道十分感兴趣，涉猎甚广，眼下的这个替身术便是她觉得十分有趣的法术之一，小时候时常倒腾着玩。

此法术所化的替身看起来和真人一般无二，却呆滞无神，不能发声走动，远看可以蒙骗一二，但只要有人走近一看，说说话，推一推，小人便会立刻露馅。

袁香儿走到门边，探出脑袋左右看了看。吕役对她还是很不放心，在院子里安排了无数防备她逃跑的侍卫。

不过这些人虽然是侍卫身份，也都在里世生活惯了，从来没吃过苦、受过累，当然不会像真正的军人那样板正直立、全神戒备，而是两三个一群，四五个一堆，歪歪斜斜地凑在一起聊天。

最靠近门口的两个侍从，袁香儿还特别有印象，这两个人一个会生蛋，一个能怀孕，想来是吕役刻意安排着优先接近袁香儿的候选人。

袁香儿便冲着他们笑了笑。

“我想安静地看一会儿书，你们有些吵到我了，能不能请你们……”她礼貌地做了一个“请”的手势，“请你们离得远一点儿呀？”

“可以，可以，当然可以，没有问题。”

两个男子连连点头，退开一些，因为和袁香儿说上话了而十分高兴。

毕竟院子里有这么多人盯着这间屋子，她根本没有逃跑的可能。

“你看她的动作，真好看，说话也温温柔柔的。”

“浮世的女孩子就是不一样，还会看书呢，我连我的名字都认不得。”

“就是，就是，希望她第一个看上的是我。”

“凭什么是你啊？你那一点儿龙族血脉都不知道传多少代了，早就混杂了，我们水马族的男人才是最体贴的，你难道不知道吗？”

“你说什么？你这是想打架吗？”

屋外的两个人远远地争吵起来，再无心思监测袁香儿在屋内的行动。

袁香儿迅速将那个替身人偶扶到桌边坐好，背靠着窗户，又给人偶手中塞进一本书，摆出一副专心读书的模样。而她悄悄站在窗口，伸手推开窗户，好让外面的人都可以看见人偶坐在桌边的背影。

随后，她从随身带着的荷包里取出一张黄色的符箓。这张符箓上什么符文都没有书写，只画了个符头符尾，中间却踩满了无数三叉状的小脚印，就像是某只小鸡踩翻了朱砂盘，然后再到上面随意踩踏一遍一样。

袁香儿躲在窗后，拈着那张鸡爪符，放在手中祈祷："锦羽，锦羽，这次就全靠你了，一定要给力一点儿啊，咱们一次成功。"

袁香儿回想起锦羽呆头呆脑地举着一双小手要东西吃的模样，脸上不由得露出了笑容。

她已经出来好长一段时间了，真希望能够快点儿办完事，早点儿回到师娘、锦羽和胡三郎他们身边。

锦羽的天赋能力是隐身，乌圆的天赋能力之一是火焰，之前她闹着玩的时候，用他们俩的爪印做了好多符箓，虽然发动起来不太靠谱，但这次来的时候，她还是挑选了几张收在荷包里。

这些符箓数量不多，袁香儿希望能一次成功。

她在心中默默祈祷，在小小的一阵烟雾散去后，她发现自己的双腿看不见了，只剩下上半个身体悬在半空中。

她再接再厉，祭出第二张符咒。这下她的身体也隐形了，只剩下一个脑袋悬在空中，反而显得更加惊悚。袁香儿无奈地祭出第三张符咒，幸好这回终于锦羽附体，成功地让她整个人都隐去了身形。

她轻手轻脚地从窗户爬出去，轻轻地跳下窗台，小心地看了一眼还在争执的两个守卫。那两个男人对她明晃晃的行为一无所觉，依旧争执不休。袁香儿屏住呼吸，蹑手蹑脚地从他们身边走过，向院子外摸去。

院子里负责守卫的人很多，袁香儿不知道这里面会不会有某些拥有特殊能力的人，能够看透她的行踪，只能提着一颗心谨慎地从那些人身边走过。

总算上天保佑，她一路平安地走过了庭院，连院子中心的那棵白篙树都没有对她的出逃做出任何反应。

袁香儿刚刚穿出院门转过抄手游廊，迎面就遇着吕役带着一队侍从匆匆而来，袁香儿急忙贴着柱子避在墙角。

"东西都准备得怎么样了？"吕役边走边问。此刻的他没有了在袁香儿面前那副温文尔雅的模样，显得冷漠而倨傲，举步生风。

"大人放心，用品器物都备好了，酒宴也没有问题，随时可以举办婚宴，只有喜袍还在赶制。”一位侍从紧跟在他身后低头回话。

“速度要快，东西要准备最好的，再挑选镇上最俊美的男子，逐一送到她身边去，一定要让香儿觉得我们重视她，围着她转，使得她打心里喜欢这里，舍不得离开。”吕役停下脚步，压低声音说道，“另外备一点儿药物，加派人手看好她，做多种准备，我总觉得不太放心……总之，无论用什么手段，都必须让她留在我们赤石镇上。”

他说这句话的时候，袁香儿就在他身边两三步的地方，把他那张漂亮的面孔上细微的神情看得一清二楚。

原来吕役在她面前表现出来的单纯和好糊弄样子都是假象，她在计划逃跑，吕役同样在防备和算计她，袁香儿不由得庆幸自己已经溜出来了。她屏住呼吸，等这一行人从自己身边经过，她拔腿就向角门的位置飞奔而去。

袁香儿跟在从角门进出的运送食物的仆妇身后，成功地钻到门外。身上的符咒已经渐渐失去效力，她的指尖慢慢地在空气中显现出来。

锦羽毕竟还小，她用锦羽的天赋能力所制作的符箓失败率很高，有效时间也很短。即便如此，这短短的隐身时间还是帮了袁香儿的大忙。

今日，紧靠着郡守府的一家估衣行内没什么客人。

店伙计刚刚趴在柜台上打了个盹，隐约觉得角落里挂在墙上的衣物不太对劲。他睁开眼，就看见了让他惊悚万分的一幕

在铺子的一角，一只白皙的手正取下架子上一件不起眼的长袍，那纤纤玉手骨节分明，本该十分养眼，可那只是一只孤零零的手，手腕之上什么都没有！

那动作灵巧的手悬在空中，不仅能悄悄地将衣物摘下，还能在他看过去的时候，停下动作向他转了过来！

店伙计还来不及叫喊出声，那柔软的手指已经左右缠绕，拧成了一个奇怪的手诀，冲着他点了过来。

受到惊吓的店伙计不知怎的就失去了意识，软软地趴在柜台上，继续打他的盹去了。

袁香儿脱下一身华服，换上从估衣行得到的衣袍，依靠着昨天逛了一整天的记忆，混杂在人群中，在一些相对昏暗的巷子里穿行，向着峡谷出口处跑去。

白日街道上的人流量很大，她衣着朴素，戴着帷帽，穿行在人流中并不起眼。但麻烦的是，整个镇子里有不少高矮不同的白篙树，她必须避开这些树木所在的范围，以免被那位少年模样的树神察觉出来。

袁香儿用尽可能快的速度前进，如今只希望留在屋内的替身人偶能够撑得久一点儿，让那些人再晚一些发现，多给她留一些逃亡的时间。

远远地，袁香儿已经看见那条出谷的道路了。

后面的街道上却传来嘈杂的吆喝声，手持武器的侍卫呼啦啦地分开人群，呼喝着四处搜寻。

袁香儿看着已经可以看到的窄窄出口，恨恨地咬了咬牙，不得不转身躲进附近的巷子中。

很快，不只是那些侍卫，整条街道上的居民都加入了搜寻袁香儿的队伍中。这座慢悠悠的镇子仿佛被投入了热腾腾的油锅中，瞬间沸腾起来，不管是卫队还是百姓，都忙着寻找袁香儿这位从浮世来到这里可以提供“纯血”的人类。

无数人在走街串巷地寻找袁香儿。

“快，必须找到那个从浮世来的小娘子。”

“数百年了吧，就只来了这么一位，可不能让她跑了。”

急切的说话声和杂乱的脚步声不停地在袁香儿附近响起。

袁香儿四处躲避，不慎退进了一个没有出口的死胡同，身后传来密集的脚步声。她不得不靠着潮湿的石墙，在墙角的阴暗处蹲下身。可惜的是，地面上低矮的植物根本不够遮蔽她的身形。

如果这次袁香儿失败了，被抓回去，让他们有了戒备心，只怕以后她想逃出去就更难了，难道只能硬闯？

袁香儿夹紧了手中的符箓，凝神戒备。一个男人的身影突然从巷子口走进来，他的目光正正对上了袁香儿的目光。二人都吃了一惊。

那人的左眼附近有一道明显的瘢痕，正是袁香儿在斗兽场上见过的时复。

袁香儿认出了他，也确定他看见了自己。

“怎么样，有没有发现？”时复身后传来问询声。

就在袁香儿几乎要祭出符箓的时候，那位面相凶恶的年轻人却转过头向着身后说道：“没有，只是个死胡同。”

时复转身离去，离开前，他动了动背在身后的手指。

巷子里那些低矮的植被疯长起来，柔软的枝蔓抽条，宽阔的绿叶展开，严密地将袁香儿的身形遮蔽起来。

巷子口的搜查小队转身离去，脚步声和说话声渐渐远离。

袁香儿在那些繁密的枝叶间蹲下身，将自己藏得更隐秘一些。

天色渐渐变化，出现在袁香儿附近的搜索队越来越多，天空中甚至有骑着飞禽的骑士在来回巡视。

袁香儿觉得自己被发现只是迟早的事，然而没有更好的地方可以躲避。

前方传来一阵细细的脚步声，紧接着，一只小手分开了枝叶，顶着魔物骷髅头的小男孩探出了半张小脸。

来人是时复的弟弟，那个偷过袁香儿的荷包的小男孩时骏。

“啊，哥哥说得没错，你果然在这里。”时骏笑着说。他把那带着厚厚魔物皮毛的骷髅头摘下来递给袁香儿，“姐姐，你戴上这个跟我来吧，躲在这里是不行的。”

袁香儿思索了片刻，接过他手中的面具。她戴着遮蔽面目的骷髅头，染上了一身妖气，跟着时骏顺着街边向前走去。

一队沿途搜寻的队员迎面走来，领队的队长已经向着袁香儿的方向眯起了眼睛。

时骏不慌不忙地拉着袁香儿的手，一派轻松地边走边蹦上两步。

那队手持尖锐武器的男人经过他们身边的时候，时骏甚至比袁香儿还要镇定，像是一个真正的弟弟，摇着姐姐的胳膊撒娇：“阿姐中午做小炒肉给我吃吧，我好些日子没吃，可想了。”

袁香儿伸手摸了摸他的脑袋。

搜索队接到的任务是寻找单独行走、气息纯正的人类少女，于是队长不再留意这两位妖气明显的原住居民，匆匆忙忙地向着前方寻找过去。

时骏的家离得很近，土院瓦房已经有了不少年头，显得破旧而沧桑。

在屋门外左右看了看，确定附近没有任何人后，时骏才打开屋门，和袁香儿迅速躲进了院子中。

“谢谢你，这么危险的事，你为什么要帮我？”袁香儿摘下骷髅头，向时骏道谢。

“嘿嘿，这也没什么，”时骏不好意思地摸了摸后脑勺，“我每一次偷东西，只要被发现了，对方总要把我揍个半死，从没有轻易放过我的，只有姐姐你说算了。”

“姐姐你是个好人。”小小的男孩终于露出了点儿和他年纪接近的笑容，“哥哥也说你是个好人，说在斗兽场的时候是你对他出手相助的，他喊我来帮你一把。”

“是吗？那真是谢谢你们。”袁香儿在他面前蹲下身，“这里就住着你们兄弟俩吗？”

“家里目前就只有我和我哥了。之前父亲还活着的时候，家里热闹一些。”小男孩似乎有些沮丧，但马上又抬起头来，“不过我们还有母亲。虽然目前我们还找不到母亲，但父亲生前说过，母亲是一位美丽又强大的女子，总有一天她会来看我们的。”

这里他们说着话，院子的门被打开了，时复从外面进来，反手合上了门扉。

他凌乱的头发随意地束在脑后，眼睑上带着刀疤，看向袁香儿的目光非常冷淡，一点儿没有时骏口中描述的那般热情。

他冲着袁香儿点了点头，没有说多余的话，径直穿过庭院，摘下挂在屋檐下的一块熏肉，钻进了厨房。

这个院子不大，厨房和餐厅设在一起，时骏拉着袁香儿在厨房一角的四方桌边坐下，时复独自在灶台边忙碌。

雪刃在砧板上发出齐整而细密的声响，时复站在灶台边，熟练地炒菜做饭。

“虽然吃白篙树汁就能饱，但我还是喜欢哥哥做的菜，哥哥做的菜可好吃了。”时骏把脑袋搁在桌面上，边说边咽口水，“如今的峡谷中肯定堵满了抓你的人，是万万不能去的。我知道有一条小路，翻过山就能够出去。等吃过午餐，我们再送姐姐出去呀！”

噔噔噔的剁菜声音停住了，背对着他们切菜的时复停下了手中的动作。

“你……从浮世来，还会再回去吗？”他侧过脸来问。

袁香儿：“当然，我来这里办点儿事，很快就会回去的。”

“如果……我们帮你逃出这里，你能不能带我们找到去浮世的道路？”

“你们要去浮世？在这里生活不好吗？”袁香儿诧异了。

时复不说话了，埋头做好饭菜，端到桌上——一大盆白米饭、一碟子芦笋炒腊肉。

他做的饭菜很简单，但生活在这里的人类只吃白篙汁液就可以饱腹，几乎从不在家开伙。小小年纪的时骏不熟练地拿着筷子，扒拉着米饭吃得满嘴流油。

“我们欠下的钱都已经还清了，我不想像宠物一样被妖魔圈养在笼子里，也不愿意终日斗兽供人取乐。”时复给弟弟夹菜，“听说浮世的人类可以依靠努力劳作生活，我想到那个世界去。”

“那……我们不等娘亲了吗？”时骏嘴里塞着饭菜，有些吃惊地抬起头说道。

“我们没有母亲。”时复放下筷子，“阿骏，忘了母亲吧，我们只有父亲，没有母亲。”

“可是父亲在世的时候常常说起的，母亲很漂亮，也很温柔的。”时骏委屈巴巴地接道。

“阿骏，你清醒一点儿好吗？父亲痴痴地等了一辈子，可曾等来母亲？那条龙子女众多，游戏人间，只怕根本不记得曾经生育过我们两个。”

时骏撇着嘴，眼泪都快流下来了。

“你们的母亲是龙？哪一条龙？”

时骏眼泪汪汪地说：“在这个地界上还有别的龙吗？”

“青龙？”袁香儿合了一下掌，“这么巧？我这次进来里世，就是为了找青龙。”

袁香儿试探着看了一下表情各异的两兄弟：“你们……要……一起去吗？”

赤石镇是一个小小的盆地，四面环山，山顶上处处生长着白篙树，只有赤色石壁附近，有一道窄窄的出入口，只要有人守在路口，镇子上的人就无法离开这里，这也是吕役对袁香儿比较放心的原因之一。

此时此刻，出谷的道路上想必是重兵把守，就等着袁香儿自投罗网了。

时家兄弟带着袁香儿避开人群，绕到石壁的一处险要之处，沿着光滑的石壁慢慢地攀爬上去。

“早些年，这里四处长满了白篙树，无论你从哪里走，都逃不过树神的眼睛，人类是完全没有办法逃出去的。幸好这几年不知道为什么，这些树变得越来越少了，这才被我发现了这条完全没有白篙树生长的道路。”

时复在前头领路，不时动用天赋能力垂下藤蔓来协助袁香儿和弟弟爬上山壁。等他们登上这一片光溜溜的石壁后，发现道路已经变得平缓不少。

自己突然消失了两日，南河和乌圆他们想必急死了吧？袁香儿想。

想到很快就可以找到南河和伙伴们，袁香儿的胸腔里几乎都盛放不住那颗雀跃的心了。

吕役给她的屋子再奢华舒适，也远远比不上那柔软而毛茸茸的躯体让她想念。

她越走越快，几乎就要小跑起来。

路边的树丛中，站着一个赤着双足的少年。少年有着半透明的身躯，目光空洞，冷淡地看着袁香儿。

袁香儿吓了一跳，定睛一看，哪有什么赤足少年？丛林间只有一棵小小的白篙树苗，那细细的树苗藏在杂乱的草木间，十分不显眼。

“哥，这里什么时候……什么时候长出来的树苗？”时骏颤抖着胳膊拉住了时复的手臂。

时复紧皱着双眉。

他看到那棵柔韧的树苗，心也随之沉了下去——这里所有的白篙树，都是郡守府中那棵树神的分身，它们共享着视觉和感知，被这棵小小的白篙树看见了，也意味着他们的行踪暴露了。

“跑，快跑。”时复喊了一声，推了袁香儿一把，扯着弟弟就往前跑。

一道巨大的黑影从山岭间滑过来，罩上了他们的头顶。那是一只翅膀宽大、飞行无声的巨鸟。

“想跑？跑得了吗？”

吕役身姿潇洒地从空中的巨鸟背上跳下，无数披坚持锐的侍从陆陆续续地跟着他从空中落下，挡住了道路。

“香儿，你竟然骗我，我对你真是太失望了。”吕役看着袁香儿，依旧是那副温柔又多情的模样。

袁香儿悄悄退了半步。

“你为什么要偷跑，阿香？是我有什么地方做得不够好吗？”吕役仿佛受了什么委屈，露出难过的神色。

若非亲耳听见他之前准备对她下药拘禁她，袁香儿差点儿都要生出愧疚之心了。

“哪儿的话，你们对我实在是很好，我其实也不忍心离开，只是肩上还担着点儿事，等我办完了……自然还要回来寻你。”袁香儿看着他的眼睛说，一只手悄悄地背到了身后。

“原来是这样啊！”吕役语气温和，面露微笑。

他说到后半句的时候，那笑着的双瞳收缩起来，口中吐出了一条细细的舌头，在空中卷了一下。

悬停在众人头顶的那只巨大飞鸟瞬间散成一片黑色的浓雾，带着层层黑云从天空中扑下。吕役身后的那些护卫高高举起寒芒毕露的武器，凶神恶煞地向着袁香儿扑了过来。

几乎在他们发起攻击的同一时间，袁香儿也出手了。她祭出一张紫色的符箓，口中念念有词。紫符悬立于空中，紫光夺目，现出一尊威风凛凛的巨大金甲神像。金甲神顶天立地，怒目圆睁，手持神镜，神臂高高托起的灵光宝镜中闪出一道耀眼的金光。那巨鸟化成的黑雾被金光一照，如同被烫伤一般刺啦作响地收缩起来，浓雾中传来一阵尖厉的痛呼声，滚滚而来的黑雾迅速收缩，一路退着远远离去。

那些大声呼喝着冲上来的侍从，被金光来回扫射一通，不少人承受不住，捂着冒白烟的身躯倒地打滚，便是那些屹立不倒的侍从，也一个个失去了俊美的容貌，现出了半人半妖的模样，有的长着半身鳞片，有些头上顶着尖角，面目狰狞地继续向着袁香儿扑来。

袁香儿再出一符，紫光迎风散开，符咒在空中无限放大，钻出一只浑身燃烧着烈火的火凤。火凤引颈清鸣一声，张口喷出熊熊烈焰。

这两张符箓都是她从妙道手中搜刮来的，不同于寻常的黄符，威力巨大，一使出来便起了奇效，将蜂拥而来的敌人冲开一个缺口。

吕役被那两位龙族和水马族的护卫护在身后。两名护卫从口中喷出水龙，同扑面而来的熊熊火焰冲撞着，激起漫天的水汽白烟。

此刻，吕役那优雅的姿态早已不见，现出臃肿矮胖的模样，双眼突出，上半张面孔上布满了绿色疙瘩，果然如乌圆描述的一般丑陋。

他气急败坏地伸出手指："你……你这个骗子，竟然藏得这样深！"

这个年纪轻轻的女孩被他的法阵摄到此地之后，一直没有任何反抗的举动，乖乖服软，让他大意地以为她必定实力平平，用不着严加防范。想不到袁香儿不出手便罢，一出手便打得他措手不及。

袁香儿不搭理他，拉住时骏，招呼时复一声，就往外冲去。一黑一红的双鱼阵形成圆形的透明护盾，护在袁香儿周身，挡住那些凌乱攻向袁香儿的法术。

袁香儿一口气跃过了满地哀号的火场，从缺口处冲出了包围圈。

一开始是她拉着年幼的时骏跑，但很快就变为时骏拉着她跑。时骏虽然年纪小，但奔跑的速度异常快，臂力也十分惊人，几乎带着袁香儿飞奔起来。

"哈哈，我们跑出来了……"时骏边跑边向后招呼，"哥哥快跟上来。"

跟在他们身后不远处的时复突然刹住了脚步抬起头向后方看去。

袁香儿同样停下了脚步。

窸窸窣窣，像是无数风铃一起摇摆的声音在四面八方响起，初时微弱，后越发清脆，再如万马奔腾，向着此地传来。

一片白色的波浪在山后涌起，潮汐一般漫过翠色的山峦，波澜壮阔，铺天盖地而来。

那是白篙树的枝叶，此刻那些玻璃般美丽的细碎枝条疯狂地交织生长，漫山遍野地滚滚而来。

在白浪之后，更多的村民蜂拥而至。

原来乘坐飞鸟赶来的吕役不过是第一批抵达的追击者，后面还有白篙的树灵和那无数的村民。

“你带着小骏先走一步。”背对着他们的时复突然开口。

“什么？”袁香儿还没反应过来，身下的土地里突然抽出绿色的枝条，顶起圆球形的双鱼阵，柔软的枝条推着那透明的球体，将他们一路推下山去。

“喂，你给我住手！”袁香儿差点儿被摔晕了。

“哥哥，你不可以又这样，哥哥！”

这里是高地，山势陡峭，山坡上连绵不绝的碧绿树木突然活了过来，一棵接一棵地抽出柔软的枝条，接力一般顶着圆球形的双鱼阵向外推去。

透明而结实的球形护阵，仿佛一个巨大的气球，被山坡上的一棵棵树木接力着顶出去，短短时间里骨碌碌地顺着绿荫起伏的山坡一路飞快地远去。

袁香儿被摔得晕头转向，完全无法做出反应，只能紧紧抱住怀中的时骏。

一片混乱之中，袁香儿看见了那个背对着自己站立的身影。巨大的白篙树在那人的身边掀开泥土拔地而起，粗壮的枝条和蓬勃的树冠交错生长，很快就遮蔽了天日，堵住了整条山道，将时复那单薄渺小的背影湮没其中。

绿色植被组成的高耸屏障，同蜂拥而来的白色枝条冲撞到了一起。

“帮我看着小骏。”在身影被湮没其中之前，时复说了这么一句话。

那句话的声音并不大，却异常清晰地从山顶飘下来，钻进了袁香儿的耳中。

这到底是为什么？我明明什么都没有为你们做过。

袁香儿闭上眼，抱紧了时骏小小的身体，任由双鱼阵越滚越快，一路被起伏的树冠推着，向着远方滚去。

没多久，那些不断抽出的枝条突然消失了，推着他们前进的树冠恢复了平静，双鱼阵终于停了下来。袁香儿解除法阵站起身，看到山的那一边浓烟滚滚，不知道是何情况。

年幼的时骏已经在一路的冲撞滚动中昏迷过去。袁香儿独自站在寒风料峭的山谷间，看着远处的硝烟，一时有些茫然。

“阿香，阿香！你听得见吗？阿香？”南河的声音毫无预兆地在她的脑海中响了起来。

袁香儿的眼眶瞬间湿润了。

活了两辈子，袁香儿一直以为自己十分坚强。在没有父亲、母亲的上辈子，她学会了自己面对和处理所有事。在从小被家人放弃的这一世，她在师父离开之后，理所当然地承担起了守护师娘的责任。

守护和帮助自己的家人和朋友，直面遇到的所有困境，是袁香儿的处事原则。她没有想过，自己也会有依赖和眷恋一个人的时候。

“我在这里，南河，我需要你们的帮助。”她说。

一股难以言说的情感通过彼此联系的纽带铺天盖地地涌过来，他甚至不用说话，袁香儿已能体会到他心中满溢出来的心急如焚的感觉，以及那种恨不得插翅飞过来的感觉。

袁香儿突然就镇定了，没有什么好怕的，不过是回去那个镇子，把时复再捞出来，我可以办到。

她重新站直，握住了自己的拳头。

如果有人拦着，那我就烧了他们的树、砸了他们的村子。

身后传来一阵响动，袁香儿转过头，看到一道自己想念中的身影如风一般掠上山石。

那人踩在石头上，银发招摇，胸膛起伏，大口喘着粗气，明亮的眸子微晃，死死地盯着她。

阿香。

南河轻轻地在心里唤了一声，向着袁香儿伸出手来。

袁香儿接住了他的手。他的手指冰凉，触碰到袁香儿的指尖，他狠狠地抓住了她，一把将她拉进了自己怀中。

南河紧紧地箍住袁香儿的身躯，他微微颤抖的手臂不断加大力度。

“总算找到了。”渡朔从天而降，收起翅膀落在袁香儿身前。

“阿香，呜呜呜呜，你跑哪儿去了？急死我啦。”乌圆像炮弹一样，一头钻进袁香儿的怀中。

九条尾巴的小狐狸出现在山岩上，飞快地跳下来，化为人形拉住了袁香儿。

“可算找到你了，吓死我们了。”

朋友们重逢，激动得又哭又笑，袁香儿在大家的簇拥中抬起头来。

“我们先离远一些，这里不安全。”袁香儿说，“带上这个孩子。我有事需要大家帮忙。”

南河在她身边蹲下身：“我背你走。”

他的头发跑乱了，脸颊上挂着汗，胸膛还在微微起伏。为了第一个冲到她身边，他跑成了这副模样，甚至比飞在天空中的渡朔还快。

袁香儿想起分别之前她还拒绝了他背她让他心里难过，不由得感到愧疚，只好接受了他的好意。

她趴在南河的背上，环住了他的脖子，贴着他的脸颊，可以清晰地听见他怦怦的心跳声。

“对不起，南河，让你担心了。”袁香儿闭上了眼睛。

南河低着头停了一下脚步：“不，是我的错。”

他化成一只银白色的天狼，拔腿在山林间飞奔起来。

是我错了，我曾经以为即便你离开了，我也能独自生活，如今我才发现我错得多么离谱。南河在心里说。

重新相聚的一行人迅速远离赤石镇，来到一个隐蔽的山坳处休整。

袁香儿将自己这两日的遭遇大致述说了一遍。

“时复是为了帮你才陷入敌手的，我们一定要想办法把他接出来。”渡朔听完之后说道，得到了众人的一致认同。

袁香儿看了一眼清醒过来、低头坐在一旁的时骏，安抚地握住了他的手：“抱歉，为了帮助我，害你哥哥陷入危险之中，我们会想办法救出你哥哥。”

时骏摇了摇头：“这不怪你，哥哥这个人一向如此，看起来很冷淡，其实心特别热，但凡有人对他好一点儿，他总要想法子加倍报答的。何况我们也确实是想跟着你离开镇子。”

袁香儿在心里叹了口气。她一度很厌恶赤石镇上的半人类，但其实，任何种族都不该一概而论，他们之中既有吕役那样自私阴险的人，也有时复这样古道热肠的人。她不过是在斗兽场上随手帮了时复一把，时复便这样默默地记在心中，拼着性命回报她。

停在梧桐树树枝上的小小树灵，提着裙摆飘落到了袁香儿的肩上：“我请我的同族帮忙看了一下，那个镇上的人带回了一个伤痕累累的男子，把他捆在一棵巨大的白篙树下，正在……折磨他。”

时骏脸色一白，猛然站起身来。

“你在这里好好待着，等我们的消息。”袁香儿把他按了回去。

“不，只有我才最熟悉赤石镇的道路，我带着你们回去。那时候哥哥与其说是为了帮你，不如说是为了让我顺利逃跑。”时骏攥紧了小小的拳头，低着头说道，“我很小的时候，父亲就病倒在床上了，经常有人到家里来欺负我们。每一次都是哥哥用他的藤蔓困住我，把我护在他的身下。如今我已经长大了，也要护他一次。”

袁香儿看了他片刻，说道：“那这样，我们兵分两路，我从正面回去稳住吕役那些人，你领着南河和渡朔悄悄潜进镇子，等我的信号一起行事。”

南河反对：“不行，这样你太危险。”

袁香儿摸了摸鼻子：“其实我是最安全的一个，因为他们对我有所企图，不会要我的性命。我只需要拖延时间，在你们动手的时候发动双鱼阵护着时复就行。”

南河皱眉：“他们对你有什么企图？”

“我刚刚没说吗？他们抓我回去就是想让我……”袁香儿莫名有了点儿心虚的感觉，“想让我多娶几位夫侍，好把人族的血脉留给他们。”

乌圆忙着在一堆空白的符纸上来回跑着踩脚印。

“阿香，你多带些符箓去，要是谁敢欺负你，你就烧他……我这次很认真地踩的，威力肯定特别大。”

胡青将自己脖子上的一条项链摘下来，挂到袁香儿的脖颈上：“这是我贴身佩戴多年的法器，能施展我们九尾狐一族的天赋能力——魅惑之术。虽然没什么大用，但那些人好歹有人族的血脉，或许能在某些时候起一点儿作用。”

项链的吊坠是一块小小的狐狸形状的南红石，红得明媚可爱。

“谢谢，我觉得它一定能派上大用场。”袁香儿摸了摸那还带着胡青的体温的吊坠道。

“你当心点儿，一定不能出任何事。”胡青将柔软的手伸过来握住了袁香儿的手，眼里装满了不放心。

“对啊，阿香，你还是别一个人去了。”乌圆跳过来，顺着她的裙摆往上爬，跳到她的掌心中耍赖打滚，“这两天你不见了，我急得不行……这才刚刚找到你，你又要去危险的地方。不行，不行，不然你还是带着我一起去吧。”

“放心，我不会鲁莽行事的。乌圆你多画点儿灵火符，好保护我安全呀！”

袁香儿一边安抚着冲她撒娇的乌圆，一边悄悄地看向南河。

她知道南河在情绪波动得厉害之时，耳朵和尾巴会控制不住地冒出来——高兴的时候毛茸茸的耳朵砰一下冒出来，兴奋的时候尖尖的耳朵也要冒出来，最让袁香儿喜欢的是他羞涩的时候软乎乎的耳朵抖动的模样。

这还是袁香儿第一次看见南河因为生气而冒出耳朵，一双毛耳朵在脑袋上尖尖地竖立着，上面的毛发都气得奓开了。他的眼眶有一点儿红，薄薄的唇紧紧地抿着，虽然没有说话，但不管是谁都看得出来这只天狼已经处于怒火中烧的状态。

此时已是深夜，他们藏身在寂静的山谷中。不远处的赤石镇上依旧灯火辉煌，一个小树灵的身影从飞檐斗拱的寻欢楼下掠过，飞出了那片火树银花的不夜城。

她一路穿过山间的林木飞回来，停在袁香儿手中的树枝上。

“看到了，我看到了，那个男人就在镇子内最华丽的那栋建筑里。”小姑娘微微喘着气，“他被捆在那棵白篙树下，那些人暂时没再欺负他，可是在他的身边防守得实在很严密，即便是我，也只敢停在远远的树梢上看一眼。”

“多谢，辛苦你了，你先休息吧。”袁香儿向那位还没有手指高的小姑娘道谢。

小树灵似乎很高兴，踮着脚转了个圈，蜷缩起身体又回到树枝内去了。

确认了时复暂时没有生命危险后，大家决定休息一下，天亮之后按计划行事。

奔波了一个日夜的袁香儿躺在南河那一大团熟悉的毛发里。

这里是荒郊野岭、寂静孤林，没有白玉床、黄金屋，也没有那锦被丝绸、夜明宝珠，只有那一只把她紧紧地护在怀中的银白色天狼。

但袁香儿觉得异常平静满足，她那一身的疲惫都在南河温暖的怀中渐渐消失。她抱着那条盖住自己身躯的尾巴，轻轻抚摸着那些柔软的毛发。

她内心深处的那种惊险逃亡的不安、同伴被捕的失措，以及所有的孤独惶恐、疲惫劳累，都在这温暖的包围中消失。

她重新变得沉稳坚强，无所畏惧。

南河的眼眸在夜色中幽幽地发着微光，他目不转睛地看着袁香儿。

虽然他没有说话，袁香儿心里却生出好笑的直觉——如果这里没有其他人，南河可能会像乌圆一样撒着娇不让她走。想起南河变为小狼的形态，翻出肚皮对她撒娇，忍耐着任由她抚摸的画面，袁香儿的心就忍不住痒痒。

这个男人总是喜欢压抑自己，什么事都忍着不说。但她偏偏就喜欢看他被逼迫得按捺不住，露出可气又可爱的情绪的模样。

袁香儿翻过身，附在南河耳边说道：“你放心，我肯定不会有事。”

南河的耳朵抖了抖。

“我也不会让任何人占我的便宜。”

南河的耳朵尖红了：“我要第一个。”

“第一个什么？”

“第一个娶……娶……”

袁香儿又笑了，原来他在吃醋啊！她附在南河的耳边继续说：“我第一个娶的当然是小南，最后一个也是小南。所有那些开心有趣的事，我都只和小南一个人做。”

南河在黑暗中化为人形，凑了过来，怯怯地想要索取一个吻，却又羞涩地忍住了。

周围有太多在休息的同伴呢，会被听见，他这样想。

一只莹润的小手已经伸了过来，攥住他卷曲柔软的银发，不准他逃跑。很快，黑暗中她覆上他的双唇，不容置疑地分开他的唇瓣，开始探索那柔软湿润的小世界。

寒夜的气息似乎都变得像那个吻一样湿润了。

这个可爱的男人敏感又细致、羞涩而多情，偏偏还要压抑自己，生怕被人发现。

袁香儿发觉自己就喜欢看他这副面飞红霞、眼带春色的模样，看他快被逼疯，看他喘息连连，却又只能忍耐着，不敢发出一丝一毫的声响。

两天没见，袁香儿想他想得厉害。如果不是在这个紧急时期，袁香儿或许会花一整夜的时间欺负他，看着他的理性渐渐消失，观察他各种可爱又迷人的样子。

“你等着，等我把时复救出来，”袁香儿和南河分开，目光落在他那微微红肿的双唇上，“我们还有很多时间。”

时复被凉水泼醒的时候，发现天色已经亮了。

他被四肢大开地绑在白篙树下的祭台上。

捆住他的手脚的是用白篙树的枝条搓成的绳子，这种绳子强韧结实，并且在日光的暴晒下会很快地因为流失水分而紧紧收缩。他的四肢和脖颈被分别套着绳索拉向不同的方向，等到太阳高升，他整个人就会被残忍地慢慢撕裂，饱受痛苦的折磨而死。这可以算是他们赤石镇上最严厉的刑罚之一了。

鲜红的太阳越过山顶，温暖的阳光却像是一位即将夺走他的性命的死神，驱使着寒冷爬上他的四肢。捆束住他的手腕和脚踝的绳索开始收紧，他的身躯上遍布着各种新旧伤口，在这样的拉扯之下，属于他的酷刑才真正在阳光之下开始。

时复知道自己的生命即将走向终点。

他看着头顶的天空，视线里全是摇摆着的白篙枝条和漫天云霞，他的身边围着无数手持锐器的族人，他们都满脸愤慨。

这或许是他最后一次看到天空了。

幸好，阿骏顺利地逃了出去。对不起，阿骏，从此以后哥哥不能再护着你，希望你自己保重。

“为了一个陌生人背叛你的种族，你可知道后悔？”吕役的脸出现在他的身边。

吕役低头看着他，一脸愤怒厌恶的模样。

时复嗤笑了一声：“我这样的人，反正迟早是要死的，与其在斗兽场上供你们消遣取乐，死得毫无价值，不如用来帮助一位真正对我有过善意的人。”

吕役的脸色变得很难看。

围观的人纷纷叫喊起来：“浑蛋，还敢狡辩，杀了他！”

“杀了他！杀了他！杀了这个叛徒！”

“叛徒，罪人，处死他！”

“你这个蠢货，你知道自己干了什么吗？”吕役一脚踩在祭台上，伸手掐住了时复的脖子，那张布满疙瘩的面孔上双瞳骤缩，“就因为你的愚蠢行为，从昨夜开始，树神已经彻底和我们断开了联系。无论我怎么祈祷，都听不见他的声音了。”

“祈祷什么？祈祷大家永远做笼中鸟、瓶中花？祈祷大家依靠囚禁一位无辜的外来者，延续这种依赖着神灵赏赐过活的日子？”时复仰躺在祭台上，毫不畏惧地直视吕役，“几百年了，活在这里的大部分人从不敢走出这小小的峡谷半步，甚至不知道外面的世界和天空是何模样。”

吕役收紧了手指，看着被他施暴的少年脸上充血，发出痛苦的咳嗽声。

“你活得不耐烦了吗？如果车裂之刑还不能让你忏悔，我会让你知道这世间的痛苦何止千万种。”

“住手，放开他！”一道清越的女声穿过人群，清晰地响起。

围在祭台附近面目狰狞的半人类纷纷转过脸去。很快，他们就议论纷纷地让出一条道路。路的那一端站着一位少女，那少女正迎着初升的朝阳款款走来。

吕役诧异地站起身来，想不通明明逃了的袁香儿怎么还会主动回来。

“把他放了，我回来了。”袁香儿孤身一人靠近了那由重兵把守的祭台，抬起头对着祭台上的凶手说道。

吕役忍不住吐出一条细细的舌头，吸溜一下又收了回去，这是他兴奋之时半妖态的体现。往日里他总是极力克制自己，不想让别人看见自己的这副模样，但此刻他已经忍耐不住了。

“不，我不会再相信你的话。”他站在祭台边缘，眯着眼睛看着袁香儿，抬起手中的短链银枪，抵在时复的胸前，“想要他活命……除非你答应我一件事。”

时复忍着剧痛，扭头看向袁香儿，勉强摆动脖颈做了一个让她立刻离开的动作。

袁香儿却不看他，只是不紧不慢地说道：“我既然回来了，当然是想要他活命。”

她甚至冲着吕役笑了笑，舒缓了剑拔弩张的氛围：“不过我和这个人也只是偶然相识，我能回来和你谈已经算是仁至义尽，若是他死了，或是你提的要求太过分，那我只好算了。”

这种时候，双方谈判，各自揣摩的是对方的底线，先露怯的一方就算输了。是以即便想早一点儿将时复救下来，袁香儿也只能尽量摆出不是很在乎时复的模样。

吕役盯着袁香儿看了半晌，突然手腕一动，将雪亮的枪尖扎进了祭台上的时复的血肉之躯中，使得重伤的少年抑制不住地发出一声闷哼。

高高在上的刽子手露出挑衅的神色，扭动手里的长枪。

袁香儿咬住了红唇，忍了又忍，终于还是开口打断了他残忍的行为：“行了，你要我做什么事，我同意便是。”

“我之所求，香儿难道还不明白吗？”吕役露出得胜的微笑，“香儿，其实你不必如此委屈。我们是真心实意地喜欢你，你留在赤石镇上，我们必当锦衣玉食、金屋玉床地供着你。每日你只要由着自己的喜好挑选几位你喜欢的郎君，同他们缔结琴瑟之好。你大可日日笙歌，夜夜寻欢，像女王一样生活。将来镇上会遍布你的后代，无人不敬奉追捧你，你便是赤石镇真正的女王！这难道不是女子最为幸福的日子，难道不是神仙一般的生活吗？”

“确实很好。”袁香儿一字一顿地说，“我已经同意了，只要你放了他，我就留在赤石镇上。”

吕役抽出扎进时复的胸膛的那柄银枪，枪尖的血槽中滴落一串殷红的血液。

枪下的时复已经虚弱得发不出声音，只是看着袁香儿，苍白的嘴唇微张，用口型反复说着：走，快走！

但袁香儿不肯看他。

“从前我不知道香儿你这么厉害，还这么会骗人。”吕役恢复了温文尔雅的模样，笑盈盈地说道，“如今我当然不敢再轻易相信香儿。”尽管在笑，但他那张布满疙瘩的面孔此刻已经有些狰狞。

他蹲在时复身边，扯动时复脖颈上的绳索：“看见了吗？这种绳子在阳光下收缩得很快，不出一天时间，这个人就会被活活车裂而亡。”

他说到这里停了一下，等着看那个少女失措的反应。

但袁香儿只是冷淡地看着他，仿佛料定他会主动说下去。

吕役有些失望，站起身来，指着围在四周的村民：“这里这么多人，香儿只要选出三位喜欢的郎君，这个人的命你就算救下了。”

袁香儿心中生出一股怒意。这么久以来，不管是对妖魔还是对人类，她第一次真正起了杀意。

此刻她的身前身后，围满了面目狰狞的镇民。他们半人半魔，有着和人类相似的身躯，野兽的特征，正和吕役一般一脸贪婪地看着自己。

群敌环伺，身处险境，袁香儿的心却前所未有地冷静。

她知道，自己并不是真的孤身一人。南河、渡朔、乌圆和胡青，她的挚爱亲朋此刻都在不远处默默守护着自己。

有他们，她的内心就分外平静。再难的事摆在面前，她也有一种绝对能够战胜的自信。

吕役想过袁香儿会暴怒，会害怕，会感到难堪和窘迫。可是眼前那位十七八岁的少女，在看了他半晌之后，反而展颜笑了。

晨曦恰恰在此时照过来，打在她娇嫩的容颜上，照亮了她的脖颈间那一枚鲜红色的吊坠。她这一笑就如同严冬里骤然开出一朵绚烂而张狂的花来。

“行啊，我都依你。”她笑着说，那眼眸明亮得摄人心魄，雪白的颈窝处，吊坠红得耀眼。

明明己方人多势众，对方孤身一人，还身处自己所设的陷阱，吕役的心中却无端涌起了一股害怕的感觉。一种发麻的感觉爬过肌肤，他浑身战栗却又无可抗拒地被眼前的少女吸引。

那只点缀在少女脖颈上的红色狐狸，明艳艳的，几乎让他挪不开眼睛。

从前吕役想要的只是一个血脉纯正的女人，利用她为镇子注入新鲜的血液，延续神灵的眷顾。他对袁香儿温柔亲切，也不过是为了实现这个目的。直到这一刻，他的心头似乎悄悄地生起一股渴望。他渴望拥有这个女孩的笑容，想要顺着她的意思，听她的话，让她高兴起来，一直这样对着自己笑。

不，不能这样。吕役心里警铃大作。他一抬手，吩咐护卫围住祭台上的人质。

“你必须按我说的办，完成婚礼之后，他才有活命的机会！”

相较吕役无端的紧张、狂躁，被胁迫的女孩只是平静地说道：“可以。”

女孩娇妍的肌肤在阳光下映出光泽，这张面孔即便和在赤血石的石壁上的影子比起来也丝毫没有差别，真实而美艳。她明明是这样娇柔又弱小，独自面对着困境，却依旧自信而沉着。

真正的人类都是这样的吗？

所有在场的镇民看着那位面对着寒刀利剑却毫无惧色、笑靥如花的少女，心中都忍不出生出这样的想法。

在神灵开始放弃他们的时候，这个女孩子大概就是上天赐予的希望。她这样鲜活无畏地站在这封闭了数百年的赤石镇里，仿佛给这个无所事事、荒唐无度了百年的小镇带来了真实感。

镇上的居民开始迅速行动。所有适婚之人，不论男女，都换上了华美的衣物，挤进了这个庭院。红灯彩绸在袁香儿居住过的厢房里张挂起来。大红喜帕、龙凤喜服、宝珠华器一样一样地被端上来供她挑选。

袁香儿笑着拿起一条金丝钩边的红盖头：“这个东西在浮世里可都是男子盖的，你必须依着我们那边的习俗。”

与世隔绝了数百年的吕役被她的笑容忽悠住了，连连点头：“可以，可以，都按你们那边的风俗来办。”

他指着庭院里乌泱泱的人群，柔情款款地说：“香儿喜欢哪位郎君，尽可自己挑选，绝没有人强迫你。”

昨夜，袁香儿施展法术，破除了一切妖术，导致所有前去追击的战士现出原形，此刻还没有恢复俊美的容貌。

此刻，挤在院子里的候选人，有狮身人面的，有同时长着鱼鳍和鸟翅的，也有后背背着厚重龟壳的。

他们依照本地的习俗盛装打扮，给自己戴上用魔物骷髅做成的头盔，披上色彩鲜艳的羽毛，裹着柔软蓬松的皮裘，想要吸引袁香儿的目光，显示自己对此事的重视。

毕竟得到一个人类生下的后代，对每一个家族来说都是好事。将人类的后代出售给妖魔为仆，几乎意味着整个家族都可以得到长期大量的供养。

吕役吸溜了一下长长的舌头，心里有些期待。从前他十分介意自己的丑陋面目，绝不肯让自己的影像出现在赤血石的石壁之上。但此时此刻，大家一起露出原形，反而让他有了一股轻松感。香儿并没有对他露出嫌弃的表情，甚至还时常对他笑。他觉得袁香儿是喜欢自己本来的相貌的。

如果香儿这样懂事可爱，那么在将来的日子里，或许自己可以考虑不要太过勉强她。

若她不想每天挑选三位郎君，只想和自己在一起，也不是不可以，吕役这样想。

袁香儿站在厢房前游廊的台阶之上，把目光投在院子中那些奇形怪状的半人魔身上。

她的目光所过之处，所有的人都兴奋起来。

“啊，她看过来了，选我，选我！”

“选我，小娘子，选我呀！”

人群一时喧哗起来。

“阿香，还是直接抢人吧，南哥都快要爆炸了。”乌圆嘀嘀咕咕打小报告的声音突然在袁香儿的脑海中响起。

袁香儿这次是真的笑了。

她伸出手，将挤在人群中一个戴着魔物骷髅，披着长长皮毛的年轻男子拉上了台阶。

那人身姿修长挺拔，肌肤白皙，狰狞凶狠的头盔下只露出半截脸颊。他的脸染上了晚霞的颜色，薄薄的双唇紧紧地抿成一条线。

“就他了。”

袁香儿抬手一翻，红绸飞扬。大红的盖头盖住了那个男人。袁香儿回头冲着吕役眨了眨眼睛，将那个被选中的幸运儿推进了温暖的卧房。

厢房的门合上了，庭院内的人群静默了一瞬间，又一下子喧哗起来。

“那个幸运儿是谁？”

“谁家的儿郎被选中了？”

“不知道啊，他一下子就被盖上了头巾，根本来不及辨别身份。”

“反正是我们镇上的人，等他出来以后就知道了。”

“咦，是不是有什么味道？好香。”

卧房中，坐在床边的南河一把扯下头上的盖头。他满脸飞着红霞，眼中染着怒火，咬牙切齿地说：“我要杀了这些人！”

袁香儿按住了他的手，俯身在他耳边轻轻地说：“等一下我们再一起去揍死他们，现在你先来做这第一个新郎呀！”

南河来不及说话，嘴已经被袁香儿柔嫩的双唇封住了。

华幔低垂，宝树生辉，布置奢靡的厢房，虎视在外的恶贼，如在悬崖边的紧迫感放大了感官的刺激。

“不用忍着，你发出一点儿声音，我们只要装装样子就行了。”那人带着轻喘，咬着他的耳朵说。

她口里说装装样子，手上却刻意使坏。

很快，一股浓郁的甜香味在昏暗的屋子中弥漫开来。庭院里彻底安静了，那股浓香意味着什么，身为半妖的他们都知道。

不多时，袁香儿打开屋门，长发披散，衣裳齐整。但那一室掩也掩不住的浓香，无声地传达了这间屋子内刚刚发生了什么。

在屋外等候的吕役露出了一脸喜色：“香……香儿，你看看我，下一个选我行不行？”他此刻心花怒放，心中是压也压不住的欢喜，虽说新郎由她挑选，但袁香儿想必不会拒绝自己。吕役觉得自己马上可以如愿以偿，整个镇子也从此获得了人族的血脉，事情进行得比想象中还要顺利。

他兴奋地想要进入屋内，将那个明明占了便宜，此刻还不知好歹地背对着外面坐在床边的人轰出去。

“行啊，”袁香儿伸手拦住了他，“但我有一个条件。”

“条件？”

“先带我去看看时复，我要确定他还活着。”

“不行，我们说好的……”

“我必须先看他一眼。”一直很好说话的袁香儿，在最关键的时刻，突然变得十分固执坚决，“如果你不同意，那我们的协议就此作废。”

袁香儿在轮到他进屋的时候变了态度，让心中急切的吕役一时乱了阵脚。

“我只是想到他身边看一眼，确认一下他无恙，你为什么就这样小气呢？”袁香儿放低了声音温和地请求，但又很快变了脸色，“是不是他已经死了，所以你才不同意？”

“不不，他没事，还活得好好的。你这般不放心，我带你去看就是。”吕役妥协了，不放心地交代一句，“我只是让你看他一眼，你别想打其他的主意。”

“嗯，我保证什么也不做。”袁香儿转了一下单薄的衣裙，“你看我什么都没带，连装符箓的荷包都没有拿。”

在白篙树下的祭台边缘，守着无数手持利刃的护卫。

袁香儿跟在吕役身后登上了祭台。

她在昏迷不醒的时复身边蹲下，伸手轻轻地推他：“时复，时复？”

在痛苦中昏昏沉沉的时复睁开眼睛，虚弱地看向眼前的人。

“撑着点，时复，我这就带你走。”袁香儿说。

“香儿，你说什么？”身后的吕役赔着笑，想要过来拉她，“你还要和我……”

袁香儿转过头，之前笑盈盈的双眸此刻蒸腾着森冷的杀气。

她扬起青葱玉指，凌空成诀，口中呵斥道：“天缺诀，陷！”

吕役反应不及，哗啦一声从祭台上掉落下去。他狼狈地想要爬起身来，那位他心心念念的少女居高台之上，冷冰冰地看着他，手中指诀变幻：“地落诀，束！”

“泰山诀，罚！”

吕役似被铁链捆束身躯，又似有巨石一次次地从天而降，砸得他皮开肉绽，头晕眼花。

祭台边缘的护卫见袁香儿突然翻脸，一拥而上。闪着寒芒的利刃，威力强大的法术齐齐向着袁香儿攻去。

上一次交手的时候，袁香儿刚刚使出双鱼阵，就被时复远远地送走了，以致大部分敌人根本没有见识到双鱼阵真正的威力。

若非如此，吕役等人大概还不敢如此大意，任由袁香儿上了祭台。

袁香儿对四周的攻击不管不顾，只是蹲下身，专注于解开绑紧时复四肢的那些绳索。

一红一黑两条小鱼，围绕着袁香儿灵活地游动，形成一个透明的球形护罩，将她和时复严严实实地护在里面。

不论是尖利的刺刀，还是绚丽的法术，都不能撼动那看似薄脆的护阵分毫。

袁香儿割断绳索，扶起奄奄一息的时复。

时复的身上新伤旧痕交错。昨日送走袁香儿和弟弟，他独自挡住树神和敌人战斗，年轻的身躯几乎处在崩溃边缘。又被紧收的绳索勒了半日，他已经陷入了半昏迷的状态。

袁香儿给他加持了一道又一道的愈合法咒，终于听见他发出微弱的声音：“小……小骏？”

“小骏没事，他在安全的地方，我很快就带你去见他。”

双鱼阵外，是无数敌人的刀光剑影，法咒争鸣。半昏迷中的时复含糊地说了一句话。

他的喉咙受了伤，声音很轻，但袁香儿听见了。

“母亲……母亲，你……终于来了。”

袁香儿很清晰地记得，昨日在他的家中，他冷漠而平静地对自己的弟弟说，他们没有母亲，只有父亲。

如今他身受重伤，处于垂死边缘，在半昏迷中说梦话，却期待地喊着母亲。

作为家中的长子，他年纪轻轻便挑起照顾父亲和幼弟的重任，其实比任何人都更想见一面那位从未见面的母亲吧？

袁香儿心里有些酸：“你撑着点，我很快就陪你去见你的母亲，好不好？”

陷入泥土中的吕役在众人的帮助下，好不容易从深坑中爬出来，气急败坏地指着双鱼阵中的袁香儿：“你！你不要干傻事，乖乖地从里面出来。”他被法咒砸得鼻青脸肿，满脸是血，跺着脚咒骂，“防御法阵再厉害又能怎么样？你难道还能在里面躲一辈子吗？”

袁香儿埋头照顾时复，不搭理吕役。

吕役龇牙咧嘴地说道：“等我把你从法阵中弄出来，一定要你跪着求我！推，把他们连着法阵一起推下来！”

他的话音未落，一道低沉的声音仿佛从地狱中响起。在他们的身后，袁香儿刚刚“洞房”过的那间屋子爆炸了，从内而外碎裂开来。金丝帐幔、芙蓉锦被的碎片飞得漫天都是，一只巨大的银色天狼从中现出身影。

它龇牙长啸，双目燃着火光，身形一圈一圈地不断地变大，大过了屋顶，高过了巨树，占据了整座庭院，在滚滚浓烟之中现出了妖王震怒之躯。

满天星斗下，陨石轰隆隆地坠落，砸进了这座流光溢彩、安逸了数百年的不夜之城。

所有能够战斗的武士匆匆拿起兵刃，颤抖着双腿向着肆意撒野的天狼跑去。他们虽然有半妖血脉，但在这被白篙守护的世外桃源里，几乎从未参与过任何真正的战斗，事到临头，只能盲目地一拥而上，企图用人海阻止这只发狂的大妖。

清越的鹤鸣在空中响起，一道巨大的鹤影划过天空。鹤影过处大地无端塌陷，屋舍崩坏，道路损毁。

“不行，郡守大人，两只大妖太厉害了，我们抵挡不住啊！”

“快，快向树神祈祷。”吕役呆立战场之中，想不明白自己的城镇为何突然陷入如此境地。那些明明远离城镇的妖魔，为什么又突然出现在这里？

“大人，树神，树神毫无回应啊！”报信的武士一脸绝望地看着他，“我们已经被神灵抛弃了，镇子……我们的镇子就要被毁了！”

吕役看着四处崩塌起火的家园，茫然得不知所措。

他们世代受到白篙神的守护。围绕山谷的众多白篙树用神力守护着这里，驱赶了所有靠近峡谷的妖魔。

人类在这里生活了数百年，从不需要耕种，也从未受到过妖魔的袭击。他们已经忘记了怎样通过自己的双手获得粮食，忘记了怎样用自己的战斗守护家园。

银光闪烁的巨大恶魔直奔过来，一口咬住了吕役，叼着他飞上天空。

吕役看着脚下浓烟滚滚的家园。在被树神放弃了之后，小镇数百年的繁华，竟然就这样在一夕之间彻底崩溃。

他在临死时闭上了双眼。他想，或许我们从一开始就错了。

巨大的蓑羽鹤飞到袁香儿的身边。袁香儿带着时复跳上了渡朔的后背，向着高处飞去。

成功救出时复，还借机欺负了一次南河，袁香儿感到心情舒畅。她捞上乌圆，乘坐在渡朔的后背上，掠过那片赤红的石壁，向山谷外飞去。

山顶之上，那些稀疏的白篙树静默地看着他们。

一个少年的身影突然出现在树林间。他抿着嘴，用空洞的目光凝望着飞行而过的袁香儿。

渡朔止住飞行，悬停在空中。

袁香儿看着眼前苍白的少年。他的身体是透明的，目光呆滞，茕茕孑立，似乎随时会在风中溃散。

“你一定要离开吗？”那少年开口。

“抱歉，我不可能留在这里。”袁香儿说。她同情他的遭遇，不屑于他的所为，也没有帮助他的能力。

少年垂下眼睫：“父亲曾经说，我也是你们的家人，是家里的一分子。他让我守着阿根，守着家里的孩子。我一直很努力，拼命完成了父亲的嘱托。”

“可是不管我怎么努力，你们还是要一个个地离开，把我一人丢在这个地方。为什么？”他看着自己几乎消失了的双腿，“要知道，我已经不能离开此地了啊！”

袁香儿叹息一声，竟也觉得他十分可怜：“或许，你应该多看一看身边。这里除了人类，还有许多其他生灵。你的同类和伙伴，他们同样喜欢着你，真实地生活在你的身边。”

少年张开手掌，手心里凝聚着一团夺目的白光。白色的光芒隐去后，现出一颗水晶般透明的小小果实。

“它有止痛祛病之效，留给你作为纪念吧，你是我唯一可以见到的人类了。”水晶果实从少年手中浮起，落到了袁香儿面前。

“我想我该睡上一觉。”透明的少年抱着双膝，蜷缩起身体，埋下了头，“等我醒来，千百年就过去了，我或许能将你们这些无情无义的人类忘记。”

他的身躯慢慢变小，化为一块泪滴般的晶体，隐没进白篙树林之间。

那些发出悦耳声响的枝条在一瞬间寂静下来，雪白的色泽渐渐褪去，恢复了从前的一片碧绿。原来如白雪一般的山头，渐渐地染上绿色。

为了人类而努力汲取灵力的小小树灵，至此陷入长久的沉寂。

跟过来的乌圆一溜烟爬上袁香儿的肩头：“快走快走，南哥要醋淹赤石镇了。”

袁香儿在渡朔的身上回首看了一眼身后，峡谷内四处都是滚滚而起的浓烟。

“别听乌圆的。”空中传来渡朔的声音，“小南因为你，对所有含有人类血脉的种族都留有几分情面。他不过发泄一番，不会过度伤人。这些人类经此一事，或许能够真正重新开始适应没有树神庇佑的生活。”

“不过那个郡守的命肯定没了。”乌圆急急忙忙地说，“阿香，你不知道，吕役说要你娶三位夫婿的时候，南哥几乎要气炸了。是我死死拉住他，才没让他提前发飙。当时他那股酸味熏得我，必须回去吃三罐小鱼干才压得住。”

第十一章　青　龙

袁香儿找到一处避风的山洞，将受伤的时复安置在里面。

“他伤得太重了，又是人族血脉，复原能力远比不上妖族，这可怎么办？”胡青帮着袁香儿剪开时复满是鲜血的衣物，包扎伤口，对着那具血迹斑斑的身躯皱紧了眉头。

袁香儿在地面上绘制了聚集灵气和愈合伤口的两套法阵，低声反复念诵起金镞召神咒，但也仅仅止住了血。

时复面色苍白地躺在法阵中，依旧昏迷不醒，甚至发起了高烧。

袁香儿取出白篙留给她的那颗玻璃一般透明的果实。树灵沉睡之前告诉过她，这颗果实有着疗伤的奇效。

“我们试试这个？”

松子一般大的果实晶莹剔透，顶端有些细细的纹路，像是一颗小小的水晶心脏。袁香儿尝试着向里面注入灵力，那水晶般的果实便明亮起来，慢慢地离开袁香儿的手心，悬停在空中，散发出纯白而温和的光芒。

那温和的白光覆盖了时复周身，时复那毫无血色的脸终于缓和了一些，紧紧锁住的双眉也渐渐地松开了。

时骏跟在一旁，一会儿帮胡青递毛巾，一会儿眼巴巴地看着袁香儿施展法术。眼泪早就糊了一脸，却又害怕打扰到对哥哥的抢救，他不敢哭出声，只能拼命咬牙忍着，眼泪鼻涕一起悄悄往下掉。

袁香儿拧了一条热毛巾给他：“擦擦脸吧。”

时骏接过来抹了一把脸，乖巧地道谢：“谢谢姐姐。”

时骏的鼻子眼睛都哭红了，他怯怯地问：“我哥哥肯定不会有事的。对吗？”

这是一个聪明机灵又情感丰富的孩子，初识时的那一点儿隔阂早已消失，袁香儿伸手摸了摸他的脑袋。

“树神留下的果实很有效，你放心，我们一定竭尽全力救他。”

小小的果实始终悬停在空中，散发着治愈的柔光。袁香儿当真想不到，那位树灵在沉睡之前还能留下一样对人类散发着善意的治愈法器。

焦虑了两个日夜的时骏哭得累了，握着哥哥的手，蜷在哥哥身边睡去。

包扎好时复的伤口，胡青拧了一条凉帕子，覆上时复发着高烧的额头。

胡青看见时复微微张了张那干裂的双唇，轻声说梦话：“母亲……”

“啊，这孩子想念他的妈妈了。”

对活了几百岁的胡青来说，二十岁还不到的人类当然算是孩子。

“他们的母亲就是我们要找的青龙。”

“啊，你是说那条青龙？”胡青掩住嘴，“青龙六十年往返人间一趟，那条龙去年才回来，这么说，这两个孩子或许不曾见过他们的母亲。”

并不是每一个种族的母亲都会和人类一样，有看顾养育孩子的习惯。

袁香儿搓着白篙的果实，和胡青并肩站在山洞口，看着山脚下浓烟四起的赤石镇。

那位树灵年复一年地在此地守候，却不知道家人的寿命早早已如蜉蝣一般逝去，就连他喜爱的人类也已在这个世界上消失了数百年。

“等回去以后，我把它种在院子里试试。他那么喜欢我们人类，我不想让他那么失望。”

“嗯，他一定还有机会生活在他喜欢的世界里。”胡青挽住了袁香儿的胳膊，“我也喜欢你们。虽然人类里有像妙道那样可恶的家伙，但也有像阿香你这样可爱的人。”

袁香儿伸手掐她的胳膊：“我也喜欢妖魔，每一个都长得这么漂亮，让我忍不住想掐一把。”

“别掐我，要掐掐你们家南河去。”胡青和她掐来掐去，“今天在镇上我可闻到味儿了，话说你每次把人家欺负得发出那样浓郁的气味，却还要人家忍着，是不是太过分了？”

袁香儿摸摸脑袋：“每一次都是我欺负他，好像是有些过分。”

从林间传来拨动枝叶的声响，一只银白的天狼分开灌木的枝条奔跑上山，矫健的身躯带着战场的硝烟，冰冷的双眸盛着未退的杀气。它伴着如血的残阳走上山岭，一路走，一路将那凛然的杀气抖落在地上。走到袁香儿身边的时候，那双眸中的寒霜已化为春水，它伸过脑袋亲昵地蹭了蹭袁香儿的脸。

胡青推了袁香儿一把。袁香儿的脸莫名红了红，她爬上了南河的脊背。

黄昏之时骑着银狼驰骋在山野间，或许是这世间最美好的享受。

晚霞灿烂，波涛一般起伏的树冠披着夕阳的金辉。

最妙的是，这个浪漫多情的世界，很快就会知情识趣地进入更深的幽暗，那弥漫着暧昧幽香的夜晚。

凉丝丝的夜风吹过脸颊，袁香儿贴着南河的脖颈趴在他的后背上，用双手圈着南河的脖子，揉搓那里柔软的毛发。

“小南今天生气了？”

“那个人竟然当着我的面，让你娶……娶三个男人。”南河龇着利齿，犹不解气。

“行啦，消消气，你把人家整个镇子都拆了。”袁香儿笑话这只吃醋的狼。

“我本来没有那么贪心的。”南河低沉的嗓音响起，带着一丝不易察觉的委屈，“可是那一天，在里舍的屋顶上，你告诉我的话，我都当真了。我……已经没办法忍受别的人觊觎你。”

袁香儿趴在南河的背上：“我说的话自然是真的。小南说的话，我也都当真了。”

“什么？”

“你说你要把整个人送给我，你要当我的第一个也是最后一个男人。”

她身下的银色天狼红了耳朵。

“今天的第一位郎君看起来很美味，我还来不及好好享用，就被打断了。不知道现在后悔还来不来得及？”袁香儿的声音从他红透的耳朵里钻进去。

纵横四野，掀翻了整个赤石镇的大妖一时失去了飞行的能力，哗啦一声，人和狼一起掉落进地面繁密的丛林间，溅起漫天草叶。

袁香儿独自从丛林间回来的时候，面上还带着未褪的红霞，头上沾满了凌乱的草叶。

“阿香，你跑哪儿去了？”乌圆围着她打转，“阿香，你身上是什么味，怎么这么香？你是不是背着我偷吃了什么好吃的？”

胡青一把将乌圆提开，打趣袁香儿道：“南河呢？”

袁香儿咳了一声，脸红了：“他有些不好意思，晚……晚一点儿再出来。”

“他真的被你吃下去了？”胡青凑在袁香儿耳边说，“你把人家欺负得都不好意思出来了？”

袁香儿悄悄看看左右，和胡青咬耳朵：“他太可爱了，我就没忍住。换了是你也一样，你难道就不想看见你那位渡朔大人失去理智的模样吗？”

胡青捂住了脸：“啊，确……确实……”

太阳落下又升起，漫漫长夜过去，山洞里的时复从昏迷中醒来，觉得身体无处不是剧烈的疼痛。

但是既然还能感到疼痛，就说明他还活在这个世界上。身边隐隐传来女性的说话声，还有干柴在火焰中燃烧，冒出火星的噼啪声。他似乎躺在一堆稻草上，伤口都被很好地处理过了，身下铺着触感舒适的毛毯，旁边还燃着温暖的篝火。有人救了他，还把他照顾得很好。

他觉得眼皮像是灌了铅一般沉重，以至于用尽力气才能勉强睁开一条缝。

时复首先看见的是自己的弟弟时骏，这让他松了一大口气。时骏显然狠狠地哭过一场，鼻尖通红，脏兮兮的小脸上还挂着泪水。或许是哭累了，时骏握住时复的手指，沉沉睡倒在时复身边。

“他的伤看起来好了不少，人似乎恢复意识了。”

“真是太好了，希望他能够尽快好起来。”

有人在身边说着话。

他从微微睁开的眼缝里，依稀看见一条白皙的手臂伸过来，仔细擦去他脸颊上、脖颈上的冷汗，又将他额头上的帕子取下，换上一条冰冰凉凉的帕子。

“听得见吗？时复，想不想喝一点儿东西？”

“别担心，你已经度过最危险的时候了，很快就能好起来。”

昏昏沉沉中，一直有女性的声音在他的耳边响起。

他恍惚回到了自己的童年时期。

在时复还很小的时候，父亲就已经垂垂老去。一生思念着母亲，情思郁结的父亲很早就缠绵病榻，卧床不起。小小年纪的时复以幼小的肩膀挑起了照顾父亲、养育幼弟的责任。

镇上很少有人愿意出来工作，时复却什么脏活累活都接，从不挑剔。只要能挣得更多的钱，他就可买到药物给父亲治病，可以养育刚刚破壳而出的弟弟。

他是一个没有母亲的孩子，绝不希望再失去父亲，失去弟弟。

那一天，在斗兽场受伤的时复在回家的路上发起了高烧，晕倒在路边的雪地里。

一位怀抱幼儿路过的娘子将他摇醒："孩子，你生病了，快回家去找你娘亲吧。"

那位娘子的容貌他已经淡忘，只记得那双手柔软又温热，轻轻地擦去他额头上的冰雪，将他搀扶起来。

原来，这就是母亲的手。

暖黄的路灯下，那位母亲温柔地低头看着自己怀中的孩子，用丰腴的手掌轻轻地拍着包着孩子的包袱，那缓缓离开的背影刻进了时复的内心深处。

从此，这位生活艰难的少年就在心里悄悄地期待起母亲的到来。

每当受了伤，生了病，他总是咬着牙，在心里偷偷幻想一下如果母亲回来了，会怎样温柔地照顾自己。

父亲总把母亲挂在嘴边，说她是一个温柔美丽又强大的人。

可是男孩一直等到变成了少年，又变成了能够挑起一切担子的男人，那位母亲依旧没有出现。直至父亲带着终生的遗憾，离开了人世，他才知道自己的母亲便是那位大名鼎鼎的青龙大人。

青龙游戏人间，六十年一个来回，根本就不是一个会把孩子放在心上的母亲。

从此失望的男人将母亲的影子从心中抹去，不论有多伤痛、孤独，也不再期待那永远不可能出现的温柔。

只是在饱受酷刑、被绑在祭台之上忍受着痛苦、等待死亡之际，他才发现自己根本没有忘记母亲，最渴望的事依旧是能见母亲一面。

时复睁开眼，令他感到痛苦而屈辱的祭台不见了。他身处一个温暖的山洞，洞里燃着篝火，橘红的火光照在石壁上。

床边有沉睡的弟弟，有把他从痛苦中拯救出来的朋友，有为他包扎伤口的年轻女子。一只小山猫在地上打转，洞口蹲坐着力量强大的妖魔。

他们既温暖，又令他安心。

"醒来啦？"袁香儿转过头来问他，"我们要去寻找青龙，你想一起去吗？"

艳阳当空，碧空如洗，灼眼的阳光洒在广袤无垠的山野间。

巨大的蓑羽鹤从天空飞过，其影子从青山绿草间一掠而过。

脚下是苍茫大地，头顶是青湛穹庐，坐在渡朔宽阔的后背上，第一次体验高空飞行的小时骏既紧张又兴奋。

“啊啊，那里有一群野牛，从这里看下去，牛都变得像蚂蚁那么小！”

“快看，山那边有一只好高大的妖魔在行走，他的脑袋都伸进云里去了，我们快躲开他。”

化为少年的乌圆盘膝坐在时骏的身边：“大惊小怪的，没出过家门的小东西。坐好了，小心从这里掉下去，掉下去可没人救你。”

这个半人半妖的小东西，听说才六七岁，哈哈，也未免太小了。乌圆得意扬扬地想着，自己总算不是队伍里最小的一个，可以好好地展示长辈的风范了。

乌圆忘记了自己已经三百岁，而天天提着他脖子的袁香儿不过是一位十七八岁的小姑娘。

“都坐好，谁也别掉下去，省得渡朔大人还要忙着捞你们。”胡青坐在两个不安分的小家伙身后，看守着他们，顺便照看躺在她身边的时复。

时复仰面躺在渡朔宽阔的脊背上，身下柔软的翎羽伴随着清风拂过他的脸颊。日行千万里的大妖化为本体，载着他们飞行。眉眼细长的女子跽坐在侧，伸过手来替时复掖紧盖在身上的毛毯。

袁香儿骑在银发飞扬的天狼背上，同他们并行飞翔，时不时地转头问：“怎么样，时复觉得身体还可以吗？要不要停下来休息？”

突如其来有这么多温柔的人围着自己，这让时复感到很不习惯。从幼年时期开始，他就只有自己照顾家人的记忆，几乎从没有收到过来自他人的关爱。他只觉得心里温暖，眼睛酸涩。

“你也是妖魔吗？”他开口问身边的胡青。

“是啊，我来自狐族，叫胡青。”胡青在身后变出九条毛茸茸的大尾巴，展开来在空中晃了晃。

“那是乌圆，来自山猫族。”她指了指已经和时骏勾肩搭背地玩在一起的乌圆，又垂下头，“这位载着我们的，是渡朔大人。”

袁香儿与他们并行，伸手摸摸身下银色的毛发说道：“我是真正的人类，这位是南河。”

天空中飘荡着丝丝流云，时复仰面看着，似乎在自言自语：“浮世到底是一个什么样的地方？那里的妖魔都能和人类像朋友一般相处吗？”

渡朔温和的声音传了上来：“浮世灵气稀缺，妖魔罕见，那里的人类依靠自己劳作而生，多数已经不知道世界上还有妖魔鬼神。至于能不能像朋友一样相处，得看双方的性格是否相投，和种族无关。”

渡朔暗黑色的翎羽远远地划过长天：“你们若是想前往浮世，忙完此事之后，我载着你们一道回去看看便是。”

神鸟展翅，携劲风，一日行三千里。

即便借助渡朔和南河这样的大妖之力，从外面的世界走到这里，也已经耗费了数月时间。若是普通的人类或是灵力不足的小妖，想要在两界间穿行，几乎不太可能。路程太过遥远，使得本来居住在同一个世界的人和妖慢慢忘了彼此。人妖两个世界正越离越远，总有一日将会彻底地分开，彼此的样貌将仅留在传说中和那些陈年古籍的画卷里。

他们可以看见海的时候，青龙所统御的领地终于到了。

里世的大海无边无际，据说从未有人抵达大海真正的边际。传说中，海的南处是赤红的深渊，北处是无边的冰原，东有海外仙山，西临幽冥暗府，大海深处吐云霓，含鱼龙，隐鲲鳞，潜灵居，有着无数强大而神秘的存在。

众人在海岸边停下脚步，从这里远远望去，可以看见一座孤悬海面的高山，那便是青龙的巢穴。

传说中的青龙是一位永远只会睡觉和游戏人间的妖王，但属于青龙的领地上依旧会聚了许多慕强而来的妖魔，以致这附近的海岸成为一个繁华热闹的集市，生活在这片海域的妖魔们可以在此交换货物。

袁香儿一行穿行在集市中，这座海边集市处处带着海水的味道。

岸边的房屋多用红色的方条岩石砌成，屋檐斜翘，冲向天际，又镶以五彩斑斓的海贝、珍珠。亭台楼阁层层叠叠，艳丽多姿，装点着吐着白色浪花的海岸线。

人面鸟身的妖魔成群在海岸边飞过，发出诡异的声音。脸上生着鳞片、鱼鳍的鲛人从碧蓝的海中浮现出身影，捧着华美的鲛绡，排着队一个接一个地从海底走上岸来。

鲛人编织的绿烟罗绡披挂在杆头，海妖的泪化成的夜明珠盛放于匣中。珊瑚琥珀，砗磲玛瑙，不要钱一般地堆积如山。能够发出歌声的海蚌，带着奇幻斑纹的宝石随意地摆放在商人的地摊前。人间不可能找到的古怪食材、奇珍异宝，在这里都可以寻觅到。即便是现在的袁香儿，都免不了为这样独特而梦幻的集市震撼。

这里的妖魔们似乎生活得分外恣意洒脱。贴着地面飞行的魔物纵声欢笑，集市上披着海藻的商贩十分有闲情逸致地边弹边唱。酒楼、茶室和浴房一间挨着一间沿街开设，门廊外凌空悬挂着上下飞舞的七彩琉璃灯。

在这个地界，雌性的数量似乎相对稀少，雄性的求偶行为显得热烈而直白。几位穿着锦绣霓裳的女妖举着灯笼嬉戏着追逐而过，留下一串银铃般的笑声，引来路边无数雄性妖魔注视。鱼头人身的水怪举起不知从哪里打捞的古怪宝箱向她们展示着自己的富有。垂着长长鱼尾的海妖坐在高处的栏杆上拨动箜篌，为她们唱起了情歌。甚至有一只不知什么种类的妖魔，开屏似的展开巨大的鱼鳍，鱼鳍上华光一片，睁着十余只大大小小的眼睛。袁香儿差点儿被他吓了一跳，知道的明白他在求偶，不知道的还以为他在吓唬人。

便是袁香儿和胡青两人，行走在繁华街道中的时候，也时时能收到男士们热情的口哨声。

有一位披着彩色翎羽的年轻男子，弹着三弦琴，迈着欢快的舞步，旋转着单膝跪到袁香儿面前，口中唱着情歌，捧上一只漂亮的海螺。

南河从旁伸出手来，一把揽住袁香儿的腰，把她拉向自己，上半张面孔现出像银针般竖立的毛发，龇着牙发出低低的吼声。

那位有着漂亮翎羽的妖魔估算了一下南河和自己的实力，无精打采地退下了。

“她有伴侣了吗？真是可惜。”

“这里难得有新来的妹子，还是可爱的人族呢。”

附近还有细细的议论声传来。

南河揽着袁香儿不肯松手，释放出了一股独属于他的浓烈气味。他简直想立刻找到一个私密的空间，好好地和香儿一通耳鬓厮磨，让她的全身清晰地染上自己的气味，让全天下的人都知道他们是属于彼此的。

再单纯的男孩子，历经人事之后，也会迅速地成长为一个男人。南河开始控制不住地对香儿有了更多的想法，滋生了更为强烈的独占欲。

回想起几日前在山林中的情形，南河忍不住耳朵发烫。他一时幸福得仿佛整颗心都被填满了，一时又懊恼于自己的青涩和不谙世事，在那时手忙脚乱，让香儿看了笑话，还要靠香儿细心地教他。

袁香儿正在偷看自己的小狼。他一会儿凶得很，龇牙咧嘴，恨不得把靠近她的所有异性都赶走，一会儿又不知道想起了什么，莫名地就涨红了面孔，软乎乎的耳朵也跑出来了，耳朵尖通红。

赤石镇山林中的那一夜，袁香儿会一辈子牢记在心中。南河在月色下发光的肌肤，滚落的汗水，难以抑制的沙哑吼声……她要永远把他留在心底。

或许在这种两情相悦的事情上，人类的习俗是以男性为主导。可惜南河是一张纯洁的白纸。所以她顺理成章，满心愉悦地狠狠地欺负了一番那位懵懂无知的强大妖魔。

有道是花有清香月有阴，只爱春宵不爱金。她只恨当时不能有更多的时间，好好地品味他那副可爱又可怜的模样。

一行人走进路边的一间酒肆歇脚用餐。

二楼的雅间开阔而舒适。凭栏远眺，海面像是一块巨大的蓝宝石，平静美丽。远远望去，一座孤独的山峰耸立在海天之间。这座山吞云吐雾，凫鸟不渡，飞鱼难跃。他们看不清山峦的真实面目，那里是上古神兽的巢穴，巨大的青龙或许正在其中盘桓着身躯，守着她的亿万珍宝沉睡着。

胡青坐在窗边弹奏手中的琵琶，悠悠琵琶声伴随海浪传开，窗外的水面发出哗啦声，从中跃出一只体形漂亮的海妖。湿漉漉的海妖从栏杆外的崖壁上爬上来，伸出一只修长的手臂，探过窗台，将一朵红艳艳的花递给胡青。

“谢谢你啊。”胡青接过那朵花，将它别在自己的鬓边，把双手叠在栏杆上，和海妖交谈了许久。

直到夕阳的霞光染红海面，海妖才纵身一跃，溅起一大簇洁白的浪花，回到大海深处。

“他说青龙就在那座龙山之上，但她的化身会经常到这个集市上溜达。有人说青龙是青面獠牙的夜叉，也有人说是珠冠冕服的女帝，她每一次下山的形态都不一样，没有人知道青龙的真正化身是什么模样。”

胡青说完，伸手轻轻抚了抚鬓边的花，悄悄地瞟了渡朔一眼。她的渡朔大人身披鹤氅，袖着双手，依旧那样温和恬静。

如果大人也能像小南那样为我吃一点儿醋，该有多好啊！胡青有些遗憾地想着。

夜晚降临之时，海边的集市亮起了灯。暖黄色的灯光透过窗户，为那些古朴厚重的朱红建筑添了几分浪漫神秘。

一只穿着长袍的小穿山甲穿过潮湿的街道，顺着建筑物的阴影一路小跑，来到一家客栈的墙角下，抬起头看着映着剪影的窗户，深深地吸了一口气。

“好香啊。”他想。

数日前，几位来自浮世的旅行者住进了这里。从那以后，这家客栈每天都会飘出一股独特的食物香味——那些新来的客人在制作美味的食物。

他只是一个妖力低下的小妖，没有什么拿得出手的东西用来交换，只能每天溜到窗户底下，抻长脖子闻一闻那股气味解解馋。

暖黄色的窗户哗啦一声被人推开，一位漂亮的人类少女从窗户里探出头来。

这就是传说中的人类啊，被吓了一跳的小穿山甲呆呆地想。

“果然又来了啊。”那个人类姑娘笑盈盈地说着，手里捏着一块刚刚烤好的肉饼。薄薄的饼子一面焦黄，细细的小葱和带着油花的肉末从中溢出，散发着浓郁的香味，惹得小穿山甲咕咚一声吞了口口水。

“你是不是想吃？这个给你吧。”少女撑着窗沿，俯下身来，将那块金黄的烤饼递到他的面前。

小穿山甲感到害怕，又忍受不了香味诱惑，终于甩了甩尖尖的长尾巴，抬起袖子用一双小手接过那块热乎乎的烤饼，转身蹿进巷子的阴影里去了。

躲起来之后，他又露出满是鳞片的小脑袋，一边啃着饼，一边偷看袁香儿。

“他看起来好像锦羽啊！”乌圆蹲在窗台上，看上去圆滚滚的，和袁香儿一起看那只双手捧着饼的小妖怪，“好像我们已经离开家很久了，也不知道锦羽和师娘过得好不好。我带了好多漂亮的珠子，回去分给他，和他一起玩。”

袁香儿在海边的客栈住了几日，每天除了打听上龙山的办法，就是和胡青一起大张旗鼓地制作美味佳肴。

不少好口腹之欲的大妖闻风而来，用那些会唱歌的海蚌、能照明的珍珠和袁香儿换美食。袁香儿很有好奇心，收集了不少形态各异的奇珍异宝。当然，“团宠”乌圆也借机获得了不少他看上的零食、玩具。

“阿香待在窗口干什么？快来和我们一起喝酒。”一只鱼头人身的魔物喝了酒，冲着袁香儿嚷嚷。他算是集市上比较富有的一位魔头，手上独特的东西也多，每日拿着不知从哪里寻觅来的各种奇特的宝物，来和袁香儿换吃的。

“阿香你看看我今天给你带来了什么好东西。”他从怀里掏出一小包用油纸包着的东西，献宝似的递给了袁香儿。

袁香儿打开一看，惊喜地发现是一块方方正正类似芝士的食物，品尝了一点儿，口感润滑，风味独特。

“这可是好东西，谢谢了。有了它，我明天可以试着做比萨饼给你们尝尝。”袁香儿高兴地说，“从哪儿得来的？”

大头鱼人很高兴，鼓了鼓腮帮子，又取出了一个遍布铜锈的青铜罐子，满怀期待地递给袁香儿。袁香儿小心地揭开盖子，里面却是一罐变了颜色的半液态物体，发出一股熏人的恶臭。

“这不行，坏了不知道多少年了。”袁香儿捏住了鼻子。妖魔们对食材的鉴别能力也实在太差了，让她不由得想起南河送她毒蘑菇的那些日子。

身上的鱼鳍随时可以开屏、鱼鳍上还睁着十几只眼睛的魔物名叫多目。他眨着十几只眼睛，取出了一个小小的银质酒壶：“有好吃的，不能少了好酒。我这里备着酒呢。”

多目从不太起眼的小小酒壶内倾倒出了琥珀色的美酒，那酒味道香醇，入口绵柔，乃是人间难寻的佳酿。更为神奇的是，巴掌大的银壶里的酒仿佛永远倾倒不完。只要你把壶倾斜，它就能源源不断地倒出美酒佳酿。

大家就着一桌子袁香儿端上来的人间美食，饮着喝不完的美酒，听着屋外的涛声，尽情饮宴，把酒言欢。

“阿香是人类，好……好少见，我已经好几百年没见着人类了。我特别喜欢人类。”大头鱼人喝得有些多，说话都开始结结巴巴。他举起酒杯敬了袁香儿一杯。袁香儿高高兴兴地和他碰了一下杯子，一饮而尽。

“大头，你不是被人类从浮世赶出来的吗？我记得你刚来的时候整天对人类骂骂咧咧的。”多目揭他的老底。

“是吗？我已经不记得了。”大头鱼人伸出细细的胳膊，不好意思地挠挠滑腻腻的鱼头，“人类明明很弱小，但总是能做出各种有趣的东西。特别是食物，他们做得比谁都好吃。虽然有一些人类很讨厌，但我觉得大部分还是可爱得不得了。我真的很喜欢他们。”

他把细细的双手交握在一起，鱼眼眯了起来，露出怀念的表情。

人类或许有很多不足，但大多妖魔生性单纯，回忆起人类来，还是只记得人类的种种好处。他们对袁香儿这位唯一来到里世的人类，态度十分热情友善。常常有妖魔找袁香儿拼酒，给她送一点儿小礼物，袁香儿来者不拒。

这酒真好喝，滋味醇厚，回味时有余甘，自己多喝些，料想也无碍。

没多久，大小妖魔们推杯换盏，觥筹交错，在酒肆的前厅饮醉了，开始狂欢。

乌圆拉着时骏，穿过那些喝多了酒，已经开始载歌载舞的妖魔，找到胡青。

“胡青姐，阿香呢？”

“不知道呀，她好像喝得有点儿多，应该和小南在一起吧？”胡青转过身来说。

此时的胡青正站在靠海的窗台边，和几名露出海面的雄性鲛人聊天。

鲛人们喜欢唱歌，弹得一手好琵琶的胡青很是受他们欢迎。他们从水面上探出身体，争相和胡青说话，高兴起来就要唱上几句动人的情歌。

“走走，小骏，我带你找阿香去。她今晚得了一盒好漂亮的珠子，正好当弹珠玩。”乌圆风风火火地拉着时骏跑了。

胡青想喊住他们都来不及。

阿香喝多了，肯定是和小南亲亲热热地在一起呀！

想到袁香儿和南河的幸福甜蜜，胡青免不了羡慕。我这样和其他男性说话，渡朔大人就一点儿也不介意吗？她悄悄地瞧了一眼在不远处悠然自得、自饮自斟的男人。

难道在他的心中，我还只是当年竹林中的那个小孩吗？

一名成年的鲛人露出精壮结实的上半身，湿漉漉地跃出水面，撑着窗台的栏杆，坐在窗沿上展喉歌唱，那歌声空灵而诱人，温柔而神秘，洋溢着对眼前美人的赞颂之意。不论多铁石心肠的人儿都免不了被此歌声迷惑，鲛人唱到动情之处，伸手拉起胡青，想要用唇在胡青的手背上落下一吻。

一条穿着乌黑长靴的腿突然从旁边伸过来，一脚将那名不识礼数的鲛人踹回海里。

鲛人重新浮出水面，一脸怒色，愤慨地用他族听不懂的鲛语咒骂起来。

长发披散，身披鹤氅的男子出现在美丽的胡青身后，微微皱眉，额头上的翎羽痕迹若隐若现。天生对鸟类带着恐惧的几名鲛人瞬间安静了，沉下海面，只露出鼻子以上的半个脑袋，远远地躲在海礁之后不甘地看着。

“渡朔大人，你怎么样……”

胡青又惊又喜，还来不及把话说完，渡朔已经一把拉住了她的手，将她扯离人群。

走到楼梯下的隔板前，渡朔才松开了紧握着的胡青的手。明明做了一反常态的事，但他始终一句话也没有说。

虽然他没有出声，但刚刚的一切对胡青来说已经足够了。精通音律的少女踮着脚看着她的山神说话，面如春花，神采飞扬，内心的幸福感几乎像涌泉一般满溢出来。

胡青欢快地说着话，却不知道只和他们一墙之隔的小小楼梯间内，南河正窘迫得无地自容。他一手撑着墙面不让自己的身体滑下去，一手紧紧地握住袁香儿的手腕，动用契约，在袁香儿的脑海中小声地说道："阿香，别这样。你喝醉了。"

"胡说，我哪里会醉？我的酒量向来好得很。"袁香儿双眼迷离，面色绯红，双手的动作暴露了她的本性。

南河发出一丝按捺不住的吼声，急忙死死地咬住了嘴唇。

隔着一片薄薄的木板，胡青和渡朔的说话声清晰地传来。再远一点儿的大厅内，无数大小妖魔在高谈阔论，乌圆和时骏在追逐打闹，随时会大呼小叫地贴着楼梯间薄薄的木墙跑过去。

只要他不慎发出哪怕一点点声音，这些听力敏锐的妖魔就会立刻知道他们躲在这里，在做些什么。

南河几乎羞愤欲死，想要强迫自己立刻拒绝阿香酒后越来越没有分寸的动作，但身体诚实地动弹不得。

袁香儿贴着他的耳朵，轻声细语："你动情了，你身上的味道真是棒极了。"

"我喜欢这个味道，你是不是故意用它来勾引我的？每次一闻到这个味道，我就忍不住想要和你亲热。"

完了，南河闭上眼。浓郁的香味散发出来，他就再也无所遁形。

或许还会有人闯进来一探究竟。南河不愿去想自己此刻被剥了皮毛的羞耻模样暴露在众人的视线里会是什么样的情形。

但不知道为什么，他越是羞愧难当，就越是有一股莫名的兴奋顺着心尖爬上来，令他肌肤上的每一个毛孔都在战栗。

"别怕。"醉醺醺的袁香儿抓着他的尾巴，吻他的眼角，"集市上有能够炼制法器的大妖。我特意用渡朔的羽毛请大妖炼了一个遮天罩。启动它的时候，你叫得再大声，香味再浓，外面的人也听不见，闻不到。"

她抬起莹白的手腕，晃动着不知何时戴上的一条黑白相间的手链："不信你试试看。"她突然捏了一下南河的尾巴，没有防备的南河没忍住，发出了清晰的声响。

他捂住了嘴，静听片刻，果然与他们一墙之隔的众人没能察觉，胡青开开心心的声音依旧毫无停顿地透过隔板传了进来。

南河的眼睛红了，他一下子翻身按住了袁香儿，胸膛起伏，气息紊乱，低头就要吻她。

她真是太坏了，坏得让人又爱又恨。他恨不能将她撕碎了，吞进肚子里去；又恨不能将她含在嘴里，百般怜爱。南河发誓要好好地报复一番，可惜他还来不及做出任何动作，四肢突然一坠，被死死地禁锢在了地上。

袁香儿虽然喝醉了，法术却没忘，甚至比没醉之时运用得更为纯熟自如。

“地落诀，束缚！”她扭转指诀，得意扬扬地念道。

听说袁香儿今天要用芝士做新的食物，大头鱼人和多目早早地就跑到客栈蹲守。

两只妖魔将下巴搁在操作台上，看着袁香儿耐心地将面粉筛得雪白细腻，又在其中加了盐和酵母，用牛奶调和，反复揉制。桌台的另一边，胡青细细地切着蔬菜和火腿。

多目后背的鱼鳍开了又合，合了又开，十几只眼睛眨来眨去，看个不停：“这个世界上，大概也只有人类会在食物上花这么多的心思了吧？反正我是学不来的，光是这些瓶瓶罐罐，我都分不清。”

“还得等多久啊？怎么这么麻烦？它们看起来已经很好吃了啊。”大头鱼人指着刷上了油，被放置在一旁发酵的生面团说道。他伸出细细的手臂，想要先尝一口。

“耐心地等一会儿，还早得很呢。”袁香儿拍开他企图偷吃面团的手，不紧不慢地切着芝士碎。

“香儿，你做的是什么？看起来好像很简单。”胡青面有忧色，“我们这些日子以来精心做了那么多菜肴，几乎把各大菜系的名菜做了一遍，却没有引来半点动静，是不是我们的消息有误？这样根本不可能吸引来那条龙。”

他们到达此地已有数日，孤悬在海中的那座龙山看上去离得并不远，但不论是渡朔展开翅膀向它飞去，还是南河从水面向它凫渡，都根本无法靠近。那山就像是虚无的幻影，海面的蜃楼，看似近在眼前，却永远也无法真正抵达。

他们只好在集市上百般打听上山的办法，却无一人知晓，只听说青龙时常化身在此地游荡，又喜好美食。他们便在这集市开始做饭，把世间的知名菜肴如佛跳墙、果木烤鸭、西湖醋鱼、东坡肉……做了个遍。

他们引来了无数流着口水的大妖小妖，唯独没有引出那条青龙。

“阿青，我想了想，这条青龙活了那么久，每隔六十年就会去人间游历一番寻觅好吃的食物，只怕这些世间知名的菜色没有她不知晓的。既然各地名菜早就被她吃了个遍，她的口味也刁钻了，我们做的那些菜再怎么用心，也未必比得上酒楼中真正的大厨做的，可能对她没有多少吸引力。可能我们还要另找途径。”

袁香儿口中说话，手上动作不停。她摊平醒好的面团，用锥子在上面扎下细细的小洞，再仔细刷上特制的酱料。

“那该如何是好？”胡青愁眉不展，“我们难道还能做出这世间从未出现过的菜肴吗？”

袁香儿笑了。在她生活过的世界里，信息流通，交通发达，各国丰富的美食每个人都能随意品尝。虽然她做的菜未必有神州大地上传统精致的菜肴好吃，但比起菜色的新奇多样，这个世界上大概没有人能胜过袁香儿。

“我恰巧知道一些别致的点心做法，这个集市又容易寻到各种来自海外的独特食材。让我来试一试好了。”

圆圆的薄饼上铺了胡青炒过的青椒、洋葱，再细细撒满芝士碎片，放置在一片厚实的铁盘之上。袁香儿沉心静气，双手前举，凝神运用起了基础火系法诀——神火咒。

神火咒虽然是修行之人最容易掌握的初级法诀，但若要像袁香儿这样，精细地控制火力的大小到可以用来烘焙的程度，十分不易。这还得益于她从小不务正业，喜欢瞎捣鼓。

那些名门大派里的术士，若有人像袁香儿这样把神火咒苦修到极致，只是为了方便烘焙烧烤，那必定要遭到师长的责骂惩处，被批评不务正业，浪费天分。幸好袁香儿的师父余摇从不介意这些，甚至在她刚学会神火咒，倒腾着法诀烤地瓜、烤肉串的时候，还会一脸高兴地蹲在她的身边，指导着她如何精准地把握法诀，以便能把肉烤得恰到好处，外焦里嫩。

雪白的面团一点点地鼓起，渐渐地覆上了一层诱人的金黄色，奶黄的芝士酥软了，融成一片，包裹上喷香的火腿和爽口的蔬菜。于是，一股独特的食物香气便在屋内蔓延开来。

“阿香，我说你为什么非要去龙山呢？”大头鱼人被那股诱人的香味勾得口水直流，“龙山看上去屹立在海中，实际上却被上古法阵守护着，从未有人真正上去过。你不如别想着去龙山，就留在这里。我天天给你搜集你喜欢的食材，让你做这些好吃的，岂不快活？”

其他等着开饭的大小妖魔也七嘴八舌地附和起来。

“是啊，根本没有人上过那座山呢。”

“没有人去过，我在这里生活了这么久都没见过。”

“或许有上去的人，但也都死在了山上，不曾回来过。”

“倒是神龙大人经常会来镇上，她好强大，好有威严，吓得我跪在地上抬不起头来。”

“听说能够上龙山的道路只有窄窄的一条，每时每刻都在变化，无从找起，即便你运气极好，找到了道路，那里的海域不仅有强大的法阵，还有神将天吴守护着，危险得很。”

喧闹之中，一道清越动人的女音分开杂乱的声音，清晰地在所有人的耳边响起。

“想要去龙山，倒也不是没有办法呢。”

一位女孩坐在屋梁上，用纤手托着腮，摇荡着双腿，饶有兴致地看着袁香儿的动作。她好像是突然间出现的，又像是早已在那里蹲了许久。

嘈杂的屋内像是有人一把掐住了其他人的脖子，变得死一般寂静，屋内所有大妖小妖匍匐下身躯，想尽办法将自己缩得小一些，躲进阴影里，显得不那么醒目。

袁香儿这一路上听过无数人对青龙的各种描述，早已对龙的模样充满好奇心。

她想过青龙有可能是青面獠牙、身强体壮的夜叉，有可能是气势凌厉的“御姐”，但怎么也没有想到青龙竟然是一位模样看上去甚至比自己还小的少女。

那位少女从梁上跳了下来，伸手拿起一片刚刚烤好的比萨饼，抽断长长的芝士条，放入口中。

“嗯，好吃。这是什么东西，我怎么从来没有吃过？”少女的眼睛亮了，她歪着脑袋，红唇微微嘟起，面孔净白无瑕，长发及地。

“阿……阿香，就是她了。”乌圆躲在袁香儿身后，带着一点儿害怕，悄悄地在袁香儿的脑海中颤抖着说。

谁能想到活过悠久岁月的上古神兽，震慑一方领域的强大妖魔，游戏人间、四处留情，在世间留下无数血脉的青龙，竟然是这样一个看起来不谙世事的女孩呢？

“这叫比萨饼。”袁香儿看着她，一字一顿地说，“这世间的美食何止千万种，你没吃过的东西还多着呢。”

他们辛苦地走了这么久，终于见到了青龙，务必要吸引青龙的注意力。

“我没吃过的东西还有很多？这还是我第一次听说。”青龙吃完比萨饼，拍拍小手，看着袁香儿说道，“人类总有诸多欲望。你们特意来寻我，想必也是想向我要什么东西吧？”

袁香儿就直言了：“我们从远方来，想向你求水灵珠一用。”

“哼，贪婪的人类，水灵珠可是我们龙族秘宝。”青龙托起滚烫的铁板，毫无压力地把余下的比萨饼带走，“这个我拿走了，如果你们能顺利上山，又做出像这样美味的菜肴，我便实现你们的愿望。”

“作为回报，我这就告诉你入口的位置。今夜子时，龙门开在山的坤位。你们能不能进来，就看你们自己的本事了。”

青龙留下这句话，转身便要离去。她身姿轻盈，裙摆飞扬。

“等一下，你……你还记得时怀亭这个人吗？”有个人喊住了她。

“时怀亭？”少女微微皱起短短的眉毛，思索了片刻，“不记得。”

青龙的眉毛淡而短，眼睛又大又清澈，十六七岁的模样，说起话来肆意张扬。

这毫不犹豫的“不记得”三个字，像是一柄尖刀扎进了时复的心。

年幼的时骏从初见青龙的状态中清醒过来，愤愤不平地喊出口：“可是，阿爹他一直等着你……”

小时骏的后半截话被哥哥打断了，时复从后面伸过来的手捂住了时骏的嘴，时骏炙热的眼泪掉了下来，流过哥哥有力的手掌。

“别说了，小骏。她不是我们的母亲，配不上父亲。”时复拉住挣扎中的弟弟，向后退。

时复的眉毛同样短而浅淡，眼睛却漂亮而狭长，因为上面有一道疤痕，显得他有一点儿凶。此刻他眉头紧皱，死死地盯着眼前那位一脸无所谓的少女，眼眶发红。

“你们为什么用这种眼神看着我？我应该记住那个名字吗？”少女明明没有

动作，却在一瞬间出现在了兄弟俩身前。

她歪着脑袋打量时复和时骏：“奇怪，我明明没有见过你们，但你们看起来很眼熟，特别是你们的眼睛，我好像在哪里见过。”

“你……你太过分了，连阿爹的名字都不记得。”时骏挣脱了哥哥的手，撞了眼前的青龙一下。

他个子小，速度却很快，青龙猝不及防地后退了两步，匆忙护住险些撒了的比萨饼，抬起小小的脸，一时蛾眉倒竖，满面怒容。

“大胆！何方小妖，敢触犯龙威？”

一道古朴而浑厚的嗓音不知从何处响起，少女纤细的身躯后升起巨大而狰狞的黑影，那龙形的影子仿若活过来一般盘踞在墙壁之上张牙舞爪。

昏暗中仿佛有一双巨大的金色竖瞳在少女身后的阴影处睁开，带着亘古神兽的恐怖威严，盯着屋中所有的人。

屋内匍匐在地的大小妖魔在这股威力下发着抖窸窸窣窣地后退。

在巨大的龙影面前，时骏本能地从心里感到怕了，哥哥时复伸手将他护在身后。

但还有一个男人挡在了他们前方。

那人一头银白的长发，身躯微微前倾，盯着眼前修罗恶煞一般的龙影，脸上甚至还挂着一丝笑容。

在他的身后，巨大的狼形阴影延伸出现，和张牙舞爪的龙影针锋相对。

“天狼族？里世间竟然还有天狼存在。”那道带着回音的声音再度响起，“你不过是一头小狼，竟敢挑衅吾的威严。”

“我可能年纪小一点儿，但你也不过是化身。”南河一点儿不退。

少女倒竖着眉头，用墨黑的双眸看了南河半晌，表情缓和下来，身后那道巨大的影子从屋墙上退了下来，收缩回正常的形态。

“算了，今天难得有好吃的，心情这么好，我便不和一只幼崽计较了。”她用一根手指顶着土制比萨的铁盘转了两圈。

“吾归也。”说完这话，少女的身躯很快变得透明，在原地消失。

“你们想要水灵珠，就带着好吃的到岛上来。”

少女最后的话还在屋中回荡，身影已经彻底消失。

躲在角落里的大小妖魔这才小心翼翼地抬起头来，长吁一口气。

“青龙大人好久没来了，想不到今日竟然现身了。”

“是啊，她这次的模样真好看。上一次我根本没看清她长啥样。”

他们叽叽咕咕地议论着今日的奇遇。

时骏憋红了小脸，眼泪不停地往下掉，终于憋不住，抱着哥哥的大腿哇的一声哭了出来。

“娘亲，娘亲怎么是这样的？她还凶我……呜呜，我不要娘亲了。呜呜呜。”

傍晚时分，有人敲了敲时复敞开的屋门。

时复正坐在窗台上，眺望海天之间缓缓下沉的夕阳，听见声音，转过头来。

看见来者是袁香儿和南河，时复站起身，低头为礼。

当时时复虽然昏昏沉沉的，但香儿救他于水火之中，南河大闹赤石镇，渡朔将他背出敌阵，胡青对他一路照顾，他都知道。

他对这些朋友存有一份感激和尊敬。

“我们晚上出发去龙山，你和小骏在这里等我们回来，可以吗？”袁香儿问。

“我想跟你们一起去。这条海路不好走，我也希望尽一点儿力。让小骏留在岸上就好。”

“可是……”袁香儿斟酌着，不知道怎样宽慰这个少年。

“其实我早知道她是什么样的人，对‘母亲’本就没有期待。”时复无所谓地说，“只是让小骏伤心了。”

时复说他对母亲本没有任何期待，可是袁香儿清楚地记得他在重伤之时，口中艰难地呼唤母亲。

男人中有人渣，女人中当然也有人渣，显然那位不负责任的母亲令苦苦期待的两个孩子大失所望。

此刻，在云雾缭绕的龙山上，青龙转着手指上的托盘，高高兴兴地走进自己舒适奢华的巢穴。

那空阔的巢穴内盘踞着一只巨大的青色龙躯，鳞片荧荧有光，龙角威风凛凛，双目紧闭，呼吸匀称，正在沉睡之中。

“大人回来啦？”

“大人今日心情似乎不错。”

几位婀娜多姿的女性妖魔围拢上前，为青龙更换衣物，捧上银盆，让青龙洗手漱口，又奉上刚泡好的暖茶。

少女站在沉睡的龙头前，那是她的本体真身。神龙一睡六十载，闲极无聊的她修出身外化身，以便在沉睡的时候也可以外出游玩。

“今天我很开心，找到了好吃的东西，还遇到了有趣的人。”少女在一张铺设了柔软皮毛的交椅上坐下，跷起脚，享受着侍从给自己捶腿，又把今日新得的比萨饼给她们看，“这饼凉了好像就不香了，让我把它热一热。我今天在人类那里学会了怎么热饼，看我的。”

她用一只手转着那装着比萨饼的铁盘，用另一只手像袁香儿那样念诵起神火咒，一簇巨大的火焰凭空出现，烧向那冷却了的铁盘。火焰过后，香酥柔软的比萨饼不见了，取而代之的是一块黑漆漆的硬馍。青龙迟疑着咬了一口，迅速吐到地上。

“啊呸，什么味？”她懊恼地看着加热失败的食物，“可惜了，不能吃了。”

“大人时时去浮世，人类的活计还是一点儿都没学会呀！”侍女们笑了起来。

“我喜欢浮世，不过不喜欢人类那些繁杂琐碎之事。”

青龙丢了不能吃的食物，在交椅上伸展四肢，舒舒服服地半躺着：“我只爱吃美食，四处游荡，再睡一睡自己看上的男人，让漫漫时光不至于那么沉闷无聊。”

侍女们笑了。她们服侍青龙成百上千年，早就熟知主君的喜好。

青龙想到和自己交好过的那些男子，脑海中突然现出了一双温柔而漂亮的眼睛。

她啊了一声，一下坐直了身躯，将为她捶腿的侍女吓了一跳。

原来是他，那双眼睛和今日愤怒地看着她的那位少年重叠了。

“原来他们说的是阿时啊……”青龙恍然大悟。

她回忆了半天，方才慢慢坐下，趴在椅垫上，看着洞口外海天之间缓缓下沉的夕阳。

侍女温柔地伸过手来，为她轻轻地按摩肩背。青龙在舒适的按压下，想起了数十年前的一段境遇。

“你们还记得阿时吗？”她问。

侍女温声回答：“记得，时郎君刚刚来的时候很不高兴，每天都对我们板着一张脸。”

青龙轻声笑了起来：“是的呢，当时我路过山林，一眼看见他就爱得不行。刚开始，他百般不同意，我使尽浑身解数哄他，哄了许久才哄到手的。”

她趴在柔软的椅垫上，回想起那双时时凝望着自己的眼眸。那眼眸中仿佛总带着一点儿纵容和无奈，深藏着无数欲说还休的愁思。自己曾经是多么喜欢那双眼睛，为那和苍穹一般漆黑的眼眸所迷醉。

记得她即将前往人间的时候，那人一脸苍白地看着她，眼中满溢着自己不能理解的悲哀，怀里抱着两个她吐出来的龙蛋，坚持要回到他的族人中去。

“那好吧，阿时，我先送你回去，等我回来了就去看你呀！”

青龙还记得那时候，自己是这样对他说的。

过几天就找个机会，去看看阿时吧。少女在躺椅上翻了个身，打了个哈欠，这样想着。

皓月当空，海面上波光粼粼。

夜晚的大海比白日更加神秘而有魅力。海浪轻轻地拍打着船身，海妖悠扬的歌声不知从何处隐隐传来。

袁香儿一行人坐在一艘鱼骨帆船上，乘风破浪，直向龙山行去。

那座山峰和往常一样无法靠近，明明他们直冲着它行驶而去，却总是不知道为什么在不知不觉中就穿过了它的地界。它变幻到他们身后去了。

直至夜半时分，子时到来，紧守在坤位的一船人终于看见海面起了奇妙的变化。

洒落在海面上银屑一般的月光突然聚拢了，慢慢浮上夜空，在空中凝聚成一座古朴苍凉的银色拱门。

巨大的门洞之后，遥遥立着那座龙山。只有在此时，那云雾缭绕的龙山才显出了几分真实之感。

“这……这就是传说中的龙门啊？”大头鱼人惊喜万分，“我活了这么久，还是头一回见呢。”

多目：“我有一次在午时看见过龙门。那时海面之上仙乐齐鸣，一行衣冠飘飘的仙人鱼贯而入，吓得我扎进海底不敢靠近。”

袁香儿停船劝两只大妖回去：“门之后的海路不知道有什么，只怕不太好走。此事和二位无关，二位就送到这里，请回吧。”

两人拼命摇头：“不行不行，阿香，你看你身边全是带毛的，要是起个大浪，只怕都没人能捞你上来。”

“就是，你若出了什么意外，我们可就吃不到好吃的了，我们誓死也要保护你的安全。”

袁香儿被二人直白而毫不掩饰的话语逗笑了，也为他们纯粹的心意所感动。

大头鱼人的脑袋是一个巨大的鱼头，下身是人类的双脚。他舞动细长柔软的双手，站在船边放声歌唱。

大头鱼人的声音虽然不像人鱼那般清悦，但带着一种十分具有感染力的欢快。多目哗啦啦地“开起屏”来，胡青弹起琵琶给他们伴奏。

南河站在船头的最前方，遥望远方的情形。他还在为昨日在楼梯间的事难为情，不论袁香儿怎么喊他，都坚决不肯下来相会。

渡朔盘桓在空中，时不时发出一声鹤唳。

乌圆突然大呼小叫起来，原来他从船上的一个空桶中发现了悄悄地跟上船来，并躲藏在其中的时骏。

时复怒火冲天，此刻龙门在望，却也无可奈何，只能任由弟弟待在船上。

一时间，小小的帆船上歌舞声起，混杂着少年们上下追逐的欢笑声。

袁香儿看着眼前璀璨流光的龙门，和船上的热闹景象。

不知道从什么时候开始，自己在这个世界里已经有了这样多的朋友。

这样一路走来，大家热闹而开心，无惧艰险。

鱼骨帆船缓缓地驶进那道银色的龙门。银光闪闪的门洞仿佛吞噬一切的巨口，沉默地看着穿过门下的这艘小船。

宝石一般平静的海面上，静静地立着一座银色拱门，鱼骨帆船从那银光闪闪的柱子间慢慢地驶过去，船上的人发现眼前的景色很明显地变了。

门前门后，一柱之隔，明明是同一片大海，却是迥然不同的两个世界。

船身之下，海水不再深不见底，而是像玻璃一般清透，即便在夜晚也可以看见海底有一片片暗红色的巨大椭圆形石片。那些在人间珍贵无比的珍珠宝石、金银宝箱随意地沉没在石头缝隙中。

“哇，好多漂亮的宝物啊，都沉在水底。”时骏从船沿伸出脑袋看着海底发出光亮的宝物。

“看天空，你们看天空。”乌圆蹲在桅杆的望斗上，转着脑袋看头顶的天空。

头顶的苍穹不再是墨黑一片，繁星组成的光带自南向北横跨而过，银河流光，星辰璀璨。

“啊，这看起来好像……”

天空中仿佛有着一具由星星构成的巨大骨架，拱卫苍穹。月亮也不再明亮，变得混沌昏黄，中间有一道暗色的竖线，像是一颗古朴的恒星，又像是毫无灵气的眼睛，高悬夜空，默默地注视着这个世界。

“我……我怎么觉得我们像是进到某个生物的肚子里来了？”胡青有些不安。

鳞片，骨架，眼睛，还有那宛如心脏一般耸立在海面上的山丘，让她有了一种进入某种生物的尸骸内部的感觉。

“这是芥子空间，小世界。曾经有位沟通天地的大能，用一具巨大的尸骸炼制了这个独立的空间。”渡朔抬头张望着无边无际的海面，“这真是厉害，不知道是哪位炼器大能的手笔。”

“龙，这是龙骨，红龙的骸骨。”大头鱼人哆哆嗦嗦地说着。

满腔热血、激情洋溢地跟进来的两位水族，被此地真龙遗留下来的气息吓得抱在一起瑟瑟发抖。

“咱们这里叫龙骨湾，传说此地是万余年前，神兽红龙埋骨之地。”多目尖尖的牙齿同样在不停地打战，“可是一直没有人见过那位大人的骸骨，原来在这儿啊！”

“红龙大人就是青龙大人的生母。”生长在此地的大头鱼人向袁香儿补充，“不过听说青龙大人孵化的时候，红龙大人已经死去多时了。”

“我父亲也有这样一个小世界。”南河站在袁香儿身边轻声对她说。

那是一个晶莹剔透的芥子空间，没有任何危险和敌人，刚出生的幼狼可以肆无忌惮地在那银世界玉乾坤中嬉戏玩耍，直至长大。

“这是父亲为了让你们更安全地长大，特意请朋友帮忙炼制的呢。”父亲曾经梳理着小狼的毛发说。

南河的幼年时期便是在那一片安逸的银白中度过的。以至于后来，在那些最艰苦的岁月里，他时常喜欢藏身在冰天雪地的雪山间，独自舔着毛发，回忆幼年时的那一份温暖。

船行悠悠，划过清透如镜的水面，人们分不清水天之间的界限。

深海之下，一群人鱼贴着铺满彩色鳞片的海底摇曳而过，龙山像是浮在水中的一颗心脏，生机勃勃地矗立在光洁的海面上。远方偶有巨大而古怪的水妖露出庞大的脊背，在海面上一闪而过。

那位在万年前就死去的母亲，是否也是为了守护后代，才将自己的遗骸炼制成了这样一个空间？

他们回身看时，发现来时身后的那座拱门已经渐渐消散，变得虚无。

他们前途叵测，后无退路。

“你们水族天生害怕龙族，要不先退到外面等我们？现在再不出去，你们恐怕就出不去了。”袁香儿劝两个看起来威猛雄壮，实则从进来起就抱在一起哆嗦个不停的水妖。

“没事的，阿香，光是进来这么一趟，回去也够我吹嘘好久了。你大概不知道，我的天赋能力是远遁，可以在危险的时候随机把自己传送到远方，所以我不要紧。”大头鱼人不好意思地摸了摸脑袋，“不过我可以指定的传送地只有龙骨湾，别的地方是随机的，也不能带别人一起跑路。”

原来正因为有这样的天赋能力，所以他才身家富裕，并且总能找来千奇百怪的食材。

“那多目呢？你的天赋能力也是可以逃跑吗？”

“并没有，嘿嘿，我的能力是视幻和假死。”多目笑着眯起十几只眼睛，“我可以让人的记忆浮现在空中，在必要的时候还能够变成石头假死过去。不好意思啊，阿香，我们都不是战斗系的水族。”

大头鱼人人高马大，多目满身长着尖锐的鱼鳍，擅长的技能却分别是逃逸和假死，喜欢做的事是“卖萌”和凑热闹。

袁香儿哈哈哈地笑了。

她笑声未逝，平静的海面骤然掀起一股巨浪。大浪将鱼骨小船抛上浪尖，一道漆黑的身影慢慢地从海面之下浮现出来。

一个水妖出现了，八头八臂，浑身漆黑，口喷烟雾，手持各色宝器，眼眶中没有瞳孔，只剩眼白。

“擅闯者死！”水妖低沉呆滞的声音响起，他举着手中的雷公锤高高地跃出海面，向着骨船扑来。

“我们是来拜访青龙的。龙门开的位置、时间都是她亲口告知我们的。”袁香儿大声地向他解释。

“擅闯者死！”

那只水妖目光呆滞，毫无反应，只会机械地重复这句话。他气势汹汹、龇牙咧嘴地继续向着骨船扑来。

南河第一时间迎上前去，三拳两腿干净利落地将那道巨大的黑影撕成两半。

“什么呀？他看起来那么吓人，其实一点儿都不厉害啊。”乌圆从望斗上伸出脑袋，松了一口气。

“还没有结束。”南河回到甲板上，转身看向身后。那漂浮在水面上的两块尸体痉挛似的抖动着，再度慢慢地站起身来。此刻黑色的海妖一分为二，变为两只四头四臂的妖魔，依旧神色呆滞地看着南河，白茫茫的眼中有了瞳孔。

“他不是生灵，是一种炼制出来的法器。他是炼制这个空间的大能用来守护此地的傀儡。”渡朔提醒道。

龙山的洞穴内，少女趴在沉睡的巨龙头顶上，陷入柔软的鬓毛间，昏昏欲睡。

洞穴外的山坡上不知道什么时候长满了开着蓝紫色小花的植物，那些秀丽的紫色细碎花朵在月夜下散发出淡淡的清香，令人放松而舒适。

青龙在一片若有似无的香味中想起了当年那个卷着袖子站在花丛中的男人。

“阿时，阿时，弄这些泥巴做什么？”

当时的她提着裙摆，穿过还只有小小一簇的紫色花丛，飞奔到阿时身前，挽着他的手臂向他撒娇。

她的寿命过于漫长。在漫长的岁月里，太多重要的事物流逝了，以至于值得她珍惜的东西也渐渐地变得虚无。她没有亲人，连朋友也只剩一只和她一样的大头鱼，一只独脚鸡。

每隔六十年，她便会出门游历一番，吃美味的食物，睡自己喜欢的人。

她喜欢美食盘桓在唇齿间的感觉，享受那种你情我愿的快乐纠缠。

没有人能拒绝一条龙，一个富有、强大、魅力十足、经验丰富的生灵。她成功征服过无数的人。这个站在花丛中的男人也是其中之一。

现在她回想起来，觉得他真的很可爱。虽然最初他百般不愿意，但在自己使出浑身解数勾引诱惑以后，他最终还是点了头，敞开心扉，成了她的人。那段日子他们日日缠绵，过得十分快乐。

“这种花的香味有助于睡眠，会让你睡得更舒服。”阿时拿着锄头站在花丛中，带着浅浅的笑看着她。

“傻阿时，我们龙族六十年才睡一次觉。我刚刚睡醒没多久，距离我下次沉睡还早得很呢。”她伸出手指点了点阿时的鼻子，天真无邪地笑着说，“别弄这个，不如我们来做点快乐的事吧！”

阿时的眼中透出一些她不太理解的悲凉和纵容。是的，阿时是一个很好的情人，总是由着她，纵容着她，使她感到舒适幸福。

紫色的花丛被他们压倒了一片又一片。

“我记得以前阿时种这些花总是种不好，是什么时候长得这样多的呢？”趴在龙头上的少女含含糊糊地问道。

侍女们相互看了看，青龙大人的情缘一向丰富，忘性也大。她还能将那位时郎君略微放在心上，真是难得呢。

“这些花在这里长了六十多年，又没人折腾，自然就长得漫山遍野了。”侍女们轻轻地笑着说。

但是大人，你是不是忘记了？那位郎君可是稀有而短寿的人族。六十年过去了，他未必还活在这个世界上。不过即便大人想得起来，只怕也未必在意他吧？

远处的海面上传来隐隐约约的声响。

青龙一下来了精神，抬起头颅：“啊，他们真的来了吗？”

“是什么人？这里竟然能有外人闯入，我们有多少年没有遇到这样的事了？”侍女们吃惊地围向洞门。

“是我特意把龙门开启的时间和方位告诉那个人类的。”青龙一下翻身坐起，在高处得意扬扬地晃动着自己的双腿，“我遇到一个高傲的人类，她竟然说世间还有许多我没有吃过的美食。所以我答应她，只要她能来到我的面前，真的做几道罕见的美味菜肴给我吃，我就把她想要的水灵珠送给她。”

“嘿嘿，我就等着，看他们有没有这个命到达这里。”青龙不知道什么时候翻出一颗透明的玻璃珠，用细腻的手指滴溜溜地转着那透明的珠子。那珠子看起来平平无奇，但在它被青龙转动之时，整个海面的水汽似乎都在发散蒸腾，起了变化。

“大人，你也太随便了。”生长在这个小世界中、服侍了青龙多年的侍女不满地嗔怪道，“水灵珠是龙族至宝，你就这样许诺给人。”

“你不知道，这世间本没有什么宝贝比快乐更重要。”坐在龙头上的少女摸了摸自己沉睡的身躯，“只要能开心，我什么都舍得。”

“算了，其实也没什么大不了的。”侍女掩嘴笑道，“反正还有天吴守着龙门呢，便是大罗金仙都未必闯得进来。”

“天吴？我讨厌那个家伙。”少女的眉头紧皱，“他从不听我的号令，只知道死死地守住龙门。”

“你怎么会这样想？那可是你的母亲红龙大人留给你的东西啊！”

母亲？青龙并不能理解母亲是一种什么样的存在。从出生起，她就没见过母亲和父亲。她独自在这个世界里诞生，并且迅速学会了自己长大。及至许久之后，才有人告诉她，这里的大地是母亲的鳞片，天空是母亲的骨骼，日月是母亲的眼睛。她的母亲用骸骨为她构建了一个安逸的巢穴。

对她来说，母亲便是洞穴内冰凉的石头，高不可及的天空和无法抵达的深海。

青龙从龙头上跳下来，走到洞穴外抚着冰凉的石头，看着远处海面上一缕缕冒起的青烟。

一分为二的天吴再度攻击上来的时候，南河发现刚刚还不堪一击的天吴已经可以跟上自己的攻击速度了。

这只傀儡仿佛可以预测到南河出招的角度、方向和时机，死死地封住他的每一次攻击。天吴更是利用二对一的优势，对南河展开了猛烈的夹击。南河就像同时和两个人战斗一般，瞬间感到了压力。

“我去帮忙。”袁香儿准备出手。

身旁的渡朔却伸手拦住了她，紧紧皱着眉头，在她不解的目光中摇摇头：“再忍耐一会儿。”

时骏盘坐在船头，双手成诀。几株粗大的豆蔓从海底破土而出，生长着冲出海面。扭转的藤蔓将两只魔物一下缠住，包裹在疯狂生长着的植物藤蔓间，死死地缠绕、勒紧。

南河的星辰之力及时降下，二人配合默契，顺利地结束了两只妖魔的性命。

妖魔的尸身掉落在甲板上。

“让我烧了它，省得它再活过来。”乌圆站在桅杆的望斗内，猛吸一口气，鼓起小小的胸膛，喷出一大股灼热的火焰，烧在那两具尸体之上。

沉静了数秒钟的尸体在烈焰中突然重新扭动起来。

“怎么回事？”乌圆不敢置信，急忙接连喷出一团又一团火球，但那两具天吴的分身依旧在火焰中扭动着站起身来，化为了双头双臂的四只魔物。

这四只魔物的眼眸不再呆滞，可以灵活转动，身躯的颜色也不再是漆黑一片，而是渐渐地带出一层漂亮的金色，手持的法宝有灵气流转，发出雷鸣阵阵。

四名金人的其中之一，张口喷出一团火焰冲着乌圆而来。那火焰几乎和乌圆刚刚全力以赴吐出的火焰一模一样，甚至更为灼热。乌圆猝不及防，被火焰从空中击落。幸得袁香儿及时把他接在手中，飞快地扑灭他身上燃烧的烈火。

船头的时骏刚要起身，海中巨大的藤蔓突然不再受他控制，扭转而下，一把将他束在空中。漫天陨石从空中砸下，瞬间将时骏砸入深海。

大头鱼人扑通跳下海面：“别急，别急，我去捞他。”

片刻之前还十分轻松的战斗，突然就变得异常艰辛。

袁香儿和渡朔不得不加入战局，她这才明白渡朔不让自己提早出手的原因。这个不知道用什么材质炼制的傀儡，几乎有夺天地造化之力，每一次死亡都是一次学习。他能在复活之后立刻学会杀死他之人的所有招式及能力，并且分出多一倍的分身加以还击。

此刻，袁香儿等人就等于同时和四个具有南河、乌圆和时骏的战斗能力的敌人苦战。

更可怕的是，即便他们挡住了这一波攻击，敌人很显然还将学会袁香儿和渡朔的招数，以八倍的数量，对他们施以反攻。

这会是一场艰难的苦战。

京都的仙乐宫内，妙道站在白玉盘侧，看着玉盘内的景象，手指忍不住舒展了一下。

烟雾缭绕的玉盘内，是一片广袤无垠的大海，海面上矗立着一座小小的银色拱门，一艘鱼骨帆船正缓缓驶入其中。

明明拱门只有两根细细的门柱，孤零零地立在水面上，但那尖尖的船头驶入之后，便再也没有从另外一端出现。

“想不到他们还真的找到了龙门的位置。”皓翰站在妙道的身后，双手交叉抱在胸前。

妙道轻轻地哼了一声：“哼，这个女娃娃，一直用渡朔的能力屏蔽我的视线，到这个时候才肯让我看一眼。看来，她不是个好糊弄的家伙。”

皓翰拧紧浓眉：“他们进得去吗？那守着龙门入口的可是具备神识的上古神器天昊。上一次，我们都差点儿没从他手下逃出来。”

“这个世界上如果还有一个人类能够闯入龙山，就只能是袁香儿。她是自然先生的徒弟，继承了双鱼阵。你要知道，余摇曾经凭借着双鱼阵成功闯入龙山。”妙道淡淡地说，“不过，一起去的其他人可就不好说了。你和渡朔是朋友，还是好好地替那只高傲的鸟祈祷一下吧。”

帆船上，坐在船尾的袁香儿似乎听见了什么有趣的事，哈哈大笑起来。她的身前是手舞足蹈的鱼妖，身后站着银发披散的天狼，一船齐聚了各种各样的妖魔。

她一个小小的人类，坐在一群妖魔之中，怡然自得，肆意欢笑，竟然一点儿不让人觉得违和。

妙道被那样恣意的笑容刺痛了双眼。年轻的时候在余摇的家中，妙道无数次见过坐在桌案对面的朋友向他露出那样轻松而自然的笑。他被这种笑容欺骗，那么多年都没看出自己唯一的挚友竟然是一只妖魔。

小小的鱼骨船被银白的门洞吞没，彻底消失，白玉盘中徒留一片茫茫大海。

龙门内的世界，无人可以窥探。

此刻，在龙门之内。四个天吴的分身悬立空中，身泛金光，手持宝器，用低沉的声音反复诉说着同一句话。

“擅闯者死。”

南河和渡朔各自挡住一只傀儡。袁香儿双手成诀，结太上净明束魔阵，暂时困住余下两只分身。

危险的战斗是磨练法术的最好方式，这一路以来大大小小的战斗已经使得袁香儿成为一位强大的法系术士。

相比去年第一次使用这个法阵时的迟缓和无力，此刻的袁香儿对法术的掌握精湛无比。

即便如此，长时间地束缚两只强大的傀儡还是让她十分吃力。灵力源源不断地从她的身躯中流逝，她有一种疲惫感，只能咬牙忍耐。

被法阵禁锢住的两道金色身影开始摇晃，很有可能在下一刻就挣脱出来，对一船的人发动猛烈的攻击。

“阿香，开双鱼阵！”

战斗中的南河瞥见袁香儿没有开启双鱼阵护身，分出心神吼她。

敌人并不是不可战胜的。难的是这一次若他们再杀死这些傀儡，下一次复活的傀儡将更为恐怖。他们只能想尽办法束缚、重伤这四只傀儡，却还要小心保全傀儡的生命。

袁香儿没有回话，只是换了一个指诀加持法阵。

天吴最强大的能力，在于能够在短时间内复制攻击者对他使用过的招式。如果这场战斗没有成功，她却使用了双鱼阵，下一次复活的天吴将学会使用双鱼阵，他们就更加无法战胜了。

她宁愿冒着危险战斗，也绝不能在非关键的时候，被天吴学去了坚不可摧的防御法阵。南河和渡朔显然也有同样的想法，坚持不肯将自己的绝招使出来，让战斗变得更加艰难。

离战场不远的海面上，大头鱼人拉着时复浮出波涛起伏的水面。

“怎么样，小哥，你没事吧？”

被天吴拍入海底的时复咳了两声，缓和了一下：“我没事，多谢。”

时复很快发现自己在水中能够游动自如。或许是血脉的原因，虽然他从小生活在山谷，从未接触过大海，但是此次一进入水中便有一种舒适自如的感觉，仿佛自己本来就应该生活在这里，可以自由自在地在水中畅游。

几位华服云鬓的侍女簇拥着一位明珠般的少女，飘行在离他不远的海面之上。

那少女凌空而立，衣襟飘飘若轻云蔽月，青丝浮动如流风回雪。她的身后衬着巨大的明月，她正低头看着泡在水中的时复。

时复从小幻想过无数次母亲的模样，有时温柔而慈祥，有时明艳而典雅。但他从未想过母亲会是这样一位看上去甚至还没有自己大的少女，俏生生，冷清清，注视着自己的目光毫无温度。

侍女们举着彩袖，和被她们簇拥在中间的青龙说话。

“青龙大人，你看，那位郎君在盯着我们呢。”

“奇怪，你们有没有发现，他的眉毛和大人很像？淡而短，好可爱。”

“这样说来，嘴巴也像，他生起气的模样几乎和青龙大人一模一样。”

“他是混血，所以我分辨不出他的种族，会不会是大人在哪里留下的血脉呢？嘻嘻。”

青龙袖起双手，看着浮在水面上的那个少年。那少年看向自己的眼神微微带着愤怒，那短短的眉毛确实像自己，狭长的眼睛却像他们的父亲。

是呢，她第一次见到阿时的时候，阿时也是这副生气的模样，不情不愿地被自己带回巢穴。

“我喜欢你，想留你住几天。”当时她托着腮，饶有兴致地看着被自己一阵风卷来的男人，“你放心，我从不勉强别人。来都来了，你且安心住上几日，要是你几日后还是不愿意，我就送你回去。”

当时，站在她面前的阿时，就是这副愤怒又疏离的模样。

“喂，”青龙问海水中的男人，“你的父亲呢？”

时复抬头看她，过了片刻方才开口：“他死了，在去年的这个时候。”

“死了？”青龙愣了一会儿。

“哦，他死得这么快吗？”她淡淡地说。

时复咬着牙，看着“母亲”微微发愣的神色。她只是有些吃惊，甚至连难过都谈不上。

父亲，这就是你苦苦等了一生的人。

时复的眼眶微红，他不再看半空中的青龙，转过身向着战斗中的鱼船游去。

侍女们看着两道游向战场的背影，小声地议论。

“时郎君已经故去了啊……这是他的孩子。人类的生命还真是短暂呢。”

“是啊，真是遗憾，明明时郎君是那么温柔的人。”

“很快青龙大人又要准备迎接新的郎君了吧，这次又会是怎么样的人呢？嘻嘻。”

她们并不在意地当着青龙的面讨论。几千年了，主人身边的伴侣来来往往。主人从不曾把他们放在心上。

“大人，别靠过去，天吴战斗的时候毫无理智。”一位侍女拉着想要继续前行的青龙，“毕竟你只是龙的化身，小心天吴伤到了你。”

本体沉睡的时候，化身的能力也就变得相对弱小，跟着出来看热闹的侍女们劝青龙不要靠近危险的战场。

“奇怪，我这里好像有点儿不舒服。”青龙低头看自己的胸口，“有一点儿难受，这是为什么呢？”

原来阿时已经死了，人类还真是脆弱的生物。

她试图回想一下最后和阿时说过的话，却怎么也想不起来。她能记得的只有他们最后一次的欢好。那一次，阿时一反常态，狂热地亲吻她。她很开心且兴奋，却无意间看见有泪水从阿时那狭长而漂亮的眼里掉落出来。

“怎么哭了，阿时？你是……需要休息一下吗？”

“不，不需要。今晚可以随你高兴。”他潮湿的吻不停地落在她的脸颊上，“你想怎么样都行。”

“真的吗？我想怎么样都行？”青龙的眼睛亮了。

那个晚上她过得畅快而美好，记忆深刻。

事后，心满意足的她亲吻那个可爱的男人：“阿时，你真好。你有没有什么想要的礼物？不论是财宝还是法器，你想要什么我都送给你。”

“留一个孩子给我吧，我想要我们的血脉。”

“你想要龙蛋？为什么呢？孵化龙蛋可是件很辛苦的事。即便你是人族，稀释了龙族的血脉，孵出一个孩子也需要数十年的时间。”

“我只想要我们的孩子，其他别无所求。”

青龙从回忆中醒来，看着海面上已经游走的小小背影，原来那就是阿时一直想要的东西。

战场之上，众人大战天吴。

一时间，大家搅弄得巨浪滔天，海水四溅，海面上狂风大作，夹杂着无数阵光火石。

小小的鱼骨帆船时而被高高地抛上浪尖，时而又猛然平摔下来。

渡朔运用空间之力擒住一只金色的天吴分身，分开水浪，将它的手足拆掉，压成粉末，又把它压下海底。只见那失去手足的金色身躯，沉入深海，趴在海底挪动，不再具有攻击能力。

渡朔松了口气，回首望去，只见南河的双手染着银色的星辉，各擒着一只傀儡。

而时复的登天藤蔓层层生长，从袁香儿手中接过最后一只傀儡，彻底困住了它。

“走，千万别把它们弄死了。趁着它们不能动弹，我们一口气冲上龙山。”

南河这样说着，但手中提着的天吴重量似乎在迅速变轻。他低头一看左右两边，被星力锁住的天吴身躯正在溶解。

就在他这一低头的短短时间内，那眉眼清晰、四肢类人的傀儡已经化成两摊金色的溶液，流入海中了。

巨大的树藤在不断勒紧，困在里面的傀儡消失，从藤蔓的间隙里流淌出大量金色的溶液，那些液体迅速地沿着树干逃进海里，海底鳞石上的残破傀儡也化为一团金色的半流质，宛如活物一般在海底快速地游动。

无数道低沉的声音再度从四面八方响起。

“擅闯者死！”

“擅闯者死！”

“擅闯者死！”

远处观战的侍女们纷纷后退。

“啊，真正的天吴大人要出现了，他们终究逃不过这一劫。我们离得再远一些吧？”

“天吴大人守在这里上万年了，从不知变通，也不讲情面，在这么长的时日里，是不是只有那一位穿过了他的封锁？”

“是呀，这些人只怕都要死了，好可怜。为什么他们非要贪图龙族的财物呢？”

低沉的唱和声从四面八方响起。和大家想象的不同，这一次天吴没有分成八个，那些液态金属汇聚到了一起，一个巨大的金色魔物慢慢地从海中升起。随着海水落下，这位守护龙穴上万年的傀儡的最终面目终于出现在众人面前。

天吴高耸入云，八头八手，周身金光闪闪，手持宝物。他高举手中的法宝，雷电和灼热的火焰扑面冲来，星辉和大地之力如期而至，将那艘小小的骨船掀翻入海。

站在船上的时骏、胡青、乌圆等人猝不及防地落进海中。

南河拦在袁香儿的身前：“你们后退。”

南河想让袁香儿跟着撤退，但袁香儿回身对着时复等人说：“你们先退。”

时复从水中捞出弟弟和乌圆，把他们安置在船上，发力推船远离天吴，自己却在船沿一蹬，借力回到战场。

南河是第一个冲向天吴的。他踩在海面上一路飞奔，速度极快，在身后激起一道长长的白色水浪。巨大的天吴伸出那些长长的手臂，从空中向着南河抓下。

就在刚刚，手中天吴傀儡溶解的瞬间，南河看见从傀儡那融化的眉心处掉出一小团金色的火焰。那火焰不畏水，率先溶入大海，慌忙逃走。

南河觉得这团火焰可能才是战斗取胜的关键。熄灭八个头颅中的火焰，他们或许才能真正打赢天吴。

必须要快，大家战斗已久，体力、灵气都所剩不多。

南河一路向着天吴狂奔，丝毫不顾天吴对他的攻击。但那些即将抓住他、击中他的手臂，都及时地被一股束力抓住，因而动作迟缓。就在手臂动作慢下来的一瞬间，南河已经从攻击圈钻了过去。

袁香儿就在他的身后不远处，肃穆凝神，指若兰花绽放，飞速地变幻指诀，施展法术，挡住天吴那些攻向南河的巨手和落雨一般的法术攻击。

南河把自己的性命交托在她的手中，她前所未有地集中注意力，超常发挥，护住了一往无前的南河。

天吴巨大的手掌总是落后一步，只能砸在南河身后。雷电、星辉、火光，一道道地落下，激得海水四处飞溅。

南河已经跃上空中，出手便削去了傀儡的半个头盖骨，一把抓住从其中逃逸而出的金色火焰。

那火焰发出尖锐的叫声，却被南河毫不留情地掐灭了。

果然，巨大傀儡的一头一臂，彻底沉寂下来，不再动弹。愤怒的傀儡几乎陷入疯狂状态，余下的七只手臂化为残影，也不再用法术攻击南河，直接将南河狠狠地从空中拍落。

时复的藤蔓接住了南河的身躯，将南河传递给袁香儿。而时复越过袁香儿，一路向着残缺的傀儡冲去。

袁香儿抱着南河浮在海面上，一手取出妙道给她的高阶符箓，为时复保驾护航，一手取出白篙的果实，运转灵力为南河疗伤。

天空中乌云密布，浓烟滚滚，巨大的傀儡不时从浓烟中露出几个金色的头颅，长长的手臂激起的水花如同暴雨，不断地打在袁香儿的头脸上。

时复从烟雾中掉落下来，被人接住了，救上船去。空中响着渡朔清越的鹤鸣，就连胡青都幻化为九条尾巴的魔兽，冲进了战场。

傀儡的火焰被一朵一朵地掐灭，同伴们也在一个个地负伤。

袁香儿觉得丹田隐隐作痛。她的灵力快要干涸了，但她始终咬着牙，握住发光的果实，靠近南河伤势严峻的胸膛。

南河突然睁开眼，握住了袁香儿的手腕："可以了。"他浮在海面上，伸手按住被魔物撕裂的肩膀，微微喘息一声，幻化为巨大的银色天狼，向着头顶浓烟滚滚的战场冲去。

站在远处看着战场的青龙叹息一声："天吴是永生不灭的，即便神火全部熄灭，也不过多花点时日恢复。这些人不明白天吴的恐怖之处，只怕都活不成了。"

"好久没看见天吴大人被逼到这个份上了。他们这么努力了，还是要死吗？我都不忍心看下去了。大人，我们回去吧？"侍女说道。

青龙抿住了嘴，没有说话，却也没有像往常一般事不关己地退走。

化为人形的乌圆驾驶着鱼骨船来到袁香儿身边，和时骏一起伸出手来拉袁香儿上船。

"阿香，阿香，快上来休息。"

袁香儿才拉住乌圆的手爬上船，身后的浓烟里就传来断断续续沉闷的响声。

“擅……闯……者……死。”

袁香儿回头一看，烟尘中电闪雷鸣，星力交杂，不知道是什么情形。

一只金色的大手从烟雾中伸了出来，向着他们的小船一把抓下。

袁香儿拿出所剩无几的符箓，她的手指微微颤抖，几乎使不出灵力来了。她闭上眼，准备在最后的时刻发动双鱼阵护住乌圆他们。

小船上，乌圆很害怕，但还是哆哆嗦嗦地站起身：“阿香你歇着，我……我保护你。”

时骏的腿肚子打战，他勉强站起来和乌圆挤在一起：“也算我一个。”

角落里大头鱼人和多目抱在一起瑟瑟发抖。

多目在惊恐中突然展开鱼鳍，十几只眼睛齐齐睁开，射出了十几道探照灯一般凝聚不散的光线。那些光柱穿透浓雾，海面上残留的烟尘之中现出巨大而残破的天吴傀儡。那傀儡的身躯上仅余最后一个脑袋和一只残破手臂还能活动。

南河和渡朔身负重伤，勉强悬立在空中，时复和胡青已经无力再战，被渡朔背负着降落下来。

多目的光芒照在傀儡身上，傀儡唯一的脑袋似乎呆了呆，一个透明的气泡从他的脑袋中冒出，砰一声浮到天空中，慢慢变大。大大小小的泡沫中有着各种真实的影像，有人物，有景致。一个接一个带着影像的气泡冒了出来。

这是多目的天赋能力——梦幻泡影。他能将日光所照射到的生灵脑海中的记忆影像化，在泡沫中放映出来。

这种能力在战斗的时候不起什么作用，但在危急关头，多目受到惊吓，下意识地使用出来，十几道毫无攻击能力的光束齐齐打在了巨大的傀儡身上，却让傀儡呆住了。傀儡抬起脑袋看空中的那些气泡。那些是属于他的记忆。

在大部分的气泡中，有一位年轻的女子，长着一头火红的头发，明艳而张扬。

“成功了吗？太棒了，成功了，我做出了傀儡！”

那大概是傀儡第一次睁开眼睛看到的图像，那位女子的脸贴在他眼前，兴奋不已地看着他。

“你能动吗？能走路吗？太好了，你什么都会。”

“给你取个名字吧，叫天吴，从今以后有你陪着我，这里就不会这么安静了。”

这位女子在气泡中转着圈欢快地说着。

画面的背景是凌乱的炼器室，布满了各种炼器的工具和半成品。

这位红色头发的女性显然是一位法术高深的炼制师。

她总是在忙忙碌碌地炼制法器，失败的时候，揉乱了头发唉声叹气；成功的时候，抱住天吴落下一个巨大的唇印。

“天吴，天吴，有你在真是太好了，你可以永远陪着我，我永远不会孤单了。”

但是没多久，升起的气泡中出现了一个年轻男子的身影。他们很亲密，远远地离开天吴，不再过来。

“天吴，你看看这是什么？”在一个气泡里，红发女子一脸幸福地坐在天吴的身边，给他看自己抱在怀中的一枚龙蛋，“它是我好不容易才得到的，是纯种的血脉。不知道我要孵多少年才能把它孵出来。这是我的宝贝。天吴，你和我一起守着它行不行？”

明明不具有感情的傀儡呆呆地看着那些气泡，全然忘记了自己身在战场。

然而南河绝不会放弃这样的时机，取出了最后一团金色的火焰，结束了这场战斗。

金色的傀儡轰然溃散，溶解入海水中，天空里烟雾消散，游荡着天吴留下的记忆气泡。

在最后一个气泡中，一头红发的女子躺在地上。她在自己的身上绘制了细密的符文，伸手依依不舍地抚摸着身边的蛋壳。

“抱歉，孩子，娘亲不能等到你出生，无法陪着你长大了。”她温柔地笑着，并不惧即将到来的死亡，“幸好娘亲还懂得些炼器之术，总算能给你一个守护着你长大的巢穴。”

画面里出现七八只长长的手臂，天吴发出了一些意义不明的声音。

那个女子看了过来：“天吴，我说过你能永远陪着我，但我忘记了这个世界上其实没有真正的永恒。如今，我要先离开了，能不能麻烦你帮我守护我的孩子？”

“对不起，要你这样长久地守下去，辛苦你了。”女子安详地合上了眼睛，遍布她身躯的符文灼眼地亮了起来。她化身为巨龙，骨架撑起天空，眼睛化为日月，鳞片沉在海底。

她的心脏化为一座小小的龙山。

“你记住，擅闯者死。”这是她最后留下的声音。

远处的青龙也正抬头看着那些从天空飘过的气泡。她第一次见到气泡中的女人，但是十分神奇，她就是知道那人是谁。

那温柔地低头抚摸着蛋壳的女子，就是她的母亲。

从此，母亲似乎不只是冰冷的石块、无法触及的天空和海底坚硬的鳞片。母亲有了一张真实的面孔，有了温度。

第十二章　星　辉

巨大的傀儡慢慢地沉入海底，所有人都彻底地松了一口气。

这一战打得十分艰难，冲在前线的战斗人员基本都负了伤，其余的人也免不了受惊落水。此刻他们浑身湿透，相互拉扯着上船休整。

“阿香，阿香，我刚刚是不是很勇敢？”乌圆看见危机解除，恢复了嘚瑟的天性。

袁香儿摸摸他湿漉漉的脑袋：“我们乌圆这次好厉害，会保护大家了。”

乌圆得意极了。

“小骏也很勇敢。”袁香儿没忘记夸奖另外一个小朋友。

小时骏有些窘迫，不好意思说刚刚天昊的大手凌空抓下来的时候，自己吓得差点儿尿裤子。

时复对着大头鱼人说道：“多谢你特意下水拉我上来。”

鱼人用细细的手臂不好意思地摸着滑溜溜的脑袋：“嘿嘿，小哥怎么这样客气？我除了游得快些，什么忙也没帮上，倒是多目帮了不小的忙。”

于是所有人都向多目道谢，多目想不到自己也有被表扬的一天，嘿嘿直笑，挺直了胸膛，宽大的鱼鳍高高兴兴地开了又合，合了又开。

“你伤得怎么样？”悬浮在空中的渡朔问身边的南河。身为鸟类的他在水战中吃了不小的亏，没能像南河一样冲在前线。

南河看着脚下波澜起伏的海面，皱起眉头：“我觉得有些不太对劲。”

强大的上古灵器在眼前缓缓地沉入深海，但南河有一种直觉：这场战役胜得还是过于轻松。

“我也觉得不太对。”渡朔悬立空中，和南河一起看着脚下咕噜噜冒着气泡的海面。

渡朔听皓翰提起过，妙道曾带着洞玄教的精锐队伍闯过数次龙门，却次次损兵折将，铩羽而归。

如果天吴的战斗能力只到这个程度，虽说确实强大，但理应拦不住法力高强的妙道才是。

远处的海面上，青龙的侍女们已经开始慌了。

“快回去吧，主人。这些人竟然熄灭了天吴的灵火，太危险了，这里很快就会……”

侍女的话还没有说完，随着傀儡的碎片慢慢地沉入海底，天空中那一轮昏黄的月亮骤然变得明亮，那化石一般沉寂多年的竖瞳突然有了神采，居高临下地看着万物。

海浪骤急，波光闪烁，海水像是烧开了一般沸腾起来。海面之上出现了四五个急速旋转的漩涡，原本静静地躺在海底的那些彩色鳞片一片片地浮起来，从大海的深处交织着旋转着向海面涌上来。

一时之间天地变色，五彩的鳞片被海水裹挟着跃出海面，在海天之间激烈旋转。海面上形成了长长的水龙卷。

安宁的大海转瞬变了脸色，波涛汹涌，暴雨倾盆，仿佛天地就要在下一刻倾倒过来，世间的一切都被空中龙卷风强大的吸力拉扯过去。无数锋利的龙鳞在那里旋转，巨大的水龙卷夹着刀刃般锋利的鳞片，成为巨大而恐怖的绞肉机器。一旦被扯入其中，便是大罗金仙也免不了粉身碎骨。

“主人，快点，我们快走呀！你的本体在沉睡，化身比较脆弱，何必留在此地冒险？”侍女们看着那越来越粗大的水龙卷，着急地拉扯着青龙的衣袖。

天吴的最终形态不是八个分身，也不是巨大化的傀儡。天吴在灵火熄灭之后，会进入最终的防御姿态，和整个法阵融为一体。在头颅中的灵火熄灭之前，天吴还保留着几分神志，不会非要取人性命。但在灵火熄灭之后，天吴就会进入疯狂的攻击模式，致力于彻底毁灭所有眼前的生命。

侍女们知道很快这片大海就会变为修罗地狱，唯一安全的地方只有她们居住的龙山。

“走，回去吧。”好在她们的主人青龙终于想明白了，转过身，同她们回山。

前行了不过几步，青龙却又停下脚步回过头去，恰好看见那海面上的小船被巨浪掀翻。

小船翻在滔天巨浪里，船上的所有人掉落在水中，顺着湍急的水流被拉向高速旋转的水龙卷。

那水龙卷的吸力有着翻山倒海之能，即便每个人都运用灵气相抗，也极难挣脱，只能在汹涌的波涛中徒劳地起伏，无可抗拒地被扯向闪着五色光的夺命之地。

这是上古巨龙为了保护自己的孩子留下的杀阵。它没有花哨的招式，没有惑人的烟雾，只以强横的力量，翻天覆地，誓将所有的入侵者剿灭。

大头鱼人在漩涡中起起伏伏，挣扎着喊话：“阿香，快跑。”

袁香儿把抓在手上的小山猫一把塞进大头鱼人的怀里：“请你帮我带着乌圆。”

大头鱼人是他们中游得最快的，提着乌圆潜入海中努力逆行，浪涛声中徒留乌圆的叫唤声。

多目见状，收敛鱼鳍四肢，身体变了颜色，生命体征几乎完全消失，成为一块黑沉沉的石头，一路沉入海底。他紧紧地吸附在海底，法阵注意不到他。

在这个时候，水族远远比陆地上的种族有优势，即便最后还是抗拒不了吸力，总能多撑一会儿。

时骏拖着他的兄长在流水中挣扎，拼命抵抗着漩涡的吸力向外游。

他明明从未下过水，但游得很好，几乎不输于海底那些努力逃逸的人鱼。

如果只有他一个人的话，说不定真的能这样游走，至少不至于那么快陷入绝境。但他必须带着哥哥。

水龙卷刚刚升起的时候，负伤在身的时复为弟弟挡住了浪涛之间冲涌过来的锋利龙鳞，伤上加伤，已经无法独自行动。

“你听我说，小骏，放开我。”时复虚弱的声音响在海涛之中，“我们之中总要有一个活下来。”

身后巨大的水龙卷越来越近，其他人也不知被卷到哪里去了。

时骏拼命地挥动小小的胳膊划着水，却只能眼睁睁地看着水龙卷越来越近。

时骏回过头看去，近在眼前的巨大水龙卷勾连天地，发出恐怖的呼啸声，一片片寒光闪烁其中，可以想象若是他们被拉入，瞬间就会被绞得血肉模糊。

好可怕，时骏很慌乱，不禁产生了将哥哥丢下，自己逃出生天的想法。他不想死，发自内心地害怕承受被卷入利刃之中搅碎的痛苦。

哥哥已经晕过去了。就算自己在此刻把哥哥丢下，哥哥也不会知道。时复斜着眼珠看向身边的兄长，心中不断地涌起恐怖的念头。

他紧拽着兄长衣领的手指松了松。

放手吧，自己逃命去，哥哥想必不会怪我，他的心中有声音在劝说着。

那轻轻一放就能松开的手指，此刻却仿佛被定住了。他僵在那里一动也不能动，无论如何也松不开手。

无论如何也松不开……

时骏的眼中迸出了眼泪，他把昏迷中的兄长拉过来，紧紧地抱在怀中，哭着闭上了双眼，任凭自己被巨大的吸力拉进深海，沉进漩涡。

阿爹，救救我。娘亲，救救我。他在心底绝望地呼喊。

突然有一只手抓住了他的衣领，止住了他下落的势头，带着他飞快地逆着水流游动起来。

时骏睁开眼睛，只见拉着他的是一位俊秀的少女。那少女抓着他们兄弟两人，纤细而灵巧的双腿在暗流中飞快摆动，小小的身躯竟能轻松地抗拒强大的吸力，向着远处游去。

她面无表情，目视前方，海藻似的秀发在水波里飘摇。她游鱼一般灵巧地避开迎面而来的龙鳞，飞快地带着时家兄弟游动着。

娘……娘亲？

“阿青，南河，还有谁……嗯。”袁香儿冒出水面喊了一句。为了说这句话，她不慎被灌了一大口咸涩的海水。

到处都是狂风巨浪，海水打得她睁不开眼睛，巨大的水柱近在眼前。她根本看不清周边的情形，大家的情况如何？是否还活着？

双鱼阵自发地从她的身躯中施展出来，环绕在她的身边，守护着她的安全。她就像乘坐着一个透明的气泡，不能自控地漂浮在激流中，迅速地涌向漩涡中心，等待着被吸入那千万鳞片构成的绞肉机器。

这么多人中，只有她拥有这样强大而坚固的护身法阵。至于其他人要怎么从这样的险境里脱身，她想不出。

这个世界只有你最适合闯这道龙门。

袁香儿想起了临行之时，妙道对自己说过的话。此时此刻，她终于明白那是什么意思。在这样的漩涡中她即便陷入昏迷，双鱼阵也能自发地护她周全。

但她身边的这些朋友，在这样法力强大、夺天地之造化的法阵前，只怕无一能幸免。

袁香儿在双鱼阵中起起伏伏，视野一会儿被波浪淹没，一会儿又看到漆黑的夜空。

她突然看见头顶的夜空撕裂了一道口子。芥子空间之外的真正的天空出现在裂缝中，无数星辉正挤过裂缝涌入这个世界。

荧荧发光的天狼悬浮在汹涌狰狞的水龙卷前，星星点点的银辉不断落在他的身上。那具雄健的狼躯几乎全化为无形的星辉。银色的星辉丝丝缕缕地缠上空中扭曲的水龙卷，水龙卷在越聚越多的银辉下渐渐地由狂躁变得平和，安静下来。

星辰之力安抚了山河巨变。这是天狼一族罕为人知的天赋能力。

为了打开这样一道小小的空间缺口，勾连天地，南河几乎耗尽自己所有灵力。

巨大的水龙卷不见了，一片片的彩色鳞片重新落回水面。它们旋转着沉入海底，在海面上留下一个深深的彩色漩涡。

在海浪中挣扎已久的人们终于得到了喘息的机会，纷纷向着远离漩涡的方向游去，逃出险境。

没有人注意到那只银白的天狼从空中落下，一头掉进漩涡中心。他已经失去了所有力气，只能任凭自己的身躯和那些锋利的鳞片一起沉向海底深处，等待着被乱刃撕裂肌肤的痛苦。

但还有一个人在竭尽全力地向他游来。

“快走，别过来，离开这里，阿香。”南河勉强从旋转的水面上伸出脑袋。

“不……不可能的！”袁香儿拼命向着漩涡中心伸出手去，“手给我，快给我！”

在赤石镇外重逢之时，南河一把抱住她时传递过来的那种心情，袁香儿在这一刻切实地体会到了。

眼看着心爱之人身陷危险之中，自己却够不着，抓不住，无能为力，这是什么样的滋味？

她的心脏紧紧地缩在了一起，呼吸之间都带上了疼痛。

南河时常说不能忍受失去她的痛苦，她听在耳中，只觉得甜蜜。时至今日，袁香儿才明白，原来自己对他也有着一份同样浓烈的感情。

南河的脑袋在水中浮浮沉沉，周围的水面已经被血色染红。他还固执地喊：“你先走，阿香，我没事。”

我不走，绝不，袁香儿用行动回答了他。

大部分同伴在逆行，想摆脱漩涡的吸力，只有她不管不顾，全力向着危险的漩涡中心游去。为了能够游得更快，她甚至解除了护身的双鱼阵，全力划水。一片锐利的龙鳞漂过，在她白皙的脸上划出一道红痕。

南河的眼眶红了，他只能向着袁香儿伸出自己的手。两人在激流中一起努力，指尖终于触碰。

南河闭上眼，将自己化为幼狼形态，袁香儿一把把他拉进怀中。

袁香儿紧紧地抱住那只小小的银狼，迅速张开护身法阵。此时他们已到漩涡中心，漩涡的吸力将他们一下拖入海底。海水淹没了天地，五色的鳞片接二连三地砸在透明的护罩上，激起一道道法术的光芒。

袁香儿蜷缩在圆球形的双鱼阵中，任凭天旋地转，四周撞击声不停。她只死死地抱住自己的天狼。

南河就像他们初遇之时那样柔软而幼小，紧闭着双眼，将脑袋搁在她的肩上，灼热的呼吸喷在她的肩头。

不知他们旋转了多久，世界终于安静了，袁香儿陷入一片眩晕。昏昏沉沉间，她觉得自己怀中的天狼变大了，变得强壮而可靠，带着她一路向着光明之处游去。

海面逐渐恢复平静，劫后余生的大头鱼人带着乌圆踩上了柔软的沙滩，多目也慢慢地从海底爬上岸，在海岸边冒出脑袋，摸着胸口，小心地四处张望。

碧波荡漾的海面上，胡青把琵琶变成一艘小船那么大。琵琶是她随身多年之物，已经被她炼制为法器，可随心意变幻。

此时，琵琶小船乘风破浪，在水面上飞速穿行。胡青踩在琵琶的面板之上，忧虑地四处眺望，呼喊着渡朔的名字。

在最为危险的关头，渡朔大人勉强用所余不多的法力将她推到远处，自己却被卷向深海，此刻还没有浮出水面。

终于，她看见清澈透明的水面下一道一动不动的身影。

胡青猛地扎进水中，很快把昏迷不醒的渡朔拉上小船。

渡朔的伤势并不严重，但他是鸟族，是在场的所有人中水性最差的。他灵力枯竭，又被卷入深海，因为呛水，暂时失去了意识。

胡青小心地将他安放在琵琶船上。

此时天色微明，淡淡的晨曦让他面部的线条变得柔和。渡朔长发湿透，凌乱地贴在他苍白的肌肤上，细细的眼睛闭合着，眉头紧紧地拧在一起。

相比起平日里持重儒雅的样子，此刻的渡朔平添了一份说不清道不明的脆弱。

胡青蹲在他的身边，歪着脑袋悄悄地打量着他那映衬在晨曦中的眉目。从幼年时候开始，她就迷上了他的眉眼和双唇。

一晃多少年过去了，他们历经无数波折，世态几经变化。可她初心不改，还守在大人的身边。

经过彻夜的惊心动魄，她失而复得，此刻小舟悠悠，周遭一片寂静。

一切都是那样恰到好处地悄悄地拨动胡青的心弦。

躺在她眼前的人双唇微分，一缕细细的湿发蜿蜒在唇边，惹得她目光流连。她俯下身，轻轻地伸手捏住了那人的下巴。

这可是渡朔大人啊，你的胆子也太大了。

我就偷偷地亲一下，一下而已，她想。

蔚蓝的水面上，一叶孤舟漂浮着，小狐狸偷偷地尝到了觊觎已久的双唇。

人间美味，无出其右。她觉得这辈子都值了。

渡朔醒来的时候，发现自己躺在一架巨大的琵琶上，头顶是湛蓝的天空，身下是平静的大海。

他动了动身体。在战斗中受了伤，他浑身疼是正常的事，为什么连双唇都有些红肿？

一只漂亮的九尾狐隔着琴弦坐在琴面的另一侧，背对着他。九条柔软的大尾巴在身后摇摆，昭示着尾巴主人的心情很愉快。

她听见了动静，转过脸来，看见渡朔醒来，却没有像往常一样快乐地跳到渡朔身边，而是飞快地转回头去，正儿八经地坐直了。

她是做了什么亏心事吗？

渡朔微微笑了笑，阿青打小在自己身边胡闹惯了，还能做出什么大不了的事来呢？

他万万想不到胡青悄悄地对自己干了些什么。

琴船向着龙山而去。

“阿青，我有没有告诉过你？”渡朔仰躺在琴面上，看着天空中的悠悠白云，

“在仙乐宫，最难的那些日子里，我常常看着铁窗外的天空，期待着听见你的琵琶声。

“每一次，在我忍不了痛苦和屈辱，快要到极限的时候，那熟悉的琴声总能悠悠地传来，舒我心之抑郁，解我身之苦痛。

“谢谢你，这么多年，一直陪伴在我的身边。”

微风鼓浪，水石相搏。

时复在海岸边的石滩上醒来，视线所及之处，青龙化身的少女赤着双脚独自立在礁石边缘，眺望着远处。

岩石之下，惊涛拍岸，白浪混浊，石顶的少女衣襟猎猎，长发如瀑，飘飘欲飞，无畏无惧。

这里是属于她的世界，大海就是她的家。

那位女子转过脸来，用清透的眼眸看了时复一眼，抬脚转身离去了。

“哥哥，”时骏摇着兄长的衣袖，小声地说，“是……是她，把我们救上来的。”

他终究不好意思称呼一个陌生的女子为母亲，只用了一个代称，但稚嫩的眼眸已经被点亮了，里面满是压也压不住的兴奋。

时复举目望去，那人走得飞快，几个起跃，已经上了半山腰。

山顶上有着大大小小的洞穴，用红木构建成的悬空的长廊，将那些洞穴彼此相连。华服美鬟的侍女将那位女子迎进悬梯当中最大的一个山洞里。

时复收敛心神，将目光投向海面，寻找自己在混乱中失散的同伴。

海岸边的浅滩里出现了一道身影。那个人深一脚浅一脚地踩着沙石走过来，怀里抱着一只伤痕累累的小狼，是袁香儿。

时复和时骏急忙伸手拉她。袁香儿爬上礁石，摇摇头，做了一个噤声的手势，一屁股在他们的身边坐下，小心地安抚沉睡在她怀中的南河：“小声些，他累着了，让他睡一会儿。”

很快，乌圆和大头鱼人、多目一起找了过来。朋友们劫后余生，看见彼此都平安无事，比什么都开心。

只有出海去找渡朔的胡青耽搁了很长时间。二人回来的时候，乌圆不高兴地跳上前：“阿青你也太慢了，害得我们以为出了什么岔子。鱼哥都载着我出去找你们两回了。”

乌圆或许天生招人喜爱。鱼人护着他跑了一路，他又让自己收获了一位鱼哥。

山洞中的青龙趴在软榻上，任由侍女们忙碌地为她更换衣物，擦干头发。

“那些普通的母亲，都是怎么养育后代的？”趴在软榻上的青龙突然开口问道。

温柔的侍女手持大毛巾，轻轻地擦拭着她的头发，浅笑着说：“奴婢们只是红龙大人炼制的傀儡，并不知道那些真正的母亲都是什么样的。”

她们是红龙炼制的傀儡，在这个封闭的小世界里生活了成千上万年。

那位炼器宗师赋予了她们思考、说话和活动的能力。若是身体在漫长的岁月中有所损坏，她们只需要泡在海底化为人鱼休养一段时日，便可自行汲取天地间的灵力修复身体。

她们如此度过了漫长岁月，唯一的任务是守着龙蛋孵化，待龙蛋孵化后，照顾出生在龙山之中的这位小公主。外面的世界是什么样的，外面的生灵是什么样的，她们其实并不知晓，只能从偶尔来到龙山的郎君们那里获知一二。

“我从一本书上看过，作为母亲，要管刚出生的孩子的吃喝，还要给子女修筑一个温暖的巢穴。”一位侍女兴冲冲地说出自己的看法。

“然后呢？”另外一人问。

“然后……然后在孩子们长大一些后，把他们从悬崖边的巢穴里推出去，就完事了。”

“我知道，我知道，并不用那么麻烦，听说只要多生一些孩子，数量上够多，哪怕母亲不闻不问，也终究会有几个活下来的。”

“还有母亲把孩子生在别人的巢穴里，这样自然会有人替你孵育后代。”

她们一起拍手：“这样看来，抚养后代也不是很难嘛！”

青龙哈哈大笑。成年之后时常四处游历的她，知道养育后代并不是侍女们说的那样。

“主人，那些人上来了。”有一位侍女进来通报。

“行吧，让他们进来。”青龙拍拍衣裙坐起身来。

袁香儿等人进入了龙山顶上最大的那个洞穴，这个巨大而开阔的天然石穴内部被布置得奢华舒适。

玉床金榻，芙蓉帐挂珊瑚钩；美婢娇奴，红酥手熏碧螺香。

洞穴深处，宝物堆积成山，高高的宝山上盘踞着一条巨大的青龙。

那只上古神兽闭目沉睡着，龙息幽幽地在洞内回响。

一位少女坐在龙头上，穿着莲裙金靴，低头看着他们。

她一上一下地抛接着一颗核桃大的透明珠子。

“花这么大力气，你们想要的就是这个吧？”她用圆润的手指将那透明的珠子向前一抛，玻璃球一般的透明珠子在空中画过一条弧线，落进了袁香儿手中。

“拿去吧。”

一行人走在洞穴外的悬廊上。

袁香儿看着手中的珠子，还不敢相信自己这样就得到了这个传说中的龙族至宝。她以为还要经过百般刁难和考验。青龙或许会因为他们觊觎自己的宝物，成功闯过法阵而不太高兴，借此提出各种难题，让他们解决，作为兑换宝物的条件。

想不到那位看起来不太好说话的少女，随手就把东西给他们了。

那滴溜溜地在她手心打转的圆珠传来一股强大的灵气，证明了它便是他们跋山涉水、远道而来的目标——水灵珠。

“她真的这么容易就给我们了？不是说水灵珠是龙族的宝贝吗？她不用我们制作美食换取珠子了吗？”袁香儿忍不住疑惑地说。

胡青和袁香儿走在一起，低声交谈：“没准是因为她的宝贝太多了，她不稀罕水灵珠呢？你看她的真身，简直是睡在一座宝物堆成的大山上，不愧是传说中的龙族，真的太富有了。”

“并不是这样的。”在前方领路的侍女转身笑着回答，“主人只是不太会表达。她其实很开心你们能来到这里，水灵珠是她回馈你们辛苦战斗的礼物。毕竟几千年来，你们还是第二拨能够自行进入龙山的生灵。上一回进入龙山的那位最后还和主人成了朋友呢。”

侍女领着袁香儿等人走到一处稍小的洞穴前，躬身行礼：“龙门下一次开启还要几日，几位这几日可以安心地住在这里。若有所需，大可使唤我等去办。”

袁香儿叉手回礼：“有劳姐姐。”

侍女不由得笑了：“我们并非生灵，不过是前主人炼制的傀儡而已，姑娘不必对我等这般客气。”

袁香儿摇头道：“你们能说话，有思想，有情感和记忆，便是一种生命。怎么可以说你们不是生灵呢？”

那位侍女愣了愣，反复将袁香儿的这句话品味着，模式化的笑容里带上了几分真诚，感慨着道：“姑娘不愧是自然先生门下，这心性和眼界几乎和先生一模一样。”

这下换作袁香儿吃惊了："姐姐见过我的师父？你如何知道我是师父门下的弟子？"

"姑娘身上的双鱼阵，难道不是自然先生的独门法阵吗？若你不是先生看重的徒弟，先生怎么会把这样重要的护身法阵传给你？"她看着袁香儿笑，"你总不能是先生的女儿吧？"

袁香儿可是血统纯正的人族，没有半分妖魔血脉，侍女一眼就能看出来。

"这么说，你见过我师父使用双鱼阵？"

"啊，你还不知道呀？"侍女举袖掩嘴笑道，"我说的那位在你们之前唯一进入这里的人便是余摇大人呀！他是我们主人的朋友呢。"

容貌俊逸、性情温和的男子，没被主人看中，反倒被视为真心朋友的可不多。

大概是因为那位自然先生拥有同样强大的实力和长久的寿命，才能在最初和青龙相见的时候，就得到平等的对待，进而慢慢地以朋友的方式相处。

"是吗？原来青龙是师父的朋友。"袁香儿听见这个消息很是开心。

她走出家门，游历四方的一大原因就是期待在旅途中能够打探到关于师父余摇的消息，她想不到在这个地方，真的遇到了师父的一位故人。这可真让她打从心里感到振奋。她决定在龙山上住个几日，和青龙搞好关系，好好地打听一下师父的过往。

龙山上的客居之地，从外表看全是自然古朴的洞穴，内里却都布置得奢华舒适。

招待他们入住的侍女个个热情洋溢，捧来柔软的锦被，精致的器皿，华美的衣物。

"几十年没招待过客人啦，今天好热闹，感觉就像过节一样，我们都很开心呢。"

"让我们好好地服侍你们。有什么需要只管说。"

袁香儿的床榻上躺着一只银白色的小狼。

她掀起金帐，看着那只趴在软垫上呼呼沉睡的小小天狼。

好久没看见南河变成幼年形态了。袁香儿回忆起往昔的时光，按捺不住伸出手指捏一捏他那软乎乎的小耳朵，又摸一摸他毛茸茸的脑袋和脊背，再顺着脖颈挠一挠那里细软而短的毛发。

果然小狼很快就在睡梦中翻过身来，冲她露出了柔软的腹部。袁香儿伸手摸上去，动作越来越不规矩。

很快，床榻上砰的一声冒起了烟雾，小小的毛茸茸的幼狼化为了四肢修长的男子。那人刚刚睡醒，眼神中带着迷茫，别有一分勾人的味道。

他看见了袁香儿，就伸出光洁的手臂，在袁香儿的一声惊呼中，将她一把拉了过去，翻身按在了自己身下。

“阿香，阿香。”南河用鼻尖摩挲着袁香儿的面孔，睡眼惺忪，反复地叫着袁香儿的名字，声音沙哑。

袁香儿脸上的那道伤痕结了痂，微微地刺到了他的鼻尖。南河停下亲昵的动作，凝望那伤口片刻，俯身轻轻地舔着那道伤口。

“别闹，这样好痒。”袁香儿笑着伸手推他。

“我们天狼族都是这样疗伤的，很有效的。”南河颇为无辜地抬起头，舔完她的脸，又捧起她的手掌，细心而虔诚地轻吻她手指上在战斗中留下的伤痕。

他的舌尖湿润，带着灼热的气息，一下一下地接触着她的皮肤，她的心里痒痒的，燃起了一团火。

袁香儿按住他的手，咬着嘴唇撑起身体看他。

“说的也是，这种疗伤的方式似乎不错。你看你身上的伤口那么多，该让我好好地为你治疗才是。”

南河的面孔一下就红了。明明什么事都做过了，他还是不能承受袁香儿的各种调戏。

“怎么啦？不是你自己说的吗？”袁香儿靠了过来，在他的耳边悄悄地说，“都伤在哪儿了？快让我看一看呀！”

青龙见到袁香儿的时候，袁香儿的眼角眉梢都还堆着美滋滋的春色，以至于那位看上去单纯，实则经验丰富的青龙大人一眼就看出了这个女人刚刚经历过什么。

人类和妖魔之间的欢好有那么值得开心吗？青龙在心里撇撇嘴。

好像那种感觉确实不错，我曾经也拥有那么一个欢好的对象。

“青龙大人来得刚好，我们在烤饼干，一会儿请你尝一尝。”袁香儿开口招呼青龙。

桌案上摆着一个铁盘，盘上整齐地排列着一团一团奶黄色的小面饼。袁香儿正施展神火咒，小心翼翼地控制着火候，抽不出手来和青龙打招呼。

乌圆和时骏在袁香儿的身边帮忙摇晃牛奶罐，制作天然黄油。看见青龙进来了，时骏忍不住悄悄地拿眼睛打量她。

时骏那双漂亮的眸子里带着一丝想要靠近她又不好意思的羞涩，令青龙依稀间看见了曾经生活在这个洞穴内的那个人。

六十年前的事仿佛只发生在昨日。这几日来，在那飘散着饼香的桌案边，在紫色的花海中，在暗香浮动的床帐内，在龙山的角角落落里，那个男人的身影总会不经意地出现，用那带着浅笑的温柔的眼眸默默地看着青龙。

我这是怎么了？他已经死了，死去的人就应该被遗忘。为什么我还会想着一个已经死去多年的人？

青龙揉了揉眼睛，不理解自己心中这种奇怪的感受是为何而生。

奶黄色的面饼被恰到好处的温度烘烤着，渐渐地变得酥脆蓬松，弥散出一股诱人的奶香味。一向看重美食胜过一切的青龙，第一次失去了对舌尖上的享受的热切追求。

袁香儿的厨艺本来很是普通。她前世单身，没有做饭的兴趣，这一世有师父和师娘惯着，也很少下厨。

幸好她参加过一个短期烘焙培训班，对西式点心的制作略有了解。

如今这也算得上是她独一无二的技能了，正好可以用来吸引喜好美食的青龙。

此刻袁香儿小小翼翼地控制火候，烤制的正是加足了黄油和白砂糖的曲奇饼。

在里世可以寻找到的食材天然且新鲜，制作出来的食物都很好吃，唯一的不足是缺少相应的设备和辅料。幸好能给袁香儿打下手的每一个人都算得上天赋异禀，一群大妖用法术弥补了设备上的不足。

“黄油也太难提炼了，我都摇累了还没好。”乌圆一开始对黄油感到新鲜，很快就厌倦了。

“让我来吧。”时复说道。

一根柔韧的藤蔓从空中伸过来，接过乌圆和时骏手中的牛奶罐子。

从洞穴顶部垂挂下来的绿色藤蔓吊着三四个牛奶罐子，在空中一刻不停地来回甩动。只要如此维持半个时辰，罐子里的牛奶就会油水分离，得到制作黄油的初步材料。有了黄油，袁香儿可以烤出香喷喷的曲奇饼和蛋糕。

另外一边，胡青趴在桌案边，盯着眼前的数个陶罐。每个罐中都装了半罐蛋清。九条狐狸尾巴越过胡青的身体伸到桌前，每条尾巴上都缠着一大把筷子搅拌个不停，打出了一罐罐连绵细腻的白色泡沫。这是袁香儿一会儿要用来制作蛋糕的原料之一。

“阿香，快看看，我把蛋清打成这样行了吗？”胡青停下操纵筷子的尾巴，喊袁香儿。

袁香儿抽空看了一眼：“还不行，要把蛋清打到筷子立在泡沫中而不倒。”

“好。”胡青应了一声，各个陶罐里的筷子又嗒嗒嗒地搅拌了起来。

青龙被这一系列奇怪的操作吸引，搬了把椅子坐在桌案前看着。

“你的控火术练得格外精湛，我很少看见有人能将控火术练到这种程度。”青龙说。

袁香儿小心地观察着烤饼干的火候，头也不抬地回道：“练得精湛也没什么用，只能在做饭这样的小事上略有帮助。”

“怎么能说是小事呢？这世间的一切生命都离不开饮食，可见此事是重中之重。那些修习了法术，只为了打架斗殴的人，才叫本末倒置。”

“你说话的口气，倒是和我师父很像。”

“我和余摇认识了上千年，既然能做朋友，自然有相似之处。”

“青龙大人，你知道我师父去了哪儿吗？”

“吾名孟章，你叫我阿章也可。”一脸稚嫩的少女将下巴搁在桌案边缘，报上自己的名字，并不太在乎混淆了辈分，“我不知道他去了哪里，但你若是想要找到他，明明身边就有现成的办法。”

“阿章教我。”袁香儿立刻换了称呼，和青龙拉近关系。

“天狼族拥有星辰之力。用天狼的身体或毛发炼制的法器，可窥尽星空之下发生的一切，是用来寻找星光照耀之下生灵踪迹的利器。你身边不是就有一只天狼吗？”

“我知道，我知道。我在洞玄教的国师那里见过一个类似的白玉盘。”袁香儿连连点头，取出了一直随身携带的南河的一撮毛发，“可是即便在里世，我一路上询问了不少炼器大师，也没有找到会炼制的人。”

孟章一脸的不高兴：“这世界上最厉害的炼器大师，你不知道是谁吗？”

“啊？”

乌圆的声音及时在袁香儿的脑海中响起：“就是她，就是她。龙族代代相传的天赋能力便是炼制神兵法器。”

在袁香儿烤两盘饼干的时间里，孟章就将那一缕南河的头发炼制成了两枚戒指一般大的银环。

“你找一个安静的时刻，向戒指滴入精血化为己用便可。此环大小随心，便于携带，放大之后，可观圆环内景象。”

袁香儿意外拿到一直想要的法器，还一次得了两枚，欣喜万分：“可是为什么你要炼成两枚戒指，是成双成对的意思吗？”

青龙炼成的偏偏是两枚银光流转的戒指。给南河一枚戒指，是不是有点儿像求婚？想不到阿章是一条这么体贴的龙，袁香儿从心里感到感激。

“我炼制法器一向喜欢炼两个。”孟章没什么表情地说。

“嗯，是备着一个作为替换？”

“我可以用一个丢一个，好彰显我龙族的富有无人可及。”

众人无语。

曲奇饼干烤好了，因为是第一次制作，袁香儿准备的原料不多，烤不了多少块。

但就快按捺不住性子，嗷嗷待哺的却有乌圆、时骏、大头鱼人、多目和孟章等一众人。

一盘饼干端上桌，清空几乎只在一瞬间，用风卷残云也不足以形容他们的动作之快。其中的大部分落进了从脸上看起来对饼干兴趣不大，抢饼干的手速却无人能及的青龙的肚子中。

大家也不见孟章有什么特别的动作，厚厚的一摞饼干咻的一下就进了那张樱桃小嘴，腮帮子还不见鼓。

“味道还不错，我确实没有吃过。”她伸舌头舔了舔嘴唇，“看来这个世界上真的有这么多我没吃过的美食。”

乌圆不干了。从前但凡是阿香做的食物，他都是第一个吃，还吃得最多。

可是他又怕青龙，只能扯着袁香儿的袖子，扭股糖似的撒娇。

“阿香，阿香，人家帮忙干了一早上活，才吃到一片饼干，呜呜呜。”

“行啦，新的黄油还没那么快做好，你等下一批吧。我一会儿烤蛋糕给你们吃呀，蛋糕也很好吃。”袁香儿摸他的脑袋，“你看看时复、时骏还有阿青，他们也都还没吃呢。”

乌圆抬头一看，时骏可怜兮兮地坐在空空的盘子前面，果然一片饼干都不曾抢到。这让乌圆感到心里面平衡了一些。

孟章捏着最后的饼干，一点儿一点儿地啃。她有的吃，别人都没有，只能看着她吃，这让她感到特别高兴，似乎最后几片饼干的味道都变得更美味了。毕竟还没有什么人敢从她手里抢夺食物。

时骏看着一片饼干都没有的碟子，有些沮丧。他忙了半天，被香味吸引了一早上，早就想要尝一尝饼干了，却没能抢到。坐在他身边的哥哥时复伸手搓了搓他的小脑袋以示安慰。

孟章突然想起侍女们说过的话："养孩子嘛，就是管他们吃喝，给他们住的巢穴。"

管他们吃喝……

时骏咽了咽口水，在他面前的碟子上突然多了两片黄澄澄的饼干，他一块，他的哥哥一块。

兄弟俩转过脑袋去看孟章，孟章却没有看他们，拍了拍手上的饼干屑站起身来，离开了。

"继续做，做好了叫我来吃。"

袁香儿托着烤好的蛋糕找到南河的时候，南河正盘膝坐在一块山石上，萃取星力。那颗白篙果实悬绕在他的身前，为他治疗身上的伤。

等南河修行告一段落，袁香儿就拿那两枚戒指给他看。

"是用你给我的头发做的呢，我们一人一枚？"

银色的戒指仿佛也落上了星光，表面银辉流转，细细看时，却有一道黑丝在其中穿行，纠葛缠绕。黑丝黑得耀眼，衬得戒指更加银白。

"抱歉，戒指里好像不小心混了一根我的头发。"袁香儿笑嘻嘻地说。

她话还没有说完，南河已经握住她拿着戒指的手，伸过头来吻她。他的呼吸很重，带着一股特有的甜香。他隐忍克制，庄重情深，仿佛想要在她的唇上烙下一个印记，刻下永世不变的诺言。

明明只是浅浅的一个吻，南河那郑重的模样，却比起平日里纠葛缠绵的神态来更能撩得袁香儿心动。

袁香儿差点儿没忍住，想到此刻有更紧要的事情做，只能咬咬牙先把感情放在一边。

她将其中一枚戒指炼化，放大成脸盆一般大，戒圈内顿时亮起一片银辉。

马上就能知道师父的行踪了，袁香儿心中激动。

她双手合十，在脑海中默想师父余摇的模样，尽管多年未见，师父清隽爽朗的样子依旧可以清晰地出现在她的脑海中。

银色的光芒起了变化，银辉散开，戒圈里现出一片茫茫大海，海面泛起粼粼微波。

“怎么是大海？难道我的师父在海水下吗？”

师父既然是鲲鹏，待在海底倒也正常，可惜靠戒指这一类的法宝只能看见星空之下的景象，但在这个小世界内，在海底，或者在没有窗户的屋子里的画面，他们都无法看见。

只是这世间的大海那么多，师父在的会是哪一处呢？

袁香儿催动灵力，缩小戒圈中的画面。海水的波纹看不见了，从高空看下去，湛蓝的大海就像是一块漂亮的蓝宝石。这块宝石无边无际。

袁香儿再三缩小画面，终于在大海的边缘看见一道赤红的线条。高高的大陆边缘骤然被截断，断面处是一排赤红的石壁，形成了深不见底的悬崖。河流流到板块边缘，化为银色的瀑布从崖上奔流直下，没入广袤无垠的大海。

“这是……赤渊？”南河念了一句在妖魔中流传的短句，“南之极地，赤红之渊，下为南溟。南溟者，海也，纵横万万里，无人知所极。”

“你的师父在南溟？”

“师父在南溟的海中？”

他俩同时说了一句。

南河：“南溟在大地的尽头，便是我和渡朔全力奔走，用数十年也无法走到那里。你若是想找寻师父，还要将来另找机缘。”

师父为什么跑去那么远的深海，又是为什么一点儿消息都没有传递给她呢？

本来她以为可以立刻得到师父的消息，结果还是空欢喜一场。

袁香儿不免感到沮丧。

时家兄弟坐在一起，看着山坡上漫山遍野的浅紫色的花朵在风中摇曳。

“这里有好多这种花，我记得小时候院子里也有这种花，都是父亲种的。”时骏摘下一朵小花，拿在手中摆弄，“父亲走后，没人打理，这些花也就死了，想不到在这里却生长了这么多。这花叫什么名字，哥哥？”

时复摇摇头，那时候的他焦头烂额地忙着料理父亲后事，还要抚养弟弟，根本无暇顾及院子里的花花草草。

紫色的花朵星星点点，一路蔓延到山脚，山脚下是看不到边际的大海，白色的浪花拍打着山坡，透过清澈的海水可以清晰地看见海底的五色鳞石。时而有人鱼拖着长长的尾巴，贴着那些绚丽的石片游过。

空中艳阳高挂，俯视大地，发着荧光的骨骼在湛蓝的天空中若隐若现。

“这里真美啊，哥哥。”时骏看着头顶的天空。

“这里虽然很美，但不是适合人类生活的地方。这里除了……她，甚至连一个真正的生灵都没有。”

“是吗？”时骏有些难过，听懂了哥哥话中的意思，“那我们同阿香他们一起离开之后，还有机会再来这里吗？”

“大概是很难了。”时复打破弟弟的幻想。

时骏低下脑袋，小声地说了一句：“娘亲给的那块饼干，很好吃呢。”

他知道自己这样大概会被哥哥笑话。母亲是一位恣意任性，活得比自己还孩子气的人。或许是得到的越少，他越觉得珍贵。母亲递给他的那小小的一块饼干，被他放在心里反复地咀嚼，念念不忘。

时复从怀里掏出一块手绢，一层层打开，露出了里面的一块饼干。

他看着远方的海，把那块饼干托在弟弟眼前。

“啊，哥哥，你还没有吃呢。”

“给你吃吧。”时复摸着弟弟的脑袋，“母亲虽然冷淡了点，但好歹还活着，而且会活很久。有她在，我们就不算孤儿。这样想一想，你是不是就好受一些？”

时骏看着身边的兄长，想着原来哥哥也和他一样。

在山的另一面，袁香儿和南河并肩坐在山石上，看着波光粼粼的大海。

这样看似平静的大海，下面是怎样的世界？

袁香儿看了大海很久，慢慢地开口：“对我来说，师父是胜过父亲的存在。”

“他不仅改变了我的人生，更用他的温柔、慈爱影响了我。”袁香儿想起了幼年时期的往事，“从前的我和如今很不一样。如果不是遇到了先生，我或许根本不知道怎么去爱身边的朋友和家人。”

海浪声远远地传过来，就像师父消失的那天中午，袁香儿在睡梦中听见的声音。

“就算到了现在，我还能清晰地记得小时候师父背着我的样子。”袁香儿垂下眼睫，“先生离开家八年了，我还以为今日终于能够得到他的消息，真是……高兴越多，失望越多。”

南河看着身边的人。从他认识袁香儿的那天起，阿香就总是一副嘻嘻哈哈、快快乐乐的模样。

她是一个温柔的女孩，但绝不柔弱。她体态纤细，内心却很坚强。身边所有的朋友都或多或少得到过她的照顾。只要有她在，就会让整支队伍安下心来。

他难得看见她流露出脆弱的情绪。

南河不知道怎么安慰她。在孤独中长大的他其实没有安慰他人的经验。

要让阿香开心起来，他想。

快想想，阿香喜欢些什么？

沮丧中的袁香儿被一条毛茸茸的大尾巴盖住了膝盖。

她抬头看向身边的南河。

“别难过了，尾巴给你摸。”南河咳了一声，尾巴尖微不可察地动了动，避开了袁香儿的视线。袁香儿看着他的侧颜，那漂亮的脖颈上带着一抹绯红。她心底的阴郁一下被冲淡了不少。

送上门的尾巴，哪有不摸的道理？袁香儿抓住那柔顺的大尾巴左撸右撸，看着那银色的尾巴尖不时因为按捺不住，而随着她的动作跳动。

“心情好点了没？”

“嗯。”

袁香儿好多了，毛茸茸的尾巴果然是缓解情绪的神器。

“阿香你别急，我陪你一起找，总有一天能找到你师父。”南河忍着过电一样的酥麻感，捂住了眼睛，“嗯……够了……”

袁香儿把他的手拿下来，看着那双因为忍耐而水光潋滟的眸子：“我们一起找，到时候，我要把你介绍给师父，告诉他你是我的……”

她没把话说完，握着南河的手，把那枚银色的戒指放进他的手心，合上他的手掌，自己的脸也忍不住微微发烫。

“我说你们也注意点，这露天里法阵都不设一个，半山都是天狼的气味。”

一道不解风情的声音打断了手拉手的两个人的对话。

青龙孟章稚嫩的脸蛋出现在了更高一些的山石上。

袁香儿也不以为忤，拉着南河的手不放，转过头来看孟章：“阿章找我是有什么事吗？”

孟章抬了抬短短的小眉毛，用手托着雪白的香腮：“人间的女孩子我也见过不少，每一个都比兔子精还腼腆。你却有些特别，阿摇那个家伙看起来随随便便的，其实还挺会教徒弟的嘛！”

提到师父的时候，袁香儿一点儿也没有谦虚：“是的，我师父把我教得很好。”

“那个……”孟章抬了抬下巴，指向袁香儿手指上戴着的戒指，“已经可以使用了吗？借我用一次。”

袁香儿摘下戒指，抛向空中，银色的圆环在空中放大，化为桌面大。

孟章伸出手指，在圆环上空一点，环内的银辉当即散去。

此刻接近午时，大地之上理应艳阳高照。

环内的景物看起来却烟尘弥漫、昏暗缥缈，不似在人间。在混沌中，他们依稀能分辨出有城郭、楼台、街巷。这里似人类居住的城镇，昏暗中有人影来往，灯火忽隐忽灭。

画面晃过烟雾缭绕的街区，袁香儿在晃动的镜头中，看见了一张熟悉的面孔。那是韩佑之早已离世的母亲，丽娘。

袁香儿打了个寒战，在这个地方生活的都是死者？

南河：“这里是酆都，亡者之城。”

画面停顿下来，昏暗的世界在淅淅沥沥地下着雨。雨中出现一个男子的背影，那人年岁已高，满头华发，四肢清瘦，正站在一片阴雨中，仰头望着天空。

孟章望了那背影半晌，什么话也没有说，转身离去。

刚刚还艳阳高照的小世界，突然阴郁起来，太阳合上了眼眸，天空阴云密布，淅淅沥沥地下起了雨。

“下雨了呢，好难得啊！”侍女们推开窗户，伸出手来接着雨水。

“不过很快就会放晴的，对吧？这里的天气随主人的心情而变化，主人的忘性一向很大。”

再过一日，便是龙门开启的时刻。

袁香儿把制作黄油剩下的脱脂牛奶全部施法冰冻了，打算做成细腻可口的牛奶绵绵冰，请这里所有的人，包括那些傀儡姐姐尝一尝，感谢她们照顾了大家几日。

“哎呀，我们也有份吗？”侍女们高兴地问。

她们是傀儡，依靠汲取这个小世界内循环生息的灵气活动，不需要从食物中吸收养分。

但她们其实也有味觉，能够尝一下新鲜美味的食物，还是很高兴的。

或许那位红龙母亲在创造这个世界的时候，害怕孩子寂寞孤独，才在这个封闭的世界里设置了这么多和真人一般的傀儡，以便她们陪伴着自己的孩子长大。

“嗯，材料有很多，姐姐们就放心地吃吧。”袁香儿说。

他们来的时候，因为打算用美食吸引青龙，所以用秘法携带了不少食材，离开前准备尽可能多地消耗掉。

袁香儿找来干净的刨子，大家一起动手把成块的牛奶冰刨成细密的冰屑。

“这冰饮倒是常见的食物，只是做法有些特殊。”孟章蹲在案边，看着那雪白的冰片一片片地掉下来，伸手接了一片尝了一下，“味道还行，就是这样做起来有些麻烦。”

她很擅长品尝美食。只要是这个世间出现过的食物，基本没有她没吃过的。但是对制作食物，她一窍不通，也不具备耐心。

袁香儿：“这里没有刨冰机，如果有的话，我可以做出更细腻、口感更好的，速度也更快。”

孟章：“刨冰机是什么？”

袁香儿用湿漉漉的手指在桌面上画给孟章看，大概说了一下原理。

很快，桌上就出现了两台荧光闪闪、气势不凡的新出炉的法宝——在法宝内注入灵气取代电力，可以达到和刨冰机一样的功效。

在唰唰的响动声中，冰碴纷纷落下，绵绵冰被一盘一盘地端了出来。

冰面上铺着各种干果、水果，再浇上果酱、蜂蜜，吃得所有人赞不绝口。

“阿香，阿香，这个好吃。你多做些，在上面铺上小鱼干，我要吃一大盆。”

天赋能力是控火的乌圆为了吃，竟然也能超常发挥，帮忙冻住了不少牛奶，就等着一盆接一盆地把不同口味的绵绵冰吃下去。

“这不行，吃多了小心肚子疼。”袁香儿捏着他的后脖颈把他提起来，不让他再吃了。

乌圆拼命地挣扎：“那她怎么能吃那么多？”

在抢东西吃的时候，乌圆已经彻底克服了对龙族的生理恐惧。

孟章捧着最大的一盆冰坐在洞穴的窗台上：“确实不错，风味独特。”

也不见她怎么张嘴，雪山一样的冰饮迅速地填进了她小小的身躯中。侍女们一盆接一盆地把冰饮递给她，她吃得面不改色，那小小的肚子也丝毫不见鼓起。

去年，袁香儿在除夕夜见到这条吃成球的龙飞过天空，那时候孟章到底是吃了多少东西啊？

袁香儿捂住了脸。

青龙的侍女们都吃得十分开心。千百年来，因为觉得吃了食物也不过是浪费，她们很少这样敞开来吃。

这种冰饮，不吃就化了，也会浪费，她们只好开开心心地敞开肚皮来吃一顿。

“真是谢谢姑娘了。我好早就想这样好好地吃一顿，可是姐姐们总不同意。”一位小侍女说道。

“瞧你，我们是傀儡，吃到肚子里的东西，最后还要原原本本地拿出来，还不是浪费吗？”看上去年长一些的侍女边吃着冰，边笑着说小侍女。

“可是我就是馋嘛，红龙大人当年把我们做得太真实了，我总觉得我也能吃好多的东西。”

“吃吃吃，你尽管敞开来吃，吃破了肚子，变回人鱼去海底游个一百年。”

侍女们嘻嘻哈哈地笑成一团。

在她们笑闹的时候，孟章把袁香儿唤到身边，将袁香儿手腕上戴着的那条手链一分为二，炼化为一对黑白相间的手环。

“那只鸟的天赋能力很有用，他的羽毛应该这么用。你这遮天环是找谁炼的？简直是暴殄天物。”孟章一脸不屑地鄙视同行。

相处了这几日，袁香儿已经摸清了这只上古神兽的脾气。孟章嘴上说得随意，实际上这是她表达谢意的一种形式。

孟章生性不羁，出手大方。只要谁做了让她高兴的事，她一般立刻就会回礼。在袁香儿这里，回礼往往是成双成对的法器。

清纯的面容、不羁的性格、强大的实力、豪阔的出手方式……这大概就是孟章征服了众多情人的魅力所在吧？

袁香儿试用着那一对用渡朔的羽毛炼制的遮天环，效果果然和在龙骨湾的时候，匆匆请人炼制的手链不可同日而语。它张开的结界，可以在很大范围内遮挡法器的窥视，包括仙乐宫内的那个白玉盘。

它甚至可以在不被触碰的情况下，阻断身边生灵的视线，防止结界内一切声音和气味泄露。有了它们，她和南河再也不怕任何人或是“星星”窥视他们啦。

袁香儿摸着这对宝贝手环，几乎要哈哈大笑起来。虽然孟章在感情上有点儿差劲，但不能阻挡袁香儿对她充满感激之情。袁香儿甚至恨不能在这里多住几日，好再麻烦孟章帮忙炼制一些具备冰箱、烤箱之类厨具功能的法器。

“这可是好东西。”孟章撑着窗台，附在袁香儿耳边，“有了它们，你就算和你那头小狼在大街上亲热，都没人能发现。”

“啊，还有这样的用途吗？”袁香儿忍不住悄悄地朝南河看去。和渡朔、胡青站在一起的南河正向袁香儿看来，露出了一脸疑惑的神色。

“青龙大人用渡朔大人的翎羽炼制了什么东西？”胡青开口问道。

孟章大大咧咧地开口：“给阿香炼制了一个可以在大街上……”

袁香儿一把捂住了她的嘴。

“干什么？干什么？”孟章把袁香儿的手扒拉下来，竖起眉毛生气了。

袁香儿连哄带劝，承诺在明天离开前，给她烤好充足的饼干，方才把她哄住了。

侍女们看着闹哄哄的窗台，露出欣慰的笑容：“真是难得，主人又交上朋友了。”

“这位小姐姐的胆子真大啊，我还是第一次看见有人敢捂住主人的嘴巴。”

“主人看起来很生气，其实心里很高兴吧。”

“是的呢，袁香儿不愧是余摇先生的弟子。这位小姐姐这样活泼有趣，主人还没有和这样的伙伴一起玩耍过呢。”

孟章端着袁香儿单独做给她的舒芙蕾，凌空飞上山顶。这里是她喜欢的独处的位置。她经常在这个离天空最近的地方，看着四面的大海，享用难得的美食。

然而今天这里已经有了人。那位天狼族的男人正盘膝坐在山顶的岩石上，闭目打坐，萃取星力。

南河感觉到身边有人出现，睁开了眼睛，向孟章点头示意。

孟章落进山顶上紫色的花地里，独自享用手里的点心：“你是阿香的男人吧？哦，你们居然还签订了使徒契约。”

她看见了南河额心一闪而过的印记，也知道南河和袁香儿的感情十分要好。

南河没有否认，轻轻地嗯了一声。

天狼族和龙族一样，拥有无限长的寿命。像他们这样的种族，一般不会轻易对那些寿命短暂的生灵倾注过多的情感。上古神兽大多游戏于天地之间，冷眼旁观世间沧海桑田。

“你这样爱一个人类，不会后悔吗？”孟章含着勺子，带着一点疑问，“我有过很多情人，他们的寿命都不长，有时我不过睡一觉，或者出去吃顿饭，他们就消失了，永远不在这个世界上了。不顾一切地爱上他们，难道不会给自己带来无尽的痛苦吗？”

南河看着她：“你会问这样的话，大概是因为你还没有真正地喜欢过一个人。”

“胡说。你这只小狼才活了多少年？”孟章不服气了，“我拥有过的情人比你多。在我看来，情和欲本就是合而为一的东西。我对每一个情人都有过真实的欲望。我喜欢他们，也并没有欺骗他们。只是随着欲望消散，这种附带而生的喜欢自然就慢慢地淡去了。”

“你说得没错，情和欲本为一体。但若是对一个人真正动情，你根本无法控制心中的欲望。”南河从山石上站起身，看见半山的朱红悬廊上，那个熟悉的身影正提着裙摆，高高兴兴地向着这里走来。

“你是否有过那种心情？你按捺不住地想和她在一起。看见她笑，你发自内心地开心。看见她难过，你也避免不了地伤心。若是她不在身边，你的脑海中时时刻刻都会出现她的影子。彼此相拥，便是天下最快乐的事。”

“等你有了这样的情感，将来会如何，自己以后会不会痛苦，付出是否值得，这些问题你都根本不会考虑了。”

孟章有些发愣。

阿时不在身边的这些日子，她的脑海中常常出现他的影子。

她和他滚在紫色的花地里，快乐得好像飞上了天空。

看见他在临别之际落下泪来，向自己讨要血脉，她心里莫名涌起了奇怪的感觉。

原来不懂感情的人是我吗？

漫山遍野的紫色山花在海风中轻轻摇摆。

袁香儿一路攀上山顶：“小南，阿章，你们都在这里，让我一通好找。”

袁香儿把自己做好的一大袋曲奇饼、蛋黄酥、牛轧糖等这个时代还没有的小零食交给了孟章。

“侍女姐姐们说，今天晚上月亮升起之后，龙门便会打开。我们就要回去了。”袁香儿是来和孟章告别的，“谢谢你给了我那么多好东西，这些礼物虽然在价值上不太对等，但也算是我的一点儿心意。”

这位朋友一梦六十年，袁香儿不知道自己还有没有缘分和她再见面。

孟章打开袋子，闻到了一股令她喜欢的香味，就把脑袋伸进去了。她把脑袋从袋子里探出来时，已经沾了一嘴角的饼干屑。

“好吃。”她说，“礼物的价值，应该是由收的人衡量的。对我而言，能让我得到快乐的，才是最有价值的东西。那些珠宝法器，对我来说反而没什么意义。”

袁香儿伸手将挂在她鬓边的一朵紫花取下：“这是薰衣草吧？这里种了这么多，好漂亮啊！我很少在这个世界看见这种花呢。”

“衣什么草？你认识这种花？”孟章将那朵花接过来。

“嗯，薰衣草的香味能安神助眠，颜色也好看，这种花在我的家乡很受人喜欢。它有一个很浪漫的花语——等待爱情。”

蓝紫色的小小花朵，单独看起来一点儿都不起眼。直至那些颀长的穗状花序成片成片地连在一起，悄无声息地让那含蓄的紫色占据整片山坡，你才会不自觉地被它们震慑，发自内心地为那漫山遍野的美感动。

孟章说了句毫无关联的话：“他们有的喜欢财物，有的喜欢法器，有些痴迷于功法秘要，我多多地馈赠，总能让每一个人在离去的时候都心满意足，高高兴兴的。但有一个人什么都不要，只想要我留给他一点血脉。他为什么会想要两个很难养育，又对他没什么作用的孩子呢？”

袁香儿明白了孟章口中的人是时家兄弟的父亲时怀亭。这本来不应该是袁香儿过问的事，但她也很想为那位等待了一辈子，独自孵化后代的男人要一句答案。

“阿章，我有一个好朋友，她曾经喜欢上一个人类的男子。他们日日缠绵，欢喜无限。可是他们分开了五十年。五十年后，她再见到那个男子，那人已经白发苍苍，满面沟壑，和她不再相配了。她失去了对那人的喜爱。当年她喜欢上的，不过是男人年轻而俊美的外表。”袁香儿说道，“时家兄弟的父亲，去世的时候年事已高。”

袁香儿只是替那位死去的人说句话，心中免不了有些紧张，生怕那位苦等了几十年的男子只得到一个冰冷不屑的回答。

“我在小星盘里看见他了，他头发花白，肌肤也失去了光泽，和年轻时候的样子完全不同了。”孟章转动着手指间的花，“可是不知道为什么，我一看到他，依然那么喜欢他。我觉得他即使老了也很好看，甚至觉得亲眼看着他一点点老去也是很有趣的事。”

“你……对他感到遗憾吗？”

“不，我没有后悔过。后悔是弱者才会做的事。”孟章站起身，拍了拍衣裙，“我是龙族，是世间至强的生灵。我不想要遗憾，就没有遗憾。”

孟章在土地上微微借力，轻盈的身体飞向空中，裙摆飞扬。

悬于蓝天的太阳轻闪了一下，孟章小小的身影已经沿着紫色的花海投下半山，一头钻入洞府中去了。

袁香儿和南河看了对方一眼。

“她这说的是什么？”袁香儿不太理解。

南河却伸手将袁香儿拉过来，揽进怀里，用力地抱紧了。

“我也一样，不想要遗憾，想要永远地拥有你。”

这样是不是过于贪心了？

海上升起昏黄的月亮之时，银色的龙门再度出现。

袁香儿等人坐上鱼骨帆船，和龙山上相处了数日的诸位告别。

扬帆起航的时候，孟章却突然一提裙摆跳上了鱼骨小船：“我出去办点事，正好和你们一起走。”

侍女们大吃一惊：“这怎么可以呢，青龙大人？你的化身不比本体，脆弱得很。在你的本体沉睡的时候，你应该好好地待在安全的地方才对，怎么能随意远行呢？”

“这样我们怎么放心得下？我们又不能离开这里陪你去外界。”

“是呀，是呀，去外界万万不行。你到底有什么非要现在办的事？等六十年后醒来再去办不也是一样的吗？”

侍女们叽叽喳喳地劝说孟章。

孟章哼了一声，足下一点，飞上天空，当先一人掠过海面，向龙门飞去。

她一甩衣袖，海风便鼓起鱼骨小船的船帆，小船乘风破浪地跟在她的身后向龙门驶来。

侍女们只好站在岸边，冲着离岸起航的袁香儿喊道：“香儿姑娘，你帮我们多看着点主人，拜托了啊。”

侍女们或许也知道自己家任性妄为的主人是没人照顾得了的，却又无可奈何，只得不放心地向着空中飞离龙岛的身影大声喊话：“一定要小心呀，主人，外面厉害的大妖有很多，别意气用事，别轻易和人家起冲突。”

“你别吃得太多，小心飞不动掉下来。”

“要是遇到可心的郎君，你倒是可以带回家来，二人好好地在家里玩耍便是。”

飞行在空中的身影彩衣猎猎，头也不回，留下一句“知道了”，便一头扎进银光闪闪的龙门，彻底出了小世界。

鱼骨帆船向着那道银色的拱门驶去。

船身之下有着成群结队摆尾游过的人鱼。彩色的鳞石上，一团团金色的液体挪动着彼此相互吸引，靠近成团，那是天吴在自我修复。据说过不了几日，金光闪闪的杀神便会恢复八头八臂的模样，重新从海底站起，牢牢地镇守龙门。

这一刻他们穿过龙门的心情，和来时的完全不同。

旅途不再充满危险，他们得到了想要的法宝和青龙的丰厚的馈赠，交到了有趣的朋友，度过了一段舒心的日子。时家兄弟也见到了母亲的容貌。所有人都算得上是如愿以偿，满载而归。

他们出了龙门，回到龙骨湾的集市，多目和大头鱼人眼泪汪汪地和大家告别。

“我住在天狼山外的阙丘镇，你们要是来浮世，记得来找我玩。我带着你们吃遍浮世的万千美食。”袁香儿许诺。

多目咬着帕子，十几只眼睛溢满眼泪：“一定，一定去。”

乌圆拉着大头鱼人的手依依不舍：“我们山猫一族住在翼望山，我将来会回去看望父亲，鱼哥可到我家做客。”

大头鱼人摸着脑袋：“呵呵，呵呵。”

山猫族的领地，他们鱼族怎生去得？

在那里生活着的可不全是乌圆这样的小奶猫。狮虎一般的巨猫大概会在他还没找到乌圆的时候，就将他吃得连骨头都不剩了。

孟章早已不耐烦地站在龙骨湾等他们了。

“你……你真的和我们一起走吗？”时骏又高兴又胆怯，小心地凑过去询问。

“你们去浮世，有一条更近的路，我顺便带你们走一段。”

孟章以少女的模样和渡朔、南河一起飞行在空中。

“那真是太好了，有阿章带路，想必能快上不少。我们来的时候走了很久的路。”袁香儿突然想起一事，“说起来，我在天狼山下看见阿章飞过，还以为那里是离你家最近的入口。”

“天狼山脚下住着我的朋友，我回来的时候本来想去他家坐坐。他的妻子做的米花糖和枣夹核桃不错，我想好好吃一顿再回。”

肚子都吃得那么鼓了，孟章还想着再吃一点儿才肯回来睡觉吗？

“那后来为什么没有进来？师娘今年做了好多米花糖和枣夹核桃，我也在家里，都没有等到阿章。”

孟章难得地红了脸：“阿摇那家伙的气味不见了。你知道的，人间的道路从天空看下去几乎一模一样。我找不到也是正常的。”

原来是孟章迷路了。若非如此，袁香儿早就见到孟章了，大概会少了这一趟奇妙的旅行。

晚霞满天的时候，他们在一处避风处扎营休整。

时复主动承担了晚餐的烹饪工作。他催生了青竹，砍下新鲜的竹节制作竹筒饭，又挖出嫩嫩的竹笋，摘下刚刚冒出草地的菌菇，炖了鲜美的竹笋菌菇汤，还烤了一只蜜汁小乳猪。

这一路上，厨艺很好的时复时常帮忙准备伙食。但几乎所有人都看出来了，今日的伙食分外不同，那位看上去一言不发的年轻男人，实际上暗暗地用了心。

没心没肺的孟章从时复手上接过一罐又一罐的竹筒饭，就着香脆的烤猪和鲜美的菌菇汤，吃得满嘴流油。

嗯？养孩子其实也没什么难的。他们原来会自己煮吃的，而且煮得这么好吃。

等等！

“乌圆，你敢和我抢烤猪，看我不一口把你吞下去。”

乌圆和孟章抢了几日的饭菜，已然不再害怕这条威名赫赫的青龙了。他依旧我行我素，谁先吃到算谁的。

孟章只能加快速度抢烤肉。她不仅需要抢自己的那一份，还需要给时复、时骏夹菜，一时忙得不行。

侍女们说过，养孩子，就是管他们吃，管他们住，等长大以后再把他们从悬崖上推下去就行了。

果然养孩子还是有点儿累啊，这两个小东西只会煮饭，却不知道自己抢食，还要靠着我的帮忙才吃得到东西呢。

晚上睡在篝火的四周，时骏展开四肢，踢开被子睡得呼呼响。孟章躺在他的附近，几乎摆着同样的姿势，睡得正香。

时复拿着毛毯先给弟弟盖上了，又小心翼翼地给孟章盖了一条。

随后时复坐在弟弟和母亲的中间，用手抵住下巴，安静地看着篝火。

“你得不到母亲的照顾，反而需要照顾母亲，是不是有些辛苦？”同样还没睡的袁香儿坐在篝火对面问他。

“父亲晚年病得很重，我一边照顾他，一边带着弟弟，那时候总觉得很苦很累。”时复看着眼前燃烧的火焰，眼眸中都是跳动的火光，“直到父亲离开了，我送走了他，看见空荡荡的卧床，才突然发现，若是连照顾他的机会都没有了，感觉比从前更加苦涩。”

“所以能够遇到你的母亲，哪怕她……不太靠谱，你也是高兴的吗？”

温暖的火光打在时复年轻的脸上，明明暗暗，他垂下眼睫：“父母的爱是很奢侈、难得的东西，哪怕只能得到一点点，弟弟也会很高兴的。”

不只是弟弟，你也觉得很高兴吧？

父母的爱，对这世间大部分人类的孩子来说，都是轻而易举便能得到的东西。

真希望阿章能够更多地回应你们的这份期待。

半夜时分，袁香儿在沉睡中被人悄悄地摇醒。

她一下睁开眼睛坐起身来。同她靠在一起睡的南河同样很快地醒了过来，翻身坐起。

摇醒他们的是孟章，孟章示意他们小声一点儿。

孟章拿着一颗浅蓝色的贝壳，将它放在营地的地面上。贝壳张开，吐出一圈又一圈淡淡的水波一样的蓝光。蓝光漫过大地，射上天空，笼罩住这一小块区域。

“这是蜃楼阵，法阵外的人看不见里面的情形，也无法进来。里面的人会感到昏昏欲睡，除非有人破阵，否则不容易醒来。”孟章悄悄地说，“我离开一会儿，你们等我一下，帮我看着他们，别让他们醒来。”

“阿章，你要去哪里？”

她要这样悄悄地溜走，又不想让时家兄弟知道？

孟章却不想开口。

“这里，是不是离酆都不远？”南河突然说道，“你要去鬼城寻找时怀亭的魂魄，见他一面？”

一个男子摇摇晃晃地走在昏暗的大街上。他觉得自己大概是喝醉了，头是晕的，腿是软的，街上的景物看起来也影影绰绰的。家在哪里，路怎么走，他都想不起来了，只觉得脑袋中浑浑噩噩的。

但他并不慌张，他的父亲乃是总领一州之事的知州大人，在这个地界上，又有谁不知道他李成仁李二公子的名号？他就算烂醉在街头，也自然有那溜须拍马之徒好好地将他送回家。

平时跟在自己身边的那些狗腿子跑哪儿去了？怎么没人来搀扶他一下？他回去必定狠狠地抽他们一顿鞭子。

对了，他们都叫啥名字？明明日日厮混，他们的名字他怎么一个都想不起来了？

他真的是醉得太厉害了。

有道人影擦着他的身体飞过去，让他莫名打了一个冷战。他还没反应过来，又被人撞了一下。

李成仁恼怒起来。这些刁民恁地大胆，竟敢撞他李二爷？

他晕乎乎地伸手想要抓住前面那人的胳膊。那人闪身避开，转过脸来，竖起一对淡而短的眉毛，一脸怒色地看向他。

昏暗朦胧的街道上，人影看起来混混沌沌的，偏偏只有这位骤然回首之人的样貌格外清晰。

这是位小娘子，十六七岁的年纪，四肢和腰身有着独属于少女的青涩纤细，小脸白嫩得仿佛那刚剥了壳的鸡蛋，水灵灵的秋瞳似嗔还怒地瞪过来。

她瞪得李成仁半边身子都酥了，酒也醒了大半。

“哪里来的天仙般的小娘子，从前都躲在哪儿？枉我活了这么些年，今日才瞧见真正的美人。”调戏这样的美人几乎已经成为他的本能，他嬉皮笑脸地伸出油腻的大手。

那小娘子横眉竖目，正要回话，边上有一人伸过手来拉住了她。

“阿章，别搭理他，不能耽搁，我们走。”那人说道。那人也是一位女子，容貌隐在暗处，声音分外温和好听。

李成仁还来不及细细打量来者的模样，一只如羊脂白玉般的手掌已经伸到他的眼前，托着一个滴溜溜旋转的玲珑金球。

金球叮的一声发出轻响。

那声音幽幽地回响，持久不散，仿佛从冰泉下传出的惊叹。

这声音清越，超脱世俗，将沉睡中的人从迷梦中惊醒。

李成仁打了个冷战，脑子一瞬间清醒了。

对了，他想起来了。

在今日的集市上，自己遇见了一位良家女子。这女子虽着荆钗布裙，却难掩窈窕身段、秀丽容颜，一眼就把他的魂魄给勾了去。

跟着他的仆役深知他的喜好，很快起着哄将那位小娘子堵进无人的小巷。他一时起了色心，狠狠地抽了那个小娘子几个耳光，把她打蒙，还准备不管不顾地强压着那美貌妇人快活。

到底发生了什么？怎么突然到了这个鬼地方呢？

李成仁觉得脖子有些不太对劲，伸手摸了摸，惊悚地发现那里竟然插着一支尖利的银钗。

不！这一定不是真的。

他颤抖着手摸索，发现那细长的钗子从脖子的一端穿入，钗尖扎透了脖颈，从另外一个方向血淋淋地钻了出来。

血液正如泉涌一般沿着他的脖子往下流。

李成仁慌得不行，想喊，张了张嘴，牙齿只在咯咯咯地打战。他伸出手想要求救，但身前那两位女子早已甩手离去。

“救……救命……我不想死。

“我……我是李二少爷啊……救我。”

然而平时前呼后拥的他，在这个地界似乎无人关注。李成仁哆哆嗦嗦地向前走。他拉住了一个路过的人，那人穿着一身整齐的绸缎衣服，面色青白，一脸茫然地转过来看他。

“哦，李二狗，你这个浑球终于也来了啊，真是苍天有眼。”那人冷冰冰地说。

此人李成仁竟然认得，是一个住在他家附近的熟人，总是低声下气的，老被他欺负。可是他明明记得此人已经死去多时了呀！

李成仁浑身发麻地松开手，这才发觉自己抓住的那人身上穿着的是亡者才会穿的寿衣，而自己的身上，居然也穿着这种衣物。

李成仁涕泪直流，连滚带爬地想拉住另外一人。那人转过脸来朝着他，脖子上有着一圈深深的黑褐色痕迹，形态苍白可怖，毫无生机。

“不，不，不！我没死，我不想死！我不想待在这个鬼地方！谁来救救我？！”

“错了，我错了，我再也不那样了！求求谁来救救我！”

他歇斯底里的哭喊声在昏暗混沌的酆都城内传不了多远。

而孟章和袁香儿已经穿过无数鬼物游魂，一路向前飞奔。

袁香儿一直转动着厌女赠予她的玲珑金球。这枚玲珑金球炼化了厌女的天赋能力，能够稳固神魂，更可震慑、拘拿、驱离一切鬼物灵体，是袁香儿这样的活人进入鬼界的利器。

孟章忽然喘着气停住脚步。

在她的眼前，是一道白发苍苍的背影。

那位瘦骨嶙峋的老者正拿着一柄锄头，微弯着腰，专注地反复侍弄眼前的一小片土地。

土地上明明什么都没有，他却蹲下身，用手指搓了搓地上的土，笑得眼角满是皱纹。

“怎么还没开花呀？真希望能快一点儿种出紫色的花，给阿章看看。”他目光呆滞，自言自语。

他的眼前出现了一双秀美的金缕靴。

老者抬起头来。

一位少女娉娉婷婷地站在他的面前。

那少女周身笼罩着一层淡淡的清辉，朝气蓬勃，生机盎然，和这样死气沉沉的地方格格不入。

老者茫然的眼神从她身上掠过，他伸手继续拾掇地里的泥土。

“我种了花，再种点蔬菜吧，阿复、阿骏都喜欢吃。”他念念叨叨地侍弄着眼前的土地，完全没有辨认出站在他面前的人是谁。

孟章看着那似曾相识，却又完全不同的面容。

他的皮肤上沟壑纵横，整个人老态龙钟。

阿时曾经是一位多么俊美温和的郎君啊！

她那坚硬的心被时光的冷漠刺痛了。

如今阿时浑浑噩噩的，已同自己阴阳两隔，再也不能笑着抱起她，连她是谁都已经辨认不出了。

金球的声音在浓雾中响起，时怀亭的眼眸渐渐地变得清明。

他仿佛做了一个冗长而浑噩的梦。那个在他心里住了一辈子的人，在他梦醒之时，俏生生地出现在他的面前。

“阿时，我来看你了。”那人平静地看着他，像从前那样同他打招呼。

手中的泥土掉落了一地，时怀亭的嘴唇抖了抖。他猛然扭头转过身去，背对着孟章。

“你这是怎么了？阿时，转过来，让我好好地看看你。”孟章不解地问。

“不……我已经老了。”脊背佝偻的老者发出低哑的声音，“我太老了，阿章，我不想让你看见我这副模样。”

阿章喜欢什么样的郎君，没有人比时怀亭更清楚了。

他是家族中血统相对纯正的人类。自从成年之后，家族里的人就一直逼着他成为某位大妖的宠物，好给家族带来源源不断的财物和赏赐。

那一日，心情抑郁的时怀亭从赤石镇里溜了出来，钻进枝条雪白的白篙林中。

“我宁可穷一点儿，也绝不愿意成为妖魔的宠物。像镇上的那些人那样，放弃尊严，以讨好妖魔为生，我死也不愿意。那些人甚至还带回混杂着妖魔血脉的后代，导致我们人族的血脉越来越稀薄。”年轻的时怀亭穿行在树林间，默默地想着。

就在这时，荧荧生辉的白篙枝条间垂下了一张清丽的面容：“哎呀，好漂亮的小郎君。我喜欢你，你要不要跟我去我家？”

后来，他们在一起的那些日子里，阿章对他说得最多的话就是夸他漂亮。

“阿时，你好漂亮。”

“阿时，你真美，哪一个地方都美。”

“你不要挡着，给我看看，我好喜欢你啊！”

阿章喜欢的是自己俊美的容貌和年轻的身体，时怀亭很清楚地知道这一点。

但是他又能怎么办呢？即便知道对方只是没心没肺的妖魔，他也无可奈何地沦陷了。

一切都是自己心甘情愿的，不是吗？

他悄悄蜷缩起满是皱纹的手指。

“阿章，你能来看我，我真的很开心。”他说到后来，声音有些不稳，闭上了眼，“请……别看如今的我。至少让我最好的模样留在你的记忆里。离开吧，阿章。”

身边一片寂静，时怀亭睁开眼睛。那在梦里梦到过千百回的人，正站在他的身前。

“你现在的样子，我也很喜欢。”孟章细细地看着他的模样，笑盈盈地说，“你知道的，我从不说谎。阿时，你怎么那么厉害？连老了都这么好看。

“你的皱纹也好看，白头发也别有味道，我好喜欢。

“你别挡着脸，让我好好看看。”

她想要伸手摸他的面容，可惜摸了个空。她的手从虚无间穿过，彰示着二人之间隔着生死。他们已阴阳两隔。

时怀亭低下头来，孟章踮起脚，他们的双唇触碰。

他们没有实质的接触，但彼此都清晰地感到唇瓣上传过一阵触电般的酥麻感。那强烈的感觉传入四肢百骸，直烫得他们心头发麻。

两滴清透的泪水，从时怀亭的眼角滑落。六十年的无望等待全浓缩在这泪滴当中，那无形的眼泪穿透孟章的身躯，落在了尘土中。

孟章一下攥紧了手指。

昨天南河和她说那几句话的时候，她觉得南河死板，不能理解南河。

这一刻，南河的声音在她的耳边再度响起。

你会按捺不住地想要他，不顾一切地只想和他在一起。

但凡彼此相拥，便是天下最快乐的事。

是的，她想要阿时。她明白了自己的心意。

她是龙，世间最强大的生灵之一。只要是想要的东西，她便一定要得到。

她有很多办法可以实现自己的梦想。她可以把阿时的魂魄收在袁香儿的玲珑球中，将他带回去。她可以给他炼制一具身体，把他制作成天吴那样的傀儡，让他永生永世陪着自己，成为对自己唯命是从的仆从。

眼前的阿时正抬起头看着她，对她露出淡淡的笑容。

那笑容既温和又平静，恍然间，她觉得时光似乎不曾流逝，他还和年轻的时候一样。

“阿章，谢谢你。我的心里已经不再有任何遗憾，我觉得我似乎就要走了，唯愿你能一生快乐。”他说出这样的话，准备接受即将到来的真正的永别。

他等了我一辈子，只要我开口，他必定会愿意成为我的傀儡，永远待在我的身边吧？

孟章想起了居住在海底的天吴。

这个世间其实没有真正的永恒，即便是龙，也有寿命结束的一天。母亲已经离去万余年，但天吴还被留在人世间，孤独而寂寞地品味永恒。死亡对天吴来说或许才是奢侈的事。

虽然把阿时做成傀儡能使她得到快乐，但他也会永远失去自由，失去重生的机会，甚至连记忆都会在无尽的岁月中渐渐遗失。

不不不，没什么好考虑的，她为什么不做呢？让自己快乐并没有什么不对。

时怀亭的声音传了过来："若是你愿意的话，请你去看看那两个孩子。我没有尽到父亲的责任，对他们很是愧疚。"

他的身影渐渐地开始变淡，星星点点的亮光从他的身躯中钻出，向着天际飞去。

"阿章，要不要先留他一会儿？否则他很快就要走了。"袁香儿提醒孟章。

孟章死死地看着眼前即将消散的人，十指紧攥，指甲戳破了掌心，掌心传来一阵刺痛。

她张了张嘴，始终没有说出话来。

时怀亭的声音开始变得缥缈："他们都是很可爱的孩子，是我们的孩子。时复的眉毛像你，时骏的嘴巴像你。

"阿章，我一直没好意思开口。我也喜欢你。

"我喜欢你的每一个地方。"

孟章始终没有开口说话，阿时的那些话将她的心反复炙烤。她任凭那些滚烫的话将稚嫩的心田烧灼得伤痕累累。

她终究保持了沉默。

星星点点的魂魄绕着孟章转了一圈，依依不舍地升上天空，向着人间飞去。

"好的，我知道了。"孟章轻轻地说。

死气沉沉的酆都城内骚动起来，站在高耸城墙上的南河站起了身。

南河举目眺望，只见无数的鬼物如潮水一般向着城中某处汇聚。在更远的幽冥深处，苍白而巨大的幽魂摇摇晃晃地从黑暗中露出身形，向着城中走来。

这是有生灵入城才会引发的混乱。

两道身影如同流星一般向着南河冲来，巨大化的玲珑金球始终追随在她们身后，铃声悠悠，震慑着后方密密麻麻令人头皮发麻的恶鬼。

南河化身为天狼，载上袁香儿和孟章，四足发力，向天空飞去。

南河脚下，成群的鬼物追了许久，终究距离他们越来越远。

"你们成功了吗？"南河问。

"见到人了，可是……"袁香儿看了一眼身后的孟章。

"昨日是我说错了。"孟章转头看着身后的酆都鬼府，飘逸的长发在风中飞舞，"我知道我错了，即便是最强的人，也免不了有遗憾。"

在那幽冥鬼城，一缕细细的灵魂正悠悠地升上天际。

我比他更为坚强。为了他，我选择了让自己承受遗憾。

失去了爱的人，我始知何谓情爱。

即便自己身为世间至强，也终有品尝到悔恨的时刻。

我曾经不知道爱恨为何物，及时行乐，过往无痕。

或许此刻心中之痛所暗示的意义，才是我在世间存活过的真谛所在。

龚心文 著

下册

青岛出版集团 | 青岛出版社

第十三章　涂　山

时复在睡梦中感觉到有人伸手摸他的脑袋。

他睁开眼睛，看见了自己的父亲时怀亭出现在身前。

“爹？”时复撑起身，从地上坐起，心中有些惊疑不定。他看见父亲，明明很高兴，却又隐隐地觉得自己遗忘了什么重要的事。

父亲看起来气色很好，不像往常那般病体缠绵、神思郁结，而是带着一脸温和的笑看向他。

“小复，爹没能照顾好你们。对不起，这么久以来，辛苦我们小复了。”

“不，不辛苦，只要阿爹你一直这样好好的，我怎么样都不辛苦。”时复心中高兴，阿爹的病是什么时候好的？阿爹变得这样健康而硬朗了？

他的父亲却没有说话，只是在星星点点的亮光中冲着他笑。

“对了阿爹，我和小骏见到娘了。”时复想起一件要紧的事，急忙说道，“她就在这里。我带你去见她。”

“爹已经见到她了。爹这一生再无所求，只希望你和小骏能够好好的。”

父亲的身影开始变得浅淡，他的声音仿佛从很远的地方传来：“爹这就走了，你们要好好的，平平安安地过日子。”

“不，等一等，阿爹，我还有很多话……”

时复扑上前，想要拉住父亲，但那道温柔浅笑的身影在他的手中散开了，化为点点星辉，消失于指缝间。

时复从梦中醒来，发现自己泪流满面。

他以手遮目，坐起身。原来是梦啊，为何如此真实？

身边的弟弟时骏几乎在同时惊醒，呼喊着："阿爹，阿爹，你别走！"

兄弟俩相互凝望。

"哥，我刚刚梦见父亲了。"时骏看着哥哥说，"爹看起来好像很开心。他还笑了，叫我们要好好的。我感觉好像阿爹是真的来过了。"

营地的篝火还在燃烧着，但周围的其他人早醒了。

早餐在炖锅里咕噜咕噜地响着，渡朔站在高枝上警戒，南河已经拾来新的柴火，孟章正弯腰拿起地上一枚漂亮的贝壳。

似乎所有人都醒了很久，只有他们兄弟俩睡得香甜。

时骏从胡青手中接过一碗煮好的八宝粥，屁颠屁颠地端给孟章。孟章伸手接了过来，埋头就喝。

"嗯……那个，我……"时骏搓着手指，手心出汗。

他该怎么称呼她呢，是不是该叫她娘亲？

"什么事？"孟章停下来看着他，面无表情。

"不，不，不，没什么。没事。"

母亲还是和从前一样对他们兄弟俩疏离又冷淡，这让一心想要亲近母亲的时骏有些沮丧。

幸运的是，之前只说顺道陪他们走一段路，如今孟章似乎忘记了自己说过的话，一路随着他们走了很远，一直走到了临近浮世的位置，还不曾开口要离开。

"这里是涂山的地界。那只公狐狸骄纵、残暴，性格恶劣，十分讨厌。我和他素来不和，你们也少和他接触。"孟章说道。

袁香儿见过涂山两次，每一次都伴随着血淋淋的杀戮场面。她对这位涂山大人的凶残记忆深刻，可是涂山明明是一位漂亮的小女孩呀！

"那位涂山是狐族吗？还是雄性？"袁香儿问。

孟章："他是九尾狐，和胡青一样。别看他外表娇小，他实际上是个上了年纪的老头，在我出生之前，就已经是统领一方土地的妖王了。他有个非同寻常的爱好。"

涂山是个雌雄莫辨的俊美少年，使一柄细长大刀。袁香儿第一次见到他时，他率着气势汹汹的手下大战归来，当街杀死了一个自己领地里的妖魔。

袁香儿第二次看到他是在丛林之中，小小的身影突然出现，一刀砍下了小山一般大的妖魔的头颅。涂山踩在那红色的妖魔的头上，居高临下地喊袁香儿等人出来受死。

涂山确实是一个嗜血、残酷的魔王。

有时候人类的语言似乎带着一种召唤的能力，说什么来什么。

地面上卷起一阵腥风，从天空的黑云中降下一队妖魔。

当先是开道的小妖。他们簇拥着一位撑着红伞的美貌女童，不，应该是俊美少年，少年身后跟着成群结队的巨大山精和精悍的妖兽。

一时间妖云滚滚，阴风阵阵，浓厚的血腥味铺天盖地而来，沿着大路走动的妖魔鬼怪纷纷避让。

从袁香儿等人身边经过之时，那撑着红伞的少年突然停下脚步，倒退几步，转过脸来。

“嗯？又是你们几个？”他歪着脑袋，满腹狐疑地上下打量着袁香儿等人，“这次的人员好像有些不一样呢。”

红色的竹子伞下，毫无预警地现出一双金色而狭长的眼睛。

世间的一切在那缓缓睁开的眼眸中，骤然失去色彩。大家唯见那红伞艳如血。

妖异的金瞳睁大开来，射出一片金光。

金光避无可避，扫在他们身上，令所有人感到毛骨悚然，身躯被迫做出了本能反应。

南河、渡朔都现出了战斗时候的妖形，胡青化为九条毛尾巴的狐狸，乌圆是一只竖起毛的小山猫。就连时复、时骏兄弟二人，身后都出现了半截龙尾，额头上冒出小小的龙角。

在场没有任何变化的，就只有袁香儿和孟章。袁香儿的本体就是人类，孟章乃是龙的身外化身，化不出妖形。

“呵呵呵，果然有意外之喜。”涂山那独特的冷笑声响起，“让我看看今天有什么好事发生，竟然遇到了龙族的血脉。”

他的笑声还在前方响着，身形却凭空消失。一瞬间，他出现在了时复、时骏中间。

涂山一手揽住一人的肩膀，眼中金芒闪闪：“龙血可是好东西，虽然你们只是混血，也算不错了，跟我走吧。”

时复的心里涌起一股本能的恐惧，他想要反抗，身体却僵硬得做不出任何举动。

那压在肩头的手掌明明十分纤细，却如同铁钳一样，几乎要掐碎他肩膀的骨头。

他尚且如此，弟弟更无力反抗。这突然出现的凶狠的敌人，要在大家都还没有反应过来的时候，一瞬间将他们掳走！

涂山提上两人就要走。

一双白嫩的手掌携飓风切入：“放肆，谁准你带走他们？！”

来人一声娇喝，五指化爪抓向涂山的手腕。

涂山瞳孔骤缩，野兽的本能让他感到来者不容小觑。他反转手腕稳稳地架住抓来的五指，但也失去了对时家兄弟的控制。

这惊心动魄的几次交手，其实不过发生在短短的一瞬间。

涂山和孟章已然过了数招。南河、渡朔同涂山带来的那些妖魔打了起来。

战场内顷刻间掀起飓风浓烟，时家兄弟被孟章从烟尘中一把推出。

时复护着弟弟在土地中稳住身形，刚要站起身来，只见一枚小小的贝壳出现在眼前。贝壳在空中变大，张开蚌壳，把二人罩在其中。蓝色的水纹出现了，那水波晃了晃，形成了龙族以坚固著称的蜃楼，护卫着兄弟俩。

孟章在和敌人交手，把时家兄弟推了出来，护在法阵中。

“你是什么人？敢拦我想要的东西！”涂山停下战斗，看着他的猎物被强大的法阵护住，心中不满。

在他眼前，那位看不出身份的少女冷冷地哼了一声，身后的地面上蜿蜒着出现了巨大的龙影。

“蜃楼阵，龙影？你是……青龙？”涂山皱起双眉，但随即又笑了，“不对！你不过是龙的化身而已。”

“呵呵，哈哈哈！”他忍不住开怀大笑，“青龙呀青龙，你固然是上古大妖，但我涂山也不输于你。就凭屈屈一个化身，你也敢到我面前放肆？今日我便让你尝尝自取其辱的滋味。”

胡青化为本体的样子，大家都见到过，是毛茸茸的一只小狐狸，九条长长的尾巴在空中招摇，十分可爱。

但当眼前的涂山化成万年妖王形态的时候，样子就绝称不上可爱了。

山岳一般大的赤红狐狸，伴随着如雷般的响动，出现在天地间。九条尾巴如凌空的巨蛇，金色的双瞳俯视着大地，口中喷出的冰冷气息使整片山头的草木结上冰花。

在他的头顶，血红色的竹伞张开，发出一片暗红色的光。被光圈住的暗红色的空间是属于他的结界，里面的人出不去，外面的人也进不来。

袁香儿等人被拦在结界之外，看着红色的结界里小小的孟章对战山岳一般的上古魔兽，十分着急。

“把那两只龙崽交给吾，吾放汝之化身离去。”低沉的嗓音从半空的魔兽口中发出。

“想得倒美，我便只是化身，也足以剥了你这红毛畜生的皮！”少女小小的身影对上遮天蔽日的妖魔。

法阵之内浓烟滚滚，电闪雷鸣，狂风暴雪。长蛇一般的狐狸尾巴在浓雾中翻腾。

“怎么办？娘亲的情况不太妙，哥哥，我们得去帮她。”

蜃楼阵内的时骏急得团团转，四处摸索出口。浅蓝色的护阵光芒柔和，却异常坚固，他无论如何都摸不到出口。

他的兄长站在他的身边，有些呆滞地看着半空中的战场。

时复几乎是在斗兽场里长大的孩子。为了换取生活的物资，为了守护家人，他曾经无数次地面对着恐怖的妖兽。

如今，在眼前的战场里和妖怪殊死搏斗的却是另一个人。那个人进入战场，全为了守护他和弟弟。

兄弟俩从小心心念念地期待着的来自母亲的守护，突然以一种不可思议的形式得到了。

浓烟稍散，战场之内，涂山的利爪已经抓住孟章小小的身躯，将她举到空中，“解开蜃楼阵！”狰狞的九尾狐说道。

“呸！我偏不给你解，你永远都别想解开龙族的蜃楼阵。”浑身是血的少女眼中没有半分怯弱。

“那我便勒死你，你休要怪我。”

锋利的兽爪勒紧，掐进孟章的手臂。孟章露出痛苦的神色，红色的鲜血沿着涂山那尖锐巨大的指甲流淌下来。

“住手！放开我的母亲。”

“住手！放开阿章。”

时家兄弟拼命拍打着蜃楼阵。

南河甩开敌人，开始冲撞红伞下红光闪烁的结界。

袁香儿心急如焚，手结法阵，祭银符，同样用全力冲击涂山铺设的结界。

结界中扬扬得意的九尾狐突然露出诧异的神情。他尖叫一声，松开了手，猛地将孟章甩在了地上。

他手臂上的肌肤，但凡是沾染过孟章红色血液的地方，开始冒起了白色的浓烟。他的皮肤正在迅速而恐怖地溃烂，还传出一股刺鼻的恶臭。

“我族的天赋能力是锻造。这具化身是我亲手炼制的法器，你便想要损坏，也要付出代价。”孟章扶住自己受伤的手臂站起身来，身上全是血，眼里却是得意的笑，“拼着这具化身不要了，我也要让你知道龙族之威不可犯。”

她的一条胳膊被九尾狐抓了个洞，已经彻底活动不了了。赤红的腐蚀性极强的血液顺着手臂往下滴落，滴落在地面，地上的草木迅速枯萎，失去了生机。

涂山龇着牙齿，一脸痛苦地看着自己刺啦作响的手臂。他化为人形，拔出长刀，毫不犹豫地将自己手臂上的腐肉一刀剃去。有些部分腐蚀甚深，被他连皮带肉地彻底削去，只留下森森白骨。

红伞所设的结界此时被袁香儿的银符所破。

结界内浓烟渐歇，人形的涂山和孟章各自扶住受了重伤的手臂，怒目相视。

狂傲的少年面目扭曲，垂着鲜血淋漓、白骨森森的手臂，样子十分狰狞恐怖。

半身染血的孟章得意地笑，丝毫不以严峻的伤势为意。

涂山一跺脚，回到追随他的手下中间。

“去，将这些人狠狠地教训一顿。”他对身后那些体积巨大的山精下指令。

在刚刚的战斗中，跟随他的魔兽、妖物被打倒了不少，但这些块头巨大的山精不知为什么呆头呆脑地站着，毫无动作。

涂山虽然受了伤，但他的队伍依旧战斗力强大，特别是队伍中防御力和攻击力都十分强大的山精，几乎是所有魔物的克星。他依此南征北战，剿灭过无数强大的敌人。

黑压压的山精们骚动起来。

南河、渡朔、袁香儿全都严阵以待。

谁知，片刻之后，那些山精却嘟嘟囔囔地开口了。

“不，我们不去。”

“你们说什么？”涂山不可思议地转过头，“你们竟敢违抗我的命令？”

“涂山大人，不是我们不遵从你的命令。”一只由岩石构成的巨大山精说，“我们山精一族是共享记忆的种族。我族曾有人对那个人类发过誓，凡我族人，绝不主动对她动手。所以，真是抱歉，我们不能遵循你的命令了。”

涂山一时气结。数千年了，他依靠强大的战斗能力，不论在人类，还是在其他妖魔面前，几乎没有吃过亏。想不到今日，他竟然莫名其妙地在这里栽了跟头。

袁香儿手持符箓正准备大战一场，听到这里也是一脸茫然，想不起来山精帮着自己是什么缘故。

“是那时候厌女的山精发的誓。阿香，你这就不记得了？”乌圆的声音在袁香儿的脑海中响起。

之前袁香儿和厌女交手，厌女有一只小小的山精。当时袁香儿一时心软，放山精离去。那乌溜溜的小山精便对袁香儿发誓，从今以后全族都绝不与袁香儿为敌。

袁香儿只当他随口一说，过后便忘，想不到他们全族每一只山精竟然真的都要遵守这个约定。

涂山怒气冲冲地看着战场。

那只银白的天狼已经咬死不少跟随他的魔兽，向他扑来。神色冰冷的蓑羽鹤悬身空中，频发强大的空间法术，同那只天狼配合默契。

凶狼当道，厉鹤凌空，还有那个人类，她竟同时会多种克制自己的雷符，更不用说还有一只青龙的身外化身。而自己因为一时大意失了一只手臂。

涂山产生了退缩之意。

“不过就是一点血脉，今日我便罢了。”

他含恨看了孟章一眼，卷起一阵妖风，携着手下的妖魔飞天离开。

“没事吧？”袁香儿扶住孟章。

孟章龇牙咧嘴：“能没事吗？你看我伤得这么重。”

时骏小小的身影从蜃楼阵中出来，一路飞奔向她。

“不许过来！”孟章吼他。

跑到半路的时骏听见这话，委屈巴巴地停住脚步，眼泪都出来了。

孟章被时骏那个可怜兮兮的眼神看得受不了，只得改口：“我这血液有毒，会伤到你。我没事，这只是我的化身，回去花点时间修复一下就行。”

虽然是化身，孟章也一样会疼，会难受，想要修复化身，需耗费不少修为。但孟章没有把这些说出口，仿佛自己随便修修就能把化身修好。

“真的没事吗？可是你看起来好像很疼。”时骏的眼泪在眼眶里打转。

疼的是我，又不是他，有啥好哭的？孟章在心里嘀咕，幼崽就是爱哭，这一点太麻烦了。不过算了，好像这个幼崽也并不讨厌。

“我送你们到这里，这就回去了。”孟章和大家告别，指了指血肉模糊的手臂，“再不回去修复，我这具身体可就没手了。”

在她起身欲飞的时候，时复突然叫住了她。

孟章转过脸来。

“嗯……”连斗兽场上的生死搏斗都没有怕过的少年难得地脸红了，“母……母亲，你多保重。我们有空，会再回龙骨湾看你。”

幼崽这种生物，麻烦归麻烦，终究还是挺可爱的。有空的时候，我也出来看看他们吧。

孟章想起侍女们关于养育孩子的话。给饭吃，给窝睡就行了？

她拉住袁香儿。

“阿香，到了你们人间，你替我给他们买个宅院。”说完，孟章将手伸进怀中想要取出什么东西。

袁香儿拦住她：“一点儿小事，包在我身上就好。我虽然没你富有，几栋宅院还是买得起的。哪怕你想买一栋丢一栋都没问题。”

“哼，你可想好了，真的不要吗？”孟章停住了动作。

“你要给我什么？”袁香儿又眼馋了。

“但凡是我炼制的法器，都是成双成对的。你有没有想过，水灵珠为什么会只有一颗呢？”

“阿章，你是说……”

孟章从怀里取出一颗深蓝色的琉璃珠：“水灵珠，分为雌雄二珠。此乃雌珠，持雌珠者可窥雄珠周围景象。”

袁香儿这下高兴了。水灵珠是她打算交给妙道用来换取渡朔自由之物。若是得到两颗，自己留一颗，把另一颗给妙道，还可以偷偷地看一下妙道都在做些什么。

虽然只要能换回渡朔的自由，那个变态做什么事她也不太关心，不过谁让妙道总用白玉盘偷窥自己呢？能够报复一下也是好的。

袁香儿突然想到不对劲之处：“那你当初偷偷地留着另外一颗珠子干什么？你你你……没有这么猥琐吧？”

孟章伸手掐她一把，轻哼一声：“休要啰唆，本来我也打算这时候把珠子交给你。”

孟章一蹬足，跃于天际，飞身离去。

里世的这一趟旅程路途遥远，一来一回袁香儿耗费了足足半年。

她离开时还是冰雪初融的早春，回来时已是生机勃勃的盛夏。

她半年没有回家，随着身边的景物越来越熟悉，思乡的情绪浓烈了起来，恨不能下一步就飞进家门。

出了天狼山，她远远地就看见山脚下那座熟悉的庭院。水磨砖墙的清凉小院从绿竹中露出那亲切的模样。大门外，从锦羽那里得到消息的师娘已经早早地站在那里等待。

云娘牵着三郎，三郎牵着锦羽，锦羽边上还蹲着看家的大黑狗。他们一排四个，齐齐地抻着脖子向山里张望。

曾经的袁香儿不太能体会“家”这个字的含义。出差在外不论多少天都不会带给她多少情绪上的波动。对她来说，酒店的床和家里的床睡起来似乎没什么区别。

她从南河背上下来，一路飞奔冲向云娘，只觉得那快乐的心脏雀跃得几乎要蹦出胸腔来了。

那发自内心、填满胸腔的快乐告诉她：家的真正意义不在于屋子和床榻，而在于守在家中等待着她的人。

袁香儿跑得飞快，险些一头撞进云娘的怀中。想起自己如今已经成年，不好再像小时候那般撒娇扮痴，她在云娘身前刹住脚步，喘着气大声喊话：“师娘，我回来啦！”

云娘瞪了她一眼，却又拉住她的手，把她一把揽进怀里。云娘用柔软细腻的手掌抚摸着袁香儿跑乱了的头发：“多大的人了，还是这样。”

袁香儿厚着面皮假装回到了孩童时代。她揽着云娘的腰，着实撒了一会儿娇，才开始给云娘介绍新朋友。

“这是时复和时骏。他们兄弟俩以后会长住在我们镇上。”

时复有些紧张。他面上有刀疤，看起来有些凶，他生怕给云娘留下不好的印象，规规矩矩地行了个庄重的古礼。

时骏行了礼，躲回哥哥身后，扯着哥哥的衣服探出脑袋，看着云娘只是笑。

“好漂亮的两个孩子，欢迎来到阙丘。瞧我，高兴得都忘记了，你们快先进屋子歇歇吧。”云娘笑盈盈地弯腰轻轻地摸了一下小时骏的脸蛋。

她转身招呼大家进屋。

时骏捂着被云娘摸过的脸颊，看着云娘的背影：“阿香的师娘好温柔啊，和娘亲一样温柔。”

其实孟章还远远谈不上“温柔”二字。

初次见到孟章，年纪幼小的时骏是大失所望的，心心念念的母亲和他想象中的完全不同，一点儿也不像父亲说的那样漂亮、亲切又温柔。

但现在他能够得意地挺起小胸膛，认定自己的母亲也是美丽、温柔的了。母亲还很强大，为了保护他和哥哥甚至会跟涂山那样的大妖拼命。

夜晚，在饱餐一顿并安置好大家之后，袁香儿带着南河来到云娘的卧房。

“香儿，小南，有什么事吗？”坐在灯下的云娘转过脸来。

袁香儿有些局促，推了南河一把：“南河，给师娘倒杯茶吧。”

南河不明白为什么，但还是很快地倒了一杯茶水，端到云娘面前。

“茶我可不能随便喝，好歹要说清楚了。”云娘看着南河直笑，“小南，你大概不知道，我们这儿只有娶媳妇的时候，才会让新娘子给长辈奉茶。”

南河的眼睛一下睁大了。他转头偷看袁香儿，脑袋上冒出了一双粉色的耳朵，那捧着茶杯的手却很坚定，纹丝不动。

袁香儿摸摸鼻子，话说到这份上了，不好意思也只能硬着头皮来。

她也倒了茶水，依照本地的习俗，恭敬地在云娘脚边跪下了。南河有样学样，撩起衣襟跪在袁香儿的身边。

“我在这个世界上最亲的人就是师父和师娘了，所以这事终归要和师娘说。”袁香儿面有红霞，说话的声音却很坚定。

云娘扶着她，看着这个自己一手带大的女孩。她刚刚来的时候还只有那么一点点高，如今已经能独自走南闯北，决定自己的终身大事了。

但云娘还是决定把自己的想法和她说清楚：“香儿，人妖之间种族不同，有道天堑，这条路师娘走过，比别人难得多，你可是真的想好了？”

袁香儿抬起头来，语气中没有丝毫犹豫：“嗯，我想好了。我喜欢南河，想这辈子都和他在一起。”

南河正在看她。此刻的阿香面孔红彤彤的，眼中潋滟有光。她发觉南河在看自己，就悄悄地瞥了他一眼。

这一眼，南河觉得自己能记一辈子。

此刻，他真的想把自己的一切都捧给阿香，为她做任何她想让自己做的事。

云娘看向南河说：“小南，你是妖族，要冷静地想想。你们现在在一起固然开心，可是将来，你还有漫长的生命，香儿却不能陪着你那么久。到了那时候，你或许会感到后悔。”

“不论将来会如何，只要今天我和她在一起，就不会后悔。”南河稳稳地捧起热气腾腾的茶杯。

这回换了袁香儿偷偷地看他。小南的耳朵低垂，眼神却异常清朗而坚定。

在他们的这段感情中，南河一直带着点患得患失的心态。今日袁香儿终于搞明白了，他那份不安的根源原来在这里。

生命短暂本来应该是人类的悲哀，可是对于彼此相爱的伴侣来说，被独自留下的那个才更加可怜吧？

云娘见袁香儿和南河都这么坚定，便接过他俩的茶，每杯喝了一口，终于露出了笑容。

“既然你们决定在一起了，我们就好好地办一场喜事，也将街坊邻居请来热闹热闹。”云娘宣布。

“师娘，我目前还不想办婚礼。至少在师父回来之前我不想办。”袁香儿说，“我的婚礼，其他的可以没有，至少你和师父都得坐在高堂上受礼才行。”

云娘听了这话，呆了半天，终究别过脸去：“你这孩子。”

从师娘屋子里出来的时候，袁香儿还难掩心中的兴奋。终于过了明路啦！她步履轻快，脚尖都带着雀跃，恨不能高歌一曲。

走过檐廊的时候，南河一借力，飞身上了屋顶，又伸过手来拉她。

袁香儿上了屋顶，坐在他的身边：“爬上来干什么？”

“今天晚上，有天狼星。”南河凝望着她，向她靠了过来。

南河身后是藏也藏不住的尾巴，头顶是越发明亮的天狼星。

“有天狼星怎么了？你也想……”

袁香儿话还没说完，已经被南河吻住了双唇。

南河的吻总是那样滚烫而汹涌。他似乎永远觉得吻不够，永远想要更多，想让时间只停在这一刻。

袁香儿伸手搂住他的脖颈，和自己心爱的人拥吻，头顶是天狼星的见证。

第二天一早，袁香儿将从里世带回来的梧桐树枝条种进地里。

她记得梧桐树的树灵喜欢热闹，于是将它种在院子外面靠近街道的地方。

这里是进出天狼山的入口。日日有樵夫、猎人和放牛的孩童进出，热闹又不过于喧哗。

梧桐树的枝条被她插入地里，立刻开始抽枝发芽，转眼间就变成了一株小小的树苗，顶端两片嫩绿的叶芽张开，从中蹦出一个背生双翼的树灵。小小的女孩张开胳膊，伸了个懒腰，睁开眼睛。

“啊，终于到了。这里就是浮世！”她将小小的拳头抵在嘴边，展开薄薄的双翼转着圈地乱飞，“没错了，这里有好多的人类，好热闹。谢谢你，阿香。我叫阿桐，你叫我阿桐好吗？”

“别客气，阿桐，希望你喜欢这里。”袁香儿提着水壶给刚刚种下的小树苗浇水，“你才来，别乱跑，有什么需要就到院子里叫我，知道了吗？”

“知道，知道，别让这里的人类看见，别随便吓唬人类。我都知道的，嘻嘻。”树灵用一双小手握住了袁香儿的手。

袁香儿从怀中取出那颗白篙的果实。果实坚硬透明，完全地晶体化了，不太像能够孕育出生命的物质。

“你说我把它种下去的话，能长出树苗来吗？”

虽然这颗果实具有疗愈一切伤口的功效，对袁香儿来说十分有用，但她进入过那位白篙少年的情感世界，对把那位单纯而执着地爱着人类的树灵当成工具有些不忍。

“你试试看，我也帮着一起种。”阿桐说。

梧桐树喜欢热闹，所以袁香儿把它种在院子外。白篙从小生活在人类的庭院中，袁香儿就在院子里找了一块阳光好的土地，把那颗晶莹剔透的果实埋了下去。

她在那片土地上认真地绘制了聚灵阵，摆下灵石，浇了一点儿水。

阿桐绕着那片土地飞舞，伸手洒下一片绿莹莹的亮光。

但袁香儿蹲在地上等了很久，那片土地始终毫无动静。

阿桐飞累了，停在袁香儿的肩膀上：“不行呀，不论我如何呼唤，都得不到一点回应。还是等几天再看看吧。”

“嗯，那就等几日看看。”

过了四五日，袁香儿几乎对那毫无动静的土地不抱希望了，那松松的黑褐色泥土里终于冒出了一株小小的嫩芽。

嫩芽不是银白色的，而是人间常见的翠绿色。

小小的嫩芽颤巍巍地在聚灵阵里抖了抖，像伸展四肢一般在空中张开绿叶，抽出枝条，很快长成半人高的一棵小树苗。

袁香儿觉得有些眼熟。她想起来，在当时进入的那个记忆世界里，白篙树苗第一次被种进园子里，不就是这般高度吗？

树顶上浮起一个透明的小小气泡，气泡内蜷缩着一个幼小的男童。

还没有儿童手指高的小男孩伸展身体，挣破气泡，荡着双脚坐在枝头。

“你是谁？是你把我种在这里的吗？”他抬头看向袁香儿，一脸茫然，声音稚嫩。

“我叫袁香儿，你可以叫我阿香。以后这里就是你的家了。”

“这是家啊？我好喜欢。”小小的男孩笑了，“阿香，我有名字吗？”

“你啊，你的名字叫白篙。”

盛夏时节，树木茂盛，鸣蝉相和。

在庭院向阳的角落里，半人高的小白篙树苗挺直了稚嫩的身躯，精神抖擞。一个小小的树灵坐在嫩绿的叶片上，正昂着头好奇地四处张望。

他诞生到这个世界上没多长时间，这里的一切对他来说都新奇有趣。

在他的附近有一间放置柴草的小屋，屋顶上盘膝坐着一位银发及腰的男子。

那人察觉到他的目光，睁开狭长的眼睛，转眸看了他一眼。

“你是妖魔，还是人类？”小白篙树灵一脸稚气地问。

“那是南河前辈，你要有礼貌，要打招呼。”阿桐挥动着翅膀，来到他的身后，对他说话。

“南河前辈。”小白篙乖乖地行礼打招呼。

南河抬起手臂，低头回了一礼。

这位南河前辈看起来十分强大，又很温柔。

身边的阿桐姐姐是梧桐树的树灵，和他同一天被种在这里。她虽然只比自己早发芽几日，但似乎什么都懂，也特别热心，爱照顾人，时时翻过院墙来找他玩耍、聊天。

“小白，你快点长大，我好领着你出去玩呀，外面有好多人类。”阿桐姐姐围着他说个不停。

“人类是很有趣的，他们会织出漂亮的布条，裹在身上。他们喜欢唱歌跳舞，还会把漂亮的烟火放到天上去。”

白篙的眼睛亮晶晶的，他听得十分专注，这个院子里温馨热闹的氛围让他感到很熟悉，似乎有个什么人，也这样“小白，小白”地唤过他。但他又想不起来自己是什么时候有过类似的经历。

“这里似乎很少有像我们这样的同伴了，大家都留在了里世。”阿桐在小白篙的身边坐下，低下头看自己的脚趾，“大概只有我这么喜欢人类，还特意麻烦阿香将我带出来吧。”

“不，不只是阿桐，我也喜欢人类。”白篙急忙说。

“真的吗？”

“真的，真的，虽然不太记得了，但我确定我是很喜欢人类的。我喜欢阿香、云娘，还有在外面跑来跑去的那些孩子。当然，我也喜欢阿桐。”

阿桐就嘻嘻哈哈地拿自己白皙的小脚去踹白篙。

碧绿的树枝在明媚的阳光下摇摆个不停。

“师娘，我出去一会儿。”袁香儿的声音从屋内传来，她很快跑出来，坐在檐栏上换鞋袜。

“哎，去哪儿？”

“去时家兄弟那儿，看看他们在新家住得惯不惯。”

云娘提了一个食盒出来：“把这个带去，给那两个孩子，替我向他们问声好。”

袁香儿从盒子里摸了一块新出炉的玫瑰火饼叼在嘴里，笑嘻嘻地提着食盒向外走。

她在院子里把迎过来的锦羽抱起来，放进随身的挎袋里，又接上乌圆，再朝屋顶上打坐的南河挥挥手，最后还和梧桐树上的渡朔打了声招呼，方才开了院门出去。

“南河，渡朔，阿青，阿桐，小白，我出去啦。”她欢快的声音留在院子里。

云娘站在檐廊上目送她离开，把沾着面粉的手在围裙上擦了擦。

院子里似乎越来越热闹了呢。

阿摇，香儿她做得很好，就和你当初一模一样。

时家兄弟的新住处是袁香儿帮忙置办的。

这是一座三进的小宅院，从外表看上去不太显眼，内里布置却舒适考究，极尽奢华。

最妙的是，这座小院的后花园连着一大片清澈的池塘。池塘也被袁香儿一并买下，和花园圈在了一起。

周德运、娄太夫人乃至边关的仇将军，都托人给袁香儿送来过丰厚的谢仪。加上家里库房中有师父留下来的堆积成山的财物，袁香儿时常有一种钱多得没处花的感觉。

难得这一次为朋友出力，考虑到孟章的性格、喜好，袁香儿便敞开来花销。在不过于惹人注目的情况下，她几乎把人间能买到的最好的家私器具，给时家兄弟配齐了。

罗汉床，金销帐，锦被雕裘，四季罗衫，玉碗金盆，奇花异石……她用它们填满了整个宅子。

“阿香，这也未免太奢侈了。我们怎么好意思？”时家兄弟第一次来这里的时候，这样说。

他们从前的家不过三两间茅草房，时复甚至不得不在斗兽场里拼命，以勉强维持生计。

“不用谢我，这可都是你们母亲出的钱。认真算起来，我还占了不知道多少便宜。”袁香儿笑盈盈地说，“快进去看看，要是缺了什么，和我说。”

时骏看着兄长，拉了拉他的衣服，眼睛很亮：“是娘亲给的呢，哥哥。”

时复握住了弟弟的手，牵着弟弟进屋去了。

我们的母亲，既温柔又漂亮，强大无敌，还十分富有。她请阿香帮忙，给我们准备了这样舒适的屋子。

这一回袁香儿来串门，喊了许久，时骏才浑身湿透地前来应门。

从龙骨湾回来之后，时家兄弟点亮了自己的游泳天赋。袁香儿给他们准备的这片水潭，几乎是时骏每天的快乐源泉。

“又泡水去了？你哥哥呢？”袁香儿坐在前厅的椅子上。

屋子里虽然没有其他外人，但被打扫得干干净净的，庭院里甚至种上了花草，他们还开垦了一小畦菜地。显然这对兄弟很是珍惜在这里的生活。

乌圆从袁香儿肩上跳下来，领着锦羽在院子里四处溜达。乌圆和时骏很熟，已经来过这个地方好几次了，而锦羽还是第一次来。

六七岁的时骏很懂事地端来茶水点心：“阿香，你们先吃点心。哥哥不在家，出门找活计了。”

“出门找活计？”袁香儿有些意外，“他为什么要找活计？我留下来的银钱不够用吗？不够的话，大可和我说呀！”

“不是这样的，阿香给的银钱珠宝，哥哥都好好地收在库房里呢。”时骏连连摆手，“哥哥说了，这里真的很好。我们要想尽快适应这里，就要多和人接触，还要学会立身的技能，不能坐吃山空。所以他日日都早早地出去，至晚方归。”

“哥哥还说要给我请一位夫子，教我读这里的书，认这里的字。”时骏苦着脸，拉拉袁香儿的袖子，“阿香，你帮我和哥哥说说，晚些再请夫子，且让我多快活几日吧。”

袁香儿拿掉他的手：“这我可不帮你，难得你哥哥有这样的想法，你听他的没错。”

时骏奄拉下脑袋，唉声叹气了半晌，很快又把苦恼丢在脑后，约乌圆和锦羽下池塘去玩。

“水里有什么好耍的？我们不喜欢搞得浑身湿漉漉的。”乌圆连连摇头，锦羽连连摆手。

“可是池塘底下有小银鱼，还有这么大的龙虾和螃蟹，还能摘到甜甜的莲子……”

“别说了，别说了，去去去。”

他们欢快地下水摸鱼去了，把袁香儿撇在一旁。

袁香儿打算自己到集市上逛逛，看能不能遇到在那里工作的时复。时家兄弟一个能吃苦，有毅力，识大局，另一个聪明机灵，通晓人情世故。他们突然来到不一样的世界，想来也能很顺利地适应这里的生活。

袁香儿替他们高兴。

夏季的日头很大，在集市上行走的人并不多。东街的永济堂门外，却里三层外三层地围着一群人。

永济堂本是韩睿大夫家的药铺。韩大夫一生悬壶济世，使永济堂的招牌远近驰名。可惜自打韩家夫妻二人意外离世之后，这家药铺被歹人所占。歹人以次充好，唯利是图，渐渐地砸了招牌。听说药店已经经营不下去了。

到底发生了何事，有这么多人围观？

袁香儿好奇地分开人群，挤进去看。

永济堂的门外站着一位白衣少年，正是在山中消失了一年的韩小公子，韩佑之。此刻他已经不似去年那般骨瘦嶙峋，形容憔悴。在灵山幽居一载，他被虺螣养成了一位如珠似玉的翩翩美少年。

一胖一瘦的两位老板娘和她们的丈夫正气急败坏地堵在药铺门口。

肥胖的朱氏捻着帕子指着韩佑之破口大骂，那唾沫星子几乎都要喷到韩佑之的脸上了。

“克死爹娘的扫把星，你还有脸回来？我当年好吃好喝地养着你，你不知感恩便罢了，还一声不吭地跑了。枉费你婶婶我贴钱贴力，给你们家料理后事，不知花了我家多少银钱。这都还没和你算呢，你还好意思回来和长辈提清算家产？”

她气势汹汹，实际上很心虚。这一年来也不知道走了什么霉运，家里接连破财，好容易从韩家搜刮来的那点儿财物早就被他们耗光了，如今只剩下铺面和屋舍值点钱。若是韩佑之回来了，这些死物他们左右挪不走，等于是这个孩子的了，她自然是绝对不肯的。

韩佑之面对这个肥硕凶狠的女人，年幼的脊背挺得笔直。他看着头顶上祖父当年亲手书写的招牌，一字一顿地说："本来俗尘中的是非，我不打算再追究，可是你们顶着祖父和父亲留下的招牌，行那售卖假药、谋害人命之事，我万万不能容忍。"

人群中顿时一片哗然。

"卖假药啊？"

"难怪我在他家拿了说是包好的药，却吃了数月都不见起效呢。"

"他们真的这样丧尽天良吗？"

"韩小公子是韩大夫的儿子。若非真事，他怎么可能出来说这种话，砸自己家的招牌？"

又瘦又黑的姜氏推开丈夫站了出来，挥手做出要打的姿势："没良心的小崽子，我们白白养了你那些日子，你竟敢这样忤逆尊长？"

几个被他们拉拢过的韩氏族人也对韩小公子指指点点，帮他们说话。其实大家都知道公道在何处，但谁叫韩佑之只是个无依无靠的少年呢？他们便是欺负他了又能怎么样？

袁香儿从人群中挤进来的时候，这闹剧正上演到紧张时刻。她在人群中四处张望，果然很快就在一个不起眼的角落里看见了虺螣的身影。此刻虺螣咬着帕子，一副老母亲担心幼崽的紧张模样。

袁香儿挤到虺螣的身边，拍了拍虺螣的肩膀，把过于专注的虺螣吓了一大跳。

"阿香，你怎么来了？"

"我刚好路过这里。韩佑之表现得不错嘛，我看他的气场强得很。你在紧张啥？"

"我……我这不是怕佑之受欺负吗？"虺螣拉住了袁香儿的手，"阿香，我好紧张。"

"你怕什么？"袁香儿笑道，"看热闹就好了，便是有事也有我们在，几个凡人而已，你一巴掌就能掀翻他们。"

从虺螣的身旁伸出一张熟悉的小脸，原来是小狐狸胡三郎。

"阿螣姐姐，阿香姐姐，你们不用担心。没事的，人间的这种事，不用你们动手。我费一些金银处理就好。这种事情处理起来最简单了，你们且看着就好。"

袁香儿对胡三郎的世故感到十分吃惊，好奇地问道："你用钱打通了什么关系？"

她的话音刚落，一队从县城里来的衙役凶神恶煞地分开人群，大锁链一套，就要将姜朱二人及其丈夫拿走。

“几位官老爷，我们这是犯了什么事？”

“官差大老爷，拿不得，我们可都是良民啊！”

在一个孤儿面前耀武扬威的人，面对比自己强大的势力之时，迅速地感到了胆怯，涕泪直流地哀求起来。

“良民个屁！现有苦主在知县大人面前举报你家售卖假药，误人性命。人证物证俱在公堂，你们都跟我去公堂之上和大人分辩吧。”

在场围观的百姓听了这话，更是一片哗然，对本来就印象不好的两对夫妇指指点点。一些本来帮着两对夫妇说话的韩氏族人顿时哑了。他们不再敢说韩佑之年纪小，不适合管理家产了。

几位衙役抓人十分麻利，但对韩佑之的态度极为和善。衙役们帮他拿来了房屋、店铺的钥匙、文契，还笑盈盈地和他打招呼，一副关系很好的模样。

胡三郎道：“看吧，人间就是这样，只要提早用钱打点一下就行。能用钱解决的事，那都不算难事。”

虺螣摸了摸胸口，吁了口气：“只要给金银就可以了吗？那真是太好了，能不打起来最好，这样不会影响到小佑。”

由于韩佑之看起来还需要和官差交接很久，袁香儿便先告辞回家。

虺螣抱起年幼的胡三郎，跟着袁香儿一路往回走。

“这次真是多亏了三郎啊，我想不到那些黄白之物这样有用。这些东西不能吃，不能喝，还没有灵气，真不知道为什么那么被人类看重？我家里倒是多得很。”虺螣边走边感慨。

袁香儿不在家的这段时间，虺螣时常过来看望云娘，一来二去，和留在家里的胡三郎、锦羽熟了起来。

袁香儿也表扬胡三郎：“想不到三郎这般能干。”

三郎也就在人间生活了十年，已经比自己更熟悉人类社会的规则了。狐狸精不愧是狐狸精，会交际是天赋。

胡三郎被两人表扬得不好意思了：“阿香，你不在的这段时间，虺螣姐时常来家里看望我们，每次都给我们带好吃的来。我帮点儿小忙，不算什么啦。”

袁香儿对此事还有些不解：“阿螣，你为什么带韩佑之回来？你这是打算让他留在人间生活吗？”

虺螣皱着秀气的眉头，噘起红唇：“我其实很舍不得他，小佑真的很好，又体贴又乖巧，做饭好吃，还会打扫卫生。我想留他在身边一辈子的。”

袁香儿："那是为了什么，你要把他送回来？"

"灵界里只有妖魔，他要是住在那里，永远只有我一个朋友，实在太孤单了。而且他总要长大，要娶妻子，生孩子……我在灵界去哪里给他找一个人类的妻子？他还那么喜欢读书，我那里也没人可以陪他读书。我想他还是适合生活在属于他自己的世界里。我不应该把他强留在我的身边。"

虺螣想起了曾经交往过的李生。李生喜欢读书，说要谋取仕途，而自己只喜欢玩乐，不适应人间生活。二人因此不欢而散。

袁香儿："你问过他的意思了吗？其实你可以留在阙丘，和他住在一起。"

"我问了，他说想回到这里拿回父母留给他的家业。"虺螣心情低落，十分沮丧，"我觉得他可能还需要考取功名，继承家业，娶妻生子……总之都是我不懂的事情。我知道我不受人类欢迎，不适合留在这里。但这就不必和他说了，我只想看他安顿好，然后就悄悄离开。"

她摇着袁香儿的手，哭丧着脸："阿香，为了这事，我已经偷偷地哭了好几次了。我怕告别的时候，哭得停不下来，那就太丢脸了。"

袁香儿："养了这么久，又放他离开，你不觉得寂寞吗？"

虺螣叹了口气："阿香，我发现如果真心喜欢上一个人，觉得他很可爱，是会把他摆在自己之前的。我养了佑之这么久，他在我心里就和自己的孩子差不多。我当然首先希望他过得快乐、幸福，自己的想法反而是其次了。"

袁香儿搂住她的肩："去我家玩几天再回去，早就叫你不要养人类了，平白伤心了吧？"

一行三人正往家里走，不料从身后传来一道喊声："站住，虺螣你给我站住！"

韩佑之出现在路口，跑得上气不接下气的。他一手撑着膝盖，一手指着虺螣，半晌才缓过气来："虺螣姐，你要去哪里？"

虺螣刚刚口若悬河，这会儿却慌了："没……没去哪里。"

韩佑之皱起眉头，看着她抱在怀里的小狐狸："虺螣姐，你有了这只狐狸精，就打算不要小佑了，是吗？"

"不是。"虺螣一下把小狐狸塞进袁香儿的怀中，"这不是我的狐狸精，是阿香的。"

袁香儿替朋友背锅，只好摸着鼻子认了，把小狐狸模样的三郎接过来抱在手中："没错，这是我家的狐狸，和你虺螣姐一点儿关系都没有。"

袁香儿抱着三郎退后几步，留给虺螣和韩佑之好好说话的空间，还不忘摸摸三郎的脑袋安慰他："我们三郎长得太可爱了，谁都怕被你撬了自家的墙脚。"

三郎果然高兴地笑了："嘿嘿嘿，我长大以后，还会更漂亮的。"

因为这次去里世半年锦羽和三郎两个小家伙都被留在家里，回来之后袁香儿就时常带着他俩出门玩耍，弥补一下聚少离多对他们的亏欠。不过此时摸着蓬松的狐狸毛，心里感到十分舒坦的同时，袁香儿莫名有了点心虚的感觉。

她总忍不住四处张望，生怕南河的面孔下一刻就在某个街角出现。

这一刻，袁香儿突然就有点儿理解那些三妻四妾的坏男人的苦恼。

在另一边，韩佑之正红着眼眶对虺螣控诉："姐姐就算不要我了，也不该这样一声不吭地将我丢下。哪怕你只当我是只宠物，都不带这样狠心的。"

"不是不是，你怎么会这样想？"虺螣向来拿韩佑之的眼泪没办法，急急忙忙地解释，"我怎么可能不要你？我必定还会来看小佑的。"

韩佑之停下抹泪的手，抬起头，眼眶红红的："你这一回去，我是不是就和娄婆婆一样，再也找不到进山的路了？只要你不出来见我，我永远都无法找到你。"

虺螣瞠目结舌。她住得离厌女很近，曾带着韩佑之去厌女处做过几次客。偶尔，娄太夫人会讲到她们的往事，想不到小佑牢牢地记在心中了。

难怪他那么快就能发现她离开，原来他早就开始担心，时时都在留意着她的动态。

虺螣叹了口气，在韩佑之身前蹲下："小佑，我曾经独自在人世间生活过，知道作为异类活在一个陌生的世界，是很孤独、难受的一件事。身边的人都和我不一样，没有人会把我当作自己的同族，我真正的喜好也没有任何人可以分享。"

她温柔地擦去少年脸上的泪水："我就是因为太喜欢小佑，才不忍心让你也体验这样的生活。你看，当我说陪你回到人世间的时候，你是怎样发自内心地高兴？你那时候快乐的神情我永远都记得，我只希望你天天都能那么开心。"

"如果没有了虺螣姐，这样的快乐我宁可不要。"少年垂下头，拉住了虺螣的衣袖，"我们回去吧，姐姐。我什么都不要了。家业和祖宅，书籍和财物，我都不要了。我跟你走，我们一起回山里去。"

斜阳把橘红的光芒照射在年代悠久的古巷上。

深深的巷子里，小小少年和他身前的妖魔低声在暖阳中说了许久的话，话毕，这才牵着手来到袁香儿面前。

"阿香，我们说好了。"虺螣颇有些为自己的反复不好意思，却又觉得十分高兴，"小佑还是跟我一起生活。我陪着他把这里的事情处理完，就回里世去。"

袁香儿："你确定你想好了？"

对袁香儿来说，她其实更希望韩佑之能就此留在浮世。她希望已经受过一次伤害的虺螣，不用再和人类产生过于紧密的纠葛。

“嗯，我想好了。不论将来怎么样，我都认了。”看起来粗枝大叶的虺螣认真地说。她其实什么都懂。

袁香儿便留他们在自己的家中歇脚。好歹要等韩佑之顺利接手被侵占的祖产后，再行离开。

回去的路上，韩佑之悄悄拉住胡三郎道歉：“三郎，你几番相助，我才得以顺利夺回祖产，我很感谢你。刚刚我说的不过是玩笑之言，望君勿怪。”

胡三郎的人类化身比韩佑之还小一些，和韩佑之肩并肩地行走：“没事，没事。嘿嘿嘿，我又不是虺螣的狐狸精，我是阿香的狐狸精。”

韩佑之看着胡三郎：“这话你敢在那位南河的面前说吗？”

胡三郎捂住韩佑之的嘴四处张望了一番，狠狠地恐吓道：“别胡说，仔细南哥听见了，那我可就真的赖在你姐姐家住啦。”

吃晚餐的时候，因为虺螣来家里做客，所以云娘备了酒菜，胡青弹起琵琶，胡三郎伴舞，乌圆、锦羽在院子里跑来跑去，白篙和阿桐也来凑热闹。

众人投箸击钟，喝美酒，互相闲谈，载歌载舞。

南河醉倒了。虺螣多喝了几杯，也露出了长长的尾巴，把整个身体盘在檐廊的柱子上，正满面红霞地和胡青说着醉话。

“嘻嘻，你看小南又喝醉了，阿香要‘玳瑁筵中怀里醉，芙蓉帐里奈君何’了。”

“干脆把你的渡朔大人也灌醉试试，你不敢吗？不试试你怎么知道他会是什么反应？我告诉你，不论是人是妖，喝醉了都和清醒时是两个样子。”

席间，袁香儿找了个机会在韩佑之身边坐下：“你真的打算放弃人世的身份，和虺螣永远住在山里？”

韩佑之看着热闹的庭院：“我第一次看见虺螣姐的时候，山里下了好大的雪。那天他们一整日没给我吃东西，还让我背一大捆柴。我又冷又饿，脚下无力，不慎从山崖上滚了下去……”

他掉下了山崖，摔断了手臂，醒来的时候，天早就黑了。在大雪封山的时节，无论他怎么呼喊，回答他的只有呼啸的北风。从身体冻得打战到渐渐地失去知觉，韩佑之躺在雪地里，看着不断飘下雪花的天空，觉得自己就快要死了。

请来一个人吧，随便来一个什么人，救救我。

他不想死。他的心中充满怨怼和憎恨，他不想让那些折磨自己的卑鄙小人如愿。他想要活着，活着从那些人手中抢回父母留给自己的东西。

上天似乎听见了他的请求，雪地里传来窸窸窣窣的声响。那似乎是一条巨大的蟒蛇在蜿蜒爬行。

很快，韩佑之看见了出现在他视线中的面孔。那是一个比蟒蛇更加恐怖的物种，她有着蛇的尾巴和人类的身躯，更令他感到惊悚的是，在那张苍白的面孔上竟然睁着六只眼睛。

自己最终的结局不是被冻死，而是被妖魔吃掉吗？韩佑之闭上了眼睛。

“当时，是飑臓姐将我抱回去的。我靠在她的怀里，这才发现妖魔的体温竟然比很多人类的还高。”韩佑之小小的面孔上，有着历经世事的成熟，“我那时候就在想，这只魔物既厉害又单纯，好哄得很。我一定要哄好她，好利用她为我报仇。”

袁香儿听到这里，挑了一下眉毛。所以她第一次见到韩佑之的时候，不太喜欢他，总感觉这个男孩子过于聪明，举动中带着几分刻意，又把飑臓拿捏得死死的。

韩佑之有些茫然地看向袁香儿：“香儿姐，你见过我的父亲吧？我父亲真的是很好的人，一生悬壶济世，惠泽众生。我一直希望除掉那些霸占我家业的恶人，埋头苦读，重振家业，做一个父亲那样的人，挽回永济堂多年的声誉。”

“那不是很容易的事吗？以你和飑臓的交情，只要你开口，她必定好好地为你办了，又为何拖延至今呢？”

“是的，这件事看起来似乎很容易。飑臓姐比我想象的还要单纯。我不过是做做家务，煮煮饭菜，她就觉得我十分乖巧懂事。只要我哭，她就慌成一团，围着我打转。只要我说冷，说饿，她就千方百计地为我盖起屋子，想方设法地为我找来好吃的。我本来早就可以回到人间……”少年的眼眸中写满他自己也不能理解的落寞，“可是不知道为什么，我就是一直没有说出口，一拖再拖，直到那么迟钝的姐姐反应过来我在想念家乡，想回到人群中。她终于主动提出帮我回家，还制订了计划。可是……”

袁香儿问：“那现在呢？你真的打算放弃祖传的医术、药铺、房子以及自己在人世间的身份了吗？”

“香儿姐，今天下午，看见恶人受到惩处，拿回了祖屋、地契，我本来觉得志得意满，十分开心。我以为这就是我一直以来唯一想做成的事。”韩佑之转头看向袁香儿，“可是当我看见飑臓悄悄地跟着你走了之后，我突然就想明白了。一个家到底是不是家，靠的不是屋子，而是屋中住的人。爹娘都不在了，而这个世界上唯一对我好的，不是人类。复仇不再是我最重要的事，如今我只想陪伴着对我好的人，平平静静地像从前那样过日子。”

袁香儿拍了拍他的肩膀：“过你想过的日子去吧，这也是你父亲对你唯一的期许。”

时光便在这样温暖的氛围中缓缓流逝。

虺螣却始终住在袁香儿的家中，留在了浮世。

“回家这件事不急的，等小佑把手续都办好了。

“还是等小佑把他喜欢的书都收拾好吧。

“我等那两家坏人定罪后再走好啦。

“乱七八糟的药铺还需要整顿。”

她找了这样多的明显的借口。

小佑想要陪着阿螣在她适应的里世生活，而虺螣想着在小佑喜欢的浮世多待一些时日。

他们都以对方的喜乐为先，相互体贴，照顾着对方。

尽管袁香儿想要多拖一段时间，但不受欢迎的客人还是很快就来了。

妙道的徒弟云玄带着他的使徒雪客找了过来。

袁香儿只好招呼他们在院子里落座：“你们怎么知道我回来了？”

“道友虽然用法术屏蔽了白玉盘，但不要忘了，师尊乃是国师。”云玄面有得色，“他老人家想要知道这个小村镇上的消息，自然多的是办法，无非慢个几日罢了。”

袁香儿不以为然地轻哼了一声。

“这么说，道友你真的顺利进入龙门，拿到水灵珠了？”对水灵珠的急切之心使云玄忽略了袁香儿的怠慢，“你是怎么通过天吴……”

他的话说到一半，一只粉妆玉砌的小树精吭哧吭哧地爬上桌来，举着白嫩嫩的手指给袁香儿看：“阿香，我手指头破了，好疼！”

袁香儿便拿着树精的手给他吹吹：“怎么那么不小心呀？”

她还特意念诵了两遍愈合咒，撕了一条帕子给树精包上。小树精这才当着云玄的面，慢悠悠地溜下桌子回去。

袁香儿：“啊，抱歉，你刚刚说什么？”

“我说天吴……”

一只穿着衣服的鸡嗒嗒嗒地跑过来，手上端了一盘子的杏仁酥。

“谢谢你啊，锦羽，帮师娘端点心来吗？”

那只长脖子鸡点了点头，袁香儿便从盘子里拿一块杏仁酥先递给他。

那鸡还不肯走，伸出小手掰了一会儿，掰出了个“三”字。

“你要和乌圆、三郎，一人一块是吗？”袁香儿又给他拿了两块。

锦羽拿着三块小饼干，这才欢快地跑走了。

云玄接连被打断，几乎忘记了本来要说什么：“你对使徒也太好了吧？他们只是妖魔，非我族类，其心必异，应尽诛之，万不可纵。”

“他们有血有肉，会说话，有思想，有善有恶，和我们人类又有什么不同呢？”袁香儿将手里的点心摆上桌面，给云玄倒了一杯茶水，也给他身后的那位名为雪客的使徒倒了一杯。

“啊，我……是给我的吗？”那位身材窈窕的姑娘露出意外之色。

袁香儿还让她吃点心。

雪客看着那香喷喷的杏仁酥，显然心动了，用漂亮灵动的眼睛悄悄地瞥着自己的主人。

“行吧，行吧。”云玄不耐烦地挥挥手。

使徒姑娘欣喜地眨了眨眼，高高兴兴地和袁香儿行了个礼，端着自己的茶水点心坐到一边吃起来了。之前几次交手，雪客被南河一把摔在地上，这仇恨她显然已经完全不记得了。

云玄感到莫名地烦躁。每次在这个袁香儿和她的使徒面前，他总会被袁香儿带乱了节奏，失了分寸。

“我说你这个人！你真的可以把这些模样怪异的妖魔当作你自己的朋友吗？”

袁香儿看着他，说：“我听说，你们杀了很多妖魔。”

她用手指轻轻地抚摸着挂在脖颈上的一枚南红吊坠，慢悠悠地说：“我的家乡是一个平静又安逸的小村子，村子里有许多无害的小妖魔，同人类混居。他们生活在那里的时间比人类还早。我从小和他们一起玩耍，不曾见过他们肆意伤害人类。但你们进了那个村子，不问缘由，不计善恶，不论老幼，将那些大小妖精一网打尽，当场格杀，甚至剥了皮毛，把他们吊在村口。”

“那又怎么样？斩妖除魔，乃是我辈的任务！”云玄竖起剑眉，挺直身板。

袁香儿咬了咬牙，把化为小男孩的胡三郎招来，抱在腿上，指着胡三郎道：“这样的一个孩子，你真的忍心杀死他，剥下他的皮来，把他挂在马上，宣扬你们是为了正义？”

云玄结结巴巴地说：“他……”

眼前的小小少年红着眼睛，从袁香儿怀里转过头来看云玄。少年有着和人类一模一样的眼神，会和人类一样哭泣求饶。

云玄不是没有杀害过年幼的妖魔。在战场上，曾经有一只长着红眼珠，垂着长耳朵的小女孩倒在他的马前，苦苦地哀求他放过自己。那时，他也犹豫了。那女妖肌肤如白雪，一双眼睛似红宝石一般闪烁生辉，神色楚楚可怜，实在像一个幼小的人类女童，让他怎么也下不了手。

此刻一道神雷从天而降，将那道行低微的兔子精生生劈死。

“云玄，”师父高坐法阵之上，眼束符文，身披法袍，降下神雷，庄严肃穆，“非我族类，其心必异，应尽诛之，万不可纵。”

当时师父的呵斥声令他吓了一跳。他不敢违抗师命，茫然地举起屠刀和师兄弟们一道冲入杀阵。

人在群体中，很容易失去自我。

当大家都举着刀冲杀，那杀戮的行为看起来就必定是为了维护正义。当大家都说着同样的话责骂一方，似乎那句责骂的话就必定是真理。

云玄第一次对师父说过的话产生了怀疑。

袁香儿还在说：“这位姑娘是你的使徒，想必跟在你身边多年了吧？她也是妖魔。如果有一日你师父当着你的面，将她按在地上杀死，剥皮抽筋，你也毫无感觉，觉得非我族人皆可杀吗？”

“你胡说！放肆！师父怎么可能杀了雪客？”云玄一拍桌子站起来，把端着点心吃得正开心的雪客吓了一跳。

不可能，别人不可能动雪客，师父他老人家也不会……

但是，师父真的不会杀雪客吗？

云玄有些动摇了。师父对任何妖魔都深恶痛绝，只要有必要，绝对可以对任何一只妖魔痛下杀手，毫不留情。

看来，他以后要少让雪客在师父面前出现。

“少胡说八道，不要妄图挑拨我们的师徒情谊。”云玄冷静下来，坐回座位，“我来这里是问你水灵珠的消息。”

“水灵珠我自然拿到了，但不能随便交出去，除非国师亲自来拿。”袁香儿说。

云玄差点儿又要拍桌子了。他有些奇怪自己今日怎么这般控制不住情绪。但眼前这个小女子也未免太放肆了，师尊是何等身份？她寻得水灵珠，不赶快恭恭敬敬地送到京都，竟然还大言不惭，想让师尊亲自前来？

“不来就算了嘛，我跑了大半年的路，好歹要休息个把月。你回去告诉前辈，等我休息够了，自然去京都看他。”袁香儿笑嘻嘻的，手指貌似无意地摩挲锁骨上那一小枚红色的吊坠。

这枚狐狸形的南红吊坠是胡青送她的法器，具有九尾狐族的天赋能力，可以影响乃至控制对方的情绪。

袁香儿平时用得少，但发现它是谈判的利器。它可以在不动用多少灵力的情况下，潜移默化地影响或放大对方的某种情绪，既不容易被发现，又能使对方变得更加情绪化。

比如在刚刚的对话中，她顺着云玄的话，悄悄地动用法器，就增加了他的愧疚感和怀疑心，使他不自觉地乱了章法，泄露出更多自己想知道的信息。

她当然是不可能到妙道的老巢去交易的，更不可能让云玄把水灵珠直接带走。

她要在这里做好准备，等着妙道亲自上门。所以不论云玄怎么生气，她其实都不会同意随着他去京城。

雪客放下手中的点心，有些担心地看着在暴怒边缘的主人。眼前的这位小娘子虽然看起来年幼又温柔，但雪客隐隐地觉得她比自己的主人还要厉害，自己远远不是她的使徒的对手，光是那位天狼，自己在他手下就过不了几招，何况院子内似乎还有几位厉害的人物。

院子里有一棵高耸入云的梧桐树，树顶上站着一位白衣黑发的使徒。雪客知道他，那是国师大人的使徒——渡朔。但此刻他只是冷淡地看着这里，一点儿都没有下来帮忙的意思。

幸好主人虽然看起来处于暴怒的边缘，却逐渐恢复了理智，气冲冲地摔门离去了。

雪客急忙行了一礼，跟了出去，关上门之前，悄悄回头看了一眼树顶上的身影，发现渡朔似乎并没有跟他们回去的打算。这个院子虽不大，却有一种舒适的感觉，换了是她，也愿意在这里多留几日，不愿回到那位恐怖的国师大人身边。

可是他们已经被人类所擒，早失去自由之身，贪恋这一时的温暖又有什么意义呢？雪客想不明白。

云玄走后，袁香儿开始全面为妙道的到来做准备。她把乌圆、锦羽、三郎几个小家伙寄放在时家的院子里，又劝说云娘去两河镇游玩几日，那里正好有个祭城隍的庙会，十分热闹。

她加固了庭院原有的法阵，又忙着在四周认真地绘制下各类强大的法阵。万一起了冲突，即使这些法阵不能完全阻止妙道，但她提前有所准备，总比身处敌人的地盘来得好多了。

自此袁香儿每日研究各种阵图，几乎到了废寝忘食的地步。

这一天她拿着阵图，一伸手摸到了一个毛茸茸的脑袋。

袁香儿愣了愣。她是想去拿符笔，但坐在身边的南河以为自己想摸他，就主动把脑袋凑过来了。

袁香儿只好不再绘制符文，就势揉了揉南河可爱的耳朵。撸毛这种事最容易让人分心，人一旦上了手就很难停下来。她左摸右摸，很快就和半妖化的南河嬉闹着滚到了一起。

“快起来，我这活还没干完呢。”袁香儿说。

南河把她按在地面上，禁锢在手臂中，低头看她：“我不起来，除非你先亲我一下。”

虽然他们什么都做过了，但他想说这种话的时候，即便周围没有人，也往往是不好意思说出口的，只会在脑子里想想，用契约传过来。

“可以啊，你先躺平了，让我亲哪里都行。”比起说荤话，初尝人事的小南还远远不是袁香儿的对手。

果然，强势不到半刻的南河瞬间红了耳朵，放松了抓住袁香儿的手臂。

“怎么了？不是你自己主动的吗？”袁香儿爬起身捏他的鼻子。

“阿香，我是看你最近太紧张了。”南河蹲坐在袁香儿身边，偶尔动一动飞机耳，撩得袁香儿有些心猿意马，“你是不是很担心妙道，怕我们不是妙道的对手？”

“我是有些害怕，怕自己没办好这事，害了朋友，连累了你。”

袁香儿以为在这样的氛围下，南河会说“别怕，有我在”或者“别怕，我会保护你”之类的话。

但南河握住了她的手：“在我们天狼族的伴侣之间，没有连累这个词，不论发生什么，我们都携手共度，这才是应有之道。妙道固然强大，但我们在一起，就没什么好怕的。我们祸福与共，生死相依。”

“对，咱不怕他，你好好地看我怎么对付那个变态老头儿。”袁香儿有精神了。

妙道比她想象中来得还要快。这一日袁香儿站在院门口，和隔壁吴婶家的二花说话。

“大姐自打嫁了夫郎，先头倒也过得还好，最近几次回来总是一副闷闷不乐、魂不守舍的模样，我真是替她担心。”二花最近很为出嫁的姐姐烦恼。

二花的姐姐大花是袁香儿从小玩到大的伙伴，年初的时候嫁到了两河镇的张家。因为袁香儿和周德运去了北方，没来得及参加婚礼，只草草地随了礼，袁香儿也有些遗憾，打算找机会和大花见上一面。

“是吗？改日有空我去两河镇看看她。”

她们还在说着话，院中的梧桐树发出哗啦一阵急响。

居住在树上的渡朔突然从树上掉落下来。

袁香儿回首一看，只见渡朔化为人形，想从地上撑起身，却失败了，再一次倒下去。

南河伸手扶起渡朔，渡朔紧咬牙关，面露痛苦之色，几乎不能自持。

“他来了。”渡朔伸臂扶住院墙，颤抖着身躯向院外走去，勉强让自己说出完整的话，“我得去见他。”

使徒契约是一种对妖魔有着强制约束力的契约。主人对自己的使徒有着绝对的控制权。哪怕远在千里之外，只要主人发动契约召唤，使徒都会因为无法忍耐身躯的剧痛，而不得不主动回到主人身边。

先前给渡朔短暂的自由，是妙道愿意放手。此刻，妙道想要召回渡朔，一逞主人之威，渡朔毫无反抗的能力。

夏日的阳光很烈，聒噪的蝉鸣在那一瞬间寂静下来。

门外不远的街道上，一男子身着寻常道袍，眼束青缎，头上戴着一顶平平的斗笠，袖着双手，面向袁香儿。他容貌清隽，身材消瘦，蒙眼的青缎之下肌肤白皙，看上去像是一位风姿正茂的少年郎君。

袁香儿却知道这是一位实力强大，已经不知道活了多少年的老怪物。

他身后的随行之人有男有女，穿着奇服异装，虽然人数不多，但气势逼人。袁香儿知道这些只怕都是妖魔，是妙道的使徒。

为了尽快拿到水灵珠，这位从不出京都的国师大人，微服简从，匆匆赶来。

“前辈既然来了，还请进屋坐吧。”袁香儿叉手行礼。

“阿香，阿香，这是谁啊？”二花不曾见过这般人物，悄悄地拉着袁香儿的袖子问。

袁香儿握了一下她的手，摇摇头：“你速回去，别多问。”

二花还没有说话，眼前一花，那位蒙着眼睛的道长和他身后的随从就凭空消失了。二花转过头，身后的袁香儿不见了，院门也关上了。明明只是一道薄薄的木门，但二花从门外丝毫听不见里面的动静。

“原来阿香也是这样厉害的人物。”二花愣愣地道。

余摇离开的时候，二花还是一个流着鼻涕的小姑娘，对那位人人颂扬的自然先生没什么印象，因此也从没将自己这位儿时玩伴看作什么特殊之人。直到这一刻，她才发觉，阿香的世界似乎和她们的不太一样。

妙道在石桌边坐下，二话不说，伸出两指先掐了个手诀。

渡朔闷哼一声，双膝剧痛，跪倒在地。他的额角青筋暴起，他死死地咬住牙关才没让自己发出过于难堪的声音。

“私解镇灵锁，胆子不小，看我怎么罚你。”妙道冷冷地说道。

“你误会了，镇灵锁在这里。”袁香儿取出断了的镇灵锁，替渡朔解释，“并非渡朔故意解锁，是战斗的时候不慎弄断的。”

妙道轻哼一声，白皙的手指微微一弯，迫使渡朔发出一声抑制不住的呻吟。

妙道不在乎镇灵锁是怎么断的，只想抢先在气势上给袁香儿来一个下马威。

但他停住了打算继续惩戒渡朔的手势，只因袁香儿从袖子中取出了一颗亮闪闪的玻璃珠。那水气浓郁的水灵珠只在空中晃了一晃，又被她收了起来。

“水灵珠？”妙道那始终绷紧的唇线终于放松了，他向袁香儿伸出手，“给我看看。”

“国师大人，你也太不够意思了。你忽悠我去取宝物，说得十分轻松，其实那边完全是龙潭虎穴啊！”袁香儿把那珠子拢在衣袖中，“你看看我，这一去大半年，经历了多少水深火热的战斗，差点儿就没命回来了，这才侥幸得了手。”

妙道笑了：“我都说了，只有你能够成功。你替我取得宝珠，居功至伟，想要什么谢仪，尽管开口。”

“那我就不客气啦。”袁香儿笑嘻嘻地说，“我也不要别的，只想多要几位厉害的使徒。不然你将你身边的皓翰和渡朔送给我吧？”

她狮子大开口，坐地起价，为的是留个空间给妙道还价，达到自己真正的目的。

妙道的笑容消失了，他可不像云玄那么好糊弄，没有接袁香儿的话。

“小小年纪，不可过于狂傲贪婪，做事要有分寸。”他说。

他身后的使徒们纷纷摘下斗笠，有袁香儿见过的皓翰，有邋遢的老者，有浑身遍布蜘蛛花纹的女性，还有一位额头伸出长长的双角，身上长满眼睛的年轻男子。他们一个个放出威力，身后都拖着长长的妖魔影子。

袁香儿叫了一声，捂在袖口的手一松，那颗珍贵的玻璃珠掉在地上。

众目睽睽之下，那颗人间至宝掉在地上，摔碎成几块。

妙道心中骤然一紧，他忍不住伸手向前欲捞起珠子，却晚了一步，这才发觉碎在地上的不过是一颗凝结了水灵气的玻璃珠而已。真正的法宝哪有这般容易损坏？

心心念念的宝物险些碎在眼前，这让他勃然大怒，束住双眼的青色束带后隐隐现出诡异的黑芒。袁香儿登时觉得四肢僵硬，行动迟缓，身体几乎要石化了。她本能地祭出双鱼阵，才稍微感觉好些。

袁香儿在法阵中站定，双手成诀，整个院子的地面隐隐浮起红光，从八方各出现一根赤红色的火柱。

妙道冷笑一声："无知，就凭你这样的法阵，能挡得住我吗？"

袁香儿："挡着你当然不行，但毁了一颗水灵珠应该是没问题的。"

妙道皱眉道："你说什么？你将水灵珠放在何处？"

"放在何处我不记得了，总之是在我家院子里。青龙和我说过，水灵珠虽然是龙族至宝，但也很脆弱。这个水系的法宝特别惧怕火焰，被这八卦明火阵一喷，我估计再珍贵的宝物也都毁了。"

庭院四周笼着遮天阵，里面打得再厉害，外面的人也一无所觉。庭院内的八卦方位处，各立着一根剧烈燃烧着的火柱，但凡袁香儿驱动法阵，整个庭院会不可避免地陷入一片火海。水族的法宝确实经不起这样的烈火焚烧。

袁香儿俏生生地站在妙道的面前，身侧守着一只上古神兽。那银白色的天狼眉心隐约现出属于使徒的印记，气势汹汹地瞪着妙道。还有一位六眼蛇身的龙蛇族在昏暗中耸立着脖颈，睁着六只眼睛从高处望下。院墙边缘绿色的藤蔓疯长，托着一个脸上带着刀疤的少年，少年神色冷淡，杀气腾腾。

不过半年不见，这个小女孩的实力已经令人刮目相看，她敢和妙道抬杠了。她甚至准备了这样的法阵，就为了和妙道谈条件。

妙道看了她半晌，终于慢慢地坐下来："我倒是小觑了你。余摇竟然能教出你这样的徒弟！你和你的师父大不相同，他可没有你这样的心思。"

"过奖，多谢前辈赞誉。比起国师大人，我还差得很远。"袁香儿虚心接受表扬。

"去里世的路，真的走得很辛苦吗？"妙道说这句话的时候，又变成了一个关爱后辈的长辈，仿佛刚刚气势汹汹的人不是他。

妙道这个人在大部分的时候显得矜持冷淡，端着道统第一人的架子。

但袁香儿和他接触得多了，发觉他那看似仙风道骨的表皮下实则涌动着残暴嗜血的岩浆，动不动就会因为抑制不住而爆发一次。

这是一个性格扭曲而喜怒无常的人，十分不好相处，哪怕刚刚还笑容满面的，一个不开心就要翻脸不认人。

袁香儿深恨他对渡朔的肆意折磨与侮辱。但为了将渡朔从他手中抢下来，她现在只能强压着心中的怒火，小心翼翼地同他周旋。

“是的，前辈。那个世界真的很可怕，里面全是恐怖的魔物。我遇到了一头猪妖，他试图让我做他的宠物。我还被树灵迷惑，险些陷在一个赤红色的镇子里永远出不来……进了龙山之后，守门的天吴是不死之身，我们怎么打也打不死他。他把我们全部卷入海底，我差点儿以为自己无法活着回来了。”

袁香儿一边慢慢地说着，一边细细地观察妙道，不放过他任何一点细微的神色变化。

她揣摩着妙道的心态，把自己在里世新奇惬意的旅行描述得三分真，七分假，显出其中的千难万难来。

就连妙道都不得不点头道：“确实让你辛苦了。”

“我们快要出来的时候，偏偏还遇到了一只九尾狐，所有人都差点儿死在他的手上。”袁香儿看着妙道，貌似不经意地在他的心上撒了把盐。对付妙道这种人，一味地讨好是没有用的。他已经习惯被所有人讨好，深知你的讨好、谄媚是一种对他的畏惧。

在和这样的人谈判时，你一定不能完全跟着他的节奏走。

果然妙道的神色变了：“你说谁？”

“哦，我说的是那只雄踞一方的妖王，他的名字似乎叫涂山。”

一股杀气以妙道为圆心向四周冲击开来，掀起一地寒烟。盛夏时节，整个院子的石板地在那一瞬间结了层薄冰。

就连妙道身后的四位使徒都悄悄地后退了几步。

他们都知道，涂山这个词对国师而言是禁忌中的禁忌。这几年来，从没有人敢在国师面前提这个名字，这个女孩的胆也太肥了。

“涂山！”妙道脸部肌肉扭曲，牙齿咬得咯咯直响，“你遇到涂山了？他怎么样，如今长什么样子？”

“他啊，打扮成一个小姑娘的模样，撑着一柄红色的雨伞。我一开始以为他是一个小女孩。别看他娇娇小小的，实际上却异常强大。我们这些人全不是他的对手。”

“你们竟然能从他的手里逃脱？”

“多亏了青龙大人，那时她和我们在一起，伤了涂山一只手臂，我们才得以侥幸逃脱。”

“涂山受伤了？哈哈，那个变态的暴徒也有这么一天。”

袁香儿继续刺激他：“国师大人，你那么恨九尾狐，甚至连一只小狐狸都一路追杀，为什么不去里世，找这只九尾狐的麻烦呢？”

你们若是能对战一次，解决了对方，我才叫高兴呢。

妙道的面孔变得扭曲：“那个家伙……迟早有一天，我会灭他满门。”

原来是妙道打不过涂山。即便是妙道，也无法独自杀入涂山的地盘报仇吗？

妙道渐渐地从暴戾的情绪中清醒过来。“涂山”两个字，勾起了他童年时期最为痛苦的回忆。那只九尾妖狐当着他的面把他的师兄们一个个拍死在山壁上，一口咬断教导他的恩师的脖颈。就在他的眼前，猩红的魔兽残忍地杀死了整个师门的人。这个仇恨成为沉重的枷锁，锁在他的心头上百年，成为他永远无法挣脱的噩梦，让他无从解脱，无一刻能感到安宁。

妙道用手指捏住冰冷的石桌。石桌的凉意透过肌肤传来。

曾经，这个庭院里，这棵梧桐树下的桌椅是唯一可以让他感到放松的地方。坐在桌子对面的人笑语盈盈，同他举杯畅饮，一醉解千愁。

可是那个他最信任的朋友竟然骗了他。

妙道抬起手指抚过梧桐树下那光洁的石桌面。那张袁香儿从小趴在上面写字画符，师娘坐在那里晒干货、分点心的石桌，竟然发生了奇妙的变化。

简陋平常的石板面上荡起涟漪，先是冒出了一点儿绿色。很快，石板全部变绿了，出现了山川河流，更有云雾缭绕，小巧的飞鸟穿行其中。

妙道看着袁香儿吃惊的神色，说：“你还没见过吗？这叫‘一桌世界’，是从前你师父和我一起做来消遣的。”

“师父和你做的‘一桌世界’？”

“那时候我们偶尔会切磋一下法术，或让各自的使徒比试一下。在这里面进行比试的话，大家闹得再翻天覆地都不会影响到外面的世界，不会吓到余摇的那位凡人妻子。”

妙道看着袁香儿莫名来了兴致：“你不就是想要渡朔吗？你我各出三人，比三场。赢了我的话，渡朔就归你了。”

袁香儿皱紧眉头。

“阿香。”渡朔突然不顾妙道，喊了袁香儿一声，冲着她摇头。

“这是我给你的机会，你要懂得珍惜。”妙道慢悠悠地说，“我这个人最讨厌被别人威胁，即便你手握水灵珠，也得按我想的来。否则我得不到珠子，你这一院子的人一个也别想活。”

他没有给袁香儿考虑的时间，微微一抬手：“皓翰。”

皓翰单膝跪在了他的身边。

皓翰额生利角，长有金瞳，留着长发，精壮的身躯上绘满诡异的红色符文。这是一位彪悍又强壮的妖魔。

“去吧，你若是输了，不要回来见我。”

皓翰纵身跃上石桌，健硕的身影不见了。石桌上的小世界里，却出现了一个小小的人形。

“让我先去试试。”时复从托身的藤蔓上下来。

得知了妙道要来，时复执意前来相助。袁香儿本不想将刚刚安定下来的他卷进这件事里，更不可能让他第一个出战。

“还是让我先去。我先试试他们的实力，阿香和南河你们压阵。”飑膗抢着说。听说妙道要来，本来应该回天狼山的她再度找到借口，待在袁香儿家里不肯离去。

袁香儿正在阻拦他们，南河已经纵身跃进石桌的世界里。

“我先试试第一场，第二场留给你。若我们都赢了，他们也就可以不必冒险了。”南河的声音在袁香儿脑海里响起，“何况，我早就想和这个皓翰比试一场了。”

他的话当然还有另外一层含义：如果他们俩都输了，时复和飑膗也不用上场了。这样可以最大限度地保护主动留下来相助的朋友们。

在石桌的小世界里，无边的旷野中，银白的天狼和额上长角的猛虎狠狠地冲撞在了一起。

南河引星辰之力，皓翰降雷电之威。赤红的陨石从天而降，砸得地动山摇；漫天乌云中银蛇乱舞，搅动得飞沙走石。

战斗很快就进入白热化，皓翰不仅招来雷电，还从大地深处召出一根又一根金属长刺。凌厉的金刺携着游动的闪电，从四面八方攻向南河。皓翰的天赋能力是金系，具体表现为控制金属和雷电。

比起凶狠霸道的皓翰，年轻的南河显然处于下风。在激烈的战斗中，他那身银白的毛发很快染上了血色。可他从不因伤痛而退却，伤痛反而激起了他的血性。

他的双眸里燃着兴奋，充满战意。他身如魅影，避过金枪电雨，向皓翰猛冲过去。

“哪里来的小家伙？他还真的能和皓翰大战一场。”妙道身后的妖魔说。

“是天狼呢，真罕见。天狼都是一群好战的家伙。他这么小就能和皓翰斗了。”

“可惜终究还是差一点儿，他迟早要败下阵来的，对吧？”

妙道支着下颌，觉得战况很有趣，转过脸对渡朔道：“想不到啊，这个世界上竟然还有肯为你拼命的人。可惜了，皓翰的性子你也知道，打起来什么都顾不得，未必会为了你手下留情。”

战场中胶着的二人骤然分开，皓翰哈哈大笑：“你不错，迟早会成为我的劲敌。但现在还早了些，你乖乖地认输吧，还能少受些苦。”

“现在就妄言输赢未免太早。我不会输。”南河身上带了伤，眼中却有炙热的光，“为了不让渡朔回到你们那个变态的主人身边，阿香付出了很多努力，我不能让她的努力白费。”

皓翰的攻击停下了：“你做的都是无用之功，这个世界上还没有能够同主人相抗衡的力量。”

就在此时，天空突然裂开一道口子，露出云层之后的漆黑宇宙和浩瀚星海。

点点银白的星辉，慢悠悠地从天空飘落，钻入了桌面上的小世界，成群结队地向着南河身上落去。

糟了！袁香儿大吃一惊。

南河的离骸期已经进入了平稳的尾声，不再像一开始那么痛苦难耐。

每一次星辰淬骨，南河只要准备好充足的灵力，在僻静处闭目打坐，就能安稳顺利地度过。袁香儿最近都不再紧张他的离骸期，将此事暂且抛在脑后，但想不到在这样关键的时候，他在离骸期最后一次的淬炼十分不巧地到来了。

南河拖着被星力淬炼的痛苦身躯，在场地中勉强跑动，不要说反攻，甚至已经无法完全避开皓翰那凶猛密集的攻击了。

“小南，你出来。”袁香儿站起身来。

妙道举袖拦住了她：“不行哦，除非他认输，或是死了，否则这一场战斗还不算结束，你不能破坏规则。”

小世界里的南河跑动得越来越慢，无数的星辉萦绕着他的身躯，给他带来致命的痛苦。他的额头上落下痛苦的冷汗。一根金色的长刺在他躲避不及之时，穿透了他的小腿，留在他的身上，红色的血液随着他的奔跑星星点点地一路洒落在碧绿的草地间。

妙道身边那位双角多目、名为窕风的使徒伸手搭上渡朔的肩膀："好可怜的丧家之犬。我看你还是趁早给主人认个错，乖乖归队算了。主人的力量不是这儿个小娃娃能够抗衡的。"

渡朔面色苍白，一言不发。

在过去漫长的岁月中，渡朔为很多人流过血、出过力，但还未曾让朋友为自己流过血。南河的鲜血落在大地上，刺痛了渡朔的眼睛，落进了他的心中，点点滴滴都那么炙热，让他那颗已经沉寂了的心重新滚烫起来。

"南河。"渡朔站起身，向着石桌内的小世界喊，"你出来，不需逞强。我就算回国师身边，也无大碍。"

坐在石桌旁的妙道笑了，越倔强的家伙，屈服之时越能带给他快感。这样的场面他很是喜欢，也十分享受。

他就想看着渡朔不得不弯下那笔直的脊梁求他，想看见袁香儿眼中那讨厌的光芒熄灭。那双年轻而明亮的眼睛，让他打从心里感到不舒服。

在石桌的小世界里，外人的声音无异于惊雷，响彻大地，但南河仿佛没听见渡朔和袁香儿的呼喊，依旧狼狈而笨拙地躲避着攻击，浑身银白的毛发几乎已被全部染红。

"算了，我不想欺负你。你认输，出去吧。"就连皓翰都忍不住停下了攻击。

"南河，你出来！"袁香儿和身边的朋友们喊着他。

"阿……阿香。"南河的声音通过契约传进袁香儿的脑海中。

"快出来，小南，你先出来，剩下的交给我。"袁香儿急忙说。

"不，阿香，再给我一点点时间。我感觉很奇妙，我的身体似乎就要发生什么彻底的变化了。"

"可是你……你伤得很重。"袁香儿不忍心。

"阿香，你能不能给我唱一遍那个……就是每次我受伤的时候，你在我身边念的那个咒？我只要听到它，就会感觉好很多。我一定能撑过去。你相信我。"

袁香儿恨恨地叹了口气。

金镞召神咒的韵律在南河脑海中响起，那声音时而冷冽清透，时而神秘温柔，令他疲惫痛苦的身躯为之一轻。这个声音对他来说实在太熟悉了，在他被群妖追杀，濒死之际响起过；在他身负重伤，独自蜷缩在树洞中时响起过；在他被星力淬体，痛苦难当之时响起过；在他无数次受伤的时候，都曾轻轻地传来，抚慰他一度疲惫不堪的心灵。

“羌除余晦，太玄真光，妙音普照，渡我苦厄……”

“渡我苦厄……”

“渡我苦厄……”

石桌的世界里，伤痕累累的天狼身边汇聚的星辉越来越多，使整只狼躯熠熠生辉，变得灼眼夺目，令人无法直视。

那银色的光芒从狼躯中绽放，似乎有什么全新的东西要从那灼眼的星光中诞生了。

“杀了他！立刻动手！”妙道站起身来。

皓翰立刻出手，但已经太迟了，雷电穿过耀眼的光团，毫无声息地在星辉中湮没。

荧荧生辉的成年天狼，披着一身星辉，矫健地迈步而出。不论活了多少岁，只有彻底度过了离骸期的天狼，历经星力重塑身体，才算得上真正成年。

南河抖了抖满身的毛发，一路洒落点点银芒。他的外貌看上去和之前似乎并无多大区别，但当那雄健的身躯从容步出之时，当那狭长的眼睛睁开，如水的双眸淡淡地扫过来之时，所有人免不了发出感叹。

原来这才是完全成年的天狼，果然和之前大不一样了。

皓翰不由自主地压低了身体的重心。

前后不过短短的时间，眼前的南河带给他的感觉竟然就完全不同了。那头天狼看过来的时候，竟然让他头皮发麻，心生畏惧。

南河轻轻地说：“请星辰之力。”

天空中降下一颗流星，不像之前那样铺天盖地。远远看去，那小小的流星拖着长长的火焰破空而来。流星越来越大，如瓜果、如车轮、如圆桌，熊熊燃烧的巨大陨石向着皓翰扑面而来。

战斗以意想不到的转折结束了。

妙道拧住认输退出的皓翰的衣领：“你是故意的。你输给他，以为这样就能帮上你的好兄弟？”

皓翰举起双手：“抱歉主人，我是真的输了。刚刚结束离骸期的天狼，满身汇聚着星辰之力，实在过于强大。回去之后，我但凭主人责罚。”

“回去之后我再和你算账！”妙道面色阴沉，将皓翰推在一边，对袁香儿道：“下一场，你们先出人。”

袁香儿早早想好，不管下一场的敌人是谁，都由自己出战。她抢在其他人有动作之前，一抬脚踩上石桌。

她仿佛踩了一个空，站定之后，发觉自己置身一片茫茫无边的草原。远处有高低起伏的丘陵，天空飘着缕缕白云，甚至还有飞鸟偶尔掠过。

这里看起来就和真实的世界一般，广阔无边，却没有真实的生物，确实是比斗的好场所。

从远处的天边传来雷鸣一样的对话声。

“阿香，你怎么就进去了？这一场该让我来啊。”那是胐膧在着急地跺脚。

“阿香，你一定要小心，不行就出来，下一场让我上。”这是时复的声音。

“阿香，不要怕。我陪着你。”南河的声音在她的脑海中响起。

渡朔却一直没有说话，袁香儿知道这位寡言少语的朋友此刻心中必定十分焦急难过。

渡朔是一位既温柔又善良的朋友，耗费了上千年的时间守护着人类和山林，所以曾被奉为山神。像他这样的生灵，像他这样的朋友，绝不该被那样粗暴地对待。

无论如何，自己拼尽全力，也要赢了这一场战斗，让渡朔自由。袁香儿想。

在她的眼前，缓缓地降下一个魔物，额头上有着长长的双角，背生双翼，浑身上下长满了眼睛。

“哎，认识一下，我叫窕风。”那只魔物悬停在空中，脸上带着轻松的笑，“我不想欺负女人，可惜主人的责罚太恐怖了，我可没有勇气反抗。”

袁香儿抽出一张银符，眯起双眼：“我刚刚听到了，你说谁是丧家之犬？这一局我就让你品品做丧家之犬的滋味。”

“哎呀，你那么凶啊？”窕风笑嘻嘻地说，“你不就仗着你师父留给你的护身法阵吗？你以为没有攻击能打到你，就有恃无恐了？要知道主人带我来，就是为了对付你的呀！”

他后背的黑色双翼张开了，无数双眼睛一起睁开，乌黑的瞳孔向袁香儿看来。

袁香儿抽出一柄随身携带的小刀。虽然它看起来很锋利，但其实只是她平时用来削水果用的刀具。

窕风在半空中笑弯了腰：“哈哈哈，我说小娘子，你这真的是来比试的吗？你不会连血都没见过吧？那我欺负你的时候，可真有点儿不好意思了。”

袁香儿没搭理他，只是用双手握住了刀刃，轻轻一拉。

是的，她握住的不是刀柄，而是锐利的刀刃。

她张开手掌的时候，鲜红的血液立刻顺着肌肤滚落下来。

袁香儿皮肤白皙，血流淌出来就显得有些触目惊心。

她单手掐了一个“扭”诀，呵斥一声：“下来！”

鲜血更增法诀之威，窕风正在说着话，没料到袁香儿一言不发突然动手，啪嗒一声从半空中掉落下来。

袁香儿翻动手指，变换指诀，再出一“井”诀，道一声：“陷！”

窕风顿时陷在地里动弹不得。

这两个手诀都极其简单。袁香儿连续出招，速度极快，令对手出其不意。但她只能在短短的一段时间内控制住窕风这样的大妖。她左手掐诀，右手并起两指，在空中书写符文。

鲜红的血液顺着白皙的手指流下，又升上空中，形成了红光闪闪的血色符文。

伴随着符文的逐渐成形，草地上浮起一圈红色的法阵。在法阵的十二个方位处，十二尊神灵的身影若隐若现，从地底隐约响起吟诵的清音。她积天地法则之威，让条条红锁在阵心出现，一道道地束住身处法阵中心的妖魔。

“咦，太上净明束魔阵？”圆桌之外，便是妙道也略微吃惊地坐直了身躯。

“看不出来啊，人类的小姑娘竟然有这一手。窕风这个爱说话的家伙，这下吃了大意的亏了。”皓翰摸着下巴，饶有兴致地旁观。

陷在法阵中的窕风心中暗暗叫苦。他成为妙道的使徒已久，见了不少人类术士的战斗。那一个个身躯柔软的人类法师，难道不都是远远地站在战场之外，先念诵，祭符，摆放法器，互相自报家门吗？有时候他们还要花很长的时间，先吵上一架。需要放手搏斗的战斗，他们多半交给使徒完成。

谁知道他这一次遇到一位完全不按常理出牌的小姑娘。她看上去倒是秀秀气气、弱不禁风的，想不到一言不合说打就打，左手手诀，右手符咒，瞬间就放大招，他一时不慎，吃了大亏。

窕风企图挣扎，那法咒形成的锁链迅速勒得更紧了，把他死死地按在地面，令他动弹不得。

石桌外的妙道倒是不急：“太上净明阵，她一只手就布出来了，真是难得。我翻遍洞玄教只怕也找不出相同资质的孩子啊！余摇倒是寻了个好徒弟。”

随后，妙道那冷冰冰的声音从外界传进石桌的小世界中：“窕风，你要是败了，我就折断你的羽翼，把你困在山河图中，受一个月的火灼之刑。”

窕风颤抖了一下。他出生在极阴之地，最怕烈火，只得闷声闷气地回答："知道了。"

袁香儿在里世见识过多目的能力，担心妙道的这位使徒拥有和多目类似的精神攻击能力，所以她利用了敌人对自己的轻视，出其不意，一开始就放出大招，直接将其压制。

在这个过程中，她刻意避开了对方的视线，完全没有看窕风身上的任何一只眼睛。

在确定压制住他之后，她向着那个方向稍微看了一眼。

袁香儿没有意识到人的思维有时候是约束不住行动的。除非蒙上双眼，否则即便知道不能看那些眼睛，她也控制不住自己的视线——在看见法阵的铁链之下冒起了浓浓黑烟的时候，她还是忍不住定睛望去。

看过去的一瞬间，袁香儿便知道事情不妙，但一切已经来不及了。

眼前的地面上，刚刚还束缚着妖魔的法阵、符文、神像，在一阵风之后全都消失了。绿茵恢复了平平整整的模样。

刚刚被束在法阵中狼狈不堪的妖魔，此刻恢复了初入法阵时的模样，正悬停在半空中，带着点轻蔑朝袁香儿说话。

"哎，认识一下，我叫窕风。"窕风悬停在空中，脸上带着轻松的笑，"我不想欺负女人，可惜主人的责罚太恐怖了，我可没有勇气反抗。"

他说着和刚才一模一样的话，仿佛那一场短时间的战斗，并没有真实发生，只不过是袁香儿的幻觉。

袁香儿后退了一步。这不对劲，她肯定陷入了某种特殊的攻击当中，不能坐以待毙，要想办法挣脱出来。

悬停在半空中的妖魔开口对她说话："你有没有觉得，在我们做梦的时候，时间仿佛过去了很久？有时候，我们甚至在梦中度过了一辈子，但醒来的时候，发现仅仅过去了一瞬间。

"你觉得那只是梦境，其实那是属于我们自己的小世界。只要你愿意，每一个小世界都会是一个真实存在的世界。在这里，时间流逝的速度和外界的远远不同。"

他那带着魔力的嗓音在空阔的草原上显得虚无缥缈、时远时近，但又令人忍不住细细倾听。

"告诉你也无妨，为什么主人要我来对付你？只因我的天赋能力是任何护身法阵都抵挡不住的。我能够操纵的，就是你意识世界里的时间。”他微微前倾，把脑袋靠近袁香儿，“时间是一种看上去无害，却最为恐怖的东西。”

袁香儿不信他的话，祭出随身携带的神火符。窕风挑了挑眉，露出了难看的表情。

神鸟凤凰出现在空中，将灼热的烈焰喷向眼前的敌人。

窕风并不躲闪，任凭火焰将自己烧为灰烬。灰白的灰烬掉落在草地上，神鸟的身形在空间里渐渐消失。

下一刻，灰烬不见了，草地上熊熊燃烧的烈焰也不见了。

草原又恢复了原样，空阔无边，毫发无伤。这里没有建筑，没有人类，除了天空中偶尔飞过的鸟，再没有半点生灵的气息。这一次，就连悬停在空中的窕风都不曾出现。

但他的声音不知从何处传来了：“人类是一种十分脆弱的生物。他们的肉体脆弱，精神也异常脆弱。他们太高兴了会崩溃，太悲伤也会崩溃，就连长时间的寂寞都承受不住。这样脆弱的种族，偶有一点儿小聪明，就自以为能成为世界永恒的主宰，也真是可笑。”

袁香儿冲着空气喊道：“你出来！你躲在哪里？”

“别急嘛，我们有无限的时间。相信我，这个世界里漫长的时间会使你陷入疯狂，绝望，最终自我毁灭。你若是太无聊，我可以送你到你的过去，弥补一下心中的遗憾。”那个声音从虚无中传来。

袁香儿身边的景象开始变化，草原和丘陵在飞速地倒退。

种种景象浮现在袁香儿眼前，有袁香儿刚刚去过的里世，有繁华的京都，有辽阔的塞外，有温馨的小院，甚至还有袁香儿七岁之前的那个贫穷破旧的家。

袁香儿来到了七岁那年的袁家村。她挎着一个破旧的包裹，大姐抹着泪，二姐哭闹不休，母亲和父亲神色愧疚，一家人齐齐地站在门口，将她送走。

袁香儿打开包袱，把那片撕掉一半的面饼拿出来，分给大姐和二姐。

“香儿，你这是做什么？”父亲伸出粗糙的手掌阻拦。

“谢谢你们，但是我已经不需要这个了。”袁香儿牵住身边之人的手。那个人向着她微笑，令她安心。

她跟着余摇回到小院。

那一日，在梧桐树下的石桌前，余摇蹲下身，对她说道：“香儿，人间的生死聚散理应顺其自然，我们本不该过度执着。”

此刻，师父的这句话听在耳中不异于惊雷，袁香儿一把抓住了他的衣袖：“师父，什么生死聚散？你到底要去哪里？你为什么不告诉香儿？！”

余摇低下头看着她，他的眼眸清澈深沉，里面仿佛有深渊，有大海，有深海中的万千世界。

这一次，袁香儿没有昏睡过去。她清晰地看见，从余摇眼眸里的深海中，缓缓地游出两条小鱼，一黑一红，摇头摆尾地游过无限的空间，进入了自己的双眼。

“不要怕呀，香儿。这是在我们自己的家里，师父会守护着你的。”

这一句话师父当年没有说过，此刻她听到这话，代表着什么？穿越了漫长时空的袁香儿只觉得迷迷糊糊的，似乎有无数巨大的声响在她的脑海中不断响起。

她猛然间惊醒，想起了自己身在何时何地。

依旧被太上净明咒束缚在法阵中的窕风吃了一惊。在他眼前的人类女孩，明明已经进入他的幻阵，陷入无穷无尽的时空中去了。依照经验，他只需等待片刻，这个人类就会在漫长而无限的时光中迷失自我，最终崩溃。

谁知道那个女孩竟然能自己挣脱出来。她猛然睁开眼睛，大口喘着粗气，却在看见窕风之前，迅速抽出一条丝帕，蒙住了双目。

“没有用的，虽然我不知道你是怎么醒来的，但你已经中了我的幻阵，我能无数次地再让你陷落进去。”窕风无奈地说，“不然你还是乖乖地认输吧，渡朔只是一只妖魔，和你们人类又有什么关系呢？你犯不着这样为他拼命吧？”

袁香儿不搭话，盘膝在地上坐了下来。

果然，即使她闭上了双目，窕风的模样依旧出现在她的脑海中，那布满躯干和手臂的眼睛齐齐睁开，看向她。

周围的景象变得很快，这一次出现的大概是未来的景象。

厌女坐在漆黑的梧桐树上，扶着树干低着头，孤独而娇小的身躯下，立着一块厚重的墓碑。墓碑上无字，仅雕刻着一对女孩玩耍着玲珑金球的画面。

韩佑之骑着高头大马在街道上迎娶妻子，而被他赶出家门的虺螣正趴在袁香儿的院中，喝得烂醉如泥。

袁香儿自己也开始一点儿一点儿地变化，光洁的肌肤爬满了皱纹，脊背佝偻，鬓发如霜。她垂垂老去，而南河依旧是年轻的模样。南河伸出双手，捧起袁香儿苍老的脸，想要低下头亲吻她。

“将来的事还没有发生，是你强行为我编写的，一点儿都不真实，所以我没办法产生代入感。”闭着眼睛的袁香儿开口说。

窕风趴在法阵中不满地说："哪里不真实了？这些就是你要面临的命运。"

袁香儿笑了，伸手摘下眼上的手绢："你可能不知道吧？我即便老了，行动不便，也不可能这样羞羞怯怯地等着南河来亲近我。"

脚下的草原开始变幻起来。这一次，窕风惊讶地发现自己浮到了空中，正被这个桌上的小世界排斥。他施展不出法力，又被束缚了身躯，只能毫无反抗之力地被抛出了这个小世界。

"你……你……你干了什么？"他的喊声遗留在半空中。

袁香儿看着他消失的位置，低头轻轻地抚摸生长在这个世界里的青草。那些柔软的草叶仿若有灵一般，缠绕住了她受伤的手掌，在那里摩挲，很快袁香儿手心的伤口便不再流血。

"你可能不知道吧？如果是在别的地方，我恐怕真的不是你的对手。"袁香儿看着那些柔软的青草，"但在这里，是不一样的。这可是我师父制作的小世界，是我的家呢。师父特别护短，从没有让我在他身边被欺负过。"

她在被窕风控制住意识的那一刻，感受到了师父遗留在这里的灵力波动。那股熟悉的灵气鼓舞了她，让她找到了操纵这个小世界的办法。

这是余摇和妙道一起建筑的世界。妙道能够操控，身处其中的袁香儿也继承了控制这个世界的办法。

袁香儿从小世界里出来。她仿佛历经了漫长的战斗，但对于外面的旁观者来说，这场战斗极其短暂。

在他们看来，一进入石桌内的世界，袁香儿就迅速出手，束缚住了强大的妖魔。随后，她不知道为什么呆立当场，又在草地上打坐了片刻，这场战斗就莫名地结束了。

但不管怎么说，先出场的是窕风，也就意味着袁香儿一方取得了胜利。

虺螣和时复都高兴得跳了起来。他们甚至不用参与战斗，就胜利了。即便是渡朔也稍微放松了那克制而紧绷的面部线条。

"阿香，你怎么样？你看起来好像很疲惫。"南河伸手扶住了袁香儿的手臂，在她的脑海中说话。

"我没事，就是累了点。"袁香儿冲他笑。经历了那么多的时空，她确实在精神上极度疲惫。但不管怎么说，结局是好的，她打从心里高兴。

妙道面色阴沉地看着眼前雀跃的几人。窕风几乎不敢看妙道的面孔。

妙道其实看不见真正的事物，但依旧能感受到眼前这些人的欢快。

袁香儿很年轻，必定有着一双明亮又清澈的眼睛。她正和魔物们亲密无间地拉着手欢笑。人妖之间毫无芥蒂，她活得那样轻松愉快。

在这棵梧桐树下，在这张石桌旁，也曾有一个人这样用明亮的目光看着他，同他高谈阔论，举杯相碰。那时候自己的眼睛还没有瞎，世界也不像如今这样一片黑暗。

“阿妙，你要学会放下仇恨，否则你永远得不到真正的快乐。”那个人轻轻松松地对他说。

你懂什么？你根本什么都不懂！你凭什么能笑得这样欢乐？

“第三场，我亲自下场。”妙道冷冷地开口。

“什么第三场？”袁香儿吃惊地道，“我们说好比试三局。我方已经赢了两场，根本不用再比第三场。”

“我不管，说好三场就是三场。”妙道站起身，摘下头上的竹笠，一头苍白的长发倾泻而出。年轻的肌肤，衰老的长发，丝丝浓黑的烟雾从覆盖双眼的束带边缘露了出来。妙道不再像个人类，仿佛幽冥中的恶鬼。

“第三场，你们由谁来？”“恶鬼”勾起红唇笑了，一步步向他们逼近，“在我这里可是没有认输一说，死亡才是最终的结局。”

“你这个人怎么能这样？你这是不讲道理。”飑朡气愤地道。

袁香儿拦住了飑朡，愤怒的魔鬼如果执意要杀戮，其实是没有道理可以讲的。

怎么办？袁香儿拼命思考应对之策。

实在不行，还是我来。我有师父的双鱼阵护着，他不一定杀得死我。袁香儿想。

“既然袁香儿一方已经赢了，那我就是阿香的使徒了。你非要比第三场，就由我和你打一次。”渡朔的声音响起。

“很好！”妙道回过脸看着那个令他厌恶的，一直不肯向他屈服的妖魔，“今天就让你知道屈辱地死去是什么滋味。”

“不行！”袁香儿出手拦住渡朔。

“国师，你要闹到如此地步，我就是死了也不可能将水灵珠给你。”

“若你执意要战，我来做你的对手。”南河同样出手阻拦渡朔。

就在大家闹得不可开交之时，院子的大门吱呀一声被打开了。

“哎呀，怎么这样热闹？”云娘的身影出现在院门外。

第十四章　故　人

看见云娘突然出现，袁香儿第一个反应过来。她迅速赶到门边，迎接云娘。

她其实知道，这个时候不应该对云娘表现出过多的重视，以免引起妙道的注意。但也正因为她很重视云娘，所以不敢拿云娘的安危冒险。

“师娘，你怎么这么早就回来了？”袁香儿将云娘护在身后，开口询问。

“啊，因为两河镇那边似乎发生了点事，所以我和吴婶她们就提前回来了。”云娘越过她的肩头看向院内，露出一脸意外欣喜的神色，“啊，这不是阿妙吗？好多年没见到你了。”

暴戾狂躁的妙道被这一声“阿妙”定住了。

阿妙是妙道未出家时的小名，后来他便取了妙字为道号。有多少年没听过有人用这个称呼喊他了？这个世界上还敢这样叫他的人已经所剩无几了。

从前，就在这个院子里，时常有人喊这个名字。

“阿妙，你来得正好，今日你我不醉不休。”

“阿妙，我又新得了个法阵，你快帮我参详参详。”

“你们别忙啦，快来吃饭，阿摇，喊阿妙进屋。”

…………

云娘向妙道走去，袁香儿急忙伸手拦她。云娘笑着解释道：“香儿，你可能不认得他，他是你师父的好友，从前常常来家里。”

袁香儿盯着妙道，不让云娘过去。不只是袁香儿，在场的其他人也对妙道的反应感到好奇。

那位片刻之前还杀气腾腾，扬言非要见血的国师大人，此时一动不动地站着。他青缎覆面，唇线紧绷，没有人知道他想做些什么，下一刻会不会暴怒出手，伤人性命。

只见那位素来倨傲的国师呆了片刻，整理衣袖拱手为礼，微微低头，称呼了云娘一声大嫂。

“这都有多少年没见了？”云娘乍见故人，心中高兴，“阿摇时常念叨着你，要是他知道你今日来了，一定很高兴。”

妙道把嘴抿得更紧了，一言不发。

“既然你来了，就留下来吃饭。家里还一直留着你喜欢喝的秋月白。我再去厨房做几个小菜。”云娘热情地招呼多年未见的朋友，起身去厨房收拾酒菜。

这下不只是袁香儿等人感到吃惊，就连妙道身后的几个使徒也觉得奇怪，国师大人什么时候对他人这样恭恭敬敬过？即便是在皇帝面前，妙道也从不低头行礼。

窕风仗着妙道看不见自己，在妙道身后使劲冲着皓翰他们使眼色：主人这是怎么啦？什么时候见过他这么懂礼貌啊？他和这位娘子原来认识啊，你们谁知道到底发生了啥？

皓翰看了窕风一眼，示意他注意收敛。

云娘高高兴兴地进屋去了。妙道收回衣袖，面色阴晴不定地站了片刻。他突然抬起手，指着天空，指尖灵气流转，眼前的地面上亮起一个圆形法阵。

那是缔结使徒契约所需的法阵。

他出手抓住渡朔的衣领，把渡朔推进法阵中。

“你不就是想要这只鹤吗？我给你便是。”妙道对袁香儿说，“但你们必须用我的法阵结契，不许用你那个改得乱七八糟的阵图。香儿，将来你会知道，没有惩罚和约束，这些卑劣的家伙根本不会真心服从你，将你的命令放在心上。”

袁香儿心中大喜，这时候当然不会跟他抬杠：“好的，前辈，我都听你的。”

妙道：“你不许给他解开契约，不许放他回森林。”

袁香儿连连点头：“不放，不放。我肯定不放。”

等你一走，我就让渡朔和胡青回天狼山去，逍遥自在地生活，气死你。

他们同时向法阵内输入灵力，袁香儿顺利地从妙道那里接收了渡朔的使徒契约。

她清晰地感觉到和渡朔之间建立起某种联系，欣喜地知道自己的心愿终于达成了。

袁香儿看着坐在法阵里的渡朔，渡朔也正在看她。

她第一次见到渡朔的时候，渡朔身披镣铐，眼中荒芜一片，了无生气。但此刻的渡朔，眼里有光，有希望，脸上带着笑。

如果不是怕刺激到妙道，引来不必要的麻烦，袁香儿此刻开心得几乎想要跳起来欢呼。

“水灵珠。”妙道向她伸出手。

袁香儿取出水灵珠的雄珠，交给妙道。她把那颗可以看见雄珠周边情形的雌珠悄悄地留在自己的衣袖中。

妙道看了一眼水灵珠，收进袖中，不再说话。他甚至没有和进屋的云娘打招呼，转身径直向外走。

他带来的使徒一个个地跟在他的身后，窕风想到自己可能受到的责罚，愁眉苦脸地跟着出去了。

皓翰轻轻地拍了一下渡朔的肩膀，跟着其他使徒走出了院子。

他们一走，院子里的众人迅速拥抱在一起，发自内心的快乐的欢呼声响彻庭院。

在确定安全之后，胡青带着时骏、三郎、乌圆和锦羽等人回来了，几个小家伙听说袁香儿成功了，都很高兴。他们像炮弹一样从院门外冲进来，围着渡朔打转。

渡朔性情温和，时常在路途中化身为飞禽，载着这些脚力不足的小家伙飞行。这些小家伙都和渡朔十分亲近。

“渡朔大人，你没事了？”

“真是太好了，恭喜渡朔大人呀！”

“以后我们可以一直和胡青姐姐、渡朔大人在一起玩耍了，气死妙道那个老贼！哈哈哈。”

“咕咕咕咕，咕咕。”

胡青原本走在第一个，但她此刻提着裙摆站在院门口，只是看着庭院中的景象，胸膛起伏，眼里亮着水光。

“阿青。”渡朔向她张开手臂。

那个从小就风风火火，总是远远地跑来一头撞进自己怀中的小狐狸，这一次却罕见地克制着自己的情绪。

胡青移动脚步，慢慢地走上前，看着梧桐树下重获自由的山神大人，眼里噙着泪，脸上带着笑。

“真是太好了，渡朔大人。”她只是轻轻地说了一句，就转身离开了。她怕多待一刻，就再也压制不住心中那燃烧着的一团火焰了。

此时有风吹过，树叶发出哗哗的声音。

渡朔张开了手臂，却没有抱到自己的小狐狸。他皱起了眉头，只觉得怀中空落落的，莫名地有了一种怅然若失的情绪。

胡青离开他，走到袁香儿身边，拉住了袁香儿的手。

“别哭啊。”袁香儿说，“这是高兴的事。”

“你这样说，我更想哭了。”胡青的眼泪掉下来了。

“别哭了，晚上我们喝酒庆祝一下？”虺螣和她们挤在一起。

袁香儿：“好，我多做点菜，喝点酒，把大家都叫上，热闹热闹。”

到了夜里，院子里燃起了篝火，大家把酒言欢，庆祝渡朔获得自由。

“师娘，那位妙道真的是师父的朋友吗？”袁香儿坐在云娘身边，挽着云娘的胳膊问。

“是的，以前阿妙常常来家里，你师父和他十分要好。后来不知道为什么，他突然就不再来了。”云娘回忆起往事，“本来说好了留他吃晚饭，他怎么突然又走了？他以前并不是这样的。”

“师娘，我很不喜欢那个妙道。三郎、胡青和渡朔都差点儿被他杀了。”袁香儿把自己手上的伤痕给云娘看，“下午我和他的人还打了一架，战况十分凶险，幸亏师娘你及时回来了。师娘以后离他远一点儿好不好？”

云娘听了袁香儿的叙述，看着袁香儿手掌上的两道刀口，心疼地说：“怎么会这样？阿妙怎么能这样？”

妙道到底是一个怎么样的人呢？便是云娘也说不上来。

袁香儿能感觉到，相比起对其他人，妙道对自己有一股照拂之意，因为师父。当袁香儿以晚辈的身份招呼他，而不是喊他国师的时候，他经常会露出一丝关照之情。

可是他对袁香儿还有一股莫名的憎恨，似乎不愿意见到她过得顺遂如意，也不愿见到她和身边的妖魔们愉快相处的样子。

总而言之，妙道是一个矛盾又扭曲的人，残忍、变态，偏偏还那么强大，拥有可怕的力量。袁香儿真的不希望和他有过多的接触。

“你们这里这么热闹啊！”一道声音从院墙外的树顶上响起，“还有好多好吃的。”

大家抬头一看，意外地看见一道熟悉的身影。

“孟章，你怎么来啦？站在树顶上干什么？快下来。”袁香儿欣喜地招呼突然来到人间的青龙。

孟章从高高的树上一跃而下：“我只是路过，顺便来看你一眼。”

她的本体在龙山沉睡，从安全的角度来说，分身应该守在龙山附近，再怎么顺路也不该到浮世这么远的地方来。

袁香儿也不揭穿孟章：“你的手怎么样，修好了吗？”

孟章把自己的手臂给她看：“还不太能动，我勉强先补上了。”

时家兄弟抑制着兴奋过来行礼，孟章只是十分冷淡地向他们点点头。

“干吗对时复、时骏这样冷淡啊？”袁香儿悄悄地问青龙。

“你没做过母亲，所以不知道，做家长就应该这样。”孟章不知道从哪里听来这种错误信息，一本正经地说，又取出一罐装在贝壳里的膏药，递给袁香儿。

“这是什么？”袁香儿好奇地问。

“消除疤痕的灵药。”孟章用下命令的口气说，“等我走以后，你替我拿给他。”

时复的眼皮上有一道很长的疤痕，是小时候在斗兽场搏斗留下的。那道扭曲的疤痕使他本来俊秀的面孔看起来有些凶狠。年纪轻轻就留下这样显眼的疤痕，他不管走到哪里都免不了会被路人多看几眼。他虽然嘴上从来不说，心中还是有些介意的。

袁香儿没听孟章的话，抬手把时复叫了过来：“时复，你来一下。”

时复向这边走来。

“你母亲有东西要给你。”袁香儿说。

孟章生气了，竖起眉毛瞪着袁香儿。

袁香儿推了孟章一把：“愣着干什么？你快给他药，人家等着呢。”

孟章只好不情不愿地把贝壳放在时复手上。

“是给我的吗？多……多谢母亲。”少年高兴的声音响起来。

本来转过头去的孟章还是回头看了时复一眼。

时复面色通红，眼睛亮晶晶的。他用双手十分珍惜地捧着那个对青龙来说并不算什么珍贵物品的药膏。

收到这么点东西，他就那么开心吗？

他好像挺可爱的，养幼崽也不是那么无聊的事情嘛！不负责任的母亲这样想着。

“阿香，你们来一下。”虺螣悄悄地唤她们。

袁香儿拉着孟章一起过去。

虺螣搂着大家悄悄地说：“阿青让我们帮她一下。”

袁香儿抬头看着胡青。

胡青的脸噌一下红了，她把脑袋凑过来，贝齿轻咬住红唇，一双秋瞳悄悄地瞥向和南河坐在一起的渡朔，她终究还是把心中的话说了出来：“大家帮我一下，帮我……灌……灌醉……他。”

“灌醉你的渡朔大人？你今天胆子肥了？”袁香儿兴奋地说。

孟章来劲了：“你想今天就拿下他？”

“我今天真的是太高兴了，心一直怦怦直跳。我管不住自己，也不想管了。”胡青捂住了脸，“今天晚上我必须和渡朔大人说明白。”

袁香儿端着酒盏走到渡朔身边：“渡朔，我们喝一杯。”

渡朔站起身，和她碰了一下杯子，一饮而尽。

“阿香，以后我的这条命，就是你的了。”渡朔的声音很轻，话却说得郑重其事。

“我要你的命来干吗？”袁香儿给他添酒，“你若要谢谢我，就和我喝上三杯酒。”

两位生死相交的朋友坐在梧桐树下，共饮了三杯烈酒。

袁香儿退回去，虺螣又过来敬酒。虺螣和渡朔本无交情，这次却特意冒险留下来帮忙，渡朔对她充满感激，又喝了数杯。

虺螣面色微红地回去了，孟章又找上门来……

渡朔的酒量极好，大家轮番敬酒，他始终稳稳地坐着。虺螣已经趴下了，袁香儿和胡青都微醺了，幸好孟章是个海量的女人，抓着渡朔你来我往地喝，终于让这位稳重端方的男子带上了酒意。

“我喝得有些多了，容我先告退。”他扶着桌案站起身，化为一只蓑羽鹤，摇摇晃晃地向梧桐树飞去。

他没飞好，半途掉下来一次。

一只胆大包天的九尾狐狸跑了出来，叼上他就溜。

浪漫的夏日之夜里，远远地传来渡朔无奈的声音："阿青，别胡闹，放我下来。"

袁香儿看着跑远了的狐狸，突然想起了自己的小狼："小南，你今天怎么没有喝醉？"她找到了从前喝一杯就倒的南河。

"我的身体，已经完全度过了离骸期，和以前好像有些不太一样了。"南河似乎很高兴，"阿香，我们喝一杯。"

"是这样啊……"袁香儿却不太开心，"可惜了，我少了很多乐趣。"

南河不知道，他喝醉的时候在罗帐里有多可爱。

袁香儿坐在石桌上，拨动着手中的水灵珠。

"要不要看看？"她对身边的虺螣说，"不知道妙道那么想要水灵珠，到底是为了什么。"

虺螣："万一他正在洗澡怎么办？"

袁香儿的脸都绿了。

孟章从后面伸过手来一把拿走水灵珠，注入灵气。深蓝色的水灵珠从内而外透出亮光，光晕之处，现出了另一颗水灵珠附近的景象。

那是一间封闭的密室，妙道正伸出苍白的手指，缓缓地解下外袍。

他露在衣袍之外的肌肤年轻、白皙而富有光泽，完全看不见岁月的痕迹。但随着衣袍的脱落，他苍白的脊背上，却出现了成片腐坏的斑纹。

那部分皮肤正在腐朽，溃烂，甚至流出脓液，宛如死物。

"动手。"妙道伸手握住桌沿。

他的身后只有皓翰。皓翰出手挥刀，干净利落地从妙道的后背上剐下那些腐肉。

妙道撑着桌沿，瘦削的肩膀颤抖着。他一把摘下蒙在面上的青缎。青缎之下的双目是两个洞，洞里流出了黑色的液体，滴在苍白的脸颊上，像数道诡异的黑色眼泪。

"看来这副身体快到极限了。"妙道转过脸对着皓翰，声音低沉，"你不用高兴，我就是死了，也不会让你们好过。"

皓翰没有说话，取出一瓶灵药，把药覆在妙道的伤口上，默默地为妙道包扎，又拿来衣物。

妙道接过衣物披在身上，缓缓吐气，恢复了平静："人类的身躯，不论怎么用灵药保养，终究不能久持。幸好，我终于得到了水灵珠。"

他低头把玩手中的珠子，脸上慢慢地出现了诡异的笑容。

袁香儿他们看见了妙道那双流着黑水的空洞双目。妙道死死地瞪着他们，脸上还露出扭曲的笑容。

皓翰："主人，即便有了水灵珠，也还需收集不少珍宝。你应该留在京都，不妄用灵力，方有助于维持肉身。"

"有了这个，我就可以去找他。"妙道仿佛没有听见一般，颤抖着手自顾自地说，"找到他，炼制出长生不死之药，我就可以摆脱这副恶臭的身体，去报仇雪恨，然后永生永世地活着，再也不会这样痛苦了。"

妙道平日里倨傲而冷漠，很有仙风道骨。这个时候出现在水灵珠里的他却是一个满面黑色泪痕，笑容诡异，身躯颤抖的男人。

袁香儿收起水灵珠，在心里叹了口气：这个人外表很强大，其实内心却很弱小还不自知。

南河请教孟章："世上有长生不死之药吗？"

孟章摇摇头："生死是天地法则，万物都要遵守，哪里有逆天改命之药？除非违背天道，羽化登仙。不过……"

孟章似乎想起一事。

南河急忙问道："不过什么？"

"我好像听人说过，天地间有一物，名为仙药，服之能令人不老不死。说这话的人是谁呢？"她歪着脑袋思索着，忽然一拍手，"对了，好像就是阿香的师父余摇说的。"

胡青从外面回来的时候，天已经蒙蒙亮了。

厨房里冒出炊烟，南河坐在屋顶上萃取星力，袁香儿正在石桌边做早课。

本来还在睡懒觉的虺螣和孟章，不知道从哪儿听见动静，呼啦啦地全冒了出来，围着胡青。

袁香儿："怎么样，你成功了吗？"

虺螣："看你这个样子，就是得手了吧？"

孟章："他同意了吗？最后总不会是你强迫他的吧？"

"我怎么可能勉强他？自然是要他同意的。昨天晚上，我不管不顾地把想说的都说了，其实心里慌得很。”胡青面色绯红，用双手捂住发烫的脸，“啊，渡朔大人点头的那一瞬间，我觉得自己已经死了。”

和这几位厮混得久了，袁香儿对她们有了些了解。这些女妖精羞涩起来确实娇羞动人，但其实一点儿不会影响她们满嘴跑马车。她们一边面飞红霞，一边什么都敢说，远比来自科技社会的袁香儿开放。

对她们而言，快乐的事就应该和好友分享，快乐的经验也值得相互学习，从不会像人类女性那样因为讨论让自己幸福的秘密而产生莫名的负罪感。

虺螣把尾巴盘在檐廊的柱子上，探下脑袋来说：“渡朔大人那样的人，一定很美味吧？”

孟章：“他和怀亭是一个类型的，总是端方又矜贵，让人忍不住想要看他失去理智是什么模样。”

袁香儿：“渡朔幽居山林，阿青游戏人间，我猜还是阿青欺负渡朔多一点儿。”

“你说得没错，想不到渡朔大人那样单纯。”胡青面带春色，“我不想错过他任何一种样子，在他发出声音之前，就已经对他做了好多过分的事。啊，我真是太坏了。”

“这算什么？只要你们彼此投契，都能从中得到快乐，就不叫坏。”孟章作为一个经验丰富的前辈发表言论，“只要两情相悦，就是好事。”

虺螣在柱子上转了个圈：“听说食胧一族欢好之后，雌性甚至会把伴侣吞下腹，但食胧的雄性依旧心甘情愿地追求那一夕之欢。贪色是天道赋予生灵的本能，会刻意去抑制这种冲动的大概也只有人族了。”

胡青转头看袁香儿：“是呀，人族在这方面最奇怪了。”

孟章不太理解。

虺螣想起了自己在人间的经历：“是的，他们很奇怪，虽然暗地里喜欢和异性欢好，在明面上却要唾弃这种行为。尤其是女性，一旦表露出自己的喜好，就会被人们用各种不好的词加以羞辱。”

袁香儿连连摆手：“虽然很多人类是这样的，可我不是。你们看，我每天都努力地把小南‘调教’成我喜欢的可爱模样。”

虺螣拿手掐她：“我们知道啦，你天天沾着南河的气味到处跑，全世界都知道他是你的人。”

“人族真的是很矛盾的生物。”胡青笑嘻嘻地压低声音，“他们一边拼命地压抑自己的本性，一边倒腾出许多有趣的小玩具和图册。我在教坊的时候，悄悄地收集了好多绘制精美的图册，你们想看吗？”

孟章：“看。”

飑膢：“想看。”

袁香儿：“我有个朋友……”

大家都伸手掐她。

一片嘻嘻哈哈的打闹中，袁香儿看向坐在远处屋顶上的南河。那人虽然背对着这边坐得端端正正的，但耳朵早从那银色的长发上冒了出来，耳朵尖上还泛着红色，想来他什么都听见了。

小南很羞涩呢，我必须和他一起研究一下阿青的小册子。

袁香儿想到南河面红耳赤、手足无措地翻看那些画卷时的模样，不由得又把心放飞了。

吃早餐的时候，渡朔才徐徐归来。

顶着大家揶揄的目光，不染凡尘的他也难得地局促了一下，但还是伸出手，将胡青拉在身边，算是公开承认了二人的关系。

饭后袁香儿领着渡朔和胡青走进天狼山，走了很长一段路，来到一棵巍峨的大树下。那棵树高耸入云，华盖如亭，树腰间有一个隐蔽的洞穴，她和南河曾经在这里躲避过妖魔的追杀。

“你们觉得这里怎么样？”袁香儿转过身问自己的两位朋友，“这里灵气充沛，离我家也比较近。我在树洞里放了不少食物和生活用品，还有一些灵石。以后你们还可以像飑膢和阿厌那样，慢慢地盖一栋自己喜欢的屋子……”

胡青打断了她的话：“阿香，你这是何意？”

袁香儿看着他们：“渡朔，曾经有人类对你做了很多不好的事，我为他们的行为感到羞愧。希望你能把人间不好的回忆都忘了，从此和阿青自由自在地生活在这里。如果偶尔有空，记得来人间找我们玩。”

她在心中默念法诀，想将自己和渡朔之间的使徒契约解除，试了三四次，都不成功。

“怎么回事？妙道还能在这种事上做手脚吗？”袁香儿低头查看自己的手诀。

“阿香，你还不知道吧？”渡朔看着她，“人妖间结契，需双方都同意。大多数时候，人类对妖魔施以百般折磨，迫使其低头成为使徒。反之，若有一方不愿，这个契约就解不开。”

袁香儿不太明白。

“我不讨厌人类，也喜欢留在人间。家里的那棵梧桐树便很好，我想和阿青一起住在上面。”渡朔认真而诚恳地说，“我和南河、乌圆他们一样，心甘情愿地做你的使徒。”

袁香儿：“可是……”

胡青伸过手来拉住她：“阿香，我也想和你签订契约。逍遥自在的日子确实很好，但也很寂寞呢。人间那样热闹，有许多好吃的，还有你和这些朋友，我也想和大家住在一起。”

胡青摇了摇袁香儿的手：“我可以天天弹你喜欢的歌曲给你听，帮着师娘做好吃的给你吃，让我住下来吧，行不行？”

袁香儿的眼眶有些发热，她觉得自己的心房好像被什么东西填满了。

她这一路走来，获得了长辈的慈爱，伴侣的柔情，朋友的挚诚。一种名为幸福的东西填满了她的心房，甚至多到溢了出来。这本是世间至珍至贵的东西，她不知道自己为什么这样幸运，能够得到这么多爱。她想捧起这种温暖的珍贵之物，再转赠给身边更多的人。

孟章悄悄地跟去时家兄弟居住的院子。在兄弟二人的挽留下，她终于别别扭扭地同意留下来住几天。被时家兄弟好吃好喝地照顾着，她学着做起了不称职的母亲。

韩佑之锁上祖宅，和飑臁一起回到了山里。但飑臁隔三岔五就带着他到人世间游玩，时时去拜访袁香儿。

院子里的梧桐树上歇息着一只漂亮的蓑羽鹤，胡青时时坐在树下弹着悠扬动听的琵琶。

云娘晾晒衣物的时候，小山猫、小狐狸、小锦鸡在她脚边热热闹闹地跑来跑去。

两只小树灵在院子内外扎稳了根，总喜欢坐在院墙上看着街道之外的行人。

南河已经度过离骸期，但依旧勤练不休。他对妙道提到的长生不老药十分在意，找袁香儿要来水灵珠的雌珠，时不时拿出来看一看妙道的行踪。

这样的日子，大家过得快乐又悠闲。

这一日，袁香儿趴在院中的石桌上睡觉。一位须发皆白，面色红润的老者，穿着一身华美的绸缎衣物，缓缓地走到她的身边。

“醒醒，袁小先生，醒醒。”他笑眯眯地喊。

袁香儿揉了揉眼睛坐起了身：“你是……？”

这位老者看起来十分眼熟，她却一时想不来是谁。

“你或许忘了，在你年幼的时候，我们在你的家乡见过一面。”老人对她说。

袁香儿顿时想了起来，在她只有六七岁的时候，某一天和家里的姐弟们走在田埂上，见到了这样一位老者。那时候她还没有拜师，除了自己没有人能看见这位老者。她被老者吓了一跳。那之后没多久，师父就到了村子里，把她收为徒弟，带到了阙丘镇。

“原来是你啊！”

“老夫是两河镇的河伯，你家乡的那条溪流和两河镇的河水相通。”老者捻着胡须笑盈盈地说起往事，“当年我受自然先生之托，前去你的家乡寻找他的小徒弟。他说他有预感，小徒弟是一位年纪不大的小姑娘。我顺着水路到那里，一看见你，就知道他的徒弟是你没错了。”

“是吗？原来是师父请你去找的我。那还真要谢谢你了。”袁香儿遇到师父的故人，高兴起来。

难怪在这位老者出现后不久，师父就很快地找到她家里来了。

“先生这些年没在家，老夫也就一直没来叨扰。想不到时光如梭，你已经从一个小姑娘长得这般大了。如今这个院子，还是和先生在的时候一样热闹啊！看来你很好地继承了自然先生的衣钵。”

袁香儿不好意思了：“哪里，我所学的不过是师父的皮毛而已。”

那位河伯却整了整衣袖，恭恭敬敬地给袁香儿行了一个礼：“如今两河镇上，有一妖物横行，祸害百姓。老朽无力驱赶，特请袁小先生出手相助。”

袁香儿正要说话，那位老者却消失了。她一下子睁开了眼睛。

正午的庭院里，蝉鸣声声，院门好好地关着，乌圆和锦羽在她脚下叠在一起打呼噜。除此之外，她身边空无一人。

这只是一个梦吗？

胡青轻轻地拍了拍袁香儿的肩膀：“阿香，你怎么了？”

袁香儿看见胡青，才从恍惚中清醒过来：“阿青，我做了一个梦，梦见了一个老人。他告诉我，他是两河镇的河伯。”

袁香儿把梦里的情形大致说了一遍。

“奇怪，两河镇又不远，河伯为什么不亲自来？”胡青在袁香儿的身边坐下，伸手捻起袁香儿脖颈上的南红吊坠，“阿香，你用过我的法器，应该有所体会，人类的精神力比起妖魔来十分脆弱，容易受妖魔的影响乃至控制。双鱼阵只能护住肉身，你一定要对精神类的法术多加小心。”

袁香儿想起了自己被白篙和窕风拉入幻境的经历：“是啊，在精神力的控制上，许多妖魔确实强大。窕风甚至能用精神力构建一个完整而真实的世界，让我几乎沉迷其中，脱不了身。”

“你也不用妄自菲薄啦。”胡青站起身，笑盈盈地把一盆洗好的衣物往晾衣绳上晒，“窕风那种以瞳术致幻为天赋能力的妖魔，你都能打赢，已经很厉害啦。”

挂在衣绳上的衣物随风摆动，在石桌上投下斑驳的影子。

袁香儿摸着这张自己从小就趴在上面的石桌，石头的触感冰冰凉凉的，从桌子里传来一股和自己沟通相连之意。袁香儿运转灵力，桌上的石纹便开始起伏，隐隐现出其中的小世界。

她能战胜窕风，还是多亏了师父的帮助。如果师父在家，见河伯求上门来，想必不会坐视不理。

袁香儿伸手帮胡青晾晒衣物：“我去两河镇看看好了，或许河伯真的有什么特别为难的事呢？”

两河镇与阙丘镇的距离并不远，坐牛车一天都可以赶个来回。为了虺螣，袁香儿已经去过那里一次了。

她出门的时候，遇到邻居家的二花。

二花的父亲以杀猪为生，在集市上开了个猪肉铺子，家境算得上殷实。听说袁香儿要去两河镇，二花回身提了一副猪下水和一些猪肉，托袁香儿带给嫁到两河镇的大姐。

“大花姐嫁了个好人家，还差你的肉？”袁香儿打趣她。

大花、二花的父母拼命生了几个弟弟，但对家里的两个女孩不算苛待。为了女儿的幸福，他们给大花挑了个读书的人家，贴了嫁妆，把大花嫁了过去。听说大花的丈夫还是个秀才。

这对杀猪卖肉的人家来说，是难得的好姻缘。他们谈婚论嫁的时候不知道引来多少街坊邻居的羡慕。

“你替我带给大姐便是。”二花把打包好的猪肉塞给袁香儿，“你还没嫁人，家里长辈又宠着你，如何知道做人家媳妇的辛苦？”

袁香儿怀里抱着变成小狼的南河，搭上了载客的牛车，慢悠悠地往两河镇行去。

看着沿途波光粼粼的大河，袁香儿不住地和赶车的大叔搭话，打听两河镇的情形。

“沅水和西水在两河镇门口交汇，从前这里隔三岔五就要发一次大水。记得我小的时候，镇子上还常常给河神送新娘子以求平安。他们给十七八岁的大姑娘披上嫁衣，放在木板上推到河中央。”

赶车的大叔四五十岁，在路上跑得多了，见多识广，喜欢唠嗑，什么话题都能说两句。这一段往事让一车的人都听入迷了。

“那新娘子还能回娘家吗？”车上一个七八岁的女孩懵懵懂懂地问。

她的母亲按住了她的嘴，轻轻地摇头：“不可胡言。”

“哎，她们被献给河神了，哪还能在人间呢？”赶车大叔向地上吐了口痰，“每到那个时候，河边看热闹的人就里三层外三层的。新娘子的家人都是拿了钱的穷苦人，但还是舍不得，免不了哭哭啼啼地相送一番。有时候新娘子不肯，挣扎得厉害，还得被捆绑起来，当真是可怜。”

“这些年似乎没听说有这种事了，是怎么回事？”车上有乘客问。

“大概三十年前，突然间镇上数十人都梦见了一位长着白胡子的老人，还有一位人面蛟尾的男子。他们自称河神，令大家不许再以活人祭祀。镇上居民这才废了旧俗，修建河神庙，造了两位河神的金身在庙中供奉。果然，这些年来镇上风调雨顺，水患也少了许多。”

“我晓得，我晓得。我见过外婆家的河神庙，屋顶上有一个金灿灿的宝葫芦。”牛车上的小女孩忍不住兴奋地说。

袁香儿继续打听：“近来两河镇上可发生过什么大事？有没有妖魔出没？”

“哈哈，你这小姑娘，一个人出门怕了吧？你抱一条这么小的狗子能顶什么用？放心啊，咱两河镇的治安是出了名的好。大叔把你载到最热闹的紫石大街再放你下去。”

赶车的大叔果然将她们载到繁华热闹的街区。

街口就是两河镇的标志性建筑河神庙。

大概是风调雨顺了多年，庙里祭拜的信众并不多，淡淡的香烟中，袁香儿步入了河神庙。

庙里供奉着两座神像，其中一人慈眉善目，白须飘飘，正是袁香儿梦中所见的西水河神。另一人人面蛟身，披坚持锐，威严魁梧，乃是传说中的沅水水神。

袁香儿燃了三炷香，插在了神龛前的香炉中。那香烟不凝，随风飘散。神龛中的神像面容呆滞，袁香儿感受不到任何灵力，也无法和他们沟通。

到底是什么难事，让河神都无法解决？他甚至不能说清楚缘由，只能匆匆地给袁香儿托梦，连真身都没出现。

袁香儿在庙中逛了半圈，没有任何收获，只得退出庙来。

这条街被称为紫石街，已经有上百年的历史了，地面由紫红色的河石铺就，满是时光的印记。街道上一群孩子玩着属于孩童的游戏，稚嫩的欢笑声回荡在长长的巷子中。路边有卖糖葫芦、糖画、面人的小贩在摆摊。

在人类的孩童中间，偶有一两只化为人形的小妖精，和人类的孩子一起玩闹嬉戏。

袁香儿喜欢这样热闹的集市，抱着南河边走边看。为了不引人注目，南河化为小狗一般大，任凭袁香儿抱着自己走路。

“上一回我是和虺螣一起来的，没来得及逛。这一次我们好好地玩，多买点好吃的带回去。”袁香儿向着大花的婆家走去。

迎面走来一个大腹便便的中年男子，身边的小妾扶着他的手臂伺候着。那男子志得意满地摸着肚皮，笑盈盈地走路，却不知自己的肩头趴着一只血淋淋的魔物。在错身而过的瞬间，那魔物扭过头抻着脖子看向袁香儿。

“你看得见我吧？我感觉你刚刚看见我了。”

袁香儿面无表情地向前走去。

那魔物抻长脖子看了她半天，这才缩回去，跟着那男子走了。

袁香儿停下脚步喘了口气。她不太喜欢这些由人间怨念滋生的魔物。它们难缠，无法沟通，外形还恐怖。

“这个两河镇的魔物是不是也太多了？还是我们阙丘镇好，只有两三只无害的小妖精，没有这些乱七八糟的魔物。”

阙丘镇安宁平静，如世外桃源。这是因为袁香儿的师父曾在此坐镇，祸害人间之物不敢随意进入吧。

此刻，袁香儿的右手边是热闹的街道，左手边是一条幽暗的胡同。那胡同既脏又窄，两侧高墙夹道，只能透进淡淡的阳光，没有出口。

袁香儿撸着南河脊背上的毛发，突然发觉手中的小狼不太对劲，毛发下的肌肉很明显地绷紧了。即使她揉乱了他的毛发，他的肌肉也依旧紧绷得像是一块块铁疙瘩。

“怎么了，小南？”袁香儿把南河举起来。

银白色的小狼勾着脚，绷着身体没有说话。

“怎么了啊？”袁香儿摇他。南河长大以后，身形矫健，十分美丽。但其实袁香儿还是最喜欢他现在这副毛茸茸的模样，时常找借口让他变成这个样子，好把他抱在怀中肆意揉搓。

“我不是第一次来到这里。”南河终于说道。

“我知道啊，上一回我们和虺螣一起来过。”

“上一回也不是我第一次来。”

袁香儿的笑容淡了下去，南河在遇到她之前只来过一次人间。

她把南河抱在怀中，轻轻地揉了揉他的耳朵。

“我从天狼山上悄悄地溜出来，来到这个镇上，就在这个位置看见了一群人类的孩子在玩耍。那是我第一次见到人类。”

天真的小南河变成了人类小男孩的模样。

一个人类的男孩发现了在一旁偷窥的南河：“喂，你是从哪儿来的？你会踢毽子吗？要不要一起玩？”

那个叫“毽子”的东西是用一堆鸟类的羽毛绑在铜钱上做成的玩具，可以用脚上下踢着玩。南河学得很快，迅速成了踢毽子的佼佼者。彩色的羽毛毽子在他的脚踝、肩膀、膝头处，仿佛被牵引着一般地跳跃。此景引得一群孩子围观叫好，齐声给他数数。

那一刻他真的很开心。他是家族中最小的一只狼，哥哥姐姐们连打架都不带他。

人间热闹、有趣的生活和新交到的朋友让他感到无比快乐。

游戏结束之后，孩子们纷纷取出零用钱，围着卖零食的商贩们。那些晶莹剔透的糖果让南河咽了咽口水，但他不知道从哪里获得交换这些美食的钱币。

“喏，分你一个。”最开始招呼他的那个男孩拿着一对竹签。男孩把竹签上一团金黄色的黏稠的麦芽糖搅开，分成两团，递给南河一根。

“拿着呀，是甜的。”

“啊，是给我的吗？谢谢。”

“谢啥？咱们是朋友了，明天还来这里玩啊。”

明天还来这里玩。南河笑着往回走，举着一团琥珀色的麦芽糖，高高兴兴地想着。

“当时你就是在这条巷子里吗？”袁香儿问他。

南河沉默着化身为高大俊美的男子，站在巷子口。

漫长的时光过去了，南河已经成年，但这条巷子几乎还和一百年前一样，污浊、阴暗，甚至连那地砖的裂缝似乎都没有变化。

他几乎可以看见小小的自己被压在法阵里，折断了四肢的场景。那一块金黄色的糖掉在泥地里，被人随意地踩在脚下。他甚至还来不及尝到那位朋友口中说的甜味。

一只连指甲缝里都沾着血污的手伸过来把南河提了起来，肆意拨弄两下。那人嘿嘿嘿地笑着：“看我抓到了什么？一只幼小的天狼。”

“无论是把他剥皮炼药，还是让他成为使徒，我都发了，哈哈哈。”

那个时候，南河的心里有多少仇恨和怨念啊！他甚至想要杀死这个世界上所有的人类。

一只柔软的手摸到了他的脸颊上。南河挣了一下，清醒过来，才意识到是袁香儿在安慰自己。

“没什么，那是一百年前的事情了，我都已经忘了。”他扶着冰凉的砖墙悄悄地喘了口气，向袁香儿露出一抹笑容。

“那是你第一次见到人类吧？那些人真是太可恨了，换作是我，我可能会恨死人类的。”

“幸好，我第二次来人间就遇到了你。”

“啊，我那时候好像也没对你有多好。”

袁香儿已经不记得刚开始是怎样和南河相处的了。她对南河印象最深的是一撮硬邦邦的尾巴毛和那总是气鼓鼓地对着自己的屁股。

“你对我很好，把我装在篮子里，再一次带进了人类热闹的集市中，给我吃桂花糖，还给我绘制躺在里面就很舒服的法阵。”

如果不是遇到了你，我或许至今还憎恨着人类。或许我已经每天沉浸在杀戮中，成为一个盲目、嗜血的复仇者。

袁香儿握住他的手腕，吻上他的双唇。南河后退了半步，脊背已经抵上了冰凉的墙壁。

“阿香——”

他想说话，胡同口虽然昏暗，但街道上有好多人。他们近在咫尺，热热闹闹的，发出喧哗声。

袁香儿晃了晃手腕，遮天环亮起光芒，一道透明的光圈将二人的身躯和南河身上逐渐散发的浓香收容在一个完全透明的小天地中。

他们身边就是人来人往的街道。虽然那些人看不见他们，但南河依旧绷紧了神经，越是紧张，刺激感就越强。

“阿香，别在这里……”

南河口中说着别在这里亲热，却已经被从自己体内散发的甜香熏得头皮发麻，很快彻底地忘记了一切。

这条幽深的小巷本给了他一生中难以磨灭的痛苦回忆，但从今之后，快乐的回忆会覆盖那份深深的伤疤，会取代那份永恒的痛苦。

袁香儿和南河找到大花婆家的时候，已近黄昏。

大花又惊又喜地到院门外来迎接袁香儿。

“阿香，你怎么来啦？我结婚你都没回来，这下舍得来看我了。”大花又是埋怨，又是欢喜，将袁香儿往家里迎。

这是一座青砖白墙的大院，有不少年头，白墙斑驳，朱漆脱落。橘红色的斜阳把光线倾泻在半个院子中。院子里有不少人，他们纷纷站起身和进入家门的客人点头示意。

袁香儿停在门槛处，差点儿想要往回走。在那些笑面相迎的人背后，站着一个脑袋巨大、身躯窄小，整整齐齐地穿着长袍的魔物。

那魔物的巨大面孔上长着细眉、小眼睛，他还戴着一顶低品阶的官帽，正跟着众人一起低头行礼。

“要我吃了他吗？”南河的声音在她脑海中响起。

“不不，他没有恶意，应该是祖先留在家中守护后代的灵体。我只是被他吓了一跳，这脑袋也太大了。”

“阿香，在我这里住一晚吧。你在这个时辰回去，我怎么也不能放心。”大花一路挽着袁香儿的胳膊，亲亲热热地说。

大花是家里的长姐。父母忙着做生意，没空管束孩子，她从小便带着弟弟妹妹和袁香儿这群孩子上山下河地玩耍，练就了一副结实的身板，圆润的脸蛋红扑扑的，气血充沛，带着健康的光泽。

她本是个活泼又爽利的女孩，只是嫁到这个人口众多的家族中，不得不拘束起来。

“方便吗？”袁香儿问。她本来打算在客栈住上一两日。

“方便得很，我隔壁就有间空屋子。我娘前几日来的时候刚刚收拾过。何况我的夫君住在书房，几乎不来我这儿，你不用担心。”

大花很快发现自己说漏了嘴，有些不好意思，摇着袁香儿的胳膊。

“你住这儿好吗？好吗？我自从嫁到这里来，实在想你们得很。”

袁香儿便接受了她热情的邀请。

既然留下来做客，也就该拜会一下家里的主母，袁香儿跟着大花穿过前厅往大花婆婆所住的厢房走去。

这栋宅院本是一座三进的院子，横梁和檐柱上的朱漆早已剥落，但袁香儿从那些雕琢了吉祥图案的雀替云墩上依旧可以看出这栋宅院主人的先辈曾有一段辉煌富贵的生活。

如今宅院里挤着太多子孙，因此被隔成了很多个大小院落，就连本该是仆人居住的房间里也住着一家几口。

住在这里的人太多了。大家各自烧火做饭，排水倒污，使得甬道上积了厚厚的泥，落了漆的墙面被熏成黑黄色。衣着寒酸的主妇和光着腚的小孩从各家穿进穿出，此地显出一分家族人口众多，后辈却无力维持祖宗基业的颓然萧瑟来。

后院的天井很小，只能看见小小的一块天空。这里正东的屋子被隔成三间，是大花婆婆和小姑的住所。

屋内昏暗的角落里坐着一位干瘦严肃的中年妇人。她用审视的目光将袁香儿的衣服首饰以及提在手上的猪肉来回打量了几遍，方才淡淡地开口。

“既然来了客人，你就好好地招待吧，不必过来伺候我吃晚饭了。”

这个家里连一个仆妇都没有，所有琐事全靠两个媳妇一力操持。因为小儿子考上了秀才，这位婆婆觉得已经可以提前摆一摆官太太的谱了。当初因为经济条件不好，儿子娶了屠夫家的姑娘，如今婆婆看着儿媳妇，觉得百般不顺眼。

袁香儿迈出门之后，正好听见屋内传来大花那未出嫁的小姑的说话声：“娘亲也真是的，二哥那样能干，迟早是要做老爷的。即便他年纪大了些，你也没必要给他娶个屠夫家的女儿。你看这些上门打秋风的亲戚，真是一拨接一拨地来。”

大花涨红了面孔，尴尬地拉着袁香儿就走。

“婆婆和小姑虽然严肃了点，但对我还是可以的，她们从……不打骂我。”她给自己找补了一句。

大花居住的屋子在耳门之外，相对独立。她拉着袁香儿进了屋，关上门窗，方才松了口气。她请袁香儿在靠窗的茶桌边入座，打开柜子，献宝一样地从里面拿出各种桃花酥、杏仁饼，还泡了一壶香气四溢的茉莉花茶。

“快尝尝，这是我娘亲上回来看我时，悄悄地塞给我的。我一直藏着它们，没舍得拿出来。”

“你这小金库还不错，待客的点心比你婆婆的好太多了。”袁香儿和她面对面地坐着，“怎么样，你夫君对你还好吧？”

大花圆润的脸上露出了点落寞：“夫君自然是好的。只是如今全家上下都指着他考取功名，婆婆令他日日苦读。他夜宿书房，一刻也无法松懈。婆婆不喜他到我的屋子里来，我和他许多天也说不上一句话。”

“何况，夫君是读书人，也不可能会喜欢我这样的娘子。”大花叹了口气，“阿香，我要是和你一样会读书就好了。这样我或许还能和夫君多说上几句话。”

袁香儿看着自己这位少年时的玩伴。她和自己一般年纪，却已经绾起了妇人的发髻，退下天真、青涩，准备一辈子谨小慎微地生活在这片窄小的天地中了。

袁香儿郁闷地拿起桌上的桃花酥。

她突然发现两个还没手指长的小人正站在桌上，合力搬起一块桃花酥，蹑手蹑脚地往窗边走去。

小人走到半路，看到了袁香儿，双方的目光诧异地对上了。

小人犹豫了一瞬，仿佛没想到自己能被人看见，手忙脚乱地丢了那块饼子，飞舞着小袖子从窗台溜出去了。但他们很快又扒着窗台，叠着露出两个小脑袋，好奇地看着袁香儿。

“阿香，你是怎么想的？”大花的声音传来。

“什么？你刚刚说什么？”袁香儿回过神来，没听清大花刚刚说的话。

“我说的是陈雄，也就是铁牛。铁牛对你的心意难道你还看不出来吗？这么多年了，你好歹给他个准话。”

袁香儿愣了愣。这一年都在东奔西跑，和自己青梅竹马的腼腆男孩给出的情意，她还真的没怎么接收到，大概得辜负铁牛了。

“你也老大不小了，该考虑考虑终身大事了。铁牛哥长得俊，人也踏实，还在衙门里做事，再没有比他更合适的人选了。”

大花说得正起劲，蹲在袁香儿膝盖上的那只白色小奶狗突然扭过头，龇牙咧嘴地冲她吼了一声。那声音既低又沉，不太像犬吠，倒有点儿像荒原中的野兽的嚎叫，把大花吓得打了个哆嗦。

袁香儿笑着把南河提回来，伸手捏他的尾巴，把他捏得浑身发软，重新乖乖地在她的腿上趴好。

“我不喜欢陈雄。我有心上人了。”袁香儿边摸着南河的毛发边说。这句话说完，她发现小南舒舒服服地在她的腿上打了个滚儿。

“婶婶，我可以进来吗？”一道稚嫩的童声在屋门外响起。

大花打开门，领进来一位五六岁的小女孩。

“这是我的侄女，大伯家的丫头，名字叫冬儿。”大花将侄女提到椅子上，毫不吝啬地分她东西吃，“冬儿来得正好，婶婶这里有好吃的。”

小女孩大概平日里常来，同大花十分熟悉，用双手接过饼子。

她有一双黑黝黝的圆眼睛，正看着袁香儿，不经意地说：“姐姐，你的狗子好大，好漂亮啊！”

袁香儿感到十分意外，这还是第一次遇到能够看见妖魔本体的普通人。袁香儿情不自禁地想起自己的童年时期，那时候的袁家村似乎和这里很像，到处都是混在人群中生活的小妖精。

幸好粗神经的大花没有发现小女孩话中的漏洞。

袁香儿品着茶，看见那个小女孩冬儿偷偷地将一块桃花酥掰成两半，递给了趴在窗台上的小妖精。

两只小妖精高高兴兴地将半块饼举在头顶，飞快地一溜烟跑远了。过了一会儿，两只小手又举过了窗台，将两朵夏日里常见的野花摆放在窗沿。

大花去准备晚饭的时候，袁香儿便问冬儿：“冬儿，你看得见他们，是不是？”

小女孩一边吃着点心，一边戒备地看着袁香儿，不说话。

“姐姐也和你一样，从小就能看见他们呢。”她举了举南河的一只爪子，“这位叫南河，是姐姐的好朋友。”

小女孩这才垂下头，轻轻地嗯了一声。

“那你告诉姐姐，最近两河镇上有没有什么奇怪的事情发生？”

“有的，妖魔……变多了，河神不见了。”

“河神不见了？什么叫河神不见了？”

“就是不见了，没有了，我看不到了。”五岁的孩子尽自己所能地表达。

晚饭之前，大花的嫂子来接冬儿。这位嫂子虽然衣着朴素，但言行有礼，举止间透着股温顺。

“又麻烦弟妹了，冬儿最喜欢你了。我听说有客人来，不承想是这样漂亮的妹妹。”

大花的嫂子从怀中掏出一个绣得精致的小荷包，递给袁香儿：“大花时常提到妹妹，初次见面，这是我的一点儿见面礼，拿不出手，还望莫怪。”

袁香儿连声称谢，接了过来。荷包绣工了得，上面绣着一条锦鲤，尾鳍摇曳，活灵活现。奇怪的是就着光线看去，鱼背上似乎生出了一对翅膀，袁香儿揉揉眼睛，却又看不清了。

夜晚，袁香儿睡在客房。大花提着洗脚水伺候完婆婆就寝，又给夫君送去夜宵，忙忙碌碌地做完各种家务，这才钻进袁香儿的被窝。

“真好，阿香，谢谢你来看我，我不知道有多久没有这样和姐妹一起睡觉了。”她用双手抱着袁香儿的脖颈撒娇。

大花明明还是一个没长大的孩子。袁香儿挠大花痒痒，两个人在被窝里笑闹了一阵。

“你的狗子呢，要不要抱进屋来？我看你很喜欢它，一路抱着它不离手。”大花问。

“不……不必了吧。他大概在屋顶上。”

大花看着暗夜中的房顶：“阿香，我出嫁的时候，母亲哭成了个泪人儿。我那时还不明白，直到嫁了进来，才知道母亲为什么哭。母亲是舍不得我去别人家吃苦。”

其实大花和夫君的婚事，在很多姑娘眼中已经算是难得的好姻缘了。有谁嫁人之后，不用照顾公婆、操持家事，从早忙到晚呢？

“做别人家的媳妇真是不容易。”大花在暗夜中叹息一声，“我真想回到出嫁之前，永远待在父母身边，做他们的女儿啊！”

袁香儿：“这个世界上所有的女孩子，生活得都太辛苦了。”

“阿香，我真羡慕你。你知不知道我们所有女孩都羡慕你？你能读书，可以到处看看。甚至……你还可以挑选自己喜欢的人。”大花躲在被子里，一双眼眸亮晶晶的，带着她的梦想，“你说很久以后，会不会有那么一天，所有的女孩都能像你这样生活呀？”

“会的，我向你保证，女孩们总有被公平对待的一天。这个时间不会太久的，只需一两千年就够了。”

“一两千年还不叫久啊？阿香，你真是太坏了。”

屋顶上有一块小小的天窗，铺着一片明瓦，一束微弱的星光透进屋内漆黑的世界中来。

夜深人静之时，外面突然传来男子粗鲁的咒骂声，和碗碟摔碎的脆响。

袁香儿睁开眼睛。

“是大伯，我夫君的兄长回来了。”大花在黑暗里轻轻说，“他这个人喜欢喝点酒，回来时总是这样。可怜我的大嫂，那么温柔的一个人……”

暗夜里，大伯对大嫂拳脚相加，辱骂声响个不停，受害者却发不出只言片语。

这就是大花觉得自己还算幸福的原因——她的夫君不曾动手打她。在这个世界里，男子享有的权利是如此之大，只要他们不对另一半施加暴力，就会被认为是一位好夫君，而女方被认为获得了一段好姻缘。

从屋顶的瓦片上轻轻地传来细不可闻的走动声，紧接着是轰然一声巨响。

“哎呀，天降陨铁，把阿大的屋顶砸了个窟窿。”

夜已三更，张林氏默默地打扫着地面的瓦砾。她又让许多人看了自己的笑话。相比起身体上的疼痛，她其实更介意第二天顶着一张肿胀的脸，面对这一院子亲戚的指指点点。

屋顶被从天而降的陨铁砸了一个洞，那没有烧尽的一小块陨铁此刻还嵌在屋子的地板上冒着黑烟。她的男人不过在最开始受到了惊吓，停止了施暴，此刻已经自顾自地在床上呼呼大睡了。

虽然突如其来的意外损坏了屋顶，但张林氏很庆幸，如果不是陨铁意外地打断了她的丈夫，她不知道正处于兴奋状态的男人会将暴行延续到什么时候。

张林氏直起酸痛的脊背，看着一片狼藉的屋子。这间卧房里没有多余的装饰，除了在墙壁上挂着的一幅水墨画卷。

画上有一条大河，河岸衰草连天，从远方的云雾里隐隐露出仙山上楼阁的一角。

最惹人注目的还是浩瀚烟波中一条自由摆尾的鲤鱼。那鱼游动在江心，鱼身呈青黑色，额头上有一抹殷红，使整张素净的画变得鲜活而灵动。

张林氏盯着那一抹红色有些出神。她不记得这幅画是什么时候挂在家里的。不知为何，这些日子以来，她时时梦见画中的这条鱼，以致在最近做的绣品上全绣上了鲤鱼。

虽说没有人能够看到她梦中那些画面，但哪怕她自己回想一下，也感到羞愧难当。

父母在礼教方面对她管教甚严。自从嫁入张家，她恪守妇德，处事谨小慎微，以夫君为天，从未行差踏错。

但她不知道自己为什么会做那样的梦。在那些梦里，那条灵活的鲤鱼从画卷中慢慢游出，来到她的身边，化为一位年轻俊美的郎君，同她肌肤相亲，交颈而卧。

那人夜夜在她的耳边轻言细语，说出让她心神荡漾的话来。

张林氏捂住了脸，感到了深深的自责。她在心底唾弃自己的放荡、荒唐，但又不得不羞愧地承认，在那些梦中，得到了从未有过的欢愉。

那条鱼是那样温柔而细致地缠着她，她甚至能清晰地回忆起他的手指在自己肌肤上的触感，冰冷又滑腻，就像一条真正的鱼。他让她战栗，一路堕入深渊。

张林氏抬头看向酣睡在床榻上的夫君。夫君满身酒气，连鞋袜都不曾脱。刚刚打过妻子的他，此刻大大咧咧地躺在床上睡得正香。

张林氏叹息一声，像是从前任何一次那样，打来热水，服侍自己的丈夫清理头面，脱鞋更衣。

在她替丈夫脱去外袍的时候，一抹刺眼的脂粉明晃晃地出现在酒气熏天的里衣上。

张林氏收回了手。她的夫君喜欢流连烟花之地，这已经不是什么稀罕事了。

刚开始，她也想抗拒。

父母总是苦口婆心地劝她："你既已嫁了夫君，唯遵敬顺之道，方是大礼。"

"孩子，多忍一忍，时日久了，女婿明白了你的好处，自然敬你、爱你。"

婆婆却指着她的鼻梁唾骂："男人在外面应酬，乃是为了这个家。你不知悉心服侍，反要吃醋。妒，为其乱家也，乃是七出之一，小心我家大郎发起火来，打发你回娘家。"

从此张林氏就再也不敢说什么了。

此刻她看着躺在床榻上的男人，皮肤松垮，肚子肥硕，完全是一个被酒色掏空了的皮囊。这样的男人，却能对自己动辄拳脚相加，说出那么多污言秽语。

对于这种生活，她唯一能做的只是毫无休止地忍着。她被要求温顺、勤勉，不能嫉妒，这样的日子到底什么时候才是个头？或许忍个一二十年，等她生了儿子，儿子娶了媳妇，自己也熬成了像婆婆那样的女人，才能把这些积压下来的火气倾泻在自己的儿媳妇身上。

张林氏后退了几步，恰巧摸到了那幅画卷。画卷上的鱼就在她的手边，几乎要游出画面了，鱼身巨大，额头上有一抹艳红，那对乌溜溜的眼珠直直地盯着她。

她吓了一跳。

这条鱼从一开始的时候，就是这么大的吗？

它什么时候游到了这个位置？

“既然过得这般辛苦，又何必委屈自己？跟我来吧，一起快活去。”男人充满诱惑的嗓音从画里响起。

张林氏捻着手绢跌坐在地上，想要逃，却又挪不开脚步，眼睁睁地看着那条大鱼慢慢地游动起来，巨大的鱼头从画布中探出，漆黑的鱼眼居高临下地望着她。

那鱼向着她张开圆形的大嘴，一口将她吞噬。

袁香儿睡得不太安稳，在睡梦中总能听见哗哗的水声。袁香儿睁开眼睛，发现自己身处一条烟波浩渺的大河边上。芦苇地里，一位白衣老者坐在江边垂钓。

在他的身侧，一条青黑色的鲤鱼悬浮在空中，慢悠悠地游动。

袁香儿知道自己大概身在梦中。

“河伯，”她来到那位老者的身边，“我已经来到两河镇。你有何事要和我说？如今你又身在何处？”

那老者宛如没有听见。

他笑眯眯的，悠然自得地在江边垂钓，用手托着下巴说话：“我说丹逻，你不要吃人类好不好？”

那条游动在空中的鱼转过身来看向他们。袁香儿这才发现鱼的口边沾着鲜红的血。

“为什么？我想吃东西，人类和其他生灵又有何不同？老虎和野猪可以吃，人类自然也可以吃。”那条鱼的肚子里发出闷声闷气的声响，“何况，是他们自己把同类献祭给我的。”

“可是我好歹曾经是人族，你要是这样吃我的同胞，我只好离你远远的了。”河伯说道。

丹逻在空中游了一圈又一圈，终于开口了：“我活了太久，总觉得很寂寞。难得有个说得上话的，算了，在你活着的时候，我不吃人类便是。”

河伯笑了：“那就谢谢你啦，我的朋友。”

袁香儿是被一阵敲门声吵醒的。

她睁开眼睛，大花已经去开门了。天还未亮，漆黑一片的屋门外，站着脸色苍白的小姑娘冬儿。

“冬儿，你怎么来了？”大花把小侄女领进屋子，“大半夜的，你怎么一个人过来了？”

“婶婶，我……我睡你这里好不好？”小姑娘显然受到了惊吓，在炎热的夏天晚上哆哆嗦嗦地抖个不停。

大花把她抱上床榻，让她睡在自己和袁香儿中间，轻轻地拍着冬儿的后背。

“怎么了？你是不是被你爹那个莽汉吓着了？别怕别怕，今晚你就和婶婶还有阿香姐姐一起睡。”

小姑娘在薄毯中蜷起身体，瑟瑟发抖：“不是爹……是娘亲……”

她细微的声音被黑暗淹没，困倦中的大花和袁香儿都没听见。

天亮之后，大花早早地起来打扫院落，烧水做饭，忙得不可开交。

袁香儿在吃早饭前，看见了大花的那位夫君。他是常年埋头苦读的书生，有些斯文，隔着耳门远远地和袁香儿点头行礼，就打算避嫌离开。

大花收敛起跳脱的性子，规规矩矩地站在门外和他说话，带着几分恭敬和拘束，递给他一盒新蒸的点心，目送他去了书房。

在袁香儿的眼中，这个男人的头顶和后背上扒着好几只无伤大雅的小妖魔，无形的重量压得他有些佝偻。

这大概是一个有些怯弱又有极大压力的男子。当人的气势弱了，心里惶恐不安的时候，小妖魔们就喜欢蹲在他的肩头欺负他。

大花回来之后，袁香儿揶揄道：“你和你的夫君说话那么紧张干什么？你们都成婚大半年了，你还害羞不成？”

“你不晓得，自打夫君考中了秀才，全家人都指着他高中，日日有人垂盼过问，搞得我也跟着紧张起来。”大花叹息一声，“我既盼着他上进，又害怕他真的中了举，做了官。那我这个屠夫家的女儿在他眼中怕是更上不了台面了。”

“你别总是叹气，就我来这一天，你都叹了多少次气了？”袁香儿像儿时一般拍她的肩膀，“你都觉得紧张，你的夫君只怕压力更大。我觉得你应该多鼓励他，而不是恭恭敬敬地捧着他。你这样反而增加了他的压力。”

“是这样吗？夫君读的是圣贤书，我这样一个粗人，怎么有资格鼓励他？”

“大花姐是我们这群人中最好的女孩子，你别看不起自己。你听我的，拿出从前那个劲头来。你们已经是夫妻了，我觉得他很需要你的鼓励。”

和大花一起用完早饭，袁香儿准备带上南河再去河神庙逛逛，以查明昨天晚上那个不明不白的梦境。

冬儿的母亲张林氏款款穿过耳门，过来接她的女儿。

“冬儿，跟娘亲回去吧。”张林氏的笑容温和而慈爱。昨夜她丈夫的酒后施暴，似乎没有对她造成什么影响。她看上去不但不显疲惫憔悴，反而有些容光焕发。

昨日袁香儿见到张林氏的时候，张林氏还习惯性地含胸驼背、低垂眉眼，此刻却挺直了腰板，泰然自若地和人行礼、交谈，仿佛骤然开放的花，神采奕奕。

但冬儿一反常态地缩到大花的身后。

“你这孩子，这是怎么了？不能一直烦着婶婶，跟娘亲回去吧！”张林氏温和地说，低下头看着自己的女儿，伸出手拉她。

五六岁的小女孩仿佛看到了什么恐怖的怪物，拼命摇头，惧怕地躲开了。

“南河，昨天的屋顶是你砸的吧？你有没有察觉到什么？我觉得有些奇怪。”袁香儿联系还在屋顶上的南河。

“没有，她看起来是个人类，但好像又有什么地方不太对劲。我不擅长分辨，要是乌圆在的话，一眼就能看出来。”南河的声音传来。

“是啊，我也觉得这位张林氏和昨天不太一样了，但又不知道哪里不对。”袁香儿有些迟疑。

“林嫂子，冬儿大概昨晚吓到了。我正好要出门，不如让她跟着我去散散心。”袁香儿笑着对那位张林氏说，口里是商量的语气，手却已经把冬儿牵牢了。

背对着清晨的阳光，张林氏的笑容显得有些僵硬、虚假。

张林氏张了张口想要说话，却看见一只银白色的天狼从空中落下，跳进袁香儿的怀中，转过来冷冰冰地看着她。

“这样啊……”张林氏后退了一步，“那好吧。”

袁香儿怀抱着南河，牵着冬儿往大门外走去。

袁香儿想起昨夜梦里吃人的怪鱼，忍不住开口问道：“小南，我问你，如果我们不认识彼此，你会不会吃人类？”

“在度过离骸期前，我需要大量地捕猎、进食。虽然我不会滥杀，但捕猎的时候，人类和其他动物对我来说并无高低之分。”

“那么你现在没吃人类，只是因为我吗？”

“嗯，因为我喜欢阿香，所以也喜欢上了所有的人类。”

袁香儿第一次真切地意识到，对很多妖魔来说，人类不过是食物链中的一环而已。

她从小居住的阙丘镇那样安静祥和，没发生过血腥的事件，大概是因为师父这样强大的妖魔一直在那里居住着。

她一路看来，京都的治安好，也是因为有国师妙道在那里坐镇。

这样看来，有强大的人类或妖魔居住的地方，肆意吃人的小妖魔就会少很多。

两河镇从前也是一个安静的镇子，那时河伯在管束妖魔。

但现在，这里的街道上随处可以看见新生的小妖魔。

难道曾经镇守此地的河神真的不见了？

两河镇地处交通枢纽，商业繁华，集市热闹。

难得的是，这里的街道一直整洁而有序，治安也好，少有偷鸡摸狗之人，连路边的乞丐都不多。附近的商贩喜欢在这个镇上聚集，做点稳妥的生意。显然治理此地的地方官是一位能吏。

袁香儿等人顺着街道行走，快到河神庙的时候，看见一间药铺里的大夫正提着药箱，被一位病人家属急切地拖着匆匆忙忙地向外跑去。

一旁看热闹的路人议论纷纷。

“这又是哪一家有人病了？近来得这个病的人可真多啊！”

“是街口老吴家的独子，昨夜还好好的，今早却像失了魂魄一般，无缘无故地昏睡不醒。他家里如今乱成一团，慌脚鸡似的四处请大夫呢。”

一位老者拍着手嗟叹：“看看，这都是第几个生病的人了？请大夫根本就没用，要我说，还是得请高人来看一看才是。”

“谁说不是呢？”老者身旁之人说道，“听说县尊大人请来了昆仑山上清一教的法师，如今正在河神庙附近查看情况。”

“哦，为何是清一教的法师？”有听众感到好奇，凑过头来议论，“这般大事，为何不请国教洞玄教的真人来？”

先头说话的那人压低了声音：“你们也不想想，一旦惊动了洞玄教，就等同于让官家知道这里发生了情况。如今三年一度的大考将近，我们镇各方面的绩效本做得十分漂亮，县老爷们如何肯在这个节骨眼上让这些糟心事上达天听？自然要暗中压下来才好。”

众人露出恍然大悟的神色。

袁香儿听到这里有些诧异。

清一教是一个与洞玄教行事风格截然不同的教派。

洞玄教的教徒作风强势，声名显赫。清一教的教众多隐居在昆仑山内苦行清修，即便偶有弟子在江湖上行走，也如闲云野鹤，行踪不定。除非机缘巧合，很少有人能够请动他们出面。

袁香儿在处理仇岳明将军一事之时，曾在漠北遇到一位清一教的术士。那道号清源的术士有一位狮身人面的使徒，曾提出用驻颜丹和延寿丸向袁香儿换取南河。这件事一直让袁香儿记忆犹新。

他们到了河神庙附近，果然庙宇的路口处已经有县衙的衙役在封锁出入口了，看热闹的老百姓围得里三层外三层。

“这失魂症和河神庙有啥关系啊？为什么法师不去病患家中，却来这座小庙？”

“这些法师的行头也太寒碜了吧，他们不会是骗钱的神棍吧？”

“不至于，县令大人素来英明，我等小民安心看热闹便是。”

也有人和自己一样，察觉到河神庙的不对劲之处吗？袁香儿想。她牵着冬儿挤在人群中。她进不去，隔得太远也看不清楚庙里的情况，南河从她怀中跳下来，踩着屋顶跃到高处去了。

“冬儿，你能告诉我，为什么说河神大人不见了吗？”袁香儿蹲下身问身边的小女孩。

冬儿想了一下：“姐姐你也能看见对不对？以前娘亲带我来河神庙，我常常看见一位白胡子老爷爷和一个穿着黑衣服的叔叔在庙里下棋，但其他人看不见他们。我觉得他们就是河神。可是最近他们不见了，整座庙也死气沉沉的。”

“冬儿，昨夜你被你的父亲吓到了吗？”袁香儿摸摸小女孩的脑袋，安慰她。像冬儿这么大的小孩，直面家暴，容易在心中留下阴影。

冬儿犹豫片刻：“不，不是父亲，是娘亲……”

她抬起头看着袁香儿：“娘亲似乎变成了另外一个人，昨天晚上……”

她正要说下去，从河神庙内传出一声呵斥：“哪儿来的妖魔？大胆！”

只见庙宇中一位法师纵身上了屋顶。那法师身穿水合服，腰束丝绦，手持古铜剑，脚蹬双耳麻鞋，留着三牙掩口髭须，果然是一副世外高人的模样。

他一手持剑，一手掐剑诀，如临大敌地面对着蹲在屋顶上的一只银白色小奶狗。

那只小狗翻了个白眼，从屋顶上跃下，仗着身材娇小，挤进人群迅速消失。

“呔，妖精哪里跑？！”法师大喝一声，跃起直追，在飞奔的过程中不慎撞倒了几个看热闹的百姓，沿途留下道歉声：“对不住老乡，对不住啊老乡。”

“他怎么这样咋咋呼呼的？该不会真的是神棍吧？”

“哎呀，你撞到人了！”

“法师怎么追着狗跑了？”

追出城外数里，那位留着长须的法师才追上南河。

“看……看你往哪儿跑！”他气喘吁吁地拿着剑指着眼前这只小小的狼妖。

那只不知是什么品种的小狼，在白茫茫的芦苇地里转过身来，一脸淡然地看着他。

明亮的天色忽然暗了一下。

天门大开，白昼出现了星辰。

奶狗一般大的小狼，身后拖出一道巨大古朴的兽影。

法师心生惧意，知道自己遇到了前所未有的强敌，但这个时候，总不能转身逃跑吧？他只得咬咬牙，祭出随身法器，准备发动攻击。

“哎，哎，且莫动手。”远处一男子骑着一头类似雄狮的魔物，悠然地从白色的苇花中飘渡而来。

等那人走到近前，追南河的法师这才发现来者是一位十分年轻的法师，同样穿着一身简陋的水合道服，腰束丝绦，脚穿麻鞋，头戴青斗笠。

若是袁香儿在此地，多半会说一声好巧。这位法师正是她之前在北境遇到的那位清源。

年逾半百的长须法师看到这位年轻的男子，恭恭敬敬地低头称了声：“师父。”

“我说虚极啊。”那位清源真人悠闲地坐下了，“你跟着我修习了这么多年，连使徒都分辨不出来吗？这位和此事无关，是别人家的使徒。”

名叫虚极的法师吃了一惊，这才认真看去，果然在狼妖的眉心处发现了一闪而过的结契法印。

清源骑在妖魔的背上，绕着南河看了片刻：“咦，上回见面，你还处在离骸期。想不到这么快就成年了，你真是优秀啊！”

清源摸着下颌，认真地看着南河：“你愿不愿意做我的使徒？你若是愿意，我将不惜代价，把你从你主人那里换过来。”

“不。”南河只说了一个字。

“别拒绝得那么快嘛，你随我回昆仑山，那里有好吃的，还可以天天泡温泉。我派专门的人为你梳理毛发，按摩肌肤……”

“不。”

“她就有那么好吗？”清源不死心，“你看看我呀，我有什么地方比不上你的主人？我长得这般好看，活得还比她长。”

“活得比她长”这一句话精准地戳中了南河。他忍不住抬起头来。清源看上去十分年轻，却有个四五十岁的徒弟，想必是有延寿的秘术。

清源把握住了南河的心态变化：“她再好，也陪不了你多少时间。你来我这里吧，我不一样。我可以陪你走很长的路。”

清源弯下腰，向着地面上的小狼伸出手。

“我说这位道友，趁着别人不在，想偷偷地撬别人的使徒，也太卑劣了吧？”袁香儿及时赶到。

她愤愤地瞥了清源一眼，向着南河伸出手。南河小跑几步，跳上她的手掌，被她揽进怀中。

清源露出了失望的神色，信手向袁香儿行了个礼：“好巧啊，上次我们匆匆别过，不承想在这样的地方，能够再与道友相遇。”

袁香儿回了一礼：“我的住处离此地不远。道友可能告知，两河镇上到底发生了何事？”

“当然可以。”清源说起了自己从地方官员处打听到的消息，“数日前，此镇上好几个居民突然毫无缘故地昏迷不醒。县令因此求到昆仑来，我便前来看看。”

清源说到正事，终于变得正经起来：“我查看了那些病患，无一不是失去了心智，徒留一具会喘气的肉身。若查不出缘故，这些人过不了几日便会渐渐地变得形容枯槁，最终死亡。这次时间很赶，我们也还没获得新的消息，事情处理起来有些棘手。道友若也对此有兴趣，可以和我们互通有无。”

就在袁香儿和清源讨论镇上情况的时候，张家大院中的张家大郎从宿醉中醒来了。

那个男人捂住自己疼得就要裂开的脑袋，看着满地狼藉的家，脚步虚浮地往外走。地面上有许多瓷器的碎片，都是他昨夜发火时砸的。那突然从天而降的陨铁，竟然砸破了家中的屋顶，现在还镶在地板上。一整夜过去了，家里还这样凌乱，男人心中不由得升起了怒火。

在他第一次对妻子动手的时候，心中还有一些愧疚。妻子温顺且无力反抗，自己便渐渐地从中发现了肆意发泄的乐趣。一无所成的他仿佛从暴力里找回了作为男人的自信。

那就继续这样做吧，反正他发泄情绪并不需要承担任何后果，对方也逃不过自己的手心。

“真是晦气。”他看着漏了洞的屋顶说，“不知是谁招来了这样的霉运？”

他走了几步，看见自己的妻子正平静地坐在妆台前，对镜梳妆。

“臭婆娘，你的夫君醒了，你也不知道上前伺候，还大大咧咧地坐在这里？”他几步走上前，扬起手掌就想给张林氏来一耳光。

他的手腕却在空中被人抓住了。

抓住他手腕的人竟是一向温顺贤良的妻子。

妻子的肌肤很白，她握住张大郎的手腕，白皙的手指分外显眼。此刻那本应是柔软万分的手指，却像铁钳一样死死地箍在他的手腕上。

“怎么回事？你……放手，先放手。”张大郎吃痛，气势便弱了，心虚地喊了起来。

张林氏只是握着他的手腕看着他，淡淡地笑了。

他的妻子素来是端庄又古板的，即便和他做夫妻之间的情事，也十分放不开，远远比不上花街上的那些小娘子妩媚。张大郎何曾见过她这样的神采，一颗心顿时又痒了起来。

他放低了声音：“娘子，你先放手，我不打你便是。我们一同回榻上，做点快活的事。”

张林氏笑得更明媚了，握住张大郎的手腕，慢慢地把他拉向自己，突然一反手将他按在地上。

“你不打我了？可是我一定要揍你一顿呀！”

“放……你先放手，抓疼我了。咱们回榻上，你想要怎么样，我都由着你，嘿嘿。”

张林氏伸手拿起梳妆台上一柄裁衣物用的木尺，在手中掂了掂：“这可是你说的啊。”

厚厚的尺子携着劲风，狠狠地一下抽在张大郎的后背上。

张大郎发出杀猪一般的叫声，他那位素来温柔的妻子，捡起丢弃在地上沾满污秽的外衣，一把塞进他的口中，堵住他的嘴巴。

“别那么快开始喊啊，夫君。你平日里揍我的时候，我可没有喊过呢。”

柔韧的木尺，在这个女人手中，竟然变得宛如铁条一般坚韧。木尺一下又一下狠狠地抽在张大郎的脊背、双腿上，他觉得痛苦却又死不了，身上血肉模糊。

张大郎一生懒散，高不成低不就，混到这般年纪，何曾受过这种罪？他疼得涕泪直流，想要反抗，但压着他的女子力道奇大，使他毫无挣扎的余地。他想要求饶，无奈口中塞着东西，只能发出呜呜的悲泣声。

到了这一刻，他才知道被人按在身下欺负，求救无门是一种什么样的滋味。

身边的女子仿佛毫无感情，木着一张脸，手中的木尺雨点般地落下，疼得他死去活来，痛苦无穷无尽。

呜……呜……饶命，我再也不敢打你了，张大郎哭着用眼神讨饶。

直至木尺咯吱一声断为两截，张林氏才停下手，站起身来。

张大郎满脸鼻涕、眼泪，颤抖着看着眼前的女人，祈求她的怒火尽快熄灭。

只要过了这一关，我一定把这个疯女人休了，他愤愤地想着。

“真是无趣啊，这样的男人有什么意思呢？”

张大郎听见空中传来奇怪的声音，明明是妻子在说话，语气却像是另外一个人的。

“妻子”弯腰把他提了起来，丝毫不顾他的请求，把他一路拖过瓦砾遍地的地面，扔在了床榻上。

“不是想和我做快活的事吗？”

那个熟悉又陌生的人弯下身子来看着他，红唇娇艳欲滴，如刚饮了鲜血。

“我现在就送你去极乐世界吧？”

一个男子的声音在空中响起。

张大郎觉得有一股强大的力道扯着他向前冲。他仿佛离开了身躯，浑浑噩噩地飘向前去，被吸入了一个漆黑的无底深渊。

第十五章　丹　逻

在回城的路上，南河化为人形，将年幼的冬儿背在背上，和袁香儿并着肩慢慢地往回走。

冬儿有些怕南河，但因从小性格柔顺，不敢拒绝，只能僵着小小的身体趴在南河的背上。

袁香儿打开一包刚刚在镇子上买的桂花糖，拿出一颗哄她："是周记的桂花糖呢，啊，张嘴。"

冬儿的眼睛亮了，毕竟她只是个五六岁的小娃娃，禁不起甜食的诱惑。她张嘴接受了袁香儿的投喂，吃着东西，人也慢慢地放松了。

袁香儿又拿一颗糖喂南河，手指还来不及收回来，就被那个属狼的男人咬住了。南河用有些尖的犬牙叼着她的手指微微地用力咬了咬，还用温热的舌头舔了舔她的指腹。

啊，南河这么快就学坏了吗？袁香儿不过陪别人睡了一晚，南河就要在这里咬自己一口才高兴吗？

"你以为冬儿在，我就不敢对你怎么样吗？"袁香儿似笑非笑的声音在南河脑海中响起，"看我不抓到你，当众打你的屁股！"

南河是不可能被她抓住的，怕袁香儿会真的这么干。

冬儿趴在南河宽厚的肩膀上，只看见眼前那一头银色的鬈发上突然鼓出了两个小包，随后两只毛茸茸的耳朵就从里面钻了出来。背着她的那个人飞快地跑了起来，留下身后袁香儿的笑声。

周边的景物退得很快，但南河似乎考虑到背着冬儿，步伐始终很稳。他很快跑进了一片灌木林，停在一棵开满芙蓉花的木芙蓉树下，回首向来路看去。

树枝上缀着一朵朵娇艳欲滴的芙蓉花。

树冠之下的南河，琥珀色的眼眸里映着繁花，眉目如画，整个人充满快乐，琼玉般的脸颊在夏日的阳光中灼灼生辉。

那种从心底洋溢出来的欢愉十分有感染力，使得冬儿那颗惶恐的心渐渐地安定下来。

冬儿很清楚背着自己的这个男子不是人类，而是一只银白的大犬或者狼。

从小就看得见妖魔的冬儿其实没有那么害怕这些和人类迥然不同的生灵。相比起妖怪，喝醉了酒深夜归来的父亲和坐在阴暗的角落里，对母亲冷嘲热讽的奶奶，更令她发自内心地感到恐怖。

她从懂事起就知道，因为自己是女孩，奶奶会不时地为难她的母亲，父亲也不太喜欢她。院子里的堂哥堂姐们时常坐在他们各自父亲的肩头，高高兴兴地出门逛集市，看花灯，她却没有这种记忆。她大部分时间只能坐在母亲的绣棚边上，默默地看着母亲重复着枯燥的劳作。

想不到第一次把自己背在背上的，竟然是妖精。

原来在高处的感觉是这样的啊，冬儿伸出小小的手去够枝头一朵淡粉色的花。

她摘了一朵，还想要，却因为手短脚短够不着。一只宽大的手掌从旁伸过来，折下那朵最漂亮的芙蓉花，递给了她。

“想要这个？”南河好听的声音响起。

“嗯，我还要一朵。”

“这个吗？”

“我还要一朵。”

等袁香儿追上他们的时候，就看到坐在南河肩头的冬儿怀里抱着一大捧粉嫩的芙蓉花。冬儿给自己戴了好几朵，还在南河的鬓边插了一朵。

南河看见袁香儿来了，有些不好意思，想要将花拿下来。

“别别别，戴着吧，挺好看的。”袁香儿哈哈直笑。

南河背着冬儿，袁香儿挽着他的手臂，三人赏着花在树荫中慢慢地走着。

冬儿被父母惊吓了一夜，又跟着袁香儿和南河奔波了一早上，现在趴在南河的后背上，随着南河均匀的步伐睡着了。

他们开开心心地走到张家门口。只见张家大院的院墙外，站着那个脑袋巨大的妖魔。此刻的妖魔把双手袖了起来，垂着硕大的头颅，连脑袋上那一顶小小的官帽都歪了。

在妖魔的脚边，有两只极小的魔物手拉着手站着。它们是袁香儿在大花屋中见到过的喜欢偷吃酥饼的小妖。

看四下无人，袁香儿走上前问道："怎么了？你们怎么都站在这里？"

那只大头妖魔垂头丧气地说："我本是张家的守护神，在这个院子里住了也有上百年了，如今却住不下去了。"

"为何住不下去？"

她知道这种类型的妖魔多是家中先祖的灵体所化，多年来接受子孙后代的香火供养，成为宅院的守护神灵，正常情况下是不会离开祖宅的。

两只手拉手的小妖精开口说话了，发出稚嫩的童声。

"家里来了好恐怖的大妖。"

"我们都不敢再待在里面了。"

"我们两兄弟还好，另找庭院寄居便是。大叔就可怜了。"

"他是守护灵，离开了后辈的香火供奉，就会变得越来越小，最后消失在天地间。"

袁香儿啊了一声："是什么厉害的妖魔跑进庭院去了？像你这样的守护灵都不能驱逐他吗？"

那只大头守护神耷拉着头："我已死去多年，后辈们渐渐地不再记得我了。我是活在记忆中的灵体，因为后代对我的供奉和祭祀越来越少，能力也就逐渐衰弱。那头妖魔很强大，我不是他的对手。"

冬儿在这时候醒了过来，揉了揉眼睛，拉住袁香儿的衣袖："阿香姐姐，他说的是不是我的娘亲？"

袁香儿不解地转过头看冬儿。

"昨天晚上，父亲又和平日一样发脾气。等他发完脾气，我悄悄地从屋子里溜出来，想看看娘亲是否无恙。"冬儿回想起昨夜的情况。

那仿佛是一个噩梦，但她还是决定鼓起勇气说出来。

"我悄悄地摸到屋内，看见母亲正站在床边低头看着父亲。母亲的样貌虽然还和平日里一样，但我觉得她不是母亲，而是另一个妖魔。"

冬儿哆嗦了一下。那晚她弄出了一点儿声音，站在床边的母亲便转过头来看着她，还朝着她咧开嘴笑。明明娘亲的眉目和从前一样，但她觉得娘亲的眼睛像死鱼的眼睛，笑着的嘴巴像水潭里吐着泡泡的鱼嘴。于是她不管不顾地转身就跑，一路跑到了大花婶婶的屋子里。

其实后来她想想，又怀疑会不会是自己看错了？

袁香儿和南河交换了一下眼神，选择相信冬儿最初的判断。

这个小姑娘大概天生适合修习瞳术，目光十分犀利。第一次见面，冬儿就直接看出了南河的原形。要知道除了乌圆，即便是袁香儿和南河，想一眼看破变化后妖魔的原形也很不容易。

他们正说着话，有一个在大院中居住的亲戚准备出门，看见了袁香儿等人，一下子喊住了冬儿。

“冬儿，你怎么才回来？快进去看看吧，你爹出事了。”

张家大郎的床榻前，守着他的兄弟姐妹和母亲张李氏。

“失魂症，又一个失魂症。”看病的大夫摇摇头，收拾东西准备离开，“大郎这症状来得又急又凶，只怕我已无力回天，还请为他准备后事吧。”

张李氏一把拉住他的衣袖：“先生，别家的人得了失魂症，尚且能拖个三五日，我家大郎为何刚发病就已经救不回来了啊？”

大夫叹了口气：“不瞒老夫人，令郎素日里只怕房事过度，以致脾衰肾损，气血枯竭。如今他患上失魂症，三魂七魄骤然走失，本就虚弱的身子更加撑不住了。在下对此真的无能为力，还请节哀。”

张李氏委顿在地，痛哭流涕，不知道自己从小宠到大的儿子，怎么会突然撒手人寰。

她茫然地看了一圈，突然爬起来一把抓住了儿媳妇张林氏：“都怪你这个狐狸精、扫把星。你嫁到我们家之后就没带来半点好事，连个孙子都没生，还累得我儿丢了性命。我打死你这个克夫的扫把星。”

一起守在屋中的大花和她的丈夫张家二郎张熏，正要上前劝说，却看见平日里一向温顺贤良的大嫂将婆婆一把推开。

刚刚死了丈夫的张林氏推开婆婆，还满不在乎地摸了摸皱了的衣领，抱怨道：“谁是狐狸精？我才不是那种又臭又没水平的家伙。”

当家做主多年的张李氏何曾受过儿媳妇这样的气？她抖着手指指着长媳道：

“你……你，看我怎么罚你！”

她四处摸索，摸到一块瓦砾，就往儿媳妇的头上砸去。张林氏一抬手接住那块瓦砾，皱起眉头：“你这个人也太不讲道理了，不是你自己说‘妒乃七出之一’，不让她管你儿子的吗？”

张李氏气得打摆子，没有听出张林氏话语中的漏洞，连话都说不利索了，只顾拉扯着张林氏大吼：“我要休了你，对，我要休了你。”

她未出嫁的小女儿上前帮着母亲拉扯张林氏：“你竟敢这样不敬尊长，仔细我们将你告到县衙，治你不孝之罪！县丞大人必定当众打你板子。”

张林氏愣愣地站在当地，任凭二人打骂了几下，歪着头仿佛思索着什么。

张林氏突然伸手一推，将二人推在地上。

这一下力道甚重，母女两人摔在地上，齐齐昏厥过去。

张熏慌忙扶起母亲，正要说话，却看见他那位素来知书达礼的大嫂叹了口气，说出奇怪的话来。

“做人类也未免太难了，枉我这么富有，在人间游荡了多年，竟然连一天的人类都当不好。”

张林氏亭亭玉立，足下荡开一圈一圈的水纹，语调也变了，柔美的女声渐渐地成为带着磁性的低沉的男声。

“我看素白那么喜欢人类，还以为做人类有多好玩呢，想不到竟这样无趣又艰难。”

张林氏的身躯逐渐委顿在地，屋中的地面上，水波持续涌出，一条巨大的黑色鲤鱼不知从何处冒出，悬浮在半空中。它摆了一下尾巴，看向张熏和他的妻子大花。

大花有些慌，不由得靠近了夫君，拉住他的衣服。

大花刚刚从厨房赶来，身上还围着围裙，满手面粉，提着一根擀面杖。这种时候，作为妻子，女子都会躲在丈夫身后接受丈夫的保护吧？希望夫君不要嫌弃自己一手的面粉，污了他的袍子，大花的脑海中突然转过这个不相干的念头。

游弋在空气中的巨大黑鱼，圆睁着一双苍白鱼眼，口吐人言，整一个恐怖的魔物。

张熏两股战战，左右看了看。屋子里，除了刚刚过世的大哥，全是女流之辈，唯有他一个男子。他从小读圣贤书，知道君子面临危难当勇往直前。他作为男人，在这个时候应该挺身而出，保护所有人。

何况昏迷不醒的是自己的母亲、妹妹和大嫂，站在身后的是自己娇滴滴的妻子呢？

可是谁又知道他也害怕啊！他其实从小就特别胆小，面对这样恐怖的怪物，真的怕得不行。

此刻的他控制不住地抖动，双腿发软，咬紧的牙关咯咯作响，脑袋嗡嗡作响，手心全是冷汗。

他想对身后的妻子说一句："别怕，我保护你。"但这句话他怎么也说不出口。

"小郎君的模样倒是挺清秀的，不然这次就换你吧。"那只大鱼在空中对着他慢慢地张开了圆形的嘴。

"不……不……"张熏觉得自己快要被吓哭了。

母亲从小就告诉他，男人是不能哭的，必须得忍着。害怕的时候不能哭，痛苦的时候不能哭，因为他是男人。

他是全族的希望，必须考上秀才，再考上举人。所有人充满期待地看着他，失败是他不能承受的事。所以他读书时从不敢休息片刻，日日勤勉到极致。他要担起全族的重担，要让母亲扬眉吐气，要成为一个让妻子敬仰的人……这是他人生中所有的意义。

但也许这些都不重要了。

张熏看着那越来越近的鱼嘴，突然在极度恐惧中放松下来。

或许我从此以后再也不用挑起这样沉重的负担了，现在总能哭一哭了吧？他十分丢人地发觉自己的面部潮湿了。

一根还沾着面粉的擀面杖突然从身后飞出，狠狠地拍在巨鱼的眼珠上。

那条鱼在空中翻滚了一下臃肿的身躯，化为一个眉心有一道朱红的黑衣男子。那容貌妖艳的男人捂着眼睛，对着大花怒目而视。

"野蛮的女人，你竟敢打我？"

"你是什么乱七八糟的鬼怪？我打……打的就是你。你想和我抢夫君，没门！"大花情急之下，顾不上维持半年来在丈夫面前努力表现出的贤良淑德的形象，把张熏一把拉到自己身后。

她挽起袖子，拿出在集市上帮着父亲杀猪卖肉的泼辣劲头来："来啊，想带走我夫君是不可能的，你有本事就从老娘身上踏过去。"

那黑袍男子在空中捂着眼睛，游弋了半圈，突然笑了："虽然你长得一般，但我喜欢你这样的性格，好吧，我就如你所愿。”

他从空中俯下身，突然凑近大花，拉住了大花的手：“放心啊，我会让你没有痛苦地死去。”

袁香儿等人冲进屋内的时候，水波和大鱼都不见了。

张林氏和婆婆、小姑昏迷在地，张家二郎正疯了一样地砸开屋子的木地板拼命地扒拉，仿佛要在地板下找出什么。

冬儿一下子扑到她的母亲身边，摇晃着张林氏的身体：“娘亲，娘亲，你怎么了？”

而她的母亲无知无觉，任她摇动，毫无反应。

“怎么回事？”袁香儿拉起疯狂挖地的张熏，“大花呢？”

张熏茫然地抬头，用被碎木扎破，正在流血的手指抹了一把脸，带着一脸的眼泪和血污，说：“不……不见了，她被一条鱼带走了。”

大花不见了？

袁香儿环顾四周，地板之下没有任何东西，床榻上躺着一个死去的男人，冬儿在失了魂魄的母亲身边哭泣。

屋内一片凌乱，屋顶开了一个破洞，一抹阳光从洞口投射下来，照在墙上挂的一幅水墨画上。

画中有一条大河，浩浩荡荡，直奔天际。河面宽广无边，无舟无鱼。对岸是茫茫仙山，荡荡芦苇。

大花呢？大花到底去了哪儿？

张熏的年纪和他的妻子大花相差无几。十七八年来，他把全部时间用来伏案苦读，连志怪小说都没读过几本。刚刚发生在眼前不可思议的一幕几乎颠覆了他的三观。

但大哥突然病故，大嫂昏迷，妻子失踪，家里乱成一团，这位两耳不闻窗外事的读书郎不得不迅速成长起来。

他克服恐惧，颤抖着扶着椅子站起身，在暗地里掐了自己一把，努力让自己镇定下来，尽可能清晰地把刚刚发生的事对袁香儿叙述一遍。

母亲和妹妹醒来之后依旧只知哭天喊地。他眼前除了五岁的侄女，只有这位妻子的姐妹看起来比较镇定，是唯一可以与之商量事情之人。

听完他的述说，关于那条黑色的鱼妖是怎么把大花带走的，又带到什么地方去了，袁香儿毫无头绪。

妖魔的奇能异术很多，大头鱼人可以随机把自己传递到千万里之外，红龙能够建立一个属于自己的异度空间。她不知道那条鱼妖是用了什么奇特的法术把大花弄走的。

目前袁香儿可以确定的是，镇上突现多名失去意识的病患，或许和那条黑鱼有关。这只为祸人间的妖魔，应该就是河神托梦请求自己来两河镇的原因。

袁香儿把目光落在了墙上的那幅画上。

画者用淡淡的水墨，十分传神地将一条烟波浩渺的大河展现在了画卷之上。

但袁香儿细细看去，总觉得画面上似乎缺少了些东西。

袁香儿靠近那张画，在河畔的芦苇地里十分隐蔽的地方发现了一尾小舟。舟头坐着一位临江垂钓的老者，画家用寥寥几笔勾勒出他的背影。初看之时，袁香儿觉得老者被画得模糊不清，渐渐地又觉得十分传神，须发衣物都清晰起来。白发老者独钓碧江，悠然自得。

“阿香姐姐，那幅画好像有些奇怪。”冬儿的声音在身后响起。

袁香儿回头看冬儿。小姑娘守在母亲身边，哭得鼻头红红的，却还不忘提醒袁香儿画有古怪。

“嗯，我也觉得……”袁香儿刚说到一半，就看见面对着她的那个小姑娘张圆了嘴，露出一脸吃惊的神色，慌张地向她伸出手来。

与此同时，从袁香儿身后传来了一股她无法抗拒的吸力，将她拖向了画卷。

“阿香！”南河第一时间上前伸出手，但袁香儿已经在众目睽睽之下没入画卷，就那样凭空消失了。南河抓空了。

南河收住拳，看向那幅诡异的画卷。片刻之前还空无一物的河面上，如今停着一叶扁舟，舟头上站着一位女郎，正抬首凝望河面。

阿香进入了画中的世界。

袁香儿回过神的时候，已经置身于碧波荡漾的河边。

苍穹似幕，月华如水，白茫茫的苇花在河畔摇摆，她趁着夜色，站在芦苇丛边的一叶小舟之上。

“阿香？你听得见吗？你在哪里？”南河的声音在袁香儿的脑海中响起。

“我……我没事。这里……好像是一条河，我在河面的一艘船上。”

“你等着，不要慌，我很快就能找到你。”

袁香儿不再说话。她和南河即便不说话，此刻的心意也是通的。

袁香儿能感受到南河很恼怒、着急，但没有因过度担忧而手足无措。

他不再像她第一次突然离开时那样乱成一团。

他认可了她的能力，不再觉得她是那个失去保护就会立刻脆弱无助地陷入险境的人类。

突然来到一个陌生而神秘的地界，袁香儿心中当然有些紧张。

但南河不断地在她脑海中和她说话，对她充满信心，这让她渐渐地沉静下来。

她开始相信自己能够很好地面对任何突发的情况。

我很厉害，我能保护好自己。她对自己说。

“嗯，阿香很能干。”南河很快做出回应。

哎呀，我不小心又把心里的话传过去了吗？

“你不用担心我。”

“不担心，但我想去你的身边。”

“好，你慢慢来。”

小船在江面上漂荡。

袁香儿站在船头，隐约听见了歌声从河对岸飘来。那声音时而空灵飘逸，时而壮阔优美，如梦似幻，有种神秘感。

仿佛有一位不知人间疾苦的少女，正敞开胸怀放肆欢笑；又像有一位放荡不羁的狂徒，偶尔流露出一声柔弱的嗟叹。

那声音令人听在耳里顿觉心神荡漾，恨不能即刻寻觅声音的主人，并追随他前去。

袁香儿握住挂在脖颈上的南红吊坠，这个可以控制心神的法器正微微发烫，时时提醒着她不要在歌声中迷失自己。

就在此时，船头上出现了那位穿白袍的河伯，他的身影浅淡，几近透明，像是勉强留在舟头的一缕意念。

他拢着衣袖，向袁香儿行礼：“袁小先生，劳你拨冗前来，老朽感激于心。”

袁香儿回了一礼：“河伯，两河镇到底发生何事？这里的许多百姓得了失魂症，就连我的一位朋友也被鱼妖摄走，不知去向。”

“那条鱼妖，是我的一位朋友。”河伯说道。

“你的朋友？”

“是的，我和丹逻相识于数百年前。那时候的我还是一个人类，而他是一只吃人的妖魔。”河伯的脸上带着温和的笑，“别人或许不能理解我和一位妖魔成为朋友，但我想袁先生你或多或少能够明白吧？”

他的生命似乎已经接近尾声，面容苍老，脊背弯曲，身躯越来越透明，但他的神色平静慈祥，并无悲苦。

袁香儿点点头，有些担忧地问：“河伯，你这是怎么了？”

“这没什么大不了的。”他不以为意地摆摆手，“这世间本无永恒之物，我不过是时限到了罢了。”

“可是你……？”

“这些年丹逻和我在一起，为了我的感受，忍耐着从不吃人。如今我要离开了，他即将失去拘束，自然开始放纵自己。所以，我才请你特意来这一趟。”

“你是希望我出手铲除这只妖魔吗？可是我看见镇上早已有了不少清一教的法师，你为什么不把这件事托付给他们，反而找到我这个名不见经传之人呢？”

河伯背着双手转过身：“我想请你看一些东西，至于将来你想怎么做，可以自己决定。”

行进的小舟上出现了一个年轻男子的影像。那是属于河伯的记忆。

年轻的垂钓者不顾船边的钓竿，也不划桨，任凭小舟在河心游荡。他的膝前摆着一壶小酒，几碟小菜。他在自斟自饮，当真逍遥自在，连神仙都会羡慕。

小船附近，一条黑色的大鱼悄悄地浮出水面，它的额头上有一抹鲜红，黑色的脊背在碧波中时时起伏，鳞片在水面上一闪而过。

“又是你，我一喝酒你就出现，你也喜欢喝酒吗？”年轻的垂钓者倒了一杯酒，“鱼兄，鱼兄，你可好酒？来，在下敬你一杯。”

他将一杯清酒洒入江中，江水中的大鱼摇头摆尾，鱼鳍溅起浪花，好像真的喝到了酒一般。

此后这位垂钓者每次出来钓鱼，船边总是追逐着一条青黑色的大鱼。

垂钓者向大鱼敬酒投食，一人一鱼宛如好友。

在一个明月当空的夜晚，垂钓者在月色下行舟，忽然响起了哗啦啦的水声。一位眉心有一抹鲜红，身着黑衣的男子从水中攀上小舟，坐在了他的对面：“在下丹逻，多日来逢兄赐酒，心中感激，今日特来道谢。”

垂钓的男子知道丹逻并非人类，多半为那条大鱼所化，心中有些畏惧。垂钓者想到这些日子以来和大鱼的交往，虽彼此未能对话，但已经算朋友了，于是努力地镇定下来，回道：“在下素白，见过丹兄。”

月下扁舟上，他们把酒言欢，风吹过松树林，一曲吹罢，星辰稀疏。

美好的时光总是过得很快，记忆中悲伤的感觉却浓烈而刻骨。

那是一个混乱的时代，妖魔和人类混居。强大的妖魔时常肆虐人间，人类没有形成强大而统一的政权。大大小小的军事力量各自为政，还时不时互相残杀，世间战事不断，能一生过得悠然自得者，有几个呢？

素白安居的小镇遭遇了战火的洗劫，那些冲入城郭的士兵似乎已经忘记了自己人类的身份，变成了比妖魔还要凶残的生物。

他们将女人和孩子从藏身之所拖出来，毫不犹豫地杀死在大街上。他们折磨所有反抗的男人，将那些尸体吊在城门前。鲜红的血水把曾经安静的小镇浸泡成了人间地狱。

从未杀过人的素白，在那一刻，持着血染的长刀，面对着铺天盖地的敌人，化身为修罗。

他的刀口卷了，刀柄被血液打湿，滑到难以握紧，但他不在乎。他的家被毁了，亲人朋友被歹徒所杀，妻子孩子全死了，就死在他的脚边。

于是他也把自己变为了一柄杀人的刀，准备战斗到刀断的那一刻。

汹涌的洪水在这一刻冲开堤坝，涌进了小镇。无论多么凶残的人类，在自然之威的面前，都变得一模一样，柔弱无助。

洪水毫无感情地卷走了大量生命。不论是敌军、百姓，是好人、坏人，在冰凉的洪水中，都只有一个相同的结局。

素白醒来的时候，发现自己仰躺在小舟上。

天空和往日一般蔚蓝，水面依旧闪烁着欢愉的金色粼光，死了成千上万人的惨剧在这样明媚的世界里好像不曾发生。

如果不是他的身体还痛到无法动弹，他甚至会以为那场鲜血淋漓的战斗不过是一场可以醒来的噩梦。

“抱歉，我发现得晚了一些。”坐在船头的丹逻说道。

素白悲愤地道：“为什么？你为什么只救我？你明明有那样强大的能力，却眼睁睁地看着其他人死去。”

“我为什么要救他们？那是你们人类自己的事。”丹逻不解地问。他的语气很平淡，没有讽刺，也没有辩解。他只是单纯地发出疑问，让人无从指责。

“那你又何必救我？为什么不让我也死去？”素白抬起一只胳膊，挡住了自己的双眼。

“你哭了？你为何哭泣？能够活下来难道不是应该高兴的事吗？我有时候真

的难以理解你们人类。”

可以毫不犹豫地卷走成千上万条生命的妖魔站在船上，低头看他哭泣的朋友。

“人类真是有趣。或许我应该试试以人类的身躯感知这个世界，可能这样才会产生真正的情感，了解你们的世界。否则我即使变得再像人，看着你们的喜怒哀乐，总像是隔岸观火，各种情绪都是虚幻的。”

经历了这样惨痛的战争之后，失去家人，了无牵挂的素白开始潜心修行，而幻化为人形的丹逻变得喜欢游戏人间。

幸运的是，他们依旧视对方为朋友。妖魔甚至为了对朋友的承诺，强忍住吃人的冲动，长达一世之久。

眼前的幻象消失了，白发苍苍的素白站在袁香儿面前。历经了一世风霜，看遍人间百态的老者，脸上露出了温柔慈爱的微笑。

“我知道，我死之后，丹逻不会再遵守和我的约定，必将在人间为恶。作为人类，我不得不阻止他。”年老的素白说道，“但我想这世间的人类法师，或许只有你会对他有一丝宽容。所以我特意进入你的梦中，将你请到两河镇来。”

他的身影消失了，化为一缕白光牵引着小舟，向着河对岸渡去。

天空中缀满星星，河水碧蓝如镜。在水天相接之处，隐隐露出水晶宫、碧螺殿。那里仙乐缥缈，烟云环绕，遥遥传来欢乐嬉戏之声。

画卷之外的世界。

张冬儿盯着那画看了半晌，有些迟疑地道：“阿香姐姐不在里面了，我感觉她去了一个到处都是水的地方。”

“到处都是水？”南河皱起眉头。两河镇上沅水和酉水交汇，乃水源最为充沛之处。

“我出去看看，烦你守在这里，不多时我们的朋友就会过来。”南河对张熏交代。

张熏还没反应过来，就看见眼前这位俊美异常的男子脚下发力，从屋顶上破了的天窗处，直冲向蓝天，转瞬消失。

“这……这位是……？”张熏结结巴巴地问他五岁的小侄女。

“这位是有尾巴有耳朵的……”冬儿比画了一下，“很漂亮很可爱的那种小狼。之前姐姐抱在怀里的就是他。”

张熏还来不及消化一切，庭院里飘然落下一位披着长发、穿着鹤氅的男子。

“阿香呢？她发生了什么事？”那人转过头，用一双狭长的凤目向屋内看来。

一位在头发上扎着红绳，脚踏金靴的少年随后出现在屋檐上："阿香呢？你们把我家阿香藏哪儿去了？"

紧接着，院子里窸窸窣窣地落下数位穿着奇装异服之人，男女皆有，个个容貌俊美，气势不凡。

张熏一时觉得自己读书读僵了的脑子有些跟不上节奏。

袁香儿立在扁舟上。头上是流光溢彩的银河，脚下是像天空一样明净的河水，一时之间她有些分不清自己是在水面还是水底。

在她的眼前，是一栋用玉石和贝壳堆砌出来的宫殿。这里的光线很暗，也没有守卫之人，袁香儿借着石头发出的微光，悄悄地贴着墙摸了进去。

空灵的歌声清晰地从这栋建筑的内部传来，在这样寂静昏暗的地方，听来更为动人。

这个地方看似毫无守卫，其实已经被主人埋下了极为厉害的攻击。

袁香儿不得不在一个角落里盘腿坐下，默默念诵了两遍静心咒，稳住自己一直被歌声影响的心神。

"阿香，你在何处？"渡朔的声音突然在她的脑海中响起。

袁香儿一下子睁开了眼睛，想不到大家这么快就赶过来了啊。

因为情况比想象中的复杂，她被卷进画卷之前，在脑海中联系过大家，请他们过来帮忙。

从阙丘镇到两河镇，坐牛车的话要个把时辰，但如果渡朔展翅高飞，耗时就很短了。

"是不是有什么东西在干扰你的神志？阿香，我察觉到我的法器一直在发烫。"这是胡青的声音。她送给袁香儿的吊坠具有安定神魂的作用，此刻一直在起效果。

"阿香，我很快就能找到你，到时候把那条臭鱼炖汤喝了，给你解气。"乌圆说的话让袁香儿笑了。

胡三郎："阿香，你别怕，大家都来了，连虺螣也在这里。"

正巧来家里做客的虺螣看见大家突然撒腿跑得飞快，也就一道跟来了。

反正闲着也是闲着嘛，又没有几步路。虺螣这样说。

大家这样热热闹闹地在她的脑海中说话，那种诡异的声音逐渐不再能够影响到袁香儿的行动了。

"我好像在水底，又像在水面。这里有一座宫殿，用玉石和贝壳砌的。里面有人一直在唱歌。”袁香儿一边说着自己所见的情形，一边悄悄地沿着墙壁往里摸。

她拐过一扇沉重的大门之后，眼前豁然开朗。

那是一间装饰极尽奢华的大厅，四面银烛流光，明珠璀璨。在那些晃眼的光辉中，世间一切袁香儿能够想到的华美装饰物几乎都被堆砌在这里。长毛地毯上随意地散落着各色奇珍异宝，玉石制的长桌上摆放着精心烹饪的美味佳肴。更有俊美的健仆端着美酒和点心穿梭其中，妖艳的舞娘载歌载舞……

数十个人类的生魂或坐或卧地滞留在这个大厅之内。

有些人被空中连绵不绝的乐曲所惑，茫然而呆滞地坐着，无法生出逃脱的念头。也有一些索性沉迷于声色犬马，左拥右抱，大快朵颐，生活得十分奢靡。

那些服侍生魂的下人个个容貌俊美异常，但若细细看去，他们的表情十分诡异、不协调，下颌两侧偶尔会现出两道不断开合的鱼鳃，肌肤上有怪异的鳞片忽隐忽现。他们不是人类，而是一些还不能完美变形的小鱼妖。

袁香儿混杂在人群中，一点点地挪动，尽量不引人注目。有一位小妖转过眼珠来，和袁香儿的视线对上了。袁香儿绷紧身躯，僵立不动。那只小妖眨眨眼，很快就看向别处去了。他甚至区分不出袁香儿和那些只有灵体的生魂有什么不同。

袁香儿在人群中，看见了冬儿的母亲张林氏。张林氏静默地坐在靠窗的一张软椅上，垂着头，糊着银纱的窗格衬托着她弧度优美的脖颈，整个人悲伤又寂寞。

袁香儿摸到张林氏的身边，悄悄说：“大嫂，我来接你回去。”

张林氏仿佛突然从梦中惊醒。她看着袁香儿，露出诧异的神色：“阿香，你是怎么进来的？”

张林氏很快低下头，用双手捂住了面孔，悲伤地说：“谢谢你这样冒险前来救我，但我不想回去了，那地狱一般的日子，我真的没有勇气再过下去。”

袁香儿想了想，说：“每个人都有选择自己人生的权利，你要是真的不想回去，我自然不会勉强你。”

“但是，你可真的想好了？”袁香儿看着那个柔弱的女子，“我来的时候，冬儿还在哭呢。”

“冬儿……”张林氏顿时慌乱起来，不知该看向何方。

她擦了把泪水，最终还是站起身来，向着袁香儿行了个礼：“是我一时糊涂了，冬儿还等着我呢。我再难也不能将她一个人丢下。还请你带我回去。”

她们正在这里悄悄地说着话，糊窗的银纱上透出了一道巨大的剪影。窗外似有什么东西游过，长长的黑色剪影摇摆着出现在窗纱上。而屋内的人对此视而不见，似乎没有注意到有一个这样的怪物就在自己的窗外游过，又摇摆着尾巴从正门处悬空游了进来。

那是一条悬浮在空中的大鱼。

袁香儿随手扯了一件华袍顶在头上，伏低了身躯。黑鱼慢悠悠地游过所有人的头顶，伸出一只苍白的手掌。袁香儿将身边的张林氏轻轻地拉了拉，黑鱼用苍白的手掠过张林氏的头顶，一把抓住了一个男子，迅速地向外飞去。

大厅在片刻的寂静之后，恢复了喧哗热闹，生灵们继续着那种纸醉金迷的享乐。

袁香儿顶着披在头上的华服，朝着那条鱼消失的方向，远远地跟了上去。

那条鱼向着一处高台游去了。

袁香儿跟在后面，上了数层蜿蜒旋转的白玉台阶。台阶的最高处是一个堆琼砌玉的露台，露台上有人，传来了说话的声音。

妖魔的听力十分敏锐，袁香儿不敢再靠近。她躲在露台下的一根柱子后，脱下了手上戴着的戒指，微微施法，将戒指变大，戒圈内现出了露台上的情形。

露台之上，一位身着白袍的中年男子被法阵压制，动弹不得。

黑色的大鱼摇曳着游到他的面前，把那个人类的生魂丢了过去。

“吃下去。”妖魔独特的嗓音响起。

被限制了行动的白衣男子苦笑一声：“丹逻，我是人类。即便你有办法通过吞食自己同类的生魂延续生命，我也绝不可能这样做。你怎么还是搞不明白呢？”

袁香儿惊讶地张大了嘴。这个中年男子她越看越眼熟，此刻才发觉他就是中年时候的河伯素白。只是她刚刚才和河伯分别，他怎么就从垂垂老矣变得这样年轻了呢？

那条黑鱼绕着柱子在空中转了一圈，突然化为人形，穿着一身黑衣，眉心有一点红。

黑鱼并不想多说，一手抓住素白的衣领，一手亮起法诀，准备不管不顾地炼化那可怜的人类生魂，将生魂硬塞给素白。

“阿逻！”素白喝住他。

“素白，即便是你，也不能太过分。”丹逻皱起眉头，浑身魔气蒸腾，“我族的天赋能力，是炼生魂为己用。多少人类的术士想要借此突破瓶颈，提升修为。他们苦苦地求到我面前，我都懒得搭理。如今，你竟然拒绝我！”

“阿逻，我们是朋友。”素白盯着眼前的妖魔，缓慢而坚定地说，“这么多年了，你至少应该明白什么是朋友。朋友之间，最重要的是彼此尊重。”

丹逻双眉倒竖，妖气冲天，鼓动得长发飘摇，衣襟猎猎作响。

丹逻对面那个脆弱的人类平静而坚定地看着他，竟一点儿都不显胆怯。

他们僵持了许久，最终丹逻还是松开了生魂。

“这些年来，人间灵气渐消，你借不到信仰之力，因此无法突破修为，以致寿元耗尽，落到这般境地。早知如此，我不应听你的，管他三七二十一，多发几次水患，两河镇的那些人或许还会将你高高地捧在神坛上。”

他初时愤怒，越说情绪越低沉，露出了一脸寂寞的神色。

“阿逻，生命的可贵之处，正是在于它的短暂。我资质有限，修为停滞，寿数止步于此，本是天命。但我被奉为河神，享受过人间烟火，借此多活了那么些年，已是偷天地之运数。你应当替我高兴才对。”

“高兴？我不明白。”以人类的模样在人世游荡多年的丹逻，依旧无法理解人类的悲欢，“你悲伤我不能明白，你高兴我也无法理解。明明你可以长长久久地活在这个世间，过得逍遥快乐，为什么拒绝我？”

他逐渐变得冷漠，一甩衣袖，化为一条黑鱼，从高台上纵身游弋而下，冷冰冰的声音回荡在四周：“你既执意如此，那我就随你。”

素白不过是一个人类，我这一生见过的妖魔和人类多如过江之鲫。他们总是要死的，死了也无甚稀罕。

魔鱼游动在光怪陆离的水晶宫中，在半空中慢悠悠地翻了个身。

这么多年来，和素白的这个游戏我也玩腻了。等他死了，我终于不必再守着这莫名的约定，可以敞开肚皮好好地大吃一顿。

是的，我根本没必要这般烦躁和紧张。

我还是把那些辛苦抓来的魂魄都吃了吧，再随便发一场大水。

这些不是我从前最喜欢做的事吗？

哈哈，有趣，这才叫有趣。

待到黑鱼的身影彻底消失，袁香儿才悄悄地爬上露台。

“河伯，这就是你说的丹逻吗？他怎么这样对你？你等等，我这就给你解开法阵。”袁香儿低头琢磨法阵。整个法阵十分简单，也没有多少为难人的禁忌，她很快就解开了。

“多谢你，其实你不必为我浪费时间。你来这里是想要找回你的朋友吧？”河伯取出一小筒细细的鱼线，交给袁香儿，“你在其中注入灵力，就可以找回想找到的人，也能寻觅到迷宫幻境的出口。这是我从前做的小玩意，送给你吧，也算是留个念想。”

在小舟上，袁香儿见到的河伯是一位行将就木的耄耋老者；在戒指中见到的河伯也就五六十岁的年纪。现在，袁香儿似乎觉得素白更年轻了，成了一位清隽儒雅的中年男士，眉眼和梦境中所见的那位少年郎君一模一样。

袁香儿从河伯手中接过那筒鱼线，又注入灵力之后，果然有一根细细的银线从灵筒中滑出，远远地向着一个方向游动。

袁香儿想了想：“那我先去找我的朋友，一会儿我们再一起来找你。我要带着你逃出去。”

袁香儿找到大花的时候，大花正对着一桌子的美味佳肴埋头猛吃。

因为大花是连同肉身一起被带进来的，所以被单独隔离在一间屋子中。

袁香儿拉大花的时候，大花还啊了一声，依依不舍地抓住了一只烤乳鸽，跟在袁香儿背后跑。

“阿香，你怎么来了？！你好厉害，这是什么鬼地方？我根本找不到出口。”

大花边跑边摇头叹息：“就是可惜了，我从小到大都没见过这么多好吃的，这下都浪费了，我的心好痛。”

这个心宽体胖的女人，被黑鱼劫掠到这里之后，找不到出路，竟然先放宽心大吃了一顿。

“要不你留在这里，再吃点，我先回去了。”袁香儿没好气地撒开手。

“别这样。”大花急忙拉住袁香儿，将那只油汪汪、香喷喷的烤乳鸽双手递上，“阿香这样冒着危险来救我，我怎么会不知道呢？来，这个给你。”

袁香儿拍开她的手：“留着自己吃。”

二人一起向着最初的那间屋子跑。那里全是活人的生魂，他们的肉体都还活着，只要将魂魄释放，便可捡回一条命。

既然已经找到出口，袁香儿打算把这些人一起捞出去。

“妖魔虽然恐怖，但他在这里的生活真的是非常舒适。我来的时候看到了，那些生魂都是两河镇上的人。平时娶不到老婆的男人，这会儿被七八位美女围着转。平日里饭都吃不饱的穷汉，在这里日日吃尽山珍海味。平日里受尽屈辱的主妇，在这里有十来位俊美郎君端茶倒水。阿香，你说会不会有人不愿意和我们一起回去啊？”

“不愿意回去的人就留下，自愿给妖魔当点心吃，谁管得着？”

但到了房间，袁香儿二话不说，祭出玲珑金球，将一院子的生魂用球一装，撒腿就跑。

在她们身后，立刻追上来了无数水族妖魔。那些小妖有的端着盘子，有的胳膊肘下还夹着琵琶。他们露出小鱼小虾的模样，大呼小叫地一路追来。

袁香儿拉着大花一路狂奔，二人腿上都贴着加快逃命速度的神行符。袁香儿可不想在水里和鱼妖正面对决。

但很快她们身后荡起层层水波，那条黑色的巨鱼在水波中现出身形。他游得看似很慢，但其实一个摆尾就逼到了袁香儿身前。

“人类的术士，有趣。”黑鱼带着一抹轻佻的低沉嗓音在空中响起，“让我看看是什么样的人，敢从我的口里夺食？”

细细的鱼线在地面上亮起一线荧光，为袁香儿指明逃出生天的方向。宫殿的出口就在河伯所在的露台附近。袁香儿沿着荧光的指示一路狂奔。

袁香儿冲上露台，正要喊河伯的名字。

但法阵上，那个被控制的河伯不见了。袁香儿仔细一看，河伯不是不见了，而是变小了。

原本坐在此地的成年男子，身躯缩为一位八九岁的孩童大。

他正襟危坐，长着一张稚气的脸，过于宽大的衣袍松松垮垮地耷拉在那个法阵上。

“这是怎么回事？”袁香儿大吃一惊。

“没有什么好吃惊的。以什么样的方式诞生，便以什么样的方式回归自然，这正是我所修之道。”年幼的素白用稚嫩的童音说道，“你们走吧，我替你们拦住黑鱼。”

“但是你……”

袁香儿心生不忍。她和这位老者虽然接触得很少，但交浅言深。何况，河伯还是替师父找到自己的长辈呢。

还来不及多和河伯说说话，聊一聊师父的往事，她竟然就要和河伯在此地永别。

“不用替我悲伤。死亡不过是另一次生命的开始。”年少的男童伸手推了推她们。

袁香儿咬咬牙，拔足离开。

浓郁的黑雾从露台之下弥漫上来，双目血红的巨大黑鱼摇曳着长长的身躯，出现在浓雾中。黑鱼一路向着那手持金色铃铛的少女追去，却在半道上突然顿住了。

在黑鱼的面前站着一位只有八九岁的少年，稚嫩的面庞上长着黑鱼十分熟悉的五官。

气势汹汹的大鱼停了下来。

“这已经是你最后的形态了吗？”魔物低沉的嗓音响起。

“嗯。”变到六七岁的男孩笑盈盈的，“阿逻，我要和你告别了。”

大鱼化为人类的模样，低头看着眼前的男孩，沉默了。

“阿逻，在我的家乡被敌人攻入，家人全死在我面前的那天，我本来就应该死了。”小男孩抬头看着自己高大的朋友，“是你把我从那样绝望的世界里捞出来，天天守在我的身边，陪我度过那段最难熬的时日。”

“我虽然失去了一切，但总算还有一位朋友。这是那时候支撑我活下去的唯一理由。”小男孩的身体又变小了，他还在对黑鱼说话。

“我一直很想感谢你。你虽然和我不是同类，但并不像其他魔物那样冷漠。”小男孩变得更小了，笑盈盈地说着。

“谢谢你，阿逻，人生得一知己，夫复何求？”

“阿逻……”

法阵上，仅留下了一堆衣物，素白的痕迹消失了。

妖魔站在那堆衣物前，低头看着地面。

素白不过是一个人类。这个世界上的人类那么多，死了也没有什么稀奇的。

一滴不知道从何而来的水滴打在了法阵的地面上。

丹逻用一只手摸了一下脸颊，发觉指尖被泪水沾湿了。

“你怎么哭了？我真的不明白人类为什么会哭……”

“你试试以人类的身躯感知这个世界，可能这样才会产生真正的、人类的情感。”

原来悲伤是这种感觉啊！

黑暗中，一道荧荧发光的鱼线蜿蜒伸向远方。

袁香儿拉着大花顺着这条细线的指引，一路向前狂奔。前方终于出现了亮光，追在她们身后的那些妖魔迟疑着停下脚步。

大花回首看去，他们哪里是什么俊美仆从，美艳妖姬？那一个个虾头鱼身，长着枝节甲壳，奇形怪状的魔物，在幽暗中望着她们，看得大花头皮一阵发麻。

二人从出口钻出，累得直喘气。外面的世界不再昏暗无光，而是风和日丽。

此刻的她们站在一片乱石上，眼前是奔流不息的滔滔河水。

此处不再有幕布似的星空，水镜般诡异的河面。

这里是真实的世界，而不是画卷中的异度空间。袁香儿略松了一口气。

"刚刚追着我们的都是妖魔吗？可吓死我了。"大花抚着胸口喘气。

"你以为呢？"袁香儿又好气又好笑，没想到自己在人类中还能有一位这么粗神经的朋友，"我看你刚刚吃得可欢了，一点儿都不害怕。"

大花生性活泼，身体结实又健康，个头比袁香儿高出一截，是家里的长姐，小伙伴中的大姐头。但其实大花心里特别清楚，在从小一起玩到大的这一群人里，平日里最安静斯文的阿香，才是大家的主心骨。

阿香打小就比同龄的伙伴稳重、聪明，不仅能识文断字，还有一身神奇的法术。

曾经有一次，同伴中的铁牛不慎被暴涨的溪水卷走了。明明水性很好的他，却仿佛被水里的什么东西拖住了，怎么也上不了岸。孩子们都慌了，哭的哭，闹的闹，还有的呆住了，乱成一团。

那个时候，大花就在袁香儿身边，清清楚楚地看见同样年幼的阿香划破手指，骈指起符，向着水中一点。汹涌的溪水神奇地静了下来，铁牛方才借着机会挣扎着靠上岸，被阿香一把拉了上来。

从那时候起，大花就特别服袁香儿，有什么事都喜欢拉着阿香说一说。

"我不如阿香你这般厉害嘛，跑也不知道怎么跑，只好先多吃点压压惊。等阿香来救我的时候，我也好有力气跟着跑，不是吗？"大花开始为自己的行为找借口，顺便拍了下袁香儿的马屁。

袁香儿很喜欢大花的性格，这样的朋友总比遇到事就哭哭啼啼、纠缠不清的要好。

她们来到河岸边，宽广的河面水流湍急，对岸是一片茫茫的芦苇滩，再远处便是两河镇那低矮的城墙和鳞次栉比的屋檐了。她们从这里望去，隐约可以看见河神庙屋顶上那个显眼的金色葫芦。

此刻握在袁香儿手中的玲珑金球沉甸甸的，里面挤着数十位人类的生魂。

这些人逃脱了那些诡异歌声的控制，又在玲珑金球中稳住了神魂，逐渐清醒过来。他们看不见金球外的世界，正茫然地四处张望。他们或许还不知道，他们的生命是河伯放弃了自己的寿命才保下的。

丹逻想用这些生魂延续素白的寿命，素白却坚决不愿接受。不管素白活了多久，依然认为生命对每一个人来说都是最为宝贵的事物。能为他人而舍弃自己的人，不论在什么年代都值得敬佩，都受得起那份神坛上的信仰之力。

就在眼前的那片芦苇滩头，白衣胜雪的河伯曾独钓寒江。在那粼粼波光之上，河伯和黑鱼曾在月下行舟，把酒言欢。

“我以为我们是在水底呢，那里那么幽静，回荡着奇怪的声音。想不到我们还在陆地之上。”大花正在四处打量所处的石头岸，“阿香你看，这里的石头好奇怪，生着这么多的贝壳。刚刚我只顾着逃跑没看见。”

被大花这样一说，袁香儿回首看去，这才注意到脚下是成块的黑褐色岩石，岩石上和她们刚刚逃离的那座宫殿的墙壁一样，覆盖着密集的贝壳。

这些贝壳一般生活在水底。

“是啊，看上去，这里曾经是河底。”袁香儿说。

“他住在水底不习惯，于是我把我的宫殿升上水面。他不喜欢我吃人类，我就忍耐了这么多年。”

低沉的声音突然在空中响起。

一身黑衣的丹逻出现在袁香儿和大花眼前。他的个子很高，湿漉漉的头发抓在脑后，露出额心一抹刺眼的鲜红。他正歪着脑袋居高临下地看着她们。

大花被这位魔气熏天的男子吓了一跳，下意识地往袁香儿身后缩。但大花看着袁香儿那比自己还矮一截，纤细柔弱的身板，咬咬牙，又伸出手把袁香儿挡在了自己身后。

“素白前辈呢？”袁香儿问出这句话的时候眼眶红了。

丹逻没有回答。但丹逻在此现身，已然说明了袁香儿不想知道的结局是什么。

素白前辈生于乱世，命途坎坷，但具有仁德之心，是个赤子。

虽然和素白只有短暂的接触，但这位先生的宽容、睿智已然感染了袁香儿。他们才刚刚认识，还来不及多聊几句，这位师父的朋友、值得敬佩的前辈就离开了这个世界。这怎能不让人感到伤感？

“河水每天都在流淌。不知道枯燥地度过了多少岁月，我才第一次交到了朋友。他为什么不能活在世间陪我？”丹逻伸出手，抓向袁香儿手中的玲珑金球，嘴角勾起一丝残忍的笑。

“他之所以会死，就是因为舍不得这些愚昧又贪婪的人类。我偏偏要让他知道，就算他自己舍不得吃人类的生魂，我也一样会吃了他们。”

袁香儿拉着大花迅速后退，单手起指诀。只见一黑一红两条小鱼游转在她身侧，金光灿灿的符咒高悬半空。

袁香儿召出双鱼阵护身，用神火咒降魔。对上吃人的妖魔，她丝毫不惧。

“哦？双鱼阵？”丹逻微挑了一下眉头，“想起来了，我见过你，我和素白曾一起替余摇找过徒弟。那时候的你，不过是一只瑟瑟发抖的人类幼崽。”

“但是现在的你看起来挺厉害的嘛，好像也没过去多久。人类的变化总是这样出乎我的意料。”他散漫而随意地说着，天空却在一瞬间黑了。

“那么，就让我来会一会余摇的宝贝徒弟好了。”

丹逻将苍白的手指横在唇边，毫不顾忌地咬下，空气里弥漫着一股刺鼻的血腥味。

所有的法诀、咒术，但凡用到施术者的血，势必威力倍增。

袁香儿刚刚偷走生灵的时候，这条大鱼追在她身后，摇头摆尾，不紧不慢。

此刻因为失去挚友，丹逻无处发泄胸中激愤，揪着袁香儿要和她决一死战，变得十分难缠、恐怖。

惊雷炸起，狂风卷地。半空中腾腾黑云吞吐着银蛇。丹逻仿佛翻了江河，倒倾鲛室，瓢泼大雨夹着冰雹遮天蔽日而来。

水克火，神火符的威力骤降。雷声中更有古老神秘的歌声响起，使得袁香儿心神摇荡。大花痛苦地抱住头颅，就连被护在玲珑金球中的那些生魂也承受不住，发出一阵哀鸣。

在雷雨之中的河畔同水族交战，还要小心施法护住众多脆弱的生魂，袁香儿十分吃力。

但她的身侧是友人，金球里是素白舍命托付的数十条生魂，她绝不能妥协。

她同样划破掌心用血祭阵，咬着牙一字一顿地念诵金光神咒：“天地玄宗，万气本源，金光速现，降魔除妖！”

庄严肃穆的神像在骤雨中升起，金光破除万法，那伤害灵体的诡异歌声被神光压制，渐渐低沉下去。

“无聊的日子又臭又长，特别的事情倒全堆在一起发生。也好，今日我们便战个痛快！”

风雨中夹杂着丹逻放肆张扬的笑声。眉心有一抹赤红的妖魔卷着黑烟俯冲过来。

河面掀起大浪，就在此刻，一位银发湿透的男子从波涛里跃出，直扑丹逻。一黑一白两道身影冲撞到了一起，翻滚在暴雨如梭的天地间。

天空中烧红的陨石破开雨云从天而降。星雨雷电交织缠绕，彼此争锋，互不退让。

南河的及时出现，让袁香儿总算喘了口气。幸好南河一直在附近的河水中找寻她，这才能在第一时间抵达战场，助她一臂之力。

“阿香，这位郎君是什么人？是你的朋友吗？”大花摆脱了痛苦，看着前来帮忙的南河，心生感激。

袁香儿咳了一声：“他是南河，你见过的。”

“我见过？南河？”

大花踮着脚，既害怕又好奇地看着那些惊天动地落下的陨石，想起了自己出嫁之前就看见香儿时常抱在怀中的那只宠物，它似乎就叫这个名字。

“啊，这样英俊的郎君，你竟然天天把人家抱在怀里搓来搓去的。”

见到眼前两只神秘而强大的生物碰撞在一起，大花感到恐惧和紧张，又隐约有些兴奋。

阿香就在她的身边，白皙的手指迅速而有力地变化着姿势，阿香试图联通天地间神秘的力量。

威力强大的符箓伴随着阿香的动作在空中亮起，符纹流转，梵音阵阵。

此刻的阿香专注而认真，眼眸里映着战场的火光，神采奕奕。即便是瓢泼的大雨淋在脸上，也不能夺走她半分神采。

大花突然觉得，阿香的这副模样真是好看。原来一个女孩子在专注地做一件事的时候，也能发出这样夺目的神采。

大雨中一位披散着长发的男子突然出现在袁香儿的身侧。

“没事吧？”他侧过脸来询问袁香儿，那眉目和丰姿，让大花几乎不好意思与之对视。

“渡朔，你也来了？我没事。”阿香看见他，却很明显地松了一口气。

那人点了一下头，俊朗的面孔上浮现出纤长的羽毛。伴随着一声鹤唳，他飞身加入了战团。

这也是阿香的朋友吗？会不会也是自己曾经在阿香的院子中见过的某只悠闲自在的动物？

江面上又飞掠过来一只人首蛇身的魔物。那只魔物有着女性的身躯，蟒蛇的长尾。上岸之后，脸上六只眼睛齐睁开来，六道橙黄的光从高处照下，破开战场的浓雾。大花可以看见浓雾中翻滚着一黑一白两道身影，半空中盘旋着一只威风凛凛的羽鹤，时不时地扭动空间，施展神威。

原来阿香的世界是这样精彩纷呈，与众不同。

大花心中涌起一股羡慕之情，突然觉得自己从前的那些苦恼之事，其实根本算不得什么。

大花嫁人之后，兢兢业业地守着脚下的“一亩三分地”，担心得不到丈夫的喜爱，埋怨、惧怕婆婆对自己苛刻，每天盯着那些芝麻绿豆大的事情，将人生消磨在自怜自艾当中，准备永远卑微、瑟缩地活着。

因为大部分女子过着这样的生活，大花也就觉得理所当然。

而今大花突然发觉，即便身为女子也可以让自己的视线越出宅院的高墙，看一看外面的世界。只要能摆脱自己给自己套上的那些枷锁，世界其实很大，有很多精彩之处。

渡朔和胐朧赶到之后，战场的形势开始一面倒了。丹逻很快被袁香儿的太上净明束魔阵限制住了行动，南河踩住丹逻的脊背，出手切向丹逻后脖颈的要害之处。

在南河、渡朔的眼中，丹逻就是一个为祸人间，还掳走了阿香的敌人，是他们可以一口咬死的浑蛋。

但袁香儿在这一刻想起了素白对她说的话。

“我想这世间的人类法师，或许只有你会对他有一丝宽容。”

当时她听了这话，并没有往心里去。如今素白已经去世，袁香儿这才真正理解了素白的苦心。

或许正如素白所言，在这个世上真的只有袁香儿能够明白素白对丹逻的那种感情。

若是把丹逻换成南河、渡朔、乌圆、胡青他们中的任何一个，只要遭到了人类的围剿，袁香儿也必定会和素白一样不忍心，不放心。

这样想着，袁香儿下意识地放松了法阵对丹逻的钳制。她不过是略微松了一点儿控制，面临死亡威胁的丹逻就不顾身躯会受到的伤害，猛然挣脱法阵，纵身跃入滔滔河水，在嵌满螺贝的地面上洒下鲜红的血迹。

“阿香？”南河不解地转头看向袁香儿。

袁香儿走到河水边，看着涌起惊涛骇浪的河面，踌躇着是否动用水灵珠下水追击丹逻。

就在此时，半空中响起一声清咒：“分水。”

骑着狮子的清源真人出现在浪头上。他被此地的动静吸引，追寻过来。

他不过轻轻地吟诵了一句真言，那句真言一没入惊涛骇浪之中，就将水流生生断开，一分为二。水底之下乱石之间赫然卧着一条负了伤的黑鱼。

在水面上，数位骑着妖魔的清一教术士出现在暴雨中。他们的坐骑都是凶狠的魔物，这些坐骑显然还没有完全驯服，被套上统一的嘴套和束具，以供他们驱使。

“总算找到了。”

“罪魁祸首原来就是他啊！”

“他是水族，抓回去我们也不好驯服，杀了算了。”

清一教的教徒居高临下地审视着河底的妖魔。

丹逻突然暴起，冲破数人的包围圈，化为一抹黑影向着远处逃逸。

那些法力强大的法师大怒，驱使魔兽，吆喝着紧追而去。

清源悬停在半空，转身面向袁香儿，稽首为礼：“此妖十分狡诈，夺人魂魄时总是利用媒介，从不现出真身。我等追查数日尚无线索。还是道友聪慧，找到了他的老巢。”

他看袁香儿不说话，以为她对自己半路插手此事感到不满。

他们这些出身于名门大派的弟子，其实并不介意像袁香儿这样独自修行的同行的看法。

只是顾及身份，加上对袁香儿这个小姑娘另眼相看，于是他笑着说了一句场面话：“道友放心，找到此妖，道友居了首功。事成之后，官家给的报酬都是道友的。”

人间的黄白之物，对大部分修为达到一定程度的术士来说，已经没有任何作用。它们对袁香儿同样没有任何吸引力。

“炼器的魔躯和妖丹，你若想要，我也可予你一些。”

清源留下这句话，一拍胯下的妖魔，向着同伴离开的方向追去。

袁香儿回到两河镇上，释放了玲珑金球中的魂魄。这些生魂纷纷向着袁香儿躬身行礼，而后化为流星，朝各自的家中飞去。

数十道流光一齐从袁香儿手中飞出，飞向四面八方，绚丽而壮观。这些生魂中大部分的身躯受到了家人的良好照顾，即刻便能醒来。当然也有个别类似张家大郎那样的生魂，身躯已经死去，就没了归处。

妖魔也是会吃人的。世上既有挖取人类心脏的妖魔存在，也有夺取人魂魄的妖魔。有会施展魅惑之术图人精血的妖魅，也有只能趴在屋顶上，靠食怨而生的魔物。

这大概是袁香儿首次如此直观地认识到人妖之间不可磨灭的矛盾。

袁香儿他们回到张家的时候，张熏匆匆忙忙地跑到门口。他看见自己的妻子毫发无损地回来了，就红了眼眶，想要伸手一把拉住自己的妻子。

他考虑到在众目睽睽之下，这样的行为过于孟浪，便在快够到大花袖子的时候急忙把手收了回去。

他在袖子里来回搓了几次手，恭恭敬敬地展开衣袖，真心诚意地向袁香儿行了个大礼。

一行人被让进客厅，大花的婆婆张李氏正指着刚刚清醒过来的张林氏痛骂，释放出的恶意达到了极点。

“像你这样被妖魔附身过的污秽之物，还有什么脸面留在世间？魔物为什么不收了你这个贱人，还我儿的命？”张李氏指着张林氏的鼻子骂道。

张林氏转过头，搂着自己的女儿，一言不发，极尽隐忍。

张李氏看见进屋的大花，想到这个小儿媳妇也被魔物掳去了，更是无法忍耐，当即扯开喉咙骂了起来，恨不能立刻让小儿子休了大花，换一个清清白白的娘子。

大花闭着嘴不说话。她从前十分惧怕婆婆的责骂，只是刚刚经历过天翻地覆，见识过力量强大的妖魔，婆婆色厉内荏的辱骂突然无法再引起她的任何恐惧了。

倒是张熏看不下去了，上前两步开口劝道：“母亲，此……此事并非阿花和大嫂之过。咱们镇上少说也有四五十人遭逢此难，你万不能说让大家都去死这样的话。”

他一向孝顺，从不顶撞母亲，这次也是憋了半天，才终于把话说出口。

他这才发现反抗母亲也没有那么难。其实无论说话的对象是谁，都应该讲道理。他把话说到后半截，已经不再结结巴巴，变得流畅自然，气势也强了起来。

“大嫂和阿花刚刚回来，还要操持大哥的身后事。还请母亲先放下成见，让她们歇一歇。”

在这个家庭中的长辈有极重的男权观念。张李氏早早没了丈夫，大儿子又刚刚去世，家里唯一的男丁就成了她后半生的依靠。小儿子说的话，比儿媳妇的千百句解释还有效。

即便如此，张李氏还是愤愤不平地念叨：“我儿，你也太宠媳妇了，女人不能这样惯，小心她过几日爬到你头上来。”

张李氏刚说完，就对上了袁香儿的目光。

袁香儿已在客座入座，身旁坐着胡青和虺螣。三位容貌各有特色的美丽女子并排坐在一起，看着这一幕闹剧，毫不掩饰地露出鄙夷的目光。

“看吧，我都说了，人类就是这样。”

“嘻嘻，真是奇怪，大花怎么不给她一个耳刮子？怕手疼吗？”

她们发出细声细气的调侃声，看似在密语，其实说得毫无忌惮，让人恰巧听得见她们说话的内容。

张李氏突然打了个寒战。她虽说没有亲眼看见当时的情况，但也听到了旁人的述说，大概知道袁香儿身边的这几位都是些什么厉害角色。

别看张李氏在家中一众小辈面前作威作福、大呼小叫惯了，但面对外人，特别是这些她不敢招惹的人物时，心里充满了胆怯。

想到小儿媳妇有一个这样的朋友，张李氏不由得打了一个哆嗦，肚子里的那些臭粪烂水就不敢往外倒了。她勉强地交代了一句，就哭哭啼啼地在女儿的搀扶下退向后院，哭她的长子去了。

大花的注意力其实根本不在婆婆身上。她一直悄悄地看着南河、胡青等人，对他们感到好奇。

特别是南河。哎呀，这位就是阿香的心上人啊，难怪阿香看不上铁牛呢。

此刻的南河端坐在座位之上，窄腰宽肩，身高腿长，俊逸无双，气势不凡。

但大花总能想起昨日袁香儿抱在腿上的那条小奶狗。它被袁香儿翻来翻去，还露出肚皮任凭袁香儿抚摸。一想到那幅画面，大花就忍俊不禁，举起袖子遮住脸才勉强不至失礼。

正襟危坐的南河总觉得哪里不对劲。

这是他第一次以人类的模样见袁香儿的闺密。

他悄悄地把自己从冠帽到鞋袜审查了一遍，确认没有穿错。

自己应该没有什么地方表现得不对吧？

因为张家忙着办理丧事，袁香儿等人没有多留，早早地离开了。

大花和她的夫君特意将他们送到了镇口。

大花拉着袁香儿，眼眶发红，依依不舍：“你有空就常来看看我。”

“一定。”袁香儿说，“你若是想回娘家，就时常回来。”

袁香儿知道大花的婆家其实经济十分拮据，当初同意张熏迎娶大花，多半是看在大花嫁妆丰厚的分上。如今要办丧事，只怕张家的生活会更加艰难。于是，袁香儿开口说道：“若是有任何难事……”

大花捏了一下袁香儿的手：“我心中最大的难事，已经被你解开了。今后的路我会好好地走。若我事事靠着别人，则处处都是难事。只有自己站起来了，这路才能走得顺。”

“我家大花这么快就变得能说会道的了。”袁香儿笑着告辞，“总之你有事，就回来告诉我。”

送走了袁香儿，大花跟着张熏，一前一后地往家里走。

张熏慢慢地伸过来一只手。

“啊？”大花没明白。

张熏立刻把摊在她面前的手不好意思地往回缩。所幸在最后时刻，大花反应过来，一把抓住了夫君忍着羞愧才递过来的手。

她握着张熏的手，发现他的手有些凉。

“我……很多地方没做好，以后会改。”

走在她前面的男人说了这句话，但没转过脸来。

“这是什么话？夫君，你哪儿都好。我从第一次见到你的时候，就满心欢喜，天天期待着嫁给你。”

张熏闻言，把她的手握得更紧了。

多鼓励他，多说他的好处。我觉得他需要你的鼓励。

阿香说的果然没错。

“夫君……”

“嗯？”

“你看咱们家眼下没个进项，要用钱的地方却不少，我想……”

“你想什么？”

“我想着只靠大嫂整日织布刺绣补贴家用也不是个事。我能不能在集市上租个摊位，先做点小买卖，补贴一下家用？”大花说这话的时候心里有些忐忑，生怕读书的夫君不喜欢自己抛头露面。

她的丈夫沉默许久，没有松开她的手，只是有些艰难地说道：“如此甚好，辛苦娘子了。此后我但凡得空，就去帮你。”

“我怕母亲不许呢。”

“娘亲那里，自然由我去说。”

离开两河镇之前，袁香儿独自进入了镇子口的河神庙。

外面下着雨，庙宇内没有别的香客，只有一位年迈的庙祝在为长明灯添香油。神坛上端坐着酉水、沅水两位水神的塑像。慈眉善目的酉水水神长得和素白十分相似。人面蛟身的沅水水神依稀是丹逻的模样。只是经过了艺术加工，神像显得威严肃穆，失去了丹逻的那份狂傲不羁。

“又下暴雨了，今年这势头不对啊！”老庙祝在昏暗的角落里絮絮叨叨。

“沅水可是几十年没发过大水了。今年千万别出事哟！”

“以前沅水常常发大水吗？”袁香儿忍不住问老庙祝。

“从前这里水患频繁，大家都十分敬畏河神，年年祭拜，修筑河堤，种植林木，以祈求风调雨顺。”老庙祝声音沙哑，动作缓慢，眯着眼给长明灯添上最后一点儿灯油，“这些年来，河神大人改脾气了，温和了许多，来祭拜的人反倒少了。”

他提着油桶跨出斑驳的门槛，在大雨中撑开油纸伞：“降水丰亏由天，调水理水由人，倒也怨不得鬼神。”

袁香儿点起一炷香，在素白的神像前拜了三拜，把香插进香炉中。香烟袅袅一线，凝而不散。

“他快死了，请帮帮他。”一道声音突然在庙宇中响起。

袁香儿抬起头，神像温和的面目在青烟之后变得有些虚幻。

“素白前辈，是你吗？”

没有人能完整地回答她的话，那句“请帮帮他”却一直在昏暗的庙堂内回响。

这个神灵明明已经死去，却因为不放心自己的朋友，还在以某种形态滞留在天地间。

袁香儿祭出素白赠予的那一筒细细的鱼线。鱼线可以指路，可以寻人。她注入灵力之后，银白的线升起，向着远处飞去。

天空中黑云散去，雨水渐歇。

在一处荒无人烟的乱石浅滩上，八位术士各自占据一处八卦方位，凝神聚气，祭出符咒，不断地念诵口诀。繁复的阵盘上，金色的法线交织成网状，紧紧地束住了人身鱼尾的魔物。

那魔物双目赤红，在金光耀眼的鱼网内拼命地扑腾着尾巴挣扎。

“大胆妖魔，你频发水患，为祸人间。如今我给你一个机会，乖乖地入我清一教门下，以通过修行清洗你的罪孽。”

虚极道人背负古铜剑，长须飘飘，一副仙风道骨的模样。他立在半空中呵斥丹逻。

他年轻的师父清源，正坐在使徒的背上，屈着一条腿，用一只手撑着下颔，饶有兴致地看着法阵中的丹逻。

丹逻扭过头，半张脸被鲜血覆盖，露出愤恨的目光。

“虚伪的人类。我出生之时，此地尚无人族。我将身化为江河，涨潮退潮自在由心，何罪之有？你们凭什么要我迁就突然冒出来的人族？”

“你！”虚极拔剑出鞘，“身为魔物，是世之疾垢，竟然还敢大放厥词？”

“笑话！何谓神灵？何谓魔物？这不过是你们人族的一面之词。”丹逻的身躯动弹不得，他说话却绝不肯示弱，“我活了这么久，还从未见过哪个种族和你们人类一般自私、贪婪、残酷又愚昧。假以时日，你们必将成为大患，祸及天地。”

虚极气结，伸手一剑往前刺去。

清源从空中降下，拦住虚极：“有想法，不错。你这只水族我收了。”

清源低头看着趴在法阵上的丹逻：“我就不和你说虚的了。你若是打得过我，我活该被你吃了。现在你打不过我，你就得乖乖地供我驱使。”

丹逻的脸上浮现出黑色的鳞片，他冲着清源咧开嘴，露出锋利交错的牙齿。

半妖化是妖魔愤怒的表现。

清源冷冷地说：“把他捆起来。”

两个弟子走上前来，用一个炼制过的嘴套扣住丹逻的头部——他们的坐骑都戴着这种用来束缚牲畜的法器。随后，两名弟子强制反剪丹逻的双臂，用铁链紧束起来。他们甚至连他的鱼尾都捆上了，最后再贴上制裁妖魔用的符咒。

丹逻不肯屈服，拼命挣扎，几人合力都压制不住，被他撞得踉跄着退开。

坐在一旁的清源伸出一根指头，口诵真言：“落雷！”

头顶上轰雷连响，有小孩手臂那么粗的数道银色闪电从空中落下，接连打在法阵中那只拒不屈服的妖魔身上。

硝烟散去之后，那只被电刑灼伤的魔物蜷缩着身体，看着清源，眼神却依旧凶狠，脸上甚至还渐渐浮现出一丝挑衅的笑。

“这又是何必？”清源坐在狮背上，撤去法术，“我听说你和西水水君相交甚深，你们一同做了河神。他不也是一位人类术士吗？你只要愿意成为我的使徒，他给你什么条件，我一样能给你。你想要什么？灵石？内丹？秘药？宝器？我教中可对你进行定期供养，必定比素白能给你的多。”

“你这样的人，也配提素白的名字？”

“他和我是朋友，你却视我为刀剑，想把我当成奴仆。”丹逻说着说着，开始放肆大笑，“你刚刚说的不对。我即便打不过你，也未必要成为你的使徒。我还有另一条路呢。”

空气中突然弥漫开一股血腥味，浓烈、刺鼻。有人用了大量血液来献祭。

清源皱起眉头：“不好！”

他第一时间反应过来，一手将几个徒弟推往身后，回身施展护身法阵。

清源的视线被一片血雾遮挡，他的肌肤上传来久违的伤痛感。

清源被一股巨力掀翻在地。他捂住受伤的胳膊爬起身时，漫天的血雨刚刚消散，丹逻在地面的法阵上留下一截断了的鱼尾。

河面之上，漩涡未平，血染碧波。那条鱼妖挣断被法器锁住的鱼尾，通过血祭爆发出威力，使用杀招，脱离法术的制约，跃入水中逃脱了。

只是丹逻断了尾巴，身负重伤，只怕活不久了。

丹逻即便死去，也不愿意成为供人类驱使的使徒吗？

热衷于圈养使徒的清源，第一次对自己的行为产生了怀疑。

就在此时，那位十六七岁就有众多使徒的少女带着一行妖魔从天而降。

“丹逻呢？”袁香儿皱着眉头问。

她看见了地上的血污和那截断了的鱼尾。

袁香儿曾经产生过逃避之心，不知道该怎么处置对人类心怀恶意的丹逻，是以干脆没有干涉清一教对丹逻的追杀行动。这一刻，看着眼前血淋淋的一幕，她皱紧了眉头。

亮亮的鱼线延伸到断尾处，转向江面，迅速地伸长。那发着光的细长鱼线一头钻进江里去了。

“那只妖魔太凶了，自伤躯体也要逃走，连我家师尊都不慎中招了。”虚极从旁插了一句嘴。

他未曾说完，就看见袁香儿托出一枚深蓝色的圆珠。那蓝色的圆珠在她的掌心滴溜溜地转动，发出一层淡蓝色的光泽，笼罩着她全身。

袁香儿二话不说，拔腿狂奔，在蓝光的护持之下，毫无顾忌地一头没入惊涛骇浪中。

在一片茫茫不见边际的芦苇滩头，四下无人，只横着一叶破旧的扁舟。

芦花瑟瑟如雪，扁舟久无人用。

身负重伤的丹逻倒在舟头，剩下的半截鱼尾拖在船外，浸泡在水里。

他闭着双目，脸上血色全无，一动也不动，似乎死去了许久。

一条亮着光的鱼线从水里冒了出来，精准地找到了他的身躯，摇了摇他的肩膀。

丹逻勉强睁开眼睛，看见紧随着鱼线走上岸来的人。

“丹逻。”

他听见那个人在叫他的名字。

“丹逻？丹逻兄？”

丹逻在迷迷糊糊中听见有人唤他的名字。来人是那个奇怪的人类吧？他不仅不害怕自己，还敢请自己喝酒，很是有趣。

他的名字叫什么？好像叫素白。

丹逻睁开眼，看见那个乐呵呵的老头站在船头，提着两壶酒：“阿逻，你看我带来了什么？”

素白已经这么老了吗？哦，是的，素白早就老去了。

丹逻依稀感到有什么地方不太对劲，但这一刻觉得特别疲惫，脑中昏昏沉沉的，无法多想，也不愿意细想。

素白跨进木舟的船舱，在丹逻的身边坐了下来，摆出酒盏，打开用油纸包着的小菜。眼前的一幕似乎蒙着一张半透明的纸，朦朦胧胧的，丹逻有些看不清。但这样的举动老头已经不知道做过多少次了，此景让丹逻觉得熟悉又安心。

丹逻想起第一次见到素白时的情形。

那时候的他游荡在幽暗的水底，过得安逸而稳定。

丹逻从出生起就生活在这条河里，已经不知道过了多少个年头，几乎与河流融为一体。时光是那样悠长，他过得逍遥自在又有些寂寞无聊。

他抬起头，看见水面上漂浮着一块阴影，应该是名为人类的生灵制作的名叫“船”的工具。

船上传来悠扬的笛声，丹逻喜欢一切音乐，便摇着尾巴靠近水面，倾听那干净清透的乐曲。

从木质的小舟边缘挂下来一条细细的鱼线，线头穿着一个鱼钩。

丹逻绕着那个挂了一点儿食物的小钩子转了一圈。人类真是可笑，想用这么明显的陷阱抓到谁呢？

船上的那人吹完笛子，傻里傻气地笑了，还对着月亮说话。

“虽有好酒好月，可惜独酌无相亲。”一只举着酒盏的手从船沿伸了出来，“河神啊河神，我敬你一杯。”

琥珀色的液体落进了水里，传来一股独特的香味。

船底的丹逻想了一下，这条河里就住着自己一个灵体，那么这杯酒应该就是给自己的吧？他张口将那杯酒吞了下去。这是什么东西？又浓烈又上头，味道似乎不错。

自那以后，一棹春风一叶舟，花满渚，酒满瓯，万顷波中得挚友。（化用自南唐李煜的《渔父·一棹春风一叶舟》：“一棹春风一叶舟，一纶茧缕一轻钩。花满渚，酒满瓯，万顷波中得自由。”）

“老白，我觉得饿了，想吃东西，吃很多很多的东西。”丹逻睁开眼，看着坐在对面的老头。

身体似乎虚弱又疲惫，他真想尽快得到能量的补充。

“你不吃人类行吗？你要是吃了我的同胞，我们即便不成为敌人，也没办法再这样好好地相处了。”

“不行，我很饿，身体空虚得难受。”

“实在忍不住的话，我把我的手臂分一条给你。反正我有一条手臂也够用了。”老者无可奈何地说。

怎么会有这么蠢的人类？算了，丹逻并不想看见他少一只胳膊的模样。

“抱歉，阿逻，长久以来我一直让你忍耐着。”素白收起船头的钓竿，细细的鱼线在空中隐约发出光芒，“吃人本是你的本能，你和我做朋友很辛苦吧？”

丹逻眨了眨眼睛，心中生出一股熟悉的恐惧感。

“这么多年来我总是让你迁就我。至少在最后，我希望能为你做点什么。”那个笑呵呵的人，说着说着身影就淡了，“阿逻，加油，这个世界没了我，你也能找到很多的朋友。”

那道身影最终消散在水雾弥漫的芦苇丛中。

丹逻眼前的世界变得清晰起来，他看见蜿蜒的鱼线那头跟来了一位人类法师。

丹逻想撑起身躯，剧痛如同潮水般覆盖了全身，最后，痛感集中在残缺的尾部。他这才发觉自己已经失去了动弹的能力，甚至连这样睁着眼都已经是竭尽所能了。

他只能眼睁睁地看着那个年轻的人类女郎，一步步地向他走来，朝着他伸出了手。

袁香儿伸出手，解开扣在丹逻头上的嘴套，却没有断开将他双手束在身后的锁链。

这个妖魔即便伤重濒死，狼狈到了这样的程度，眼神里依旧不见半分示弱。

袁香儿把他扶进小船的船舱里，让他躺好，在他的身边蹲了下来："你愿不愿意做我的使徒？只要你受我约束，从此不任意伤人，我便不伤你性命，也绝不会肆意侮辱你。"

"你们人类不是有一句话，叫'杀人者，人恒杀之'吗？我作为一个捕猎者，早就做好了成为猎物的准备。你无须多言，杀了我，拿走我的妖丹和骨骼便是。"丹逻面色惨淡，吐出喉咙中的一口污血，嘴角却勾出一抹笑来。

"死了一了百了，也还不错。喂，你杀了我以后，能不能把不要的残躯丢进沉水里？我想死在水里。"

袁香儿没有理他，取出一支符笔，埋头在船身上绘制图案。

那是人类的法阵，符文繁复，威力强大。随着袁香儿的收笔动作，法阵亮起红色的光芒。

她还是要把我折磨到最后，才肯放弃吗？

丹逻鲜红的血液一再从口中涌出，顺着脖颈流下。他看着头顶的天空出神。

这大概是我最后一次看到天空了。即便这个人类什么也不做，我大概也活不了多久了。

但法阵的光芒亮了许久，那种强制缔结契约的痛苦一直没有出现。相反，一股暖流来回漫过他伤痕累累的肌肤，最终汇聚在他已经断了的尾部上。

丹逻这才后知后觉地发现，袁香儿绘制在船身上的不是强制妖魔订契约的法阵，而是治愈伤口的法阵。

"你……"

"天道好生而恶杀。你既然不愿意成为我的使徒，那我就将你送去里世，将你封禁百年。里世是你们妖魔的世界。百年之后，浮里两个世界通道封闭。不管你愿不愿意，就在那边好好地生活，别再回来了。"

袁香儿拉紧丹逻双手上的锁链，贴上制约灵力的符箓："在那之前，我不会解开这道封咒，但会治好你的伤。你不要胡乱挣扎，伤害自己。”

法阵暖洋洋的光洒在丹逻因为过度失血而冰凉的肌肤上，带来促进愈合的轻微刺痛，引起肌肤的痉挛。

痛苦让丹逻清醒，温暖却令他的意识变得虚弱。他几乎支撑不住，要昏迷过去。

“为什……么？”丹逻红着双目，勉强从喉咙里挤出三个字。

“有一个前辈，他在临走之时特意拜托我再帮你一次。”袁香儿收起地面上引路的鱼线，“我十分敬佩那位前辈，就答应他了。”

南河等人赶到的时候，清一教众人也紧随而至。

那些术士看见小舟上绘制的金镞召神咒，顿时一片哗然。

“道友莫非想将此妖契为使徒？”清源制止了徒弟们的胡言乱语，“我劝道友一句，不必白费力气治疗他。在下缉拿的妖魔数不胜数，像他这般宁可自残身躯也不服管束的魔物，很难成功结下契约。”

“与其在订立契约之时遭到他的反扑，给自己惹来麻烦，不如干脆趁早了结了他。”

清源的意思是，袁香儿可以在这里杀了丹逻，大家瓜分一下内丹、魔躯，好聚好散。

“抱歉，我要带他走。”袁香儿直接说道。

清一教的众人顿时炸窝了。

“你这是什么意思？”

“我们战斗了数个时辰，你在最后时刻出来插一手，就想将妖魔白白地带走？”

“今日发生的事太稀奇了，竟然有人妄图从我清一教手里夺食？”

“你想走，没那么容易！”

在他们说话的当口，袁香儿身后的一位使徒已经当着所有人的面，化为一只神鹤，带着丹逻的小舟飞上空中。

袁香儿坐上银狼的后背，长发在风中猎猎飞扬：“他本就是我先发现的。我这就带他走，辛苦诸位帮忙了。”

银色的天狼向高处飞去，地面上只留下一沓作为报酬的奇怪符箓。

“师尊，就……就这样看着他们走？”虚极气急败坏地说，“这叫我们清一教的脸面往哪儿搁？”

他的师父清源真人在教中辈分极高，道法高深。只是清源很随性，没有什么长辈的模样。清源也不耐烦处理教中俗务，唯一的兴趣是收集天下各种独特的魔物，使其成为自己的使徒。

“瓜分战利品这种事，说得再好听，其实最后还是靠拳头说话。”清源不以为然地挽起袖子，给自己受伤的胳膊念诵止血咒，“你觉得你打得过他们吗？”

“不是还有师父在吗？”虚极快要跺脚了。

“我要是没受伤，加上你们，倒可以勉强试一试。如今我却不想丢这个人。”

虚极愣住了：“莫非那个无门无派的女娃娃的道法竟然比得上师父？”

“不是她比得过我。你看看她的身后都是一些什么样的使徒？”清源叹了口气，“为了一只濒死的魔物，和他们大战一场没必要。彼此留点颜面，下次也好相见。人家不是也留下符咒了吗？”

清源说得平和，其实心中酸得厉害。

清源看起来年轻，其实岁数已然不小。在修行的大道上，他唯一的爱好就是收集各种使徒。但这世间妖魔多数倨傲狂悖，哪里会那么容易和人类订立契约？弱小的魔物，他契之无用。越是强大的魔物，越难以向人类低头。

因此这么多年过去了，他身边力量强大的战斗使徒也不过两位而已。

眼前这位十七八岁的娇小女郎，身后竟然跟着这样种类繁多、实力强大的使徒。她的使徒里不仅有九尾狐、山猫、神鹤、螣蛇这样罕见的大妖，还有在人间已然绝迹的天狼。

她为什么小小年纪就能成功和这么多使徒订立契约，是有什么我不知道的秘诀吗？

清源嫉妒得几乎要咬手帕了。

一个弟子捡起袁香儿留下的符箓。

绘制符箓是一件十分损耗灵力的工作。教里的高功法师每次开坛制符都需斋戒三天，焚香沐浴，然后安置法坛，凝神作法，十分麻烦。因此教中所有法师都十分重视符箓，使用时也很珍惜，特别是各种战斗类型的符箓，在修真界甚至可以作为硬通货来交换商品。

袁香儿留下这么一大沓符箓，对他们这些底层的弟子来说，其实是一件很愉快的事情。

“这是什么符咒？看起来乱七八糟的。”

“我看来看去，怎么看都觉得是猫爪。这不太可能是符箓吧？”

“试一张看看？”

一个道士给符箓输入灵力，祭在空中。那张歪七扭八的符箓很给面子地生出一团巨大的火球。火球滚远，烧毁了一地芦草。

“哇，火系攻击符箓，她随手就给了这么大一沓，这样看来，我们倒也不算吃亏。”

“那个小姑娘，到底出身何处？出手为何这般阔绰？”

从两河镇飞回阙丘镇，袁香儿他们只用了不到一刻钟。众人在院子里落地的时候，尽管小舟上的法阵还在发挥作用，丹逻却已经陷入昏迷。

袁香儿俯身察看，只见躺在船舱里的妖魔一动不动，双眼微微睁开，目光涣散。

帮忙处理伤口的胡青转过头看袁香儿，露出了担忧的神色。

丹逻或许就要死了。袁香儿意识到了这一点。

丹逻没了半截鱼尾，在战斗中又受了很多伤，失去了大量血液。即便是体质强的妖魔，也未必能挺得过去。

袁香儿想起丹逻从水中现身，攀着人类的小舟讨酒喝的画面，又想到那位前辈对自己的殷殷嘱托，心中有些不好受。

“他的生命力好像在迅速地流失。需要我的帮忙吗？我可以帮上一点儿。”小白篙的树灵落在袁香儿的肩头，探出小脸看着地面上濒死的妖魔。

“你可以吗？你又有了治疗的能力？”袁香儿大喜过望。

白篙树的果实是具有强大的治愈能力的宝器。袁香儿将种子种进土里的时候，也有些不舍。

她想不到如今的小白篙竟然生出了同样的天赋能力，真是意外之喜。

白篙小小的身体发出白色微光。他扇动身后薄薄的翅膀，降落下去，绕着丹逻来回飞了几圈。

丹逻的睫毛微微地颤抖，他呼出一口微弱的气来。

袁香儿将白篙接回手心，小小的男孩子已经累得直喘气了。

“抱歉，我还太小了。”小男孩有些羞愧，“只能帮到这么点。”

梧桐的树灵阿桐扇动翅膀飞过来，伸手摸白篙的脑袋：“小白已经很厉害了呀！”

袁香儿：“是的，谢谢小白，真是帮了我的大忙。”

白篙不好意思地挠挠脑袋：“他真的伤得很重。如果他住在这里，我可以慢慢地为他治疗。不过他好像是水族，住在水中要好一些。”

是的，既然袁香儿将丹逻带回来了，把他安置在哪里也是一个问题。

袁香儿扶着院子中的石桌思索起来。石桌的触感冰凉，她低头看向石桌，只见桌面的石头纹理起伏变化着，内里仿佛蕴藏着山川大地。这张她从小就趴在上面练字画符的石头桌子，是师父余摇炼制的一个小世界。

袁香儿有了主意，运转体内灵力和石桌相连，转眼已经置身桌中世界。

这里天蓝草绿，丘陵起伏。

在一呼一吸之间，袁香儿感觉这个世界的一切都在那样亲切地欢迎着自己。

那种熟悉的感觉，就像师父当年伸过手来，握住了她的手掌，把平生所学一点儿一点儿地教给她。

很快，她流转在筋脉中的灵气，和脚下的大地、远处的山脉，乃至这里的每一片细小的草叶联系在一起。

她从那位温柔的师长处继承了这个小世界，成了这个世界的主宰。

袁香儿抬手摸了一把脸，发觉自己不知何时已经泪流满面。

即便师父不在了这么多年，这个家里还处处遗留着他的心意。

袁香儿运转灵力，脚下的大地随着她的心意缓缓地发生改变，深深地陷了下去，草地上出现了一片湖泊，湖水渐渐地汇聚起来，蔚蓝如镜。

丹逻睁开眼睛的时候，发觉自己躺在一片小小的湖泊里。

阳光透过晃动的水面，投下光斑，柔软的水草在他身边摇曳，周围的声音很嘈杂，似乎有不少人在说话。

一道梭状的阴影出现在水面上，又滑过丹逻的面孔。

那是一艘船，一艘他曾在水底看见过无数次的小船。

“推到这里就可以了？我要把整条船推进去吗，乌圆？”这个声音听起来很稚嫩，像是一只年幼的小狐狸在说话。

“推推推。三郎，锦羽，我们把它推下去，好跳上船玩一玩。”

“咕咕……咕咕咕。”

柔软的水草贴着丹逻的脸颊正在迅速地生长。

透过波光粼粼的水面，丹逻看见了水岸边站着一位年轻男子。那个男子有着控制植物的能力，正向着湖心伸出手，施展催生植被的木系法术。

“水底做成这样就可以了吗，阿香？岸边是不是也要种植点什么植物？这里的空间很大，我们布置得漂亮点，以后乌圆、三郎、锦羽和我弟弟也可以时时进来玩耍。”那个人说。

“有道理，那就在湖边种点芦苇，再种些果树。辛苦你了，时复。”

萧萧芦苇一丛一丛地出现在水岸边，似雪般白，如絮般柔软。

一个人类的女子出现在丹逻的视线中。她手持一截竹枝，沿着湖岸边走边专心致志地绘制着什么图案。

那个人说，素白临走之前将自己托付给了她。所以她从一众法师的包围圈里，把自己硬抢了出来。

“歇一会儿吧，阿香。要施展这么大的法阵，你太辛苦了。”那人的使徒这样说道。

“没事，只剩最后一点儿了。”汗珠顺着袁香儿的脸颊流下，挂在下巴上，啪嗒一声滴进水里，在水面上荡开一阵温柔的涟漪。

她握着蘸着朱砂的竹枝笔走龙蛇，画了个法阵。

天地间似乎起了一阵风，灵气开始汇聚，无形的气流慢慢地形成一个旋涡，向着这个法阵涌来。

这是聚灵阵。柔和的灵力汇进了湖水中，滋养着水底受伤的妖魔。

“他好点儿了没？不知道什么时候能够醒来？”一个长着狐狸耳朵的少年从船沿伸出了脑袋。

“我们要不要丢点吃的东西进去？他吃点东西才好得快。我扔小鱼干可以吗？大鱼正好吃小鱼。”长着猫耳朵的少年贴着刚刚说话的少年露出脸蛋。

“不行吧？我看人类钓鱼都是用虫子做诱饵的，鱼应该喜欢吃虫子。让锦羽去抓一点儿蚯蚓过来吧。”说这话的少年看起来像一个真正的人类。

“咕咕咕……咕咕。”

躺在水底的妖魔始终睁着双眸，眼前碧波摇曳，水草如烟。

水面上漂浮着一叶小舟，舟上满是温柔。

他想起了素白在最后时刻对自己说的话。

“至少在最后，我希望也能为你做些什么。”

“阿逻，加油，这个世界没了我，你也能找到很多的朋友。”

保住了丹逻的性命，顺利地完成了河伯素白的嘱托，又开拓了石桌小世界的新用途，袁香儿很开心。

吃晚饭的时候，她边吸溜着师娘煮的酸辣粉，边把在两河镇的经历说给师娘听。

“河伯素白吗？”云娘诧异地道，“他是你师父的朋友，从前时常来家中做客。有时候他会带着一位身着黑袍的朋友。”

“想不到，他已经仙逝了。”云娘叹息一声。

晚上的时候，袁香儿端着衣物去洗澡，正巧碰见了化为天狼打算进浴池的南河。

“别跑呀！”她一把逮住她的小狼，“我帮你搓背。我保证就洗洗，绝不捣乱。”

“师父是水族，大概很喜欢泡在水里。所以我们才能有这么舒适的浴室。”袁香儿看着浴室里的浴池，想起了自己的师父。师父和丹逻一样，也是水族。

小小的银狼背对着袁香儿蹲在浴室的地上，任凭袁香儿给自己打满泡沫，刷洗后背的毛发，湿漉漉的尾巴摇得正欢。

“你为什么变得这么小？”袁香儿从一旁的浴池中舀出温水，慢慢地把小狼从头浇透，边洗边咬着他的耳朵说悄悄话，“我们明明什么都做过了，你怎么还这么不好意思呀？”

突然之间，人形的肩膀和脊背湿淋淋地出现在了袁香儿的视线中。南河伸出紧实有力的胳膊，一下把袁香儿扑倒在烟雾氤氲的水中。

滴着水的银发贴着光洁的肌肤蜿蜒而下。那属狼的男人低下头来舔她的耳垂，声音里带着灼热的渴望。

“如果不变得那么小，我会忍不住。”

干啥啥不行，使坏第一名的袁香儿一下翻过身来，按住蠢蠢欲动的天狼，一本正经地说：“不行，我说好这次不捣乱，必须先把你洗干净。

“你别变回去，就保持这个样子。

“你再跑，我就用天罗阵啦。”

浴室的水声响了很久，氤氲的水汽带上了一股浓郁的甜香。

大概她是真的把南河身上的每一处都细细地清洗过了，才花费了这样长的时间。

第十六章　佑　鱼

在两河镇一战成名的袁香儿成了许多人口中的传奇人物。大家对她的称呼也从自然先生家的小徒弟，变成了袁先生。

找上门来向袁香儿求助的人渐渐变多了。可惜这位袁小先生似乎行踪不定，时常不在家中。

“云娘，阿香今日在家吗？我三姑家的表弟想请她帮忙点个金穴。”隔壁的花婶站在院门外往里看。

“哎呀，她不在呢，不知道又溜到哪儿去了。”云娘抱歉地说道，不好意思地看着院子中的石桌。

自从发现了石桌内的小世界别有用途，袁香儿就和大家一起动手，将里面多番改造，做了一片湖泊，还搭建了房屋。

她使小世界成了一个供大家毫无顾忌地消遣放松的世外桃源。

此刻的桌中世界已和去年全然不同，不再是单调无边的荒野丘陵。

里面花木成畦，草长莺飞。湖上荷叶田田。湖畔有木屋数栋，轩窗临水。

乌圆顽皮，时常领着一众小妖呼啸而过。

渡朔在水面上游来游去，胡青弹着乐器伴奏。

一条天狼伴着袁香儿泛舟湖上，懒问人间世事。

这一日，袁香儿在摇摇晃晃的扁舟内小憩。

她明明闭着双眼，却似乎能看见外面的世界。

船头上出现了一位身着白袍的老者，正笑盈盈地看着她。

“素白前辈，你怎么来了？”袁香儿爬起身来。

素白拢袖行了一个大礼：“今日老夫是来辞行的。我心愿已达成，再无牵挂，可往来生。先生所为，素白铭感五内，却无以为报，仅有一言相赠。”

“尊师困于南溟，非人力所能及。但得徒如此，惠泽众生，他应有绵绵福报，或有一线生机。”

袁香儿一下从梦里醒来，四周只有浩渺烟波，南河在舟头打坐，哪里有梦中的河神？

尊师困于南溟，非人力所能及。

梦里，那位前辈似乎这样对她说。

袁香儿趴在小舟的边缘，找寻水底的丹逻。

人身鱼尾的妖魔慢慢地在水草丛中滑过。色泽浅淡的鱼尾如纱绢一般摇曳在幽暗的湖底。

丹逻作为水族，一度失去了最为重要的尾部，曾以为自己必死无疑。

但那个人类将他安顿在这片水域，为他设阵疗伤，时时照拂。

时隔数月，断尾已经逐渐恢复，他依旧存活在这个世间。

丹逻浮上水面，露出半张面孔，一言不发地看着船上的人。

袁香儿取出两个酒杯：“听说你喜欢喝酒，我特意准备了一壶秋月白。喝一杯吗？”

她注满两杯酒，向前递出一杯。

浮出水面的妖魔慢慢地靠近她，绕了半圈，看着她不说话。

袁香儿倾倒酒杯，将酒水倒入湖中：“我就当你喝过了。跟我来吧，我带你去一个地方。”

她摊开手心，一团荧荧发光的鱼线抽出丝来，向着远方蜿蜒而去。

“这是素白前辈的鱼线，可寻想寻之人，可解无解之路。”袁香儿看着丹逻，“你知道我此刻心里想的是谁吗？”

丹逻的眼眸突然亮了，他带着一点儿莫名的希望抬头看向她。

袁香儿坐在南河的背上飞行在旷野之中，怀里抱着一个透明的石英罐子，里面装着一条只有半截尾巴、颜色浅淡的黑色小鱼。

此刻正值傍晚，金乌西坠，天边一片晚霞，江山壮阔。

为了不惊吓到人类，南河飞得很高，丝丝缕缕的浮云从脚下滑过，广袤无垠的大地之上有两条银链似的河流蜿蜒交汇到了一起，滔滔东去。

袁香儿："我们到两河镇了呢。"

那条黑色的小鱼贴着罐子的底部，看着河流交汇处的城郭，不知道在想些什么。

从袁香儿的手掌中飞出一道细细长长的鱼线，缥缈的游丝向着斜阳的方向延伸，银白的天狼追逐其后。

晚霞满天之时，荧荧生辉的细线投向地面一座热闹繁华的城镇，没入了一户典雅的庭院，一看就是富贵人家。

他们落地之后，听见厢房中传来婴儿嘹亮的哭声，寻觅了一路的丝线顺着哭声坚定地没入了窗户。

庭院里穿锦着缎的丫鬟们满面喜色。

"夫人终于生了，还是位小少爷呢！我高兴得几日都睡不着。"

"谁说不是呢？老爷夫人这般慈善，膝下却一直无子。如今天赐麟儿，老爷夫人以后就该享福了。"

袁香儿皓腕之上手镯微亮。她祭起了遮天环，隐去身形。

他们避开人群，小心地进入那间屋子。

屋子内的光线有些昏暗。这是一个富裕的人家，主人喜得子嗣，那种热闹欢欣的气氛还不曾退去，照顾婴儿的奶娘和丫鬟在屏风外窃窃私语。新生的婴儿被安置在一张柔软的小床上。

"小少爷肩头的这个鱼形胎记真是特别。"

"是啊，不仅状态像鱼，头顶还带着一抹红，活灵活现的。"

"老爷看了很是高兴，说这叫锦鲤游肩，是大富大贵的象征。他立刻给少爷取了名字，叫佑鱼。"

"真是个好听的名字。少爷生在这样的人家里，必定是有福之人。"

女人们说话的声音渐渐变小，屋内仅剩一位中年的嬷嬷看守婴儿。忙碌兴奋了一天的嬷嬷坐在角落里，打起了瞌睡。

她在半睡半醒时睁开眼，依稀看见一位穿着黑袍的俊美男子站在光影中，扶着婴儿床看着小少爷。

嬷嬷揉了揉眼睛，定睛一看，傍晚橘红色的阳光透过窗纱照进屋子，空气中翻飞着细小的尘埃，哪里有什么俊美的郎君？

小少爷把手伸出了襁褓，在阳光里抓着什么，发出令人欣喜的笑声。

自己是睡迷糊了吧？小少爷真可爱，必定是有福之人。嬷嬷笑眯眯地再次闭上了眼。

南河和袁香儿隐匿身形站在窗边。

南河还是第一次见到人类刚出生的幼崽，只觉稚嫩又可爱。

“这位就是你说的河神素白吗？”他有些好奇地向襁褓内张望。

袁香儿：“是的，这就是素白前辈如今的样子，在我还很小的时候，这位前辈受师父所托，到我的家乡找到了我。”

他们在脑海中说着只有彼此能够听见的悄悄话。

南河看向袁香儿手中那一捆亮着微光的鱼线，眼睛亮了。

袁香儿把鱼线收进袖子里，搓了搓南河的手：“但拥有了新的人生，也就不再是之前的那个人了。”

她想起昨日在睡梦中，素白前辈和自己告别之时说的话。

“太好了，前辈，以后我们还能找到你吗？”

那位前辈有些无奈地说：“新生之人会有全新的记忆和身躯。他不是我了，而是一个全新的生命。今日之后，世间便再无素白。”

袁香儿的笑容又凝固了。

“你不必为此难过，虽然我会在这个世界上消失，但依旧满心欢喜地期待着下一趟旅程。”白发苍苍的老者看淡了生死，只牵挂着自己的友人。

“丹逻身为妖族，天性率真而固执。我担心他对我去世一事过于执拗，一世不能摆脱心结。”素白立在船头，低头看着水底那一度身受重伤的朋友，“他还有很长的生命。所以我想请你告诉他，死亡并不算是彻底消失。”

袁香儿张了张嘴，感到难受。

看破生死，物我两忘，成为超越生命的存在，这大概是所有修行者的最终目的。但千百年来，又有几人能够真正做到？

即便是师父那样豁达淡然之人，依旧心甘情愿地被束缚在了“情”字上。

素白转回头看着袁香儿，问了一个比较难回答的问题：“袁小先生，你觉得人之所以为人的根本为何？依靠的是我们的肉身还是灵魂？”

这个问题难住了袁香儿。她来到这个世界，即便换了躯体，依旧觉得自己没有变过。

可是如果她不是这样带着记忆依旧作为人类活着，而是进入动物或是妖魔的体内，没有了往日的记忆，那么她也会觉得自己不再是自己了。

“或许，关键在于记忆？”袁香儿带着点迷茫。这个问题对于她这个年纪的女孩来说，还是过于深奥。

“我用这具身躯感受着世间的善恶，产生了点滴记忆，三观思维被塑造出来，才真正成了一个人类。但凡少了一样，那个人都不能再算是袁香儿了。”

“你真不愧是自然先生的弟子啊，这样年轻却又通透。有了你，这世间或许还有变数。”素白笑盈盈地点头，他的影子渐渐地变得浅淡，“我去也。珍重，我的朋友们。”

“阿香，怎么哭了？”南河轻轻地推了袁香儿一下，把她从恍惚的回忆中唤醒。

她摸了一下脸，脸颊有点儿湿。

“道理我都明白，终归还是舍不得素白啊！”袁香儿叹了口气，见没人注意，伸手圈住了南河的腰，把脸颊贴在他带着温度的胸膛上，难得地撒了个娇，舒缓一下自己的情绪。

手中的鱼缸已经空了，穿黑衣的丹逻站在婴儿床前，正低头看着床上小小的男婴。

他断了的鱼尾还未完全恢复，化为人形的双腿因此虚弱无力。他需要以手撑着床沿的栏杆，才能勉强支撑住身体，但他眼也不眨地盯着襁褓内那个新的生命——那个稚嫩、幼小、充满生命力的人类。

手腕上束着封条的铁链发出了响声，丹逻向着那个全新的生命伸出了手。

这是一个奇怪的人类幼崽，不是素白，也和素白没有任何相似之处，却莫名让丹逻有了一点儿熟悉和安心的感觉。

丹逻的手指悬在半空，他想要触碰婴儿，却又无从下手。

那个婴儿在这时候从襁褓里挣出了一只手，一下抓住了丹逻的手指，发出了快乐的笑声，小嘴里还吐出了一个口水泡泡。

好傻，这怎么可能是素白？丹逻想着。

不过他和素白确实有点儿像，素白不就是喜欢傻乎乎地笑吗？

婴儿挥动双臂之时，露出了一小截肩膀。那白嫩的肩膀上有一块小小的黑色胎记。

胎记的形状像是一尾鱼。那条鱼自由自在地游动着，额头上有一抹红色。

原来素白并没有在天地间彻底消失，只不过换了一种方式活着罢了。

丹逻一直以来心情沉重，突然就觉得轻松了。他终于松了一口气，一颗悬着的心总算轻飘飘地落在了地上。

“丹逻好像笑了。”南河对袁香儿说。

“啊，真的，原来他也会笑。过去大半年了，我还以为他只学会了一种人类的表情呢。”离开此地之后，袁香儿坐在南河的背上，飞行在天地间，手里捧着那个透明的小鱼缸。

“素白前辈让我带你来看一看如今的他，好使你不再那么难过。”她对着鱼缸中摆动着鱼尾的丹逻说话。

“现在我就带你去里世。那里是妖魔的世界，遵循着你们自己的法则运转着。你在封印中睡一觉，醒来之后，就好好地在那里生活吧。”

或许丹逻并不愿意去里世生活，但他是以人类为食的妖魔。袁香儿身为人族，经过权衡之后才做出这样的决断。

此刻他们的脚下是皑皑白云，万顷青山。古朴的天狼山脉很快出现在他们的视线中，在那万叠青峦的深处，藏着另一个世界的入口。

“进了里世，我就把你手腕上的铁链封条解了，找一处风光秀丽的湖泊，把你藏在湖水下。你觉得呢？”

“我没敢和乌圆他们说，不然那些小家伙可能会舍不得你，会哇哇乱叫地跳起来。”

袁香儿一边说，一边飞进天狼山，在一处水光潋滟的湖泊上空悬停下来。

他们离碧波荡漾的水面只有一臂之遥，鱼缸被袁香儿举在水面上。丹逻身上的枷锁已除，但袁香儿早在鱼缸上细细地绘制了封印妖魔的法阵。

只要她一松手，小鱼缸就会带着丹逻一起沉入水底，丹逻将陷入长久的沉睡之中。

这一睡将是上百年，丹逻醒来之后，或许浮里两界的通道早就不可寻觅了。那时候袁香儿也早已不在人世，他们再也没有见面的机会了。

“这是渡朔的翎羽，是他让我留给你的。”袁香儿将一片特殊的羽毛放入透明的鱼缸内，让它漂浮在水面上，“虽然简单了些，但是应该可以遮蔽你的身形，不让误入的妖魔发现。等你醒来之后，你还可以留着用。”

“对了，时复还送来了很多芦苇的种子。他让我把种子撒在湖水边，这样你一百年以后醒来，会发现这里的风景和你的家乡很像，或许就不会觉得不习惯了。”

袁香儿发觉自己的话有些琐碎。她不知道自己为什么说了这么多。

距袁香儿从两河镇回来，已经过去了大半年。她天天看着湖底的那条鱼在水里游来游去，看着他严重的伤势一点点好转，尾巴慢慢地长出来，心里也就对他渐渐地多了一丝感情。

她已经不能再像当初那样冷冰冰地锁住他了，在离别之时也有了不舍之情。

“之前我捆住了你的双手，此刻又强迫你进入里世，真是抱歉。”快要和丹逻分别了，袁香儿尽量让自己温和一点儿，“你还有什么心愿吗？请说给我听，我尽量为你办到。”

丹逻和从前一般，沉默无言，甚至连尾巴都不动了。

就在袁香儿的手指将要松开的时候，透明罐子里的小鱼突然摇动尾巴游了半圈。

袁香儿不知道他想表达什么。

南河突然说了一句：“你如果想留在浮世生活，现在就得开口，否则便没有机会了。”

罐子里的小鱼又游了半圈，就在袁香儿以为丹逻应该什么也不会说的时候，一道低沉而独特的声音突然响起：“不过就是几十年，也没什么不可以。”

袁香儿没听明白。

南河无奈地替丹逻补充了一句：“他的意思是，人类的寿命不过是几十年，他做你的使徒也没什么不可以。”

“真的吗？”袁香儿这下高兴了，把鱼缸举了起来，“你真的愿意和我们在一起生活吗？”

此时明月在山间升起，月华洒满大地，石英清透的光泽笼罩着水中那只不好意思的水族。

丹逻摆动了一下鱼尾，终究没有否认南河的话。

云娘提着一大桶洗好的衣物，走进院子。

“师娘，让我来吧。”南河看见了，伸手接了过来。

南河动作利落，很快在院子里的树木间牵起晾晒衣物的绳索，整整齐齐地将一件件湿衣服在阳光下垂挂起来。

云娘站在一旁笑吟吟地看他。

阿香的这位郎君，虽然平日里很少说话，又是妖族，但其实十分体贴、细心。

相处得久了，云娘可以看出来，南河在认认真真地努力适应着人类的生活方式，是真心实意地想和香儿过一辈子的。

云娘十分欣慰地想着。

而且南河非常容易害羞，云娘不过这样看他一会儿，他的动作就有些不自然了。

袁香儿和胡青从厨房跑出来，端着一盆刚出锅的油炸丸子向石桌的方向走去。

“师娘，我到里面去待一会儿。”袁香儿和云娘打招呼。

“师娘，厨房里的午饭都准备好了。”胡青也跟着打招呼。

两人说着话，跳上桌面就消失了。

乌圆领着三郎和锦羽掀开层层衣物，一窝蜂地冲了过来，咋咋呼呼地闹腾着。

“炸丸子，炸丸子，我闻到炸丸子的味道了。”

“快一点儿，到桌子里去。”

“咕咕咕，咕咕。”

三个小家伙看见云娘，刹住了急匆匆的脚步，规规矩矩地打招呼。

“师娘。”

“师娘。”

“咕咕。”

不知道为什么，大家都习惯了跟着袁香儿一起喊云娘师娘。在一院子此起彼伏地叫唤师娘的声音中，云娘笑吟吟地答应了。

如今云娘也渐渐地可以看清楚锦羽的模样了。

云娘特别宠溺这三个小家伙：“快去吧，小心炸丸子被吃光了。”

小家伙们欢呼一声，跳上石头桌面，很快消失了。

云娘从南河手中接过空木桶，走到檐廊边站定，抬手遮眉，看了看天边有些暗淡的云。

“好不容易放晴了一天，可别再下雨了，今年的雨水也未免太多了。”

在石桌的小世界里，乌圆几个蹲成一排，一边吃着烫嘴的丸子，一边看着丹逻练习走路。

丹逻扶着湖边木屋的墙壁，一步一步地走，行动有些勉强。走上几步他就面色发白，不得不停下来喘口气。

“别勉强，你先休息一下吧？”三郎有些担心地说。

“就是，你明明是鱼，不能走路也没什么。虽然我们一直喊你上来玩，但也不急在这一时。”乌圆有些不好意思。这些日子他总喜欢趴在船边，拿着毛毛虫挑逗一直沉在水底的丹逻，想让这条少了半截尾巴的黑鱼上来陪自己玩耍。

“过来坐一会儿吧？”袁香儿从水榭里伸出脑袋。

水榭里有一大盆热腾腾的丸子，袁香儿还摆上了酒水，朋友们坐在一起小酌，南河也从外面进来了。

丹逻走得有些缓慢。他扶着栏杆，用新生的双腿，慢慢地、有些艰难地靠近了那个热闹的圈子。

好几只手向他伸过来，帮助他站稳身子。

“来，喝一杯吗？”袁香儿斟好酒，举起杯子。

这一次，丹逻沉默了片刻，从她的手中接过了那杯酒。

天空中隐隐传来雷声，屋子里的袁香儿从成堆的典籍中抬起头来，看向窗外。

“又要下雨了？早上师娘才晒了衣服。最近的雨水也未免太多了。”

她嘀咕了一句，继续埋头在如山一般的书籍里查找着关于南溟的记录。

自从在小星盘中看见了师父所在的地方，又从素白那里得知师父被困于南溟之后，袁香儿就开始埋头寻找前去南溟的办法。

可是她从每一本书里翻阅到的记录，都指出南溟在大地的尽头。那里赤红的悬崖深不见底，海水诡秘而变幻莫测，无数强大的海妖穿行其中，是一个没有人类敢前往的恐怖地带。

它离中原地区有万万里之遥，即便是以渡朔和南河的速度，要抵达南溟也得数十年。

袁香儿沮丧地趴在凌乱的桌面上，几乎要把脑袋抓秃了。

“难道就没有一点儿办法了吗？”

“咕咕……咕咕咕咕。”锦羽兜着袖子出现在窗外，踮着脚抻长脖子叫她。

“啊，锦羽，你说有人找我吗？”袁香儿放下书，牵着锦羽的手往外走。

大花提着礼物，出现在院子门外。

“大花，你回娘家来啦？”袁香儿开开心心地把自己的好友让进客厅。

大花穿着一身簇新的小袖对襟旋袄，梳着一个清爽的发髻，发髻上别着出嫁的时候袁香儿送的金钗。

大花晒黑了一些，精神状态却比大半年前袁香儿见到她的时候好了许多，眉目间添了神采，举止落落大方，又有了出嫁前那副爽朗的模样。

她把手里的几个食盒摆在了袁香儿的桌上。

“好香的味道，是什么？”袁香儿问。

“一些卤肉，有酱猪蹄、凉拌脆肠，还有蜜汁叉烧，是我亲手做的。我记得你从前很喜欢吃卤味。”

“真好，我最近嘴馋，正想吃呢。”袁香儿道谢之后，接了过来，“你最近有空弄这些东西？”

“阿香，上一回你来见我的时候，我没有戴它。其实那时家里的日子过得很艰难，金钗被我典当了。”大花摸了摸发髻上的金钗，不好意思地说道，“当时你虽不曾开口询问，但我心中十分紧张，怕你提起金钗。”

她握住了袁香儿的手：“我是屠户的女儿，没什么本事，从小只会料理家里卖了肉余下的材料。去年你走之后，我想了又想，咬牙在集市上开了个卤水摊子。幸得神灵庇佑，生意尚可。时至今日，我总算缓过气来，能将你送的钗子赎回。今日我是特意戴来给你看的。”

“真的吗？你婆婆没有反对？”袁香儿替大花高兴。袁香儿知道大花的婆婆贪图大花的嫁妆，可是依旧看不起大花的父亲，因为他是个屠户。这个时代的读书人家都看不起商户。袁香儿想不到大花那个霸道的婆婆能同意让大花抛头露面地摆摊。

“我婆婆自然是不愿意的。”大花摊了摊双手，“但家里明明已经揭不开锅了，夫君还要读书，总不能靠着我变卖嫁妆、大嫂没日没夜地刺绣织布换钱吧？婆婆肯定会反对，可是我拿定了主意，只要夫君肯支持我，婆婆便是摔锅、摔盆子、骂天骂地也没用，我不搭理她便是。”

“不错，不错。这才是我家大花。”袁香儿拍她的肩膀。

“况且去年的秋闱，夫君落了榜。”大花凑近袁香儿，并不介意和自己的闺密说起丈夫的挫折，“他落榜之后，原先那些对我们异常热情的亲戚都冷淡了下来，婆婆自己也觉得没意思，端不起架子来了。”

“你夫君还年轻着呢，怕什么？你别给他压力，让他慢慢考便是。”袁香儿安慰道。她想起上次见到大花的夫君张熏，那位年纪轻轻的郎君的肩头后背上扒着无数只阴阴沉沉的大小魔物。显然因为各方压力过于紧逼，张熏有些不堪重负。

袁香儿拿出符纸，沉心静气地绘制了一张符箓。她的指尖灵活变动，将之折成三角符，递给了大花。

“这是祛除邪祟、安稳心神的符箓，让你家夫君戴在身上吧。”

大花喜出望外，起身行了个礼。

“近日雨水太多了，春汛凶猛，水位上涨，就连我们两河镇上的河神庙都被大水淹了。虽然我家在高处，但我爹娘还是不太放心，特意派遣阿弟去把我和夫君一家都接了过来。”

“河神庙都被淹了吗？”袁香儿有些唏嘘，想不到没有了丹逻的肆意行动，两河镇依旧发起了大水。

“是呀，老人们都说，沅水已经几十年没有大涨过了，这次水灾避不过去，便是河神大人也没法化解。”大花在唏嘘的同时又有些欣喜，“不过能够回娘家住一段时间，我十分开心。你不知道，我爹可不像张家那些势利眼的亲戚。他只知道郎君是个读书人，是个宝贝疙瘩。他不仅单独给夫君整了间安安静静的书房，还整日‘贤婿，贤婿’地叫着，让夫君只管专心读书，啥也不用想。”

她想起父亲对待夫君的态度，不禁笑了起来：“我爹还让我弟那个板凳都坐不住的泥猴，多和夫君亲近亲近，学几个字，吓得我弟整日叫苦连天。就连夫君自己也说，住在我家，整个人都轻松了许多。”

“那可真好，你们就该这样生活。”袁香儿真心为自己的朋友感到高兴。

窗外哗啦一声下起了雨，大花起身告辞，免不了面露忧色：“也不知道这雨再下下去，镇上会变成什么样？”

袁香儿送她到门口的时候，张熏正从斜对门的院子里出来，打着伞特意来接她。

“这么几步的距离，你何必特意来接我？”大花口里埋怨，脸上却是甜甜的笑。

两口子手拉着手和袁香儿告别。

袁香儿看着雨帘中成双的背影。

那位年轻郎君的背上曾经因精神力脆弱爬满了大小魔物，现在它们已经不见了踪迹。或许落榜对他来说未必是坏事，反而让他彻底放下了心中过于沉重的包袱。

那位曾经不堪重负的少年郎君，此刻持着竹伞挺直了脊背，护着自己的妻子在雨中同行。

这场大雨接连下了数日，沿河各个城镇不可避免地发起了大水。

阙丘镇位于天狼山脚下，地势较高，加上袁香儿领着使徒在洪水来临之前全力护持，有惊无险地避开了洪峰。

但两河镇、辰州沅水沿岸乃至洞庭湖畔的鼎州都遭遇了多年不遇的特大水患。

袁香儿站在两河镇附近的山上，看着脚下混浊的江水滔滔东流。

就在不远之处，两河镇上那座熟悉的河神庙已经被洪水整个淹没，唯有庙顶上那个金色的葫芦还在滔天洪波里露出了一小截，显示出神庙存在过的事实。

镇里的百姓抛弃家园，争相逃亡。无数的人类在天灾中流离失所，曾经繁华热闹的小镇，如今洪水滔天，哀鸿遍野。

南河立于空中，引星辰之力改变地貌，尽量疏导洪水，为镇子内的人类争取逃亡的时间。

渡朔站立于山巅，运空间之力加固河堤，挡住洪波。

胡青等人也各自施展妖术，尽力在不引人注目的情况下帮助镇上的居民逃亡。

即便如此，死伤还是在所难免。

袁香儿站在山顶上，眼睁睁地看着洪流中一具已经失去生命迹象的儿童尸体和破损的家具杂物一起，打着转漂过。

而在她身后，山脚之下，无数人类拖家带口冒着暴雨在泥泞的山路中艰难地行走。

人类一度觉得自己十分强大，直到面对自然的威力之时，才发现自己的力量永远显得那样弱小。这个世界的任何一种自然之力，都随时可以将那些安稳的生活击碎。

这里还有袁香儿带着使徒勉强护持，别地受灾的情况她就无法想象了。

她只能尽量不去看过于悲惨的一幕，立在风雨之中，冷静地驱使灵力，为那些在灾难中挣扎的同类尽一份力。

“想不到道友也来了。”一道有些熟悉的声音在附近响起。

袁香儿睁开眼一看，是清源带着那些清一教的弟子赶来了。

那些戴着竹笠，身着水合服的术士浑身湿透，鞋袜上沾满了泥，显然和袁香儿一般，奔波劳累了多时。

袁香儿稽首为礼：“前辈辛苦了。”

“修行之人聚天下灵气于己身，能者多劳，力者负重。闲时隐居山林，乱时为苍生出力，本是我派教旨。”清源虽然一身泥泞地坐在他的使徒背上，但依旧是那副淡然的模样，“倒是小道友年纪轻轻，就能孤身守护一镇百姓，令人钦佩。”

“前辈谬赞，我的绵薄之力，怎么能和前辈相提并论？”

二人都是修行之人，一直在江湖间行走，没有闹过矛盾，也会偶尔为对方抬一下身份。

他俩正说着话，从江水中翻出一只人身鱼尾的妖魔。

浑身湿漉漉的丹逻回到袁香儿身边。

“我已经拓宽了水道，清除了泥污。”丹逻把湿透的头发抓到脑后，根本不看眼前的清源，只和袁香儿说话，“这一次水患来势汹汹，我伤势未愈，法力不足，眼下也只能做到这个程度。”

袁香儿很认真地向丹逻道谢：“辛苦你了，谢谢你，丹逻。”

清源瞠目结舌地看着那位自己折腾了许久也没有到手的妖魔。丹逻额心那一道显眼的契约印记，使清源彻底失去了平静淡然的模样。

“你……你……你又多了一个使徒？！你到底是怎么将他收为使徒的？”

在丹逻出现的时候，袁香儿一边继续和清源说话，一边侧过身，挡在了丹逻身前，暗暗地做好了防御的准备。

不管清一教的这些人对丹逻是什么态度，今时不同往日，丹逻已经是她的使徒，她绝不会再让别人当着她的面，伤害丹逻分毫。

清源还来不及表明态度，那只悬浮于空中引星辰之力治水的银白天狼从空中降下。

星光璀璨的毛发，巨大而雄健的身躯……这实力强大的妖魔护在了袁香儿的身侧，冰冷的双眸微微眯起，警惕地看着眼前这群不受欢迎的术士。

哗啦一声水声响起，人身蛇尾的女妖撑着山石出现，把长长的尾巴圈成了半个圈，将袁香儿圈在自己的保护范围内，用六只眼睛居高临下地看着清源。

更远之处，在漫天水雾之中，各种形态可怖的妖魔用或明或暗的眸子透过雨帘看了过来。

他们都在戒备着，防止清源伤害眼前这个和他们签订了契约的女子。清源的心中产生了一种怪异感，他下意识地摸了摸自己身下的坐骑。

那是一头人面狮身的妖魔，程黄。

程黄凶猛而嗜血，是一位战斗力强大的使徒。此刻的他，口上戴着加了符咒的嘴套，身上束着枷锁，四蹄化为黑烟，载着清源浮在半空中。

清源得到程黄之后十分高兴。将强大的妖魔契为使徒，过程分外艰难，因而清源对这位使徒格外珍惜。他时时为程黄收集各种营养丰富的食物、灵气充沛的玉，小心地饲养了程黄多年。

但他觉得如果自己陷入危险之中，只要没动用使徒契约，程黄必定不会维护自己，甚至极有可能借机咬上自己一口。

“他已经是你的使徒了，我抓到他也无用，不会再对他做什么了。何况，在这个时候能有一只水族帮忙，不知道能拯救多少天下苍生的性命。我再想要使徒，也不会不分轻重。”

清源举起双手，退后了一些，说清了利害关系。

因为南河和渡朔都停下施法，洪水的水势瞬间变得更凶猛了，年久失修的堤坝岌岌可危，而急着跑向山上避难的镇民还不曾全部离开小镇。

几位清一教的法师立刻靠近山崖，开始整齐划一地念诵退水咒，结成法阵，护住堤坝。他们动作娴熟，在帝钟的清响中，能听到浩荡的诵读之声。显然他们已经施展过无数次这个退水的法阵了。

此时天空还在淅沥沥地下着雨，这里的每个人都全身湿透，满身泥泞，一脸疲惫。

这些穿着草鞋、裹着黄泥的法师，几乎和那些在大雨中逃亡的难民没什么区别。

清源此刻穿着草鞋、道袍，戴着斗笠，如果不是坐在威风凛凛的魔物身上，而是骑着一头黄牛，也完全是副难民模样。

不论是在周德运的府邸中，还是在京都的仙乐宫里，袁香儿见到的术士无不喜欢端着超然物外、仙风道骨的架子，一个个彩袖云冠，纤尘不染。

这还是袁香儿第一次见到这么狼狈的术士。

比起仙乐宫那些衣着华美，动辄搞出大排场的那一伙人，袁香儿觉得还是眼前这些肯在民间行走，解百姓危难的术士顺眼一些。尽管自己不久前还差点儿和他们干了一架。

有了清一教的帮忙，袁香儿的压力小了许多。她把自己休息用的折叠小几端到丹逻的身边，拉他坐下，照顾身体还不曾完全恢复的他。

“阿逻，你休息吧，剩下的交给我们就好。你的腿还没完全好呢。”

可惜的是，他们才结下契约，袁香儿还不熟悉丹逻的性格。这个时候袁香儿若非要他为人类出力，他可能会抵触，不肯作为。但袁香儿照顾他，让他休息，自己和同伴却没有停下来的意思，丹逻见状反而不高兴了。

袁香儿刚刚准备运转体内剩余的灵力，就听见身后哗啦一声响，转过头看去，只看见混浊的江水中现出一抹黑色的鱼尾。

“啊，丹逻这么辛苦地帮忙，真的是太好了。”袁香儿忍不住感叹，向身边的南河伸出双手，“小南也辛苦啦，休息一下好了。”

南河的星辰之力能克山川异变，最适合治水。所以南河从一开始就完全没有停下来过，损耗的灵力也是所有人中最多的。袁香儿有些心疼他，下意识地做出这个动作，想让南河变小到她怀里休息一下。

尽管南河确实十分疲惫，但在这么多人的面前，还是有些不好意思跳进袁香儿的怀中。

只是南河有一种本能，对出现在袁香儿面前的所有异性都有着戒备心理，特别是人类男性。

为了宣布自己的主权，他迅速变为小狼，占据了袁香儿的臂弯，示威性地扭头扫视了一下那群道士。

嗯，他们不是老，就是丑，应该没有人能和自己抢香儿。

南河高兴起来，冲着袁香儿摇了摇尾巴，在她的抚摸下放松身躯，很快睡了过去。

清源完全按捺不住了，觍着脸凑到袁香儿身边讨教："小道友，我真的很好奇，那只鱼妖桀骜不驯，宁死不肯屈服，你到底是怎么驯服他的？他居然这么听从你的命令。"

"我没有下命令，只是拜托他帮我这个忙。"

袁香儿一手抱着小小的南河，一手祭出一张符咒，也不吟唱，只用白皙的双指在空中一点，那黄色的符箓便悬停在空中，幻化出一顶金色的帐篷向山脚落下。

山石从山坡之上不断地滚落，山道上是匆忙赶路的灾民。几个落在队伍后头的老者行动缓慢，躲避不及，见到滚到面前的巨石，只来得及发出惊恐的呼喊声。一位老妇人举起胳膊挡在眼前，明明快狠狠地砸到身上的落石却没带来一点儿痛苦，似乎被一道金色的光芒弹开了。

"你把金帐护身符用得这般纯熟，能够灵犀一点，单手引符。以道友的年纪，真是难得啊！"清源厚着脸皮拍了袁香儿一记马屁。

清源其实对年轻的法术天才一点儿都不感兴趣，唯一能吸引他的注意力的，还是他心心念念的使徒。

"但使徒就是使徒。不论你是命令还是拜托他们，其实效果是一样的，不是吗？他们无法拒绝。"

"不一样的。"袁香儿看着清源身下那只人面狮身、戴着嘴套、身披枷锁的魔物，觉得清源十分残忍。

"对我来说，他们是朋友。丹逻身为妖族，并没有义务为人类的灾难出力。我很清楚他能够前来帮忙，是因为我。我请求他们前来帮忙，事情结束之后，就会好好地感谢他们。我会感谢所有的朋友为我做出的努力。”

“你的意思是，你以妖魔为朋友？哈哈，小姑娘，你这个想法倒是少见。”

清源显然并不赞同袁香儿的观点。但他为人随性，不反感袁香儿的不同观点，反而想和袁香儿继续探讨。

“不过道友，和魔物讲究平等是没有意义的。这个世界上没有被赐予的尊重，一切和平的前提都在于双方实力对等。要知道，当初妖魔是世间的主宰时，也从未和我们人类讲过什么平等。这毕竟是一个实力至上的世界。”

“我们人类其实是一个脆弱的种族，之所以能有今日的局面，依靠的或许不只是实力。”袁香儿敷衍了一句。连日治水救济灾民，她已经耗尽体力，懒得和他过多争论。

此刻堤坝加固，洪峰渐小，两河镇的居民也基本迁上高地。她召回辛苦了许久的大家，向山下走去。

袁香儿越是不说，清源越是好奇，一路跟着她走下山。

“道友走慢些，我想向道友细细讨教。”

他那群年纪都已经不算小的徒弟无可奈何地收拾起法器，尾随着师父下山。

他的徒弟们都知道，这位年纪过百的师尊，不论在教中还是在江湖上，名头都十分响亮。但只要一遇到使徒的问题，师尊就能够瞬间放下原则。

此刻师尊故态复萌，丝毫不顾及和袁香儿有辈分和身份的差距，跟在袁香儿身后，请教去了。

虚极几乎没眼往下看，无奈那人是自己的恩师，再不靠谱，徒弟也不好说什么，只好强忍羞愧，远远地跟随着清源下山。

“道友你看，其实我对程黄也想友善一些。”

清源解开身下那只魔兽的嘴套，那人面狮身的魔物龇着利牙，转身就朝着清源的胳膊咬下去。

清源对此早有准备，及时抽身后退，同时手掐指诀，启动契约。那只魔物露出痛苦的神色，四蹄化为一团黑烟，趴在地上，发出愤怒的声音：“住手，你这个臭老道！”

清源小心地靠近程黄，重新给程黄锁上枷锁，这才一脸羡慕地看着窝在袁香儿的臂弯中，睡得安心又放松的南河。

如果什么时候这只黄毛狮子也能这样温顺地和清源亲近，那清源简直睡觉都会笑醒。

“据我所知，拥有强大的使徒，又能随心所欲地指使它们之人，莫过于洞玄教的掌教妙道。”清源没精打采地把刚发过脾气的使徒拉过来，牵在身后，边走边说，“洞玄教的法子我知道，凡有不服主人的使徒，就一律封进国师的山河图中，受无间地狱之刑。那是一种让妖魔不断被折磨，又反复为它们治疗的刑罚。”

清源挠了挠自己本来就凌乱的头发，提着手上的缰绳：“虽然我很想让它们顺从我，但终究还是做不到去折磨它们。所以我就只能这样约束清一教的使徒了。”

“道友，如果你能把你的法子详细地告诉我，我可以用任何你想要的法宝交换。你一定是有什么特殊的办法，会不会用了独特的结契法阵？”清源凑到袁香儿身边。

袁香儿停下脚步，突然想起一事。她摸着手里的毛球，转过身看向清源。

“清源真人，你知道怎么去南溟吗？”

“南溟？那个地方既危险又遥远，几乎没有人类到达过那里。你问此事作甚？”

“我有一件必须要做的事，一定要去一趟南溟。你如果能告诉我去南溟的办法，我就把自己和使徒订立契约的法阵详细地告诉你。”

“你果然有独特的法阵啊！”清源的眼睛亮了，他又为难地抓抓脑袋，搓着手想了半天，最终说道，“清一教的祖师爷叫三君。师祖有绝地通天之能，在行走人间之时，做过无数造福人类的大事。教中有手札记载，祖师曾踏足南溟北虚。你若一定要知道，可随我前去昆仑，问一问我教掌教。她应该知道当年师祖前去南溟的办法。”

三君祖师是举世公认的尊神，曾在这个世间留下无数神迹。世间几乎所有的修真门派，不论是洞玄教还是清一教，都供奉着三君祖师。不论在哪个城镇，几乎都设有三君祖师的庙宇。但若细述渊源，这位传说中的圣人确实出身于昆仑山脉。

因而祭拜三君的仪式在靠近昆仑的北地更为盛行。袁香儿在同周德运、仇岳明北上的旅途中，曾被黄沙阻挡在雁门关外。在那个黄沙漫天的日子里，她看见路上的居民依然风沙无阻地抬着三君圣像游行，沿途百姓无一不向三君像虔诚祷告，顶礼膜拜。

原来这位神君曾经到过南溟。

只要有人去过，那么她便也有抵达那里的可能。她到了昆仑，便可询问当年这位神君前去南溟的办法。袁香儿心中不禁生出了一丝希望。

袁香儿等人下山的时候，遇到了本地的地方官员，他们带着一群卒役，扛着各种工具，行色匆匆，忙着救济灾民。

看见清一教的法师们，官员们纷纷迎上来，感谢法师们的帮忙。

官员们的心中都直道侥幸，两河镇多年没有发过大水，他们疏于防范。这一次洪水来势汹汹，若不是清一教的高人出手相助，守住了河堤，百姓的死伤状况必定更为惨烈。

清源的徒弟虚极道人出面应对官员。他正要解释教内师徒抵达这里的时候，袁香儿已经在此护卫两河镇了，却看见袁香儿早已事不关己地抱着她的狼自行离去。

他的师父清源真人根本没有应酬这些地方官员的打算，居然撇下他们这些弟子，屁颠屁颠地跟在那位袁小先生的后头走了。

虚极年过半百，面白有须，性格沉稳，是一群术士中外表最显得仙风道骨的一个。所以他们一行人和外人打交道的时候，多半让虚极出面。

因此外人基本不知道，那位总是跟在队伍最后，看起来毫不起眼的懒散年轻人才是清一教中大名鼎鼎的清源真人。

此刻的清源真人根本顾不上徒弟，一心想多从袁香儿口中撬出一些成功和使徒订立契约的关键。一想到自己有机会和袁香儿一样拥有众多实力强大的使徒，他那颗沉寂已久的道心几乎要重新燃烧起来。

袁香儿沿着河岸往回走。尽管她保全了不少人的性命，但天灾之威非个人能力所能抗衡，沿途依旧有不少房屋和村落被洪水淹没，放眼望去，满目疮痍，颓垣处处。

在泥泞的道路上，无家可归的生者掩面哭泣，茫然不知归途的死者在世间游荡，各种大小魔物在混乱无序中滋生。

路边一对年轻的夫妻抱着他们刚刚在水祸中死去的女儿。母亲无法接受爱女突然离世，几近崩溃，拼命地亲吻小女孩满是泥污的双眼，呼唤她的乳名，想将身体还有一丝温度的女儿唤回人间。

“妞妞，我的妞妞，快醒来。你不可以睡过去，不可以。”

她高大强壮的丈夫紧紧地拥着自己的妻女，无声地落泪。

就在这对拥抱在一起的夫妇身边，站着一位衣冠齐整，梳着双髻的小女孩。她愣愣地看着痛哭流涕的父母，不明白发生了什么事。

“阿娘，阿爹，妞妞在这里呀！”

袁香儿经过他们身边，突然翻出手掌，掌心处滴溜溜地转着一枚玲珑金球。那金球铃声轻响，袁香儿用球在那个小姑娘的肩头撞了一下。已非人类的小姑娘猛然向前一扑，扑进了父母怀中的那具身躯里。

哭泣中的男子突然察觉到一只小小的手摸上了自己的脸颊。他不可置信地睁开眼。

“阿爹，莫要哭。”他视若性命的小女儿正摸着他的脸开口说话。

“娘子，娘子，你快看！”男子手足无措地推自己的妻子。

刚经历过生离死别的一家人欣喜若狂地拥在了一起，夹杂着哭声的欢笑声从身后传来。

“啊，如此甚好。小先生心地这样善良，想必也是在这样幸福的家庭中长大的。”清源说道。

袁香儿没有说话，只是回头看了一眼那位被父母紧紧地抱在怀中，视若珍宝的女孩。

因为打算前去昆仑，袁香儿需要先回阙丘镇和云娘等人打一声招呼。清源仿佛怕她跑了，厚着脸皮硬要与她同行。一路上但凡遇到需要出手相助的情况，袁香儿都没有无视。

令她有些意外的是，清源也和她做着同样的事，且似乎已经把做好事当成了习惯。

袁香儿忍不住问道：“修行之人，修的是自身，不是应该清静无为、避世潜修吗？前辈的所作所为似乎和别人有所不同。”

“哎，别听那些歪理。”清源说道，“没有真正的入世，哪儿来的出世？那些人一味避世苦修，非但得不到真正的清静，只怕也无缘大道。”

“前辈这番话，倒和家师的处世观有几分相像。”

“说起来，我真想看看到底是哪个家伙，能教出像你这样特别的徒弟来。”

二人一路说着话，很快回到阙丘镇。这里因为地势较高，加上袁香儿重点护持，几乎完全没有受到此次水患的影响。镇民们往来行走，买卖交易，场面和往日一般热闹温馨。

清源跟着袁香儿沿着镇头的石桥走，路过此处的镇民们热情地和袁香儿打招呼。

“阿香回来啦。”

“袁先生回来了。”

一位在路边摆摊售卖茯苓糕的女子拉住了袁香儿，把背在后背的孩子给袁香儿看："小先生，帮我看一眼我家娃是怎么了？他从昨夜开始就哭闹个不停。"

这是一位十分年轻的母亲，背着小孩出来摆摊做生意，孩子却哭闹不休。她急得满头是汗。袁香儿看似随意地拍了拍孩子的肩背，暗地里把死死地趴在孩子身上的一只六脚魔物一把拉扯下来。

饱受惊吓的婴儿终于停止了哭泣，很快陷入沉睡。

"行了，你下午有空到我家来拿一个祛病的东西就好。"

袁香儿象征性地收了几枚铜板，女子千恩万谢，把一块热腾腾的茯苓糕包好，硬塞进了袁香儿的手中。

袁香儿提着那块糕继续向前。桥头站着一个黑首从目的巨大妖魔。袁香儿把那块热腾腾的糕递给他，从他手里换来一朵新开的山茶花。

"哎呀，这里真好啊，和外面一比，简直像是世外桃源了。"清源四处张望，"那是魔物，你就这样和他相处啊？哦，好像也没什么危险，那是袜，性情应该比较平和。"

正在桥下忙碌着帮人们运货物的时复看见袁香儿，抬手和袁香儿打招呼："阿香回来了。"

"哎，我回来了，晚上带着时骏一起来我家吃饭吧。乌圆想他了。"

"行，我们一定去。"时复用毛巾擦了擦汗。他在这里工作，看上去已经很适应人类的生活了。

"那是什么？"清源拉住袁香儿的袖子，一脸诧异，尽量压低声音，"刚刚那个少年看起来像人类，实际上身上有远古大妖的一种血脉。没错，我绝对不会看错，那是上古神兽。"

"是的，他是混血儿，他的母亲是龙族。"

"龙……龙……"清源结巴了，"你居然还认识龙族？"

袁香儿无奈地说："你别拉着我啊！"

清源虽然年纪不小，但身为术士，又服用过驻颜丹，容貌看上去十分年轻，这样和袁香儿站在一起，免不了会引人注目。

正和数位衙役一道巡视街巷的陈雄看见了，走上前询问："阿香，这位是……？"

陈雄家住袁香儿对门，是袁香儿幼年时期的玩伴。

"这位是清一教的法师。"袁香儿给他们介绍，"陈哥，我要出一趟远门，一年半载都不会回来，还请你有空照看一下师娘。"

“你又要出远门？你去年才回来。”陈雄心里有些难过。他从小就喜欢阿香，拜托自己的母亲向云娘暗示了多次，都只得到了委婉的拒绝之词。

如今陈雄看阿香学艺有成，这样四处游历，对自己一点儿想法都没有，只能默默地把那一份酸涩咽下肚子。

二人辞别了陈雄，清源转头看了一眼，问道：“那位是阿香的意中人吗？”

袁香儿：“你是不是眼神不太好？我的道侣是谁，难道还不够明显吗？”

她把自己抱了一路的南河举起来给清源看。南河睡了一路，迷迷糊糊中听见袁香儿公开承认自己是她的伴侣，心里一阵高兴，伸出舌头在袁香儿的脸上舔了舔。

清源的三观顿时碎了一地。他自从认识了袁香儿，各种观念都被颠覆了一遍，已经不知道说什么才好了。

“你能和妖魔这般亲近，不会是这个缘故吧？”他回头看了看自己身后器宇不凡的使徒，苦着一张脸，“若要如此以身侍魔，我可做不到。”

袁香儿哈哈大笑：“前辈，你这副样子，我真该问一下你的年纪。”

“老夫多年苦修，不过才突破内视期，抵达炼形期，可以祛病强身，目前活了一百五十个春秋。”

乌圆不喜欢这个欺负过丹逻的人类，忍不住刺激清源：“啊，你已经这么老了，快有我一半的年纪了，难怪没有人愿意和你一起玩。”

乌圆不小心泄露了自己比清源更老的事实。

回到家中，大家都既疲又饿，嚷嚷着要吃东西。

云娘知道他们治水辛苦，早早地准备了十几只乳猪，在院子里支起烧烤架，喊大家一起烧烤取乐。

一时之间，满院奇香伴随着胡青的琵琶声，远远地传了出去。

清源坐在一院子没戴枷锁的妖魔之中，和他们共进晚餐。

这让清源很不习惯。他绷紧了身体，随时准备应对不知会从哪里扑过来咬自己一口的妖魔。

一只小小的树灵轻飘飘地停在他的肩头。

“帮我拿两块烤肉好吗？”那穿着裙子的小精灵还没有他一根手指高。

“好……好，当然。”清源在烤猪上刷了几遍蜂蜜，小心地烤熟了，切了两片香酥的肉，装在小碟子里递给树灵。

“谢谢你，你真是个好人。我好喜欢人类。”小树灵提着裙子转了个圈，弯腰给他行了个礼，用双手捧着与自己的身体相比巨大无比的碟子，摇摇晃晃地飞走了。

从小时候起，师父就反复告诫清源妖魔的凶残恐怖之处，还告诉清源人魔互为死敌，有着不可调和的矛盾。这个观念在清源心里根深蒂固。

清源摸了摸刚刚被妖魔站过的肩膀。他活了一百多岁，这还是第一次有魔物主动接近自己。

树灵有点儿可爱。

一只巨大的飞蛾张着诡异华丽的翅膀，从空中降落。她显然是此处的常客，不用打招呼，理所当然地混进了这个喝酒吃肉的群体中。

那是冥蝶，积怨而生的魔物。她理应憎恨所有活着的人类。清源从自己的记忆里搜寻到这种魔物的特征。

若是比拼法术，他不敢说自己是天下第一，但如果要比试对天下各种魔物的熟悉度，他一度以为没有人能超过自己。

那只巨大的冥蝶化为一位人类幼女，赤着脚走了过来，挨着清源坐下。

"我听说你有延长人类寿命的丹药。"女孩抬起脸和他说话。

天啊，他竟然可以和冥蝶坐在一起说话，而不是打得天翻地覆。

"我确实有。"清源十分紧张，扣了三四张符箓在手中备用，"只是丹药数量稀少，十分珍贵，而且只能给人类延寿十年。"

"我想和你换一枚丹药。"那位六七岁模样的女孩说道。

清源不理解一位能活数千年的妖魔，要延寿丹有什么用。

厌女盘膝坐着，用白嫩嫩的小手托着腮，黑黝黝的眼眸看向清源："我的朋友是人类，她的年纪已经很大了，我想和她多待一些日子。"

"但是……"

"我自然不会白要你的药，听说你想要使徒？我认识一条九头蛇，他想到人间玩耍个百来年，正好可以做你的使徒。"

"九头蛇？"清源一下来了精神，搓着手略微犹豫，"若是如此，当然可以换。"

"不过有一个条件，他只愿意和人缔结阿香用的那种契约。阿香的契约是什么样的，你是知道的吧？"

为了在这位小女孩面前不显得过于无知，清源迅速点头："我知道，她很快就会教给我。"

他跟着袁香儿过来真是太明智了，九头蛇那样的魔物，想想就让人兴奋呢。

等他帮阿香找到了去南溟的办法，学到她的独门法诀，那时候是不是就能像她这样有一院子的使徒了呢？清源突然被巨大的幸福感击中，觉得自己做梦都会笑醒。

云娘正在忙碌着切各种清洗好的蔬菜，想让大家吃完烤肉后，再吃点蔬菜解解腻。

如今的院子里总是这样热热闹闹的，真好，这让云娘得以在各种忙碌中淡忘了心中的伤痛。

袁香儿接过云娘手中的竹签："我来帮忙，师娘。"

"你歇着吧，治水多辛苦啊，人都瘦了一圈。你好好待着就行，师娘烤给你们吃。"云娘笑盈盈地给袁香儿最喜欢的蘑菇穿上了烧烤用的竹签。

"师娘，"袁香儿斟酌了许久，终究开口了，"我本来在犹豫是否应该告诉你，但想了半天，还是希望无论什么事，都和师娘分享。"

"什么事呀，这么神秘？"

"师娘，我打听到师父的下落了。"

云娘的手一松，一个小小的蘑菇滚落在了脚边。云娘下意识地伸手去捡那个蘑菇，捡起来又往竹签上穿，穿了几次却没能穿进去。

袁香儿握住了她冰凉的手，轻轻地喊了一声："师娘。"

云娘这才抬头看袁香儿，愣了许久，方说了半句话，已经掉下泪来。

"阿摇他……还好吗？"

在袁香儿的心目中，云娘是一个集温柔、睿智、典雅于一身的女性，几乎满足了袁香儿对母亲的所有幻想。云娘活得十分自然而接地气，对生活中的一切都充满温柔和耐心。不管什么时候见到师娘，她总是带着温和的笑容。袁香儿几乎没有见过云娘真正生过气，或者对什么事惊慌失措过。

因为有这样一位温柔的师娘在身边，袁香儿总觉得自己还是个孩子，有可以撒娇的对象，有可以懒散随意地生活的家。

可是当看见云娘哭的时候，袁香儿几乎在一瞬间恢复了成年人的沉稳。

"师娘，别担心，还有我呢。我一定能将师父找回来。"她扶着云娘说。

云娘很快收敛了情绪，用帕子按了按眼角："抱歉香儿，我让你担心了。"

在那青色的绢帕一角，云娘精心绣着一条悠然自得的小鱼。

师娘在每一条手绢、每一件衣物上，都绣着同一条鱼。

袁香儿蹲在她的身边，将自己所知的情况一五一十地告诉她。

“师娘，你看啊，虽说南溟那个地方远了点，但也不是没有人去过。我这次准备去昆仑，找一找去南溟的方法。我打算明日就启程。”

云娘感到不放心：“南溟是什么地方？我不曾听过，那地方必定危险重重，香儿你……”

“当年师父不说，大概是因为我还小。如今我长大了，有能力去找他。”袁香儿用力地握着云娘的手，给予她安心的力量，“这是我一直想要做，也必定会做的事，还请师娘支持我。”

那天晚上云娘破例喝了很多酒，喝醉了的她拉着袁香儿不放。

“香儿，这个世界上如何能有长生不死的人？长生不死根本是办不到的事，对不对？但阿摇偏偏做到了。

“我在任何一个地方最多只能住二十年，就不得不搬走。只是这一次，我真的不想搬，我想在这里等他，怕他回来了找不着我们。

“阿摇临走的时候，什么都不肯说。我知道他必定是付出了什么我不能接受的代价，所以才没办法告诉我，是不是？

“我不能让你去，阿摇唯一交代我的事，就是要我照顾好你。我怎么这么糊涂？我不该同意你去南溟。”

袁香儿将她扶回卧房：“不用担心，师娘。一切有我呢。”

安顿好醉醺醺的师娘，袁香儿回到院子中。

许多伙伴在昏黄的篝火旁饮醉了。虺螣现出了原形，大半条尾巴缠在屋檐上。韩佑之正踮着脚端着醒酒汤哄她喝。

胡青面带醉意，媚眼如丝，调好素弦唱情歌。

年纪小小的厌女面不改色地端着酒盏，而清源却已经喝醉了，对着一头烤好的乳猪在说胡话：“阿黄，你看一看，人家的使徒都是怎么做的？只有你每天对我那么凶。如果你不咬我，我也可以考虑解开你的枷……枷锁。”

清源的话换回的只有锁在树桩下的狮子不耐烦的一声怒吼。

袁香儿端了一大盘烤肉摆在那位使徒的面前，替他解开嘴上的枷锁。她是做好准备随时启动双鱼阵的，但那位看起来十分暴躁的妖魔没有咬她。

“要酒吗？”袁香儿问。

“来一点儿。”妖魔回答。

袁香儿开了一坛酒摆在他的面前。

“你是怎么成为他的使徒的？”袁香儿看着大口喝酒吃肉的使徒。

“我打不过他。”埋头吃东西的妖魔闷声闷气地回答。

南河在院子里等袁香儿。他化为本体，那身银色的毛发在月色下熠熠生辉。

“要不要上来？我带你去兜一圈。”南河说。

“当然！”袁香儿站起身擦了擦手，一下扑进了那团茸毛中。

银色的天狼飞驰在夜色中，袁香儿趴在他的背上，伸手搂着他的脖颈，将自己的整张脸埋进柔软的毛发中。夜风刮过，南河冰冰凉凉的银色毛发拂过她的面庞。

南河飞得很高，夜晚的大地看上去广袤而深沉，河流像是银色的缎带，蜿蜒在地上，偶尔有零星灯火，那是人类群居的城镇。天空的星星离他们很近，绚烂璀璨的银河悬停在苍穹之上，他们仿佛能够一直飞到星空中去。

“阿香。”南河的声音响起。

“嗯？”

“不用担心，阿香，还有我在。”

“好。不担心，我有南河呢。”

劳累了许久的袁香儿在南河微微摇晃的脊背上陷入沉睡。南河时常说在她的身边才觉得舒适而安心，对她来说，又何尝不是这样呢？

袁香儿听着那有力而熟悉的心跳声，被柔软的毛发包围着，陷入了安心的睡梦中。

在梦里，有一座阳光璀璨的院子，梧桐树下师父余摇背着手笑盈盈地看着她，师娘在一旁晾晒洗好的衣物，而她抱着一只漂亮的天狼。

第二日启程的时候，云娘把他们一直送到了桥头，分别的时候，递给袁香儿一柄黑色的小剑。

“此剑名为云游，是阿摇临走之时留给我的，这些年我一直随身带着。”

剑鞘乌黑无光，并不起眼。但短刃出鞘之时，骨白色的利刃骤然散发出冰冷的剑气，在空中凝出一道水痕。那一瞬间，似乎连时间都为之停滞，在场所有的人都因那股杀气而心中一紧。不少妖魔受到刺激，现出了半兽的模样。

袁香儿推辞：“师娘，既然是师父留给你护身的东西，你就好好地收着吧。我这里有双鱼阵就够了。”

云娘弯下腰，将那柄短剑仔细地系在袁香儿的腰上：“既然你师父给了我，那就是我的东西。如今，师娘把它给你防身，你好好收着便是。”

“早一些回来，阿香。”云娘直起身，摸了摸袁香儿的头发，“你便是找不到师父……也不打紧。师娘在家里等着你呢。”

辞别了云娘，一行人便向着昆仑山的方向进发。

“清源道长，你就这样和我们走了，不用跟你的徒弟们交代一声吗？”袁香儿问。

“没事，他们其实比我能干多了，自己会回去的。我这个挂名师父除了修为上比他们高那么一点儿，也没什么长处。”清源悠然自得地骑着狮子，对自己的徒弟十分放心。

他不知他的徒弟们应酬完了地方官员，救治了灾民，还站在两河镇的渡口苦苦地等待着他。

“师兄，师尊还没回来，我们是继续等下去，还是去找一找他？”

“再……等一等吧，师尊应该不会把我们忘了。”虚极看着滚滚流动的江水，满面凄凉。

他们出了阙丘镇之后，沿途的情形就陡然起了变化。

因为发了大水，沿河的城镇乡村大多遭了灾。

颓垣处处，饿殍遍野。安逸繁华的世外桃源再也不见踪影，泥泞冰冷的道路、瘦骨嶙峋的灾民将人间的真实与残酷呈现在他们眼前。

失去家园的灾民沿途乞讨，商铺大多关着门，米铺和油盐铺子前排起了长长的队伍，稻米之类的食物价格猛涨。

袁香儿等人虽然穿着便于行动的简朴衣物，但个个气质不凡。相比起街道旁衣衫褴褛的难民，他们显得有些鹤立鸡群，时时引来路人的侧目。

“香儿？你……是不是香儿？”一道惊疑的声音从他们身后响起。

袁香儿转过身，看见了一个面有风霜的妇人。那妇人背着一个男孩，牵着两个女孩，又惊又喜地拉住了袁香儿的手臂。

“香儿，你是香儿？我是大姐啊！”

袁香儿离开家的时候，大姐袁春花不过十二岁。

一晃十余年过去了。二十岁出头的大姐本应是风华正茂的年纪，可是如今领着三个孩子的她早早地被生活压弯了脊背。她像是一朵还来不及盛开就已然枯萎的花，以致袁香儿根本没有将这个一脸憔悴的女人同自己的大姐联系到一起。

透过那有些熟悉的五官，袁香儿试图回忆自己在这个世界上度过的童年时光，这才发觉童年像是一个遥远的梦，已经在记忆中变得模糊不清了。

大姐把袁香儿带回了自己的家。

夯土砌成的院墙内是两间小小的茅屋。院子的地面是黄土找平的。院子里养着两只瘦弱的母鸡。这个家几乎可以用家徒四壁来形容。

南河等人甚至没有进屋，因为根本坐不下，只能站在院子中等待。

袁春花偶遇多年不见的小妹，心情激动，顾不得别的。袁春花领着袁香儿进屋，拉着袁香儿的手上下打量，眼眶早就红了。

“你长大了，胖了，白了，变漂亮了。阿姐刚刚在后头看了你许久，都不敢上前和你相认。”

她扯动嘴角，想给久别重逢的小妹勉强露出个笑容，眼泪却忍不住噼里啪啦地往下掉，她只得用袖子捂住了脸。

“香儿你不知道，当年你被领走之后，我和招弟抱着连哭了好几天。我那段日子夜夜睡不好，总梦见你被人欺负，没有饭吃，饿着肚子喊姐姐。”她说着说着，哽咽了起来。

她六七岁的大女儿领着三四岁的妹妹，很懂事地端着茶水进屋，见状慌忙安慰母亲：“娘亲莫哭。娘亲怎么哭了？”

袁春花匆忙抹了一把眼泪：“没有，娘亲不曾哭。娘亲是高兴。大妞、二妞，这是你们的小姨，快叫人。”

两个小姑娘奶声奶气地喊了声“小姨”，把那一碗新泡的粗茶摆在桌上。

“别只端这个来，去，去煮几个荷包蛋，放点糖，给院子里的那些客人吃。”袁春花对她的大女儿说。

年幼的小姑娘明显踌躇了一下。鸡蛋和糖对家里来说可是金贵物，今日来的客人又这样多。

“快去啊，你愣着干什么？娘亲十多年没见到你小姨了。”袁春花推了她一下。

不多时，白胖胖的荷包蛋泡在糖水中，被袁春花的大女儿端到了桌上。

“快吃吧，你小时候最爱吃这个。”

袁香儿喝了一口，汤里带着一丝蛋香和甘甜。在记忆中，她似乎只在小弟弟出生时吃过一次。那时候的她大概也不喜欢这种食物，但因为没吃的，整日饿得慌，难得见着点荤腥，差点儿把舌头吞下去。

两个小姑娘怯怯地看着她，忍不住悄悄地咽口水。

她们分别是七岁和四岁，有着一样的脏兮兮的脸蛋，枯黄的头发，柴火一样细瘦的四肢。年幼的拉着姐姐的衣襟，像极了袁香儿和袁春花小时候。

袁香儿把碗里的荷包蛋给她们吃，两个小姑娘吃着荷包蛋看着袁香儿，眼睛亮晶晶的。

“我八年前嫁到这个村子里，离咱们娘家倒也不远，偶尔还能回家看看爹娘。家里如今盖了两间新屋子，去年父母给大郎娶了媳妇，弟妹现已有了身孕。小弟再过上两年也该成家了。奶奶还在，只是起不了床，也不太认得人了，日日喝着药。”大姐絮絮叨叨地说起娘家的情形，唯独没有再提到家里的另一位女孩。

“我二姐呢？”

“招弟她……”袁春花迟疑了一下，“爹娘把她嫁给镇子上的一位员外，做了小妾。”

袁香儿的动作停滞了片刻，她看着两个小姑娘把荷包蛋吃完，又拿帕子给她们擦嘴。

“他们把我一个卖了，还不够吗？”她收回了碗，说得很平静。

“招弟自己也是愿意的。她说不想嫁到穷人家里过苦日子。”袁春花叹息一声，“我能有什么办法呢？家里有两个男孩，要传宗接代，只恨我没什么用，帮不上娘家。”

袁春花握住了袁香儿的手：“阿香，你得空时，也该回去看看。”

袁香儿看着大姐的手，那双手手指粗大，布满了裂纹和老茧。要经过多少辛劳，才能将一双柔软的女性的手变成这副模样？

大姐无疑是一位既勤劳又温柔的女子，背着弟弟走在山路上时，还不忘帮年幼的袁香儿分担猪草的重量。

大姐会一边踮着脚站在椅子上做饭，一边从锅里抠出一点儿好吃的，偷偷地塞进弟弟妹妹的嘴中。

永远忙忙碌碌的大姐，几乎不曾有童年，天生就成熟懂事，任劳任怨。

袁香儿无疑很喜欢这位一起生活了七年的姐姐，但同时绝不会认同姐姐这种被时代深刻影响的生活观。

院门外传来一点儿响动，一位猎户打扮的男子推开院门进来。

袁春花拉着袁香儿给来人做介绍：“香儿，这是你的姐夫。郎君，这是我娘家最小的妹妹，我从前和你说过她。”

那男子身材魁梧，肌肤黝黑，挑着一担子柴。他进了院子，看见坐了一院子的人，每个人都端着盛鸡蛋的碗，脸色就不好看了。他黑着脸，也不跟大家打招呼，闷不吭声地进去了。

袁春花十分窘迫，安抚了一下袁香儿，又匆匆地跟进屋子去了。

很快屋内传来夫妻俩争执的声音。

“小宝他娘，你娘家人来得也未免太勤了。去年小舅子成亲，你把家里那点儿积蓄全拿去了。前些日子岳母才来，你又把我留给你炖汤的山鸡塞给了她。要知道你还要喂养小宝呢。”

女子委屈的解释声隐隐传来。

袁香儿取了两个荷包，蹲下身把它们放进了两位侄女的怀中，进屋去向大姐袁春花告辞。

袁春花既狼狈又不舍，见袁香儿态度坚决，只得含泪将他们送到门外。

她依依不舍地拉着袁香儿的手，嘱咐道：“阿香，你若是得空，常回去看看爹娘。”

袁香儿开口：“爹娘当初既然将我卖了三十两银子，生恩就算了结，我是不会再回去的。”

袁春花大吃一惊：“我们身为子女，怎么能这样说话？爹娘毕竟是爹娘，断没有不认的道理。何况当初他们卖你，也是不得已而为之。”

“为什么不能这么说？当年那份卖身契我明明白白地看过，上面清楚地写着‘生死病亡，各由天命，父母之责任凭师父代行，绝无纠缠，永不相认’。爹娘既然把我当货物一般卖了，自然就不再有我这个女儿。”

“那……那只是他们按着惯例抄的卖身契呀！”大姐讷讷地道。她实在想不通，当年温柔懂事的小妹，怎么会说出这样悖逆人伦，不认父母的话来。

袁香儿慢慢地把手从大姐的手中抽出，告辞离开。

“大姐，多多保重。香儿若是有空，再来看你。”

袁香儿沉默地走在路上。

清源看了这一幕，感到十分意外：“你这个女娃娃，性格倒是十分矛盾，平日里看起来明明那么心软，为何对自己的双亲这般无情？小香儿，别闹别扭，你爹娘毕竟生养你一场，既然离得这样近，几步路而已，还是拐过去看看他们吧？”

在这个子不言父过的时代，即便是清源这样的修行之人，也不能理解袁香儿。

乌圆不高兴了：“凭什么要阿香去认回他们？既然他们不要阿香了，阿香自然也可以不要他们。谁生的阿香不重要，费心将阿香养大的人才是阿香最应该孝顺的人。我的父亲就不是我亲爹，我一样很爱他，只听他的话。”

胡青：“就是，阿香，你别听臭道士的。啊，乌圆，你爹不是你亲爹吗？”

乌圆说漏嘴了，透露了自己的身世，十分懊恼：“不是亲爹又怎样？我爹比亲爹好多了。”

渡朔：“我们不管生父生母是谁，从蛋里出来，第一眼看到的、带着自己长大的，就是父母。”

他们正说着话，身后传来呼唤声。

袁春花的丈夫气喘吁吁地一路追了上来。

“小姨子，”他弯着腰喘了几口气，黝黑的脸上泛起不好意思的红色，“我是个粗人，不晓得礼数，刚刚是我失礼了。”

他把手上两个鼓鼓的荷包递给袁香儿：“这个太贵重了，我们不能拿。”

荷包里装了一点儿碎银子和两块金锭。这些东西对袁香儿来说算不得什么，但眼前的男人跑得满头是汗，坚决地退还给袁香儿，尽管这些钱能给那个穷困的家庭带来很大的帮助。

这让心里不舒服了半天的袁香儿稍微好过了一些。

“姐夫，好好地对待我姐姐。钱你收着，这是我给孩子们的。别让姐姐都拿回娘家去。”

“姐夫第一次见你，没给你东西，反而拿你东西。这怎么也说不过去。”

男人还要推辞，但袁香儿已经离开。

明明袁香儿是一位娇小秀气的女郎，跟着的是几位斯文俊美的郎君，但他们走起路来速度很快，袁春花的夫君发现自己怎么也追不上他们。

那一行人也没做什么大动作，但异常迅速地消失了。

到了这一刻，袁春花的丈夫才明白今日这位突然出现在家里的妻妹，或许并非寻常之人。

因为在这里耽搁了不少时间，天色很快就暗了下来，队伍中大部分是不爱受拘束的妖魔，袁香儿就避开了客栈，在郊外选了一个僻静之处安顿过夜。

夜幕低垂，虫鸣声声，大部分同伴已经陷入了梦乡。

袁香儿靠在南河毛茸茸的巨大身躯上，看着夜空中的星星。

“小南，你会想念自己的父母吗？”袁香儿动用契约，在脑海中对南河说话。

“嗯，我时时想念他们。”

“他们当初离开天山，没有等你，你生他们的气吗？”

“生气啊，尽管我知道他们不得不离开，但依旧很伤心、难过，气了很久。不过，我还是很想念他们。”

袁香儿和他一起看着低垂在天际的天狼星。那颗星星在夜幕中分外耀眼，仿佛正从夜空中看着大地上的他们。

“小的时候，我对父母之爱求而不得，所以郁结于心。如今我早从师父和师娘那里得到了我最想要的东西。所以，我不再有遗憾了。”

“阿香，你若是想回去看看，我陪你去。”

尽管袁香儿什么都没有说，南河还是猜到了她依然想去娘家看一眼。

袁香儿骑在天狼的背上，很快借着夜色掩护悄悄地回到了自己出生的袁家村。

初夏的夜晚，村头的溪水无声地流动，路旁树影婆娑。偶尔有人类说话的声音，从院落中传出。

这不是袁香儿记忆中的家乡。

在袁香儿的记忆中，在这种季节里，小妖精们最活跃了。雨水充足，空气湿润，发着光的小妖精会在树林中欢快地飞舞，也会赤着脚在草丛里尽情地穿梭、奔跑。

袁香儿顺着熟悉的土路慢慢地走。

他们都不见了。再也没有那些萤火虫一般的草木精灵在空中悠悠荡荡，再也没有叽叽喳喳的小鸡、小黄鼠狼，再也没有动不动就红了眼眶的小兔子……

那些大大小小的妖魔，已经被人类彻底消灭、驱逐。

从一座院子里传出小童嬉闹的声音。

“天黑了，别瞎跑，小心被妖精抓了去。”家里的长辈这样吓唬他。

“嘻嘻，奶奶，你胡说，这个世界上根本没有妖精。”小孩并不害怕。

在袁香儿还小的时候，虽然大部分孩子看不见混迹在人间的妖魔，但依旧对妖魔存有畏惧之心。

毕竟那些古怪的和人类不同的生灵，真实地生活在他们的身边。

但不过十余年，从未见过妖精的孩子们，已经不再相信那些生灵真的存在，而是把它们当成传说。

袁香儿开启遮天环，遮蔽身形，来到了生活过的家。

院子被扩大了，家里新添了两栋砖瓦房，青砖白墙，灰黑的瓦片，门框上喜庆的对联还没被揭掉。

父母和奶奶依旧住着破旧的茅屋，这栋父母卖了几个女儿才盖的瓦房里住着负责给袁家传宗接代的弟弟。

隐蔽身形的袁香儿进入一间昏暗的卧房，那间屋子的床榻上躺着卧病多年的祖母。

老人年轻的时候，有力气叉着腰站在大门外破口大骂数个时辰，声音从村头到村尾都听得见。

如今她行将就木，只能呆滞地躺在病床上，甚至连家庭成员都不能准确地分辨，时常将大孙子叫成自己的儿子。

袁香儿看着奶奶。这位不喜欢女孩的奶奶，在袁香儿离开家的那一天，翻出一包藏了许久的饴糖递给了袁香儿。

"奶奶，我来看你了。"袁香儿轻轻地说道。

老人睁开混浊的眼睛，眯着眼睛看了半天。

"阿香啊，是阿香回来了。"老人张开没牙的嘴，颤颤巍巍地说道。

袁父端着汤药进屋的时候，年迈的老母亲一把拉住了他的胳膊。

"儿啊，阿香回来了。"

"娘，你又糊涂了，香儿早不在咱们家了。"

"她回来了，刚刚还站在这里呢。"

袁父不以为意，母亲神志不清已经不是一两日的事了。她时常认错人，记错事，胡乱说话。

他把滚烫的药碗放在桌上，突然愣住了。桌面上放着一包整整齐齐的饴糖，和三块十两的银锭子。

袁父丢下药碗就往门外追去。院子外是寂静的黑夜，昏暗的土路上，一位少女静静地站在那里，俊秀的眉目既令袁父觉得有几分熟悉，又感到十分陌生。

"你是香儿吗？"袁父迟疑地问道。

一阵晚风拂过，卷起细腻的尘沙，袁父揉了揉眼睛再看，那长大了的女儿仿佛幻影一般，消失无踪，无处寻觅。

他是否对袁香儿有愧，无人能知，袁香儿也无须知晓。

天大亮之后，众人向着昆仑山出发。

袁香儿趴在化为狼形的南河背上，睡得香甜。

“阿香怎么还在睡？她昨夜没睡好吗？”乌圆不解地问道。

南河：“小声些，她昨夜没怎么休息。”

清源笑盈盈地说：“昨夜她和你一起去见她的父母了吧？我就知道这个孩子还是心软，昨天她和父母和解了吧？”

“香儿不用和任何人和解。她不过是和自己和解了而已。”南河说。

他们一路向昆仑前行，虽然洪峰已经退去，但天空仿佛破了一道口子，淅淅沥沥的雨下个不停。洪水肆虐过的人间，满目疮痍，灾民遍野。

沿途都是哀号行乞者，卖儿卖女者也屡见不鲜。

往日热闹的人间仿佛只是脆弱的泡沫幻影，被一场洪水冲得支离破碎，难觅往日繁华的踪迹。

“只是下了几天的大雨，那么好玩的人类世界，怎么就变成这样了呢？”乌圆走在路上，踩了一脚淤泥，看着那些瘦骨嶙峋、沿途乞讨的人类儿童，十分不习惯。

一个小乞丐拉住了乌圆的衣袖，咬着手指头，可怜兮兮、眼泪汪汪地看着他，祈求他给自己一点儿食物。

乌圆想了想，把装小鱼干的袋子掏了出来。那是出门前云娘特意给他做的。

“好可怜，我分你一些小鱼干吧。”

乌圆刚刚打开袋子，周边的孩子就哗啦一下全围了上来，什么年纪的都有，一个比一个贫苦，无数双黑乎乎的手急切地伸到乌圆的面前争抢小鱼干。

有小孩被挤倒了，哭泣声、哀求声、叫骂声，声声不绝。

乌圆在一片混乱中被挤回原形，气得喵喵乱叫。幸亏袁香儿及时提着他的后脖颈把他带到了高处的屋脊之上。

云娘特意缝的袋子破了一个大洞，里面的小鱼干都没了。乌圆委屈地叼着那个瘪了的袋子蹲在屋顶上摇尾巴。

袁香儿把他捞到手上安抚他，抬头询问清源：“我们还有什么能做的事吗？”

她在人间行走的经验远远不如清源，在二十年不到的人生里不曾遇到这样的大灾难，因此咨询这位活了一百五十个年头的长者。

“其实我们能做的事十分有限。”清源坐在程黄的背上，看着底下拥挤的人群，“在洪水来临的时候，术士的力量或许能够发挥一点儿作用。但洪水退却之后才是最麻烦的时期，那些灾后重建、安置灾民的工作，大部分还是只能依靠朝廷和地方官员，毕竟灾民人数实在太多了。”

他们站的位置很高。俯瞰全镇，他们可以看见河堤附近已经有无数的工人在泥泞中扛着沙袋、木材，忙碌着加固被洪水浸泡多时的堤坝了。

城郭的另一侧，有座碧瓦红墙的三君神庙。那里烟火鼎盛，无数信徒进进出出，祈求风调雨顺，平安度过灾年。

“一百多年前，我也觉得能凭借一己之力拯救天下万民。”清源摸了摸下巴，“后来我才发觉个人的力量是极为有限的。你看到路边饥饿的人，可以给他们一点儿钱财；看见患了疾病的百姓，可以赠他们治病的东西；遇见枉死的人，能念诵几句往生咒……但你能做的也只有这些。在大灾大难面前，我们能做的微不足道，只求无愧于心。”

站在一旁的渡朔开口说：“阿香，不必过于担心，人类个体虽然十分脆弱，但整个种族十分坚韧。我活了上千年，见到过无数次严峻的天灾。无数强大的种族消亡在世间，只有人类以难以想象的凝聚力和韧性坚强地存活下来，最终成为这个世界的主宰。”

雨水如织，却不曾淋湿渡朔的长发和衣袍。在水雾之中，大家可以看见他的脚下隐隐有波动的灵力一圈圈地荡漾开来。

远处的河堤之上，冒雨挑着沙袋的老河工突然停下脚步，对身后和自己一道抬着材料的搭档说道：“磊子，是不是有些不对啊？”

“啥？”

“这坡脚好像不太一样了，没有松下去，反而被压实了，厚度也不对劲，比早上厚了不少。”

“哈哈，我看你是眼花了！这河堤被大雨冲刷了这么久，不垮就算不错了，哪有变厚的道理？大伙儿加紧把窟窿堵了，下坝去休息吧。”

渡朔的天赋能力是空间之力。这一路上但凡停下歇脚，他便会默默地运用灵力加固沿岸那些被雨水冲刷得岌岌可危的河堤。此刻他亦是如此。

鹤族一向被修真门派视为吉祥之物。

袁香儿和这样一位修炼千年、矜贵高雅，还能主动帮助人类的神鹤订下契约，让清源心生羡慕。

他小心翼翼地靠近渡朔：“谢谢你的帮忙，你……好像挺了解人类的？你应该不讨厌人类吧？”

袁香儿的使徒不需要戴着枷锁。他们不会攻击人类，不需要她下达命令，还愿意主动帮助人类。

清源想不明白，只能一路全力揣摩袁香儿和使徒的相处之道。

渡朔看了清源一眼，足下发力，站上了另一处屋脊，远远地避开了清源。

任何门派的术士都得不到渡朔的喜欢。

为什么渡朔对我就这样冷漠？清源使劲地摸了摸自己的脸。

难道真的是因为我太老了吗？

南河从远处回来，跑回袁香儿的身边。他去镇上采购了一些食物。

“买到干粮了吗？”袁香儿问。

南河点点头，把一袋子干粮打开给袁香儿看：“有人故意囤积粮食，我买的价格比平时贵了二十倍。”

在人间住了一年多，他对市场上的物价比袁香儿还了解。

“怎么你买个东西，弄得一身是灰？你和别人打架了？”袁香儿不解地弯腰拍了拍他的衣服。

大街上传来一阵喧闹，人群匆匆忙忙地向着一个方向跑去。

“李富贵家的粮仓被陨铁砸塌了，里面满满的稻米泄了出来，被大雨冲得到处都是。”

“那个挨千刀的，趁着水祸囤积居奇，把米价抬高了那么多，该，天要罚他！”

“快去，快去！能抢到一点儿是一点儿，晚餐有着落了。”

袁香儿惊讶地看着南河：“是你干的？”

南河咳了一声，避开她的眼神，把手里的一袋炭烤虾干递给乌圆：“给你，我只找到这个。”

“啊，这么大的虾干！鲜甜、有嚼头，好吃！”乌圆得到新的零食，终于高兴了，“谢谢南哥。南哥最棒，南哥干啥都是对的！南哥就该砸了那些没良心的奸商的仓库，给我……哦不，给那些穷苦百姓谋福利。”

乌圆把新得的小零食分享给大家，连程黄都分到一份，唯独漏掉了清源。

看着自己的使徒都有滋有味地嚼着烘干的大虾，清源心里感到酸涩。

他真的不知道自己比袁香儿差在什么地方。自己为什么就不能得到这些妖魔的亲近？他自认为容貌俊美，法力高强，还为了保持美貌耗费巨资炼制了驻颜丹。他这一路上对待袁香儿的使徒们也算极尽温和，但没有一只妖魔和他稍微亲近过。

众人离开这个临时驻足之处，继续前行。只要在沿途休息之时，大家都尽力对当地灾民施以援手。南河的星辰之力，渡朔的空间之力，袁香儿的各种祛病符咒，对灾民都不曾吝啬过。

越是大灾之年，人类对神灵的敬畏之心越盛。他们一路所见的大小庙宇都挤满信众，香火不断。

昆仑山是三君祖师飞升之前的修行道场。越靠近昆仑的地界，供奉三君神像的庙宇就越发多了起来。

他们才刚刚瞧见一座神庙，没走多远，又看到前方有一座三君神庙矗立在湖心岛上。

在水泊之中，三君神庙枕着碧流，倚着青山，气派不凡。

“这位神灵到底是做过什么事，可以让这么多人膜拜他？”乌圆问道。

“听说这位祖师在飞升之前，游历人间，救苦救难。他见人妖混杂，人类受到了无穷的磨难，因而施展大神通，分离浮里两界，驱除妖魔。他以一己之力为人类创造了一个安逸舒适的世界。”

胡青在人间生活的时间很长，对市井传说十分了解，头头是道地解释给乌圆听。

“啊，原来两界就是这位神仙分开的吗？”连袁香儿都听得入迷了。

“只是传说罢了，事实上两界是如何分开的，至今无人知晓。只是这位神君留在人间的神迹特别多，传说中的他有大智慧，无所不能，所以大家都推断是他所为。只不过这么多年过去，人间的妖魔大量减少，如今的百姓已经忘记了曾经和妖魔共存的时光。他们祭拜三君神庙多半是祈求生活富贵平安、求子、求姻缘罢了。”

一行人说着话，在一间农舍前停下脚步，想要在此打尖。

他们敲了半天门，才见到一位农妇出来应门。她的衣裙齐整干净，只是双目浮肿，头发散乱，显然刚刚痛哭了一场。

农妇听见众人的请求，倒也没有拒绝，点了点头，将院落的厨房指给他们看，随他们使用，自己捂着脸回屋去了。

“你们一路上各种施法赈灾，都辛苦了。你们谁也别动手，坐着歇息，我来准备午饭。咱们吃一顿热的再继续走。”胡青围上围裙，卷起袖子，把想要帮忙的渡朔、南河都按了回去，又提着乌圆的脖子将乌圆赶到一边，不让他捣乱。

袁香儿笑嘻嘻地挽住胡青的手臂：“那就辛苦姐姐啦，我们走了这么久的路，风吹雨淋的，就想吃点热乎乎的疙瘩汤。要是你再烤一点儿脆饼就更好啦。”

胡青捏了一下她的鼻子：“行啦，知道了，你也休息去吧。”

这可是九尾狐啊，如今在世上还能见到几只？胡青这样温柔体贴，懂音律，善琵琶，厨艺还如此好。

清源悄悄地看了一眼自己雄赳赳的使徒，认真地考虑了一下如果自己也像袁香儿这样挽着程黄的胳膊，能不能改善彼此的关系。

他们刚吃上热腾腾的疙瘩汤，从另一边的屋子里突然传来凄凄切切的女子的哭泣声。

“因为嫉妒我们有好吃的疙瘩汤，她就哭成了这样吗？”乌圆护住了自己的碗，“我这次是不会分给她的。”

但那哭声凄切哀绝，令人闻之不忍。

袁香儿等人走出厨房查看，发现这户农家的女儿悬了麻绳在房梁之上，自绝不成，被父兄救下，如今正伏在母亲的怀中，放声悲哭。

农舍的主人姓余，年逾四十，一脸无奈地给袁香儿等人作揖：“家里出了点事，让客人看笑话了。”

经过袁香儿的询问，余父告知他们，余家村和周边的几个村落都属于湖心那座三君庙的管辖范围。

据说庙内的道长无妄真人是一位得道高人，享朝廷俸禄，有官家赐予的土地，已经在此地清修了上百个年头，威望甚重。

他时不时地露面展现些呼风唤雨的伎俩，周边的百姓对其畏惧折服，言听计从，但有所言，莫敢违背。

余老农唉声叹气：“此次水患，真人说乃是我等乡民触犯了水神，引得神灵震怒。每村必须献一位少女酬神，方可解此次危难。我们村偏偏抽中了我家女儿珍珠。如今别的村子都已经把酬神的少女送了过去，只我家对珍珠百般不舍，拖延了一时。村里不断来人，勒令我家今夜必须用一条小舟将珍珠送去，小女一时想不开，方才出此下策。”

珍珠抬起头来，面色红润，颇有几分动人之态。她虽是农家的女孩子，却显然平日里很得父母的疼爱。

珍珠几乎要哭倒在地：“若只是酬神也便罢了，我投湖后清清白白地去了便是。偏偏无妄真人还说要……要去阴身，让父母把我送入庙内三日……这让我如何忍得？”

所谓的“去阴身”，指的是女子阴气过重，怕冲撞了神灵，先要把她们送入庙中待几日，由男性法师“去阴身”。

这个无妄真人打的是什么样的龌龊主意，明眼人无不知晓。但几个村落数千村民，因为事情没落到自家头上，大部分选择了沉默。更有人拿大义的名头，逼着被选中的人家快快地将女儿献祭出去。

“不能将妹妹送去！与其让妹妹受这样的耻辱，不如和那些人拼了！”年轻气盛的兄长紧握拳头，目眦欲裂，“我们连夜逃，能走便走，走不了就和他们拼了！”

女孩哭得上气不接下气：“我怎能连累父母和哥哥？让我痛痛快快地走了便是。我这辈子能得到父亲、母亲、兄长的疼爱，也不枉来人世一趟了。”

清源看珍珠哭得这般惨烈，便是经过了一百五十年的修身养性，也绷不住了，骂了一句粗话：“哪里来的败类？占着些许修为，便为非作歹。尔等不必哭泣，待道爷去会会他。”

袁香儿拦住清源：“他是人类的术士，能修行这么长时间，修为不会太低。我们贸然和他打斗起来，一个不小心，就连累了庙里的那些姑娘白白送命。”

袁香儿说：“我想个主意……我先假扮成珍珠姑娘，过去探探情形，把她们带出来，你们再暗地里跟着摸过去。”

“不行！”

“不妥。”

“不可以。”

“阿香，那可是老色鬼的巢穴！”

“没事的，我有双鱼阵护身，比你们安全些。”袁香儿觉得可行。

南河攥住她的手臂：“我去，我变化为女子的模样替珍珠去便是。”

袁香儿本不同意，听到这后半句话，愣了一下，转了转眼珠子，笑容逐渐展现。

胡三郎在家的时候就很喜欢一会儿变男人一会儿变女人，袁香儿看在眼里，觉得十分有趣。

南河扮女装会是什么样子？

“那你先变……变一个给我看看。”

第十七章　南　溟

南河长得漂亮，袁香儿是知道的。

当初她不就是被他的美色，啊呸，被他可爱的外表吸引的吗？

所以南河扮女装的模样必定很漂亮，袁香儿心里有数。

但当在湖边化为女子的南河，披着月色坐在船头，回眸看来的时候，袁香儿承认自己失态了。

在南河低眉浅笑的一刻，不论是碧绿的湖面，还是红红的山花，都瞬间失去了应有的颜色。千顷湖，如水镜，倒映着舟头那人的袅袅身姿。他皓齿细腰，回首刹那，双靥生笑。他是兰台公子，又是解语之花。他如清丽芙蕖，又似传香月桂。

明明他只穿戴着素衣荆钗，眉眼也还是原来的眉眼，不过是少了几分棱角，减了几分锐气，未曾搔首弄姿，也不曾细施朱粉，怎么就凭空带出股妖娆来，一下子勾动了袁香儿的心？

袁香儿觉得自己是中了这个男人的毒。他不论现出本体还是人形，不论以何种年纪、何种性别的形态出现，都能精准无比地击中她的心，勾得她神魂颠倒。

“这样不行，你别去了，要是哪个老道士摸你一把，我可心疼死了。”袁香儿拉住南河的袖子不肯放手。

就连一直惊惧不安的农家姑娘珍珠都忍不住走上前来说：“姐姐太漂亮了，

那三君庙里的道士老爷，都是些……极下流无耻之徒。姐姐被他们看见了，也太危险了。”

珍珠几乎忘记了南河的性别。下午，她听见南河这个俊朗的男人要替她前去，一脸的不可置信。

湖边哗啦啦地响起一阵水声，丹逻的上半身露出了水面。

“那些人类的术士很狡猾，不论水底水面都布有厉害的防御法阵，我们要想不惊动那些人进入三君庙很难。”他把湿漉漉的头发抓到脑后，露出额心的一抹红痕，“干脆别管那些人的死活，让我发起大水掀翻庙宇得了。”

丹逻腿伤刚愈，躲在鱼缸里又憋屈，袁香儿本来不让他跟来。但因为袁香儿要去的地方是南溟，他执意化为本体，一路沿着水路跟随着大家。

南河松开袁香儿的手：“没事，我虽化为女子，实际上还是男人，没什么好担心的，你们在湖边等我的信号便是。”

袁香儿百般不放心：“遇到变态的时候，男孩子也一样危险，你要注意保护好自己。”

渡朔笑道：“南河还是留下，让我去吧。”

乌圆十分懊恼地说：“咦，渡朔哥也会变女生吗？三郎也会……原来这个有趣的技能只有我不会吗？”

南河点开竹篙，小舟离岸，乘风而去。

袁香儿等人隐蔽在岸边，只见湖面烟波浩渺，小舟如叶，南河慢慢地靠近湖心的那座小岛。

岸边很快出现了三五个术士，吆喝着让南河停船接受询问。

陪南河同去的是珍珠姑娘的父亲。余老爹只是一位普通的农夫，虽然因为疼爱女儿而甘愿冒险，但免不了有些胆怯，结结巴巴地向他们报上姓名和村镇。

领头之人看见南河的模样，眼睛一亮。他毫不掩饰地舔了舔嘴唇，根本没留意余老爹露出破绽的说辞，不耐烦地挥手打发老爹离开。

“算你识相，再不把她送来，神灵降罪，可不是你们家吃得消的。你把女郎留下便是，走走走。”

余老爹连连点头，不放心地回头看了南河数次，最终咬牙离开。

南河等人若是失败，余家人也逃不掉。为了如珠宝一般珍贵，从小养到大的闺女，最终这个平凡的父亲还是决定放手一搏。

南河被带往庙内的一间偏殿，负责押送之人丝毫不遮掩地用充满欲望的目光上下打量这个姿色绝佳的农家女子。沿途中，南河遇到的有些术士甚至还直接吹起了口哨。

“她是哪个村子的？村里居然有这样的美人。”

“嘿嘿，她的腰不错，可以细品。”

“师兄，这样漂亮的小娘子，我们真的都有份吗？”

“放心吧，等明日师尊享用之后，便会把她赐给我们。反正最后她要沉江，我们可以随便取乐。”

他们毫不在意地当着南河的面说着这些话，甚至还用赤裸的目光从上到下地打量着南河，期待着这个柔弱的“小娘子”在他们这群男人的羞辱中露出惊恐、羞愤的神色。

南河在人间也已生活了一年多。直到此刻，化为女孩模样的他才对女性生存的不易有了切身体会。他体会到了男性对一个女子露出这样猥琐变态的目光，说出这样下流无耻的言语，是一件多么令人恶心的事。

南河起了一身的鸡皮疙瘩，全力克制着自己，才没在半途就化为狼形，咬断那些猥琐男人的脖颈。

一群人之中，仅有一位年轻的术士略微露出愧疚之色，悄悄地提出疑虑：“师兄，我们是术士，这样对待这些小娘子，是不是有些过分？”

众人哄笑起来：“师弟莫非还是个雏儿？明日的盛宴你人可不来，在门外为师兄们站站岗。到时候这些小娘子就没你的份了，你可别流口水，扮假正经。”

那年轻的男子从背后看着南河的细腰长腿，咽了咽口水，把仅有的良心抛到脑后。既然大家都如此做了，那他也和小娘子玩一玩，这算不上什么错误吧？他这样想。

“我只是说说而已，既然师尊和师兄们都觉得没问题，想来和小娘子玩玩也是无妨的。”

南河被推进一间昏暗的屋子内。门很快被上了锁，窗户上贴了很多小姑娘无力冲破的封禁符咒。

“小南，情况怎么样？”袁香儿的声音很快在南河的脑海中响起。

“很顺利，我进来了。我戴着遮天环，他们没有察觉到妖气，没有发现我不是人类。”南河环顾四周，只见屋内的角落里蜷缩着许多小娘子，容貌秀美，体格健康，有一些的年纪还很小。

她们正为自己即将到来的悲惨命运哀哀哭泣。南河的到来对她们来说不过多了一位命运悲惨的同伴，没有人有精力去关注他。

“这里的术士似乎打算明日才用邪术伤害这些女子，我们还有时间。等晚一点儿，他们都歇下了，我想办法带这些姑娘离开，你们准备随时攻进来。”

“好，你小心一些。”

夜色渐浓，哭了许久的姑娘们昏昏沉沉地睡着了。

南河在角落里打坐，凝神细听周围的动静。三君庙的夜晚很静，隐约从空中传来一种细微的铃声，那铃声和术士们时常摇动的帝钟完全不同，不能令人清醒，反倒环绕四周，撩拨着听者的心弦。这样的靡靡之音听得久了，人会变得心思躁动，血脉偾张。

南河似乎在哪里听过这样的声音。

南河细细思索，在他的血脉深处，慢慢地燃起一簇火苗。

他仿佛看见了袁香儿的身影出现在自己的眼前。

阿香看着自己的时候，总是这样笑着，目光灼灼，眼里满是对他毫不掩饰的欣赏和热爱。

他一直知道自己是狼族，狼的血脉天生就嗜血。

香儿的目光，每一次都能迅速地点燃他心中最为原始的火焰。这让他的唾液不断分泌，令他的血液在血管中咆哮。

每当这样的时候，他都恨不能露出锋利的牙齿，一口咬住心爱之人雪白的后脖颈，将她死死地控制在自己的蛮力之下。

为了不在阿香面前做出这样粗俗和野蛮的行为，为了不伤害到他最心爱的人，每一次和阿香亲热的时候，南河都是克制而隐忍的。这也总让他得到一种更为隐秘的快乐。

南河站起身来，很快发觉了不对劲之处，在这样的声音中，他的心脏跳得很快，血脉在偾张，耳朵肯定已经出来了，一截尾巴也渐渐地从衣裙的下摆露出，在地面上摆动，牙齿变得锋利了，有一种最原始的欲望在身体里一点点地升腾。

他开始收敛神思，强迫自己冷静下来。这样的铃声十分动人，但对于警醒的他也没太大影响，还不至于让他陷入沉醉、疯狂之中。

但是屋子内除了南河还能保持清醒，那些沉浸在睡梦中的女郎都陷入了美妙的梦境，一张张残留着泪痕的脸在梦中流露出陶醉欣喜的神色。

窗外传来的铃声变得越来越大，嗡嗡地震撼着他的大脑。

南河突然想起来自己曾经在哪里听过这个声音了！

在幼年的时候，在那个昏暗而屈辱的牢笼内，被折断了骨骼的他曾经听过相同的声响。

“哈哈，天狼族，上古神兽，浑身是宝啊！”那有着山羊胡子的干瘦术士得意扬扬的声音伴随着某种古怪的铃声传来，“皮毛可炼制遮天环，血液可做成丹药，至于骨骼皮肉嘛……”

“媚音铃，这可是个好东西，我有了它，将来想要什么样的女子都不愁了。”

南河撑住了墙壁，双目死死地盯着屋子的窗户。

一道剪影打在了窗纱之上。

那人身材干瘦，一手捻着一撮山羊胡，一手拿着一个形态古怪的小铃铛。

南河的面部呈现出半兽化的模样。他咧着嘴，露出锋利的牙齿，双眼几乎变成了红色。

在窗外的就是那个人！百年前捕捉了自己，对自己百般折磨的那个人类居然还活着。我要撕碎这个道士，把他碾成粉末！南河的身体内有一种声音在疯狂地叫嚣，他几乎要化出巨大的本体，破门而出，和那道号为无妄的老贼厮杀。

这间小小的屋子内沉睡着数名人类的女子，一旦南河这样的大妖和无妄在这里斗起法来，脆弱的她们必死无疑。

死几个人类而已，又能如何？此刻的南河只想见到鲜血。杀！杀死那个老贼！杀死这些人类，用他们的血安抚自己的愤怒。杀戮本就是狼族的生存之道。

他反复地回忆着童年的痛苦经历，利爪已经隔着门伸向那道身影，但终究停在了空中。

蛊惑人心的铃声还在耳边响着。

南河喘着气，看着屋子中沉睡的女子们，那一张张面孔都那般年轻。她们和阿香年纪相近。她们也会和阿香一样对着某个人温柔地笑，用灼灼的目光看着自己喜欢的人。

幼年时期在天狼山生活的情景在南河的脑海里一闪而过。

威风凛凛的父亲站在山顶上，说：“小南，这个世上的每一条生命都珍贵无比。我们在杀戮中求生，夺取了珍贵之物，才换来在这个世间长存的机会。我们理应心怀感恩，在珍惜自己身躯的同时珍惜每一条生命。我们绝不滥杀，绝不虐杀，绝不无端欺凌弱小。这才是强大的天狼族的生存之道。”

原来，在我小的时候，父亲就告诉了我这个道理。尽管身躯中的欲火还不曾熄灭，南河的头脑却渐渐地冷静下来，那些秽乱的媚音再也不能干扰他的心神。

屋外交谈的声音开始变得清晰。

“这个法器是为师一百年前取了一只天狼的腿骨炼制而成的。有了它，任何贞洁烈妇都会乖乖就范，你们看好了该如何使用。”

“师尊神威无边，竟能拥有这般神器。”

“待明日采补了这些炉鼎，师尊必定福寿绵长，仙福永享。”

“预祝师尊福寿绵长。”

…………

交谈的声音渐渐远去，南河才听见袁香儿在自己脑海中发出的焦急的声音。

“小南！小南！怎么回事？小南。”

“没……什么。”南河轻轻地说。

“刚刚从你的脑海中传来了一阵狂怒、烦躁、混乱的情绪。南河，一定发生了什么严重的事，你告诉我。”

阿香温和的声音缓缓地进入南河的大脑。

“阿香，快进来带走这里的女孩。”

“我要杀一个人。”

无妄此刻志得意满，自从一百年前在无意中捕获那只珍贵的天狼之后，他的运道就变得很好。

他利用从那只天狼身上取得的材料，炼制了各种法器、丹药，换取了第一枚灵玉。后又多次偶得机缘，一路苦修至今，如今他终于要突破自我，抵达下一个大境界了。

无妄看了看自己枯瘦、衰老到极致的身躯，心中暗暗庆幸。自己的寿命已经到了极限，这具身躯眼看也支撑不住，开始腐朽。万幸的是，他只要在明日突破境界，寿命将再一次得到延长。

为了庆祝这一天的到来，他甚至提前给自己准备了数名年轻貌美的女子，帮助自己突破，并准备在得到重新年轻起来的身躯之后好好地享受一番。

一切都是那么顺利，无妄心满意足地在弟子们的吹捧之下踱步离去。

身后传来轰然巨响，无妄转头看去。

不远处，那间关押女郎的房屋屋顶破开，一只巨大的天狼冲出屋外，他用后背载着所有昏迷不醒的女子。

“天狼？这个世界上居然还有天狼？不……不对，是当年那头小狼啊，那头小狼长大了！”无妄初时感到诧异，随即露出狂喜的神色，“真是天助我也！他竟然自己送上门来。快，我不惜一切代价也要抓住他！”

他的弟子们却对他的话毫无反应，呆滞地看着他的身后。

“那……那是什么？！”一个年轻的徒弟指着天空。

无妄皱着眉头转过脸来。

岛屿的边缘掀起铺天盖地的水浪，一条额头殷红的巨大黑鱼游动在浪涛中，向着他们俯冲而来。

“水妖？结阵！速结法阵，挡住洪水！”

无妄活了百来年，经历过无数大小战役，虽然惊愕，但很快就镇定下来。

“来不及了。”一道声音在他的耳边响起。

无妄猛然间发现屋脊上不知何时站了一个男子。

来人留着长发、披着鹤氅，神色冰冷。

那人将白皙的手指向前一指，地面上瞬间出现无数大坑，忙着布阵的弟子们东倒西歪地惨呼着掉下坑洞。

一只人面狮身的魔兽呼啸着从天而降，四蹄带着黑烟的残影，口中叼起一个正准备反抗的术士高高飞上天空。天空中传来惨烈的呼叫声，断了的肢体掉落在无妄眼前。

穿着破旧道袍，戴着斗笠的年轻道人坐在妖魔的背上，居高临下地看着无妄。

“原来是清一教的术士。”无妄分辨出来者的身份。

无妄抬着沟壑丛生的面孔，用混浊的眼珠盯着眼前的敌人，冷冷地开口：“修行之人应以斩妖除魔为己任，不可残害同道中人。在下和清一教无冤无仇，你缘何行此卑劣之事，助妖魔到我道观中肆意屠杀？”

无妄用枯木一般的手指从衣袖中捻出一柄黑色的小旗，旗帜迎风一展，带出一股难闻的腥味。岛屿上的大地开始龟裂，白色的骸骨破土而出，摇摇晃晃地组成了一具眉心有着使徒标志的骷髅。

“我辈中人应以斩妖除魔为己任，这里的妖和魔，指的就是你这样变态的邪魔外道！”一个女子清冷的声音响起。

汹涌而来的浪头上，站着一个手持水灵珠的十七八岁的少女。她骈起两指，祭出一张金光神咒符。

巨大的金甲神灵手持宝镜在波涛中升起，摒除世间污秽的神光透镜而出，向着白色的骷髅照来。

无数白骨组成的巨大的骷髅使徒，在水浪中歪歪斜斜地前进，空气中弥漫着一股腐朽难闻的气味。

越是阴毒的法术，威力往往越大。

因此，有那么些人，为了这种力量放弃人性，转而研究这些污秽的邪术。

巨大而腐朽的骷髅在破除邪祟的金阙神镜的照射下，发出尖厉难听的叫声，开始坍塌。但众人还来不及松口气，它们又如同搭积木一般以最快的速度重新组装起来，成为一个半蜘蛛半人类的恶心魔物。

八条由零碎的骨头拼凑而成的蛛腿异常迅速敏捷地在乱石中爬过，向着众人冲来。

丹逻化成的巨大黑鱼悬浮在半空。他张开嘴，滔滔巨浪从口中涌出，对着敌人迎头拍下。洪峰没过异形的骨蜘蛛，冲向了岛上的房屋，岛屿上的术士们在这突然到来的洪流中慌乱奔逃。

熟悉法术的术士还可以施咒抵御，年轻而毫无根基的只能在水流中无望地呼喊求救。

而此刻，无妄对这些徒子徒孙的生死并不在乎。他手持一面玄黑色的幡，口中念念有词。

白骨蜘蛛再次崩塌，从水浪中浮起一条用白骨拼成的大鱼。那骨鱼游弋在水中，同丹逻隔空对峙，喷出了乌黑腥臭的滚滚污水。

丹逻从水中脱身，化为人形悬停于空中，一脸厌恶地看着脚下乌黑混浊的水。

作为在水中生活的生灵，丹逻最难以忍受的就是这样被污染过的废水。

巨大的骨鱼张着大嘴向前扑来。

在骨鱼身下，水里突然现出一圈红色的法阵，四方神柱从水中升起，无形的屏障挡住了骷髅魔物的身躯。交织的电网将那骨鱼囚禁在内，无法移动半步。

袁香儿骈着剑指，口诵法诀，布下了四柱天罗阵，限制妖魔的行动。

在红色的阵图之外，又现出一圈青色法阵。青龙、白虎、朱雀、玄武，四方神兽的虚影于法阵边缘出现。

坐于狮虎之上的清源祭出一张符箓，施展了攻击力强大的降妖伏魔阵。

袁香儿的四柱天罗阵套着清源的降妖伏魔阵，使得那无数白骨组成的魔物被四方神兽轮番打散，既无法从法阵中挣脱，也渐渐地无力重组，漂浮在黑色浊水中的白骨，不断地发出刺耳难听的尖叫。

无妄见情势不妙，面部肌肉抖动起来。他狠心咬破舌尖，将一口血喷上那面黑色的幡。

法阵中的那些白色骨头随着无妄的动作像融化了一般，咕嘟咕嘟地冒起了气泡，一条接一条黑色的虚影从气泡中冒出头来。那些面孔有人类，也有妖魔，无一不是面容扭曲，神色狰狞而痛苦。他们被无妄残酷地杀死，囚禁在幡中，饱受痛苦，不得解脱。那越积越深的怨恨，使得他们拥有强大的力量，能够在地狱中反复被无妄驱使。他们四面冲撞，破开了以坚固著称的四柱天罗阵，冲散了四方圣兽，向着四面八方冲出。

他们没有发出任何声音。这样铺天盖地的无声黑云，却有种令人心惊的恐怖。

清源真人往日里慵懒散漫的神色不见了，脸上是难以抑制的愤怒。

“居然有这样多的亡灵。你为了炼制这个魔物，到底残害了多少生灵？此罪当诛，罪无可赦！”

无妄冷笑一声：“可笑，由谁来诛，又由谁来赦？天地本不仁，以强者为尊。你们清一教沽名钓誉，手上也未必干净。你的年纪只怕和我差不多吧？为何你还能保持这般年轻的身躯？难道你没有吸取别人的血汗？”

无妄之前咬破舌尖，如今口齿之间鲜血淋漓，说起话来如同恶鬼一般恐怖。

无妄像恶鬼一样舞动着手中的幡，漫天流窜的黑影汇聚成了遮天蔽日的滚滚黑云，向着地面俯冲。袁香儿素手一翻，祭出一枚玲珑金球。金色的小球在空中滴溜溜地转个不停，发出清脆的声响。那些黑影愣了愣，仿佛清醒了一些。他们被铃声吸引，慢慢地向着袁香儿手中的金球汇聚。

无妄眼看自己倚仗的力量被人夺走，不由得怒骂：“哪里来的女子？小小年纪竟然敢和我争夺怨灵。你从哪里得来这般厉害的冥界法器？”

玲珑金球乃是厌女所赠。厌女的真身是积怨而生的冥蝶，天赋能力便是控制此类事物。手持此物，即便无妄修了百余年，袁香儿面对他也有一争之力。

无妄运转灵力驱动幡，和袁香儿的玲珑金球对峙。他凶神恶煞地看着和他遥遥相对的少女。这些怨灵是他花费了百来年的时间辛苦收集的。可是这个小女孩，不过凭借着手中厉害的法器，就将这一切夺走了。

他心中气极，却也只能眼睁睁地看着那些黑影挣脱幡的束缚，化为一股股青烟，钻进金球中。

无妄知道这一次面临的是自己此前从未遇到的险境。

屋顶之上那位留着黑发的长袍男子，已经解决了无妄所有能够战斗的徒弟，正抬起具有空间之力的恐怖手指，向着无妄点来。

人身鱼尾的水妖悬在半空中，雷云在他的头顶汇聚。水妖一脸不屑地抬起手臂，银蛇般的闪电缠绕其上，随时会落到无妄头上。

还有那可恶的清一教法师，骑着战斗力强大的使徒，又取出了一张青色的符箓。

更让无妄感到不安的其实是那只已经成年的天狼。那只天狼劫走所有的女子，还没有回来。自己曾经在那只天狼还小的时候做过些什么，无妄是一清二楚的。

天狼才是对无妄恨之入骨的死敌，很快就要来了！

“你仗着使徒众多，就以为能欺负到老子的头上了吗？”无妄一脸狠厉之色，“我就让你们知道被自己引以为傲的使徒毁灭是什么样的滋味！”

他从衣袖中取出一枚血红色的摇铃，露出狰狞的笑容。

大量的灵力从他的身体中流入那血红色的铃铛之内。无妄那衰老不堪的面容因为灵力的迅速流失，以肉眼可见的速度变得越发老迈、枯槁。

如果南河在场，必定能认出无妄手中的这枚铃铛。这就是无妄取南河的骨骼炼制的法器媚音铃。

刚刚无妄没给铃铛注入灵气，只是凭空摇动，都能引得南河心神荡漾。此刻无妄用巨大的灵力驱动铃铛，威力不可想象。

这枚诡异的摇铃，铃身血红，铃内的击锤却是白色的。

那骨白色的击锤在大量灵力的驱动下，轻轻一击，发出一声清响。

“叮叮……叮当！”

袁香儿的心神在这样的声音中荡漾了一下。她的心中涌起一股隐秘的灼热感，和南河在一起的种种画面涌上脑海，整个身躯都随之发热。

“这是媚音铃，速念静心咒。”清源的声音在袁香儿的耳畔响起。

袁香儿回过神来，摒弃杂念，默念法诀，守住心神。

“控制住你的使徒。这铃声对妖魔的影响极大。”清源再度出声。活了上百年的清源，很了解这个曾经在修真界名声大噪的法器。

媚音铃起初是人类用来对抗妖魔的攻击精神力的法器之一。

因为炼制媚音铃的材料极难寻觅，如今它已逐渐在修真界失去踪迹。清源万万想不到在这里还能见到这个失传已久的特殊法器。

此铃一旦被灵力催动响起铃声，能勾动生灵内心深处最原始的欲望和最深刻的怨恨。人类术士默念静心咒可自保，身有妖魔血脉的生灵却最易被此铃声搅动得发狂，失去对自己的控制。

屋脊上的渡朔刚刚转过身，这突如其来的铃声就一下敲在了他的心头。

他愣了愣，这样令人烦躁的声音似乎曾经听到过。

在那座熟悉的山神庙之外，有人敲着铜锣召集村民。

没错，就是这样刺耳的锣声，一声声地从他的耳朵钻进心里。

他败给了一个人类。失败对妖魔来说意味着的不过是死亡，但那个人不肯杀他，而是用锁链穿过他的身躯，将他一路从庙宇拖进刺眼的阳光里，拖进那些村民的包围圈。

渡朔在那些嫌恶的目光中睁开眼，却看见了躲在树梢上的小狐狸。那只他一直养在身边的小狐狸，透过树叶的间隙，窥视着屈辱万分的他。

快走，离开这里。渡朔在心中喊。

那只小狐狸却从树梢上跳了下来，一路向他奔跑过来，一口叼住了他的后脖颈，向着浓密的树丛中飞奔。

“放开我，阿青。”

渡朔发现自己被丢在了一片碧波荡漾的大海上。

海上生明月，月下有佳人。佳人目光如水，盈盈相望。

胡青明明是自己一手养大的小狐狸，什么时候变成大姑娘了？

“我可以和你在一起吗？”那位女子面泛桃花，红唇潋滟，四肢轻盈。

她一路走到他的身前：“哪怕只有一次，今生能得到渡朔大人，我便是死也愿意。”

九条长长的尾巴在她玲珑的身躯后舒展开来，在迷蒙的夜色中摇摆。

历经了一千年岁月洗礼的山神，那颗从未动过的心第一次如同这海面一般摇荡起来。

渡朔鬼使神差地点了一下头。

那柔软的九条尾巴便在月色下伸展过来，束住了他的双手，缠住了他，带他沉入深海，使他在波涛中缴械投降。

袁香儿抬头看向不远处的屋顶，只见站在屋脊上的渡朔出神地看着脚下波涛汹涌的水面，彻底地愣住了。

一个被渡朔制服了的术士悄悄地爬起身来，踉跄着逃向远处，渡朔都丝毫没有反应。

清源的使徒程黄从喉咙里发出躁动的声音。程黄伸出利爪，突然开始疯狂地撕扯束在嘴上的嘴套和其他打上符箓的束具，丝毫不管是否会伤到自己的身体。

“程黄！清醒一点儿！”清源呵斥道，不得不驱动使徒契约来约束程黄。

那头雄壮的狮子发出狂躁的吼叫声，四肢浓烟滚滚。他顶着契约惩戒的痛苦，向着清源扑去。

清源变换指诀，加大制约的力度，那头强壮的狮子滚倒在地上，发出痛苦的嘶吼。他的五官处渗出血来，皮肤被自己抓伤，却依旧执着地想要毁坏限制了自己身躯自由的一切枷锁。

清源不得不全力以赴地压制着他：“程黄，别这样，清醒一点儿。你伤到自己了。”

天空中瓢泼大雨倾泻而下，一瞬间浇透了袁香儿的身躯。

袁香儿转过头，看见身后的丹逻捂住脑袋，眉心那一抹赤红越发鲜艳。

“我要吃了你们，淹没所有人类的城镇。或许这样就没有这么多让我烦恼的事了。”丹逻慢慢地念叨着，抬起眼看向袁香儿。那双眼睛已经蒙上一层红色。

袁香儿向后退开几步，掐指成阵，控制住丹逻的行动。

丹逻在法阵中剧烈地挣扎。法阵在他的剧烈反抗下摇摇欲坠，岌岌可危。

“该死的人类，我绝不会受你们的控制！杀了你！我要杀死你！”他已经彻底失去理智，朝着袁香儿怒吼。

清源在忙乱中分心看向袁香儿。在所有的使徒中，清源最为担心的就是袁香儿的丹逻。

在清源的心中，丹逻野性未除，成为袁香儿使徒的时间尚短，必定最不服管束，容易陷入疯狂中。

他不明白袁香儿为什么不及时驱动使徒契约加以约束，尽管这样可能会让使徒受伤，却是此刻唯一的办法。

他向袁香儿喊话：“他已经发狂了，听不进你的话，你不能只用法阵，小心被他挣脱了。快动用契约惩戒，消耗他的体力。”

袁香儿没有回应他，反而靠近了那个岌岌可危的法阵，蹲在法阵边上，一手按住了丹逻的肩膀：“丹逻，清醒一点儿。”

“你是最骄傲的，从不愿意被人类控制、摆布。”

“为此你即便断了自己的尾巴，放弃生命，也在所不惜。”

“今天，你也不可能受这个人类的铃声控制，是不是？”

混乱中的丹逻听见了一个令他感到有些熟悉又似乎很陌生的声音。

这是一个可恶的人类，她想要将我契为她的奴隶。他浑浑噩噩地想着。

在他的眼前很快出现了一个契约用的法阵，袁香儿就蹲在那个法阵之外。

“都准备好了，你确定不后悔，愿意做我的使徒吗？”她转过脸来笑盈盈地问他。

丹逻惊讶地看见自己竟然点了点头。

为什么我会同意了呢？

法阵运转，他的眉心很快出现了一个结契的印记。

“太好了，丹逻，从现在开始我们就是一家人啦。”

“好哇，以后大鱼也要一直住在这里了吗？”

“放心吧，你不用多想，在这里自由自在地生活就好，这里有朋友，还有喝不完的酒。”

“阿香的契约其实和你听说的不一样啦，她没有提前告诉你吗？”

大大小小的妖精把丹逻围了起来。

丹逻在迷茫中查看了一下自己的身躯。这个契约似乎十分奇怪，并没有惩戒他或限制他的能力。通过契约，袁香儿顶多能够知道他的动向和位置，能够随时在脑海中和他交流、对话。

我没有被限制吗？

她和我结的是这样的契约？

她和丹逻结下了平等的契约，丹逻可以自由自在地活着。袁香儿这里有朋友，还有喝不完的酒。

丹逻从混沌中清醒过来，袁香儿正按着他的肩膀，担忧地看着他。

铃声还在响，不时地勾引着他心中的杀戮冲动。

是的，就凭这样的铃声，无妄也想控制住我？

丹逻冷哼一声，咬破自己的舌尖。红色的血液沿着嘴角溢出，他在疼痛中控制住心神，一抬手，数道银色闪电从天而降，直劈正在施法念咒的无妄。

无妄被雷电劈中，大叫一声滚倒在地。

他须发焦黑，口吐鲜血爬起身来：“不……不可能，这是用天狼的腿骨炼制的魅音铃，区区一只水妖，凭什么挣脱？！”

袁香儿在倾盆大雨中慢慢地站起身来。

“你说什么？你是用什么炼制的这个法器？”

在场的所有人中，无妄最恨这个小姑娘。她年纪轻轻却拥有厉害的法器，轻而易举地就抢走了他辛苦多年才收集的怨灵。

他看不起这样的女人，觉得她虽然有些天赋，但显然不过是一个被娇惯着长大的女娃娃而已。

她心慈手软，使出的都是一些控制和防御的法术，对陷入疯狂的使徒还不忍心使用契约，没准连血都没见过。

“天狼的骨头。哦，我明白了，你们和他是一伙的。”无妄忍不住要刺激这个狂妄的女子，“你大概还不知道吧？那只天狼曾经是我的囚徒。”

“天狼全身都是宝贝，每一个部位都可以炼制成珍贵无比的法器。如果你不晓得怎么炼制，我甚至可以教你。”他嘿嘿地笑着，摸了摸那枚小小的白色击锤，“那个时候，我剃了他的毛发，取了他的血液。当然，最珍贵的还是这一截小小的骨头……”

他的话还没说完，多年来战斗的直觉让他感到一阵恐惧，下意识地把身体偏了偏。

有凉风掠过脖颈，无妄起了一身鸡皮疙瘩。

无妄转过头，余光看到骨白色的小剑堪堪擦过他的脖颈，又在天空中转过弯来。

一条断了的手臂在空中旋转。那手骨瘦如柴，紧紧地抓着一枚红色的摇铃，断口处齐整平滑，甚至连血液还来不及流出。

这是谁的手，为什么拿着我的媚音铃？

这个念头在无妄的脑海中转过了之后，他的手臂才传来一阵剧痛。

他痛苦地喊了一声，捂住自己断了的胳膊。刚刚他还觉得心软天真的女人，一句废话都没有说，直接出手断了他的一只胳膊。

作为人类，他可不像妖魔，即便手脚和尾巴断了，还能慢慢地恢复，重新长回来。他断了手臂就是永远的残疾。

那个年幼的、被他轻视的女子，一手骈剑指，一手接住飞回的短剑，用森冷的目光看着他。

她甚至不只想断了他的手，更想在一招之间割下他的头颅。

无妄心生恐惧，萌生了退意。

袁香儿接住了“云游”。

剑柄入手生温，剑气森冷。

这柄骨白色的短剑亲切而充满灵气，和袁香儿心意相通。她驱之如使臂。这是师父的剑。

师娘将这柄剑给了她以后，今日是它第一次见血，杀的是该死之人。

“别让他跑了，我要亲手杀了这个人。”

袁香儿再度祭出飞剑。

“你们都别出手，让我一个人搞定敌人。”这种给敌人留下空子的傻话袁香儿是绝不会说的。

“大家一起动手，用实力碾轧他，搞死那个败类！”这才是她袁香儿的风格。

无妄拔腿就跑，数道雷电在他前后左右炸开，阻断了他所有的退路。

“你是跑不了的。”丹逻聚指成爪，噼里啪啦的闪电在他的指间流动，“有本事用铃声挑衅我，你别想再逃脱了。”

准备反抗的无妄感到头顶传来一股巨大的压力，就像空中突然有一座无形的大山狠狠地压在他的身上，把他整个人彻底压趴在地面上。

渡朔站在屋顶上，背对圆月，伸指点向无妄。他被无妄影响了神志，产生了不该有的幻觉，现在恼怒地动用空间之力，将那个卑劣的人类压在地上动弹不得。

袁香儿的短剑贴着无妄的脸，一下插在了地面上。

“你刚刚说，你对南河做过什么？”她低着头看那个恶心的男人。

“不，别杀我，别杀我。”直至濒临死亡，杀人无数的无妄才感到了真正的恐惧。他捂住鲜血淋漓的断臂，颤颤巍巍地开口求饶。

“你说你取了他的血液、骨骼，用来炼制法器？”袁香儿拔起短剑扎进他的大腿。

无妄痛苦地哀号：“那只是一只狼而已。我们是人类，奴役那些妖魔，本来就是天经地义的事。小姑奶奶，我和你赔个不是，何必如此动怒？”

袁香儿抽出云游：“村里的人说，你时常找借口，让大家将年纪轻轻的小娘子献祭给你。那些姑娘上了岛，就再也没有回去过？”

“饶命，你饶我一条命吧，她们不过是凡人。我年纪大了，一时想歪了，以后不敢了，保证再也不这样了。”无妄非常痛苦，苍老的脸上涕泪直流，“我无门无派，一辈子谨小慎微，刻苦修行。我好不容易熬到了这一天，快要突破内视期了。我能修到这个程度，多不容易啊！你我都是术士，应能体会个中艰辛。姑奶奶，你就饶我一命吧，啊？”

清源刚刚安抚好他的使徒，抬眼一看，袁香儿那边已经结束了战斗。

那个平日里总是温柔地笑着，不管对人类还是对妖魔都十分宽容的小姑娘，此刻手握一柄短剑，丝毫不顾敌人的苦苦哀求，一刀扎进那人的身体。

清源忍不住哆嗦了一下。所以说人不可貌相，掌教就告诉过清源，女子看起来柔弱，其实并非都是好欺负的主儿，有时候比男人还强悍。

一具人类的尸体被银白的天狼从天空抛下，掉落在地面。这是之前从渡朔手下逃跑的一位术士。

这个术士幸运地借着铃声的影响，从渡朔的手中逃了出去，却在半途撞上了赶回来的南河。

南河抛下那个男子，站在袁香儿面前，沉默地看着被袁香儿控制住的仇敌。

袁香儿抬头看着他：“小南，你要亲自动手吗？”

无妄的牙齿咯咯作响，他缩起了肩膀。披着银发的男子背对着光，用琥珀色的双眸从高处凝望着他，令他几乎说不出求饶的话。

他见过这双眼眸。

那时候，有着这双眼眸的小男孩被他囚禁在笼中。而掌握着生杀大权的他居高临下，对小男孩做出了无比残酷之事。

南河从无妄的身上收回目光，拉起了袁香儿，收起她手中的剑，仔细地擦去她手掌上沾染到的血迹，将她搂进自己的怀抱。

袁香儿听见身后传来一声轻响。那是骨骼碎裂，血浆溅起的声音。

南河平静地收取了仇敌的性命。

“太便宜他了。”袁香儿靠着南河的肩膀。

“虽然此人不可饶恕，但我心里已经没有怨恨了。如若不是经过这样的磨难，我或许没有机会留在你的身边。”南河轻轻地吻了吻她的鬓发。

一场激烈的战斗结束，岛屿上的洪水退了。

袁香儿踩在泥泞中，将那枚血红色的铃铛拾起，把铃中那一小截骨白色的击锤取下，施法将那赤红的铃身砸了个稀巴烂。

清源不免觉得有些可惜：“哎，这可是难得的法器，留着也……好吧，也没什么用。”

袁香儿将那一小截骨骼小心地用手帕包好，收入怀中，取出自己的帝钟盘膝而坐，对着天空念诵起了往生咒。

玲珑金球旋转在空中，那些黑影也从中慢慢地飞出。在清脆的钟声，伴随着女子低低念诵的吟唱声中，他们回到了岛屿上。

那声音仿佛从空中传来，轻灵缥缈，能安抚人心中苦楚，荡涤人间一切污浊。

四处游荡的黑影的脸上狰狞痛苦的神色渐渐消失。他们抬起了头，看向布满星星的苍穹。

湖心岛上的怨气消散于歌声中。

湖面水波粼粼，星星点点的光在月夜中升起，成群结队地伴随着悠扬的钟声向远方飞去。

最后，袁香儿收起帝钟，睁开双目，抬手将一缕刚刚从无妄身躯中逃逸出来的黑影摄入玲珑金球。

清源看到了。思想传统的他不免开口劝阻：“小香儿，算了吧。身死业消，你便饶恕他吧。”

“不，有些事可以算了，但有的事绝不可以饶恕。”袁香儿将金色的玲珑球收入自己的怀中。

“哎，我说你这个小姑娘，我有时候真的看不透你。”清源摇头叹息，“说你狠心吧，又好心得很，这件事与己无关，你却愿意冒险跑来救人。说你仁慈吧，唉，无妄都死了你还不肯放过他。”

他摇摇头，弯腰想扶起自己的使徒。

在媚音铃的铃声中，反应最为激烈的是清源的使徒程黄。

程黄一度疯狂地想要撕碎身上的枷锁，让自己受了重伤。

躺在水泽中的程黄浑身毛发湿透，转过头不看清源，不肯被清源搀扶，也不听命令，拒绝化为幼小的形态。

清源有些不知道该怎么处置程黄。本来使徒不听指令，他应当驱动使徒契约加以惩处，强迫使徒服从自己，变化形体，以方便自己带着使徒走路。但此刻的程黄浑身是血，毛发凌乱，泡在水中。看着程黄这副重伤的模样，清源莫名地就有些不忍心惩处了。

跟着这个小姑娘走得久了，我也受了影响，对魔物充满了妇人之仁吗？

“我带他走吧。”渡朔化为原形，从屋顶上飞下来。

清源看见渡朔主动帮忙，十分高兴，凑上前去：“谢谢。多谢你。”

然而渡朔并不搭理清源，将程黄背在自己的背上，展翅飞去。

一行人回到岸边之后，余家老小围上前来，千恩万谢地跪地行礼。

他们整夜忐忑地躲在湖边的丛林中，看着一只巨大的天狼将那些女孩送到岸边，又看着湖心的岛屿上空电闪雷鸣，岛屿被洪峰淹没。最终，他们见到潜入岛屿的几位高人安然无恙地回来了。

他们终于知道自己遇到了神仙般的人物，得到了拯救。珍珠和那些无辜的姑娘终于逃出魔爪，摆脱了悲惨的结局。

分别之时，那位珍珠姑娘和几位被救出的小娘子一脸娇羞，推推搡搡地来到南河面前。

“快看，快看，小南招桃花了。”胡青揶揄袁香儿。

那位漂亮的珍珠姑娘咬了咬下唇，含羞带怯地说道：“我……我们还想见见那位小姐姐，不知可否麻烦恩公……？”

胡青和袁香儿捂住嘴，努力地憋住了笑。

“南河，你就满足一下人家姑娘的心愿吧。我们也想见那位小南姐姐。”胡青和袁香儿一本正经地说。

倾城倾国的美人心不甘情不愿地再现在湖边的月色中。

那些小娘子涨红了面孔，纷纷掏出自己随身的荷包丢给这位小南“姐姐”，捂住脸往家的方向跑去。

“多谢姐姐救我们于水火，姐姐的恩情我们这辈子都忘不了。”

众人离开余家村，来到附近的城镇歇脚。

此刻夜色已深，白日里繁华的城镇安静下来，千门闭户，万巷无人。

此刻，整座城里热闹的地方，只有那些挑着红灯的花街柳巷。

无数男人在此偎红倚翠，寻欢作乐。

污浊昏暗的后街，一扇小门被推开了，几个看家护院的男子抬着一卷草席出来。

“真是晦气，又死了一个。我们怎么三天两头遇到这样的事？”

“这是个哑巴姑娘，她叫不出来，客人不知轻重，把她折腾没了，赔了不少银子呢。”

“得了得了，去乱葬岗把她随便丢了，我们早些回去睡觉。”

路过此地的袁香儿出手制住这些男人。

她沉默了片刻，弯腰揭开草席的一角。

死者的身躯尤有余温。

袁香儿取出玲珑金球，驱动法诀，逼出无妄。

“饶命，饶命。”无妄一见着袁香儿，就开始拼命鞠躬讨饶。

袁香儿说道：“我便饶你一命。这个姑娘于烟花之地去世，身无灵根，无法修行，口不能言。你便替她过完接下来的人生吧。”

“不不，我不要。”无妄拼命摇头，“让我死了算了，我不愿为女子，不愿。”

袁香儿伸手一推，将他推进那具刚刚死去的身躯。

那些浑浑噩噩的护院清醒过来，惊奇地发现卷在草席中已经气绝身亡的哑女竟然慢慢地有了气息。

“真是奇事，她竟然又活了过来。”

“把她带回去，老鸨白拿了客人的银钱，这会儿得高兴了。”

他们押着手上不住比画的女子回到妓院。刚刚醒转的哑女不服管教，被一个男人打了一记耳光，一把推进灯红酒绿的窑子里去。

“太狠了，你未免也太狠了。”清源起了一身的鸡皮疙瘩。站在男人的角度，他简直不敢想象这种报复有多么恐怖。

“前辈，你来过花街吗？”袁香儿问他。

清源咳了一声，虽然有些不好意思，但也不愿意说谎：“小姑娘家家的，怎么问这个？我们虽然是术士，却并不忌男女情事。在年轻之时，我应酬过那么几次。”

“前辈见到那些身在花街的女子，可有觉得她们不堪忍受这种生活，无法生存？”

“那……倒也没有，毕竟这是个行业，我看有些姑娘活得挺开朗的。”

“所以，只因为无妄是男子，我让他投身哑女，就变成奇耻大辱了？”

清源瞠目结舌：“你这个小姑娘真厉害，我真是说不过你。”

“你不曾身为女子，绝不能体会到那些年幼的女孩被逼上黑夜中的岛屿，面对无数向她们伸出的脏手时是如何惊惶。你不曾被剥夺自由，灵魂也不曾被禁锢，是故绝不会反思被囚禁在幡中不得超生的绝望和痛苦。你让我原谅这个恶贯满盈之人，又有谁来体谅那些在痛苦中死去的灵魂？如今，让为恶之人体验一遍自己曾经对他人做过的事。他是否有罪，是否值得宽恕，由他自行判断吧。”

当夜，袁香儿一行便在城镇内的一家客栈里整顿休息。

南河走进屋的时候，袁香儿正趴在床上看那一截小小的白色击锤。看见南河进来了，她飞快地用帕子将那一抹骨白色盖住了，生怕勾起他不好的回忆。

但南河显然早已经看见它了。他站在床头，低头看着袁香儿。橘红的烛光从他的背后透过来，他那琥珀色的眸子里带着一抹温柔。

“别浪费了。你把它换进你的帝钟里，请孟章帮忙炼化一下。”

“那时候，你很疼吧？”袁香儿伸出一只手摸了摸南河的脸，另一只手悄悄地攥紧了帕子。

“不要紧的，我已经一点儿都不疼了。”南河慢慢地低下头，凑近她，“听到铃声的时候，我没有想起任何不好的事，只想起了你，想着和你在一起的每一段快乐时光，想得我心中烧起了火。”

“我也是，小南。”袁香儿圈住了南河的脖颈，“听到铃声的时候，我全想着你。”

南河落在她脖颈上的气息因为这一句话而变得粗重，呼吸间都带出了一种甜腻的香味。

“阿香……”南河呢喃着这个名字，把炽热的吻反复地落在袁香儿那纤细的脖颈上。

那勾魂摄魄的铃声仿佛还在脑海里回响，他的心脏在跳跃，身体在躁动。

今日湖心岛的大战，对别人来说或许只是一场战斗，对他来说却是使自己彻底摆脱心魔的契机。

尽管表面上平静无波，但他知道自己体内的血液早已滚烫蒸腾了无数次。

南河的牙齿开始变得尖利。他按捺着自己，轻轻地啃咬、触碰袁香儿柔软温热的肌肤。

但这根本解不了他的心头之热，反而让身躯里的每一根血管跳得更快，手臂克制不住地加重了力度。

南河把袁香儿按在榻上，盯着她，气息灼热。

他觉得自己这一刻的面容必定是可怕的。

阿香是一个脆弱的人类，而此刻的他是一头血脉偾张的成年野兽。

南河最终还是松开了袁香儿的肩膀。

他怕自己克制不住，怕自己不小心伤到最珍重的人。

“抱歉，今天发生了太多事，我实在过于兴奋。”他站起身来，没有转头看袁香儿，“让我冷静一下。”

袁香儿攥住了他："别出去，我们好好地说一会儿话，什么也不做。"

南河无奈地转过头看她。袁香儿笑盈盈地往床边挪了挪，给他留出坐的位置。

"我想看小南姐姐。"正经了没一分钟，袁香儿就开始提要求，"刚才我都没空仔细地看看，这会儿没有别人，你再变一次，让我一个人好好地看看？"

不管在什么时候，南河总是拿她没有办法。

沉鱼落雁、闭月羞花的美人坐在床边，只让袁香儿一人欣赏。

袁香儿心满意足地牵住了女装小南的手。

这个男人真是太完美了，满足了她的一切要求。

他可温柔可强大，可以变得毛茸茸的，任自己摸，还可以载着自己在天际翱翔。

世上还有比他更完美的情人吗？对袁香儿来说世间大概不存在别的完美情人了。

她觉得自己或许在上辈子无意间拯救了全世界，才能得到这样幸福的生活。

"小南真是太漂亮了，这个世界上怎么会有你这样的美人？"袁香儿握着身边"小娘子"的手，上下打量，"不过，你真的从头到尾都变成女孩子了吗？"

袁香儿想要开始捣乱了。

"胡说，当然不是……你说过，我们只是好好说话。"

小南今天似乎特别兴奋，但压抑着自己，不知道在忍耐着什么，那种想要放纵又不得不克制的模样显得更诱人了。

"你怕控制不住自己，就别乱动。"这句话是袁香儿凑在南河的耳边悄悄说的，"我勉强主动一点儿也是可以的呀！"

南河越是不敢动越是敏感。

这样欺负他，袁香儿觉得自己实在是有些坏。

不过，这种时候她就是想看他快被逼疯的样子。

她很快就听到了自己喜欢的声音。

在客栈大堂中吃夜宵的清源察觉到楼上厢房内有法术的波动，一下抬起头站起身来："谁在阿香的房间施法？"

"是地束诀吧？"乌圆坐在桌边埋头苦吃，见怪不怪，"不要紧的，阿香和南哥在一起的时候，总喜欢玩一些小游戏，欺负一下南哥。"

清源噗的一声把喝在口中的酒喷了出来，但愿这只三百岁的幼猫不明白自己说的是什么。

“干什么？”乌圆不高兴地端起了自己的碗，“无知的人类，难怪你没有朋友。朋友之间就是这样相处的，我和锦羽、三郎每天都要打上好几次。”

清源擦了擦嘴，看看楼上，又看看趴在自己椅子边的程黄，觉得自己大概没办法模仿袁香儿和南河的这种相处方式。

他示意店小二把一整盆香酥荷花鱼摆在乌圆的面前，讨好地搓着手：“乌圆，你能不能告诉我，阿香做了什么，你们才这么喜欢她？”

乌圆眼睛亮了，埋头舔盆：“就只有一盆吗？”

清源抬手点菜：“再来一份苏式爆鱼，一份三春珍烩鱼，一份黄焖银鳕鱼，全摆在我这位兄弟面前。”

“我还要现炸的小鱼干。”

“对，香炸小鱼干也来一份。”

“告诉你也不是不可以。”乌圆满意了。

清源兴奋地听着。

“比如渡朔吧。阿香杀进了里世，和龙族干了一架，又和九尾狐妖王涂山干了一架，再和洞玄教的那个老头妙道打了一架，这才把渡朔换了回来。本来她让渡朔回里世，渡朔自己愿意留下来。”

清源泄气了。他大概打不过这些人。

“不过我比较懂事，没有给阿香添那么多麻烦。”

清源又燃起了希望。

“阿香经常说自己是我的铲屎官，养我是她最高兴的事。”乌圆挺起胸膛，“其实养我很容易的，只需要每天给我梳毛，给我炸小鱼干，亲手给我搭最好的屋子，不时做各种新鲜的玩具送给我，陪我玩藤球，陪我躲猫猫，走到哪里都抱着我，定期给我做按摩，还要记得带我出去散步……”

清源苦着脸：“稍微等一下，我拿纸笔记一记。”

第二日一早，袁香儿端着早餐从楼上的客房里下来的时候，正巧看见清源磨蹭到程黄身边，小心翼翼地说道：“阿黄，要……要我给你梳一下毛吗？”

清源换来了程黄恼羞成怒的一声低吼。

清源被吓了一跳：“那……那要我抱你出去吗？”

客栈的屋顶险些被狮子的吼声掀翻了。

“程黄伤得很厉害啊！”袁香儿弯腰查看程黄的伤势，把自己的早餐摆在他的面前，伸手替他解开了嘴套：“我给你上点药吧。我的朋友虺螣，就是你见过的那位龙蛇族，她送了我一些伤药，效果很好。”

黄毛狮子发出一串不满的声音，却罕见地没有暴起，趴在那里大口吃饭，任凭袁香儿给他身上的伤口涂了一遍药。

袁香儿上完了药，顺手在他的脑袋上摸了摸，也只换来一串不高兴的闷哼，没有被程黄的利爪扑倒，也没有被他咬断脖子。

清源眼睁睁地看着多年来一直对自己凶巴巴的使徒，三两下就被别人收服了，恨得几乎要咬破手绢。

他把袁香儿悄悄地拉到一边，举袖作了几个揖：“阿香，你就不能教教我吗？你到底用了什么手段才让他们真心服你？”

“我不是靠手段。”袁香儿把使用过的药品整理好，“他们是很单纯又敏锐的生物。你真心对他们好，他们感觉得到。”

“真心对一只妖魔？”

“前辈，你只是被传统的观念束缚了。”袁香儿抬头说道，“其实你应该比我更明白，想得到真正的友善和尊重是不可能依靠强迫的。它的前提必然是平等。”

平等地对待妖魔？他一定是疯了才会这样做。

“要么用暴力残害他们，彻底让他们屈服，要么像朋友一样平等地对待他们。”袁香儿摊开手，“你也知道，洞玄教的掌教妙道，得到使徒的办法是折磨、虐待、残杀他们。你如果能成为妙道那样的人，大概也不会这样跟着我一路了。”

行走在路途中的时候，清源终于忍耐不住，把程黄脑袋上戴着的嘴套解了下来。

程黄一转头，狠狠地一口咬住清源的手臂。

“别……别，你轻点，别把我的手咬断了。”清源一脸痛苦地说，“我是人类，手断了可就长不出来了。以后没人给你烤肉，你就只能吃生的了。”

程黄磨着牙，看了清源半晌，呸了一声，把他的手臂吐出来，扭过头去不搭理他。

清源看着鲜血淋漓的手臂，长松了口气。要是程黄再不松口，他就不得不启动契约了。

阿黄舍不得把我的手臂真的咬断，这样想着，清源突然又高兴了，快乐地跟上自己的使徒：“阿黄，晚上你想吃什么？我可以烤给你吃。”

"吼——"

"阿黄，我们商量一下，你不逃跑也不咬人，听话一点儿，我把你身上的镣铐也解了，行吗？"

"你可以试试！"

"你受伤了，不如像乌圆那样变小了，让我抱着你走吧？"

"走开！"

"你别这样凶啊！不过，你终于肯和我说话了。对了，你喜欢按摩吗？乌圆说你们这种类型的动物都喜欢按摩，我可以跟阿香学一学。"

程黄没说话。

"哦，可能你喜欢玩具。我也给你做玩具，行吗？你想玩球吗？"

程黄保持沉默。

胡青奇怪地看着这一人一妖，悄悄地问袁香儿："这是怎么了？"

袁香儿："一个人要改变总是需要时间的。只要前辈愿意尝试就是好事，让他们慢慢来吧。"

众人一路奔驰，昆仑山转瞬就到。

在袁香儿的印象中，昆仑山脉当是青嶂千里、云气万仞的巍巍群山。可是到了地头上，她才发觉昆仑山脉竟然只是一眼就望到头的几座小小的丘陵。山坳上隐隐露出古观的红墙飞檐来，那便是清一教道场所在了。

据说这里是三君祖师得道飞升前的道场，周边百姓信仰三君祖师，大大小小的三君庙在这个地界很是密集。不论大小城镇，还是农家乡村，到处都可以看见不同规模的三君神庙。

清源作为清一教的弟子，不便从祖师爷的庙宇顶上飞过，于是早早地领着大家落地步行。

"在我小的时候，站在这里可以看见昆仑山。"清源指向不远处那几个小山包，回想起自己的童年。

"那时候的昆仑山有万万里之广，山里什么都有。所有生命都有自己的生活场地，在天空中时时可以看见驱赶着神兽驾驶华车飞行而过的术士。人类中法术高强的顶级高手也比比皆是。"

清源遗憾地叹了口气："可是如今整座山已经彻底隐没进了里世，入口越发不好找，这里只剩下我们教派所在的这个山头。百姓也渐渐地忘记了昆仑山从前的模样，以为昆仑山就是这样一座小山丘。"

他带着袁香儿等人穿行在热闹的集市中，边走边向他们介绍昆仑山的前世今生、种种传说。

不论传说如何瑰丽，这片曾经在历史上留下过浓墨重彩的山脉，如今即将彻底退出人类的世界，被人类遗忘。

这片区域，千年之后确实已经成了一片平原，再没有什么高耸的山峰了。

集市上有不少卖当地特色小吃的商贩，袁香儿停下来买一种名叫“油饼”的小吃。

油锅中是现炸的面饼，外酥里嫩，香脆可口，就着香浓的豆浆，正好当作早餐。坐在摊子边的桌椅旁吃油饼喝豆浆的客人不少，袁香儿等人也坐在一张方桌边等待着食物。

清源兴高采烈地跑了过来，凑到袁香儿身边，卷起袖子给她看。

那结实的胳膊上清清楚楚地印着一排尖牙留下的印记，虽然没有流血，看起来也有些吓人。

“阿香，听你的果然有效。你看，阿黄对我已经不凶了。”他举着胳膊，看着那勉强没有流血的牙印，左看右看，几乎要笑出声来，“他已经舍不得咬伤我了，应该很快就能和乌圆这样亲亲热热地和我相处啦。”

埋头吃小鱼干的乌圆喵了一声，觉得这句话有些奇怪。不过看在清源一路上孝敬了不少零食的分上，乌圆决定不与这个人类计较。

清源年纪虽大，但一生只好圈养使徒，从某种角度看来，其实是个赤诚得可爱的人。

等到兴奋劲过去，看见袁香儿那些坐在一起的大大小小的使徒，清源又陷入了沮丧中。

“阿香，你看我这一路几乎是拿出了伺候祖宗的力气，对程黄低声下气，给他端茶倒水，对他精心照顾。我到底哪点不如你？阿黄怎么还是对我这么冷淡啊？”

香喷喷的油饼刚刚出锅，香气勾起了大家的食欲。袁香儿接过老板递上来的油饼，分给每一个人。

一个七八岁的小男孩一直站在他们这张桌子后，他的衣着虽然朴素，但手脸干净，眉清目秀，长得十分漂亮讨喜。

看小男孩一直盯着自己手中的饼，袁香儿便随手给了他一块。

“别看了，分你一块，拿去吃吧。”

随后她接过老板刚端上来的豆浆，先让还处于沮丧中的清源喝。

“前辈，你要这样想，如果一个人给你戴上镣铐，夺去你的自由之身，将你作为脚力，就算他天天对你嘘寒问暖，帮你梳头洗脸，给你好吃的好喝的，你就能喜欢他吗？程黄是妖魔，生性单纯，对你的态度才能变得这样快。”

清源呆了片刻，摸摸下巴：“确实……是这个理。可是大家都是这样对使徒，我早就习以为常了。我们在鞭打一头牛或一匹马的时候，也不会考虑它是否疼痛、屈辱。”

“不过话说回来，阿香，你想问题的角度总是很特别。”清源一手拿着油饼，一手端着热乎乎的豆浆。活了一百多岁的他看人的眼光还是很独到的。

“我有时候总觉得你一点儿不像从小在浮世长大的姑娘，好像是从另外一个世界来的一样。”

程黄慢慢地穿过人群走了过来，在渡朔身边的座位上一言不发地坐下了。

程黄个子特别高，猿臂蜂腰，精壮有力，金色的头发被他随意地抓在脑后，五官立体，十分漂亮。只是他的眉宇间透着股戾气，让他看起来有一点儿不好接近。

这还是程黄第一次以人类的模样出现在大家的视线里。

清源马上将那碗就要放到唇边的豆浆推了过去，十分狗腿地说：“阿黄，你先喝。”

在这个油饼摊子的斜对面，正好就是一座不太大的三君庙。此刻还是清晨，空气中弥漫着晨雾，庙宇中香烟缭绕，香客信徒们带着祭拜用的金纸果品，口中念念有词，跪拜祈祷。

从袁香儿的角度看过去，可以看见三君神像端座神坛之上，充满悲悯地看着人间，法相庄严。

乌圆喝着豆浆，吃着小鱼干，看着那些念念有词的信徒，疑惑地说：“阿香，你说我们这一路走来，看过那么多的三君庙，每间庙每天都有这么多人念念叨叨。这位神灵大人再神通广大，也听不过来吧？”

“是啊，所以我们没什么大事的时候就不进去祈祷了，少给神君大人添麻烦。”袁香儿说。

“我听得到哦。”

一道突兀的声音突然在空中响起。

这道声音响起的时候，周围仿佛一瞬间就静了下来。

袁香儿诧异地抬起头，发现身边的人还是那些人。他们依旧吃着饭，相互说着话。袁香儿甚至可以清楚地看见南河正转过脸来和自己说着什么。

乌圆站起身拿桌上的吃食，渡朔将一双擦干净的筷子递给胡青，清源卷起袖子给程黄递油饼，而程黄和丹逻都露出一脸不屑的神色。

这一切就在她的身边，清晰可见。

但他们又仿佛离她很远。她就像突然被抽离到了整个世界之外，成了一个旁观者，世间的一切窃窃私语均条理分明地进入了她的耳朵。

虽然四周混乱嘈杂，但袁香儿莫名地在一瞬间把人们的心声全部听到了。

“我听得到哦。每一个人的声音，我都可以清清楚楚地听见。”刚刚的声音再度响起。

袁香儿转过脸，看向站在她身后不远处的那个小男孩。

他依旧穿着那件朴素的棉布短衣，手上还拿着袁香儿给的那块饼，眉目纯净清透，带着一种看透世事的悲悯和圣洁。

这样的神色出现在他稚嫩的面容上，竟然毫无违和之感，似乎本应如此。袁香儿产生了对他顶礼膜拜的冲动。

“你……是谁？”袁香儿知道自己大概又遇到什么奇特的生物了。

“我就是你此行想要寻找之人。”稚嫩的童声带着独特的回音响起，那个男孩面带浅笑，眉目温和，“我还是人类的时候，他们都叫我三君。你姑且就把它当作我的名字吧。”

“啊，你是三君祖师？”

袁香儿愣住了。她一路飞行赶来，跑了这么远，就是想要求教这位举世公认的尊神。但她怎么也料想不到，塑造在庙宇中金身威严、法相端庄的三君祖师竟然是男童模样。

那位神灵仿佛知道她心中所想：“我已脱离肉身，入忘我境，融于世间万物。世间万物皆可为我之化身，我并不拘于特定的形体。”

“原来是……这样的吗？”

袁香儿不太知道应该用什么礼节面对这位大名鼎鼎的神灵。按照风俗，自己是不是应该给这位大神磕个头？但虽然在这个时代生活了这么多年，她依旧没有养成对旁人下跪的这种习惯，只得敛袖行了一礼。

“见过三君。”

“不必多礼，三君只是世人给我的一个称呼。我融于万千生灵之中。众生所思所想，万物所悲所苦，我都知晓。”

那位小男孩用清澈如水的眼眸直视着袁香儿：“只是如今这川流不息的世界中，为什么会出现像你这样的生灵？你就像是水流中突然出现的一块山石，明明很小，却在不知不觉中细微地改变了流水的走向。你是谁？你从哪里来？”

“我？”袁香儿张张嘴。和这位神灵的对话真是奇妙，他不过问出了两个简单的小问题，却一下敲在了袁香儿的心底，震得她心神动荡。

袁香儿凝思片刻，顿觉道心隐隐松动，似乎即将有所突破。

她来到这个奇怪的世界已有多年，见过不少法力高强的法师。

别人先不说，自己的师父余摇，就是一位精通占卜之术，能通过去未来的大妖。但即便余摇也不能像这位三君一样，一眼就看穿自己来自不同的时空。

袁香儿思索了一下，慎重地回答了这个问题。

“我也不知道自己为什么能来到这里。我确实来自未来的时空，但无论如何，我还是我，并没有改变。”

她恭恭敬敬地向着三君行礼：“晚辈今日特意前来，是想向你请教，怎么才能去万万里之外的南溟？”

三君看了她半晌，突然开口说出一句对袁香儿而言无异于石破天惊的话来。

“鲲鹏陷于南溟是他自愿的，你不必过去，也不能过去。”

“你知道我的师父？”袁香儿一下急了，伸出手想要拉住男孩的衣袖，“我师父为什么会陷于南溟？我为什么不能去？”

三君的化身在空气中散开，散成雪白而细碎的晶体。他那平静而恬淡的笑容的残影在空气中滞留了一瞬间，最终消失在烟熏火燎的人间。

当那些晶体散去后，周围的画面立刻变得生动鲜活。人们说话的声音、油饼下锅的刺啦声响，一瞬间进入了袁香儿的耳中。

“怎么了，阿香？”南河抬头问她。

“我刚刚看见了。”袁香儿还有些回不过神来。

“看见了什么？”

袁香儿没有马上回答，举目遥望着端坐在庙宇中的巨大神像。

“什么，你刚刚见到三君祖师了？”

“三君祖师长什么样？他和庙里一般，又高大又慈祥吗？”

听完了袁香儿的奇遇，大家都十分吃惊。袁香儿将刚刚所发生的一切，细细地述说了一遍。

“哈哈哈，不可能，阿香你是做梦了吧？你们人类的神灵怎么可能是一个小孩子的模样？”乌圆哈哈大笑。

在场所有的人，只有清源露出了吃惊的神色：“阿香，你真见到祖师爷本人了？即便是我们清一教的弟子，这些年求见祖师爷，也最多只得一缕神谕。你竟能见到师祖的化身？”

“这件事罕有人知，如今在寺庙中供奉的祖师塑像其实并不真实。祖师修行无量度人术，在飞升之时，确实是六七岁的孩童模样。”

众人听了清源这一番话，方才相信袁香儿刚刚在大家的眼皮底下，见到了三君祖师的化身。

他们接触的时间只有短短一瞬，但那种奇妙体验让袁香儿有一种脱离肉身的感觉，似乎触摸到了一个全新境界的边缘。

那一瞬间，她能体会众多生灵的思想和悲欢了。

像三君祖师这样的生灵确实不能再称之为人，他已经是存在于另外一个世界的精神体了。

就是这样的神灵告诉了袁香儿，她的师父是自愿陷于南溟的，而她不能去寻找师父。

袁香儿感到一股前途未卜的沉重。

“不管怎么说，我们还是先上山吧。我问问掌教，她是我的师姐，年纪比我大许多。我们看看她是否知道些什么。”清源看见袁香儿闷闷不乐，开口劝慰。

大家一边讨论着这离奇的事件，一边沿着山脚往上走，向清一教道观所在的地方爬去。

上山的石级十分窄小，两侧有青松迎客，幽兰传香。不时可见一两位教中子弟从山上下来，这些清一教的弟子不论老幼，看见清源，皆束手侧身，恭恭敬敬地立于山道两侧，口称师叔，或是师叔祖。

清源也不摆架子，笑盈盈地和他们打招呼。

洞玄教和清一教是天下数一数二的两大修真门派。

洞玄教建在京都的仙乐宫轩昂大气，金碧辉煌。昆仑山的清一教宫殿则显得过于简陋朴实。

狭窄的山道，长着青苔的台阶，斑驳得落了漆的红墙……这里处处透着一种飘然物外的古韵。

他们爬到半山腰，跨进院门，门内的台阶下，数名年幼的小弟子列队练习着基础的法术。再往内是妖魔的受训场，在这里所有的使徒身束带着封印的枷锁，被限制在一定范围内，不能肆意走动。

清源在门派内虽然辈分极高，法力也强大，但他只醉心于圈养使徒之事。管理这片受训场是他和他的弟子们唯一负责的事。

一个要出远门的弟子急急忙忙地在场地外登记了一下，挑了一个使徒，用锁链把使徒拖出来，骑上他的脊背，飞上天空离去了。

守场地的年幼女弟子瞅着没人了，就拿出了一副羊拐，跟一只小兔子精面对面地坐在草地上，嘻嘻哈哈地玩耍。

她正玩得开心，骤然看到自己出了远门的师父清源出现在面前。

那位女弟子吓了一跳，局促地站起身来，将和她一起玩耍的小兔子往身后藏了藏。

“师父，我错了。我不该又偷偷地把妖魔放出来。”她率先开口认错，但等了半晌，师父也没有像往日那般训斥自己，而是伸手摸了摸她的脑袋，带着身后一队奇奇怪怪的人，从她的身边穿行而过。

清源领着袁香儿等人穿过这片关押使徒的场地。

场地内的大小魔物都戴着嘴罩，身上缠着铁链，在各自的角落里或蹲或站地看着清源，无一不充满仇怨和憎恨。只有躲在小弟子身后的那只折着耳朵的兔子，悄悄地露出脑袋，红宝石一般的眼睛转了一圈，又匆忙收回视线。

一位大概犯了错的使徒被捆绑在地上，红着小小的眼睛，发出刺耳的尖叫咒骂声。她的主人是一位六十多岁的术士，正站在一旁发动惩戒契约，对这位不愿驯服的使徒加以惩处。

那只是一只灌灌，攻击力和法术都十分低微。强大的妖魔极难契为使徒，即便在清一教，能拥有一只灌灌的术士也算得上是教中颇有资历的了。

如果是从前，清源会觉得小妖野性难驯。但这一次，也不知是为什么，他看着那些被铁链拴着锁在墙角的魔物，看着那只滚在尘埃里，嘶叫着反抗的女妖，突然觉得这些事并不是那么理所当然。

他从那个弟子的身后走过去，抬手打了弟子的脑袋一下。

“师……师父？”

那个年近古稀的术士是清源的徒弟，被突然出现的年轻师父吓了一跳，不知道自己做错了什么，抱着脑袋连声道歉。

“人间已经没有什么妖魔了，我们总共就这么几位使徒，你就不能对人家好点吗？你这样欺负人家，是什么意思？”

清源蛮不讲理劈头盖脸地把自己的徒弟教训了一顿，后面一群年纪不一的徒弟和徒孙缩起脑袋不敢回话。

年老的徒弟不知道师父为什么出了一趟山门回来，就突然改变了对使徒的态度。

但老徒弟从小被师父养大，早已习惯师父跳脱的性格。师父年纪越大，就越发变得天真烂漫、不谙世事。因此老徒弟不以为意，只是开口问道：“师父，师兄弟们怎么不见和你一起回来？”

清源这才想起自己只顾着研究怎么改善和使徒之间的契约关系，把一群徒弟遗忘在了两河镇。

他尴尬地摸摸下巴，不再多话，领袁香儿等人穿过这块区域，向着掌教所在的院子走去。

几位在场的弟子看着他们的背影，凑在一起窃窃私语。

“师父肯定又把虚极他们忘在半路上了吧？”

“那些是什么人？他们看起来好像是妖魔。”

“妖魔不加以约束，也不套着枷锁，让他们这么走在人间，不会发生危险吗？”

那位年纪最小的小师妹指着那些背影蹦了起来：“啊，那是不是程黄？最高的那个，金色的头发……你看他额心的印记！”

“原来程黄的人形这么英俊吗？”她和另外一位女弟子抱在一起，“啊啊啊，我是第一次看见程黄变成人形的样子。”

“程黄啊！”

“那就是阿黄，我天天给他梳毛呢。”

“原来阿黄这样好看啊！”

“他在外面待了好久才回来，我晚上给他炖牛尾巴汤吧？”

女孩子们压抑的尖叫声从后面传来。程黄回头瞥了她们一眼。

愚蠢的人类。

他在这个地方待了多久？十几年还是几十年？他的寿命有成千上万年，十几年其实很短。

人类在吵吵嚷嚷，看起来十分热闹，其实即便是清源那个老头，也不可能活上多久，转眼就会湮灭成灰了。

算了，如果清源肯解开锁链，自己陪他们玩几年也不是不可以。

袁香儿去过洞玄教的仙乐宫。在那里，掌教妙道独居的院落气派不凡、格调高雅，院门外守着四方圣兽的化身，院内更是很多亭台楼阁，法阵森严。

然而清一教的掌教所居的院子，就像一个农村的菜园子。

院外围着青绿色的篱笆，院子里种着几畦菜，杏花的花枝从墙外探进院里。

果然掌教的风格，决定了整个教派的行事风格。

袁香儿等人被领进一间算得上干净整齐的木屋。他们等了片刻，一位刚刚从菜园里回来的老太太走进屋来，洗了洗手。

“小阿源，难得你带着客人来找我，是有什么事吗？”那位老太太在木椅上坐了下来，挥手示意徒弟端上茶水。

“师姐，这位小友想要寻找去南溟的办法，我特意带她来请教你。”

清源将袁香儿的经历和诉求告知了一遍。

袁香儿还是第一次在这个世界见到女性的掌教。她首次看到身居要职的人类女性，忍不住有许多问题想问。

“你这样看着我干什么？”那位衣着朴素、满头银发的老太太笑眯眯地说，“你觉得一个女子不应当成为清一教的主事者吗？”

袁香儿：“并没有这样的事呢。在这个时代，女子因为在体力上比不得男子，大多数不得不居于男子之下。但在修真炼气之后，男女之间已无显著的优劣之分，如果在这个时候还给自己灌输女人不如男人的思想，那才是真的可笑。”

那位老太太哈哈大笑：“不错不错，你小小年纪，修为见识都不俗气，还拥有这么多使徒。阿源想必嫉妒得都要睡不着了。他这么卖力地帮你，是你许诺给他什么好处了吧？”

“说起来，我能收这么多使徒也没有什么特别之处，只靠一个法阵。”袁香儿没有犹豫，也不想以此要挟清源。她用指尖牵出灵力，凌空绘制了一个小小的阵图。

清源看见袁香儿把阵图画出，差点儿跳了起来。

他绕着那个悬停在空中的法阵转了数圈，看了半晌，还是拿不定主意，疑惑不解地转过头问他的掌教：“清缪师姐，这个……？”

名叫清缪的掌教眯起了眼睛，细细看了半晌，疑惑地道：“你这个法阵毫无用处，对妖魔并没有制约能力。”

“怎么会没有用处呢？我们可以知道对方所在的位置、情绪和状态，还可以随时联系。”袁香儿看着那位执掌清一教的真人，又转头看清源，“清源前辈也觉得这个法阵毫无用处吗？”

清源回头望望坐在袁香儿身后为数众多的使徒，想起这一路来大家的相处，搓着自己的手，犹豫地对他的师姐说道：“师姐，这个世界的魔物已经越来越少了，我……我觉得我们和魔物其实也不是不能好好相处。我想像阿香这样试一试。”

年迈的掌教坐在木椅之上，用满是皱纹的手指轻轻地搓着手中的茶杯，沉吟了半晌：“阿源，师姐的寿限快到了，而你还有很长的一段路可以走。清一教迟早要交给你，你好好地拿定道心，想好要带大家走什么样的路就行了。”

清源听着这样的话，心中惘然。

修真之人能够突破肉身的极限，获得比凡人更长的寿命，这使清源产生了一种时光可以停滞的错觉。他曾经是这一辈弟子中最小的一位，有师长，还有关照、宠爱他的师兄师姐。他甚至觉得自己能够这样悠然自得、毫无压力地度过漫长的一生。

直至今日掌教师姐说出了这句话，他才突然回过味来，门派中的长辈都已经一一离去。

不论他把面容保持得多年轻，也已经活了一百五十个年头，真正到了不得不担起责任的时候。

白发苍苍的清缪站起身，拍了拍清源的肩膀：“别着急，师姐还能撑几年，你好好地准备，想清楚要带门派走哪一条道路。”

老太太走到袁香儿面前：“想去南溟就跟着我来，我带你去看看。”

袁香儿跟着她走在山道上。

清一教的后山，荒草丛生，霜露蒙翳，偶有狐貍来去，枯藤野树间隐约可以看到废弃了的石刻。

这样的景象让袁香儿有些熟悉。她回想起在里世行走所见的景象，那些崩塌了的楼台，被遗弃的神像，寂静地在荒野中慢慢地等待着被时光掩埋的命运。

即将走到生命尽头的老太太拄着拐杖，慢慢地在前方带路。

“小姑娘，你要去南溟做什么？”她问。

袁香儿：“我的师父在那里，我去找他。”

“呵呵，瞎说。南溟那地方只有深海和魔物，不是人类可以立足之处。你的师父是谁，怎么可能待在那里？”

“我的师父名叫余摇，人称自然先生。”

“余摇？”清缪老太太停下脚步，转过头来，“你居然是余摇的弟子？”

“掌教，你认识我的师父吗？”

“对我们这一辈的人来说，自然先生的大名，又有谁不知呢？”清缪看着袁香儿等人，满是皱纹的脸上有了笑容，“难怪你能拥有这么多的使徒。我当年以为先生能同使徒相处和谐，是因为他是妖身。如今看到了他的徒弟，我方服先生之能。”

“你和我家先生很熟悉吗？”

“我虽敬重自然先生，但和他并不熟悉。因为他是妙道那个老贼的朋友。”清缪提到了同为知名掌教的妙道，似乎变得很不高兴，说话都带出了点口音，“妙道你晓得吧？就是洞玄教的那个龌龊鬼。我和他是死对头。嘿嘿，不过他和我一样，也老了。他再怎么想折腾，也折腾不了几年了。”

清缪踩着野地里的枯枝野草，带着袁香儿等人来到一处荒废的石台之前。

那石台被苔痕覆盖，依稀可见上面雕刻了符咒，透出一种古老的威严肃穆之感。

清缪在石台的阶梯前站定：“你的那个法阵，我觉得并无作用，但阿源得了后是真心高兴。我也可以算你的长辈，既然得了你驾驭妖魔的法门，就没有白拿的道理。你想去南溟，我可助你一臂之力。但南溟很凶险，过去的人九死一生。你可要想清楚了。”

袁香儿点头：“多谢前辈。我想清楚了。”

清缪点燃了三炷香，恭恭敬敬地祭拜之后，将它们插在石台前的土地上，口中念诵法诀。

袅袅青烟升起，整面石台突然亮起了浅浅的光泽，上方平白出现了一道明晃晃的竖线，直通云霄。能沟通天地的线条缓缓裂开，空间仿佛在众人的眼前被撕开了，露出那一头的另外一个世界。袁香儿透过缝隙，隐隐可以看见那头的景物和这片山林完全不同，在那头，时而是热闹辉煌的城市，时而是石崖绝壁，最终画面定格在一片茫茫大海上。

“这是祖师当年使用的传送法阵，凭此法阵，可缩地成寸，在须臾间抵达四海八荒的尽头。但穿过异度空间之时，凶险万分，你们能否顺利抵达，就要看法力修为还有运道是否足够了。你们若是不怕，就上去试试。”

袁香儿抬腿就往台阶上走去。南河等人自然跟随在她的身边。

她初登上石台之时，传送法阵亮着柔和的光芒，看起来很平静。

乌圆在她耳边说："哈哈，这下我可以去南溟看看了，那是我爹都没去过的地方。等我爹睡醒了，我可以和他吹嘘一番。"

南河正向着她伸出手来："你牵着我，别一个人走太快。"

乌圆的声音还未落下，袁香儿也还没拉住南河的手，眼前那只熟悉的手掌就突然消失了。袁香儿抬起头，眼前没有南河，没有乌圆，没有其他任何人，只剩下一片无尽的空白。孤零零的石台静立在茫茫空间中，石台之上是那道连接天地的空间裂缝。

那裂缝像一扇摆在袁香儿眼前的大门，缓缓地敞开，门那一头的世界是一片刺眼的蓝。南河和乌圆等人呼唤她的声音在她的脑海中响起。他们没能跟着进来。习惯了和伙伴们待在一起的袁香儿，现在孤身一人了。她看着眼前诡异的门缝，心中有了一瞬间的迟疑。

"都劝你别去南溟，你为什么还是来了？"一个稚嫩的声音响起。

袁香儿转过头，看见那位六七岁的少年神君。他正坐在石台的栏杆上，温和地看着袁香儿。

"这个世界上，总有些不得不为之事。"袁香儿说。

少年抬起手指在空中一点，一滴墨痕出现在苍白的墙面上，那点水墨勾勒成线，渐渐地在白色的世界里绘制出了一幅水墨画卷。

袁香儿想起，这样的画她曾经在洞玄教妙道的居所看见过。那是可以随时变幻，展现人间过往的壁画。

"你还年幼，或许不知道妖魔肆虐人间之时，人类过的是什么样的日子。你看一看此图，便会明白我的用心。"那少年说道。

画卷不断变幻，现出山川河流，巨大的妖魔在其中咆哮穿行，百姓身居其中，多苦多难。

在那灵气充沛的世界，无数用墨痕绘制的小人修炼成仙，和妖魔鬼物相抗，人间战乱不休。

其中有个幼童模样的术士修为高深，悯人间疾苦，终以一己之力，分出浮里两世。

"至此之后，人魔之间互不侵扰，各得其所，两界渐行渐远。这样是不是比从前好多了？"少年神君伸出手，双目明亮，"可是只要这世间还有灵气不断地滋生，终究还会生出新的妖魔，人类中也会不断地出现力量强大的术士，除非——彻底断绝灵气在世间的流通，堵住灵穴的根基。”

随着他的说话声，画卷上出现大陆的边缘，在南面的茫茫大海深处一个灵力的旋涡缓缓地旋转着。这是大地上灵力的根源，浮世一切灵力均从此生发。

一条巨大的黑色的鱼在画面里出现。

虽然对鱼的模样并不熟悉，但袁香儿的心莫名地揪了一下。直觉让她感到这就是师父余摇的本体。她上前两步，屏住呼吸，却只能眼睁睁地看着那条墨黑色的鱼缓缓地靠近那个旋涡，最终义无反顾地用自己的身躯堵上灵穴之源。

袁香儿指向画面，一脸震惊地转过头来。

少年开口解释："我飞升之后，留下肉身灵骨，炼成金丹一枚。这金丹能使凡人延寿万年，起长生不死之效。你师父余摇找到我，愿以身换之。"

"以身换之"四个字像一声惊雷，在袁香儿脑中轰的一声响起。

心神摇晃了片刻，她才渐渐地理解过来这代表着什么。师父为了得到世间唯一的长生不死之药，用自己巨大的身躯去填那海底的灵穴了。所以师娘明明已经快死了，却突然重获新生。师父余摇不告而别，再未回来，人间的灵气在这几年内也越发稀少。

"鲲鹏已经和海穴化为一体，直到时间的尽头也出不来，这是他心甘情愿的。你即便去了南溟，又能如何？"少年神色温和，向着袁香儿伸出手，"回去吧，这不是你该管之事。"

"你身为神灵，能化世间万物。"袁香儿摇头后退，用手点着自己的心，"但你也失去了人类的心性，忘了每一个个体都有着属于自己的悲欢。不论为了什么，我作为师父的徒弟，绝对不会眼睁睁地看着他在海底被禁锢万年，永世不得解脱。"

她转身向着那道空间裂缝跑去。

那将空间撕裂的缝隙像是一扇巨大的门，门里的道路是一片无尽的黑光，袁香儿在那片黑光上拔足飞奔。道路似乎永远没有尽头，出口的那一抹海蓝挂在遥不可及的天边。

两侧是虚无扭曲的混沌世界，紫色的闪电和飓风时而蹿出来，打在袁香儿的身上。她早早地启动了双鱼阵，让法阵环绕在她的周围。

那守护她多年，从未被任何人攻破的强大防守法阵，却在这样的电光和风中隐隐出现了溃散之态，一红一黑两条小鱼一反从前悠然自得之姿，飞快地环绕着袁香儿游动起来。

一道粗大的紫色闪电劈在双鱼阵上，法阵裂开了一角，紫电的余波打在了袁香儿的身上。袁香儿在地上打了一个滚，一骨碌爬起来，抹去嘴角的血，继续往前跑。

“师祖，不用拦着她吗？就让这个孩子跑去南溟？”一道苍老的女性声音在空间中响起。

少年坐在石台的栏杆上，看着那个身影终于飞奔到了明亮的出口，投进那一抹蔚蓝之中：“让她去吧，她是这世间唯一的变数呢。”

大海的深处是一片漆黑的世界。那里过于深沉，没有一丝光亮，甚至连声音都被黑暗吸收殆尽。

“阿香？”

一双眼睛突然在黑暗中睁开。

“阿香遇到了危险，窃脂，你去帮帮她。”

“我不去，你自己都搞成这副模样了，还有空惦记着她？”

袁香儿一冲出那道空间裂缝，就扑通一声掉进了大海中，整个人被冰凉的海水淹没。

她以前生活在海边城市，熟悉水性，并不惊慌，很快调整了方向游出水面。

在她身后，那道传送法阵迅速地消失了。

袁香儿举目四望，四面八方的景致几乎一模一样。这里是无边无际的海洋。

她的身边是泛着泡沫的蔚蓝海水，耳中是细细密密的波涛声，一轮明晃晃的烈日照在她的头上。

双鱼阵还守护着她，历经磨难的护罩有些无力为续，忽明忽暗。一红一黑两条小鱼守护在袁香儿身边，没精打采，疲惫不堪。

袁香儿伸出手掌，那对小鱼就游动到她的手心上，摆动着尾巴，还在她的手上蹭了蹭，一副受了委屈的模样。

“你们快休息去吧，我能照顾好自己。”袁香儿柔声说道。

两条小鱼仿佛听懂了她的话语，有些不舍地转了半圈，迎着袁香儿游来，逐渐变小，隐进了她的眼眸中。

袁香儿拿出水灵珠，使自己在水中行动自如，再用戴在手指上的小星盘查看了附近的地形，认准了离自己最近的岛屿的方向，踏浪前行。

这里的海域宽广至极，等袁香儿好不容易爬上一座海岛，天色已经开始变暗，太阳西沉，海上升起一轮明月。

袁香儿寻来柴草点燃一堆篝火，烘干自己湿透了的衣物。

这里的夜晚寂静而奇幻，远处多首多目的巨大海鱼跃出海面，那庞大的身躯在水镜般的海面上一闪而过。马头龙身的魔物在水天交接处摇摆身躯，破云而去。天空的繁星比她之前见过的都要耀眼，犹如无数璀璨的明珠点缀于神秘莫测的夜空。

独自躺在海岛上的袁香儿听着富有节奏感的海浪声，看着满天星斗。

这里的星星好漂亮，要是小南也在就好了，她可以和他一起看一会儿。

大家都不在身边，空阔无边的世界中只有她孤身一人。袁香儿好久没有这样孤单，十分不习惯。

她动用契约呼唤了南河一声，脑海里传来南河低沉的嗓音。

南河只嗯了一声，似乎有些心不在焉。

她又用契约呼唤胡青和乌圆。乌圆很是焦虑，百般问询。胡青语气温柔，实则担忧难安。

她通过传送法阵来到南溟之后，昆仑山石台上的法阵就消失了，不论其他人再怎么着急，法阵都无法再次打开。袁香儿只能用使徒契约和大家不时地报个平安。

看来这一次，她只能靠自己啦。袁香儿尽量给自己鼓劲。

不要紧的，自己也能行。这并不是特别困难的事，一步步地走下去，总有解决的办法。

她不知道，此刻自己的那些朋友已经一路疾驰赶到了京都附近。

“乌圆，这样真的能行吗？要不要告诉阿香？”胡青忧心忡忡地问趴在她肩头的乌圆。

南河化身的天狼远远地飞行在前方，直奔京都仙乐宫。那是个曾经囚禁过渡朔大人，让胡青心生恐惧的地方。

但此刻的渡朔化身神鹤，紧追南河，勇往直前，毫不犹豫。

“能行，南哥说能行就能行，咱们这就夜探仙乐宫。”乌圆挥动着毛茸茸的小拳头。

仙乐宫内的四圣广场上绘制了一个极其复杂的法阵。

法阵四方以四圣神像压阵，辅以众多灵玉法器，显然耗费了术士们巨大的精力和极长的时间方才布置成功。

守在法阵边缘的皓翰皱了皱鼻子，问身边的窕风："奇怪，我好像察觉到一些陌生的气息。你闻到了吗？"

窕风懒洋洋地道："你多心了吧？向来只有主人找别人的麻烦，你什么时候见过有人敢进仙乐宫捣乱的？何况你我二人守在这里，还能出什么差错？"

皓翰不放心地抬首张望，目光从空无一人的屋顶上掠过。见四周毫无异常，皓翰终于安下心来。

然而此刻，南河、渡朔、丹逻、胡青和乌圆正趴在那琉璃瓦铺就的屋顶上。一层透明的护罩从遮天环上展开，遮蔽了众人的身形。

南河在余家村男扮女装的时候，就戴上了一只遮天环，如今正好派上用场。青龙所炼的法器果然不同凡响，众人一路潜伏进入仙乐宫，没被任何人察觉。

"南河，你确定妙道布的这个法阵是能够去南溟的传送法阵？"渡朔悄悄地询问。

"是的，妙道得到水灵珠之后，我有些不放心，时时借阿香的珠子查看他的动态。那时候我就发觉他在准备一个复杂的法阵。"南河轻声回复，"直到上了昆仑山，我才终于发觉，妙道所布的法阵和那里的传送法阵一模一样。我们在这里等着，如果他发动法阵，我们正好跟着进去。"

"难道这个人也要去南溟？余摇可真是个香饽饽，离开人间这么多年，还有如此多的人记挂他。"丹逻是水族，一心期待尽快去到南溟。

不多时，妙道果然穿着一身便于行动的衣服出现在法阵边缘。

"主人，我们现在就出发？"窕风苦着脸，很不情愿参与这趟旅程，"南溟可是极凶之地，我们不再多准备一些时日吗？"

"我今日心神不宁，起了一卦。卦上显示事不宜迟，迟恐生变。"妙道托出一枚水灵珠，"即刻出发。"

睡在篝火边的袁香儿被大地的一阵晃动惊醒。她睁开眼的时候，海水已经漫到了她的脚边，身下这座生长着繁密绿植的岛屿在晃动着沉没。

一颗巨大的灰褐色头颅从水中冒出，那头颅上顶着一对在暗夜中发光的眼珠，张开利齿交错的大嘴，居高临下地向着袁香儿咬来。

袁香儿抬手祭出数张雷符，粗大的闪电从天而降，击中那只海妖的脑袋。

这种雷符是丹逻用尾巴甩出来的，比乌圆的猫爪符攻击力强。

在路上，袁香儿曾将这种制符的办法分享给清源。可是清源无论怎么尝试，都没有成功。

“或许只有妖魔们心甘情愿地将妖力借给人类使用的时候，这种方法才能起效。”当时清源这样垂头丧气地说着。

海妖的头颅被雷电击中，他吃痛悲鸣一声，沉入海底遁走。袁香儿连同脚下的岛屿猝不及防地沉入了水中。

她这才发觉，自己睡觉的这座岛屿，竟然是一只巨大海妖的脊背。

刚刚烤干衣服的袁香儿再度落进冰凉的海水里。她从水里往上看，身边是和她一同掉进水中的乱石荒木，水面上有月光，月光下出现了一道白色的身影。

一只苍白的手臂穿过水面，一把抓住了袁香儿的手腕，将她提出海面。

海面之上，有个人背对着明月，凌空悬立。那人身披洁白的翎羽，有一张雌雄莫辨的面孔，狭长的眼睑四周描绘着绚丽的胭脂红。他正低头看着被他拉出水面的袁香儿。

“我没有找错人吧？你怎么一下就变得这样大了？”

他头戴一顶红色的冠帽，两条长长的殷红冠带从白皙的脸颊旁垂落下来。他一脸疑惑地看着袁香儿。那殷红的冠带晃动在袁香儿的眼前。

他是窃脂，师父的使徒。

袁香儿昂着头，看着那张熟悉的面孔，童年时期的诸多回忆一瞬间涌上心头。

那一年她才七岁，第一次被师父抱着走进庭院时，梧桐树上的窃脂便是这样垂下红色的帽巾，一脸好奇地看着她。

“这是窃脂，是为师的使徒。”

当时，师父这样笑盈盈地和她说。

第十八章　余　摇

“窃脂？哈哈，你是窃脂！”

袁香儿给了窃脂一个大大的拥抱。她的身上又是泥又是水，把窃脂一身仙气飘飘的羽毛都弄脏了。

“喂，小家伙，放开我，你脏死了。”窃脂想把挂在他脖子上的人类幼崽掰下来，没能成功。

那个脏兮兮的人类幼崽搂住他的脖子大喊大叫。他第一次见到袁香儿的时候，袁香儿是一个干干瘦瘦，像豆丁一般的幼崽。如今这颗豆丁虽然长高了些，对他来说，也还是幼崽。

她就这么高兴吗？以前她不是很怕我吗？

窃脂无奈地想着，展翅带着袁香儿离开这片海域。

纯白的大鸟戴着一顶红冠，飞翔在单调的海面上，背上载着一个脏兮兮、湿漉漉，搂住他脖子的人类。

那个小家伙很高兴，窃脂觉得自己好像也莫名地开心了一点儿。虽然他不知道让他愉悦的根源在哪里。

他时常嘲讽余摇愚蠢又可笑，但在这个幼崽找来的时候，他觉得余摇蠢得也不是那么彻底。

窃脂把袁香儿带到一处安全的海岛上。

“窃脂，我的师父呢？师父他在哪里？”

“你既然能找到这里，想必已经知道发生了什么。”他说，“余摇就是这样一个愚不可及的家伙。”

身披白羽的窃脂站在礁岩上，看着脚下汹涌的波涛拍打着黑色的礁石，突然想起自己第一次和余摇相见，也是在一片漆黑的海岸边。

那时候他被一群难缠的蛊雕追杀，整只翅膀在战斗中被咬断。他鲜血淋漓地落进海中，被海浪冲到了岸边。

那天冰凉混浊的海浪和脚下的这些浪花没什么不同，它们冷漠地拍打着他羽毛凌乱的身躯，每一次拍打都带走了他的大量鲜血和体温。

就在他以为自己必死无疑的时候，一个化为人类的妖魔出现在他的身边。

“啊，好可怜的小鸟，翅膀都断了，我带你回去好了。”

半昏迷的窃脂就被那人兜在黑色的衣袖里，带回一座人类的庭院。

那庭院中有一棵巨大的梧桐树。带他回来的余摇在树上垫了一个干燥的鸟窝，包扎好他的身体，将他安置在树上。

追寻气味而来的蛊雕飞翔在附近的空中，发出如婴儿啼哭一般恐怖的啸声。

蛊雕是一种令所有魔物心生恐惧的妖魔。

他们强大凶残，总是成群结队地行动。

只要是看中的猎物，他们必定穷追不舍。即便再强大的妖魔也不会愿意招惹上成群的蛊雕。

“你不必担心，安心养伤吧。只要在我的院子里，就没有东西能进来伤到你。”余摇站在树下，抬首看着从巢穴中伸出脑袋的窃脂。

余摇再一次回来的时候，外面空中的哭泣声已经远远地散去了。只是余摇的身上带上了点淡淡的血腥味——他流血了。

从那以后窃脂就住在了这棵梧桐树上。和余摇相处的时间久了，窃脂渐渐地发现了余摇的奇怪之处。

余摇明明是强大的生灵，却似乎特别喜欢柔弱的人类。作为一只妖魔，余摇很认真地修习人类的法术，学习人类的知识，过着和人类一般的生活，甚至能像人类一样使用法阵符篆，和许多妖魔结下使徒契约。

这个长着梧桐树的院子，每隔一段时间就要整体移动到另外一个地方。院子里面住着大大小小各种妖魔，大家都成了余摇的使徒，也成了余摇的朋友。

但余摇的朋友不只他们。

院门打开之时，经常会进来一两个战战兢兢地寻求帮助的人类。余摇对他们总是很有耐心，也不让大家随意欺负他们。

他和一个讨人厌的道士成了朋友，甚至收养了一个人类的幼崽作为徒弟。

这一切的根源或许都是他那位人类妻子。余摇很喜欢他的妻子，院子里的妖魔们也喜欢那个会做各种好吃的食物的人类。但大家心里清楚，人类的寿命很短，她迟早是要离开他们的。这本是最简单的道理，妖魔都懂。他想不到最为睿智、聪慧的余摇，却没能明白。

当云娘的寿命无可奈何地走到终结的时候，窃脂发现素来沉稳镇定，什么都不害怕的余摇彻底地慌了。

他时时在梧桐树下的石桌边呆坐，一坐就是很久，翻书、查阅、写写画画，随后又捂住脑袋将铺满桌面的厚厚的稿纸揉成一团，化为灰烬，撒进那石桌的小世界中。

“你在慌什么？像你这样强大的生灵，不应该还有害怕的事物。”窃脂忍不住从树荫中伸出脑袋。

“我曾经也以为自己很强大。”余摇摇头苦笑，“如今我才知道，强大的只是我的力量，却不是这颗心。窃脂，我过不去这个坎了。”

到了最后，窃脂不得不眼睁睁地看着自己的朋友做了不可理喻的蠢事。

窃脂看着余摇在那个人类朋友的蛊惑之下，愚不可及地和人类的神灵做了交易。余摇用他那在整个世界上最为强大的身躯，换取了一个凡人的长生。

潮湿漆黑的海礁之上，猎猎海风吹得窃脂白羽凌乱。窃脂注视着漆黑的海面，对袁香儿说：“你无法想象鲲鹏的本体有多么庞大、壮观。那一天，我们所有人就站在岸边，眼睁睁地看着他那比山岳还要巨大的身躯逐渐沉向无底的深海。他永世都要待在那里，再也不能回来了。”

虽然已经提前知晓了一切，但当窃脂再次述说此事，袁香儿的心还是仿佛被一只手一把攥住了。

酸涩的痛楚感伴随着童年的回忆一起涌出，眼泪在眼眶里打转，她忍着没让那些泪水掉进海中。

师父在离去之前，蹲在她面前说：“香儿，人间生死聚散，本应顺其自然，你不该过度执着。”

可是他自己勘不破，执着地不肯对云娘放手。

师父消失的那天，云娘背对着漫天云霞，端坐在袁香儿身前，摸着她的脑袋。

“我不知道你的师父去了哪里，也不知道他什么时候回来，但相信他总有回来的一天。”

“我能做的只有将自己的日子过好了，每一天都活得开开心心的，你师父回来的时候，看着我才会觉得高兴。”

师娘是那样认真努力地活着，等着师父的归来，却不知道师父永远回不来了。

“以身换之”。师父用生离换取了死别。

“大家呢？其他人都去了哪里？”袁香儿酸涩地问了一句。

“哪里还有什么其他人？他知道自己再也回不来了，便解除了所有的契约，让大家散了。”两条殷红的冠带在窃脂脸颊边凌风乱舞，“只有我闲极无聊，留在这附近，偶尔陪他说说话。”

三颗巨大的人形头颅浮现出海面。每一个脑袋都似楼船般大，有俊美的面容和诡异的神色，下面连接着水蛇一般长长的脖颈。妖怪慢慢地向着海岛的方向游来。

“是海妖，那家伙很厉害，我带你走。”窃脂忌惮地看着那只妖魔，拉住了袁香儿的手。

这里是南溟，世间万物的起源之地，强大而恐怖的古老妖魔时常出没，是一个极其危险的地方。

“等一下，等一下。”袁香儿给他看自己手腕上戴着的遮天环。

遮天环展开透明的护罩，一人一妖趴在海岛的礁石上。

那海妖巨大的五官从他们眼前的海域缓缓掠过，丝毫没有注意到停留在海岛上的两个生灵。

直至那庞大的身影远去，窃脂方才松了口气，看着身边的袁香儿：“不错啊，你果然长大了。”

对妖魔来说，实力的强大才是判断成长的标准。袁香儿变强了，比长高了更能得到窃脂的认可。

袁香儿得到亲人一般的前辈的表扬，高兴起来，将自己的随身法器献宝一样地拿给窃脂看。

她手腕上戴着神鹤羽毛炼制的遮天环，手指上套着天狼族特有的小星盘，脖颈上戴着有九尾狐气息的南红项链，腰间挂着冥蝶的玲珑金球。

最后她还托出了一颗蔚蓝色的水晶珠子。

“水灵珠？”这个东西让窃脂有些吃惊，“这可是龙族之物。”

袁香儿双手托着那一颗在月色下光华流转的珠子，眼眸里也映着灵珠的光芒。

“有了它，我可以抵达大海的深处，到那最深的海底，去看一看师父。我会想办法带他回来。”

窃脂还记得袁香儿刚被余摇带回来时的样子。那时候的她像一只失去了双亲的雏鸟，脆弱，迷茫，戒备心还很强。

但这一刻，这个不知道天高地厚的人类幼崽，脸上透着温柔的光，眼眸中充满自信和坚定。

她大言不惭地要去数万米深的海底，救助那活了万年的上古神兽鲲鹏。

窃脂几乎不忍心打击她的信心。

“那可是连你师父都无法解决的事，你这样的小家伙又能有什么办法？”他只好这样提醒她。

“我知道很难，但人的一生很长，我慢慢想办法，慢慢尝试，总是有希望的。”

“哈哈，人类的一生很长？”

“不论是人类，还是其他生灵，从出生到死亡的这个过程，都是漫长而珍贵的。”袁香儿认真地看着手中的水灵珠，“我喜欢师父，敬重师父，绝不愿意看见他承受这样的磨难。我可以倾尽这一生的时间去努力，希望总是有的，哪怕最后我做不成，也无愧于心。”

即便是蚍蜉、蝼蚁的一生也是完整而珍贵的。如今有一只蚍蜉想要用尽毕生之力撼动那棵大树。

窃脂看着认认真真地说话的袁香儿，心中莫名涌起一个念头：余摇那样喜欢人类，或许也并非没有道理。

袁香儿手中的水灵珠亮了亮，球形的界面上突然浮现出一些影像。

之前孟章将水灵珠交给她的时候，就说过，水灵珠有雌雄双珠，持雌珠者可以窥视雄珠附近的景象。最开始，南河担心妙道会做出什么对大家不利的举动，还时时拿着这颗珠子看一看呢。

此刻袁香儿细细看去，水灵珠中浮现出一片海域，海面上出现了一道细长的空间裂缝。

缝隙中正迈出一个人类来。那人虽然换了衣物，但袁香儿还是很容易就辨认出来者的身份。

“妙道？他来这里干什么？”

“可恶，是这个该死的术士，他又想打什么主意？”

袁香儿和窃脂异口同声地说。

水灵珠内，妙道除去上衣，伸手束起长发。

他的面容年轻而俊美，超脱凡尘。但随着衣物的除下，裸露的肌肤令人不寒而栗。

他苍白的身躯是那样异常，骨瘦如柴，肌肤大面积地腐坏、溃烂。如果不是看到他还能毫无表情地说话，甚至没有人会相信这是一具活人的身躯。

跟随妙道而来的使徒，一位是浑身遍布蜘蛛花纹的女子，一位是身如枯木的老者。

“主人，你确定要自己下去吗？”长着蜘蛛纹路的女子问道。

“这里的海有数万里之深，即便像你这样的妖魔，没有水灵珠，也能被轻易地压成肉饼。”妙道取出水灵珠，“想要那个东西，只有我亲自去，才能放心。”

“可这里是南溟，大妖云集，主人这样只身犯险，真的值得吗？”

妙道嗤笑一声，伸手在她的脸上捏了一把：“你倒是关心我，只是不知有几分真情，几分假意？”

使徒如蜘蛛一般伸出八只细长的手臂，歪着脑袋看妙道：“当然是真的喜欢主人，我最喜欢的就是主人啦。”

妙道不再搭理她，转头看向脚下波澜壮阔的海域，似乎在自言自语：“这世间修真门派万千，一半奉三君为祖师，事实上又有几人真正继承了三君的道统？便是清一教的那些蠢货，也不过只能炼制延寿十年的长生丹罢了。世间只有我，不仅再现了祖师的山河图、传送阵，如今还要和三君一样炼出一枚真正的长生丹。”

他说完这句话，投身入海，潜入碧波深处，很快看不见身影。

守在海面上的老者不耐烦地道：“你提醒他那么多干什么？他死了不是更好？这样我等可以早点恢复自由之身。”

“我就喜欢他这样扭曲又可怜的人。这世间的灵力越发稀薄，等主人死了之后，只怕我再也找不到这样有趣的人类了，你还差这么几年时间吗？那么早回去干什么？”她用两只手梳理鬓发，两只手举镜，两只手搓搓被海风吹冷的肩膀，“为什么是我们守在这里？南溟好可怕的。还是皓翰和窕风待在仙乐宫比较幸福呢。”

在仙乐宫的法阵之前，负责看守的皓翰面色凝重地看着悄无声息地突然在他面前出现的南河几人。

“你们是怎么进来的？”他不明白这几个胆大妄为之徒是怎么突破仙乐宫的

重重守卫的。

凭空出现在法阵附近的天狼对皓翰毫不理会，身化流星，硬闯法阵。

“想硬闯？门都没有。”窕风背生黑色双翼，拦在南河的面前。

南河看起来没有开口，但一道低沉的声音已经从四面八方响起。

“请星辰之力！”

熊熊燃烧的巨大陨石拖着长长的尾巴从天而降，直扑窕风。

“天啊，他一来就放大招。”窕风拼尽全力接住那颗从天而降的巨大火石。

窕风还来不及喘口气，第二颗陨石携热浪已然逼近，第三颗拖着明亮的尾巴也出现在夜空中。

而南河本人，早已闪身进了法阵。

“我没得罪过你吧？和皓翰比试的时候，也没见你这么凶啊……”窕风作为乌族，最怕这种天火，狼狈地躲避陨石，吱哇乱叫。

“怎么没得罪？上一次你欺负阿香，把我们全得罪了。”乌圆冲着窕风做了个鬼脸，借机溜进传送法阵中去。

皓翰大喝一声，额生利角，双眸变成金色，扑向接连冲入法阵的众人。

穿着一袭羽衣的渡朔拦住了他。

“抱歉，皓翰，你的对手是我。”渡朔对着自己曾经的朋友说。

在他们身后，胡青、丹逻借着这个机会已经鱼贯通过传送法阵。

短暂的硝烟很快结束，法阵前徒留一片狼藉。面对骤然闯阵的敌人，皓翰和窕风一个都没拦住。他们全穿过国师留下的法阵，去了南溟。

“这下怎么办？我们也跟进去吗？”窕风喘息着用胳膊撑着膝盖，羽毛凌乱，头脸被熏得焦黑。

“渡朔看起来好像过得不错。”皓翰答非所问地回答了一句。

“你还有心情管他好不好？这次等主人回来，你我的责罚可少不了。”

妙道潜入冰冷的海水中。幽蓝的水面之下不再似人间，仿佛是另外一个世界。

一开始，阳光还能透过水面，在妙道的视野内形成奇特的光影。他耳边响着连绵细密的嗡鸣声，偶尔有好奇的小鱼想要靠近妙道那发出腐朽气味的身躯。

水灵珠发出微弱的光，让一个人类得以在深海中呼吸自如，不惧巨大的海压，可以顺利地潜入海底的最深之处。

妙道知道自己还要在这无底的深渊中下潜很久。这里很深，是世间最深的深渊。或许他要花上一整天的时间，才能抵达他筹谋多年的目的地。那里有他唯一的朋友，也是他深为厌恶的魔物。

渐渐地，这里的世界变得越发幽暗冰冷，连最微弱的光线也消失了。一种悠远而古老的低鸣从最黑暗的深处浮起，在妙道的心头反复回响。

妙道在这样黑暗而诡秘的海水中不断下坠，他的耳边渐渐地嘈杂起来。

“太厉害了，我们顶不住！”

“我们错了，就不该到九尾狐的巢穴来。”

刺耳的喊叫声响彻妙道的脑海，他的身躯明明在海水中缓缓下沉，却仿佛感觉到有人在他的肩头推了一把。

“师弟，快走，你先走！”师兄持着剑一把将他从妖狐的利爪下推开。

妙道在混乱中爬起身，眼前到处都是火与血，天空黑沉沉的，像是这深沉的大海一般。

恐怖的魔物从高空伸下巨大的利爪，刚刚推开他的那位师兄被魔物抓在手中，高高地举上天空。

妙道呆滞地仰头看着，只见师兄在空中拼命挣扎，然后一团血肉模糊的东西盖住了自己的头脸。

不知道是谁拉着他拼命地向后跑，他回头时看见了真正的地狱。

昨天明明还凑在一起吃饭、讨论课业的师兄师姐，就那样轻易地被妖魔拍死在悬崖上，被碾碎在魔爪下。

从此往后，妙道的人生就像这深海一般，只剩下无边的黑暗。

水灵珠淡淡的光芒从胸口透了出来，驱散了一点儿黑暗。

是的，他的世界里也曾出现过一束光。

在那棵梨树下，有人背对着刺眼的阳光，递给他一个黄澄澄的秋梨。

“别那样沮丧，现在是秋天，是收获的季节，应该让自己高兴点儿了。”那个人浅笑着向他伸过手来，仿佛这个世间真的不存在任何烦恼。

从此以后，那座小小的庭院，那位总坐在梧桐树下的朋友，便成了他生命中唯一的光。

其实他不喜欢余摇这样的人，余摇性格悠闲淡然，会消磨他心中的杀意。而杀戮和仇恨是他活下去的唯一动力。他曾发誓，要杀尽世间魔物。

但不知道为什么，每当他伤痕累累，支撑不住的时候，总是忍不住拖着残破的身躯来到那个庭院。

只要他推开门，朋友总会在梧桐树下转过身来，笑着对他说："阿妙，你来了。"

他们在树下的石桌边切磋法术，探讨修行中遇到的疑难之事。树冠中偶尔会有一只白羽红冠的大鸟探出头来。

"阳光这么好，你不用来睡觉，又和这个人类琢磨无聊的事。"那个使徒公然地抱怨了一句。

"先生先生，我可以把这个吃掉吗？"一只几乎毫无法力的松鼠抱着不知从哪里得到的坚果，打断了他们重要的谈话。

然而余摇总是很温和地迁就那些使徒："可以的，不要一口气吃得太多，不然晚上会闹肚子。"

"阿摇，我饿了，要去山里捕猎。"低沉的声音在地底响起。

"去吧，犀渠。小心点儿。"

"阿妙好些天没来了，晚上烫两壶秋月白，再炒一点儿花生，你们俩好好地喝一杯。"说这话的是余摇的妻子。

妙道起身行礼："劳烦嫂子了。"

妙道厌恶着这样的热闹，又忍不住地想要接近余摇。

直到妙道修行多年，终有所成，闯入里世，寻觅九尾狐妖涂山报仇雪恨。

那一次，他发现自己错估了对手的能力，自己还远远不是那只妖王的对手。

他不仅错估了对手，甚至错估了自己的朋友。

成群的妖魔追得他亡命奔逃的时候，余摇出现在他的身前。

在他的人生中唯一给过他温暖和光明的朋友，化身为一只漆黑而巨大的魔物。

相比起有血海深仇的涂山，妙道觉得自己更加憎恨的是余摇。

如果没有余摇的出现，他只需要专注于杀戮和憎恨，也许不至于像如今这样纠结、痛苦，永远摆脱不了那种孤独和烦闷。

他一度用尽手段，让自己和众多的使徒订下契约。

他住在人间最为热闹繁华的都城，身边围绕着众多对自己百依百顺的使徒。

但他依旧开心不起来，仙乐宫内冰凉又寂静，远没有那座小院热闹。

深海中，一只长得像水母的巨大魔物发现了妙道，张开半透明的裙摆，想要将妙道吞下去。

妙道扯下束住双目的缎带，空洞的眼眶中冒出浓浓的黑烟。柔软的水母对上那双浓黑的眼眶，很快在海中变得僵硬、漆黑，最终裂成碎片，向着深海沉没。

他一路下沉，一路杀戮，那些在他手中死去的妖魔使他的心渐渐地恢复平静。

不要紧的，一切终将过去。

他毕生钻研三君祖师遗留在人间的手记，在一次请香召唤祖师降临的过程中，将余遥想使凡人长生的诉求告知了三君祖师。这一次，拿了余摇的金丹，炼成永生之药，再杀死涂山，他就将得到解脱，不再活得这样痛苦。

他终于落到了海底。这样的海洋深处是一片生命的荒漠，没有阳光，没有声音，没有妖魔，没有游鱼，甚至连最顽强的水藻都不见踪迹。

海底只有一片连绵起伏的山丘。远远看去，黑沉沉的山丘仿佛一条大鱼，平静地躺在深海底部。

妙道的双目不能视物，但他拥有极为敏锐的感知能力，任何灵力的流动都会清晰地出现在他的脑海中。

世间万物皆有灵，不论是山川河流，还是妖魔鬼魅，不过有的灵力微弱，有的灵力强大罢了。

只是在这样深的海底，拥有灵力的生灵极其稀少。妙道的世界里几乎是一片纯粹的黑。

直到那一片山岳在他的附近出现，黑暗无光的视野里现出了高低起伏的山岭。那坐落在海底的庞大山丘四周有无数微微发出荧光的生灵在不急不缓地游动，勾勒出连绵起伏的山丘轮廓。

占地广阔的山岭散发出丝丝细微的灵气，游动的灵气透着股平和、恬静的气息。妙道想起了不久之前见到的那个小姑娘，她使用的法阵就带着这样的气息，没有丝毫憎恨、怨气，仿佛快乐才是这世间的常态。

他一步步逼近山岳。那些无害的、悠闲的浮游生物从他身边游过，没有介意他这个身躯腐坏的外来者，包容、接纳他。

连绵的山脉到了，他可以看见山脊上有一座盘膝而坐的人形石像。石像上身是人形，下半截身躯却和山石融为一体，像是一个被永远禁锢于此地的囚徒。

妙道在山脊上落下，停在石人的面前。

如果他此刻能够视物的话，会看见海水中的这具石像面部栩栩如生，那石化的脸庞在水波中依稀带着温和的笑容。

即便看不见，妙道也可以察觉到那股平静淡然的熟悉的气息。

明明落到这样悲惨的境地，余摇还能够保持这样悠然自得的心态吗？

但很快余摇就办不到了！

妙道伸出苍白的手指，点向那在深海中沉静了多年的石像。

余摇是万年神兽，性情至纯至善，又在这灵穴之中被冲刷洗涤了数年，他的金丹大概是这世间妙道唯一能够得到的，炼制长生灵药的药引。

妙道并指成掌，这一掌下去，便可以粉碎眼前的一切，包括自己长期以来痛苦的根源，达到长生之境。

他活了这么久，终究能够杀死仇敌。大仇得报，何其畅快！

妙道的掌心和石人只差半寸距离，眼前的石人毫无反抗的能力。妙道的眼眶中黑雾滚滚，杀意在胸中蒸腾，手指却停下了动作。

我在犹豫什么？

他在心中对莫名其妙的自己说。

“阿妙？你怎么来了？你是特意来看我的吗？”一道熟悉的声音从妙道脚下的山岳内浮起，带着毫不作伪的快乐，在幽深的海水中响起。

妙道停在石像前，慢慢地把手握成拳头。

“来看你？不错，我是特意来看你的。”妙道的语气冰冷，不论是谁都应该能听出其中的嘲讽之意。

但余摇似乎没有察觉：“真高兴你能下来看我。这些年，只有窃脂能通过契约和我说上几句话。”

海水中的声音微微带上了寂寞：“这里太安静了，我不知道外面流逝了多少岁月，也不知道云娘过得怎么样。”

妙道抿住了嘴，片刻后开口：“她很好，和当年一样，乐观而开朗，你无须担心。”

“是吗？”黑暗中的声音快乐起来，“阿妙，我新收了一个小徒弟，是一个女娃娃，很可爱的，你见过她了吗？”

“见过，她算是把你那套学全了，和你一模一样。”

“真的？也不知道阿香有没有长高。”

“她不仅长高了，胆子还很大，甚至还敢和我动手。”

妙道有些不明白，自己为什么就这样顺着余摇的话说了起来？他告诉自己不应该虚耗时间，但下意识地答了一句又一句。

看着因为自己的到来而高兴的朋友，他感到懊恼，语气突然变得恶毒：“你后悔了吗？就为了一个人类把自己囚禁在这里。”

那水波中的声音似乎带着笑意：“阿妙，你看起来在生气，但其实我很了解你。你应该知道，能把云娘留在世间，我只会高兴。若非如此，你也不会奏请三君降临，让我找他换取灵药。”

“我请三君降临，可不是为了你。”妙道的语气渐渐变得冰冷，“我苦心钻研三君手记多年，得知炼制长生丹的要诀在于一道药引，那药引需是世间至纯至圣，又经天地灵气百般淬炼之物。三君用自己的灵蜕成丹，我求而不得，百般思索，发现或许还有一物有此功效。”

“今日，我便是来取此物。”妙道再次杀气腾腾地抬起了自己的手，“把你的金丹给我，阿摇。”

“等一下，阿妙。”余摇似乎并不吃惊，只是打断了他，“我金丹已失，并不在灵山之内。”

“我承认我确实有些不忍心对你下手。但你看看我的样子，我寿命将尽，走投无路。”悬立深海之人双目失明，身躯溃烂，“我今日无论如何都要取你的金丹一试。你不给，就休怪我动手了。”

“这里并没有金丹，你即便掘开整座灵山也无用。”余摇的声音和往日一般温和，“是你引导我答应三君镇守此地，封住灵脉，难道还要亲手破坏这一切吗？阿妙，你曾深恨魔物，人魔两界分开，不也正是你的心愿吗？”

“虚妄之言！你不过是舍不得自己的金丹罢了。快给我金丹！”妙道陡然爆发，怒喝一声就要出手。

一道紫光从上方落下，化为一团紫色的闪电。海水导电，闪电在妙道四周炸裂，瞬间传导开来，那骤然亮起的紫光照亮了一张狰狞扭曲的面孔。

妙道抽身后退，一道小巧的身影从海水中直降下来，落在了他的面前。

来人正是一路赶来的袁香儿。袁香儿随身携带水灵珠，身上和妙道一样泛着淡淡的荧光。

“水灵珠有两颗，你竟然背着我私藏其一？”妙道怒道。

“呸，无耻小人，卑鄙之徒。”袁香儿不接他的话头，开口就骂，“你口中天天说憎恨魔物，要驱尽人间妖魔，现在好了，为了自己能够长生不死，反倒跑来想挖开灵穴。你的脸呢？不要了吗？”

她虽然比妙道先到南溟，但落地的位置离余摇更远。从水灵珠内得知妙道的居心之后，她当真是心急如焚，一路疾驰，紧赶慢赶，万幸在最后关头赶到。

此刻的袁香儿憋着一肚子火，也顾不得别的，先戳着妙道的痛处骂爽快了再说。

她的身后轻轻地响起一声熟悉的呼唤。

“香儿。”

在这个世间，朋友多半呼唤她为“阿香”。香儿这个名字，仅有少数的几个长辈会叫。

久违的声音响起之时，袁香儿狠狠地难过了起来。

她动了动嘴唇，不敢回头去看，死死地咬住牙关，将眼眶里的泪水憋了回去。

师父是最疼自己的，在师父面前她从来想哭就哭，想笑就笑。

如今她只是不想在敌人面前露怯。

“你师父没教过你吗？小小年纪，要知道天高地厚。”妙道轻松地避开闪电，淡淡地开口，“曾经我看在你师父的分上，对你有几分宽容，如今你竟然如此狂妄。”

他立在海水中，周身起着微光，空洞的双目中飘出黑色的浓烟，枯瘦的身躯溃烂腐败，看起来说不出地阴森、诡异。

在袁香儿眼眸里休息的黑红双鱼在这一瞬间立刻出现，绕着袁香儿飞快地旋转起来，转速甚至比在三君刻意阻挠她的空间裂缝中还要快。

“哼，双鱼阵。你把自己的护身法阵留给这样的小丫头，失去了法力，毫无防护，待在海底，不是任人宰割吗？魔物就是魔物，愚蠢至极。”

随着妙道的声音响起，一个巨大的阵图在海水中浮现。

威严、肃穆、饱含天地之威的巨大神像从四面八方慢慢地升起，法阵还没有发动，那种气势和威压已经使袁香儿后背汗毛耸立，心里抑制不住地生出一股想要逃避的畏惧感。

这才是身为国师，天下道门第一人的真正神威。

“香儿，你不必同他相抗，快点离去，师父不会有事的。”

余摇温和的声音一出现，袁香儿心中的恐惧感顿时消减。

她不由得想起年幼的时候，面对着天狼山中的大妖，自己被吓得双腿发软。但师父的声音一出现，她的心也就瞬间安稳了。

“不要紧的，师父。你好好地看着，你不在的这几年，香儿一点儿都没有偷懒呢。”袁香儿掐指成诀，身前亮起一道道黄光。

妙道四周的海水骤然翻滚起来，巨大的浪花排山倒海地向他挤压而去。

“渡朔的空间之力？”妙道皱起眉头，施展防御法术阻挡浪花。

同时，他们头顶之上海浪滚滚，大小不一的陨石从天而降，携星辰之威，冲向那还未成形的法阵。

“星辰之力？那只天狼的天赋能力，为何你也能够驱使？”

袁香儿不说话，各种类型的攻击铺天盖地地冲妙道而去。虽然她借用的法术威力大大降低，但胜在攻击密集。

攻击就是最好的防御。在防御法阵脆弱的时候，她毫不吝啬地用密集的攻击减轻两条小鱼的防御压力。

妙道连连躲避，心中郁闷。他不明白这位无门无派，连师父都不在身边的小姑娘，凭什么能好像不要钱似的漫天撒符箓？

他南征北战，讨伐魔物多年，嗜血好战是他的本性。这几乎是他多年来第一次在战斗的一开始就处于被动地位，他不禁心头火起。

袁香儿把借用了朋友们法力的符箓撒完，彻底破坏了妙道还来不及发挥威力的法阵。她乘机在妙道的脚下布下了锁拿敌人的四柱天罗阵。

阵盘的光芒亮起，法阵中的国师却不以为然。他将两指抵在唇上，空洞的眼眶向袁香儿看来。

他看了袁香儿一眼，袁香儿便感到身躯变得僵硬迟钝。她想要向前一步，却发现自己已经迈不动腿，一下就绊倒在海水中。

她倒在敌人面前，浑身发软，连动一动手指都觉得使不上力，只能异常艰难地勉强掐了一个指诀。

“米粒之光，妄想和日月争辉。可惜了，多给你一百年，或许你还能和我一决高下。”妙道居高临下地看着那挣扎着想要反抗的小姑娘。

“阿妙！”余摇的声音中第一次带上了怒意。

“你也会生气。”妙道笑了起来，莫名地有些得意，“阿摇，事到如今，你能奈我何？若是主动交出你的金丹，我看在朋友一场的分上，留你徒弟一个全尸倒也不是不行。”

他的话音未落，一条额头有一抹殷红的大鱼从黑暗中现出身形，一头将他狠狠地撞开。

来者是丹逻，赤首黑鳞，携紫电游于深海，面对人间降妖除魔第一法师，毫不畏惧，在一瞬间就和妙道交换了数招。

南河一行尾随妙道来到南溟，但因为没有水灵珠，只有身为水族的丹逻勉强能潜入这样深的海底，助袁香儿一臂之力。即便是丹逻，在这样压力巨大的海底也感到十分不适，只能勉强支撑。

“孽畜，你这是找死！”妙道眼中的浓烟更盛。

丹逻在水中灵活游弋的身躯骤然变得僵硬，开始向下沉去。

丹逻一口叼住了袁香儿的衣物，勉强摆动尾巴向海面快速游动。

“想跑？只怕没那么容易了。”妙道凝指成爪，凌空一抓。

丹逻只觉得越来越僵硬的尾巴上传来一阵仿佛即将被人生生撕裂的剧痛。他用尽最后的力气将袁香儿向上推去：“向上游……南河就在上面。”

在他们头顶不远处的海域，南河正极尽可能地潜下来。

这里的海沟极深，巨大的水压压得南河的骨骼发出响声，肌肤和毛发紧紧地贴在身上，浑身出现了撕裂般的疼痛。他知道自己已经到了极限，再也不能深入一寸，但这里离阿香依旧很远。

隐约之间，他看见水灵珠的荧光从深海浮现。那是丹逻顶着袁香儿出现在了脚下。

南河努力向着袁香儿伸出手：“阿香，快上来。”

袁香儿抬头，看见南河银辉闪耀的身影就在不远处，甚至听见了南河的喊声。

她低头看去，在她脚下，失去灵力的丹逻身体开始缩小，向着漆黑的海底坠落。

海底深处，恶魔一般的敌人正抬头等着丹逻。

妙道看着从头顶上坠落的丹逻，咧开嘴笑了。他急需一场血腥的杀戮，来发泄此刻心中难以压抑的烦躁。他举起手臂，将手指向掌心收紧，只要再用点力，那条中了自己法术的妖鱼就会粉身碎骨。

就在此刻，一柄骨白的小剑突然出现在妙道眼前，如游鱼一般绕着他的右手手腕转动了一圈。

他那骨瘦如柴的手腕就那样悄无声息地脱离了手臂，漂浮在深海中，被他自己的左手接住。

从手臂整齐的断口处涌出大量红色的血液，一瞬间染红了海水，几乎遮住了他的身形。

袁香儿潜回海中，捞住缩为小鱼的丹逻，将他护在自己的双鱼阵之内。

妙道没有暴怒，低头看着抓在自己手中的断掌，面无表情地歪了歪脑袋，平静地伸出他的断臂，在水中轻描淡写地一抹。

红色的血液在海中散开，仿佛在海中铺开一幅殷红的水墨画卷，赤红的山川河流几乎在一瞬间延伸成形，上下封住了袁香儿的退路。

“这是山河图，是三君祖师的成名绝技。如今世间只有妙道一个人会。”余摇的声音从身后响起。

袁香儿回过头。这一次她终于看清了身后那具独自在海水中被侵蚀冲刷了多年的石像。

半身石像的容貌很温柔，和记忆中师父的面容如出一辙。

“师……父。”袁香儿忍不住唤了一句。

“香儿，把你的手给我。”

袁香儿听从余摇的嘱咐，将自己的手按在那石人的肩头。

一股极其微弱的灵力波动从掌心流入，穿过她的经脉，导向那柄骨白色的小剑。

“此剑名为云游，是师父的随身法器。既然你师娘将它给了你，那我今日便将它的用法传授给你。”

余摇的声音在袁香儿耳边响起，一如当年在梧桐树下，余摇握着她的手指教她法术时一样。

师父微弱的灵力在她的经脉中流转，引导着法力的运行，袁香儿闭上双目，使出剑指。

骨白的小剑似乎遇到了极其兴奋之事，在海水中嗡嗡作响，一分为二,二分为三,三分为千万柄寒冷的利剑。

万千剑影直冲血红的山河图而去。

山河图内变化万千，无数赤红的幽冥鬼物从画卷中爬出，铺天盖地地向袁香儿席卷而来。

“害怕吗，香儿？”

“我不怕，师父。香儿是很厉害的，你好好地看着香儿便是。”

万千骨剑破了山河血图，霜剑寒光对战炼狱血魔，冲天杀气撞上漫天怨灵。

余摇在这时候说了一句什么话。

袁香儿愣了一下，转头问：“真的吗，师父？”

身前的石像变幻着，化为师父当年的模样。师父长身玉立，在庭院里冲她点头笑了笑。

漆黑的深海在那一瞬间不见了，猩红的鬼物、腐朽的国师、温和的师尊全消失无踪，袁香儿眼前只有一片无尽的纯白。

这样的世界，袁香儿不久之前才见过。那是属于三君祖师的幻境。

果然，在那纯白无瑕的世界里，坐着一个眉清目秀的小男孩。

“那个人精通我的成名法术，他向我许愿，将倾毕生之力驱散妖魔，分化两界，致力在人间延续我的意志。于是我将长生丹的要诀传给他，以为他会是我的衣钵的继承者。可是如今看来，他仿佛堕入了魔道。”小男孩不知道看着何处，在那里自言自语。

袁香儿不明白小男孩为什么突然将自己从战场上摄到这里。她担忧着独自面对敌人的师父，喊了一声：“三君祖师？”

“从前，我看见人间各种乱象，世人不堪妖魔侵扰，悲苦求生。我心中不忍，于是倾毕生之力，将人魔两界分而化之，使一切看起来井然有序。”小男孩支着脑袋，似乎有些苦恼，“后来我又发现，只要人间还有灵气，就永远会有新的妖魔鬼物诞生。于是我听从信徒的请愿，将肉身炼为长生丹，同一只拥有万古灵力的妖魔做了交易。我请他化身灵山，镇住灵穴，让灵气不再外泄，断绝了人间妖魔之根基。”

他抬头看袁香儿：“这样一来人魔互不搅扰，各得其所，难道不应该皆大欢喜吗？”

袁香儿看着他，没有直接回答这个问题：“在我生活的家乡，曾经有一片草原，那里的猛兽以柔弱的兔子为食，兔子们在危机中苦苦求生。后来有人于心不忍，将猛兽猎杀。你知道最后情况如何吗？”

“自然是那些温和的小动物，从此得以安心自在地生活。”

“情况和你想的可能不一样，虽然猛兽捕食兔子听起来很残酷……那些兔子没有了天敌，很快开始过度繁殖，草原上的青草被啃食殆尽，难以复生，草原渐渐地变为荒漠。兔子反倒逐渐饿死了。”

小男孩用手支着下颌：“这个故事倒是新奇，但我觉得你是想救助自己的师父，才用这样极端的话语来套我的。”

“我只是觉得，这个世界上的很多东西都有存在的道理。如果你不是也有了疑虑，今日也不会叫我进来吧？”袁香儿说道，“让人间彻底断绝灵气，妖魔消失，人类中也再无修行之人，在我看来这未必是一件好事。”

三君祖师不说话了。

袁香儿面对这位神灵，坦诚地说出一直萦绕在心头的想法：“你大概也知道，我从未来的世界来到这里。我出生的那个世界，是在一千年之后。对很多妖魔来说，那也只是短暂的一段时光。但那时候的人类已经彻底忘记了妖魔的存在。”

袁香儿回想起曾经生活过的那个世界。虽然已经过去了快二十年，但在午夜梦回的时候，她依然时常恍惚，不知哪个世界才是自己真实的归宿。她不知道自己是否正确，只是对比如今的生活，仔细地回想起当初那种繁忙单调的日子，心中未免有些遗憾……

“在那里我们以为自己是世界的主宰，不再对自然界怀有敬畏之心，开始肆无忌惮地掠夺和破坏自己生存的家园。说句不太好听的，在我到来的时候，过度扩张的人口已经使人类生存的空间和资源出现了紧缺。”

小男孩顿时笑了起来：“你这是骗我。尽管我看不见那个世界，但我留给浮世的土地何止万万里？人类只有那么点儿，又怎么会落到资源受限的地步呢？”

这回轮到袁香儿不说话了。即便是神灵，也并非全知全能，三君祖师或许无法想象到人类这个种族最终会走向什么样的道路。

三君观察了袁香儿半晌：“这样说来，你说的是真的？”

袁香儿向着这位神灵行了一礼：“我向你保证，今日所言皆为真实想法，绝不单单是为了我的师尊。从我个人来说，我更喜欢如今的这个世界。它丰富多彩，在这里的人类拥有沟通天地、了解自然的能力。”

“是吗？”小男孩盘膝坐在一片空白的世界里，摸了摸自己的下巴，“你先回去吧，让我再好好想想。”

南河看着自己脚下，那里是漆黑无光、深不见底的大海。阿香刚刚出现了一瞬间，并且向着自己伸出了求助的手。可是很快，她又沉了下去，被那一片浓黑吞没。

在海底深处，有强大的敌人，未知的危险。阿香和丹逻在那里战斗，甚至分不出心神来告知他战况。

南河很想下去，哪怕再多潜入一分也行。

他的肌肤不堪强大的压力，已经出现崩裂，血液把周边冰冷的海水染红。

他的身体疼得厉害，心里更是难受。在他最需要阿香的时候，阿香每一次都能及时地来到他的身边。他明明已经成年，一度以为自己终于能以强大而有力的身姿陪伴阿香，彼此守护。但此刻，他到不了阿香所在的地方，够不着她。

明明他们已经那么近了。

南河挣扎着向下游去，骨骼传来尖锐的刺痛感，血液从身体内大量流失。

他突然想起，这样的痛苦在记忆中似乎有过。那时候他还是一只小狼，承受着离骸期的淬体重生之苦，浑身的骨骼和肌肉被拆散了，身躯由星辉重塑。

在那样的痛苦过后，他从屋内出来，看见的是坐在门外的阿香。

阿香向他伸出了双手，他就带着满身的星光跳进了那个柔软温和的怀抱。

南河突然睁开双眼，那狭长的双眸一片银白，在黑暗的深海中透出星辰的光辉。天空中的星辰在那一刻变得明亮，无数闪耀的星星缓缓地划过苍穹，从夜幕中坠落，没入漆黑一片的大海。

在海面上对峙的妖魔都忍不住抬头看向夜空中这样奇特的一幕。

此刻，在海底的最深处，袁香儿从幻境中醒来。

在三君祖师的幻境中滞留了片刻，她睁开双目，眼中一片清明。

就在那短暂的时间里，她的心绪变得平静温和，那颗一直以来捉摸不定的道心，随着她在那纯白的世界中走了一遭，也前所未有地坚固、稳定起来。

袁香儿抬头看向妙道，双目清明。妙道那污浊的瞳术几乎不再能够影响到她的行动。

师父的灵力缓缓地从她的经脉中退去。就像她在幼年时学艺那般，师父松开了自己的手。

年幼的她和此刻的她重叠了。她们一道回头，师父还站在原地，鼓励地冲她们笑："可以了，阿香。你试一试，即便师父不在，你自己也可以做得很好。"

于是袁香儿不再惧怕。

她转回头，沉心静气，体内的灵力从未像这一刻般自如地流转，圆熟无碍。

袁香儿骈剑指在前，万千柄骨剑势如破竹地剿灭从山河图中涌出的猩红魔物。

那赤红色的山川河流在纯白的剑光中分崩离析，血红的世界开始崩塌、溃散，妙道露出极为难看的面色。

他从没有想过自己会败给一个如此年幼的晚辈，这个世界没有留给他失败的资格。后退一步对他来说便是万丈深渊。失败了这一次，等待他的只有灭亡。

妙道收敛起双目中的浓雾。他站在一片猩红的废墟中，空洞的眼眶定定地看着袁香儿和她身后的石像。

随后，从妙道的眼眶里、断腕处齐齐流下漆黑如墨的血液。

"阿妙，你为何要走到这样的地步？"余摇的声音从袁香儿身后响起，"香儿，速速离开这里，立刻走！"

自从跟随师父之后，袁香儿还从来不曾见过余摇这般疾言厉色。这还是她第一次听见余摇如此严肃地说话，几乎被吓了一跳。经过连番战斗，她确实已经十分疲惫。但不论师父怎么说，她怎么能放心将不能移动的师父独自留在这里？

破碎的山河图恢复如初，赤红的血色渐渐变得漆黑。妙道体内源源不断地流出的黑色血液，画出了一幅地狱图。

黑化的四方神兽从那地狱图中爬出，扭曲的身形迅速地变得巨大。黑龙摇摆着龙身，张口咆哮，巨大的龙尾扫过来，非常有压迫感，气场使整座灵山为之震动。

狰狞的巨大龙头张着漆黑的大嘴，逐渐逼近袁香儿。

袁香儿怀中护着的是伤重的丹逻，身后是最敬重的师尊，只能只身持剑，一步不退。

一颗流星在这个时候穿过大海，落在袁香儿面前。银辉亮起，驱散深海的黑暗。随着星光而来的是一只银光璀璨的天狼，星辉构建的身躯无惧巨大的水压。他带着荧光，一路游到了袁香儿的身边。

他雄健的身躯上聚集着璀璨的星光，狭长的双眸中一片银白。他用星光构成的毛发蹭了蹭袁香儿的身躯："阿香，我来晚了。"

"哪里，你来得正是时候。"袁香儿一看来了后援，精神顿时振奋起来，她撸起袖子，"小南，和我一起揍死妙道那个老贼。"

银白的天狼冲上前，一口咬住了黑龙的脖颈，银白的身躯和漆黑的龙身纠缠于深海，一时间斗得翻江倒海，地动山摇。

袁香儿很快找到了往日和南河并肩作战的默契，抽身加入激烈的战斗。他们彼此之间配合得当，甚至不需要袁香儿动用使徒契约沟通。

万千剑雨时而攻向鳞甲坚硬的巨大黑龙，时而为战斗中的天狼挡住来自敌人的攻击。

术士和使徒之间，一近战一远攻。他们心有灵犀，亲密无间。

他们正战得酣畅淋漓之际，一股黑水却在不知不觉间漫延到了余摇的脚下。

妙道的头颅从水中冒出，面容苍白，空洞的眼眶中流淌出两道黑色的泪。

"该收手了，阿妙。"余摇的声音从石像中响起。

"收不了，在这里打输，我就只剩下死路。"妙道骤然从黑水中暴起，向余摇扑去。

"糟了，师父！"

袁香儿回身相护。但有一只手从她的身后伸来，拦住了她。

那只手不属于人间，是由灵力虚构而成的。它虚挡在袁香儿的身前，袁香儿就乖乖地停住了动作。

出现在她身边的是余摇的虚影。

灵体的音容笑貌，一如当年袁香儿记忆中余摇的模样。余摇不再是布满海藻的冰冷石像，带着灵体所特有的幽光，浅笑着看着袁香儿。

“师父？”

“不要紧的。”余摇浅笑着说，“那具身躯早已彻底化为灵山，里面既没有我，也不存在他想要的金丹，不过是一堆略带着灵气的石头罢了。就让他彻底死心了吧。”

妙道的视野中，那流动着淡淡灵力的石像已经分崩离析。他仿佛看见了自己唯一的朋友的面庞在眼前裂成数块。在空中碎裂的石块中，余摇依然保持着温和平静，带着一点儿悲悯和同情，低眉看着他。

“没有，怎么会没有金丹？”妙道抖着仅剩的左手在地上胡乱摸索一通，“对了，金丹不在化身中，必定是在本体内。是的，你不要想瞒过我，金丹一定就在这座山里。”

妙道施展通天彻地的法术，凿开灵山，向下搜索。然而不论他如何疯狂地挖掘，出现在眼前的永远只有略微带着灵气的山石。这根本不是一具灵躯，更不可能留有余摇的金丹。

原来在封住灵穴之后，余摇为了遵守永世不出的承诺，早已将自己的本体逐渐石化。如今镇守在此地的，除了袁香儿身边的那一缕神识，便只有一座庞大的石山而已。

袁香儿看着疯狂的妙道，不知道是否应该冒险前去阻止。

袁香儿很清楚，自己并不希望人间的灵气彻底枯竭。身处于这种决定着人类未来走向的历史节点上，她发觉自己和那位一度陷入茫然的神君一般，不确定自己的观念是否绝对正确。

“你不用介意，或许这个世间的任何事，都不应该过于绝对，总要留有一线才是正理。”余摇在她的身边说，“你看，三君还没有出手呢。”

袁香儿抬头望去，果然看见三君化身的男孩悬立在妙道身后，正垂首看着自己的信徒。

三君祖师沉默地看了妙道半晌，终究叹息一声，渐渐地淡去身形，消失了。

疯狂的妙道很快掘穿山脉，一缕灵泉从他挖开的洞穴中涌出。那生机勃勃的灵气如同泉水一般从洞穴中冒出来，欢欣鼓舞地顺着海底的丘陵铺散开来，逐渐渗透进人间的土地中。

从高处看去，在海底巨大的鱼形山脉头部，涌出一道熠熠生辉的细细喷泉，灵力让死气沉沉的黑暗世界变得流光溢彩，瑰丽生姿。

虽然只有这细细的一道灵泉，远远不如曾经充沛的灵力那么辉煌，但人间终究保留了一丝灵气，未来也就多了无限的可能。

身处灵泉边缘的妙道颓然地坐在地上，泉水一般的灵气漫过他满身血污的身躯。他一无所觉，呆滞地低头看着自己空落落的掌心。在他的脚边，仅有几片被自己亲手打碎的石块。多年谋划，一朝落空，寿元将近之日近在眼前。

曾经叱咤风云的国师，道门第一人的强者，咎由自取地落到了这样的地步。

心慈手软地放过强大的敌人，不是袁香儿的风格。

她向师父做了个偷偷下手的动作："我要趁机干掉这个变态。"

余摇轻轻地摇头："他已经没有多少时日了。"

这种话不能说服袁香儿。

"其实我并不恨阿妙，"余摇看着瘫坐在山脊上的妙道，安抚自己的小徒弟，"我甚至很感谢他。如果不是他，我根本无力将云娘留在世间。此刻的我，才真的不知道应该以什么样的方式存活下去。"

"可是……"袁香儿看着师父半透明的灵体，想到师父、师娘天人永隔，自己永远不能在师尊面前承欢膝下。

她心中感到百般难受不忍。

没有了身躯，师父的将来又该如何？

余摇附在袁香儿的耳边，悄悄地说了几句话。

"真的？"袁香儿大吃一惊，欢喜得一下蹦了起来。

"当然是真的，师父难道就那样蠢钝无知，一点儿后路都不懂得留吗？"余摇笑盈盈地说，"从前我没有说，是因为没把握，既然你特意来看师父，这件事就麻烦你去办吧！"

袁香儿心花怒放，忘记了余摇此刻还是一个虚无的灵体，伸出手给他一个大大的拥抱。她从师父虚无的身躯中穿了过去，在水中一下稳不住身形。

一只有力的胳膊从旁伸了过来，稳稳地扶住了她。

没有了妙道的控制，南河很快消灭了那条从地狱图中召唤出来的黑龙，来到了袁香儿的身边。

和师父已经多年未见了，袁香儿怎么也不好意思开口。但想到下一次和师父相见之日或许遥遥无期，她只得忍住羞涩，将南河推到面前。

“师……师父，这位，是我的……喀……”

这要怎么说？他是我相公？他俩还没成亲呢。他是我男朋友？师父不理解这个词。他是我相好？怎么搞得和偷情一样？

袁香儿忙乱中豁出去了：“反正就是我的人。”

她脸红了，偷瞟一眼南河，发现南河的脸比她的还红，银色的星辉都盖不住那一抹霞色。

袁香儿这下不窘迫了，拉住南河的手笑嘻嘻地说：“我特意想着带他来给师父看看。”

“天狼族？”余摇用一种看女婿的挑剔目光上下打量南河。

“是……是的。见过师父。”南河紧张得不行，刚刚独战黑龙的气势不知道丢到哪儿去了，慌忙中还不忘给自己加了一句，“我已经成年了。”

余摇就笑了：“我曾经给香儿起过一卦，料到她要走这一条路。那时候她还和我保证，绝不招惹天狼山的任何妖魔呢。结果她不仅招惹了，还把妖王拐到了家里。”

袁香儿一点儿不怕余摇数落自己，只是嘿嘿地笑。

余摇伸手在袁香儿额心轻轻一点，藏于袁香儿左眼中的黑红双鱼浮现出来。那条红色的小鱼摇头摆尾地离开它的同伴，向南河游来，一下没入了南河的右眼之中。

“从今以后，不论你们身在何处，都能用此阵裂开空间，将对方召唤到身边。这就算师父给你们的见面礼吧。”余摇说完此话，身形变得更加浅淡，“我这就离开了。香儿，期待和你再见的那一天。”

他们从深海出来，海面上的众人还在僵持。袁香儿二话不说，领着大家当先穿过传送法阵，回到中原地区。

离开南溟之后，她并没回阙丘镇，而是带着众人马不停蹄地向大陆的北方奔去。

“我们去北虚。”她说，“我的师父在那里。”

他们速度极快，不日便抵达了冰天雪地的极寒之地。

放眼望去，他们目力所及皆为皑皑白雪，茫茫冰原。

“太冷了，太冷了。我不适合在这样的地方生活。”乌圆坐在渡朔的后背上直打哆嗦，“胡青姐，把你的尾巴借我裹一下。”

丹逻同样面色发青：“我也……”

渡朔的翅膀歪了歪，差点儿把乌圆颠下去。

乌圆一把抓紧南河的毛发，吱哇乱叫："我知道你的尾巴不能乱摸，但我这不是冷得受不了了吗？"

这里实在是过于寒冷，他们飞得又高又快，除了胡青、南河、渡朔等本来就十分耐寒的魔物，其他人都有些受不了。

袁香儿："下面有一座城镇，我们降下去买些皮裘衣物吧。"

冰天雪地的世界里，人类活动的痕迹日渐稀少，但偶尔也有几处充满异域风情的城镇。在这里走动的不再是中原人士，多半是一些穿着奇装异服的少数民族。

袁香儿一行降落下来，向路人询问。

"买大毛子？那只能去街头第一家店铺，他们的毛料响当当地好，价格又实在。这两年，他家的分店几乎开遍了冰原，有块好招牌。"一位大胡子路人举起大拇指给袁香儿推荐店铺。

顺着他的指引，袁香儿来到那家气派的估衣行，招牌上写着"丁翠轩"三个汉字。

他们进入店内，却意想不到地遇到了两位熟人。

"袁先生，怎么会在这里遇见你？"丁妍一脸惊喜地从柜台后转出来，身后跟着那位毁了容貌的翠娘。

"哇，南哥，这位真的是丁妍吗？"乌圆悄悄地和南河嘀咕，"她就是当年和将军换了身体的那位娘子？我怎么觉得她整个人都不一样啦？人类也会变幻容貌吗？"

"确实不一样了。不论什么样的生灵，在不同的环境里，就会活出不同的样子来。"南河轻轻地说道。

丁妍听说了袁香儿的来意，低声和翠娘交代两句。不多时，翠娘领着人抬出一箱子针脚细密、轻便保暖的皮草来。

"你一定不要推辞。当年，你托仇将军留给我做生意的本金，我尚来不及归还。这两年来，摊子总算略微有了起色。这不过是我的小小心意，还望你们笑纳才是。"丁妍诚挚地握着袁香儿的手。

他们换上了暖和的皮草。丁妍套上马车，一路将他们送出城外十余里地，方才依依不舍地告别。

袁香儿走出很远，回首望去，只见寒风之中，那两位历经沧桑的女子携着彼此的手臂，稳稳地立在纯白的冰原之上。

不论在什么样的时代，这世间总有令人敬佩的女子。

袁香儿和她们挥手告别。他们再往北去，终于抵达了极北之地——北虚。

这里是人迹罕至的冰洋，冰山在海面上漂浮，时时可以看见笨拙的海狮和海豹，偶尔有鲸浮出水面。

“总算找到了。”袁香儿趴在一块浮冰上，看着一条在水中自由自在地游动的小小黑鱼。

“这……就是师父？他这么小的吗？”乌圆忘记了寒冷，一脸好奇地趴下来看。

一路上听袁香儿念叨着师父，大家也习惯了这样称呼余摇。

“啊，师父的原形好可爱啊！”胡青在冰面上摇着九条尾巴，“我还以为他会更大一些呢。”

“师父用自己的金丹炼制了这具身外化身。但因为他舍弃了本体，这具化身需要修炼多年，才能恢复记忆。”袁香儿摘下手套，小心地用一个木盆把懵懂无知的余摇捞进去。

她低头看着在水中欢快地游来游去的小鱼，打从心里快乐起来：“走，我们把师父带回去，养在石桌世界里。”

等到余摇修回人形，恢复记忆，也不知道要多少个年头。

但人只要有了盼头，就比无望地等待要好受得多。

天狼山脚下的院子里，迎到门口的云娘从袁香儿手中接过那个小小的木盆。

云娘持着帕子的手遮住了丹唇，她忍了又忍，眼泪还是掉在了盆中的水面上。

木盆里小小的黑鱼露出圆溜溜的脑袋，似乎不明白这个人为何而哭。

终于请回师父的袁香儿了结了心头第一桩大事，顿觉胸怀舒坦。

自此，她可以守着小圃花开，和友人们在树下看着乌圆胡闹。

杯中有酒，身边有闺密，她可以和闺密把酒共赏奇文艳画，有时和她们窃窃私语，有时露出会心一笑。

她酒醉归来，就可以和南河打闹在一块儿，弄得暖帐生香。

这一日，他们在厌女的院中相聚。

九头蛇席地而坐，不紧不慢地吃着清源带给他的烤乳鸽，九张面具一般的面孔毫无表情，看不出喜怒。

清源在一旁暗暗搓着手，心里前所未有地感到紧张。他悄悄地使了个眼色，门徒立刻抬进一大盆刚出锅的爆炒紫苏田鸡，将那香嫩多汁的田鸡摆在蛇的面前。

九张毫无表情的面孔上突然现出竖瞳，九头蛇粗大的尾巴一下子扫了过来，将那盆田鸡卷进了身体里。

“如果你愿意到清一教来的话，我每天都能给你吃这些田鸡。”清源眼见有戏，试探着说。

“每……每天？”九张面孔一起抬了起来。

“别一副没见过世面的样子，人类每天都要吃饭，听说还不止吃一顿呢。啧，他们特别麻烦。”老耆见不得自己朋友那副没出息的样子，出言提醒。

九条蛇的眼睛亮了，他再也端不住架子了：“他们真的每天都吃煮得这样好吃的田鸡和小鸟？”

“当然！不只这些，他们还可以给你准备烤羊腿、酱牛肉、红烧猪蹄、黄焖鸡，给你换换口味。”

“结契，结，现在就结！”灵活的蛇妖一下游动到清源身边，显示自己的价值，“结契以后，你需要我做什么？我很能打架的，整座天狼山就没有打得过我的妖。”

他两个脑袋和清源说话，两个脑袋忙着吃田鸡，余下的五个脑袋东张西望，生怕这句吹牛的话被南河听见了。

清源得到了第一个自愿和自己结契的使徒，一时之间心花怒放。

这样强大的妖魔，不用殊死战斗，也不用千里追踪，竟然就这样心平气和地加入自己的门派了。

没有任何同门为此受伤或是丢失性命，代价不过是多请几个厨子，花一些金钱罢了，实在是太划算了。

从袁香儿那里学来的契约，对妖魔没有束缚、控制的能力。对清源来说，采用该种契约一度是个艰难的决定。收服了九头蛇之后，他必须更加细心地去了解使徒的性情和习惯，并随时准备好防御和约束的法阵，以防九头蛇妖性大发。对他来说，十分麻烦。

但不管怎么说，他迈出了第一步，这总是一个好的开端，不是吗？

清源高高兴兴地将延寿丹交给厌女，嘱托她再为自己介绍几个使徒。

之后清源在桌边坐下，开口问袁香儿：“前两日，修真界发生了一件大事，你们听说了吗？”

“何事？”

“洞玄教的掌教妙道带着使徒闯入里世，杀死了大妖涂山。”

“你说谁？妙道？”袁香儿以为自己听错了。不久之前，她亲眼见到妙道元气大伤，几乎已经到了油尽灯枯的地步，想不到他竟然会在这个时候前去里世报仇。

妙道一生深恨涂山，却不敢进入里世挑衅这位势力庞大的妖王。在生命的最后阶段，对长生绝望的他，和涂山拼了个鱼死网破，反倒真的杀死了宿敌。

“当然，妙道也没有讨到好，他们不过是玉石俱焚罢了。那一战过后，再也没人见到他的身影，洞玄教的掌教之位只怕要由他的弟子云玄接任了。”清源摇头叹息，“我师姐听到这个消息，便也准备归隐里世，说要在那里寻求自己突破的机缘，大概不打算再回人间了。”

一代人黯然谢幕，又有鲜活的新生命登上历史的潮头。

在无人的荒野之中，金瞳独角的皓翰行走在野草乱石间。

他背着一具残缺的躯体。那与其说是一个人，还不如说是一具尸体。

“原来，我并不是杀不了它，而是不敢杀它，不敢拿我自己的命去拼罢了。”微弱的声音在皓翰身后断断续续地响起，像在喃喃自语，“看来……我也没有那么恨它。或许我一直在恨的，只是怯弱的自己。”

皓翰没有回答，埋头迈步前行。

“我……已经没有力量控制你们了。其他人都跑了，你为何还不走？”

“我们监兵一族，向来崇拜强者。从你打败我的那一刻起，我就承诺过奉你为主。”皓翰脚下飞快，“主仆一场，要有始有终，我送你到最后一程。”

他在荒野中跑出很远，一直没有听见身后任何动静。在他怀疑妙道是不是已经死了的时候，身后传来虚弱的自嘲声。

“上天待我终归还不算太差。像我这样的人，在最后的时候，身边竟然还有……”

还有什么，妙道没有再说下去。

皓翰在一个人类的村庄附近停下脚步，路口处有一棵巨大的梨树。

老树枝干粗壮，不知道在此地扎根了多少个年头，依旧生机盎然，开满了一树梨花。

皓翰问道：“就是这里吗？”

“有……没有一棵梨树？结满果实，黄色的果实。”

妙道的眼睛不能视物。此刻无力再感受世间灵力的他，世界里只留下彻底的黑暗。

“现在是春天，怎么可能有果实？树上只有花，白色的花。”

空气中飘来梨花淡淡的清香。

妙道似乎觉得自己回到了和余摇初见的时刻。

“朋友，开心一点儿吧，秋天是收获的季节呢。”初相识的友人坐在梨树的枝头，向他递来一颗黄澄澄的果实，然而他没能接住。

皓翰听见身后传来一句微不可闻的叹息。

“我……后悔了。”

苍白的梨花飘落一地，皓翰身后再也没有传来任何声音。

温柔而强大的妖魔在梨树下挖了一个坑，将失去生命的主人永远地埋葬在这里。

时光荏苒，几度春风。古老的梨树始终耸立在原地，看尽人间聚散，自行花开花落。

一位清丽佳人挎着竹篮从树下走过，她的身边跟着一位漂亮的少女。

“云娘子，袁小先生，回家去呀？”在田野里劳作的农夫直起腰向二人打招呼。

这两位是刚搬到他们村子里的邻居。

她们买下了村里一座废弃的房屋，也不知是怎么收拾的，很快就把房子修整得漂漂亮亮，白墙青砖，满园花开，野趣盎然。

她们移植了不少大树在院子里，其中一棵梧桐树枝繁叶茂，亭亭如盖，很是醒目。

她们家里往来的客人也多，在庭院内日日笙歌，热闹喧哗。

两位女主人性情温和，善良，好相处。

年少的那位是修行之人，虽然年轻，但法力高强，十分擅长祛魅辟邪，收费又很低廉。村里人有些头疼脑热的，都喜欢前来寻她。不多时，袁小先生的名字便在村中传开了。

农夫想起几日之前袁先生刚刚治好了自己家小儿子的顽疾。

于是他飞快地从地里掰了数根玉米棒，赶上二人，不由分说地将玉米棒塞进云娘的篮子里，笑呵呵地摸着脑袋远远地跑开了。

“地里刚刚摘的玉米，给小先生尝个鲜。”

看着那慢慢远去的一双人，农夫抹了一把额头上的汗：“袁小先生这样年轻，就已经是神仙一般的人物了。请她去家里一回，我家狗蛋多年的毛病就好了。我不服她都不行。”

和他并肩在田地里劳作的老农直起脊背，眯着眼睛看了一会儿：“要说神仙一般的人，我们村多年前也出现过一位。”

“那是我爷爷辈的事了。”老农说起陈年旧事，“在我还小的时候，家中祖父告诉我，村子里曾经有一位神仙。那位仙人和他的妻子在咱们村里住了好多年，不辞劳苦，为大家辟邪，排忧解难，护一方安危。如今咱们这儿还有人在家供奉着他们夫妻的长生牌位呢。”

“哦，对了，那位仙人的妻子名字中好像也有个云字，她也叫云娘子。”

袁香儿挽着云娘的手，路过那棵坠着果实的苍老梨树。

“搬来以后，我还没走过这条路呢。师娘，这里有好大一棵梨树。”

女孩子都有爱美之心。这些年来袁香儿好说歹说，使尽办法，从清一教现任掌教清源的手中换来了一枚驻颜丹，得以保持青春。

人看起来年轻，心也就年轻。远远地瞧着那些小小的果实，袁香儿起了玩心，想要上树摘取。

“真是，都多大的人了，还和你师父一样。”云娘看着那棵梨树，想起旧日往事，“很多年前，我和阿摇曾经在这里住过。那时候，你师父也最喜欢爬这棵梨树。可惜这树的年纪大了，果实结得也没有当年那样多了。”

云娘和袁香儿有驻颜之术，和常人不同，不适合在一个地方久居。每过一二十年，掩饰不住的时候，她们总要连人带庭院地搬走，换一个地方居住。

好在袁香儿已经摸清了石桌小世界的妙用，在每一次搬家的时候，把庭院内想要带走之物，一应收入石桌。搬家对她来说倒也并不麻烦。

“咦，树底下怎么有一座坟冢？”云娘拨开草丛，杂乱的草中露出一块破败的墓碑，吓了她一跳。

“这是谁的墓呢？怎么连个名字都没有刻？它孤零零的，看起来怪可怜的。”

云娘拔掉墓碑前的杂草，从竹篮中取出一小壶刚刚在集市上买的秋月白，摆在了石碑前的土地上：“这个给你吧，祝你早一些投生到好人家去。”

云娘站起身，招呼袁香儿：“回去吧，阿香。虺螣他们今日不是要来家里吗？我们早些回去准备点好吃的。”

袁香儿却看着梨树下的阴影愣了半晌，方才跟上：“哎，就来了，师娘。”

午夜时分，万物寂静，逢魔之时。

袁香儿悄悄地回到这棵树下。

野草丛生的孤坟后立着一个昏暗的身影。

那人眼眶空洞，右臂截断，浑身是伤，一如十来年前，那位国师死去时的模样。

“这么长时间过去，你有什么事还不能忘记？留在这世间干什么？”袁香儿对着那古树后的一抹残魂说。

冷冰冰的声音低低地从昏暗中传来。

“像我这样一身罪孽之人，有何生趣可言？不如就此慢慢地消散于天地间。”

“原来你也知道自己的所作所为全是罪孽？”人已经死了，袁香儿对妙道也不再有什么怨气，平静地和他说话，“我的母亲曾告诉我，一个人犯了错，就应当承担自己造成的后果。惩罚虽然痛苦，但总有结束的那一日，承担后果好过永世沉沦。”

黑暗中的阴影沉默了许久，带着一丝苦笑开口：“说来轻松，若我身死道消，从头来过，再无往日记忆，我就已然不是我了，又何必介意为人为畜，境况如何？”

袁香儿从怀中取出玲珑金球：“若你想要离去，我可以送你一程。”

“你……师父呢？”那身影问道。

“师父虽然不太好，但总归还活着。他活着，就还有那么一丝希望。”袁香儿不愿对这个人多谈自己的师父。

那残破的身影在夜风中微微动了半步，又慢慢地退了回去，最后说：“既然如此，那就有劳了。”

往生咒伴着铃音，悠悠地在村郊夜色中响起。

一抹细细的荧辉穿过梨树繁密的枝叶，告别枝头稀稀拉拉的果实，向远处飞去。

袁香儿回到屋里的时候，南河早就醒了。

袁香儿在床边坐下，展开一页纸：“我遇到妙道了，他给了我这个。”

“是什么？”南河从暖帐中探出头来。

“好像是炼制长生丹的配方。”

南河的眼睛一下就亮了，他飞快地接过那页纸看了起来。

“没有什么作用，我已经熟读了。”袁香儿钻进南河暖烘烘的怀里，“这个药引世间难寻。只有至纯至善，灵力强大，历经千锤百炼之物才能作为药引。”

“比如三君祖师化劫飞升的灵蜕，和师尊置身灵穴洗涤后的金丹？”南河说。

“妙道这个人好矛盾，一边讨厌我的师父，一边又觉得我的师父是至纯至善之人，能和三君相提并论。”

“这样的东西去哪里找？我们还是别强求了。”袁香儿搂住南河，尽量说些愉快的话，分他的心，“出去了半天，我好冷，快变出尾巴给我暖暖手。”

俊美的男人把自己最为敏感的尾巴交到了她的手上。

“师父看不破生死，妙道也看不破。这世间又有几人，能坐看自己最为珍惜之人去世？”南河靠近她，“我有时候甚至庆幸，先离开的人是你而不是我。我不用将你一个人留在世间，面对那样难以忍受的时刻。”

他用滚烫的薄唇轻轻地咬着袁香儿冰凉的耳郭，低声倾诉自己的心思：“阿香，你不用担心我，我已经做好准备，只要是你，不论变成什么样，什么性格，还是不是人类，我都会找到你，重新爱上你。”

“你只管放放心心地过好你的一生。其他的事，就让我来操心。”

南河平时很少说情话。但只要他一开口，说的话就比袁香儿说一百句还甜。

袁香儿把脑袋抵在他的胸前，不让他看到自己湿润的眼眶，下死手拨弄南河身后那条银色的毛尾巴。

一时之间，芙蓉帐内，吐麝生香。

他们且将红尘琐事抛到脑后，只争朝夕，享受风流。

娄衔恩找来的时候，袁香儿没有把他认出来。

距离第一次在鼎州见面已有二十余年，当时娄老妇人娄椿的这位长子还是一位正当壮年的大掌柜，如今却已两鬓如霜。

他身上戴着热孝，将一封信恭恭敬敬地递给了袁香儿。

袁香儿明白发生了什么。她缓缓地站起身，勉强伸手拿住了白色的信封，半晌无言。

娄椿已经离世，这是她临走之时特意留给袁香儿的一封信。

“这么多年过去了，先生还和当年一般。”娄衔恩神色倒是十分平和，带着生意人那特有的温和、富态。他向后挥了挥手，大门外一群仆人鱼贯而入，抬进来大箱小箱的礼物。

“这些年，母亲多得先生关照。我知道先生不缺这些，但作为凡人，也只能送来这些身外之物聊表寸心。还望先生不要嫌弃。”

他随后整了整衣冠，匍匐于地，端端正正地给袁香儿行了一个隆重的大礼。

袁香儿伸手扶他：“你这是干什么？”

娄衔恩不肯起来，结结实实地给袁香儿磕了几个头。

“这是我作为儿子，替母亲行的礼。”他指了指袁香儿手中那封母亲的遗书，“母亲走得十分安详，唯有此事不能放心，还请先生务必尽力帮忙。”

此时正值冬季，天狼山上下着大雪，袁香儿踩着雪慢慢地顺着熟悉的山路往前走。

如今他们的住所离此地有些遥远，袁香儿也有许久不曾来这座承载了童年记忆的大山了。

山中无岁月。溪流、峡谷、皑皑白雪、青松……一切仿佛还和袁香儿幼年时期一样。

袁香儿来到了第一次见到厌女的那棵老槐树前。

那树和二十多年前几乎一模一样，漆黑的树枝上压着白雪，四周寂静，死气沉沉。树下新添了一块光洁的小小石碑，碑上无字，只刻着两个踢着玲珑金球的少女。

厌女一动不动地站在树下，低头愣愣地看着那块石碑。她的肩上和头顶都落着雪，显然她已经不知道在此站了多久。

“阿椿说，她不要埋在山里，好让我尽快忘了她。”察觉到袁香儿的到来，厌女没有回头，只是轻声地自言自语，“所以我把她送回去了，送到她的家人身边，只在这里留下一块碑。石头的碑不容易坏，可以留很久。”

厌女转过头来，小脸瓷白，长发乌黑，穿着褐色的短袍，赤着双脚站在冰雪中，开口问袁香儿：“阿香，这一次我等得再久，她都不会再回来了吗？”

袁香儿几乎不忍心开口。

这里的温度实在很低，袁香儿口中呼出的气化为一团白雾。

衣裳单薄的小女孩在苍白冰冷的世界中显得那样孤独。

袁香儿在她的面前蹲下，拍掉她头顶的雪，将自己带着温度的帽子脱下来，戴在她的头上。

“阿椿希望的是你能振作起来。因为她在你的生命里出现过，使你变得更喜欢这个世界，也更珍惜这个世界。她绝不希望你因她而永远消沉，一世郁郁寡欢。”

袁香儿说这句话的时候，脑海中闪过的是娄椿留给自己的那一页手书。

“我偷得十年阳寿，此生了无遗憾，唯愿阿厌平安喜乐，不复孤寂。望君费心相助，椿叩首顿拜。”

“阿厌，以后就和我住在一起，好不好？我那里很热闹，有很多朋友。这样阿椿想必也能放心一些。”袁香儿向着孤身立于冰雪中的小女孩伸出手。

过了许久，厌女终于把白生生的小手伸了出来，搭上了袁香儿的掌心。

袁香儿握紧那只手，把厌女拉过来，抱在怀中，一路走出冰天雪地的世界。她趴在袁香儿的肩头，一直远远地看着落在身后的那棵槐树，看那树下的石碑。袁香儿肩头的衣襟很快湿了一片。

“没事的，每年我都可以陪你回来看她。我们并不是不再回来。”袁香儿轻声开口安慰，“阿椿那样的好人，一定会转生到一个好人家。没准将来我们还有机会遇到她。说不定她还是一个小姑娘，我们可以教她踢玲珑金球，再一起玩。行了，行了。你想哭就哭吧。这里又没有别人。啊，别拿我的衣服擦鼻涕呀！”

虺螣的住处离阿厌这里很近。袁香儿既然来了，那肯定要顺路去骚扰虺螣一番。

袁香儿等人进入院子的时候，虺螣正盘在房梁上打盹。

“困了怎么不好好地进屋睡，反倒睡在这样的地方？”袁香儿叫醒了虺螣。

虺螣一看到袁香儿，高高兴兴地松开尾巴，从横梁上溜下来，挽住了袁香儿的胳膊，将袁香儿和南河、厌女一起让进屋中。

“阿香，南河，你们怎么来了？见笑了，我们蛇族到了冬季就容易犯困。”

“你家韩小哥呢？”

“啊，佑之去山里学艺了，如今一个月才能回来一次。我好想他啊！不过今日好像就是他回来的日子。”

早些时候，不论虺螣和袁香儿怎么规劝，韩佑之还是做出了自己的选择，准备以凡人之身，永居里世。

里世之内妖魔纵横，是一个危险的地方。但此处灵力充沛，同样是最适合人类修行之处。

在这里危险和机遇并存。

当初浮里两界分开的时候，就有不少修真门派的术士放弃在人间生活，遁入里世。

他们躲避在妖魔罕至之处，小心翼翼地生存了下来。

韩佑之拜入了一个人类的门派，成了一位修行之士。

“佑之说，成为术士，沟通天地灵力，锻造身躯，寿命就会延长许多。他见过的术士中，甚至有人活到了两三百岁呢。”虺螣从桌面伸过手来，握住了袁香儿的手。

“阿香，我总感觉他不久之前还是个小小的孩子，怎么一眨眼就那么高了？我心里好慌，好担心他有一天突然就变成老头了。”

庭院的门在这个时候吱呀一声响了，一位身披白裘的少年郎君推门入内。

茅檐雪庐之下，韩佑之容姿俊雅。

果然，袁香儿几年不见他，那位骨瘦如柴的少年已成谦谦君子了。

“小佑，你回来了！”虺螣极为高兴，游动着上前迎他，“阿香和南河他们也来了呢。”

韩佑之上前见了礼，低头对身边的乪膿道：“阿膿等了我一个月，真是辛苦了。师父说了，再过些时日，我便可以自行回家修习。你和阿香姐且先坐一会儿，我去烫几壶酒，做些菜肴，你们好边吃边聊。”

在少年时期，韩佑之便十分擅长料理家务。如今他长大了，身高腿长，在家务方面丝毫没有生疏，更为娴熟自然。

韩佑之脱去皮裘，挽起衣袖走进厨房，很快就端出来四五碟小菜和米酒，摆上桌，招呼客人们入座。

他又转身出去，持扫帚抹布，动作麻利地打扫起庭院屋舍来。

袁香儿不过和乪膿喝了三两杯，刚刚凌乱不堪的庭院屋舍已经大变模样。

院子在沙沙的打扫声中，变得窗明几净、井井有条。

“人家一个月回来一次，回来就给你打扫、做饭。你家的小佑也真是太贤惠了。”袁香儿从窗户看出去，忍不住赞叹。

乪膿绞着帕子看着窗外的少年：“当年，看见李生变老了的模样，我立刻就不喜欢李生了。可是如今我发觉不论小佑变成什么样子，我都只会越来越喜欢他。我绝对……绝对不可能就那样放手。”

“当初我真应该听你的话，早早地放他回去。”乪膿捂住了面孔，“如今只要一想到小佑先离开的那一天，我就受不了。阿香，我该怎么办？呜呜呜。”

袁香儿这次不知道怎么安慰自己的朋友。

入道门之初，师父便告诫她，不应和妖魔建立起过于紧密的羁绊。

但她自己还是避无可避地被那只漂亮的天狼吸引，如今和乪膿一般，早已弥足深陷，无可奈何了。

韩佑之收拾完庭院，在乪膿身边坐下。

“我修习法术，唯一所求就是长生之道。”他给南河倒了一杯酒，轻轻地碰了一下，转头宽慰乪膿，“阿膿，你不必过多思虑。不论如何，我必定竭尽所能，尽量不让你失望。”

时光真是神奇的东西，能将青葱少年变为耄耋老者，也能将怯弱不安的男孩变为温柔持重的男人。

从天狼山回来，袁香儿心中感慨颇多。

夜半时分，芙蓉帐中，一番肆意折腾之后，袁香儿趴在枕头上，看向身边红透耳朵的南河。

“小南，我们这样，在人类的世界里，只能算是无媒苟合，也就是俗称的偷情。”她伸手摸摸南河的耳朵，“嘿嘿，虽然偷情好像比较刺激，但我们是不是还是应该将程序走一下？”

南河撑起身，又惊又喜，顾不上自己泄露了一室春光：“阿香，你是说……？”

袁香儿和南河决定共结连理的消息一传出来，整座小院都为之沸腾了。

乌圆、三郎、锦羽顶着布置喜堂的红绸，大喊大叫着从庭院内穿行而过，身后拖着长长一抹喜庆的艳红。

“阿厌，你怎么不来？”乌圆转回头，看见独自站在墙角的厌女，朝她挥手，“快来和我们一起玩。你也是小孩，和我们是一伙儿的。小孩不用干活。”

“对，快过来。在这里，小孩是不用干活的。”三郎在红绸下挪了挪，给厌女空出一块位置。

“来……阿厌一起，咕咕咕……咕咕。”锦羽经过这些年的修行，已经可以简单地说上几句人类的话。

“快来玩呀，加入我们！”他们齐声喊道。

厌女咬了咬嘴唇，赤脚踩着庭院的柔草，衣袖翻飞，像一只美丽的蝴蝶，飞奔进那片热闹的艳红中。

云娘亲手在庭院内张挂彩绸灯笼。

院子里摆着一口大水缸，一条小小的黑鱼顶开水面的浮萍，露出脑袋。它似乎不明白这个人为什么突然哼起了小调。

“阿摇，香儿要成亲了。你这个师父开心吗？”那个天天喂他好吃的食物的女子靠到了水缸边上，低头对他说着他听不懂的话。

“你可是证婚人，也得出席婚宴。到时候呀，我给你剪一朵小红花，让你顶在脑袋上。”

云娘伸出青葱玉指，在那小鱼光溜溜的额头上轻轻地摸了一下。

小鱼吓了一跳，一下沉入了缸底。但仅仅过了片刻，他又悄悄地顶起一片浮萍，探出脑袋来。

云娘弯下腰，趁着他不注意，在他的额头上落下一个吻。

“不着急，阿摇，你慢慢来，我等着你。”

今夜银河万里，牛郎牵到了织女。

袁香儿爬上屋檐，看见独坐在屋顶看星星的南河。

“你怎么坐在这里？明天我们就结婚了，你高不高兴？”

她站在梯子上，扒着瓦片看这个世界上她最喜欢的男人。

南河伸手将她拉上来：“我睡不着，好像有些紧张。”

袁香儿挨着他坐下，抬头和他一起看着苍穹上的银河：“我也睡不着，可以陪你一会儿。今天的星星好像特别明亮，就像它们也知道我们要成亲了一样。”

南河注视着悬挂在天边的天狼星，握住了袁香儿的手。

“我真希望有机会带你见一见我的父母兄弟，让他们都知道，我找到了一位这么好的伴侣。”

袁香儿却仿佛没有听见他的话，揉了揉眼睛，诧异地看着天空。

那颗遥远得几乎在另一个世界的天狼星，突然在夜幕上亮了。

一点小小的星辉远远地从天空直奔他们。

那一点耀眼的星辉落在袁香儿面前，绕着袁香儿转了数圈。

从星辉里传来一道听不太清晰的杂音：“我给儿媳妇……一点儿见面礼。”

袁香儿迷茫地伸出手掌，那星辉便钻入她的掌心，顷刻间消失。

袁香儿踉跄一步，捂住了脑袋：“奇怪，好像有什么东西在和我说话。”

南河急忙扶住了她：“阿香？”

阿香摊开掌心，发现在那里出现了一个小小的天狼图案，像是一个胎记，又像是刺青。

“吾名溯源，乃狼族至宝，天狼族以我为聘，结两姓之好。”一道浑厚独特的声音在袁香儿脑海中响起。

“吾能稳固神魂，永世不散。”

“它说……它是你爹娘给我们的礼物。”

袁香儿抬起头看着南河，眼眸和夜幕中的星辰一般明亮。

“它有稳固神魂，永存记忆的功效。也就是说，南河，我也永远不会忘记你。”

独家番外一　龙之时

（一）

“天地者万物之逆旅，光阴者百代之过客。浮生若梦，为欢几何？”

胡青怀抱琵琶坐在梧桐树下，轻弹浅唱，仙音曼妙，天籁悠悠。

“阿青的曲子真是越来越好了，教人百听不厌呢。”云娘和袁香儿坐在石桌旁做鲜花饼。

袁香儿揉搓着混合了蜂蜜和砂糖的玫瑰花瓣，被紫红的花汁染了一手。

她忍不住偷偷地尝了一口：“啊，好涩。”

“哪里是现在就能吃的？还得腌制一个月呢。你都多少岁的人了，还这样心急。”云娘笑话她。

院子的门被推开，浑身脏兮兮的乌圆炮弹一般当先冲进来：“吃什么？吃什么？给我留一点儿。”

袁香儿接住他，给他塞了一小勺玫瑰花酱，抱怨道：“怎么回事，搞了一身泥？”

“啊，不太好吃。”乌圆咂嘴，“你问丹邏，都怪他拉我们去帮忙。我以为很好玩，结果累得半死。”

丹邏和南河随后进来。南河尚且看得过去，丹邏几乎从头到脚糊着半干的淤泥，埋头进入桌中世界。袁香儿在桌外几乎都能听见丹邏一下扎入冰凉清澈的湖水的声音。

“怎么回事？”袁香儿给南河打了一盆水，悄悄地问他。

“丹逻喊我们陪他去看望了一趟素白前辈。”

“啊，素白前辈……不，那位佑鱼公子如今怎么样？”

“他很好，长辈关爱他，仕途又顺遂。如今他还深得国君的信任，已经官拜大司空。”

袁香儿便放心了：“像素白前辈那样的人，当享如此福报。”

南河笑道：“但前辈任职之后专注于水利工事，日日忙着筑堤坝，引水富田，使民得其利，自己奔波操劳，实在辛苦。近日江南水患，前辈更是四处奔忙，丹逻看不下去，拉着我们悄悄地下河帮忙。”

“即便素白转生了，还是老样子啊。”

袁香儿拿着大毛巾，在院子里帮刚刚洗过澡的乌圆擦干毛发。

院子中乍起飓风，一时草叶漫天，天昏地暗。

半空中响起悠悠龙吟，青色的龙身在头顶的云层中现了出来。

青龙孟章化为人形，胳膊下夹着时复、时骏，落进院子。

“你干吗这样急匆匆的？化为龙身，就直接冲进来了。”袁香儿抬头。

“快，快，白篙呢？快叫小白来看看。”孟章将时家兄弟放下。两兄弟面色青白，一落地，就张口吐了一场。

“这是怎么了？”袁香儿和云娘等人一下站起身来，急忙呼唤小白。

白篙的树灵早已长大。灵秀的小人从树冠上飘落，低头查探了两兄弟一番。

“他们似乎是吃了有毒的食物。”白篙道。

“怎么样？能不能治好？他们不可能有事吧？”孟章不敢靠近，又停不下脚步，绕着圈打转。

这是袁香儿第一次见到这条龙如此局促紧张。

“没事的，症状不算很严重，把他们交给我吧。”白篙一边说，一边让双手泛起具有治疗能力的白光，笼罩在两兄弟的身上。时家兄弟呕吐的症状缓解了许多，他们瘫在地板上直喘气。

“怎么回事？你们怎么会中毒？”袁香儿疑惑不解。时家兄弟有龙族血脉，身体结实，寿命绵长，吃了寻常的毒物应当不至如此。

“那什么……”孟章回避着袁香儿的视线，“我听说在人间应该由母亲煮饭给幼崽吃，就想着试试……”

时家的相处模式是，只要孟章到来，两兄弟都会高高兴兴地准备丰盛的食物，把他们单纯又强大的母亲照顾得妥妥帖帖的。孟章十分享受来自自己幼崽的照顾，常常溜到人间同他们相聚。孟章一直以为由孩子照顾年轻的母亲是理所当然的事。

袁香儿看着脸色苍白，勉强从地上爬起来的时复和时骏，不免有些同情这两位混血儿："所以你到底给他们吃了啥？"

"我听小骏说他哥哥喜欢吃笋炒腊肉，就特意和龙山的侍女学了许久，为了做得好吃一点儿，还特意把普通的猪肉换成了罕见的猾裹肉，谁知道……他们吃下没多久就变成这样了。"孟章面色通红，几乎恼羞成怒，"我连这个世间最复杂的法器都能够炼制，难道连个饭都做不好吗？我不过是一时失手，下次一定……"

她看了被自己折腾了一通的两个孩子一眼，后面的话就说不下去了。

孟章并不清楚，猾裹的肉鲜嫩多汁，大部分妖魔喜欢吃，在里世是十分受欢迎的珍贵食材，但有微毒。

入夜之后，缓解症状的时家兄弟寄宿在此地。

在这十几年的时间里，时家兄弟常常来访，和家里的所有成员都相处得很是融洽。

云娘给他们端来汤药，亲自照看他们喝了，又细细地交代了几句，方才俯身吹熄桌上的烛火，端着碗出了屋，轻手轻脚地合上房门。

孟章坐在对面的屋顶上。屋内寂静、漆黑，但五感敏锐的孟章依旧可以透过窗栏清晰地看见床榻上那两个渐渐地陷入沉睡的孩子。

她在那里坐了许久，一直看到屋内两个孩子紧蹙的眉头松开，呼吸变得和缓，安然入睡。

在上万年的时间里，游戏人间的她已经不太记得自己留下了多少血脉。似乎只有屋子里的这两只幼崽，能让她产生这样奇怪的牵挂。

她和这两只幼崽相处得越久，彼此之间那种难以形容的联系似乎就变得越强烈。

这就是所谓的血缘吗？这也是阿时在离开之时，只向我索要孩子的缘故吗？

昏暗的屋子里，两张年轻的脸庞在孟章的视线里渐渐地变得模糊。孟章觉得他们像是自己，又像是那张刻在她脑海中挥之不去的面孔。

袁香儿爬上屋顶，在孟章的身边坐下。

"别担心了，小白说他们的病情并不严重。他们毕竟有你的血脉，睡一觉起来大概就没事了。”她安慰自己的朋友，同时提醒孟章，“但下一次你一定要注意，人类的身体是很脆弱的，千万别什么东西都给他们吃。”

“你师娘这样的女人，才像一位真正的母亲吧？”孟章把胳膊搭在膝盖上，看着不远处的那扇窗，“她有许多孩子吗？”

袁香儿：“没有呢，师娘不曾有孩子。她大概只养大过我。”

云娘不曾生育过，却比孟章更像一位母亲。

孟章伸出一只手：“把那个，借我用用。”

“什么东西？”

“寻可寻之人，觅思念之灵的鱼线。”

（二）

龙腾万里，云气翻涌。

袁香儿乘着青龙，翔于云海之上，追着那一缕不断延伸的银丝。

她回首来处，只见皑皑白云。

“阿章，你想好了，真的要去吗？”

孟章终究按捺不住，想要寻找如今的时怀亭。但袁香儿觉得这对孟章来说未必会是一次愉快的旅行。

“嗯，我也没有别的想法，只是突然想见见他，于是就来了。”孟章的声音从风中传来，“我看他一眼就好。这一次我不再招惹他了。”

袁香儿认识的孟章，强大任性，无拘无束惯了。

孟章行事少有犹豫，这一次却特意邀请袁香儿陪伴自己，在无形中流露出了一丝难得的忐忑。

坐在龙头上的袁香儿扶着龙角，摸摸手下冰凉的龙鳞：“好，那咱们就一起去。”

她们降落在一处江南水乡。那一抹银线没入了一户雕梁画栋的庭院之中。

庭院深深，院中杨花如絮，飘得满院子都是。

袁香儿和孟章藏身于院中一棵柳树之上。

“我第一次见到阿时，就是在一棵白篙树上。”孟章比着自己的胸口说，“他在树下抬起头，透过那些白花漫漫的枝条看过来的时候，我的心咯噔一跳。我当时就想啊，这是谁家的郎君？他也太好看了，我一定要让他成为我的人。”

银线没入的那扇门吱呀一声被打开了。

袁香儿随着推门声变得紧张起来，忍不住屏住呼吸，握紧了孟章的手。

孟章的手很凉，手背上浮现出一大片青色的鳞片。

那门被推开后，首先出现的是一只绣鞋。绣鞋之上是轻柔的碧罗裙，上面绣着精致的金鹧鸪——那是一位闺中女郎。

少女从绣楼中踏步走出，银光点点的鱼线牢牢地缠在她的皓腕之上。

时怀亭并没有成为一位耄耋老者，也不是襁褓里的婴儿。他由一位谦谦君子转生成了女娇娥。

袁香儿愣住了，还没回过神，身边的孟章已经跳下树去。

这是一户大户人家，随着那位小娘子一道出来的丫头婆子们急忙护住自己家的小姐，呵斥道："何人如此莽撞，冲撞了我家小姐？速速报上名来，莫要是哪里来的女贼。"

袁香儿担心孟章发起脾气来把人家整个院子淹了，急忙下树想要解释，不承想那位小娘子却先一步制止仆人。

小娘子向前两步，仔仔细细地看了孟章半晌，道："这位姐姐，我们似乎在哪里见过？"

不谙世事的小姑娘用一句话就把青龙勾住了。

只可惜这一世她们注定有缘无分。

青龙说好只看一眼，却让袁香儿陪着自己在江南滞留了好些时日。

她们每次邀这位小娘子前来相聚，小娘子总会爽快应约。三人在花中看蝶，在柳下春游，很快就成了无话不聊的闺中密友。

自那之后，孟章便多了个习惯，隔三岔五总要南游一回。每当她提着各式各样的江南小吃回来，袁香儿便知道她又忍不住去看那位曾经的情人，如今的朋友了。

如此过了数年，一日孟章刚刚从南边回来，便拉着袁香儿和胡青拼酒。下酒菜还没上齐，她已经把自己灌了个酩酊大醉。

"孟章大人这是怎么了，有什么伤心事吗？"胡青拍孟章的后背给她顺气。

"她嫁人了，今日出嫁……她穿着红色的裙子，坐上你们人类的花轿，高高兴兴地奔向另一个人的怀抱。"孟章满身酒气，趴在石桌上，"她……她竟然还没心没肺地叫我以后时时去她夫家看她。"

"你不能再喝了，若是现出原形，我这院子都装不下你。"袁香儿拿开孟章的酒杯，"她已不再是从前的那个人。你素来洒脱，又何苦如此纠结？"

孟章满面霞色，醉眼蒙眬，搂住袁香儿和胡青的脖颈："你们不知道，看着她坐上那顶轿子的时候，我突然就明白了。我明白了阿时当年看着我离开时，是怎么样的心情。哈哈，很好，果然天道轮回，便是强如我族，也难以幸免。”

目睹了孟章的经历，夜晚南河帮袁香儿梳头的时候，袁香儿忍不住问道：“小南，你说有朝一日我变成男人怎么办？”

“那也无妨，我们便像朋友一般相处一世就行了。”南河回答得很快，显然早已将各种可能性都细细地思索过了。

袁香儿握住了他的手，转着眼珠，露出了一种微妙的表情。

南河十分疑惑：“阿香，你在想什么？”

“没有，没有。”袁香儿笑嘻嘻地搂住他的脖子，“我在想我要好好地修行，尽量活得久一些，一直陪着我们小南。我可不想和小南做朋友。”

时光荏苒，即便是修行之人，也极难真正达到长生之境。

袁香儿悠然自得地过了一辈子，容貌虽不曾改变，但行动渐渐迟缓，食欲减退，心力不复从前。

慢慢地，她失去了蓬勃旺盛的生命力，对什么事情都提不起兴趣。她知道自己在这个世间能够停留的时间不多了。

院子里的大家开始小心翼翼地对待袁香儿，云娘忍不住会露出忧心的神色，就连乌圆都不敢再在袁香儿身上上蹿下跳了。

南河尤为焦虑紧张，几乎天天黏着袁香儿，半步也不愿意离开。一点点风吹草动都能让他一下现出原形，将袁香儿护在他柔软巨大的尾巴中。

“没事，没事，我们很快就能再见面了。”袁香儿总是笑眯眯地顺他的毛发，给他看自己手心的图案，“我会一直记着你呢，等着来找我。”

她和从前一般，每日不是给南河梳梳毛发，就是给小白浇浇水，或是跑进梧桐树下的石桌小世界里打坐，任凭乌圆、锦羽、三郎、厌女满院子地玩耍。她把日子过得没心没肺，逍遥自在，似乎真的对大限没有一丝顾虑。袁香儿这样的态度终于慢慢地缓和了小院中的紧张气氛。

这一日午时，阳光正好，袁香儿独自进入桌中的小世界看望余摇。

经过这些年，余摇的身躯早已变得十分巨大，院子里的水缸再也装不下他了。袁香儿耗费灵力在石桌的小世界中开辟出一片海域，让师父的原身得以舒舒服服地畅游其中。

袁香儿提着裙摆独自来到海边，远处一条大鱼高高兴兴地跃出海面，扬起漫天水花。

袁香儿在石崖边缘蹲下，那条大鱼便游过来，从海水中露出巨大的脑袋。

“师父，你怎么还没有恢复啊？真是遗憾，看来我来不及和你见上一面，说上几句话了。

“我走了以后，还有很多朋友陪着师娘，窃脂也回来了，他们都会带着师娘进来见你，你不用担心。

“师父，你离开这么多年，咱家的院子还是和从前一样热闹，甚至多了不少伙伴。等师父恢复了，想必会感到高兴吧？”

袁香儿自顾自地说话，余摇浮在水面上露出乌溜溜的大脑袋，不能明白她的话语。对于鲲鹏这样的生灵来说，一二百年的时光，不过是弹指一挥间，根本不足以让余摇恢复原形。

白色的浪花层层叠叠地拍打在岸边黑色的岩石上，广袤无垠的海面上传来涛声阵阵。

袁香儿眼里的笑容淡去了，她终于在师父的面前露出了一直掩饰得很好的情绪，沮丧地耷拉下脑袋：“师父，我修行了这么多年，真正到了这个关口的时候，还是有些害怕呢。”

“万一小南以后找不到我，万一我想不起来往事……那我就永远见不着大家了。”

余摇的本体没心没肺地在海水中转了个圈，喷出一股喷泉，滋了袁香儿一脸的水。

袁香儿突然被冰冰凉凉的海水浇了一脸，忍不住笑了：“师父说的是，人生一世，如鱼游网中，生老病死，总要经历体验一番。我想再多也没有任何作用。”

袁香儿感到意识有些模糊。在她的身后出现了熟悉的巨大的身影。南河把她小心翼翼地卷进了温暖纯白的世界中。

“没事的，小南，不用害怕。”她迷迷糊糊地伸手摸了摸那毛茸茸的身躯。

她也曾想过自己未来会过上怎么样的人生。

“这一回，我希望家庭能热闹一些，条件好一些，至少爹娘别再把我卖了，给我一块饼，还得扯掉一半。”在最后一刻，袁香儿半开玩笑地在心中许了个愿望。

没想到的是，她这个随口说的愿望不仅实现了，还远远地超过了自己的预期。

独家番外二　香之南

（一）

大雁国的宫道上，年轻的皇太子步履匆匆，身后的宫人弯腰低头，抬着一个青布幔盖着的笼子，紧随其后。

待人去得远了，角落里的宫娥们悄悄地议论。

“太子殿下这般高兴，是要去哪里？”

“还能去哪儿？他必定是看妹妹去了。”

在这皇城之内，众所周知，皇帝陛下和皇后娘娘共育有五位皇子，却一直没有女儿。直到皇帝陛下四十有五，天赐给他一位娇滴滴的小公主。

帝王欣喜万分，将公主视若珍宝。她刚刚出生，帝王便赐名宝珠。公主六岁的时候，因为主动给父亲捶了一次背，帝王龙心大悦，昭告天下：公主性纯孝，秉仙姿玉貌，封仙居公主。

如今这位仙居公主，不仅被皇帝和皇后当成了掌上明珠，几位哥哥也非常宠爱她。她被誉为这个庞大帝国里最珍贵的一颗明珠。

“公主殿下身份这么高，长得这么漂亮，性情还温柔可亲、招人喜爱，这世间谁人能不喜爱她呢？”

“上辈子做了多少善事，公主才能有这般将万千宠爱集于一身的福报啊？”

“殿下是天仙下凡，自然有神灵庇佑，可安享一世荣华。咱们但凡能远远地看上她一眼，也算沾了她的福分了。”

“听闻玉国的皇太子划出城池为聘，想求娶公主，被皇帝陛下拒绝了呢。陛下说，宝珠儿只能招婿。他要长长久久地把公主留在身边。”

宫人们暗带艳羡的窃窃私语传不到公主的朝梧殿内。

此刻的朝梧殿内，宝珠公主独自于兰台静坐，体内灵气流转，沟通天地。她掌心那块从出生起就有的狼形胎记隐隐发出微光。

宝珠公主已有十七岁了。因保留着身为袁香儿时的记忆，她早早地开始修行，目前已有小成。

袁香儿盘膝而坐，脑内寂静一片，没有任何一位使徒的声音。

这是一个陌生的世界。在这个世界里根本没有阙丘镇，也没有天狼山，更没有浮里两界之分。这里没有她熟悉的妖魔，也没有她的任何一位至亲好友。

这个世界的人也推崇去道门修行，但真正的得道高人寥寥无几。袁香儿空留一世记忆，懂得精妙的修行法门，却无法在这里找到南河、云娘，回到她那熟悉的家。

楼下传来这一世她的兄长们的声音。

“我的宝珠儿呢？快快唤她出来，我给她寻了有趣的家伙。”

“皇兄，你说宝珠儿这么小，为什么那么喜欢打坐修行？她本来长得就好看，性子又恬淡，再这样下去会不会真的撇下你我这些俗人，上山修道去了？”

“别胡说，母亲就宝珠一个女儿，怎么舍得让她出家修行？都怪父王当初欠考虑，给妹妹什么封号不好，偏偏把妹妹封为仙居公主。”

“快别念那封号了，我等做兄长的，只管多带宝珠出去玩耍，让她多见红尘的热闹，丢开那超脱凡尘之心。”

说话的是袁香儿的几位兄长，她不得不停止吐纳，下来相见。

风华正茂的少女拢着袖子，给哥哥们行礼，亲手端来香茶。

“宝珠你看，哥哥给你带了什么东西？”为首的皇子一挥手，宫人们抬上一个铁笼，掀起遮蔽笼子的帘幔，只见笼内是一只浑身雪白的小奶狗。

白色的小奶狗骤然见到这么多人，露出警惕的神色，向着笼子的一角缩了缩。它的这个反应勾起了袁香儿的回忆。袁香儿打开笼子，小心地把它抱了出来，伸手顺了顺它脊背上的毛发。袁香儿撸毛的手法十分娴熟，那只略带警惕的小奶狗很快变得服服帖帖，在她的怀里摇起了短短的小尾巴。

“啊，真可爱，果然犬类喜欢的都差不多。”袁香儿把小狗放在案几上，伸出小手挠它的脖子，逗着它玩。

皇太子和二皇子看见妹妹难得地露出笑容，不禁也跟着高兴起来。

宫里皇子众多，公主却很少。他们唯一嫡亲的妹妹明明像个雪人儿一般招人疼爱，却从小醉心于道门玄学，除此之外没有任何能让她真正感兴趣的事情。

幸好妹妹总算还有一个爱好——她格外喜欢毛茸茸的小动物，特别是白色的小狗。虽然世间全身银白的小狗十分稀少，但他们多方留意，偶尔寻得一二，也可哄得妹妹开心一笑。

“宝珠儿，这只白犬是碧罗国这次进贡的贡品。碧罗国的人相貌奇特，和我们很不一样，妹妹要不要随我们一道前去看看？”

“去吧，去吧，你别整天待在屋子里。晚上有一个宴会，母后喊我们带你去。”

袁香儿不得不随着兄长们来到宴会厅。皇后一见到她，便将她招到身边，一把揽进了怀中。龙椅上的皇帝也笑吟吟地吩咐宫人将几道别致的甜食摆到了她的面前。

满殿文武大臣、王公贵胄都带着纵容的神色看着她，没有一个人觉得皇帝这样宠溺公主是过分的事。

袁香儿歪在母亲的怀里，任凭那双温暖的手抚摸着自己的发髻。

在这个世间生活了这么多年，她成日里享受母亲的温柔，父兄的宠爱，生活中只有富贵尊荣，没有一丝一毫的苦涩。

有时候即便是三世为人的袁香儿都会忍不住产生松懈下来的念头，想放纵自己享受这样完美而幸福的人生。

痛苦和挫折是修行道路上的阻碍，幸福和舒适又何尝不是？

或许这是大道对自己的另外一种考验。

只是她生活在这样的环境中，觉得思念之苦难以忍耐，想想南河这些年找不到自己，还不知道急成什么样了呢。

袁香儿的思绪飘得很远，半晌之后，她才听见身边逐渐喧闹起来。原来是碧罗国的使臣进入了宴会厅。

碧罗国之人和雁国之人大有不同，他们一个个五官立体，发色迥异，身着富有特色的民族服饰，环佩叮当地从大门外鱼贯而入，吸引了一殿之人的目光。

皇后低声在袁香儿耳边说：“碧罗国的使臣是来和我国谈联姻的。你看他们一口气送来了三位公主，想让你的太子哥哥挑一位。这荒蛮小国也真是太不讲究了。宝珠儿觉得哪位姑娘看上去比较漂亮？”

女儿什么都好，长得漂亮，性格乖巧，只是皇后却清楚，女儿在可亲的外表下总带着些说不清的疏离，仿佛天生就缺乏了点烟火气，随时要羽化飞升。

皇后对此十分发愁，无时无刻不想把女儿带在身边，说一些趣闻闲语，好让女儿和自己亲近亲近。

袁香儿顺着皇后的话语向门外望去。此时正值黄昏，门外一道清瘦高挑的身影正跨过门槛。就在此刻，袁香儿的眼内突然游出了一条黑色的小鱼。

多年未曾有过动静的双鱼阵在这一刻发动了。

黑鱼仿佛遇见了久别重逢的亲人，欢欣雀跃地绕着袁香儿游动起来。

殿外那人的身旁也现出了一条红色的鱼，那鲜红的小鱼似乎经历了某种恐怖的磨难，身躯已然残缺，失了大半躯干。它在空中骤然现了一下形，随即消散。

正跨过门槛的那人突然顿住了脚步，直直地向着袁香儿看来，眼神里仿佛凝着十七八年来千言万语也难说尽的委屈。

袁香儿放开母亲的胳膊，慢慢地从位置上站了起来。

殿门之外的日光里，满头银色长发的男子披着斜阳的余晖，大步闯入了灯火璀璨的华殿，不管不顾地向着袁香儿奔来。

大殿之内顿时惊呼声四起。呵斥者有之，奔忙者有之，阻拦者有之。

“什么人？放肆！”

“哪里来的狂徒？竟敢冒犯公主殿下！”

“快，保护公主，保护殿下！”

殿内武士、大臣乃至皇子王公，乱哄哄地拥过来，试图阻止这位企图冒犯帝国宝珠的狂悖之人。

说来也奇怪，那人竟从无数武士的长戈之中毫发无伤地穿过，一头银色的长发在交错的武器中留下一抹银辉。

他直至奔到袁香儿面前，才停住脚步，抿着嘴死死地抑制住胸膛的起伏。殿内的武士们这才匆匆忙忙地将锐利的刀锋架在他的脖颈上。

“南……你终于来了。”袁香儿喃喃地说。

（二）

近日来大雁国大街小巷的人全在议论皇帝陛下唯一的女儿仙居公主招了驸马之事。

谁也没有想到，这位集万千宠爱于一身的帝国宝珠，没有在大雁国的豪门望族中择婿，也没有接受周边大小王国递过来的橄榄枝，而是选择了一位来自蛮荒小国的异族男子。

传闻那位驸马爷只不过是碧罗国使团中的一位随行护卫，连雁国官话都说不利索，口不能言语，手不能书，不过是一介莽夫。

市井内的一家茶馆中，一位客人惋惜地道："也不知道那蛮夷撞了什么惊天大运，竟然在宴会上被公主一眼相中了。"

"想必那驸马爷有无双美貌，俊逸非凡。否则，他也不能得到我大雁明珠的青睐。"

"确实如此，听闻那位异国的驸马爷有着天人之貌，公主看见他，当场就将他招入朝梧殿去了。随后，公主还亲自恳求皇帝陛下赐了婚。"

"皇帝陛下难道就这样同意了？"

"你大概不晓得，咱们这位君主最最宠爱的便是这唯一的小女儿，但凡公主开口，从未有过不准。这次他也一定磨不过公主。"

不论世间的人如何议论，皇宫深处的朝梧殿内，岁月静好，玉人成双。

南河散着一头银发，趴在袁香儿膝头，微微闭着双眸，任由袁香儿用一柄黑木梳轻轻梳理他的长发。

瀑布般的银丝在乌黑的梳齿间缓缓地流过，一如过去的岁月中，重复过无数次的熟悉场景。袁香儿这么多年来一直漂泊不定的心，就在这一下下的梳动中渐渐地落回了原地，安稳了，踏实了。

"你怎么把自己搞成这副模样，连契约传音都用不了了吗？"袁香儿轻声问道。

脑海中隐约传来一丝零星破碎、隐含痛苦的杂音。

南河低垂眼眸，最终开口轻轻地嗯了一声。

"自从我发现你来到异度空间，便准备破碎虚空前来找你。"他熟悉的嗓音响起，"可是这有些难，尽管大家帮我一起准备了十几年，我还是在虚空裂缝里出了点意外，连双鱼阵都几乎毁了。我颇费了些周折，才辗转来到你的面前。"

南河把前来寻找袁香儿的过程说得很简单，但袁香儿从寥寥数语中听出了惊心动魄、千难万险。南河本来有一具强大的身体，如今却只能保持着最基本的人类形态，不肯再露出受伤严重的尾巴和耳朵，连最简单的契约沟通都无法顺利进行，坚不可摧的双鱼阵也变得破碎不堪。

他为了来到自己身边，是怎样地不顾一切，又遭遇了什么？袁香儿几乎不忍想象。

“为什么你要冒这样的险？多等上一段时日，我或能修炼有成，或可再度轮回，总能回到我们的世界。”袁香儿叹息了一声。

南河抿紧了嘴，微眯起眼睛，用琥珀色的眼珠看了她一眼。

这样的眼神，无端令袁香儿感到一阵莫名的心虚：“怎么了？”

“阿香，我不在，你有了别的狗了？”

袁香儿正待解释，几只浑身雪白的小狗从门缝里溜了进来，绕到最宠爱它们的主人脚下，扒拉着袁香儿的膝盖，求她抚摸。

袁香儿笑了起来，习惯性地挨个摸了摸它们的小脑袋：“大白，二白，小白，别闹。一会儿我再给你们梳毛。”

笑着笑着，她终于想起了不对劲之处，讪讪地收回手，转过头果然看见了南河越发不善的眼神。

“不是，我没有。”袁香儿飞快地收回手，“它们只是狗而已嘛，怎么能和我的小南比？”

“虽然它们只是犬族，但也比我现在的模样好多了。”

南河从袁香儿的膝盖上站起身，背对着她。

袁香儿几乎能看见他的脑袋上耷拉着一对无形的大耳朵。

“我对天发誓，心里只有小南一个。这个世界上绝对没有任何狗、狼，或是别的什么毛茸茸的动物，可以比得上我家小南的千万分之一。”

为了哄心上人开心，袁香儿赌咒发誓，说起了甜言蜜语，顾不得自己宠了数年的宠物们是否会伤心了。万幸的是，这些小狗听不懂人言，不能和她家的这位醋王争风吃醋。

在皇后举办的一场家宴上，皇后悄悄地把新女婿拉到一旁说话。

不知道他们说了些什么，回来的时候南河有些面红耳赤，心神不宁。

“怎么了？我母亲对你说了什么？”袁香儿悄悄地问他。

“母亲大人交代我，不能整天惯着你打坐修行，要多哄着你玩闹，多和你……”

南河把后面的几个字糊弄过去了，但袁香儿已经听明白了母亲让他们玩闹的内容。

“母亲真是疼我，哥哥们和父亲对我也是百般纵容。”袁香儿有些醉，看着眼前花团锦簇，如梦似幻的世界，“虽然我很感谢他们，也想好好地陪他们走过这一世，但有时候会觉得多经历几次这样的世界，人生或许就变得完满无憾了。不论什么富贵功名、亲情友爱，渐渐地似水无痕，从心中淌过，不再留下任何痕迹。那时候我或许就能走上真正的大道了。”

南河不说话，只是静静地注视着她。

“小南，你知道吗？”袁香儿靠着南河的肩膀，“我当初从三君祖师那里窥见过一点神道。他看透了三千大道，融于万物之中。但他也因此不再是他，不再是人类了。”

“阿香觉得这样不好吗？这不是你们人族追求的最终目标吗？”

“好与不好，如鱼饮水，冷暖自知。我最喜欢的只是和大家住在小院里，度过一生。”袁香儿借着酒意，在南河的侧脸上轻轻地吻了一下，“正是人生最酣时，神仙也不换。”

“那我们就回去。我既能过来，总有一日也能想到法子，带你一道回去。”

“好，到时候我们一起回去。”

想必那个时候，她也已经能和师父说上话了吧？袁香儿醉醺醺地想。

后　记

在我小的时候，家里有一个很大的书架，上面放着父亲的众多藏书。那时的我对书架上的大部分书籍都是很嫌弃的，觉得它们对一个孩子来说晦涩难懂，没有吸引力。其中唯有一类书令我觉得很有意思，会让小小的我愿意努力地爬上书架，一次次地把它们抽出来翻阅，就是那些先秦神话、唐宋传奇、明清志怪小说……记录了各种志怪奇闻、民间传说的书籍。

那些书中的故事，往往充满了天马行空的幻想，有着曲折离奇的情节，饱含浓郁的中国传统文化色彩。每每读之，我总会被其中虚构的奇特生命打动，想象书中描绘的世界是什么样子。等到自己开始写作时，童年时期的阅读记忆总是不时地冒个泡，让我想写一本以中国传统志怪故事为背景的书，于是就有了《逢狼》。

小时候读那些书时，看到里面有很多人类帮助其他生灵，得到回报的情节，如“玄鹤献珠”“孔愉放龟”“黄雀报恩”……数不胜数。这种行善事、得好报的理念，是一种中国传统文化的正面体现，它反复出现在众多故事中，用一种质朴的方式传递着与人为善、立身为正的精神。《逢狼》也是构建在这种基调上的故事，人类与世间生灵交流、沟通，相互理解、帮助是它的主题之一。

写《逢狼》时，我参考了很多大家耳熟能详的传统志怪小说和经典，将其中的元素运用在角色和背景的创作上。比如，香儿和师父余摇刚进入阙丘镇，看到桥头上的那个“肩宽头小，面目漆黑，一双眼睛竖着长在脸上”的身影，其形象和名字就来自《山海经·海内北经》中记载的一种生物：“袜，其为物，人身、黑首、从目。”又如，余摇院子里的窃脂和犀渠，也是《山海经》里记录的生物，书中有云：“中次九山岷山之首东一百五十里，曰崌山，其中有鸟焉，状如鸮而赤身白首，其名曰窃脂。”“有兽焉，其状如牛，苍身，其音如婴儿，是食人，其名曰犀渠。”再如，在古代，人们把天空中东西南北四大星区划分为“四象”，传说其分别由青龙孟章、白虎监兵、朱雀陵光、玄武执明守护，道教典籍《云笈七签》也记录了青龙孟章的名字，所以我就让《逢狼》中可爱的青龙小姐叫孟章了。

《搜神记》中有一个故事：一名号为度朔君的山神（“山神”一说源自《山海经》所写的度朔山），被曹操差点儿毁了庙宇后杀死。从前我看这本书的时候，就觉得这个山神有些可怜，本来是一个活了数千年的生灵，逍遥自在，往来皆高士，日常与人类为善，谁知却平白无故地死于人类之手。于是我就化用了他的名字，塑造了渡朔这个被人类欺辱的山神。

读《子不语》和《聊斋志异》时，我看到许多美丽的女妖爱上了人类的穷书生，最后身死道消，结局悲惨，便感叹这样的生命香消玉殒，虽然凄美却令人如鲠在喉，为之愤愤。所以写《逢狼》时，我就忍不住塑造了胐膧这个角色——一个爱上穷书生的貌美蛇妖，被压在荒山凉亭下苦等五十年，最终洒脱的她得到了一个美好的结局，也算是纾解一点儿自己心中对那些美丽生命的不平遭遇的遗憾之意。

总而言之，创作《逢狼》是一个非常愉快的过程，我一边写作一边回忆起童年时期阅读的点点滴滴，也在这个自己完全虚构的故事里得到了快乐和成长。书中提到了符咒、换魂、转世等元素，也是借鉴民间传说和志怪小说的一种文学表现形式。我很感谢所有陪伴我创作的读者，谢谢你们对我的不足之处的包容和一路的支持，希望将来还能有更好的作品和大家见面。